中国多民族文学丛书/第六辑

滇铜密语

马玫/著

作家出版社

编 委 会

主　任：吉狄马加

副主任：邱华栋　邢　春　王　璇

编　委：王　冰　赵兴红　谭　杰

　　　　赵　飞　程远图　王锦方

目　录

第一章　滇铜上的红荷

一

绿汁，这是一个遥远而又温情的恍若故乡的地名，千百年来，绿汁江水用翰墨书写着经年的历史，一代一代的铜矿人，自汉朝的史书中走来，在岁月的河堤之上留下一行行足印，那是他们对青春的书写，是对生命的礼赞，是对历史的敬重。我的奶奶，那个刚刚从学校毕业的女孩金铃儿，当她离乡背井只身一人来到这个地方的时候才十八岁。

那年，刚好是新中国成立的第三年。

金铃儿一路从成都辗转出发，在经过几天的长途火车之后，又在昆明找到了这支队伍，转乘一辆老解放汽车抵达易门。这支队伍到达的时候已经是深夜，趁着别人陆续跳下车厢的时候，金铃儿站在货厢的高处看了看易门这个陌生的地方。黑夜里星星点点的几盏灯火现出了县城窄小而模糊的轮廓，一条短短的小街，街两边沿着山势建盖的房子低矮且平整，瓦檐翘向藏青色的夜空，又细又白的月亮就挂在檐角上，街头有青石铺垫过的井台，有女人就着街头暗淡的煤油灯在井边洗菜，盆里的水沿着街道流了过来，混乱的小街便在这份湿润里给金玲儿带来一份亲近。

“易门离绿汁就三四十里路了，我们先在这里住一个晚上，娃娃们，明天还早起赶路呢，大家将就着休息早点儿。”讲话的男人五十岁左右，方脸阔唇上挂着小胡子，穿一身浅蓝色洗得发白的中山装，两个肩膀缝了两块暗蓝色的补丁，看得出来蓝色的机织线沿着肩膀走了一圈又一圈，但四个按包扣得整齐，显出了精气神，据说是矿区的领导。上车的时候，金铃儿听见有人叫他陈队长，金铃儿有些怯场，整整一天的时间，还没有和他说过话，那时候的她，还完全不知道如何和陌生人交流。

这时候，旁边的女孩拉了她一把：走吧，快下车。

金铃儿赶紧跟在队伍后面跳下车厢，她和这个女孩其实刚认识没几个小时，坐车的时候她坐在金铃儿身边，彼此笑了笑算是问候，相互询问了对方的姓名，只知道她叫罗惠，家在昆明。车子从昆明过来行驶了一百多公里路，整辆车上四十多个十七八岁的年轻人，也就是陈队长口里的娃娃们，基本上在昆明聚队时才第一次见面，五六个小时的车程，像约好了似的保持着沉默和无声。金铃儿大致数了数，男孩子居多，女孩也就她们五六个，像是有着某种内定的秩序在支配着他们的举动，上下车几乎是鱼贯而行，这种相似的惊人的沉默其实在某些方面，是否已经向身边的人宣告了这群年轻人对前途的茫然和内心的无助？

他们下榻的小旅店是一排整齐的平房，每间屋子有十余张床位，男孩女孩们在陈队长引领下分别入住了几个房间，旅店入住的还有一些外地的客人，幽黑的暗夜里会不时传出吵闹声还有孩子的哭声，只有这支队伍几乎是悄无声息地降落。穿着白布衬衫的金铃儿此时还没有完全从老校长的讲话里走出来：我们是新中国成立后培养的第一批学生，建设新中国的重担将落在我们的肩上，祖国哪里需要我们，我们就要到哪里去，不怕苦，不怕难，敢于牺牲，勇于挑战。金玲儿面对这个陌生的环境有些神思恍惚，她咬了咬嘴唇，看着面前一排低矮的平房，没有时间多想，紧紧跟在罗惠身后走进另一个房间，简单地洗漱后就着罗惠的身边躺下。

这次看似极为普通的住宿，后来发生了两件小事令金铃儿一生不能忘记。

第一件事就是深夜的起夜，那天晚上，金铃儿上完厕所往回走的时候，才发现自己犯了一个天大的错误，第一次出远门的她，居然从来没有去看过房间号，更没有观察过自己住的房间有什么特点。因此，当她上完厕所回来的时候，就不知道该从哪道门进去了。现在，金铃儿站在黑夜里，面对着一排整齐的房间和屋子里不时传来的男人的呼噜声，不知道应该怎么找到自己的床位，而走道的尽头，一个酒醉的男人躺在地上说着胡话，无疑，这个酒鬼的存在更增加了一个孤身少女内心的恐惧。

她站在那里迟疑了好久，最终，她想起了罗惠，那是她至今为止唯一记住的名字。金铃儿咽了咽喉咙间的口水，尽量调整自己的声调，对着空荡荡的走道唤了一声“罗惠”，她的声音在夜里微微发抖，怕自己的声音会吵醒旅店里的其他人，但又怕罗惠听不到，因此，她并不抱太大希望，她想，除非是心灵感应，否则，经过一天劳累，那个女孩不可能会听到她的求助。走道里静悄悄的没有任何回音，她等了一会儿，绝望地舔了舔干涩的嘴唇，“罗惠。”她对着空荡荡的走道又压低声音叫了一遍，此时，她的声音仿佛密集了许多细微的汗珠已经在开始微微颤抖，四周依旧寂静，就在她几乎想要放弃的时候，一个房间的门口出现了罗惠瘦小的身影。

她悄无声息地走到金铃儿身边，牵起她的手向着房间走去，金铃儿紧咬着双唇，她其实很想对她说声谢谢，或是对不起，把你吵醒了，干脆再向她解释下刚才发生的荒唐事。但是罗惠没有问，也没有回答，金铃儿从她手心里传递过来的温暖知道，她已经明白了。

许多年后，我的奶奶金铃儿在向我讲述这件事情的时候，她说：那个叫罗惠的女孩黑夜里向我递过来的手湿润而温暖，我突然间对即将开始的生活就不再那么害怕了。从那时候起，我的奶奶就相信了这个世上有些人有些缘分冥冥之中是上苍的安排，人的一生中会遇见这样一个人，这个人会在你最需要的时候出现，然后搭救你，陪伴你，温暖你，也许不知不觉就是一生。

第二件事情发生在次日的清晨，是同行的一个男孩在睡醒一觉之后发现自己的鞋子不见了。金铃儿听到这个消息的时候一点也没有吃惊，昨天晚上当她终于回到自己床上以后怎么也不能入睡，许多奇怪的想法趁着夜的纷乱莫名其妙钻入她的脑海，她突然想到住这样的房间是否会睡错了床位，又会不会穿错了别人的鞋子，那么多的鞋子放在地上究竟谁是它的主人，然后，她就想到了白天车上的那双解放鞋。

金玲儿脚上的布鞋已经穿了整两年了，那是母亲亲手为她缝制的，鞋底和鞋帮都磨起了一层毛边，鞋子上的布盘扣用线缠了又缠，但即使是这样一双久经沙场的布鞋，在整辆车上看上去已经算养眼的，有的鞋子已经严重开了口子，有的鞋子脚指头尴尬地钻到了外面，同行的伙伴中居然还有草鞋，但就在今天的车上，金铃儿却看到了一双七成新的解放鞋，草绿色的鞋面和胶底告诉金铃儿，这一定是一双军用鞋。于是，她在心里顺带记住了这双鞋的男主人，那个戴着眼镜、脸色有些苍白的男孩。

男孩是在今天早上起床的时候发现自己的鞋子不见了的，他赤着脚跑遍了每一个房间寻找，心存侥幸地希望是别人穿错了他的鞋子，那样他可以礼貌地向对方讨回，等找完所有房间以后才知道，鞋子并不是穿错，而是一次有预谋的偷窃。

金铃儿路过的时候听到他正在和店主争论，从他干涩的嘴唇可以看出他有多么焦急，但他口吃的程度又分明暗示他基本上已经无奈地对这件事妥协。他和店主商量，希望旅店可以赔给他一双鞋，即使不是先前的那双，至少可以应付今天的行程。

店主是一个年近四十的女人，黑瘦的女人说话时故意把声音拖得又尖又长，额上的抬头纹跟着上下跳动，她对着那个文弱书生大叫：早说过私人物品自己保管好，保管好，你哪只手把你鞋子交给我了，再说，我总不能等你们一住下，把鞋子全收回我保管室锁起来吧。文弱书生没话了，脸憋得通红，大口地喘着粗气，赤着脚跟着队伍走出旅店。

或许，店主终于动了恻隐之心，找了一双黑色布鞋追上来给他穿上，嘴里一边嘀咕：去年一老头来住店，睡一觉等天亮死床上去了，还得我请人给他收尸，白忙活了一整天，啥都没有，就从他脚上扒得这双鞋，现在，又贴给你了，我倒了八辈子霉了我。

后来，金铃儿才知道文弱书生的名字叫秦儒文。我的奶奶金铃儿和我说这事的时候，还说到了这件趣事导致的最终后果是：这个叫秦儒文的男孩，在后来十多年的生活里，每次出门住旅店都要把自己的鞋子脱下来装进背包里，再垫在枕头下。奶奶说这话的时候我使劲地笑，我原本单纯地以为一个把鞋子当枕头的男人其实应该是一个讽刺或幽默，奶奶却摸了摸我的头对我说：你们这代人是不会理解的，我们那代人出不起任何的差错，胆子都是被吓小的，别说是一双鞋子，或许是一个针头、一枚图钉，也可能是一幅画报都可以要了人的命。

我当时真的以为奶奶只是在讲一个过分夸张的故事，直到后来才明白，带着喜剧性的历史往往创造着更离奇的事态，当然，这些是我在奶奶之后几十年的记忆经历中慢慢切身体会到的。

二

大家列队之后，陈队长通知由于路况不好的原因，今天需要步行四十里地才能抵达目的地，他说，为了减轻大家的负担，队里特意派了两个人下来给女娃们背行李，他们经常在这条路上往返，对这条路熟悉，大家尽管跟着他们走。两个年轻人看上去年龄和金铃儿这帮孩子差不多大，一个长得圆乎乎的男孩走过来，接过了金铃儿和罗惠背上的行李，装进背上的大箩筐。

大家从一个叫做大龙口的地方开始出发，这里密林蓊郁，枝叶层叠，从苍天古木间可以看到有百年庙宇隐现山崖上，气势蔚为壮观。有一古泉自山脚洞口汩汩而出，洞口约三四米宽，光斑落在水底石子上，随着波浪晃动，如碎银洒落其间，泉水清澈可见水底修长的青苔如绿云滚滚，又如水袖长舞，一伙年轻人围上去捧一口泉水喝进嘴里，顿觉甘甜无比，清凉透心。

沿山路再往里走，盘山小路时缓时急，林中鸟鸣清幽，路两边枝叶茂密，其中，以松树较多，松果饱满而硕大，只是由于季节的原因，大家没能尝上松果的香甜，但是也不遗憾，路边时常可以看到野果，好多年轻人第一次见到这样的野果，都不敢随便采食。陈队长爽快地一声大笑，并主动给大家介绍。听见能食用，气氛逐渐轻松活跃起来。

先是随处可见的火把果，这种灌木植物枝身有圆刺，枝上不见叶子只见红果，果粒有黄豆大小，果实红艳夺目，分外惹眼。味道如苹果甘甜微酸，金铃儿和罗惠站在一棵树下，只吃了一捧便有七分饱足之感。陈队长便给大家介绍，这果子还有一个名字叫救军粮，传说当年吴三桂率兵经过此地，军队由于断粮多日，士兵们极度困乏，于是，有士兵发现这种果子不仅味道甘美，而且生津止渴，士兵们便采此野果充饥，渡过难关，因此，这果子又多了一个名字叫“救军粮”。

几十个年轻人听得入迷，陈队长见大家来了兴致，一路上又给大家介绍了多种野生果子，像黑石子、酸多依、棠梨儿、橄榄、糯米果等。大家好奇地默念着这些果子的名字，单是这样念一念也觉得味蕾顿开，随着视野的逐渐开阔，漫长的行程不再那么枯燥，年轻的脸上积攒了越来越多的笑容。如果说刚来的时候，几十个年轻人对于这片陌生的大山还有几分恐惧的话，此时，当他们的双足真正踏上这片大地，并且整个人的身心都亲密地沉浸在这茫茫林海中的时候，他们对于这片土地自然而然地就有了一种莫名其妙的认可和默许。

中午的时候，大家到达一个叫永军哨的地方休息，在一个农民家吃了午饭。用玉米粒和少量的米饭混合在一起蒸出来的苞谷饭，色泽金黄，相比较来说，晒干的玉米碾碎后再食用口感多少有些粗糙，但因为经过长途劳累，只要有充饥的食物就已经很满足了，有的男青年一连吃了三大海碗还余兴未尽。

这时候，金铃儿和罗惠认识了另外一个叫刘小玉的姑娘，刘小玉长得略胖，细长的眼睛上挑着两道粗眉毛，正好衬出了她的俊俏气，两个袖子高高挽起，露出雪白玉润的手臂，据说她的父亲是一名很有威望的老军人，有远见卓识，就连刘小玉的笑声里也渗透了老军人的开朗豁达。后来在聊天的过程中，刘小玉自己也承认了她父亲看重绿汁这块宝地，产铜的地方定将是产生财富的地方，因此，将宝贝女儿送到这片财富之地，也是为她的后半生做好了深谋远虑的打算。

吃过饭后继续赶路，顶头烈日蒸得人浑身冒汗，两眼冒金星，金铃儿和罗惠年龄最小，身子也较弱，渐渐落在了队伍后面，团子用背篓背着她们俩的行李，不远不近跟在两人身后，既是做伴也是保护，每次两个女孩刚想坐下来休息，团子便赶紧扔下筐，揪两把松针给她们垫在地上，两个女学生从没享受过这样的待遇反而有些不好意思，摆着手说不用，团子总客气地说：你们都是文化人，怕水土不服，着了地上的湿气会生病。话虽然不多，说来说去就那么几句，但金铃儿和罗惠都是明白人，从几句简单的话里，深深感觉到了团子待人的热情和真诚。

渐渐熟识了，休息的时候罗惠和团子攀谈起来，才知道他是绿汁当地农民，年龄比罗惠还小了两岁，之后便把罗惠等人称为哥或姐，一句赶一句喊得亲热，听上去更是亲近了几分。团子虽然没什么文化，话说得不多，却是乖巧懂事，没有生分之感。他说，他刚刚进入矿区做杂工才两个月，因为没什么文化，就在矿区做些体力活儿。从他的言谈里可以听出，他很满意在矿区的工作和生活，由此，也可以看出当地农民对于能进入矿区工作感到是一件十分幸运的事儿。

慢下来的还有秦儒文，由于脚上的鞋子偏大了好多，他只能当拖鞋穿，又由于山路颠簸，走起路来显得格外吃力，从大队伍落下来。另外还有两三个年轻人，都是家庭比较困难，又担心路途遥远磨坏了鞋子，便把布鞋收进了背包，换上了早上在街上刚买的草鞋。几个人结成了一支小队伍。陈队长见他们几个落在了后面，主动退回来压了阵脚。

秦儒文边走边观察周围的地形特征，进入这片山林之后更是如鱼得水，和陈队长最聊得来。不知不觉两人聊到了绿汁的铜历史，秦儒文更是头头是道。看得出在来之前他已经将绿汁的铜历史仔细研究了一番，谈起话来口若悬河，提的问题针对性也较强，因此，虽然第一次来，但已经对这段路非常熟悉，就连陈队长都自叹不如，不得不佩服他的博学多才，对这个年轻人偏爱有加。

这时候，罗惠惊喜地贴近金铃儿耳朵小声说：我想起来了，怪不得名字那么耳熟。

谁呀？金玲儿问。

我们学校离他们学校不远，以前读书的时候早就听说冶金学校有个才子叫秦儒文，人长得英俊，而且才华了得，没想到这次遇上了。罗惠开心地解释，虽然也是第一次见面，却有种他乡遇故知的欣喜。

大家经过一段时间的熟悉，彼此已经放得开，加上又都是年轻人，很快融在一起，金玲儿听后，便嬉笑着逗罗惠：别说是遇上，这往后大家在一起工作，天天朝夕相处，指不定还可以和他发展成一家人呢。这话一旦说出来，就像是说破了少女的心思，罗惠呵呵笑着，调皮地用手掌作势要打金玲儿，一只手抬了半天又放了回去，只嬉笑着回敬道：我看啊，他只对你感兴趣，眼睛从一上路就没离开过你。这话刚落，只见金玲儿脸上一朵红霞飞过。

大家都在兴头上，就要求秦儒文好好讲一讲绿汁镇的铜历史。秦儒文指着脚下的路给大家介绍：或许你们只知道中国的茶马古道，但是，我们应该感到自豪的是，现在大家脚下踩着的，正是中国有名的铜马古道。于是，他娓娓讲道：绿汁镇的铜矿早在汉朝就被发现，元、明时期，绿汁的香树坡已经开始上演着“一火成铜”的传奇，云南所产的黄铜，是国家铸币的主要来源，每年给国家上交的数字就在600万斤。

600万斤？大家不约而同在齿缝间重复了一遍，这个数字真是大得完全没有在他们的脑海里形成概念。

罗惠不禁问道：那么大的数字，若是请曹冲来称，指不定要拉多少头大象呢。话音未落，引来一串清脆的笑声。

他接着说：那个时候，数以万计的铜沿着绿汁江随波而下，在香树坡渡口登岸，被装上马背，其中，有一条就通过我们脚下现在走的这条路，到达安宁、昆明，再转运到宜宾，通过长江、大运河等水路，千里迢迢被转运至京城，专供铸币。在乾隆年间滇铜达到了最兴盛的时期，既供“京运”又兼供“采买”和“省局”，这种令人羡慕的销路，说明了香树坡铜厂的规模之大、产量之高、品质之好经过了历史见证，是值得我们向往和期待的。

秦儒文的一席话分量十足，说得几个年轻人热血沸腾，未来瞬时像一幅展开的锦绣闪着金色的铜光。或许是由于讲到这段历史的时候过于激动，他神采奕奕的目光便不由自主停在了远处的金铃儿脸上。其实，在刚才和陈队长的聊天中他已经大致听说了这个女孩的情况。她来自成都某工程学院，虽然学的是桥梁和公路建设，但小姑娘对于地质研究和结构力学有着相当深的功底，在此行的人当中，算得上是文凭较高的女学生。而一路走过来最令他特别注意到的是这个女孩的安静，她总是很小心很认真地去做身边的每一件事，小心地把握着自己的举止和言行，小心地说话和保持沉默，而正是这种安静比任何更强大的声音都具有吸引力，让秦儒文踏着那双巨大的布拖鞋每走一步路，或是每说一句话的时候，目光会穿过丛林的遮掩情不自禁去寻找那双眼睛。

此时，秦儒文的目光就落在那张脸上，那是一张细瘦的瓜子脸，由于缺乏营养使这张有些近似于苍白的脸显出了几分病态之美，而这种苍白正好使她的被风弄乱的乌黑长发显出了千丝万缕的柔情，两条又粗又黑的辫子垂到胸前，辫子用绿毛线扎着，刚好和白衬衫相配，使她黑色的眼珠显得异常的乌黑和明亮，清澈的目光和阳光交汇在一起，看得出这个女孩尚未从刚才的故事中走出来，她的目光直视远方，是向往，是迷惑，是憧憬，是未来。

三

金铃儿和罗惠分在了一间宿舍，宿舍是一排新建成的红泥房子，一间屋子有两张床，屋内用石灰粉过，看上去比较干净整洁，像是新建设的，但从屋子的墙面和磨损的地方可以看出应该有人住过。床头上不知道谁用红粉笔端端正正写了“将无产阶级革命进行到底”的字样，还有娟秀细长的毛笔字，写了一行爱情的小诗，是戴望舒的《雨巷》。罗惠用她地道纯正的昆明话拖长音调念了其中几句：她是有丁香一样的颜色，丁香一样的芬芳，丁香一样的忧愁，在雨中哀怨，哀怨又徘徊。

念到这里，罗惠转过脸看着正在整理行李的金玲儿大声笑着说：我看这诗分明是秦儒文写给你的，说不定他早打听到了你睡这张床，就预先准备好了。虽然说的是玩笑话，但金玲儿脸上还是霎时飘过一朵红晕。两天下来，几十个年轻人都看得出秦儒文对金玲儿的好感显而易见，他的目光完全毫无顾忌地落在她的脸上，目光中分明有千言万语诉不尽的话想要对她说。

就在金玲儿几十个年轻人到达的第二天下午，矿区召开了动员大会，矿区的领导做了热情洋溢的讲话，他说道：自古以来，铜这种有色金属就和人类有着密切的关系，它不仅是财富的象征，随着国家的建设和发展，还将会被更广泛地应用到各行各业，而现在，正是新中国刚刚成立的艰难时期，是从新民主主义过渡到社会主义的重要时期，我们作为第一批来到这片土地的知识青年，就更应该担当起建设社会主义国家的艰巨责任，把建设和开拓铜矿，续写绿汁镇的滇铜篇章当成自己的责任和义务，我们要用自己的青春、手脚、智慧和激情，将自己的小力量融汇到祖国大的力量中来，提升这块大地的品质，改写这片大地的历史，贡献我们的青春、热血和理想，为建设社会主义国家而奋斗。

许多年后，当我的已经是白发苍苍的奶奶金玲儿和我说起这段往事的时候，依然可以清晰地重复出这段话中的字字句句，她描述着那一双双眼睛中看到的期待和向往时，目光中含着依旧滚烫的泪花，她如少女般羞涩地用手去挡着赤红的眼角，急急忙忙对我解释说：那段铿锵有力的讲话让多少年轻的生命看到了希望，每一个字落在我们心上都像刚刚熔化开的铜水，可以烙出印迹来。

这次会议后，大家又认识了一个新朋友，叫武志刚，武志刚是省地质局的测量技术人员，曾经参与过好几个重点矿区的地质勘查工作，工作成果优异，所以，这次绿汁镇的矿区重建，被安排到这里。由于有工作经验，加上年龄比这批学生要大些，做事较为稳重，很快和这群学生打成了一片。会议结束，几十个人被分到不同的小分队，罗惠、秦儒文等被分到了地质队，队长自然是武志刚，还有刘小玉等其他几个女孩子则分在了机关工作，只有金铃儿由于学的是桥梁和公路设计，被抽调配合绿汁镇到易门县的公路建设。那是一项十分艰巨的工程，在垂直海拔一千多米的山上修建公路，几千人的施工队伍，完全没有机械设备，所有基建工程全靠人推马拉，完全靠人海战术的工地，几十米外可见黄灰飞舞，人头攒动，条件十分艰苦。虽然工作上分开了，但大家住的工区离得不远，每隔一段时间总要找机会聚一聚，正是因为有了这份情谊，才熬过了初到大山深处的寂寞。

没多长时间，秦儒文和金玲儿已经成了大家公认的一对儿，实际上，金玲儿心里都还没来得及想清楚恋爱这个词。在秦儒文这个大家公认的大才子眼里，一切他所想要得到的东西都顺理成章应该是他的，加上天生的才情又惯出了他的坏脾气，于是，这种顺理成章就包括了面前的金玲儿。

一段时间以来，他们除了在目光中有着仓促的交流外，基本没有其他的话题。秦儒文到了绿汁镇后，已经将所有热情投注在了这片巨大的铜山矿业中，并且，把这种幸福当作成果和金玲儿分享，在他看来，能和他分享这种幸福的人一定会成为他将来的女人。他或许不是一个懂得爱情的人，只是他把他的爱情当成了一个需要慢慢消化的过程，他需要他所爱的这个女人慢慢消化他满腹的诗书文化，满脑子的地藏草图，从而，在这种消化的过程结束之后，根深蒂固由里而外地钟情于他。

当然，对于情窦初开的少女金玲儿来说，在她懵懂的少女情怀里，也确实找不出不接受秦儒文的任何理由。当别人把他们俩说成一对儿的时候，她开始只当是玩笑，后来说得多了，便成了一种许可，她或许还没来得及想清楚爱情究竟应该是什么样子，就已经被大家公认为了秦儒文的女人，她就像一棵站在风中的小树一样，被风吹得久了，连枝叶都长朝了那个方向。

这群年轻人的住宿区就在离绿汁江不远的地方，亚热带气候让这里保持着常年的湿润和闷热，从窗口远眺，可见绿汁江滚滚而来的江水，奔涌的江水把山间盆地切割成一道道奇异的风景，那种强大的力量似乎推动着两岸壁立千仞的群山在缓慢向后移动，尤其到了夜晚，可以听到冷风穿过河谷时发出银笛般的声音，时而缠绵时而怒吼时而婉转时而狂躁，大自然的鬼斧神工让这片山河幻化出许多山石地貌和峡谷险滩，也创造了一个个色彩斑斓的神话传说。

而沿着窗口继续向远处看去，还可以看到远远的江边有破败不堪的工棚、炉子和废弃的矿洞，刚到的那天就听陈队长说过，那都有几百年的历史了，里面住着的采矿工人大多来自外地，抗战时期，铜采、冶停业，好多工人悄悄返乡，留下的工人大多因为各种原因回不了家，只能在这里生老病死，继续艰难的生存，期待着铜业的复兴。

在矿区生活，由于男多女少的原因，女孩子的生活条件相对要更艰苦些，尽管金玲儿和罗惠的房间已经装上了粗实的门闩，但最初的起夜还是成了一个重要的生活问题。起初，两人准备了一个小夜壶，但是由于男女工宿舍只一墙之隔，夜里小便的声音便显得异常尖锐刺耳，来得实在不痛快。经过商量后，两人决定还是到外面解决，起夜就成了结伴而行，虽然厂区有个公共厕所，但由于路程较远，夜里的时候两人就绕到宿舍后方的小树林解决。

有一天夜里，金玲儿闹肚子，刚蹲下不久，罗惠突然想起了白天听来的一个故事，罗惠向来直言直语，心直口快，手电筒光落在远处的矮刺灌木上，光点随着她手的移动轻轻晃动，此时，便口无遮拦地说道：我白天听煮饭的张妈说，附近木奔厂有个女的去田地里小便，结果一条小蛇闻见了女人的腥味，从小便的地方钻了进去，把那女人疼得半死，送到医院也没办法，活生生把那女人折磨死了。

或许是说者无心，没等罗惠说完，金玲儿扑棱一个寒战，毕竟是刚离开家门的小女孩，没有判断是非真假的能力，赶紧牵起罗惠的手匆匆离开了那片树林子，回到宿舍后，罗惠钻进了金玲儿的被窝，两人都不说话，漫长的黑夜像一床厚实的被子覆盖着大地。

就在这时候，罗惠突然起身，她咬着牙，小脸憋得通红，将棉被高高举起来，并且，两步并作一步爬到了窗前的桌子上，用棉被把窗户盖住。金玲儿被她吓了一跳，问你怎么了。罗惠不说话，她找来两颗钉子，把棉被钉好，拍拍手上的灰尘跳下桌子，重新钻进了金铃儿的被窝。

我再也不想看到窗外这个地方，我再也不想看到窗外这个地方。罗惠只是反复重复着这句话，好像可以借助这句话和那床棉被的魔力，从此与世隔绝，再不用面对窗外那片无止境的荒凉、寂寞、杳无人烟的孤独和落后。

绿汁江的山风此时呼啸而过，似乎要将屋顶整个地掀开，想到此时的处境，想到远方的亲人，想到学生时代的理想和抱负，两个女孩深深感到了内心的恐惧和无助。过了好久，先是罗惠哭了，后来金玲儿也哭了，她们相互紧紧拥抱在一起，任何语言在这个茫茫的长夜里都显得无力，或许只有哭是两个小女孩最好的发泄。

四

罗惠蜷着腿坐在江边的一块巨大的石头上，把头深深地埋在两腿间，被江风吹散的头发直披下来，远远看去，这块巨大的石头上像是停着一只孤独的大鸟，她想要哭，痛痛快快地哭，放大声音地哭，酣畅淋漓地哭。但这时候，她的哭泣声比起呜咽的绿汁江水来说，是那么轻软无力，泪水沿着她的脸庞滑落到了江水里，江水和泪水很快融在了一起，沿着两壁陡峭的大峡谷飞流而去，誓不回头。

应该是已经过去好长时间了，她已经没有时间的概念，却又分明可以听到时间的声音混合着江水的声音从耳旁呼啸而过，她仿佛听到不远处团子在叫她：

姐，你小心，我在这里呢。

姐，你走路慢点，江里石头多。

姐，以后你回昆明，也带我去看看，这辈子还没离开过绿汁呢。

姐，你教我认字，认字在我们这地方最稀奇了。

一声又一声的姐，千千万万个姐，千千万万个团子和着千千万万个罗惠，她抬起头去寻找，天空是蓝的，山依旧那么青，寂静，偌大的山谷沉淀着死一样的寂静，她仔细从刚才的记忆里寻找着碎片，想把它们完整地缝补起来，好像只是做了一场噩梦，可那种清晰的疼痛又从她的骨骼深处传了出来，对，她好像想起来了，事情的经过应该是这样开始的：

今天早上，天还没亮小队就出发了，沿着江走了十几里，队里只有罗惠一个女同志，尽管罗惠怕耽误大家的时间，一直在努力地行走，但还是经常被落下一段距离。中午的时候，大家坐在江边休息，吃了些干粮，秦儒文还捡起江边的一块暗褐色的石头给大家看，告诉大家如何从这块石头的色泽和晶体判断它所含的矿物质成分。然后，大家准备继续出发，就发现团子不见了。团子这次也分在了地质队，主要负责运送一些沉重的测量器材，顺便也给大家带路。

队里一个男同志开玩笑，说团子沾着仙气呢，在山里不管你在什么地方，如果看不到团子的话，只需对着山林大声叫他的名字，不用叫到第三声，他保准就会出现在你面前，简直就是土行孙。大家都笑了。男青年就说，不信你们试试。真的就有人试了，把手围成喇叭状，对着山林大声喊了一声团子。等再接着喊第二声的时候，团子已经像一团云彩般飘到了他的面前。从小在山林长大的孩子，团子对于大山和江水的熟悉，一如他熟悉自己身体的毛孔和血液，有团子在，大山是亲近的，河流是柔软的，人的心灵也是互通的。

团子总是好脾气地笑，他对每个人都那么好，是那种真心实意的好，掏心掏肝的好，圆圆的脸上毫不掩饰地写着他内心的真诚，他默默地帮助着别人，默默地完成自己的工作，默默地尽心尽力。

到了正午的时候，大家走到了目的地，考虑到罗惠是女孩子，秦儒文便安排罗惠在江边查看水平仪，自己和其他几个男青年上了山。罗惠开始工作，她找了一块平整的地方架好仪器，又在周围找了几个测量点，一切准备工作做好后，还没有听到秦儒文他们传过来的消息，罗惠便到一棵大树下乘凉。

罗惠就是沿着这棵大树枝叶所指的方向，看到了山坡上的一棵鸡嗉子果，这种鸡嗉子果是一种野果，形状大小如鸡的胃，颜色红如胭脂，咬开薄薄的皮后便流出淡黄色汁液，味道甜美，果肉中有无数细小的核，核可以食用，罗惠听张妈说过，这细小的核囫囵吞下对人体还有消食健胃的功效。因为当地人把鸡胃称之为嗉子，故把这种小果子称之为鸡嗉子果。此时这些小果子对于又疲又累的年轻人来说，无疑是最美的诱惑。

就是这样，罗惠向着这棵树飞跑而去，这棵树下长满了各种蒴草和灌木，她站在一块大土坎上开始摘果子，一枚枚鲜亮的果子很快落入她的围兜里，那些快乐的果实，那些仿佛红色的心跳令她惊喜不已。

就在这个时候，脚下的土堆开始拼命摇晃，周围树上的叶子哗哗往下落，而那些成熟的鸡嗉子果像是被某种巨大的引力吸住，雨水般打落到了地上。罗惠惊呆了，她起初以为是地震或是山体滑坡，但很快否定了这样的想法，并试着想要跳下土堆，巨大的惯性让她无法保持身体的平衡，她紧紧抓着树枝，身子基本处于半悬空状态，她下意识地低下头去看，意外地看到了在自己黑色的布鞋下面居然有一双眼睛，那是一双细小、浑浊、暗淡、带着怨气和仇恨的眼睛，然后，更令她绝望的是不只是这一双眼睛，就在这双眼睛的旁边，还有一双同样的眼睛在注视着她，它们在她的脚下慢慢蠕动，每动一下，罗惠手上抓着的枝叶便疯狂地颤抖，并且，它们开始龇开嘴巴露出细长的牙齿对她发出奇怪的咆哮声，随即，一股腥味如雨水般向她扑面而来，几乎令人晕眩。

罗惠此时近似于空白的意识里根本不知道究竟是发生了什么事，但在这紧要关头，一种求生的本能又在暗中支撑着她。她对着林子使出全身的力气叫出了团子的名字。

她看到那两只眼睛直直向它逼来，另外的两只也开始向她靠近，留出一定的距离后罗惠终于看清楚了它们，它们的个头有小牛犊那么大小，四条腿粗实而强壮，身上有条状花纹，背上的毛粗而稀疏，像一根根倒立的硬刺，从背部长至尾部，耳尖紧贴耳背，嘴巴又尖又长，尖锐的牙齿像两把弯刀直逼天空，随着它们的咆叫，这两把尖刀对着天空发出咄咄逼人的寒光和腥气。

在几秒钟的迟疑后，罗惠突然明白了，刚才自己所站立的位置正是它们的窝，它们已经把罗惠当成了入侵者。

它们用警惕的眼睛注视着罗惠，双方陷入僵持状态，但它们并不想轻易放过这个入侵者，就在其中一只向她扑过来的时候，罗惠看到一个身影从她面前闪过。

姐，是野猪，快躲开。

紧接着罗惠感觉自己被狠狠往外推了一把，就着向下的滑坡，罗惠跌在了几米外的地方。等她再站起来的时候，看到的是两只凶猛的野猪将所有仇恨都集中到了团子的身上，人和动物拼成一团，几米外的地方只能看到高高扬起的灰尘，枝叶被折断的脆裂声，野猪粗重的怒吼，血的腥味变得越来越浓重。罗惠对着山腰的队友们使劲地呼喊和求助，好在两头被激怒的野猪渐渐平息下来，实施完报复后很快消失在密林深处。

等秦儒文几个队友闻声赶到的时候，惊魂未定的罗惠才看清楚了团子的样子，他的脸上身上到处是血，他的手臂上有着长长的齿印，几乎穿透了小臂上的肌肉，罗惠看到的是一地的殷红，沾着血的泥土，沾着血的果子，沾着血的发丝和沾着血的手指，她看到几个年轻人匆匆忙忙背着团子沿着绿汁江的山路跑去，听到秦儒文向她喊着什么，她的脑子里有一阵是虚脱的空白，于是，她在跟着小队沿着团子落下的血迹跑了很远的路后，终于放弃了奔跑，她找到了那块巨大的石头盘腿坐在上面，在巨大的山谷中把自己沉默成了一块千年的石头。

一只褐色的蚂蟥吸附在她雪白的小腿肚上，原本细小如发丝的小虫子，酣畅地吮吸她的血液，她看到自己的血液就这样一点一点充盈着这条虫子的身体，直到它的整个身子呈现出暗红的光泽，像一只注满了水的气囊，整个身子再也吸附不住而滑入江水，罗惠没有感觉到疼痛，她只是沉默地看着这个过程，看到在它先前吸过的地方，还有一团红色的血珠，正沿着她的腿往下流。

金玲儿在黄昏的时候才在江边找到罗惠。她先是拍着她的肩膀，又用双手去抱住她，用手指抚着她柔黑的长发，心疼地对她喊：不会有事的，团子不会有事的，吉人自有天相。

他总对我说，姐，你们文化人的命才值钱，我们农民的命不值钱，可是，他凭什么用他的命来换我的命呢。罗惠看着滔滔远去的江水这么说。

第二天，罗惠和金玲儿才听回来的秦儒文说了大致情况，团子深夜被送到矿区卫生院，虽然这个卫生院只是在江对面一个崖子凹进去的地方，用边皮板沿着崖子钉起来建设而成的，但是，医生们听到有敲门声后就深夜起床，连夜给团子做手术，及时对创面进行了消毒和缝合，团子才脱离了危险。秦儒文还说：那里有最好的医生，有最善良的护士，他们把救死扶伤作为天职，他们用精湛的手艺救回了许许多多矿工的生命。

生命，在这个地方卑微着，也被尊重着，在被人遗忘的同时，又那么深刻地进入别人的记忆。

五

张妈加着生豆子，藏青色的石磨渠口便缓缓流出雪白的豆汁，金玲儿推着石磨在想，待会儿究竟是给秦儒文送一碗豆浆还是水豆腐，秦儒文经常进城，总是会给她带一些小礼物，金玲儿想，也该给他送一样，可他到底喜欢吃什么呢？想了想，叹了口气，在心里说，原来自己对他真的还是陌生。

这时候，凤凰树下走过来一个人，随着人影的走近，金玲儿看清楚是武志刚，便笑着向他问好。他走到旁边看了看，问金玲儿，累吗？金玲儿擦着额头上飞洒一地的汗珠清脆地回答，不累，好玩着呢。

武志刚笑了笑，表示无奈地摇了摇头，说真是小孩子，落在金玲儿脸上的目光竟是几分怜爱。说着往大路一方去了。金玲儿觉得自己的心像是被什么东西撞了一下，有那么几秒钟的恍惚，抬起头看着他离去的方向，心中若有所失，他的白衬衫衣角被风扬起，走路的时候就像一只大鸟展开两只挥动的翅膀。金玲儿不禁回味着他刚才说的话，心里有一阵甜丝丝的滋味。后来再想起的时候她才恍惚明白，原来那时候对他说的话就已经很在意了。

人与人之间的好感往往就是来得那么自然，完全没有准备也没有理由，好像莫名其妙的他就会像一粒种子落在对方的心上，之后，任其睡眠和生长，在春风的沐浴中等待复苏。之后，金玲儿在矿区总是会有意无意用目光寻找这个人，这个情窦初开的少女，或许连她自己也没有意识到，这样的一种关注其实就是一个女孩子最初对于一个陌生男人的爱慕。

她重新看了看他离去的方向，却看到罗惠远远走来，她问她要去哪，罗惠说要去看团子。金玲儿就说，那你先去，我等会儿也过来。罗惠答应着走了。

好长一段时间，罗惠变得沉默，她像一只突然失去方向的飞蛾，沉默也莽撞。一方面，她被这片神秘的土地所吸引，这里藏着掘不尽的矿石，树林深处有采摘不尽的果子，水会唱歌，山会鸣笛，这里的人待她如亲人，在危难的时候，非亲非故的团子甚至不惜用自己的生命去换取她的生命。然而，另一方面，大山深处那些到处裸露的荒凉，生存的艰巨又让她感到恐惧，她不知道自己究竟还能坚持多久，又还能抵抗多久。

团子脱离了危险，医生说，幸亏送来得及时，幸亏这孩子年轻，幸亏没有伤到致命的地方，幸亏……下面的话罗惠没有听清楚，她在心里反复念着的是：幸亏团子还活着。

随着团子一天天好起来，整个人的话也渐渐变得多了起来，每次看到罗惠忧郁的眼神时，他就主动和罗惠讲话，他给她讲田野，讲山村，讲生活在山村里的人们，讲他做农民的父母，但讲得最多的还是他心爱的女孩凤英。

经过团子的多次叙述，在罗惠的脑海里便有了凤英的模样，胆小、羞涩、踏实，又是容易幸福和满足的女孩，她和团子同龄，两人从小一起长大，没有父母之命，也没有媒妁之言，是那种水到渠成的情投意合，是双方父母默认许可的两小无猜。团子说：姐，幸亏我没死，要不凤英多可怜，白等我那么几年。想了想又说：等我再工作两年，攒够了钱就回家娶凤英做老婆。

又过了几天，罗惠就真的看到了凤英。那天，罗惠刚出门，看到工区房的门口站着一个姑娘，由于长年风吹日晒的原因，微黑的肌肤透出了健康的暗红色，她的头上戴着粉红色的包头，上衣领口有简单的云纹图案手工绣花和银扣装饰，百褶裙是彝族姑娘自己纺织的土布，用红、黑、白三色搭配，面料柔软而形成自然的层层褶皱，裙子长至膝盖，穿长裤和草鞋。她只是站在那里看着过往的行人，一双水汪汪的眼睛茫然地寻找着。但不知道什么原因，罗惠看见她的第一眼便凭直觉认定了她应该就是团子口中的那个女孩。

你是在找人吗？

嗯。

你是找团子吗？

嗯。

你叫凤英？

是啊，你怎么知道？她惊讶地问。

我带你去吧。罗惠笑了笑，她和面前这个陌生的女孩，虽然没见过面，却是再熟悉不过了。

凤英没说话，只是一直地微笑，默默跟在罗惠身后，罗惠就这样把她带到了团子身边。凤英站立在团子的病床前，善良诚实的农村姑娘，不知道如何表达自己对心上人的关心，只是不时给他掖下被子。

团子说：那么热的天，老远的山路，你还来。

凤英说：我来看看。

团子说：家里的苞谷都点下了吗？

凤英说：点下了。

团子又说：你还是回去早点，山路不好走，我担心呢。

凤英点头，把手中的箩筐放在团子床前，又将上面的布头掀开，在金黄色的松针里，露出了十多个鸡蛋。团子又说：那么远，就别带来了，这里的生活条件比家里好得多。凤英不说话，目光落在团子还缠着纱布的肩膀上。

罗惠看出了她的心思，说团子是因为救我才受的伤。她说完后就等待着，她的目光直直落在凤英的脸上，潜意识里，罗惠希望凤英责怪她，骂她，如果是打她两下也公平，那样，或许罗惠心里会觉得公平些，也安稳些。

然而，凤英只是从团子的肩膀上收回目光，很平静地说：男人家总要吃点苦。

罗惠想哭，有一种酸涩的东西涌上眼眶，不知道还能说什么，就说：团子是我的兄弟，往后，你是我的妹子，咱们都是一家人呢。

凤英看了看团子，又看了看罗惠，叫了一声：阿姊。

后来，罗惠和金玲儿说起这事，她说：凤英没有责怪我也没有安慰我，正是因为这样，当她叫我那声“阿姊”的时候，我对他们的敬意真的是从心底油然而生，我敬佩这些长期生活在大山里的孩子，他们虽然没有文化，却用良心做事，他们不会使用善良、道德、情义这些高雅的词汇，但他们做的事却可以立起影子。

金玲儿接着她的话说：我们能回报他们的就是让这块土地尽快富裕起来。

有一种东西在罗惠的心里轻韵地明亮起来，她重复着金玲儿的话，我们能做的就是让这块土地早日富裕起来，让那些被埋藏在地下上万年的宝藏早日浮出水面。

六

黄昏，金色的云霞为千仞山峰披上一件软纱，而坐落在谷底的绿汁小镇在霞光里也多出了几分娇情和蜜意，镇头的凤凰树挂满了红色的花朵，像一群欢快的小鸟在枝头上热闹地说着话，和它对应的是小镇山坡上一棵高大的木棉花树，红色的木棉花和红色的凤凰花遥相守望，像一对挚爱的情侣，又像是一对相思的恋人。这是一个属于恋爱的季节，就连河谷深处吹来的风也正在为那些恋爱中的花朵传送着情话。

金玲儿一个人沿着山坡走到了绿汁江边，她想不起来刚刚究竟是为了什么会和秦儒文发生争吵，而且争执得那么凶，或许仅仅只是一个很小的问题，她不肯向秦儒文妥协，于是，秦儒文就搬出了各种道理，金玲儿突然感觉到了自己弱小，她的无数个弱小在秦儒文的一大堆道理面前就像句子末尾的省略号那样，一个一个的小点迫不及待地暴露，她明显感觉到，她和秦儒文这对在大家眼里公认的最般配的情侣，天造地设的情侣，郎才女貌的情侣，实际上有着很多不堪一击的脆弱。此时，秦儒文一贯的自负和骄傲就像一根根鱼刺，卡住了金玲儿的喉咙。

本来，秦儒文要陪她出来散步，但是，她拒绝了，她找了一个很奇怪的理由，她说她头疼，说话就头疼，想回屋睡觉了。秦儒文居然没有怀疑就答应了。金玲儿就这样轻松地走到了江边，她想一个人走走，和过路的江风说说心里话。

不知道走了多长时间，金玲儿细小的身子被晚归的夕阳拉长又缩短，越过江水的晚风也湿润着少女的心事，随着波浪流向更远的地方。然后，金玲儿就看到了一大片金黄色的金光菊，这种金光菊外形和向日葵相似，花盘硕大艳如太阳，且花期较长又易于生长，绿汁江温热的气候让金光菊一年四季似乎没有凋落的时候，它们繁殖较快，江边的沙质土壤为它们创造了良好的生长环境，原本，绿汁江边的金光菊随处可见，在江边成行成列，金玲儿也是见惯的，可偏偏这片金光菊不同，它们在江边的一块平地上长成了花海，而这些花海中间，有一条蜿蜒的小道正延伸向江边。

金玲儿沿着这条小路往江边走，就在她看到江水的时候，江边同时也出现了一个男人的身影，他坐在那里，身边是无数大大小小的江里的石头，经过长年江水的冲击，这些石头没有了棱角，一个石头就是一个沉淀了上千年的故事，而此时，这个人就像一块沉默的石头，用沉默与奔流的江水对峙。金玲儿刚想退回脚步，他已经听到了响动，转回头，轻声喊出她的名字：金玲儿。

她沿着他的声音回答他：武志刚。

武志刚人缘好，一起来的几个女孩都喜欢他，尤以刘小玉最为突出，早拿出了非此人不嫁的决心，有一次几个女孩在江边玩，刘小玉就公开对几个女孩说：反正我就爱武志刚，如果不能嫁给他的话，那我也不会嫁给别人了。那个年代，还没有几个人敢随便说爱这个字，爱是肉麻，是恶心，是不可理喻。可刘小玉把自己的终身大事说得那么轻松自然，几个女孩在哈哈大笑的同时，都暗暗在心里佩服刘小玉的勇气。

尽管刘小玉一再努力，遗憾的是武志刚并没有对条件优异的刘小玉表示出任何好感，他看上去对谁都一样，这样下来反而人缘最好。有一段时间，有队友说武志刚在省地质局早有了女朋友，除了刘小玉听说后大哭一场之外，大家对这件事没有表现出太多的兴趣，渐渐地也就过去了。一路走下来金玲儿和武志刚还算比较熟悉，因为武志刚和秦儒文关系一直要好，好几次金玲儿和秦儒文发生争执的时候，武志刚也看在眼里，不相劝也不参与，只是默默走开。

现在，武志刚是这片金光菊王国的主人，金玲儿贸然闯了进来，不知道自己是该去还是该留，武志刚反而显得轻松，笑着招呼道：坐在石头上吹吹江风是种享受。金玲儿笑了笑，表示同意他的说法，拣了江中心一块最大的石头跳上去，屈腿坐下，武志刚便站在江边，看上去是面对面，实际上中间又隔了一江水，有种隔着水面促膝谈心的样子。

两人说了一些工作上的事，又似乎很平淡，沉默一会儿后，武志刚突然转了话题，他目光直视金玲儿，像在沉思，终于开口问她：如果人生还有一次机会的话，你还会来绿汁吗？

金玲儿用手拄着额头，想都没想干脆地回答：会。其实这个女孩心里清楚，虽然这个地方艰苦些，但人生的任何经历都是为将来准备的财富。

武志刚点了点头，表示满意金玲儿的回答，其实，也蛮佩服她的坚毅和勇气。他停了停，接着问：那，那你是不是还会选择秦儒文？

金玲儿愣了愣，有那么几分钟的迟疑，秦儒文确实优秀，金玲儿也说不出他哪不好，但如果真的还有一次选择机会的话是不是还会是他，她有些犹豫了。但是，她很快回到现实当中，她看着武志刚，武志刚的头发微微发卷，被阳光暴晒后的嘴唇有些脱皮，他的眼窝深深的，在他讲话的时候，奔涌的江水就趁机流到他眼睛里去了，此时，他的目光与她对视，那眼中的水便悄悄地浮动起来。

她躲开他的眼神，强作镇定地回答他：当然会。

爱一个人应该没有迟疑，应该无怨无悔地去选择，对爱情的慎重也是对生命负责的态度。武志刚简单的话无疑否定了金玲儿的回答，说明她短暂的迟疑也没有躲过武志刚的眼睛，只是让武志刚的语气变得更加肯定。他说话的时候，他眼中的水就流到金玲儿心窝里去了。

金玲儿惊愕地看着他，在这个荒凉的大山谷里，很少有人会议论爱情这个话题，更何况是和一个陌生的男人，但金玲儿并没有觉得尴尬或是肉麻，并且惊奇地发现，原来爱情可以这么大声地说出来，可以成为一个话题，可以有那么多的理由，而且，说得令人心悦诚服，她甚至隐隐期待他能把这个话题继续下去。

然而，武志刚的目光重新落回江水里，两人静下来，就剩下了哗哗的流水声，夕阳向晚，半晌，武志刚再次侧脸注视着金玲儿的眼睛，他的目光大胆而放松，说：你看过《鱼和飞鸟的故事》吗？

是泰戈尔的吗？金玲儿问，她曾经在一个同学那里看过这本书，那些动人的诗句令她痴迷。

武志刚没有给她多想的时间，他踩着水走到她面前，水在他的脚下溅起了高高的花朵，他一字一顿地对她说：其中，有一句诗，我最喜欢，我念给你听。

她没有回答，也没有任何防备，只是目光跟着他的脚步。他又往前跨了一步，高度便和大石头上坐着的金玲儿一样高，这样，两个人的目光基本平行地落在对方的脸上，然后，武志刚轻声地朗诵道：世界上最遥远的距离，不是生与死，而是我站在你面前，你却不知道我爱你。

许多年后，当我的奶奶金玲儿带我回到这条小路上的时候，我看到了那片夺目的金光菊，它们已经被铲除了一半，在土地中间种上了一种叫做塔拉的植物，塔拉的果实如风铃般挂满了树枝，金光菊围绕着塔拉，小路被铺上了石子，弯曲地延伸向江边。同行的绿汁镇工作人员告诉我们：后来，有人把这条小路取名叫做“情人路”，因为黄昏的时候，好多矿区的情人会到这里约会。我看着奶奶，她的目光停留在那条小路上很久很久。谁会知道，在这条小路上最先走过的那个世纪守望的情人，会是我的奶奶。

七

古老的绿汁江就像一部欢快的歌谣，当这些波浪一路奔涌欢唱着流过绿汁镇的时候，已经流经了几千公里的路程，江河两岸，千帆过尽，每天都上演着故事，每天都创造着浪漫和神话。

在绿汁江的中下游，有一种很特别的鱼类叫做黑脯鱼，整条鱼身呈现黄褐色，就连鱼肉也是浅黄色，这种鱼没有肋骨，鲜美的肉质里没有小刺，它总是栖息在水流湍急、水沫飞溅的地方，喜欢长时间贴在江底的石头上，面向江水冲来的方向，张大嘴巴，悄无声息地等待着小鱼、小虾的到来，远远看去，一条黄褐色的黑脯鱼简直就是一条小鲨鱼。

随着夏季的到来，气温渐渐升高，一群年轻人相约到江里踩鱼。金玲儿是被罗惠强行拖来的，这段时间以来，除了工作之外，她总是很少出门，总是懒懒的样子，总是魂不守舍，她再也没去江边散步，人多的地方也只是远远躲着，她害怕看见武志刚，尤其害怕看见武志刚的眼睛，他的眼睛会说话，忧郁的、徘徊的、无助的、怜爱的。只是，白天可以躲，夜里却躲不开，武志刚总是在她的梦里出现，白天工作时他所说的每一句话，都会在夜里清晰地回荡在她的脑海里，那个陌生的男人，他的呼吸，他的心跳，他眼神里想要说的话，她几乎可以看见或是听见。她管不住自己去想他，管不住自己的眼睛去寻找他，像一只完全失控的小羚羊在峡谷里茫然地奔跑。

金玲儿想起在家的时候外婆曾经和她说过，要和你过一辈子的那个男人，你不必要去寻找他，有一天他会突然出现在你的面前，然后，你会一眼认出他来，并且在心里告诉自己，对，就是他了。现在，金玲儿真的认出了他，是那种似曾相识的相认，是那种心有灵犀的相通。

捉黑脯鱼是一门学问，一伙人手牵着手排成一排，迎着江水唱着歌踏着水往上走，随着脚步的移动探寻贴在江底歇息的黑脯鱼。黑脯鱼实在太懒了，即使有人踩到了它，它都懒得动，但如果你稍稍移开踩在它身上的脚，它就会一溜烟逃之夭夭，因此，需要捕鱼的人相互协作才能捉住。

正当金玲儿低着头寻找石头上的黑脯鱼时，就听到刘小玉大声地喊：快，武志刚，我踩到黑脯鱼了，赶紧过来。听到刘小玉踩到鱼，金玲儿兴奋地抬起头去寻找，却不小心和武志刚的目光在空中相遇，刘小玉又喊了一声，武志刚似乎没听见，怔在江水里，金玲儿赶紧走开，刘小玉看着他们俩，茫然地挪了挪身子，脚下的黑脯鱼趁机逃跑了。

几个年轻人动手，在江边用石头搭起了一口大锅，又到山上捡了些干柴扔到锅下，点上火，不一会儿新鲜美味的鱼汤就做好了。大家围成一个圈，锅里的鱼汤打着滚，沸腾着奶白的颜色，大家的兴致也随着高涨起来，不知是谁带来一个土罐，说是本地的纯高粱酒，味道极好，大家唱着当地的彝族民歌相互敬酒，气氛顿时活跃起来，不知不觉，武志刚便坐到了金玲儿身边。

好吃吗？好吃。金玲儿用最简洁的回答方式结束了和武志刚的谈话，武志刚停顿片刻，还想说什么，舔了舔干涩的嘴唇，把一块黑脯鱼腹部的肉放在金玲儿碗里，在黑脯鱼身上，腹部的肉是味道最好也是最鲜嫩的，在这群年轻人眼里，武志刚是队长也是大哥，平时对同事比较关心，因此，他的举动在旁边人看来也正常。金玲儿看着那半块鱼肉，只觉得喉咙间被什么鲠了一下。她起身走到了秦儒文身边，把半块鱼肉塞进了秦儒文碗里。

后来，我的奶奶金玲儿和我说起这件事儿的时候，她说，那样的爱情在那个灰色的年代里就像流星雨般的华丽，是那种夜里做梦都没敢想过的浪漫和温情，足以使一个情窦初开的少女用一生的时间去回忆和等待。她还说，她虽然没有和武志刚有更多的交流，但她心里可以清楚地肯定自己更爱的人是武志刚，但是，所有的人都认为她是秦儒文的女朋友，而且，秦儒文对她那么好，她找不出理由拒绝他。而且，在当时的社会环境下，她害怕被别人说她是水性杨花，她希望，武志刚只是她少女时期一个冲动的梦，等梦醒了的时候，或许一切就结束了。她还说过，如果换个年代，也许故事就不会有那么多的悲剧。

那天晚上共煮了两锅鱼，几个男人都喝醉了。金玲儿端着碗到河边清洗干净，又将它们一只只放在背篓里，并用一块布盖住这些碗筷，心不在焉地做着这一切。她看到武志刚喝醉了，刘小玉去扶他，他不肯，把她推开，眼睛却瞪着金玲儿。晚上，等金玲儿回到宿舍，揭开那篮子洗干净的碗筷时，看到了一张折叠整齐的小纸条，打开后上面写着几个字：我在江边等你。

金玲儿没有去江边，那天晚上，或者说，那之后的每个晚上，她都会坐在对江的窗前，听着远处江水流过的声音，黑夜里传来的江水声，呜咽缠绵，像是低声的倾诉，像是情人的低语，像是生命中那些稍纵即逝的时光。

就在她收到这封信后的一个月，也就是1954年的夏天，绿汁矿区完成了测量工作，并制作出了第一张草图，整个绿汁都疯狂了，大家沉浸在收获的喜悦里，矿区特意召开了庆功会，金玲儿和罗惠换上新缝制的衬衫，也参加了这次会议。

先是矿区的几个领导分别做了发言，之后就是个人表彰，秦儒文作为职工代表做了发言，等会议议程一项一项结束的时候，金玲儿看到武志刚被叫到了主席台就座，她坐在会议室后排，在这个暗淡的角落里，第一次从侧面认真而完整地注视着武志刚，尽管在梦里无数次相见，可在梦里他总是隔着一层纱，越是想念他就越是记不住他的样子，现在她可以完全没有顾忌地看着他。

最后，陈队长才说，会议的最后一项议程就是欢送我们省地质局的技术人员武志刚，下周一，他就要离开我们回省地质局工作了，在我们相处的一段时间，他总是把最好的工作经验教给我们，带领我们破除一个个技术难关，我想，大家肯定是舍不得他走，让我们把最热烈的掌声送给他。陈队长的话还没有说完，台下已经响起热烈的掌声。

金玲儿的眼睛很快雾湿了。她随着掌声不停地鼓掌，送给他也送给自己，她看到武志刚不停地向大家挥手致谢，她看到秦儒文和武志刚拥抱在一起，她在心里告诉自己：结束了，一切都结束了。

八

在武志刚离开的前一天晚上，一起来的队友组织了一个欢送会，小小的房间充斥着欢声笑语，也盈满了离别的忧伤。金玲儿原本也想礼貌性地和他说几句离别前的话，但不知道应该如何表达，只悄悄退出了那个热闹的场合。走出那间屋子，她就真正地成了一个局外人，她想，这样结束也好，落个干净。

小小的绿汁建在一个山坡上，一段窄小的泥石土路从山坡延伸到山脚，月色清幽而寂寥，这个清愁暗锁的夜晚，路两边农民家的砖木房子翘着古色古香的檐角，野猫在屋顶上轻盈地奔跑，大团的凤凰花对着天空吐出一摊血，大地沉默而宽容。

金玲儿没有回宿舍，而是径直去了江边，尽管她坚信他不会来了，但是，这是他在的最后一个晚上，从明天起，她所站着的这片土地将没有他的气息，她头顶上的月光将不会沐浴在他的身上，她梦中那些绿汁的云朵将离开他的梦中，她所熟悉的绿汁江的涛声将不会再萦绕他的耳畔。之后剩下的，将是时间来抹平这段记忆，在梦醒之后也将由时间来拉开两个人的距离。

她独立江边，群星静寂，月空浩荡。可就在这时候，一双手突然从背后环了上来，紧紧抱住了她，男人的气浪随之涌来，那是她无数次在梦中相依的气息，他的味道、他的声音、他的呼吸和心跳。

你怎么来了？她慌张地询问，一双黑亮的眸子却暴露了她心底的惊喜。

我不想再等了，我不能再等了，我没有时间了。他焦虑的声音暴露了他心底的急切和无奈，他的目光中有着惊慌也有着无助的忧伤，这让她的心隐隐作痛。

不要再说了。她试图阻止，声音几近哽咽。

你是我的，你本来就应该是我的。他低语呢喃，贪婪地注视着她的脸庞，似乎要一点一点将她整个装进记忆深处。

金玲儿想推开他，反而被他抓得更紧，他不肯放手，只是强行地把唇印在她的唇上，她由最初的拒绝转而接受，她知道一旦拒绝将从此失之千里，最终，金玲儿任自己的双唇开始了疯狂的漫游和奔跑，那里有一万朵金光菊正被长风吹起，那里有绿汁江水千波翻滚锦瑟和鸣，那里有群山叠嶂烟雨迷蒙，那里的春天正吐出一千只挥动着翅膀的蝴蝶。

玲儿，武志刚耳语呢喃，你等着我，明年春天，如果我不能把工作调回来的话就一定把你接走。

你真的还会回来？金玲儿不太确定地问。

会，一定会，为你，我一定回来，给我一年时间。武志刚说。

第二天，武志刚就走了，那一年，绿汁镇到易门县的公路刚刚修通，这条长达 50 公里的盘山公路，竟有 100 多个弯，而超过 90 度的弯就有 70 多个，仅仅从绿汁镇到山顶的海拔就相差 1000 多米。那天，金玲儿站在江边，仿佛可以看见武志刚经过一个一个陡峭的弯道，绿汁在他的目光中慢慢地降低和缩小，在薄雾环绕的山道上，他依旧可以看见她站在江边的那块石头上目送他，或许，金玲儿做梦也没有想到，自己参与建设的这条公路，第一个送走的竟然就是自己最心爱的男人。

许多年后，当我在某个清晨打开手机微信，在云南省的十六条魔鬼公路介绍中看到了这条公路时，既是惊喜也是悲哀，我曾经陪伴我的奶奶金玲儿重新走回过这条公路，我们驾车沿公路盘旋而上，万山群壑间重峦叠嶂，山青林密中飞鸟起落，山峰如散布海中的岛屿，奇峰耸立，雾似云海，横风卷起云朵宛如千堆积雪，又如万马策奔，朝阳的光晕和晚霞的绮丽给一望无际的山峦点点着墨，无比的绚丽引人。转回头来想想，当时，在交通工具极度匮乏的年代，正是这样一条迷人陡峭的公路，残忍地阻断了一个少女纯真如梦的初恋，让她接下来的人生比这条弯弯的山路更加的曲折。

半月后，金玲儿找到了秦儒文，提出和他分手。秦儒文惊讶地看着那双空荡荡的大眼睛，他问：为什么？金玲儿没有回答，这对于秦儒文来说，确实是一个不小的打击，在他看来，一向逆来顺受的金玲儿怎么可能会一夜之间改变了想法，让他百思不得其解，除非是她爱上了别人。在他一遍遍追问下依然没有任何回答，看到的是金玲儿紧紧闭着的嘴唇，他不知道自己错在哪里，他想出了各种原因但又一一被自己否定，他急得泪水夺眶而出，但丝毫没有打动金玲儿，金玲儿像是铁了心一样不肯回头，到最后她只是反复对他说对不起，空洞的大眼睛只剩下泪水。最终，秦儒文确定了自己的想法，除非是她爱上了别人，但这个人又会是谁呢？

秦儒文找到了罗惠，罗惠摇着头拍着胸脯对他说：这么多年的交情，秦儒文，你怎么可能不相信我，我是真的不知道。之后，秦儒文又找到了陈队长，把矿区的花名册找来，他顺着花名册仔细地盘算了一番，将所有可能的男青年都仔细排查了一遍，依旧没能找出一个可疑的人选，他在绝望的同时也做了一个决定，一定要等这个人水落石出，给他一个交代，否则，在金玲儿的这件事情上，一向不会认输的秦儒文绝对不会善罢甘休。

在两个多月后的一天夜里，金玲儿才把那个名字悄悄告诉罗惠，她实在需要一个人和她分享这个名字，和她分享一个少女甜蜜的心事。那天晚上睡到半夜，金玲儿钻进了罗惠的被窝，少女的身子带来一团暖烘烘的热气，罗惠挪了挪身子给她腾出地方。借着窗外的月光，金玲儿注视着罗惠的侧影，终于说出了那个名字。

罗惠惊呆了，这段暗度陈仓的爱情如童话般令她着迷，在佩服金玲儿选择爱情的勇气的时候，罗惠也决定为她保守这个秘密。

九

1955 年的冬天特别冷，绿汁镇下了一场百年不遇的大雪，群山覆盖在一片白雪皑皑里，绿汁江结起一层厚厚的冰，大雪让好几处矿点纷纷停炉，工人们窝在房子里，围着炭火取暖，小镇仿佛进入沉睡般的安静，安静中也透着几分萧条。

秦儒文从办公室走出来，武志刚走后，秦儒文理所当然地成了地质队队长，走过总机室的时候，听到有人叫他，秦儒文停下脚步往里看，见是刘小玉穿一身火红色的毛衣站在那里，手里拿着一封信向秦儒文递来，对他说：金玲儿有一封信，都快半个月了，要不你转交给她吧。说完，对着秦儒文挤了挤眼睛。

秦儒文看刘小玉表情怪怪的，接过信看了看地址，觉得这个笔迹很熟悉，似乎在哪见过，一时间想不起来，只对刘小玉说了声谢谢，正要走开，刘小玉追加了一句：往后你经常过来看看，你们队里的信我就不送了，由你这个大队长代劳我放心。秦儒文答应着，将那封信揣在手里仔细看，刘小玉追到总机室外，目送他离去的背影露出了一个满意的笑脸。

这一年，由于解放初期粮食的困乏，农村大量闲置土地吸引了大批的城市青年转入农村，矿区工人由几百人迅速增加到了几千人，同时，矿区投入了大量的人力物力开始了外围的找矿工作。

胡成海就是随着这支大军到达绿汁的，他来自上海，毕业于上海某冶金地质高校，和罗惠分在了一个组，胡成海开口便是一口地道的吴侬软语，刚到绿汁的时候，由于语言上的不通和生活习惯上的差异，极不适应这里的生活。

胡成海第一天走进队里，戴着厚边眼镜，白衬衫不仅洗得干净，看上去还特意用热水熨烫过，连一丝折痕都没有，文文弱弱的书生模样，在这地方还能保持生活得如此精致的男人也不多见，罗惠虽然年轻，却是蛮有资历的老队员。胡成海用一只手拽着衣角向大家打招呼：侬好。队里几个工人没听明白，一个个大眼瞪小眼，罗惠自然明白，以前读书的时候中文老师便是上海人，休息的时候学老师说上海话成了她们的乐趣，耳濡目染，浑然天成，对上海话没那么新鲜。

但这时候，看他那紧张样子，罗惠只觉得这人特别好玩，故意逗他：还农好呢，别以为咱地方偏僻就全是农民，这里坐着的可全是正儿八经的工人阶级。旁边几个工人听了哧哧笑了起来，胡成海红着脸，不知有没有听明白罗惠的话，半天憋出一句话：阿拉上海人。

罗惠却不肯放过他，故意接着说：你阿拉是上海人啊，那你是什么地方的人？胡成海没听明白，瞪着一双无辜的眼睛看着这个姑娘，不明白她究竟要说什么，罗惠差点没笑得破气，最后说了句标准的上海话：侬哪能嘎讲。胡成海顿时喜上眉梢，还以为遇见老乡了。

有一次胡成海感冒了，去矿区的卫生院看病，刚好医生出诊去了，只有一个刚参加工作的小护士，胡成海用半生不熟的普通话解释自己的病情，他说：我着凉了。小护士没听明白，听成是：我找娘了。哭笑不得，反问他：找娘来这干吗？胡成海气得吹胡子瞪眼，只好把罗惠找来帮忙。

由于语言不太习惯，胡成海和其他人交流不太顺畅，只有罗惠一口标准的普通话外加半把子的上海话，能和胡成海流利沟通。胡成海真是他乡遇故知，之后，有事没事总喜欢找罗惠聊天，两人在食堂遇见，便问：侬饭吃过伐？看到对方加班，又说：弄工作伐要太吃力了。之后，渐渐发展到了胡成海在队里对着罗惠放心大声地说：今朝牙里相，老重光或是今朝一道去白相伐。反正其他队友也不太听得明白，罗惠一眨眼，便会准时出现在那棵老凤凰树下。

渐渐地上海话成了两人的暗语，开始是你的话只有我懂，你的眼只有我懂，后来，就发展成了你的心只有我懂，你的世界只有我懂，这样的关系发展成恋人关系合乎情理，因此，仅仅半年的时间，两人就决定结婚。

本来，罗惠和金玲儿住一间宿舍，现在，罗惠结婚矿区给他们分了新房子，罗惠就该搬走了。罗惠结婚的前天，金玲儿帮着收拾东西，看着对面收拾得空荡荡的床，睹物思情，金玲儿真是不舍，而想到今后，金玲儿将一个人守着这间屋子，罗惠更是百般不忍。

罗惠看着墙上那行小诗，那丁香一样的姑娘还在，可时间已经改变了她们，罗惠几次欲言又止，最后终于还是开口了：秦儒文一直在等你，你知道吗？

看金玲儿没有说话，空茫的眼神注视着窗外的天空，罗惠接着说：不管那个人还会不会回来，秦儒文的这片诚心是可见的，你还是应该好好考虑，爱情虽然美好，可有一次就够了，不一定要搭上一生，像我们这种穷乡僻壤的地方，你要找个人放在心里是不明智的，要珍惜的是真正守护你能够给你幸福的人。

金玲儿慢慢回味着罗惠说的这句话，她故意闭口不提武志刚的名字，是想把那个人的名字彻底从所有人记忆中抹去吗？她在心里算了算，是啊，快一年了，矿区的好多人都应该已经忘记他了，实际上，连她自己都快忘记了他的样子。人生，是由一个一个的细节组合而成的，春来秋去，迎晨送晚，在绿汁这片土地上，有的人来了，有的走了，有的人被记住了，有的人却已经忘记了，这些都是再寻常不过的事儿了。

十

第二年的春天，刘小玉结婚了，丈夫叫林波，云南红河人。林波原来在东山矿区工作，绿汁的铜矿成立后调了过来，林波文化不高，人多的时候还往往喜欢说几个荤段子哗众取宠，万变不离其宗，话题总绕不开男人女人，林波不仅会说荤段子，还会弹吉他，他母亲是虔诚的基督教徒，林波的吉他是在教堂里学会的，他弹吉他的时候和说荤段子的时候判若两人，像玩一种手心手背的游戏，同是一只手，忽而黑忽而白，令人晕眩也令人着迷。但是，矿山的生活枯燥，林波带来的这些荤段子也给平淡无奇的矿区生活带来了不少乐趣，好多还在矿山广为流传，无论何种手段，林波很快成了矿区的“名人”。

但看到刘小玉愿意嫁给林波，金玲儿还是觉得有些诧异，她印象里刘小玉一向骄傲，高不可攀，林波无论从哪方面来说，似乎都达不到刘小玉的择偶标准。有次几个人在一起聊天，金玲儿和刘小玉说笑话，不经意就提到了这个问题上，金玲儿问：你怎么会选择林波，他什么地方最吸引你？刘小玉似乎想都没想，直直看着金玲儿回答：我喜欢他的嘴。看金玲儿一脸雾水，刘小玉补充道：你不觉得他的嘴形长得很像武志刚吗，我得不到武志刚，能得到武志刚的这张嘴巴好像也挺那么回事。

此话一说，金玲儿当真发现林波确实和武志刚有几分神似，不仅是嘴形，唇上薄薄的胡子，就连说话的神态也有几分神韵。金玲儿想到这，只觉得心里泛酸，若是武志刚知道刘小玉这份痴心，不知道会不会动情。

整整两年的时光，绿汁镇的房子由几十间扩建到了几百间，矿点由十几个增加到了近百个，罗惠的孩子会叫阿姨了，刘小玉的孩子也快断奶了，团子和凤英成了家，武志刚依旧音信全无，像是从这个世界突然消失。渐渐地，金玲儿也算是想明白了，武志刚不是她的，如果他的心里真有她，不可能会不给她写一封信，虽然这里山路七十二道弯，若是他想来，怎么可能没有机会，除非是他已经彻底忘记了。

陈队长要退休了，退休前，特意找过一次金玲儿，他说：你们这群娃娃是我亲自接进山里来的，看着你们一个个长大成家，已经适应了这里的生活，我很高兴，可是，退休前，我还有一件最想做的事情，你知道是什么吗？

金玲儿一脸困惑地看着陈队长，想不出他要说什么。陈队长顿了顿说：就是你和秦儒文的婚事。金玲儿最不喜欢别人提这个话题，刚想岔开，被陈队长截住，陈队长是前辈是领导更是恩师，金玲儿一肚子苦水悄悄咽着，听陈队长的劝话：我知道他一直都喜欢你，你原来不是也挺喜欢他的吗，在我带过的这几个男娃娃里他最优秀，女娃娃里面你最出色，这么好的姻缘你到底还在犹豫什么呢？

陈队长从上衣口袋捞出一卷旱烟，塞入随身带来的火烟筒里，咕噜噜，火星闪烁，他不无感慨地说：娃娃啊，婚姻其实就是脚上的一双鞋子，光穿着好看不行，非得要穿着合脚才行，我快离开矿区了，自作主张来做这回媒，能成全这段姻缘，我走了也没有什么可遗憾了。

金玲儿低垂着头，这一年来，来给她说媒的人不知道有多少，来劝话的人也不在少数，她始终咬着牙坚持着，她想，或许睡一觉醒来梦中那个人就会出现在自己面前，或许会有他的消息从天而降，然而，一天又一天过去了，在等待中消磨的何止是一个人的耐心，更是那种生命被一点点抽走的遗憾，在寂寞的大山深处，要坚守一份杳无音信的感情谈何容易。

陈队长以为她在思考，接着说：儒文那边我有把握，他一直等的就是你，现在，就看你了，尤其是女娃娃，过了这个林子可就没这鸟叫了，要知道珍惜啊。

金玲儿沉默几秒钟后抬起头，依旧坚定地说：谢谢老队长，我知道你是真心为我好，至于秦儒文，你就让他死了这条心吧。

看金玲儿态度如此坚决，陈队长只好告辞，金玲儿不知道陈队长有没有把话转给秦儒文，只是，接下来的日子，秦儒文像是什么事情也不曾发生。他照旧每周会来看一次金玲儿，每次出差会给她带花布、毛线一些小礼物，会把好吃的送到她的房间，金玲儿甚至连拒绝的机会都没有。

有一次，金玲儿得了痢疾，秦儒文几天几夜守在床前，他给她端屎抬尿，给她洗内衣内裤，金玲儿一旦拒绝，他会说：不到最后一刻，不要轻易做出决定。他固执地坐在她的病床前，似乎已经决定了要这样等待一生。

金玲儿扭过头，泪水一下子把枕头淹湿了。

十一

秋雨缠绵，凉风送晚，时间在绿汁江水的漩涡里打着白色的泡沫。

清晨，金玲儿穿着淡蓝色的棉布衬衫走出厂区，穿过小巷，往生活区的方向走去，一路上，可以看到大大小小的炼炉，领导干部们、工人教师学生们都投入到了这场伟大的战斗，街道两旁，甚至是生活区的房子面前，农民、学生、机关干部、家属等一起动手投入战斗，用陶土粉加水泥，调制成坩锅或炉膛，一夜之间，建立了各式各样名目繁多的炉子，妇女炉、青年炉、警卫炉、学生炉、红砖炉等陆续建了起来。没有鼓风机，就找几台农用风箱代替，没有焦炭，就发动大家到山上砍柴，松树、杨树、柏树、柳树，甚至连凤凰树和木棉树也不能幸免于难，这些苍翠碧绿的身躯很快成了一堆燃烧的炭火，铜矿石供应不上，就发动找铜锅、铜器、铜锁、铜门扣，这些精致的物件被一件件扔进了炉膛。大家说了，工人们在矿山上拼，咱们后方也绝对不能输给他们。于是，这种暗地里的较量形成了厂区和生活区的一场大比拼，在为铜而战的鼓舞下，绿汁镇迅速出现了一场规模空前的炼铜运动，掀起了全民炼铜的热潮。

红色的墙砖上写着比人头大的红色标语："十五年内超英赶美""鼓足干劲、力争上游，多快好省地建设社会主义""让狮凤山低头，让绿汁江让路"的标语随处可见，金玲儿走向食堂的方向，家里的铁锅铁铲早被张妈抢去喂了炉子，好在吃的是大锅饭，她还有一只青花瓷碗幸免于难，陪她度过这个寒秋。

在食堂里，她看到张妈正在和儿子说话，儿子比她高出了半个头，已经上中学了，这段时间学校停课，就在老师的带领下炼铜炼铁，张妈天天和金玲儿她们在一起，一向羡慕有知识有文化的人，一心就想把孩子培养成懂文化的人，现在倒好，学校停课，学生处于散放漫游的状态，张妈当然着急。

金玲儿听见张妈责怪儿子不去学校，儿子对张妈说：妈，学校老师说了，你知道苏联老大哥的生活是怎样的吗？就是老百姓吃的面包、穿的衣服、住的房子、用的工具都是机器在工厂里制造的，所以才能大批地生产，农民种地用拖拉机，收获用收割机，城市里烟囱林立，浓烟滚滚，工厂里机器隆隆，都是成批的机器生产，所有这些都是用钢铁制造的呀。现在，我们国家学习苏联老大哥，让大家过上和老大哥一样的好日子，就要大炼钢铁铜呀。

张妈听得一头雾水，但她坚信学校老师说的准没有错，她又追问：你说的这些都是真的吗？今后我们也能过上苏联老大哥那样的好日子？张妈认真地听着问着，过去她总不把儿子的话当一回事，现在，她突然觉得一向不懂事的儿子已经懂事了，说话有条有理有板有眼，她突然间就改变了主意，很感兴趣地说：行，只要今后能过上好日子，吃的穿的住的都用机器干，那就太好了，政府和学校要我们干什么，我都支持都答应。

下午的时候，矿区又召开了工作动员会，领导做了重要的发言：同志们，为响应党的号召，我们要：鼓足干劲，力争上游，多快好省！为实现赶美超英，我们要敢想敢干，以铜为铜，以铜炼人。

会议阐明了"大炼钢铁铜"的重要意义，明确地提出了铜矿工人的奋斗目标和要求，然后，由工人代表们表决心，接下来的日子，领导干部深入炼铜工地，与群众同吃同住同劳动，工人们斗志昂扬，士气十足，纷纷投入到了这场规模空前的战斗中来，这时候，正是矿区的地质勘探转入基本建设的过渡时期，矿区的两个重要矿点正式成立了两大坑口，并且竖井开工，尽管条件艰苦，吃的是糙米饭拌咸菜，住干打垒临时房甚至直接露宿在蓝天下，但矿区还是大力开展土法炼铜运动，用老凿岩机打眼，人推小矿车出渣，大家群情激奋，斗志昂扬，技术革新运动和社会主义劳动竞赛运动的浪潮一浪高于一浪，边建设，边采矿，边选矿，边冶炼，边练兵，边总结，各路大军干得热火朝天，大小铜炉遍地开花，不断创造着新的纪录，据县城的老人说，那段时间，站在县城的街道上，可以看到五十多公里外炼铜的火光烧红半边的云天。

工人们不仅是烧红了铜矿，也烧红了心，虽然工作很累很苦，但工人们不计较劳动时间、劳动报酬、生活福利，大家颂着“大跃进”大炼钢铁的诗，唱着“大跃进”大炼钢铁的歌，只是这些歌里，都自觉自愿地把钢铁改成了黄铜。是啊，黄铜在这个地方，是工人们的资本，更是工人们的骄傲。

这一年，金玲儿已经被调到了矿区基建科，她原来在学校的专业是公路建设和桥梁设计，对于结构力学有一定的功底，兰心蕙质的她从桥梁设计到建筑设计是自摸自滚，边学边做，也算是完美收官，这一年，由于大批量厂房的建设，她每天往返于各个厂区的建设，把关工程技术和质量，也是累得心力交瘁。每次看到坑口前忙碌的工人，从江边经过时看到那些大大小小的炉子，看到那些成片的森林燃成了灰烬，鸟儿在空中无助地徘徊鸣叫，而在后山，家属区的大小炉子正越烧越旺，金玲儿看着这些，心里总会升起一阵莫名的惆怅和慌张。

十二

图纸刚计算到一半，外面的浓烟已经把屋子装满了，金玲儿用手扇着浓烟边咳边走出屋子，看见是几个学生正在烧炉子，本来想说两句，看了看都是些半大孩子，又把到了嘴边的话咽了回去。她看到从小路一头过来一个人，再仔细看，来的人竟然是罗惠，这段时间大炼钢铁铜，大家虽然住的地方隔得不远，但平日里忙得都没机会见个面，金玲儿等在门口，两人一前一后进了屋子。

罗惠进屋，看到一屋子的浓烟，不觉也皱起了眉头，转回身把屋子的门关上了。金玲儿说：把门关上不是更呛吗，还是开着散风快些。说着就要去拉门，谁知罗惠上前一步拉住她的手说：把门关上，我有事要跟你说。金玲儿怔了怔，从罗惠的神色她已经预感到，她要说的不会是一件小事。

关上门，罗惠才开口：秦儒文出事了。

为什么？金玲儿吓了一跳。罗惠拍了拍她的手背，叹口气接着往下说：矿区不是在开展炼铜运动吗，这可是毛主席在参加苏联十月革命40周年庆典，赫鲁晓夫提出“十五年内赶超英美”，毛主席提出“中国十五年赶超英国”的高潮时期，所以，大家都在鼓足勇气地干，铆足干劲地干，你不看看这大小矿点工人们苦得不分昼夜，后区的家属也是干得热火朝天，可这时候，秦儒文居然给矿区党委办写了一封信。

他写了什么？一种不好的预感迅速传了上来，金玲儿太了解秦儒文了，他聪明、善良，但也耿直、正义，做事说话不懂得走曲线路线，这其实也是他们俩经常发生矛盾的主要原因。

他在信上写，大炼钢铁铜是一次错误的运动，违背科学就是浪费，经不起时间的考验，他还说，由于炉子温度不够，炼出了大量的棉铜，而有的矿点，急于求成的心理太强，矿石没有经过敲碎，含泥量过高，导致炼出了大量的毛铜，而最严重的是有的矿点为提高产量，把毛铜当成了紫板铜，紫板铜当成了蟹壳铜，造成了资源上的极大浪费。他还批评了后方家属区的炼铜运动，说是把成品扔进炉子是荒谬的，把森林燃成炊烟更是犯罪。罗惠讲到后面声音开始变得颤抖起来，她盯着金玲儿渐渐苍白的脸庞，接着说：现在，矿区的炉子正是烧得最旺的时候，你说，他不是给大家拆台熄火吗。

那现在怎么样？

党委办的领导非常生气，但是考虑到他年轻，又是矿区的重要技术人员，暂时没把他怎样，只是停了工作，还关了禁闭，说是让他自己先反思，写出检讨再酌情考虑。

他被关在什么地方？金玲儿只觉得两眼冒金星，尤其听到秦儒文被关了禁闭，只觉得手心冒汗，双腿发软，在这个地方，她和秦儒文都是一样的情况，他们在这里没有亲人，只有朋友，而这种朋友关系，在艰苦的自然环境里，在陌生荒凉的大山深处，他们只能相互照顾、相互依靠也相互取暖，和亲人又有什么区别？

就关在我们刚来绿汁镇住的那排小房子里，由保卫科的人看管着。罗惠回答。叹了口气接着说：你说儒文也真是的，其实，有些事情大家心里明白，可现在形势就是这样，你就是装模作样也得跟着装，有些事是不能说破的。

现在，金玲儿向着那排红泥房走去，她和罗惠刚来的时候在这里住过，后来，矿区又建起了职工宿舍，并且，向着绿汁镇中心延伸，这排房子由于地理位置偏僻，暂时闲置下来，没想到现在成了秦儒文禁闭的地方。短短几年时间，谁会想到沧海已成了桑田。

看守的是保卫科的肖云金，虽然不是很熟，但在一个厂区，时常还是见面，偶尔打个招呼。肖云金看见金玲儿走过来，心里已经明白了几分，赶紧迎了过来，嘴里叫着金姐。金玲儿说：我就想进去看看秦儒文，放心，不用多长时间，就说几句话。

肖云金赔着笑说道：金姐，你也别为难我，这个时候大家都怕摊上事，要是今天我真让你进去了，那明天关在里面的人说不定就不是秦队长，就成我肖云金了。

金玲儿咬了咬嘴唇，说道：小肖，虽然平时我们没有多少交情，但秦队长的为人你是清楚的，对了，前段时间你不是说你的钢笔丢了吗，秦队长一直记在心上，上周遇见我，还特意嘱咐我给你带支钢笔过来呢。说着，从上衣口袋里摸出一支派克笔，塞进肖云金手里，这支派克笔是金玲儿中学时父亲送给她的礼物，跟了她十多年，不到万不得已她不会使用。

推开木板门，金玲儿看到秦儒文平躺在空荡荡的床上，入秋时节，天已有几分寒意，他的门窗紧闭，看进去屋内光线暗淡，空气浑浊，床上只垫了一张草席，金玲儿心里泛酸。听到声音，秦儒文一动不动，在灰暗而闭塞的空间里，他的目光盯着天花板，看上去倔强冷傲，又那么软弱，那么无助。

儒文。金玲儿轻轻唤了一声，听到金玲儿的声音，秦儒文坐起来，目光在金玲儿脸上疑惑地寻找着，金玲儿看到他的手背上有一块淤青和血口子，血迹上面还沾着红泥墙的粉末，知道他委屈，却不知如何开口安慰，两人就这样对坐着，心里却是几年来的回忆波翻浪涌。

过去的已经过去，明天的路还得咬着牙走。

儒文。金玲儿伸出手去握住秦儒文的手，用手指轻轻摸着那些细小的伤口，最后，将他的手心贴在脸上，她说：你就向组织认个错吧，把这事解决了，我们才有未来。

秦儒文一脸疑惑看着她，金玲儿脸上有着甜美的笑意，她说：我累了，想找个地方停下来，我们结婚吧。

十三

由于秦儒文还在改造期间，没有恢复工作，厂里安排给秦儒文和金玲儿的结婚用房就是十六平方米的一间旧屋子，这间屋子低矮潮湿，只有一扇窄小的窗口可以通风和采光，矿区的公用厕所又在隔壁，附近的农民经常来这里挑粪水，天还没亮已经搅得臭气弥漫。十多家住户挤在一个露天水龙头下淘米洗菜，溢出的脏水湿了大半个路面，生活环境大不如前。

结婚这天，只有罗惠、团子、刘小玉等几个要好的朋友过来参加婚礼，双方的父母由于相隔较远，都没能过来，这让金玲儿总觉得有些思念和遗憾。那时，正值“全民皆票”的时期，连火柴、肥皂、布、粮等都是凭票供应，附近的农民不论男女老幼都饿得一脸菜色，好在秦儒文和金玲儿都是工人，除了寄回家的一部分，手上还存了一些粮票和布票，便用这些票买了布回来做件新衣，又做出了一顿简单的晚餐，这样，两人还是觉得心满意足了。

虽然条件不允许，但大家提议婚礼的礼数还是要按老规矩办，尤其到了闹房这个环节，本来日子就憋得慌，借着婚事总要乐一乐，罗惠一家牵着三岁的儿子来了，团子抱着吃奶的孩子也来了，刘小玉挺着个大肚子没进门就嚷开了。大家在屋子里闹够了，又要新郎官背上新媳妇沿街讨大米，且新媳妇的鞋子已经被偷偷拿走，沿街不能让新媳妇双脚落地。

金玲儿的脸被画成了大花猫，一只手抬着大红盆，另一只手拿着木头梳子，趴在秦儒文背上，边走边喊还要边用木头梳子敲盆。秦儒文走不动了，拄着膝盖吸气，脸上却是乐呵呵的，满脸都是藏不住的幸福。看见这样一对新人，整条街都乐开了花。

就在这对新人在大家的簇拥下叫着喊着走过半条街的时候，木棉树边走来一个人，经过五年的时间，他的皮肤晒成了棕褐色，下巴上蓄起了一圈胡子，他壮实了，更有了男人的成熟和稳练。他刚刚抵达绿汁，原本是想先看看这个地方的变化，然后，就远远看见了那一对新人的热闹。

他赶紧把身子躲在木棉树后，听着他们欢笑的声音和自己擦肩而过，他看到了新娘脸上的笑，那笑让他想起了当年盛开在绿汁江边的金光菊，他本来还抱着那么一点希望回来找她，没想到迎接他的居然是这一幕，像是老天爷和他开了个玩笑，一滴泪水从他的眼眶缓缓落下。他在心里慢慢计算着，五年时间，她到现在才结婚，那么这五年她究竟经历了些什么。

武志刚。他听到有人叫他的名字，转过头来看，居然是罗惠。

罗惠蹲下身子对儿子说：伟业，你去追爸爸，妈妈还有事，好吗？孩子放开妈妈的手向着新婚的队伍追去了。

你怎么现在才回来？你为什么偏偏这时候回来？罗惠皱着眉头想了半天，才从脑海里说出这句话，她没想到武志刚会在这时候出现。

武志刚擦去眼角的泪水，仿佛陷入更深的沉思：我每天都想回到这里，我的心一天也没有离开过。

那又是为什么呢？

我从这里回去后，就被分配到红河沿线，之后又被分配到了越南河口支持矿区建设，我一直想找机会来，我想知道她的情况，想得发疯，但是，我没有任何办法，来去一趟真的不容易。

此时，罗惠的心跟着渐渐往下沉，她能理解这个男人的苦，在交通条件极匮乏的年代，这个不容易里包含着多少的千辛万难，她又问：那你为什么不写信呢，她一直在等你的信。

我写了，开始三天写一封，后来一周写一封，一直都在写，可她任何回信都不给我，我以为她不会等我了，早就和秦儒文结婚了。

可是，她一封信都没有收到过啊，否则她一定会等你，她以为你回去后已经和省局的那个姑娘成家了。罗惠无奈地为金玲儿辩白，那其间的多少话，她都想替金玲儿说清楚。

她一封都没收到吗？武志刚困惑地问，随即他的声音暗淡下来，自己解释道：也不奇怪，从越南寄过来的信件是越境信，查得很严格，有可能寄丢了也可能被上级没收了，谁知道呢，或许，这就是命。

那你打算怎么办？

你说，我该怎么办？

志刚，我本来不应该那么自私，也不能替她做主，可金玲儿这些年吃的苦我最清楚，你如果是真的爱她，那就还给她一份平静的生活，毕竟，在这个年代生活才是现实的，爱情又那么脆弱。

我明白，我也祝福她，希望她过得好。武志刚点点头。

她是真的爱过你。

谢谢你，罗惠，这次回来能得到她的消息我武志刚这辈子也知足了。他的目光转向那对新人消失的方向，他们正被人群簇拥，被欢笑声包围，那些笑声灿烂地洒落在地面上，震动着他脚下的土地，那是他这五年来日思夜想的土地。

他走了几步，转回头挤出一个笑容，他看着罗惠说：我走了，罗惠，别告诉她我来过。他说完，目光投向更远的江水流动的方向，向着那条九曲十八弯的山路走去，他的身后，一辆运矿石的汽车刚好经过，扬起漫天尘土。

绿汁江，从楚雄奔腾而出，它一路翻山越岭，汹涌澎湃，流过万千山峦，淌过千里平川，南汇红河，用万点激流在这片土地上书写壮美的史诗，它是那么浩荡，那么汹涌，那么深邃，那么辽阔，又是那么长情，那么宽厚。

第二章　燃情岁月春江水

一

这一年的春天，似乎要比往年的春天来得更早一些，刚进二月，木棉树的枝头上，已经抽长出了大团大团的绿芽，街道两边的黄花槐叶子也翻了毛茸茸的青色，橄榄树上的果子迟迟不肯落去，似乎要和这个早来的春天做一次深情的吻别，江水任性地呼啸着，而沿着江水两旁的山峰依然屹立，在时光的河床上保持着它的沉默和神秘。

沿着山坡修成的矿区街道铺成了水泥路面，远远看去，在早春的暖阳里如镶嵌在半山的一根银腰带散发着耀眼的光芒，街道边建起了国营商店，清晨四点，已经有老人或是孩子在这里排队购买生活用品，计划经济时代，商品短缺，国营商店的售货员都是堂堂吃公家饭的职工，售货员算得上是小镇上的知名人物，虽不能济人，却可惠泽，从小镇的街道上走过，和她打招呼的都是矿区的主要干部。同属于国营经济的理发室师傅叫理发员，手中的推剪声，从天亮就开始了愉快而放声的歌唱，两把老式的铁椅子，斑驳的铁锈留着岁月的伤痕，木椅上总是坐着一排长长的等待中的队伍，或翻着报纸或嗑着瓜子，或是聊着刚从广播里听来的新闻。理发师傅却是气定神闲，不慌不忙，剃刀在梆皮上蹭得发亮，再在人的头上或脸上走个轻巧的来回，一不小心就可能是一道口子，整个过程却是有惊无险。

街道依次过去，是国营饭店、人民旅社、人民医院、照相馆、澡堂、邮局、五金交化店等，小小的街道五脏俱全，各个店的门口，又总是有那么多人在排队，商品短缺，物资供应不足，没事的时候人们总是习惯去排队，不管商店卖的是什么，饭店里今天出的是什么味道，柜台下面藏的是什么稀奇，人们在努力适应生活的同时，也被生活改变着自身的需求。这个半坡上的小镇因为有了铜矿而得名，短短几年时间，矿区人数由原来的几百人发展到了三万多人，他们的到来为这个隐居深山的小镇带来了崭新的文化、先进的科技、充足的劳动力，也填充了新鲜的血液，他们用自己的智慧和汗水，书写着小镇新一页的历史。

居民区建起了一排排新的住宅楼，这些红砖建成的四层居民楼，全是采用苏式设计的图纸，内部结构不仅包括卧室、书房和卫生间，还有配置齐全的厨房和小阳台设计，采光均坐北朝南，这些多米诺骨牌般的新式建筑群，像是山腰上迎接喜庆的大红梯子，一节一节错落有致地排列着，和重峦叠嶂的山峰遥相呼应，珠联璧合。

在矿区领导办公室青灰色的墙体上，写着八个刚正不阿的黑体字：调整、巩固、充实、提高。除此而外，另外的墙体上还有工业七十条的大幅墙面，这新鲜而陌生的字眼带动着人们无穷无尽的想象力和创造力，让人觉得可信和可靠，似乎在暗示着人们生活是有希望的、未来是美好的、前途是光明的，也在暗示着人们，绿汁的历史，在颠沛流离中已经翻开了新的篇章。

宝珠屈腿坐在床上玩一个洋娃娃，洋娃娃是父亲秦儒文到昆明市参加一个学术交流会时给她带回来的礼物，这个洋娃娃不仅有一头金色的长发和蓝色的眼睛，还有两条高贵的花裙子，小宝珠可以通过将洋娃娃的手脚拆卸给她换上新的裙子，还可以通过活动洋娃娃身上的每一个关节来改变她的造型。宝珠爱极了这个洋娃娃，又黑又亮的眼睛全神贯注全集中在了这个娃娃的身上。

宝珠。她隐约听到有人叫她的名字，宝珠抬起头看着屋顶，看到一束光线形成的小圆点正在屋顶上方来回移动。宝珠牵动着小嘴角笑了笑，头上两根又细又长的羊角辫像弯弯的月亮，鼻梁又薄又高，像是刀功极好的木匠师傅做出的工艺精品，薄薄的嘴角往上翘着，总是笑眯眯的样子。她循着光点找去，这是住在对面的伟业传来的信号，用一块镜子碎片将阳光反照进宝珠的屋里，而这间屋子正好是宝珠的卧室，开始的时候，伟业只是为了逗宝珠玩，后来，渐渐就成了两个孩子之间的秘密信号。

看到信号，宝珠将洋娃娃搁在了枕头旁边，跳下了床径直走到阳台上，此时，她的身高还没有阳台的墙面高，只能先踩着小板凳爬到阳台边的鸡圈上，圈里的两只老母鸡扑打了几下翅膀扬起了灰尘。宝珠并不在意，她只是想通过鸡圈把自己垫得高一些，站在三楼的宝珠就可以和对面站在二楼的伟业讲一会儿话了。

父母上班的时间，把孩子反锁在家里，在当时的家长看来无疑是最为有效和实用的方法，同时，也是孩子成长中最为孤独和寂寞的日子。年幼的宝珠也不例外，母亲金玲儿正在参与绿汁江大桥的建设，虽然工作地方离家就一两公里，但有时候会几天几夜也回不了家，好在对面的罗惠阿姨总是会给她送些好吃的，伟业也会给小宝珠带来一些新鲜的东西，比方说，一只脚上拴着线的小花雀，一条放在口缸里摇着尾巴会游动的小鱼，一朵开得正艳的绣球花或是一只弹跳功夫了得的蚂蚱。伟业的生活在小宝珠的眼里简直就是一个五花八门的大世界。

你看见了吗，这是什么？隔着一条路的距离，伟业使劲将手掌伸向宝珠的方向，宝珠在这头瞪大眼睛审视一番后依然没有能够看清楚对方手心的小黑点，只能嘟着小嘴无奈地摇头，伟业不肯善罢甘休，继续提示着：它的背是绿色的，有白白的肚皮，还有，还有，还有两条又细又长的大腿，想起来了吗，看图识字上有啊。伟业瞪着两眼进一步提示。

宝珠不时歪着头仔细想着，又把目光移回到伟业的手里，对于伟业的提示她似乎能想起来一些，又不能表达出来，忍不住追问道：伟业哥哥，到底是什么东西？

是小青蛙啊，咕呱咕呱跳下水。伟业说着，摆了个游泳的姿势，又把小青蛙放在手心里递向宝珠的一方，他觉得这样可以让她看得更清楚一些。宝珠好奇地凑着头看，但距离太远，始终看不清楚，伟业就说：等你妈妈回来，你过来我家，我把小青蛙给你玩。宝珠笑了，爽快地答应道：好。于是，这边伟业把小青蛙放在平台上，用手指推着小青蛙往前跳，那边就传来宝珠一连串呵呵的笑声。

这时候，刚刚下班的罗惠从房子一侧拐了进来，她的手里拎着刚买的小菜，边掏钥匙边上楼，把门打开就看到了阳台上正在和宝珠说话的伟业，罗惠一面斥责儿子不该在这里和宝珠讲话，对面的宝珠站那么高是危险的，罗惠赶紧走到阳台上，问宝珠爸爸妈妈回来了没有。宝珠回答没有。罗惠又叫宝珠先回屋子里，她到厨房取了个瓶子递给伟业，让伟业到国营商店打酱油。

伟业将小青蛙塞进裤兜里，几步跨下楼梯，他知道这个时间是打酱油的最好时机，不到一刻钟工夫，下班的工人就会大批量拥进商店，不满六岁的伟业就休想再有挤进去的机会，还好，此时多数人还没有回到生活区，伟业钻进商店顺利地打了酱油，又拧好盖子，心满意足地往回走。

就在这时候，伟业只觉得手心一凉，低头看时才发现，裤兜里的小青蛙不知道什么时候钻了出来，等他伸出双手去抓的时候，小青蛙已经向着路边的花坛跳了过去。“砰”一声巨响，伟业的双手还没来得及伸向小青蛙的方向，一瓶酱油已经随声落地。

看着地上的一片狼藉，伟业吓得坐在路边大哭起来，他知道，今天酱油摔坏了免不了要挨母亲的一顿打，还有，他答应过宝珠的，要给她小青蛙，待会儿她来了可怎么办呢。他边想边哭，或许，六岁的伟业怎么也没想到，这个寻常的日子会成为他人生中的一次苦恼。

二

就在这个春天，绿汁江大桥建设完工，全苏式制造的大桥，完全用混凝土浇筑，十二根结实的桥墩将绿汁江东西两岸完美地结合在一起，趁着阳光正好，趁着春风不燥，几个年轻人好奇地脱光衣服跳入湍急的江水中，他们合力环抱，终于得出了有效的结论：那么粗的大水泥柱子，要八个人合伙才能将这根柱子围住。他们走在小镇的街道上，逢人便打开双手比画着，目光中盈满了惊叹和赞美。

绿汁江大桥连接了两岸，更是连接周边三县的重要交通枢纽，实现了几代人的梦想，也创造了江面上的第一个奇迹。落成典礼的这天，在鞭炮的轰鸣声中，在热烈的掌声中，在期待的目光中，十二车满载精铜矿的解放汽车排成整齐的一列，缓缓驶过平坦的桥面，又在人们惊羡的目送中驶向更远的地方。

小镇上的人们都疯狂了，所有的人都会聚到了江边，远远看去，整个江边就连江对面的山坡上都是攒动的人头，一张张笑脸和一朵朵金光菊模糊地混杂成一片，他们都绽放着阳光的味道和风雨的明媚。

典礼开始，矿区领导走上桥头讲话，人群蜂拥而上，他们竖起耳朵瞪着双眼仔细听着，每一句话似乎都关系着他们的生存和未来，说笑声此起彼落，罗惠混杂在人群里，不时地被人推搡着，她一只手紧紧牵着伟业，背上的伟能刚刚开始会噗牙，浩大的声势几乎吓坏了这个初入人世的孩子，就连原来想扯着嗓子哭两声的欲望都忘记了。罗惠用一只手推挡着人群，目光则落在了桥上的金铃儿身上。

经过几年的时光，金玲儿褪去了原来少女身上的稚嫩，变得风姿和动人，成熟使她更显风韵，渊博的学识更使她气质芳华。她们是一起来到这个地方的，曾经患难与共的姐妹，如今都已经今非昔比，金玲儿如今是矿区有名的建筑工程师，刘小玉成了国营商店的食品柜售货员，可是想到自己的前途，罗惠只觉得一股苦涩涌上心头。

罗惠原来学的专业是测量，在地质工作中，就数勘探工作最为艰苦，本来以前的老领导考虑到照顾女性，已经把罗惠调到了矿区机关搞后勤工作，但是这一年，以建立健全责任制为核心的整顿企业管理开始，将矿、厂改为坑口和车间，又对一些原来的工作人员进行了变动和调整，罗惠是在昨天才听见小道消息，她将被调到距离绿汁十多公里外的一个比较偏僻的矿点工作。

实际上，罗惠并不是害怕艰苦，这些年野外勘探，实地测量，风吹日晒，三寒酷暑，还有什么是没有经历过的，但现在不同以往，她扔不下的是手心里牵着的这个孩子和背上刚满一岁的伟能，两个稚嫩的成长中的孩子不能没有母亲的照顾。她想，要是胡成海也能像秦儒文那样当上探矿队的队长就好了，那样多少可以说得上话，或是像林波那样有一张能说会道的嘴巴，懂得人情世故也懂得左右逢迎，落个好人缘也不错，至少也可以帮着递一句话。可惜胡成海虽然名校毕业，偏偏自恃清高，上海话说了一辈子，说得半个矿区人见了面都管他叫做“阿拉”，到现在只勉强会说几句简单些的云南话，这样的人际关系罗惠这个当老婆的当然要跟着吃亏。

但实际上想回来，罗惠心里自然有数，如果不是因为老方的出现，罗惠不至于遭此劫数。老方是罗惠所在部门新上任的领导，刚从部队转业过来，年近四十，尚未婚娶，平时说话慢气吞声，嗓子眼里像含着一颗敲不破皮的核桃，他身材不高，但背头较宽，就连脸上的肌肉也是横向发展。别看老方平时讲话斯文，仪表堂堂的样子，一个句子要打上两个感叹号，可做起事来却令大家刮目相看。

首先，老方爱“省”，老方的省可以说是声名远扬，他吸烟丝每次就是一小撮，点上火深吸一口，意犹未尽地抿着嘴巴回味，好像要把流进空气里的那丝烟再吸回到肚子里，每次基本控制就是三口，若是旁边的人想向他讨一小撮，别，就是一根也是万万不可能的事。还有个说法不知道是不是真假，反正熟识的人都是这么说，老方为了节省可以不穿内裤，单位的同事说一起下江游泳的时候亲眼见证过。

其次，老方爱“玩”，没事的时候，老方就在绿汁镇的街道上瞎溜达，只要遇上熟人他就会跟着去人家家里玩，一玩往往就是一个上午，把人家的屋里屋外、床上床下都看完一遍才尽兴，走的时候还会顺带捞个便宜，因此，矿区的主妇们对他是敬而远之甚至是闻风丧胆。

最后，老方还有一大爱好，说起来有点难以启齿，但是他都已经做了，我想，我们说说也无妨，那就是爱“色”，单位里的几个女职工多少都吃过老方的哑巴亏，好在，只是被他摸了下屁股，蹭了下乳房，或是捏了把腰上的油，毕竟声张出去不是好事，大家也就把气往肚子里咽了咽。可老方最后把他散漫的目光收拢到了罗惠一个人的身上。

罗惠年龄三十有二，生得白净圆润，伟能还没有出哺乳期，罗惠高挺的乳房便溢着诱人的乳香，老方的眼睛停在她的乳房上久久不肯离开：小罗啊，这次矿区职工调整是千载难逢的机会啊，能留下的前景可都是转干啊，你想好了，你是学校毕业，是我们这里难得的人才，要珍惜机会，要是被分去了哪个矿点，这辈子的工人饭碗让你吃白了头啊。

方领导，人事工作都归你管，这次你可一定要帮帮我啊。尽管不喜欢看他的细眯眼，罗惠还是压着性子低声恳求道。

对啦，看你就是聪明人，这人事吧，其实还是你说了算。老方拍了拍她的肩安慰道，又清了清嗓子，脖子里塞着的那枚硬壳核桃便跟着卡了一下。

他走向办公桌前取了块毛巾，朝着罗惠递过来。把嘴巴凑近罗惠的耳朵放低声音说：瞧你，都已经湿了，还不赶紧擦擦。罗惠不好意思地接过毛巾，在手里绞成麻花状，因为伟能正是断乳期，多余的乳汁总是晕出来，粉红色的衬衣上现出了两朵湿湿的小梅花，罗惠不敢抬头看老方，每多看一眼，就从发梢麻到脚趾，她担心自己会忍不住朝那块斯文的脸上呸一口吐沫。

罗惠没有回答，老方向前一步靠近，嘴巴里浓重的馊味便气流样向罗惠扑来，他对她说：下班后来我家找我，你的表格嘛，我都给你留好了，放心啊。

第二天，罗惠没有去。第三天，罗惠还是没有去。第四天，罗惠依然没有去。就在昨天，罗惠听单位里有小道消息传出，说她将被分派到最为偏僻的一个矿点。

三

周末的午后，阳光晴好得像水一样染蓝了小镇的天空，鸟的翅膀轻盈地划过枝头，留下一声清脆的鸣叫，又向着天空扑翅飞去，它的翅膀拨动着云层轻轻划动，不像是在飞行，更像是在游泳。江边吹来的风，带着湿湿的温度，落在脸上开始有了灼热感。

国营商店门口排了长长的队伍，罗惠走到门口，先把头探进去看了看，见刘小玉站在柜台里面，罗惠绷紧的心放松了许多。

几个女人站在柜台前，双手托着几团毛线对着光线比较颜色，最近，矿上的女人们开始流行起织毛衣，走在街上，随处可见边走路边织毛衣的女人，毛线揣在小布兜里，挂在手腕上，上下班路上织，散步织，逛公园织，各种花样各种款式层出不穷，总之，女人的世界就是一个舞台，只要你织毛衣的手艺不错，能织出足够的新花样，在这个女人构成的舞台上就可以过五关斩六将。

刘小玉也不例外，这个热心人本来在的是食品柜，此时，丢下一堆排队的群众参与了毛线的讨论，每个女人都做出很识货的样子评头论足一番，刘小玉在一旁边比画着边发表意见，转回头目光偶遇罗惠，以为她是进来买东西，不怎么在意，回过头继续毛线的话题。

罗惠在心里叹了口气，如果不是因为不得已，罗惠也不会主动向刘小玉开口，虽然几个人是一起进的矿区，但是因为后来分工不同，身份似乎也出现了差距，加上各自成了家，见面的机会渐渐少了，感情也淡了很多，罗惠又是天生的爱面子，平时情愿排长队也不会向刘小玉要个人情，开个口求个人对于她来说真是比登天还要难。但她清楚刘小玉为人，表面上要强，但重情重义，热情大方。

小玉。罗惠只好开口喊道。刘小玉转过头，问罗惠有什么事。罗惠把她拉到一边，虽然感情淡了，但毕竟在一起成长的青春岁月里有对方的影子，罗惠和刘小玉说话不那么困难。她直接说：你能不能帮我个忙？

是不是家里的猪油吃完了，放心，小事一桩，我这刚好留了半斤，要不先拿去用。刘小玉爽快地说着准备转身回柜台。

不，不是猪油。罗惠语塞，话到了嘴边又有点难以启齿。

那是什么？

能不能给我弄一条翡翠香烟，我有急用。罗惠好不容易说出了这句话，顿时感觉轻松了许多。

要一条？没弄错吧，你们家阿拉真舍得抽一条翡翠，那我刘小玉可以把猪油当水喝，别丢那个钱了，买两包就行，我这就拿给你。刘小玉爽快地回答。计划经济时代，商品短缺，卖方市场，售货员手中有一定的掌控权，你排再长的队伍排到跟前，货却断了，而柜台下面全是给关系户的预留，但谁也不敢言语，得罪了售货员以后你休想再买到好货，所以，这两包烟看得出也是刘小玉的预留货。

不行，还是要一条。罗惠坚定地补充，赶紧用一只手抓着刘小玉，生怕她边说边转进柜台里去了。

当真要一条？一条可是有十包。刘小玉解释道，半晌，又觉得不对，问她：你要了干吗？

我，快过年了，想回昆明一趟，家里亲戚多，帮帮这个忙。罗惠感觉自己一说谎，整个嗓子眼都会发痒，还想补充两句，被嗓子卡住了。

那好吧，你明天过来拿，本来是要给宣传科的李科长留的，既然你开了这个口，就先让给你吧。刘小玉爽快地答应。

事情是办成了，走出商店，罗惠只觉得自己的双脚跟灌了铅一样抬不起来，一想到老方的样子罗惠直觉得气往上涌，既是厌恶也是痛恨，但是现在自己的命运就在对方的手上，人在屋檐下哪有不低头。她向着江边走去，心里装满了烦闷和苦恼，女人的心好像那些江边的石头，被时间的浪花冲刷了她们外表的光辉，又从上游带来许多垢秽停滞在身上，潮来潮往，终究是非常孤零。

这是罗惠经过两天两夜的冥思苦想才想出来的办法，不知道还能用什么方法讨好老方，以请他手下留情。其实，她知道老方想要的是什么，女人的身子，罗惠当然有，可是，罗惠除了有女人的身子之外，还有女人的尊严和耻辱。其实，女人的身子脱光了衣服都一样，可老方偏偏相中了她，是幸运是大难是悲是喜，只能说她的命中注定有这场躲不开的劫难。

她给不了他想要的，总得给他一样来替换吧。他不是喜欢占小便宜吗，不是从来不舍得抽好烟吗，罗惠想到了一样东西——翡翠香烟，翡翠香烟六块钱一条，最近在绿汁很走俏，相当于罗惠一个月的工资水平，相当于一个家庭一个月的生活消费，就是县革委会的头头抽的也就是自制烟丝，这条烟不知道能不能抵得过一个女人的身子。

可是，怎么送过去呢，这又是一个摆在她面前的现实问题。罗惠首先想到的人是胡成海，可是，罗惠有几次无意中在老方面前提起过胡成海，言谈之间可以听得出老方对胡成海有成见，而且，胡成海是个急性子，几句话谈不拢，他可以撸起手袖和人家没完没了争论一天，非得争个你死我活鱼死网破，把人得罪了不说，自己还落了一肚子的窝囊气。胡成海绝对不行，罗惠很快否定，几番思想辩论后，她做了一个重大的决定：自己上。

但是，她需要一个人帮忙，这个人一定要是她平日里最亲近最信任的人，于是，罗惠又想到金玲儿，她去了金玲儿家，开门的是宝珠，说她妈妈还没有回来，罗惠知道金玲儿工作较忙，其实，虽然是多年的姐妹，但有些事情还是开不了口。

多年后，我的奶奶金玲儿和我讲起这件事，她不无惋惜地流着泪说：不就是一条香烟吗，若是放在现在这个红包满天飞，后门到处走的社会来说，那算什么大事啊。可当时的人就是那么单纯，我们矿队有个姓李的工人，老家离绿汁镇不远，下班后把家里的南瓜拿到国营饭店门口去卖，被队里的领导抓了个现行，就连买的人也被批，说是搞资产阶级，领回来后，在全体职工大会上痛哭流涕地做检讨，罗惠能不怕吗，她本来就胆小。

罗惠站在街头，面对着那一排排新建起来的房子，很久很久，一个念头从她脑海间闪过，她转身向着团子家的方向匆忙走去。

四

团子的家在绿汁江边一排低矮的平房里，住着的都是矿区临时工人，这些工人多数没有文化，靠的是出苦力过日子，矿洞工作按计件付薪酬，有一部分是矿山的井矿工，长年吃住守在矿洞边，回这里居住的日子不多，走个来回很少遇见行人。

屋子正面临路，背靠江水，是真正的枕山而眠、依水而居。由于热带河谷强烈的日照光线，屋子里不觉得潮湿，只是采光通风条件不好，显得太阴暗，实际上屋子里除了一张床，还有挨门的一个火塘之外，什么也没有。矿洞工人最大的财产就是一口小铝锅，当地人叫罗锅，不论是放羊还是挖矿，走到哪都带在身上，既可以架在火塘上做饭也可以兼做饭碗。

这段河谷较为平缓，加上下游有一个坡度缓冲，湍急的江水来到这里形成一圈圈涡流，流速很快减了下来，从屋子里看过去，简直就是一个巨大的湖面。同时，也方便了矿工的日常生活，矿工劳作一天之后，带着一身汗水回到这里，跳进江水洗个澡，洗去一身的劳累和疲倦，是大自然天公作美的恩赐。

紧邻江水的是易门县最高的山峰猫猫山，猫猫山海拔高且风景秀丽，云层环绕山腰，除阳光晴朗的日子外，几乎没有机会看见峰顶，山体青翠碧绿，如瑶池碧玉镶嵌山间，只是矿工们很少有时间和心情来欣赏这风景。猫猫山上曾经有过矿石开采，之后停业了，上山的路有人工开凿的痕迹，尽管如此，想要登上峰顶，也不是一件容易的事，没有足够的时间和体力，能走到半山已经相当不错。因此，很难想象当时在没有机械化运作的情况下，全凭矿工的体力，是如何将一车车矿石运送到山外的。

罗惠经常过来这里，每次家里有什么好的东西，总惦记着要送些过来，对这里比较熟悉，连其他矿工看见罗惠，也会对团子说，你姐来找你了，你姐又给你带什么好吃的了。时间长了，有些矿工不明真相，当真以为两人是亲姐弟了。

不仅如此，团子的两个女儿来了，都急着找罗惠这个姨妈，在孩子眼里，这个姨妈和亲姨妈没什么区别，两个孩子分别按年龄划分叫大南小南，大南七岁，小南五岁，团子想要个儿子，给孩子取名叫南，实际是取“男”的谐音，两个女儿的名字带着这个山里汉子对未来的召唤。

大南小南听话也乖巧，从小在山林长大的彝家小姑娘，上山像野猫，下江像泥鳅，聪明伶俐，十分讨人喜欢，每次来了矿区回去，就跟村寨里的人说：我姨妈对我可好了，给我红糖吃，那黑咕隆咚的东西甜得掉牙。伟业阿哥教我唱歌，他做的纸蝴蝶会飞上天。宝珠的洋娃娃是仙女变的。在两个小姑娘的眼睛里，矿区生活是神仙的世界。

团子的老婆凤英多数时间都住在村里，一个人种植家里的几亩山地，由于山高坡陡，农业栽种完全靠人的双肩背扛，农民们自己编织一种背篓，这种背篓非常结实，径深在一米左右，每次可以装下五六十公斤的物资，筐上除两根背带之外，还有一根头带，主要用于勒住额头，用头部的受力减轻背部的压力，这也是当地农村姑娘都要缠一根包头带的原因，不言而喻，这根包头带的柔软可以减轻头部所承受的重力。

尽管如此，一年到头苦得不分白天黑夜，如果遇上干旱或洪涝的话，几亩山地有可能颗粒无收，可以想象凤英的生活极为艰苦，当地的农业水平之低。

然而，由于隐居深山，在三年“大跃进”时期，罗惠等人却得了凤英和村里人的不少帮助。“大跃进”时期，国家虚假风盛行，绿汁矿区也发展了声势浩大的炼铜矿运动，号召人民起来自己用土炉炼铜，绿汁镇周围的居民荒废了耕种时机，加上整个社会进入共产主义，搞大锅饭，吃饭不要钱，导致农民干多干少一个样，干与不干一个样，生产积极性降低，加之自然灾害，绿汁粮食供应不足，多数矿工们普遍处于饥饿状态之中。

矿工们的工作辛苦，劳动强度大，饿极了的矿工们到处找草根、芭蕉叶、树叶来填肚子，在这种长期饥饿的状态下，好多矿工不胜体力。有一天，罗惠在上班的路上，见一个人迎面走了过来，先是摇晃了两下，然后脸往下，扑通一声，栽倒在路边。旁边的人上前把他扶起来，他的脸向一边侧着，嘴里流出一摊水，其中，有一些绿色的黏稠物和没有消化的碎草，罗惠当时吓坏了，心里清楚即将面对的生活的严峻。

好在凤英所在的村寨较为偏僻，才躲过了这场国家浩劫，三年间，尽管农民生活十分困难，凤英和她村寨的农民们，还是省下本来就少得可怜的粮食，让凤英多次背下山，救济一些贫穷的矿工，当她自己也迫不得已断粮之后，依旧把山上的野果、能捕捉到的猎物拿来和大家分享。有一次，一名矿工因严重营养不良而脱水，三天下不了床，是凤英带来的一只野鸡救了他的命，也是在这场浩劫中，善良的村民们和矿工们结下了深厚的情谊。

多少年后，当我的奶奶金玲儿说起这些事情的时候，还舔着嘴唇对我说：那时候，凤英送来的糖梨花和苦刺花，怕是我今生吃过的最好吃的食物了。

五

黄昏来临，夕阳平照在绿汁江大桥的桥面上，桥头的两岸，绿树成荫投影水中，归巢的鸟儿叽叽喳喳，矿工们在喜悦中结束了一天的劳作，三五成群地来到大桥上纳凉。男人们点上一支烟，女人们打着毛线，坐在桥边，谈论有趣的事，说着生活的话题，江风吹过，惬意无比。

此时，林波正坐在桥栏上，一边弹着吉他一边和旁边的人聊天，他的身边总围着一群年轻人，更准确地说，是林波的追随者。他本来就有弹吉他的基础，年会上一曲《献给爱丽丝》，那清澈如流水的弦音，很快风靡了整个绿汁镇，找他拜师的，学艺的，走火入魔的不在少数。林波更是热情高涨发愤图强，吉他一刻不离手，水平日日高升，简直达到了炉火纯青的地步。

金玲儿一个人从桥上走过，走到桥中间停了下来，看着江水发愣。林波看见她，先是没在意，继续和几个小青年聊着，等再回头，发现金玲儿还愣在那里，便有些好奇，把手中的吉他扔给了旁边的一个小青年，朝着金玲儿走过来。

怎么了，眼珠子掉江里了吗，要不要跳下去给你捞回来。林波说话收放自如，是惯有的腔调。

金玲儿笑了笑，对于林波这个人她见识过，没什么坏心眼，但说话又缺少心眼，基本上属于中间派，凭着和刘小玉多年的交情，几家人关系一直保持得不错。当然，金玲儿不是贫嘴林波的对手，若是不识实务，非要回敬两句的话，说不定还会吃林波的亏，这事她领教过。

我在等省地质局的人。金玲儿简单地回答。

你不在家好好陪秦儒文，跑来这里等地质局的人。林波坏笑着不阴不阳地反问，又接上一句：不会是老情人吧？

听林波这么说，金玲儿觉得心里有什么东西"咯噔"响了一下，但从林波脸上分辨不出他这话中的话是什么意思，仔细想想，又怕是自己多心，平日里贫嘴惯了，也许就是随便一说，她本来想解释是个女同志，晚饭后陪她走走大桥，到了嘴边不想说了，按部就班地回答：早上他们来矿区检查工作，下午说是要参观大桥，所以，让我提前过来等。

那是算工作呢，还是算私事呢？林波不依不饶。

这个问题，要你说了算啦。金玲儿有些烦了，不知道为什么，林波这么一说，不管他是有心还是无意，只觉得心里像是被什么东西堵住了一般难受，又不好发作，只把脸色阴了下来。

林波自讨没趣，还想说几句，看金铃儿脸色晴转多云，一时语塞。金玲儿转过头来盯着林波看，目光停留在他的嘴上，她仿佛想起什么，有一种似曾相识的东西浮了上来，心里有一池水清清地洇开，沁出几丝凉意。

多年前也是这么一个晴好的黄昏，曾经听刘小玉说过，她嫁给林波就是因为他的嘴形长得像一个人，此时，这个人从金玲儿记忆深处拨开万层烟云浮了出来，她想起了他的笑、他的嘴、他的鬈发，还有那个深情而缠绵的初吻。

江水汹涌，记忆澎湃。金玲儿沿着江水的方向可以看到山那边那片正盛开的金光菊，经过几年的时间，花开得更加繁盛，覆盖了江边几十亩的土地。从这边看过去，映入眼帘的是一片金色的花海。然而仔细想想，人，却越走越远，远得连距离都没剩下，心也日日荒芜、寂寞、苍凉。

早晨发生的一幕又如潮水般涌了上来。因为每天上班前要背《毛主席语录》，工人都比平日早半个小时到达厂区大门，人人手里拿着小红本本，张大嘴高喊：毛主席万岁，万万岁。并且，还要做到早请示晚汇报的政治活动。早上，要向伟大领袖毛主席请示这一天的工作、学习，一天工作结束后要向伟大领袖毛主席汇报这天的工作、学习情况。

清早起床后，金玲儿做好早餐，给宝珠找衣服的时候发现，围裙上坏了一条口子，上班时间有些紧，金玲儿便赶紧找来针线准备随便缝上几针应付一下，偏偏这时候宝珠睡醒了，瞪着一双小眼睛看着妈妈。

金玲儿对宝珠说早点在餐桌上，过会儿起来自己吃。

宝珠又问是什么。金玲儿随口回答是馒头。宝珠就不乐意了，边哭边喊要妈妈把早点换成油条。

按平日里的情况，家里能有馒头吃已经算不错了，哪里会有油条，马上就到上班时间了，金玲儿随便哄了宝珠几句，宝珠平日里经常一个人被关在家里，小小的心里装满委屈，好不容易逮着母亲一次总要撒撒娇，当然不依不饶，没说几句又是哭又是喊，一声比一声高。

宝珠的哭声把秦儒文吵醒了，秦儒文烦躁地揉着眼睛走出房间，趴在宝珠身边哄她，又责备地问金玲儿是怎么回事把孩子弄那么伤心，宝珠平时挺乖。

秦儒文加夜班绘图，基本天亮才睡下，金玲儿反而有些过意不去。她歉意地对秦儒文解释说：不好意思了，现在把你吵醒，宝珠要吃油条，可我时间来不及了，今天省地质局的领导要下来检查矿区工作，我快迟到了。

金玲儿话没说完，只感觉秦儒文愣了一下，虽然是个很细小的动作，但还是明显得令她感到意外。沉默了那么五秒钟的时间，秦儒文才冷笑一声说道：原来是省地质局的要来，怪不得那么紧张呢，天不亮连自己的老公孩子都不要了，我看这样子还以为是去会老情人呢，你对这个家再不满，也不要拿孩子撒气好不好。

几句话说得金玲儿一头雾水，她明明闻到了空气中的那股火药味，又摸不清楚这股味道的导火线在什么地方，但她还是尽量压着内心的怒火对他说：只是小事情，不过是去开个会议，何必说那么难听。

你认为是小事？秦儒文更加咄咄逼人，接着吼道：我们这个家对于你来说当然是小事，你去找你的幸福才是大事吧，你怕是巴不得散了更好。

金玲儿愣在那里，空气中的那股酸涩、那份苦楚、那份痛心和无助，所有的委屈一股脑儿涌了上来。

秦儒文，你凭什么那么说我，我做错了什么？金玲儿恶狠狠地反问道，在清晨的第一束暖阳里，她觉得自己的泪水冰凉无比。

你做了什么？你心里不是最清楚吗。秦儒文丝毫没有退让的意思。两人的目光都停在对方脸上，好像要重新认识。感情就是这样，有的婚姻处得越久就越有感情，有的婚姻走着走着就陌生了，而更可怕的是，有的婚姻一夜醒来才发现，原来彼此完全不认识。

六

会议结束后，金玲儿和吴同志一起走出会议室，吴同志来自省地质局，穿一件灰色的列宁装，驼色绒围巾，四十岁的女人，说话一字一句轻声细语且字正腔圆，字字给人的感觉综合起来可以用几个词一起来形容：抑扬、顿挫、亲切、柔和、魅力。

尽管相处时间不长，但两个女人很快聊到了一起。吴同志是第一次到绿汁，不断赞美绿汁镇的建设和发展，金玲儿尽地主之谊，带她到处走走看看，两个女人爬到半坡处，整个绿汁小镇便可尽收眼底。

此时，西去的太阳染红山色，而黛青山的山峦在这一抹胭红中显得更加苍翠青绿，天边的层层云雾缭绕着陡峭山峰，山崖上，鬼斧神工的巨石，构成了千奇百怪的图景，有的直插云霄，有的俯卧苍生，有的风姿绰约，有的傲然挺立。远处淡白色的山径蜿蜒曲折，像一条丝带从云间飘落，不经意缠绕半山，谁能想到这看上去蜿蜒逶迤得如诗如烟的盘山小路，居然是靠人们的双足长年累月踏出的足迹。

绿汁江则像一条玉带环山脚依山势而行，踏着鼓流，漾着波纹，依青山，行绿水，水上霞光万道，形如长虹当空，亦如长练当舞，环绕绿汁小镇一番缠绵，又依依不舍呼啸东去，此时，小镇酣然沉睡鸟巢，只有鲜艳夺目的五星红旗在迎风飘扬，整个绿汁小镇宛若神话天工之美。

现在，还是我们国家十分困难的时期，大部分人都是赤贫，农民普遍消极怠工，农业根本无法养活非农业人口，老百姓普遍挨饿，能在这个矿上工作，其实条件还是挺不错的。吴同志感慨地说。

吴同志的话令金玲儿感触极深，她停了停，接着说：现在绿汁镇的发展水平，应该已经基本上达到一个县级城市十年后的生活水平了吧。看着拉通的街道及新建设起来的厂房，作为矿区的一名老工人，金玲儿也不禁生出自豪感，点头表示同意。

从坡上下来后，金玲儿主动提出要带吴同志到矿区走走，不知不觉两人停在了卫生所门前。由于建矿初期的劳动保护技术条件不足，工作中造成频繁伤害的事件屡屡发生，如果矿山出了事故，转到好点的医院往往因为路程较远，时间长了，会耽误最佳的手术治疗时间，以至于一些情况并不复杂的病人因无法及时得到救治而在转院途中丧命，组织上选派了一些医生到大山外进行学习，并选购了相应的医疗手术器械等。矿区卫生所已经搬到绿汁镇街道上，两层楼房，有十多张病床，二十多名工作人员，较好的医疗设备和医技水平使矿医院在方圆百里之内享誉盛名。

在卫生所，两人看见一位医生正在给一个小孩看病，从这对母女的装束看得出来，小孩是附近彝族人家的孩子，因营养不良造成肠梗阻，陈医生正在认真地给孩子问诊，并且，看到瘦小的孩子明显营养不良，陈医生同情地将自己从家里带来的盒饭让给了孩子。

看到这一幕，两人都非常感动，金玲儿便向吴同志介绍：陈医生1953年从上海圣约翰大学医学院毕业，绿汁镇矿区建设后主动申请来到卫生所工作，在矿区有极好的口碑，连昆钢的厂长都过来请他看病。在他身上流传着很多故事，听说，一位矿工的膀胱在爆破时被弹片穿透，还伤到了肠子和周围的一些组织，失血过多，生命垂危，有的医生看见了想放弃手术，但陈医生硬是利用两个手术把命悬一线的矿工从死亡线上拉了回来，镇上的工人或是附近的农民都亲切地称呼他为“陈大医生”。

听闻此言，吴同志主动走上前亲切地和陈医生握手问好，交谈起来，陈医生性格随和开朗，但讲到先前的故事时，只是很谦卑地回答：人本身都是生命的个体，只要还有一线的希望，医生就没有权利宣判死亡。虽然陈医生回答得简单也轻松，却令吴同志和金玲儿敬佩不已。吴同志不禁感叹：绿汁镇矿区，正是因为有那么多平凡而伟大的工人，是他们的牺牲和无私奉献，才会有那么好那么快的发展。

不知不觉，两个人已经走到了江边，目送万顷碧浪，吴同志将手指伸入江水，说道：我们俩真是投缘，这些年，我们地质局和你们矿务局的关系一直比较好，也结下了不少深厚的友谊，这种关系真难得。

本来，金玲儿忍了一天，那个名字虽然在她心里念了好多年，念得多了便成了一种心语，似乎不能用语言来表达，但是，她不想再错过这个机会，也许错过这个机会，会永远失去他的消息，她没有什么野心，更不像秦儒文嘴里说出的那么卑鄙，她唯一的心愿就是想知道他的近况，就像是关心她一位多年前走失的亲人，一位似曾相识的老朋友。

你们队里有一个叫做武志刚的同志，建矿的时候就和我们一起来到了这里，他的地质勘探技术非常优秀，为我们矿区建设做出了很大的贡献。金玲儿在心里打好了草稿，这才试探着说出这段话。

武志刚？没有这个人啊，你会不会是记错了。吴同志思量着，回答说。

不会吧，就叫武志刚，1952 年年初来绿汁镇，1954 年年底离开，就是你们省地质局的人啊。金玲儿一再强调，企图用这样的方式将那个人从对方的记忆深处挖出来，那个深秋的一幕又浮了上来。

真的没有，我 1949 年就进了地质局，局里的人我基本认识，确实没有这么个人。吴同志侧着头认真思索一番后，依旧肯定地强调。

真没有，你好好想想。

真的没有。

金玲儿一头雾水，悬着的心一下子就空了下来，她原本多么渴望得到他的消息，而内心深处又对他的消息实际上有一种本能的抗拒，现在，所有的这些在瞬间化成了白色的泡沫，他原来没在地质局，那么他又会是去了哪里，许许多多个为什么困惑着她。或许，从一开始到现在，武志刚的出现对于她来说，本来就是一个梦，他只在她的心里存在着，而似乎只是在转瞬之间，他便消失得无影无踪，整个世界不知不觉地已经把他彻底忘记了。

等金玲儿回到家的时候，秦儒文正在看书，抬起头看了看她，空气僵持着。金玲儿自顾自走到毛主席像前，她轻声对毛主席汇报着这一天的工作，汇报了矿区在吴同志眼里是那么的美好，他们多年来的努力工作得到了认可，她的幸福感和自豪感。

然后，她闭上嘴巴，目光停留在毛主席温和的目光里，还有一件事她需要在心里向亲爱的毛主席坦诚：今天，我终于知道了，那个人已经彻底从这个世界消失。

这时候，一只手搭到了她的肩上，秦儒文不知什么时候走到她的身后，对她小声说：对不起，早上我心情不好，不该对你发火。

她沉默着，没有拉开秦儒文的手，她其实想告诉他：她并不在意他知道什么或是想什么，现在，她唯一的心愿是把宝珠带大，把日子过好，即使那个人真的来了，她难道就会跟他走吗，那对于她来说，早就只是一个记忆了。

你还在生气？他问。

她没有回答，只是在想：他或许永远也猜不透她的心里在想什么。

七

那个夜晚，罗惠一夜没有合眼，她安静地躺在床上，听着山风流过窗口的声音，感受到大山的夜晚是那样寂静，静得能听到土地的呼吸和心跳，还有土地的叹息，她对于自己的前途无能为力。她希望这样的寂静能一直持续下去，持续到永远，持续得没有明天和来日。

她突然有一种想哭的感觉，想要声嘶力竭地大哭一场，将心底的苦楚、委屈、压抑统统释放出来，可对于现在的她来说，哪怕是大哭一场也是一种奢望，只能压抑着，忍着，痛着。自从18岁那年来到这块土地，她始终在努力地承受着也改变着，不管遇到什么事情，她会告诉自己，再坚持一阵子，再忍忍，总会过去的，日子里的酸甜苦辣、五味杂陈都悄悄咽到了肚子里，事实也说明，命运确实就像绿汁江的水，在波翻浪涌之后，也会迎来风平浪静。

胡成海本分、善良，在旁人看来甚至于有些木讷，但他的妻子罗惠知道，在他的性格成分里，又存在着典型南方人的血统，敏感、多疑，甚至是多虑的神经，在谦和的人际关系里，又有几分自恃清高的傲气，这种血统隐藏在他性格的最深处，如果不是走得很近不会轻易发现。他不跟同事结党营私，因为没有他想知道的任何内幕，也不探听前卫的消息，同事纠葛与他无关，在矿区这个大集体里不可避免地落单，被排挤也被遗忘。

偶尔，罗惠会想起多年前的夜晚，在那段恋爱的时光里，她曾像小鸟一样趴在他的胸前，听他讲述上海的迷人风景、繁华的外滩、百乐门前呼啸而过的车辆、穿着绲边旗袍的女人走过南京路时的风情万种、高跟鞋踩着路面发出的爵士鼓般的节奏。那时候，他曾经承诺过罗惠，等工作一段时间，两人攒够了钱，就带她回上海，让他们的孩子读上海最好的小学，然而现在，伟业马上就快上小学了，那个承诺离他所需要兑现的时间越近，就越不真实，越不可及。

尽管现实是那么残酷，但从良心来说，罗惠没有一丁点埋怨胡成海，更没有想过他曾经的承诺是对少女时期的她的欺骗，或是抱怨他的无能。现实摆在面前，罗惠家里除了父母之外还有一个弟弟，而胡成海家里则有两个哥哥和一个妹妹，当时，城市还有大量的剩余劳动力，想要就业十分困难。

两口子每月的工资除了往家里寄一部分之外，只能维持简单的生活，根本不可能有任何积蓄。这样的情况，两个人的收入等于是三个家庭的开支和希望，他们不能失去眼前的工作，不能有任何的差错，更不敢设想能从云南的大山深处一步跨入遥远的大上海，那简直是天方夜谭。

罗惠把那条香烟用头巾包好，又找来一个布兜装进去，一切准备妥当，才走出卧室。看见胡成海正在给伟业粘一只风筝，胡成海心细，到山上找来细竹子，做成蝴蝶的框架，又把白绵纸贴上去，正在把着伟业的手往上面涂颜色。而伟能则坐在婴儿车里，婴儿车是胡成海自己用木板制作的，伟能出生后，胡成海凭着对上海的记忆，自己找来几块木板，又找来锯子和推刨，花了几天工夫做出了这辆婴儿车，之后，又找来油漆涂上颜色，还十分好看方便，好多矿上的家庭都过来学习效仿，胡成海也乐得向他们展示自己的手艺。

看到眼前一幕，罗惠的心里油然而生一种幸福感，确实，一个温馨的家庭对于一个女人来说有多么的重要，这是她亲手搭建起来的巢穴，是她结丝吐哺一点一点织起来的温暖和希望，为了维持这个家庭的幸福，她宁愿放弃一切或是牺牲一切。

你要出去吗？胡成海抬起头，看见罗惠拎着包，问她。

嗯，我去商店看看。罗惠随便答应着，疾步向门口走去。

妈妈，待会儿风筝做好了，我可以约宝珠一起去放风筝吗？伟业看见妈妈要出门，大声征询妈妈的意见。

当然可以，只是你要照顾好宝珠，她还小，跑不过你。罗惠提醒道。

我知道。伟业答应得很响亮，能和宝珠一起玩耍，是他最开心的时刻。

由于矿点的增加，矿区增加了大批的工人，职工宿舍和家属区不断地向着绿汁镇的外围发展，老方的家就在外围的一排红砖房里，十户人家一排房子，每家有三四平方米的一个独户小院，院旁有厨房，有一间客厅和两间卧室。老方的屋子刚好在最后一间，罗惠担心被人看见，便从山后的小路绕了过来，走得急急忙忙。好在敲了两声门后，老方就来开门了。

看见罗惠，老方倒还有些意外，赶紧拉开门让她进去。老方没有成家，整个家里看过去真是家徒四壁，院子边上堆了一些柴火，看得出刚从山里砍回来不久，每根有碗口粗，还没有晒干水分。其他就正堂墙上挂着的毛主席像还增姿添彩，说明这个贫穷的老头能够与时俱进。

门前有一只小凳子，罗惠便自己抬过来坐下，虽然老方平日里一双眼睛到处擦油，但单独和女人相处，看得出来他确实没有经验，反而显得有些拘谨，自己找了个墙根的位置坐下，眼睛垂在地上，脸上的肌肉也是极为僵硬。

看见他这样子，罗惠悬着的心放松了一些。坐定后她直接打开天窗说亮话：老方啊，这次工作调动从内心来说，我服从组织安排，但是，也希望组织上能考虑到我家里两个孩子还小，确实不能没有母亲照顾，给我缓两年的时间吧。

照你这个说法，矿点上那些女职工都不用生儿育女了，你孩子小可以带着去，咱矿区的孩子从小就应该深入大山，熟悉我们的每一个矿区嘛。老方冠冕堂皇地回答，听上去还蛮有道理。

看老方这样子，罗惠敢怒不敢言，可怜巴巴的眼神看向他，她说：你就开个恩吧，伟业马上该上小学了，伟能又太小，两个孩子都要人照顾。

老方不说话，也没表情，木头一样杵在那里，眼皮子耷拉成一堆多余的脂肪，把眼珠子盖住了。罗惠只好打开布包，把那条烟递了过去，她的声音散散的，有些抖：这，这是，这是一条香烟，翡翠的，烟挺好，你就帮，帮我吧。她近乎于哀求，声音软得像根被风扯起的棉花。

我不要。他的声音又冷又硬。

她说不出自己有多绝望，把那条烟放在地上，可他说过不要啊，又拿起来停在半空，不知该往哪放，最后，终于找出一句该说的话：那我走了。

老方突然两步跨上来，伸出手抱住了她，他嗓子里的那枚硬壳核桃使劲转动着，发出咕噜咕噜的摩擦音。他说：我只想要你，其他的什么都不要，就让我摸一摸，摸一摸也可以啊。他的声音由凶猛变成哀求，嗓子里的硬壳核桃使劲滚动着，说着就伸出手想来解罗惠的衣服。

不行啊，老方，你看，毛主席正看着我们呢，我是有丈夫的人，这是天理不容的事啊，毛主席他老人家会怪罪我们的。罗惠说。

老方顿了顿，他抬起头，看到了墙上毛主席的眼睛，那双代表党和人民的眼睛带着伟岸和光芒，流着慈祥和信任，而且，从他们的位置看过去，那双眼睛的角度刚好停留在他们身上。老方是共产党员，向来以此为傲，他一下子怔住了，有那么一分钟的迟疑，借此机会，罗惠赶紧把手中的香烟扔在小板凳上，向着院子门口大步走去。

正在此时，一声巨大的响声传来，罗惠尚未分清楚这声音的来向，紧接着，就看见团子推开院门冲了进来，他二话没说，抄起院子角落一根还没有晒干的柴火棍，向着老方的头部抡去，沉闷的一声响，老方应声倒地，一切发生得让人措手不及，等罗惠转过头去看老方的时候，他已经倒在了一摊血泊之中。

八

之前，团子对于老方就有成见，老方那一双混浊的小眼睛本来就不检点，在矿区早就出了名，那天，罗惠来找团子，在团子的一再追问下，罗惠便将整个事情的经过一五一十地说了出来，当时，罗惠曾经考虑过两人的安全，还特意交代团子：兄弟，你就站在远处给我看着点，如果没有什么情况的话那就不用管，如果他有什么不对的地方，我确实没有办法处理的话，我会打坏东西或是喊你，你听到声音就故意过来敲门吓吓他。

团子当时就爽快地答应了。如果说这些年团子对于罗惠这个姐姐的感情有多深的话，那么，现在他对于老方的恨就有多深，在他的单纯而善良的心地里，这个有文化的姐姐不应该受到任何的欺负和屈辱，尤其对于那个不识几个大字、说话还满口跑火车的老方来说，他要想欺负罗惠，简直是天理不容。团子曾经为了救罗惠，宁愿不顾生命危险，一个人和两只凶猛的野猪赤手搏斗，那一刻，他是置自己的生命安危于脑后的，为了这个姐姐，他可以连生命都不顾，又还有什么是不可放下的。

那天，按照两人先前说好的时间，团子早早地等在山后的一棵芭蕉树下，他看见罗惠从家属区走过来，然后，又走远了，绕到了山后的小路，她站在那片树林前迟疑、徘徊，最终又下定了决心一样走向那排房子。罗惠的身影瘦小而单薄，她像一只纸蝴蝶一样被风托着，在山岭之间飘移，团子的心莫名其妙疼了起来。他想到罗惠这些年对自己的照顾，对两个孩子的点滴之好，想到这个可怜而善良的女人来到绿汁后所遭受的种种磨难，他的心像一座沉默的火山，汩汩地往外淌着火。他紧紧地攥着拳头，每一节骨骼发出了脆裂的声响，心里的火焰如决堤的江水般喷涌而出，这个山里汉子，他耿直的性格注定他将用最直接的方法来解决内心的愤怒。

实际上，如果没有那一声清脆的闷响来发号指令，如果罗惠在千忍万忍之后没有向他发出求助的声音，团子也早已经做好了狠狠给老方一下的准备，这种动机潜伏在他自己都没有发现的比内心还要更深的地方。他只是一直在等待着，寻找着缺口和机会，他看见大批的矿工下班了，从绿汁江大桥那头走了过来，他们的说笑声在平日里听起来是那么欢快亲切，而此时，在团子听来却是嗡嗡的轰炸声，令他产生了阵痛般的耳鸣。

于是，那一声巨响的到来给了他足够的理由，那一声巨响就像是指挥千军万马的锣鼓声拨动了他的神经，就像是几千个正在奔跑的士兵听见了发号指令的哨音，他腾空而起的时候，脚下的灰尘被扬起了几米高，几乎成了一道光射了出去。

后来，罗惠才搞清楚，前面的那一声巨响来自于隔壁院子，是一个老人取柴火的时候，把他女儿放在柴火堆上的一把铁铲弄掉了，用于铲矿石的铁铲原本就粗大而笨重，发出的声响自然清脆而沉闷，它从高空掉下的时候，很戏剧性地在干裂的地上敲出了一道裂口，说明这特殊的一天注定要留下一些句号。

这一刻，团子早忘了罗惠交代的敲门或是个人的安危，他用强健的身子直接撞开小院门，用敏捷的身手抄起院子角落里那一根粗大的柴火棍，随着这一棍狠狠抡下去，世界在刹那间寂静了，他心里的火平息了，他看到的是老方额头上如绿汁江水般涌出的鲜血，那夺目亮丽的红色挡住了他的视线，他听到罗惠的惊叫声，和罗惠逐渐在他眼中被放大了的瞳孔。

老方被送到了卫生所，好在经过抢救，他的头部被缝合了七针之后保住了性命。

而这美丽的一刻，伟业和宝珠牵着手，正拉着那只刚刚完工的风筝跑过了半个山坡，这样的天气好得不知该怎样收拾，充沛的空气和水分交杂在阳光下一览无遗，远处的群山绿得蓊蓊郁郁，金光菊开成了霸气的富贵黄，江水幽蓝顺流而去，流动的光波里浮动着动人的烟尘，江边的芦苇正值生长季节，长成一丛茁壮的浓绿，在高高的江堤之上，宝珠和伟业一道追逐奔跑，像两只无人看管的山岭间的小崖羊。

刚开始的时候那只风筝还总是跌跌撞撞不肯上升，似乎是它知道自己背负了两个孩子积压许久的心愿，在经历了两三次的失败之后，居然逐渐坚强地舒展翅膀，向着蓝天一路飞去。伟业眼眉上扬，嘴角上透着天真，爽朗的笑声一波一波地穿过云层，拍打起一层湿湿的浪花，宝珠紧跟伟业的脚步奔跑，她使劲地喘粗气，和大地的心跳是同一个节律。伟业停下了奔跑的脚步，转回身，手把手地教她转动线盘。

当那只乖巧的鸟儿一路飞向蓝天，成为偌大天幕中的唯一主角时，宝珠感觉自己也迎着春风化作了一抹深海般的蔚蓝。伟业看着那红扑扑的小脸，抑制不住内心的幸福，在这个孩子对于成人世界的最初理解中，他认为最好的那个女孩将来一定会是自己的老婆。他对着天空用童稚的声音大声说道：宝珠，等你长大了，嫁给我做老婆，好吗？

嫁给你！为什么啊？她手搭凉棚，眯着眼睛寻找那只远去的“飞鸟”，黑眸倒映天空，是深的海洋。

因为我喜欢你啊，我会把好吃的给你，买好看的衣服给你穿。他抖动手指放线，顽皮回答。

好啊。宝珠回答。

在两个孩子童真的世界里，还没有爱情这个词汇，而爱却是一粒小得不能再小的种子，会不经意落进心灵的土壤，落在一个人灵魂的成长路途上。

九

罗惠。赶紧下来。开会了。快些。磨蹭啥呢。都等着啦。罗惠。有没有听见。还没认识错误是吧。思想认识还不够。明天继续啊。罗惠。听到没。罗惠。罗惠。罗惠。这死人。还给不给人活了。罗——惠。

声音从楼下传来，尖细的女声，如提达木刚抽长出来的绿芽，带着柔软而隐蔽的刺，幸灾乐祸的味道，得意忘形的味道，唯恐天下不乱的味道，都说三个女人一台戏，但对于这种表演细胞过剩的女人，一个舞台也只够她一个人表演。但尽管如此，对于这场她等待了多年的演出来说，她一个人表演还不尽兴，一个人的舞台还不够，她需要配角来配合她的演出，需要把她的配角踩在脚下，以彰显她的高大、威风、不可一世的风头。

女人不认字，高大结实女儿墙，身形像男人身上抱着的水烟筒，简单来说就是：三道箍，上下一样粗。没有文化，没有手艺，只有一身苦力，这身苦力熬干了她身上细嫩的女人细胞，只剩下一床枯瘦的又黄又黑的皮，她不甘心就这样衰老下去，不甘心就这样被人们忘记了，她想再活一回，再风光一回，也再女人一回，现在，她终于等来了这个机会，该她上台了，她要好好表现一番，以此来告诉旁边的人：我还在。

听到这声音，罗惠脸色苍白，她的上下牙齿叩在一起，发出了嘀嘀嗒嗒的琴键声，她想要加件外衣，深秋了，外面的风开始割人的耳朵，自己织的绿毛衣，两只手胡乱地钻，怎么也找不到袖口，穿好了，纽洞又对不上眼了，总是跑偏了，一切都在和她作对。

胡成海走过来，拉开她的手，把她的衣服拉整齐，弹了弹肩上的灰，把纽扣扣好，像一个慈爱的父亲照顾不能自理的女儿，罗惠感激地看着他，她的目光中有着少女的羞涩，还是那么美，甚至还从嘴角挤出一个微笑，像挂着一朵苍白的小花。此时，他很想紧紧地抱抱她，她也很想抱紧他，她像一只受伤的小羊渴望着他身上的温暖，但是，谁也不敢向前一步，他们都知道，此时，一旦抱紧对方，他们的眼泪就会决堤而下，他们的世界就会崩塌，他们脆弱的神经就会膨胀，他们都明白一个道理，为了自己，为了孩子，为了对方，为了远方的亲人，想要生存，就要苟且。

罗惠匆匆忙忙下楼，两只小腿总是不听话地相互打架，你缠我一下，我打你一下，几次差点绊倒，幸运的是，还是走到了楼下。女人极不耐烦地走过来，她早就等不及了，本来，她想走过来牵罗惠的手，但手伸到半空就停下了，她觉得一个破鞋的手是不值得她牵的，那多脏啊，还不知道被多少男人牵过、摸过、揉过呢。于是，她改成了从她的背后狠狠推一把，罗惠没有防备，一个趔趄栽倒在地上，脸朝地扑了下去，鼻孔里出了血，她拄着地刚坐起来，就被女人腾空拎了起来。快些走了，又没有男人，要什么娇气呢。女人不耐烦地说。

罗惠还没有任何准备，或许，她也没想过要做任何准备，就像一只躺在盘子里的鱼，任女人摆着、放着、挑着、拣着。一脸的灰尘下只看见一双不会转动的眼睛，一只鼻孔老是不争气地流血，沿着下唇到脖子，最后全攒在心窝上了，红红的一大坨，女人开始往罗惠身上上道具了，她把那双早就准备好的破草鞋挂在罗惠的脖子上，这双破草鞋不知是哪个矿工扔在垃圾堆里的，后跟都踩得不见了，成了一双拖鞋，不过，这样好，这样才和她般配。再用绳子把她的双手捆好，拉了拉，又紧了紧，很结实，放心了，真好，可以走了。轰轰烈烈的队伍早就已经等急了。

这是今年以来发现的最坏的破鞋了，她的罪状可以列举出一条又一条：她想把自己的头儿给睡了，真是胆大啊。她大白天带着她的情人去了奸夫的家里，想指使她的情人把她的奸夫给杀了。她和这个情人用姐弟关系蒙混了十几年，躲过多少人的耳目，其实是不正当的男女关系。她大白天都去奸夫家里干这种事，还让情人给放哨，不知道夜里去过多少回了。只要想睡她的男人，谁都可以上，不用像在国营商店门口那样地排队，反正她老公听不懂云南话。听着听着，罗惠自己也蒙了，她理不清楚的关系都被这些聪明人给理清楚了，她从没想过的东西如今都已经铁证如山了，原来，她活得比她自己要更复杂。

在屋子里写字的伟业听到了下面热闹的声音，他叫喊着：妈妈去哪了，我也要去，妈妈等我。一边嚷着一边向阳台追去。

胡成海几步跨上去捉住他，当伟业的小脸刚刚贴到阳台边沿，好奇地看到楼下那轰轰烈烈的一群人时，还没有确定哪一个是妈妈的时候，他的眼睛就被父亲蒙住了，他感觉自己的身子像一只小鸡一样被父亲腾空拎起，扔回到了屋子里。

父亲关上阳台门，突然整个人软得像根煮化了的面条，靠着阳台门滑倒了下来，伟业看见父亲用双手捂住脸，居然像孩子那样放声而痛快地大哭了起来，宽厚的掌心捧不住的泪水，沿着他的指缝哗哗地落下。

父亲的哭声是那么尖锐刺耳，后来，伟业想找一个比喻来向宝珠形容这种声音，他挖空脑汁地寻思着，说：就像夜里那些被老鼠器夹住后腿的野猫的叫声，像锯子划过圆木上的缝隙时拉空后的声音，像长风穿过绿汁江的峡谷，还有，还有就是像一把烧红的烙铁，每一下都烙在幼小的心上，让你一辈子想起来，背上的汗毛都是冷的。

十

一个月后，秋风正烈。

金玲儿到昆明参加一个交流会，会议有一项议程是安排金玲儿就绿汁镇矿区的规划建设做一个专题汇报，金玲儿心里早有准备，加之这些年多次参与绿汁镇的重点项目建设，可谓是了如指掌，有理论基础，又有实战经验，加上之前细致的准备工作，汇报起来真是滔滔不绝，口若悬河，赢得了在场一片热烈的掌声。

会议结束后，省矿务局一位姓金的领导专门找到了金玲儿，他首先对金玲儿的工作给予了十分的肯定，之后，闲聊几句之后，这位金领导又提出了自己的想法，他说，希望金玲儿能调到昆明工作，因为省地矿局现在业务量大，十分需要像她这样的技术型人才。听到这个消息，金玲儿非常高兴，虽然绿汁镇的矿业水平发展很好，而且前景也很可观，但是，她是名无产阶级工人的同时，更是一名母亲，考虑到宝珠的未来，金玲儿还是想给孩子创造一个更好的学习和成长环境，但她还有顾虑，不知道秦儒文是否会同意。

金领导似乎看透了她的心思，马上接着说：你的爱人我们也打听过了，他在地质勘探钻研工作方面全省都是有名的，你们全家一起过来吧，我们这个大家庭需要你们夫妻的支持。

尽管寒秋到来，金玲儿还是感觉暖暖的，她欣慰的不仅是能得到这个幸运的机会，更欣慰的是几年的辛苦工作得到了认可，这个消息带给了她希望和憧憬。

金玲儿随着人流走出会议室，看了看时间还早，她想先在附近走走，不知不觉走到了翠湖边，之前，金玲儿早就对翠湖美景有所耳闻，到此一见，真不枉此行，水光潋滟，绿树成荫，翠湖之秀丽宛如城中碧玉，令她在心里大叹不枉此行。

沿湖边漫走了一圈，感觉肚子有些饿了，又看了看时间差不多了，看见路对面有葱油饼卖，过去打听了价格，要一角钱一个，摸了摸口袋没舍得买，就在路边买了只烤红薯，在塘堤找了个地方坐下，小心地撕去红薯皮，刚出炉的红薯太烫，只好边吹着气边吃，吃得一张嘴一双手都是炭灰，不经意抬头，看见对面有个人看着自己，先是没在意，去口袋里摸手帕出来擦，那炭灰太黑，扯得嘴角都歪了，还是没有擦干净。

突然心里一恍惚，感觉那目光似曾相识，听见心里扑通一声，像是一块大石头落了进来，再往人群里寻去，那儿却是空的，只有卖烤红薯的老头好耐性地摇着火扇。还好，悬着的心终于落了下来，但愿是看走眼了，怎么可能会是他呢，那么多年了，就是当真能遇上也认不出对方了吧，再说，哪有那么凑巧，昆明那么大的城市，几十万人呢，还不允许有一个长得像的吗。

把手帕插进口袋，站起身准备走，心却更慌了，眼睛不听使唤地还是向着那个方向寻找，明明是生怕遇见的，偏偏又怕错过了。就在这一念之间，然后，就当真地看见了，好像他真的是被她强行从眼皮底下找出来的。

他斜靠在墙角，依旧是微鬈的头发，唇角上弯，始终挂在嘴角的笑，经历十年风尘一点没变，好像始终等在时光的一个点上。她却变了，脸涨得通红，一双眼睛停在那双眼睛上，想收回来，好半天，勉强挤出一个笑，笑得硬邦邦的，自己都觉得难看。然后，就在心里警告自己，那么多年了，自己都是成了家的人了，还有什么是放不下的，于是，她主动叫他：武志刚，同志。

那时候，全国上下都兴叫同志，同志多好，志趣相同，志向相同，为共同的理想事业而奋斗。他也回叫她：金玲儿同志。叫得很顺溜，对方的名字一叫出来，彼此又生分了，从十多年前的绿汁江边回到现实中来了，回到翠湖的碧水柳荫中来了，回到了再也回不去的那十多年里了。

两个人就沿着翠湖边走边聊，她问他：你怎么会在这里？她想起吴同志说过，地质局里没有这个人，她很想问他这十多年的经历，他去了哪，在什么地方，是什么情况，过得可好，但是，似乎又都无关紧要了，如果他想告诉她，他总会说的，毕竟，他欠了她一个承诺。

我被调到东山铜矿工作了。他回答，停了停，抹了把头发接着说：我现在没做测量了，而是改做内勤工作。

她在心里寻思他的话，内勤是什么意思，是搞业务吗，还是当领导，还是发生了什么事没做他的地质专业了，要那样挺可惜，或是其他的，反正模棱两可，应该说得更仔细些才对。但她没接着追问，或者说她不想打断他的话题，他想说的自然会说，她想等待着他会给她一个回答，可他似乎忘记了，接着说：现在东山铜矿发展也挺好的，已经开始废止土法开采了，绿汁现在还在用吗？金玲儿有些神思恍惚，咬着下嘴唇回答：应该也快了，会议上听见讨论过。

你今天的发言真好，我听得很仔细，还记本子上了。他说着，对着她扬了扬手中的笔记本。于是，两人的话题就回到矿山上来了，说铜矿的开采、普查和勘探，说矿区的未来、发展和明天，偏偏就是谁也不谈过去，昨天是被忽略的，是应该被忘记的，像两个重要的人物在继续讨论工作，在规划着企业的蓝图。

路边有一家小馆子，他说：进去吃点东西吧。她说吃过了。他笑了笑，说一个烤红薯不管饱，再吃点。她想起刚才吃红薯的狼狈相，原来他都已经看见了，这么说会议结束后，他就一直跟着。

不由分说，他带着她走了进去，点了两碗红烧牛肉面。找了张靠近窗口的小桌子坐下，屋子黑乎乎的，桌面也是油乎乎的，但肉味的香抵挡不住地飘来，金玲儿使劲咽了咽回上来的口水，已经有半年多没有闻到肉味了，已经有好长时间没吃过那么油汪汪的面条了，还有，就是已经有好长时间没和他坐一起吃东西了。

煮面条的大爷嗓子阔，扯着嗓门喊武志刚端面条：喂，小伙子，你老婆的面条放不放辣椒？

她一愣，他也一愣，随即对她挤着眼睛笑了笑。扭着头回答：放，多放点儿。武志刚答应着去给她端面条，她突然想哭，她从来不知道他喜欢什么或是不喜欢什么，除了这个名字，她早把他忘记得差不多了。但十多年后，他居然还记得她爱吃辣椒，他是什么时候知道的，居然算盘珠子一样地挂在心里。

辣乎乎的一碗面条，辣得真痛快，吃得真香，吃完后，时间也差不多了，她向他告辞，他一定要送她到车站，她不肯，他却坚持，她只好不说话了，他不由分说往前走，车站上已经有很多人，他挤进去买了票，金玲儿只好把车票钱卷起来塞给他，她不想欠他，可他不肯要，好不容易塞过去，等车开动的时候，他又扔进来了。

车子徐徐开动，金玲儿把那几张用钱卷成的小圆筒紧紧攥在手心里，看见他站在车站的角落里，目光像一个幽深的池塘深不见底，尽管他竭力掩饰，那丝逃不过她目光的忧愁依旧烙在她的心底。他就这样一直站着，站成了一个记忆中的黑点。

她看着窗外渐渐消失的风景想，他始终不肯对她说他的这十几年，这十几年的时间，就这样被他轻松地抹掉了，他一定愿意忘记，所以才不会提起。她又想，这次见面，连彼此的联系地址都没留一个，也就是说，他也没打算再联系了。汽车载着她颠颠簸簸地向着家的方向驶去，是该回家了。

十一

昏暗的灯光下，金玲儿的目光落在秦儒文的背影上，他白天要到各个地方进行实地勘探和测量，风吹日晒雨淋使他的脸上蜕了一层又一层皮，短短十年时间，他几乎走遍了绿汁镇的每一寸土地，他熟悉这里每一片土地的地质和土壤情况，夜里经常加班至深夜，趴在绘图板上，绘图板是他自己亲手制作的，用一块旧床板经过推刨推平，再用细砂纸反复磨平整个平面，手摸到木板上居然有滑腻的感觉。为了减轻腰部的压力，又在图板上端用两块红砖垫高，尽管这样，绘制图纸时，整个身子还是需要弯成九十度角，年纪轻轻看上去背已经有些佝偻，而且，经常腰痛，痛起来直不起身子，明显比实际年龄要老了很多，金玲儿既心疼又无奈。

此时，金玲儿却想起了小时候的一件事，风花雪月也好，漫天风沙也罢，这些日子走过来了，她几乎忘记了发生在童年的这件事。

她五岁的时候，有一天夜里和小伙伴们在院子里玩，大家因为一个游戏环节发生了争执，金玲儿一生气，跑出了大门外，十分安静的冬夜，仿佛听得见树上鸟儿们的梦语，夜空的星子洒落在地上的声音。大门外，隔着一条石板路，无声无息地流淌着河水，上弦月纸剪一般挂在高空，在远方的河水深处，有一个地方却仿佛明亮起来，鹅毛大雪在那里堆积，从天上接到河面，如童话世界里神奇的魔棒转出的花朵般美丽动人。她慢慢移动脚步向着那个光点靠近，向着她所未知的神奇世界走近。

玲儿，玲——儿。然后，她就听见了奶奶呼唤她的声音，划过雪地而来，奶奶的声音很快将她拉回到了现实中，她开始没回答，只是固执地向着她心中的那束光靠近，但是，奶奶的声音被风雪卷起来，像一片苍老的落叶打在她的心上。她扭头回答奶奶：奶奶，我在这里。等她回答完再回头去找那片雪花之地的时候，那里已经变成了一片安静的树林，在呼啸的北风中，甚至透出几分肃杀之气。

她仿佛明白了，有时候，太过美好的东西只能当是一场梦，也许转瞬即逝，稍微的风吹草动，风雨突变，这个梦就会醒了，一生一世将不复存在，她不想错过任何属于自己的机会，她怕那美丽的瞬间会在不经意间又偷偷消失。

打了几次腹稿，金玲儿还是不能确定自己这样的表述方式对不对，秦儒文自负而固执，很难说服他，最终，她还是决定先把一切准备工作做好，把气氛营造起来后，再把这个好消息告诉秦儒文。

她走进厨房看了看，煮了一锅粥，又把粉丝瓜给切了，这个粉丝瓜是凤英从村里背来的，大概有两公斤左右。粉丝瓜和西瓜个头差不多大，但表皮坚硬，有绿色和白色的花纹，切开后有丝状瓤，黑色的籽，凤英之所以选择把粉丝瓜带下来，是因为它容易保存，一般情况下，放在家里一两年不会变质，而且，在困难时期足够一家人支撑两三天的生活。

许多年后，在奶奶金玲儿的介绍下，我在商店橱窗或是酒店总台看到这种瓜的时候，它已经被人们当成了艺术品摆放，碧绿而油亮的外皮青翠精致，青绿色的底色上有着白色的彩虹般的花纹，大自然的亲手临摹带着不可复制的伟大创意。农民们还在继续栽种粉丝瓜，多数都不再食用，实际上那些如米线般的丝瓤并不好吃，也没有任何味道，人们只选择它黑色的籽进行加工，成为远近闻名的一种小食品：黑瓜子。

金玲儿把瓜煮好了，宝珠在旁边早就垂涎欲滴，从这只瓜进门，她每天都要对这只瓜摸一摸拍一拍，那么好看的瓜，似乎在暗示着有着难于想象的美味。现在，宝珠早就等不及了。金玲儿对她说：快去叫爸爸来吃饭。

秦儒文边洗手边走了过来，看见瓜丝煮成的银白汤汁，不禁也倒吸了一口气，把宝珠抱到椅子上坐好，笑着问金玲儿：今天是什么好日子，居然把压箱过年的粮食都拿出来了。

金玲儿看他心情不错，不禁也轻松了些，她有意提高嗓门说：反正，日子是会越来越好的，偶尔也给孩子打个牙祭。

当然会好的。秦儒文说着，夹了一块瓜放进宝珠碗里。

看时机成熟了，金玲儿这才转入正题，她说：我想和你商量个事，昆明那边需要技术人员，或许我们把工作调过去。说着，就把在昆明开会的经过，以及金领导和她谈话的内容一五一十地说了一遍。秦儒文认真听着，过一会儿，他愣一愣，问金玲儿：你当真想调工作？

尽管之前金玲儿做过各种心理准备，但在最糟糕的打算里，秦儒文也不会果断拒绝，更何况现在虽然矿山前景较好，但政治斗争时常发生，给工作和个人发展造成了影响。因此，金玲儿坚定地回答：当然要调，那么好的机会还不调，除非是思想有问题，至少咱们也得为宝珠考虑吧，到了昆明，以后她上学工作条件都会更好一些。

妈妈，昆明在哪儿，昆明好吗？宝珠听见提到了自己，插话问道。

当然好，昆明有咱们绿汁镇的几百个大呢，那里有大学，宝珠以后可以进好的大学，还有西山和滇池，这些都是咱们云南的名胜景观。金玲儿说着，想到宝珠那么大了，还从来没有离开过绿汁，不禁有些心酸。宝珠虽然听不明白，但听妈妈说好心里就高兴，拍着一双小手大声喊道：我要去昆明，我要去昆明。

秦儒文似乎在做长长的思考，他的眉头蹙在一起，像一个巨大的问号，最终，他下定决心对金玲儿说道：我不走，如果你决定要走的话，你带宝珠去吧。

为什么？你总得给我一个理由吧。尽管开口前金玲儿就有所疑虑，但没想到秦儒文会回答得那么干脆。

我们在这里生活了这么多年，难道你对绿汁就没有一丁点感情吗？秦儒文说。

当然有，但那是两回事，好不好？我不是在绿汁镇出生的，但经过这些年，我确实爱上了这个地方，我一直在拼命工作在努力难道你看不见吗？可是，我已经把青春奉献在这里，难道还要一生一世都陪葬在这里，我有自己的选择，有追求幸福的权利，我的人生要靠我自己来书写，我的孩子需要我照顾，我只是个凡人，我不是圣人，我的日子需要我经营，难道你不明白吗？金玲儿反问道。

国家培养了我们那么多年，现在，正是绿汁最需要我们的时候，我们怎么可以说走就走，这是不负责任的行为，我无法支持你。秦儒文回答得斩钉截铁，丝毫没有松口的意思。

可是，我并没有说到了昆明我就不工作，不尽力，相反，到了那里以后，还有更多更重的担子在等着我们，我们所学习的知识、所掌握的专业，都可以得到更多的发展，那不是更好吗？金玲儿不解地反问。

秦儒文不再说话了，他走进房间，过了一会儿又走出来，对沮丧的金玲儿，他耐心地解释道：再说，这个时候绿汁不会让我们走的，不相信，你可以去问矿领导。

为什么。金玲儿问，秦儒文长时间地沉默了下来。金玲儿再次想起了那片黑夜中看到的幻景，现在，那些光点重新在她的记忆中闪烁，只有在她的记忆中，它们才会永恒地闪烁着，明亮着。

十二

黄昏前，雷声从远处的大山上空滚动过来，一路滚动到绿汁镇的上空，闪电不时地像利剑划破天空，乌云在整个小镇的上空涌动、翻滚。风正在变大、变猛，上下班的矿工们，不是快走，就是小跑，想在暴风雨到来之前赶回家中，或者是赶紧寻找一个可以躲雨歇脚的地方。雨水流过了路面，又向着下坡的方向涌动，转动着漩涡，一只小鸟被打湿了翅膀和浑身的羽毛，停在了一个屋檐下，看着在雨水中仓皇奔逃的人们。

有人递过来一把红色的油纸伞，金玲儿没有接，或许说她根本就没有注意到已经下雨了，也看不到身边奔跑的行人，雨水沿着她的脸庞滑下，落在她的眼眶里，但是，暴雨没有阻止她坚定的脚步，她向着厂区领导所在的办公室的方向走去，那一刻，她觉得自己走得正气凛然，走得心无旁骛，她从来到绿汁之后，从心底来说无愧于这片土地和江河。她像一朵从遥远的地方飘来的云朵，遇到了风，化成了晶莹的雨珠，落到了绿汁的大地上，落到了绿汁江的江水里，它完全地溶解到流水中，流淌在绿汁的土地上。

十多年过去了，她的成都口音正在一点点消退，更像一个地道的绿汁人，她身上满满地是铜矿人的味道和气质，铜矿人的说话和语气，已分明流露在她的一举手一投足之间，关于这片土地的记忆，已经无可厚非地成为了她青春日子里不可缺少的一个重要组成部分，也终将成为她成长生命里一段最为重要的历史。

她想好了，即使秦儒文不支持她，她也想问个究竟，好彻底死了这条心，此时，她真的痛恨秦儒文的自私和固执，他为什么不为自己的家人考虑，不为自己的妻子和孩子考虑。疯狂的雨水很快将她浑身打湿了，所以，当她敲开领导办公室门的时候，在场的工作人员都惊呆了，他们还以为她是刚刚从江水里被打捞上来的。大家的目光都落在这个落汤鸡一样的女人身上，猜不透她究竟想要做什么。

新任命的矿领导姓王，是开展“文化大革命”运动之后刚调任的，金玲儿对于这个王领导不熟悉，只是有所耳闻，据说是参加过抗美援朝，立过一次小功，复员后当过武装队长，这次又调入了矿区工作，任一把手职位。金玲儿进到办公室之后，才发现除了这个王领导之外，其他还有几个工作人员，有的站着，有的坐着，好像是在开会，房子空间不大，水烟筒大股的浓烟呛得人睁不开眼睛。

金玲儿看到这阵势，反而有些进退两难，但是，想到好不容易来一次，而且，这件事情迟早都是要和这位王领导说，既然脚都进来了，总不能败兴而回空手而归，不如就此机会问个明白，免得日日揪心。想到这，金玲儿咬了咬牙提醒自己镇定，坐到了王领导对面。

王领导开始没认出金玲儿，矿山上人太多，他没分清楚，好在肖云金就坐在旁边，上次拿了金玲儿的钢笔，卖到的价钱大得连他自己都没敢想过，他因为记住了这份便宜，因此，也牢牢记住了金玲儿。

肖云金主动给她做了介绍，王领导便伸出手和金玲儿握了握，王领导伸过来的大手，厚实而温暖，因此，他的目光被他的手心营造出一份慈祥，他温和地对金玲儿说：小金同志啊，你有什么困难，一定要向组织反映，你要相信党，信任党，组织上一定会全力帮助你解决的。王领导的声音温和而诚意十足，令金玲儿瞬间想到了长辈、兄长一类的词汇，让她仿佛一下就看到了希望，金玲儿咬了咬下嘴唇，几次犹豫之后，将自己此行的目的一五一十地说了出来。

好的，小金同志啊，感谢你对组织的信任，我们一定会处理好这件事情，给你们夫妻一个圆满的交代，你们的困难就是党的困难，我们要争取一起进步啊。金玲儿临走前，这位态度诚恳的王领导再一次向她表了态，从他真诚的目光里，金玲儿确定地相信，这次他一定是牢牢记住了自己和秦儒文的名字。

许多年后，我的奶奶金玲儿再向我讲述这段往事的时候，不禁热泪纵横，她做梦也没有想到的是，仅仅只是一时冲动的上访，会为将来爷爷的罪行提供如山的铁证，会招致杀身之祸，令她一生沉浸在对爷爷的愧疚之中。

等金玲儿走出办公室的时候，雨珠不仅更大，并且更稠密起来，雨水落在地面上，仿佛整个绿汁镇在放鞭炮，为她庆贺。她奔跑在雨水中，身子轻灵得像一只燕子，她有好多好多话要对秦儒文说。

矿上的王领导说了，他会为我们考虑的，他还说，我们的困难就是组织的困难，他一定会给我们一个圆满的答复。金玲儿将经过慢慢地讲给秦儒文听，她的目光中有星星点点的闪烁，那是喜悦和希望。

秦儒文没有直接回答金玲儿，晚饭过后，他对她说：你可以陪我一起出去走走吗？金玲儿同意了。

两个人一起爬到了山坡上，从这里看过去，苍茫的大地静立于足下，万顷青山静卧于其间。秦儒文拉过金玲儿的手，他的目光中满是真诚，他对金玲儿说：我们脚下的这片土地，是经过千年万代沉淀而成的土地，历史中的辉煌与暗淡，所有到过这里的开矿人，他们不仅把青春和智慧积淀在这片土地中，更有人甚至把生命埋藏在这片土地中，他们为我们留下了璀璨的历史，留下了永垂不朽的民族精神，是因为他们对这片土地有着向往和热爱。

但是，玲儿，我们不能盲目地开采，铜矿是有限的，是大自然留给子孙后代的家产，如果在我们这一代就被采光了，那我们如何向我们的子孙后代交代，我们会破坏了他们的家产，我们也愧对祖先，所以，我们要保护好这份家业，让我们的子孙后代来共同继承和享受这份家业，我们不能让绿汁过早地枯竭，而是要让它越来越年轻，所以，我们现在要做的工作重点不仅在于开采，还要做好相应的规划和保护。

你的意思是……金玲儿困惑地说，此时，两个并肩而战斗的知识青年，他们不仅是夫妻，不仅是同志，也是一对既远又近的知音，她太了解他，从他走进大山的那一刻起，他就一直在努力地工作，他不仅仅是在工作，他将爱那么真诚地融入了这片泥土之中，更是在为实现自己的梦想而奋斗。

这些年，我走完了所有绿汁镇的大山，现在，我要告诉你一个秘密。秦儒文将手指搭在金玲儿的唇上，对她轻声说：再给我五年时间，我就可以完成整个绿汁镇的矿区储量图，有了这张地图，我们就可以准确分析出整个绿汁的铜矿储量，了解它的脾性，做好更长久的开采规划。

他咽了咽口水，低下头歉意地对金玲儿说：因为条件有限，我不能给组织增加麻烦和负担，这项工作一直是我一个人在默默完成，所以，进展很缓慢，我也想过，完成这套图纸也许需要五年，十年，或许二十年，但是，这对于我来说不重要，重要的是我将会把它作为献给新中国的礼物，献给矿区，献给绿汁。所以，我不能离开这里，你能理解吗？

牺牲我们的幸福，能换来绿汁的明天，是值得的。此时，金玲儿从茫茫林海收回视线，她深情地看着他，眼睛开始潮湿，犹如蒙上雾水，目光中满是欣赏和赞叹，她当然会支持秦儒文，她不仅是他的妻子，也是矿区的一名老工人，她深情地看着他，露出赞许的目光，对他点头表示同意。

原谅我的自私，等这张图纸完工后，你愿意到哪我都陪着你，只要我们可以在一起，只要你开心你快乐就可以，你会后悔吗？秦儒文轻声说。

我相信你，儒文，选择你做我的丈夫是我今生最幸运的事，我永远不会后悔。她轻声对他说，一朵红云飘过她的脸颊，她发现，结婚那么多年，她是在真正了解他之后才爱上他的，尽管这份爱情来得缓慢，经过了多少风吹雨打，但却持久而牢固。他用目光回答她：谢谢你，金玲儿。

风，从他们耳畔轻轻吹过，心中的火焰在熊熊燃烧。

年末，金玲儿的儿子出生，为了纪念这份难解的铜矿情缘，他们给孩子取名宝铜，希望孩子的未来能像铜一样璀璨，光芒，也希望铜能像孩子一样有着美好的前途和未来。

十三

胡成海回忆起那段离家前的时光，依旧恍如昨日。当胡成海听到自己被分配到云南大山深处的时候，他曾经气馁过，暴躁过，痛苦过，甚至偷偷哭过。然而，除此而外没有任何选择，是因为父亲劝过他，到这里可以领高工资，做工人阶级，因为他的两个哥哥先后都去了农村，命运，往往不在自己的掌握之中，于是，他来了。这些年，他喝绿汁的水，走遍绿汁的山路，上海话夹着一半云南方言，他努力地适应这里的生活、气候、环境，他甚至比一个地道的绿汁人还要了解绿汁的历史和文化、山川和河流。

实际上，偶尔夜深人静的时候，他会深深地怀念上海，怀念他上学时走过的那条种满梧桐树的街道，每年秋天，叶子如风中的蝴蝶飘落，街边的小店，修钟表的老爷爷总会对他点头微笑，他穿着海军蓝的校服，说着自己喜欢的吴侬软语，那是他的母语，他们祖祖辈辈的语言，他喜欢母亲身上的蓝色旗袍，喜欢父亲的烟斗，喜欢街对面的咖啡馆，他曾陪母亲去那里见过一个人，留声机里播放的音乐宛如天籁。

现在，当他在大山深处想起这些的时候，遥远的上海已经开始变得陌生，曾经住过的街道在记忆中渐渐模糊，亲人，那是一个每次在心头呼唤时，便会让他揪心疼痛的词汇，他已经远远地被上海抛在了城市之外。伟业已经七岁了，伟能也快三岁了，他们没见过爷爷奶奶的样子，上海对于他们来说只是一个陌生的地名，已经和故乡无关。

中午的时候，他听到伟业和小伙伴在院子里玩游戏，一个孩子问伟业：伟业，你老家在什么地方？

在上海。

上海在哪？

我不知道。

你去过上海吗？

没去过。

没去过还说自己是上海人，你骗人。

伟业委屈的哭声传来，胡成海既愤怒又沮丧，他面对窗口沉默许久之后，决定给远方的父母写一封信，他在信中说了自己的情况，也说了绿汁的情况，但是，现在伟业该上小学了，希望能把伟业送回上海就读，请父母帮助照料，他在信尾写道：我不希望孩子的童年被围困在大山深处，当我不能选择的时候，我希望能为孩子创造多一次的选择机会，让他能尽早地回到上海，实现我今生都不能再有机会实现的理想。

那天晚上，罗惠回来后，胡成海就把自己的想法和罗惠说了，罗惠当然赞成，自从团子出事后，她多次被当成典型批斗，而团子被分到了一个偏远矿点做了一名地道的井下工，好长时间，她的日子扁平得像一张白纸，绘制不出任何鲜艳的色彩，可此时，这个想法无疑给了她希望，她的脸上重新浮现出好长日子没有看见过的笑容。

实际上，那时候，生活在矿区的年轻父母们，为了孩子的未来打算，将自己的孩子送回老家由老人代为照管的先例并不少见，虽然矿区学校的教学质量在整个市里名列前茅，但父母们还是希望孩子能早日走出大山，融入到更广阔的天地中。隔壁有一家姓黄的父母，孩子三岁时送回了广东，孩子十二岁的时候他们回去见过一次，孩子和父母几乎不认识，连叫一声爸爸妈妈都难以启口，只认识爷爷奶奶和大伯大妈，但他们依旧感到非常欣慰，可怜天下父母心，孩子的幸福便是他们最大的心愿。

胡成海把信寄了出去，在等待来信的这段日子里，罗惠开始给伟业收拾生活用品，时近秋季，天气转凉，她准备给孩子织两件毛衣，据胡成海说，上海的天气要比绿汁冷得多，气候温差较大。罗惠去商店看了几次，又摸了摸口袋，终于还是没舍得花那份钱，如果伟业到上海的话开销会更大。

回家后，罗惠就把自己唯一的一件毛衣找出来，拆开线头，一圈一圈地拉，一件毛衣拆开了，整整绕了四大团毛线，她把这些毛线洗干净晾干，开始给伟业织毛衣，她织得小心翼翼，只要有一针织得不满意就会拆开重新织，她白天织夜里织，仅仅一个星期，一件绿色的毛衣就织好了。

伟业要穿，罗惠不肯，说要留着回上海的那天穿，她让伟业先穿上试一试，伟业轻轻地伸出手，小心地穿在身上，自己低着头看了半天，又对妈妈说：妈妈，还是赶紧脱下来吧，万一擦坏了，回上海就没有穿的了。看着小小年纪的伟业那么懂事，罗惠心里十分欣慰，用脸在儿子的脸上贴了贴，小小的脸蛋亲切而柔软。

半月后，胡成海收到了上海过来的回信，信是他父亲写来的，他告诉儿子，自从他走后，他母亲心脏一直不好，长期卧病在床，他大哥在陕西农村结婚后，条件一直非常艰苦，现在和大嫂已经回到上海，都住在家里，还有大哥家的三个孩子，家里已经非常拥挤，相比较之下，建议伟业还是在当地小学上学更好一些，至少可以由父母自己照顾，对于孩子来说，再好的教育也不如自己的父母教育更好，希望儿子三思而后行。

读完来信，胡成海和罗惠再三思量，最终决定放弃伟业回上海读书的打算。九月，伟业背上书包，跨入了绿汁小学的门槛，正式成为了一名小学生。

第三章　动荡岁月

一

开始小说之前，我想到了一种美丽的小生灵，一种叫做蜉蝣的小生灵，它有着流线型的苗条身材，翅膀和身体的色泽艳丽如花。它们的稚虫生活在湖泊和山间溪水中，大多躲藏在水生植物和石块缝隙之间。一旦它们蜕皮变为成虫，就会振动色彩艳丽的翅羽，开始低矮的飞翔，在黄昏的水边或是植物间飞翔，在杂草深处或田园之上。古往今来，有许多描写蜉蝣的诗词，比如说：蜉蝣之羽，衣裳楚楚。可想而知，它们是一种多么美丽可人的小生灵。但是，在这些太多的描述里，我终于知道蜉蝣成虫是一种寿命极短的生灵，它们朝生暮死，幸运的能活上数日就不错了。

我在最初听说这种仓促而短暂的生命时，不由得为这些细小的生命而深深感动，哀叹命运对它们的不公。但事实上，生活在山谷里的蜉蝣并不只有一次生命，它们在蜕皮或是成虫之后数小时内即死去，然而，每逢遇到晨昏颠倒，日月倒转，它们便能得以复活，再次展露它们美丽的翅翼。虽然它们复活后经历的大多是再一次的朝生暮死，但那又有什么呢，能经历两次甚至多次的出生和死亡，这对于生命来说，又是多么神奇，而每一次的生命经历于它们自己来说，又是何其壮观。

晚饭后，团子坐在工棚外休息，在离他不远的地方，是一个老年矿工，由于长年累月进出矿洞，这个老年矿工总佝偻着又黑又瘦的身子，变形的肩膀奋力地向上，让人想到倔强的驼峰，瓜子形的小脑袋却努力地向上扬着，颧骨突出的脸上，沟壑深长地填满了人生的大苦大难，也注解着生活的艰苦和坚强。

看着这些矿工的生活，团子不禁想到自己的将来，不知道在矿山还会有多长时间，他原本应该属于农村，属于那些连绵的青山，但是现在对于他来说，即使能在蓝天下工作也是最大的幸福。白天，只要进入矿洞就是另外一个漫漫长夜，昏暗的煤油灯，潮湿的洞壁，高强度的工作，连呼吸都像压了一床沉重的棉被。夜里到来的时候，思念就像潮水般席卷而来。他感觉自己的生命力比草籽还要旺盛，无论被风吹落在什么地方，就着雨水就着地气，努力地生存，还要向上生长。

以前在绿汁的时候，凤英每隔一段时间都会带大南小南来看他，两个孩子一前一后趴在父亲背上，要和他一起做游戏，要他讲故事，要和他一起玩，团子觉得那是他人生中最幸福的时光了，现在想来，那是一种多么奢侈的享受。

现在，由于矿洞比较偏远，大概半年或是一年都回不去，凤英自然也没有办法来看他，想到自己的亲人，也想到罗惠和其他的朋友，不知道何日才能再见。尤其是罗惠，自从出事后，他知道罗惠因此受了很多苦，他本来是想帮她，没想到反而害了她，他痛恨自己的冲动和无知，然而，现在一切都已经成了定局，再多的悔恨也无济于事。

在团子离开前的一个晚上，罗惠曾趁着黑夜偷偷来看过他，那是她冒着生死的危险来看他一眼，他看到罗惠身上的伤，他有深深的自责和歉意，罗惠按住他的手，温和地说：兄弟，你是因为姐才去受这份苦，咱们姐弟就什么都不要说了，你一定要坚持下去，不管有多苦有多难，你要相信姐说的话，苦日子总会出头，姐天天等你回来。团子哭了，罗惠的话给了他勇气和安慰，为了这个姐姐他做什么都值得。

这片矿山在一片裸露的山脊上，除了几棵稀疏的树木之外便是荒草，从团子的角度看过去，荒草凌乱，萧萧满目，低矮昏暗的洞穴，衰败的矿洞犹如野兽。每次，在老矿工的带领下进入矿洞，总要穿过一层层旋转的梯台，那些悬空的梯台总让人胆战心惊，矿洞里伸手不见五指，借助几处星星点点的煤油灯火，用血汗和生命挖掘深埋在地心的铜矿，下井的工作服，长年累月不洗涤、不更换，跟铁一样重，有点像古代驰骋疆场的铠甲，就连走路都困难，更别说是穿上它进出几十米深的井下工作。

进入矿洞后，每天上班要爬好多盘七八十度、悬吊在天井里的铁梯子，才能到达工作面，扛钻杆、拎油桶、背机头，井下采矿打中孔是最差劲的工种，又脏又累，还有患矽肺病的危险。岩石十分坚硬，一钻就卡钻，一卡钻就要用短粗的钢钎拼命敲打，直打得钻机噗噗噗地叫了，然后，才将钻杆慢慢退出来，方得松手。接着，又再次慢慢将钻头推进钻孔中，磨呀磨，试图穿过岩石破碎的断层。实在打不进去，也只得将未打完的钻孔作废，重新补打一眼。经常出现卡钻时，在敲打中，当钻机突然发出噗噗叫声时，钻机里起润滑作用的机油，又突然冒出来，喷得一身上下。因此，从洞里走出的采矿矿工们，就像在垃圾堆里滚过的叫花子，脏得不得了。

夜晚来临的时候，劳累了一天的矿工们就坐在床铺上，凄婉地唱着《异乡寒夜曲》："离别到这里，不知多少年，留恋的故乡，望了又望，眼前只是一片渺茫和辽阔，什么时候才能看到故乡的山河？静静的月，冷冷的风，明月向西落……"用歌声，排遣漂泊游子对故乡、对亲人的无限思念。

尽管地下矿工的日子非常艰苦，但还是有不少工人主动申请到这里来，这些年轻人多数没有文化，是附近的农民，也有不少来自外省，其中，来自四川、广州、福建的不在少数。为能立竿见影地改变眼前的贫穷，他们千里迢迢来到这里，只为每月能多挣点钱，在明知井下容易发生安全事故、容易患矽肺病的情况下，依旧自愿申请下井，可下井弊大于利，调到井下容易，调出井下就"难于上青天"，井下那一点点利益，往往要用承受精神和肉体上的双重痛苦去换取。

但团子毕竟年轻，从小在贫穷艰苦的农村长大，在他眼里再苦再难都是可以克服的，他始终牢记出门前父亲对他的交代：这辈子，没有爬不过去的大山，没有游不到对岸的大江。诚实善良的农村汉子，用他的生存之道，用他最简单粗暴的语言，把生存之道传输给他的后代。即使有时候累得直不起身子，团子依旧兴致勃勃地筹划着明天和未来，相信这仅仅是人生的一次低谷。

矿队上有个老工人会写字，团子就请他给凤英写信，他在信中告诉她，他的工资从以前的二级工四十四元四角六分，升为三级工五十二元零二分。而且，每天下井有津贴三角五分，上夜班有夜班费，八个月发一双水鞋，一年发一套工作服，三年发一套棉衣裤。享受每月吃三斤肉、一斤白糖、五十斤大米的待遇。他让她等他的好消息，等攒够了钱，他就回家，一家人回到大山深处继续当农民，给大南小南买过年的新衣服，给家里买两条犁地的老黄牛，给父母们一人买条过冬的棉裤。

二

绿汁江的水还是那么绿，那么清澈，那么净透。屹立了几千年的山峰，依然不改几千年来它对天空的痴情模样，江边的石头，经过几千年的风吹日晒，江水洗涤，顶多也就是变得圆润些，世故些，看上去也多情些，总是招人喜欢的。

只是好像一夜之间，人间的世道就变得陌生了，人也变得陌生了。吃着吃着，睡着睡着，走着走着，说着说着，眼神就不对了，你猜忌我，我猜忌你，谁都不能信任了。明明对面的还是猫猫山，怎么睡一觉起床看着看着就变成了老黑山了，明明每天沿绿汁江边散步的小路，一顿饭吃下去就找不到北了。一个个脾气变坏了，变大了，变怪了，揣着一肚子的火没处撒了，都想在别人的身上磨磨爪子，走路要能扑哧扑哧响，讲话的声音要狠、要吼、要准，一个个都成了正义的代言人，一个个说话都冠冕堂皇了。特别想看到玻璃那样脆弱的易碎的东西，心痒痒的，想听粉碎的声音，想看到一副稀巴烂的情景。

平日里小小的安静的街道，突然间变得拥挤起来了，从来没见过那么多的工人啊，不知道是谁组织的，那么有秩序，有气魄，有战斗力，到处是游行的队伍，到处是呐喊声，欢呼声。矿工们不用再每天下井干活了，参加学习和参加斗争成了更重要的工作，比下井轻松多了，看谁不顺眼，可以抓过来捆上，绑上，用手打，用脚踩，不认字的也可以装模作样地给认字的上几堂思想教育课啦，只要够狠只要能说，都可以走上舞台中间当主角了，这是多么振奋人心的事情啊。农民们宁愿好田好地荒芜着，要学习工人老大哥的战斗精神了，学生不好好上学了，可以抽下腰上的皮带甩在老师的头上解恨了。夫妻反目，父子成仇，儿子可以爬到老子的头上拉屎了。

转眼间，宝珠已经是小学二年级的小学生了，宝珠喜欢学校，她在上小学前就把小学的课本翻完了一遍，现在，这小精灵各门功课的成绩都是一百分，所有的老师都喜欢宝珠，宝珠也喜欢学校，她喜欢学校的红砖房，喜欢操场上的篮球架，放学后她就坐在球架边等伟业打篮球，她都已经会给他们翻分和记分了，打球的孩子们管她叫做小记分员，她也喜欢这个称呼，成长是一件多么值得期待的事情啊。

宝珠最最喜欢的还是她们的班主任小童老师，小童老师刚刚从师范大学毕业来这里工作，她的声音又清脆又好听，和孩子们做游戏，而且，小童老师长得可好看了，她有一头长长的头发，又用铁筷子烧红了烫卷，那黑头发就像波浪一样地卷起来束成马尾巴。小童老师穿着蓝布衬衫和白裙子，她的黑布鞋上总要自己绣上几朵小花点缀一下，她绣的小花就跟真的一样，上活动课的时候宝珠亲眼看见，小蜜蜂就停在小童老师布鞋的花朵上采蜜呢，小蜜蜂肯定是把小童老师绣的花当成真花了。

小童老师也最喜欢宝珠了，宝珠聪明乖巧啊，又是班上的小班长，小童老师对宝珠说：宝珠，你的理想是什么？宝珠说：什么是理想？就是你长大了想做什么工作啊。我想做老师，和小童老师一样的老师。宝珠直爽地回答，露出掉了两颗门牙的嘴巴，小童老师就笑了，把宝珠搂在怀里，像亲自己的女儿一样对宝珠说：以后啊，你要好好学习，做老师也好，做像你爸爸妈妈一样的工程师也好，我们都要做对社会有用的人。

什么是对社会有用的人？宝珠又问。就是能参加国家建设，能为国家建设出力，我们的国家那么强大，而我们的生命又那么渺小，只有把渺小的生命投入到伟大的国家建设中来，我们的生命才会有意义。小童老师回答，她的目光看着天空，阳光落在她的瞳孔里，像水洗过一样的明亮而清澈。那时候，宝珠还听不懂小童老师说的话，她觉得小童老师说的话好深奥，但是，她喜欢听小童老师讲话，她也愿意做像小童老师说的那样有用的人。

可是有一天，小童老师正在上课的时候，从门外冲进来了一群高年级学生，上去就把小童老师绑住了，有一个个子较高的男学生走到讲台上，自我介绍他们是红卫兵组织，他把小童老师带到了学校的操场上，把面糊刷在她的身上，又贴上标语口号，叫她交代罪行。宝珠不敢再看下去了，她推开一群黑压压的学生，跌跌撞撞一口气跑回了家中，把看见的和听见的都和妈妈说了，她抓着妈妈的胳膊大声喊：妈妈，你快去救救小童老师啊，小童老师到底怎么了？

宝珠一再地追问妈妈为什么，一向百问百答的妈妈此时居然不回答了，只是重重地叹口气，妈妈转过身子的时候，宝珠看见妈妈也哭了，她一再交代宝珠以后不管看见什么听见什么都不要问也不要说，妈妈甚至像小时候那样，又把她锁在了家里，不准她到街上溜达，还让宝珠明天不用去学校了。

第二天早上，宝珠趁妈妈不注意，又溜了出去，她忍不住还是去了学校，她想去看看小童老师，可教室里的学生比头天少了一半，大概都是父母不让来了。宝珠正失望呢，没想到小童老师还是来上课了，她走进教室的时候依旧是笑眯眯的样子，只是看见学生少了一半的时候，她才难过地说：同学们，不管发生什么，咱们也不能耽误自己的学习，要做有知识有文化的人，就要好好读书，寸金难买寸光阴啊。

可是，课上了一半的时候就上不下去了，原因是因为宝珠的哭声让小童老师不得不停止了讲课，因为宝珠看见了小童老师细长白皙的脖子上，有一块又紫又肿的伤口，不仅是脖子上，还有手背上、脚上，每一处都是那么触目惊心！宝珠好心疼，她的眼泪吧嗒吧嗒不听使唤一样地落了下来。小童老师只好合起课本，走到宝珠面前问她怎么了，宝珠没有回答，只是哭得更大声了，小童老师又来抱宝珠，她拍着宝珠的肩膀，耐心地说：不要怕，别哭。不要怕，别哭啊，会过去的。

后来，这样的事情就接连不断地发生，而且，一次比一次残酷，许多年后，宝珠还清晰地记得，小童老师浑身上下被绑了绳子，她瘦小的身子背后站着两个高大的学生，他们一手抓着小童老师的胳膊，一手揪着她的头发，她的头已经被剃成了阴阳头，半面头皮发青，像个厉鬼，身后的两个人又命令她低头认罪，说她是走资派。

宝珠意识到，世界完全变了，留长头发，不可以；穿高跟鞋，不可以；涂口红，不可以；唱老歌，说是靡靡之音；去寺庙烧香磕头，你是当真不想活了。女孩子脸长得白嫩，不再被看作好看了，身穿花衣服，不再被看作美了，唱歌要唱狠的，唱有力量的，唱热血沸腾的，走路要扑哧扑哧地响，让大地颤抖。说话不能轻声细语，要大嗓门，要有力，一边说一边打手势，要挺胸挥拳头。喊口号是工作，汇报思想是工作，一切变得振振有词，每天都有事情发生，这些事情让一部分人心情激荡，也让另外一部分人心惊肉跳。

一个月后，小童老师自杀了，她把自己的白裙子剪开，编成一条细绳子，把自己吊死在了学校门口的那棵拐枣树上。第二年春天，拐枣树结果子的时候，伟业还给宝珠摘来几个果子，说味道可甜了。宝珠把拐枣捧在手心里，那果子七弯八拐的，宝珠想：这世上怎么还有如此愁肠百结的果子啊。她放了一颗在嘴里嚼着，那果子涩甜涩甜的，宝珠嚼着嚼着，眼泪又管不住下来了。

三

这个早上的阳光非常明媚，露珠躺在草叶尖上酣睡，虫子躲在花朵深处产卵。宝珠带着宝铜站在阳台上，看见伟业换上一身草绿色的军服要出门，那段时间，整个绿汁镇的青年们都时兴穿这种草绿色的军装，不管你是工人还是农民，是领导还是学生，似乎穿上这身衣服就成了革命积极分子，就有无止境的风光。

宝珠一眼就看出这套衣服是用大人的衣服修改的，穿在伟业身上，显得又宽又大，风吹过来的时候，轻飘飘的像是挂在衣服架子上。宝珠又问伟业要去哪里，伟业伸长脖子不无炫耀地回答宝珠：我现在已经是一名光荣的红小兵了。

红小兵？真的？宝珠不敢确定自己的耳朵有没有听错。

等过几天我们还要去北京，毛主席会亲自接见我们。怕宝珠不能理解，伟业把重点部分又重复了一遍，他的眉毛向上挑着，像一轮上弦月。

去北京？宝珠诧异地问道，在宝珠的成长岁月里，经常可以听见广播里说起北京，尤其最近一段时间，广播里天天都在高喊着北京这个词，她不知道北京是什么，后来才知道北京是一个地方。听爸爸妈妈说起过北京，他们说北京有天安门，有五星红旗，有伟大领袖毛主席！还有万里长城、故宫和香山。北京是中国的首都，北京的光辉灼目而遥远。在宝珠的印象里，北京遥远得就像天上的星星一样，现在看到伟业穿着一身绿色的军装，而且他也要去北京了，宝珠心里羡慕得不得了。

你真的可以去吗？宝珠再次问道，她简直不敢相信自己的耳朵了。

当然。伟业响亮地回答道。宝珠羡慕地看着伟业，在心里小声地叹气，这个小人用大人一样哀愁的目光看着宝铜想，要是宝铜现在大一些，爸爸妈妈工作没有那么忙的话，有人带着他，现在或许也可以跟伟业一起去当红小兵，一起去北京了。

看着伟业走远，宝珠想要带宝铜到外面玩，站在阳台上，看到一支轰轰烈烈的队伍向着自己家的方向走来，宝珠正奇怪是怎么回事儿呢，就听见他们上楼的声音，单薄的楼梯上发出了地震般的颤抖声，紧接着，自家的门就发出了嘭嘭的敲门声。宝珠赶紧把手中的玩具扔给了弟弟，自己跑去开了门。

很快，一群气势汹汹的人就把宝珠家的房子站满了，宝珠家从来没有那么热闹过，那么多的客人来家里，让宝珠的心小小地兴奋了一下，她不知道该如何接待这么庞大的一支队伍，妈妈说过，来客人需要倒茶水，需要给客人让座，但是家里也没有那么多的茶杯呀，所以，宝珠只是愣愣地站在那里，一双眼睛睁得像围棋里的黑白棋子。

但是，宝珠很快意识到气氛变了，这些人的身上带着一股寒气，他们的每一句话为何都如此苦大仇深，他们眼里为何有那么多的愤怒，是谁惹了他们？他们的出现让屋子也跟着阴冷起来。走在前面的小个子问宝珠：你爸你妈呢？

宝珠吓得不敢说话，只是睁着一双空洞的大眼睛使劲地摇头。小个子不耐烦地挥挥手发出命令，他对身后的人说：不用等了，咱们先找找看吧。

几个人挥动手臂开始大翻大找，打开宝珠家的柜子和箱子，把爸爸妈妈的衣服，还有宝珠的玩具都扔了一地，宝珠看见有个人把爸爸的手表揣进了裤兜里，那是爸爸去年到昆明开会时候买的，一直没舍得戴，宝珠意识到这只手表装进了那个人的裤兜，或许从此将会有新的主人了，爸爸可能永远地失去了这只心爱的手表，她觉得好委屈。可是这群人似乎还不尽兴，他们把屋子里的东西搜索了一遍之后，没有发现什么值钱的东西，又走进了爸爸的卧室，开始了新一轮的搜索。

尽管平日里，爸爸对宝珠非常宠爱，但是，爸爸的房间是不让宝珠随便进去的，爸爸绘制了很多的地图，宝珠知道爸爸辛苦，每一张地图都是爸爸熬夜精心绘制出来的，宝珠亲眼见过，有时候哪怕是一段简单的线条，爸爸也要经过反复的修改和计算，她虽然还不明白，爸爸绘制的地图有什么作用，爸爸为什么要投入那么多的心血，但是她知道，每一段简单的线条都是爸爸的汗水凝结而成的，每一张地图在爸爸眼里都比那只手表还要珍贵。这个八岁的孩子在懵懂的意识里对这个家有一种与生俱来的责任感，突然有一种想要伸开她单薄的羽翅保护家的冲动。

她走上前去，使劲拽着那个人的手，对他大声叫道，不许你碰我爸爸的东西。但是，这个女孩力气太小了，那个人仅仅只是一挥手，宝珠整个人像一张纸片般飞了出去，摔在了墙角，她的头磕在了墙面上，撞起了一个青色的大包。宝珠疼得大哭了起来，她的哭声吓坏了弟弟，三岁的宝铜跑到了宝珠身边，去扶姐姐，也跟着大哭了起来，不一会儿，小便沿着宝铜的裤子流了下来。

有个人伸手就把一张图纸给撕了，小个子看见了，赶紧过来制止他，说这些东西看不懂是什么，但留着一定还有用。就在几个人把所有的图纸卷成一捆，扛在肩膀上，准备离开的时候，金玲儿和秦儒文一前一后地回来了。

看到自己辛辛苦苦绘制出来的图纸被他们扛在肩上准备带走的时候，

秦儒文只觉得眼前一片漆黑，他的目光重重地落在那卷图纸上，那是他十年的心血，那是他一生最重要的追求和梦想，甚至比他的生命还重要，他不顾一切地扑上去就要去抢图纸，金玲儿则想先拉住他，现场一片混乱，叫喊声，打骂声，宝珠和宝铜被吓坏的哭声统统混杂在一起。

很快，秦儒文便被他们制服了，在这些如狼似虎的壮士面前，可怜的秦儒文显得如此的单薄和瘦小，他被两个壮汉将手反捆在身后，两个人一人一边撑着他的腋下，这样他的整个身子基本就被架空了起来，连脚尖似乎都不能落地了。

说吧，电台在什么地方？一个人问道。

什么电台？秦儒文和金玲儿被问得一头雾水，两人互相对看着，一脸的茫然。

就是你们的发报机，快说，你们的发报机藏在什么地方？那个人又问。

没有啊。此时秦儒文和金玲儿已经意识到，这件事情没那么简单，他们在相互交换了一个眼神之后，都不愿意再说话了，而是把冰冷的眼神不约而同投向了窗外遥远的绿汁江水。

好啊，你们现在不想说，是吧，既然不想说，那我们留着以后慢慢地说。小个子说道，说着就带着人往外走。秦儒文看到他们想把图纸带走，什么都顾不了了，站起身想去抢，他挣扎着，怒吼着，对着那群人吼道：你们把图纸还给我，这是整个绿汁的矿区藏量图，你们毁了它至少让绿汁晚发展十年，你们懂吗？

所有的人都愣住了，秦儒文说的是一个多么新鲜的词汇，还从来没有人听说过，他们头脑里开始一阵阵的发热和兴奋，让这群人的每一个毛孔都偾张开来，他们有一种预感，一定有更新鲜、更刺激的东西在等待着他们。

四

节气来了，最先能感知到的是植物，风一吹，该绿的绿了，该黄的黄了，完全没有自主选择的余地。主要的还是风和水，春天水足风暖，春暖花开，动物交配，农事繁忙，植物发芽，大地一片绿色，生机盎然，就在这个水动风暖的春天，黑色的房间静默于黑色的夜色中。春天，被关在了窗外，关在了遥远的地方，关在了世界的另一端，关在了梦里的最深处。

他将手伸向高处，用力地晃动，却看不到自己的手指。他紧紧咬住自己的嘴唇，咬出了咸味，却看不到血。除了心跳之外，世界是那么安静，然而，正是自己心跳的声音，在夜的呼吸里令他慌张和无助。

秦儒文从黑暗中醒来，发觉自己的嘴半开着，像矿工们第一次看电影，看陌生人，看天空偶然爬过的飞机那样敞着两片嘴唇。我不能这样。他使劲将下唇往上收拢，使的劲使他牙关也抖起来。不一会儿它却又无力地与上唇脱开，拖垂着，像他浑身所有部位一样，若没这层地面托住，它们统统会无限地垂下去，坠下去。就这样，在接受“反革命，反动派，汉奸，特务”等等一系列陌生又结实的称呼的时候，秦儒文还原了他级别最小的“臭老九”的本色和原形。我还是我吗？他感觉到了自己的陌生。

对，“反革命，反动派，特务，汉奸”就是我。他强迫地威严地再一次提醒自己，也警告自己，似乎不接受这个称呼就会愧对党、国家和人民，还有他家中的妻子、一双儿女。现在想起来是多么美好，一个月前他还趴在那堆图纸上，哪怕肚子饿得回酸水，打上的嗝像黄牛反刍一样有草根的味道，他一样的快乐，一样的酣畅，一样的甘心情愿和无怨无悔。

可是现在，那堆图纸成了他的罪证，他恍惚想起了那天在家中发生的每一个细节，像一部黑白的电影在他的眼前回放，每一个细节在回放的时候被重新扩大，重新延伸，他依稀想起一开始是小个子说的话：别装了，我们都已经调查清楚了，老实交代，你到底在我们绿汁潜伏了多久，还想把我们矿区的全部藏量运送出去，和国际特务勾结，你想当卖国贼吗？

秦儒文一脸雾水地站在那里，他在心里默默地想着，我来绿汁多久难道你们不清楚吗，我是从大学校门清清白白走出来的，受的是国民教育，祖宗三代都是贫农，档案里清清楚楚有记录，从何而来的国际特务，又从何而来的卖国贼？但是，他只是在心里过了一遍，面前站着的这些人是不值得他和他们解释什么的。

别以为我们不知道，你早就计划逃跑了，还想从昆明跑出去，没门。

小个子继续说道。

那一刻，秦儒文并没有把这些人放在眼里，他想，这些没有文化的人是不敢把他怎么样的，更何况他们没有任何证据。他舔了舔嘴唇，昂着头理直气壮地反驳道：我什么时候说过要去昆明了？

这时候，站在一边的金玲儿沉不住气了，她意识到昆明的事应该是和上次找了那个王领导有关，于是，赶紧辩解道：我们没有说过要去昆明，是省地矿局的金领导邀请了我们，说那边需要人才，而且，我们也不愿意去，已经拒绝了。

谁会相信你的鬼话，有机会去昆明还不去，去昆明顶多就是一个借口，肯定有更重要的工作要做。旁边一个年轻人插话道。

不相信，你们可以去问省地矿局的金领导。金玲儿生气地回答说。

这时候，旁边一个人接了话，金玲儿回头看时才发现，这个人正是肖云金，他说：别说了，金领导已经出事了，他才是最大的反革命分子，已经被控制了，所以，才牵扯到了你们。

金玲儿看了一眼肖云金，肖云金的话实际上也提醒了她，顺带把真相告诉了他们夫妻，听到这句话，金玲儿心里算是大致明白了八九分，她感激地看了肖云金一眼，内心却是一阵翻江倒海，谁会想到仅仅只是因为自己的一面之缘，就给家带来了那么大的灾难，真是后悔莫及。

小个子有些不耐烦了，生气地说：快点老实交代吧，不说，我们现在搜了。

我们是清白的，家里一徒四壁，你们愿意搜就搜吧，如果搜不出什么证据的话，最好给我滚快点。秦儒文倔强地说，他始终相信自己一身正气，邪不压正，屈辱是短暂的。很久以后，金玲儿还记得那一刻，他的目光落在窗外，清澈而坚定的目光中，有鸽子飞过天空的痕迹。

于是，一群人又开始了新一轮的搜索，把金玲儿的家从里到外翻了一遍，就连厨房里的腌菜罐也没有放过，可就在这时候，小个子的目光突然停在了衣柜的最顶端，那里有一只黑皮的铁匣子。这只铁匣子金玲儿也曾见过，秦儒文结婚的时候带过来的，金玲儿曾经好奇地问过秦儒文，里面装的是什么，为什么还要用小锁锁上，是不是有什么不可告人的秘密。秦儒文只是笑笑，轻描淡写地回答她：一只旧箱子，你不要管。金玲儿自然也没把它放在心上，生活中，还有许多更重要的事情，比一只黑色的旧铁皮匣子等着她去操心呢。

但现在，随着小个子的目光，整个屋子都寂静下来，一只铁匣子幽深的黑色像是一种神秘的指引，随着他的目光，金玲儿也对这只黑匣子产生了好奇，多少年了，她几乎无视家中还有那么一个东西存在，而秦儒文的瞳孔则开始放大，他绝望地大叫道：那里什么都没有，你们不要去碰它。

这是一个最新版本的此地无银三百两的故事，在秦儒文几乎完全失去理智的情况下，他最为绝望的这一声呼叫，挑起了所有在场人员的好奇心，秦儒文整个人在刹那间似乎塌陷了，他的目光呆滞地沦陷下去，两个眼球像两个陷下去的大坑，额头上的汗水像冰雹般滚落下来，打在地上都是凉的，可以让地上的灰尘结起一层冰，可以把地面打出一个坑。他的鼻梁歪了，额骨塌了，连眉毛也跟着嘴巴的倾斜无力地垂向了一方。

一个手脚麻利的人站到床沿上，伸手去够下了那只匣子，他把它放在床上，发现上面挂着一把锁，他当然不指望秦儒文会主动交出钥匙，而是直接去了阳台上，拎着斧头走了进来。“哐、哐、哐”三声巨响，小锁连着锁扣一起飞了出去。

就在这一刻，在场的人都听到秦儒文对着金玲儿喊出那句话：金——玲——儿，我所做的一切都是因为爱你啊。喊到最后两个字的时候，那两个字被秦儒文的泪水淹没了，像是下了一场冰雨，整个空间都是湿的。

所有的人都惊呆了，秦儒文的这份爱来得多么突兀，来得多么不是时候。金玲儿脸色苍白，半天没有回过神来，她不知道秦儒文为什么那么说，他们从恋爱到结婚十多年，秦儒文从来没有对她说过一句我爱你，“爱”这个词汇，在当时的环境下，像一枚艳丽的炸弹，不是绽放就是受伤。她一直觉得秦儒文不会表达爱，或许，爱在他的心里也是模棱两可的，是捉摸不定的，可是，此时此刻，她听到了他的爱，那么震撼全场，那么痛彻心扉，令她的世界产生了一场壮丽的颠覆和地震。

随着箱子的打开，所有人的目光落在了箱子里，那是一堆整理整齐的信封，一堆泛黄的信纸，一堆地址都是统一落款越南的信件。

为什么会是金玲儿的名字。有人提出质疑。

因为寄给我不方便，所以，就用了她的名字。秦儒文冷静地回答，金玲儿的目光落在秦儒文脸上，久久不肯移开。

造反派们哈哈大笑起来，他们终于找到证据了，里通外国，够刺激了吧。

金玲儿将目光移回到那一堆信上，整个时空安静了下来，她仔细辨认着那些雄劲的笔迹，曾经在梦里似曾相识过。

五

林波万万没有想到，在这个到处都是沸腾的年月里，在这个到处都是口号声，到处都是大字报的年月里，在这个没有硝烟的战场上，他这个常常被人遗忘的，在绿汁根本提不上名的小角色，居然天方夜谭地狠狠火了一把，这一把火烧得林波几乎忘记了天地时空，忘记了阴阳轮转，忘记了自己姓甚名谁。

有时候，这个世界就是有那么好笑，明明似乎带着一点点悲剧情怀，又有着喜剧性的夸张，明明自以为已经走到柳暗，偏偏在最后一刻又迎来了花明。有时候，不是世界在和你开玩笑，而是你自己在为自己制造笑话。林波，这个会用吉他弹一些靡靡之音的混小子，这个把爱情当成黄色笑话的情场老手，突然间就名正言顺地走上了舞台的正中间，挥舞着手臂成了绿汁的名角。

福从祸来，这不是一个讽刺，林波出事是因为一枚图钉，林波和刘小玉结婚后，矿区分给他们的住房是一间带小天井的套房，其中，有一间林波自己用木板隔开，作为自己的小客厅。随着阶级斗争的日益激烈，林波也很想表表自己对毛主席的一片诚心，他在设计了几个方案都不太满意的情况下，决定把毛主席的相片挂在这间小客厅的正中央位置。

那天，林波正在用报纸给这间小客厅糊墙壁，遇到一个高低不平的地方，就找来一颗图钉准备按一下，这时候，听到厨房的开水烧开的声音，林波把图钉随便往墙上一按，就去倒开水了。

林波一向好客，过几天，总会约上几个朋友到家里喝茶唱歌聊天，便约了肖云金几个人，大家喝了几口小酒，兴趣正浓，让林波弹几首歌助兴，林波就弹了一首《小媳妇回娘家》，还提醒大家小点声，别让外面过路的人听到，就在大家玩在兴头上的时候，其中一个人突然失声大叫起来。

林波，你找死啊，你居然企图戳瞎我们伟大领袖毛主席的眼睛。

一石激起千层浪，大家的目光齐刷刷地追了过去，看见墙上毛主席的相片上，真的用一枚图钉钉在了毛主席的眼睛上，这枚图钉冷冷的光线挡住了毛主席慈爱的目光，发出铅灰和铁锈的光芒。林波也吓了一跳，想要起身去取，就这样，几个刚才还喝得好好的铁哥们，突然间就反目成仇了，几个人一起动手，马上从他们家的厨房找来一根结实的绳子，把林波反捆起来，还有一个在中间抓住他的头发。一刹那间，他不再是他们的好兄弟林波，而是一个用图钉诅咒伟大领袖毛主席的反革命分子。

林波被关在一间低矮的柴房里，这间柴房只有一米那么高，对于个子在一米八长得高大粗壮的林波来说真是活受罪，只能半蹲着或是屈着身子，时间一长，双腿麻木，腰酸难耐，他只好调整另外一个姿势，坐在潮湿的地面上，这样，可以从柴房的木板缝隙之间看到远处的猫猫山，闻到绿汁江吹过来的暖风。这时候，林波就会随便哼唱几句，他没有胆量再唱那些靡靡之音，而是哼一些革命歌曲，这样，可以练练嗓子，时间也就不那么难熬。

这天，林波刚唱了两句《东方红》，他的声音是那种磁性的男高音，他的声音既抒情又悲壮，所有的情感都在几句简单的歌词里激荡着，带着一点点对这个世界的伤感。这时候，柴房门被推开了，进来的是矿区歌舞队的队长，姓王，名凤平，王凤平这个人总结起来有三个亮点，三小一高，三小指的是个子小、头小、眼睛小，一高是她的女高音，她唱歌的时候，周围十里八乡不用麦克风，也可以听见她奋进激昂的歌声。那歌声直插云霄，翻江倒海，气势恢宏，无力可挡，十足地诠释了红歌是激发内心情感，激进感情澎湃的一种方式的准确定义。正因为如此，自矿区歌舞队成立以来，王凤平任这个团长当仁不让，无人可比。

最近一段时间，王凤平正在为汇报演出缺一名男高音而大伤脑筋，突然间柴房里传来的这个悲怆而嘹亮的男高音让她眼前一亮，这声音流露着浓浓的艺术气息，是每一个音符都落在弦上的基准小调。王凤平为之一颤，当她强行打开柴房，肖云金几个向她解释这是刚刚抓来的反革命分子，想用图钉谋害我们伟大领袖的时候，被王凤平用她高亢辽阔的女高音挡了回去：现在，还有比唱歌更要紧的事吗，市里的领导过几天要来矿区检查工作，这是组织安排的重要工作，谁敢拦？几个人的头就极不自然地垂下去了。

林波钻出柴房的时候，简直就像小人国的侏儒脱胎换骨变梦成真，他那一米八的个子在瞬间回到了高大中来，他万分感激地看着王凤平，感谢她的出手相救，感谢她的搭救之恩，王凤平很快用她的豪爽和气魄为林波在乱世中开出了一条新路子。林波成了矿区歌舞队的主唱，那是多少人梦寐以求的位置，虽然之前林波很喜欢音乐，但他没想到自己有那么好的嗓子，会红得那么快，现在唱歌成了他的主要工作，每天早上他咿咿呀呀练习嗓音，连他自己都对自己的歌喉感到惊讶，世界多么美妙，人的生命藏着无限的潜力和无限种可能，王凤平的目光停留在他身上，迟迟不肯离去。

革命歌曲唱红半边天的时候，林波也红透了半边天，矿区领导每天要观看林波的汇报演出，这几乎成了他们每天政治会议的最后一项议程，市里的领导来矿区参观，要看林波的演出，省里的领导来了，还是要观看林波的演出。不仅如此，他们还要到各个地方演出，到县里演出，到市里演出，到各个矿点演出。没人会说他们唱得不好，大家喊着口号，振臂欢呼，鼓掌，再鼓掌，欢笑，再欢笑。《大海航行靠舵手》《万岁，毛主席》，林波和王凤平深情地演唱着，他们气势恢宏，慷慨激昂，一套草绿色的军装，穿出了英姿，穿出了气势，穿出了两袖清风和一颗红心向太阳。

演出前的一小时，林波会利用这个空闲的机会在后台吸一支烟，他需要足够的时间让自己澎湃的内心平静下来。后台堆积的多是陈年的幕布、道具和装道具的大木箱子，这些东西长年不使用，落上了厚厚的一层灰尘，此时的林波坐在这些厚厚的灰尘和道具中，慢慢消化沉淀着自己内心的翻涌。

这时候，一只手从后面按住了他的肩膀，同时，一个女人的身子柔软地贴了上来，林波有那么一分钟的窒息，然后，就看到了王凤平那双小眼睛中的柔情，小巧的王凤平像只野猫一样贴到了他的身上，钻进了他的怀里，落满灰尘的幕布是一张巨大的床，稳稳地接住了两个人的身子。在灰尘扬起的一刹那间，场外的观众陆续进场，人们的说笑声像一片汪洋，林波被那一阵阵的声浪推着，回荡在音乐的旋律中。

音乐，那么美好，会让你忘记许许多多的东西，比如说漆皮斑驳的吉他，比如说刘小玉泪水涟涟的脸，比如说他将继续在绿汁剩下的不得不面对的几千个日子。

当镁光灯再一次亮起的时候，他们已经站在了舞台中间，声音依旧那么洪亮有力，唱腔正色地唱着：敬爱的毛主席，敬爱的毛主席，您是我们心中的红太阳。我们有多少知心的话儿要对你讲，我们有多少热情的歌儿要对你唱，千万颗红心向着北京，千万张笑脸迎着红太阳，敬祝领袖毛主席万寿无疆。敬爱的毛主席，你是我们心中的红太阳。

六

一场严重的倒春寒令所有人惊讶，刚刚萌芽的春色又枯萎了。罗惠看着昏暗的天空和低飞的鸟群说：天哪，难道还要叠加一个冬天不成。纷纷扬扬的雪下了几个时辰，尽管没有在地上积得太久，但的确又一次把人们带入了冬季。也许是气候过于反常，阵阵刮来的冷风阻碍了凤凰花的开放，连一点吐露的迹象都没有。

这块篮球场本来是职工们打篮球娱乐的地方，曾经这里哨音飞扬，队员们健步如飞，篮球像一只欢快的鸟儿在运动员的手心里飞起落下，球场周边，站满了家属和孩子，大家在激烈的运动中瞪圆了眼睛，在一场篮球的角逐中品尝人生的快乐，对于生活来说，不求富贵，但求平静。

然而现在，似乎是一夜之间，球场边上用木板搭起了台子，一场接一场的批斗大会，一个又一个新鲜的内容，每天都会有不同的人被押上来，高音喇叭响彻于耳，口号声此起彼落，大字报漫天飞舞，每一个地方都成了舞台，每一个地方都需要尽兴地发挥和表演，人和人陌生了，心和心也有了距离。

罗惠站在球场的最边上，她想要躲开面前的目光和叫嚣声，却又不想把胡成海一个人扔在这里，她想陪着他，即使只是这样远远地，也要陪在他的身边。从这个角度看过去，胡成海被几个人按住的身子像一只弯着身子啄食的鸟，在拉扯中他显得那么单薄无力，可他还是拼命抵抗着，罗惠听见他们要让胡成海跪下的喊话，胡成海不愿意跪，被一个人重重踹了他的膝盖一脚，胡成海惨叫一声，双腿一软，跪在了台子中间。

胡成海是作为走资派被推上台子的，被列举的罪行有很多条，他的衬衫总是熨得很平整，曾经有人问过罗惠，胡成海的衬衫是不是用粉笔灰泡过，罗惠哭笑不得，不知道如何回答，罗惠在想，天知道胡成海是一个多么爱干净多么爱讲究的人，他没能留在上海，却把上海人的那种讲究和细致带到了云南的大山，那或许是他生命中唯一留住的关于上海故乡的味道，于是，有人说他这是资产阶级思想严重。现在，他的白衬衫总算被那些看不惯的人刷上乱七八糟的颜色，在冷冷的风里，他的身上被烫起了红色的水泡，随着温度的降低，又很快变成了冰柱子一样的泥塑。

还有一条罪状在宣读的时候令在场的人惊叹不已，原来胡成海这个走资派在上海还有一个姨妈，据说剥削了当地很多穷苦老百姓，是恶名远扬的大地主，已经在土改时候被打倒，胡成海这个“黑五类”，没有少喝老百姓的血。胡成海的嘴巴张成了一个大大的O字形，想要辩解，却不知道从何说起，他努力在记忆深处搜索着关于这个姨妈的记忆，那些轻飘飘的犹如棉絮般的记忆此时迎着风飞扬起来，在冬日稀薄的空气里，细弱得令这个男人发生了严重的口吃。

借着这段被剥开的历史，胡成海仔细回忆起了他的姨妈。记忆中，他确实是有那么一个姨妈，是他母亲唯一的姐姐，姨妈年轻的时候，在江苏一带给一户大富人家做丫鬟，因为人长得清秀，又灵活乖巧，被大少爷收做了二房。胡成海对于这个所谓的大户人家的家庭情况并不了解，在上海短暂的人生里，胡成海好像有过一次见过姨妈的短暂回忆。

上海冬日的清晨，笼罩在一片茫茫白雾里，已经是上午九点了，十岁的胡成海还躲在被窝里偷懒，他听见母亲从大门外急急忙忙跑进家的声音，她的厚底布鞋每走一步石板路就发出闷闷的一声响，因此，听起来这串声音是那么急促，像连在一起的省略号。没等他缓过劲来，母亲已经掀开他的被子喊道：快，快起床，你姨妈回来了，在你姥爷家呢，你和母亲一起去看看她吧。

胡成海在心里暗暗盘算了一下，原本还想赖床，但多次听母亲说起过这个姨妈，是母亲心里十分想念的一个人，胡成海禁不住内心的好奇，又想去看一看。

快点起床，你姨妈每次来信都提起你，你小时候还抱过你呢，你长大了，应该主动去看看她的。母亲说着，就掀开了他的被窝。就这样，胡成海揉着睡意蒙眬的眼睛跟着母亲去见了姨妈一面。

令胡成海感到惊讶的是，他看到的姨妈只是一个陌生而憔悴的女人，她和母亲的姐妹血缘并没有让胡成海感到多一点点的亲切感，倒是姨妈牵着他的手左看右看，说这孩子都这么大了，咱们姐妹也不知道多少年没见面了，没说几句话眼泪又掉下来了，母亲也跟着流起了眼泪，于是，姐妹俩忙着抱在一起伤心去了，把胡成海晾在了一边。

在胡成海眼里，这个大富人家的二房并不像他想象中的那样全身绫罗绸缎，相反，却很朴素，一件洗得发白的蓝色棉布盘扣衫，肩膀上有补丁，黑色的棉裤也有补丁，总之，这些一个接一个的补丁像是一张接一张锋利的嘴巴，企图用最直接的方式喊出声音，告诉胡成海，这个姨妈的生活并不像他想象中的那么富足。他之前听母亲说起过，姨妈即使做了二房以后还是起早贪黑地做活，她的地位在那个家庭里依然是最卑微的，只不过是比丫鬟时候稍好了一些。

这次姨妈带回来的礼物是一盒西凤祥的小点心，用黄绵纸包裹成四方形，那小点心比大拇指大一点点，又酥又脆，可惜胡成海只吃了一个，抿着舌头还想吃，便被母亲呵斥住了，一大家子人相互谦让着。那时候日子都不富裕，大家都清楚这点心也是姨妈省吃俭用存下来的，谁会想到转眼之间，那个可怜的女人就成了剥削穷苦老百姓的地主婆。

他在心里暗暗叫屈，从他们的话里知道姨妈大概也被害了，尽管之前他对于自己和姨妈之间的血缘关系没有太明显的感受，此时，心里却有一阵阵的疼惜，不仅仅是因为他们是亲人，还因为同是天涯沦落人。同时，也不得不敬佩这些人的神通广大，连胡成海这个亲外甥都几乎忘记了还有这么一个姨妈，居然被他们知道了，是谁将他千里之外的家族史查得一清二楚？

胡成海使劲地梗着头，又被几双手强行按了下去，像一只垂死挣扎的鸟儿。就在这时候，这个上海男人爆发出了一句地道的云南话，一句云南山里汉子常说的粗话：你们这些狗杂种。

台上的人为这句话僵持了几秒钟的时间，这句云南粗话从一个上海男人口里说出来显得多么不协调，简直就是有些滑稽，像一个有钱人家的大小姐穿了一双矿工的粗布鞋，笨重得像个笑话，随着这句话平稳地落到台子上，他身边的所有拳头和脚尖朝着胡成海瘦弱的身子落了下去。

站在球场边上的罗惠看着这一切，场上的人渐渐散去了，作为走资派胡成海还必须长跪三个小时进行反思，罗惠看着胡成海跪在那里，他的双手被捆着，包裹得像一个肉粽子。这个来自上海的男人，她明白，在他的骨子里一直存在着上海大都市的傲气，然而现在，他长跪在云南的大山深处，长跪于一群不知名的云南人之中，他的双膝之下，是云南厚实广袤的土地，而他正对面的西方，那里或许正是他的故乡上海，那个渐渐变得陌生的城市已经将他拒之于千里之外。

七

尽管一切预想在前，废弃矿山的惨象还是令人心惊。从远处看过去，一溜空置的窝棚就像巨兽踞在岭下，寂寞地等待着新的来主。不远处就是新垒起的一片坟头，乌鸦在槐树上鸣叫，荒草遮住小路，每一段生命的远逝都陪伴着亲人的阵痛，然而，生命的来去如风中的草籽，没有选择的自由。

其实，生命不能被选择的又何止是生死，除此而外，比方说还有衰老、疾病、疼痛、聚散、爱情，甚至是亲人，当生命赤手空拳来到人间的时候，就注定了没有任何选择的自由。远处不时传来一声清脆的鸟鸣，黄昏的鸟鸣多多少少都带着一点哀伤，在暗淡的霞光里，那一声鸣叫孤寂而无助，仿佛离人忧伤的歌喉，仿佛一个人离去前的最后一句叮嘱和祝福，落下深长而久远的余音。

当我们站在阳光下的时候，当我们还能感知天气的冷热、夏风的滚烫和薄雨的微寒时，或许生命在我们口里仅仅只是一个词汇，可以抒情也可以感伤，可以颂扬也可以诅咒，于个体而言，我们并没有真实感受到生命的存在和重要。而一旦身边的人突然死亡，或许在很长一段时间里，你只是认为他或是她不过是去了一趟旅行，去了一个遥远或陌生的地方，总还会回来，还会有机会见到，而在等待了许许多多个日子后，你才会发现，原来他或是她已经真的从你的身边永远地消失，就像是一滴水落入土地被时间蒸发，就像一片树叶被风不知吹向了哪个方向。一段时间以后，你才会发现世界再也没有了他的任何痕迹，完全没有了他的体温和声音，他可以消失得那么干净，就连对他的想念都会开始缥缈起来，好像和他的所有故事，都只是梦中的一个场景。

生命原来如此脆弱，如此不堪一击。

谁也没有想到，这群人当中最先离去的会是团子，这个纯朴热情的山里汉子，可以把身边每个人当成自己的兄弟姐妹，总是想着照顾别人，却从没被别人照顾过的年轻人，在他人生最黄金的年龄悄然远逝。三十二岁的年纪，他的两个女儿还像山崖上刚刚打开花苞的山茶，他承诺给年轻妻子的诺言还没来得及兑现，他的父母还在家中等待他回去养老送终，可他就走了，甚至没留下一句话，没来得及挥手或再见。

团子是在开矿的一次爆破中不幸遇难的，由于火线点燃后没能及时跑开，据在场的矿工回忆，他强健的身子当场被炸成天空中的一朵红云，半个山坡的马缨花都被染成了血红色，一个原本鲜活的生命在转瞬之间连尸骨都难以寻觅，谁也不相信这会是真的，谁又愿意相信这会是真的。当一群人赶到矿山时，只有老矿工用平淡的没有任何感情色彩的口气向他们重新述说经过，他一整天不止一次地向来人重复着这个经过：没有防护措施，火点燃了，没来得及跑，轰——的一声，唉，死人嘛，矿山上是常有的事。

在老矿工看来，死亡是一件多么正常的事，连悲痛也显得累赘。就像是一个久病的人，在经历多次疼痛之后，会使人产生免疫能力，让人变得麻木和迟钝。

凤英按照当地习俗，用三根柏树枝叶在团子离去的地方为他叫魂，她轻轻呼唤着他的名字，柏树枝叶上的清香洒在地面上，她围着那个半山坡左三圈右三圈地走着，随着一声一声的呼唤，长风呜咽，百草摇动，可怜的女人，想要以此留住那个黄泉路上男人的归魂。由于当地的风俗说，死在外面的人，他的魂已经在外面了，进不了家门，只能在门的外面搭个棚子，让他躺在那里，于是，空空的棺木置于屋外的草棚，黄纸飞扬，更觉凄凉。

三日之后，便是下葬的日子，黄钱漫天飞扬，罗惠一直默默走在凤英身后，一段时间以来，发生了太多的事，令她疲惫不堪，看上去明显憔悴了很多。她始终沉默着，脸色苍白，双目迟钝，对于团子来说，罗惠有太多的歉意和不舍，等送葬的队伍陆续开始往回走，只剩下了凤英和一座新坟的时候，罗惠的泪水终于止不住落了下来。

她走上前，双手合拢捧起一把黄土，对着天空撒开，似乎隐忍太久，太多太多的委屈和心酸，此时，她放声的痛哭犹如决堤的江河，她一遍遍呼唤着团子的名字，她记得很多年以前，有同事开玩笑地说过：团子沾着仙气呢，在山里不管你在什么地方，如果看不到团子的话，只需对着山林大声叫他的名字，不用叫到第三声，他保准就会出现在你面前，简直就像是从土堆里钻出来一样。于是，当她有难的时候，首先想到的总是先呼唤他的名字，因为她确信，这世上只有他会不惜用自己的生命来保护她。

然而现在，她一遍遍呼唤他的时候，他再也没有出现了。这时候，罗惠才意识到，他真的走远了，不会再回来了。团子，多好的人，多好的生命，又是多好的弟弟。

凤英走过来扶起罗惠，两个女人互拥痛哭，她们有好长时间没坐在一起聊天了，在寂静的山谷里，两个女人和一坐新坟，时间难得地静止下来，似乎可以好好说一说心里话了，可是万千思绪如决堤江水汹涌而来，从何说起。

罗惠自责地说：如果当初团子不是因为救我，就不会被分到矿山上，也就不会发生意外，都是我害了他，我总是欠他太多。

凤英凝视着那包黄土很久很久，似乎在征求团子的意见，半晌，才开口说道：你不要自责，他从来没有后悔过，更不会迁怪你，他为你做的每一件事都是心甘情愿的。

罗惠看着凤英，她平日里话不多，总是低着头做事，可在这个小巧的彝族女人身上，有一种特别的光芒和智慧，只要用心读懂她的人，都会对她着迷，团子不止一次在罗惠面前说过：凤英，是我们寨子里最聪明的女人。

现在，他也不会再阻拦我告诉你了，姐，你知道他今生最喜欢的女人是谁吗？凤英说。

罗惠看着凤英，不知道她究竟想要说什么。凤英停顿片刻，继续说道：他和我说过，他最喜欢的女人就是你，他常在我的面前念及你的才华和你的善良，每次提及你的时候，他的眼睛都会放射出异样的光彩，那是我在他身上很少能够见到的，他把那种喜欢悄悄地保管着，默默地幸福着。

不是，凤英，你别误会。罗惠连忙解释。

你相信我，是他亲口告诉我的，只是，他没有文化，知道自己的身份高攀不起，但他为你做每一件事都是心甘情愿的，即使是现在，他躺在地下，可他心里只要想到有你，也许，也会早些瞑目。

凤英，你怎么能那么说，你是在怪我吗？罗惠看着凤英。

姐，我没怪你，我了解他，再说，喜欢一个人本身就没有错，喜欢一个人，把他放在心里，为他做自己想做的事，感受自己内心那份欢喜，闲下来的时候，想想世上还有那么一个人值得想念，多好啊。其实，就像我对他，我也从来没有后悔过啊。凤英轻声回答，山风由远及近，将两个女人的对话送到山的那边，不知那个远去的人是否还可以听见。

爱情，像一场春雨，在那个荒凉的年代里，无声地滋润着干裂的心田。

一年后，矿山废弃土法开采，始用机械化开采矿石。罗惠在轰轰的机械声中，仿佛看见团子扛着锄头，微笑地从山的那边走来。他看上去神采飞扬，依旧那么年轻，他的生命永远停止在了三十二岁的那个年龄。

八

当听说秦儒文所在的劳改队要到玉溪参加一个活动的时候，金玲儿赶紧给秦儒文收拾了几件换洗衣服，并且，做了几个白面馒头悄悄塞进布兜里，出门前，她对宝珠交代：妈妈要出门一两天，你看好宝铜。

宝珠抿着嘴看着母亲的一举一动，看她匆忙地收拾，看她将父亲的衣服一件件折叠好，又把褶皱的地方用手小心抚平。宝珠知道母亲想念父亲，她时常看见母亲看着父亲的相片流泪，夜深人静的时候，母亲会一个人到父亲书房，看他以前看过的书，抚摸那块图板，一坐就是一整夜，开始的时候母亲总是流泪，后来，好像母亲的泪水流干了，她不再流泪了，但从此也没见她开心地笑过。

妈。宝珠对着房间里母亲的背影轻轻唤了一声，金玲儿似乎没听见，宝珠怔怔地看着母亲。过了好一会儿，母亲走出房间，把两个幼小的孩子扔在家里，金玲儿还是不放心，她继续对宝珠交代：饭我都做好了，你热一热和弟弟一起吃，夜里睡觉前要关好房门，宝铜要听姐姐的话，听见了吗？

妈，你是不是要去看我爸？在母亲即将迈出门槛的时候，宝珠突然用一只手死死拽住金玲儿的衣角，另一只手抓着门框，把那句忍了一个早上的话问了出来。

金玲儿收回迈出的脚步，想了想，还是回答宝珠：是啊，天凉了，早就想给他送几件衣服，路又那么远，昨天听说他们要来玉溪，我想去看看，顺便把衣服送给他。金玲儿看着宝珠，觉得她的神色有些不对，便关心地问道：你怎么了？

宝珠只是站在那里，泪水开始吧嗒吧嗒落了下来，金玲儿关上房门，又耐心地问她怎么了，宝珠这才放声哭了出来，一张小脸哭得微微有些发肿，她走上前两步，紧紧抱住金玲儿的腰，对母亲说道：妈，你别去了好吗，你别去看他了，同学们都不愿意和我玩，说我是特务的女儿，说他是大坏蛋，要和我划清界限。

金玲儿愣在那里，只觉得一股酸涩涌了上来堵住胸口，她明白宝珠，宝珠快十岁了，出落得清秀伶俐，但是，她始终一个人独来独往，没有任何朋友，近段时间就连伟业来看她也是匆匆忙忙，生怕被人看见，一个不满十岁的孩子，却要承受父母带来的如此巨大的压力，或许会影响到她一生的成长，金玲儿这个母亲此时只觉得愧疚难当。

她伸出手抚摸着宝珠的童花头，说道：宝珠，你觉得你爸爸是别人口中说的那种大坏蛋吗？宝珠没有说话，只是紧咬着嘴唇，小眼睛里盈满了泪水，愣在那里。金玲儿知道她是在思考，并接着往下说：无论将来发生什么，你都要相信自己的爸爸，等你长大了就会知道，你的爸爸是世界上最好的人，你会为他骄傲。

宝珠渐渐停止了哭泣声，她明白了母亲的话，转身跑回房间，从枕头下取出一样东西，跑出来塞进妈妈的布兜，对金玲儿说：爸爸一直担心我的数学考不好，这是上次期终考试的试卷，我得了一百分，你要记得给他看。金玲儿放心地舒了一口气，看见女儿如此懂事，脸上露出了安慰的笑容。

看着母亲匆匆忙忙离去的背影，宝珠的泪水又一次出来了，其实，她的内心深处和母亲一样深爱着父亲，没有哪个女儿愿意与父亲为敌，从小到大，父亲是她的大山，父亲是她的天空，父亲是她的雨伞。然而，外界的压力让她对父亲产生了一种抗拒，她害怕这种抗拒，害怕会失去父亲，又害怕面对父亲，她觉得她的心好像长出了许许多多的棱角，戳到哪都会痛得厉害。

金玲儿搭一辆拉矿石的车到达易门，之后，又转乘公共汽车到海口，再次转车才到达玉溪。她在那里住了一个晚上，实际上，那一整夜她几乎没有合眼，和秦儒文从相识到如今十多年来的风风雨雨反复出现在眼前，夫妻那么多年，总算是挺过来了，现在，他是她日日牵挂的亲人。

爱，是情到深处。爱，是相濡以沫。

爱，也是纠缠不清的瓜葛和垂死挣扎也不放手的不离不弃。

按照之前打听到的消息，金玲儿第二天早早就赶到场部，因为大门有警卫，她进不去，只能在门外等待着，果然，过了十二点，又有一批犯人到大门这里坐车，金玲儿一眼就认出了秦儒文，多日不见，他变得又黑又瘦，嘴唇干裂，裂口上渗着血丝。平日里极爱讲究的他，此时，头发粘在一起，裤子破了，因为没有缝补，就这样开着一条口子。

金玲儿就这样傻傻站着，像是注视着一个陌生人，直到他要走远，她才叫了一声他的名字，秦儒文的目光沿着声音循了过来，然后，他的目光就和金玲儿的目光遇到了一起，应该是已经有半年多没见面了，都不知道第一句话该说什么，就这样看着彼此。

可是，那边已经催着上车了。

顾不了那么多，金玲儿上前几步，将布兜塞进秦儒文手里，布兜下，她的手趁机紧紧握着他的手：这是你的衣服，天凉了，要照顾好自己，家里一切都好，孩子们也很好，宝珠有那么高了，不要担心。金玲儿说着，用手在胸前比了比宝珠的高度。

突然出现一个陌生女人，一个劳教干部走了过来，问她来做什么，金玲儿回答了，劳教干部又将包袱接在手里看了看，见是几件衣服，便不再说什么。只剩下不多的时间了，金玲儿赶紧接着说：宝珠数学考了 100 分，让我把试卷带来给你，都在里面了。

秦儒文点点头，干裂的嘴唇抖了抖，千言万语，时间又只剩下了那么几分钟，都不知道从哪说起了。那边的哨音开始响了，队伍陆陆续续上了车，秦儒文说：以后不要来看我了，家里两个孩子需要照顾，你已经够辛苦了。

他们已经长大了，宝珠能带好宝铜，你不用担心，我会找机会来看你。

你恨我吗？

为什么？

那些信，我是不是很自私，很不道德？

那都是过去的事了，我现在只想说，自从嫁给你，我一天都没有后悔过，我们是夫妻。金玲儿认真地说，从她脸上，看不到任何的责备和怨言。

秦儒文的脸上露出了一个笑容，或许是因为他瘦了的缘故，这个笑像是刻在他的脸上，多年后，在金玲儿记忆中凝结成了一个点。看着车子缓缓离去，金玲儿向着他离去的方向使劲地挥手，不知不觉，泪水又出来了。

记忆，有时候会撒谎。许多年后，当我的奶奶金玲儿对我讲述这段记忆的时候，她爬满皱纹的脸上溢满的是幸福的时光。她说，她一直看着车子缓缓驶离，秦儒文把头伸出窗外，那一刻，她看到的秦儒文是那么年轻，那么帅气，他的头发虽然粘成结，但被疾风高高地扬起，脸庞就特别清秀，他笑得那么阳光，整个世界都凝固在了他的笑脸上。她说，那是我今生见过的最漂亮的男人，我突然很知足，发现自己因为有他而幸福。

九

在绿汁蓝色的天空，有不断飞过的鸟群。在绿汁江的波涛里，有悠闲游过的鱼群。而在绿汁峡谷的丛山碧林中，牧羊人吹着口哨放牧着他的羊群。之后，因为有了铜矿的发掘，在这个云南深山的半山坡上，出现了大批的人群，他们建房、修路、生育、群居。他们在山上开洞，江里运输，冶炼车间燃起高高的焰火，用聪明和才智在这片土地上建立黄金铸造的帝国。

寂寞荒凉的矿山，高强度的工作，重体力的消耗，因此，以男性居多，造成严重的男女比例失衡，成年后的男性和女性，对于异性的渴求是再正常不过的事，不仅是心理也是生理。他们渴望异性，渴望成家，渴望生儿育女，渴望传宗接代。当渴望在长时间的压抑之下得不到满足的时候，这种正常的渴望会变成欲望，若欲望处理不当，则会成为一团烈火，烧伤人性和心灵。

在绿汁镇的三万多个矿工中，女性比例只占到三分之一，这些坚强的女性，像山崖上开放的花朵，她们有血肉，有感情，她们将苦难藏在心灵深处，将根深深扎在这片泥土之中，在这片土地上盛开着，惊艳着，也生存着。都说红颜祸水，都说祸起萧墙。罗惠，只怪苍天对你偏心，让你生就了一张好面孔，给你俊俏的脸蛋上添上了一个梨窝笑，原本是上天对你的厚爱，却又成了你人生的灾难。

伟业和胡成海的争吵令罗惠心惊肉跳，本该是最亲的父子血缘，似乎一夜之间便成仇敌，伟业没能像他想象中的那样，跟随大部队顺利去北京参加大串联，他想看见毛主席和天安门的梦想在一夜之间被击得粉碎，他由红卫兵里的积极分子，一下子变成了被批斗的重点对象。

那个清晨，他远远看着串联的大部队启程，那些和他同龄的孩子，个个欢笑着，热情洋溢，英姿博发，他羡慕得一肚子的泪水和委屈。其实，这个不满十四的孩子并不知道，那些所谓的串联活动其实最远到了昆明后便被冲散了。当然，这是题外话。

他将这份不满全部归罪于父亲胡成海的身份，他哀叹自己的命运不公，为什么出生在这样一个“臭老九”家庭，资产阶级家庭。上海是什么地方，他从来没去过，在他的内心里，上海这个词汇带着罪恶。恨，像一棵生命力极强的野草，在他幼小的心里强劲地生长着，他对于这个世界还那么陌生，还没来得及懂得什么是爱，心就被仇恨占据了。

一代人的命运，在一开始就带着不可替换的惨败。

胡成海是上海人，在本地没有什么朋友，也没有什么亲戚，看着自己的丈夫，在万般无奈的情况下，罗惠凭着多年来和刘小玉的交情，找到了林波，林波此时是矿区的红人，他的歌声征服了矿区所有领导的耳朵，由此而来，他说的话也有了相当的分量。林波在思考了三分钟后，给罗惠指出了一条新路子，他若有所思地说：你可以去找找肖云金，他现在是保卫科科长，只要他愿意，总会有办法。

真能成?

应该可以。

罗惠只好去找肖云金，求他帮忙。肖云金住的地方离罗惠家不远，同样是那排红砖砌成的多米诺骨牌里，三十多岁了，一直没有成家，当他打开门看到罗惠的时候，脸上瞬时飘过一朵红云，他有些拘谨地请她就座。

之前，尽管肖云金和罗惠没有什么太深的交情，但因为两家住的地方离得不远，上下班经常可以遇见，偶尔打声招呼。罗惠的气质和神韵足以让矿区很多单身男性想入非非，肖云金也是男人，也不例外。每次，当他站在阳台上看到罗惠经过的时候，眼睛总是忍不住多看两眼，目光总是对她的背影依依不舍。他甚至早就对她幻想过，在他的梦里，曾经有过她一个不太亲近的影子。他想，这辈子如果能找一个这样的女人，我肖云金也不算白活了。

现在，罗惠就坐在他的对面，她娓娓向他讲述着胡成海的清白，向他讲述着家庭的困境，希望他能帮帮忙。肖云金边听边善解人意地点头，并且，很爽快地答应一定会帮这个忙，他让罗惠把胡成海的个人简历给他一份。

第二天，罗惠按照要求把胡成海的简历送了过去，接着，肖云金又提出要胡成海的组织情况，第三天，第四天，罗惠按照要求，将胡成海的相关资料和检查都一一送了过去，好在，很快局面有了扭转，胡成海被批斗的次数渐渐减少，罗惠感激肖云金，感激他的出手相助，她心里明白肖云金是尽力了，到第七天的时候，当罗惠再次出现在肖云金家中的时候，肖云金终于提出了自己最后的要求。

罗惠并没有感觉到诧异，或许，也早在她的预料之中，她不仅是个女人，有女人的直觉，她更是一个聪明的女人。在这个世界上，人与人之间的交往有时候是带有目的性的，否则，在这乱世之中，谁又会愿意冒着生命危险来帮你。

爱，是真理，是大义，是毁灭。

好吧，只能一次。罗惠说这话的时候，苍白的脸上看不到任何表情，没有太多的语言交涉，罗惠同意了肖云金的要求，她眼前浮现的，是胡成海跪在戏台上的样子，被撑成飞机起飞的样子，那些罪恶的拳头，直戳云霄的高帽，为了救她心爱的男人，其他一切统统可以让路。

肖云金，他一层一层剥开罗惠的衣服，将他饥渴了半世的情欲全部发泄在这个渴望已久的雌性身体上，他用男性最直接、最简单，也是最粗暴的方式得到了这个女人，他像个饥渴太久的酒鬼，一夜之间喝下了半坛子的烈酒，幸福地打着饱嗝，说着醉语。

罗惠将目光投向窗外，天空浓重的黑云，像一块洗不干净的旧抹布。

他隐忍不住这样的幸福，要把这种幸福像种子一样地传播，他需要倾诉，需要分享。两天后，林波便听说了这件事情。三天后，刘小玉听说了这件事情。一周后，金玲儿听说了这件事情。半个月后，平安回家的胡成海听说了这件事情。一个月后，整个绿汁镇的人都听说了这件事情。

闭塞的小镇，闭塞的人群，总是容易被好奇心所纵容，人们喜欢听新鲜事，喜欢传播新鲜事，世界不能太平静了，天下不乱就不够兴奋，不够刺激。破鞋这顶帽子，就该罗惠戴，就该让她戴得严严实实。好在，谁都只是听说，解解嘴上的痒而已，没有证据，再说，这些事人们已经折腾了快十年了，也折腾够了，毕竟除了管天下事之外，还得管好自己的肚子。

十

自从秦儒文出事后，金玲儿和两个孩子的日子一度陷入窘境，由于家庭受到牵连，金玲儿被停止了工作，在那段特殊的日子里，人人只能自保，最多的同情也只能是一个关心的眼神，一句问候的话，足矣。

宝铜发烧不止，金玲儿只好带孩子到矿医院打针，那天，刚好是陈医生上班，陈医生给宝铜做了检查，确诊孩子患的是肺炎，需要吊针水。金玲儿一脸担忧地看着孩子，叫天不应叫地不灵，家里的经济维持正常生活都不容易，在给孩子吊针水之后，一家三个人的日子该如何维持。

陈医生似乎看出了金玲儿的难处，关心地问她：你不是金玲儿吗，前年参观绿汁江大桥建设的时候见过你，怎么……

金玲儿知道陈医生的为人，看了看周围没人，只好以实相告，简单把秦儒文出事的经过说了一遍，陈医生听完，重重地叹了一口气，同情地说：不知道这场内乱要到什么时候才结束。

金玲儿担心陈医生不给孩子看病，她看着陈医生的脸，想要从那上面找到答案。陈医生看穿了她的心思，说：救死扶伤是我们的职责，我们都是明白人，是好人是坏人心里有数，放心吧，都会过去的，孩子的药钱我先垫着。

看金玲儿还想拒绝，陈医生说：孩子这病不赶紧治，会烧坏脑子的，不说了，先给孩子看病要紧。金玲儿感激地看着陈医生，在心里默默地想，在自己大难的时候，给予自己帮助过的人，她都会一一记在心上，只能日后来报了。

等宝铜烧退后，陈医生又特意给金玲儿送来了一碗小米粥，说是给孩子补补身体，金铃儿收下了。宝铜身体渐渐康复，小脸蛋重新恢复了红润，调皮的孩子刚刚有了点精神，一声一声叫着陈叔叔，和护士们玩在了一起。自从秦儒文出事之后，金玲儿没有时间照管孩子，这个长时间被关在家里的孩子，在医院第一次感受到了人们的温暖，在即将离开医院的那一刻，他突然趴在妈妈的肩膀上，对金玲儿小声说：妈妈，我想告诉你一个秘密。

什么秘密？金玲儿好奇地侧过头，看着那张稚嫩的小脸。

我长大了可不可以做一个像陈叔叔那样的医生，我要像陈叔叔那样，给小孩子看病，给穷人看病。

听见宝铜这样说，金玲儿心里涌上一股暖流，孩子真的懂事了，已经能分清善恶，懂得回报了。她回答宝铜：你一定要好好读书，将来考医科大学，像陈叔叔那样，不单给矿工们看病，也给穷人看病。

宝铜点着头响亮地回答：好。

宝铜刚刚病好，但身体依旧虚弱，金玲儿背着宝铜往家走，要爬过一段半山坡，再转进巷子才能到家。宝铜已经五岁了，金玲儿背着他明显感觉到吃力，走到巷头的时候把宝铜放了下来，自己喘着气抹额头上的汗珠。

这段巷子因为家属不多，平日里人很少，感觉背后有个人向着自己走过来，金玲儿没怎么注意，以为是下班的矿工。继续低头和宝铜说着话，猛一抬头发现那个人站在自己面前，倒是被吓了一跳，再仔细看，心都跳到了嗓子眼。她慌张地喊：武志刚，你怎么会在这里。

武志刚这时候的出现，确实令金玲儿非常惊讶，有一段时间，她几乎忘记了世间还有这么一个人，太多杂乱无章的生活琐事，太多的不近人情，她现在是秦儒文的妻子，是两个孩子的母亲，是一名工人。只是偶尔夜深人静的时候，她会想起他，以及那段转瞬即逝的爱情，像是在心灵某个隐蔽的地方悄悄种下一朵小花，只留着在某个不为人知的夜晚，悄悄嗅它的香气。

尤其是那天，当造反派们把一箱书信暴露于阳光之下时，她终于明白了他五年不给她回音的秘密，好多之前她不解的真相现在终于大白于天下，她知道了武志刚的一番苦心，同时，也对他有着深深的愧疚。她原本只是想将这份愧疚永远藏在心里，以为再也见不到他了，没想到他会出现在自家门口，并且，看得出来，他是故意来等她的。

我就是想来看看你。武志刚说话的时候，脸上的笑又恢复了十几年前的样子，还是那么亲切熟悉，似乎这十多年在他面前只是一个空白。然而，他们心里都清楚，这十多年的时间，已经改变了太多太多，像是穿越了一条时光的河流，过了河的人，再也回不去对岸了。

有什么可看的，我们挺好。金玲儿故作轻松地回答，她不想把自己的困难告诉他，免得他担心。

但武志刚没有配合她，而是坦诚地说：我听说了秦儒文的事，其实，也没什么，特殊年代嘛。

说到秦儒文，他本来还想说什么，但是，毕竟是她的丈夫，他不该太多地干预，只是接着说：我想，你带着两个孩子不容易，所以，来看看。

金玲儿在心里揣摩着他的话，不知道他来看看的意思是什么，但他能念着这份情，对自己还有这份心，跑那么远的路程只为来看一眼，单凭这就已经足够了，金玲儿掩饰着内心的感动，只看着他微微一笑，客套地说：我明白，困难总会过去的，谢谢你那么远来。

这时候，宝珠站在阳台上叫宝铜，宝铜扔下母亲一个人先回家去了。金玲儿觉得站在这里和武志刚说话不方便，毕竟，矿区还有好多老职工认识武志刚。想请他到家坐，一个单身女人似乎也不方便，但对方都已经不远千里来了，又不好马上道别。武志刚看穿了她的心思，也不让她为难，从口袋里掏出一个信封塞进金玲儿手里，金玲儿打开看，见是一沓粮票，还有三十元钱。

金玲儿赶紧塞了回去，她对武志刚说：虽然日子苦些，但勉强还能对付，你不用担心。实际上金玲儿也不想欠他太多，毕竟感情上已经欠了他，怎么还可以收他的钱。可武志刚执意要金玲儿收下。她便往回推，说：你家里也同样需要开销，带回去吧。

他再次把钱推回来，解释说：我一个人用不了多少钱，日子怎么都好对付，你带着两个孩子不容易。或许是说者无心，金玲儿却因为这句话愣了一下，这么说，这些年他一直没有成家，依旧是一个人。

武志刚也意识到自己说漏了嘴，用笑容掩饰道：其实，也没什么，只是没有遇到中意的人，暂时没有考虑婚姻的事。

这时候，差不多到了下班时间，对面的巷子已经开始有人出进了。武志刚再次把钱塞进了金玲儿手里，说：收下吧，我来就为了送这个，这钱是给孩子的，大人再难，也不要为难孩子，给孩子买点东西。

金玲儿手头上确实需要钱，便把钱捏在手心里，这份千里送鹅毛的情谊自然不必再赘述。她本来想说谢谢，又怕说出来就生分了，站在那里，不知道该怎么办才好。

事情办了，那我走了。武志刚告别。

你现在还回去吗，太晚了，没车了吧。

现在，大概没车了，明天走吧。看金玲儿收下了钱，武志刚说着准备转身离去，临走前又说：要照顾好孩子，也照顾好自己，保重。

你也保重。本来想问他要去哪里，终于没有问出口，再说，问了又能怎么样呢，让时光逆流吗？让星月倒转吗？对于面前这个男人，她心里永远只有愧疚，没有任何挽回的余地。金玲儿站在那里，看他孤独的背影一直消失在视线中。

她突然想起一句话：从此天涯，聚散无期。

然而，太多的琐事，她告诉自己，得赶紧把他从生活中抹去。

十一

在林波的记忆中，这是有生以来最漫长的一个春天，多年后，当满头白发的他在公园里看到一种叫做过山车的大型游乐设施，他看到坐过山车的人们沿着轨道从山峰直插谷底，从谷底直升云霄，他听到了兴奋的尖叫声、惊恐的咆哮声、绝望的呐喊声的时候，那一刻，他的心反复被高高悬起。泪水模糊之中，他仿佛想起了那个春天。

那个短暂的春天，在近半个世纪以后想起，依旧令他兴奋不已，同时，也带给他绝望的阵痛，他生命中的辉煌和悲剧命运的交错，从舞台上到舞台下，从上百人瞩目的灯光里到两个人的温情小屋。时间，像是吉他上弹出的音符，可以柔风细雨，同样，也可以风雪雷电。

他想起王凤平的身子，那种巧克力般健康的肤色，除了黑一些之外，她的五官俊俏，可以算得上是个美人。她躺在干枯的草丛中，那里原本是一条沟渠，由于天干的缘故，干燥的沟底甚至长出了柔软的茅草。他想起王凤平向他伸过来的两条手臂，为了配合他的高度，她的身子向上倾斜着，背部和颈项挣扎成一条僵硬的直线。他有意忽视她的这种丑陋，并且绷直身子，但是她很快就贴上来了，温顺得像一头待产的母牛。

但他喜欢在她面前摆谱，喜欢看她在他面前温顺而屈从的样子，他有时候故意把脸背过去，脑子里想着的是他的妻子刘小玉的白净和丰满。有时候，他干脆闭上眼睛，怕自己会对这具女体产生厌恶。

但是，他还是和她做，他拒绝不了她，更贴切地说，他在这个女人身上得到了雄性的尊严和宣泄，她越是对他啼哭他就越是得到满足。那条沟渠像一张铺好的床，他们绝对不是第一个在这里交配的生物，在这之前，或许是两条鱼，有可能是两只羊或是两头牛。反正，管他呢，在没有感情的交配时，性与性之间的交合和上述的动物完全没有区别。

他们的演出跟随矿区工作的需要，经常深入到崇山峻岭中的各个矿点，他们的爱便及时地跟随这个节拍洒满了绿汁的大地。他们在所能到达的每个地方做爱，在山峰上，在草丛中，在江边，在石头上，甚至在低矮的灌木里。王凤平的背上被扎满了细刺，成了许多细小的伤口，林波起身穿起衣服就走，王凤平愤怒地对着他的背影喊道：你这狗日的，帮我把刺拔干净再走。林波当作没听见，对着天空吹了一声长长的口哨，他故意迎着风走，怕王凤平寒号鸟一样的哭声会随着风灌进他的耳朵。

王凤平的丈夫是一个残疾军人，有人说，这位军人是在擦枪的时候，不小心枪支走火，自己断了自己的后。作为残疾军人家属，王凤平有着不可动摇的政治地位，但作为女人，王凤平渴望着一个男人来成全她做真正的女人。

有一次演出前，两人躲在舞台背后的道具室里开始了翻云覆雨，道具箱上成了巨大的床榻，而厚厚的幕布则是温暖的棉被，托着两个人的身体。演出厅开始有观众进入，声浪一阵比一阵强大，一浪高过一浪。王凤平着急地小声喊道：你找死啊，观众进场了。

别管。林波威严地制止道，不容王凤平有任何退出的机会，此时，他的身体被那种巨大的声浪托起，仿佛飘入云层，他似乎在这些声浪中发现了一个神秘的矿洞，令他兴奋不已惊喜不止，那是一种从没有过的满足，那次以后，林波总会在演出前寻找王凤平，在舞台背后继续发掘他的快乐。有王凤平的纵容，林波的猖狂可以达到没有底线和尺度。

事情的败露便是从舞台之后开始的。那天晚上，戏台的管理员发现舞台背后的一堆废铁被人动过，这些废铁都是搭建戏台时切割下来的废弃钢筋和支架，经过几个人的分析，估计是周围的农民趁着表演的时候摸到后台悄悄偷走的。

于是，他们早就埋伏在戏台背后的四周，当看到林波走进后台的时候，他们没有多想，只是单纯地以为他只不过是在后台对对歌词或是抽支草烟那么简单，在潜伏十多分钟后，有人说看见有个人影闪进了后台，也有人说没看见，几个人在争论无果的情况下，决定第一时间冲进去看个究竟。

后果可想而知。

林波和王凤平是被人用巨大的幕布直接抬到场院中间的，颤抖不停的幕布像一只巨大巢穴，挂在被风乱扯的树枝上，露出两只怯生生的鸟头，乱蓬蓬的头发下，暴露出惊慌的目光和垂死挣扎的眼神。原本来听革命歌曲的群众都看到了这场热闹的演出，真是令人大开眼界啊。

整个绿汁都轰动了，再没有比这更新鲜更刺激的事情，残疾军人拖着一条瘸腿来了，他举起手中足有小腿粗的拄棍，向着那一条肉粽子就打了下去，一阵乒乒乓乓的闷响声在场院里回荡着，气势恢宏，回肠荡气。后来，刘小玉来了，她自始至终没说一句话，低垂着眉毛，像母亲解救她被围困的两个孩子。她把从家里带来的男人的衣服和她自己的衣服，扔向了那块旧幕布。

刘小玉的举动令所有在场的人感到惊讶，有的人骂着走了，有的人替她愤愤不平，有的人为她喊冤。每一个在场的人都竭力表达着自己的不满，把内心的表情深深印在脸上。只有刘小玉的脸上，看不到任何的表情，她的脸，干净得像一张白纸。

第二天，王凤平就从绿汁彻底失踪了，谁也不知道她的去向，人们都在议论纷纷。关于她的最后消息是，据团里的一个同事说，几天前听王凤平说过，她终于怀上了孩子，那是她一生最大的愿望。后来，这个朋友用无比惊讶的口气讲给大家听：我刚听见她说有喜的时候就奇怪了，不是听说残疾军人根都没了，怎么还会有种呢，原来是这样啊。听的人觉得很好笑，一个谜题还没费脑子呢，就被人解开了。

唯一真实的只有残疾军人的哭声，伴着绿汁江峡谷的山风呜咽了好长时间，他对着江水呼唤王凤平的名字，似乎已经原谅了红杏出墙的老婆，但是，除了江水汩汩的流淌声，再也听不到任何的回应。

紧接着，刘小玉也带着她的三个孩子走了，她的父亲是军区干部，在接到女儿的信后，很快将女儿的工作调回了昆明。

十二

看见了甘蔗林，我怎能不去想青纱帐！北方的青纱帐啊，你至今还这样令人神往；想起了青纱帐，我怎能不迷恋甘蔗林的风光！南方的甘蔗林哪，你竟如此翻动战士的衷肠。哦，我的青春、我的信念、我的梦想……无不在北方的青纱帐里染上战斗的火光！

行走于密密层层的甘蔗林中，秦儒文脑子里始终回荡着著名诗人郭小川的这几句诗歌，这些美丽的词汇在他的脑海里，时而是一群舞动着翅膀的蝴蝶，时而是一群嗡嗡乱叫的蜜蜂，甘蔗林，青纱帐。青纱帐，甘蔗林。那无边无际的甘蔗林，漫山遍野的甘蔗林，那让人看不到希望的青纱帐。

元江，又名太阳城，全年最低气温在24度，最高气温40度，土地是滚烫的，江水是滚烫的，就连河里捞上来的鱼儿也带着体温。然而，这里又是云南重要的糖厂生产基地，这种甜蜜的高纯度的食品，在令人产生味觉享受的同时，又是工人们多少道精致的工艺、多少血汗的付出。

清晨五点，这群劳改犯便结队来到甘蔗田，一捆一捆的甘蔗不仅要先砍倒，扎好，还需要用双肩运送到山脚下的站点，从山顶到山脚少则几里，多则十几里，每人每天有五吨的任务，若是不能完成，将会从本来就少得可怜的伙食中扣减。

秦儒文便混杂在这支队伍中，现在，结着陈垢的头发盖住了他的耳朵，脸上被烈日暴晒后褪下一层又一层皮，露出的粉红嫩肉像染过血，从他破烂的衣服和佝偻的样子来看，谁会相信他曾经是云南冶金名校的一流高才生，谁会相信他是最年轻的地质工程师，又有谁会相信他还未满四十岁。

双肩磨破了，长成一块暗红的瘀紫，手指修长的双手布满了被甘蔗划开的伤口，正是这样的一双手，曾经绘制了多少张高精度的图纸，曾经翻阅了多少本厚厚的地质资料，然而，那都是过去了。现在，这双手变得骨节粗大，应该说是由于肿胀形成的，小的口子长成了暗黑色，而深的口子因为没有医药正在发炎，露出了森森的白骨。

每次从山上走到江边，他会把甘蔗从肩膀上卸下来，坐在桥头的石头上看一会儿江水。上游的绿汁江一路欢唱，流过几百里的江河，最终汇入红河。现在，绿汁江的水在几百里外的元江再一次和秦儒文不期而遇了。那绵长的江水将绿汁大地的味道、他的亲人的味道送到了这里。看见这江水，他会想起和金玲儿在江边那个叫做月亮湾的地方散步的时光，带着宝珠在水漫桥游泳的时光，宝铜在江边因为捡到一个形状怪异的石头而惊叫不止的时光。

现在，一切都不再复返，他想起在绿汁有一个叫鹿回头的地方，那是一个山间谷地，据说，鹿儿在这里吃过丰美的水草后，总是依依不舍不想离开，而一次次对这个地方回头张望。此时，他感觉自己正是那只不忍离去的小鹿，一次次回头张望着那个曾经给予他幸福和梦想的叫做绿汁的地方。

然而，身体上的折磨远远不如心理上的折磨令人恐惧，秦儒文囚服背上的番号是0136，劳管干部和队友有时候会叫他0136，更多的时候，他们直接管他叫老外。因为他从不合群，抬着头走路的样子真是把自己当成了外星人。因为他会说一口流利的俄语，据说还给来绿汁考察的苏联专家当过翻译，可干劳动绝对不行，六十公斤一捆的甘蔗扛他肩上，他下面两条腿可以抖成麻绳，中国的汉子哪能那么矫情。而更重要的是在他的档案里，他还有一个越南的外国朋友，他们书信往来了十年，十年啊，多少国家机密，多少重要情报，不说了，单是想想就够吓人了。

于是，他们叫他：老外，你今天的工分完成了没有。老外，给我读读这封信。老外，为什么你那外国朋友不来救你。秦儒文当作听不见，眼睛和眉毛挤在一起，两个嘴角的轮廓也是往下撇着的，那表情像被人扒了心肝一样的疼。

秦儒文也有一个朋友，一个刚满18岁的小青年，名叫王小青。因为他爹偷了他十斤粮票，王小青便用一把锄头把他爹的脑门挖成了一朵酢浆花，他被判了死缓，迟早是那边的客人。

刚进来的时候，王小青每天哭，一哭就喊爹。秦儒文和他住同一号房，他讲给秦儒文听，那十斤粮票是他吃了半年麦糠省下来的，想留着讨媳妇呢。偶尔，秦儒文愿意和他坐在一起聊聊天，教他认几个字，他说没听过俄语，秦儒文便说了几句给他听，他笑得脖子插进胯下，半天没有拔出来，把半年没见笑过的秦儒文也逗乐了。

秦儒文是在那个夏天的傍晚跳进江水的。那天，天空还下了一场雨，劳改犯们全跑进了雨中，冲洗身上的汗液，到了晚上的时候发现老外不在了，谁都不知道他的下落，只有王小青回忆说，下雨的时候，老外干干净净洗了个澡。后来清理的时候发现他的工分没干够，还差五十斤甘蔗，李管教让他补，他突然就翻脸了，铁青着脸顶了李管教一句，李管教就抓着他鸡窝子一样的头发叫他跪下，他还是扭着个脸，李管教就一巴掌拍了下去，你们都知道的，李管教平日里打犯人最下得了狠手，他一巴掌可以拍断三块红砖头哪，那一巴掌下去还了得，估计老外至少得断两根肋骨。

王小青看见秦儒文塌着一半肩头往江边走，他喊他老外，老外不回头，他又跟上去叫他，老外说：他看见他画好的那些图纸在江水里漂着呢，准是有人在绿汁把它们扔江里，图纸就沿着江漂到下游来了。

王小青说：狗日的老外，你还捡他干啥，干脆等它们漂过红河，漂到越南那头，直接叫你那外国朋友捡得了，还那么费事。王小青骂骂咧咧回来了，吃下了两个起了黑霉点的馒头，其中，有一个是老外的份儿。

半个月后，人们在江水下游发现了老外，他喝下了太多的江水，整个身体被鼓胀得发白发亮，如果不是因为有衣服上 0136 的番号，估计谁也认不出他来。搬弄他的人说，不论手碰到他身上的哪个地方，那地方就流出一摊黑血，止都没法止，像永远也流不尽。

那天夜里，金玲儿睡得很晚，夜里的时候，听到秦儒文的书房里有声音，她仔细听着，是秦儒文削铅笔的声音，他对绘图的铅笔要求向来很高，而且，每一支铅笔都是用刀片削得又尖又长又好看，像一把刚刚发芽的笋尖。她还分明听到了他把铅笔插进笔筒里，图纸上传来铅笔在图纸上走线的“嗞嗞”声。金玲儿以为是秦儒文回来了，她起身奔向书房，大声唤着秦儒文的名字。

许多年后，我的奶奶金玲儿依旧笃定地对我说：那天晚上，他真的回来过，我们还说了一宿的话呢。

十三

有的时候，我们对于生活的要求往往比自己能想象到的还要高，潜意识这种东西不仅存在，而且，往往会在最关键的时候跳出来。有时候我会想，如果生活过得粗糙些，对自己所爱的人少一些在乎，或者说，人类不以群居，都有各自的小世界，互不往来而相安无事。痛，又会不会淡些？

在这个地方住得久了，时间的流逝就会失去意义，如果再下上半个月绵绵细雨的话，不仅是墙角会长出青苔，人的心上也会长出霉点子。

天空是潮湿的，窄长的小街软软地贴在半山坡上，就连厂区里水泥浇筑的烟囱也被雨水泡软了。有那么一瞬间，罗惠觉得自己的肉身已经衰老，就连出门的力气都没有了，她拄着身子走到镜子前看了看，还是那张面孔，还是那双眼睛，就连话都懒得说了，可又由不得自己，只要一动嘴角，那脸上的梨窝笑又泉水一样地淌了出来。

是消瘦了不少，下巴尖了好多，正因为如此，五官反而比从前突出，尽管憔悴，但面部线条却比从前要利落、简洁，眼神是空荡的，没有内容，大概是因为没有心思了，整个人轻得像一缕魂，这样也好，在经历了一连串的颠覆和打击之后，再没有什么事情是想不开的了，心空了，身子也就轻了，而路还是那么遥远。

在罗惠沉沦于自我消耗的这段日子，其他人的生命进程却并没有过一刻停滞。矿区工人们捡来江里的石头贴成一张巨型的毛主席像，十几个人扛着，一直走到了绿汁江边，浩浩荡荡的队伍，那是怎样的一种气势。

最初，胡成海听说了罗惠的事后，他怎么也不相信那会是真的，他了解罗惠，他对自己说：打死我也不会相信，你们就这样造谣吧，你们造的谣难道还不够多吗，我胡成海又不是没领教过，你们别想从我身上得逞。他跨进家门的那一刻，甚至对罗惠表现出了从没有过的亲昵，他想，夫妻经历了那么多事，应该更懂得珍惜才对。

然而，事情远没有他想的那么简单。那天夜里，当他钻进妻子的被窝，用手抚摸她圆润的双肩，手指沿着她身体的线条往下滑动的时候，她一反常态地突然蜷起身子，用一种源自内心的恐惧向他暗示了她的拒绝。他诧异地看着她的背，一个奇怪的念头跳了出来，她在害怕什么，肖云金三个字差点从他嘴里蹦了出来，但是，他很快制止了自己。

黑夜是无声的，没有任何的纷争和打扰，他快速的思维搅动着黑夜，太多的疑惑，此时如钢琴上的黑白键变得清晰有条理，他开始思考为什么自己会那么快被放回来，轰轰烈烈的斗争为何能够戛然而止，究竟是谁停止了这场局面。为什么他回来的前一天，肖云金一改往日的态度，而用一条土狗看见了主人那样的口气对他说：你老婆是个不错的女人，回去后你要好好待她。为什么那个福建人用诡异的眼神看了他半天，才挤着眼睛装出一副好心肠的样子提醒他：阿拉的老婆漂亮，他肖云金那文盲杂种顶多也就是想想。然后，又若有所思地提醒他：你可把老婆看好了。

难道真的只是巧合吗，又怎么会有那么多的巧合。

接下来的很长一段时间，罗惠像是彻底变了一个人，她变得慵懒、反复、忧郁。他和她之间，在这种沉默的抗拒中形成了一条沟渠，一个奇怪的循环，他数次想撇清她，理性和感性日日夜夜撕扯着他，但她总是避着他，甚至清澈的目光总是绕开他看向更远的方向。他开始意识到，她在向着一个他所未知的方向远离。

某天夜里，他再一次装作若无其事地钻进她的被窝，她温热的体温激发着他男性的欲望，他突然表现得那么强烈，仿佛这是世纪末的最后一次，他用一双手强行捏住她的胸，似乎要使尽平生的力气来唤醒她的沉睡。可她依旧没有任何回应，平静中甚至有一股寒气在暗中抗拒。胡成海的情绪突然之间就崩溃了，藏在他心底的那座千年火山正在外延和喷发，一段时间以来，积压在他心底的所有焦虑、疑惑和烦躁，此时，从他的心底喷薄而出。

他发出一长串歇斯底里的诅咒，是用最标准的上海话说的，连他的妻子罗惠都听不清楚，每一个字在他的牙齿上喷射出金属的火花。然后，强行用最野蛮的方式进入了她的身体，整个过程中，他甚至连自己都不知道，会像个无助的孩子号啕大哭起来，他毫不遮掩的泪水一直在哗哗地往下流，落在她的心上，窝成了一汪水。

寞寞之中，他意识到，这一夜后，或许他将永远地失去她。

然后，她突然伸出柔软的双臂，将他宽大的身子搂进自己怀里，他贴着她的胸，听到了她的心跳，她的心跳和着夜的呼吸，在苍茫的大地上同起同落。她伸出手轻轻抚摸着他的背，那手势既温柔又勇敢，像是抚摸旧年月里的某一段心事。他开门见山地问她：你真和肖云金做了？

是。她回答得毫不含糊，没有丝毫要隐藏的意思，目光落在胡成海紧紧攥着的拳头上。

为什么，你是为了我吗？他又问。

不是，是为了我们的家。她平静地回答，接着又补充说：我想要一个安稳的家。声音中有轻微的颤抖，如同在光线中飞舞的细小灰尘。

胡成海便不再说话了，如果今天之前他还对他的妻子罗惠有那么多的不舍，那么多的依恋，那么，从那一天起，他开始对睡在他身边的这个女人产生了强烈的厌恶。这个连衬衫都不允许有一丝丝褶皱的男人，他对于生活一直要求精致和完美，但是现在，当他看到身边睡着的这个女人的时候，就会情不自禁想起她和那个陌生男人睡在一起的样子，那个粗俗的男人，那个满口脏话的男人，那令人恶心的画面总是在他眼前晃动，甚至惟妙惟肖。

他没有办法面对现实，也没有办法逃避现实。他像一只被压在砧板下的虫子，觉得恶心、憋屈，却又无可奈何。“人生”二字有多抽象，“夫妻”这个词又有多意味深长。活着，就要付出代价。活着，就要承受，就有责任。这就是现实的真相。

第四章　天空与自然的交谈

一

当我努力挥动锄头，掀开一块陈年的巨石，惊讶地发现聚居在石头下的蚂蚁或是昆虫们立刻四散潜逃，它们被突如其来的光线所惊吓。我放下锄头，蹲下身子耐心观察，希望它们在短暂的惊慌之后能适应外面的阳光，然后才发现，实际上它们奔逃的目标不是宽阔的场地，而是更阴暗更隐蔽的角落。谁能想到呢，阳光、雨露、天空的云彩、温润的空气，仅仅是因为习惯吗，这些在我们看来本是最寻常不过的事物，在它们看来却如临大敌，甚至带着生命的危险。

一场暴风雨之后的天空会特别安静，当黑云散去，天空呈现出湛蓝，云朵像一只白丝绸做的风筝，被多情的人牵在手上，过路的风把半山坡上的绿汁小镇打扫干净。街道上的人烟重新热闹起来，食堂排着长长的队伍，门口还有小吃店，菜品多得数不过来，蒸的、卤的、炒的、炸的，都用玻璃柜子罩着，看上去又干净又舒心。三两个工人还没来得及换下劳动布工作服，手里端着海碗，食堂里每餐都会提供一两个荤菜，有国家补贴，又在门口的小食摊加了个卤肉，国营商店打上二两小酒，一屁股坐在街边的台阶上，讲脏话，说醉语，起锈的肠子润得快冒出油来。

日子，真他妈早该那么痛快了。

但即使这样，大家说话依旧小心，掩着口，捂着鼻，谈的话题都是广播里听来的，字正腔圆，红心向党，祖国江山一片大好，家里的正堂上挂着的是伟大领袖毛主席的相片，左边白鹤东去，右边虎下南山，到处呈现出一片日出东方的好景象。整个小镇的背景还没褪去红色，红油漆的墙面在风雨里保持着鲜嫩，红色的希望在人们的目光中尚未褪去。

这一年是极不平凡的一年。对于中国来说可谓灾难深重：1月8日，周恩来逝世，十里长街送总理。5月29日，云南龙陵地震，可谓山崩地裂。7月2日，南北越统一。7月6日，朱德在北京逝世。7月28日，唐山大地震。8月16日，四川松潘地震。9月9日，毛泽东主席逝世，全国人民佩戴白花送主席。10月6日，“文化大革命”结束，落实党的各项政策，平反和纠正冤假错案。中国的命运在这一年里发生着翻天覆地的变化。小镇上的人们每天竖起耳朵听着广播，目光正视远方，保持与时俱进、正步昂扬的姿态。

刚刚平静下来的小镇，在山坡顶端建起了一个小公园，虽然占地面积不大，却是林木苍翠、亭台楼榭、湖水清悠、玉荷映天，大城市公园所该具备的一样都不能少，在这份小里，透着雅致，透着情怀，透着品位。矿区生活的人们有事没事在回廊上坐一坐，总有说不完的话题，矿工们下班后在树下摆一盘棋，马踏斜日，象飞田角，小卒过河，不讲究输赢，倒是气定神闲，静心怡神。

公园，对于这些十六七岁的孩子来说，无疑是最好的天堂，革命斗争的气氛还没散尽，各路好汉已经开始粉墨登场，这些青春期的孩子，仿佛是肾上腺素激增，中了邪一样对这个突然平静下来的年代有些不能适应，他们膨胀着、躁动着、期待着，实际上，也茫然着。

在单纯的眼眸里，看到的世界其实很简单，无非就是一座连着一座的大山，无非就是一张接着一张矿工们从井上回来后泛黄而憔悴的脸，他们需要刺激，需要新鲜，需要一颗小小的火星来引爆他们心底那个深藏的小宇宙。

黄昏的公园门口站着几个小年轻，就十六七岁的年龄，为首的一个叫黑子，头上戴一顶黄呢子军帽，身穿蓝色工装，这身衣服和几十年后街上孩子穿的牛仔服有着惊人的相似，社会在周而复始的演变中有着太多雷同。他用一只手扶着自行车车把，另一只手夹着烟，一条腿跷在车子的横梁上，用另外一条腿撑住地面。

他轮廓分明的脸上有一种与这个年龄不相称的骄横之气。旁边站着的几个青年，这身蓝色工装几乎成了他们的队服，响当当的工人阶级标志，这些孩子往往一只手玩着诸如铁链、双节棍或是铁棒等打磨精致的武器，另一只手放在唇边，用两根尚未脱离稚气的手指熟练地掌握着口里的香烟。

香烟在那时候并不算便宜，对于普通的农村家庭来说，能填饱肚子都已经算是十分万幸。香烟这种东西可谓是当时的极度奢侈品，但对于这群孩子来说，无非也就是一种无聊时候的消遣，充门面的招牌，证明他们成熟的标志。

他们的父母都是矿上的工人，每月有固定的工资收入，为他们奠定了良好的经济基础，他们可以穿时髦的衣服，不再为肚子发愁，可以抽香烟，很男人样地喝上两口小酒，吐几个烟圈，对女孩子说几句肉麻的情话，要是谁惹了他们，他们会拎着手中的武器和你拼命。优越的生活条件让他们的青春飞扬跋扈。

宝珠就坐在黑子的自行车后座上，十六岁的姑娘，出落得足够漂亮了，唇红齿白，细柳眉，大眼睛，真正是老天爷偏心，给了她一张精雕细刻过的脸蛋。上身穿绿色毛衣，下身是黑色灯芯绒裤，都衬着她细致的好腰身。她侧身坐在自行车后架上，一只手抓着后座，另外一只手则环着黑子的腰，看得出两人关系十分亲密。

今天晚上去哪玩，黑哥，你倒是说句话啊，我哥几个反正就跟着你了。其中一个戴眼镜的小个子仰着脖子问黑子。

黑子伸手抹了抹下巴，在那里，薄薄的绒毛基本具备了胡子的雏形，他若有所思地回答：要不再叫上几个弟兄，先去会会三家厂，或是里士，听说他们对咱哥几个还有点不服气，给他们点颜色瞧瞧。

这里需要解释一下，黑子所说的三家厂、里士其实指的是一个个矿点的地名，这些年轻人按各自矿点分开，形成多路兵马，在默契的编程里自动形成他们的小阵营。

要得。黑子一声下令全盘通过，大家摩拳擦掌，表现出一副非争天下不可的誓死决心。

一群人哄散着正要离开，伟业从公园后面走了出来，刚好和大家撞了个正着，看见宝珠，本想要躲开，倒是宝珠又看见了伟业，尖着嗓门大声喊他：伟业，你要不要跟我们去，收拾三家厂的那些家伙，上周那小个子不是还绊了你一脚。

伟业茫然地看着一天比一天变得陌生的宝珠，不明白她的话是什么意思，又看见旁边那几张坏笑着的脸，伟业有些迟钝地搓了搓垂到额前的头发，回答她：我不去。

怕什么？这有黑子呢。宝珠把手插进黑子的衣袋，黑子目光斜视着伟业，发出嘿嘿一声短笑。

伟业想走，又停下了脚步，看着宝珠问：你真不参加高考了吗，当真想，想放弃？再说，你妈妈很担心你，你应该，还是试试。或许是想说的问题太多，从伟业嘴里一起挤出来，这些句子的排列就有点乱了章法。

不考了，要考你考，我考个尿啊，几年没看书了。宝珠说着，用手一推黑子的后背，自行车两个轮子向着下坡的方向滑动而去。走远了，又扭头扔回来一句：不去算了，不和你耽误时间，你加油考，你考上大学，我叫上几个兄弟一起给你庆贺。

伟业站在这头，看着宝珠远去的方向，宝珠变得陌生了，不仅仅是女大十八变的娇俏，还有语气、口音，就是那笑也似乎藏着一点点使坏的劲头，让伟业措手不及。他看她离去的方向，那镶着金边的笑声大团地远远滚来，像巨大的金光菊落在地板上，发出清脆的回音。

二

住在这个叫绿汁的小镇上，虽然地处偏僻，却不乏岁月的厚重，无论是纵向历史，还是横向的阶层，物质精神，幕前幕后，生活的里里外外，全混杂一起，相安无事。似乎有一种天然的协调功能，将各种差异甚至冲突，有效地消化，最终各得其所。

来自祖国最北方的老头会和来自祖国最南方的老太太来一场异军突起

的黄昏恋，来自苏联的地质专家会和大字不识的山里矿工在井下啃同一箩筐馒头。在某一条窄长的小街或是小巷里，巷子头的独幢楼房可能住着矿区的最高层领导，而在巷尾的油毛毡房里，可能住着艰苦的井下矿工和他的妻儿，而在巷子的中间有可能住着高知分子或是地质专家，当然，还有散居在绿汁镇附近的农民，这些人家的孩子全在一所小学或是中学读书，也可能是同班同学。这些公有权属的房屋住户，具有相对的流动性，迁进迁出频繁，不像那些拥有产权的老住户，他们混杂着，相互磨合，在这种磨合的过程中逐渐削减自己的锐气，同时也从对方身上得到了长进。

这中间，总有人需要做出妥协和让步。

伟业回到家里，罗惠正在柴灶前做晚饭，灶膛烧得通红，热锅大油，巴掌宽的江鱼是刚刚从绿汁江里捞上来的，僵硬的身子不时弹起，做着最后的挣扎，尾巴还能有力地摆动，是隔壁矿工一天的收获，送来给胡队长补补身子。烧的干柴沿着柴灶码满了一堵墙，每一根都是罗惠带着伟业到附近的山上砍了背回来的，上海阿拉做不了这苦力，罗惠不指望他更没要求过他，她越来越发现了自己作为家庭主妇那点少得可怜的智慧，有时候，能耐真的是被逼出来的。后来，真正发现的是自己在这个家庭中的妥协，已经到了无路可退的地步。

当然，作为丈夫胡成海来说，他尚没有时间真正去琢磨过面前这个叫妻子的女人，从“文革”期间过来后，他知识分子的地位很快得到恢复，作为老牌大学毕业的胡成海，很快被从一群没有文化的粗粝的矿工中分离出来，成为了矿区的重要骨干。这种巨大的转折让他在有些不相适应的同时，也让他脆弱的心脏很受用。他努力转换着自己的角色，适应着社会这个大家庭在短短几年时间里给他的分工和角色转换。

而与此相反的是罗惠，女人在成家后，所能表现出的是自己对家庭无止境的付出和让步，维持一个家庭的稳定成了一个女人终其一生不变的职业，当她从丈夫胡成海的脸上读到了意气风发的满足时，由最初的安心演变成了心底那丝不易察觉的慌张，她注定将终生隐藏在他的光环之后。

日子渐渐恢复了正常，上海阿拉的习惯无形中成了规矩，比方说：吃饭时要正襟危坐，目无旁顾，细嚼慢咽，不准有吮吸声、废话声和饭食无关之外的一切噪音。而对于年轻孩子伟业来说，他更向往的是矿工们端着盘子打着盘腿坐在街边讲着脏话的奔放，是他们狼吞虎咽嚼得两个腮帮往外鼓眼珠子撑得翻白的豪爽，他需要一种放纵来实现内心某种不确定的茫然，而父亲的墨守成规则成了他最大的挑战。

随着成长，伟业骨子深处的叛逆一一被时间挖掘出来，他毫不客气地端起四季丰收碗往脖子里灌食物，微微凸起的喉结间发出咕嘟一声饱嗝，像有一只青蛙张大嘴巴一口气吞进一肚子的水。胡成海不禁皱起眉头，盯视着这个似乎是转眼之间高过他眉眼的男孩，以此从他的形态里分辨出他和他之间究竟有多少血缘关系。

一点即燃的气氛在这一刻僵持着，像一只吹得太胀的气球，需要一个人来点破他。罗惠很快察觉到了这份空气中的僵持，她有意靠近伟业，想用谈话来阻止他进食的速度，她问他：你看见宝珠没有，这丫头几天不见，都不知道在忙什么。

听到宝珠的名字，伟业的心紧缩了一下，中午的一幕在他眼前晃动，他想要和母亲说点什么，但话到了嘴边又咽了回去，他和宝珠之间有属于年轻人的私密世界，那是成年人无法涉足的领域。

你们俩从小一块长大，你得劝她好好读书，不能一辈子待在这大山里吧。罗惠扒了一口饭细嚼慢咽地说。

妈，你和金姨说，让她把宝珠给看紧点。伟业避重就轻地回答，心不在焉地扒了一大口饭装进嘴巴里，考虑要不要把中午看到的一幕告诉母亲。

小时候就数宝珠最乖最听话，原本以为长大了就不用操心，没想到这女大十八变，变得越来越不像样子了，你金姨拿她没有办法。罗惠叹口气。把话题转回到儿子身上：反正你好好读书，才会有未来。

读书顶屁用。连伟业自己也没想到，嗓子眼里会跳出这句突兀的话，他其实在心里想要说的是，好好读书宝珠会喜欢我吗，宝珠喜欢的是那个小学没毕业爆着粗口抡着棍子的二流子黑子。他知道自己说错了，在被自己吓住的同时，看到的是父亲放下筷子，落在他身上一双威严的眼睛。

是的，父亲从来不允许他有犯错的机会。

不读书也可以，两次高考就没看见个像样的成绩，像你这种粗人，早该下井。胡成海冷冷地说道。

下井就下井，那么多矿工的后代不都是下井吗，下井同样是社会主义接班人，同样为支持祖国建设做贡献，我丢你胡队长的脸了吗？伟业强词夺理，血气方刚的脸上带着不屑，带着怨恨，带着不满，带着这个家庭对母亲的打抱不平。

你还不够丢我的脸吗？胡成海反问道，在轻声细语的吴侬软语里，那轻软的语调透着挖苦和刻薄。

那你可以不认我这个儿子啊。伟业狠狠地说，目光中射出的冰冷洒了一间屋子。胡成海站起身，伟业将四季丰收碗狠狠跺在桌子上，站起身用同样的高度与父亲对视。

“啪！”胡成海一抬手，一记耳光重重落在伟业的脸上，年轻的脸上瞬间出现了五个红红的指印。在罗惠往常的眼里，这样的事到这一步应该可以停止了，然而，令她意想不到的是，伟业在迟疑了那么几秒钟后，一反常态地暴跳起来，用一只手揪紧父亲的领口，另一只手则握成了拳头砸向父亲的脸，两人很快在屋子里扭成一团。

当两人终于筋疲力尽分开的时候，罗惠才从刚才那场没有硝烟的战斗中醒悟过来，她看着面前两个陌生的男人，一个是和她同床共枕了十几年的丈夫，一个是经过她十月怀胎，从她肚子里掉下来，从有筷子那么长一天天看着长大的孩子，在十几年的感情积累之后，只有用陌生来简单地概括。

伟业走到阳台上，伟能跟着走了过来，他拍了拍伟业的肩膀，说：哥，你是怎么了，怎么会和爸发那么大的火。

伟业没有说话，他盯着对面宝珠的那间屋子，被心口的那团火燃着，诅咒着，愤怒着，也绝望着。

三

屋子寂静，可以听到灰尘沿着光线行走的声音，金玲儿用手抚摸着暗淡的木箱，那是秦儒文给她留下的最后纪念，里面有他的几件贴身衣服、两本笔记本、一支钢笔，她将他所有的物品小心地收藏起来，想要以此来保存好他在世间的最后完整。

但是，除了这些之外，更有一些无形的东西深深镌刻进她的生命里，像宝珠说话时微微向上挑起的双眼，宝铜高高的鼻骨透着骄傲冷漠的气质，甚至是他的喜好、他看过的书、他说话的神情，都深深印在了金玲儿的生活中，总是在她稍不小心的时候便钻了出来，提醒她，捉弄她。

生活犹如被铁蹄踏平了的城池，过去视如生命般珍贵的东西被命运一样一样地拿走，可是她却被留了下来。天边的夕阳呈现出火烧般的壮丽颜色，远处连绵起伏的山峦在晚阳的红色中只剩下一轮波浪形的剪影，连成一条黑色的天际线。一种被延缓了许久，现在才浮出水面的记忆，越来越清晰，越来越痛。

她的手指沿着木箱的薄壁往下寻去，在箱子的最底部，还压着三十余斤粮票和二十多块钱。这些都是武志刚之后断断续续寄来的，在那个粮食比生命还金贵的年代，这个和她有过短暂交会的男人，用尽全力的关照来默默表达着自己对这份爱情的坚守和诚意。

此时，她对他的感情除了当初少女心中那份爱恋之外，已经在岁月的沉淀之下，成了一份感激，一份亲情，一份亲人之间的信任和依赖。

沿着金玲儿的记忆往回走，被时间落上尘埃的记忆依旧清晰可见。甘蔗林，橡胶林，比人还要壮实的剑麻，元江的热风灼着她冒汗的肌肤和毛孔，曾经在这里生活过三年的秦儒文，如今只剩下了荒山之间一个黄色的小土包。接待她的劳教干部好脾气地向她解释：实际上不见也好，天气太热，开始又联系不上你，尸体已经烂得不行，所以，就叫人先处理了。

他斜着眼角看了一眼面前的女人，在她冷漠的脸上，出乎意料找不到他想象中的悲伤，她一直咬着嘴唇，好像在思考什么，又似乎什么都没想，她的目光安静得像一潭秋后的水，那股寒气直逼人心。他接着往下说：多放一天都不行啊，太臭了，三里外都能闻见那股臭味，所以，赶紧喊两个人处理了，反正，也就是那么一回事，你看开些。

还有什么是看不开的。她咬紧嘴唇在心里问，还有什么比生命的结束更加容易被人忽略，整个过程不过是道听途说的拼凑，她想象过关于他的各种境况，都不切实际也不完整，最终留给她的仅仅只是一个结果，没有选择没有安慰没有申诉没有反抗，只有毫无条件的认领。尽管内心翻涌着巨大的悲痛，但金玲儿没有诉苦也没有抱怨，她只是耐心地听着，直到对方再也找不到恰当的词汇时，她像是才想起什么，问道：没留下什么吗？

有一些，你去看看。劳教干部回答。

秦儒文的床上，是一件折痕清晰的白色衬衫，金玲儿把这件衣服捧在手心里，不禁心里一酸，想着那么一个骄傲的人，以前从不做针线活，难为他把一件衣服缝补得如此细致，这三年是如何熬过来的，想必选择投江也是心灰到了极点。

除此而外，还有一只没寄出的信封，上面写着收信人金玲儿的名字，里面装着十斤折叠整齐的粮票。有一个布包，装着宝珠的那张试卷，不知留下了他多少温柔想念的指纹，纸的边缘都起了一起薄薄的毛边，这些毛边似乎在暗中痛诉着多少个不眠之夜，他对于亲人的想念。还有他的一双鞋子，那是上次金玲儿特意送到玉溪给他的，看得出从来没有舍得穿过，居然新得出奇。金玲儿把这些物品收进一个包里，带在身上，在心里说：我们终于可以一起回家了。

她在元江住了一个晚上，那天傍晚，她沿着甘蔗林行走，沿着江水行走，随着风行走，这是秦儒文曾经生活过的地方，她想象着他修长的身影穿梭在甘蔗林间，他坐在江边看江水流过的方向，她对着江水一遍遍呼唤他的名字时，能确定他曾经也用同样的方式面对江水呼唤过她的名字。

她以前听人说过，人死后七天内魂不会走远。但仔细想想，现在都已经走了快一个月了吧，是不是已经走得很远了，甚至听不到她任何的呼唤。直到她再也听不到他的声音，寻找不到他的足迹，她才明白，秦儒文从此永远退出了她的生活。

离开元江前，她再一次坐在那堆黄土前，她给秦儒文讲了绿汁的情况，整个矿区的情况，她知道他心里始终惦记着那片土地，讲到了他们的一双儿女，三年来，她有太多的话想要告诉他。此时，山风呜咽，百鸟长鸣，抑制不住的泪水再一次决堤而下。

沉默，凝聚着力量。金玲儿突然翻脸了，她捶打着那堆黄土厉声质问：秦儒文，你好自私，你以为你一走了之就可以躲开一切吗，你永远想到的只有你自己。死，谁不会啊，只不过是面对江水纵身一跃，从此你孤魂也好，野鬼也罢，可以去过自己想要的日子，可你留下的责任和负担，又由谁来为你背负，为你承担。

活在这样的年代，任何的疼痛都不能太久远。走的人走了，日子还得继续。

满大街的口号声尚未有停止的意向，大街小巷都用红油漆覆盖着，上面写满了毛主席语录，映入眼帘的是红旗、红色的语录本、红袖章……秦儒文的畏罪自杀，定死了金玲儿反革命分子老婆的罪行。

当然，她对各种各样的身份已经完全不在乎了，就像曾经在青草地里被蛇咬过的人，在伤痛愈合之后，便有足够的勇气再接近那块草地。但一个仅仅是旁观了这一切的人，却将终生绕着那一处走，因为他弄不清楚，危险的疆界在什么地方。此时的金玲儿已非彼时的金玲儿，她学会了深夜潜伏进农民家的菜地拔两棵小菜，去食堂帮工的时候把红薯或是玉米粒塞进事先扎好的裤腿里，打饭的时候把一块肥肉藏在饭盒底部，在被人抓住或是揭破的时候，可以厚着脸皮呵呵地笑着应付。这个曾经参与设计过多条路段和桥梁的女工程师，有足够的智慧为自己和两个孩子的肠胃设计出一条更加便捷的路径，她必须为两个尚未成年的孩子坚强地活着。

如果说，秦儒文活着的时候，几乎没有人能够想起这个劳改犯，但是，秦儒文投江的消息除了在绿汁镇不胫而走之外，在云南的其他一些矿区正在被悄悄流传。秦儒文在地质方面的论文和文献曾经轰动一时，令一些老地质专家赞叹不已，如今，自然有不少叹息的目光重新聚拢在他的身上。

更何况，国人向来有这样的传统，逝者为大，也难怪，死了的人，不会再和你争优先，争贡献，争名利，争是非。可以让活着的人尽可能地发挥自己的同情，表现自己的善心，让自己活得大爱无疆。于是，不少已经忘记了他的人重新又想起了他来。

四

虽是初冬，入夜后还是格外的冷，绿汁江厚实的江风推动着寒流靠近小镇，三万多人的小镇显得有些拥挤，一幢幢新建起来的房子紧密地连接着，风卷着薄雪铺天盖地而来，半山坡上的小镇在薄雪的氛围中平添了几分阴寒。金玲儿的记忆在短暂的停顿之后，又开始了新的生活。

武志刚，可以让这个女人在每一个严寒之夜用来取暖的名字。

那个清晨，谁也没有注意到小镇上多了个陌生的身影，在急急忙忙上下班的队伍中，他只是站在街头徘徊、寻找、张望。或许，他本来并不打算打扰她，只是想过来看看就走，然而，当他悄悄尾随她的身后穿过小巷，看着她走进国营食堂的后院，捡拾食堂扔在地上的菜叶子和菜根，他的眼眶湿润了，看得出来，她的生活比他想象的还要糟糕。

其时，武志刚已经是准备结婚的人，四十岁的男人，早该列入大龄，有文化，脾气好，当时他所在的矿区喜欢他的女人不在少数，武志刚不是木偶，只是心里惦着一个名字，总放不下。听说秦儒文劳改，武志刚多次给金玲儿寄粮票，他没什么奢望，秦儒文是他的弟兄，金玲儿是他一生握在手心里的名字，他唯一的想法只是尽自己的能力帮她渡过难关。

然后，他和矿区的一名女工何彬相恋，何彬年龄上小他近十岁，生长于贫农家庭，算得上根正苗红，刚进入矿区工作不久。何彬文化水平不高，是个单纯善良的女孩，经单位妇女主任介绍，见过武志刚一次，基本上就点头同意了这桩姻缘。就在这节骨眼上，就在两人准备择日办喜事的时候，秦儒文投江的事不远千里传进了武志刚的耳朵。

他第一时间风尘仆仆来到绿汁，在窄小的巷子里堵住了金玲儿，四目相对，虽然一语不发，但都从对方的眼神里明白了彼此的心意。

他到达江边不久，金玲儿便跟了过来，江水汹涌，浪花翻滚，虽是初冬，江边的石头上牵牛花却开得正艳。牵牛花属于朝颜，花开今朝，有着短暂如焰火般的美丽，花开时间却长不过一日，似乎暗示了一段爱情的写照。两人的目光落在花上，空间异常安静。经历了那么多事，不会再有年少时的冲动，不会再对爱情抱有幻想，只是把对方的关心当成一份慰藉，当成一份倾诉和相伴。

她娓娓诉说着一段时间以来的境况，在长期的沉默中，周围的人甚至以为这个死去丈夫的女人精神已经完全垮了，没有谁知道她其实对未来满怀信心，她絮絮叨叨说着，她相信困难会过去的，秦儒文的冤屈总有一天会大白于天下，她说绿汁的明天会越来越好，困难只是暂时的，咬咬牙就过去了。

她又关心地问了武志刚的近况，武志刚没什么忌讳，他说到了自己的工作，也说到了何彬，他轻描淡写地说：我和她谈不上什么爱情，只是觉得合适，自己到了这个年龄，有些东西会随着年纪的增长看淡了。他说的时候，目光落在她的脸上，她的目光也直直地转向他，似乎反问：看淡了，那些记忆是否就飘摇了？

他很快会意，突然伸过手来握住她的手，他说：只要你愿意，我可以放弃一切，包括她，我们还可以在一起。

金玲儿没有立即回答，只是把目光转向了奔涌的江水，她退了退身子想抽出手，武志刚不肯放开，怕她没有听明白，他再次强调：跟我走吧，离开绿汁，无论到什么地方，我都会照顾好你和孩子。

他直接而又纯粹、勇敢而又担当的告白，让金玲儿的心湿润了，在这样的日子里，她何尝不希望有一个肩膀能为她挡挡风，有一双手能为她撑一把伞。她只不过是一个普通的女人，一个害怕黑夜害怕孤独的女人，她需要人疼，需要关心和爱护，需要一句热乎乎的话，需要一颗相怜的心。

够了。金玲儿在心里对自己说：该知足了。

你能来看我，我已经很高兴了，但是，我不会离开这里，也不会再接受你。金玲儿坚决地说，她说话的时候，趁机抽出了那双被握在他手心里的手，她看到他的目光随之暗淡下去，江里的石头印在他的目光里，是历经千古的寂寞和荒凉。她在沉默几秒之后接着说：属于我们的早就结束了，如果真跟你走，对他来说，我此生于心何安。

为什么？你首先应该考虑的是目前的生活，而不是去为一个逝去的人活着。武志刚不解地问，他说：我们可以离开云南，去更远的地方，谁也不认识我们的地方，我有能力养活你们。

他看见金玲儿直摇头，接着说：再说，是他先截住了我的信，破坏我们的姻缘在先，我不是怪他。他急于解释，声音有些颤抖，咽了咽口水接着说：从心里来说我也没有怪过他，因为他对你是真心的，我现在要说明的是我们已经尽力了，现在又是他先扔下你们，我们总得要为自己活一回吧。

不能这么说他，那是对死人的不敬。她使劲地摇头。

他拉着她的手大声地说：不管怎样，你是我今生唯一爱过的女人，我为你做什么都值得，你不要轻易拒绝，再给自己一点时间仔细想想，好吗？

志刚，你走吧，我已经考虑得很透彻了，不会轻易改变。金玲儿坚定地回答，她轻轻吸了一口气，接着说：好好珍惜和何彬的感情，我相信这才是属于你的缘分，更相信你们会有幸福的家庭，我祝福你们，只要你幸福，我也就幸福了。余下来的每一年、每一天都要好好地过，为自己而过。

武志刚不肯放弃，抱着最后一丝希望对她说：明天早上六点，我会在绿汁江大桥那里等你，你带孩子来，我们一起坐拉矿的第一辆车走。

第二天早上的六点，金玲儿站在凤凰树下的石坎上，远远地看着武志刚站在桥头等待的身影，清晨的凉风掀起他的衣角，像是在遥远地向她挥手，她看着他向小镇的方向不停地张望，看着他目光中那份模糊的孤独和忧伤。然后，在依依不舍中坐上了第一辆矿车离去。她默默随着汽车行走的方向走了很长一段山路，心里一直默念着他的名字，开始是行走，然后是奔跑，最终无力地跌倒在路边。当汽车驶上山道的那一刻，金玲儿的泪水再一次夺眶而出。

许多年后，我依旧不能理解，当时我的奶奶金玲儿在那天所做的决定，后来，她只是对我说了那么一句简单的话来概括：谁也没有预见未来的能力，我当时是反革命分子老婆，能保平安就已经不错了，哪还敢想爱情，那会招来多少是非和麻烦。再说，我已经是站在水里的人了，又何必把他好生生地拉到水里来。不得不说，我敬佩我的奶奶，敬佩她清晰的思路，对于感情的克制和冷静，毕竟爱一个人不是自私的占有，而是能够远远地分享他的幸福。

青春旧且远，名字还是从前那个名字，人还是从前那几个人，没有战乱流离，却硬生生各分东西。溯回从之，人生总会有那么多的错过和错误的选择，而再往后，风尘仆仆又将各自翻越多少山川河流。多希望这中间的十多年仅仅只是一段空白，然而，毕竟是经历了，各自的人生都发生了翻天覆地的变化。

时间的河流，一去不返，再也回不了头了。

五

对于宝珠来说，这个半山坡上的小镇承载了这个女孩太多的梦想，它并不繁华，也不现代，在云南这块广袤的大地上，它如一本被抛掷在某个偏僻角落的书本，在令人耳目一新的同时，也被时光覆上一层厚厚的灰尘，要用生活擦拭、翻阅、一遍遍虔诚地领会。然而，它的每一页历史又是那么沉重，需要一个成长中的女孩倾尽一生的回忆来补录那些苍白的时日。

动荡的十年，正是这个女孩成长的黄金时光，从六岁到十六岁，本该是无忧无虑的豆蔻年华，本该是在象牙塔品着书香、咀嚼青春的好日子，本该是把初恋当成一个滚烫的火球捂在梦中小心呵护的岁月，可她的家随着这场动荡，像是卷入了一个巨大的旋涡，吞没了她的梦想，也吞没了和她有相同梦想、相同处境的一群人。

她曾经是一个多么热爱学习的孩子，未上小学前可以做一百以内的加减法，偷看父亲搁在书柜最高处的《红楼梦》，用铅笔在草纸上临摹《水浒传》中的各路英雄好汉，世界曾经在她童年的时候打开过最美的篇章。然而，小童老师的死给这个孩子的童年留下了深刻的记忆，紧接着父亲被批斗的一幕幕场景几乎成了她一生也躲不开的噩梦，总是在夜深人静的时候如无声的电影被重复播放。在喧嚣的年代里，一个孩子心灵的声音没有人能够听见也不能体会，就像疾风吹过一棵嫩绿的小草，当风呼啸向远方的时候，这株小草有可能在那一瞬间被风连根拔起，但是谁又会在意一株小草的生死存亡。

父亲出事的时候，宝珠幼小的心灵刚刚明白什么是生离死别，那时，她对于父亲的感情正处于爱与恨的煎熬之中，注定她弱小的心灵最初要承受的便是失去最亲的人的悲痛。

一方面她与父亲骨血相连，斩不断的亲情让她陷入失去父亲的绝望和悲痛里，那段时间，除了恐惧之外，在她成长的词典里再也翻不出一个新鲜的词汇。当她看到母亲发愣的眼神时，能够体会到母亲将巨大的悲痛藏在心底，她开始害怕，怕母亲会扔下她和弟弟追随父亲而去，将她孤零零地留在这个世界。另一方面，在思念父亲的时候，她也在心里偷偷地恨过父亲，恨他为什么要犯错，为什么不能给他的孩子营造一个平静安稳的家。然后，她在这种爱与恨的矛盾中深深地自责。

爱和痛像两把尖锐的刀口，在这个女孩的心上相互摩擦着，当人们看到这个女孩越来越文静，越来越听话，并且表现得越来越逆来顺受的时候，却不知道在她忍辱负重的内心深处，有一颗奇怪的种子正在发芽。这颗发芽的种子后来结出了果子，果子有着爱的美丽外形，却流淌着恨的甜蜜汁液。这粒种子长成了一棵高大的树，用巨大的阴影遮盖住这个少女成长的路途，滋养着她内心的无助、恐慌和绝望，使她一生也找不到走出的捷径。

宝珠十六岁的时候认识了黑子，黑子的父亲来自山东，是一名井下工人，黑子不黑，相反，他有着俄罗斯人一样深深的眼窝和高挺的鼻梁，他的肤色是蜜蜡色，反复饱吸了太阳的光泽。实际上，大家之所以叫他黑子，是他打架抄砖头时下得了黑手，说得了黑话，奔跑的速度像旷野上的一匹黑骏马。

黑子遗传了父亲高大威猛的山东人的身材，口音是山东话、普通话和云南话的混合，有一种超然脱俗的气质。黑子很快成了矿区的孩子王，矿区的孩子有时候叫他黑哥，有时候干脆叫他老大。黑子的父亲老实巴交，一辈子待在井下，对这个孩子最大的恩惠就是在他妈的肚子里播下了这颗种子，给他创造了一次生命的机会。黑子妈在他三岁那年抛下他跟一个过来打工的四川人跑了，黑子从小习惯了没有父母呵护的日子，他自生自灭，生存能力极强。十岁时就知道偷戏台背后藏着的破铜烂铁拿出去换钱，别说是孩子们敬他，就连大人也畏他三分。

但好在这个半大娃娃做事有原则，虽然从小偷鸡摸狗做了些坏事，但从来只偷公家的东西，占公家的便宜，别人家的东西他从来不碰，所以，矿区的人倒是不怎么讨厌他。他从半开的窗户钻进食堂仓库偷了库存仅有的一只火腿，那是留给上级领导来视察时备用的，黑子扛着那沉甸甸的一坨肉往外走的时候，被仓库管理员发现了，边喊抓贼边上去想抓他，哪是他的对手，黑子一个机敏的反身，抡起火腿向着对方的脑袋甩了过去，那可真是惊天动地的一个耳光，当时就把管理员给弄昏了，送到医院查出是轻微脑震荡。

黑子把火腿抬出食堂，和小伙伴们在山上搭了火饱餐一顿，还把最好的两块肉留给了他爹。第二天，被保卫科的现场抓去，狠狠教训了一顿，虽然受了点皮肉之苦，也无大碍，他年龄小，定不了什么罪。管理员也只能是白白吃了一回哑巴亏。矿上的人们有了这次教训，大家在路上遇见只能避让三分，以免再吃小鬼的亏。

当时，由于绿汁的矿点多，各个矿点的孩子们就以矿点兵分几路，各认自己的地盘，各有自己的老大，各寻自己的保护。绿汁的孩子只要谁受了其他矿点孩子的欺负，只要和黑子说一声，他带上几个弟兄出马，不过三日保证给你讨个公道，所以，孩子们怕他的同时也敬他，偶尔父亲给点好东西，都给他留一份，黑子手头常常还有些余粮。

开始的时候，宝珠很看不起黑子，因为母亲管他们叫做“小二流子”，关键黑子不仅是小二流子还是小二流子的头，这个称呼带着鄙夷和歧视，有这个称呼的属于矿区的一个小类，他们不合群、自私、霸道、令人厌恶。母亲金玲儿总是叮嘱宝珠离这群人远些，女孩子沾上这些人只会吃亏。

有一次，宝珠和伟业在球场上打篮球，不小心篮球飞出了场外，刚好砸在了小健的头上。那时候，小健从球场边路过，手里捧着书看得入迷，球飞过来没什么防备，虽然打疼了但绝对没有损伤。可小健是矿区某重要领导的儿子，当时他爹在矿区简直是红透了半边天，小健狗仗人势，显得格外嚣张。

小健被球一砸，更是得理不饶人，尽管伟业一再道歉，依旧不依不饶，非要抡起中指弹伟业五十个脑包。宝珠实在看不过去，走过去和他评理，小健本来对宝珠有好感，只是宝珠从不给他机会，便故意借题发挥想要为难。说反革命的女儿也配来红旗场上打篮球，是想造反吧。宝珠一听气坏了，反骂道：你爹才是反革命呢。这下可好，场边上小健的几个小跟班一下子炸锅了，全围过来。

伟业看形势不妙，知道小健惹不起，在旁边拉宝珠，劝她别和他争执，免得吃亏。可宝珠从小脾气倔强，哪肯轻易认输，用手扯着小健的衣领非得争个高下。就在双方陷入僵局的时候，小健后脑突然挨了一拳，回头看时，居然是黑子。黑子一把抢过小健手里的篮球递给宝珠，一边拎起小健的耳朵警告他：女孩子家你也欺负，有本事，来和我黑子单挑啊。小健和他的几个小跟班再猖狂，看见是黑子都不敢说话了，赔着一脸的笑，上次他们几个被三家厂的欺负，是黑子替他们出的头，他们知道他不好惹。

原来，世界上有好多人好多事情不是通过讲道理就可以解决的。宝珠傻傻地抱着篮球，本来想对黑子说声谢谢。见他细高的背影朝着另外一个方向大步流星地走去。那一刻，黑子的形象在这个懵懂少女的心里变得高大威猛起来，有一种特别的东西在她的内心如光波一样晃动。直到伟业叫她，她才幡然醒悟，不由自主在唇齿间再次轻声念了一遍那个人的名字。

从拒绝到接受，从不喜欢到喜欢，从放弃到坚持，从不在乎到入心。时间证明，一切都在改变，让一件做不了的事情顺利完成，让一个你不喜欢的人成为你死心塌地爱上的人，世界，不仅是巧合，更是冥冥之中的安排。

六

一年之中以春色最美，百花盛开，芳草常青，总会给人带来美好和希望。

金玲儿穿过小巷，远远看见罗惠等在楼下的身影，她加快脚步向她走过去。两个人虽然在这短短二十多年的时间里经历了太多的坎坷，但始终携手相伴，相互鼓励和依靠，这份感情形同亲人，胜似姐妹。

走近之后，罗惠牵起金玲儿的手，把她拉到了巷子外的木棉花下，看了看周围没人，才小声对她说：我听老胡说，“文革”时期的好多案子都给平反了，秦儒文的事我们心里最清楚，虽然他人不在了，我们也得给他昭雪。

金玲儿听完，眼眶瞬时就红了，这些年，她一直在默默为秦儒文喊冤，只是当时的环境下，谁也不敢乱说话，稍不小心就有可能引火烧身，只能把这件事悄悄放在心里。听到这个好消息，她紧紧握住罗惠的手，感谢她的好消息给她重新燃起了希望。

回家后，金玲儿就把秦儒文的事写成了汇报材料，这些词汇和语句都是她在心里准备了多少年，像是一坛酿了陈年的酒，现在终于跃然纸上，十几页材料一气呵成，字字句句动之以情晓之以理。那一刻，她最大的心愿就是能够早日恢复秦儒文的名声，还他一个清白，让他在九泉之下也好早日瞑目。

第二天早上，金玲儿将写好的材料放进包里，早早找到了矿区的党组书记家。新任的党组书记有五十多岁的年纪，是一名老党员了，虽然到矿区不久，但口碑很好。他客气地接待了金玲儿，当金玲儿接过他递过来的那一杯热茶时，紧紧捂在手心里，十年了，她再次感受到了那份来自上级领导的关心和爱护，让她有了依靠和信任。

她把自己准备好的申诉材料递给党委书记，并滔滔不绝地诉说秦儒文案子的整个过程和他们母女母子几年来受到的遭遇。党委书记把材料接在手里，没有看，只轻声说了句：秦儒文同志的事我听说过，如果是错案就一定会得到平反。

回去的路上，金玲儿始终在回想着党委书记的反应，她仔细地琢磨着，他虽然只简单地答复了一句，但金玲儿能够理解，在这样情况下，他不会随意表态。但她下定了决心，只要有了这个政策，她一定会层层上报，为秦儒文讨回公道。

果然不出所料，没过半月，矿区党委就召开了会议，要求严查关于秦儒文案的问题，并指定了专门人员负责此案。陈积了多年的往事，一层层剥开神秘的面纱，不久，矿区党组织将此事详细地上报到市里，市里很快给出了批示：经过反复复查，过去把秦儒文定为反革命分子的决定是不对的，应当予以平反。同时，由于这个案件受到牵连的亲属也得到解脱。

不久之后，矿区专门为秦儒文召开了一次追悼会，会上，曾经和他一起并肩工作的同事都来了，还有矿区的一些老领导，在雄壮激昂的《国际歌》乐曲声中，人们热泪纵横，一双双手紧紧握在一起，这场追悼会不仅仅是为了追悼，更象征了一场胜利，无疑让他们的人生再一次见到了曙光，十年来他们的意志并没有被打垮，而是强忍着泪水，神情庄重地说：我们有希望了。

上完最后一级台阶，金玲儿就可以重新回到她的办公室，开始新的工作。一路走来，她步子轻盈，眼里闪烁着激动的泪花。被停止工作后，她无数次梦见这个地方，她曾经战斗过为之付出青春的案台，她亲密的战友，她的事业，全部在那一年停止在这里。

她的脚步不由得渐渐放缓了节奏，那些遗失了多年的旧物似乎在一件一件等待她用记忆去认领。不变的只有院子中间的那棵木棉树，它高大的身影擎住天空，不受人间四季风雨的影响，依旧活得悠闲自在。此时，正是花落时节，朵朵巨大花朵落在斑驳的地面上，像是龟裂的大地在一夜之间对着天空吐出一口血。

她走进办公室，由于“文革”期间，矿区的基建建设工作基本停滞，基建这个部门形同虚设，以前的老同事在“文革”期间受到了不同程度的迫害，好在现在多数都已经回到了岗位上，大家重新在这个地方见面，不禁百感交集。

屋子还是以前那间屋子，落满了陈年的积灰，窗户上的玻璃被敲坏了，还没来得及修补，风从敞开的窗口呼呼吹了进来，送来了不远处绿汁江绿色的山风。以前的办公桌落满了厚厚的灰尘，几乎面目全非，但桌子上的东西依旧熟悉，旧茶杯、笔筒、报夹，甚至是一盒刚刚打开还没有来得及使用的回形针，一切物件还留着当年的体温，等候着它们的主人。抽屉是打开的，被人翻动过，纸张散落一地，几年前的一些旧资料已经泛黄，钢笔字体依稀能辨，金玲儿一页页整理着，像是要从一堆旧物中整理出一个崭新的自己。

时间反复又回到了二十年前，那时，她刚刚工作不久，秦儒文下班的时候总会到窗口轻轻敲窗子，她会意地一笑算是回应。武志刚离开绿汁前，故意借送材料进来，用怅怅的眼神盯着她。她还想起了以前的老领导，在她第一天走进这间办公室的时候亲切地对她说：基建科是一个重要的岗位，需要有一定的专业知识水平的技术型人才，我们这里的老同志有来自各地的专家，他们丰富的经验会让你尽快地成长起来，你能到这里工作多么幸运，所以，一定要好好珍惜这种学习的机会，以后，为我们绿汁修平道路，建好桥梁，造好房子，绿汁的希望就在你们身上了。

有时候，回首同样需要勇气。人的一生，将经历无数次的选择和过程，无论结局如何，会在某个时刻猝不及防被迫直面生命揭开的真相与残酷，不得不面对、接受、承担和无法逃离。这是生命给予我们的负担，也是恩赐。每一天看似不同，但实际上每一天都是新的，充满了不可知的变数和希望。而人生的每一个阶段，种种变化、无常、经历、磨难，背后都有其深刻的考验，让我们懂得珍惜和总结。此时此刻的金玲儿，她单薄的身子独立于寒秋之上，有一种千帆过尽后的沉静，也有一种阅尽沧桑的安宁。

我们因考验而在这世间顽强行走，未曾想过脆弱的肉身是否经受得住风吹雨打、电闪雷鸣。意志是生存的支柱，要做一个勇敢的人、一个坚强的人、一个能经受考验的人、一个爱惜生命的人。夜雨茫茫，白雾森林，荆棘高山，深谷悬崖。这条路要走完，才能看见世界的终点是海纳百川还是星火燎原。

金玲儿的内心燃着熊熊的火焰，新的开始在她的脚下迈开了征程，她在心里默默念着：明天，会是个好日子。拨云见青天，万民获新生。含冤而死者若九泉之下有知，也一定会无限欣慰了。

七

每个人的心中，都曾经有过一些美好的愿望，它或壮丽，或卑微，或随性。它很珍贵，也很平常，每个人所经历的故事，不是三言两语便能说尽，我们在茫然中等待着生命的转机，生活，往往会很艰难，都说人心不古，其实人心很冷。有时候，等不及看山川河流，星空烟火便从此被冰封。

每天下班的时候，罗惠都会看见林波坐在绿汁江桥头，他就这样盯着江水，一言不发，看上去比实际年龄苍老了很多。他吸着烟，烟卷是自制的，用一种稍厚的白绵纸裹上切好的烟丝，辛辣呛鼻，吸几口后就大声地咳嗽，咳得惊天动地地动山摇，咳完后又接着吸，非要把心肝肺咳出来的样子。这个曾经爱吉他如命的男人，自刘小玉走后，再没有谁见过他的吉他，听到他的琴声。这个曾经用歌声征服了半个绿汁镇的男人，此时销声匿迹，就连说话都很少听见。

每当这时候，罗惠会主动上前和他打个招呼，他笑一笑算是回应，年轻时的冲动，需要他用一生来偿还和抵债。人的一生都在成长，都在学习和应付，没有第二次选择的机会，可是他在成长的时候，恍惚间就老去了。

有一天下班时经过，罗惠按往常习惯和他打个招呼就要离开，他突然叫住了罗惠，罗惠明显感觉到他有什么话要说，只好停下脚步，站在桥头和他说话。两人随便聊了一些话题，林波突然口拙地问道：你知道刘小玉现在的情况如何吗，她有没有给你写过信？

罗惠点了点头，她知道林波想念刘小玉和孩子，但他做错了事情就该接受惩罚。刘小玉离开绿汁后，和关系要好的几个姐妹偶尔保持着书信联络，只不过信上也就是报个平安，在信中从来不提及林波，也不提及自己的私生活。罗惠也不隐瞒，实话回答：写过几封信，联系也不是很多。

你能帮我问问他们的情况吗，我很想念他们，尤其是孩子，能不能让我看一眼孩子，我知道我错了，但我毕竟是孩子的父亲，你说是吧。林波有些难为情地说，每一个词似乎都思考了很久，从他嘴里说出来显得异常艰难。他愣愣地看着罗惠，生怕她会开口拒绝。

我会帮你问的，你放心。罗惠答应了。她一直是个善良热心的人，这也是林波左思右想决定向她开口的原因。

小镇渐渐恢复了往日的繁华，并且，为了丰富矿工们的业余生活，还在镇上建起了电影院、俱乐部等设施，电影院是仿苏式建筑，雄伟壮观，能同时容纳三百人观看电影，黄昏后，看电影成了矿区工人们的一项重要生活内容，人们回味着那一个个故事情节，为主人公的命运叹息不止，生活变得异常丰富起来，值得回味的东西也越来越多。

世界，日新月异，每一天都在发生着奇妙的变化，这是一个属于年轻人的世界，这是一个安宁静谧又流离万千的世界。青春，需要激情和想象来释放，宝珠和黑子混杂在电影院里，说着大人的话题，谈论着新鲜的玩法，目不转睛沉迷于剧情的时候，伟业的沉默令罗惠十分担心。

参加两次高考，伟业的成绩都是名落孙山，胡成海恨铁不成钢，父子之间时常发生冲突，争执和吵闹几乎成了家常便饭。而刚刚初中毕业的伟能，成绩始终稳稳站在全县前十名，在同一个家庭成长起来的两个兄弟，被巨大的悬殊拉开了距离。

这个十八岁的青年，随着身体上的成熟，而感情上却是一片虚空和苍白。每天，伟业会悄悄站在阳台上，盯着宝珠的屋子，仔细分辨着黑子来约宝珠时的口哨声，听着宝珠下楼时轻快的脚步声，偶尔，宝珠会哼着歌下楼，少女的歌喉像一缕轻纱拂过他的心尖，令他疼痛不已。他眼睁睁看着宝珠坐上黑子的自行车后座，向着江边一路驶去，他们的笑声金光灿灿，把一条窄小的泥石路都染成了金黄色。

他恨自己的无能，父亲看不起他，弟弟的优秀是对他的巨大讽刺，现在，连从小一起长大、对他信赖无比的宝珠也弃他而去，一种深深的自卑感压得他喘不过气来，这种自卑开始的时候像一根小小的毛刺戳在他的心上，随着时间的推移，这根刺以无比惊人的速度成长，和伟业的成长形成了正比。他表面在坚持，内心在退缩，常常自暴自弃，却又理不出一个头绪。

经过长久的考虑之后，伟业决定给宝珠写一封信，他记忆中的宝珠依旧还是童年时对他信任无比、每天专心在阳台上等他放学回家的宝珠。于是，他用了整整一夜时间鼓足勇气写下了那封信，希望她回心转意，在信中，他大胆表达了自己对她的爱慕，更有着对往事的美好回忆，希望能够通过这封信唤起宝珠同样的记忆，让两人的关系再回到从前。

这封信是由伟能转到宝铜手里，最后才到了宝珠那里的，经历了几番曲折。整个上午，伟业焦虑地等待着结果，忐忑地观察着对面宝珠房间的动静，猜想宝珠收到信后会做出的各种反应。令他意外的是，那天傍晚的时候，宝珠就把信送了回来。

宝珠推开房门的时候，伟业正在看书，突然面对宝珠那一双水灵灵的大眼睛，伟业居然心虚地低下头去，并且，不停用手翻转着钢笔的笔套，正是他的心虚暴露了他内心真实的懦弱。宝珠在心里轻轻一声叹息，有一种莫名的心酸，似乎突然就明白了为什么自己会放弃从小一起长大的伟业，而喜欢黑子的原因。

然后，她装着一脸微笑的表情，眨着可爱明亮的一双大眼睛，用轻快的声音对伟业说：你怎么会那么想呢，你和黑子不同，我们俩从小一起长大，我一直都把你当成了自己的哥哥，这和恋爱没有关系。看他没有说话，宝珠天真地望着他，接着说：再说，我真的喜欢黑子，永远不可能改变了，你还是做我最好的哥哥吧。

她说完后，就赶紧转身离开了，她庆幸自己扮演得很好，应该不会露出任何破绽吧。她对自己说：这样也好，快刀斩乱麻。她不想伤害伟业。

伟业咬紧了嘴唇，嘴唇上勒出了一条白痕，他绝望地发现，宝珠已经变得陌生了，不再是从前的那个宝珠，有些人走着走着就散了，不是人变了，而是心远了。冰雪聪明的宝珠用最简单也是最直接的方式拒绝了他。

情到深处人孤独，爱至穷时尽沧桑。

他无法向她表达，对她的爱依稀遥远又近在眼前，像烟花腾入高空，“噼啪”一声巨响，然后一切随着最美的瞬间悄然落幕。但不管是单相思还是个人的爱慕，这份爱都曾经温暖过他成长的岁月，给了他内心的等待和企盼，只能在夜深人静、孤独难抑时缓缓流过心间。正如一滴停留在掌心的水，从指缝间流淌，却也温暖过皮肤。

八

刘小玉回信了，同意让林波去看孩子。

在昆明的翠湖边上，正是春潮涌动满目花香的时候，南来北往的人拥入这个城市，陌生的或是熟悉的，南腔或是北调，彼此擦肩又匆匆走过，不经意成为对方的风景，又很快成为风景之外的人。

相聚，都是缘分。别离，也是安排。

林波站在翠湖边上，抬头对着人群一次次张望，远远看到了刘小玉朝着这边走来，她穿一件花格子外套，脖子上系了一条红色围巾，翠湖微凉的风拂起她的头发，使她看上去容光焕发，更显时尚和年轻。大女儿走在她的旁边，身穿海军蓝的短裙，几年不见，姑娘出落得比她母亲还要高出半个头，她的弟弟和小妹一前一后跟在左右，互相追逐打闹着。四个人有说有笑地走来，在灰色的人群中，那是热闹温馨的一支庞大队伍。

林波使劲搓了搓双手，又蹲下身子用手指擦了擦鞋子上的黄泥，他身上的工作服洗得皱皱巴巴，有那么一刻，林波真的后悔来见他们，各种想法在刘小玉走近的时候停止，他耷拉着脑袋站在那里，样子像一根被水泡软的木头杵在人群中。

刘小玉迎着他走了过来，三个孩子走在旁边，他们的话题似乎正在兴头上，继续争执着，是那种友好的争执，絮絮叨叨谁也插不进去的亲热。林波挪不动步子，像一头刚卸下磨子、被摘去眼罩的驴，还有些恍惚，一股热浪从脚底袭了过来，憋得他连呼吸都有些急促和困难。

刘小玉从容自如，看上去反而比几年前还要年轻，她没有如他想象中的那样挖苦他几句，或是干脆骂他几句，她只是笑着迎了过来，笑窝如二十年前那样恬静温和，像是偶然遇见一位多年前的老同事，需要寒暄几句那么简单。她停住步子，目光落在他的脸上，当林波不知道如何开口说第一句话的时候，她先开了口：都来了。

她用指尖顺着方向指了指站成一排的孩子，他们从高到矮拔萝卜一样竖在那里。又问：你想看什么呢？

想看什么。林波随着刘小玉话音落下在心里问了一遍自己，确实，这些本该属于他的亲人，现在和他已经没有任何关系了，看得出刘小玉过得安稳幸福，几个孩子也在健康成长，他们的生活和林波已经完全没有了关系。难道他能赤裸裸地对他们说他想念他们吗？那种带着感情的词汇说出来会显得多么生分，令人无法接受，简直是肉麻。

随着刘小玉的话音落下，几个孩子围了上来，大女儿是认识父亲的，她的童年曾经在父亲温暖的怀抱里度过。然而，几年不见，这个姑娘明显被吓到了，她紧张地抿着嘴唇，记忆中一身阳光的父亲，说不尽笑话的父亲，他拨弄着吉他的琴弦时是那么帅气，每一个细胞都绽放不可抵挡的艺术美，他曾经是她童年梦中白马王子的雏形。

可面前的这个男人是陌生的，他拘谨笨拙，目光总是落在鞋尖上，或是在地上来回跳跃，她不知道如何称呼他。他变了，时光的印痕重重落在他的脸上，他显得疲惫不堪，脸上初显的细纹和胡子混杂着，模糊了他本来的面容。她捋了捋额前垂下的头发，将惊慌求助的眼神投向了母亲。

在最初离开父亲的时候，她非常思念这个亲人，她想不明白为什么母亲突然离开绿汁，从此，绝口不提父亲的话题。她也想不明白，父亲为什么突然消失在她的生活中，太多的疑问曾经困扰过她，然而，她毕竟还是个未满十岁的孩子，再痛的创伤都会被时间这剂良方给治愈。当父亲这个称呼从她的生活中完全消失之后，那个曾经熟悉的男人也就从她微弱的记忆中一点点淡去。

再深的亲情，被时间的流水一洗也就淡了。

弟弟和妹妹停止了打闹，他们离开绿汁的时候，大的六岁，小的三岁，还没有太多记忆。在他们的生活里，“父亲”这个词汇是属于课本上的，和他们的生活无关。他们之所以停下来，是因为母亲对面前这个陌生男人的笑，母亲微微上扬的嘴角明明透着胜利者的自信，一向沉默少言、独自承受生活苦难的母亲，即使在最艰难的日子里，也从不肯轻易开口向外公外婆求助的母亲，她此时的笑是那么美好而晴朗，像一股清泉从心底流到脸上。

你们都，都还好吧，我，我就是，想来看看。

林波匆忙地从他仅有的词汇库里拼凑出这句话，深深的歉意令他胆战不已，自从刘小玉离开矿区，就再没和林波联系过，就连离婚协议也是通过邮寄来完成，她没向他要过几个孩子一分钱的抚养费，林波曾经给她寄过，被她原封不动地退了回来。毕竟是十几年的夫妻，一旦全部弃掉，需要花更长的时间去平复。她要彻底将这个男人从她的生活中抹去，才能彻底忘记那份耻辱。

刘小玉没有回答他，她觉得自己完全没有必要去向一个毫不相干的人，汇报自己和几个孩子几年来的生活情况，她今天决定带着几个孩子来，并且，把他们一个个打扮得像过年一样的新鲜，她是要将自己最好的状态呈现给他，证明错误选择的婚姻在多年前已经彻底结束，她只想用行动来告诉他，没有他，她可以活得更好，她已经拥有了新的生活，并且完全习惯了这样的生活。

从绿汁回来后，在父亲的帮助下，刘小玉进入了一家布鞋厂工作，她始终单身一人，不是找不到更好的，而是不能委屈自己找到比以前更差的，不能让自己再陷泥淖，她变得小心和慎重。

此时，她坦荡的目光落在面前这个男人身上，她依稀想起当初嫁给他的时候，是因为他的嘴形长得像一个人，正是这张嘴，对她说过多少软绵绵的情话，那张嘴送来的吻为她营造了多少浪漫的梦境，曾经她喜欢他的嘴喜欢得发疯。现在，那张嘴又出现在了她的面前，上唇和下唇微微张开，给嘴巴留出一条缝隙，他说话的时候，从两片皱巴巴的干裂的嘴唇里，暴露出一口被烟熏得发黄发黑的牙齿。那是一张多么陌生、多么笨拙、多么令人厌恶的嘴巴。

他们曾经在一张床上生活了十几年，他是三个孩子的父亲，他是当初背着他的妻子和另外一个女人被抓了现行的男人。她不记得当时自己有多痛心，她走在小镇上，感觉背后所有人的手指都指向了自己，她无缘无故为他承受着巨大的屈辱，现在想想多么幼稚，当时就连想死的心都有了，好在她躲过了那场劫难。感谢他，让她重新知道一个女人只有勇敢地承受才能活得有尊严，活得有骨气，活得自在，活明白了什么是女人。

生命的轨迹曾有一刻并道，又迅速分离，行向各自的远方。

刘小玉的爱情，真正结束在了那个阳光晴好的午后。

九

初恋是美好的，像是三月的暖风，这个季节仿佛能闻到桃花香味。

那个叫做黑子的少年，在暖阳之下久久站立着，他挂在嘴边上的笑，刚好证明了他本来就还是个纯真的孩子。他轻轻唤她的名字，他口中的气息飘进了她的耳朵，她觉得世界是那么美好，曾经走过的路、看过的风景、思念过的人、想念过的事一一浮了上来。他说：我现在什么都给不了你，但我的生命都是你的。

他说的时候，把他的头靠进她的怀里，像一只被娇宠坏了的黏人的小狗。于是，她伸出双手拥住他，她的手臂那么细，脖子那么细，腰也那么细，就连两条腿也是又细又长，好像还没有完全发育好，衣服明显短了，裤腿也是一拼再拼，接上了三个颜色还是跟不上她成长的速度，但这些都掩不住她的姣美。她细长的手指沿着他的脸颊往下滑去，摸到他的腮边，摸在他特意蓄起的绒毛般还没完全长硬的胡子上。

黑子把满是心事的目光转向宝珠，他突然放开她，脱下他的军大衣铺在江边的草地里，然后，又用双手托起宝珠，这个又高又壮的男孩抱起这个瘦小的女孩，简直就像是用双手捧起一颗初秋的露水。他小心翼翼把她放在军大衣上，长久地注视着她，然后，将手伸到她的衣服下面。

宝珠心里明白有件事情会发生，但她不明白具体是什么事情，她闭上眼，感觉他指尖的温暖，像一只小蜻蜓用长长的尾巴扫过秋天的水面。她的双臂挂在他的脖颈上，生怕他会放手离开，嘴边挂着一丝笑。

就这样，她把自己给了他。没有抱怨，没有后悔，没有遗憾，亦没有可惜，仅仅是相互依恋，却令她心存感激。

宝珠爱黑子，从心眼里地爱，这个从小失去父亲的女孩，在她成长的岁月里，曾经多么渴望有一个男人的肩膀为她撑起一片天空。而黑子的勇猛、能干，他在同龄男孩子中所表现出来的大将之气，正好填补了宝珠精神上的空白。更重要的是，从小宝珠跟随母亲生活，时常被人欺负，她把所有的委屈藏在心里，现在，在绿汁镇，因为有黑子的存在，谁也不敢再欺负她，是黑子给了她存在感和安全感，让她可以大声地说话和放肆。她在没有来得及思考什么是爱情的时候，就已经把自己毫无保留地交给了他。

她需要他，需要一种更真实的承诺，如仓皇无依的灵魂，寄望于肉体的登峰造极。她想要攫取另一个人的温度，来抵挡内心最深处散发出来的凛冽的寒。

宝珠。黑子轻轻地唤她的名字。宝珠睁开眼睛看着他，他俊美的轮廓将青山剪开。宝珠用目光等待着他接下来的话。黑子轻轻咳了一声，轻声说：我可能会离开绿汁。

你要去哪里？宝珠被吓了一跳，推开他，坐起了身子。

还不知道，我只是想离开这个地方，出去走走，像我这样的人，在绿汁是找不到工作的，也给不了你幸福。黑子说，他的声音低沉、压抑，透着忧伤。他看到了她眼中的那丝慌张，接着往下说：如果我走了，你一定要等我，我会回来找你。

我想跟你一起走。宝珠轻声说。

不行，你不能跟我走，至少现在不行。黑子说道，他看了看天色不早了，催促宝珠该回家了。宝珠不情愿地起身，黑子站立着，目送宝珠离开的方向。他想，宝珠是他唯一爱的女孩，他不再有一贯胡闹的心情，他看着宝珠沿着石阶一步一步地走远，决定要守护她一辈子。他对着她的背影说话，像对着一棵桃树许愿。

宝珠回到家里，家里是空的，知道母亲还没下班，宝铜也还没放学，她到厨房开始烧火做饭。这些年来，宝珠已经习惯了用她弱小的肩膀帮助母亲支撑起这个家庭的风雨，母亲忙于工作，为衣食奔命，宝铜还小，但学习成绩一直很好，也算是这个家庭最大的欣慰。宝珠心灵手巧，从小就学会照顾弟弟，家里的衣服破了都是她缝补，做饭洗衣打扫卫生，她从来没有埋怨，做家务甚至比母亲还要厉害。

饭做好的时候，金玲儿回来了，进门看见宝珠做好的饭菜，又看了看自己的女儿，她正坐在窗前给宝铜织一件天蓝色的毛衣，她的脸色阴沉着，似乎有什么心事。宝珠的变化金玲儿这个当母亲的全看在眼睛里，隐隐约约感觉到宝珠有可能恋爱了，她时常会很担心，她想劝女儿重新回学校好好读书，一直想找个机会和她聊一聊，但是女儿大了，有时候和她说话都要注意，不小心就点燃了导火索。加上宝珠从小性格内向，有时候金玲儿语气稍微强硬一点，宝珠就会发火，母女俩时常发生争执。

金玲儿若有所思地走进房间，晚上吃饭的时候，故意找话题和宝珠说话。她说：宝珠，你也长大了，应该找点事做了，总不能每天在家做饭吧。

宝珠翻起一双又黑又亮的眼睛看了一眼母亲，从母亲的眼神她基本上已经知道，母亲今天准备了一箩筐话要对她说，她有意加快吃饭的速度，想要尽快逃离餐桌。但金玲儿也看在眼里，她必须在宝珠咽下最后一口饭前，把话说完，否则，宝珠把碗往外一推，就别想把她乖乖抓来说几句话。

你看，差不多该高考了，我今天去学校给你报名，你准备一下，过几天就回学校好好读书。金玲儿一口气把自己的决定说完，见宝珠瞪着眼睛，似乎在思考，就接着说：高考是人生中最重要的事情，不管能不能考好，我们总要争取一下吧，只要努力了就是考不上也不遗憾啊。

我不考。宝珠倔强地回答。

为什么？金玲儿不解地看着女儿。

本来就考不上，何必还要去试。宝珠固执地回答。

金玲儿叹了口气，宝珠小的时候学习成绩一直非常好，因为“文革”期间停了两年课，自从学校恢复上课后，好多学生都已经重返课堂，可唯独宝珠读书三天打鱼两天晒网，眼看宝铜都快超过她了，金玲儿就是着急也没有办法。

那你有没有什么打算？看劝不了宝珠回学校，金玲儿只好改变方向，试探着问宝珠。

宝珠已经不耐烦了，把碗推向一边，进了自己的屋子。金玲儿无奈地放下筷子，她感觉到了自己的孤立无援，要是孩子的父亲在就好了，至少可以和她多说几句话，多一个人和孩子交流总是好的。

宝珠隔着门帘看着母亲，她本来不想伤母亲的心，但对于未来，这个懵懂的少女真的不知道该如何把握。往事一幕幕浮了上来，她何尝不愿意读书，不愿意像其他孩子那样坐在校园里，等待迎接高考的激动时刻。

记得最初害怕进学校，是因为害怕同学们对她的孤立，他们叫她小反革命，对于一个成长中的孩子来说，再没有比孤独更可怕的事。过了两年，等她下定决心准备回学校的时候，宝铜又没人看管，她只好停下学业照顾弟弟。等她再想到回学校的时候，年龄已经远远比同龄人大了好多，她再无心上学。幼小的孩子从内心深处明白，她今生已经完全和学校失去了缘分。

现在，母亲恢复了工作，宝铜每天上学，宝珠就成了一个彻底的闲人。其实，如果母亲今天不提问，宝珠也早就在心里问过自己：我的未来在哪里？

十

冬天的白昼是短暂的，而大山深处的冬天夜晚来得更早，六点不到，食堂大门外还站着一些没有散去的人群，天色便暗了下来。望着这悄然降临的夜幕，喧闹的人群渐渐沉默下来，随之而来的，是公园、电影院和俱乐部等几个新建的娱乐场所，随着夜的到来又迎来新一番的热闹。

罗惠手里端着饭盒往家走，伟能明年也该高考了，经常看书到深夜，罗惠下班后就到食堂看看，有荤菜就买一些带回去，给他晚上看书加点餐。

虽然，绿汁镇地处偏僻，但由于有铜矿在这里，加之“文革”后学校恢复重建，矿区的领导对教育非常重视，选调了市里很多优秀教师到这里工作，矿上中学的教学质量一直稳居全市前茅，几年来高考成绩在全市也是第一。有时候罗惠会禁不住想，伟业和宝珠要是不遇上“文革”的话，想来现在也会是非常优秀的孩子，一代历史造就一代人的命运，也是没有办法的。只能庆幸伟能和宝铜这些孩子能赶上这样的好时光，希望孩子们将来能实现自己的理想，拥有美好的未来。

回到家的时候，罗惠听到伟业房里有声音，便先走进伟业的房间看了看，伟业躺在床上听收音机，声音放得很大，罗惠皱了皱眉头，对伟业轻声提醒说：你把声音关小点，伟能正在复习功课，会影响他的。

伟业生气地挣起脖子回敬道：伟能学习好，你们做什么都只考虑他，什么时候想过我的感受，他考试重要，我听新闻不重要吗？

那我也没说不能听，只是让你把声音关小一点啊。罗惠耐心地解释。

那我不听了还不行吗？伟业从床上跳了起来，“啪”的一声关了收音机，抓起床上的外套拉开房门走了出去。罗惠低头看了看手里的饭盒，本来还想问他要不要吃点东西，现在看情况也没有必要了。

罗惠走进伟能的房间，伟能正在做功课，看见母亲走进来，担心地问道：我哥怎么了，是不是你说他了？

也没说什么，你哥这脾气，越来越怪了。罗惠叹了口气说道。

妈，我本来不想说，但是，怕你担心，还是想告诉你。前几天，我哥写了封信给宝珠姐，还让我和宝铜传信，后来，宝珠姐来找过我哥，说了几句话就走了，我看我哥这几天心情都不好，你别和他生气也不要怪他。看到母亲担心，伟能把实情告诉了母亲。

哦。罗惠答应着，用手拍了拍伟能的肩膀说：不用担心，可能他们俩吵架了，这两个孩子从小一起长大，老爱闹别扭，没事，过几天就好了。

罗惠虽然这么说，心里还是有一块云压了上来，不管怎么说，两个孩子是她看着长大的，只希望他们没有什么事才好。

她问伟能：明年高考你想报什么专业，想过没有？

妈。说到专业，伟能来了兴趣，他坦白地说：我想考矿业大学，我和爸爸讨论过了，他也支持我。

为什么想考矿业大学，在这大山还没待够啊？听到伟能有自己的理想和抱负，罗惠心里很安慰，她好奇地问道。

我出生在矿山，对矿山有一种与生俱来的情感，我爸说了，如果能有更先进的技术和设备、更优秀的人才，我们矿区还会发展得更好。所以，我就想，出去好好学习先进的知识，再把知识带回到这里，把我们绿汁建设成全国最好的矿区。

好，妈妈支持你。罗惠欣慰地摸了摸伟能的头发，让他好好复习，自己退了出去。

这一年，随着《国六条》的公布，全国数以百万的知青在短短几个月的时间里，带着满身的伤痕，带着一脸的困倦，带着遥远的对于家乡的思念，从边疆，从草原，从红土地，从黄土地，从黑土地，从那些抛洒下青春、汗水和泪水的地方，又回到了他们原来出发的地方，走完了他们人生中的一次轮回。

胡成海回家的时候夜已经深了，矿区恢复重建后，作为矿区主要领导的胡成海工作更加辛苦，有时候加班到深夜，罗惠本来想把伟业和伟能的情况和他说一说，看他十分疲倦，也就没有开口。

罗惠给他倒了一杯水，坐在他的对面，她前段时间听说胡成海向组织递交了申请，希望能借知青返城的政策回上海工作。罗惠一直没有问他，如果他愿意告诉她，他迟早会说，如果他不愿意说，或许问了也没多少意思。但是，这个结果也是罗惠所牵挂的，她知道无论这个结果如何，都将会给她的家庭带来巨大的震荡。

她的目光落在他的脸上，十多年的夫妻了，他的额角已经出现了白发，但是，他依旧那么整洁，白衬衫永远浆洗出一股淡淡的肥皂味，虽然岁月不饶人，但他的脾气，南方人对于生活的态度，永远要求的简洁和完美，在他的身上从来没有改变。

她说：你的申请批下来了吗？

他看了她一眼，不知道她是从什么地方听说的情况，只不过矿区那么小，风吹草动总会有人报信。他简单地回答：批下来了。

情况如何呢，同意你走了吗？她又问，她知道他一直想回上海，他对上海的思念这些年汇成了他血液里流淌的一条江河，总是那么奔涌和呼啸。她特意加上了你，因为她知道，在当时的情况，如果能一个人走已经算够幸运了，家属是很少有机会能带走的。她曾经想过，如果他决定要走，她不会强留他。

只批准了我一个人的名额，我放弃了，不走了。胡成海简单地回答，站起身拖着疲惫的步子进了房间。罗惠看着那道门，他为她放弃了回上海的机会，或者说，他为了这个云南大山深处的家放弃了上海的家。

冰雪解冻的时候，首先，会有一缕暖暖的阳光照亮黎明前的河流。绿汁的阳光，一直都很充沛。

十一

命运最擅长雪上加霜，一波未平，一波又起。

因为江边要建一幢矿工的住宿楼，好长时间没去江边的金玲儿前往踏勘，站在坡头，刚好可以看见江边弯弯曲曲的山路，这时候，有一辆自行车沿着江骑过来，车头上，绑着大束鲜艳夺目的杜鹃花，看上去是刚从山上采回来的。远远看去，是一对年轻的男女，男的骑着车，女的侧身坐在后座上，用手环着男的腰，远远一看便是非常亲密的一对恋人。

随着自行车驶近，金玲儿觉得后面坐着的女孩有些面熟，定睛再看，那女孩居然是宝珠。金玲儿自己吓了一跳，赶紧把身子躲在一棵凤凰树后，看他们一路嬉笑着向路的一方驶去。

虽然金玲儿没有和黑子打过什么交道，但她还是认识黑子的，绿汁本来不大，黑子这群年轻人平日里游手好闲，经常在食堂大门外或是电影院门口出入，矿上的工人们对他们印象不好，总有人指着他们的后背说三道四，有些不好听的话也会传入金玲儿耳朵。但是之前，金玲儿并没有把这些事情放在心上，更没想到自己的女儿有一天会和这些人在一起，而且，看得出来，宝珠和那个叫黑子的关系明显不一般。

左思右想，金玲儿还是决定和女儿摊牌，毕竟，像黑子这类新生代，金玲儿没有了解，只知道他们坏，但坏到什么程度她没有概念，宝珠和这样的人在一起肯定没有好事。晚上，金玲儿开门见山地问宝珠：你怎么会和黑子在一起？

谁说的？听见母亲这样问，宝珠有些心虚，想抵赖过去。

我都已经看见了，你怎么可以和那种人在一起，宝珠，你不学无术可以，但至少不要学坏。金玲儿正在气头，声色俱厉地说道。

那种人怎么了，我就要跟他，以后还要嫁给他呢。宝珠也不示弱，声调比母亲的还要高。

“啪”的一声，金玲儿的五个指印落在宝珠细嫩的脸上，金玲儿没想到自己出手那么快，她有些后悔，自己下手狠了些。但是，宝珠的反应也确实令她生气，她才发现原来女儿早就已经变了，和从前不一样了。

她恨自己太大意了，之前怎么没有发现女儿的变化，也恨女儿不懂事，心里一阵阵抽搐般的疼，她忍着内心怒火，对宝珠说道：从明天起，你哪都不许去，给我好好待在家里，打毛线也可以，听广播也可以，不看书也可以，就是不许出去跟他们鬼混。

宝珠转过脸来，脸如同幽灵一般惨白，两只眼睛像两口深不见底的黑井，尖锐的声音又像是来自另一个异次元：你会后悔的。

第二天早上，金玲儿去上班的时候，故意将门反锁上，她怕宝珠再跑出去。她几乎整夜没有合眼，一想起宝珠和那个叫黑子的小二流子头在一起，金玲儿只觉得心惊肉跳，她已经做好准备，如果宝珠再不听她的话，执意要和黑子在一起的话，她决定采用一些强硬的手段逼着她离开他。

宝珠被关在家里，开始的时候她看着窗外的天空发呆，她记得小的时候父母去上班，都是这样把她关在家里的。那时候，她不向往外面的天空，而是耐心等待父母回家，等待他们有时间的时候带她出去玩，去水漫桥游泳，去山上摘橄榄。她最大的快乐是伟业给她带来的那些稀奇古怪的东西，童年的单纯令她没有烦恼和忧伤。

然而，现在她长大了，她看过了太多外面的世界，太多的诱惑，更何况还有她的爱情，她的心始终飘着，飘在绿汁小镇的上空，飘在那连绵的青山之上，小小的房间再也关不住她的心，她有了黑子，黑子像一匹在山上放得太久的野马，宝珠喜欢勒着他的缰绳，她不能让他跑得太远，怕他会跑出她的绳索之外。太多的思绪让她无法停止下来，这个小小的空间几乎令她疯狂。

她看着镜中那个呆滞压抑、紧紧皱着眉头的自己，脸上早已不复往日的聪敏机灵，那是一张被正在欣欣向荣发展的绿汁镇抛弃的脸，一张引发她自我厌弃的脸。但最严重的问题不是这些，而是，她清晰地意识到自己的脑子越来越不好用了，这就是思维停滞太长时间的典型表现。作为一个社会人，她脱离社会太久了，久到足够大脑生一层锈，她感觉自己成了一块废料。

雨水落入江湖，河流汇入大海，森林被阳光普照，植物舒展了第一片绿叶。女儿对于母亲的信任，也包括母亲对于女儿的包容，就像这些事情一样自然，这是她们之间浑然天成的密码。晚上下班的时候，金玲儿看见宝珠睡在床上，她闭着眼睛，就像是睡着一样。金玲儿轻轻叫她，她不出声。金玲儿只好去做饭，做好后，叫她起来吃，宝珠一动不动。金玲儿没有办法，但她决定，无论情况如何，这件事情她决不会和女儿妥协。

到了天黑的时候，宝珠从房间走出来，她对金玲儿说：妈，我想出去走走。

金玲儿抬起头看着宝珠的脸，她几个小时之前哭过的脸仍然有一点儿浮肿，眼睛像是被大水冲洗过的玻璃，清亮见底。她同意了，但很快，金玲儿改变了主意，她说：我陪你去吧。宝珠同意了。

娘儿俩沿着绿汁的街道走了一圈，街道上已经很少有路人了，金玲儿说：宝珠，我知道像黑子这样的男孩会招女孩子喜欢，但你们都还年轻，也很单纯，还不明白什么是真正的爱情，所以，我才阻止你们。

宝珠低着头不说话。很多年后，金玲儿才意识到，那个夜晚她一反常态的安静正如火山喷发之前的沉默，她正在蓄积着内心的力量，筹划着无法预见的未来。

如果你觉得真的喜欢他，或者说，你认为他也真的喜欢你，那让他等你五年，五年的时间你们可以认真地考虑，如果两个人相爱，五年都等不起，那爱情也是脆弱的，你看可以吗？

宝珠还是不说话。

天色晚了，我们回家吧。宝珠同意了，跟在母亲身后，一起回了家。

日子就这样平静地过了近一周，等第六天金玲儿回家的时候，发现门是开着的，而房间里，宝珠已经不见了，一起不见的，还有她的一些换洗衣服和日常用品。

这时候，宝铜刚好放学回家，金玲儿赶紧叫宝铜出去找，她自己又去了罗惠家。那天晚上，所有的人都出动了，他们找遍了绿汁的大街小巷，找到了江边，找遍了常去的几个山头，问过了每一辆出进绿汁的矿车。

第二天，通过保卫科又询问了各个矿点，所有的人都在摇头，没有人见过这个女孩，好像这个女孩从来就没有存在过，宝珠就像是黎明前的一滴水般，随着日头的升高消失在人们的眼前。同时消失的还有那个叫黑子的男孩，有人说，前几天还经常看见他在食堂门口转，也有人说这几天经常看见他出现在宝珠家楼下。还有人说，前天电影院门口一个卖瓜子的老头装在口袋里的十块钱不翼而飞。老头坐在电影院门口跟死了娘一样大哭了一个晚上，那时候社会上还很少出现小偷这个词，不像现在，走完一条街跟你擦肩而过的人一半以上有嫌疑，那时候，社会还很单纯，人也还有良心。

这些故事中间有没有什么关联，谁也说不清楚，议论到此为止了。

宝珠失踪了，她跟着那个男孩走了却是事实。

这是金玲儿脑中唯一剩下的线索，她的脑子里有巨大的轰鸣声，像是飞机即将起飞，巨轮在海面鸣笛，像是一万列火车的轮子同时摩擦铁轨，不计其数的金属剧烈撞击，碎片飞向空中。她的一生对于这个家和孩子来说，从未有过，将来也不会再有，如此沉重至不可饶恕的罪孽感。

她突然顿悟了，她和宝珠之间的那座桥梁已经被命运彻底摧毁，被万丈深渊分开来，再无回头路。她最爱的女儿，手心里握着的这枚小小的甜美果实，使她更加充分地品味到了经久不散的苦。她对她的爱，没有带给女儿一丝一毫的慰藉，她原本只希望她平安幸福，没想到反而为她制造了更深更重的灾难，置她于比晦暗还更晦暗的境地。

第五章　乘风破浪行沧海

一

奶油冰棍、小豆冰棍、酸奶冰棍、跳皮筋、跳房子、抽陀螺、跳绳比赛……

牛仔裤、蝙蝠衫、健美裤、连衣裙、录音机、邓丽君、迪斯科、霹雳舞、摇滚乐……

八十年代中期，那是一个引领时尚和潮流的年代，改革开放的春风忽如一夜春风来，吹醒了江南大地，也吹醒了滇中地区这个位居深山的小镇，人们脱下了的确良和卡其布，换上了五彩缤纷的服饰，最为时尚的是蛤蟆镜，若是戴上走夜路黑得可以撞墙，喇叭裤是所向披靡的时尚，低腰短裆，紧裹臀部，裤腿上窄下宽，从膝盖向下逐渐张开，形成喇叭状，有的裤脚能宽大到像一把扫街的扫帚。一夜醒来，喇叭裤很快又换成了紧身裤，于是，整条街的女人都束缚出自己最优美的线条，一条街都走着圆规似的小裤腿女人，高跟鞋踩着水泥路面"哒哒"直响，那份斩钉截铁似乎要向永不言败的昨天彻底挥手告别。

电视机每天虽然只有几小时的节目，但一两个频道也过足了人们的瘾，收音机和录音机比如今的手机还热销，走到哪从不离手，《在希望的田野上》《在那桃花盛开的地方》《牡丹之歌》真是百听不厌的天籁之音，世界在歌声中突然间变得深情婉转起来。很快，新的时尚又席卷而来，"轻轻的，我将离开你，请将眼角的泪拭去，漫漫长夜里，未来日子里，亲爱的你别为我哭泣”，齐秦用凄厉而忧伤的噪音演唱着《大约在冬季》，人们在这首歌的旋律里仿佛悟出了原来自己灵魂深处那根容易伤感而脆弱的神经，此时，被这首歌触动成一种忧伤和认知的疼痛，在这种疼痛里，恍惚间又破译着幸福的密码。邓丽君的一首《月亮代表我的心》唱遍大江南北，那种暧昧的甜蜜音色唱出了多少人一直不敢放在嘴巴上说出来的话，原来“爱”字还可以这样地说出来，那简直是一种大胆得要命的温柔，要是在几年前是想都不敢想的事。一夜之间，靡靡之音飘浮在大街小巷，响彻在古旧苍老的青石板路面上，成为了引领时尚和潮流的经典。

外商来华投资，华侨归国建设，国内大量人士闪亮登场。人们求知欲极强，对未来既憧憬又怀疑，刚刚走出旧时代，人人生产情绪高涨，很少看到无事之人，却还没能完全走进新时代，正在做着准备，蓄势待发。“万元户”成了响当当的词汇，用来描述那些在改革中先富裕起来的人，说起“万元户”这个词汇来，大家的眼睛都是瞪得滚圆，一个个羡慕得直往下掉口水。

在绿汁镇周边，农村里青壮劳动力还都在村里，小伙子们能够进入矿区做临时工，那是沾了祖坟的好风水，全村老小羡慕地竖着拇指。姑娘们则向往着能够嫁个矿上的工人，那等于是这辈子嫁了个“铁饭碗”，不荣华富贵，至少也是衣食无忧。人们虽然穿着打补丁的衣服，老老少少在一起，却是发自心底的开心。

在农村，几个月来一次电影放映对于年轻人来说就是奢侈品了，可在绿汁矿区已经建起了三个电影院，天天晚上看电影的人爆满，电影院门口排起了长长的纵队，场场爆满的业绩是史无前例的，看电影列为生活的一项重要内容，谈恋爱去看电影，一家人高兴去看电影，学校组织看电影，单位发福利也是看电影，偶尔电影院门口来个耍猴的、变戏法的或者炸爆米花的，那简直就是乐坏了。

除电影院之外，歌舞厅也成了场场爆满的地方，男青年可以很绅士地邀请自己心仪的女子与自己共舞一曲，霓虹灯闪烁得让人眼花缭乱，与昨天的安静相比，这可真是一个花花的世界，街上的大小商铺开始摆上音响，艺术和潮流以迅雷不及掩耳之势挤进人们的生活，音乐声一波赛过一波，和绿汁江水一起汩汩流淌。

很多农民家庭还买不起电视，甚至还没听说过电视那玩意儿有什么作用，但矿区里据说已经有好几台电视机了。到了晚上，有电视机的家庭里都是高朋满座，座无虚席。嗑着瓜子说着闲话喝着主人备好的茶水，晚上六点才开始的电视剧，四点钟就有孩子提前来等着，说是为了认一个好座椅，搞得主人家怪难为情。到了晚上，客厅里坐得开会似的齐整，都目不转睛等待着那位据说武功高强，脚底下装了弹簧的《霍元甲》，后来，紧接着又来了《陈真》和《上海滩》，《血疑》不知伤透了多少颗多愁善感的心。

那是一个理性回归的时代，是一个思想启蒙的时代，是一个理想主义的时代，是一个文化复兴的时代，是一个真实并真诚的时代，是一个痛苦还快乐的时代，是一个短暂、脆弱却颇具特质、令人心动的时代，是一个理想气息浓郁、个性刚得到解放的年代，是一个纯真、质朴，而蠢蠢欲动的年代，就像那种泛着回忆的老照片的茶褐色，旧旧的，温暖的，安静的，厚重的，也是令人怀念和向往的。

人们似乎还尚未从昨天的黑白底片里回过神来，一股一股南来北往的风已经吹绿了山野，吹开一朵朵尚未打苞的花，也拨开了浮在人们头顶的灰暗云层，一枚红日高高悬于天空，照亮一方水土。

绿汁的矿山工人来自五湖四海，他们带着各自的文化背景、各自的生活习惯，在这片绿色的土地上生活，不同的文化、科技的交流演绎着新的民族融合，一种跨省域跨民族，优势互补，海纳百川，川流不息的独特文化景观在这里形成，在一个"农村包围城市"的高山峡谷中焕发出蓬勃的生机和异样的光彩！

绿汁江畔的采矿工业，正日新月异地向着现代化文明进步，成为中国铜业史上的一面旗帜，成为国家大型铜矿山企业，国内最大的原料基地，已经形成集采矿、选矿、冶炼为一体的国有大型联合企业。多项技术革新，使绿汁的铜矿走在了世界前列，书写了中国铜业历史上辉煌灿烂的一页。

一位才气横溢的上海知青用饱满的情感，为绿汁写下了这样一段深情而经久的诗行："我一直试图把这块土地想象成一幅油画，并且狂热地迷恋上了其中的色彩——金黄与碧绿、紫黄与葱绿、橙黄与黛绿，它们和谐地交织在一起，而更多的时候它们是从对方的力量中生长和凸显起来。我们是否可以这样说，这里的铜矿与绿汁江的关系，就是金黄与青绿之间的关系？这是世界上最有表现力和暗示性的两种色彩，既提升了大自然的多样性，又提升了我们生活的意义或价值。"

二

当时代的巨轮正在以不变的速度滚滚向前的时候，我小说中绿汁镇这些主人公的命运也正在时代的涡流中起了翻天覆地的变化，或许，在整个社会的进程中，他们只是一个小得不能再小的分子，一滴水花或是一粒尘埃，一个时代的浪头足以使他们精心构建的家园颠覆或改变，然而，他们从来不曾放弃，仍然坚持着把热血洒向那片土地，用痴情来坚守精神的家园，坚守着他们对于生命始终的真诚。

他们坚信，绿汁人的历史，由绿汁人来创造，来书写，来扩张。

中秋节到来的前夕，这个早晨，金玲儿也许算得上是小镇上第一个起床的人，她沿着街道往下走的时候步子轻快得像是要飞起来，在风里，她闻到了小镇周围田野里稻谷丰收的麦香味，看到了金黄的玉米迎着秋风垂下饱满的额头。她早早地来到菜市场，等待着新鲜蔬菜的到来，精心选购着每一样菜品。

有人和她打招呼：早啊，怎么那么早？

今天我儿子回来了。她快乐地回答。

哦，儿子回来了，宝铜啊？宝铜可出息了，让他回来到我家玩啊。

好。好。谢谢啊。

金玲儿一个早上都在重复这句话，逢人她便主动上前打招呼或是解释：宝铜要回来了，这是多好的事情啊，当妈的能不开心吗。前几天，她收到了宝铜的来信，宝铜自哈尔滨医科大学毕业后，被分配到了成都市某军区医院工作，成都是金玲儿的故乡，当初为了生存抛开故乡离开亲人来到了这里，从此，在这里安居下来，成家立业，把根深深埋进这片土地。现在，自己的孩子又回到了那里工作，对于金玲儿来说，命运的安排不仅是巧合，也是生命中赐予的成全。

宝铜从小的理想就是当一名医生，这一点可以说是受绿汁矿医院陈医生的影响，陈医生自上海圣约翰大学医学院毕业后，到绿汁矿医院工作，多年来，他精湛的医疗技术、德高望重的人品，在矿区具有非常好的口碑，深受铜矿人的敬重和爱戴，也成了孩子们学习的榜样。宝铜入学后，一直努力学习，就想长大后能够成为一名像陈医生那样的医生，救死扶伤，妙手回春，最终，终于如愿以偿实现了自己的理想，这中间，受陈医生的影响是非常重要的因素。

实际上，宝铜当初选择到成都工作，也是为了了却母亲的心愿，成都军区医院是西南三省医学水平最先进也是最发达的医院，宝铜进入这里工作后，积极上进，钻研业务，临床经验很快得到了提升。这些年，宝铜始终坚持和陈医生通信，向其请教医学常识，也把外地好的医疗技术传过来，成为了矿区医院和外界沟通的一条有利途径。宝铜虽然从小希望离开大山，但内心深处来说，他对这片土地始终有着不泯的感情，始终眷恋着这里的一草一木，想要把它建设好，让这片土地早一天发展起来。

金玲儿把一切准备好，又把家从里到外打扫一遍，下午的时候，宝铜就回来了。几年不见，宝铜长得更加结实强壮，身穿灰白色夹克，外套蓝黑色法兰绒大衣，高高的额骨像极了秦儒文年轻时候的样子。宝铜一进家门，就给了母亲一个大大的拥抱，屋子里传出了清脆的笑声。儿子用结实的手臂，揽着瘦小的母亲，儿子一旦成人，就成了父母的大树，可以遮荫也可以依靠了，母子俩有说不完的话题。

中秋明月格外耀眼，正是家家团聚、喜庆热闹的时候，母子俩准备了一桌丰盛的晚宴，金玲儿使劲给宝铜搛菜，宝铜的碗里堆成了小山，也不拒绝母亲，就看着母亲高兴。但是，晚餐的味道做得再好，也就是个节气的应付，他知道母亲平日里一个人不容易。

金玲儿的目光落在宝珠房间的门上，宝铜知道母亲的心思，本来过中秋节他不想提宝珠的事，但是不提并不表示不存在，或许说开了还能安慰母亲几句，宝铜便主动开口问母亲：我姐一直都没有消息吗？

没有，能找的地方都托人找了，你志刚叔在昆明也登了寻人启事，什么线索都没有。提起宝珠，金玲儿的眼睛又红了。

妈，你别着急，姐姐走的时候已经是大人了，她可以照顾好自己，再说，如果她日子不好过的话，总是会回来的，现在交通那么发达，通信又那么方便，只要她想明白就会回来，你不用担心。宝铜说的时候，目光也落在那间小屋子里，屋子里的一切东西从来没有动过，甚至小到一把梳子、扎头绳和宝珠走前织了一半的天蓝色毛衣。母亲一直打扫，十年了，始终保留着宝珠离去时候的样子。

目视这些旧物，怎能不令人寒心。宝铜看母亲伤心的样子，接着说：等我这次回去后，想办法再联系广播电台，看能不能在全国范围内发布条寻人启事，你放心，姐会找回来的。

宝铜，不管妈以后如何，你一定要想办法把你姐找到，你爸走得早，就剩那么一个亲人了，还找不到她，妈心里不好过。

放心吧，妈，不会有事的。宝铜说。

对了，伟能现在矿上做什么工作，我好长时间没见他了。为了转移母亲的注意力，宝铜转变话题。

伟能矿业大学毕业后，就主动申请回绿汁工作了，毕竟是大学毕业，专业又对口，这孩子有雄心，他回来后，主动向矿上的老前辈学习，在矿点上推行了好几项改革，取得的效果真的不错，已经为绿汁获得了国家级和省上的好几个大奖了呢，好多地方的矿区都来我们这里学习经验。提到伟能，金玲儿又来了兴致，滔滔不绝地介绍。

真的吗，那太好了，吃完饭我过去看看他，从小一起长大的，长时间不见还怪想念呢。

宝铜话音未落，传来了敲门声。金玲儿去开门，进来的正是罗惠和伟能，伟能遗传了胡成海清秀的骨骼，戴着金丝眼镜，看上去更显斯文。看见宝铜，伟能可不客气，拉住他假装责骂道：好你个臭小子，听说你回来，我可是提前炖好了上海炖萝卜等你，你竟然躲在这里吃独食，也不给兄弟打声招呼，说吧，该怎么惩罚？

小酒三杯。宝铜看见伟能，又恢复了儿时的调皮样子。

好了，走、走、走，难得的团圆，老胡特意让我们过来请你们，到我家一起过中秋呢。罗惠说着，已经伸出手来拉金玲儿了。

娘俩再不好拒绝，宝铜又听说有上海炖萝卜，兴致马上就来了。小时候，宝铜到伟能家里吃饭，胡成海把萝卜炖好，浇上酱油，水淋淋的白萝卜泡在酱油里格外鲜甜，开始的时候宝铜以为是红烧肉，吃了一块，大叫好吃，问胡成海是什么菜，胡成海随口回答，叫上海炖萝卜，从此，宝铜每次到伟能家都嚷着要吃上海炖萝卜。

金玲儿和宝铜到了罗惠家，热热闹闹过了一个中秋节。

三

沉默寡言的伟业、郁郁寡欢的伟业、高考失利的伟业、历经人事的伟业、在家待业无所事事的伟业、开不起玩笑的伟业、自暴自弃的伟业……原来，也有过这样简单美好的心愿，与喜欢的那个人恋爱、结婚、生子，有一个平常幸福的家庭，过好每一个平常的日子。然而，他的心里始终念着一个名字，他的梦里永远有一张特别亲切的笑脸，宝珠，那个他再亲切熟悉不过的女孩，她定格在他的记忆中，像烙在心底的梅花，总是那么灿烂，那么娇艳地盛开着。

所有的热闹和他似乎都没有关系，伟能和宝铜成了父母的骄傲，他是被遗忘的，一个掉队的人，没有人会在乎他的存在，甚至自己也厌恶自己。他的心像一座无人可以接近的孤岛，寂寞在这里长成了苍翠的草原。

吃完饭，伟业一个人走出长长的巷子，脚步声沉闷地落在地板上，像表盘上的分针走出的钟点，仿佛走完了一个人的前半生。家家户户热闹的喜庆声，屋子里淌出的橘黄色灯光温暖地照着路面，久久回荡在幽深而曲折的巷子深处。明明是喜庆热闹的时候，却听出了空旷寂寥的声音。

不知不觉走到了江边，借着月光，伟业看着自己倾斜的影子，今天的月光如此美丽，真应了好时、好景。这是一个再普通不过的夜晚，多年来每一次走过，却从未抬头看过月亮。它是那么的美，淡淡的月光徜徉在黑色的江水之中，与之相对的，是渺小的自己。他看到自己朦胧的影子，在滚动的江水中一点一点散开。

宝珠，你在哪儿？他对着江水发问，没有人回答，除了江水的轰鸣，谁也不知道，宝珠的命运在偌大的尘世犹如一粒小小的尘埃，不知被风卷向了哪个角落。

前段时间，罗惠托人给他介绍了一个对象，也是一个矿工的女儿，长得清秀文静，技校毕业，很快就要进矿区接班了。罗惠喜欢得不得了，又是媒人又是相片，巴不得第二天就把那姑娘搬进家里。可问了伟业，伟业嘴闭得死紧，姑娘来家里玩了一个晚上，伟业连招呼都不肯出来打一个，罗惠尴尬地一个人又是端茶又是递糖，歉意得不知道说什么好。倒还是人家姑娘懂事，对罗惠说：阿姨，你别忙活了，伟业哥是实在人，你不要逼他。

伟业不愿意，罗惠没有办法，先是跟他闹，好话坏话说尽，软硬兼施，十八般武艺使尽，性格倔强忤逆的伟业干脆一个星期没回家。罗惠没有其他办法，让胡成海做他的工作，胡成海跟开政治斗争会一样给他上了一个晚上的思想教育课，最后，终于败下阵来，语重心长地说了一句：真是烂泥扶不上墙。

他想起小时候，邻居们都说伟业和宝珠是两小无猜，青梅竹马。现在想想，那是多么遥远而不真实的比喻。世间的青梅竹马最终能走到一起的又有几人，不都被世间的大风给吹散了。生活，没有特意安排的情节，只有造化。

他恍惚间想起，那时候，他和宝珠都还小，有一次在伟业家里，宝珠正在用铅笔临摹小人书上《水浒传》中的人物神行太保戴宗。她对伟业说：为什么戴宗能跑那么快？

伟业正在看书，随口回答她：因为他是飞毛腿啊。

那我也是飞毛腿。宝珠不服气地说。伟业正看得入迷，没有搭理她。

宝珠不乐意了，走过来把伟业手里的书抢了扔桌子上，对他说：不相信，你来追我啊，你要追不上我，我就是神行太保戴宗。

你干吗要做飞毛腿呢，还不如做孙二娘呢，卖个人肉包子，没准我还有口福。伟业回答。

不行，我就要做飞毛腿，你来追我啊。宝珠固执地说道。

那好吧，你是女生，我让着你，你跑五分钟后我再来追你，反正，不管你躲在什么地方我都能找到你。伟业懒洋洋地说。

那我跑了。宝珠说着就拉开门向着小街跑了出去，伟业走到阳台上，看见她的花裙子在小街上被风吹成一朵彩色的云。

这条窄长的小街，在他俩小的时候不知道走过多少回，每次玩捉迷藏，宝珠便往里跑，一直跑，一直跑，关上门就以为没有人能找到。事实是，每次伟业都能第一个找到她。那时他总说：你躲到哪儿我都能找到你……现在想想，那时候真是童言无忌啊。

事实上，宝珠才出门一会儿伟业就出去找她了，那天晚上，伟业确实没有找到宝珠，他找遍了平时宝珠经常躲藏的任何地方，都没有看见她的影子。等月亮爬上山，四周一片寂静的时候，伟业吓坏了，他沿着江边走边哭，边喊宝珠的名字，他生怕宝珠会出意外，宝珠会像天使一样插上翅膀飞走了，他的童年如果没有宝珠会多么的孤独寂寞。

宝珠是在深夜一点多的时候自己揉着眼睛回来的，那时候，就连大人们也在四处寻找，大家围着宝珠问她去哪了，宝珠面对那么多紧张的脸孔好奇地回答：我躲在柴房里啊，后来就睡着了。

然后，她看见哭成一个泪人的伟业，笑着说：你怕什么啊，不就是躲着玩吗，你以为我还会飞啊。宝珠笑伟业哭成的大花脸，连鼻涕都笑出来，伟业又被她逗笑了。

伟业还记得，那天晚上，他做了一个梦，梦见他们俩躺在一望无垠的草地上，天空蓝得像水洗过一般的宁静，远处几只埋头吃草的羊儿悠闲地漫步，草地中有一个小小的鱼塘，鱼儿在水中自在地游弋，天边一道绚丽彩虹，他们静静地看着、看着。那是他一生最幸福的梦。现在想想，原来，人们说的反梦是真的存在。

现在，伟业多希望宝珠只是和他躲一会儿迷藏，在什么地方睡着了。多希望她会突然之间揉着眼睛回家，说自己只是因为贪玩忘记了时间，她依然那么清脆地笑着，责备大家何必那么紧张，说自己一直好好的啊。

这些年来，一直是这样，丝毫不觉得有任何偏移与不妥。当然，他也无数次质疑过自己，一年、两年，还是十年……有时候不禁想，为什么因为孩提时代的一句话去奔赴，因为一个人而停留。最简单、最平凡的愿望，往往最难实现，也最容易放弃。因为，你要为它坚守很多，失去很多。因回忆而叹息，甚而泪流满面。怀念那个小小的在时空中远去的她，如此真切温暖，仿佛能闻到她的体肤发香。

然而，他心里明白，大家各自都长大了，有了自己的人生，奔赴自己的命运。好的、坏的，美丽璀璨如天上的星空、幽静曲折如穿过的窄巷，它们是如此不同。

四

第二天，宝铜便在伟能的陪伴下，看了几个绿汁新建设起来的矿点，乘坐吉普车行走在绿汁的大山之间，尽管从小在这个地方长大，宝铜却一直没有机会这样到处走走看看，他一处处温习着那些曾经听过的熟悉而陌生的地名，这些地名曾经在他成长的记忆中，从唇齿间一呼而过。现在，他要用心去聆听这片土地的声音，用眼睛触摸这块厚实的土地，远走他乡的游子，再次踩在了这片温实的大地上，头顶上幽远而辽阔的天空，连绵起伏的青山，令天地相接的云层，绿汁江湿润的热浪扑面而来。

他亲眼看到了矿工们守着矿山干劲十足的样子，看到每一个矿点上，五星红旗正在迎风冉冉飞扬。而他们身后，连绵起伏的山峦和漫山遍野的杜鹃花如翻滚的波浪，他仿佛被置身于一个大的背景之下，脑子里蹿出了一些莫名其妙的东西，似乎有着某种暗中的关联，他清晰地想起少年时第一次独自坐在山峰看日出，第一次仰起头看到大片的流星雨从夜空划落，第一次在寂静的午夜听到凤凰花缓缓盛开，第一次跳进江里游泳时，江水流过肌肤表面的清凉和惬意。

伟能在一边滔滔不绝给他讲述着矿山的发展和规划，新的建设理念和发展蓝图令宝铜耳目一新，他记得在很小的时候，父亲秦儒文曾经和他说过相同的话，那天，父亲带他爬上猫猫山顶，蓝天辽阔，白云悠悠，父亲将他举起骑在他的脖子上，为了能让他的视线看得更开阔更远一些。父亲说：矿山的发展是值得期待的，等你将来长大了，一定要为矿山的发展尽到自己的责任和力量。

可是，父亲出事后，宝铜开始恨极了这片土地，紧接着，姐姐的离家出走，接二连三的波折，食不知味的日子，幼小的他陪着母亲担惊受怕，最大的愿望就是过上平静的生活。那时候，宝铜曾经多么从心里痛恨这块土地，只想着有一天能早日走出大山，离开大山，永远不会再徘徊，不要再回头。

他感觉到眼睛里有一种湿润的东西，揉了揉，不知道从什么时候开始，有时会无端流泪。小时候得过沙眼，风一吹，眼泪就哗啦啦地往下流。会觉得难受、疑惑、狼狈，为什么是那样一个爱掉泪的孩子。长大后，很多场合，在尚不自知的时候眼泪就已经落下来。假使别人看到，会不自然地别过脸，抹去，对他说，真不好意思。有人说，眼睛是人身上最容易衰老也是最敏感的部分。宝铜觉得，自己的眼睛真的老了。

伟能似乎看穿了宝铜的心事，他从口袋取出一根烟递给宝铜，自己也点燃了一根，他说：对于近年来所发生的一些事情，对于我们这一代人来说会觉得困惑、意外、难以猜测甚至难以理解。但仔细想想，这本身是可以理解的，世界上没有一段历史是平坦的，总是要经历斗争、失败，社会才会得到发展。

是。宝铜点头，表示同意伟能的观点。他说：矿山现在真是今非昔比了，伟能，在我们这一代人的身上，矿山将会有更大的变化。

现在，国家不是开始推行承包经营责任制吗，现在矿区已经开始在筹划方案，并且向上一级进行了申报，明年开始，将会推行厂长负责制和承包经营责任制，进行相关的劳动人事分配制度改革，提升工人们的积极性，让工作效益和经济效益挂钩，你觉得如何？伟能情绪激动地把一番话一口气说完，脸上露出自信的微笑。

好主意，我支持你。宝铜伸出拳头，在伟能肩上来了一拳，两人搭着背，转身面向深蓝的天空，山道上留下一轮深的剪影。

这份跨过二十年的心事，这份不解的少年情，只属于一个人远去的记忆和成长的天空，曾经模糊过，空白过，现在，面对这片大地，宝铜仿佛听见了父亲的召唤，明白了父亲二十多年前对他的心意。

从矿山回来后，宝铜直接去了矿医院，医院里的医生和护士们看到宝铜回来，都亲切地过来打招呼。这些年，宝铜每次回来都会到矿医院，一方面是为了看一看陈医生，陈医生这些年对他的帮助最大。另一方面，也把自己学习到的医疗技术和医生们交流，因此，大家也不把宝铜当外人，见了面甚是亲切。

一名外科医生看见宝铜，告诉他陈医生正在手术，让宝铜到他办公室坐一会儿，陈医生的手术应该差不多结束了，宝铜答应着进了这个医生的办公室。

这位医生是矿区医院唯一一个在手术台上坐着做手术的人，因为他腿脚不利索，常年又需要做手术，一台手术做下来，腿脚肿得像个萝卜。矿山上的一位矿工知道了他的情况，就依照他的身高做了个木板凳，可以方便他坐着给病人做手术。

办公室并不宽敞，墙上挂着一些 X 光片，绿汁矿医院自七十年代进购了 X 光机，在整个市区的 X 光拍摄技术和分析方面都比较领先，宝铜慢慢浏览了一番，从医疗技术不禁又谈到了陈医生身上。宝铜问他：陈医生身体如何，是不是经常上手术台？

那医生回答说：陈医生一直坚持上手术台，而且是主刀，你不知道，正是前段时间，上海市一家医院的院长还邀请陈医生回上海工作，他当时兴奋不已，可是，这个消息第二天就在绿汁传开了，绿汁的工人和家属们全都拥到了医院，都不舍得他走。陈医生看到矿山职工们挽留的眼神，谢绝了这个机会。

那确实太可惜了。宝铜惊讶地说，在心里想，陈医生的精神真是令人可敬可佩。

也不奇怪，他的心在这里停留了太多时间，已经对矿山有一种割舍不掉的眷念之情。那位医生接着说道。

弯弯盘山路，青青绿汁江。浓浓矿医情，缓缓留心间。

绿色的木质窗框，红色匾额悬挂在高处，白色字体的“文明医院”尤为明显，院旁的绿色灌木丛中，红色的枫叶随风“沙沙”作响，俗话说得好，红花还需要绿叶配呢，在那个年代，不管是矿山还是医院，缺了谁都不行。浓浓的矿医情，印刻在了矿山的一草一木上。

正在说话的时候，陈医生就进来了。算起来陈医生应该近六十了吧，依旧谈锋机敏、眼神活跃、动作麻利，走起路来两条并不健壮的腿相当快，人还没有走到，爽朗的笑声就远远飘了过来。如果不是看到他脸上特别是眼角和嘴角细密的皱纹，如果不是看到他陷入沉思的时候目光中那种深含的悲悯，真看不出他的实际年龄。

陈医生老远就伸过手来和宝铜亲切地握了握，两人坐在办公室里寒暄了一阵，询问了彼此的情况，陈医生关切地问宝铜：你这次回来住多长时间？

探亲假，有一个月的假期吧，明天开始，就过来跟你一起上班。宝铜笑着回答。

陈医生听他说完，高兴地回答：真是个好消息，明天我等你，一个月的时间，够咱们好好切磋了。

窗外的红枫叶，把阳光的光线反射进办公室，雪白的墙面映出了春天的影子。

五

对于伟业来说，再没有比桌子上那一堆红色的请柬更刺眼的东西了，红色的纸片，一对戏水的鸳鸯，两个人的名字并排靠拢，暗示着他们新的生活即将开始。

先是父亲拿在手里仔细端详，又把名单重新梳理了一遍，慎重的样子绝对可以说明这件事是他人生中遇到过的头等大事，他庄严的态度绝对不亚于当年入党时面对五星红旗举着拳头宣誓。父亲离开没多长时间，母亲又凑到桌子边上，看着它们，母亲的笑是那么恬静幸福，那眼神那笑容明明就是在说：这辈子总算有个儿子出息了。最后，伟能走到桌子边上，将他们全部收拢，用橡皮筋扎好，放在他随身背的绿色军用包里，这样的结果告诉所有旁观者，他才是它们的主人。

伟能要结婚了，姑娘叫明丽，和伟能是中学同班同学，后因父母工作从绿汁调到玉溪，明丽便跟随父母迁到了玉溪，明丽中专毕业后被分在烟厂工作。多年来，和伟能始终保持书信往来，情投意合，现在，两人的工作基本稳定，也到了成家立业的时候，结婚大事自然提到了日程上来。双方父母以前是老同事，现在亲上加亲，虽然明丽工作在玉溪，两人婚后依旧要过分居两地的生活，但有感情基础摆在那里，加上交通越来越方便，所有的困难就不再是困难了。

对于胡家来说，无疑是天大的喜事，所有的人都在为伟能忙碌，为他开心，为他祝福，伟业成了一个闲人，一个局外人。然而，同一个家庭里的两个儿子，他们就像彼此的一面镜子，总是在某个时候折射出对方。正是伟能的成功照出了伟业的不成功，伟能的能干照出了伟业的不能干，伟能的才情照出了伟业的不才情，如今，伟能的幸福同样照出了伟业的不幸福。

伟业其实并没有那么自私，作为亲哥哥，他也希望伟能过得好一些，舒服一些，出息一些。但是，当伟能正向着他所希望的那样一步步靠近目标的时候，他私心底下却有那么一点点嫉妒，这种嫉妒像一把冰凉的刀口，横亘在他的心上，在他自己的肉眼也看不到的地方。让他内心深处的自卑长成了一面结实的暗影，阶前的落叶，碧天的白云，荣枯庸常，人生宛若逆旅，在心底处埋下许许多多苦涩的树根。

没有了宝珠，没有了宝珠。好多时候他会在心里暗念这句话，当宝珠消失的那一天开始，他觉得所有的希望和幻想随之灰飞烟灭，仿佛绿汁山的雾海被阴郁笼罩着，注解了他人生词典中的落难一词，让他在灰色的天空里潜行，总也找不到着落的地点。就这样，在苦痛中煎熬，在迷茫中落泪，在生命的风口浪尖上跋涉。他的生活像一叶大海里的浮萍，漂到哪算哪，几乎丧失了人之最原始的战斗力，很多人都以为他无药可救了，其实他也曾暗自鄙视自己的软弱和无能。

这些年来，他始终记得那年捉迷藏的时候，当他推开那间柴房门，看到宝珠小小的身子隐现在暗夜的灯火里时，他甚至看到她的背后长出了一对天使的翅膀，宝珠，成了他少年时候的一种渴望，一种美的形象，一种精神上的追求和向往。其实，伟业并没有真正意识到，宝珠这个名字，在时间的酝酿下，成了他的一个借口和推脱。

伟业走出屋子，面对荒芜的大山，他需要找个人倾诉和发泄，于是，很自然的伟业有了一群新的朋友，这些朋友多是矿区工人的孩子。

说到这里，先给大家介绍一下关于“矿子弟”这个称呼，八十年代中期，绿汁镇已经成了整个玉溪市远近闻名的“小香港”，其繁华程度远远超过周边县级城市十年后的发展水平。矿区的孩子父母多是矿上的职工，加上从小在有优越感的环境中长大，接受着来自各个地方的文化灌输，良好的经济环境和文化环境为这些孩子的成长奠定了更高水平的基础，周边群众和农民称矿区的孩子为“矿子弟”。当时绿汁周边广为流传的一句话是“喝水要喝衣饭碗，嫁人要嫁矿子弟”，矿子弟这三个字带着羡慕、傲气、优越和骄横。好胜心让这群孩子多成为两极分化，要么如伟业、宝铜等出色优秀，要么便自甘堕落，自我放弃。

伟业结交的这群矿子弟便属于后者，他们多数学无所成，不学无术，又不甘心出苦力做井下工人，加上父母良好的经济支撑基本可以满足他们过上衣食无忧的生活，于是，他们可以无后顾之忧地任性，可以放纵甚至是放肆。然而，当一个人的内心无所思虑无所需求的时候，当一个人的生活没有了方向感和存在感的时候，注定他的精神世界将成为一片沙漠，荒凉的大山和他们荒芜的精神世界形成了极大的反差，他们成了迷失方向的一个群落。

夜晚来临的时候，这群年轻人还在江边喝酒，他们咆哮着，怒吼着，把本来还可以兑换一毛钱的啤酒瓶扔向了江心深处，溅起了一串晶亮的水花，在放纵中得到了愉悦和释放，然后，他们喝醉了，倒在江边的石头上睡成了横放着的“大”字形，任南来北往的风拂过他们稚嫩的脸颊。

深夜时，伟业被江风冷醒，他坐起身子揉着头痛欲裂的脑袋，看到了两三个年轻人围坐在一起，他们把一些白粉倒在一张锡纸上用火点燃，伟业马上明白了，他之前就听说过这种东西，他对着他们喊：给老子也来一口。

不给。

你敢?

你老子会打断我的腿。

老子要你的命。

那好，你也来一口试试，吸了这个所有的烦恼、所有的空虚都他妈滚蛋了。他们递给伟业时说道。伟业按照他们所教的操作吸了一口，烦恼还在，空虚也还在，他妈的精神世界还是一片混沌。他缓了缓神，又吸了一口。

世界渐渐地放空了，不是奇妙，而是奇异，精神无抑制地亢奋起来，轻快感、飘忽感，虚空的世界也是魔幻的世界统统回来了。他在烟雾中看见了宝珠的影子，她还停留在六岁时候的样子，弯弯的羊角辫，清澈的大眼睛，他对着烟雾呼唤她的名字，世界如山呼海啸般摇动起来。

他虽然没有亲眼见过，但却听说过这东西的厉害，明明知道厉害还是去尝试了。他曾不止一次地想在某一天将自己杀死，结束这一条苟延残喘的烂命，不论是在白天还是黑夜，让所有的悲伤与快乐在同一个时刻悄然落幕。

六

从宽窄巷子回来后，金玲儿似乎还没有从那些古旧的巷子里回过神来，她记得七岁那年随母亲去过一次宽窄巷子走亲戚，那时候，她的记忆还很浅，只记得青黛砖瓦的仿古四合院落成了她记忆中最为恢宏的建筑群体。所以，这次回成都，她坚决要求宝铜再陪她去走走，去看看那些青石砖铺垫过的老街，去看看宽巷子的繁华和窄巷子的精致。

悠悠天宇旷，浓浓故乡情。回首往昔，带着梦想离开故乡，当汽笛声声、车轮滚滚之时，身后留下的又何止是一串串依依不舍的情愫。这次和宝铜一起回成都，已身为他乡客的金玲儿有太多的心愿需要去了却，她先是回了一趟阔别了近三十年的老家，自婚后也就是“文革”前期，和秦儒文回来过一次之后，就再没回过生养她的故乡。首先就马不停蹄地回了趟故乡上里，父亲原本是当地小学老师，“文革”时期逝世，由于条件不允许，金玲儿没能回家奔丧，第二天，先到了父亲的坟上给仙逝的父亲上了三炷清香，以了却多年来未还的心愿。

还好老母亲健在，虽然年迈，除听力下降之外身体和精神状态都还好，住在金玲儿的兄长家里。金玲儿的归来，受到了兄长一家的热情盛待，乡音乡情乡土，一点点浸润了往昔的岁月，看到一家人喜庆团圆，和和睦睦，金玲儿也算是放心了。

在上里住了六天后，金玲儿依依不舍和亲人告别，和宝铜一起返回成都，沿途一路游玩了雅安、峨眉、乐山等好山好水，故乡的土壤厚实温润，故乡的轻风清凉无比，自十八岁那年离开成都后，这一切就成了她记忆中的牵挂，成了她一生舍不去的追忆，这次来故地重游，心里难免又是一番感慨。

回到家，宝铜给她倒了一杯茶水，让母亲回屋休息，金玲儿回答：我不累。她接过水杯，端在手上，用目光环顾儿子所居住的小屋，虽然清贫但也不乏温馨，她若有所思地对儿子说：看到你有了自己的生活，我也放心了，宝铜，我打算明天或是后天就出发回绿汁。

宝铜没想到母亲会那么快要求回去，他蹲在母亲身边，恳切地说道：妈，你别回去了，绿汁你也没什么亲人，再说了，成都本来就是你的故乡，现在，你的儿子又在这里，你就留下来陪我吧，我们母子在一起也好有个伴。

那怎么行，我还得工作呢。金玲儿马上反对。

你放心，工作的事我请胡成海叔叔帮忙，你不用考虑，再说，即使没有工作，我也可以养你。宝铜诚恳地说道。

不行。金玲儿不知道自己为什么那么快就拒绝了宝铜，宝铜说的有道理，她有太多的理由留下来，为什么要回去，她和绿汁之间现在还剩下些什么是割舍不下的呢？她问自己。

很快，她在心里整理了一下词汇，找到了足够的理由：再说，万一宝珠回去找我怎么办，她不能找不到我，我不回去可能就永远见不到她了。

你不是已经把钥匙交给罗惠姨了吗，如果姐回去，惠姨会把钥匙给她，也会很快发电报过来，然后，我们再回去不就行了，如果她真有心找我们，完全可以和我们联系啊。宝铜思路清晰地反驳母亲。

不行啊，我放不下。金玲儿喃喃地回答，她想说出理由，又说不清楚自己心里究竟是被绿汁的什么东西牵挂着。

还有什么放不下的，那些大山本来就不属于你，我从小最大的愿望就是走出那些大山，大学毕业后又想办法回到成都工作，不都是为了你吗？妈，你难道不明白，我就是想有一天在成都工作稳定后，把你接回你的故乡成都，我们住在这里，你可以随时回上里，去看望你的亲人，陪伴在你的儿子旁边，离开那个曾经让你伤透心的地方。宝铜擤了擤鼻子，站起身走到窗前，生气地说。他实在想不出还能用什么方法来改变母亲的固执。

金玲儿没有话说了，她明白宝铜的心里想什么，这些年来，这个可怜的孩子一直在努力，一直在心里逼着自己，就是想让自己和母亲过得好一些，接母亲离开绿汁，现在，他终于做到了，做母亲的凭什么不帮助他完成这个心愿。

接下来的几天，金玲儿安心地陪伴着儿子，她每天晚上到附近的公园散步，到青城山进香，让自己漂泊太久的心在故乡的土地上安顿下来。深夜的时候，她会到窗前看着天空的月亮，想象着绿汁的月亮此时是否也是如此皎洁，想象那块土地此时是否也在安静地入眠，成都，云南，这两块相距千里的土地，成了她心头上的两块明月，同样地高悬，同样的皎洁，同样地令人牵挂和想念。

她开始想念绿汁，想念曾经有过的那些温馨、甜美而又忧伤的时光，那些饱胀着希望又充满残缺不安的岁月。她时常注视着成都的夜空想念绿汁，面对那些飘忽不定的影影绰绰的微小光亮，引来更多的星星点点的光，当它们汇集成群的时候，她最终做出了决定。

一周之后，金玲儿再次向宝铜提出了要回绿汁的要求，她说：成都生我，绿汁养我，但是，我已经习惯了绿汁的生活，已经放不下那里了，你的父亲长眠在那里，你的姐姐有一天可能会回到那里，我只有回去陪着他们，心里才会踏实，才会安稳，成都虽然是故乡，但绿汁才是家啊。

这次宝铜没有说话了，在几天的共同生活里，他理解了母亲，他看得出离开绿汁并没有减轻母亲的焦虑，她被牵挂折磨着，她的心已经深深地落在了那个地方。第二天，宝铜给母亲买了火车票，送母亲坐上了回云南的火车。

当汽车经过七十二个弯，将金玲儿重新送回那个叫做绿汁的地方，踏上绿汁的土地时，金玲儿轻轻地喘了口气，在心里小声说：终于到家了。

她此时清醒地意识到：她的根已经深深植入了这块土地。

七

大概在这世上，从来没有一个孙女会让她的奶奶那么吃惊，也从来没有一个奶奶会那样无法接受自己的孙女，尽管她们流着同一股血缘，今后将要长期地生活在一起。天可怜见，奶奶第一眼看见我的眼神时是什么样，可以找见的词汇譬如说：陌生、吃惊、无奈、痛恨、厌恶、措手不及。所有的反应，在她的眼神里都码得像方格子那样整齐地排列出来。

我跟着宝珠回绿汁的那天正是秋天，小街上满坡的落叶滚得像乱舞的蝴蝶，宝珠下了车后没有急着回家，她先是站在半山坡上踮着脚尖往下看，其实，那也不是踮，她的高跟鞋足有八寸，踮不踮也就是一个姿势。那个年代的高跟鞋，还没有现在流行的什么坡跟或是防水台设计，五寸的高跟鞋就够时髦了，可想而知，她那夸张的高跟鞋使她走起路来的时候，简直就跟踩着高跷一样困难。

过高的鞋跟导致她的两个膝盖往里拐着，腿变成弓形，每走一步路几乎不是迈出去的，而是被弹出去的，灰色的大喇叭裤像一把夸张的大扫帚，一阵风过来灌了两裤腿的风，使她看起来摇摇摆摆，像一棵即将被风连根拔起的柳树。

她站在那里往下看的时候，目光里藏着一种狠，还有一种更深处的我解释不清楚的东西，我跟在她喇叭裤后走下山坡，就站在小镇的中心位置。她问我：你饿吗？我摇头。她想了想，又往前走，进了路边的供销合作社，小镇上已经没有人认识她了，她站在柜台前看了又看，又走出供销合作社，我这条小尾巴只好跟了上去，一前一后地走到了那排红砖块垒成的多米诺骨牌前。

她又站了一会儿，目光落在二楼的阳台上，看了又看，终归什么也看不见，又往对面看了看，我后来才知道，对面那种着向日葵花有阳台的屋子就是伟业的家，她说：你在这等着。说完自己上楼了，过了一会儿又从楼上下来，自言自语地说：怎么没在家，不知道有没有搬走，我看盖起了好多新房子。

过了一会儿又接着说：应该是上班去了吧，这个时候还没到下班时间。她说的时候看了看手腕上桃红色的电子手表，没有人回答她，只不过她也不在乎，在我的记忆里，她经常就是这样自言自语，听上去好像是和我说话，其实，她明白我还什么都不懂，说等于白说，只能做个她叫我的那种“尾巴狗”。

她没了主意，我们坐在楼下的大石头上等，她不停地看电子表，又不停地说话，不时起身去看巷子的路头，又不时地叹气和自言自语。

黄昏的时候，金玲儿回来了，她刚转过小巷就看见了我们，那时候，宝珠正在拨弄着电子表，她的长头发垂着，盖住了半张脸，但金玲儿一眼就认出了她，她并不是看见她的脸，而是凭着直觉和感应，她瞬间站立在那里，脚像是灌进了两块铅，这时候，宝珠也抬头看着她，她们谁也不说话。十年时间，可以让熟悉的东西变得陌生，可以让原来的亲情变得恍惚。

走吧，上楼。金玲儿回过神来，没有唤她的名字，只是慌忙地把手伸进裤兜去掏钥匙，手一抖，钥匙掉到了地上，她弯腰捡了起来，含羞般地自顾自往楼梯口走，宝珠只好跟了进去，我跟在宝珠身后。

我想，在等待宝珠这么多年的日子里，金玲儿应该无数次设想过再次和女儿相认时的场面，然而现在，她想象中的抱头痛哭没有了，想象中的那些对话也不见了，哪怕是一句贴心的问候也省略了。时光这把无形的刀多么可怕，站在她面前的是一个陌生的女人，身后站着的那根呆若木鸡的小尾巴，又是什么来历。

宝珠进了她原来的屋子，或许她自己也惊讶所有的东西都保持着那么完整的姿态，好像她所不愿意面对的整个童年都被完好地保存在这里，她被这种等待激怒了，这种惊心动魄的等待让她的心一阵又一阵地紧在一起，她故意把那些旧东西扔进了垃圾箱，有意识地把那些东西弄得噼啪响，那件织了一半的蓝色毛衣，被她顺手扔到了床下放置杂物的纸箱子里。

她要用行动来证明给金玲儿看：我讨厌所有的旧东西，包括所有的唤醒和记忆，我痛恨这个世界，包括所经历的过往，你凭什么要为我保存那么好的记忆，我也从来没让你等过我。看得出来，她的一切表演都是动真格的，都是歇斯底里的。

我和金玲儿坐在门外的凳子上，听着屋里传出的声音，屋子里的寂静让那些声响显得无比的惊天动地，金玲儿侧着脸看我，似乎我的脸上会出现答案，她一定在想：这是谁的孩子，她的爸爸是谁，她有几岁，她打哪出生，她是哪的人，她会回来住多长时间，她姓什么，叫什么名字……但是，她从我脸上没有找到想要的答案，我的眼睛遗传了宝珠小时候的眼睛，清澈、单纯也透明，没有任何心事。

坐了一会儿，金玲儿看了看天色晚了，走进厨房开始做饭，不一会儿，屋子里传出了浓浓的香味，我咽着喉咙间的口水等待着，她走出厨房，站在客厅里，宝珠此时已经停止了收拾，正在整理衣柜里的旧衣服。金玲儿又没了主张，木头似的顿在了屋子中央。

估计宝珠也闻到了饭菜香味，她走出屋子坐在对面，我坐在中间，我们三个人形成了一个坚固的直角三角形。或许是我太小的原因，金玲儿将手伸向我，压低声音说：走，跟外婆吃饭。

我把目光投向宝珠，想从她眼里得到指令，然而，宝珠并没有回答我能不能吃饭，而是莫名其妙地说了一句让我和金玲儿都吃惊的话：以后，叫奶奶。

等我成人之后才明白了宝珠的意思，她让我管金玲儿叫奶奶的意思，暗示了金玲儿将从此身兼我的外婆和奶奶两个职位，因为我跟着宝珠姓秦，所以，金玲儿只能是奶奶，没有选择和商量的余地，宝珠向来做事都那么果断。

我们祖孙三代人终于坐在了一张桌子上吃饭，那年我还没满三岁，第一次吃上了那么可口的饭菜，因为家里没有孩子用的小碗，只能用中号碗，我端着那只比我头盖骨还要大的碗，使劲往嘴巴里塞肉。

金玲儿一定是被我的吃相吓坏了，1976年后国家实行了计划生育，到了八十年代中期，矿区的小皇帝小公主们开始普遍降生，满大街可以看见端着小碗佝着腰往孩子嘴巴里塞饭的爷爷奶奶，矿区的小皇帝小公主们提前进入了优生优育的状态，小碗里的蒸鸡蛋炖成金黄色，他们还嘟着小嘴巴嚷着不好吃。

金玲儿开始的时候，极为厌恶地看着我的吃相，那是一种完全没有教养、没有风度的吃相，说白了，简直还不及附近村子里没人管教的野丫头。后来，金玲儿的心又开始疼了起来，那么小的孩子，怎么会被饿得那么坏，小孩子是最不会掩饰的，她究竟受了些什么苦，她平时吃的是什么。金玲儿伸手帮我擦去嘴角的一颗饭粒，抬起头问宝珠，她叫什么名字？

丫丫。

丫丫？那是小名吧，学名呢？

没有，你看着随便给吧。宝珠只顾吃饭，好像每说一句话都是多余的。

金玲儿点了点头，对我说：丫丫也好听，吃饱了饭，奶奶给起个名字。

我的学名，是回到我的奶奶金玲儿身边那天才有的，我的人生也是从那时候才开始有了记忆。

八

宝珠回来后，有一周的时间都是关在屋子里，她不出门，不说话，白天睡觉，夜里屋子会发出一些奇怪的声响，像是正在睡倒觉的婴儿，也像是刚刚从地球那边归来，需要倒个时差。

一周之后，宝珠开始和母亲说几句话了，总是她先找话题，她会说广播里的新闻，说丫丫穿的衣服，说今天的饭是不是煮得有点硬，有时候也说几句笑话，不咸不淡的那种，更多的时候，还是自言自语。金玲儿总是耐心地听着，她笑的时候她也配合着笑，只是笑得很小心，像对待客人、对待亲戚、对待同事，好像声音大些就会掀开陈年的积灰。表面上，仿佛又回到了十年前的一家人，实际上，母女之间如果那么客气的话，那关系实际上还不及陌生人。

自回来后，宝珠绝口不提的是她这十年的生活，她看上去不是刻意回避，而是真的忘记了，好像彻底就没有离开过绿汁，有时候，她会把十多年前的事情当成昨天的故事来讲，讲到高兴处，两只眉毛往上挑，双手比画着，讲完后总是她先笑或是先叹气，金玲儿这个母亲成了她故事的局外人。

只是这十年的时光，是纯粹的空白，也是永远的空白。对于金玲儿这位母亲来说，也成了她终生的谜。

宝珠是在回来后的第九天才叫出第一声“妈”，这个曾经最亲切最寻常的字眼，从她的喉咙间跳出来的时候，两个人都吓了一跳。那天中午，宝珠把自己关在房间里，心血来潮地将从小到大的照片全部翻出来，一张一张在床上摊开。按照年份排列：满月的样子，坐在藤椅上咧开嘴，皮肤雪白，笑得十分无邪；依偎在爸爸怀里，父女俩发型相像，像是一个模子里刻出来的；全家福，坐在父母中间，一只手被妈妈牵着，一只手揪住爸爸的耳朵；一个人坐在花丛中间，梳着高高的辫子，举着扇子，模仿在舞台上跳舞；背后是绿汁的青山或是江水……这些照片背后都有注明年份、在何种情况下拍摄，以及拍摄者。

就在金玲儿准备出门的时候，宝珠突然叫出了那声久违的妈，那声“妈”的重量绝不亚于铁锤落在光滑的地板上，令整个屋子都在莫名地摇晃。金玲儿搭在门把上的手应声滑了下来，宝珠有些不好意思地用手捋了捋额前的刘海，说：你能不能借我点钱。听到这个，金玲儿半天才回过神来，问她要多少。

宝珠不客气地回答：要五十。

五十是多少的概念，我们不如把当时的物价水平简单排列一下，金玲儿每月的工资收入是四十五元，鸡蛋是一毛钱一个，冰棒五分，大米四毛五分一公斤，五十元可以买一块很时尚的上海产的春花手表，可以买一辆二手的很拉风的永久牌载重自行车，可以买一台飞人牌缝纫机，够一个平常人家两个月的生活费。

金玲儿没有问她要了做什么，默默走进房间，把五十元钱放在桌子上就离开了，宝珠没说话，把钱揣进裤包。时隔十年的第一声关于“妈”的呼唤，在最俗气的借钱中宣告了结束，实际上，那也不叫借，因为之后从来没有见她还过。这之后，宝珠叫“妈”的次数渐渐白热化了，也越来越物质化了。

宝珠有了钱后出门的次数多了起来，买东西，做头发，但她一般会选择黄昏以后才出门，办完事又匆匆回来了，小镇上的工人流动性较多，十年时间里又增加了不少，每天都会有陌生的面孔出现，因此，认识宝珠或是能记住宝珠的人不多。更何况，大家眼里记住的宝珠还停留在十年前那个扎着辫子、穿着花布鞋的宝珠，和面前这个穿着八寸高跟鞋、头发烫成洋花菜，还盖住了半边脸的宝珠几乎没有半毛钱的关系。

有一天晚上，宝珠到街上挑选磁带，她从广播里听到了邓丽君的歌声，一下子就被迷住了，马上就去街头的小店里买了回来。等刚要转入楼梯口的时候，一个声音叫住了她。宝珠停下脚步一愣，她明白，她一直在等待也是在努力逃避的那一刻终于到来了，但是，在转身之前，她很快调整脸上的神态，把五官抹平，露出一个舒展的轻松的笑容，迎着暗处的那个身影走了过去

伟业，是你啊，你怎么在这里？她的声音清脆而甜美。

你真是宝珠？此时出现恍惚的反而是伟业，这几天夜里，他看到宝珠的屋子亮着灯，那昏暗的橘色的灯光令他几度失眠，他猜想过是宝珠回来了，有几天他一直在楼下的石头上坐着等，却又没看见她。有一天晚上，他下楼的时候，看见一个女人的身子从楼梯口闪过，他的心跳到了嗓子眼，他想趁机叫住她，但又不能确定，等他回过神来的时候，那个身影已经完全消失在楼梯口。

怎么，不认识我了吗？宝珠说的时候，故意把声音拉长，还用手把遮在额前的刘海撸开，这一个姿势，整个宝珠的雏形就出来了。

然而，这个宝珠是回不去伟业记忆里的那个宝珠身上了，他记忆里的宝珠有一双单纯透亮的眼睛，而面前的女人，她的目光是复杂的，疲倦而

懒散，尽管她努力在笑，却掩不住她内心的那份忧郁。尤其是当她撸起头发的那一刻，这个貌似粗鲁的动作不知为何印在他的脑海里，他很清楚，自己和这个姑娘之间充满了距离感。

不是，你变了好多。他简单地回答，用笑来掩饰自己的慌张。

我变了吗？她反问，笑了笑，又说：怎么可能还不变呢，那么多年了，不变还不成妖精了。

也是，都变了。他表示同意地点头，在心里想，自己不也老了吗。十年时间，春去秋来，还有什么可以保持着原来的状态，绿汁的江水升了又落，绿汁的工人来了又走。他在心里暗暗好笑，不变的大概就是他心底的那个宝珠了。

爱这个字是多么苛刻，我们很难要求一个人在数十年后依然深爱着另一个人。人是会变的，外面的诱惑，内心的空虚、寂寞。那些不被理解的惆怅、不被信任的无奈、不能靠近的失望与孤独，夜深人静时看着多年前写下的日记默默垂泪……更何况，没有给过他任何承诺的宝珠，对于他来说，爱也就是一厢情愿，是独角戏，是一个人的表演。

要不，一起走走吧，好多年没见了。他发出邀请。她同意了。

他们沿着街道走到了江边，又从江边归来，一路上很少说话，沉默，成了彼此心照不宣的表达，他有很多话想说，但不知道从何说起。她有很多话都不想说，干脆保持沉默。谁也不愿意向对方提起这十年，十年的光阴是沉寂的，空白的，愿意被人遗忘的。

然而，那天晚上的月光确实很好，映在江水里，被江水分裂开的影子依旧皎洁无瑕，这样的月色，多么适合情人的相守。

九

世界上有一种最微妙的感情便是兄弟感情，兄弟俩从一个娘胎出来，流同一股血脉，吃同一个饭碗，按常理来说，理应肝胆相照，甘苦与共，结成同盟才对。但兄弟出生之后就成了个体，尤其随着年龄的成长，会有自己的思想和见解，有各自的利益划分。若是兄弟之间有了矛盾，尤其是一旦成家，各自有了自己的家庭，就会产生利益冲突，兄弟若是翻脸，那可就比敌人还要来得凶猛一些。

当然，伟业和伟能这两兄弟还没到这一步，尽管伟业对于伟能从良心上来说真是妒意十足，但伟能的优秀都是靠自己拼出来的，伟能的成绩也是靠自己苦出来的，伟业再有一千种想法也只能装在肚子里，憋得整个心里不舒服，憋得自己糟践自己，他的苦没有人可以理解，也没有道理让人理解。

伟业的不被理解，除了在伟能面前偶尔说几句风凉话之外，没有任何反驳伟能的能力。但伟能从来不和他计较，伟能现在已经是矿区的主要领导了，每天要面对矿区五万矿工，说好话的有一大片，说风凉话的也有一大片，诅咒他的还有一大片。人上一百，形形色色。若是一一计较，他也确实忙不过来，也完全没有那个必要。

相比之下，伟业的这些风凉话，在父母眼里却是极为反感极为无耻，自从罗惠听说了伟业跟那些不良青年混在一起，还学会了吸毒，罗惠对这个儿子真是心如死灰，为了防止伟业再进一步跟那些不三不四的青年混在一起，罗惠想尽了一切办法。只要是伟业在家里，他想做什么就做什么，家里尽量满足他，若是他出门，多数时间罗惠也会采取些跟踪的办法，虽是煞费苦心，但也收效甚微，伟业已经成年，能看一时不能看一世，管得住他两只脚管不了他一颗心。

看见伟业这个样子，罗惠想死的心都有了，好在还有伟能争气，罗惠心里总算有些安慰。

伟业经常找碴跟伟能闹，罗惠看在眼里急在心上，就想把小事化了，怕两兄弟有什么矛盾，可是胡成海，一双眼睛从厌恶到憎恨的演变过程是显而易见的，对于这个不成器的儿子，真是恨铁不成钢。

伟能成家后，因夫妻分居两地，虽然矿区给伟能分了一套住房，但除了偶尔周末明丽过来的时候，两人才会到那个地方小住一两日，平日里，伟能除了工作时间，基本上还是住在家里，俗话说一山不能容二虎，平日里总会有些摩擦，矛盾便会时常发生。

这天，伟业躺在屋子里看书，听到伟能和母亲商量，伟能的大致意思是说，他成家后，因为工作太忙的原因没有时间往玉溪跑，而每次明丽来看他都需要五个小时的车程，到了易门后还要再次转车到绿汁，那样十分麻烦也辛苦，所以，他们夫妻考虑，想在易门县城买一套房子，这样，周末的时候，两人可以到易门见一个面，可以缩短车程浪费的时间，减轻很多麻烦。

罗惠听了以后当即赞成，觉得伟能的这个想法很好，她平时看伟能两口子来去确实辛苦，也想不出个好主意。今年，明丽又怀了身孕，挺着个大肚子，再让她来回跑不是长久之计，再说，从长远来看明年孩子出生，这段路就更成了个大问题。罗惠几乎没有思考，立即同意了伟能的想法，回答伟能，让他有时间先去易门走走，看有没有合适的房子出售。

伟能看母亲同意了，就把实话告诉母亲，他说，其实，上次已经有同学给他介绍了一个地方，他和明丽都已经看过了，觉得各方面还不错，环境也很好，希望父母再去帮他参考参考。听了这话，罗惠既惊又喜，又问了那房子的大概情况，她向来信任伟能，伟能从小做事比较稳重，看东西也有眼光，做母亲的自然相当放心。

这些话，伟业在里屋一直听着，倒也没觉出不妥，如果伟能有能力，他别说是买套房子，就是搬座金山回家，伟业也不敢多说半个“不”字，毕竟，他也没道理反对。

晚上胡成海回来的时候，罗惠便把伟能的话转达给了胡成海，胡成海听后，十分有兴趣，他说他早就考虑过这个事情，矿区虽然建设得好，但毕竟是在乡镇上，在大山里长期生活不方便，考虑到未来的前景以及居住生活环境，当然还是要在县城才好。胡成海表面只是简单问了情况，表示同意，心里对伟能这孩子的眼光却是十分赞赏，当即把伟能叫出来，说是本周末一起到县城看看那房子。

周末这天，伟能便在父母的陪同下一起去了县城，临出门前，罗惠问伟业：你要不要一起去看看？伟业不吭声，翻了个身子继续睡觉，罗惠不免抱怨几句：你弟弟买房你也不关心，你这哥是怎么当的。伟业把被子拉上去盖住脸。

当时的伟业一定没有想到，伟能千方百计购买的这套房子，最终会戏剧性成为了他的财产，并且，在他生命最关键的时候，成了改变他人生道路的一个关口。当然，这是后话，如果当初知道，伟业也不会千方百计为难伟能。人生就是有那么多的戏剧情节，今天的错过成了明天的过错，今天的恩成了明天的仇，这个舞台每天都有人在尽兴表演，每天都有人在无声退役。

伟业没有去县城，买不买房子和他无关，他一个人在家里看着天空发呆，看见宝珠站在阳台上晒小孩子的衣服，之前，他就看到金玲儿带着个小女孩在楼下玩，猜想那就是宝珠的女儿，现在，答案已经基本肯定了。

这一生，错过的风景太多，错过的人，就让她随时间而去。留下美好的，值得怀念的也就可以了，他想起曾经在某个午夜，听着怀旧歌曲静静想她，想她在远方好吗，结婚生子了吗，过得是否幸福吗，她的丈夫是什么样子，是不是那个叫做黑子的青年，现在有了一半的答案，剩下的另外一半，无心再去追究了，好像都已经无关了。

十

立春之后，位于云南大山深处的绿汁小镇便开始转暖变绿了，天空变得高远辽阔，风也变得湿润了，绿色的山风习习吹来，蕴涵着远方的气息。宝珠立在窗口，感受到了春风，一些熟悉的味道浮了上来，有点想哭，钻回被窝里再睡会儿。她刚才似乎做了个好梦，于是，想做个梦的续集，想把以前悲伤的在梦中变得快乐起来，把该忘记的伤痛在梦中清洗干净，要么变成雨水，要么变成灰尘。

不知为什么，她感觉到了自己的陌生，似乎名字不是原来那个，人也不是原来的那个人，那个叫宝珠的，是一个遥远而陌生的小女孩，她看到密密麻麻的名字混杂在一起，记忆中的和记忆之外的，亲近的或是遥远的，她们都存在着，这些名字在空中飘浮游荡，不知所属，飘啊飘啊，落在谁的身上，就成了谁的名字，于是，童年的宝珠和成年后的宝珠分离开来，成为了两个无关的个体。

伟业。这个名字随着这些名字飘落了下来，像是天空下了一场缤纷的大雪，每一个名字都是巨大的雪片。她不记得是否曾经爱过他，记忆，总是容易在最关键的地方变得模糊，比如说越是亲近的人，越容易想不起他的相貌。他们从小一起长大，她熟悉他就像熟悉她自己的手掌或是指纹，她记忆里永远清晰的是在成长的岁月里，他带给她童年太多的快乐，她曾经依恋过他，想念过他，也梦见过他，却从来没想到过他会离开，因为他始终会等她，对她不厌不弃，她对他放心，但那算是爱情吗？她的青春是一把飞扬跋扈的碎纸钱，是匆忙的，零乱的，没有方向和目标的，当她知道爱情的时候，她的爱情已经永远地结束了，这把青春的碎纸钱就永远地花光了，再也没有挽回的余地。

她的脑海里始终想起昨天的情景，那一幕一幕的场景如雪花的碎片般，带着冰一般结实的温度落在她的心上，炽热的阳光，断裂的钢筋和水泥块，成坨成块的红砖，破裂生锈的铁管，这是一间废弃的旧厂房，平日里很少有人来。当那个穿着黑色衬衫的青年人告诉宝珠，说伟业在这里的时候她还以为是开玩笑，或是一场预谋。但那个青年的脸上是中肯的，善意的，丝毫没有恶作剧的意思，况且，他们通过伟业认识也没多长时间。

于是，宝珠便来了，她对着废墟呼唤他的名字，小心地绕过那些翘起的钢筋和砖块。在屋子的角落已经长起了蓬勃的野草和大块的青苔，然后，她看见了伟业，他仰脸躺在坚硬的断裂的水泥和碎砖上面，在他的旁边是一些撒落的白色药片，没有药瓶，只有药。她唤他的名字，他没有反应，她捡起那些药片握在手心里，对着这些白药片呆望了好一会儿，从颜色和场面上，令她想起了一副不知在哪看到的场景。

一种莫名的恐惧感袭了上来，是被那些白色药片淹没或者吞噬的感觉，眼前自己的身体从脚下的药片开始，白色往上弥漫着，令她完全失去了思考和辨别的能力。血液变成白色的，神经、神经元、末梢、细胞微观世界里的记忆，爱情、原始的性欲，绿汁江，凤凰树等等，都被覆盖上雪白的颜色，她和他成了瓦砾中的雪人。

你怎么会变成这样了？她问。不敢确定地用手指去触他的手指，明明知道已经发现了他天大的秘密，但不愿意承认，希望这只是幻觉或是他的小把戏，只是装出来吓吓她，一些小伎俩而已。他从小就喜欢扮相吓她，逗她开心，他的鬼把戏早就吓不到她了。

过了很长时间，他才慢慢睁开眼睛看着她，她化了妆，这让她看起来似乎不太真实，他看着她掉漆的红指甲、眼角的细纹，以及眼中的焦虑和渐渐渗出的泪水。她身上穿着花色T恤，基本图案元素就是大大小小的“泪珠子”，这种水滴的形状也是孔雀毛端部的那个眼睛的形状，她的身上就有一千只眼睛一千滴泪水看着他，看着他的每一个细微动作，看着他的无助，也看着两人同时存在的恐慌。

你怎么来了，我没事，这些混蛋，他们干吗告诉你我在这里，不过是睡了一会儿而已。他解释着，用手捂住头，侧过身子，把背对着她。

为什么，我们偏要把自己搞得那么糟，我们本来可以不这样生活的，伟业，如果生活回不去了的时候，至少我们还可以回头，你说是吧？

你从来没在意过我，是吗？他问。

现在说这些还有什么用。所有凌乱的思绪涌了上来，令她答非所问。

对于我来说，任何时候都不会晚，只要有你在身边，只要能够看到你，有你的笑，有你的声音，有你的日子就足够了。他说，那是他埋藏在心里十年的话，他一直以为自己再没有机会说了，没想到说出来的那一刻，突然觉得轻松了。

我已经没有力气去爱了，没有朋友，没有爱人，也不相信爱情，很孤寂，不想让自己陷得太深。宝珠回答。

你愿意为我再爱一次吗，就算给我一次机会。他握着她的手心，她的手生得很小，几乎是柔若无骨。

你真的还能接受我？

他坚决地点头。

但是，你这样的情况，让我怎么相信你，除非你真的振作起来，我是一个带着伤痛的女人，不会再愚蠢地为了爱情用自己的一生去押注，我已经输过一次，今生输不起了。她抽出他握着的手，把目光投向远方，接着说：其实，女人的最大心愿不是金钱名利，而是能过上安稳、平静的日子。

破茧的蝴蝶、扑火的飞蛾，只有经历过至痛的燃烧才美丽，才有力量接纳满满的幸福。任何单薄的事物，身体、经历、感情，未丰满之前必然有一段漫长的干枯与阴冷期。

十一

这套房子就在县城的中心地段，虽然当时大家的意识里还没有商铺、增值、商业等等之类的想法，但考虑到在城中心，无论是买菜还是出入都很方便，加上周围的环境也还不错，房子七成新，原来住的是一对老教师，收整得还比较干净整齐。两位老人退休后打算告老还乡，把房子出售后给在外地工作的儿子买房，因急于出售，房价也适中。总之，对于这套房子胡成海夫妇和伟能都是特别满意，特意把明丽叫回来看，没有不中意的，大家一致通过。

经过双方商定，房子价格要一万八千元，这也算是个好价格，在当时，上了万的钱都是天文数字，两位老人收了钱，也算是人人羡慕的万元户了，当然，这和购房的伟业一家无关。那天晚上回家后，伟能便和父母商量购房的事，由于他工作时间不长，没有积蓄，自己经过几年时间，就存了六千块钱，另外的一万二千成了天文数字。

那天，伟能送明丽上车的时候，也说过自己的经济情况。明丽是个懂事且善解人意的女人，没等伟业说完，便主动说：既然是买我们的房子，我也应该尽些义务，况且，现在不是说男女都一样吗，妇女能顶半个天，放心，我那也有五千块，加上多少也凑个数吧。

伟能有些不好意思说：结婚以后，也没给过你什么，现在买房还得你出钱，我真是过意不去。

明丽大方地回答：都老夫老妻了，怎么还那么见外，你的还不是我的，我的不也是你的吗，我着急的只是这五千加上，也还差七千呢。明丽咬着嘴唇想了想说：要不，我找我爸妈借，他们总会帮我们想办法的，应该没问题。

不，不用了，其他的我已经有办法了。伟能赶紧回答，边说边挤向售票点给明丽买了车票，又把她安全送上车，汽车开动前，明丽摇着手对伟能说：想不到办法就告诉我，等下次我就把那五千带过来。

伟能点头答应着，看着客车缓缓启动，伟能走出站台，一个人沿着县城的街道走，不知不觉，又回到了那房子面前，里里外外仔细看了一遍，房子就在城市中心地段，简单的混合结构，和周围土木结构的老住房相比起来更显洋气。对于这房子实在没有可挑剔的，但是，想到钱就是个问题。虽然刚才他随口回答明丽他已经有办法了，实际上，他又能有什么办法呢，只是当初结婚的时候，通情达理的老丈人和丈母娘考虑到他们年轻，没有什么积蓄，不仅没要他们的彩礼钱，反而还给他们置办了自行车、电视机等贵重的彩礼，伟能心里一直都觉得对于二老相当亏欠。

如果现在买房，还让明丽去向老两口借钱，伟能自己觉得没面子，于心于理来说，也确实过意不去。但是，付款在即，没有钱也是存在的事实，他在心里盘算了一阵，实在想不出什么好办法，伟能只好回家找自己的父母商量。

橘黄色的灯光，温暖的热茶，母亲慈蔼的笑容总是能给人鼓舞和力量，伟能对母亲说出了实情。罗惠倒是没怎么吃惊，儿子的大概积蓄虽然她没有十足的把握有多少，但大致情况她心里还是有数的，只是伟能这孩子从小要强，自从工作后再不肯要父母一分钱，结婚时候本来父母给他准备了三千块钱，他死活不接。现在伟能提到这个事，罗惠心里自然明白。

你结婚时候给你准备的三千块钱一直给你留着呢，昨天晚上我和你爸已经商量过了，家里还有九千的积蓄，就一起给你吧，先把房子钱交了才要紧。罗惠回答。

不用那么多，只要七千就够了，算我先向你们借用。伟能连忙解释。

借什么呀，你是我们的儿子，花在你身上是应该的，房子买过来，然后还得置办家具，到处还需要用钱。罗惠顿了顿，接着往下说：还有就是，明丽的钱虽然她有这个心是好事，但是咱们也不能要她的，怎么好意思让人家一个女孩子嫁到咱们家，没捞到什么好处，还来凑房子钱呢，说不过去啊。

妈，其实我也是这么想的，虽然明丽不在意这些，可我心里确实过意不去。看母亲明白自己的心思，伟能也没什么好隐瞒的，坦白地回答。

另外的两千你放心，我和你爸会有办法的，这些年有一些朋友，找他们借一借，先渡过这一关再说。

就在伟能和母亲都放下心来，气氛变得轻松的时候，伟业突然从他的房间里跳了出来，罗惠不知道他在家，倒被他吓了一跳。

凭什么把家里的钱全部给他，好啊，他成器，他能干，你们就认他是你们的儿子，那我呢，总不是山沟里捡回来的吧。伟业阴阳怪气的声音打破了屋子里先前的温馨，橘黄的灯光瞬间变得暗淡了下来。

现在不是伟能急等钱用吗，那如果是你急用，父母也同样会帮你想办法啊。罗惠着急地解释道。

那我也要急用，我年底结婚，你们是不是买套同样的房子给我。伟业不甘示弱地问。

你要结婚？罗惠又被他的话吓了一跳，不知他话的真假。

你管我，我现在问的是房子的事，他是儿子我不是儿子吗，他读大学四年，你们给他交了多少学费，我享受过这样的待遇吗？伟业声音提高。

那是你自己不成器，你考上大学父母能不供你吗，当时，给你做了多少思想工作，让你好好考，好好考，你为什么不争气。一个声音从外面传了回来，不知道什么时候，胡成海已经站在了门口。

现在说这些顶屁用，你们眼里就一个儿子，早知道这样，当初作了什么孽，非要把我生下来。伟业的声音比他父亲的还要高。

眼看一场战争又要开始，罗惠赶紧放下手中的毛线起身和解。她说：大家先想想办法，都不着急，好吧，伟能有的，伟业也有，都是我的儿子，手心手背都是肉，放心吧。罗惠说着，赶紧拉住伟业，想把他拽进房间。

伟能的牙齿咬得“咯咯”作响，对于这个做哥哥的伟业，身为弟弟的伟能真是万般无奈，有那么一刻，他甚至紧紧攥起了拳头，但理智让他控制住了自己的情绪，考虑到伟业是兄长，他暂时不想和他撕破脸皮，再说了，兄弟俩真要闹起来最终只会是两败俱伤，最伤心的还不是父母，伟能不想再伤父母的心。趁着罗惠劝说伟业的当口，伟能赶紧把胡成海拉进了里屋，屋子才渐渐平静下来。

经过两天的考虑，胡成海在晚餐桌上郑重宣布，那套看中的房子由胡成海夫妇购买，和两个儿子都没有关系，房子的购买目的主要用于他们退休后到县城养老所用，大家如果到县城的话，都可以去那里居住，平时，伟能夫妇去的时间多一些，就暂由他们保管，但契约上写的是胡成海夫妇的名字。关于房子的问题到此为止，伟业心里再有想法，闹到这个份上，也实在挑不出别的什么字眼了。

一周后，胡成海夫妇到县城付了房款，心满意足地签了房契。

十二

金玲儿的脸上渐渐有了笑容，这种幸福和快乐是从我的身上得到的，奶奶时常看着我，那目光柔情得像孩子，看得投入也仔细，她总是会说：这孩子怎么长得和宝珠小时候完全一模一样；哎呀，宝珠小时候也爱吃这个；这是宝珠小时候穿的衣服，还好我收留着，穿在丫丫身上刚好合适；你这坏脾气，就和宝珠小时候一样，迟早得吃亏。

尽管我明白，奶奶心里喜欢的不是我，而是小时候的宝珠，但我同时也明白，奶奶是真的疼我。日子在奶奶的絮絮叨叨中过去了，而我的记忆在回到奶奶身边之后，开始变得丰满完整起来，我由宝珠的小尾巴，心甘情愿地成了奶奶的一条小尾巴，我跟在她的身后，叫得清脆而响亮。

其实，五十多岁的奶奶现在还不老，虽然脸上有些因云南高原紫外线照射留下的斑点，但她的肤色依旧保留着成都女孩的白皙和细嫩，鬓角处长出了一些灰白色的头发，她将这些头发高高地绾起，往后缠成发髻。奶奶穿着自己编织的毛衣，她编织的花色在整个绿汁都是上好的手工，走一条街总有女人过来请教，她耐心地讲给人家听，有时候，那些女人会抱着织了一半的毛衣来家里请教，她会给人家倒上热茶，然后，再微笑着和人家切磋技艺。

五十多岁的她脸上依旧有着淡淡的羞涩，这种羞涩不是模仿或是造作而来的，而是她本身携带的一枚良好基因，她的举止和神态令每一个认识她的人为她着迷。以致我跟她走在大街上的时候，故意使坏地大声哭叫着喊她，在公园里故意从滑梯上摔倒，她会赶紧走过来，牵起我的手，小声地安慰我，我乐意享受这样的待遇，更乐意让其他的小朋友知道，多好玩啊，我的目的是要告诉身边的每一个人她是我的奶奶，那时候小小的我就有如此强烈的虚荣心，一个气质与众不同的奶奶是我的骄傲。

有一次，我和奶奶一起去公园，在路上遇见了王奶奶，王奶奶和我的奶奶是同事，之前我见过她们在一起。王奶奶拉着奶奶的手，两人走到那棵凤凰树下小声地说话，我跟了过去，她们不会防备我，以为我是小孩子，什么都不知道，我就蹲在她们身后玩地上的蚂蚁，也听到了她们的谈话。

老李稳重厚道，在科里人缘最好，可惜他老婆死得早，他老婆得的是乳腺癌，整整三年时间，乳房被割了两次，都是他陪着，端屎抬尿，从来没嫌弃过，硬是把人家好好地伺候走了，这样的男人有良心，不会错。王奶奶说。

是啊，老李是好人。奶奶说。

在科里，老李的技术是最硬的，人家功底好，1951 年西安科技大学毕业，难得的人才，虽然人家当科长，对属下都很关心，提起他来，科里没人不竖拇指，他的两个孩子已经工作，没有什么后顾之忧，你不用担心。王奶奶又说。

是啊，老李条件是很好。奶奶评论的样子，好像完全没有经过大脑，就那么随口一说。

你想，他条件那么好，好多人都给他介绍，对他有意思的女人不在少数，可他就对你有这个意思，托了我好几遍啦，我这才特意来问你。王奶奶看着奶奶，想用眼睛把她的心思从心底下挖出来。

真是不好意思，让你那么操心，我暂时还没考虑过呢。奶奶歉意地回答。

实际上，你也这把年纪了，老秦走得早，你拖着两个孩子不容易，现在，孩子长大了，迟早要有自己的家，你也该为自己考虑了。再说，现在这年纪找个男人，找个踏实可靠的就行，俗话说少年夫妻老来伴，也不图他什么，就图老来相互有个伴，有个人照应也好啊。王奶奶一口气说完，绿汁镇温热的亚热带气候在她的额头上蒸出了细密的汗珠子，怕奶奶没听明白，又补充了一句：老李的条件真的不错，可千万别错过了。

嗯，我再想想。这次，奶奶总算是若有所思地回答。

要不，我今天晚上带他过来你家里坐坐，如何？看见奶奶有松口的意思，王奶奶巴不得顺水推舟，把这件好事立马办成了。

哦，不用，不用，不急。奶奶立刻拒绝了她的好意，奶奶是有思想的人，她的思想一旦成形，就没有人可以改变。

晚上回到家后，奶奶变得十分沉默，甚至说话都变得很懒。晚饭之后，她一个人走进了我的爷爷秦儒文的房间，把自己关在里面，足足一个晚上，听不到她的任何声音，宝珠去敲了几次门，又让我去敲，她只是答应着，却不肯来开门。

我后来才知道，她在房间里写了一封很长的信给武志刚，讲到了自己的生活处境，讲到了宝珠、宝铜还有我，最后，也讲到了王奶奶口中的老李，她写道：老李条件是不错，只是，这些年我已经习惯了一个人的日子，我的性格变得越来越自我，我怕处理不好家庭的事情，引来更多矛盾，自己折腾不起。

经过那么多年，武志刚和奶奶已经成了亲密的朋友，他们书信往来，诉说自己生活中的苦闷也分享彼此的快乐，他们互相照应着也牵挂着，我知道，时间并没有淡化他们对彼此的感情和思念，奶奶心里一直想着的人是武志刚，武志刚也念着奶奶。但是，生活在这个世界上，除了爱情之外，还有义务和责任，这时候的武志刚，已经是三个孩子的父亲，他的妻子温柔贤淑，他们不能自私地把自己的快乐建立在别人的痛苦之上。很快，武志刚便回信，他鼓励奶奶试着和老李相处，也希望奶奶能有好的归宿，那样，他在百里之外也心安。

一周之后，奶奶谢绝了王奶奶的好意，她依旧孤身一人，走在绿汁的大街上，有些羞涩的脸庞上，始终带着浅浅的笑意。

十三

自从我成了奶奶的小尾巴之后，宝珠再没有后顾之忧，成了一个彻底自由的人。她仿佛重新回到了少女时代，开始有大把的时间来闲聊、打扮、任性、化妆、做梦，连自言自语也变得多了起来，好像要把之前没过好的日子全补回来。

她和伟业又恢复了童年时候的样子，站在阳台上聊天，隔着一段路喊话，问对方你去不去江边，你要不要去爬山，想看今天晚上的电影，去卡拉 OK 怎么样。但他们的活动仅限于此，再没有更深的进展。看得出来奶奶很着急，罗惠奶奶也很着急，做父母的就怕出了什么乱子，只要他们能够平安幸福就好。

可是，有一段时间，宝珠一大早就跑到街头的一间理发室，不，那个时候理发室不再那么谦虚了，已经很阔气地改叫发廊了，她坐在沙发里，整个人窝成一只晒太阳的猫的样子，微眯着眼睛，神情专注地看着美发师娴熟的技艺。这个美发师是一个年近三十岁的男青年，头发全吹泡后往后梳，那是当时最为流行的费翔式的发型，听说他有一个老婆，只是在外地，偶尔，他会和宝珠搭几句话，但说的不多，宝珠的目光始终在他的手和剪刀之间游走，我们都以为宝珠又开始做梦了，她的想法往往在奶奶的理解范围之外，我们以为她爱上了这个美发师，这个有妇之夫，伟业甚至为此失踪了好长时间，两个对面的阳台也被冷落了好长时间。

大概有半月之久，有一个小女孩来理发，她的头发又细又长，她母亲要求给孩子剪一个学生头。美发师抬起手中的剪刀开始动手，等他剪到一半的时候，宝珠突然对他说：你把头发剪得太齐了，太齐的话头发会往外翘，小孩子不知道打整，看上去像只螃蟹，只会越长越不好看。

美发师抬在高空的推剪停了下来，用一双疑惑的眼睛看着她，宝珠走上前去说：要不我来试试。

美发师说：可以啊。说着把剪刀递了过来。

宝珠接过美发师手中的推剪和剪刀，那剪刀沿着她的食指转动两圈之后，又稳稳将另一个环扣在了拇指上，没有几年工夫是玩不出来这般优美的动作的，把美发师都给弄呆了。宝珠动作娴熟地给小女孩修剪头发，就连边角都不用推剪，多数用剪刀修理，修出来的头发不仅层次感较好，且轮廓饱满，线条简洁。连小女孩的母亲看着都心动，硬是要让宝珠给她也做一个相同的发型。宝珠也不推辞，给她剪了一个相同的发型，只是和儿童相比，这个发式要留得稍长一些，但更显成熟和气质。

剪完两个发型后，美发师才知道宝珠有如此令人刮目相看的手艺，他当即要求宝珠留在他那里做工，工资多少可以商量，他刚好缺一个人手帮忙。宝珠只说：她只是想过来帮忙两个月，不要对方的工钱。美发师同意了。

很快，宝珠所做的发型就成了小镇上一道迷人的风景，绝对不亚于当初打毛线的流行趋势，那时候，人们对于美的追求是乐观直接的，也是盲目的，往往是狂风暴雨般地席卷而来，抵挡不住的潮流像一阵狂躁的风。喇叭裤、牛仔裤、蝙蝠衫、T恤衫，完全没有给人审美的时间。现在，很快又成了宝珠手下的长碎发和短碎发。剪过这个头发的女人都知道绿汁小镇有一个叫宝珠的女人，剪出来的长碎和短碎最漂亮最有个性，有的人专门找上门来，美发店里经常排起长长的队伍，在小镇上剪个头发需要预约时间的神话大概就是从宝珠那里开始的。

宝珠决定在绿汁开一家美发店，她的这个想法刚说出来就遭到了奶奶的反对，在奶奶根深蒂固的意识里，她和秦儒文都是矿上受人尊重和爱戴的知识分子，是为国家默默奉献青春和热血的一代知识青年，虽然开美发店听说很赚钱，但那毕竟是个体经营，和街头巷尾的小摊小贩又有什么区别，不过是搞些投机倒把的营生。一向从骨子里清高的奶奶无法接受自己的女儿成为一个自甘堕落的小摊贩，更何况，那时候有传言，发廊一般都是打着美发的幌子，而做些不为人知的勾当。更何况，绿汁小镇就那么小，宝珠的手艺越有影响力，奶奶就越觉得自己的脸上蒙了一层冤。

但是，宝珠下定决心要做的事，没有谁可以更改得了，她去美发师那里打工已经暂时宣告了一个段落，经过一段时间的尝试，她对自己有了足够的信心。开始暗中张罗、租房、购置设备等等，但做这些都需要投入大把的资金，宝珠没有钱，向奶奶借，奶奶咬紧牙关，一个子也不松口，娘俩再次陷入了紧张的战局。

遭此下场，宝珠非常失落，她再次想到离开，这个想法在她的脑海里像一条隐形的蛛网，时而明朗，时而消失，却从来不曾完全切断。然而，就在这天晚上，伟业再次出现在她的面前，他把五百元钱塞进她的手里，这笔钱足够装修一间上好的小铺面，备一批精致的美发工具和一套沙发。宝珠问他：你哪来的钱？

找朋友借的，从小生长在这里，总还有些朋友可以出力。伟业回答。

我想做一些自己想做的事，可我母亲不理解，我也想过，如果失败了也没什么，至少可以证明我尝试过，你觉得我的选择是不是错的？宝珠问。

不，宝珠，无论你选择什么，我都会支持你，我们一起振作起来，过上理想的生活。他把她的手拉过来，把那些钱卷成筒塞进她的手心，她的手湿湿的，温热，柔软，而且有力。

十四

一切反复犹疑都只是给自己的假设和退路。穿过迷雾，看清现状，你需要什么样的感情、什么样的人才是真正值得喜欢的人，只有经历过后才会明白，什么感情最值得珍惜，什么人最值得去爱。

这一年，胡成海退休，伟业作为接班人，成了选厂的一名工人，他每天戴着安全帽，穿着工作服，出入在工厂和生活区之间，每天便要在绿汁的小街上往返几次，自从宝珠回来后，他的世界渐渐从冰封转向春暖，总有一种希冀和莫名的期待挑动着他，他的心仿佛间有了一种归属，尽管还很模糊，却令他兴奋不已，那间叫做宝珠美发的小店，成了他时常光顾的地方。

秋雨最是缠绵，东边日出西边雨，本来还艳阳高照的天空，一阵风过后，便下起了一场绵绵细雨，风开始变凉，夜也来得更早一些，天色渐晚，矿工们下班后返回家中，原来热闹的街道，因这场小雨的光顾显得冷清下来。

下班后，伟业就直接去了宝珠的小店，店里还有最后一个顾客，宝珠正在给他剃头，看见伟业，宝珠高兴地说道：我炖了排骨汤，你等我一会儿，一起吃吧。

伟业也不客气，往里间去看锅上的火候，这间发廊共分里外三间，前一间是铺面，中间的一间放了一个电炉，宝珠购置了一些简单的厨房用品，店里有时候忙，就自己下点面条吃，偶尔伟业会从食堂打来饭菜，宝珠在这里煲个汤，也算是给两人添补一份营养。还有最里面的一间，便是宝珠的卧室，这里放了一张床，还有她自己的生活用品，有时候晚上生意好，店门关得晚，她懒得回家，便在这里凑合着住。

打开锅盖，一股诱人的香味便飘满了屋子，伟业拿了饭盒，去食堂转了一圈，回来时饭盒还是空的，只买了一些新鲜的蔬菜，对宝珠说，还是自己做的好吃，今天晚上我亲自下厨，让你尝尝我的手艺。刚好最后一个客人离开小店，宝珠正在收拾打扫地上的碎头发。伟业进了里间便开始忙碌起来，对宝珠说：要不把店门关了吧，那么晚了不会有什么生意了，免得吃一半又有人来，一顿饭分三顿才能吃完。宝珠说，要得。便去端门板，伟业赶紧过来帮忙，一起把店门关好。

门板关上后，屋子里的光线便暗了下来，宝珠把灯打开，令人馋涎欲滴的排骨汤的香味，从厨房里飘送过来。案板上，还响着伟业切菜刀轻快的节奏。也许是因为好长时间忙于发廊的事情，这样闲下来，宝珠的心情就像窗外那片秋日的高空，融着浅浅的暖意。厨房里送过来的香味，诱发着宝珠的食欲，她乐于享受伟业的这种照应，如果没有他，谁能这样细心地照料她呢。

伟业十分在行地炒菜，像饭馆里的大师傅那样，用勺子在炒锅底上俏皮地敲两下的时候，宝珠的心里，总泛起一种说不出是悲凉还是欣喜的复杂情绪。宝珠懒得做饭烧菜，她从七岁开始在家做饭，到现在提起做饭就厌倦，宁愿饿着肚子也懒得动手。但她又不喜欢吃食堂里烧的东西，不管是红烧肉还是黄焖鸡，永远是一个味儿，分不清它们到底有什么不同。她喜欢吃伟业做的饭菜，变戏法似的调料总会诱惑她的味觉。

看饭菜差不多了，宝珠从里屋拿出一瓶酒，对伟业说：这可是好酒，三一三勘探队那边种的葡萄，又是自己酿的，特别醇香。

倒上酒，边吃边聊，一阵风吹起窗帘，把雨点不断地从开着的窗户吹进来，宝珠起身关上窗子。

怎么样，味道还可以吗？看见宝珠夹了一块肉放进嘴里，伟业问道。

嗯，还不错，小时候想吃这个想得发疯。宝珠回答，那些闹饥荒的日子对于她来说总是刻骨铭心。

就不会想点好玩事吗，对了，还记得我们小时候一起放风筝吗，那时候我曾经向你求过婚，那应该算得上是世间年龄最小的初恋了吧。伟业有些羞涩地说，儿时的记忆浮了上来，让橘色的灯光变得更加温暖。

当然记得，那时候，好天真，你还问我嫁给你有什么好处呢。宝珠若有所思地回答，思绪仿佛回到了遥远的从前，她咬着筷子接着往下说：到现在才明白，一个能把最好吃的东西留给你的男人真的不多，其实，对于一个平常的女人来说，要求的也不过如此，能得到那样的生活已经是很幸运了。

宝珠，如果你不嫌弃，我可以给你那样的生活，我虽然不是很优秀，但是，现在有了工作，我一定会努力，让自己变得更好，只是，你会愿意和我在一起吗？伟业简短地拼凑着语言，面对自己深爱的宝珠，总会令他理屈词穷，表达欠缺。

我知道你的心意，但是，我现在已经有了孩子，再也回不去以前的那个宝珠了，这对你不公平。

我不在乎，你的孩子就是我的孩子，我会给你一个幸福的家，宝珠，你相信我。伟业伸过手来，将宝珠的手握在他的手心里，宝珠没有再拒绝，任由他握着她的手，任由他将她的身体轻轻托起，像托天空的一滴雨露。

自己酿制的葡萄酒刚好喝到第三杯，那浓浓的醇香摇荡着心灵的悸动，微微发热的身体，双唇间微醺的醉语，一切恰到好处。做爱声由轻转重，由缓慢转急促，雄武的背和丰腴的腰肢，丰满的臂部和遒劲的臂膀，娇喘的丹唇，浸汗的额头，叠印梦幻般的爱情，风呜咽，鸟缠绵，这是一个爱的季节。两个孤独的魂魄，两颗漂泊太久的心，在季节的风声里，终于融合在了一起。

初冬，伟业和宝珠完成了婚礼，这段曾经错过的姻缘，总算等来了最好的归宿，所有的人都前来祝福。金玲儿听着这些祝福的声音，仿佛看到了那片盛开在江边的金光菊，那么热闹、喜庆、明媚，最令她牵挂的宝珠终于有了自己的归宿，她的心也算是安稳了。

她现在总算是明白了宝珠的用心，因为她看到越来越多的人开始搞个体经济，她明白了这是社会进步的一个大趋势，她不再责备宝珠，偶尔还主动到店里帮忙，一个母亲的心到了这一步，应该算得上是平稳了，放心了，一帆风顺了，好日子只会在后头等着了。

第六章　别了，矿山

一

几百年来，绿汁江水奔涌向前，那弯弯的河道，绵长的江风，沉淀了千年的石头，岸上的金光菊，养育着一代又一代铜矿人。然而，世界上没有一段历史是经久不变的，在经历了时光的洗礼、世事的变迁之后，历史的轮廓会比之前更加明朗和开阔，更加值得人期待。当然，失去以前，内心是恐慌的，凌乱的，那是因为不知道失去以后将要面对的是什么。然而，日子总有新的开始，一段历史的结束暗示着另外一段历史的开始，周而复始，令人向往。当这一切停止之后，又会有一些美好的追忆，带着阵痛和欣喜，重新浮了上来，回头看时，曾经的风起云涌转眼又成了碧海晴天，曾经的诸多不如意，后来也就成了轻描淡写的一瞥，生命，犹如海浪的波峰与波谷，一切是为了更加美好的明天在做准备。

夏季到来，绿汁的矿工们会带着孩子到水漫桥游泳，这是一个欢快的季节，是一个适合歌唱的季节，人们依然在这片绿色飘逸的地方拓展着这个金色王国，从 1953 年成立开始，矿区不断实现技术革新，十几万劳动者曾经在这里工作、学习和生活过，他们的辛勤和努力，使绿汁江一带迅速成为我国有色金属王国里散发着梦幻色彩的明珠，不仅赢得了“滇中铜都”的美誉，还光荣地进入了中国八大铜矿之列。历年挖掘的矿洞，长达 150 万米，相当于从这里到昆明的五个来回，完全可以称为“地下长城”，从大山肚子里，先后采掘的铜矿达到 4000 多万吨，完成总产值 17 亿元，从开采、挖掘到冶炼，形成了机械化一体的流程，古老铜矿与现代工矿文明形成了绿汁独特的矿山文化。

任何兴盛之后，会带着它潜藏的危险，任何繁华之后，会最终暴露出它自身的萧条。

夏季依旧热风狂躁，但丝毫没有影响到铜矿人的情绪，矿工们在这片土地上欢快地生活着，生儿育女，过着平安富足的日子，他们把目光投向远方，群山连绵起伏，江水浩荡奔流，他们想要的并不多，只希望日子能够永远这样平静地走下去就可以。时光滚滚向前，我无法用寥寥数语来描述尽他们生活的繁杂过程，但还是想把几个主人公的生活现状先做一个简单的介绍。

我的奶奶金玲儿始终还是孤身一人，好多热心人给她介绍老伴，都被她婉言谢绝了。我是她身边最亲近的人，但是，我感受不到她的寂寞，她有太多的事需要去做，爷爷的书房经过她的精心布置，已经成了她的一小片天地，她每天在这里读书、画画、练字，总是把生活安排得满满的。夜晚来临的时候，她会走到窗前看满天的霞光，看绿汁小镇此时升起的千户灯火，那一片隐现在山野之中的繁华。她和我讲秦儒文的才华，讲他对这片土地深深的眷恋和痴情，讲他的故事。也不可回避地会讲到武志刚，她给我看武志刚的来信，那刚正遒劲的字体，永远不会间断的关心和问候，成了一种默默的陪伴，所有的这些，织成了她一生中最壮丽的图景。

他们始终在她的生活里，从来不曾消失。

奶奶的爱情令我想起了一句话：世上最长情的陪伴不是告诉我你爱我有多深，而是告诉我，你能陪我走多远。虽然，秦儒文没能陪伴奶奶走到生命的最后，但他始终在奶奶的记忆里和生活里，从来不曾消失。武志刚虽然没能和奶奶最终走到一起，但是，那么多年来，这份遥远的相隔百里之外从没间断的陪伴，却令人为之动容。等我长大一些的时候，奶奶会和我讨论关于爱情的话题，我们各自诠释着自己对于爱情的理解，尽管是隔代之人，但对于爱情这个古老的话题，我们有太多共同的理解。我明白了奶奶之所以愿意孤身一人，坚守着那份无期的承诺。那是因为她的心里已经有两个男人，再没有第三个男人可以走进她的生命。

这一生，足了。奶奶说的时候，唇角里挂着甜甜的微笑。

每天，她会撑着那把桃红色的自动伞到小学门口接我，那时候，我已经是小学的学生了，成绩在班上名列前茅，是奶奶的骄傲。她接到我后，会牵着我的手穿过绿汁的小街，我们边走边聊，她给我讲绿汁的历史、铜矿人的故事，讲她和罗惠奶奶的亲身经历，那些水滴般透明澄澈的故事在我的内心深处发芽。我总会好奇地问这问那，想把每一个细节搞清楚，对于我来说，矿山上那一排排的高楼、灯光球场边上的凤凰树、绿汁江边的金光菊，甚至是食堂门口那把起了铁锈的大磅秤，在奶奶的描述下都装满了故事。

奶奶总会说：等丫丫长大了，就当一个作家吧，把奶奶这一辈人的故事都写出来，让世人知道，让铜矿人的人生在别人的眼中变得更加精彩。我使劲地点头，并用稚嫩的声音对奶奶承诺，即使今生我不能成为作家，我也一定要把这些故事写出来，让更多的人知道。奶奶满意地牵着我的手，光线穿过红色的伞面，照在她的脸上，她的脸上永远有一份别人读不懂的红晕。

宝珠和伟业的孩子已经有三岁了，这个漂亮的小男孩时常让奶奶想起宝铜小时候的样子。每天早上，伟业会和宝珠一起抱着他来到发廊，伟业从这里走向工厂，宝珠拉开木板门面，开始一天的营业。生活，总是富有诗意和节奏，那些平常的被他们自己忽略掉的细节，又会令旁边的人倍感羡慕。

伟业和宝珠也像其他夫妻一样时常会发生争吵，为了家庭的琐事，为了孩子和工作，为了经济等等琐碎的问题，但他们吵过之后，总是能很快接受对方或是原谅对方。因为，他们珍惜这份来之不易的幸福，他们明白，生活最大的幸福就是平静，平静地把日子延续下去，平静地相守，平静地生活。

宝铜在成都结婚了，每年过节时，会带着老婆孩子回绿汁一趟，他的老婆也是医生，每次回来后，两人都会到矿上的医院走走，看看陈医生等一些旧友，宝铜老婆知道宝铜对矿医院的感情较深。有一次回来后，她问宝铜：我看矿医院和其他医院也没多少区别啊，而且，矿上还有那么多的机构，可你为什么会对它有那么特别的感情呢？宝铜沉默片刻之后认真地回答：因为它曾经给过我儿时的梦想，给过我记忆。他老婆点头，表示同意。

罗惠和上海阿拉胡成海俨然成了一对老夫妻，我不知道是否能用恩爱这个词来描述他们的感情，实际上，好多时候在旁人看来，他们的感情甚至有些若即若离，但是，感情这种东西是很难描述的，尤其两个人相伴了长久的一生之后，已经不适宜再用爱情这种俗常的词汇，而陪伴才是最现实的问题。昨天已经永远地结束在某个断裂带上，已经再也没有回头的机会，记忆成了一粒细小的灰尘，尽管它依然存在生活某个看不见的角落，但只要不影响正常的生活，完全可以忽略它的存在。抬起头看看天空，太阳每天都是新的，日子每天都有日出日落，所以，还是看明天吧，别沉淀在记忆里了。

伟能现在已经成了矿区的主要领导之一，他凭着内心的热爱，积极响应国家政策，近年来，在新一批矿区领导班子的带领下，矿区产量上升，成为了国内铜矿的重要生产基地。虽然他和明丽依然分居两地，但明丽支持他也理解他的工作，只要心中有爱，任何的困难都可以克服。

二

经过几天的大雨，小镇有着被清洗过的清新和宁静，天空的雨云还没彻底散去，好像风再大一些就可以把上面的雨滴吹落下来，木棉树上似乎还挂着昨天的雨水，小巷子湿漉漉地贴着山道，红砖楼房的石脚上似乎起了一层绿色的青苔，就连电线杆子都被下疲了，一根电线软软地垂在半空。

天刚见晴了一些，罗惠便牵着小孙子出来走走，在镇上闲逛了一圈，从公园回来，经过矿机关的楼房，看见有一群农民站在办公楼下的草地上，罗惠没有多想，牵着孙子准备绕道走开，没走几步，听见一个声音喊她，她停了下来，沿着声音寻去，看见原来是凤英在喊她，凤英的身边，站着的是她的大女儿大南。

自从团子出事后，凤英经常会来小镇上看罗惠，顺带给她捎些农产品，而罗惠也会每隔一段时间去村里看一看凤英，团子最初走的那两年，凤英是不准备再嫁的，她一个人拉扯着两个年幼的女儿，种植山里的十几亩山地，日子何其艰苦可想而知。团子死后第三年，在旁人的劝说下，凤英再嫁给村里的一个农民，农民老实巴交，用凤英的话说就是：三锤砸不出个冷屁，但人善良勤快，种田种地是个好劳力，减轻了凤英的劳动负担。一年后，两人又生下了一个孩子，靠山吃饭的日子过得紧紧巴巴，罗惠经常会给他们带些东西。

大南已经是三十多岁的中年妇女了，长得粗壮结实，身材轮廓比她母亲宽出了一圈，脸上有阳光充盈照射的痕迹，大南嫁在同村，虽然日子不是很宽裕，但夫妻俩还是盖起了新房，近年来，又种上了青花椒等农副产品，日子过得还可以。只是小南在二十岁那年跟同村几个年轻人出门打工，之后，一直没有回来，偶尔给家里写封信，报声平安，听说和一个福建人结婚，已经在福建那边安家立业。

罗惠起先没有注意，现在才看清楚是这对母女，连忙说：怎么来了也不去家里，跑来这里站着干什么。在罗惠的眼里，这对母女出现在绿汁镇，最多只会是卖些农产品，或是来找她，没想到在机关楼前遇见。

不，惠姨，我们今天来不是来找你的。还没等凤英开口，大南连忙解释，说：我们今天是来找矿区领导的，我们要向他们反映事情，你看，这都是我们村和附近几个村的农民代表，都是大家推荐选出来的。

反映事情，反映什么事情？罗惠一头雾水看着大南。

对了，伟能好像也是矿区领导啊，我们可以找他先问问啊。凤英突然想起了什么，她焦急地看着罗惠，被大南暗中扯了她一把，大南制止凤英说：妈，你是急糊涂了吧，这和伟能没有关系，我们要找的是矿区最重要的领导，是公家的事，不是私事，你不要在这里把伟能搬出来。凤英马上明白了大南的意思，连忙点头，并把罗惠拉到了一边。

两人走到一棵凤凰树下，凤英这才红着眼眶开口把实情告诉罗惠，她说：前几天不是一直在下大雨吗，村子里又发生了一次严重的滑坡，这次滑坡面积很大，这些年种下的花椒树和几百亩山地瞬间被夷为平地，村民们的受灾情况较为严重，村民们也是没有办法，才组织过来找领导。

这可怎么办呢？罗惠听完也不禁紧锁着眉头，这确实是个棘手的问题，前几天下雨的时候，她就有所担心，始终有个不祥的预感，现在算是得到了验证，只好说：要不，先到家吃了饭再说吧。凤英和大南连忙谢绝了，说这次是村里一起组织过来，不想走散了，先把事情办了再说，现在大家心里都很焦急，事情没有解决，她们无心离开。

罗惠只好牵着孙子先回家，把看见和听见的情况和胡成海说了，胡成海听后脸上蒙上了一层乌云，身为矿区的老领导，虽然现在退休在家，但心里始终还是记挂着矿区的情况。他点燃一支烟，在屋子里来回地踱步，边走边说：这些年，由于矿区长期大规模地采矿，在绿汁江下500米的地方，已经形成了一个直径为三公里的喇叭口，这个喇叭口成了一个巨大的地质灾害隐患，导致周围山体滑坡、地面塌陷、泥石流等地质灾害频繁发生，给农民造成了较大的损失，矿区周边的群众到矿山堵井、上访等情况时有发生，再这样开采下去，这些问题是不可避免的。

那怎么办呢？罗惠焦急地问。

屋子里静了下来，已经过了晚饭时间，罗惠做好了晚饭，问胡成海要不要吃，胡成海摆摆手，说没心思吃，等会儿吧。一个下午，整个屋子都是寂静无声的，两位老铜矿工人，凭着他们多年来对这片土地的了解，虽然他们都没有说出心里最直接的担忧，但是，那种不好的预感却越来越强烈，这让他们整个下午都处于惊慌和忐忑不安之中。

到了晚上九点，饭菜都摆凉了，伟能才拖着疲惫的步子回到家中，胡成海和罗惠赶紧询问情况，伟能靠在沙发上，一口接一口地吸着烟，罗惠心里明白，平时伟能是不怎么吸烟的，除非确实有很烦心的事，过了一会儿，胡成海再问情况：有没有给他们一些补偿呢，农民确实不容易。

正是因为理解农民的苦衷，所以，矿区才决定给了一笔补助，但不能叫赔偿，毕竟山体滑坡属于自然灾害，虽然我们知道铜矿开采对地质会有影响，但目前为止，也没有任何具有说服力的证据能说明周围的自然灾害就是矿区开采造成的影响，所以，付这笔款实际上也很矛盾。

伟能说着，又掏出一支烟点燃，接着说：这些年，矿区和周围的群众关系一直很好，鱼水之情，农民们理解也支持我们的工作，发生灾害，矿区补助点钱是情理中的事情，但从长远来说，这毕竟不是最好的解决方法啊，现在最关键的问题不是钱，万一伤及生命怎么办呢。

大家都不说话了，空气沉默着，停了半晌，伟能紧皱着眉头接着说：目前，矿山最大的问题还是资源枯竭的问题，铜矿资源不可再生，再大量开采下去，不仅灾害还会不断地发生，更会造成人力、物力和资源的浪费啊。

罗惠的心“咯噔”响了一下，她有一种更加强烈的预感袭来，她使劲摇头，让自己不要再继续想下去，她的思绪被胡成海一声重重的叹息压了回去。

三

从八十年代开始，政府便出台了一系列文件，推动以股份制改革为中心的国企改革。1994 年《公司法》颁布实施后，在“以建立现代企业制度为核心的公司制改革”的名义下，国企改革被推向了新的广度和深度。

到 2000 年前后，地市级以下的国有企业，尤其是中小企业改革已经基本完成，剩下的就是解决省属以上及地市以上的国有大中型和特大型企业的改制问题。由于这类企业规模大，改制过程涉及的资产估算和人员安置不易解决，因此，政府决定对这些企业进行拆分改制，并制定下发了一系列文件，指导和规范国有企业改制工作，鼓励有条件的国有大中型企业在进行结构调整、重组改制和主辅分离中，利用非主业资产、闲置资产和关闭破产企业的有效资产，改制创办面向市场、独立核算、自负盈亏的法人经济实体，多渠道分流安置企业富余人员和破产关闭企业职工，减轻社会就业压力。

2002 年到 2003 年，全国国企改制的浪潮风起云涌，绿汁镇在这次改革中，再一次迎来了人生的又一次动荡，而绿汁人以这次改革为契机，也迎来了完全崭新的时光。

小镇上开始有了矿区要进行改制的议论，不管是否真实，这些议论就像是忽如一夜春风来，当然，这不是春风，人们还没有感觉到它的温暖，已经习惯了每天穿着工作服，迎着朝阳走向岗位，晚送夕阳归家，月底领着细水长流的工资，旱涝保收，不与世争的矿工们开始了莫名的恐慌。

什么是改制？就是把矿山卖给私人老板了吗？我们给老板打工？没有了工作，我们怎么生活？在这之前，他们一直以为手里捧着的是铁饭碗，生老病死，我为国家建设献力，国家为我养老，可一夜之间，这个铁饭碗万一被人端走了，我用什么吃饭。我病了，谁来管我，我老了，谁来养我。从此和这些朝夕相伴的工人兄弟们分开，我将何去何从？国企卖给私人，那我们归谁管。给私人老板打工，那怎么行，工资是人家想给多少给多少，那万一人家不给了我们怎么办？又万一人家说不要你就不要你了，以后老了怎么办，谁给我们保障？各种各样的念头涌了上来，各种各样的议论在小镇散开，这股风令人感到心寒、刺骨，命运再一次在这股刺骨的寒风里旋转。

罗惠走在街上，一不小心就被其他的人拽住了袖子或是衣服，很快，就有几个熟识的人围了上来，他们用哀求的声音问罗惠：都那么多年的老朋友了，在一个战壕里工作了那么多年，你就给我们点可靠的消息吧。

大家都不要慌，国家不会不管我们的，现在的情况我确实和大家一样，什么都不知道啊。罗惠连忙解释，面对那么多善良的目光，那么多无辜的目光，她的目光是歉意的。

你怎么可能会不知道呢，你儿子是矿区的领导，你老公也是矿区领导退休下来的，你就不要保密了，透点风给我们吧，我们好趁早打主意。他们不肯相信。

我是真的不知道啊，总之，现在还没有什么消息，大家不要着急啊。罗惠继续解释。

怎么可能不着急呢，你们家倒好，老公是退休了，儿子当领导，哪像我们，一家老小都在这口锅里吃饭呢，没有了工作还不饿肚子啊。说的人快哭了。

旁边的女人看罗惠没有一点退让的意思，开始说风凉话了：都这个节骨眼上了，先给大家点消息等于是救人的命啊，儿子当官，心都黑了。

另外一张嘴巴接了过去，那是一个留了胡须的男人，阴阳怪气地说：也别得意得太早，他还有个儿子在选厂工作呢，我倒是要看看，如果下岗的话首先拿她那个儿子开刀，如果他可以不下岗，我拎着枕头搬他们家吃睡三年。

对，就是这样，我们一起去，闹个你死我活。大家很快达成了统一战线联盟。罗惠被孤立在一边，她不知道应该如何向他们解释，但是，她理解他们，她能理解他们的心情，这个时候，大家都成了热锅上的蚂蚁，乱冲乱撞。她默默地走开，在大家仇恨的目光里，整个世界似乎都阴雨绵绵。

她在楼下遇到了金玲儿，两个女人默默地对看了一眼，她们是第一批来到这个矿区的人，见证了整个绿汁的发展，她们的青春、热血、爱情及生命都融入了这片土地，她们曾经的唯一的信念就是要把它建设好，如今，却要看着矿工们一个个远走他乡，开始人生中的另外一段漂泊，内心又是何其不忍。

两人走到楼下的那块大石头上坐下，两双手紧紧握在一起，她是明白她的。金玲儿说：改制的工作应该是势在必行了，我每天看新闻，这是国家的大势所趋，想要发展，首先就要有牺牲。其实，是矿工们不好好看新闻，学文件。在我的理解来说，这未必不是好事，只是大家的观念还没有转变过来而已。

但也不是一两句话就可以让大家明白过来的。罗惠说。

让大家接受需要一段时间的工作，现在，国家的形势正在好转，公益事业正在建设，福利保障政策正在启动，日子只会越来越好。

现在的关键是年轻人还可以去另谋生路，可怜的就是四十多岁到五十岁之间的工人，从这里出去，还能做什么。

该退休的退休，该买断的买断，这些尝试未必不是好的路子。金玲儿回答。

如果真解散了，你有没有什么打算？罗惠问。

我一个人反正已经退休了，宝珠也是干个体，国企改制对我们影响不大，如果这里不留我的话，就回成都和宝铜过，只是舍不得丫丫，不知道宝珠和伟业有什么打算。金玲儿说着，看了看身后那宽敞的街道，这位老工程师，一生都在为绿汁的建设而努力，只希望能把它建设得更好，现在，没想到命运捉弄人啊，说走就要走了。

听金玲儿这么说，罗惠心里舒服了些，但是说到伟业，心里不禁又一阵惆怅了。她说：我现在担心的就是孩子。

虽然，罗惠嘴上没说，其实，她担心的不仅仅是伟业，反而，更担心的是伟能，不知道这次风暴会将他卷入什么地方，一切都是未知，一切都是茫然。她们把目光看向远处的青山，在这里生活了一生，如今，终于谈到了离开这个话题，离别来得那么突然，真是千千万万个不舍。

四

蓝天碧云，春风微凉，树枝摇曳，江水荡漾，金光菊开出金黄饱满的花，铁达木长出厚重粗实的叶。不论这一年有没有什么收获，有没有值得去记忆或是追讨的事情，不论即将面对的又是什么，天空依旧阳光炙热耀眼，满目是青葱绿色。

公园里，一个男青年平躺在草地上，他的耳边是超大号的录音机，正在播放着那首邓丽君的《甜蜜蜜》。一群男孩正在打篮球，他们健步飞跑，哨音直插云霄，接着就传来“加油”的呼喊声和欢笑声。一群老年人在树下跳起了探戈，另外一群则唱的是花灯，西洋遇上了传统，融合得完美无瑕，人们载歌载舞，拍手欢笑，一张张笑脸迎着炙热的太阳展开。

这个世界之所以那么美好，能每天保持新鲜，除了每天的太阳之外，还因为有着这样一群构筑世界的人，他们勤劳、善良、乐观、坚强；这个世界即使再糟糕再混乱，依然能看到澄澈的蓝天、美丽的夕阳、青葱的绿地、粉红的花儿、梦幻的星光……

伟业就坐在公园边的石凳上，看着儿子在公园里来回地欢快跑动，看着这一切，他想不明白，为什么大家还有心思在这里玩乐，但是，仔细想想又有什么办法呢，该来的总归要来，他想象着如果自己下岗了怎么办，总不能靠宝珠养活吧，还有两个孩子，一大家子人该何去何从。

他在矿区生长、工作、成家，几十年来，和矿区同甘共苦走过了人生中最美好的时光，因为有了这份工作，他才彻底地振作起来，才和宝珠过上了幸福安宁的日子。和矿区有感情，和职工有感情，如今说改制就改制，难免有点伤感。

你可真想得开啊，现在还有闲心来公园晒太阳。一个声音从他耳边过来，伟业抬起头来看，原来是他中学时候的同学王纤，王纤的情况和伟业差不多，初中毕业后在家待业了两年，然后，又接他母亲的班进了机关食堂。

你不也来了吗？伟业反问。

在家两口子张嘴就是改制的事，憋得慌，所以出来透透风。王纤说。

我就是过来遛孩子，烦有什么用，也只能是想想。伟业心里烦，脸上还强挤出笑容，毕竟考虑到伟能是他的兄弟，现在又是矿区的领导，他总得顾全大局啊。伟业和王纤是老同学，又都在矿区工作，平时两人在一起无话不说，王纤立马就看穿了他：少来这一套，什么时候了，厂快没了，你还能装得下去？

那还能怎么办？

你兄弟当官，你不会先打听打听消息啊。

别说了，你又不是不知道，我们兄弟俩的关系，这些年几乎不相往来，再说，我成家后，基本上都是住在宝珠那里，很少回去。伟业老实地回答。

我想也是，靠你还不如靠我呢。王纤笑着说，从口袋里掏出一包烟，递给伟业一支，自己又点上一支，突然想起了什么，一拍伟业的大腿，说：我倒是听说了，今天大老虎他们约了一群职工要到机关办公室探个究竟，还问我要不要去呢，我没去，我和你一样的观点，大家能过的河我也能过，要不，我们也去听听。

真的？伟业有些犹豫，大老虎是矿上的职工，平时以恶霸出名，天不怕地不怕，啥事都敢上，就没见他怕过。

当然真的，走，说走就走。王纤说着，拽上伟业就走。

算了，我还是不去了。伟业想了想，又停下了即将迈开的步子。

王纤早看明白了伟业的心思，拉着他的手不放，说：我们又不进去，就在门外看个热闹，听听他们说什么，保证不会让你那宝贝兄弟看见，放心吧。

边拖边拽，伟业只好和儿子说一声，一边推王纤的手，说：我跟你走！跟你走还不行吗？

时间还不到两点。矿区机关办公室外已经聚集了五六十号人。

凭什么卖啊，全县的厂那么多，为什么就要卖我们厂？

这么大的厂子，卖给谁啊？要卖我们大家凑钱买，我们工人也要当家做主，自己的厂子自己说了算。

大家就这样站在那里议论，尽情地发表着自己的观点和牢骚，抒发着对卖厂的不满，并要求见主要领导，过了半小时左右的时间，伟能从楼上走了下来，大家纷纷围了上去，大老虎看见伟能，上前就想去抓住他，伟业赶紧上前两步拦住，伟业在绿汁的时间长，白道黑道的人他都混得清楚，平日里和大老虎有些交情，大老虎看见是伟业，只好住手。

伟能走到大家中间，看着那一双双焦虑的眼睛，诚恳地说道：因为厂领导今天去县里开会了，所以，没法和大家见面，但是，我是矿区工人的儿子，我从小生长在这里，对这里的每一寸土地和大家一样有着深厚的感情，我和我的家人都在这个矿上工作，同样上有老下有小，我和大家一样的焦急。但是，我们要理解县委政府，理解我们的上级领导，支持他们的工作，事情才会解决得更好更圆满。现在，我作为领导班子的一员，我可以以我的人格担保，请大家放心，矿区即使改制，也不会抛下任何一名职工，都会给大家一个圆满的答案。

关键是现在情况如何，多少给个回话，大家每天心慌慌的就想知道个结果，好落个心里踏实啊。有人说，大家议论的声音渐渐低了下来。

现在正式的方案没有出来，所以，没有办法回答大家，方案一定要顾及到每一位职工的最大利益，为职工争取利益最大化，所以，县委政府和上级部门制定得非常小心，大家不要慌，方案一出来，一定会立即组织召开会议，让大家知道结果。

看伟能都这么说了，一群工人也觉得没意思再继续闹下去了，大家议论着纷纷离开，伟能看着这支离开的队伍，他们只是矿区最小的一部分职工，但都是辛辛苦苦在矿区干了几十年，矿区能发展到今天，和他们的辛苦劳动有着密切关系。几万人的工厂，该如何给他们一个交代，他深深感觉到了自己身为矿区领导班子的一员，肩上担子的沉重。

今天看来，国企改革一方面带来了国有企业的发展壮大，为国民经济持续健康发展做出了巨大贡献，同时，也给人们留下了诸多纠缠不清的话题，一大批亲历者被卷入这段漩涡，对这段历史记忆犹新，终生难忘。

五

当第一批改制工人的名单出来的时候，伟业就真的傻眼了。只觉得天旋地转，黑白颠倒，世界一片混沌。

之前，不管在别人面前怎么说怎么想，伟业从私心里来说，始终对伟能抱有一份信心和希望，毕竟是亲兄弟，毕竟是血脉相连，毕竟是同一个爹娘生养的，在这节骨眼上，在这关系饭碗的生死关口上，他相信伟能不管怎么说，都会拉自己一把，按常理来说也应该拉自己一把。伟能是矿区领导班子的成员，如果他愿意帮自己说上一句话，多少是有分量的。可是，令伟业震惊的是：好你个胡伟能，原来你心里从来没有兄弟情分，白把你当兄弟那么多年，这个时候你竟然六亲不认，还巴不得把我斩草除根了吧。

伟能不会那样吧，会不会是和你重名的啊！事实摆在面前，宝珠抱着文件对着伟业的名字看了半天，把眼睛眯成“一”字形，把嘴巴张成“O”字形，她之前的想法基本和伟业想得差不多，只是心照不宣而已，真不敢相信伟业就出现在第一批下岗工人的名单里。

他这是公报私仇，我迟早找他算账。伟业强压着内心的怒火，把手狠狠拍在桌子上，杯子里的水飞溅一地。

还迟早呢，谁等你啊，早叫你去求求他，你不听，现在报应来了吧，走，我们现在就去找他。宝珠在心里掂量了一下，知道等不起了，拉起伟业就往家走去。

伟业和宝珠直接推门而入，刚好撞见伟能坐在书桌前写材料，平日里，胡家说话都是细声细语，胡成海温文儒雅，从不让在家大声叫喊，可现在伟业顾不了那么多，一肚子火气没处撒，扯着嗓门喊道：胡伟能，你给老子出来。

伟能一惊，家里出现这样的声音不亚于三级地震，赶紧放下手中的笔走了出来，看见哥哥和嫂子一脸的怒气，伟能心里已经基本明白了几分。他倒了两杯茶水端在手里，走了过来，笑着招呼道：哥，嫂子，我就知道你们要过来，先喝口水压压火。

先不急着喝，以后没了工作，别说喝白开水的日子在后头，怕是喝西北风的日子也不远了。宝珠冷着脸回敬道。

你当然知道了，你自己心里有鬼自己心里最清楚，一切都是你算计好的吧，先说说吧，我到底什么地方得罪了你，下一步还打算把我怎么样。伟业阴阳怪气地问道。

哥，你别怪我，首先，下岗的不仅仅是你一个，其次，这名单不是我说了算的，是按照工龄和岗位排出来的。伟能解释。

还说得那么冠冕堂皇，从小我这做哥的没亏待你吧，因为你小，好吃好玩的什么不是让着你，我清楚上次你买房子我没同意，最后落了爹妈的名字，但实际上是你们两口子住得最多，我说过什么了吗，你居然就为这报复我。伟业紧紧攥着拳头，他想，要不是宝珠在的话，他真想直接用拳头替他发言了。

哥，你不要这么想。伟能正要解释，这个时候，罗惠从屋外回来了，她也是刚刚在街上听说了名单的事，赶回来看个究竟，一看这阵势，心里立刻明白了几分，她责备地对伟能说：你也是啊，这时候不帮帮你哥，他要养两个孩子，没有这工作怎么办。

伟能平日里很少被母亲责备，现在听母亲也帮着哥说话，心里觉得委屈，他依次看着这一张张亲人的脸，此时，装着的都是愤怒、怨恨和责备。他歉意地说：我不是不想帮我哥，如果我有能力的话我想帮所有人，矿上几万职工，哪一个不是为矿山辛辛苦苦干了几十年，流了一辈子的血汗，又有哪一个不是上有老下有小，他们哪一个不是我的兄弟和亲人，可凭我这能力我又帮得了谁。

伟能坐了下来，把端在手上的茶水自己灌进了肚子里，接着说：这次经过筛选，哥的工龄和岗位就筛出来了，如果我手指稍微松一下，如何向那几万双眼睛交代，又如何对得起自己的良心。绿汁的铜矿资源面临枯竭，改制工作是迟早的事，早一步晚一步都要轮上，不如趁早打主意。

罗惠听后，点了点头，觉得伟能说得有道理，她连忙帮着伟能解释，说：这事情确实开不得玩笑，前几天我去买菜，遇上几个老同事，拽着我的胳膊问我改制的消息，我说不清楚，他们就说了，反正他们家也还有个儿子在选厂呢，要是改不到，他们就搬来咱们家住上三年。罗惠模仿着那人说话的口音重复了一遍。

听了母亲的话，又听了伟能的话，伟业和宝珠在心里仔细地琢磨着，觉得也有道理，这事确实由不得伟能，但一想到自己即将面临失业，伟业不禁悲从中来，忍不住泪水“吧嗒吧嗒”落了下来，伟业从小要强，自懂事后从没在家人面前流过眼泪，惹得其他几个人也十分伤心。

这时候，胡成海从外面回来了，一看这阵势，就皱起了眉头，这位老领导用手指弹钢琴一样弹着桌面对伟业说：这有什么好伤心的，这是国家出台的好政策，平时让你多读书多看报，你不听，现在只知道干着急有什么用。

伟业一脸无辜地看着父亲，想不明白父亲为什么在这个时候反而还来批评自己。胡成海接着说：随着矿资源的枯竭，以后工资能不能发还是个问题。现在，国家愿意一次性向你买断工龄，按照你的工龄来计算，这笔钱足够你出去做点投资，有本事有能耐的话，你可以用这笔钱去赚大钱，去经商，去下海，何必一辈子在矿山吊死在一棵树上，没看见有眼亮的工人早就提前动手了吗，难道非得等到整个矿山关闭才打主意。

伟业和宝珠睁大眼睛看着胡成海，是啊，他们怎么没想到呢，前些天确实有几个工人已经提前离开了绿汁，说是要到昆明发展。

胡成海接着说：这次改制政策国家已经将职工利益最大化，就连房补政策也一起做了考虑，矿上在昆明和玉溪建了新房，愿意购买的职工可以参加房改政策，如果在其他地方购买过房子的，可以凭购房合同提前领取住房补贴，这又是一大笔钱，基本为你的后半生做好了铺垫，何乐而不为。

真，真，真是这样的吗？伟业疑惑地说。

怎么不是，矿上组织职工开了几次大会，自己不去好好听国家的政策，只会躲在家里听街头巷尾的八卦新闻，就听不到一句好话，这时候，明白人早就做好了下岗的打算，就你两口子，还抱着个快生锈的铁饭碗当宝贝呢。

爸，你不是骗我们吧？宝珠疑惑地问。

我是你爸，伟业再不成器，我还没坏到骗自己儿子的程度。胡成海生气地说。

哥，嫂子，爸说的都是实在话，其实，我早就想把这些话告诉你们，只是怕你们在气头上，我说出来你们不理解反而责备我，情况确实是这样的，再说了，不管哥下不下岗，放心吧，我们全家人穷富都在一起，都一条心，谁都不会喝西北风。

瞧你，还把这气话记心上了。宝珠不好意思地说。

大家的脸上又渐渐恢复了笑容。

六

所有治愈系的电影或是电视，都在不厌其烦地重复着一个主题：即使失去了一切，但只要还有重新开始的勇气和毅力，那么，人生就还没有重新失败。但是，这只是别人故事里的情节，当这个故事真正放在自己身上，其中，又需要有多少的周折和勇气来面对。本来，伟业以为和宝珠走到这一步，生活应该是波澜不惊了，谁会想到还会遭如此一劫。

好长时间没有出门了，虽然父亲胡成海说得有头有理，但伟业要实现起来却不是那么容易，工人老大哥突然成了社会闲散人员，面子上搁不下，心理上放不下，步子都走不开了，浑身不带劲，他不敢出门，生怕一旦汇入外面的天光，就会被人戳着后背说闲话。冷风涌进来，木质门窗吱吱呀呀地响了几声，像是有个人在暗处叹气。虽然回来后宝珠再没说什么，只是让伟业先休息几天，适应一下，宝珠说：刚好我店里缺人，正打算找帮手呢，就当带你一个徒弟啦，工资原先厂里发多少我照付，关键是业务水平要赶紧跟上。

虽然宝珠说得轻松，本来是想安慰他几句，但没想到伟业听后反而更加心酸，就像小孩子跌倒了，你不去扶他，他自己站起来拍拍身上的灰尘就没事了，你一扶他，他可以哭你一身鼻涕眼泪。伟业一听这话就觉得宝珠有意在挖苦自己，瘪着一张委屈的脸，好像生活至此已经完全没有指望了。

窗外，大滴的雨水从天空落下，仿佛是上帝有些多愁善感的眼泪。

太久没有和外界进行正常交流了，他在无意识的状态下一直紧绷着身体，对比从前整天忙于工作时的敏捷来说，他必须承认，自己现在真的很没用。夜长梦多，不能再这样耽搁下去了，他决定从头开始学起。

宝珠说：先从洗头学起。洗头这活，谁不会啊，伟业心里想，这还要学，简直是看不起人，但现在没有选择，只能从头开始，等顾客躺平伟业才发现，给别人洗头可不像给自己洗头那么顺手，手是反的，头是反的，眼睛在上，鼻子在下，还得要顾客舒服，处处都得提防着小心，稍不顺手，流人家一眼眶肥皂水，热水沿着肚子灌一背心，吃了两次亏后，伟业再不敢怠慢，只能屏息敛气地反复练习，一周后，越来越顺手，还发现了一些乐趣，发现自己还真有点干哪行爱哪行的热情。

五个月后，伟业已经可以基本应付一些简单的短发，当他手持推剪做出一副老板样的时候，绿汁却在发生着悄悄的改变。随着第一批工人的离开，一些退休职工开始撤出绿汁，本来就人不多的小镇渐渐露出了它萧条的一面，宝珠是聪明人，她斜着身子靠在门框上，把细瘦的身影印章一样刻在木门板上，看着小街上匆忙走过的人们，开始在心里打主意，最终，她做下了一个重大的决定，把绿汁的房子退了，把小店搬到县城，这些年，县城发展较快，经济条件跟得上，群众的生活水平高了，做什么生意都容易。而且，宝珠剪发的手艺早就在县城传开了，算得上小有名气，好多县城的女人专程坐车过来找她剪发，搬过去开店不愁没有客源，还可以进一步扩大名气。

宝珠把决定一说，伟业举双手赞成，在绿汁这样下去他觉得没面子，不如出去闯闯江湖。又和金玲儿说了，宝珠当然希望母亲能和自己一块住，母女俩经过一段时间的相处，加之宝珠自己做了母亲后也明白了母亲的苦心，再不会和母亲顶撞了，又恢复了从前的关系。金玲儿那时候买了房子在昆明，是矿区的房改房，她考虑在昆明买套房子，万一以后宝珠去昆明也好有个落脚的地方。

听了宝珠的提议，金玲儿思考了一会儿，说想先回成都宝铜那儿住一段时间，宝铜结婚后，一直要母亲过去住，金玲儿也确实想念宝铜。然后，就回昆明住，她还是喜欢云南这地方，四季温差不大，住着舒服。最后，这个问题就落在我的身上，我向来是跟着奶奶的小尾巴，经过大家讨论，我先跟着宝珠他们到县城上学，等奶奶从成都回来，就转到昆明读书。

等大家的意见一致通过后，伟业和宝珠又回了一趟胡成海家，把自己的打算告诉了父母，胡成海和罗惠此时也正准备搬到昆明，他们的房改房和金玲儿就在一个小区，地理位置不错，环境较好，罗惠早就有些迫不及待了，只是怕伟能工作丢不开，想着留下来陪陪他，所以，才一拖再拖。

胡成海和罗惠听了以后，都十分支持，只是考虑到如果搬县城的话，要重新去租房子，不知道一时间能不能找到合适的房子，还得装修一下，弄得上档次些，估计得花不小的一笔钱，大家还得重新帮着计划一下。

正在这个时候，伟能从屋里走了出来，他说：哥，房子我倒是有个好主意，咱们家不是现成就有吗，只是现在还是住房，但是地理环境绝对占优势，我建议你啊，把租房子的钱用来改造装修这房子，自己的房子装修多少都划算，以后，住下去也长久。

伟业有些不好意思地看着伟能，说：可那房子当初是你看上的，又是你出了钱才买下的，虽然爹妈也出了些，但你的钱不在小数，我不好意思占用你的房子啊。

看你说的，咱们是亲兄弟，何必还算得那么清楚，那房子是父母的，也是你我的，再说现在，孩子上学，明丽也很少有机会过来，房子空着太可惜，你们搬去住是好事啊。伟能开朗地说道。

当时，买那房子我还投了反对票呢，你不会在意吧。伟业不好意思地说。

那都是过去的事情了，那房子往后就归你们两口子了。伟能说。

现在，改制工作还在深入，那你有什么打算没有？伟业关心地问道。

伟能笑了笑，这时候，旁边的罗惠接了话题。罗惠说：经过这次改制我算是明白了，只要有足够的本事，有出息，就不愁没有出路，找不到工作。说着，用手拍了拍伟能的肩膀笑着说：像咱们家伟能有本事，这还没下岗呢，已经有两个大型企业过来聘请他了，等这边的事情告一个段落，他就过去那边报到啦。

打算去哪啊？听见这个消息，伟业关心地问道。

当然是去玉溪这边啦，这边，他离明丽也近些，再不用来回跑了。没等伟能开口，罗惠抢着回答，这样的结果也是身为母亲的罗惠所期待的。

祝贺你啊，伟能，以后你成了玉溪人，我们也可以到玉溪走亲戚了。听到这样的好消息，宝珠抢着发言。

那还用说，我的家不也是你的家吗。伟能回答。兄弟俩的手紧紧握在了一起。

罗惠笑着做了最后的总结，说：不经过这次改制，我还真不知道我养了那么优秀的两个儿子呢。屋子里传出了爽朗的笑声。

七

2016年2月，这已经是我参加工作的第二年，大学毕业后，按照奶奶金玲儿之前的心愿，我放弃了在深圳工作的机会，毅然选择回到四季如春的昆明，虽然说是奶奶的心愿，其实又何尝不是我的心愿，那么多年在外地读书，我想念云南的味道，云南高远而澄澈的蓝天，绵延起伏的群山和环绕山涧流淌的江水，我记忆中的绿汁小镇，它那独处世外的繁华和幽静始终是我梦中所牵挂和依恋的地方。

回到昆明后，我顺利被聘用到一家外资企业工作，每天穿着小窄裙奔波在城市的各个角落，勉强用英语对付着和外来客商交流，把“中国制造”几个字念得滚瓜烂熟，我为自己的黑眼睛和黄皮肤而骄傲，每天披着一头黑发穿梭在白种人和黑种人之间时，我特征分明的脸上不用介绍就印着“中国制造”的印迹，那是云南的山水给予我的骄傲，是一张足够我使用一生也不会过时的名片。

无论白天怎么忙，晚上，我都会准时回到我和奶奶的家，回到我的奶奶金玲儿身边，在月光和星辰的陪伴下，奶奶的白发和皱纹隐藏着沉甸甸的故事，她近半个世纪的回忆足够我品味一生，给我带来了风生水起般的诱惑。这比任何一部小说都要精彩。我对奶奶说，我想要知道所有人生最终的结局，因此，总是会趴在奶奶的枕边，缠着她把所有听到的和看到的都告诉我。

所有的美景，最终都会成为追忆。所有的过往，最终都值得去怀念。过去的经历，年少的往事，如烟火腾空般一一掠过，微笑着对自己告别。走过那么多地方，看过那么多美景，就像人生演完一场又一场意犹未尽的午夜电影。把收到的风景片变成寄出去的明信片，寄到内心最深处的角落。

奶奶的记忆，如缤纷的明信片，每一张都印制得如此细致，她把她的日记本交给我，在暗蓝色日记本的扉页上，她用毛笔写下这样一段文字：当你静下心来思考人生，回味过往、感受现在、想象未来时，所有的记忆会让你的生活变得丰富多彩。蓝天、白云、阳光、江水、星辰……这些在人生低谷看到的风景就是信念，是艰难时候最耀眼的光点。

奶奶七十六岁生日，我想给她好好庆贺一下，她说是要邀请几位老同事一起过来吃一餐饭，她邀请了同住一个小区的几位老同事，其中就有胡成海和罗惠一家，她还想邀请刘小玉，电话打了几遍后没有人接，由于奶奶腿脚不方便，只好由我亲自跑一趟。

我按照奶奶给我的地址找到了文林街，穿过一条窄长的小巷，找到了纸条上的门牌号，轻轻敲了几次门后，一个四十多岁的女人给我开了门，我们之前有过一次见面，因此，并不生分。我说了自己此行的目的，她很热情地邀请我进去喝一杯茶，我同意了。

走进他们家的小院，我没想到在寸土寸金的中心地带，他们家居然还有那么一个漂亮的小院落，尽管只有六七十平方米，却收整得精致而高雅，金红色的炮仗花爬满了靠东边的院墙，沿墙角有一个鱼池，几条红色的锦鲤悠闲地在水面吐着泡泡，水面上漂着睡莲，红色的花蕊明亮的色泽接近妩媚。她给我抬了一把竹椅，我们坐在院子中边喝茶水边聊。

看来你们家情况不错啊，这房子是你母亲的吗？我问。

这房子准确地说是我外公的，我母亲从绿汁回来后再也没有成家，那时候，我外公在部队上还在任职，有好多军人都愿意娶她，也愿意接受她带着三个孩子，但是，她始终没有再嫁，我外公放心不下她，临走前把这小院留给了她。她回答我。

她离开绿汁的时候还很年轻，真不明白是怎么想的。

其实，说起来也很简单，她当时嫁给林波也就是我父亲的时候，林波无论从哪方面来说，条件都无法和我母亲相配，但我母亲在他面前有一种优越感，她以为下嫁给这样的男人，他会对她忠心不二，她愿意享受这种带着优越感的婚姻，结果，没想到最终把她玩弄了的居然是他，这种感情上带来的伤害使她不愿意再轻易地相信其他的男人，因此，她宁愿孤独地也是骄傲地活着，活成她心中的样子。

真是不容易，我很佩服她，一个女人带着三个孩子，在那个年代真不容易。我感慨地说。

她从屋子里取出水果，用水果刀轻轻圈起梨的外层，把露出的雪白的流着蜜汁的肉质递给我，她说：是啊，你想知道结果吗，结果会让你大吃一惊。她说的时候，用一双漂亮的有着杏仁色的眼睛看着我。

什么，难道他们又在一起了吗？我惊讶地问。

她笑了笑，把一块水果塞进了嘴里，似乎有意要卖一下关子，才缓缓开始讲述：实际上，我们姊弟都以为自己今生都不会再有父亲了，母亲也不可能会回心转意了，我们适应了这样的生活，几乎忘记了世界上还有一个叫做林波的人和我们存在着血缘关系。

她叹了口气，将额前的刘海往上挽了挽，接着说：前年，有人告诉我们，说林波病危住进医院，希望还能最后见我们一面，我母亲听到这个消息后只是沉默，我们姊弟三个就约着自己去了医院一趟，毕竟他是我们的父亲，我们一生很少见过他，想着再不见他一面的话，或许就再也没有机会了。

他躺在病床上，脑瘀血抢救过来后导致的半身不遂，除了一双眼睛还能转动之外，基本生活都无法自理，他后来再没娶过任何女人，现在病倒了，孤苦伶仃，我们都不愿意相信那个流浪汉一样的老头会是自己的父亲。我大姐看他可怜，留在医院照顾过他一段时间，但毕竟他是男的，更何况父女之间虽有血缘，可是多年没有联系了，情感上也是生分的，热乎不起来，有太多不方便，后来，也放弃了，这个世界没有人愿意收留他，也没有人愿意管他。

那后来怎么办?

我大姐回来后，把情况说了，我母亲听完就去医院看他，去了之后就留在那里，给他端屎抬尿，擦洗身子，喂饭穿衣，每天清晨推着他到花园里散步，整整两年时间，直到把他送走。

你母亲真是个伟大的女人。我说，这个结果确实令我惊讶。

或许，人就是这样，活到了一定的年纪，就没有什么是想不开的，再深的爱也浅了，再大的仇也淡了，只有留在心上的情义是最重的。

我同意地点头，多年前，读到这样一句话：这个世界到底有多冷，你不是不知道。多年后，在经历彻骨的寒冬迎来温暖的春天之际，已经不觉得多冷了。

轻轻咬了一口梨，那雪白的肉质在我的唇齿间溢出纯纯的清甜，我细细回味，喜欢这个味道。

八

奶奶的生日在我们的预期中到来，这是一个特殊的日子，之前在每一年奶奶过生日之际，我和母亲都希望能为奶奶庆祝，但都被她谢绝了，我们知道奶奶喜欢安静，不愿意任何人打扰她的生活。我想，这应该和奶奶从小背井离乡、孤身一人在外的打拼有一定的关系，她习惯了这份孤独的同时，也安身于这样的一份孤独。随着年龄的增长，奶奶年迈的孤独与日俱增，当白发掩盖了她岁月的年轮，她的心境渐渐如清风明月般的清朗。她突然同意了我们为她庆贺生日的决定，这让我们甚是高兴。

我想，虽然奶奶不说，但我能理解她的感受。那天中午，她坐在露台上晒太阳的时候，不经意对我说过这样的一句话：剩下的日子越来越短的时候，想见的人就越来越多了。她是想借这个机会好好热闹热闹，也看看那些多年没见的面孔，了却心中的牵挂。

我的母亲宝珠和伟业把所有能联系上的同学和他们的父母都联系上了，时隔十年光阴，这些曾经熟识的朋友如今如沙砾般散落在天涯海角。宝珠和伟业动用了所有社会关系，甚至通过媒体寻找，他们的美发店如今在昆明已经具有了一定的规模，并且，增设了多个美容美发连锁机构，当他们事业成功之时，更需要旧时光中，那些老朋友带来的情感上的慰藉。因此，与其说他们是要帮奶奶庆贺生日，不如说他们是在为自己寻找一份感情的归属。

生日宴会设在宝珠开的一个桑拿洗浴中心，中西方文化结合的装修风格，让这个酒店透着一份古老而典雅的怀旧风格，这种风格多多少少和那些在岁月中被磨砺得失去了青春的面孔相吻合，宝珠细心地布置每一个细节，而最令人过目不忘的是巨幅的电子投影仪上，轮番播放着经过他们精挑细选，网络上流传着的绿汁镇的老照片和风景片。这些相片的出现让每一个人回首相望，似在当年。

在人的一生中，多少人曾经在你的生命中来过又走了，多少记忆在心里聚拢又散了。如果生命的灰烬里能有无邪岁月，有今宵缘分也有昔日恩情，那必会感激此生，不负来生。有人说，想活成什么模样，通常与岁月无关。后来，才明白，想活成什么模样，与岁月相关。它带走了你表面的美，却带不走心中的美；它让你散尽热情，却给予你迟来的温情。

老朋友们陆续到来，宝铜如今是成都某医院的院长，又是全国知名的外科专家，而伟能则是云南某知名企业的董事长，同时，身兼数职。经过努力，他们实现了自己儿时的梦想，也算是岁月兑现给他们最好的承诺。两人见面，儿时成长中的一幕幕便如烟花绽放，事情沿着它的轨迹发生，是偶然，也是必然。

刘小玉在女儿的陪伴下到来，这个昔日军区大院长大的娇娇女，这位坚强的母亲，这个追求独立目空一切的女人，如今褪去一身锋芒，成了一个安静的老太太。我想象不出她是用什么样的心态陪伴林波走完生命中最后一程道路的，然而，从她恬静的目光中，我可以看到宽容和大爱，赋予她别样的神韵。

也就是在这个生日聚会上，我第一次听到了那个女高音王凤平的消息，这个从世上蒸发般消失的女人，在人们谈论到林波的时候，突然间想起了她。于是，有人将她停滞的故事重新补充完整。

据说，她离开绿汁后只身一人到福建打工，后辗转至珠海，嫁给了一个福建老板后，一口气生下了三个孩子。还有人说，有一年有个女人有意向到绿汁镇搞投资项目建设，绿汁镇的大小领导们陪同她参观，当她走到蒙满了灰尘的老戏台时，要求打开尘封了几十年的大门进去看看。领导们便安排人找来钥匙，她用眼神示意大家在外面等她一会儿，其他人就站在院子中间等她。她进去后，一个人坐在戏院里半个时辰，又走到后台，一个多小时后才从那里出来，出来的时候，眼眶里全是泪水。

不管这个女人是不是当年的王凤平，我想时过境迁之后，对于往事她一定选择了原谅。关于她的故事让我相信，时光，不仅可以改变很多东西，甚至还可以重塑很多东西。

武志刚由于痛风的原因，双脚不能行走，是他的妻子用轮椅将他推到这里的。婚后，武志刚曾经把他和金玲儿的爱情经过讲给他的妻子听，这个善良朴实的女人，最初的时候曾经生气过，嫉妒过，但是，当她和金玲儿有过几次接触之后，她们之间又很快成为了无话不谈的姐妹。其实，这也不奇怪，当你真正愿意伸开双手去接纳一个人的时候，你会接纳他的整个世界。

轮椅上的武志刚依旧不失男性的温文尔雅，虽然双腿不能走动，但他的目光依旧有神，那是岁月的沉淀留给他的风华。他看着金玲儿，目光中的爱意逐渐成为了一种关心和理解，他让我相信了，这才是世上最长久的陪伴。

罗惠没能来参加生日宴会，因为凤英患了淋巴癌晚期，罗惠将她接到了昆明住院，罗惠一直在医院陪伴着她。她们在医院聊得最多的话题是那个叫做团子的男人，是他的真诚和善良让两个素昧平生的女人永远地走到了一起，这份患难与共的真情，回忆中的时光，如清凉的晚风拂动着她们安静的岁月，将陪伴凤英度过生命中最后的日子。

烛光中，我的奶奶金玲儿双手合十许愿，在《生日快乐》的乐曲声中，在众人的祝福声中，奶奶吹熄了蜡烛。无数记忆的碎片纷至沓来，瞬间涌入视线，闭上眼，有热泪顺着脸颊缓缓流过。

九

候鸟迁徙，北雁南归，每个人对于养育过自己的土地都有着深深的眷恋情结，它是生命的烙印，是时光的见证，是一个人成长过程中不可或缺的一部分。2016 年 10 月，阔别十年之久，我决定完成奶奶的心愿，陪同奶奶和一群昔日的朋友再返绿汁，十年时光，十个春夏秋冬的轮回，其实，这又何止是奶奶的心愿，而是一群老铜矿人共同的心愿。

迎面而来的秋风干燥凉爽，心事却浸润得有些潮湿，像秋后的山道被昨夜的浓雾所笼罩。坐上车的那一刻，我似乎听到了我们内心共同的声音，或是激昂，或是感慨，是世界上最复杂也是最难得的旋律。世上最美的风景，都不如回家的那段路。是啊，默默风尘的时光里，即使离开了这片土地，不再饮绿汁江的水，但我们已经习惯把绿汁当成了心中的故乡。

当我们的双脚重新踏上绿汁镇的道路，今日的街道回荡着昔日的足音。当年，这里曾经被称为“小香港”，过去的繁华已经悄悄湮灭。随着铜矿资源的枯竭，这个曾经显赫的“铜都”早已凋零。只有宽阔的街道、废弃的楼房、关闭的电影院和破旧的公园、荒芜的厂区，以及刻有深深时代烙印的建筑，被风雨侵蚀的宣传口号无处不在地提示着这里曾经拥有过的辉煌。

每一块青砖都仿佛沉睡于时光的底部，只有时间的印痕而没有流年的味道，任何世间的繁华和喧嚣再不能闯入她的梦境。时隔十年时间，她如山坡上那朵静静盛开的凤凰花，自由地、宁静地、安然地独自飞翔，独自坠落，独自盛开，又独自凋零。

在这些残痕里，我们寻找着过去的足迹，聆听江水流过的声音，往事如烟浮上记忆，再也无法想象当年绿汁灯火阑珊时的样子，昔日亲密的朋友已经渐渐散去。这个曾经承载了无数人梦想的地方，因大自然的恩赐而兴，又因大自然的枯竭而衰。

经过联系，当地政府的一名工作人员陪同我们参观，这位年轻的小伙子大学毕业后通过招考进入当地政府部门工作，被分配在绿汁镇政府，他对绿汁有着新的热情和期盼，更有着把绿汁建设好的十足信心。他说：政府正在筹划依托绿汁独特的山光景色和铜矿文化资源，打造“滇铜古镇”，据说，到此地规划设计的专家们针对绿汁的特色提出了几项重点建设内容：一是针对绿汁江及其沿岸风景的自然景观，进行观光、漂流、攀岩等旅游项目的开发；二是针对绿汁镇的人文景观，在矿洞、少数民族村寨、特色农业基地等方面做文章，进行矿洞探险旅游，民族风情游、度假农村的开发等。

最后，这位年轻人还特意介绍了一项最重要的开发，就是专为老铜矿人保留的老建筑和老厂房，这些被废弃的建筑将永远地被保存下来，不仅成为一份历史的见证，更是老铜矿人追思的地方。绿汁将依托铜矿基础，开展矿井参观、铜矿生产工艺参观、铜工艺品制作、矿史参观、矿家生活体验等系列参与型旅游活动，重温铜矿昔日辉煌，重诉铜矿昨日历史。集中展示绿汁铜矿的起源、沉浮、发展的不同阶段的图片和实物、人物、重大事件记载等传世资料，并展出铜矿的地质标本，向旅游者提供感受绿汁铜矿文化、了解铜矿变迁、增长铜矿地质知识的场所和机会。

这位年轻人还介绍，绿汁镇历年挖掘的矿洞长达150万米，相当于从这里到昆明的五个来回，完全可以称为“地下长城”，进入地壳深处寻幽探秘，对于好奇的游客来说，无疑具有很强的吸引力，在美国、德国、波兰、澳大利亚等一些发达国家，利用矿山的地面景观和地下矿井建立国家矿山公园，发展矿山旅游，已经成为资源枯竭的矿山可持续发展的重要方式之一。其中，以波兰的维利奇卡盐矿最为著名，深达327米的盐矿共分为九层，巷道总长度近300公里。1995年，维利奇卡结束了它作为盐矿的使命，被改建成为专门的观光休闲地，在离地面 130 多米深的盐道建起了世界上罕见的供旅游者参观的“地下王国”。

听着年轻的工作人员娓娓诉说，记忆和未来相交错，时间在某一刻悄然停滞，敲打出滇铜般的声音，回荡如绵绵细雨，润尽世间精华万物。都说叶落归根。尽管绿汁不属于故乡，这里的矿工多数来自于五湖四海，很多人离开家乡一辈子，死后深葬于此。有些人带着梦想而来，最终悄然离开，还有些人出生于此，最终带着深深眷恋而去，一旦离开，仿佛幼鸟斩断最后一丝温情的牵绊，变得刚猛无情。天空是广阔的，可以尽情自由地飞翔。但是，不论走得多远，别忘了回头看看，脉脉山影，潺潺流水，杏花烟雨，春风绿柳……这才是灵魂最后的归宿。

我回头去看我的奶奶，昔日的少女金玲儿，此时，她和罗惠齐排，两人已是白发苍苍，皱纹满面，两双手始终紧紧握在一起，走遍万水千山，不忘故里，不缅来路，她们的人生可谓风雨兼程，却始终心怀梦想去践行自己的漫长道路。人在前，心在后，相约黄昏，梦里醒来看清晨。青丝飞扬还剩几缕，可随风而去。

两位老人眼含热泪，在昨日的追忆中，又仿佛看到来日的希望，这片土地曾经孕育过她们的青春，如今同样孕育着她们的梦想。她们深信，正在规划和建设中的滇中铜都绿汁小镇，或许会在几年之后，以另外一种方式重新延续过往几十年的繁华和热闹，以一种全新的姿态迎接故人。

我们默默期待着，也憧憬着；行走着，也盼望着。

图书在版编目（CIP）数据

滇铜密语 / 马玫 著. -- 北京：作家出版社，2018. 8（2023.2重印）
（中国多民族文学丛书）
ISBN 978-7-5212-0221-2

Ⅰ. ①滇… Ⅱ. ①马… Ⅲ. ①长篇小说 - 中国 - 当代
Ⅳ. ①I247.5

中国版本图书馆CIP数据核字（2018）第202821号

滇铜密语

作　　者：马　玫
责任编辑：李亚梓
特约编辑：赵兴红
装帧设计：孙惟静
出版发行：作家出版社有限公司
社　　址：北京农展馆南里10号　　邮　　编：100125
电话传真：86-10-65067186（发行中心及邮购部）
86-10-65004079（总编室）
E-mail:zuojia@zuojia.net.cn
http://www.haozuojia.com（作家在线）
印　　刷：固安兰星球彩色印刷有限公司
成品尺寸：170 × 240
字　　数：214千
印　　张：14.75
版　　次：2019年1月第1版
印　　次：2023年2月第2次印刷
ISBN 978-7-5212-0221-2
定　　价：36.00元

作家版图书，版权所有，侵权必究。
作家版图书，印装错误可随时退换。

伟大的变革

中国追梦新时代

〔法〕魏柳南（Lionel Vai

韩冰 骜龙◎译

U0811145

GREAT TRANSITION

中国出版集团
東方出版中心

目录

2015年9月28日，习近平主席在第七十届联合国大会一般性辩论时发表讲话并提出了一个构想，如果国际社会实力最强的国家能够在世界未来的合理方案上达成一致，这个构想将能够打造新型的国际关系，这个构想就是“人类命运共同体”。习近平主席表达了他对中国和世界未来的看法，强调必须共同解决威胁世界和平、国家与民族之间关系的两个问题：欠发达和环境恶化。习近平主席认为，世界人民有许多共同的价值观：和平、发展、公平、正义、民主、自由，这也是联合国的终极目标。

前　言

中国发展新道路和人类命运共同体

1978年9月，我在完成法国高中毕业会考后进入大学就读，选择了俄语和中文作为自己的专业。选择俄语是因为中学时我就已经学习这一语言，选择中文则是因为我自幼就对中国特别感兴趣。早在中学时期，我就订阅了好几年的《中国建设》①和《北京周报》这两份中文杂志。由于希望主修中文，我得以进入普罗旺斯大学中文系就读，这个系规模较小且开创较晚，但其雄厚的师资力量使得它在当时被认为是法国各高校中最好的中文系。该系当时由帕特里克·戴思奈②领导，中国"文化大革命"期间，他曾担任法国驻华使馆商务处随员，也曾担任时任法国总统德斯坦的正式翻译。他对中文之精通得到了法国汉学界的一致认可。另一位令我终生难忘的老师是康斯坦丁·明斯基，他是一位白俄罗斯人，曾在中国的中学和大学任教，1966年之前他在中国生活长达35年之久。他是我了解中国传统文化的不竭之源，也是我遇到的唯一一位能熟练驾驭中国成语的外国人。对于我们学习中文的学生来说，他是一位真正的导师，将对中国的热爱之情传递给我们，尽管最后他不得不离开这片热土。1978年秋季的中国正完全处于过渡时

---

① 译者注：即《今日中国》杂志前身。
② 译者注：即法国汉学家戴千里。

期，“四人帮”已在两年前被打倒，但国家的未来仍迷雾重重，吸引着各国分析家评头论足。我们的两位老师对学生的真挚热爱和高度重视，在如今的法国高校已经极其罕见，在他们的教导下，我们被中国牢牢吸引了，我在学习了两年俄语之后，就放弃继续攻读俄语，完全投入到中文的学习中。

在某种程度上，我幸运地成为中国改革较早的关注者，我看到了中国人民在艰巨的任务面前表现出的创造力、韧性和勇气，种种对新中国的发现令我惊奇不已。中国人民面临着一个艰难浩繁的任务：那就是让一个被国内政治危机削弱的中国重新站起来，而中国此前在国际社会中仅仅是一个发展中的大国，在社会主义道路上持续探索，尚未完全进入正确的轨道，庞大的人口压力在数十年间阻碍着中国经济腾飞，尽管这一影响并非是永久的。四十年之后，我在历经新闻、外交、教育和研究等多个领域的工作后，再一次有幸经历一个历史性的时刻：中国成为世界上屈指可数的有影响力的大国之一，一个更均衡、更公平的新国际秩序也在中国的积极推动、参与下逐步创立，且融入了相当多的中国元素。这一新秩序最终也有可能成为中国新一轮发展引擎。

1924 年，法国海军军官和作家克洛德·法雷尔在远东地区进行了一次长期旅行，涉足之地包括印度、中国和日本。作为皮埃尔·刘易斯和维克多·谢阁兰的朋友，他曾于 1905 年凭借著作《文明人》获得龚古尔文学奖。作为当时欧洲旅行家中学问渊博的杰出代表，克洛德·法雷尔在 1924 年出版的游记中体现了他对中国的深深热爱：

> 中国人民完全不是处于下坡路，因为中国的人口在增加而非减少，中国人的劳动能力从未减弱，中国人爱学习的好奇心始终在增长，中国人依然保持着勤奋不懈的劲头。我们不能因中华民族被自身问题困扰多年的现状而影响我们的判断：在过去的 15—30 年中，在过去的

4000—5000 年中，中国已经历了最可怕的苦难和最严重的混乱。中国不会因为如今这么小的状况而分崩离析……中国有着世界任何国家所无法拥有的内在力量。作为一个有深厚文明底蕴、勤奋不息的国家，一个坚忍不拔、历经种种艰险依然屹立不倒的国家，一个如此生机勃勃的国家，这样的状态如果一直持续下去，未来会是什么样子？毋庸置疑，一切皆有可能。我坚定地期待，中国会发生最伟大、最壮观的事情。今天，从欧洲到美国，无不相当幼稚地陷入喋喋不休的言谈和讨论之中，我们彼此作对，狂妄到争吵对海洋的控制权，从太平洋到大西洋乃至其他大洋。在这样的背景下，我们不难想象有一天，一个人口众多、勤奋上进且充满智慧并超越其表象的民族，会突然凌驾于我们各国……事实上，如果那个国家的迸发，是为了建设一个以勤劳工作和公平正义为基础的更加和平的世界，在我看来，我将毫不犹豫地认为这个民族是中华民族。

今天看来，克洛德·法雷尔对中国历史的领悟以及对中国人民优秀品性的欣赏仿佛预言一般。在经历中国人民共同努力并创造巨大奇迹的四十年务实改革之后，中国在前所未有的时代里实现了复兴，成就之高甚至可能都超出了自己的预期。随着习近平 2012 年成为中共领导人，中国复兴开启了第二阶段，进入新时代。新的政策详细分析了改革的积极成果，同时也指出了在政治、经济和社会等领域改革出现的偏差，并树立了再次出发以拯救改革、推动国家发展、大幅完善国家治理方式的目标。但在中国复兴的第二阶段，由于美国霸权的下滑、非国家势力多年来日益壮大并威胁到集体安全等国际关系的变化，国际环境变得更加复杂，诸多国家人民的日常生活受到恐怖主义的威胁。一些国家将恐怖主义作为发展国际关系的重要因素，以求得更强大的力量以及引发力量不对等的战争。在亚洲恐怖主义的蔓延潜力尚难以评估，但无疑它是一种不可忽视的安全风险。其他令人担忧的现象还包括民粹主义和极端政党在西方民主国家的崛起。受通信技术演变以及大型财团掌控媒体的严重影响，代议制民主制度明显气喘吁吁呈现疲态，唐纳德·特朗普当选美国总统以及英国公投决定“脱欧”都让人们看到国际冲突增加的潜在风险，也让人们看到，当选民们无法再理解超出他们理解能力的重要政治、经济或战略议题时，投票制度的局限性也就凸显出来了。人们手中的选票容易被媒体压力，被针对外国人、欧盟、中国贸易政策或宗教复兴现象的威胁言论所左右。法国语言学家和评论家茨维坦·托多洛夫曾在一篇分析十分透彻的文章中将全球各国分成四类：欲望类——这类国家曾过于长久地想要抑制贫富差距，但如今开始承认财富的价值；怨恨类——这类国家在历史上曾被迫对最富有和最强大的国家（似乎主要是指欧洲和美国）卑躬屈膝；害怕类——这类国家一般被称为西方国家，他们曾在过去四个多世纪中非常强大，如今感到自己的实力和价值观受到威胁；犹豫类——这类国家分散在各个大陆上，他们可能仍处于激情之外，但可以迅速地被欲望类或害怕类国家掌控。如今，在“反恐”和“中国威胁论”的背景下，害怕的感觉已成为弥漫在西方国家中的主流感受，并助长了民粹主义以及自私自利之风。唐纳德·特朗普掀起的针对全球包括其盟友在内的贸易战以及近年来在欧洲甚嚣尘上的反对穆斯林的言论尤其鲜明地体现了自私自利之风的蔓延。欧洲被前所未有的难民潮压倒了，而这样的难民潮恰恰是19世纪和20世纪殖民政策以及欧洲建设取得历史性成功的综合后果，尽管欧洲建设近来在政治和经济方面遭遇挫折。

在激荡多变的国际环境中，中国的发展成就，中国为世界发展做贡献的清晰意愿，中国为合作伙伴展示一条以更加正义、公平与和平的国际秩序为基础的新道路的意图，让人们期待一种各国和各民族新型关系的轮廓。习近平自当选主席以来，坚持不懈，夙兴夜寐，一方面是要领导中国人民抓住建设新中国的机遇，保持在过去的改革四十年间闪耀的奉献精神，最终把中国建设成一个富强的国家；另一方面，他的努力也是为了让其他国家领导人明白，这不仅仅是考虑利益，而且是要体现建设一个更加和谐、富有合作精神的国际社会的重要性以及可能性。在这样的国际社会中，各个文明的特点及需求将会得到真正的互鉴与考虑，各国和各民族将在共同价值观的基础上携手努力。新时代的中国将可能成为其他国家的希望所在，因为中国和其他国家的相互依存、合作共赢已经是一个毋庸置疑的事实。习近平主席自首次当选党和国家最高领导人以来所实施的政策，既是对此前中国共产党多次全会通过的方针大计的深化，也是对新的高度战略性方针的落实。

伟大的变革

第一章

中国进入新发展时代

一、第一个五年任期的新方针和新成就

习近平于2012年11月15日当选为中共中央总书记，2013年3月14日当选为中华人民共和国主席。他就任以来实施的战略明显经过长期的深思熟虑，既基于个人的生活经历，也建立在对四十年中国改革开放的深刻思考以及对改革开放所遇到的问题的反思，同时还有对中国民众情感及不满的切身关注。近些年来，中国共产党不断研究改革开放进程中遇到的种种难题，特别是2006年10月，中国共产党第十六届中央委员会第六次全体会议首次对社会问题予以特别关注，提出要构建“社会主义和谐社会”。会议的公报宣布：“构建社会主义和谐社会……反映了建设富强民主文明和谐的社会主义现代化国家的内在要求，体现了全党全国各族人民的共同愿望。”

现阶段构建社会主义和谐社会的首要任务之一是处理腐败问题。腐败问题不仅阻碍着经济发展，同时也是人民对现行体制不满的主要原因。中国前总理温家宝先生曾经在2012年4月强调腐败已对党的生死存亡产生了威胁。这场反腐败运动瞄准了数以万计的党员领导干部，其中包括中共中央原政治局委员薄熙来，等等。同年10月，在中共第十八次全国代表大会召开之前，中国《环球时报》发表文章再次强调反腐的重要性，指出腐败被认为是“中国政坛最严重的问题”，也是中国公共舆论

最敏感的问题。这篇文章再次表示"公共机构改革的重点应该立足于反腐"[①]。2012年末习近平当选为中共中央总书记，中国改革的继续深化以及社会经济的发展面临着各种障碍。事实上中国政府此前对这些障碍已了解得十分清楚，但尚未找到所需的解决办法，也没有采取强有力的、有时甚至是极端的以解决这些政治、经济和社会挑战的措施。

为了重新调动党和国家各级干部的积极性，以及恢复信任有所缺失的公共舆论，包括获得那些批评最激烈的人们的信任以及十分清楚现实情况的公共舆论，很明显中国需要新的活力以及获取一个集体的动力，旨在团结社会各个阶层特别是年轻人，并在新的发展进程中通过清晰的发展规划给予可信的方向指引。因此，习近平在当选中共中央总书记仅约两周后，就提出了"中国梦"和"中华民族的伟大复兴"的理念，要把中国建设成一个"富强民主文明和谐的社会主义现代化国家"[②]。2013年3月当选中华人民共和国主席时，习近平重申带领中国走上复兴道路的承诺。正如习近平主席所说，中国为重新获得主权和独立进而在国际社会中占有一席之地已斗争了170多年。作为一个曾广受邻国和西方国家以及阿拉伯民族尊重的庞大帝国，中国曾在一个世纪的时间里，在军事上被西方帝国主义和日本帝国主义打败，并沦为半殖民地国家。随着中华人民共和国于1949年10月成立，中国重新获得了主权和完全的独立。从1963年1月29日周恩来总理在上海科学技术工作会议上提出建设"四个现代化"开始，中国迎来复兴道路上一个新的具有决定意义的阶段。周总理当时强调，中国应实现农业现代化、工业现代化、国防现代化、科学技术现代化，从而把中国建设成为一个社会主义强国。[③] 这一进程因"文化大革命"而中断，尽管1975年1月周恩来在第四

① "Fighting corruption isn't all about political reform", *Global Times*, October 15, 2012.

② 习近平：《实现中华民族伟大复兴是中华民族近代以来最伟大的梦想》，《习近平谈治国理政》，北京：外文出版社，2014年版，第36页。

③ 周恩来：《建成社会主义强国，关键在于实现科学技术现代化》，《周恩来选集》（下卷），北京：人民出版社，1984年版，第412页。

届全国人民代表大会上再次提到这一政策，但实际上，建设“四个现代化”的政策一直到1976年10月“四人帮”被打倒之后才逐渐重启，在随后的1978年12月中共第十一届三中全会第三次全体会议上，邓小平在政府层面重申这一政策，意味着改革开放真正开始。这一阶段标志着中国将建设一个强大的经济体并逐步重返国际舞台。尽管有一些无法避免的干扰，但这一历史性进程完全有利于四个现代化的建设，不过，非常迅速的发展——从某些角度看，或许过于迅速——同样也带来新的经济、社会和政治等方面的问题和矛盾。随着中国实现历史上前所未有的高速发展，可以预见且无法避免的是，各种新的问题层出不穷，政策需要随着国家发展而作出调整。在这一发展时期，真正拯救了中国改革开放的正是重拾务实主义和一种既大胆又不失谨慎的政策，当执行的政策没有效果或看起来妨碍发展时，要懂得反思和质疑。在国内政策方面，邓小平是极其务实的，他提出的“摸着石头过河”“不管黑猫白猫，捉到老鼠就是好猫”是中国发展战略的本质。在对外政策方面，邓小平同样谨慎精明，“韬光养晦”使得中国得以在发展成为一个强大的现代化经济体的同时，没有过快地引起其他强国的敌意，尽管后者在中长期内仍会有人担忧新的中国对他们的霸权构成威胁。

中国改革的头四十年就是在一个相对缓和的国际环境中取得了成功，尽管在这一期间，苏联解体，美国成为唯一的超级大国。改革的种种困难和副作用的累积——比如腐败现象、环境污染令城市居民生活水平恶化，尤其是新富阶层和收入最低阶层、城市居民和农村居民、沿海地区和内陆地区的收入差距迅速扩大等——需要中国领导人采取坚决的甚至是极端的措施加以解决，但这些决策被精英阶层中一部分人的严重腐败破坏了。一段时间内，抗议示威迅速增多以及对体制和领导者的质疑声浪的出现，反映出民众的不满情绪日益增长，这种不满要求中国必须迅速重振改革，并重新树立有利于推动国家继续发展的集体意识。2011年12月21日，美国《外交政策》

杂志发表了一篇题为《中国梦的结束》的文章，描述了在空气污染、食品质量以及腐败等问题面前看透世情的中国民众们的怀疑和不满①，重振改革的举措变得紧急而迫切。

习近平主席的第一个五年任期引人瞩目的是，正式提出了一些成为发展政策主导原则的概念，提出了"一带一路"倡议，尤其是提出了在各个领域迅速采取重振改革的措施，这些措施我们将随后进行审视。习近平主席强调的概念如下：

1. "中国梦"和"中华民族的伟大复兴"

习近平提出的这个理念包括两个目标，时间表确定为：

——2021 年中国共产党成立 100 年时，中国"全面建成小康社会"；

——2049 年中华人民共和国成立 100 年时，中国成为"富强、民主、文明、和谐、美丽的社会主义现代化强国"。

在"两个一百年"奋斗目标的基础上，中华民族的伟大复兴将得以实现。虽然习近平提出的"中国梦"经常被拿来和美国的"美国梦"比较，但这两个概念还是存在显著的不同。代表美国社会形象的"美国梦"纯粹是个人的、个体的雄心壮志。一些先驱者来到美洲大陆以寻求更好的生活，寻找征服、建设、发展的完全自由，忘记在欧洲由于宗教缘故而受到迫害的过去，这是美国社会的基础所在。美国人尽管也会提及祖国、美利坚民族以及美国的伟大，但人人憧憬的还是财富、幸福和个人自由。由中国政治阶层提出的"中国梦"则是一个集体的雄心壮志，"承载着全体中华儿女的共同向往"②，它是在传统基础上建设一个新国家、让中国重新达到在西方列强于 19 世纪

① "The End of the Chinese Dream", *Foreign Policy*, December 21, 2011.

② 习近平：《在实现中国梦的生动实践中放飞青春梦想》，《习近平谈治国理政》，北京：外文出版社，2014 年版，第 49 页。

上半叶入侵中国之前曾达到的伟大高度。这或许是引起海外，尤其是欧洲和美国担忧的原因之一，他们担心新的中国会寻求对历史的报复，让曾经的帝国主义列强为他们在中国半殖民地时期对中国犯下的罪行付出代价。当时的很多西方著作都记载了那个时期中国所受到的屈辱以及西方对中国人民公开表达的不屑。

习近平主席认为，距离实现伟大复兴的目标已经很近，但在实现目标的最后一个发展阶段需要更加努力，在改革开放的前数十年间实现一定程度的发展和富足之后，存在着努力的劲头松懈下来的风险，中国城乡之间发展差距加大，党内分歧也在加剧的问题尤其值得关注。在前四十年的改革开放提出一系列主题之后，"中国梦"的提出似乎旨在激励中国人民，这或许是自习近平就任之初就开始推广这一理念的原因，围绕这一理念，其他深化改革的政策也随后推出。

"中国梦"的目标也涵盖与传统儒家哲学中"天下"的概念相对应的国际层面，因为它的雄心壮志中包括与世界分享中国的成功和为其他民族带来幸福的目标。中国应该继续以和平发展为目标，并为世界其他地方的发展作贡献，"实现中国梦给世界带来的是和平，不是动荡；是机遇，不是威胁"①。

"中国梦"的理念在海外自然受到很多怀疑。外国观察家和媒体列举了近年来中国改革道路遇到的种种困难：中共的一些领导人不断被查处，大量被腐败侵蚀的干部，城乡之间日益加剧的矛盾，房地产的泡沫效应，人权、污染、司法腐败等方面的问题，以及种种其他弱点，这些问题使得外界的中国专家们对中国在未来数十年里成为强国的可能性表示怀疑。长期以来，一些外国分析人士甚至每年都预言中国将很快迎来终结。然而，迄今为止，历

① 习近平：《实现中国梦不仅造福中国人民，而且造福世界人民》，《习近平谈治国理政》，北京：外文出版社，2014年版，第57页。

史却不停地一年又一年打破了这些预言。应该承认，四十年来，中国让所有外国观察家的分析和预言都落空了，中国的发展模式是原创的、新颖的，与所有现有的经济和政治理论既有一脉相承的，也有在新的实践中不断创新和发展的。

有意思的是，“中国梦”在工业国家引起担忧。美国《纽约时报》的著名社论作者托马斯·弗里德曼2012年10月在中共十八大召开前写道：

> 如果习近平这一有利于中国崛起的中产阶级的梦想——2025年中国中产阶级人数可能将从3亿上升到8亿——是单纯和美国梦相同的话（每个人都开大汽车，住大房子，吃大汉堡），我们会需要另一个地球。①

托马斯·弗里德曼在这句话里赤裸裸地表达了整体上掩藏在对自由、人权以及自由主义经济的担忧背后的感受：中国稳定的可持续发展不是一种安全或意识形态方面的威胁，而是一种对工业化国家生活水平的威胁，这些国家将自己的舒适建立在开发地球自然资源和最不发达国家的基础上。“中国梦”可能会迫使这些国家减缓自己的消耗，接受分享资源，甚至规划一种关于使用自然资源，尤其是能源的共同政策，使得中国或者印度等人口大国能够达到符合本国人民期望的经济和社会发展阶段。

2. 五位一体

2012年11月发布的中共十八大报告首次提到了“五位一体”的概念。时任中共中央总书记的胡锦涛宣布，亟待全面落实“经济建设，政治建设，文

① “China Needs Its Own Dream”, *The New York Times*, October 2, 2012.

化建设，社会建设，生态文明建设”。十八大以后，中国政府采取很多矫正措施并获得一些无可争议的成果。习近平主席就任以来希望加快改革进程，加速改正以前的错误，并将这五个方面作为政府工作的重中之重。采取的战略围绕两条主线展开：一方面，通过开展铲除民众深恶痛绝的现象——比如腐败——的运动重新凝聚人心；另一方面，将权力集中在中央政府手中，防止地方政府失控，保证中央决策能够得到落实，而不会被阳奉阴违或是拖延。如我们随后所见，这一政策的成效很快显现，并给习近平主席的第一个五年任期打上深深烙印。

3. 四个全面

随着习近平主席于2014年12月14日在江苏发表的一次讲话中首次提及“四个全面”概念，他为建设中国特色社会主义打上了自己的印记。[1] 此前，四代中国领导人分别为建设中国特色社会主义添砖加瓦，毛泽东领导了中国革命，让中国重新独立和主权完整；邓小平提出自己的发展理论；江泽民提出了“三个代表”重要思想；胡锦涛提出“和谐社会”和“科学发展观”。“四个全面”的提出，是建立在此前历代领导人的战略以及中国毋庸置疑的崛起的基础上水到渠成的结果，主要包括四个方面：

——全面建成小康社会

——全面深化改革

——全面依法治国

——全面从严治党

“全面”一词似乎清晰表明，在这些原则的要求下，过去的建设出现的偏差将得到纠正，“复兴”道路上的障碍将会被克服。这一战略的最终目标是

① 《习近平：主动把握和积极适应经济发展新常态》，新华网，2014年12月14日。

"推动改革开放和社会主义现代化建设"。这是一个极具前瞻性的战略,因为它似乎不仅雄心勃勃地要为中国建立一种新的政治模式,还要在把卡尔·马克思和列宁等伟大人物的理论和中国及当代世界的现实结合之后,推出一种新的社会主义意识形态,革新社会主义这一曾因苏联社会主义阵营所犯的错误而在20世纪受到广泛质疑的哲学。习近平主席宣布的"社会主义现代化"自然有可能令中国和外国最正统的马列主义者们感到震惊,但同时也使得一种新的融合了社会主义、儒家思想和资本主义的各种积极因素的更加人道和更加全面的哲学问世。本书随后将探讨这一主题。

中国人民大学的王义桅教授曾清晰地论述了中国在新的发展阶段的十字路口所身处的这一前所未有的局势:

> 事实上,中国正在重新定义现代化甚至是社会主义,但这一切并不基于旧有的思想。美国梦并不是中国梦的参考模式。中华民族的伟大复兴不是要取代美国成为世界第一,而是要创造一个新的中国身份。①

清末的哲学家和改革主义者梁启超曾提出"中国之中国、亚洲之中国、世界之中国"的论述,王义桅在回顾这一论述后,提出了当代中国的三个身份:

——"传统中国",一个主要建立在儒家思想基础上的"文化中国";

——"现代中国",一个建立在鸦片战争以来、努力寻求独立和繁荣的革命历史基础上的"政治中国";

——"全球中国",一个建立在中国改革开放进程基础上,与全球化的利益和思想相交织的"经济中国",是习近平主席所提出的"人类命运共同体"的题中之义。

---

① "Chinese Dream Commits to Shape Global China", *Values & Foreign Policy*, February 22, 2018.

2012年十八大以来的五年间，中国所实施的战略令一些西方国家感到不爽。随着中国更加自信，面对外来压力更加坚定，外国领导人和公众舆论开始产生模糊不清的反应，忧虑日增甚至敌意有所上升。一个希望以温和谦虚的姿态融入被美国设计好的国际秩序体系的中国，不仅要满足商界只希望中国按照他们的意愿开放市场的要求，同时还要满足西方领导人按照他们提出的条件加入多国集团组织（G8组织、G20组织等）的愿望。然而这些期待幻灭了。中国的确在逐渐融入所有和国际社会治理有关的大型国际机构中，却拒绝接受有可能损害本国利益的条件，比如全面开放金融市场——如果中国接受这一条件，2008年金融危机期间可能会承受灾难性的后果。需要承认的是，中国新政策所带来的一些结果，被一些境外媒体无限夸大其副作用，并被视为损坏了中国和平崛起和尊重其他文化的形象，尤其是一些走出国门的中国企业，一部分人在出国时对于尊重其他民族的文化习俗并没有足够重视。其实，中国一直强调文化多元，习近平主席更是在众多国际场合强调文明交流互鉴。对其他民族的文化习俗没有足够重视，仅仅是极少数人的个人行为。

二、十九大开启中国发展和崛起的新阶段

2017年10月18日至24日召开的中国共产党第十九次全国人民代表大会备受国内外期待。习近平再次当选中共中央总书记可谓是众望所归，令所有观察家迫不及待的是，中国将要出台什么样的新政治、经济、社会、外交政策方针。国际社会的政治和经济领导人广泛意识到，中国年复一年地在国际秩序中占据更加核心的地位，中国领导人的决策会直接或间接地影响到世界大事的进程，对于其他大国的战略决策已成为无法忽视的因素。

2017 年 10 月的十九大和 2018 年 3 月的第十三届全国人民代表大会所作的决定清晰确认，中国胸怀规划清晰且雄心勃勃的目标进入新的发展阶段，在成为强国的道路上再进一步，这既要求中国人为了自己的发展奉献热情和秉持牺牲精神，也无疑会产生新的国际格局。

1. 新目标和新决议

2017 年和 2018 年的两个根本性会议为实现既定目标树立了新的方向，明确了新的目标。两个中心目标，即“两个一百年”的目标被确认，并被列入党和国家的正式战略中：2021 年中国共产党建党 100 年时，全面建成小康社会；2049 年，中华人民共和国成立 100 年时，建成富强、民主、文明、和谐、美丽的社会主义现代化强国。2021 年将具有特别重要的历史意义，因为届时中国共产党将是世界上唯一一个创建 100 年的执政党。2049 年，中国将证明 1978 年改革开放以来，中国共产党不断摆脱那些脱离中国实际和世界发展趋势的极端意识形态的干扰而开拓的发展道路的合理性。为了实现这些雄心勃勃的目标，似乎需要凝聚各级领导人的力量以落实这些政策，一方面要通过对公共机构和国家主席职位的改革保证主要政策方向的延续，另一方面要将一些已经开始实施的政策写入《中国共产党章程》和《中华人民共和国宪法》，以彻底避免已经获得广泛共识的政策方向被修正的风险。

在这些决定中，第一个引起海外特别关注的决定，是宪法中取消对国家主席任期的限制。随着中国迎来或许是最为困难和最为关键的国内外局势，这一旨在保证十八大以来实施政策的延续性的决定显然是合理的，尤其是反腐运动，它是所有改革中至关重要的支柱，也是中国改革如期取得成功的核心条件。西方媒体对这一修宪决定的批评蜂拥而至，这一决定被形容为“独裁的加剧”“专制主义”“绝对权力的传统”等。很显然，这一见解实属偏见。① 《中华人民共和国宪法修正案》(2018 年)规定：“中华人民共和国主席、副主席每届任期同全国人民代表大会每届任期相同”，取消了 1982 年宪法中“连续任职不得超过两届”的规定。自然，这产生了终身担任国家主席的可能性，但据英国《金融时报》报道，习近平主席 2018 年 4 月在会见外国政要和中国官员时对这些指责进行了反驳。他表示这些指责实际上是误读了此次修宪，其实修宪是将国家主席的任期和中共中央总书记以及中央军委主席的任期协调一致。全国人民代表大会的投票也受到西方媒体的诋毁和嘲笑，在他们眼中，几乎全票通过的结果正说明全国人民代表大会不过是中共决议的“传声筒”。但这就和西方媒体最常见的对中国的批评如出一辙，这些媒体从不把中国的政治情况同西方自由民主国家、日本或印度相对比——日本和印度现行的民主模式被普遍认为是西方式的亚洲议会制民主模式。

中华文明绵延数千年，但中华人民共和国从历史的角度来看却是年轻的。中国领导人数十年来孜孜不倦致力于共和国的政治、经济、社会发展，中国民众为国家发展作出了巨大的贡献，如今，共和国正处于十字路口。中国在国际社会上的崛起已是一个不争的事实，但也让很多国际社会的成员由于意识形态、经济或战略等原因感到不快。如果说中国的崛起整体上受到了发展中国家的欢迎，那么，那些直至最近仍然主导国际秩序、制定国际规则的工业化国家对这一态势的抵触却越来越强烈。中国面临的国际环境是一种近乎冷战的环境，遏制中国的政策、削弱中国经济发展的企图、反对

① “China sets stage for Xi to stay in office indefinitely”, Reuters, February 25, 2018; “Absolute Macht, China macht den Weg frei für Xis lebenslange Herrschaft”, *Frankfurter Allgemeine Zeitung*, Februar 25, 2018; “Chine: Xi Jinping peut être Président à vie”, *Libération*, 11 mars 2018; “Xi Jinping s' offre une présidence à vie”, *Le Figaro*, 11 mars 2018; “China's Xi allowed to remain‘president for life’ as term limits removed”, BBC, March 11, 2018; “China reappoints Xi Jinping as president with no term limit”, *The Guardian*, March 18, 2018; etc.

中国崛起的结盟运动，甚至对于扰乱中国政治和安全稳定的暗地的支持都充斥其中。从其他政治体制的运行层面观察，就会发现某些批评中国最为猛烈的国家至今或者曾经长期主导的政治运行情况和中国相比起来并非截然不同。在美国，限制总统任职不得超过两任的宪法第二十二修正案自1951年起才开始生效，在此之前，富兰克林·罗斯福由于第二次世界大战的进行，曾连续担任四届美国总统，他最后一次当选是在1944年。在法国，法兰西第五共和国的总统任期起初是7年，所以弗朗索瓦·密特朗曾任职14年，直至2008年法国总统的任期才缩短至5年；此外，法国只限制总统不得连任两届，但并不限制在隔一任后继续参选总统。在德国，德国总统则仅是一个荣誉性职务，掌握大部分权力的德国总理可以无限期当选，所以，德国总理安格拉·默克尔目前已开始自己的第四个任期。事实上，这些政治体制正是相关国家长期不稳定、国家领导人无法采取长期性改革举措的原因。以美国为例，特朗普2016年当选美国总统后，逐步废除前任奥巴马的大多数政策，这使得美国成为一个不稳定的、国际社会中其他国家无法信任的大国。退出伊朗核协议(最近二十年间签署的最重要的国际协议之一)的决定，削弱了美国外交政策的可信度，并再次导致中东地区陷入一触即发的危机状态。西方对于这一经过中国全国人民代表大会批准的修宪的批评似乎表明，在西方眼里，中国的人大代表和政协委员不可能优先考虑国家利益，西方人也从未考虑过习近平主席在给中国政治带来新的具有战略性的动力后，可以在人民代表的自由意志所决定的基础上继续改革的可能性。在法国，共和国前进党2017年将埃玛纽埃尔·马克龙推上总统的位置后，该党的议员们如果对总统的决策表示否定之意就会被威胁开除出党，由于共和国前进党在国民议会占多数，这样总统的决策只要在该党通过，随后便会在议会通过，却没有任何人声称法国总统是“专制主义”或“独裁主义”。总统的支持者们声称总统的决定之所以被议会通过，是由于总统对于法国的未来高瞻远瞩，应该得到支持。然而，我们就不能说中国的情况同样如此吗？此外，法国的议员同样没有任期限制，一些法国的议员至今已进入第六个甚至第七个任期，这意味着一些法国议员的任职时间已经超过40年。

决定改革全局以及实现预期发展目标的重中之重是反腐运动。出于反腐考虑，取消国家主席和副主席任期限制是合理的，因为这一举措避免了反腐节奏一旦放缓，陈规陋习卷土重来的可能。尽管反腐并非始于习近平主席的首个任期，但反腐的深化和反腐目标的扩大无疑是过去五年间中央政策的成果。在十九大报告中，习近平主席再次强调了“夺取反腐败斗争压倒性胜利……深化标本兼治，保证干部清正、政府清廉、政治清明”的必要性，他指出“当前，反腐败斗争形势依然严峻复杂”，提出在反腐方面要“巩固压倒性态势、夺取压倒性胜利的决心必须坚如磐石”“要坚持无禁区、全覆盖、零容忍，坚持重遏制、强高压、长震慑”。为达到这一目的，中共中央决定在市县党委建立巡察制度，并加强了国家反贪机构建设。全国人民代表大会围绕这一思想，决定建立国家监察委员会，将反腐的范围从党内扩大到中央和地方各级政府。如同1978年以来秉持务实主义而实施的大多数改革一样，国家监察委在2018年3月根据宪法修正案正式设立前，首先在山西、浙江和北京三地进行试点。这一新的委员会的工作对象包括所有国家公务员、国有企事业单位人员。这一机构连同中央纪律检查委员会加强了监察力度，不仅权力扩大了，而且以更加清晰的方式定义了自己权力的范畴，这响应了习近平主席为满足人民群众的迫切期待，要求监督机构在反腐方面不留漏洞的意愿。此前使用的“双规”体系被“留置”体系取代。国家监察委具有留置被调查者、冻结其财产以及开展问询的所有权力，且不仅可以针对腐败分子行使职责，也可以针对行贿者行使职能。习近平主席已清晰表示，这一新的机构有助于改善法治状况。

2. 新方法和新阶段

十九大和第十三届全国人民代表大会所做的这两件重要的事情同时确立了清晰的目标和新的方法。两个核心目标,即“两个一百年”是:2021 年全面建成小康社会,2049 年成为“富强、民主、文明、和谐、美丽的社会主义现代化强国”。近年来,这两个目标多次在“中国梦”和“中华民族伟大复兴”的框架下被提及。中国自 1949 年建立中华人民共和国,结束了中国在清朝和 1912 年成立的中华民国统治期间的半殖民地历史之后,国家的发展变化始终贯穿着复兴之义,中国努力从本国历史中汲取经验教训,逐步重新达到鸦片战争之前的国际地位。十九大报告还提出,中华民族的伟大复兴是以“人民对美好生活的向往”为宗旨的中国共产党的“初心和使命”。四十年来,中国的经济发展速度令人印象深刻,贫困人口的减少同样令人瞩目,中国人民继续努力下去确实会实现这些目标的。但是,这一“民族的复兴”一定会对世界其他国家产生巨大影响,因为中国的地理、人口以及经济越来越多地决定着国际社会的发展方向。上述两个目标的确定意味着中国迈向一个“富强、民主、文明、和谐、美丽”的发展新阶段。

成功实现这一雄心壮志需要新的工作方法以及对于落实中央方针政策的监督管理。如我刚刚所说,这一政策的关键支柱在于反腐。为了毫不懈怠地开展反腐,习近平主席在十九大报告中重申党的领导是核心条件,并宣布成立“中央全面依法治国领导小组”,以保证统筹协调全面依法治国工作。腐败现象被大规模铲除后,中央政策就能成功落实,1978 年以来由于腐败而产生的偏差也就能最终得到矫正。十九大和第十三届全国人民代表大会还提到了其他重要议题,比如环境污染问题。从空气污染到水污染再到土地污染,中国自然环境的恶化被认为是威胁到经济发展基础的一个最严重的问题。因此，推进“生态文明”建设首次被写入宪法修正案。最近五年，中国在环境保护方面采取的措施证明了中国致力于结束这一令人担忧状况的决心，该状况已经越来越不可逆。为此，“生态文明”第一次连同其他首要问题通过修正案的形式写进宪法。另外，在经历四十年飞速的经济发展之后，中国开始强调在重视质量型创新的基础上努力建设高附加值经济的必要性，不再希望经济发展继续走数量型经济的老路。李克强总理在第十三届全国人民代表大会上特别指出重视经济发展质量和效益的重要性。习近平主席也在十九大报告中指出，由于经济结构效率增长以及发展引擎更加坚固，现阶段经济建设应优先注重质量。

涉及国际社会方面，也发布了一些旨在维持中国国际化的新方法的重要消息。习近平主席在十九大报告中强调，大幅度放宽市场准入，扩大服务业对外开放。针对近年来外国投资者和外资企业的担忧日益加剧的情况，习近平主席宣布“保护外商投资合法权益”。自然，这一承诺应伴随着对于商事法庭判决的监督管理以及提高中国公共企业和私人企业在和外方合作时承担法律责任的意识。围绕这一方向，还需要鼓励甚至强制中国国有企业在国际经营活动中或者在国内和外资企业合作时，更加注重遵守法律（遵守合同规定、尊重知识产权保护等）。只有以此为基础，外国投资者和外资企业的信任感才会逐渐树立起来，这种信任感会鼓励他们在中国继续投资。这也是习近平主席在报告中所说的“全面依法治国任务依然繁重，国家治理体系和治理能力有待加强”的一个题中之义。如今，国家之间普遍互相依赖，扩大对外开放已是必然之举，除此之外，中国的对外政策将进一步注重以合作和分享为基础。习近平主席承诺，中国将在和平共处五项原则基础上“恪守维护世界和平、促进共同发展的外交政策宗旨”。

总的来说，十九大和第十三届全国人民代表大会的真正创新在于深化2012年以来的改革方向，同时也在新的党章和宪法修正案中得以体现。这一“新的时代”事实上开启了中国发展和崛起的新阶段，中国将沿着这一道路继续发展，直至 2049 年成长为一个“新的中国”。这个新的中国在很大程度上是 1978 年改革开放和 2012 年以来采取的矫正举措的成果。十八大开启、十九大和第十三届全国人民代表大会所确认的新阶段至关重要，因为它使得中国得以改正错误，重新修订逐渐有所偏差的政策导向，并赋予了党员们为国奉献和牺牲的精神，最初的革命者秉持的正是这种精神。

三、西方社会和政治模式的观察与反省

西方工业国家不停地宣扬其政治模式的优势，不管是美国的不干预自由主义，还是英国的君主立宪制，抑或是德国的联邦制或法国的雅各宾派统一共和制。这些政治体制是在数十年乃至数百年间，以一些理念为基础而建立起来的，其中很多是 1642—1660 年期间英国革命和 1789 年法国大革命的遗产。英国革命通过建立政治决策的最高机构——议会来限制王权，议会和王室之间签署了宪章以明确权力的划分和归属。尽管立刻导致了奥利弗·克伦威尔的军事独裁，该君主立宪制在取代绝对君主制后依旧存续了几个世纪至今。在法国，大革命将革命主张宣传到了极点，在经过几年的犹豫和纠缠后，法国废除了君主制，并处决了国王路易十六和他的皇后。尽管 18 世纪末和整个 19 世纪法国独裁有所复辟，大革命的部分成果受到质疑，但议会制民主制度最终还是确立下来，“二战”时期维持了四年的维希政权则是个插曲。

法国大革命的理想是围绕人权以及人的政治权、经济权和社会权而树立的。1789 年的《人权宣言》提出以下原则：

——在权利方面，人们生来是而且始终是自由平等的(第一条)。

——任何政治结合的目的都在于保存人的自然的和不可动摇的权利。

这些权利就是自由、财产、安全和反抗压迫(第二条)。

——自由就是指有权从事一切无害于他人的行为。因此,各人的自然权利的行使,只以保证社会上其他成员能享有同样权利为限制。此等限制仅得由法律规定之(第四条)。

——法律是公共意志的表现。全国公民都有权亲身或经由其代表参与法律的制定。法律对于所有的人,无论是施行保护或处罚都是一样的。在法律面前,所有的公民都是平等的,故他们都能平等地按其能力担任一切官职、公共职位和职务,除德行和才能上的差别外不得有其他差别(第六条)。

——意见的发表只要不扰乱法律所规定的公共秩序,任何人都不得因其意见甚至信教的意见而遭受干涉(第十条)。

——思想和观点的自由表达是人的最宝贵的权利之一,因此,各个公民都有言论、著述和出版的自由,但在法律所规定的情况下,应对滥用此项自由负担责任(第十一条)。

——人权的保障需要有武装力量。因此,这种力量是为了全体的利益而不是为了此种力量的受任人的个人利益而设立的(第十二条)。

1789 年《人权宣言》确立的原则具有特别重要的意义,因为这些原则曾鼓舞包括中国在内的全球各国的革命者们,影响了很多国家的政治体制和宪法的制定。但在众多革命浪潮中反复出现的不幸一幕是,这些原则常常被那些亲自颁布的人迅速抛弃,沦为争夺权力和影响力的牺牲品。法国大革命的主要领袖之一马克西米连·罗伯斯庇尔在革命期间迅速转变成一个党同伐异的暴君,1794 年 4 月 5 日他甚至处决了最亲近的朋友之一——乔治·雅克·丹东,当时距离推翻王权还不满五年。历史不断证明,在任何体制下,人性在权力和权势面前都是脆弱的。然而在西方政治的臆想中以及关于这些从革命中产生的西方政治制度的论述中,却充斥着自由民主的哲学。美国总统亚伯拉罕·林肯在 1863 年 11 月 19 日葛底斯堡演讲时曾将民主阐释为“民有、民治、民享”，这一名言可能源于美国一位主张废除奴隶制的牧师西奥多·帕克的一句布道词：“民主是为了人民的、由人民行使的、对全体人民的直接的自我管理。”林肯总统拉开了美国式民主时代的序幕，这一民主在一个世纪后也成为美国对外政策不可分割的一部分。然而，这些原则形成时，美国发生了对原住民——美洲印第安人的屠杀战争，奴隶制依然存在，直至1865年南北战争后才有所修正，却又迅速演变成持续至20世纪末的种族歧视政策，直至今日尽管已历经相关法律的进步，仍阴魂不散。这种民主堂而皇之地建立于多党制、保护私有财产和言论自由的基础上。但这些形式上的自由难以掩盖真实的自由处境。近年来经济不平等日益加剧，大众媒体权力日增，美国游说集团势力强大，真正的金融贵族逐渐形成，所有这些要素都日益严重扭曲美国的民主制度，并最终导致2016年秋唐纳德·特朗普当选美国总统，这在某种程度上意味着美国政治思想的死亡和公民政治意识的消亡，取而代之的是一个毫无章法的政治实践，它建立在幻想的基础上，再也不关心集体利益，而只强调保护个人或集团利益。此外，正如越来越多的分析家和记者所强调的，唐纳德·特朗普的管理意味着美国政治体制越来越专制，通过指责司法部门不公正或无能而践踏三权分立的原则，一些反对唐纳德·特朗普政策的法官被解除职务，一些情报机关的负责人被解除职务，指责反对派民主党选举舞弊等。尽管美国政治是权力制衡的体系，但在游走于美国极度保守和种族主义边缘的意识形态的积极支持下，如果当选的领导人经常决定拒绝遵守一些不成文的规则和加强自己的权力——正如唐纳德·特朗普所经常做的那样，这些行为似乎揭示了民主规则的脆弱性。

欧洲民主的处境也完全不令人乐观。多个国家的执政党未能持久地解决经济和社会危机，也未能维持政府的信用，一个又一个欧洲国家相继陷入民粹主义狂热。在部分最重要的欧洲大陆国家中，民粹政党不断发展壮大，并和民主原则背道而驰，尽管正是民主原则使得他们有时可以参与执政，使得他们可以在公共舆论中发出声音。在英国，反对欧盟和排斥外国人的民粹势力已经成功地在2016年6月23日的公投中决定让英国退出欧盟。在奥地利，一位31岁的候选人凭借排斥外国人的主张、优先注重安全措施的纲领当选总理。一些欧盟国家越来越多地发出排斥外国人的主张和反民主的声音，这些声音和建立欧盟的价值观是相悖的，并会伤害欧盟自身。在法国，一位年轻的候选人于2017年5月当选总统，他没有执政计划，也没有对特殊的价值观表示认同，而是得益于失去公信力的公共舆论对于前几届政府未能解决法国人的问题或至少向法国人承诺一种比较可信的振兴的不满，他本人甚至还曾经担任过经济部长……很多民主国家的政坛已开始出现腐败固化的现象，这一现象自然将民主制度引入歧途。这些腐败的形式常常纷繁复杂，难以察觉，民主国家的司法程序又尤其漫长，且受到很多法律条文的约束，法国和意大利等国家近年来的案例已证明这一点。

事实上，无论在哪个地区，无论是何种政治制度，人在面对权力时的行为都是十分相似的。对于大多数政界人士以及领导者来说，权力具有无法抵挡的吸引力，因为它提供了一条通向无限特权的入口，带来即使是最清心寡欲的人也为之怦然心动的回报。权力具有唯一性，一般不会分享……在我看来，对于向往权力的欲望的控制因素似乎蕴含在引导领导人一举一动的价值观中。传统的注重集体的价值观的沦丧将会助长个人主义价值观的兴起，并导致权力的使用出现偏差甚至权力的滥用。在大多数西方宪政国家，个人主义比公众利益占了上风，这种趋势尤其使得欧洲人开始趋向美国社会模式。在这种模式中，形式自由——用卡尔·马克思的话说，就是政治和个人自由——伪装成真正的自由，使得大多数人无法享受到这些主观权利。生活在绝对或相对贫困中的民众，在被同掌权者有着微妙关系的集团掌控的媒体影响下，如何对行使投票权和所谓的言论自由权感到满意并拥有一种成就感？在欧洲，社会主义运动使得劳苦大众在19世纪和20世纪时从资本家的剥削压迫中解放出来，并获得了之前一直没有得到承认的权利，但这种自由仅仅是部分的，戴着自由平等面具的市场规律成为他们新的主人。虽然无产阶级的处境大为改善，但令卡尔·马克思感到愤怒的不公正依然存在。这种不公正单单强调政治民主即局限于拥有平等投票和言论自由权，并为此奴役市场机制、跨国精英和银行系统。因为事实上，在20世纪，银行成为资本主义最具代表性的统治工具，通过银行控制财富的分配，借助面向民众的信贷机制，通过制造过度负债，再让假想的中产阶级获得虚拟的个人生活方式。法国思想家托克维尔在其著作《论美国民主》中曾经预言，未来社会将由中产阶级统治，这些社会发生革命的可能性微乎其微，每一个人都会因革命代价过于高昂而放弃革命。因此，在20世纪，资本主义制度通过银行系统创造了一个威慑革命暴力的武器以及一个新型的自愿奴役的模式。2016年，法国家庭的负债率接近可支配总收入的90%，德国是82%，英国是126%，瑞典是87%，美国是78%。

如此负债率使得银行大发其财，也使得民众不得不长期依赖信贷机制。其中一部分人也利用信贷机制减轻资本主义对其生活水平的影响，同时确保他们不会忘记自己在资本主义系统面前的脆弱性，正如我们在2008年美国次贷危机期间所看到的那样。但是除了个人之外，国家本身也被经济垄断奴役，这种作为社会主导的少数派形式的垄断，能够操纵民众选举的政治人物，以民众的名义进行统治，并让其以为这是自己的选择。一位美国经济学家曾指出，在美国，99%的选民是盲目选择，只有1%的选民能“得到较充足的信息”，这就使得候选人无不集中精力去争夺那1%的选票，这1%又会影响其他并无明确想法的99%，最后的胜利者也是能够获得这1%中多数支持的人。① 大多数美国选民受教育水平较低并且对国内外的问题知之甚少，

① Bryan Caplan, *The Myth of the Rational Voter: Why Democracies Choose Bad Policies* [Princeton: Princeton Univ. Press, 2007, p.7].

易被过于简单化的民粹主义思想左右，这使得那些领导美国这个全球第一强国的能力最值得商榷的候选人能够入主白宫或国会。西方民主逐渐陷入由能够大规模指导选民决定的媒体主导的政治体制。2002年至2003年，一场大规模的媒体造势就能够扭转美国和英国对于军事介入伊拉克局势的公众舆论，且不需要出示伊拉克拥有大规模杀伤性武器或相关研究计划的确凿证据。[①] 2018年，剑桥分析公司在2016年美国总统大选期间窃取五千多万社交媒体脸谱账号丑闻的曝光，再次显示议会宪法制度每况愈下，在随后的政治选举中越来越不具有代表性。

对西方式"民主"社会的观察结果不容乐观。金钱力量扭曲选举过程；面对专制个人主义有利于个人权利甚至包括最边缘化的个人利益，同时却损害着集体权利的现实情况，社会集体生活的价值观在迅速消亡；政治领导人缺乏中长期愿景，为了获得权力，甚至会愿意作出最荒唐和绝对不可能实现的承诺，民众对于选举游戏日益疏远，难以相信选举结果将会显著改善他们的日常生活，相当一部分政治精英的腐败以及"丑闻"层出不穷，覆盖上上下下所有政治群体。所有这些因素都令人对一些人希望在全球推广的、兴起于20世纪的自由主义民主模式的未来日益生疑。自从20世纪70年代"光荣的三十年"结束后，各种政治倾向的西方领导人都未能从根本上解决经济衰退以及经济衰退带来的社会问题。极为疲软甚至停滞的经济增长，未能解决的社会问题以及飞速增长的贫困人口已经损害西方的政治体制，欧洲反民主党派以及美国民粹主义势力在选举中的突破就是明证。2000年美国总统大选期间，总统乔治·W.布什的弟弟所在的佛罗里达州曝出选举舞弊的丑闻，同时2016年的总统大选将一个步入老年的商人推上执政舞台。这些都使得人们更加怀疑西方的政治体制被金钱和隐秘的利害

① "Iraq and the Rupert Murdoch connection: The media mogul's network of pro-war campaigners", *Independent*, July 7, 2016.

关系掌控。这种民主制度只有在普通民众能够开展辩论并理解候选人的政治纲领——后者如果有这样的纲领的话——才能够有效运行，而非普通民众只能根据民意调查被动地表达意见。西方社会实际上似乎在步入英国政治学者科林·克劳奇所说的"后民主时代"。克劳奇认为，"所谓的'后民主时代'是指在政府换届的选举前后，相互竞争的专业的公共关系团队在选举期间严密控制公众争论议题，使得选举成为一场只有部分经过专家实现筛选过的问题才会得到讨论的戏剧的时代。大多数民众只对给予他们的信号作出反应，扮演一种消极的、沉默的甚至无精打采的角色。在前台背后的阴影中，现实政治已经由代表各方经济利益的政府和精英们完成了"①。

克劳奇强调，后民主时代"始终会给予经济利益的游说集团更多权力，实施平等的政治纲领以及财富和权力再分配计划的机会是微弱的，构筑抵挡利益集团影响的堤坝也同样如此"②。

西方社会的政治演变见证了这种政治媒体化。公共辩论常常看起来像马戏团表演，甚至对于政治人物，真人秀的电视节目比对事实的辩论更加重要。电视取代了宗教，成为马克思所说的人民的鸦片。独立于大型新闻集团的独立媒体变得十分稀少，他们自身也屈服于各种游说集团施加的压力。在这种丧失社会标准和价值观的背景下，中国关于和谐、和平和发展的声音展现了一个乌托邦的愿景。在20世纪60年代，"国际经济新秩序"的概念风靡一时，这个概念诞生于发展中国家之中，并在1973年阿尔及尔召开的不结盟会议上正式确立。这一倡议呼吁资助发展，开展工业化计划，进行技术转移，控制跨国企业。但这一倡议先是受到1973年石油危机引起的连续经济危机的打击，随后又受到和这一倡议理念相悖的华盛顿共识的压制。但是，

① Colin Crouch, *Postdemokratie* [Frankfurt am Main: Suhrkamp Ed., 2008, p.10].
② 同上书，第11页。

中国在世界历史中独树一帜的发展，以及内生式发展模式逐步提炼形成一种概念，已经使为实现更平等的发展而更好地分配财富以及开展国家间合作重新成为可能。

第二章

中国价值体系的进化与世界化

近五个世纪以来，西方列强通过殖民主义、帝国主义和霸权主义的扩张主导了政治、经济和社会等领域的价值观。从犹太教和基督教文化之外所产生的价值观固然会继续存在，但它们在殖民时期被系统性地贬低、批评并最常被谴责其落后，殖民地的人们为这些价值观所争斗，以至于他们开始怀疑自己本身以及传统和文化。中国清朝在西方帝国主义列强面前的崩溃以及阿拉伯国家在英国和法国殖民主义者面前的坍塌都证明，面对西方列强的军事和经济力量，传统社会和非西方的政治制度的抵抗能力是微弱的。“新文化运动”和“五四运动”代表着对传统价值观“全面”的抛弃，背后的思想基础是，接受西方价值观才能使中国成功应对西方帝国主义，这种想法和日本的明治维新较为接近。在蔡元培担任北京大学校长期间，北大成为新文化、新的教育理念的温床，它不再是培养中国官员的机构，而是培养具有批判性思维能力的知识分子。当时的北大兼容并包，既有保守派的梁漱溟，也有自由派的胡适，还有激进派的陈独秀。不过自由派和激进派占主流，并力图将对传统文化的打击毕其功于一役，因为在他们眼中，传统文化是中国积贫积弱的根源。他们把第一个目标瞄准中国衰落的象征——儒家思想。他们发出的“打倒孔家店”的呐喊成为当时新兴知识分子阶层的共同呼声。此前在 19 世纪时，儒家思想就因奴役妇女和宣扬孝道受到批评，谭嗣同就是批评尤其激烈者之一。梁启超以及康有为、严复等人同样吸收了西方思想，但是梁启超宣扬的民族主义受到一些团体，尤其是无政府主义者的激烈批评。《凡尔赛和约》决定将德国在中国山东的权利转让给日本，而不是将德国占有的领土归还给中国，这一事件成为五四运动的导火索。由于中国民众和知识界对于巴黎和会决议的强烈反对，参加此次和会的中国代表团于1919年6月28日拒绝与德国在和平协议上签字。讽刺意味十足的是，西方列强交给日本的这个省也是孔子和孟子诞生及教书育人的省份，是中国传统文化的核心地区。在运动中，陈独秀号召学生要警惕民族主义，呼吁要改变中国而非拯救中国。他认为，中国传统文化和西方“思想差迟，几及千载”①。他通过不承认中国传统中任何适应“现代世界生存条件”的可能性来面对儒家保守派。这批五四运动的知识分子尽管对于未来发展方向意见不一，但他们在谴责儒家思想和中国传统文化方面却是立场一致的。

“文化大革命”期间，中国传统价值观，尤其是儒家思想第二次受到冲击，这次的冲击旨在彻底用马列主义来取代儒家思想。1974年，当“文化大革命”露出疲态时，江青发起了“批林批孔”运动，“四人帮”利用这一运动打击党内的反对派，尤其是在1975年以后，把矛头对准了毛泽东的亲密战友周恩来。这一运动妖魔化儒家思想，认为儒家思想是导致中国封建制度的根源，并将历史上的农民起义解读为对于儒家秩序的反抗。由于1976年10月“四人帮”被打倒，这一运动失败了。

在这两种情况下，诉诸激进和不分青红皂白地批评，以及对西方思想观念的推崇，遭遇了沉浸在几个世纪以来深受儒家思想影响并依附于其传统的中国人民的反抗。习近平主席2014年9月24日在纪念孔子诞辰2565周年国际学术研讨会暨国际儒学联合会第五届会员大会开幕会上再次强调，“儒家思想……是中国传统文化的重要组成部分”，这一绵延2000多年之久的思想“具有长久的生命力”②。

---

① 陈独秀，《敬告青年》，《青年杂志》第1卷第1号，1915年9月15日。
② 习近平，《在纪念孔子诞辰2565周年国际学术研讨会暨国际儒学联合会第五届会员大会开幕会上的讲话》，《人民日报》2014年9月25日第2版。

一、传统与现代、儒家思想和马克思主义

习近平主席在这一讲话中指出："中国共产党人是马克思主义者，坚持马克思主义的科学学说，坚持和发展中国特色社会主义，但中国共产党人不是历史虚无主义者，也不是文化虚无主义者。我们从来认为，马克思主义基本原理必须同中国具体实际紧密结合起来，应该科学对待民族传统文化，科学对待世界各国文化，用人类创造的一切优秀思想文化成果武装自己。"①在西方文化和传统文化之间摇摆不定多年后，今天的中国希望站在去粗取精的角度，从传统思想、马克思主义和自由主义中汲取最有益的营养，培育与中国当前的实际情况最为契合的新的文化和价值观。中国领导人已深入研究了中国的古代史和现代史，也深入研究了包括西方国家和社会主义阵营国家的经验，并汲取了很多国家的失败教训，以逐步形成一种不仅是关于发展而且关于国家治理的哲学，其历史、人口和地理特征使得该哲学拒绝建立一个在西方人看来可以放之四海而皆准的框架。

儒家思想在海外经常受到批评，这些批评认为儒家思想是一种传承奴役文化的思想，它追求永恒不变的社会秩序，为专制政体的合法化提供了依据。同时，这些批评还认为儒学思想的革故鼎新是反西方的，甚至存在伊斯兰教和儒家思想联合起来的可能性。一个非正式的"儒-伊联盟得以实现，并非因为穆罕默德和孔子是反西方的，而是因为这些文化提供了一个能够表达部分是由西方——一个在政治、军事、经济和文化上占统治地位，并越来越为世界人民所痛恨的西方——造成的痛苦的载体，一些国家感到'它们

① 习近平，《在纪念孔子诞辰2565周年国际学术研讨会暨国际儒学联合会第五届会员大会开幕会上的讲话》，《人民日报》2014年9月25日第2版。

没有必要再忍受'"①。为此，亨廷顿借助新加坡1991年发布的"白皮书"对儒家思想作出了较为常见的批评：社会等级和家庭价值观将使权力在行使中带来裙带关系的风险。② 他认为，受到儒家哲学很大影响的新加坡模式通过强调对个人功绩的重视将可能缓解这一风险。

该"白皮书"关于"我们的共同价值"③作了如下定义：

——国家至上，社会为先；

——家庭为根，社会为本；

——关怀扶持，同舟共济；

——求同存异，协商共识；

——种族和谐，宗教宽容。

外国对于任人唯亲风险的批评似乎是想说服人们，在自由民主社会，这一风险是微乎其微，甚至不见踪影的。然而如果和美国比较一下，就会非常有趣地发现，自20世纪60年代以来，美国已经形成了肯尼迪、布什、克林顿以及其他不那么显赫的真正的政治王朝。在中国回归国际社会的第三阶段，继毛泽东革命和邓小平改革之后，中国的传统价值观正在逐步恢复以满足现代社会的要求。中国回归传统儒家思想在国内引起了不同思想流派之间的争论，在国外则被看成一种甚至比中国政治体制具有马克思主义特点还要严重的威胁。西方大多数政治观察家认为，马克思主义事实上被看作是一种难以改造世界的、过气的政治哲学。苏联以及苏维埃社会主义阵营国家的经济、政治和社会失败已经令人信服地证实马克思主义未来将确凿无疑地消亡。在中国，中国共产党坚持以马克思主义哲学理论为导向，因为该理论可以为党的统治带来建设性的、积极的影响。显然，马克思主义思想

① Samuel Huntington, *The Clash of Civilizations and the Remaking of World Order* [New York: Simon & Schuster, 1996, p. 239].

② 同上书，第219页。

③ "White Paper on Shared Values", Singpore, Singapore National Printers, 1991.

被苏联体制引上歧途，但是如果该思想可以同中国以及当今世界其他国家的具体国情相结合，其依然可能重拾荣光。仍然可以做到的是，重新回到马克思主义理论的基本点，去除这一哲学中已经不符合当今世界实际情况的部分，扬弃马克思主义的分析中已经被证明是错误的部分，也就是说，结合170年以来社会的演变情况，对这一19世纪的思想进行整理发掘。

马克思著书立说以来，世界发生的最大变化之一是，发达国家和一些发展中国家的社会开始分成三个阶级：资产阶级、中产阶级和无产阶级，而不再是马克思和恩格斯在《共产党宣言》里曾提出的两个阶级：资产阶级和无产阶级。从数量上来说，中产阶级已经成为统治阶级，在欧洲和美国，他们已是选民和各参与执政的党派的中流砥柱。无产阶级由于生活水平的提高导致数量上大大减少，其实力因此被削弱，因为前面所述的银行的角色，无产阶级群众的生活水平被部分虚拟化，今天的无产阶级已经陷入极端主义、极左派和特别是极右民族主义和仇外运动的漩涡。在野蛮资本主义强加的经济条件的压力下，无产阶级已经远离了马克思主义关于无产阶级国际化以及不可避免的“各国人民之间的民族隔绝和对立”①的消失的主题。

《共产党宣言》宣布：“联合的行动，至少是各文明国家的联合的行动，是无产阶级获得解放的首要条件之一。人对人的剥削一消灭，民族对民族的剥削就会随之消灭。民族内部的阶级对立一消失，民族之间的敌对关系就会随之消失。”②

20世纪末期以及21世纪前20年已经显示，人民选择的方向和马克思曾经论述的有所不同，人们沉沦在仇视外国人和最狭隘的民族主义中，围绕所谓的民族社区，但往往建立在宗教种族特征而非“民族”特征上。工人运动经常碎片化而难以组织动员，在自由主义之风蔓延的背景下，工人运动无

① Karl Marx et Friedrich Engels, *Le Manifeste du Parti Communiste* [Paris: Le Livre de Poche, 1973, p.31].

② 同上。

法提出替代团结，除了通过民族主义宗教或身份类同的方式团结。在中国，“一带一路”等倡议以及习近平主席的一系列讲话似乎正在展示一个新的政治哲学，这种哲学指出要回归马克思主义的根本主张，这些主张和儒家思想中“天下”的概念不谋而合。我们随后将阐明“天下”这个概念。中国21世纪战略在维持中华民族复兴的目标同时，也清晰地树立了国际层面的目标。

中国正在逐步践行的政治哲学的力量在于，将马克思主义作为一种研究方法而非一种终极的理论模式，这正是马克思主义政治家罗莎·卢森堡孜孜不倦地努力宣扬却未能让德国人接受的主张。因此，必须重新审视社会和经济的变革以寻找适应具体情况的新机会和新的政治路线。马克思主义一方面适应儒家传统思想，另一方面适应经济自由主义的某些原则，反映了这种与现实相结合的愿望，以避免那些在其他阶段犯下的错误。在政治方面，民主议会制完全建立在——至少理论上如此——人民主权的基础上，而忽视了儒家认为可用于国家治理的伦理道德的必要性，导致欧洲和美国的民粹主义势力发展壮大，甚至使得一些缺乏道德感和严谨作风的人最终登上执政舞台。近年来，这样的例子层出不穷，削弱了西方政治自由主义所推崇的民主理论的吸引力。一些民主选举出来的总统锒铛入狱，包括部长在内的各级别当选者都出现中饱私囊、为了个人私利而滥用权力的现象。事实上，正是这种政治、经济和媒体之间的联系腐蚀了政治理念本身。在欧洲和美国，三种权力明显存在相互勾结的情况，三个不同行业的人定期互换岗位。这种趋势由于工业社会中工作的技术性增强而进一步加剧，出身普通的选民往往难以理解这一现象，因为他们身处其中，在处理复杂事务时他们往往无能为力，最终沦为那些掌握着社会内幕的集团的操纵对象。这种情况反过来又使得代表民意的公共机构的运营陷入瘫痪。公民选出的代表本身也不再能够了解事态的发展，而且往往没有意愿投入必要的努力，使他们能够充分发挥其作为立法者的作用，以了解这些越来越复杂而且大多时候被充满偏见的媒体报道所影响的问题。

儒家思想重新融入国家治理将有助于缓解1978年开启的改革开放中的矫枉过正，以及个人主义和追求名利之风蔓延带来的物欲横流的情况。国外批评中国权力等级的划分更加明显以及集权制加强，认为这些现象加剧了权威主义的风险，对此，国家和党的领导人更有能力要求党的干部和官员更加廉洁奉公，重视公共资产，赋予“为人民服务”的原则新的生命力。习近平主席2012年12月4日在讲话中再次指出：“关系人民群众切身利益的执法司法问题还比较突出；一些公职人员滥用职权、失职渎职、执法犯法甚至徇私枉法严重损害国家法制权威。”①

习近平主席反复强调民主和民主集中制对于中国的重要性，这和马克思的思想完全相同。“民主集中制”是由列宁提出的概念，这一概念和儒家思想也是相通的，这一制度同意在党内开展民主讨论，但同时也要求党员服从上级领导作出的集体决策。这种版本的决策程序分级制符合今日中国的实际情况。中国这样一个地域辽阔、人口众多的国家，是需要在征询基层意见和完成政策规划后，通过集中的方式来作出政治决策的。自然，外国观察家们会举例说，印度这样一个人口规模较为接近中国的国家就建立了议会制和多党制民主。然而，印度是一个联邦制国家，它的发展始终饱受覆盖所有领土和全体民众的权力分散的制度之苦。这种制度带来一系列后果：经济增长放缓有时甚至停滞，政坛腐败猖獗，社会歧视自印度独立以来一直根深蒂固。由于这些原因，印度尽管近年来经济增长较快，但投入公共卫生的国家财政开支尚不足财政预算的1%，联合国儿童基金会提供的数据显示，印度婴幼儿的营养不良率甚至比大多数撒哈拉以南的非洲国家还要高，一

① 习近平，《在首都各界纪念现行宪法公布施行30周年大会上的讲话》，《习近平谈治国理政》，北京：外文出版社，2014年版，第137页。

半以上的印度妇女和四分之三的3岁以下的印度儿童患有贫血。① 从中央到联邦再到地方，尤其是在中央和地方，大多数当选者在自己当权时期利用权力中饱私囊。② 政治的确为贫困提供了出路。但在如此背景下，如果选举的条件是基于候选人的经济考量，同时由于选票是买来的，因此也取决于选民的财务状况，那么所谓的形式自由选择权的意义是什么？

儒家思想和马克思主义价值观都要求廉洁守纪和为他人服务，依靠这样的价值观可以弥补人性中追求权力和金钱的本性的缺陷。权力等级制并不是专制的同义词，习近平主席2015年1月12日在中央党校第一期县委书记研修班学员座谈会时就指出，县委书记要“不把‘班长’当成‘家长’”“不搞个人专权”。③ 自中共十八大以来，习近平总书记不断向各级以及各行各业的党员干部重申这些价值观，只有这些价值观能够重建秩序、公平，并保证未来数十年的持续发展。

二、中国特色社会主义

邓小平推行改革开放以来，“中国特色社会主义”成为引领中国发展的政治哲学。这一哲学的特殊性在于，它来自马克思主义和毛泽东思想，吸收了中国和其他国家的发展经验，汲取了苏联和社会主义阵营国家的失败教训，注重不要禁锢于单一意识形态，既认识到自由经历的积极之处，更重要的是，在这些不同意识形态潮流和中国哲学传统特别是儒家思想之间找到共同点。事实上，马克思主义并非一种建立在某种哲学基础上的体系，所以

① John Kampfner, *Freedom for Sale: Why the World is Trading Democracy for Security* [New York: Basic Books, 2010, p. 149].

② 同上书，第152页。

③ 习近平，《做焦裕禄式的县委书记》，《习近平谈治国理政》（第二卷），北京：外文出版社，2017年版，第147页。

这一理论并未终结。这并不意味着它在科学意义上不具有系统性，因为对不同形式的阶级斗争及其联系的分析赋予了它的这种系统性。习近平总书记曾经精准地指出：“马克思主义必定随着时代、实践和科学的发展而不断发展，不可能一成不变”①，“我们一定要以我国改革开放和现代化建设的实际问题、以我们正在做的事情为中心，着眼于马克思主义理论的运用，着眼于对实际问题的理论思考，着眼于新的实践和新的发展。”②改革的指导思想就是毛泽东的名言“实事求是”，这一理论可以追溯到汉代，并成为中国共产党执政思想的根基。这一取向同样符合卡尔·马克思的思想。马克思在其所写的《关于费尔巴哈的提纲》（1845 年稿本）中指出，“哲学家们只是用不同的方式解释世界，问题在于改变世界”③。这一思想是和德国传统哲学决裂的。此前，青年黑格尔学派④已提出这样的目标：超越对各种抽象哲学之间关系的分析，深入对真实世界的具体理解。邓小平在其引用的中国谚语“摸着石头过河”中也正是倡导这一方法，他呼吁开展以实践为基础的改革，摆脱过于僵化麻木的政治学说的影响。这一策略被证明卓有成效，推动形成了“马克思主义的中国化最新成果，包括邓小平理论、‘三个代表’重要思想、科学发展观”⑤等，以及“和谐社会”和最新的“中国梦”、习近平新时代中国特色社会主义思想等理念。

因此，在过去四十年中，中国特色社会主义逐渐发展起来，通过定期调整改革进程以保持对现实的长久把控，从消极经验中吸取教训。

---

① 习近平，《毫不动摇坚持和发展中国特色社会主义》，《习近平谈治国理政》，北京：外文出版社，2014 年版，第 23 页。

② 习近平，《紧紧围绕坚持和发展中国特色社会主义学习宣传贯彻党的十八大精神》，《习近平谈治国理政》，北京：外文出版社，2014 年版，第 9 页。

③ Karl Marx, *Thèses sur Feuerbach*.

④ 青年黑格尔学派是一个德国哲学家群体，他们和主张维持德国哲学家黑格尔的哲学理论体系的“老年黑格尔学派”（又称“黑格尔右派”）相对立，他们批评黑格尔理论体系中的宗教和保守色彩，同时又主张保持其中革命性的一面。

⑤ 习近平，《紧紧围绕坚持和发展中国特色社会主义学习宣传贯彻党的十八大精神》，《习近平谈治国理政》，北京：外文出版社，2014 年版，第 9 页。

中国领导人意识到经济发展对于实现国家复兴、让中国能够作为一个可以自由选择道路的独立大国重新回归国际秩序的决定意义，所以把经济发展当作改革的核心任务。在这种自然遵循社会进步、发展科学技术和军事现代化的经济选择下，所有方面都依赖于国家可以产生的经济资源。但中国领导人自改革之初就明确了改革取得成功的必需条件：对外开放。随着数十年来全球化的提速，世界已在很多领域，尤其是在经济方面变得互相依赖。贸易的全球化使任何孤立和自给自足的企图变成过去时，保护主义也成为过时的工具。不过各国仍会保护部分行业，尤其是金融行业（2008 年金融危机就已证明这一点），也会拒绝盲目服从布雷顿森林体系中的金融机构的建议。这些秉持自由主义的金融机构已经暴露出自身的局限性，他们给最脆弱的国家带来的发展无力的影响也暴露无遗。中国经济发展第一阶段的超高速增长使得中国更加自信，尤其在抵制霸权主义方面的信心不断提升。邓小平 1989 年 3 月 23 日在会见乌干达共和国总统穆塞韦尼时表示："中国取得了一个资格：人们不敢轻视我们。霸权主义和帝国主义总是欺侮包括非洲国家在内的发展中国家，经常干预这些国家为摆脱控制、发展经济、争取政治独立与自主所作的努力。他们对中国也是这样。"①

这里就不赘述中国特色社会主义这个新意识形态的科学性的细节了，仅介绍一些特色鲜明之处，以解释改革开放头四十年非同凡响和令人惊奇的成功。在我们更详细地描述这一社会主义的主要方面，比如经济道路、社会发展、环境保护等之前，首先值得一提的是，这一社会主义形式灵感来源的多样性。从这一角度来看，这种方法可以突出中国思想富有融合性的历史特殊性。中国有史以来，就懂得吸纳外来营养，包括新的宗教、新的意识形态，通过世界上独一无二的中国化过程将这些吸收为培育中华民族的养

① 邓小平，《保持艰苦奋斗的传统》，《邓小平文选》（第三卷），北京：人民出版社，1993 年版，第 289 页。

分。首个传入中国的外来文化是来自印度的佛教。佛教诞生于公元前 6 世纪，随后数百年间流入中国，最终成为中国宗教之一并流传至今，它在印度反倒几乎完全销声匿迹。① 伊斯兰教自公元 7 世纪起随着中东商人的到来而流入中国，这一时间节点紧随着伊斯兰教历元年于公元 622 年建立。② 从此，原本面向阿拉伯人和位于中亚的突厥人的伊斯兰教开始在汉人中吸收信徒，并逐步在宗教实践和建筑方面汉化。唐朝时期，犹太教随着犹太商人流入中国，并融入了中国的土壤。③ 今天，中国还有一些犹太人的后裔声称自己属于犹太人，然而他们已经不知犹太教的宗教实践是如何进行的。基督教晚于其他宗教传入中国。直到 17 世纪，基督教才随着最早一批耶稣会士来到中国，这些耶稣会士中名气最大的当数意大利籍神父利玛窦。为了能够在中国传播福音，耶稣会士需要适应中国的风俗习惯，并通过巧妙的方式使用“上帝”这一词语和回归中国古典以说服中国人接受上帝的观念，尽管在文化层面不免有些混淆不清之处。在得到中国皇帝以及 19 世纪后期领导中国共和革命的领军者孙中山的支持后，基督教得以在中国土壤中生存。历届中国政权都没有明确拒绝这些宗教影响，尽管各教派或多或少经历了一些艰难时期，甚至是迫害时期，但它们还是给中国打上了深深的烙印。

但满族的案例或许才是最引人注目的。这个来自中国北部地区的民族的文化原本是一种草原游牧民族的战斗文化，和中国内陆地区的政治社会习俗完全没有共同之处。然而，这个建立了统治中国 267 年的清朝的民族最终同样被汉化了，到了 18 世纪中期，对于大部分满族的八旗子弟来

---

① Anne Cheng, *Histoire de la pensée chinoise* [Paris: Ed. du Seuil, 1997, p.356].

② 伊斯兰历元年名为“希吉拉”，意思是“和亲友分离”。公元 622 年，先知穆罕默德从原先居住的麦加迁徙到麦地那，这一事件成为穆罕默德建立穆斯林帝国的开端。

③ S.M. Perlmann, *The History of the Jews in China* [London: R. Mazin & Co. Ltd., 1913, p.5]; Jonathan Goldstein, *The Jews of China*, *Vol. I — Historical & Comparative Perspectives* [London: M.E. Sharpe, 1999, p.xxii].

说，民族的文化特色——善于打仗、饮食简朴、能说满语——都已变得仅具象征意义。①

历史悠久、文化同质性、应对侵略或外来压力具有韧性，这些特点使得中华民族成为一个既能够心胸开放地对待其他文化又能深深地扎根于自己的传统的民族。随着 20 世纪多种新的政治哲学引入中国，中华民族这种兼容并包的特点在形成中国特色社会主义这样的新政治哲学过程中发挥了决定性的作用。

从卡尔·马克思哲学来看，中国领导人摒弃了一些符合传统儒家观念的价值观。马克思主义的主线是反对不平等和主张有必要重新分配劳动创造的财富。马克思对私有制的反对是他提出建立共产主义社会的基础，在共产主义社会中，社会属性的人会得到解放。然而在马克思主义思想中，生产资料的私有制只会带来阶级剥削，产生无产阶级和资产阶级。

只有在集体协作的劳动者们掌控了生产而非被生产所掌控时，自由才可能成为现实。马克思将实现这一目标的阶段称为“共产主义社会的第一阶段”，这一阶段对应的是无产阶级夺取政权，创建新的无产阶级专政国家。这一阶段建立在废除大型生产资料私有制和实行多年制计划经济的基础上，仍需要让资本主义和市场经济以某种方式继续开展。自 1978 年以来，中国在自身经济中注入不容忽视的市场经济成分，以满足当下和经济发展的时代需求，这在一定程度上遵循了马克思主义的取向。不过，中国的改革开放也使得个人主义之风蔓延，正如马克思已指出的那样，这种情况在这一阶段是无法避免的。同时，贪污腐败之风也迅速兴起。习近平主席掀起的反腐运动以及正在进行的重在加强国企实力的国有企业改革，是对这些偏差进行矫正。然而，改革的主要障碍之一依然是国企体制不顺和治理不善的

① Mark C. Elliott, *The Manchu Way: The Eight Banners and Ethnic Identity in Late Imperial China* [Stanford: Stanford Univ. Press, 2001, p. 342].

问题，一些国企负责人孜孜追求个人私利，却对企业和集体利益漠不关心。如果民众和公务员没有足够的集体意识，那么自私自利的个人主义是很难克服的。苏维埃社会主义阵营国家的教训清晰展现了他们体制的局限性：在国企或公共服务机构，公家的工作被草草对待，劳动者的注意力集中在自己的个人事务上。在生产资料私有制这个问题上，理论上还必须按照中国传统，认识现实，依靠实践来解决遇到的难题。

在财富的重新分配这个问题上，繁荣的理论将马克思主义学说和儒家哲学结合在一起。习近平主席 2016 年 1 月 18 日曾在讲话中指出："共同富裕，是马克思主义的一个基本目标，也是自古以来我国人民的一个基本理想。按照马克思、恩格斯的构想，共产主义社会将彻底消除阶级之间、城乡之间、脑力劳动和体力劳动之间的对立和差别，实行各尽所能、按需分配，真正实现社会共享、实现每个人自由而全面的发展。"①我个人认为，中国的改革开放经历在这方面为其他发展中国家树立了一种无可争议的模式。事实上，我们可以看到数十年来，很多发展中国家在严格的宏观经济层面出现了中等水平甚至较高水平的经济增长，但这些增长常常由于精英阶层的腐败和家族式或帮派式的权力垄断而无法让财富在重新分配时流向人民大众。阿拉伯世界革命说明了这种捕获财富和权力的情况。习近平主席 2012 年 11 月 17 日在十八届中共中央政治局第一次集体学习时的讲话中指出："近年来，一些国家因长期积累的矛盾导致民怨载道、社会动荡、政权垮台，其中贪污腐败就是一个很重要的原因。"②

习近平主席的警示告诫与儒家思想的价值观是相通的。儒家思想认为，国家有义务为民众提供最基本的物质生活条件，这比满足政治需要还重

① 习近平，《八、以新发展理念引领发展——关于树立创新、协调、绿色、开放、共享的发展理念》，《习近平总书记系列重要讲话读本（2016 年版）》，北京：学习出版社、人民出版社，2016 年版，第 129 页。

② 习近平，《紧紧围绕坚持和发展中国特色社会主义学习宣传贯彻党的十八大精神》，《习近平谈治国理政》，北京：外文出版社，2014 年版，第 16 页。

要。孟子认为,“是故明君制民之产,必使仰足以事父母,俯足以畜妻子,乐岁终身饱,凶年免于死亡;然后驱而之善,故民之从之也轻”。孔子认为,“大道之行也,天下为公。选贤与能,讲信修睦。故人不独亲其亲,不独子其子;使老有所终,壮有所用,幼有所长,鳏、寡、孤、独、废疾者皆有所养;男有分,女有归。货恶其弃于地也,不必藏于己;力恶其不出于身也,不必为己。是故谋闭而不兴,盗窃乱贼而不作。故外户而不闭,是谓大同”。引申开来,社会制度的集体所有制,性质和孔子的推论是相通的,它以满足所有人的需要为宗旨,社会主义社会引申开来就是把社会看成一个大家庭。正如美国社会学家丹尼尔·贝尔所强调的,在数以百年计的光阴中,儒家的价值观不断演变,在不同时代、不同地点以不同的方式被解读。如果当代作家们对于儒家思想中有关私有制的观点解读有异议甚至持反对意见,我认为最重要的是孔子和他的门生对财富分配和共同繁荣方面的看法。然而,历史已经证明,正是儒家思想影响深远的东亚国家才是最平等的。① 从“四小龙”的腾飞到中国的发展,都带来财富的重新分配,中国虽然由于其庞大的人口规模,财富的再分配依然不平等,但在历史上却以一种无法精确统计的节奏大大降低了贫困。

毛泽东思想在无产阶级问题上给马克思主义带来了根本性的补充。马克思认为,无产阶级和工人阶级是可以相互替换的,因为无产阶级在推翻现有的社会关系、实现人的真正解放——而非一种仅仅被资产阶级所接受的法律上的伪解放——这个问题上具有绝对的革命性。在马克思所处的时代环境中,农民不代表一个有组织的阶级,也不是一个社群,没有任何组织,所以也没有能力代表自己,只能为唯一真正的革命性的阶级——工人阶级提供辅助支持。在这一点上,马克思的观点受到无政府主义者的反对,他们认为农民和无产阶级具有潜在的革命力量。马克思认为,农民整体上是保守

① “Asia's Path to More Equality and More Money for All”, *The New York Times*, August 25, 1996.

的和反动的。在中国，1921—1927 年担任中国共产党第一位总书记的陈独秀持有和正统马克思主义相同的观点，认为农民大部分在阶级斗争中有一定的反动性。共产国际在不否认马克思主义学说的情况下一再呼唤亚洲的革命者，尤其是在 1922 年共产国际第四次代表大会之后更加强调，要更加重视土地问题，应就这一问题作出特别的规划，否则革命运动就难以取得胜利。1926 年共产国际的第六次和第七次扩大全会反复重申了这一呼吁。① 中国共产党早期的两位主要领导人，陈独秀和张国焘，严重低估了农民阶级的利益和农民阶级在革命运动中能够扮演的角色。中国共产党的另一位重要人物李大钊对于中国革命的一个重大贡献就是，他提出和陈独秀相反的观点，强调农民阶级的重要性，让中国共产主义运动回归中国社会造反运动的传统。李大钊深信农民阶级的强大潜力，这股力量仍处于潜伏状态，只是需要被激发出来而已。李大钊呼吁知识分子深入到农村中去和农民打成一片——这种做法算是后来"文化大革命"的先行者——以摆脱城市的不良影响，建立人民大众和知识阶层的团结。李大钊这种对于农民阶级浪漫主义色彩的信仰，在认为只有无产阶级才能在革命中发挥决定性作用的马克思主义理论中独树一帜。

毛泽东曾于 1918—1919 年秋在北京大学图书馆担任李大钊的助手，也是后者最早的听众之一。毛泽东随后把注重土地革命的传统发展成一种斗争的战略：农村包围城市。毛泽东在 1927 年就指出，贫农占农村人口的 70%，他们是"打倒封建势力的先锋"②。他把中国共产党带到贫苦农民中，完成了中国共产党对于马克思主义中关于无产阶级的论断的扬弃。毛泽东从中国具体国情出发的思考角度和列宁的想法不谋而合，后者同样认为农

---

① *The Cambridge History of China — Vol. 12, Republican China 1912—1949, Part 1* [Cambridge: Cambridge Univ. press, 2008, p. 521].

② 毛泽东，《湖南农民运动考察报告》，《毛泽东选集》（第一卷），北京：人民出版社，1991 年版，第 21 页。

民阶级是一股为了良好地开展民主革命而不容忽视的力量。列宁意识到当时农民占俄国人的大部分,并认为中国的农民阶级也会同样庞大。1913 年 4 月,他写下关于中国的判断:"中国无产阶级还很弱小,所以没有一个能够坚决而又自觉地将民主革命的斗争进行到底的先进阶级。由于没有无产阶级这个领导者,农民非常闭塞、消极、愚昧、对政治漠不关心。"①

通过这些警告他重新引入了孔子思想,即国家有义务为人民提供最低水平的物质生活条件,这种条件应当优先于满足政治需要。在孟子看来,农民在向所有人,包括那些不从事农业生产的人,提供所需食物方面发挥着重要的作用。对于孔子来说,家庭财产所有权应当取代私有财产权,因为家庭可以满足所有人特别是年迈父母的需求。通过扩展,社会主义制度中的集体所有权与这种儒家理论类似,因为它的目的是满足所有人的需要,因此,社会主义社会应当被理解为一个大家庭。

从列宁对卡尔·马克思思想的贡献来看,中国共产党采纳了民主集中制原则。列宁在 1902 年完成的《怎么办?(我们运动中的迫切问题)》一书中首次提出,作为革命先锋的共产党应该将讨论自由和统一行动相结合以提高管制的效率。列宁认为,民主集中制一方面取决于下级组织的每个级别的选举,另一方面则是各级成员严格遵守上级领导的决定,并在行动中一致落实。民主集中制或许正是使得中国在经济和社会方面能够迅猛腾飞的治理制度的核心要素之一。在当前中国崛起的阶段,要想让中国最终能够进入小康社会并确定中国的国际地位,那么权力的集中是成功的决定性因素。在制定针对大众利益的不受欢迎的决定时,决策权的分散和民主政权的拖延是进一步改革的主要障碍。民主集中制的决定性优势在于党号召、倾听、理解各领域专家建议的能力,能够从基层群众实践经历中得到反馈,以及有

① V.I. Lenin, *Lenin Collected Works - Vol. 41 - 1896 - October 1917* [Moscou: Progress Publishers, 1977, p. 282].

能力抵御外界意识形态太过干扰的因素。这一制度的力量在于将中国特色社会主义意识形态以及专家建议结合起来。

在无产阶级问题上，毛泽东思想为马克思主义作出了主要贡献。毛泽东深化了李大钊的思想，尤其是1927年4月上海的革命工人遭到残酷镇压、革命运动遭遇代价昂贵的失败之后，毛泽东最终将革命带向农民大众中。毛泽东和习近平都意识到，马克思、恩格斯、列宁和斯大林的理论都只是“行动的指南”，不是一成不变的教条。① 毛泽东在1938年10月中共中央委员会第六次全体会议报告中也强调了“以许多珍贵的东西为特征的历史遗产”的重要性②，因此，使马克思主义在中国具体化，成为全党亟待了解并亟须解决的问题。洋八股必须废止，空洞抽象的调头必须少唱。③ 作为邓小平思想的一部分，毛泽东逝世后，马列主义的中国化依然继续前行，直到今天习近平新时代中国特色社会主义思想，都是毛泽东1938年所写的“从孔夫子到孙中山，我们应当给以总结，承继这一份珍贵的遗产”④。

随着邓小平启动改革开放，中国开始采取社会主义市场经济，以建立一个全面发展所必需的强大经济体，但中国依然奉行将外来理论中国化的政策。中国凭借一定程度的市场经济机制和策略，掀开了国家发展新的一页。2010年，中国在历经32年改革开放的风风雨雨后成长为全球第二大经济体。观察家和媒体最常提到这种经济崛起是中国共产党加入资本主义的过程，这种混乱使得外界对中国制度更加不能理解。法国著名经济学家米歇尔·阿格列塔在其名著《中国道路：超越资本主义与帝制传统》一书中指出，在自由主义和市场经济之间存在一种明白无疑的联系，完全不能混淆两者。资本主义其实只是“资本的积累”，其内在逻辑和市场经济是不同的，因为资

---

① Stuart Schram, *Mao Tse-Toung* [Paris: Armand Colin, 1972, p. 202].
② 同上书，第203页。
③ 同上。
④ 同上。

本主义只追求“以钱生钱”，而不顾及社会福祉，不平等是它的本质。① 中国通过改革积累金融资源的目的在于以可持续的方式提高全体中国人民的生活水平。正如米歇尔·阿格列塔所强调的，中国已经通过金融来保护自己的经济，但中国巨大的经济增长却不是归功于某种市场经济的“奇迹”，而要归功于建立在改革实践进程和相应的机构演变基础上的政策，这种政策不过是在一个更加宏大的战略框架下将市场经济变成了工具，这种战略框架的意识形态支柱就是中国特色社会主义。中国特色社会主义是在中国历史经验基础上，吸收了不同意识形态的营养而形成的，完全以中国的政治、经济、社会发展为目标。

三、依法治国稳步推进

依法治国是习近平主席非常频繁地谈到的一个话题，也引起了中国的海外合作伙伴的激烈争论。习近平主席已经清晰地确立了依法治国的目标：“这些改革举措，对确保司法机关依法独立行使审判权和检察权、健全权责明晰的司法权力运行机制、提高司法透明度和公信力、更好保障人权都具有重要意义。”②“只有保证公民在法律面前一律平等，尊重和保障人权，保证人民依法享有广泛的权利和自由，宪法才能深入人心，走入人民群众，宪法实施才能真正成为全体人民的自觉行动。”③

社会主义法治国家的建设始于改革开放之初。改革开放四十年以来，

---

① Michel Aglietta et Guo Bai, *La voie chinoise: capitalisme et empire* [Paris: Ed. Odile Jacob, 2012, p. 14].

② 习近平，《关于〈中共中央关于全面深化改革若干问题的决定〉的说明》，《习近平谈治国理政》，北京：外文出版社，2014 年版，第 83 页。

③ 习近平，《在首都各界纪念现行宪法公布施行 30 周年大会上的讲话》，《习近平谈治国理政》，北京：外文出版社，2014 年版，第 140—141 页。

《中华人民共和国宪法》和大批法律法规为司法体制的发展进步指明了方向。在经历了一段长期摇摆不定以及被批评为“小资产阶级法律”之后，多个法律文本在社会层面和经济层面为司法指出了新的方向。1999 年，《中华人民共和国宪法》第 5 条增加一个条款：“中华人民共和国实行依法治国，建设社会主义法治国家”，确认了这一变化。

通过这一修正案，中国领导人打算为改革注入新的活力，并确认法治地位，以解决各种冲突。但这种将解决冲突司法化的尝试当时面临三个主要障碍：一是中国人对于冲突的深刻厌恶和冲突的外在表现；二是司法体制的腐败；三是在公开解决时的面子问题。

中国和犹太-基督教文化中的冲突观念极为不同。在西方，“冲突被认为是作为我们人格、历史和思想的构成和形成要素。它最终以一种自相矛盾的方式发生，凭借其能够解放的各种可能性，最终在秩序要素上占有地位”①。

在中国，冲突则被认为是“无序之地本身，表达会倾向于反对事物的自然过程，但这种诱惑的倾向本质上是徒劳的，因为让世界震颤的运动的力量是如此巨大，以至于他们顷刻间就会被打乱”②。

所以对中国人来说，冲突是一个无序的因素、让个人和他所在群体有失体统的因素，因此人们有必要避免冲突，包括不要将分歧公布于法庭。

其他让中国人对法院避而远之的因素还包括，司法和行政系统内腐败猖獗、裙带之风错综复杂，令一些公民难以享受公平的司法权利，此外还有法律本身尚存在空白和不足之处，给法官留下了很多“解读法律”的寻租空间。在很多领域，这种权利依然是分散的，那些“基本法”以最笼统的、能够覆盖尽可能多的情况的方式撰写。至于其他法律，往往太简单扼要，很多都

① Ivan P. Kamenarovic, *Le conflit: Perception chinoise et occidentale* [Paris: Ed. Cerf, 2001].

② 同上书，第 53 页。

没有提及具体惩罚措施，给法官的判决留下了很大的操作空间。在这种不健全的、常常模糊不清的法律体系的基础上作出的判决自然使一些法官的腐败行为有机可乘，损害到人民的利益。

最后，棘手的“面子”问题也同样助长了人们对法律和法官们的不信任。与公司司法顾问和律师在法庭上代表其经理或客户出庭的大多数西方国家不同，中国当事人必须亲自出庭。各方矛盾冲突的公开以及法庭判决的公之于众都会使得相关各方丢失脸面，这样的情况对中国人来说是无法接受的。不管是个人间还是企业间的诉讼，失去面子的效果都是一样的，而且法院的判决会直截了当地判定谁是好的谁是坏的，谁有理谁犯错，形成一种二元论的效果，而中国的文化则并非那么鲜明地一分为二。1935 年，伟大的作家林语堂在他的名著《吾国与吾民》中写道：“当一个中国人被逮捕，假定是没有正当理由的，那他的亲族的天然倾向，不是去请求法律保障而在公堂上求申雪，乃专门去寻找一位认识县长的人居间说项，祈盼特施恩典。由于重视私人交情和面情，这位居间说项者倘其面子庞大得够程度，则常常是达到目的的。这样办理的方法常觉来得简便，而且它的费用比之耽延时日的诉讼节省多多。”

林语堂还说：“由此观之，面子这样东西虽无从下一定义，但差不多有一点可以确定，即：在每个人失掉他的面子以前，中国将不成其为真正的民主国家。平民无论怎么样，总没有多大面子。问题是到什么时候官僚阶级才肯放弃他们的面子？等到街巷闹市之间消失了面子，我们才有安全的交通。等到法庭上面消失了面子，我们才有公平的裁判。”①

习近平主席自 2012 年担任党和国家领导人以来，不断致力于改善这一情况，他对有关工作的偏差严厉谴责，并鼓励在履行和公平执法有关的职责时灌输新的道德感，以“更好维护人民群众合法权益……要引导群众通过法

① 林语堂，《吾国与吾民》，西安：陕西师范大学出版社，2006 年版，第 191 页。

律程序、运用法律手段解决，推动形成办事依法、遇事找法、解决问题用法、化解矛盾靠法的良好环境”①。司法部门的运转不畅事实上已导致部分普通群众对法院的不信任，导致人们大多通过私人关系解决问题。反腐的重点之一就是在司法领域，这可能会解决上述阻碍中国人通过法律制度解决问题的三个障碍之一。

但在逐步落实依法治国的过程中，中国应该继续回击外界对于其人权状况和个人自由的批评。这个人权的概念是和哲学障碍以及发展于欧洲，并被美国重新拾起的“普世性”相冲突的。法国哲学家让-雅克·卢梭可能是这一领域的先驱者，提出了一个与最高存在假设脱离的普遍人权概念的抽象问题。在他的代表作《社会契约论》中，他引发了“自然权利”问题，反对“法律规定的权利”，并在宗教领域使用“人权”的概念，以“谴责宗教”将他的职责和权利扩展到他的祭坛。② 在法国大革命时期诞生的1789年《人权和公民权宣言》是第一个使用“人权”的官方文本，这一文件还在“自然权利”的思想的基础上确认了“人权”的普世性。1793年，马克西米连·罗伯斯庇尔补充说：“权利宣言和属于各族人民的宪法，以及其他的法律都是可以调整的，并从属于这一宣言。”③在整个法国大革命期间，经过几个世纪的封建主义和绝对主义，这种人权观念是一个新社会意识的、乌托邦式的概念。然而人类在权力面前是脆弱的，罗伯斯庇尔后来抛弃了这一原则并很快成为一个无情的独裁者。随后，19世纪和20世纪期间还相继出现其他的声明或宣言：从1878年柏林会议签订的条约的第62条——这一条款确认宗教自由，尽管只是为了强迫奥斯曼帝国——到1945年的《联合国宪章》再到1948年的《世界人权宣言》，等等。由于前殖民地国家出现独立，人权在区域层面被

---

① 习近平，《切实维护国家安全和社会安定》，《习近平谈治国理政》，北京：外文出版社，2014年版，第204页。

② Jean-Jacques Rousseau, *Du Contrat Social* [Québec: http://www.uqac.uquebec.ca/zone30/Classiques_des_sciences_sociales/index.html p.94].

③ Maximilien Robespierre, “Discours sur la Constitution à donner à la France”, May 10, 1793.

分解，在文化、宗教或政治概念方面呈现出适应性。1948 年的《世界人权宣言》其实在很大程度上是由犹太-基督教文化的国家所掌控的，尽管信仰伊斯兰教的沙特阿拉伯和社会主义国家苏联也参与了这一文件的起草。

1945 年以来，人权的普世意义，尤其是人权的具体内涵，成为不同的思想流派与不同文化的代表长久以来争论不休的核心问题。有些基本问题仍未得到一致的回答：我们认为哪些是基本权利？这些权利在何种程度上受到了时代与环境、文化信念与宗教信仰的影响？哪些人或组织有权实施这些权利？在众多关于人权的地区间或国际公约涉及的基本问题中，集体人权与个人人权的矛盾成为重点。不同文化对这一问题有不同的观察角度。① 细读各类关于人权的国际协定或公约，显而易见的是，在涉及规定哪些人权应当被承认、保证与保护的原则时，不同意见与原则之间仍然存在较大差别。问题不单在于原则的确定，也在于价值的确立，后者在许多文件中均有涉及。1994 年的《阿拉伯人权宪章》提到"人道主义的价值"，在 2004 年的版本中被说成是"最高尚的人类价值"（第 1 条）。《赫尔辛基最终法案》中提到了缔约国秉持的"共同价值"，但并未给出明确的定义，1950 年的《欧洲人权公约》及其之后的几项议定书均未提到"价值"这一观点。通过研究各类公约，我们辨认出几种好像成为共识的价值：生存权、禁止使用酷刑、信仰与宗教习俗的权利、禁止奴役、集会与意识自由、人身安全、法律保护、私生活与家庭的权利、言论自由、人格尊严，以及在某些情况下（拥有和保护）私有财产的权利。但是所有文书都明确提到，只有在严格的法律框架内才能行使以上诸种权利。

对于所有在 1945 年之后签署的国际人权文件的研究，清楚地凸显了"人

① *European Convention on Human Rights* (1950) and later Protocols, *American Convention on Human Rights* (1969), *African Charter on Human and Peoples' Rights* (1981), *Declaration of the Basic Duties of ASEAN Peoples and Governments* (1983), *Arab Charter on Human Rights* (1994), *Asian Human Rights Charter* (1998) and *Arab Charter on Human Rights* (2004).

权”这一概念在普世性和内涵方面存在的问题。首先，人权是西方知识界构建的概念，其普世性和个人主义一样是西方社会与西方思想的两个代表要素。此外，这些权利也被一种文学合法化，这些文献在很大程度上依赖于古希腊-拉丁、犹太-基督教文化和文艺复兴时期文化而无视其他文明。西方思想与大多数其他文明争执的主要对象，恰恰被认为是宇宙中心与社会首要因素的人。这个人是独立自主的，是世俗化的、不受各类限制条件与社会禁忌的约束，享有自然的、不受时效约束的和不可剥夺的个体权利。现代西方社会，即使它们像美国一样保留了强烈的宗教色彩，但是依然赋予了人类与其所属社会相关的权利，并产生了从属利益集团，除了他们的间接联盟旨在社会中强调个人的首要地位之外，这些从属利益集团还要求在一个更小更封闭的群体中强调个人的重要性。

最近五个世纪以来，西方保持着独一无二的优势地位，它坚信对西方有益之事对全人类也大有裨益，尝试对这些价值提出商榷只能体现文化与哲学上的落后，反映对“现代”的拒斥，彰显一种依循专制乃至独裁原则的欲盖弥彰的统治野心。然而，一些欧洲学者，特别是法国的知识分子（埃曼纽尔·穆尼耶、乔治·古尔维奇、皮埃尔·泰拉尔·德·夏尔丹……），曾警告过西方社会特有的过度个人主义，特别是缺乏社区意识（从积极意义上来说），人们丧失对社区的责任感以及对社会和经济权利不是很感兴趣。个人权利与集体权利之间的对立在国际社会出现了一个新的层面，即印度、中国或巴西等非西方国家以及像马来西亚这样的中等大国，他们自身的经济形势强烈，决定再度审视“普世价值”中此前一直被视为颠扑不破的真理。但这些针对西方国家所谓的普遍原则的质疑自然会造成并加剧西方国家对其全球影响力下降的感觉。

中国作为当今世界第二大经济强国，并将在未来几十年内发展成为真正的全球大国，却经常受到反复的批评和指责，这些批评和指责往往与人权国家的现实脱节。像印度或沙特阿拉伯这样的国家，在这一方面受到的批评却很少，而且还被认为是西方的盟友，尤其是沙特阿拉伯，虽然逊尼派"圣战"恐怖分子长达数月的炸弹袭击一直在迫害着也门的平民，然而令人惊讶的是，欧洲和美国对此非但没有指责反而纵容这种行为。

当然，在人权方面，中国自然并非没有缺憾与不足，也务须继续完善法律与司法框架。但那些打算向中国提供道德教训的国家正在努力隐藏自己在烟幕后面的骚动，使其政策显得合法。特别是美国和以色列这两个被称作"民主模范"的国家，他们在自己侵犯人权的行为被坐实时，往往采取宣布开展内部调查的措施。但在伊拉克，美国在战争期间种种犯罪行为与侵犯人权的行为只有少数几项接受了调查或指控，这些做法可以看作是表面文章，因为宣判的刑罚与犯下的罪行毫不匹配。伊拉克阿布·格莱布丑闻事件仅以一项罪名判处一名高级军官，亚尼斯·卡宾斯基将军在丑闻事件中的罪名是"严重失职"，还有几名士兵被关进监狱。无论在伊拉克或是阿富汗，在监狱里长期使用折磨、羞辱与其他酷刑手段都会受到国家的最高刑罚，然而高级官员没有任何一个人被提起诉讼。借着"反恐战争"的名义，美国转移了对犯罪嫌疑人实施酷刑的场所，把它转包给其他国家，比如关塔那摩军事基地①，这使得美国可以绕过本国司法规定对涉嫌参与恐怖组织者进行虐待，而这些人中最年轻的只有 9 岁……

在普世性及其定义问题之外，人权的问题还在于发展进程对人权的具体权利产生的影响。西方国家在塑造自身实力、推动经济与社会发展、建设法治国家的过程中，方式仍存在种种缺陷，捍卫人权的道路漫长严峻、险象环生。从美国为发展农业而奴役非洲人到欧洲人开展奴隶贸易，从西班牙与葡萄牙人对拉丁美洲进行殖民统治到欧洲对其他四个大陆殖民统治时种

① 位于关塔那摩的美军基地设立了关塔那摩营，利用它位于美国本土之外的特点，专门虐待根据美国联邦司法体系逮捕的囚犯。

种作恶屠杀，再到卡尔·马克思所揭示的工业革命时期劳动者的劳动环境近乎奴役，还有童工——法国直到1892年(11月2日)，13岁的童工每天最长工作时间才减少到10个小时，直到1945年妇女才拥有投票权，法国对有关阿尔及利亚战争的新闻审查，等等，这些都印在欧洲和美国的历史上。

西方国家意识到自己的发展经验会对发展中国家起到引导作用，他们考虑到自己曾经的“错误”和“恶习”已成为受到一致谴责的事情，所以往往倾向于让人们忘记这些“错误”和“恶习”是他们得以崛起的部分原因，同时要求发展中国家毫无保留地执行所谓的“新标准”。这些“新标准”实际上只是一种让发展中国家继续依赖发达国家的手段。这完全不是质疑人的基本权利的重要性，而是提醒人们，发展是一种逐步前进的历史性进程，中国四十年来的改革开放和取得的种种成就已经证明了这一点。

关于人权的谈话有很多例子，这使得我们在考察针对中国政府在人权方面的批评时，应抛开其中的道德层面。中国四十年来已经在人权方面取得了长足进步，这里所说的人权当然包括经济和社会权利。习近平主席推进的深化司法体制改革和反腐败，标志着中国在推动让政治体制通过法治手段来保障公民基本权利方面迈出了新的一步。

从一定意义上说，公平正义是政法工作的生命线，司法机关是维护社会公平正义的最后一道防线。政法战线要肩扛公正天平、手持正义之剑，以实际行动维护社会公平正义，让人民群众切实感受到公平正义就在身边。习近平主席2014年1月7日在中央政法工作会议上强调：促进社会公平正义是政法工作的核心价值追求。要重点解决好损害群众权益的突出问题，决不允许对群众的报警求助置之不理，决不允许让普通群众打不起官司，决不允许滥用权力侵犯群众合法权益，决不允许执法犯法造成冤假错案。

伟大的变革

第三章

中国经济成功的深层原因

中国改革开放四十年来获得的经济成就是无可争议的，很多中外著作已经对这一成就进行了剖析，这里似无必要再赘述这些成果。不过，中国实现非同寻常的发展成就的深层原因依然是人们争论和分析的焦点，这些原因也是今天中国改革继续推进以及实现中国共产党和习近平主席提出的发展目标的基础。

一、稳定是执政的重中之重

1. 西方的“稳定”模式

西方国家希望在全球范围内推广他们建立在“一人一票”基础上的民主模式。这种制度实际上很晚才在西方国家开始推行，比如在法国，妇女直至1945年才获得投票权；在美国，直至20世纪下半叶还有多个州对于一些群体——尤其是美国黑人的投票仍存在诸多限制甚至排斥。然而，在很多西方国家，这种代议制民主已表现出很多倒退和缺陷，特别是多年来在民粹主义浪潮兴起以及媒体对于选民和政治人物的影响不断加剧的背景下。随着科技发展，尤其是通信技术的发达，发达国家对于欠发达国家公共舆论的影响与日俱增，从而有可能侵入其他国家的政治和经济生活。这使得发达国家可能指导欠发达国家的选举进程，深层次改变后者政治代表们在大众中的形象，用具有吸引力的政治、经济、社会模式引诱欠发达国家的一些边缘群体，而这些边缘群体是不可能跳出发达国家宣传工具（包括纸媒、广播电视以及电影）的蛊惑，产生基于现实的思想的。一位法国作者曾将发达国家的这种宣传称为“无声的宣传”。当今信息和通信领域最强大和占主导地位的国家制定的这些战略代表了所有社会中干扰的新力量，因而也是一种不稳定的新力量。自从 2016 年唐纳德·特朗普当选美国总统以来，对于俄罗斯大规模干涉美国大选进程的假设不断引起美国民主党和共和党的呼声，也引起一些欧洲国家对本国选举组织过程的担忧。具有历史性的讽刺意味的是，已经具备通过美国国家安全局利用服务于美国宣传战略的广播电视节目来干涉其他国家内政的强大能力的美国，如今终于遇到自己创造出来的怪物。正如西班牙电影符号专家、记者伊格纳西奥·拉莫内所强调的：“美国在信息、知识和科技方面所塑造的权力基础上传播和扩张‘美言’，进而在被统治者们不自知的默契配合中，建立起可以称为和蔼可亲的压制或是口感甜美的专制。尤其是，这种虚假伪善的权力夹杂着对各个文化产业的控制和对我们的想象的掌控。”①

这种掌控使得美国能够“保证对用词、概念以及意义的控制。它迫使人们用美国自己提出的语言描述美国自己产生的问题”②。这种掌控拥有一种非凡的，导致其他建立在不同模式、不同代码、不同参照物的社会和文化上的不稳定的能力。事实上，它常常导致其他文化背景的公众舆论怀疑自身的代码、参照物、思维模式以及看待自身历史的视角。然而很显然，一个社会只有在保持政治、经济、社会稳定的背景下才能发展进步。在中国，“文化大革命”的不幸经历以及它带来的严重后果已经证明了只有国内稳定才能促进和谐发展。很多外国观察家批评中国领导人强调维护政治稳定，声称这只是维护不符合中国发展需要的现有政治体制和中国共产党统治的一个

---

① Ignacio Ramonet, *Propagandes silencieuses* [Paris: Ed. Gallimard, 2004, p. 31].
② 同上。

托词，他们认为这种体制不符合中国的发展需要。然而，关于全球化的顶尖专家却是承认这种风险的。达沃斯论坛创始人克劳斯·施瓦布教授就认为：

> 全球化进入一个非常关键的时期。反弹越来越强烈。令人担忧的是，这可能对很多国家的经济和社会活动产生强烈的有害影响。①

由国际金融机构所谓的"稳定"政策导致的社会不平等实际上加剧了政治和社会的不稳定，并在每个不得不接受其指令的发展中国家制造了越来越多抗议的温床。② 这些金融机构实施的结构调整政策、2003 年爆发的伊拉克战争以及其他国家的战争、2011 年利比亚政权的变化，所有这些战略打着让他们接受所谓民主和自由主义的西方原则的幌子，导致整个地区长期处于不稳定的状态。当然，这不是幼稚或天真的问题，外因不是很多国家陷入不稳定的唯一决定因素，但应看到，迄今为止，外来干涉从未给相应国家带来稳定（阿富汗、伊拉克、利比亚，以及其他最近一些案例）。这些干涉否认那些非西方的政治体制和社会中，经过历史沉淀而形成的当地文化的存在及其重要性，是为西方列强的利益服务的，干涉背后的哲学正是西方列强自殖民时代以来所采取的"分而治之"的策略。南苏丹的案例尤其发人深省。西方国家由于无法让总统奥马尔·巴希尔服从西方政治的要求，便指责他应为针对基督教徒的大屠杀负责，通过竞选让大多数当地民众为基督教徒的南苏丹获得独立，从而剥夺了苏丹共和国 75%的石油储量，以达到让喀土穆政府脆弱、动摇的目的，同时实现让更温顺的南苏丹领导人掌握资源

---

① Mikhaël Elbaz & Denise Helly, *Mondialisation*, *citoyenneté et multiculturalisme* [Québec: Univ. de Laval, 2008, p. 38].

② Ignacio Ramonet, *Géopolitique du chaos* [Paris: Ed. Gallimard, 1999, p. 132].

的目标。[①] 南苏丹自2011年7月独立以来，便饱受信仰天主教的现任总统萨尔瓦·基尔和信仰新教主要宗派之一的长老会的反对派领导人里克·马沙尔相互争斗之苦，双方之间的战争导致至少30万人死亡，300万人流离失所。此时，导演了南苏丹独立的西方国家却不再像对待巴希尔一样，积极行动起来以结束战争并惩罚相关责任人。

2. 稳定是中国发展的重中之重

中国领导人吸取了本国和其他国家的历史教训，将保持政治、经济和社会稳定放在执政的重中之重，使得渐进式演变没有任何可能在中国上演。很多外国观察家在媒体上毫不犹豫地声称中国的政治体制没有任何改变、没有任何改善，这恰恰证明了他们对中国当今现实情况的刻意忽视。随着后毛泽东时代改革开放的实施，中国出现了各种不稳定的苗头。政治方面，出现了一些少数民族地区动荡不安、在大批国企下岗职工中宗教势力上升、腐败现象迅速滋生、地方势力影响下的制度退化等各种问题。经济和社会方面，隐形经济[②]的发展、跨国走私、毒品走私、地下暗娼以及其他和经济过快发展相关的问题未能得到较好控制，导致社会不稳定因素有所加剧。为了社会和谐发展、维护国家安全和保证改革继续深化，需要采取坚决措施遏制这些危险的苗头。

由于民族主义、种族主义和宗教诉求的上升——心理学家西格蒙德·弗洛伊德所谓的“微妙的自恋”，关系国家主权和统一的问题在国际范围内日益凸显。一些国家不断地分裂成按民族或宗教划分的更低层次的集合，

---

① 《纽约时报》2014年1月3日在《美国在南苏丹面临艰难抉择》一文中写道：“南苏丹从很多角度来说是一个美国的产物，它通过很大程度上是由美国指挥协调的公投从饱受战乱之苦的苏丹中分裂出来，它脆弱的体制受到数以十亿计的美元援助。”

② 译者注：包括灰色经济和黑色经济。

甚至还有按语言划分的案例，比如今天的喀麦隆内部法语区和英语区发生的冲突，这场反对“共同生活”的冲突仍在不停加剧。交流手段的发展不仅有助于提高人们对其差异的认识，也为外部干涉提供了便利，这些干涉的动机通常带有经济或战略目的，或两者兼而有之。自“9·11事件”以来出现的有组织的和大规模的国际恐怖主义，加剧了这些分离运动对国家和人民安全构成的威胁。

随着叙利亚战争爆发和“伊斯兰国”组织的出现——这是美国2003年入侵伊拉克并推翻伊拉克总统萨达姆·侯赛因的直接后果，中国的新疆有外部势力渗透的影子。早在公元前60年，西汉中央政权设立西域都护府，新疆正式成为中国领土的一部分。清朝确立在这一地区的行政统治后将这一地区命名为“新疆”。当时，新疆的最高管理者驻地位于伊犁（后来清朝把建立的新城称为“惠远”，老城称为“宁远”，维吾尔族和哈萨克族称为“Ghulja”，今天称为“伊宁”）。新疆对于清朝来说是一个前突的军事哨所，用于监视帝国的周边地区，如浩罕汗国①、塔什干、布哈拉、巴达克山、阿富汗、克什米尔，等等。新疆日常事务的管理依然由当地领袖，尤其是相当于伊斯兰教公益信托基金的“瓦克夫”的负责人来主持开展。清朝和伊斯兰教中的神职人员进行合作，后者则可以享受永久免税的待遇。这一政策使得那些掌管陵墓和宗教建筑的“酋长”们可以完全自由地发家致富。哈密、吐鲁番等享有世袭自治权，当地的王子们完全自治，但中国在当地的移民则受中国政府直接管理。出于宗教原因，19世纪时中国政府在新疆平定了多次叛乱，尤其是张格尔（大和卓之孙）之乱。张格尔在叛乱之前在位于阿富汗的巴达克山避难，1820年发起反对清朝的“圣战”。清朝镇压了这次叛乱，并于1831年允许汉族迁往新疆甚至是南疆的主要地带，以安抚该地区。此前，为了维持和这些

① 浩罕汗国认为费尔干纳盆地是自己的起源之地。1709—1876年间，浩罕汗国位于如今的乌兹别克斯坦、塔吉克斯坦和吉尔吉斯斯坦的疆界内。

特别敏感地区的宗教领袖关系，这样的移民是被禁止的。汉族人，尤其是商人开始逐渐扎根新疆，汉语也成为当地常用语言之一。值得一提的是，和欧洲人在美洲和澳大利亚的殖民相反，清朝以及 1911 年之后的历届中国政府从未通过对当地居民进行大屠杀的方式来实现对土地的占领，多次对反叛的镇压都仅仅是针对叛乱者本身，并没有针对当地民众。然而在美洲，欧洲殖民者的到来使得当地的印第安人在数十年间锐减一半甚至三分之二，印第安人尽管一再签订旨在保护自己权利的条约，最终仍几乎丧失了全部土地。今天的历史学界公认的是，1500 年左右，在相当于今天美国的土地上，生活着 600 万—800 万印第安人；到了 1800 年，当地的印第安人只有约 60 万人；到了 1900 年，进一步下降到 37.5 万人。疾病、屠杀、当地的种族灭绝政策，导致了法国历史学家帕普·恩迪亚耶(Pap Ndiaye)所说的历史上十分罕见的人口灾难。① 欧洲殖民者在澳大利亚也采取了相同的政策，英国法律甚至因澳大利亚原住民稀少将澳大利亚称为“无主之地”②。另外还要记住的是，殖民者的政策还包括把原住民的孩子从他们自己的家庭中带出，交给“白人”家庭领养的政策一直持续到 20 世纪 80 年代，这符合“文化种族灭绝”的定义。最近，法国也曝出丑闻：1966 年至 1982 年间，2150 名法属留尼汪岛出生的孩子被法国政府从他们的家庭中带出到法国本土，以增加法国外省乡村地区的人口。③

19 世纪，新疆这一地处中亚边缘的地区发生了十多次叛乱和入侵，被当时的俄国和另一殖民主义强国英国觊觎。英国当时已征服印度，并使用武力强行在中国推动鸦片战争。自 1877 年起因反叛而导致不稳定的俄国又因

---

① Marc Ferro，*Le livre noir du colonialisme. XVIe-XXIe siècle: de l'extermination à la repentance* [Paris: Ed. Hachette，2003，p. 71].

② 同上书，第 107 页。

③ “Les enfants volés de la Réunion”，RFI，22 janvier 2018；“Les enfants de la Réunion，la honte toujours vivace de la République”，*Slate*，1 avril 2018；“Enfants réunionnais déportés: la France face à son histoire”，France 24，18 février 2018.

其商业活动受到严重破坏促使其再次占领伊犁地区。伊犁在1865—1877年间落入反叛者浩罕汗国将领阿古柏之手，后来被清朝军队打败。1871年，俄罗斯首任土耳其斯坦总督康斯坦丁·彼得罗维奇·冯·考夫曼带领军队占领了伊犁。俄国人认为中国无法收复新疆，便于1872年和阿古柏签订商业条约，一年后英国人也如法炮制。但1877年，新疆全境被清朝收复，仅剩伊犁还掌握在俄国人手中。1881年2月24日《中俄伊犁条约》签订后，沙皇俄国将伊犁交还给中国，1884年新疆作为一个省融入中国版图中。

在一个多世纪的时间里，新疆由于内部伊斯兰教人士的诉求而动荡不安。1979年随着苏联士兵入侵阿富汗，新疆再次兴起一场规模浩大的行动，对中国国家安全形成了真正的威胁。苏联入侵阿富汗意味着无神论者占领信仰伊斯兰教的民众的土地，这引发了"圣战"。这一"圣战"吸引了数千名来自各个伊斯兰国家和地区的武装分子，其中就有来自新疆的维吾尔人，并成为以沙特阿拉伯瓦哈比派思想为基础的中亚逊尼派伊斯兰教极端主义兴起的催化剂。当时，美国给这些来自各个国家的"圣战"分子提供物资和金钱援助，到头来却搬起石头砸自己的脚。位于中国边境的伊斯兰教极端主义死灰复燃，"圣战"分子对抗苏联军队取得暂时胜利创建了"阿富汗伊斯兰酋长国"的塔利班执掌阿富汗政权。在这股浪潮的推动下，新疆的分裂主义分子死灰复燃。然而形势依然并不稳定，这种不稳定的背后存在着外部势力的干涉，一些外国组织以"自由斗士"的名义来维护这些恐怖分子。2008年以来，新疆又多次发生歹徒袭击民众的严重事件，不稳定的阴霾挥之不去，这使得中国政府不得不投入大量人力物力维持新疆的秩序和安全。

对于中国中央政府来说，维持新疆这样一个中国西北边境省份的稳定和安全是极其必要的。这种重要性的程度随着2011年起，来自阿富汗以及中亚国家的极端分子前往叙利亚参加"基地"组织的叙利亚分支——"征服沙姆阵线"和"伊斯兰国"组织而更加提高。随着"伊斯兰国"组织崩溃、各伊斯兰教极端组织在叙利亚节节败退，这些驻扎在叙利亚—土耳其边境的城市和乡村中的战斗分子和他们的家庭自然地就撤退到土耳其境内。由于土耳其并不想长期收留他们，他们最终又返回到中亚地区，对中国的安全形成较大的威胁。由于连接中国和欧洲以及近东与中东地区的各类基础设施(公路、铁路、输油管道、天然气管道)都会经过中亚，这种恐怖主义威胁是非常真实的。更令人担忧的是，地区外的一些国家行为者可能会利用这些极端分子让新疆难以长治久安，甚至影响整个中国的稳定，就好像20世纪80年代阿富汗反抗苏联时的例子一样。维吾尔分裂主义者的主要人物之一——热比娅·卡德尔以及其他很多反对中国政治体制的人都受到美国的庇护。

2015年12月27日，中国全国人民代表大会通过并发布了新的《中华人民共和国反恐怖主义法》。这一法律旨在加强打击恐怖主义的合法机器，该法第71条首次宣布，在与有关国家达成协议的基础上，并报国务院批准，国务院公安部门、国家安全部门可以派员出境执行反恐怖主义任务。中国人民解放军、中国人民武装警察部队派员出境执行反恐怖主义任务，由中央军事委员会批准。国家安全显然是习近平主席执政以来最注重的工作之一，2015年12月出台的新反恐法也清晰地体现了这一主张。2014年4月，习近平在主持十八届中央政治局第十四次集体学习时强调：

> 反恐怖斗争事关国家安全，事关人民群众切身利益，事关改革发展稳定全局……必须采取坚决果断措施，保持严打高压态势，坚决把暴力恐怖分子嚣张气焰打下去……暴力恐怖活动漠视基本人权、践踏人道正义，挑战的是人类文明共同的底线。①

---

① 习近平，《切实维护国家安全和社会安定》，《习近平谈治国理政》，北京：外文出版社，2014年版，第203页。

在2014年5月亚洲相互协作与信任措施会议第四次峰会上，习近平主席再次强调反恐问题的重要性并指出“对恐怖主义、分裂主义、极端主义这‘三股势力’，必须采取零容忍态度，加强国际和地区合作，加大打击力度”①。中亚局势的复杂性使得各国的情报合作十分必要，因为地区局势稳定对于各国经济继续发展是极其重要的。新疆在农业、油气等经济领域的重要性，以及它对中国国防的重要价值——中国核试验基地罗布泊位于新疆，直到1996年北京宣布暂停试验——都使得新疆成为对于中国稳定大局至关重要的一个省份。

3. 饱受外部势力干涉的西藏问题

另一个和多种外部势力干涉密切相关的不稳定的焦点是西藏。这个“西藏问题”是由身份认同问题、现代化问题以及外部势力助推而形成。西藏文化和宗教的形成可以追溯至公元后的最初数百年。自公元7世纪起，源于青海湖地区游牧部落的吐蕃王朝开始开疆扩土，逐渐占领了西至帕米尔地区、南至今天的云南省、北至塔里木盆地之间的土地。唐朝安禄山之变后，吐蕃王朝还将自己的疆域扩大至今天的青海和甘肃的范围内，切断了唐朝当时在西部的驻军和东部的基地之间的联系。不过吐蕃王朝对唐朝西部国土的占领十分短暂，从公元842年起，吐蕃王朝就开始逐渐瓦解，导致它最终放弃了曾占领过的土地，也不再对中原构成战略性的威胁。

西藏文化中的不少内容脱胎于印度文化，和中原文化大不相同，其神权统治模式也和中原的政治制度格格不入。由于这些原因，西藏贵族们虽然采取多种措施努力接近中原和适应中原的文化，比如派遣自己的子女去中

① 习近平，《积极树立亚洲安全观，共创安全合作新局面》，《习近平谈治国理政》，北京：外文出版社，2014年版，第355页。

原学习，鼓励和唐朝贵族的联姻，但这些努力最终收效甚微。尽管19世纪时期西藏出现过一定的民族主义觉醒，但西藏喇嘛集团内部各派系的政治斗争使得西藏不可能重新变得像历史上那样强大。在最近数百年来，位于中国历代王朝周边的西藏或许会给中原地区带来一些麻烦，但已不可能形成重大的威胁。

一个与外界的广泛认知截然相反的事实是，西藏不仅有佛教，还有在佛教入藏之前就存在的本土宗教苯教，另外还存在伊斯兰教。西方大多数公共舆论将达赖喇嘛奉为神一般的存在，以为他是佛教在全球范围内的领袖，却不知他实际上只是藏传佛教的一个流派——格鲁派的代表，格鲁派也是藏传佛教四大流派中最晚出现的流派。绰号"小西藏"的巴尔蒂斯坦就曾是信仰十二伊玛目派的伊斯兰王国，库鲁地区的印度拉者治下的拉胡尔-斯皮提县也长期逃避基于拉萨的政教合一的达赖喇嘛政权的统治，其他的例子还有拉达克、锡金、不丹以及西藏康区（1911—1949年间被称为"西康"），后来被划入四川、青海、云南以及西藏自治区的多个地区。西藏王国由官僚贵族统治，由几个封建封地组成，往往相互冲突。在19世纪大部分时间里，由于达赖喇嘛年纪较轻，西藏实际上是由多个摄政王统治。在经历了数百年的多次演变后，西藏在19世纪末终于形成了神权和封建制合一的政治制度。

1644年，清朝定都北京，按照历史定例在西藏行使主权。1652年，藏传佛教格鲁派五世达赖喇嘛到北京觐见顺治皇帝。1727年，雍正皇帝正式设立驻藏大臣处理西藏事务。

18世纪末期，清朝对西藏的影响达到巅峰。但首都位于北京的清廷和西藏的关系却存在歧义。对于清朝来说，达赖喇嘛只不过是皇帝指导下的一位宗教显贵。但是，由于王国统治中僧侣的绝对统治，王国的最高要人却认为皇帝的地位低于达赖喇嘛的地位。乾隆皇帝在1792年就达赖喇嘛转世灵童的认定设立了"金瓶掣签"制度，这是对传统方式的一种革命。英国对该地区的残酷入侵及其对西藏的战略利益，促使拉萨和清朝更加亲近。19世纪期间，清朝在外来军事势力的压迫和干预下日益衰弱，对西藏事务的影响也变得越来越有限，从而使西藏从1913年起保留了某种形式的自治。但是1946年，西藏人还是参加了南京的共和国宪法修改工作，因此回到中国的管辖之下。1947年印度独立、1949年中华人民共和国成立以及随后伴随着中美较量的朝鲜战争等事件，都使得西藏和它所在的高原成为一个重要的战略要地。控制这块高悬于中国内陆平原地带之上的土地，将使得美国拥有一个理想的位于中国边境线上的观察室，或是为印度在和新中国的竞争中提供一个巨大的战略优势。因此，1950年中国人民解放军进入西藏，以确保西藏地区是新中国不可分割的一部分，并彻底打消西藏"独立"的企图。抛开历史原因造成的主权问题，1951年开始的美国中央情报局的地下活动也证实了西藏的战略地位。第十四世达赖喇嘛在此之前其实已经派遣使者前往印度和美国代表会谈，并获得了美方的支持以对抗中国。中央情报局当时为西藏人提供物资援助，并在位于美国科罗拉多州的一个基地内为数百西藏人提供军事训练，再把这些人送往印度然后潜入中国，在中国境内开展游击式的反华行动。第十四世达赖喇嘛的两名哥哥——土登晋美诺布和嘉乐顿珠[①]自1951年起都被美国中央情报局招聘，前者负责募集资金和宣传造势，后者组织武装抵抗力量，并在其中扮演核心角色。[②] 中国中央政府准备在西藏开展以消灭对农民的剥削为宗旨的改革——当时120万西藏居民中有70万是农奴，饱受神职人员占主导地位的封建政权的横征暴敛，这自然遇到了寺庙僧侣们的强烈抵抗。在美国的支持下，由接受了专门训练的

① 嘉乐顿珠此前未入寺庙，国民党政府时期，他曾在南京接受高等教育，并曾和与蒋介石走得较近的一位将军的女儿结婚。Kenneth Conboy & James Morrison, *The CIA's Secret War in Tibet* [Lawrence: Univ. Press of Kansas, 2002, p.31].

② Patrick French, *Tibet*, *Tibet* [New York: Vintage Books, 2004, p.25]; Albert Ettinger, *Kampf um Tibet: Geschichte*, *Hintergründe und Perspektiven eines internationalen Konflikts* [Frankfurt: Zambon Verlag, 2015, p.181].

西藏人开展的颠覆活动取得成效，1959 年 3 月，西藏发生叛乱，第十四世达赖喇嘛在美国中央情报局的帮助下叛逃到印度。从那时起，以印度的达兰萨拉为基地的第十四世达赖喇嘛承担起一个为美国反华外交政策服务的历时极长的游说职业，希望说服国际社会相信其反抗中国政府的合理性，西藏终有一日独立。1959 年以后，第十四世达赖喇嘛以个人名义从美国中央情报局领取薪酬，他对此还始终否认，一直到美国相关档案资料解密才真相大白。

中国中央政府和达赖喇嘛的关系局限在彼此提出不能接受的谈判条件。2008 年 7 月，达赖方面向中国政府提出的备忘录中似乎体现出坚持不妥协和排外的倾向。比如，该备忘录第 4 条第 1 款要求将藏语作为西藏自治区官方语言，排斥使用汉语。“文化大革命”结束后，少数民族语言被允许在尊重父母意愿的基础上成为学校教学的主要媒介，然而由于就业机会不平等，这种做法导致社会和经济鸿沟加深。在第十四世达赖喇嘛丹增嘉措叛乱集团提出的“广泛自治权”的行政框架下，西藏自治区内的藏族人就业的未来应该被限制在自治区的排他性框架下吗？这是违背职业流动性规律和宪法中关于公民权利平等的规定的，因为它是一种新的歧视。中国和很多国家一样，不是联邦政府，中国必须维护使用同一种语言、同时保留地区性语言的地位的原则（在很多少数民族聚集地区，直到最近才变得如此）。那么诸如西藏这样一个自治区，区内的其他少数民族应该被强制学习该地区的语言吗？其他少数民族恐怕不见得支持这样的主张。另外，达赖集团的主张也有点自相矛盾。他们谴责中央政府歧视西藏，认为西藏的经济发展和教育水平落后于中国其他省份是歧视造成的，从统计数据上看，这种落后似乎显而易见。然而，如果西藏儿童仅仅在寺院中深入学习藏语，他们如何能够接受用汉语开展的高等教育呢？如何走出拉萨到别的地方学习呢？又如何在别的省份找到一份工作呢？这一备忘录中关于语言的导向实际上把藏族和其他民族“隔离”起来。带着明显的恶意，该备忘录指出《中华人民共和国民族区域自治法》第十条里也规定，民族自治地方的自治机关保障本地方各民族都有使用和发展自己的语言文字的自由——正如我多次看到的那样，在少数民族地区已经存在了几十年——并补充说“这一条款认同了教育的主要载体必须是藏族的观点”，这加大了对西藏人的经济和社会歧视的风险。境外藏人所提出的这种语言和文化自闭的诉求早在19世纪时就已经受到法国哲学家厄内斯特·勒南的驳斥。勒南在他的知名著作《何谓民族》中写道：

> 这种对语言的排他性考虑就像对种族的过分关注一样有着同样的危险和坏处。当我们夸大这类问题时，我们就会把自己封闭在一种被锁定的、视为某个民族的文化中；我们自我束缚，闭门幽居。我们离开人类这个广阔的呼吸空间，把自己局限在爱国者的狭隘空间中。心灵没有什么比这更糟糕，文明没有什么比这更令人厌烦。在把自己圈禁在这种或那种语言、这种或那种种族、这种或那种文化之前，首先不能忘记的是这一基本原则：人是一种理性的、道德的生物。在法国文化、德国文化、意大利文化之上的，是人类文化。①

这个备忘录的另一条款是关于环境问题，该条款明确说：“西藏民族的环保传统是基于不分人类或动物，敬重一切生命而不予伤害之理念所产生。西藏曾经是一个偏远的地区，其独特的自然环境不受影响。”这种解释特别滑稽。喇嘛教和西藏人民的系统性混淆损害了这场争辩的可信度。西藏在历史上曾出现征服性和毁灭性的军队。2008年3月在拉萨发生的骚乱中，公众可以在视频中看到西藏的僧侣们攻击和虐待在拉萨的穆斯林商人，这

① Ernest Renan, *Qu'est-ce qu'une nation?*[Paris: Ed. Mille et une Nuits, 1997, p. 26].

种形象和藏独分子希望展示的天使般形象大为不同。

这个备忘录里还有一种特别危险的宗派特征。如果中央政府不应“鼓励”人们在一些地区定居,那么禁止(“允许”)他们这么做的想法本身就是令人不安的。这种想法强化了一种孤立主义的愿望的渗透,这种愿望此前已屡次被同样的一些西藏人吹捧,似乎是想将西藏隔绝于全球化之外。如果和法国作比较,这种想法就类似科西嘉岛的独立派或自治派提出的拒绝“大陆居民”在科西嘉岛安居(非“强制性”的)的主张,这种要求在法国被毫不犹豫地拒绝了。

在教学中使用国家语言,同时保持在包括行政部门的常见机构中使用少数民族语言的可能性,是一种保证少数民族成功融入中华民族所需要的进步。在历史上,欧洲曾广泛发生这种融合进程,从而产生了稳固的民族实体。以法国为例,中小学曾长期禁止使用地方语言,儿童如果说法语之外的语言是会受到斥责和惩罚的。2008 年,法国仍拒绝批准《欧洲区域或少数民族语言宪章》。这一宪章在欧洲委员会主持下于 1992 年起草,法国在 1999 年签署了该宪章,它要求签署国承认地区语言是文化财富的表现。法国要想批准这一宪章需要修改宪法,然而 2015 年法国参议院否决了这一修宪。当时的参议院议长(法国右派共和党成员)解释说:“如果批准政府如今向我们提交的《欧洲区域或少数民族语言宪章》,将会产生一种法律冲突的风险,会在我们的宪法中注入社群主义的原则,在实践中也是没有用的。”把中国和法国进行对比是比较有趣的,因为两国都不是联邦制国家,两国的民众都说很多不同的方言,然而,法国却和其他西方国家一样,不停地要求中国推行“更大的语言自由”,明显忽视了中国少数民族语言的真实状况及其推行的针对少数民族语言的语言政策。(法国领土上有 75 种语言,在法语占有统治地位的背景下,大多数语言都在消亡。)

很大程度上受到外界在背后支持的动荡纷乱,脱离西藏目前的现实情况的长期宣传，由想重新获得失去的特权并控制公共教育的僧侣阶层推动的内部示威，这些因素在一定程度上助长了西藏自治区和邻近多个省份的不稳定，尽管这些地区的社会经济在近四十年间取得了长足的进步。中央政府为翻修寺庙、建造基础设施、发展教育、建造中小学进行了大规模的投资。寺庙作为教育——自然是宗教教育的核心机构，掌控青少年的做法只会随着时间的流逝、教育水平的普遍提高以及和世界的对抗而逐渐被淘汰。西藏的宗教社会依然是封建家长式的，达赖喇嘛目前的亲信中以及流亡藏人的代表中完全没有女子信徒等迹象就可以证明这一点。保护西藏的文化认同和西藏的经济和社会发展是完全不冲突的，但西藏以及新疆要想持续发展，需要保持政治稳定和社会稳定，而政治和社会稳定却被外界在背后支持的、旨在威胁中国国家统一的稳固性的骚乱动荡所损害。

4. 一个中国原则

另一个和国家主权相关的不稳定因素就是台湾地区。台湾岛的情况自然是比较特殊的，因为自 1949 年以来它就和大陆分裂，海峡两岸之间的现状十分脆弱。海峡两岸之间的关系的质量随着台湾领导人的政治倾向而改变，尤其是 2000 年至 2008 年间陈水扁发出让台湾完全独立的威胁，蔡英文和唐纳德・特朗普分别当选最新的台湾地区领导人和美国总统以来对大陆采取挑衅态度。对美国来说，除了部分美国领导人出于反共意识形态，尤其是新保守主义派，台湾的地位问题也是一种对中国施加压力和长期制造不稳定的有用的“发痒粉”。1978 年 12 月 16 日发表的《中美建交公报》曾精确指出：“美利坚合众国承认中华人民共和国政府是中国的唯一合法政府。在此范围内，美国人民将同台湾人民保持文化、商务和其他非官方关系。”①

① 《中华人民共和国和美利坚合众国关于建立外交关系的联合公报》，1979 年 1 月 1 日。

但关键问题是，美国对台军售问题并未在达成这一公报的谈判过程中得到解决。这一问题至今仍是中美和台湾三角关系中的一个核心问题，如果人们认真研读公报的内容就会发现，从法理上来说，对台军售明显是违背承诺的，因为这种涉及一国国防部和另一政治机构的销售行为是不可能纳入“非官方关系”的范畴的，而“商业”关系的概念也是很难应用到这种关系里的。唐纳德·特朗普当选后，马上表示希望利用与台湾的关系作为对北京的压力，但至今为止收效甚微。美国在台湾问题中的直接干预就和其直接介入其他一些复杂冲突的后果一样，往往导致相关各方的关系不平衡。由于“美国保护伞”的存在，台湾方面的谈判意愿也减弱了。美国人是健忘的。1945 年日本投降后，国民党重新控制了台湾。国民党对整个权力机器的运用损害了台湾人的利益，让台湾陷入经济危机中，这导致 1947 年 2 月 28 日台湾发生了叛乱。国民党军队对这一叛乱的镇压十分粗暴，数周之内屠杀了数万人。尽管出现一些要求独立的呼声，大多数台湾民众在要求自身特殊性得到承认的这一时期，表达出台湾属于中国的意愿。自 1661 年起，从大陆迁至台湾岛的中国人发展出一种特别的台湾文化。不仅如此，1885 年 10 月，台湾岛成为清帝国的省份之一；甲午中日战争结束后，1895 年 4 月 17 日《马关条约》的签订使得台湾随后经历了 50 年的日本殖民时期，这些历史都给台湾民众带来深刻的影响。然而，1945 年日本军队撤出台湾、台湾重回大陆怀抱时，仍然受到台湾人的热情庆祝。1947 年 3 月 6 日，在台湾政治危机和镇压浪潮的顶峰之时，台湾有媒体断言：“无论台湾人有多么兴奋，他们属于中华民族的概念都不会改变。”①

就分裂主义者所希望干预的美国而言，只是提醒了中国对台湾主权的原则。华盛顿打算支持恢复岛上民族主义者的权威，尤其是在面对中国人民解放军迅速推进之时。他们武装了 1947 年 3 月 8 日在基隆港口下岸的数

① George H. Kerr, *Formosa Betrayed* [Boston: Houghton Mifflin, 1965, p. 289].

以千计的军队。面对随后持续了两个星期的暴力镇压行为，美国驻台北领事处的工作人员表现出一种完全的冷漠。1948 年，华盛顿认真研究了在台湾建立军事基地以完善其日本-冲绳-菲律宾的战略之弧的可能性。当时在美国基督教团体的支持下，一场支持蒋介石的运动在美国兴起。蒋介石的夫人宋美龄坚定地希望把中国转化成一个信仰基督教的国家，抵消那些即将统治全中国的一群无神论的共产主义者所呈现的东西。当国民党在 1949 年共产党取得完全胜利后避难台湾时，国民党努力摧毁一切表现本地台湾人的身份认同的东西，甚至禁止使用台湾地区的方言以及引用非汉语的报纸。至于原住民——台湾的第一批居民——他们被封闭在山区的保护区内，这是美国征服西部的模式。事实上，台湾身份认同的萌芽被国民党几乎完全铲除，该党强力主张中国传统文化，以普通话作为“国语”，并引用中国灿烂辉煌的历史作为参考，甚至日本的音乐和文学也被禁止。这一重新汉化的进程伴随着大张旗鼓地反共宣传，在蒋介石看来，反共宣传应该是有助于形成新的台湾认同的。1949 年，在台湾有一万多人因涉嫌对共产主义或“台独”主张较为热情被逮捕和处决。

国民党应对中国大陆的共产党捉襟见肘，因而美国总统哈里・杜鲁门起初对于支持国民党较为犹豫。但 1950 年 6 月爆发的朝鲜战争深刻地改变了远东地区的战略态势，并使得华盛顿决定将自己的保护延伸到台湾，为台湾提供大量的军事和经济帮助，以阻止中国人民解放军占领台湾。尽管国民党以凶猛的方式建立的一党制，由一个家族支配掠夺台湾的财富，这种体制甚至完全缺乏基本的自由，这一切却似乎并未引起和美国的对立。四十年来，在美国的支持下，台湾成为台湾人称之为“白色恐怖”的受害者，军事法庭处理了 3 万—7 万件控诉案，受害者的数量上升到 20 万人。最后两个政治犯一直到 1984 年才被释放。台湾的绿岛地区曾经开设了一座监狱，一度关押了 2 万名囚犯，1000 多人在绿岛被处决。一直到 20 世纪 80 年代末期，受到在台湾的美国福音派秘密支持的分裂主义主张在台湾始终受到强烈的压制。只有在取消戒严令的时候，这一讲话——基于台湾特定身份和激进的反共主义的观点——再次出现，这无疑促成了陈水扁在选举中的胜利。陈水扁在自己的两个任期内，推行教育和文化的"台湾化"政策，以加强对"台湾独立地位"的诉求，但这种台湾"民族主义"的政策仍和岛上分化成两个阵营——"历史的"台湾人和"大陆的"台湾人的情况相互冲突，支持向北京靠拢的国民党候选人马英九在2008年台湾地区领导人选举中的表现就体现出这一点。2013年2月，国民党荣誉主席连战正式访问北京，和新的中国领导人习近平进行会面。连战在会见中提出"一个中国，两岸和平，互利融合，振兴中华"的十六字箴言。毋庸置疑，国民党领导人无疑有可能通过和平统一最终解决他们与北京的分歧。两岸在经济方面的融合已经较为深入。到大陆投资的台湾企业已经超过七万家，生活在大陆的台湾人已经超过百万。习近平主席2014年2月18日在和连战会见时清晰表达了他对两岸关系的看法：

> 我知道，台湾同胞因自己的历史遭遇和社会环境，有着自己特定的心态，包括特殊的历史悲情心结，有着强烈的当家作主"出头天"的意识，珍视台湾现行的社会制度和生活方式，希望过上安宁幸福的生活。将心比心，推己及人，我们完全理解台湾同胞的心情。①

为了表达善意，他补充说：

> 至于两岸之间长期存在的政治分歧问题，我们愿在一个中国框架

① 习近平，《共圆中华民族伟大复兴的中国梦》，《习近平谈治国理政》，北京：外文出版社，2014年版，第238页。

内，同台湾方面进行平等协商，作出合情合理安排。有什么想法都可以交流。世界上的很多问题，解决起来都不可能毕其功于一役，但只要谈着就有希望。精诚所至，金石为开。我相信，两岸中国人有智慧找出解决问题的钥匙来。①

始终出于对两岸关系的牵挂以及怀着彻底解决问题、稳定地区局势的愿望，习近平主席2015年11月接受和台湾地区领导人马英九在新加坡进行会面，这是近七十年来双方领导人的首次历史性会面。习近平主席的这一决定在国际社会上获得了巨大成功，因为他在他的新政策的框架下，表现出灵活机动和重视和平的愿望。他本人也表示，这次会面“翻开了两岸关系历史性的一页”②。

习近平主席回顾了海峡两岸达成的“九二共识”的重要性，并表达了他的相关观点，概括地说，就是除了独立之外，其他一切都是可以谈的。对他来说，自2008年以来，两岸关系不再是冲突性的，也不是敌对性的，而是建设性的，而为了双方的利益，这种方向是不可或缺的。习近平主席强调，主要的障碍在于“‘台独’势力及其分裂活动”，他们是敌意和对抗的源头，对海峡两岸的和平和稳定造成威胁。台湾的新领导人蔡英文自2016年5月当选以后拒绝承认使得两岸关系显著好转并使得贸易增加的“九二共识”③，导致两岸之间的沟通被打断。

虽然“台独”分子经常表达“独立”倾向，但与中国人民军队发生军事对抗的可能性仍然是大多数台湾舆论所要极力避免的。但是，美国在一种明显的遏制中国东部地区发展的战略框架下将这种分歧工具化的行为，使得

① 习近平，《共圆中华民族伟大复兴的中国梦》，《习近平谈治国理政》，北京：外文出版社，2014年版，第239页。

② 习近平，《携手巩固两岸关系和平发展大格局》，《习近平谈治国理政》（第二卷），北京：外文出版社，2017年版，第428页。

③ “Time To Shelve The 1992 Consensus”, *The Diplomat*, December 12, 2017.

台湾政治格局的民族主义边缘依然抱有在美国军事保护下,尽快获得“台湾独立”的臆想。美国的这一政策直接损害了海峡两岸开展的一切缓和的谈判,但是却符合美国的战略和经济利益——多亏了军售。但是,这一政策也是一个威胁中国和东亚地区稳定局势的主要因素,因为它令“台湾独立”的假设蔓延,而这种独立恰恰是北京无法接受的,并可能会无可避免地导致一场武装冲突。

二、中国经济改革的文化和社会主义特色

1. 中国令人瞩目的经济成就

如我在我的上一本著作①中所说,三个词可以概括中国的外国合作伙伴们对于中国非同寻常的经济发展的感受:震撼、欢欣和不适。历史上前所未有的经济发展令人着迷;由于中国巨大的人口规模和中国人的生产能力日益增强、经济活动源源不断,他们对中国市场面向西方企业所作出的非同寻常的承诺感到欢欣;他们感到不安,则是因为中国飞速的经济增长可能引发社会不平等,以及这种增长影响到原本由西方设计的国际经济秩序,还有中国领导人表达出坚定意志,以积极参与对这一过时的秩序的彻底改革。中国的经济发展不仅让西方的公众舆论担心,后者担忧中国经济发展会导致西方的经济活动离岸化和工作岗位流失,也让西方领导人对于一种他们没有任何抓手去应对的现象感到惊恐。当时在改革期间,大多数西方领导人曾把中国作为替罪羊,以转移选民们对于他们过时、无效的经济政策的注意力。但他们没有能力找出解决问题的新办法,便公开指责中国的政策,比如

① 魏柳南,《中国的威胁?》,纽约:美国时代出版公司,2013 年版。

攻击中国的货币政策，指责中国低估人民币，哪怕美国自己的专家都认为事实并非如此的时候。在改革开放的四十年间，中国劳动者的生产效率年均提高 6%，印度同期只有 3.5%。因此，国际劳工组织估计 1993—2003 年间东亚的生产率提高了 75%，而发达经济体同期只提高了 14.9%。1990—2011 年间，联合国估计东亚的国民生产总值年均真实增长率达到 8.9%。同期，中国劳动生产率的提高速度是最高的，远远高于越南和印度。[①] 尽管 2008 年世界金融危机爆发后，中国年经济增长率降低到约 6.8%，2016 年国际货币基金组织仍宣布中国对世界经济增长的贡献达到 39%，比 2015 年提高 14.2%。

已经有很多著作和报告仔细研究了中国出色的经济增长的过程和结果，我就不在此赘述。在我看来，似乎更有趣的是，尤其是对于外界的观察者来说，中国这些改革的特点建立在战略性的基础上以及它们如何深刻地融合中国文化的特点和社会主义的影响。确实，中国于 1978 年开启新兴进程之前，经历了一段党和国家的秩序、经济结构乃至社会和家庭关系都被深刻扰乱的历史时期。“文化大革命”给社会带来了创伤，使国家受到如此严重的打击，以至于有人质疑中国人民应对挑战并恢复 1966 年中断的进化过程的能力。邓小平带领的新的中国领导层首先应该修复中国人的自信心，以及国际社会对中国的信心。邓小平的复出简直是天意，他尽管年事已高，却对中国的未来有着清晰和现实的视野，并具有通过实施极其务实的政策而弥补失去的时光的坚定意志。“社会主义市场经济”这一概念的提出注定满足了中国稳定和发展的最迫切需求。随着 1977 年 8 月中共十一大确定实现“四个现代化”（农业、工业、国防、科技）的日程表以及这一日程表于 1978 年 3 月被写入中国修订后的宪法中，中华民族的复兴道路开启了。

① “Jobless growth and economic productivity in Asia and the Pacific”, International labour Organization, November 2012（http://www.unescap.org/sites/default/files/Se-2-Pr-2-Sukti-Dasgupta.pdf）.

这项新政策出色地证明了中国适应不断变化的环境和新形势的能力。多亏了这些经济改革，中国取得了远远超过最乐观的预期的成功。1981—2000 年间，中国年均生产总值增长率达到 9.6%，人均国内生产总值从 1981 年的 300 美元提高到 2011 年的 5439 美元，再提高到 2015 年的 7989 美元，2017 年更是达到 9311 美元。2016 年，中国江苏省的人均国内生产总值达到 1.6965 万美元，福建省达到 1.3171 万美元，广东省达到 1.2990 万美元。作为对比，经常被外界用来和中国对比的印度同期仅仅从 1981 年的 275 美元增长到 2016 年的 1709 美元。如今，学界对于中国和美国的经济实力对比是存在分歧的，中国无疑已经跻身世界第二的位置，但或许，中国可能已经成为世界第一。2005 年，中共第十六届五中全会确立了到 2010 年人均国内生产总值（比 2000 年）翻一番的目标，这一目标假设中国年均经济增长率达到 7.5%。实际上，2010 年中国国内生产总值达到 2000 年的三倍，从 1.944 万亿美元增长到 5.95 万亿美元。但强劲的经济增长同样加剧了各经济部门之间的不平衡，因为农业劳动者的产值所占比例从 1978 年的 71%下降到 2000 年的 46.3%。超过 90%的差距来自第三产业，尤其是电信、银行、服务业和商业等行业。在经历 30 年的加速改革后，再平衡变得明显有必要，这也使得中国为了振兴农业而于 2006 年 1 月取消了农业税，这是中国历史上第一次取消农业税。这一战略行之有效，中国如今生产全球近 17%的谷物和 64%的蔬菜。中国用不到全球耕地总面积 10%的耕地养活了占全球五分之一的人口。[①] 习近平主席自执政以来就在他的经济和社会新政策中确立了未来数十年的经济目标："两个翻番"（到 2020 年国内生产总值和城乡居民人均收入比 2010 年翻一番），这意味着"十三五"时期全国年均经济增长要保持在 6.5%以上，全国城乡居民人均可支配收入年均增加 5.8%以上。[②] 这些雄心

① "China at a Glance", FAO, 2017.

② 习近平，《深刻认识全面建成小康社会决胜阶段的形势》，《习近平谈治国理政》（第二卷），北京：外文出版社，2017 年版，第 73 页。

勃勃的目标需要宏观经济决策集权化，更需要在微观经济层面对决策的落实进行监督。由于在改革开放的头数十年间，腐败在中国各地蔓延，不仅显著引起人民的反感，也妨碍了很多领域的发展，因此，为了履行这些承诺，反腐仍是具有决定性意义的战略支柱之一。不过，改革第一时期的多项成功已经证明中国能够克服所有困难，实现甚至超越所制定的目标。

2. 具有中国文化特色的经济行动方式

中国的经济改革建立在具有典型的中国文化特色的行动方式的基础上：渐进、实验和谨慎。“文化大革命”已经清晰展现了更重视割裂而轻视渐进的西方模式的局限性。邓小平将重新拾起厌恶割裂而优先选择变革的中国传统思想，以一种和希腊的智慧女神墨提斯相同的方式，将“利用这种情况”“看看局势如何演变并利用其中的有利方向”。正如法国汉学家和哲学家弗朗索瓦·于连所强调的：“人们常常说的‘机会主义’不再是从道德层面来说具有负面含义的东西，而是一种战略上的考量。”①弗朗索瓦·于连还说：

> 中国思想的关键词是“转变”……中国思想如此引导我们思考面对行动的转变是什么。因为人们可以让两者系统性地对立起来。关于行动，我会说：(1) 它是暂时性的，尽管这种时刻能够持续较长的时间；(2) 它是局部性的，它在此地和现在发生，即拉丁语所说的“此时此地”；(3) 它明确地反映主题，这种主题可以是集体性的：我们亚该亚人，在特洛伊城墙下……然而转变完全是相反的：(1) 转变不是局部性的，而是综合性的，转变所涉及的是全体；(2) 它不仅可以是暂时性的，而且在

① François Jullien, *Conférence sur l'efficacité* [Paris: Univ. de France, 2005, p. 20].

持续的过程中会蔓延扩大——它是渐进和持续的,总是有一个历程,换句话说就是一个过程;(3) 它更少地反映一种明确指出的主题,而是以一种环绕的和无处不在的方式,通过影响而低调地继续。因此,转型无法自视。人们只能看到结果。人们看不到正在成熟的果实,但有一天,人们会看到果实成熟了,随时会掉落。①

还有比这段对于中国思想中"转变"之意的阐述能够更好地展现中国改革的论述吗？面对巨大挑战,中国领导人从农业——这一在 1978 年时关系到 90%以上的民众的行业开始掀起改革。由于拆除了农民的刚性框架结构,尤其是废除了人民公社,农业生产出现飞跃,谷物的产量比前一段时期增长 30%。但这一政策中更令人震撼的是其中使用的方法:一种经验主义的推广。从过去几十年的限制性意识形态控制中移除,取向基于现场结果,以及小规模实验和仔细研究其结果的基础上。完全不可能再自上而下地实施无效的或者不受民众欢迎的政策,一切都是按照政策的有效性作为考虑的依据。"摸着石头过河",在给中国经济注入一剂自由主义的同时,中国在改革开放之初还遭遇缺乏人力资源的难题,尤其是在经济学家中,只有很少的一部分人曾经接受过西方的教育。在干部们能够掌控把握的领域内,实验和摸索被赋予了优先权。国家在经济事务中的部分退出以及农村经济的兴起,迅速形成了一种混合形式的经济,这种经济在一定的混乱中运行,使得城市和工业部门的计划经济环境和初兴的小型私有企业的商品经济环境并存。在公共企业领域,管理自主权得到加强,带来了生产率的提高。

此外,中国对外国资本和科学技术打开了大门,在改革的第一阶段,在广东、福建设立了经济特区,这使得外资企业能够在当地落户和生产,产品主要用于出口。

① François Jullien, *Conférence sur l'efficacité* [Paris: Univ. de France, 2005, pp. 45 - 46].

这些改革立竿见影，但也在社会和经济方面带来了一些不希望出现的情况：城乡之间、内陆和沿海省份之间经济增长收入差距扩大、腐败飞速扩张、大型工业企业的重组引起大规模的失业、通货膨胀问题、外债问题……自1992年起，重新调整有利于城市和工业部门，但给农业发展造成了一定的影响。随着市场经济的发展，有必要创设适应新情况的机构以及努力重新集权以改正地方政府的错误和纠正他们的偏差。尤其有必要重视企业私有化进程中的“抓大放小”。政府从很多中小规模的公共企业中退出。成千上万盈利状况良好的国有企业只是简单进行了重组，并转型成为具有独立法人地位的股份制企业。它们从此能够从中国或国际市场上进行融资。另外，它们也摆脱了大部分原先由“单位”承担的社会责任。

但是，中国2001年的“入世”为开始显露疲态的中国经济重新注入动力。为了遵守加入世界贸易组织而接受的规则，中国必须进行第三阶段大规模的改革：减少进口方面的关税和行政壁垒，允许成立外资入股的企业并对外资开放新的行业，还有就是让本国的商法和国际法律协调统一。随着自身融入国际经济，中国经济有了新的飞跃，实现年均经济增长率10%以上，外贸额和贸易盈余出现爆炸式增长，这使得中国逐步成为世界第一外汇储备国。

应该承认改革的实施过程中存在一定的不确定性，和后续政策的经验主义特征有着精准的联系，改革取得了令人瞩目的成功，但也遭遇了重大困难，中国如今的领导人就遇到了这些困难，并且他们必须克服这些困难以继续开展改革。但这或许也是因为改革没有遵循任何由已经获得诸多成功的改革政策所预先建立的改革模式。哲学家弗朗索瓦·于连认为：

是什么使得15世纪至16世纪间突然与时代脱节，欧洲文明实现了令人惊叹的飞跃？在同一时期，中国的发展却没有那么迅速，甚至相对来说处于停滞中。在我看来,答案之一正是欧洲将它的全部力量——或者更好地说,它的全部收益——投入关于模式的思考中;首先,最有代表性的模式就是数学……只有在欧洲,才出现了将数学应用于自然中的这种可能,从而培育了经典的机械论的物理学,后者在如此短暂的时间中,通过反复出现的发明浪潮,改变了我们的星球的面貌。①

如果是欧洲对于模式的思考能力使得西方获得了维持五个世纪的压倒性优势,那么近年来,随着"中国特色社会主义"这一概念的发明,中国式的不属于任何既定模式的发展的出现,就不能说是由中国开始改变世界面貌吗? 中国的这种模式允许国际体系中的其他参与者保持自己的体系、在借鉴他人的经验和理论基础上建立自己的管理体系,并且避免了国际金融机构设下的陷阱。一种不是建立在方程式、函数、刻板而傲慢的经济分析基础上,而是基于广义的务实主义,根据各国各地区的现实情况从务实角度出发,扩大国家间合作并尊重彼此的特殊性的发展,不就是许多发展中国家自20 世纪 70 年代以来徒劳地大声疾呼的新国际秩序的基础吗?

3. 美国保护主义限制其他国家发展

阅读美国研究中国的主要专家的著作,令人见证了对于美国在国际经济秩序中失去垄断地位的或盲目或清晰的恐惧,也让人见证了事实是如何被加工以用于指责中国犯下侵权盗版、刻意掩盖、企业扩张等种种弊病,同时又掩盖——通过省略不提的方式——美国,以及更广泛的则是欧洲的历史。1995 年 1 月 1 日世界贸易组织的成立,取代了 1948 年在布雷顿森林机构之后建立的关贸总协定,旨在建立一个自由的国际秩序,消除国家之间的

① François Jullien, *Conférence sur l'efficacité* [Paris: Univ. de France, 2005, p. 22].

关税壁垒，从而消除障碍。西方社会的发展渗透到发展中国家或欠发达国家的市场。

从官方角度来说，本应该是有利于发展中国家的多哈回合贸易谈判，自2001年以来经历多次失败，直到2006年最终失败，这一谈判议程的主要目标——发达国家农业市场自由化的想法，这一谈判进程的基本目标，从未获得这些国家的批准，粮农组织宣布这一失败，谴责这一失败：

> 多哈回合的国际贸易谈判的坍塌主要是由于富裕国家、大型企业和强大的游说集团试图垄断农业市场的利益。①

因此，世界贸易组织注定要服务于向最强大的国家开放所有边界的自由主义事业，这种自由主义恰恰和这些国家本身的历史是相悖的。在历史上，美国的霸权实际上是建立在保护主义、强迫和偷窃——不仅偷来了美洲印第安人的土地，还偷来了欧洲发明的技术的基础上，所有这些政府政策框架内的做法都和今天华盛顿所谴责的做法是一样的。日本和韩国也发展出他们的工业组织，韩国的财团或日本的财阀在坚决的保护主义政策的基础上确保了自己的强大。19世纪到20世纪初，很多美国企业在国家补助的帮助下飞速发展、开拓市场，他们还剽窃欧洲的技术，比如美国的皮尔斯伯里公司所在领域或者通用电气公司对德国的西门子与AEG公司。在皮尔斯伯里的案例中，相关行动被如此描述：

> 德·拉巴尔是一位奥地利的工程师，他在美国的明尼阿波利斯市成为一个重要人物。他熟悉欧洲的一些理念，但不了解技术细节。瓦

① "New focus needed for Doha Round", FAO, August 8, 2006 (http://www.fao.org/newsroom/en/news/2006/1000375/index.html).

许伯恩磨坊公司决定将德·拉巴尔派往匈牙利以寻找这种(谷物粉碎)新技术。匈牙利人小心翼翼地保守着这一新技术的秘密,德·拉巴尔不得不乔装打扮,以记录有关他们的机器的笔记。很快,德·拉巴尔就开始在瓦许伯恩公司的磨坊上规划新的装备。①

《富国陷阱：发达国家为何踢开梯子?》一书的作者张夏准回顾说：

当“二战”之后它的工业优势地位变得完全清楚时,美国在推动自由贸易方面的表现便和19世纪的英国没有什么不同,尽管美国是通过民族主义使用一种粗暴的保护主义获得了这种地位的。②

1977年5月在伦敦举办的多国首脑会议③结束时所颁布的《唐宁街伦敦峰会宣言》尤其肯定了这一点：

保护主义政策造成失业不断,通货膨胀加剧,破坏我们人民的幸福安康。因此,我们同意有必要保持对开放和非歧视性世界贸易体系的政治承诺。④

这一时期,中国正在走出“文革”,努力寻求初步稳定,当时其他所有新兴经济体都处在西方控制之下。但是,这一宣言极具象征意义,这些国家实

---

① “The Technology That Launched a City: scientific and technological innavation in flour milling during the 1870s in Mineapolis”, *Minnesota History*, vol. 57, No. 2(Summer, 2000), pp. 86－97.

② Ha-Joon Chang, *Kicking Away the Ladder: Development Strategy in Historical Perspective* [London: Anthem Press, 2002, p. 5].

③ 译者注：即“第三次西方七国集团首脑会议”。

④ Edmund Dell, *The Politics of Economic Interdependence* [New York: Palgrave Macmillan, 1987, p. 223].

际上处于不同的层面，参与宣言的这些国家均在不同程度上采取保护主义政策，相互之间甚至采取歧视性贸易政策。

中国加入世贸组织经历了极其漫长、枯燥乏味的谈判过程，在此期间，以美国为首的某些国家试图强行加入极端的强制性规则，而1995年印度入世时并没有这些规则。① 哪怕美国的相关责任人低估了中国入世对国际贸易的影响，美国政府也肯定意识到了这一影响。从2001年起，美国相关责任人就经常对中国有关世贸组织的政策表示愤慨。中国尽管在整体上遵循了世贸组织的规则，但始终不让自己的金融业等行业采用自由主义标准，这使得中国得以成功抵御2008年的经济危机。

三、西方经济增长付出的巨大代价

2008年9月15日，投资银行雷曼兄弟宣布破产申请时，在美国引发的反响不亚于2001年"9·11"恐怖袭击。这是美国历史上最严重的破产（该投行拥有6000亿美元的资产），在世界上引发了包括道琼斯指数下跌4.5%在内的连锁反应，让整个自由主义金融体系瞬间再次受到质疑，同时宣告了"华盛顿共识"的终结，开启了寻找新平衡的道路。这次金融危机之后，在一个世纪里均支持和强制实施建立在完全的市场自由之上的经济体系的西方自由主义民主诸国，在批评中国进行政府干预的同时，立刻纷纷动用政府金融手段去帮助金融危机的受害者，拯救各大银行和各类金融机构，在各大私营集团参股，比如房地美公司、房利美公司，避免大面积破产及人员失业，在2009年，美国政府甚至重新采取暂时国有化的手段，收购了通用汽车公司

① Michael Pillsbury, *The Hundred-Year Marathon: China's Secret Strategy to Replace America as the Global Superpower* [New York: Henry Holt and Company, 2015, p. 182].

61%的股份。但是,作为政府和受司法保护的投资公司之间协定的受害人,债权人损失了97%的债权,这就是自由主义的乐趣……类似的现象也在冰岛、爱尔兰和其他国家出现。这场金融危机让市场资本主义信用扫地。

面对危机,中国政府采用了应急措施,让中国免于受到其他国家危机的影响,这尤其得益于中国近三十年来经济持续飞速增长积累起来的巨大外汇储备。中国限制财政赤字(2008年占国内生产总值的0.6%,2017年占3.5%),2008年中国公共债务占国内生产总值的27%(美国占67.7%,法国占68%,日本占191.8%),因此公共财政可以被视为是健康的,让中国有足够的余力应对金融危机的附带损害,尤其是对出口的影响(见图3.1、图3.2)。美国和欧洲国家需求的暴跌,在很大程度上被新兴经济体和发展中国家所维持的巨大需求补偿(见图3.3)。在2008年,甚至在金融危机开始之前,中国经济增长已主要由于国内原因开始下跌:宏观经济政策缩紧,投资增长降低——尤其在不动产和建筑行业,不过消费始终保持在令人满意的水平。

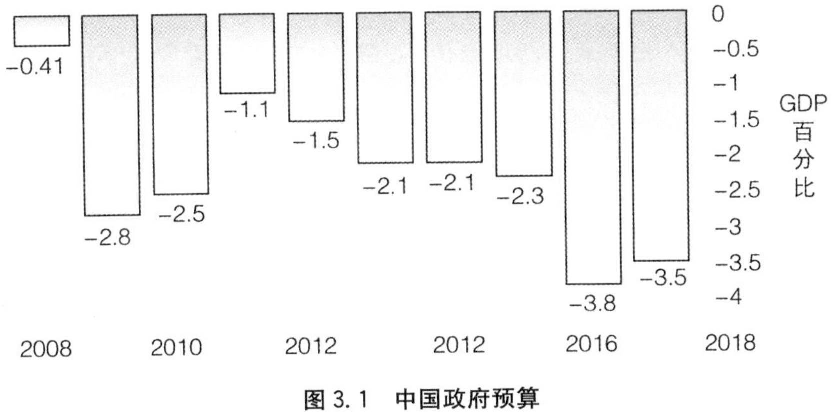

图3.1 中国政府预算

来源:TRADINGECONOMICS.COM|MINISTRY OF FINANCE OF FINANCE OF THE PRC

尽管如此,在国外因素的影响下,预期增长的放缓让中国政府不得不采取新的应急措施。不过,这种国际形势也形成一个按照"十一五"规划

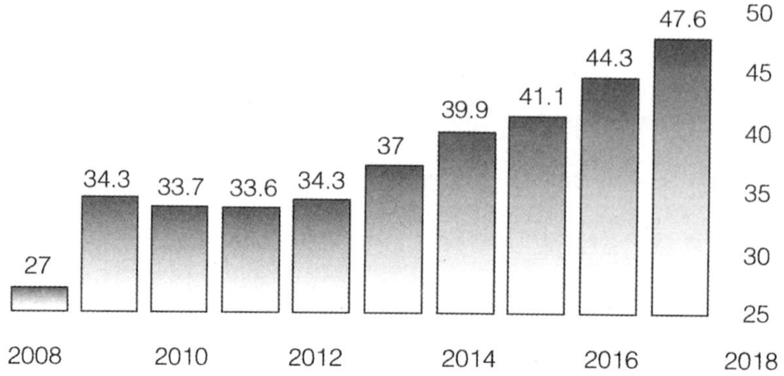

图 3.2　中国政府债务占国内生产总值比重

来源：TRADINGECONOMICS. COM| IMF

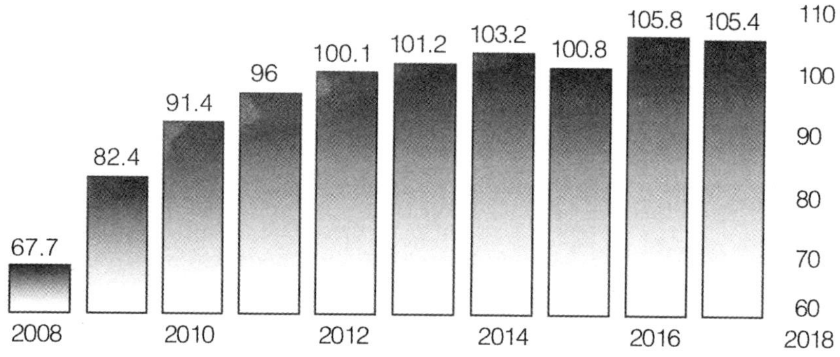

图 3.3　美国政府债务占国内生产总值比重

来源：TRADINGECONOMICS. COM| U. S. BUREAU OF PUBLIC DEBT

(2006—2010 年)采取强力措施，从而实现经济再平衡。外部需求突然崩溃将影响以出口为导向的企业，其中大多数位于中国南部沿海地区，这些企业有着密集的劳动力，因此会导致大量失业，主要是外来务工者，他们不得不返回自己的家乡寻找工作。仅在玩具行业，广东省就有 3500 家企业于 2009 年倒闭。2008 年 10 月召开的中共十七届三中全会上，针对几十年来始终争论的土地所有权问题作出了决定。为了让无业民工更容易融入农村地区，中国共产党决定允许土地使用权转让、租赁，或是产权转让(限 30 年)。这是在中华人民共和国历史上，首次提出“逐步建立城乡统一的建设用地市场”。

决定还强调，农村地区的土地使用产权只能通过统一有形的土地市场进行转让。这项新政策的目标还在于保护农民免受自20世纪80年代农业改革开始以来一直在进行的农业土地建设滥用的影响。在这一策略支持下，回到农村的民工便可租赁农业用地，至少获得了最低限度的谋生手段。2008年9月到2009年元旦之间，至少两千万民工失业，占民工总人数的10%。① 在图3.4中我们可以观察到，2009年到2010年失业率暴增，随后在2011年到2012年趋于稳定，在2017年达到低于2008年的水平，证明了中国政府的举措在金融危机后有效地减少了危机对中国经济的影响。

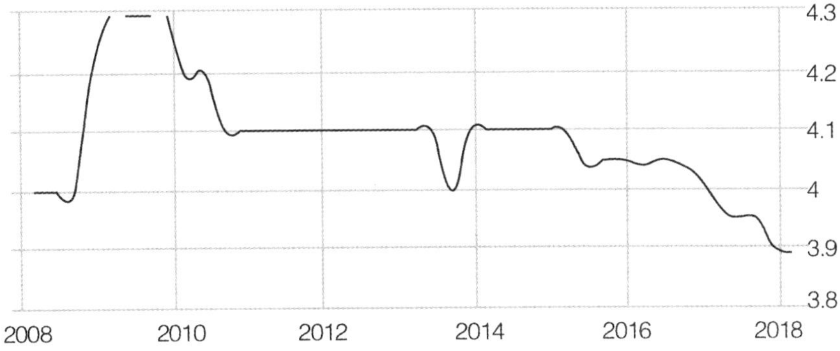

图3.4　中国失业率

来源：TRADINGECONOMICS. COM | MINISTRY OF HUMAN RESOURCES AND SOCIAL SECURITY OF THE PRC

不过，用于应对金融危机的至关重要的举措绝对是2008年11月决定的刺激措施，即进一步扩大内需、促进经济增长的十项措施。与1997年亚洲金融危机后采取的举措相反，2008年的刺激措施建立在长期发展和改善人民生活水平的策略基础上。这些措施的效用在于，让过于依赖出口（2008年占国内生产总值的40%）、家庭储蓄率极高（2008年占家庭收入的37.32%，全世界最高）的经济转型。2008年11月，中国国务院公布的投资数额达到4

① "The Global Economic Crisis: A Golden Opportunity for China", IFRI, June 2009.

万亿元人民币，相当于5860亿美元（见图3.5），分两年完成（从2008年第四季度到2010年底）。考虑到中国的经济规模，这一投资额度比包括美国在内的其他任何国家都多。虽然公布的这些支出并非全部是新的，其中一些之前已经纳入了规划，但似乎还是低于实际支出，因为支出中没有将国企或银行资助的地方机构完成的基础设施建设的投资计算进去。尽管金融危机造成了经济增长速度的显著降低，但这一政策结合新的税收政策，帮助中国减轻了金融危机的冲击，保持了宏观经济的相对稳定，同时在较大程度上保护民众没有受到危机最负面的影响，而其他国家的民众则感受到了这种影响。拯救中国经济的因素之一是中国在美国和美元主导的国际金融体系中的参与度依然有限。不过，中国的一些银行还是失陷在国际金融体系的动荡之中，比如中国工商银行和中国银行，均在雷曼兄弟投资银行投资，但由于国

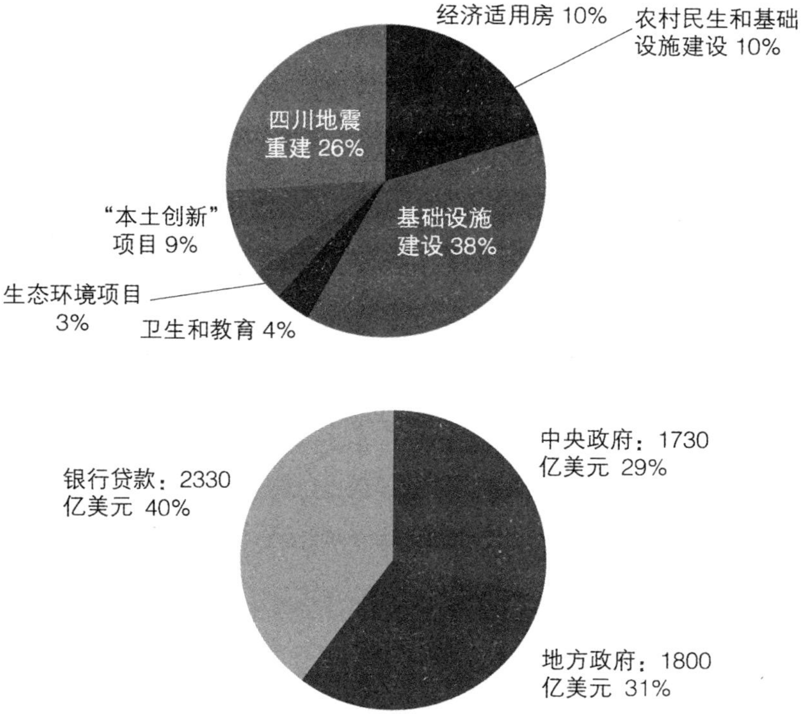

图3.5　中国的刺激计划

际开放程度低，中国的银行比其他亚洲国家的很多银行遭受的损失小。金融危机主要影响的是实体经济和贸易。尽管美国经济的崩溃影响了中国的出口（如可以预见的那样）以及亚洲其他地区，但一些行业仍然保持稳定，例如机械。

但是总体来看，中国经济抵抗住了金融危机的冲击，而且从 2012 年开始，重新在一定程度上恢复了经济增长的正常状态，国内生产总值的增长率尽管不算很高，却是实实在在的。1990—2018 年的图表清楚地展现了从 2012 年起的这个稳定阶段，与 20 世纪 90 年代的经济过热状态形成对比（见图 3.6、图 3.7）。在自由主义经济体中，尽管有 2008 年的警告，事情似乎已经恢复了它们的过程和坏习惯。各国政府大范围地支持银行，让银行得以

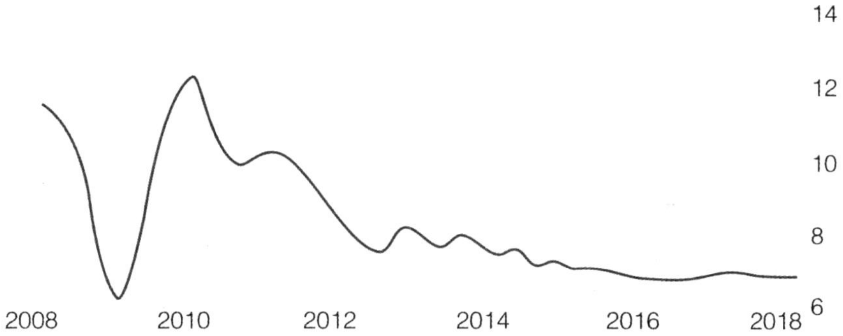

图 3.6　中国国内生产总值年增长率(2008—2018)

来源：TRADINGECONOMICS.COM|NATIONAL BUREAU OF STATISTICS OF CHINA

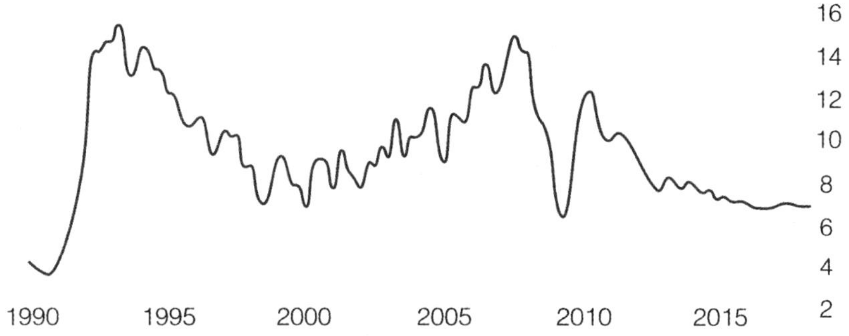

图 3.7　中国国内生产总值年增长率(1990—2015)

来源：TRADINGECONOMICS.COM|NATIONAL BUREAU OF STATISTICS OF CHINA

重新开展之前的活动。然而，我们进入了一个新的历史时期，这个时代，自第二次世界大战以来已成为真理的政治、经济和社会模式，苏维埃式社会主义或西方自由主义，已不再有效，因为它们已经展示了弱点及其对世界演变的不足。其实我们有证据指出，西方的短期政策产生了一种分裂的、不公平的、非常不稳定的繁荣。20 世纪 80 年代“华盛顿共识”的胜利清晰表明，赋予市场规则近乎完全的自由、采取放任的政策只能对社会造成负面影响。欧洲和美国近几十年来的经济增长是巨大代价换来的，没有任何严肃的证据能证明市场能带来有效或公平的成果。在自由主义经济中完全被忽视的是社会的命运。卡尔·波兰尼在 20 世纪三四十年代就强调过这种市场社会的问题，它与社会关系迅速脱节，因此无法持续。波兰尼认为，这一趋势是在 19 世纪工业革命中出现的，是被他称为“社会实质”的土地、劳动和货币变为在市场上流通的商品之时出现的。生产和分配领域不再像传统社会中那样，受人民或某一政治或社会阶层控制，而是落入私人利益的手中争夺最大利润。人民的信仰或强加于人的意识形态，包括穷人在内的所有人都可以从经济增长和全球化中获益，如今几乎没有实证支持，正相反，一切表明，大多数情况下经济增长加大贫富差距，导致社会分化。

正是在这一层面上，中国的经济发展模式带来了对增长概念的认识的新要素。改革开放的最初四十年给中国带来了巨大的经济增长，与外国的众多经验相反，这一经济增长大量减少了贫困。这一成果的关键原因在于重新分配。可以肯定的是，在这一时期内，大量私人财富在中国聚集起来，且并非总以合法的方式聚集，但是国家并未变身成为捕食性的权力，让统治家族滥用权力，而始终是为最贫苦的人民进行再分配的保障者。资本主义的原则——为资本和为民众中最少的一部分人的利益积累资本——并未在中国得以实施，这很可能是中国改革成功的原因。例如，外汇储备的积累建立在出口型经济的基础上，尽管腐败造成损失，但是外汇储备可以致力于国内的大型发展项目的再投资。经济发展的社会方面无疑是“中国特色社会主义”的有力优点。这种再分配和社会关切几乎完全的缺失，正是20世纪80年代苏联及其欧洲卫星国失败的原因之一。

2008年，中国经济开始从出口和投资型经济艰难地向消费和服务型经济转型。投资的节奏始终保持，尤其在基础设施建设的大型项目方面，不过弱点在于和公共投资相比，私人投资疲软。但是中国从外国投资者的青睐中受益，2017年中国的外来直接投资排名世界第一，中国的对外投资规模全球排名第二。外国人对投资中国的欲望让中国获得了宝贵的技术和管理能力，促进了工业的现代化。进出中国的投资潮流的交汇，同样有利于增强与工业国家相比始终偏弱的生产力。由于十九大会议时提出深化和加快国有企业改革，中国经济的增长潜力还很可观。

从2012年上任开始，习近平就明确表达了他继续坚持改革开放的意愿，此后时常强调这些改革必须具有的社会范畴的考虑。2012年12月他在广东考察时，确认改革进入新阶段，即“已经进入攻坚期和深水区”①，需要协同推进，尊重实践和创造。邓小平的指导性原则始终现行，习近平主席认为，这一原则构成了“中国式改革的精髓”②。习近平主席讲话中的新方针是协同努力的方针，需要更加“系统性、整体性、协同性”③地进行改革。但是，这一政策需要如他所说，用“更科学的方法做改革中的各项决定”，这反映出要通过决策权的重新集中来应对改革头几十年出现的偏差，要在实事求是对需要解决的问题进行思考之后作出决策，而不能把决策建立在地方领导或

① 《习近平在广东考察时强调：做到改革不停顿开放不止步》，新华网，2012年12月11日，(http://www.xinhuanet.com/politics/2012-12/11/c_113991112.htm)。

② Xi Jinping, *How to Deepen Reform Comprehensively* [Beijing: Foreign Language Press, 2014, p. 48].

③ 《习近平在广东考察时强调：做到改革不停顿开放不止步》，新华网，2012年12月11日，(http://www.xinhuanet.com/politics/2012-12/11/c_113991112.htm)。

国有企业负责人的个人利益的基础上。他主要关切的问题——这些问题直到现在仍是中国国内政策的主线——在 2013 年 11 月 9 日召开的中共十八届三中全会上都得到清晰的阐述：

> 我国发展面临一系列突出矛盾和挑战，前进道路上还有不少困难和问题。比如：发展中不平衡、不协调、不可持续问题依然突出，科技创新能力不强，产业结构不合理，发展方式依然粗放，城乡区域发展差距和居民收入分配差距依然较大，社会矛盾明显增多，教育、就业、社会保障、医疗、住房、生态环境、食品药品安全、安全生产、社会治安、执法司法等关系群众切身利益的问题较多，部分群众生活困难，形式主义、官僚主义、享乐主义和奢靡之风问题突出……解决这些问题，关键在于深化改革。①

在中央委员会上的讲话很明显是有计划的，所有在改革四十年中产生的或没有解决的问题都被列出来，让中共领导人意识到问题的严重性，解决问题的紧要性、必要性以及问题在社会层面的特殊性。在改革的几十年中，很多由于管理不善或方针性错误而出现的问题随着改革的推进被掩盖，给继任者留下了沉重的、最高领导人常常忽视的包袱。习近平主席很快就展现出积极面对问题的意愿，并且毫不松懈地解决这些难题，这种做法需要毫不留情地打击贪污腐败，反腐从 1978 年起就在全国范围内开展，自身已经变成了一种改革的管理模式。不过，在国际环境尤其不稳定的这一时期，要想成功地开展新时期改革，具有人性弱点而又必须为新政成功提供保障的中国共产党必定需要强有力的、集中的、不妥协的权力。

---

① 习近平，《关于〈中共中央关于全面深化改革若干重大问题的决定〉的说明》，《习近平谈治国理政》，北京：外文出版社，2014 年版，第 71—72 页。

四、应对能源挑战的能力决定经济改革能否成功

习近平新时代的经济和社会改革能否成功，在一定程度上要看中国政府应对能源挑战的能力。从 1978 年开始，中国就始终致力于解决能源需求这一难题，能源需求不仅决定工业发展，而且对人民生活舒服度的改善也有影响。到 1993 年，中国在碳氢化合物消费方面实现了自给自足。从 1993 年起，中国才成为石油进口国。自那时起，关于中国能源需求的迅速增长，专家们总是错误地预估。他们一开始预言中国将在 2020 年成为世界第二大石油消费国，而在 2003 年中国就已达到这一水平，尽管仍远远落后于美国。美国能源部同样曾评估认为，中国的石油消费量将在 2025 年达到世界消费总量的 10.6%，但 2011 年中国就超过了这一水平(10.97%)。2017 年，中国石油消费量提升到 5.9 亿吨，即比前一年增长了 5.9%。根据中石油的评估报告，2018 年中国的石油消费量还要增加，达到每天 1200 万桶(见图 3.8)。2016 年，单是中国和印度两国就占到了世界年石油消费增长的 43.5%。

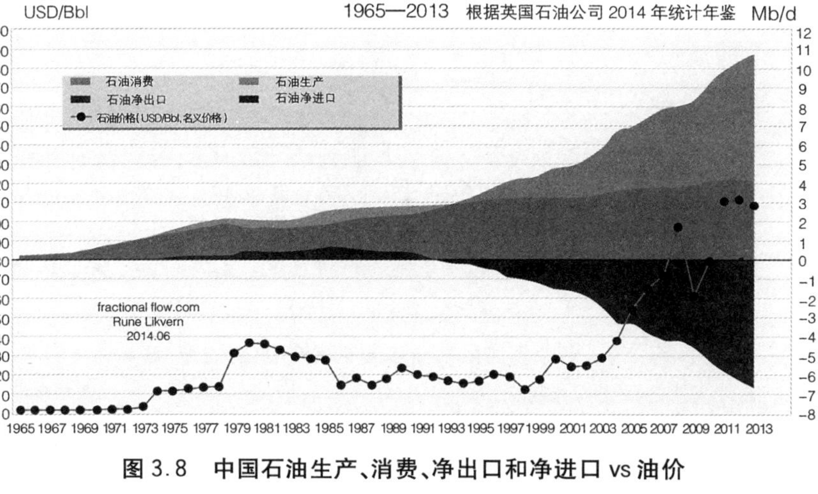

图 3.8 中国石油生产、消费、净出口和净进口 vs 油价

在1978年，中国的能源消费量达到5.7144亿吨标准煤，到中国成为石油净进口国的1993年，中国的能源消费量翻了一番，达到11.6亿吨标准煤，到十八大召开的2012年，消费量翻了三番。煤炭是最污染环境的能源，但中国为减少煤炭消费量作出了巨大努力，煤炭占中国能源消费的比例从1978年的70.7%下降到2016年的62%。石油所占的比例也在下降，从1978年的22.7%降到2016年的18.3%，同时，天然气的占比则在1978年(3.2%)到2016年(6.4%)之间翻了一番。

面对因经济增长而不断增加的能源需求，中国只能依靠自身资源，尽管在可再生能源领域取得了进步，但是未来几十年内中国的化石能源需求依然很高。2017年，中国的原油产量下降，进口石油的规模则以840万桶/日的规模超过了790万桶/日的美国，成为世界第一大石油进口国。2013年起，中国已经在石油和其他液体化石燃料的进口方面位列世界第一。中国石油进口量持续增长的原因有，国内生产量降低，石油和液体化石燃料消费不断增长，战略石油储备的实行，还有石油提取行业改革之后，允许让独立的炼油厂可以进口一定限额的原油，以提高原油提炼的能力。但是，中国政府也必须优先重视油气行业的生产率，从2000年到2015年间的情况来看，中国油气行业的生产率与国际集团相比较低(见图3.9)。

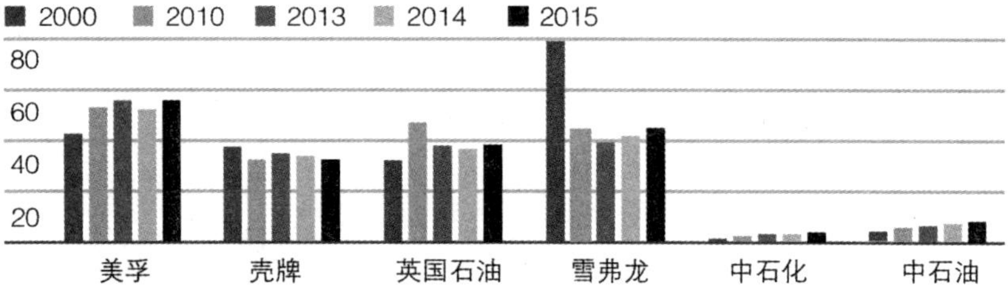

图3.9 每个员工的石油和天然气产量(桶油量/日)

来源：公司报告、伯恩斯坦研究公司　　南华早报

中国自身的石油储备还具有很大潜力，但是要开发这些能源需要大量

的投资，尤其是这些资源通常位于远离主要消费中心的地区，同时也是因为开采石油的生产场点也要实现现代化。诚然，中国的能源生产总量在1978年(6.277亿吨标准煤)到2016年(34.6亿吨标准煤)间增长5.5倍，但是生产量和消费量之间的差距也大幅增加。于是，2001年中国决定，为保障第十个五年规划期间的能源安全，将建立国家战略石油储备，用于应对进口石油的地缘政治风险，包括爆发武力冲突情况下完全中断进口的可能性。最初，目标是储备相当于中国30天石油消费量，即2.1亿桶的石油，随后到2020年储备量要增加到90天的用油量。到2017年年中，储备量已达到2.75亿桶，比上一年增长14%。[①] 在中东地区局势极其不稳定、中国几个主要的石油供应国——沙特阿拉伯、伊朗、阿拉伯联合酋长国——均卷入真正的、暂时尚属冷战的战争以及中国石油消费日益增长的背景下，战略石油储备计划继续实施对于中国的能源安全尤为重要。

从任职以来，习近平就尤其重视能源产业改革。2012年时，中国在能源领域存在多个问题：能源消费持续增长、能源供给渠道需要安全保障、产出能源的管理问题、某些大型国企的垄断损害合理的管理，等等。2014年6月，他要求对能源产业进行全面改革，在能源消费、能源供给、能源技术、能源体制等领域进行一场真正的革命，并坚持加强国际合作的必要性，逐渐为这一关键产业的改革指明方向，这个重要部门的改革既是为了人民的福祉也是为了国家的能源安全。[②] 这项改革迅速触及能源问题的各个方面，特别是在大型国有企业垄断能源供应的勘探、开采、进口和管理方面。这项不可或缺的改革可以将整个能源体制合理化，比如通过改善能源管理和能源分配来减少国内能源生产浪费，通过合并在国内国外有竞争力的能源结构来加强国际竞争力，加快可再生能源发展以迅速降低污染水平，并同时向私人

① "China accelerates stockpiling of state oil reserves over 2016/17", Reuters, December 29, 2017.
② 《坚定不移推动能源革命向纵深发展》,《人民日报》2017年6月13日第7版。

企业和国外大型能源集团开放能源产业，更好地应对不断增长的能源需求。2012年11月的中共十八大上，胡锦涛在报告中提到过令人忧虑的能源局势，他强调必须“大幅降低能源、水、土地消耗强度，提高利用效率和效益”。他已经提出一种“能源生产和消费革命”，强调必须“控制能源消费总量，加强节能降耗”。推进改革需要解决很多困难，才能够追求和谐发展，最重要的是，要逐步消除整个改革过程中出现的污染问题，特别是大气污染，需要制定连贯一致的改革措施。改革措施要详尽、现实，最重要的是，要确保能源行业的公共和私人企业的落实改革的坚定性。改革的实行同样需要政府进行不可或缺的投资，以支持创新型企业的研发和新产能的上线。

在2015年3月，能源产业已经开展了一项重大改革，还有一些问题留到之后再决定，这项重大改革旨在解决清洁能源发展的基本问题（见图3.10）：

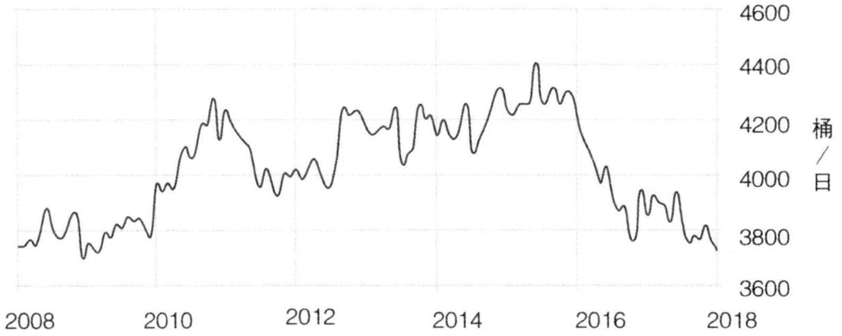

图3.10　中国原油产量

来源：TRADINGECONOMICS. COM | U. S. ENERGY INFORMATION ADMINSTRATION

（1）改善能源产业规划以应对电力生产中煤炭使用过度问题，令电力传输更加便利和改善可再生能源发电产能的地理分布。

（2）重新深化管理电力网络的电力集团及其商业模式的结构调整。

（3）不再以纯粹行政的方式为每个燃煤发电厂分配生产时间配额。长期以来，这一原则是造成能源产业低效的原因之一，也是造成风能、太阳能和水力发电发展受限的重要原因。

(4) 建立电力或其他能源的大宗市场的新结构，根据每个发电厂开采的相对成本进行配额分配。

另外，政府还要求人们努力节约能源，尤其是减少电力消费，以应对大型城市电力不足的问题。事实上，电力大部分是由化石能源，尤其是煤炭(2015 年占 73%)生产出来的，这会造成令人担忧的污染问题。风能在 2015 年占到中国装机容量的 8.6%，但是只占到发电总量的 3.3%(见图 3.11)。为了限制对碳氢化合物进口的依赖，中国已经在发展核能和可再生能源方面作出了重大努力。2014 年 11 月，李克强总理宣布中国"十三五"规划的目标之一，在 2020 年实现非化石能源占一次能源消费总量的 20%。这样就能达到二氧化碳排放量的峰值。习近平主席在 2015 年 11 月 30 日的巴黎气候变化大会上承诺，到 2030 年中国二氧化碳排放量将实现比 2005 年下降 60%～65%。与在唐纳德・特朗普领导下的美国相比，中国在应对全球变暖问题上的立场更为重要。中国在抗击全球变暖问题上的立场更为重要，因为在唐纳德・特朗普的领导下，美国为保障采矿的就业宣布恢复使用煤

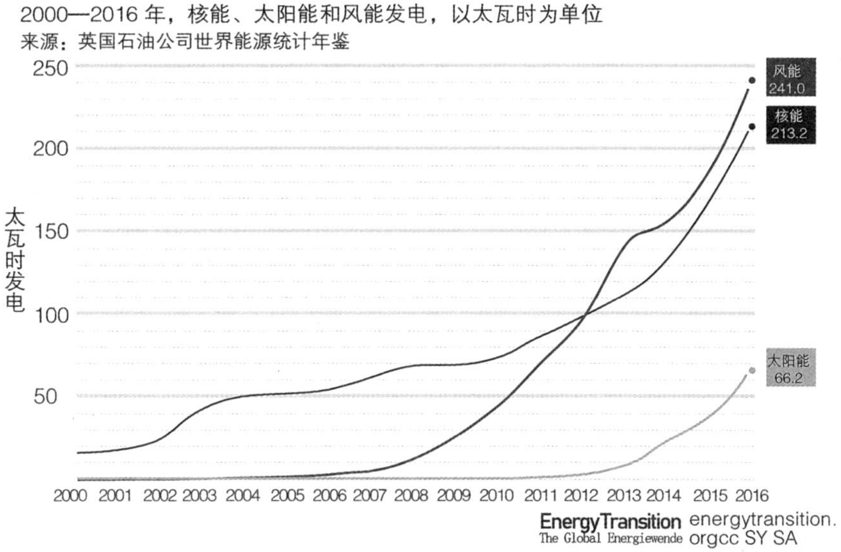

图 3.11　在中国，风力将超过核能、太阳能在未来飙升

炭已走上了反向道路。2018 年 1 月，尽管联邦监管机构拒绝了唐纳德·特朗普补贴燃煤电厂的提议，但是美国煤炭产量依然在唐纳德·特朗普任期的第一年增长了 3.6%。唐纳德·特朗普提出的“美国优先”理论完全无视这一政策会引发的全球后果，当然包括对美国的影响。

由于中国优先考虑可再生能源产业，加上 2015 年 3 月进行的能源改革，中国在能源方面取得了重大进展，并将在未来几年内取得更大的进步。从 2016 年起，中国已成为世界第一的可再生能源生产国（占世界新增产能的 1/3），同期光伏产能大幅增长（2016 年，全球光伏产能增长达 50%，其中一半在中国）。预计到 2022 年，中国将生产 3600 万千瓦可再生能源——中国已经是第一大太阳能电池板生产国，并且已经在 2017 年实现了太阳能生产目标，比最初定的 2020 年提前三年完成任务。自 2012 年以来，中国太阳能装机容量经历了非常显著的发展，从 2012 年的 341 万千瓦时到 2016 年的 7631 万千瓦时。风力发电也是如此，风能的产能自 2012 年以来增加了一倍多，从 6152 万千瓦时增加到了 1.4747 亿千瓦时。

为限制对煤炭和石油的依赖，核能产业同样经历了重大发展。中国目前有 38 座核反应堆在运行，另有约 20 座在建，还有更多即将投入建设。中国《能源发展战略行动计划（2014—2020 年）》设想到 2020 年，中国核电站装机容量达到 5800 万千瓦，在建容量达到 3000 万千瓦以上；到 2030 年，装机容量应该在 1.5 亿千瓦左右，可以提供 8%—10%的发电量。多亏了中国在核反应堆的设计和建造以及核燃料循环等方面实现自给自足，尽管也建立在适应和改良西方技术的基础上，中国现在得以出口自己的核技术。

二氧化碳排放问题是针对全球变暖的国际会议的中心议题，关于中国在此问题上的立场值得作出一些澄清，因为中国经常被指责是国际社会的坏学生。中国的确是二氧化碳排放量最大的国家之一。但是，考虑到人口数量，通过计算人均排放量可以发现，排放量最高的其实不是中国，中国的人均排放量只有 7.7 吨，美国是中国的两倍多(16.1 吨)。因此中国的努力更加令人瞩目，其人均排放量远远低于美国，美国关于气候变化的政策经历了严重的倒退。

另外，能源问题也具有非常重要的地缘政治意义，它迫使中国根据国际形势的发展不断调整全球战略。近年来，由于近东和中东地区自美国入侵伊拉克以来，该地区发生多次纷争而长期处于不稳定中，石油市场因此变得尤其波动。中国石油供应来源的变化凸显了其战略演变。因此，2017 年俄罗斯成为中国的第一大石油供应国，中国从俄罗斯进口的原油增长 14%。前三大石油供应国俄罗斯、沙特阿拉伯和安哥拉分别占中国原油进口量的 14.93%、13.98%和 9.41%。曾为中国提供 48%石油的中东的份额在 2017 年下降到 43.4%，抵消了来自俄罗斯和巴西的石油进口的增额。在战略层面上，通过输油管道或输气管道进行供应的陆路更加安全，相比之下从中东进行海路运输，容易受到美国舰队在印度洋或马六甲海峡可能采取的敌对行动影响，而输送到中国和东亚其他地区的所有石油均通过马六甲海峡转运。中国和俄罗斯还于 2018 年 1 月将东西伯利亚—太平洋(ESPO)输油管线延长并投入使用，将其产能翻一番到 60 万桶/日。对石油输出国组织的石油进口的依赖从 2012 年的 67%下降到了 2017 年的 56%，这表明中国的能源安全得到了显著改善。

随着美国页岩气开采的进步，美国石油进口量自 2005 年以来急剧下降，到 2017 年已经从每天的 1255 万桶下降到 373 万桶(见图 3.12)。另外，加拿大提供了美国的石油进口总量近 50%的石油(2017 年为 12.4 亿桶，总计 28.8 亿桶)，而 2012 年只占 28%，尽管沙特阿拉伯和伊拉克仍然是美国石油供应的两大重要来源，但是美国受中东地区石油供应带来的地缘政治脆弱性的影响不断降低。对中东石油依赖程度的降低让美国政府在政治上拥有更大的行动自由，对中东地区形势稳定的担忧减少，除了对第二大石油供应

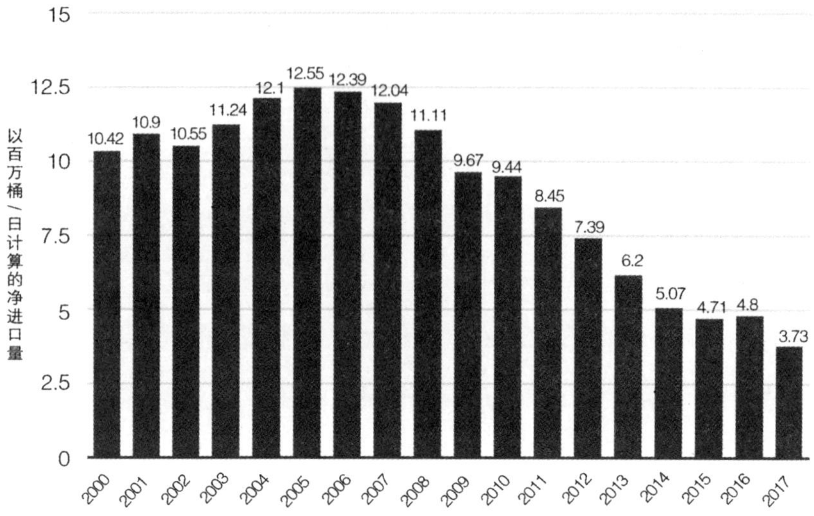

图 3.12　2000—2017 年美国石油净进口总量(桶/日)

国沙特阿拉伯的稳定依然关切。唐纳德·特朗普与沙特王储穆罕默德·本·萨勒曼的关系明显缓和，沙特针对也门发动盲目的暴力战争使美国得益——跟法国一样，这些因素在能源方面都是必然要考虑的地缘政治问题。唐纳德·特朗普决定违背联合国决议，承认耶路撒冷为以色列首都，这表明该地区的稳定已经不再是美国政府关注的首要问题，在巴以冲突中是否需要保持相对平衡的立场对美国来说也不再重要。

但是，美国的这项能源新政并非没有对中国政府的能源安全产生影响。事实上，与中国能源需求相反，近东和中东的稳定不再是美国在该地区政策的核心问题，自唐纳德·特朗普当选以来，美国的伊朗恐惧症加剧，恰恰清楚地证明了这一点。伊朗与俄罗斯和中国这两个美国和欧洲政策的公开目标的亲近，还有以色列总理本雅明·内塔尼亚胡对伊朗的攻击和政治臆想造成的特拉维夫与德黑兰之间的潜在冲突，均利于利雅得与西方政府的接近。此外，沙特阿拉伯在 2017 年被降级为中国第二大石油供应国，排在俄罗斯之后。追求供应多样化，降低对中东的依赖，是未来几年有必要采取的政策，因为这有助于降低美国自2017年开始进行的真正的冷战所带来的能源安全风险。

但是，中国发起了一个重大倡议，具体表现就是2018年3月26日在上海国际能源交易中心推出了首批以人民币计价的石油期货合约。作为2017年全球第一大石油进口国，中国的战略符合其短期和长期利益。观察者们质疑，中国是否愿意看到人民币最终取代石油市场上的美元。在像近东和中东这样的一些地区，经济界和政界都乐于看到这种假设，这样他们将不再是美元独裁的受害者，美元是一种与美国战略、经济利益密切相关的国际货币，并一直被美国政府用作劝阻企业与美国所不赞成的政权或外交政策的国家进行贸易往来的操纵杆。中国的大集团自身与伊朗、利比亚或苏丹这样的国家进行贸易往来时也面临着相同的压力，被迫采取各种预防措施来避开美国的制裁政策。独立于美国货币将最终让众多国家得以充分利用其在国际秩序中享有的政治和经济独立。这一新阶段和21世纪初期推出的谨慎的人民币国际化政策相对应。2014年，人民币已升至国际市场上交易量最大货币的第五位。但是，对中国持悲观态度的外国观察者认为，人民币在石油市场上取代美元的可能性很小，因为中国对资本有所控制，而且石油生产商不愿意承担外汇风险。① 然而，"一带一路"倡议的进展很可能会促进与该倡议有关国家的人民币兑换业务的发展。从石油美元到"石油人民币"的过渡肯定会非常漫长，但是就像改革开放以来中国推行的所有政策一样，中国是有耐心的和坚定的。因此，美元在石油市场上的专制统治肯定会结束。但是，在几年内应该感受不到这一决定对于油价的影响，鉴于合约的规模和交易商所涉及的风险，该行业的参与者肯定会非常谨慎地行事。

① "China's currency displacing the dollar in global oil trade? Don't count on it", Brookings Institute, April 19, 2018.

第四章

中国决胜全面建成小康社会的决心和关键

一、改善环境就是改善生产力

1. 气候变化，一个全球性问题

国际社会对全球环境恶化、滥用自然资源、破坏环境平衡的觉醒，对所有国家必须携手应对人口和人类需求过快增长引起的损害的必要性的认识，均非常晚。面对这些结果，在历史上率先造成环境恶化的工业国家，它们的倾向是要求新兴国家牺牲自己，以此来减少对环境的破坏，同时保障自身人民的生活水平。2013 年 5 月，莫纳罗亚火山上定期测量的大气二氧化碳平均含量自 300 万年以来首次超过了 400 ppm。每 20 分钟就会有动物和植物物种从地球表面消失。每年，全球变暖都在损害一部分自然资本，包括土壤、森林、水资源。应对气候变化挑战的重要性不仅在于地球的生存，更在于人类的生存。国际组织一再警告各国政府注意这一日益严重的威胁，特别是气候变化和环境退化会限制增长和妨碍发展。没有严肃的气候和生态政策，就无法保障可持续增长。世界银行在 2014 年的一份报告中明确指出：

> 如今必须尽一切努力减少我们的城市、我们的土地使用模式和能源系统的温室气体排放，并采取清洁和低碳的解决方法。需要立即采

取行动应对气候变化,但绝不能以牺牲经济增长为代价。还必须采取紧急措施,帮助各国加强复原力,适应当前已经受到的气候变化的影响,并适应未来几十年世界迅速变暖的不可避免的后果。①

除了水资源之外,地球的自然资源并非取之不尽。目前地球上的人口是76亿,到2050年将达到98亿。人口的迅速增长给农业和水资源需求带来很大压力。预计到2050年,四分之一的国家将遭受水资源严重匮乏的困扰。目前,十个国家拥有世界三分之二的水资源,其中包括巴西、俄罗斯和加拿大。尽管水覆盖地球表面的70%,但是其中97%是咸水。在剩余的3%的淡水中,2%被冰封在冰川里,目前无法取水。因此全球只剩下1%的水可供应给76亿人口。快速发展的城市化加剧了这种威胁。1910年世界人口的10%居住在城市里,现如今50%的人口都生活在中心城市,但人口拥挤和污染的不断增加使得饮用水的问题变得越来越突出。目前,世界农业消耗70%的水,工业消耗20%。要通过农业生产一千克粮食,就必须使用两吨水。好消息是,与石油不同,水不会耗尽,因为水只是"从大自然借来的"。此外,海水淡化技术领域已取得了显著进步,海水淡化操作的成本在20年内从2美元/立方米降低到了0.75美元/立方米。但是,水资源并非未来农业的唯一关注点。它带来的问题更多是战略性的,而非数量上的。的确,资源共享将成为关键问题,并会变成一个重要的地缘政治要素,即冲突的载体。这种情况已经出现,比如以色列在约旦河西岸的殖民化,以色列不顾联合国安理会的决议非法吞并戈兰高地,或是以色列对黎巴嫩南部的兴趣在于想将利塔尼河水改道。伊拉克与土耳其之间对底格里斯河的使用冲突,或印度与巴基斯坦之间关于源自中国西藏、同时灌溉巴基斯坦和印度北部的印度河的使用冲突,均是如此。

① "Baissons la chaleur", Groupe de la Banque Mondiale, 2014, p. 17.

农业局势同样令人忧虑，据联合国粮食及农业组织的数据，世界现有耕地总面积为15.5亿公顷，但是每个国家、每个地区差异很大。尽管种植政策与许多国家的快速城市化竞争，但可用的优质土地依然越来越少，城市化以牺牲农业为代价来消耗土地。如表4.1所示，每个国家和地区的情况各不相同。

表4.1 每个居民耕种土地面积 单位：公顷

中国	印度	欧盟	法国	南美	北美
0.12	0.15	0.25	0.32	0.32	0.68

在世界许多地方，土地质量特别是土地退化是令人担忧的另一个原因，需要强有力的政府政策来制止这一致命进程，并恢复退化的土地。如今，估计世界现有耕地总面积的20%，即3亿公顷，都严重退化，土地的肥力受到威胁。造成这一问题的原因有很多，如土地的沙漠化、风蚀，或灌溉不良导致土壤加速盐渍化。因此，如果要避免人类灾难，土壤保护是迫切而必要的。这也是优先事项，因为任何一公顷土地的丧失都是永远的失去。

2. 中国的需求和意识

在中国，情况也不容乐观，中国在40年飞速的工业发展中，一些地方优先考虑国内生产总值增长，从而导致对自然资源不合理的开发和管理，以及对环境的严重破坏。同时，污染也会耗费经济发展成本，世界银行估算的中国污染成本大约占国内生产总值的6%。2017年，美国发布的一项对175个国家进行的研究表明，印度和中国的空气污染在全球最为严重，2015年一年全球的420万空气污染受害者中，26.1%是中国人，25.7%是印度人。针对这一问题，中国政府通过宣布空气污染成为“国家灾难”，采取越来越严厉的措施来控制损害和降低死亡率（减少2%），而印度的受害者人数始终在增加。中国已经实施了对燃煤取暖的限制，并支持用新技术来减少碳排放。燃煤电厂锅炉的粉尘最高允许浓度已经从每立方米 30 毫克降至 20 毫克。2005 年之前登记的污染最严重的车辆也被禁止上路。

土地方面，一项涵盖 2005—2013 年的政府研究估计，中国 16.1％的土壤和 19.4％的耕地受到污染，主要污染物是镉、镍和砷。82.2％的污染土地是被非有机物质污染。长三角、珠三角和东北工业地区污染尤其严重。此外，10.4％的牧场和 10％的森林同样受到污染。2015 年 10 月，习近平主席就这一问题提出了明确建议，并强调了中国部分地区“地力严重透支，水土流失、地下水严重超采、土壤退化、面源污染加重已成为制约农业可持续发展的突出矛盾”①。

从中长期看，环境恶化的社会和经济成本很高，这正是中国政府开始实施环境保护政策的原因，这项政策已经逐步取得了成果。2017 年 12 月，中国政府作出新决定，通过推进自己的碳排放交易（ETS）机制，来深化清洁能源工作，这使中国成为世界规模最大的国家碳排放交易市场。中国市场自此超过了欧盟市场。中国碳排放交易机制最初将覆盖能源行业的 1700 家公司，相当于超过 30 亿吨二氧化碳当量（约占中国排放量的 30％）。该机制分四个阶段推进。第一阶段将侧重于市场开发，第二阶段侧重于模拟排放交易，第三阶段侧重于加强和扩大市场。最后一个阶段从 2020 年左右开始进行现货交易，并扩大覆盖范围。但是，这项创新机制的效率将在很大程度上取决于发电行业改革的结果。得益于 2015 年 3 月的改革，电力配售得以改善，应该允许更多的清洁能源参与，因为发电厂将来需要通过竞争在配售中占有一席之地，竞争的基础是运营成本，由于碳排放交易机制的存在，碳排放水平将成为运营成本中需要考虑的一个因素。电力市场按照这一逻辑的

① 习近平，《推进生态文明建设，改革我国环保管理体制》，《习近平谈治国理政》（第二卷），北京：外文出版社，2017 年版，第 390 页。

实施取得了积极成果，在这一背景下，中国政府继续使用1978年改革开放以来已经受过考验的实验性方法，于2017年8月制定了新的议程，以便在八个试点实施“现货”市场。这些试点市场必须在2018年投入运营，并于2020年在全国范围内推广。这些市场的成功保障了整个电力配售机制运营的灵活性，减少了可再生能源介入电网的障碍，形成了煤炭生产快速减产的强有力的信号。

3. 中国新政策的承诺

自十八大以来，所有这些利于能源消费合理化和逐渐减少能源消费、有利于可再生能源发展的措施的实施，已成为中国领导人关注的核心问题。但是这项环境政策的最终结果如何，主要取决于中央政府是否有能力让包括地方政府、国有或私营企业以及民众等各个层面的相关各方严格执行有关决定和政策。这一努力有两个支柱：强有力的制裁制度带来的责任化和对民众的教育。2013年5月，习近平主席在十八届中央政治局第六次集体学习时强调：“要建立责任追究制度，对那些不顾生态环境盲目决策、造成严重后果的人，必须追究其责任，而且应该终身追究。”①

他还补充说，要加强宣传教育，以提高公众对资源经济和环境保护挑战的认识。2015年10月，习近平主席在中共十八届五中全会上指出了现行环保体制存在的4个突出问题：

难以落实对地方政府及其相关部门的监督责任；

难以解决地方保护主义对环境监测监察执法的干预；

难以适应统筹解决跨区域、跨流域环境问题的新要求；

① 习近平，《努力走向社会主义生态文明新时代》，《习近平谈治国理政》，北京：外文出版社，2014年版，第210页。

难以规范和加强地方环保机构队伍建设。①

中国政府在此评估基础上进行了环境管理体系改革，以此“增强环境执法的统一性、权威性、有效性”②。但是，与所有实质性改革一样，这些决策所带来的结果并不总受人们欢迎，因为它影响就业，并让数以千计的负责人遭受处分。2017 年 4 月，中国环境保护部在京津冀经济区（北京、天津、河北）展开突击检查，然后根据调查结果，在全国范围内进行分阶段检查。在第一阶段，被检查的 4077 家公司中有 2808 家被查出违反了环境法规，占总数的 69％。环保部门警告这些公司，这种检查从此将成为环境执法的“新常态”。有些公司在巨额罚款下被迫破产，导致数千名工人失业。然而，这种实施环境保护法的新的举措，对于逐步终结因企业负责人的贪欲和地方政府腐败而造成的对环境的过度破坏是绝对必要的，从长远来看可以让企业与环保的关系更健康。

国际上，美国退出《巴黎气候变化协定》（以下简称《巴黎协定》），让中国处于应对全球变暖的前列。奥巴马政府之前通过支持多个国家在 2015 年底签订《巴黎协定》，为应对全球变暖取得重大进展作出了重要贡献。《巴黎协定》的 195 个缔约方承诺自愿控制本国温室气体排放。115 个国家批准该协定后一年，美国政府还协调了协定的快速实施。唐纳德·特朗普在当选前就已经宣称要坚决废除这项协定，让美国退出协定。中国拥有高素质专家来处理高难度技术问题，习近平在峰会上以可靠的、科学的信息为基础作决定。与习近平的权力行使方式不同，唐纳德·特朗普周围只有一批狂热者，有些人是出于宗教原因，有些人则是出于个人产业的利益而聚集在一起，这些人质疑气候变暖领域的科学价值和国际专业知识。在这样一个对世界舆论极其敏感的领域，这项美国政策取得了真正的外交成功。在竞选期间，唐

① 习近平，《推进生态文明建设，改革我国环保管理体制》，《习近平谈治国理政》（第二卷），北京：外文出版社，2017 年版，第 391 页。

② 同上。

纳德·特朗普甚至承诺取消向美国应对气候变化的机构，例如向发展中国家提供援助的“绿色气候基金”投入资金。他还承诺废除贝拉克·奥巴马的“清洁能源计划”，这使得美国减少了履行自己的国际承诺，即到2025年减少至少26%的温室气体排放的承诺。

对比美国的错误，中国一直坚守国际承诺，因此，作为产生温室气体绝对值最大的国家，中国成了领导对地球的未来至关重要的斗争的领袖。这项政策也符合中国的经济利益，因为它将扩大中国近年来已经开发并将继续研发的清洁能源技术的国际市场。这些技术在国外市场上的价格特别有利于发展中国家，对于这些发展中国家来说，欧洲或美国技术通常过于昂贵。美国新任总统一发出负面信号，习近平主席就立即在2017年1月回应，提醒他注意：“人类只有一个地球，各国共处一个世界。”他强调“《巴黎协定》的达成是全球气候治理史上的里程碑”，并再次表示中国将继续努力应对气候变化问题，并充分履行国际义务。① 2017年10月，习近平在十九大报告中特别强调了气候问题和中国及其他国家的责任，他说：“没有哪个国家能够独自应对人类面临的各种挑战。”他确认了，中国已“引导应对气候变化国际合作”②。2012年以来，正在进行的改革所取得的成果清楚地证明了中国关于环境和应对气候变暖政策的方针的正确性。在2016年9月3日于杭州举办的G20峰会开幕式上，习近平向各国元首和政府首脑强调，所有人都有责任意识到绿色发展的必要。

> 我们将坚定不移推动绿色发展，谋求更佳质量效益。我多次说过，绿水青山就是金山银山，保护环境就是保护生产力，改善环境就是发展

---

① “China's Xi Jinping says Paris climate deal must not be allowed to fail”, *The Guardian*, January 18, 2017.

② “Xi Jinping heralds‘new era’of Chinese power at Communist party congress”, *The Guardian*, October 18, 2017.

生产力。①

在这个发展的新时代，中国将在时代的引领下在国际社会中发挥核心和主导作用，不仅因为其人口的分量，也因为它的生态足迹，还因为其领导人表现出的得到证实的坚定意愿，即一方面要长期消除过快的、无法控制的经济发展所带来的有害影响，另一方面要促进国际社会共同努力，协调各国共同面对气候变暖这一对地球的致命威胁。在这一点上很明显，各国必须团结一致，知道如何作出必要的努力来制止这种生态漂移。

二、消除贫困和不平等以保障稳定和可持续发展

中国改革的主要成就之一就是与贫困作斗争。数十年来，贫困现象一直困扰着发展中国家，如今也困扰着发达国家。随着 1991 年苏联解体这一起初被认为资本主义明确最后战胜了社会主义事件的发生，以及马克思主义政治模式失去可信度而令自由主义思想受益，“市场力量”即自由主义者之神，为最多的人创造最大利益的能力受到并将持续受到最客观的经济社会现象观察者的质疑。自由主义版本的全球化促进国界的开放和资本、商品、劳动力流动的自由，但在 21 世纪初，它本身被指责只会剥削国际社会中的弱者，无论是国家还是个人，让其更加贫困。被自由主义者视为发展的关键之一的国际贸易，当然可以为减少贫困作出贡献，但就像乐施会在 2001 年强调的，这一“过程并非自发的。自由化不是解决贫困的灵丹妙药，保护主义也不是”②。

---

① 习近平：《中国发展新起点，全球增长新蓝图——在二十国集团工商峰会开幕式上的主旨演讲》，《人民日报》2016 年 9 月 4 日第 3 版。

② Ann Harrison, *Globalization and Poverty* [Chicago: Univ. of Chicago Press, 2007, p. 40].

贫困的评估标准是经济学家的分歧所在，并使一些国际机构，比如世界银行和国际货币基金组织宣布的结果遭到质疑。其中的主要原因在于贫困线的确定。欧盟和经合组织将相对贫困线定为国民收入中位数的50%或60%。世界银行则在2011年选择在购买力平价基础上计算贫困线，以便在幸福感的基础上衡量所有国家的贫困程度，无须考虑个人生活在哪个国家，从而给出一个世界贫困线标准。这一数据在2015年是每天1.90美元。2017年，世界银行加入了另外两条贫困线标准，分别定在3.20美元和5.50美元(2011年购买力平价)。不过，1.90美元的贫困线标准仍在使用，用于确定2030年消灭贫困的目标。3.20美元和5.50美元的贫困线标准分别是基于中低收入和中高收入国家的国家贫困线而制定的。在减贫方面，中国自1978年以来所取得的成果是非常显著的、史无前例的。1980年到2015年间，中国农村人均贫困率下降了94%，贫困线比世界银行的1.90美元高出21%。但是，1980年到2011年间，农村居民的收入分配基尼系数仅升高了62%(见图4.1)。事实上，与其在农村的最初处境相比，农村家庭的收入并未出现类似增长，而是最富裕的家庭收入增长飞快。①

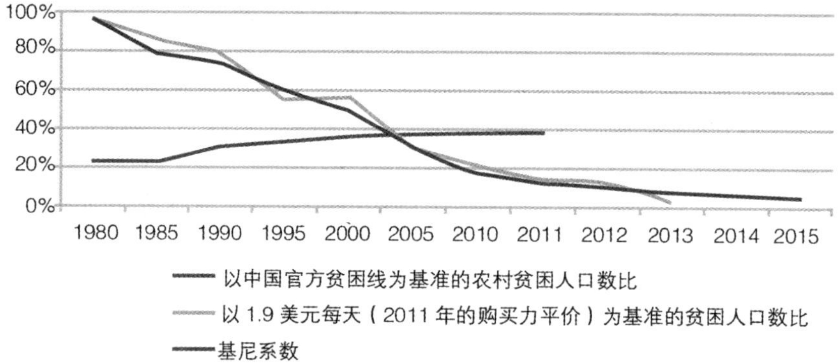

图4.1　1980年以来中国农村的贫困人口数比和基尼系数变化

① "Ending poverty in China: What explains great poverty reduction and a simultaneous increase in inequality in rural areas?", World Bank, October 19, 2016.

如图 4.2 所示，城乡之间的收入差距更加明显，且有所增加。

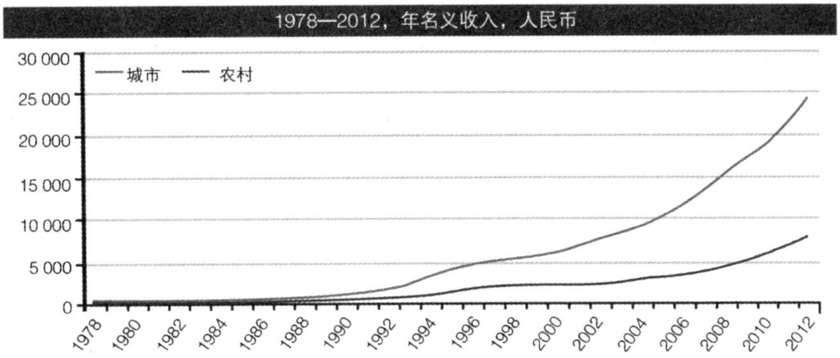

注：国家统计局定义的城市人口家庭人均可支配收入；国家统计局定义的农村家庭人均纯收入。
来源：经合组织发布的《中国城市政策综述》

图 4.2　中国城乡人均收入

20 世纪 80 年代，中国人均收入水平保持相对稳定，当时为确保全体人民的生计，农业是改革的重中之重。收入差距随着 20 世纪 90 年代工业和服务业的发展而扩大，但是，很难准确评估流动民工的收入，而城市和农村地区之间的界限也经常不确定，尤其是重大中心城市的周边地区。

这种收入不平等的状况并非中国特有。大多数专家认为，1980 年以来，国家内部的不平等现象在更多国家有所增加而不是减少。图 4.3 突出体现了在中国、印度和巴西三个新兴大国里中国在 25 年中取得的成果。纵然，中国和印度在减少贫困的方法上采取了大致相同的政策：政府资金补贴扶贫项目，重视农业和工业，实施区域发展计划等，但结果却大相径庭。其原因无疑在于中国历届政府始终将减贫作为自己的优先工作和政治承诺，这尤其表现在自改革开始以来所有五年计划都将这一优先事项纳入其中。

中国的成功与西方发达国家的贫困演变态势形成鲜明对比，从而更加引人注目。2010 年，23.4%的欧盟公民被认为“面临贫困或遭社会排斥风险”，受影响最大的是 18～25 岁的年龄组。尽管欧盟承诺到 2020 年要让 2000 万欧洲人摆脱贫困，但自 2010 年以来，欧盟就开始停滞不前。在老布

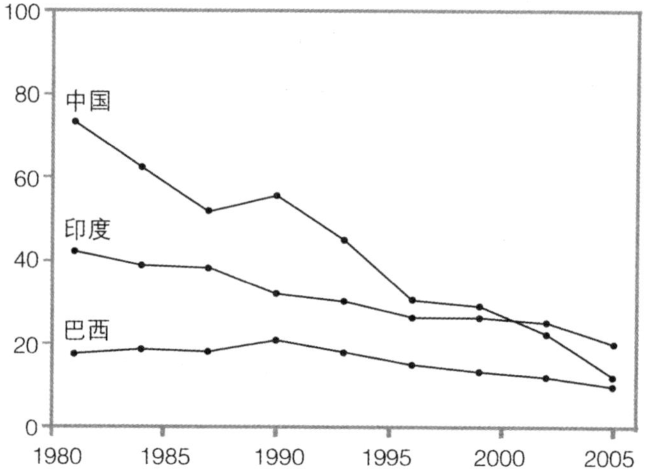

图 4.3　1980—2005 年每天生活在 1.25 美元贫困线以下的人口百分比

什任期最初两年中，有 300 万美国儿童跌入贫困线以下。① 2013 年，美国的婴儿死亡率是发达国家中最高的。美国年轻人的贫困率（25%）是经合组织所有成员中最高的（平均为 14%）。在医疗保障方面，美国排在世界第 36 位……自从 2017 年初就职以来，唐纳德·特朗普就不断质疑前几任总统在社会事务方面取得的成就。税收改革应该会让美国成为世界上最不平等的国家之一，税收制度大幅增加了美国最富的人（1%）和最穷的人（50%）之间已经很大的差距。尽管美国是世界上最富有、最强大、技术层面最具创新性的国家之一，但是其财富、权力、技术都没有被用来改善 4000 万美国人的处境，他们继续生活在绝对贫困中。

与此相反，中国表明要坚守承诺，继续坚持致力于消除贫困，达到"小康社会"的目标。2015 年 11 月 27 日，习近平主席在中央扶贫开发工作会议中强调，"消除贫困、改善民生、逐步实现共同富裕"是"社会主义的本质要求"和中国共产党的"重要使命"。这项政策被看作是一场真正的"脱贫攻坚

① Noam Chomsky & Robert W. McChesney, *Propagande*, *médias et démocratie* [Montréal: Ed. écosociété, 2004, p. 48].

战”，需要坚定的意志和坚实的目标，只有这样才能在2020年实现这一目标。这些承诺并非纸上谈兵，习近平主席以非常具体的方式描述了以下内容：“到2020年稳定实现农村贫困人口不愁吃、不愁穿，农村贫困人口义务教育、基本医疗、住房安全有保障；同时实现贫困地区农民人均可支配收入增长幅度高于全国平均水平、基本公共服务主要领域指标接近全国平均水平”①。

但正如他所指出的，已经让超过5亿的人口脱贫之后，最后一个阶段是最困难的，需要“更大的决心、更明确的思路、更精准的举措、超常规的力度，众志成城”。地方政府和企业都将参与实现这一目标。例如，私营公司参与“万企帮万村”计划。习近平主席曾专门向减贫工作的负责人和地方官员传达了重要信息：“脱贫计划不能脱离实际随意提前，扶贫标准不能随意降低，决不能搞数字脱贫、虚假脱贫。要实施最严格的考核评估，坚持年度脱贫攻坚报告和督查制度，加强督查问责，对不严不实、弄虚作假的严肃问责。”②

这一指示的重点在于避免出现像以前一样的地方政府伪造数据的现象。过去，个别地方政府为了实现既定目标而伪造成功假象，这种做法结果只会让中央层面更难决策，并且随着时间的推移限制了改革的步伐，造成指导宏观经济管理的数据与现实之间产生巨大差距。这些政策方向得到了坚决落实，因为这决定了脱贫政策的成功。2017年，中国政府在对28个省开展的检查中，收回了用于清除贫困的资金中挪用的7.3亿元人民币，450人因贪污被起诉。仅在2017年，在全国范围内就有860亿元人民币被用于脱贫，资金的很大一部分被用于基础设施建设、教育和健康卫生项目。2016年10月，国有企业也参与并启动了对贫困地区的支持资金，初始融资额为120

① 习近平，《坚持精准扶贫、精准脱贫，坚决打赢脱贫攻坚战》，《习近平谈治国理政》（第二卷），北京：外文出版社，2017年版，第84页。

② 习近平，《加大力度推进深度贫困地区脱贫攻坚》，《习近平谈治国理政》（第二卷），北京：外文出版社，2017年版，第92页。

亿元人民币，到 2020 年将达到 1000 亿元人民币。为了对国家事业作出贡献，民营企业阿里巴巴集团 2017 年 12 月为“阿里巴巴脱贫基金”设立了 100 亿元人民币的预算。

2011 年中国农村地区贫困线设定为每年 2300 元人民币，比 2010 年提高了 80％（1274 元）。根据这一标准，贫困人口达到了 8200 万，占农村总人口的 13％。这一贫困线接近世界银行设定的贫困线（1.90 美元/日）。2005 年到 2010 年间，中国农村贫困人口减少了近 60％，从总人口的 30.2％下降到 12.7％。自 2012 年以来，农村贫困人口又减少了一半以上，从 2012 年的 10.2％降到 2016 年的 4.5％。[①]但是，这种算法（以 2300 元为贫困线）只能看出绝对贫困人口，而无法看出相对贫困人口。[②]很明显，如果（相对）贫困线设定为每年净收入低于 7200 元，那么贫困人口数量就会暴增，可能会超过 3 亿人。如实现习近平主席所描述的（食品、服装、住所等）既定到 2020 年的目标，既包括消除绝对贫困——2016 年被视为农村地区“贫困人口”的 4335 万人，同时也要减少相对贫困人口，因为 2300 元/年的净收入并不能达到习近平主席的要求，尤其是医疗费用依然是最贫困家庭面临的巨大问题之一。因此，除了家庭净收入之外，政府还需要大量财政支持来满足这些基本需求。正如习近平主席指出的那样，2020 年只能让中国人民走出绝对贫困，不可能达到发达地区的发展水平。由于城市的绝对贫困已经几乎消失，现在的努力全部集中在最贫困的、往往是最偏远的农村地区。由于贫困和社会不平等是阻碍改革步伐和造成混乱的重大因素，因此这项政策更为重要。比如生态领域，尤其在发展中国家，贫困可被视为环境的第一大敌。正如杰克·霍兰德指出的：

---

① 《中国统计年鉴—2017》，北京：中国统计出版社，2017 年版，第 196 页。

② 贫困人口的衡量标准是通过将收入或生活水平与参照群体的收入或生活水平对比得到的，参照项通常是相同结构的家庭的国民中等收入。因此，由于与绝对贫困人口衡量的标准不同，相对贫困人口的数量更多。

> 环境的真正敌人是贫困——地球上几十亿居民每天都面临饥饿、疾病、无知的悲剧。贫困使人对环境充满恶意;贫困人口是其受害者。贫困人口经常掠夺资源、污染环境,并且过度利用他们的栖息地。他们不会故意疏忽,而只是为了生存。他们都了解富裕人口所享有的舒适生活,他们也知道对于他们来说,通向更美好的环境的道路将是漫长的,他们的短期目标必须是摆脱贫困。如果没有帮助他们便不能走这条路——慈善机构、国家、其他个人的援助,还有他们本国政府真诚有效的政策。①

这一观察反映了发展中国家众所周知的现实。中国和其他地方一样,砍伐原始森林,过度开发土壤,各类非工业污染,很大程度是贫困人口和未受过良好教育的人群造成的,所有这些因素都是环境政策的巨大障碍。社会不平等的持续加剧和腐败引起的不公正也是社会和政治动荡的重要因素。的确,贫困不仅仅是收入问题:

> 世界上最原始的民族几乎没有资产,但是他们并不贫穷。贫穷不是没有一定数量的资产,也不是目的与手段之间的关系;它首先是一种人与人之间的关系。贫穷是一种社会地位。它是文明的一种发明。这个概念随着文明的发展而变化,成为不同阶级之间的不公正的区分,更重要的是,它成了一种朝贡关系,让农业人口比阿拉斯加因纽特人的任何冬季营地更容易受到自然灾害的威胁。②

因此最常见的是,在街上抗议发展不平等中的不公正、反对解雇、反对

① Jack M. Hollander, *The Real Environment Crisis: Why Poverty, Not Affluence, Is the Environment's Number One Enemy* [Berkeley: Univ. of California Press, 2003, p.2].

② Marshall Sahlins, *Stone Age Economics* [Chicago: Aldine-Atherton Inc., 1972, p.37].

生活成本过高的人认为贫困跟社会阶层、跟特权有关。他们并不必然属于最贫穷的阶级，也可能来自中产阶级，但正是这些日益增加的、明显的不平等现象将他们动员起来，要求国家发挥监管作用，减少过于明显的生活水平的差距。这种现象不是中国独有，而是世界皆有的，在中长期内威胁到很多国家的稳定。根据瑞士信贷集团的研究，2017 年，世界上最富有的 1%的人口拥有世界财富的 50.1%。① 这组数据令人担忧，因为从中能看到发达国家的贫困人口增加和发展中国家脱贫所遭遇的困难。

在发达国家的贫困地区，犯罪率的不断上升、骚乱的发生，导致民粹主义、种族主义或排外主义，以及越来越暴力的民族主义的强势上升。在中国，尽管在一定程度上与贫困的斗争获得了成功，但是收入不平等的加剧也带来了不可忽视的政治、社会风险，必须坚持不懈地与其斗争，以保障稳定和可持续发展。

三、就业和社会保障关系社会和政治稳定

就业和社会保障是关系中国社会和政治稳定的两个极其重要的领域。1978 年以后，中国从计划经济向有计划的商品经济转型，对中国公民们关于他们经济社会状况的感受产生了重大影响。在 1949 年至 1978 年间运行的机制中，工作单位在微薄的工资之外，直接提供住房、医疗和退休金等。城市人口已经比农村人口得到的要多，户籍的应用对限制农村人口大规模外流风险至关重要。此外，工作有终身保障，工作岗位常常在父母退休时传给孩子。这种国家或集体机构中的工作保障导致劳动人口的生产率低下。

① “Global Wealth Report 2017：Where Are We Ten Years after the Crisis?”，Credit Suisse Research Institute，Dec 14，2017 (https://www.credit-suisse.com/corporate/en/articles/news-and-expertise/global-wealth-report-2017-201711.html).

1978 年的改革目标之一是创造财富，提高劳动生产率，从而促进劳动力流通，降低生产成本。与所有改革一样，新经验的运用是非常渐进的。首先向国外私营企业开放经济特区后，对公共企业管理者的自主性进行测试，赋予他们将投资利润用于购买生产工具还是用于给工人发放奖金的决策权，这项改革让企业得以在 1984 年至 1992 年间出售企业超额生产的产品。另外，1986 年的法规废除了终身就业制，开始实行劳动合同制（从一年到五年不等，未提续签的可能性）。

在第一次改革浪潮之后，主要的改革发生在 1992 年以后。1992 年召开的中共十四大确立了社会主义市场经济体制的改革目标，1993 年 12 月 29 日第八届全国人民代表大会常务委员会第五次会议通过的《中华人民共和国公司法》，于 1994 年 7 月 1 日开始施行，中国首次规范了企业的活动和组织。这场改革最终允许创建私营企业，成为中国经济发展中的转折点。

随着企业改革的推进，在改革开放头十年的末期已经开始疲软的中国经济出现了新的冲力，其社会影响也非常大。1995 年至 2002 年间，有 3500 万工人下岗，尤其是中国东北部的老工业区。国有企业的职工人数从 1995 年的 1.1261 亿人下降至五年之后的 8102 万，即裁员 3150 多万人。在集体单位，职工人数从 3147 万人下跌至 1499 万人。私营企业的员工人数则从 1995 年的 4850 万人上涨到 2000 年的 1.268 亿人。另一次数量上的飞跃，从 2000 年至今，私营企业就业人数几乎翻了五倍，而国有企业的职工人数再次减少，十八年中从 8102 万减少至 6071 万人，并最终在 2016 年降至 4142 万人。尽管劳动力市场具有一定的灵活度，但是在这近二十年里，给下岗工人创造就业机会，解决失业问题已经成为政府不可忽视的大问题。经济活动从第一产业向第二、第三产业转移，完美地凸显了劳动力的流动。1978 年，第一产业的从业人口占劳动人口的 83.5%，第二产业占 7.4%，第三产业占 9.1%。2000 年，这个比例分别变为 50%、22.5%和 27.5%。到 2016 年，第一产业仅占劳动人口的27.7%，第三产业反而扭转了这一趋势，占劳动人口的43.5%。

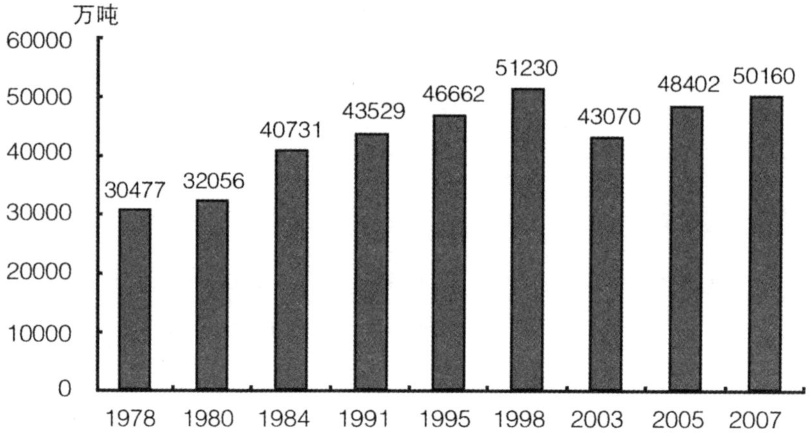

图4.4　1978—2007年粮食产量

随着大批效益不佳的国有企业和集体企业——尤其是工业企业倒闭，一个重要的劳动力资源库得以创建，劳动力市场上每年都有新的人力资源加入，包括人员冗余的公共管理机构和国有企业的下岗职工，还有工作合同到期的员工以及农民工。最后这部分人口，即农民工（或称“流动人口”），是中国经济发展中不可小觑的劳动力资源，对各类建设工地——从基础设施项目到遍布中国景观中的楼房修建，再到中国城市中心的建筑修建都非常重要。农民工数量持续增长，2000年（1.21亿人）到2016年（2.45亿人）间增长了一倍多。2010年，农民工人数占到劳动力总数的17%，他们生活在宽松的行政环境中，尽管没有城市户口，无法在城市中心扎根，但他们是城市发展不可或缺的劳动力。对一名既熟悉发展中国家也熟悉欧洲大都市的外国人来说，最令人震撼的是中国的城市并没有形成贫民窟，而在印度、埃及等其他许多国家，都能看到大量的贫民窟。更令人惊讶的是，在市郊社区里居住的数以百计的甚至更多的农民工，他们自主创业，招聘小学教师、护士，甚至创办小型服务公司，可以为城市居民定期提供家政服务……这种组织能力和团结形式就我个人对发展中国家的贫穷的研究经验看来，绝对是闻所未闻的。这些农民工据测算在未来二十年内很可能会达到3亿人，面对这一人口的持续增长，2006年1月1日，中国政府颁布了取消约占财政收入5%的农业税和其他税务的历史性政策，这一政策旨在振兴农村经济和稳定农村人口，是保持发展步伐、扭转农村人口外流趋势的重要决策。在过去十年中，由于农业土地的盈利率较低，农作物种植面积不断减少，导致农业生产下降。农业成本投入价格高、城市的诱惑和经常以房地产投机为目的的违规征用土地，推动农民，尤其是农村中的年轻人去城市碰运气，使得找工作的农民工队伍不断扩大。这一变化中有一个方面值得注意，即工资问题。与卡尔·马克思的预测和如今在发达国家的结构性失业现状相反，这种劳动力资源库存的存在并没有影响工资水平。马克思所说的"后备军"，必须通过需求过剩来影响工资水平，但是这批"后备军"并没有产生这种影响，而是相反，工资始终规律地显著增长(1990年至2004年间每年增加10%)。工资增长最快的阶段是从1996年开始的，确切地说，恰恰是改革对就业产生影响的时候，但是按照逻辑，雇佣工资水平本该下降。在中国的案例中，与发达国家相反，决定工资水平的不是供求关系。

在此之后，中国的失业率仍然相当稳定，每年能够创造约1500万个就业岗位的需求。2016年，官方数据显示，城镇劳动人口的失业率下降至4.02%，与2012年以来的数据(4.1%)相比略微降低，但是绝对数值上升(2012年是917万人，2016年是982万人)。受失业影响最大的地区是黑龙江、湖南和四川，失业人口各占劳动人口的4.2%，上海占4.1%，然后是宁夏和福建，各占3.9%。黑龙江的案例明显地反映出改革的影响。1990年，黑龙江的失业率只有2.2%，使该省在31个省份(不包括港澳台)中排名第20位，25年后，黑龙江却成了失业率最高的省份，这是1994年以后遭遇大规模裁员造成的。然而，在2005年至2016年间，尽管中国在这11年中人口是增长的，但该省的人口数却净减了 21 万。

每年，800 万大学毕业生进入劳动力市场，他们自然希望找到和自己的学历资质匹配的工作，但是竞争非常激烈。中国人力资源和社会保障部估计，在经济整体放缓的背景下，失业率之所以相对较低，主要得益于新兴的网络经济以及人社部通过初创企业而鼓励支持的创业精神。李克强总理说，2016 年创造了 1314 万个就业岗位，政府希望将失业率控制在 4.5%以下。但是，传统的失业率计算是基于失业者的登记数据，经济界认为这并不能反映失业的真实状况。为了像习近平主席经常强调的，以事实为依据回应改革的引领需求，对这种计算方法的修订无疑能更忠实地反映劳动力市场的状况，从而有助于更好地调整该部门采取的措施以适应劳动力市场的实际情况。

社会保障是中国维持国内稳定和推动改革继续前进以实现“小康社会”的目标所面临的挑战之一。医疗保障的覆盖尤其重要，因为中国家庭的高储蓄率位列世界第一，主要是由健康成本和教育成本的不确定性造成的。卫生系统的改善仍然是中国政府在社会领域面临的主要挑战之一。人民的健康直接影响经济发展和社会稳定。实际上，如果不能找到令人满意的有效解决这一问题的方法，储蓄率就不会显著降低，存起来的钱也不会用于消费。尽管从 20 世纪 90 年代起无论是公立还是私营的医疗基础设施建设都已经取得了实际进步，但获得医疗保健问题始终至关重要，尤其对于最贫困人口和中产阶级来说非常关键。进医院或看医生的高昂费用让人们不得不只在重病的时候才寻医问药。一些医生常常收到医药公司经济上的“激励”，因此倾向于开过多的药物，这种给医生回扣的做法让某些医生在患者眼中信誉扫地。进入医院本身也是有花钱的窍门的，比如预约医生，将看医生进行诊断的时间提前几个小时或是几天。医院引入了提供两种不同类型的、速度不同的预约门诊体系，一个是“普通号”，一个是“专家号”，两种不同价格影响着看病的速度。但最近几年，这一做法催生了新的非法交易，即“黄牛”倒卖。优质医疗资源集中在主要的中心城市，导致北京、上海或广州的医疗机构拥挤不堪。尽管有网络或电话预约系统，但是医院拥挤非常常见。

这一问题的主要根源是医务人员的薪资不高，因此，一些医务人员会从患者中获取额外利益。诊断护理的这种不透明性所导致的容易获利的诱惑也是一个原因。护理和药品的定价在很大程度上是不透明的。除了对人员进行道德培训，增加公立和私立医院的数量也是必不可少的，但同时必须改善有资质的人员和最尖端的医疗设备在地域上的分布。近年来，很多关于医疗健康的手机应用程序被开发出来，供患者咨询或预约门诊。这些手机应用程序由保险集团或互联网运营商支持，可以处理上百万个远程诊断，为用户完成数百万次预约，当然也为开发手机应用程序的公司带来了可观的收入。到目前为止，中国的情况与美国的情况类似。在没有足够的医疗保险的情况下，患者只会在重病的时候才去医院看医生，任由各种良性病症拖延，这可能会对公共健康构成威胁。

医疗数据可以反映出中国取得的进步，例如婴儿死亡率的数据目前为7.5‰（1978 年是 53‰），是欧洲发达国家水平的三倍（2‰～4‰），与俄罗斯接近（7‰）。有意思的是与印度的比较，后者因为其民主体制常被当作外国模式来和中国进行对比。事实上，2016 年印度的婴儿死亡率仍为 34.6‰，这表明与中国相比，印度在产妇和儿童的健康保护方面严重落后。另一个很有意义的健康状况指标是预期寿命。2016 年，中国男性的预期寿命是 74.79 岁，女性是 77.83 岁，这个指标在 1978 年分别是 64.48 岁和 67.26 岁。如果与俄罗斯进行比较，我们可以看到 1978 年苏联男性的预期寿命是 61.83 岁，女性是 73.23 岁，其曲线变化微乎其微，因为到 2016 年，俄罗斯男性预期寿命是 66.51 岁，女性是 76.93 岁，男性的预期寿命甚至在 1994 年一度跌落至

57.55 岁。至于印度，其 2016 年人口的预期寿命仅为 68.56 岁。

在这一发展新阶段实施的政策框架下，习近平主席一再强调医疗卫生领域的重要性，其中改善卫生健康事业是达到“全面小康”的必然要求。他强调了公共卫生对社会和经济发展的重要性，以及人人都能获得医疗卫生服务的重要性，强调为了提高效率，必须平衡政府和市场的作用。在 2013 年中共十八届三中全会上决定的几项优先改革事务中，就包含了提高医务人员工资，改善他们的职业和工作条件以及提高他们的社会地位。医疗卫生领域改革的成功会让民众感觉到，党和政府是真诚而有效地在关注人民群众所关切的这一基本问题。

四、2021 年的小康社会和 2049 年的社会主义现代化强国目标

数十年来，福利国家的概念一直是众多研究和分析论述的对象。直到中国出现“小康社会”的概念，这个概念才被设想为资本主义制度的特权。在一部非常引人注目的书中，考斯塔·艾斯平-安德森就这一概念将福利国家政权分为三类：保守主义、自由主义和社会民主主义。这本名为《福利资本主义的三个世界》的著作出版于 1990 年，并没有考虑社会主义国家代表第四类福利国家的可能性。苏联和欧洲苏维埃阵营的迅速崩溃，古巴、越南等其他社会主义国家结果不一，其原因很多，不一定与政体本身有关，这些被正式列入社会主义意识形态的政权的相继失败，不仅使得西方分析家，也使得对社会主义国家的政治经济发展失望的西方社会主义者们都认为社会主义的发展前景丧失了可信度。1990 年，中国完成了第一个十年的改革，主要目标是让人口摆脱极端贫困，逐步建立能够保障国家经济和社会发展的国

家结构,但是要走的路还很长。

亚当·斯密等古典自由主义思想家认为,市场是废除阶级、不平等和特权的唯一途径,而国家干预对他来说是造成竞争性交换中的不平衡、保护主义和低效率的一个因素。尽管这些自由主义思想家彼此尤其在政治方面存在意见分歧,但他们均认为,为了获得繁荣和平等,必须让市场力量发挥作用,限制国家的干涉主义。在美国运行了两个世纪的市场资本主义制度,导致四千万美国人每天要依赖食品援助维持他们的基本生计……历史上西欧有不同的政体,有时由社会主义政党领导实行更加自信的、由国家控制的社会政策,但从未超越社会民主主义阶段。由于20世纪初的政治和工会斗争,最弱势群体的生活水平得到改善,就像卡尔·马克思所描写的一样,无产阶级试图利用民主来限制生产资料所有者的特权,这导致自由主义者对普选忧心忡忡,在他们看来,普选可能会扭曲市场运作,加剧效率低下。对于一些保守的自由主义者来说,专制国家将优于市场的混乱,以协调国家、社区和个人,从而保证社会福利、阶级和谐和生产力发展。① 在社会民主方面,在议会中实现阶级动员是实现平等、正义、自由与团结的社会主义理想的手段。然而,欧洲议会制度的演变证明了该制度的衰竭,这使得法国在第三共和国时期大大推动了社会斗争,也显著提高了统治阶级的能力,正如统治阶级通过受部分政治和经济参与者控制的媒体所具有的无处不在的影响力重新建立统治地位,将议会辩论作用往往降低到无足轻重的地步,从而恢复其支配地位。就这种偏离倾向而言,法国当下的情况极具象征意义。与所有达到年龄和有能力选举的人口数量相比,共和国总统获得的选票比例相对较低,总统通过其政党控制议会,持不同意见的议员很可能被驱逐出政党,在不考虑公众舆论的情况下实行专制治理,并委婉地称之为“权力的垂直

---

① Gøsta Esping-Andersen, *The Three Worlds of Welfare Capitalism* [New Jersey: Princeton University Press, 1990, p. 10].

性”①。社会民主改革主义者认为，劳动者应该从社会资源、教育和健康中获益，才能有效地作为社会主义公民参与分享资源。因此，议会制可以确保通过有利于这些领域的劳动者的立法。目前法国政治体系和非常自由的欧盟运作均表明情况并非如此，议会制度被构成某种“看不见的手”的上层金融经济利益集团占为己有或被影响，这只“看不见的手”不是亚当·斯密所暗示的那只手——政府，而往往是跨国利益集团。

自由主义政治理论倾向于拒绝公民身份概念，因为涉及国家支持个人的权利。在西方世界，甚至在具有国家背景的组织、非政府组织或美国私人企业的影响下越来越多的发展中国家，往往再加上一些经济性或者地区性的国际经济组织的“专家”的支持，政府提供的健康或教育等社会服务越来越少。这不再是通过提供社会体系来换取政府的合法化或支持的问题，而是为那些无法自给自足的人提供慈善帮助形式的问题；这不再是公民权利的问题，而是私人或联合机构给予公民施舍的问题，可能部分由政府补贴，但不是直接由政府控制。哪怕对于自由主义者来说，对国家以前的社会活动的放松管制允许给予公民选择并使其更负责任，这种对市场解决社会问题的广泛使用实际上构成了对公民民主权利的否定。这种盎格鲁-撒克逊式的演变正在迅速感染欧洲国家，欧洲国家的民主模式在此之前更加“社会化”，现在却将个人转变为“市场公民”（market citizens），并倾向于削弱公民与政治制度之间的联系。②

无论那些自由主义的热切捍卫者们如何说，对于自由主义的社会福利理论以及国家和市场所扮演的角色的评估是难以令人信服的。虽然大多数发展中国家在过去50年里的宏观经济形势有了显著改善，但是国家内部和国家之间的差距也一直在拉大。此外，很多发达国家的社会状况明显恶化。

① Emmanuel Macron：“J’assume la ‘verticalité’ du pouvoir”，*Le Nouvel Observateur*，27 avril 2018.

② Veronica Schild，“Neo-liberalism’s New Gendered Market Citizens：The ‘Civilizing’ Dimension of Social Programmes in Chile”，*Citizenship Studies*，Volume 4，2000 - Issue 3.

如何解释2018年英国的贫困儿童数量比2010年多出了100万？研究机构的研究表明，2018年，超过310万的英国儿童生活在贫困线以下，8年内增长了近50%。造成这种状况有几个原因，政府削减社会援助，购买力下降，不稳定就业增加，其中不稳定就业增加是过度自由主义经济的典型现象。在美国，大约1500万儿童（占所有美国儿童的21%）生活在联邦贫困线以下的家庭中，而且这一贫困线已经被证实是低估了家庭需求的。研究表明，为了满足基本需求，一个家庭需要的费用是贫困线所定数额的两倍，事实上，按照这一标准，涉及的儿童人数比例将增加到43%。研究还表明，有效的公共政策可以带来改观，对最弱势儿童的投资变得至关重要。① 2014年，《华盛顿邮报》称，美国儿童的贫困状况是发达国家中最恶劣的（在希腊、西班牙和以色列之后排第6位）。② 然而，在2018年5月，唐纳德·特朗普提议削减150亿美元的预算，其中近一半（70亿美元）来自儿童健康保险计划（从中受益的自然是最弱势的人）。③这两个例子毫无疑问地强调了反社会的自由主义模式的局限，这一模式导致最弱势群体的贫困日益加剧。由于这些政策是短期的，且主要目的是保护最富裕阶层的利益，即只考虑自身再次当选和竞选所需的资金所支持的那些政客的利益，所以故意无视日益加剧的贫困对健康、犯罪率产生的后果，无视选民对政府传统政党的不满，无视极端政党不断取得的成功。西方国家的这类政策预示着未来真正的贫困内战的爆发，比如，美国近年来日益加剧的群体间暴力已经表现出这一趋势，而唐纳德·特朗普的种族政策更是将这一暴力不断加大。

我觉得重要的是要牢记这些不同的因素，以便对中国的社会政策及其

---

① "Child Poverty", National Center for Children in Poverty, Columbia University (http://www.nccp.org/topics/childpoverty.html).

② "Child poverty in the U.S. is among the worst in the developed world", *The Washington Post*, October 29, 2014.

③ "Trump proposes $15 billion spending cuts, targets children's health program", Reuters, May 7, 2018.

未来提出更公平的意见。习近平主席宣布的 2021 年(建成“小康社会”)和 2049 年(建成“富强、民主、文明、和谐、美丽的社会主义现代化强国”)的发展目标可以理解为实现中国式福利国家的改革。这种中国模式将从自由主义的概念中消除,自由主义概念认为国家的职能应该局限于公共秩序和安全方面,而中国模式则倾向国家再分配模式,中国一方面保障安全和内部秩序,另一方面也支持弱势群体,避免让他们与社会其他成员相比边缘化,避免引发欧洲或美国存在的这类社会动荡的温床出现。因此,国家在保留广泛的监管权,以及经济和社会职能的同时,也要确保国家稳定和持续发展。但这一方针也意味着中国一方面要继续实行改革开放以来始终追求的财富再分配政策,另一方面要保持对医疗和教育这样的社会基础领域的控制。这种政策的成本需要国家长期拥有可持续的收入来承担这一重大责任,这也是西方民主国家所面临的问题。因此,这意味着国家要建立优先权等级,医疗和教育要占据等级的中心位置。习近平主席多次强调,“全面深化改革,必须以促进社会公平正义、增进人民福祉为出发点和落脚点”。“小康社会”的概念比福利国家的概念更加广泛。其中一个挑战是不被自由主义和利益集团蛊惑,自由主义和利益集团宣扬将本该是国家责任的部门私有化,而这些部门应该持续地保障公民之间的平等、机会平等与和谐发展。在很多国家,尤其是发展中国家,教育和卫生机构的私有化导致相应的公共机构服务质量迅速恶化。这些策略通常是以国家需要承担的医疗和教育成本高昂为托词。美国有 40%的儿童生活在贫困中,却拥有世界上最高的军事预算(相当于中国、沙特阿拉伯、俄罗斯、英国、印度、法国、日本加在一起的军事预算总和),这项预算占 2016 年美国国内生产总值的 3.3%。由于与私营机构相比公共机构人员薪资不足,以及设备不足,造成了公共机构服务质量普遍恶化。普遍私有化只会导致不平等加剧,一方面因为一部分人口因为费用原因无法进入私营机构,因为私营机构的股东希望获得最大利益,另一方面，公共机构因为缺乏资金，医护质量或教育质量无法与其私营同行竞争。在实践中，私人医护或教育机构应该允许最富裕的、能够支付所需费用的一类人口转入，这样就能让公共机构通过减少大量服务对象，从而投资改善所提供的服务的质量，同时保持让最弱势人群和中下阶层均可受益。这种平衡需要对国家机构的运作条件进行非常精确和定期的适应性管理。这将满足习近平所提出的关切：要竭尽所能继续进步，努力使全体人民学有所教、劳有所得、病有所医、老有所养、住有所居。斯堪的纳维亚欧洲国家如挪威和瑞典的社会民主制度或许最接近中国式的福利国家概念。确实，无论是阶级、收入、出身还是就业，都是国家保障全体人民的社会保护。因此，社会不平等在这样的国家里被降到了最低限度。这种制度的运作介于自由主义和社会主义之间。与社团主义制度不同，其原则不在于期望家庭尽其所能帮助其他成员，而是将家庭成本社会化。对照顾儿童、老人和穷人负有直接责任的是国家。但是，这种制度若要正常运作必须强调充分就业，因为这完全依赖充分就业。因此，福利与工作直接相关，工作通过税收和生产财富为国家提供必要的资源，用以维持这一制度，并在社会福利计划框架下限制国家所负担的公民人数。与自由主义民主国家情况相反，挪威、瑞典这种社会民主制度所考虑的是以下事实，即排除市场逻辑，民族的普遍主义团结和国家责任所承担的巨大成本需要最大限度地减少社会问题，又把国家收入增加到最大。

1979 年 12 月 6 日，邓小平在会见日本首相大平正芳时，首次提出“小康社会”这一概念并将其视为阶段性发展目标：“我们的四个现代化的概念，不是像你们那样的现代化的概念，而是‘小康之家’。”①十八大制定的目标是要在 2021 年中国共产党成立 100 周年全面建成小康社会——这一概念侧重于

① 《邓小平提出的“小康社会”是什么含义？》，中国共产党新闻网（http://cpc.people.com.cn/GB/64156/64157 /4418455.html）。

国家发展的国内方面——与2010年相比国内生产总值和城乡居民人均收入翻一番，人民民主不断扩大，中国文化软实力显著增强，人民生活水平全面提高，资源节约型、环境友好型社会建设取得重大进展。[①] 从概念上讲，小康社会是中国特色社会主义的必然结果，对于习近平来说，取决于“国家富强、民族振兴、人民幸福”。但是中国的人口压力使得斯堪的纳维亚福利国家的实施更加成问题，它还假定国家的所有运作在每个责任层面上都能完美运作，负责日常运作的国家公务人员表现出无条件的承诺和对集体福祉的全心投入。为实现中国式福利国家的战略方针已经下达和实施，例如全民社保，还有基于素质教育和普遍性的社会资本最大化。但是从现在起的首要任务是保证资本从政府和资本持有者向家庭转移，其实这可以减轻家庭的社会重担，并刺激国内消费，让国民经济重新恢复平衡。

① 《坚定不移沿着中国特色社会主义道路前进，为全面建成小康社会而奋斗，胡锦涛同志代表第十七届中央委员会向大会作的报告摘登》，《人民日报》2012年11月9日第2版。

第五章

反腐关乎中国国运

一、腐败：一种文化、政治和经济层面的概念

自20世纪90年代中期以来，腐败现象在全球范围内引起了众多个人、非政府组织与公共机构的关注。反腐败斗争推动各国制定了大量国家法律，推动国际社会签订了多个国际公约，各国出现了很多研究与监督腐败的组织。然而，这股反腐热潮提出了很多值得探讨的重要问题，这些问题既关系中国的国内情况，又在国际层面与中国息息相关——中国政府为其他发展中国家提供的发展援助日益增多，中国国企和私企在海外的活动也更加活跃。

第一个问题是国际反腐败运动的日程表。世界银行为发起这一运动定了基调，这一基调后来成为国际社会的部分成员——基本上是西方国家——最有力的武器之一，用来摧毁国际社会中其他发展中国家与新兴国家的政治和经济制度的公信力。世界银行自1996年在内部创立“反腐败行动计划工作小组”后才积极关注腐败现象。这个工作小组于1997年发布题为《帮助国家打击腐败》的报告。这份报告传递的中心思想是，市场对打击腐败是万能的，腐败被描述成国家在经济领域无处不在的不可避免的后果，这一主旨恰好契合了世界银行当时鼓吹的、很多时候甚至强加于其他国家的新自由主义思想。说也奇怪，世界银行同年发布的《世界发展报告》却似乎持对立的观点，它“承认需要一个更有效的，而不是极度简约的国家”。世

界银行的反腐战略得到了最有影响力的各成员国，特别是美国的响应，它意味着与过去的实践和意识形态的彻底断裂。早在1975年，联合国大会通过了一项决议，建议对包括跨国企业腐败在内的各类腐败行为采取措施，在此之后，联合国经济及社会理事会于1979年提出了关于“非法付款”的行为守则与国际协议。由于受到跨国公司的母国和跨国公司业务受益国的共同强力抵制，这两份文件于1980年12月经联合国大会讨论后被撤销。15年之后，情况发生了改变，这种改变为西方国家正面打击——至少是在形式上如此——腐败问题提供了合法性。这15年间发生的重大事件则是冷战结束。

随着国家主导的苏联集团的消失，新自由主义者寄希望看到他们对市场的信仰在包括反腐败在内的各个领域能够大获全胜。他们对腐败的理解是基于世界银行提出的定义：“利用公共权力谋取私人经济利益。”这个定义忽视了公共职能之外的私人腐败，新自由主义者以此为出发点，宣称消除腐败的唯一解决方案是一个最小的国家或政府，把它的经济作用限制在最低限度，让“市场力量”作为经济的监管者发挥作用。此外，他们声称，让尽可能多的国家职能实现私有化对这场斗争的成功至关重要。但这种方法忽视了一个重要的事实，即全球新自由主义将会导致新的腐败机会。回想一下，全球腐败的最大受益者实际上是银行，尤其是那些以西方银行为主的大银行。腐败得来的钱以前所未有的程度涌入在瑞士的秘密账户或避税天堂——也不要忘记，大多数避税天堂主要是在某些西方国家的主权下，如英属维尔京群岛、开曼群岛和百慕大群岛（三个均为英国领土），而2010年福布斯排名的避税天堂排在榜单首位的是美国的特拉华州。这些避税天堂不仅让银行受益，还使得数千家美国和欧洲公司通过逃避本国税收系统从而积累数目可观的财富。

冷战期间，西方国家在腐败方面的竞争只存在于政府层面。随着新兴国家的壮大，西方世界以外的公共或个人企业进军发展中国家的市场，它们表现出能够使用以前只有西方公司才会运用的手段的能力。1980 年 12 月联合国大会所持的立场，证明了自 1996 年以来的政策的虚伪性：无论在道德、经济层面还是政治层面，只要是服务于西方政府和西方社会的利益，腐败就完全不是特别的问题。耐人寻味的是，这些金融机构在面对腐败现象时选取的角度：他们采取的方法把注意力和各项措施全部聚焦于发展中国家的体制改革，意思是只有更全面的政治民主才能保证打击腐败行径取得胜利，全然忽视其中个人的责任。这个战略使得许多国家的领导人能继续留任，他们的腐败行为不再被追究，自身不会受到直接牵涉，从而能够继续以个人的或家族的名义积累财富；西方维持与他们的合作关系，这种做法的意图在于迫使他们按照占主导地位的西方大国的期待调整国家机构。世界银行反腐败中心的网站将腐败描述为“制度失灵的征兆，当经济政策设计不当、教育水平低下、民间社会不发达、公共机构责任意识薄弱时，腐败就会茁壮成长”。但反腐败运动出现的另一原因在于，美国面临拉美贩毒集团发展壮大带来的安全问题，贩毒集团覆盖的包括美国在内的全球网络只能通过腐败才能得以运作。

布雷顿森林体系推动的反腐败斗争也是对西方公民社会日益壮大、对西方企业腐败现象的谴责越来越多的回应。跨国企业的形象问题到了令人担忧的地步，他们不得不设法找到一个至少是表面上的解决方案，从而阻止这种损害他们利益的声讨活动。尽管和本国政府依然沆瀣一气，这些跨国公司在某些发展中国家的不端行为变得越来越难以掩饰。自 20 世纪 50 年代和 60 年代发展中国家独立以来，西方一些国家的政府和企业对腐败问题负有最大的责任是不争的事实。

然而，通过将腐败的责任完全归咎于发展中国家的制度失调，国际金融机构和援助国就将自己放在了“好榜样”的位置，这样他们就有权力、有责任根据他们的自由主义和民主理论指出，其他体制低人一等。冷战结束后，他们大力推行“善治”的概念，并借此怂恿公众舆论质疑国家的合理地位，这也是这一战略带来的附带效应。对于新自由主义者而言，只有市场才能有效地打击腐败，这意味着国家要完全从经济的私人部门中隐形，同时医疗卫生、教育等领域也完全商品化。但他们无法解释与他们的理论相矛盾的现象：根据透明国际①的统计标准，世界上最不腐败的国家是北欧国家（挪威、瑞典、芬兰、冰岛和丹麦），而在这些国家，政府恰恰在许多领域，尤其是社会保障和教育领域占据中心位置。美国诺贝尔经济学奖获得者加里·贝克尔提出“铲除腐败就要铲除大政府”的口号，却被美国安然丑闻②打脸。贝克尔说：“各个地方的官方腐败的根源都是一样的：大政府有权馈赠不同的群体。”

诸如“透明国际”之类的机构所使用的参数，仅仅基于有形的数据——这种情况在盎格鲁-撒克逊式国家经常出现，这些数字对处理腐败等问题是不可靠的，从定义上看，腐败正是在秘密和不透明的情况下起作用的。在发达国家，复杂的腐败渠道使得腐败往往难以发觉，而且司法程序旷日持久，法律框架早已成为大型国际律师事务所精心设计的工具，许多针对欧洲领导人或前领导人腐败、启动多年但无济于事的司法程序证明了这一点。欧洲一些国家或美国政治领导人的“丑闻”不断爆发，令民众误以为本国政治与司法系统确实有效并能够惩治政治腐败。这种腐败形式更加简单，更类似逸闻轶事，也更不容易察觉，但大多数公民总有一天会面对这样的腐败。

① 透明国际是一个由世界银行前任官员彼得·艾根于1993年创立的非政府组织，负责在腐败领域开展分析并发布报告，这些分析工作不包含在世界银行的职权内，也无法独立完成。

② 安然创建了3000多家离岸子公司。这些公司的首要目标是允许投资者共同投资长期基础设施建设，并通过资产证券化实现盈利。这些公司也可以转移母公司面临的一些重要风险，从而避免让母公司受到损害。安然公司经常使用这类不合并子公司美化资产负债表、处理负债。这些公司的总部位于开曼群岛、百慕大或巴哈马，因此，公司的资产负债表“表面上更清楚”，子公司的简要信息仅仅标注在财务文件的脚注中。安然公司奉行积极的沟通政策，时任集团总裁的肯尼思·莱说道：“我相信上帝，我相信市场。”他给员工发了一封信，认为公司股票在2010年之前的收益率会达到800%。

以国家资源谋取私人利益——例如交通费用——是法国政府机构的普遍做法，但这种做法被认为是那些为了国家利益——也就是集体利益——付出劳动的人应获的“公正的报酬”。然而，这种做法在德国等国家会受到严厉惩罚。国家历史、公共服务人员的国家意识不同等，民主制度的运作方式也不同。但欧洲一些国家和美国的选民行为表明，民众越来越不信任政界，认为他们不会和其他公民一样遵守法律，这种不信任助推了一直持反体制立场的民粹主义和极端主义政党的兴起。2016 年，唐纳德·特朗普在美国赢得选举就是一个完美的例证。

国际金融机构或欧盟等区域性国际组织发起的反腐败斗争还有一个弱点：它只聚焦经济和金融实践，而没有考虑到文化或人类学方面的因素。在西方专家、媒体以及政界流行的一种观点是，它认为发展中国家本质上是腐败的，这种观点有点种族主义色彩，特别是它往往能为主要的行贿者提供不在场证明。自 20 世纪 90 年代启动以来，这种反腐败政策开始带上了道德霸权的意味。事实上，确定发展中国家的腐败现象比西方机构给出的定义要复杂得多。西方机构的做法实际上忽略了其他替代性的、规范性框架，譬如家庭义务，对种族或宗教的忠诚，对朋友或氏族的义气以及互惠的准则，也忽略了根深蒂固的任人唯亲或裙带主义的传统。它与一些难以将赠礼与贿赂分割的文化相抵牾。几年前，一位非洲议员告诉我他的困境：虽然他支持国家提升民主程度以及国家治理更加透明，然而他每天都会接到自己出生成长所在村子的居民和他的大家族成员的请求，他的大家族极度贫困，希望他当选议员能给他们带来直接和实际的利益，这些利益仅凭他的议员工资是难以满足的。在这些条件下，他既需要遵守他对家族的义务，也要考虑那些把他推选上台却未试图从中获得丝毫利益的人。国际标准所忽视的，当然也是不能接受，正是这种腐败具备的再分配功能，哪怕需要勒索外国或本地的企业，它带来的资源往往能维持整个村落的生计。我称之为再分配的腐败，全然不是非洲部长在华盛顿买下一千平方米房产或在法国买下一座城堡的腐败。因此，我们应当区分“聚敛型腐败”与“生存型腐败”。对于一些“不正当获取财产”的行为法律诉讼已经启动，例如法国针对赤道几内亚总统家族成员的诉讼，这些只反映出是欧洲人和美国人在历史上纵容发展中国家——当然包括其他国家——精英阶层腐败的冰山一角。这些国家的不少政界人士掠夺国家资源，而公务人员无法养家糊口，这样的情况助推了政府部门的道德风气恶化。面对腐败，公务人员的反应仅仅是“为什么不是我？”……这种反应本质上与我们在欧洲或美国大都市里的贫困社区中发现的情况相同，当年轻人无法找到工作（2018 年，法国 15 岁至 24 岁的年轻人的失业率达 21.7%，西班牙达 36%）、看不到未来的时候，却目睹其精英们贪污腐败、享有有罪不罚的特权，便转而从事有报酬的犯罪活动，尤其是毒品交易。在更传统的社会中，把持权力的人通过赞助政策而非通过意识形态或法律维持其权力的新型世袭制度仍然存在，这种制度产生了一种“法律国家”与“实际国家”的强烈分立。

新自由主义哲学很晚才意识到腐败的问题，它支持市场对于反腐败具有决定性作用，对国家形象产生了非常不利的影响，这种观点削弱了国家的合理性，服务于具有威胁性的政治利益。2005 年，一位吹捧市场作为解决腐败方案的美国政治学家发表了悔过书：

> 今天，打击腐败的战斗破坏了民主，帮助糟糕的领导人当选，分散了社会投入在紧迫问题上的注意力。腐败已成为国家弊病的主要根源。他们告诉我们，我们只要减少贿赂的文化和贪得无厌的心态，许多其他难题将迎刃而解。……执着于腐败问题让讨论偏离了其他关键问题。失败的国家教育体系，运转不畅的医院或停滞不前的经济无法与

> 腐败丑闻的头条新闻竞争版面。这些问题可能因腐败而加剧，但这些现象的产生与不守信的政府代理人的活动几乎没什么关系。①

新自由主义的做法忽视了人的本性，它忽视惩处机制，把注意力集中在制度层面。在新自由主义者看来，似乎凭借更好的机构设置就能将腐败现象减少到最低水平。然而，经验表明，除了社会、道德或意识形态方面的因素，腐败也是人性的结果。马基雅弗利在《君主论》中强调，每个人心中具有获取的欲望是“十分自然而常见的”。上面提到的“聚敛型腐败”似乎是人性所特有的，在这种情况下，腐败必须受到法律机构的约束。

各种类型的腐败让国家付出了重大的经济与政治代价。譬如，官员为索要贿赂而拖延工作导致国家和公共服务潜在的无效率，他们提高竞标合同的筹码，或是威胁要增加行政批文手续，迫使公共服务的用户们被迫行贿以获得更好或更快的服务。通过腐败获得的资金常常流向国外的银行，是国家的另一个收入损失。在一些发展中国家，由发展援助方提供的投资方案，比如基础设施建设类项目，常常成本较高，因为最终合同额中包括了让所有相关负责人签字通过的佣金，佣金的数额往往不菲。因而这些支出被包含在受益国偿还债务的利息中，相当于增加了债务负担，并且由国家预算承担了政界人士或公务人员私人获利的成本。总的来说，研究表明，在不同国家，腐败成本可能高达基础设施项目成本的50%，比如在泰国、印度或巴基斯坦。② 一些国家规划和实施了没有经济效益的项目，目的仅仅是让官员或领导从投资方手中拿到佣金，随后这些项目便被遗忘，投资方意识到项目实施中的缺点并感到内疚，却不敢谴责这种状况。但是，监督这种腐败产生的成本也是经济成本，它需要专门的组织和大量负责分析和监控的工作人

---

① “Tunnel Vision on Corruption”, *The Washington Post*, February 20, 2005.

② Kimberly Ann Elliott, *Corruption and the Global Economy* [Washington D. C.: Peterson Institute for International Economics, June 1997].

员，政府必须要把这方面纳入反腐运动成本的计算中。此外，那些最臭名昭著的腐败政府很难争取到国际援助资金，除非他们符合资助国的某种战略利益（重要的碳氢化合物资源，反恐伙伴等）的需求。腐败不仅对经济产生负面影响，这种影响甚至可达到国内生产总值的好几个百分点，也会导致政治方面的成本升高。当民众几乎每天都面对国家行政系统的腐败，或者他们发现普通人和公务员之间生活水平的不平等日益加剧时，无论是中央政府、地方政府还是公共企业的公信度都会显著下降，即使是多党政治制度，其政治制度的合理性也会大幅下降。这种影响不仅会在国家层面引发日益严重的功能障碍，也会引发社会动荡，导致民粹主义猖獗。

二、中国新时代的反腐变革

2009 年 5 月我在中国出版《中国的威胁?》一书后曾在中国网接受观众在线提问，其中一人问我如何看待中国面临的主要挑战，我毫不犹豫地回答“腐败”。[①] 在我看来，似乎很明显，中国的改革开放取得了巨大成功，但面临的一个主要必须解决的问题就是腐败，因为腐败是一个跨领域的问题——不仅影响经济活动，还影响政治和社会领域。改革开放带来的快速经济增长以及经济体系中引入市场规律，使得大规模腐败成为可能。在改革开放经历第一个十年后，大规模腐败在政治和社会领域产生的负面影响日益显著，不仅影响到经济发展，也对社会秩序和进一步改革构成日益严重的威胁。在 20 世纪 90 年代，腐败现象之严重达到了 1949 年中华人民共和国成立后前所未有的地步。这种现象使得人民不满情绪日渐增强，共产党执政的合理性受到的威胁日益明显，特别是公众抗议活动激增。20 世纪 90 年代

① 《民间为何“挺腐”?》，中国之声，2009 年 10 月 13 日。

初中国掀起了第一次反腐运动。这场运动对数以百万计的涉嫌腐败的案例进行调查，最终判处了数千例案件。然而，反腐尽管被当成政府工作的重中之重，却效果不彰，因为高层的保护制度涵盖了许多非法行为，制裁尚未影响党和国家的所有权力中心。因此，人民仍未树立起对消除腐败的政治意愿的信心。民间的观点仍认为，有些贪腐者仍会得到权力网络的庇护。尽管一些特别令人震撼的典型案例被公之于众，譬如对全国人大常委会原副委员长成克杰的审判，但是高层人物较少得到惩处的现象让人怀疑反腐败运动的真实性以及司法部门在处理腐败案件中的独立性。当时研究这一现象的学术圈普遍信奉的观点是，解决办法就是让市场发挥更大的作用，一些大学教授认为，应当扩展体制的民主框架。这种分析受到新自由主义思想的严重影响，认为更大的市场与更少的国家干预是打击腐败的神奇处方，这个观点在 20 世纪 90 年代尤其盛行。上文的论述已经让我们看到，这种想法是多么错误。

实际上，在改革开放的第一个十年，财政、工业和行政权力下放或许是推动经济实现两位数增长的驱动力之一，但它过度赋予了地方的权力，加剧了各省之间的不平等。在改革开放的第一阶段，地方政府可以保留超过 75％的利润，而 1970—1979 年间这一比例仅为 18％，因此减少了上缴中央政府的资金。① 因此，中国各省份在地理、人口和经济方面的多样性使得各省之间差异较大，不同省份之间的发展差距却无法被中央政府划拨的资助抵消。但政治仍然是集权式的，特别是地方政府的领导层由中央任命，这鼓励地方官员使用各种手段改善他们在中央政府眼中的表现。由于地方政府可以保留当地经济活动的大部分利润，腐败的空间变得非常巨大，使不合法的收入有机可乘。

这场自 1993 年起开展的运动一直有着双重劣势：一方面，相关宣传降

① Nicholas Tarling, *Corruption and Good Governance in Asia* [London: Routledge, 2005, p.42].

低了党和干部的信誉；另一方面，对腐败的受益者而言，强化了他们获得越来越高级别的保护的需要，萌生了通过将更高层纳入腐败网络来谋求支持的想法。行政部门中任命和晋升的权力变得特别有利可图，权力寻租也导致一些不能胜任或不合格的人员走上重要的领导岗位，导致一系列的行政和经济机制功能失调。尽管反腐运动正在进行，腐败的外在迹象仍然非常明显（珠宝、豪车、房产等），严重损害了党的形象。“为人民服务”的宗旨已在一些共产党员的脑海中淡化，取而代之的是对金钱和权力的疯狂追逐。面对腐败之风，中国政府采取了很多措施，但显然是不够的。例如，禁止政府、军队、司法或安全机关参与企业经营会让有关部门或官员找到越来越复杂的手段来规避规定。呼吁公民揭发腐败的结果也有限。但是，相当一部分人担心，如果他们的谴责是针对那些影响力太大的人，反而会导致自己成为公安或司法部门针对的目标，这也极大地限制了这种“热线”制度的有效性。

在这一阶段，领导人重视的是经济成果和经济增长，因为只有经济增长才能让国家逐渐摆脱贫困，反腐运动仍然是党和国家议程的重点。在 2000 年涉及大量资金的腐败案件数量反映了这些缺点，此外，仍缺乏对这一现象规模的扩大及其对该国稳定的负面影响的认识。这个政策的主要缺点在于，仿照国际货币基金组织和世界银行的政策、仅仅关注腐败问题的体制因素、以为体制改革就能够提供最终的解决方案的想法，忽视了人性的方面。然而，对于改革的论述具有明显的逻辑和非常务实的愿景：优先目标是致富，重新分配只能在以后进行，是因为它忽视了对社会主义根本原则的强化，而社会主义自 1949 年以来一直是中国的意识形态基础。经济实用主义逐渐征服了整个中国社会，在很大程度上舍弃了领导革命的根本原则。国家在各个层面似乎陷入了经商的狂热中。2013 年 12 月[①]，我在北京接受采

① “Can ‘Chinese Dream’ develop out of a clearly defined set of ‘Chinese Values’”, December 5, 2013 (http://www.china.org.cn/china/Chinese_dream_dialogue/2013-12/05/content_30809079.htm).

访时强调，中国获得经济建设和减少贫困人口数量的成功之后，好像迎来了建立一套连贯的价值体系的时间，这个体系不仅能够融合中华思想在各个历史阶段产生的影响，也能吸收西方思想产生的丰富的观念，其目的有两方面：一方面，可以稳定民众心态，为他们，尤其是年轻人提供可以参照的价值体系；另一方面，向世界提出清晰明确的中国价值观，共同完善由西方人提出的所谓普世价值的基石。

从 2012 年开始，反腐败运动本质上发生了深刻变革。在以前把反腐重点放在体制改革的基础上，习近平主席增加了道德和意识形态层面的反腐。现代社会的转变导致消费主义和物质主义逐渐削弱了原则、集体承诺、家庭关系的重要性。中国的改革开放引发了同样的现象，破坏了传统的社会关系。商业从业者知道欺骗已经发展到何等惊人的地步，谎言成为贸易的家常便饭，个人之间的信任已经大幅从社会消失，获利成为核心价值观。这是中国一诺千金、无须立字为证的传统的断裂，这种中国传统曾经影响了所有访问过中国的外国人。中国曾有一段时期，即使是书面承诺，其价值也只是相对而言，因为对承诺的履行主要取决于权力和关系的水平。习近平主席面对这个问题非常坚决，希望在没有人可以逃脱制裁和道德的两大支柱上开展反腐败斗争。2013 年 1 月，在当选国家主席之前，习近平在十八届中央纪律检查委员会第二次全体会议上发表了重要讲话，宣布了其在反腐败斗争中的优先事项以及党应将这一主题列为最高优先事项的原因：要坚持党纪国法面前没有例外，不管涉及谁，都要一查到底，决不姑息。要继续全面加强惩治和预防腐败体系建设……“为政清廉才能取信于民，秉公用权才能赢得人心。”①

他诚实坦率地谈到党的情况，补充说：

① 习近平，《把权力关进制度的笼子里》，《习近平谈治国理政》，北京：外文出版社，2014 年版，第 385 页。

同时，我们也要清醒地看到，当前一些领域消极腐败现象仍然易发多发，一些重大违纪违法案件影响恶劣，反腐败斗争形势依然严峻，人民群众还有许多不满意的地方。党风廉政建设和反腐败斗争是一项长期的、复杂的、艰巨的任务。反腐倡廉必须常抓不懈，拒腐防变必须警钟长鸣，关键就在“常”“长”二字，一个是要经常抓，一个是要长期抓。[①]

这要求党的干部在日常行动中把总体利益摆在一切之上，并严格遵守党的章程。新的反腐败政策的明确目标是结束过去三十年的过激行为，重申党的基本原则，强调1949年取得决定性胜利的原因，以及党的领导在中国人民眼中维持合法地位的诸多因素（习主席谈到的人民与党之间的“一座无形的墙”[②]的风险），如果这些消极现象没有被坚决遏制将会威胁党的生存。中心思想是党员要以身作则，要在人民的监督下重拾革命期间带领人民获得最终胜利的良好品质。在这次讲话中，习近平主席不仅重申了在过去数十年的经济高速增长期间被淡忘的革命美德，还提到了中国勤俭节约的传统美德，这种美德与“炫耀奢侈、排场、享乐与浪费”水火不容。

习主席对腐败问题的部署和对新反腐战略的思考的核心，是他意识到改革开放40年之后党的合法性地位与未来已受到腐败的直接威胁。习近平在提醒党的干部的时候说得很清楚：

这个问题不仅是党风廉政建设的重要内容，而且是涉及党和国家能不能永葆生机活力的大问题。[③]

---

① 习近平，《把权力关进制度的笼子里》，《习近平谈治国理政》，北京：外文出版社，2014年版，第385—386页。

② 同上书，第387页。

③ 同上书，第388页。

但是，为了挽救党，反腐运动不得不追捕“老虎”和“苍蝇”，这意味着党内任何人，无论地位多高、影响力多大，如果罪名成立，就无法摆脱坚决的制裁。通过建立惩戒、防范和保障反腐机制，这些机制应当由一个“制度的笼子”保证，权力也应当被关进这一“制度的笼子”。因此，习近平主席自上任最初几个月起就为加强反腐运动奠定了非常明确的基础，并增加了在道德和政治层面的要求，充分体现在提高党员守纪意识和加强对党员的培训。随后，这场反腐败的革命就迅速体现在中纪委的行动中。

2013 年以来，打击腐败的工作开始在各个领域和各个层面展开。近年，地方性腐败在各领域都产生了相当大的影响。食品和药品质量方面，出现掺假牛奶和三聚氰胺丑闻后，公民对中国产品甚至包括动物饲料的信心已经跌至谷底。这场严重的信任危机蔓延到全球。美国指责掺杂了三聚氰胺的狗粮和猫粮毒害了许多动物。在欧洲，公共舆论一般对于购买从中国进口的食品非常敏感，这种普遍的不信任严重影响了中国企业在全球各大洲食品领域的经营活动。由于部分党内干部或国家官员出于利益相互勾结，这种违反基本安全法则的行为也影响了制造业、建筑业和许多其他行业。在中国生产的儿童产品，特别是玩具，在欧洲和美国同样具有非常负面的影响，越来越多的顾客现在拒绝购买中国产品。然而必须在此强调的是，对于出口商品，中国制造商和外国买家之间应共同承担责任，后者总是寻求将价格降至最低以增加利润，而往往忽视质量问题或者供应商是否守法。从个人的经验来看，我的公司长期向一家欧洲买主提供厦门生产的产品，他们有一次要求我们找到中国欠发达地区的制造商，用他的话来说，“当地法律执行有更大的灵活空间，因此价格可以更低”。

但习近平主席加强的反腐运动不仅剑指关系到不同领域的重大规模的腐败案件，也注意到对党员干部生活方式的监督。正如习近平主席在 2016 年 1 月所指出：

> 相对于“远在天边”的“老虎”，群众对“近在眼前”嗡嗡乱飞的“蝇贪”感受更为真切。“微腐败”也可能成为“大祸害”，它损害的是老百姓切身利益，啃食的是群众获得感，挥霍的是基层群众对党的信任。①

因此，反腐运动从2013年开始触及外露的腐败现象和滥用公共财产的问题。比如，在中国传统节日期间用党或国家资金购买礼品的做法，在豪华餐厅或酒店享用午餐或晚餐并大肆消费酒水的行为，利用公款购买豪华车辆的行径等，这些近二十年来反腐都无法解决的行为突然被坚决地取缔了，并对酒店和餐饮业造成了连带影响。中华民族的传统、第一代革命者眼中领导干部应当奉行的勤俭美德被重新提出。为了取得成效，新的反腐措施不仅局限于干部本身，也同样注意到他们身边的家庭成员，家庭圈常常是腐败的有力支撑。习近平主席在2016年1月的讲话中对腐败中的家风问题表现出关注，“家风败坏往往是领导干部走向严重违纪违法的重要原因”。

> 不少领导干部不仅在前台大搞权钱交易，还纵容家属在幕后收钱敛财，子女等也利用父母影响经商谋利、大发不义之财。有的将自己从政多年积累的“人脉”和“面子”，用在为子女非法牟利上，其危害不可低估。古人说：“将教天下，必定其家，必正其身。”“莫用三爷，废职亡家。”“心术不可得罪于天地，言行要留好样与儿孙。”②

中国传统的关系体系在社会运作和团结关系中具有许多优势。尽管其运行方式具有中国特色，但这个原则本身以不同的形式存在于所有社会之中，具有或多或少的负面影响。就国家机构的任命而言，正如我们在国有企

① 习近平，《坚定不移推进党风廉政建设和反腐败斗争》，《习近平谈治国理政》（第二卷），北京：外文出版社，2017年版，第167页。
② 同上书，第165页。

业中所看到的情况，它可能会对正常运转产生严重阻碍。国有企业高管的子女或者其近亲属常常被任命重要职务，但他们中很多人却完全不具备相应的胜任这种职务的能力。这种现象在下设驻外办公室的国有企业中尤为常见。例如敏感的人力资源部门，一些官员在欧洲或者美国被任命为部门负责人，这些国家的法律与习俗与中国往往非常不同，然而他们没有任何海外经验，不掌握当地语言，之前也没有接受任何为了在这些法律和实践与中国完全不同的国家履职的培训，无法为掌握这些职能做好准备。这种做法导致国有企业，例如银行，积累了重重的管理困难，遭受外国地方政府的处罚，往往无法稳定其员工队伍。习近平主席所要求的国有企业改组和任命制度的合理化必须考虑到这些功能失调的因素，以加强国家行政部门的能力，一方面是为了重新获得人民的信任，另一方面是为了显著提高办事效率。这种改革还可以提高中国国有企业的实际竞争力，特别是在“一带一路”倡议的发展框架下的竞争力。

第六章

从地区大国到全球大国：新时代下中国的外交战略

中国近年来以“韬光养晦”①、类似“行事低调”的邓小平理论为指导，集中精力进行社会经济发展，但在坚持这一方针40年之后，面对中国在国际秩序中崛起所遭遇的挑战与威胁，中国已决定放弃这一战略，承担起一个新兴大国的责任。在苏联解体后变得非常复杂的世界，按阵营划分国际关系的逻辑已经终结，美国暂时被推上国际关系的核心地位，中国这样一个新的发展中大国必须找到自己的位置，获得其他大国的认可。但这种新兴局势只会遇到国际社会传统统治角色的抵抗，甚至会或多或少地显露出敌意。在国际关系史上，一个新兴大国的出现总是伴随着军事冲突，譬如从明治时代后期到“二战”结束的日本（1894—1895年侵略中国，1904—1905年日俄战争，1931—1932年全面入侵中国东北，1937—1945年入侵中国，1941年对美国的侵略）或者1933—1945年的纳粹德国。历史上，一个国家的实力通常与领土面积挂钩，因而战争通常是征服领土的意志的产物。

就中国而言，有两个值得注意的地方。第一个问题涉及西方列强在1839年到来之前的东亚局势。从1368年中国明朝建立到1840年第一次鸦片战争，远东地区（中国、日本、韩国和越南）只发生过两场战争：明朝收复越南（1407—1428年）和日本入侵朝鲜半岛（1592—1598年）。在这472年间，该地区的各国之间经历了一个漫长的和平时期（这期间的每一次战争都是内战），这种和平依赖于朝贡制度。中华帝国国力强盛，其统治地位得到认可，具备合理性，同时作为回报，中国保证其藩属国的安全，向它们保证不使

① “韬光养晦”出自《旧唐书·宣宗纪》，《旧唐书》为后晋张昭远等编修，刘昫署名撰写。

用这种力量征服藩属国。① 这种国家间关系的规范性组织固然是一种等级秩序，但它符合政治和军事现实，因此没有受到争议。实际上，中国维持这个秩序付出的成本更高，因为中国一方面需要保护藩属国，另一方面每年都要给它们提供各种优待与礼物，相比能够从其中获得的好处，这些东西对中国而言构成了沉重的负担。1648 年签订的《威斯特伐利亚和约》认可各国平等，这导致了欧洲列强之间为了确保政治上的优势和对领土的征服而冲突不断。在东亚，朝贡体系维持了四个多世纪的和平与稳定，正是基于正式确定了国家之间的不平等，并且没有因此衍生出一个最强的国家对其藩属国的殖民剥削体系。由于西方列强强行进入该地区以及中华帝国的稳定被破坏，朝贡制度被废除，接下来的一个世纪的战争要么来自地区之外大国的殖民企图，要么来自日本认为自己与西方列强平起平坐、因此想要模仿西方列强发动侵略的野心。

在 20 世纪，1945 年联合国的建立确认了西方关于国家间关系，特别是国家间形式平等的看法，不管一个国家的真正国力和影响力如何，但这种国际体系的基础只不过是难以掩藏国家间不平等和奉行大国主导的形式主义。事实上，一些国家之间的关系类似朝贡体系，这凸显了国家平等原则的虚伪性。仅以近东和中东局势为例，联合国就相关地区问题的投票情况就可见一斑。在美国和英国入侵伊拉克之前的几个月，支持军事介入的美国和反对这种做法的法国以提供新的援助或投资方案为回报，开始分别游说各安理会非常任理事国，从而在对于伊拉克的决议投票上获得支持。2017 年 12 月，在美国总统承认耶路撒冷为以色列首都后，一份否认以色列对耶路撒冷的主权的决议草案在联合国大会上被提交，这份草案以 128 票赞成，9 票反对，35 票弃权获得通过。投反对票的依次是美国、以色列、危地马拉、洪

① David C. Kang, *East Asia Before the West: Five Centuries of Trade and Tribute* [New York: Columbia University Press, 2010, p. 2].

都拉斯、多哥、帕劳、密克罗尼西亚联邦、马绍尔群岛和瑙鲁。2012 年 11 月，联合国大会关于耶路撒冷地位的决议遭到了美国、加拿大、以色列、马绍尔群岛、密克罗尼西亚联邦、瑙鲁和帕劳的反对。很多时候，当美国在联合国处于孤立时，正是太平洋一些岛国（瑙鲁、帕劳、密克罗尼西亚联邦、马绍尔群岛、萨摩亚和汤加）出手解围。这些国家与美国之间的独立性仍有待考证……国际社会持续分割成多个国家，其中的大多数国家没有实现经济独立，必须依靠外部支持，这导致它们成为大国为了维护自身主导地位在联合国的选票来源，或者当大国使用否决权的时候，它们被大国利用以制造没有被孤立的假象。① 这种分割一方面削弱了没有屈服于大国之令的国家，例如苏丹的分裂使它失去了大部分的石油资源，还增加了互相作对的国家数量——即分而治之，又促进了在国际谈判中非常有用的庇护主义。

第二个值得注意的地方是中国的改革将其外交政策的重点放在两个明确的方向：安全与发展。在安全领域，中国外交一方面始终致力于通过解决边界争端问题来保证边界地区的稳定；另一方面，采取一项旨在加强稳定带给各方的利益来消除冲突风险的经济和军事承诺政策。在中国的战略中，安全不仅是自身发展进程的重要保障，也是发展中国家发展的重要保障。我们稍后将看到，除了恐怖主义、中日或中印问题之外，安全风险的主要因素是美国，这些因素会对这些不同的问题产生影响。在发展方面，近几十年的经济增长和当前保持合理增长的需要，促使中国领导人从现在开始集中精力支持包括欧洲在内的世界各地的合作伙伴的发展。市场的扩张、基础设施的建设、对未开发财富的重视，这些指导方针旨在支持中国和国际社会其他成员的发展。因此，这一发展战略的基础是冲突地区的稳定，这便是中国在南亚特别是在缅甸、中东或非洲的外交活动重新活跃的原因。几个世纪以来，一直是地区大国的中国正在学习成为一个全球大国，这需要中国作

① 随着南苏丹的独立，联合国会员国数目从 1990 年的 159 个增加到 2011 年的 193 个。

出新的努力来适应国际现实。

一、中国不一样？

1. 天下的概念

2017 年 12 月 1 日，习近平主席出席中国共产党与世界政党高层对话会，面对出席对话会的外国代表，第一次提出了“天下一家”的理念，把它作为中国外交政策的新方针之一：“世界各国人民应该秉持‘天下一家’理念，张开怀抱，彼此理解，求同存异，共同为构建人类命运共同体而努力。”近年来，重提这一儒家观念，其恰当性及深远意义在中国学术界引起了广泛讨论。捍卫儒家思想的人认为，“天下一家”可以构成一个全球和平的新方案，为思考全球国际秩序摆脱威斯特伐利亚模式中的国家限制奠定了基础。反对的人则认为在这一具备“普世性”提案背后掩藏着民族主义的一面。于是，天下主义作为国际关系中欧洲中心主义的替代与新型全球化的可能模型被正式提出。

《礼记》有言：“大道之行也，天下为公。”早在周朝（公元前 1046—前 256 年）就已出现“天下”的概念——“一切皆在天之下”——象征着新的政治哲学的诞生。针对这一概念的实现，中国对此研究最深入的学者之一赵汀阳概括了其中蕴含的政治哲学：

（1）能够真正解决国际政治问题的方案须基于一个普遍承认的世界系统，而不是诉诸暴力；

（2）只有当其政治系统的治理是为了所有人民和民族的福祉，是为了生产尽可能多的物质财富，一个普世的世界系统才能够在政治上具备合理性；

(3) 普世的世界系统的运转机制是基于其能够创造不同民族与文化之间的和谐。①

中国一直缺少国际关系方面的系统理论，因此，学者们转向中国思想史与传统哲学。他们中的一些人一直追溯到儒家思想，在“天下”的理念中找到了一种可能的中国关于世界的理论。实际上，这个概念本身包含了一种世界性(mondialité)的观点，这种观点强调民族间关系，而非把世界当作整体看待，它认为世界的利益单独于组成世界的各国的利益而存在，这种观点有可能会取代西方基于国际性(internationalité)的观点。在这些学者的描述与分析中，却存在一种矛盾：天下主义有望成为世界性的普遍主义道德观，也明确了中国有必要加强自身实力，从而推动世界其他地区在发展的同时将“天下”作为协调国际社会的观念。因此，有西方分析家指责说，中国提倡这一理念实际上是重走过去几个世纪里西方人的老路，试图在中国哲学传统的基础上将自己的普遍性概念强加给世界。诚然，这个推广“天下”的方法与国外的一些研究者和从政人员的观点不谋而合，他们认为人类今天面临的问题——气候变化、国际移民、自然资源稀缺等问题——靠每个国家单打独斗已经难以解决，只能在全球层面共同寻找解决办法，但是由于没有一个超国家组织——不是联合国那样的国际组织——地球正面临巨大风险。这个观点无可争辩，但即便是为了所有民族的利益，超国家的原则也只是不可触及的空想。2016 年，美国选出一位坚决拥护孤立主义的总统，他坚信只应捍卫美国的利益，哪怕出于需要会损害其他人民的利益，从那时开始，为全球挑战提出整体战略的想法便渐行渐远。于是，国际社会面临着两种绝对不可调和的观点：一边是赋予美国利益绝对优先的美国话语，它对人类面临的共同问题视而不见；另一边，中国共享增长，支持国际发展进程，开

① Zhao Tingyang, “A Political World Philosophy in terms of All-under-heaven” (Tian-xia), 2009. 2.1, *Diogenes* 56, (1): 5 - 18, 140.

放市场以及共同承担责任以确保稳定和全球发展的政策。至今，唐纳德·特朗普的总统任期清楚地显示中国方法得到了整个国际社会的认同，而美国在一个完全相互依存的世界中不断被孤立。

2005 年 9 月 15 日，时任中国国家主席的胡锦涛在联合国大会上首次提出了建立"一个持久和平、共同繁荣的和谐世界"的想法，这一基于中国传统哲学中的"和谐社会"的提议虽然很自然地让中国人感到亲切从而产生共鸣，令中国人想到"太和"与"大同"的儒家思想，但在国际上受到冷漠对待，尤其是在西方领导人中更是如此。和谐的观念其实是儒家政治社会思想的一个核心要素，它认为稳定大于对抗。在联合国大会的发言中，胡锦涛明确表达了中国关于国际秩序的观点：

> 应该以平等开放的精神，维护文明的多样性，促进国际关系民主化，协力构建各种文明兼容并蓄的和谐世界。①

犹太-基督教文化中不存在社会和谐的观点。无论是《旧约》还是《新约》中都没有出现"和谐"一词。犹太-基督教文化是一种双方未取得一致便交锋与对抗的文化，普遍的观点认为对峙才能促进思想和反思。在中国传统哲学里，对抗是应该避免的，因为它会阻碍对话，引发他人的不满、敌意甚至仇恨。这个差异是新时代以来理解中国战略的基础，而且仍然是当代中国政治的核心因素。20 世纪 60 年代的三年严重自然灾害和"文化大革命"的十年内乱以及由此引发的诸多灾难性后果，诸如国家经济困难，整个社会动荡不安，不同思想的群体间发生暴力冲突并导致很多人伤亡，再加上这些灾难之后 40 年来的中国变化，清楚地证明了只有坚持共产党的领导，只有坚

① 胡锦涛，《努力建设持久和平、共同繁荣的和谐世界——在联合国成立 60 周年首脑会议上的讲话》，《人民日报》2005 年 9 月 16 日第 1 版。

持传统价值观才能维护稳定、持续发展。如果说在许多西方政客与观察员看来，“和谐的国际社会”的想法有些乌托邦，不如说应该把这个想法看作是中国对构建新型国际秩序的贡献，它提出了一个各个国家应该努力实现的目标，从而超越如今各民族与各国间过于频繁的对抗，提出了一个反对当今世界各国自私自利表现的理论。现有的争端确实不是文明的冲突，尽管有一批人试图坐实这个说法，但这些争端实际上是利益、领土、政治、经济与宗教的冲突。

中国自西方人到来后的经历证实了中国领导人和中国主流舆论的认识，中国在 1949 年中华人民共和国成立之前所遭受的长达一个世纪的耻辱不能再重演，为了预防历史重演，必须建设一个强大的中国，使得即便不将观点加之于人，也能够抵抗来自外部的强大压力，这些外部压力企图让中国走上并非自己选择的道路或是企图主宰这个国家。中国决心捍卫自己所理解的国家利益，有时会显露出一种民族主义，西方一些评论员便忙不迭地谴责这种民族主义，利用这一点强化中国对国际社会其他国家是一种威胁的形象。令人好奇的是，在美国，无论是民主党还是共和党执政时期都屡次产生各种民族主义言论或政策，这类言论或政策在唐纳德·特朗普任内达到顶峰，却未受到相同的指责，仿佛美国强大在本质上对人类就是有益的，而中国强大就自然会给人类带来危险。然而我们看到，一边是中国坚持不懈地提出的应该维护和平、通过对话而非武力解决争端、支持发展从而让全球整体摆脱贫困的主张，一边却是在这个合理的政策面前，封闭自守、对全球问题视而不见、威胁那些不支持美国外交政策的国家的论调。①

很明显，中国没有殖民与侵略的历史，除非中国的安全直接受到威胁，

① 2017 年 12 月 19 日，在联合国安全理事会讨论耶路撒冷问题时，美国驻联合国大使妮基·黑利说道：“（特朗普）总统将细察这次投票，又让我告诉他哪些国家投票反对我们。”这位美国大使还写道：“我们会记下来每一个在这个问题上投反对票的国家”，这个言论是对反对美国就耶路撒冷问题违反国际法行为的国家的明确威胁。

比如1978年越南军队侵略民主柬埔寨(Kampuchéa Démocratique)。中国领导人在国际论坛上多次说明，历史上唯一一次由中国皇帝资助的遥远探险是宦官郑和于1405—1433年间七次下西洋，他带领着当时历史上最大的舰队(规模最大时有200艘船、人数达27000人之多)，而郑和下西洋完全没有殖民意图，仅限于和较远的国家建立关系从而发展贸易。和欧洲炮舰政策对比来看，中国自然占了上风。明朝永乐皇帝的用意主要在于获得舰队到访国家的君主对自己实力的认可和他们的正式效忠宣誓，而非征服土地。郑和率领的舰队当时曾到达非洲东部沿岸，但1433年郑和逝世、新皇帝实施的预算限制政策导致海上航行最终被叫停。连年征战已经掏空国库，抵御北疆游牧部落已给明朝的财政带来巨大负担，这些探险的成本事实上非常之高。

2. 外交原则

一位中国学者曾经在2016年出版的一本广受关注的著作——《大国外交》中，说明了正式带领中国外交、主导中国在国际秩序中崛起的八个原则。该书作者、北京外交学院副院长王帆如此介绍这八项原则：

——高扬国际政治道德的旗帜，主张发展的均衡互利与公正平等；

——在推动国际秩序发展问题上，主张和平变革，反对暴力手段解决问题和暴力冲突；

——积极发挥战略协调能力；

——坚持差异间共存，反对政治偏见、政治歧视，力主文明间对话交流与自然融合，坚持不同制度良性竞争、共存发展；

——努力支持大国协调机制的构建；

——发挥发达国家和发展中国家之间的特殊的桥梁和纽带作用；

——努力维护国际组织的权威；

——坚持利己与利他原则的有机结合，爱国主义与国际主义的结合。①

从整体上看，这些方针印证了中国领导人近年在国际舞台上提出的主张，比如和平与发展之间的关系，放弃武力解决分歧以及大国间、不同发展水平国家间对话的必要性。其中两点特别重要。一方面，强调不同制度——尤其是政治制度的共存，以及在国际秩序中充分尊重政治和社会形态多样性。这条原则证明了中国不干涉其他国家内政的外交政策，延续了1956年在万隆会议上正式确定的和平共处五项原则，但此前已在相关协定中作了说明。1954年4月29日，中国和印度共同签署了《中印关于中国西藏地方与印度之间的通商和交通协定》，又称为"潘查希拉"协定，以确定两个亚洲大国之间关系的性质。早些时候的1950年2月14日，苏联在莫斯科和中华人民共和国签署了一项《中苏友好同盟互助条约》，条约第5条规定：

> 缔约国双方保证以友好合作的精神，并遵照平等、互利、互相尊重国家主权与领土完整及不干涉对方内政的原则，发展和巩固中苏两国之间的经济与文化关系，彼此给予一切可能的经济援助，并进行必要的经济合作。②

这项不干涉原则一直是中国对外政策的核心行为守则，它的目的是在国际秩序中充分尊重国家的完全主权，这个观点符合威斯特伐利亚体系，与上面提到的"天下"概念形成鲜明对比。在过渡到一个可能的、新的、不那么充满冲突的、不那么冷战的国际秩序的过程中，这个符合威斯特伐利亚和约精神的观点，在面对一些大国试图颠覆与它们世界观不符合的政体——即

① 王帆，《大国外交》，北京：北京联合出版公司，2016年版，第13—15页。

② Lazar Focsaneanu, "Les 'Cinq Principes' de coexistence et le droit international", *Annuaire français de droit international*, volume 2, 1956. pp. 150 - 180.

“改变政体”的政策——而施加压力时具备了合理性。

3. 民族主义与国际主义

第二个有意思同时也引起争论的点是爱国主义与国际主义。这个话题在中国知识分子中间引起不少争论，特别是在1996年出版的著作《中国可以说不》大获成功之后。这本书认为中国有必要不接受来自西方的压力，有必要完全独立地继续走自己的改革开放之路。这本书的宣传语——“中国说不，不是寻求对抗，而是为了更平等的对话”①——清楚地体现了中国对国际社会不公平待遇的抵抗，该书也对美国进行了猛烈抨击。甚至许多人将中国民间民族主义的重新出现归之于本书的出版。自该书出版以来，中国掀起了对爱国主义、民族主义与国际主义三者之间关系的辩论。早在1949年获得胜利前后，毛泽东曾多次谈到这个问题。1938年10月，毛泽东在《中国共产党在民族战争中的地位》的文章里写道：

> 国际主义者的共产党员，是否可以同时又是一个爱国主义者呢？我们认为不但是可以的，而且是应该的。爱国主义的具体内容，看在什么样的历史条件之下来决定。……因此，中国共产党人必须将爱国主义和国际主义结合起来。我们是国际主义者，我们又是爱国主义者，我们的口号是为保卫祖国反对侵略者而战。②

1956年9月，毛泽东在接见南斯拉夫共产主义者联盟代表团时重申中国反对“大国沙文主义”，也反对“大汉族主义”——一种意识形态认为汉族

---

① 宋强、张藏藏、乔边等，《中国可以说不》，北京：中华工商联合出版社，1996年版。
② 毛泽东，《毛泽东选集》(第二卷)，北京：人民出版社，2008年版，第520页。

作为主要民族比少数民族更优越的思想。[①] 1970 年 12 月，毛泽东重申之前的观点，在批示中共中央对外联络部——党的外交部提交的报告时说："且至今还有问题，即对内对外都有大国沙文主义，必须加以克服，就可知道了。"

最近三十年间，中国领导人不断重申和平共处五项原则的承诺，我们必须承认，中国对外政策的基本原则自 1949 年中华人民共和国成立以来就一直没有改变过。习近平主席 2013 年 1 月在十八届中央政治局第三次集体学习时讲话强调：

> 在长期实践中，我们提出和坚持了和平共处五项原则，确立和奉行了独立自主的和平外交政策，向世界作出了永远不称霸、永远不搞扩张的庄严承诺，强调中国始终是维护世界和平的坚定力量。这些我们必须始终不渝坚持下去，永远不能动摇。[②]

历经多年与数代领导人，中国对外政策的引领方针从未改变。然而，随着近四十年来中国经济的飞速发展和这一发展对中国国际地位的影响，民族主义开始浮出水面，其表现形式有时正是毛泽东之前批评的"大国沙文主义"。部分中国舆论在回应中国与其他大国局势紧张时作出急骤而强烈的反应，尤其是在涉及日本时。日本对中国的某些做法经常引发激烈讨论，何况日本决策人，特别是民族主义首相安倍晋三，屡次通过他们的言论和行动，诸如参拜靖国神社和反反复复的声明让中日关系始终处于紧张的状态。中国常提的"世纪耻辱"在部分舆论中激发了民族主义情绪，这种民族主义

① 毛泽东在接见南斯拉夫共产主义者联盟代表团时提到"吸取历史教训，反对大国沙文主义"，1956 年 9 月 24 日。

② 习近平，《更好统筹国内国际两个大局，夯实走和平发展道路的基础》，《习近平谈治国理政》，北京：外文出版社，2014 年版，第 248 页。

情绪来自自尊心受到伤害的以及渴望得到所有国家与人民理应受到的尊敬的愿望，而长期批评中国的西方一直拒绝接受这种心理和愿望。2008 年 5 月，一首由这种对中国人的怨恨和不理解转化而成的诗在社交网络上广为传播，受到中国网友的普遍好评：

你们究竟要我们怎样生存？

当我们是东亚病夫时，我们被说成是黄祸；
当我们被预言将成为超级大国时，又被称为主要威胁。
当我们闭关自守时，你们走私鸦片强开门户；
当我们拥抱自由贸易时，却被责骂抢走了你们的饭碗。
当我们风雨飘摇时，你们铁蹄入侵要求机会均等；
当我们整合破碎山河时，你们却叫嚣"给西藏自由"。
当我们推行马列救国时，你们痛恨我们信仰共产主义；
当我们实行市场经济时，你们又嫉妒我们有了资本。
当我们的人口超过十亿时，你们说我们摧毁地球；
当我们限制人口增长时，你们又说我们践踏人权。
当我们一贫如洗时，你们视我们低贱如狗；
当我们借钱给你们时，你们又埋怨使你们国债累累。
当我们发展工业时，你们说我们是污染源；
当我们把产品卖给你们时，你们又说造成地球变暖。
当我们购买石油时，你们说我们掠夺资源、灭绝种族；
当你们为石油开战时，却说自己解救生灵。
当我们动乱无序时，你们说我们没有法治；
当我们依法平暴时，你们又说我们违反人权。

当我们保持沉默时，你们说我们没有言论自由；

当我们敢于发声时，又被说成是洗过脑的暴民。

我们不禁要问："为什么你们这样憎恨我们？"

你们回答说："不，我们不恨你们。"

"我们也不恨你们，只是，你们了解我们吗？"

"当然了解，我们消息多的是，有法新社、美国有线电视新闻网，还有英国广播公司……"

你们究竟要我们怎样生存？

回答之前请仔细想一想，因为你们的机会是有限的。

够了，这个世界已经容不下太多的伪善。

我们要的是同一个世界，同一个梦想，太平盛世。

这个辽阔的蓝色地球，容得下你们，也容得下我们。

这首诗反映了中国人面对西方媒体对待他们的国家，面对一些对话者在国际或双边会议从他们的角度提出的要求时心中的想法。这种重压之下反弹的民族主义和新兴大国的态度有时会体现在一些在美国或欧洲接受过教育的中国外交官身上。当许多发展中国家期待中国作为新兴大国能够成为西方帝国主义和独裁专制政治之外的另一选择时，这种和中国领导人在国际上宣扬的主张相悖的态度损害了中国的形象。因此，要避免这种仅仅为了反对而反对的民族主义。

但同样真实的是，中国哪怕发出最微弱的民族主义信号都会被西方媒体报道，而美国关于民族主义的表达却得到纵容，特别是在唐纳德·特朗普上台之后。在媒体报道中，同样的案例，中国的就被说成是一种威胁，美国的就被当成一种笑料。这种无可争议的区别对待增强了中国公共舆论受到不公正对待的感受，并且强化了中国的民族主义情绪。其实，这些对于中国崛起和国力日益增强而忧虑的反应是自然的，它只不过反映出外界对于历史和中国对战争和霸权的认识的不理解。① 在经济学家盛洪看来，中国民族主义的复苏从更广阔的背景来看是中国人对天下主义的推崇，我们可以把这里的天下主义翻译为全球主义，这种全球主义在不消除文化差异的前提下，尊重其他文化、寻求与其他文化的共同点，这些做法有助于共同建设这个现代的天下主义。②

4. 中国、战争与国力

从一开始，暴力与战争一直是人类社会不可分割的组成部分。哲学家与精神分析学家常常强调暴力在人际关系中所占的位置，并自然地投射到人民之间与国家之间的关系中。伊曼努尔·康德在《论永久和平》中说道：

> 共同生活的人之间的和平状态并不是一种自然状态(status naturalis)，这种状态更像是一种战争的状态：敌方只要没有爆发，就是永恒的危险。③

1927 年，西格蒙德·弗洛伊德在研究精神分析时提出了类似的分析，他写道：

---

① 盛洪，《为万世开太平：一个经济学家对文明问题的思考》，北京：北京大学出版社，1999 年版，第 69 页。

② 同上书，第 69、71 页。

③ Der Friedenszustand unter Menschen, die nebeneinander leben, ist kein Naturzustand (status naturalis), der vielmehr ein Zustand des Krieges ist, d. i. wenngleich nicht immer ein Ausbruch der Feindseligkeiten, doch immerwährende Bedrohung mit denselben(“和平共处的人民之间的和平状态不是自然状态，而是战争状态，即不是总是爆发敌对行动，而是永远威胁他们”)，Emmanuel Kant, *Vers la paix perpétuelle*, Paris[Flammarion, 2008, p. 349].

我认为，应当考虑一个事实，每个人身上都存在毁灭的倾向，这些倾向是反社会、反文化的，并且，这种倾向在许多人身上足够强烈，以至于能左右他们对人类社会采取的行动。当涉及对一个文明作出评价的时候，这个心理学上的事实便具有了关键的重要性。我们可以首先把文明的核心看作人类为了获取关键资源而发起的战争，并且只要把好处妥善分配给人就能消除那些威胁文明存在的危险；但现在看来，我们关注的应当从物质转移到精神了。①

在《文明及其缺憾》一书中，弗洛伊德强调：

显然，对人类来说，不去满足自己本性中攻击别人的倾向并不是一件简单的事情：他们并不会对此感到满意。更小的文化圈所具备的优点使得冲动在和外部产生敌对情绪的时候找到出口——不可忽视。②

古斯塔夫·勒庞从他的角度分析了集体行为，这些分析具有跨时代的影响力，影响了多个国家的政治人物。他在描述群体的现象时说：

仅仅出于他成为一个有组织的群体的成员这一事实，他在文明的阶梯上就倒退了好几步。一个单独的人可能是个有教养的人，但在群体中他却成为一个野蛮人，也就是行为受本能支配的动物。这个人具备原始人的冲动、暴力与凶残，也表现出原始人的热情和英雄气概。而且，和原始人更为相似的是，他放任自己被各种言辞和形象打动。组成群体的人在孤立存在时，言辞和形象完全没有作用，置身群体中时则会

① Sigmund Freud，*L'avenir d'une illusion*［Québec：Université du Québec，Les Classiques des sciences sociales，p. 8］.

② Sigmund Freud，*Le malaise dans la culture*［Paris：PUF，1995，p. 56］.

情不自禁地作出一些违背自身最明显的利益以及和自身最熟悉的习惯截然相反的行为。群体中的个体不过是众多沙粒中的一颗，可以被风吹到任何地方。①

在《社会契约论》中，让-雅克·卢梭对于战争的分析略有不同，他强调了个体的人和身为一国公民服从本国法律和习俗的人之间的差异。

战争绝不是人与人的关系，而是国家与国家的关系，在这个关系中个体成为敌人只是偶然，他们的身份既不是人，也不是公民，而是士兵；他们不是祖国的成员，而是祖国的保卫者。②

因此，在西方思想中，战争是人类本性和人作为社会存在的行为的不可避免的结果。康德 1795 年在一个特别背景下发表的著作是一个特例。当时，欧洲走出了欧洲列强冲突的循环，签订了新的和平条约，即 1795 年 4 月 5 日法国与普鲁士签订的《巴塞尔和约》。在该书中，这位毫不含糊地支持法国革命的柯尼斯堡的哲学家提出了乌托邦一般的观点——战争有一天会消失，永久的和平会到来。康德想要把有关王公贵族的负面消息公之于众，这其中就有当时的普鲁士国王腓特烈·威廉二世。需要注意的是，这一方案的逻辑针对的是前资本主义时期的欧洲大陆，当时的战争首先关乎的是威望、疆土以及政治和宗教的影响。③ 随着工业革命的出现需要不断地为工业生产开发新的市场，欧洲列强投入到殖民地掠夺中，后者加剧了它们之间的武力冲突。卡尔·冯·克劳塞维茨是德国最杰出的军事理论家，他认为战

① Gustave Le Bon, *Psychologie des foules* [Paris: Édition Félix Alcan, 1905, p. 22].

② Jean-Jacques Rousseau, *Du contrat social, ou Principes du droit politique* [Québec: Université du Québec, 2002, p. 11].

③ Frantz Gheller, "Le contexte sociopolitique du Projet de paix perpétuelle d'Emmanuel Kant", *Études Internationales*, Volume 41, Numéro 3, 2010.

争只是让对手认识到他的力量的一种方式："战争是一种旨在迫使对手执行我们意志的暴力行为。"①

卡尔·冯·克劳塞维茨是战略理论方面具有重要参考价值的一位人物，他是普鲁士军官，任教于柏林军事学院，负责未来的威廉一世的军事培训。他认为战争只是政治工具，但丝毫不认为战争可能会消失。在他的著作中，和平仅仅是某一个战争的结果，是一场对抗的终结，但他并没有想到战争可能会失踪。这一理论至今仍在西方思想体系中具有存在感，如莫妮可·舍米耶-让德罗所强调的："在这个背景下，和平被认为是战争的暂停和受限，而不是一个全球范围内的政治原则。"②

与西方战争哲学相反的是，中国思想——从著名战略家孙子到后来的中国领袖、革命战争理论家毛泽东——倾向于把战争看成一种注定会消失的恶，至少是一种尽可能避免的恶。孙子的著作在今天仍然具有令人惊讶的现实意义，他描述了战役的技法与策略，建议尽可能地避免战争，最好无须使用武力即可赢得战斗。可以用诡谲的计谋战胜敌人，可以通过打击对方士气打败敌人，也可以通过耗尽对方的体力和意志打败敌人。第二次世界大战期间，苏联军队的总参谋长鲍里斯·米哈伊洛维奇·沙波什尼科夫元帅采用了相同的方法，他表示："胜利的军队进攻士气低落的敌人，他们提前打败了对手。"孙子则认为，"兵者，诡道也"③，用间与虚实是军队获胜的关键所在。"间"，即间谍。孙子列出了五种间谍：因间、内间、反间、生间、死间。孙子认为，间谍和虚假信息是军队获胜的撒手锏，拿破仑明确在自己的战略思想中放弃了这两种做法："战争中，间谍无足轻重，信任间谍是在差劲

① Der Krieg ist also ein Akt der Gewalt, um den Gegner zur Erfüllung unseres Willens zu zwingen, Carl von Clausewitz, *Vom Kriege* [Hamburg: Nikol Verlag, 2012, p. 29].

② Monique Chemillier-Gendreau, *De la guerre à la communauté universelle* [Paris: Ed. Fayard, 2013, p. 17].

③ 孙子，《孙子兵法》，巴黎：弗拉马里翁出版社，经典书丛，2008年版，第122页。

的谋算的基础上拿人命冒险。"①在其他文化中，14 世纪的阿拉伯政治家与社会学家伊本·赫勒敦在其巨著《历史概论》中认为，用间和虚假信息可以使一个阵营超越另一阵营。② 然而，在对抗的情况下偏向避免战争一直是中国战略思想的最主要特征，它一直持续到 20 世纪二三十年代毛泽东关于革命战争的战略思想的形成。毛泽东并没有放弃战争作为达到目的的手段，但他坚持战争的过渡性质。确实，早在 1936 年，他就对战争不可避免的消失表示了信心：

> 战争——这个人类互相残杀的怪物，人类社会的发展终究要把它消灭的，而且就在不远的将来会把它消灭的。但是消灭它的方法只有一个，就是用战争反对战争，用革命战争反对反革命战争，用民族革命战争反对民族反革命战争，用阶级革命战争反对阶级反革命战争。③

毛泽东认为，"战争——从有私有财产和有阶级以来就开始了的"。④ 在这一点上，毛泽东与列宁一致，后者认为战争将与资本主义同时消失（或者君主制度或者专制主义⑤）。这场前后关系中国共产党近三十年之久的革命战争结束之后，新成立的中华人民共和国的对外政策明确体现了这种战争哲学，别无他意地按照防御性进行规划。如果我们观察中华人民共和国建

① Napoléon, *Comment faire la guerre* [Paris: Ed. Mille et Une Nuits, 2003, p. 21].

② Car la victoire, à la guerre, est affaire de chance et de hasard (...) D'autres facteurs sont mois apparents: ruses de guerre, fausses rumeurs propres à démoraliser l'ennemi...（因为战争的胜利是偶然和机会的问题……其他因素则不那么明显：战争的诡计、谣言使敌人士气低落……）in Ibn Khaldûn, *Discours sur l'histoire universelle. Al-Muqaddima*, Paris, Ed. Actes Sud-Sindbad, 1997, p. 431.

③ 《中国革命战争的战略问题》(1936 年 12 月)，《毛泽东选集》(第一卷)，北京：人民出版社，2008 年版，第 174 页。

④ 同上书，第 171 页。

⑤ Raymond Aron, *Penser la guerre, Clausewitz-I: L'âge européen* [Paris: Ed. Gallimard, 1976, p. 21].

立以后的七十余年，就会发现，仅有的两次高强度武力冲突都是在严格的防御性条件下发生的，一次是朝鲜战争，另一次是越南战争。

在朝鲜战争这一案例中，中国于 1950 年 10 月 25 日直接派兵，是由于美国对朝鲜采取的军事行动直接威胁到中国东北以及首都北京，朝鲜进军韩国时，年轻的中华人民共和国刚刚成立八个多月，国内还有许多重大问题亟待解决。朝鲜的军事行动起初取得了重大胜利，但从当年 8 月开始，朝鲜面对经过联合国授权的由 16 个国家组成的军队的反击陷入苦战，局势倾覆的可能性引起北京方面强烈担忧。从 1950 年 9 月中旬开始，战线从南向北移动，随着美军在仁川登陆，美国的威胁由于朝鲜军队的溃败而变得清晰。当年 9 月末，中国在联合国多次控诉美军轰炸中国城市安东（今辽宁丹东），谴责美国“扩大对朝鲜的侵略、对台湾进行军事侵略并将侵略扩大到中国”①。在此之后，中国领导人决定实施已准备数月的军事干预。然而，周恩来已多次警告美国和联合国，越过三八线——1945 年朝鲜和韩国划设的停战线——将会挑起战争，但是面对美国，尤其是五角大楼的一些团体怀有的彻底击垮朝鲜军队并把朝鲜半岛作为在亚洲对抗共产主义发展的基地的决心，这样的努力并没有起到作用。直到最后一刻，中国领导人仍试图通过各种渠道说服美国不要越过三八线。当中国领导层已经作出派遣部队的决定时，周恩来本人通过印度驻华大使向美国示警，表示中国不会对联合国的军队往北进军无动于衷。10 月 4 日，毛泽东正式宣布派出“志愿军”奔赴朝鲜。10 月 5 日，毛泽东任命的中国人民志愿军司令员彭德怀在政治局会议上指出美军一直前进至位于中朝边境的鸭绿江边的风险，并指出美军一定会找到借口越过中朝边境攻击中国。很明显，这场将持续漫长的三年的战争对中国而言是一场防御战。

① Chen Jian, *China's Road to the Korean War: The Making of the Sino-American Confrontation* [New York: Columbia Univ. Press, 1994].

1979年2月发生的仅持续一个月的中越战争是中华人民共和国第二次向境外派出军队的武装冲突，也是至今为止的最后一次。当时的地缘政治环境与朝鲜战争十分不同。20世纪50年代初期，中国和苏联为了反美而结盟，在20世纪70年代末，苏联成为中国的对手，中国于1972年与美国和解建立关系，之后于1979年1月1日缔结了外交关系。中苏争端的结果是，苏联通过与某些亚洲国家结盟提出了包围中国的战略。越南在重新统一之后选择向苏联靠拢——两国于1978年11月3日签署了《苏越友好合作条约》——并通过邀请两个中南半岛的邻国联合组建“三方联盟”控制了中南半岛东部。中国发现自己的南部受到迅速扩张领土的威胁。1975年4月后，朗诺政权在红色高棉的攻击中垮台，河内向北京施加压力，希望北京与自己的印度支那战略保持一致，但北京选择支持新的民主柬埔寨希望从河内获得独立的诉求。1978年12月25日，越南军队入侵民主柬埔寨，1979年1月7日，波尔布特政权垮台，取而代之的是一个亲越的政权，这给中国带来了重大的战略挑战。这场被北京方面形容为“教训一下”越南领导人以“遏制他们的疯狂野心”①的战争和朝鲜战争一样都是自卫性的战略。

1979年2月以来，中国没有再实施境外的军事行动，或是与敌对国家发生直接冲突。反复引起中国与邻国紧张局势的问题主要是领土纠纷，比如在南海或西藏高原等地，这些紧张局势仅仅引起了小规模冲突，很快就被平息。中国人民解放军装备与技术的现代化经常被用作“中国威胁论”的论据，但审视实际情况、分析中国与其主要竞争对手美国之间的实力对比便可发现，这个论调站不住脚。美国对于中国的军事优势依然是压倒性的，哪怕是对另一个大国俄罗斯也仍然如此。1999年在中国出版的一本特别受国外相关领域专家关注的军事战略专著——《超限战》承认了美国在军事领域无

① King C. Chen, *China's War with Vietnam, 1979: Issues, Decisions, and Implications* [Stanford: Hoover Institution Press, 1987, p. 91]; William J. Duiker, China and Vietnam: The Roots of Conflict [Berkeley: IEAS, 1986, p. 84].

可争议的优势。这本由空军少将乔良与战略专家王湘穗合著的著作成书于海湾战争结束八年之后，而这场战争标志着战争的观念发生了转变。两位作者得出结论，战争的概念将发生根本转变，以军事实力为基础，两个或多个国家进行对抗的战争今后将采取多种形式，包括经济战、网络战、生态战、媒体战以及非国家的恐怖主义。战争不再是使用武力"迫使敌人服从自己的意志"，而是"使用一切手段，包括武力或非武力、军事或非军事、致命或不致命的手段迫使敌人服从自己的利益"①。这种对战争的看法与孙子类似，孙子认为："故善用兵者，屈人之兵而非战也，拔人之城而非攻也，毁人之国而非久也。"②但与认为不久的将来看到战争消失的毛泽东不同，这本书的作者持怀疑态度："即便作为乐观主义者，我们都不能认为战争，无论是否造成流血牺牲，有可能在可预见的将来突然消失。"他们认为："因为我们所做的，不过是尽可能地用不流血的战争去替代流血的战争而已……只是少了一点血腥，但却同样残酷。"习近平主席重新提到了孙子的战争观，他说道："能战方能止战，准备打才可能不必打，越不能打越可能挨打，这就是战争与和平的辩证法。"③

在这些思考的框架内，回顾西方列强于 19 世纪到达中国之前中国的历史是非常有意义的。从 1368 年明朝建立到英国和中国之间的鸦片战争，在近五百年的时间里，中国与邻国仅发生过两次战争，一次是明朝收复安南（1406—1407 年），另一次发生于日本侵略朝鲜半岛时期（1592—1598 年）。在日本、朝鲜和安南等远东地区邻国都承认的朝贡制度下，中国和其他国家保持着和平关系，即便中国在军事、经济和文化方面具备优势，中国也没有向东、向南发起殖民性的征服领地的战争。中国人习惯反复说明他们的国

---

① Qiao Liang & Wang Xiangsui, *La guerre hors limites* [Paris: Ed. Payot, 2006, pp. 30 - 31].
② 孙子，《孙子兵法》，巴黎：弗拉马里翁出版社，经典书丛，2008 年版，第 12 页。
③ 习近平，《十四、建设一支听党指挥能打胜仗作风优良的人民军队——关于全面推进国防和军队建设》，《习近平总书记系列重要讲话读本》（2016 年版），北京：学习出版社、人民出版社，2016 年版，第 252 页。

家不是也从来不是扩张主义的、尚武的国家。这个说法基本上符合事实。即使中华帝国康熙(1662—1722 年)、雍正(1723—1735 年)和乾隆(1736—1795 年)时期，他们在中亚征服了新疆、蒙古和西藏，只是让这些地区重新归入到中华帝国的版图。当时统治着中国的皇帝们都是满族人，耳濡目染的是骑士和草原武士的文化，他们的文化与唐朝(618—907 年)的皇帝远远不同，唐朝是中华文化的黄金时代。“战争、扩张、军功是那个时代的独特标志，同时也是三位领导了近一个半世纪帝国计划的伟大皇帝的独特标志。”① 从科举选拔人才的政府逐渐转向军事化，选拔武官有赖于考量帝国最高职位的候选人在战争中取得的功绩。1839 年帝国主义列强到来之后，中国进入一个旨在让中国臣服于西方列强利益的战争时期，开启“明治维新”之后的日本随后也染指中国，这种受奴役、受压迫的岁月直到 1949 年中国共产党取得胜利才画上句号。

中国自 1978 年改革开放以来的崛起大大地改变了战略的平衡，使得中国不得不采取一些大政方针，这些举措从中国的角度来看是纯粹防御性的，但在外界眼中却具有威胁性。国际关系的历史表明，国际秩序中出现新的大国崛起伴随着一种现象——战争。几个世纪以来，跻身强国的国家通过争端或征服领土彰显自己的身份：从中世纪末的西班牙到明治时代的日本，国力的体现在于殖民扩张和征服，往往以大规模残杀土著作为代价。数以百万计的人就这样丧生于刀剑之下、死于传染病和饥饿之中，或是在阿尔及利亚②洞窟被炙烤，失去了生命，甚至有一些人成为 19 世纪美国真正的生化③战争的牺牲品。19 世纪末到 20 世纪初，重获生机的日本帝国企图殖民

---

① Joanna Waley-Cohen, *The Culture of War in China: Empire and the Military under the Qing Dynasty* [London: I. B. Publishers, 2006, pp. 13 - 14].

② Olivier Le Cour Grandmaison, *Coloniser, Exterminer. Sur la guerre et l'État colonial* [Paris: Ed. Fayard, 2005, p. 138 et suiv.].

③ 1763 年，在 Fort Pitt 的英国人向当地印第安人分发带有天花病毒的被子，阿默斯特将军命令“在害虫(印第安人)中扩散天花”。Marc Ferro, *Le livre noir du colonialisme, XVIe - XXIe siècle: de l'extermination à la repentance* [Paris: Ed. Robert Laffont, 2013, pp. 76 - 77].

远东，以广岛和长崎落下原子弹结束。统一后的德意志帝国开始实施征服战略，以1945年4月30日阿道夫·希特勒在暗堡里自杀告终。在19世纪，欧洲殖民主义列强与美国处在长时间战争的状态，从内战到诸如美国的内部征服战争再到殖民战争，不一而足。对于注意到中国军事实力日益增强的西方分析人士来说，他们难以承认中国在走向超级大国时能够遵循另一条道路。

中国领导人反复强调的不会以获得美国式和殖民时代的欧洲列强式的霸权为目标的承诺，如今却遇到霸主的质疑，未来也仍会遭遇这样的质疑。

二、中美关系的核心地位：G2，多极化还是武装冲突？

最近几年，不管在美国、中国还是欧洲，战略分析研究所、智库和一些政府机构的内部弥漫着对中美关系未来的担忧，他们担心十年或者二十年后，作为霸主的美国和作为新兴大国的中国之间可能会发生军事冲突。美国哈佛大学国际关系学者格雷厄姆·艾利森出版了一本广受关注的著作——《注定一战》①，以古希腊历史学家修昔底德的史学巨著《伯罗奔尼撒战争史》中的一句话为基础，提出了“修昔底德陷阱”的概念。在《伯罗奔尼撒战争史》第一卷中，修昔底德强调：“（雅典势力日益增长）引起了拉栖代梦②人的恐惧，使得战争不可避免。”③艾利森在哈佛“修昔底德陷阱”研究项目中考察了五个世纪里十六个国家兴起和挑战当时霸主地位的案例，发现其中十二

---

① Graham Allison, *Destined for War: Can America and China Escape Thucydides's Trap?* [Boston: Houghton Mifflin Harcourt Publ., 2017].

② 译者注：即斯巴达。

③ Thucydide, *La guerre du Péloponnèse* [Paris, Ed. G. Charpentier, 1883, pp. 25–26].

例都发生了战争。[①] 这个结论受到了一些研究中国问题的专家的强烈质疑，尤其是关于中国历史和军事问题的美国专家林霨(Arthur Waldron)。林霨反对艾利森的阐释，尤其是后者的结论：面对中国国力上升，美国应当选择最好的适应方式并从中获利继而避免冲突。林霨把当今的中国比作1938年的德国，提到"张伯伦陷阱"，还用纳粹德国、墨索里尼当政的意大利和法国、英国签订的《慕尼黑协定》作为参照。这种荒唐的比较反映了美国许多分析人士面对中国不可避免的发展态势令其霸权受到威胁时的心声。

这项哈佛的研究结果忽略了可能爆发战争的风险。这一研究表明从1945年开始，三个争夺统治权的竞争案例——美国—苏联、苏联—日本以及德国对法国和英国——都没有爆发战争。但艾利森忘记强调，最后一次大范围军事冲突于1945年8月以美国使用核武器而结束。从那以后，没有任何一个视为新兴的大国(日本、德国)掌握核武器，只有在美苏对抗期间，两个国家都有核武器。很明显，掌握核武力量成为国际关系中的一种威慑手段，尽管自广岛、长崎以后核武器再也没被使用过，但它仍然是终极的威慑武器。

基于我们今天掌握的情况与作出的分析，中美之间爆发直接冲突的风险是微乎其微的。在艾利森分析的国际关系图景中，和当前霸主敌对的、也最有可能引发冲突的新兴大国——中国始终主张理性与务实的战略。军事力量的不平衡以及双方可预见的灾难性后果使得中美冲突这一假设的可靠性微不足道。唐纳德·特朗普在任期第一年中的无常举动和他自总统选举就开始的对中国的猛烈攻击，让美国的战略研究人士比中国同行更加担忧，中国的战略分析人士曾坚信中国在世界范围内的经济分量将能够摒除唐纳德·特朗普的军事冒险主义的风险。唐纳德·特朗普执政的第一年已经显

---

① "The Thucydides Trap: Are the U.S. and China Headed for War?", *The Atlantic*, September 24, 2015.

露了美国总统攻击性言论的局限性，以及中国的看法的准确性。甚至对于朝鲜问题这一两国关系中最敏感的问题，唐纳德·特朗普也一直在威胁彻底摧毁朝鲜和推动与朝鲜领导人会晤取得进展之间摇摆不定。不过，两国领导人在新加坡的会晤或许暂时性地平息了紧张局势，但美国方面反复无常的特点丝毫不能保证朝核问题能够取得重大进展。

在美国，对于中国的认知以及对于中国应该采取什么样的战略在各界都可以分为支持遏制和支持建设性接触的两派。但两个阵营在意识形态上重新取得了共识，双方认为有必要鼓励，或在必要的情况下，迫使中国进行自由化。在两国的制度不兼容的情况下，这种应该为美国利益服务的自由化一定会导致一场危险的对抗。在美国国防部和美国前总统乔治·布什的两个任期内聚集在他身边的新保守主义者中间，支持对抗的人尤其多。对很多美国军人和战略家来说，战争实际上具备调节国家实力的性质，一个正在上升的国家与正在衰落的国家——当然是相对的——只能走向武力冲突。① 这种现实主义的决定论观点认为，国际秩序中的所有演变都会引发战争，却没有考虑到相关国家在文化、地缘政治和其他方面的特殊之处。

实际上，中美之间的对立主要集中在三个核心问题：第一，关于国际关系的哲学和对国家主权的概念；第二，是战略问题；第三，是经济和贸易问题。在第一点上，中国认为完全主权国家组成世界的看法与美国自由主义的这种弥赛亚主义不同，而这种美国自由主义想把自己的政治、经济和社会模式强加于整个地球，这种模式是在美国的历史中，基于清教主义、个人自由和征服暴力而逐渐形成的。然而，这种美国政治的明显弱点之一就是，官方意识形态与实际行动之间存在落差。回顾整个 20 世纪，美国的外交政策都是根据国际关系中现实主义的原则而制定的，特别是在亨利·基辛格主

① Jean-Loup Samaan, *La menace chinoise: une invention du Pentagone?* [Paris: Ed. Vendémiaire, 2012, p. 29].

导美国外交期间，推广民主、尊重人权的原则在涉及越南、印度尼西亚还有世界其他国家及地区的时候却被践踏在脚下。自 19 世纪到 1949 年，中国经历了外国干涉和军事入侵，中国坚持威斯特伐利亚体系中绝对尊重国家主权的原则，但始终反对把这个原则付诸军事行动，并且坚持遵守《联合国宪章》的规定，坚持通过外交手段解决一切可能妨碍宪章落实的危机。由于近些年西方国家领导人对威斯特伐利亚体系各项原则的质疑越来越多，中国领导人对国家主权问题更加敏感。2004 年 3 月，时任英国首相的托尼·布莱尔在积极参加入侵伊拉克战争一年之后，宣布："在'9·11'事件之前，我就一直在寻找一种与 1648 年《威斯特伐利亚和约》签订后的主流国际关系哲学不同的哲学，前一种哲学认为，一个国家的内政只与本国有关而不会被干涉，除非他威胁到你或者他违反了和约，要么就是出于联盟的义务。"①亨利·基辛格认为《威斯特伐利亚和约》的相关原则"已经过时"，持相同观点的还有美国前国务卿乔治·舒尔茨和奥托·格拉夫·拉姆多夫伯爵。② 用理论为英美联军入侵伊拉克——一项未经联合国证实的违反国际法的侵略行动背书，明显是为自由主义在未来对那些抵抗美国乃至西方国家指令的国家进行军事干预铺平了道路。2011 年 3 月，在就利比亚问题，对由法国、英国和美国联合推动的 1973 号决议进行投票时，中国和巴西、德国、印度、俄罗斯一样投了弃权票，就自身对"国家保护原则"的立场向国际社会释放了较为模棱的信号。这项决议声称"保护"卡扎菲残暴政权下的平民并授权："以本国名义或通过区域组织或安排和与秘书长合作采取行动的成员国，采取一切必要措施，尽管有第 1970(2011)号决议第 9 条的规定，以便保护阿拉伯利比亚民众国境内可能遭受袭击的平民和平民居住区，包括班加西，同时绝不在利比亚领土的任何地方派驻任何形式的外国占领军。"

---

① "Tony Blair's Speech", *The Guardian*, March 5, 2004.
② "Defend the Westphalia Principle", *EIR*, April 9, 2004.

针对利比亚政府的非地面的军事干预的前景因此变得清晰，然而所掌握的证据却十分薄弱，最严肃的军事分析此后也证实了证据不足的问题。联合国和国际法长期沦为美国为自身利益服务的工具，对一直倡导的人权和民主的价值观的否定，对独裁政权提供的随机而变的支持，涉嫌组织对一些外国领导人的清除活动（譬如越南前总统吴庭艳、韩国前总统朴正熙），长久以来让美国在发展中国家，甚至是作为传统盟友的一些发达国家中失去了信誉。针对这种情况，今天的中国具备评估的权利，并能够合法地拒绝军事干预和“颠覆政权”的活动。

中国没有普世主义的、弥赛亚式的抱负，尽管近十多年来中国希望通过包括孔子学院在内的多种方式更好地促进外界对其文化的认识，但中国并不想像美国那样，把自己塑造成一种整个国际社会都应该效仿的唯一的政治、经济、社会模式的代表。亨利·基辛格在其著作《论中国》中写道：“美国在其历史中，经常受到他们理想中普世性的愿景以及传播它们的义务的鼓动。”①

唐纳德·特朗普在2016年4月27日竞选期间关于外交政策的演讲中，公开宣布他反对美国这种救世主式的观点：“这一切都来源于一种危险的观点，那就是我们可以让一个既没有经验，也没有兴趣转变为西方式民主的国家变成西方式的民主。我们摧毁了他们之前的体制，却为自己导致的后果而感到震惊，为内战、宗教狂热的结果感到惊讶。结果是数千美国人丧生、数万亿美元受损。”②但是，唐纳德·特朗普的立场是19世纪以来美国历史上的一个例外，他的立场自上任以来似乎不断变化。尽管他始终反对像他的前任一样为促进民主的政策进行大量投入，却依然深信美国例外论和美国白人在相较全球其他人种的优越性。但是，在唐纳德·特朗普的一任或

---

① Henry Kissinger, *On China* [New York: Penguin Press, 2011, p. 171].

② “Here's what was missing from Donald Trump's foreign policy speech”, *The Washington Post*, April 27, 2016.

者可能两任的任期内所发生的变化不会从根本上改变美国整体的战略方向。

在地缘政治和战略方面，中美之间的对立更加难以克服。面对中国史无前例地崛起，考虑到中国的面积、人口规模以及经济潜力，美国只有一个办法，要么打败中国，如果必要的话，包括使用武力；要么适应中国的崛起，并且在美国塑造的国际秩序中给中国留下位置。第一个假设不大可能实现。即使美国使用不对等的手段限制中国崛起的程度，尤其是在速度上限制中国，一场武装冲突在我看来也是应该排除的选项，因为它无论是在今天还是在50年之后对两个国家都没有好处，除非两个国家中有非理性的领导人上台，而且他们的非理性在执行过程中没有遇到阻力。亨利·基辛格表示，中美关系面临的最大危险之一，就是美国对中国的军事遏制政策。① 他十分确切地强调，对于许多政界和学界的美国人来说，中国已是构成美国安全的第一威胁。

但是，美国不是曾经以同样的借口入侵伊拉克吗？1998年8月，苏丹一家药厂被炸，时任美国总统的克林顿声称击退了一场“即将发生的、威胁我们国家安全的袭击”，美国当时的国务卿于9月2日在袭击发生后却承认，这次袭击只是虚张声势、缺乏真正的直接信息②，工厂里面只有生产药品的设备……为了采取军事行动从而伪造事实的例子在美国历史上比比皆是，1964年8月的北部湾事件特别令人震惊，它引发了一场持续九年的大规模战争，据官方统计，在1965年至1973年间③，造成平民和军人等各方总计

① “China：Containment Won't Work”，*The Washington Post*，June 13，2005.

② Chalmers Johnson，*Blowback：The Costs and Consequences of American Empire* [New York：Henry Holt & Co，2000，p. 10].

③ “Fifty years of violent war deaths from Vietnam to Bosnia：analysis of data from the world health survey programme”，*British Medical Journal*，June 26，2008；“UCDP/Prio Armed Conflict Database”，Uppsala University，http://www. pcr. uu. se/research/ucdp/datasets/ucdp_prio_armed_conflict_dataset.

140 万至 170 万人死亡，其中包括 58220 名美国人。① 因此，“对美国安全构成的威胁”还需要更加详细的解释和更充分的论证。因为在中国方面，中国的话语或行动中没有任何东西透露出这种“威胁”，除非把中国按照计划成为全球大国，美国霸权相对削弱纳入“国家安全”概念的范畴。这实际上是因为在诽谤中国的人的心中，美国的国际裁判身份——即判决尤其是惩罚错误者——受到了质疑；在中国崛起的情况下，显现的不是一个“新的国际秩序”的轮廓——这种秩序不是动荡和彻底重组的结果，而是对现有秩序的一次改革和调整，旨在遏制美国的绝对霸权，并为新兴大国提供更多话语权。在国际层面上，中国不是一个革命大国，它更倾向于改革主义、倾向于缓慢和渐进的转变。与通过暴力和种族灭绝征服西部——美洲印第安人——从而诞生的美国精神相反，中国的政治哲学一直倾向于借助心理战术，时刻把握两股抵抗的力量在相互较劲时发生的逐渐变化。因此，我们正在经历的是大国的过渡阶段，而不是严格意义上的国际关系的革命。这就是为什么美国现在号召贸易伙伴尤其是中国保持“战略稳定”，就是为了维持对美国有利的现状，不会动摇美国的国际地位。

中国对美国的期待，归根结底是尊重中国在国际舞台上的话语权，尊重中国的核心利益，承认国际上存在一种不可或缺的文化与政治多样性，简而言之，就是在和平的环境中和平共存的权利。中国领导人不希望以美国邀请的客人身份进入国际秩序，而是希望以完全享有这一权利的参与者的身份参与到世界秩序中。美国难以接受这个原则，继续尝试通过各种方式把

---

① https://www.archives.gov/research/military/vietnam-war/casualty-statistics#category; “It has long been suspected that the 1964 Gulf of Tonkin incident — the spark that led to America’s long war in Vietnam — was largely staged or provoked by U. S. officials in order to build up congressional and public support for American involvement. (...) Now, however, in light of the Operation Northwoods documents, it is clear that deceiving the public and trumping up wars for Americans to fight and die in was standard, approved policy at the highest levels of the Pentagon.” James Bamford, *Body of Secrets: Anatomy of the Ultra-Secret National Security Agency* [New York: Anchor Books, 2002, p. 84].

自己的政治、经济、社会“模式”强加于人，而不考虑每个文化的特殊之处。2004年，布什政府推动的“大中东民主计划”（泛中东和北非）彻底失败，试图将美国的价值观强加于阿拉伯-穆斯林世界，计划彻底失败显示了美国全局上的冒进策略。两名前美国官员——民主党成员于2017年3月在《外交政策》杂志上发表了一篇文章，其中说道：“透过意识形态的光谱，美国外交政策对中国寄予厚望——关于中国的经济、内政、安全和国际秩序，但是和这些想法相悖的情况却日益增多。基于这些期望的政策没能够按照我们期待和希望的方向改变中国。”①承认这种失败也是证实了美国的新帝国主义思想，这种思想认为自己掌握了世界和其他国家演变的真理，就像在殖民时代，美国认为自己掌握了对殖民国“有益”的真理。在中国，20世纪五六十年代的革命时期，那个希望发起一场世界性的革命，注定要推翻资本主义的秩序并且打倒帝国主义的时期清楚地过去了。“文化大革命”带来的破坏和大多数革命运动的彻底失败，以及其他国家革命胜利的人建立了资本主义甚至是独裁的政权的事实，让秉持革命社会主义的理论家们相信，当务之急无疑是选择社会民主道路，从内部发生转变。

在这样的背景下，如果说中国领导人拒绝了中美共管的原则，拒绝了布什政府多次提出的G2方案，那么习近平主席自执政以来就明确表达了他对中美关系重要性的认识，表示了双方有义务“在相互尊重和合作共赢以及构建新型关系的框架下共同建设”。这一习近平主席同奥巴马第一次会晤后发表的声明后来被多次提及，直到唐纳德·特朗普当选。在唐纳德·特朗普当选之后最初发表的一些声明中，关于台湾和“一个中国”的原则并非不可动摇的声明刺激了中国，但没有引起领导人的恐慌，他们知道刚刚当选的唐纳德·特朗普会迅速意识到中美关系的重要性和维护中美关系的必要

---

① The China Reckoning, How Beijing Defied American Expectations, *Foreign Affairs*, March/April 2018, p.60.

性。此外，这也是两位领导人2017年4月第一次会谈的结果。在两位国家领导人进行电话沟通之后，唐纳德·特朗普通过白宫发表声明，迅速撤回了2月份关于台湾的说法，白宫在声明中宣布唐纳德·特朗普总统已经"根据习近平主席的要求"，接受尊重一个中国的政策。① 唐纳德·特朗普身边的官员中有一部分人对中国抱有十分强烈的敌意，特别是国家安全顾问迈克尔·弗林（Michael Flynn）——2017年2月14日被曝出与俄罗斯大使接触后辞职，以及唐纳德·特朗普的贸易事务顾问彼得·纳瓦罗（Peter Navarro），他在《被中国杀死》一书中猛烈抨击了中国的贸易政策，尽管如此，新上任的美国总统必须意识到如果与中国就重大战略问题——譬如涉及中国核心利益的朝鲜问题和南海问题发生公开冲突，将会带来怎样的损失。自从唐纳德·特朗普当选以来，中国对于美国所采取的行动方针依然是积极的和具有建设性的，官方声明一直强调中美关系的质量以及双方解决现有分歧和可能出现的问题，例如东亚地区危机和贸易关系问题的良好意愿。② 由于美国的力量一直存在于中国周边——比如韩国和南海地区，经常会出现刺激两国关系的问题，但是双方之间的红线非常明确，尤其是美国方面。朝核问题方面，中美之间实际上存在一个共识，北京并不希望华盛顿看到，在中国的边境上出现一个拥有核武器的朝鲜，但是各方对于解决冲突的方法存在分歧，唐纳德·特朗普威胁金正恩将"彻底铲除"朝鲜③，他言辞激烈的声明也只会让北京更加坚定地反对在解决国际危机时滥用武力。中国南海的问题要复杂得多，这一问题既具有战略意义也具有政治意义，中国不得不面对美国在该地区的干涉主义——美国前国务卿希拉里·克林顿发

① "Trump Tells Xi Jinping U.S. Will Honor 'One China' Policy", *The New York Times*, February 9, 2017.

② "Chinese Views on the Trump Administration's Asia Policy", *China Leadership Monitor*, Issue 53, May 2017.

③ "Donald Trump threatens to 'totally destroy' North Korea in UN speech", *The Guardian*, September 19, 2017.

出同样的诉求，将航行自由称为“国家利益”，并宣称有必要采取“非强制性的外交合作途径”①。像台湾问题一样，中国南海这个问题明显仍然是中美关系多年来，甚至可能是未来几十年的主要刺激因素。但在美国当今总统任期内，中美之间的贸易关系势必会加剧对抗，要么是采取相互反制的措施，要么通过世界贸易组织等国际组织开展。

中美两国目前处于相互依赖的局面，一位美国作家认为这种关系是“相互寄生”②的关系。几十年来，中国一直在为美国的财政赤字提供资金，中国所提供的资金使得美国和美国的消费者能够购买“中国制造”的商品，而购买“中国制造”又增加了美国的贸易逆差……2018 年初，美国 43%的国债都是由外国持有，截至 2017 年 12 月，中国持有 1.185 万亿美元的债券成为美国第一大债权国，位列日本之前。2017 年，中国增持美国国债的规模达到 2010 年之后的新高，清楚地显示了北京对于维持持有美国国债的重视。然而，中国经济领域的负责人从 2018 年 1 月起表示，中国有意愿从 2018 年开始减少持有的美国国债，以转向更有吸引力的投资。在两国贸易氛围十分紧张、唐纳德·特朗普屡次威胁要针对他认为是由北京挑起的真正贸易战采取措施的背景下，中国减持美国国债的做法给任期第二年的美国总统在经济政策方面提出了严峻挑战。

唐纳德·特朗普从竞选时就开始指责中国人民币汇率过低，要求中国对美国流失数以十万计的就业岗位负责，美国总统顾问、白宫国家贸易委员会主席彼得·纳瓦罗称之为“大规模生产武器”（Weapons of mass production）。许多美国经济学家并不赞同中国贸易与美国的移民、失业之间的关联，他们认为失业的最主要原因是工业和服务业中不断加速的自动

① “Offering to Aid Talks, U.S. Challenges China on Disputed Islands”, *The New York Times*, July 23, 2010.

② Peter Navarro, *The Coming China Wars: Where they will be fought and how they can be won* [New Jersey: *Financial Times*, 2006, p. 203].

化进程。2016 年，花旗银行的报告指出，美国 47%的职位受到了自动化的威胁，这个比例在中国是 77%①……美国商务部的数据显示，对华贸易和美国企业在华投资于 2015 年为美国创造了 911000 个职位。尽管 2016 年美国对中国的贸易逆差已经飙升至 3470 亿美元，但从 2006 年至 2016 年美国对华出口额迅速增长，增幅达到 115.4%，比 2001 年甚至增长了 503%。服务业方面，美国的出口额在十年内增长了 406%。2017 年，中国市场占美国出口的 8%，仅次于加拿大和墨西哥。航空航天、汽车和机床的出口额占美国商品出口额的近 50%。这些数据一方面突显中国在自动化方面的进步，而另一方面又反映出中国刚刚起步的航空制造业和发展非常成熟的汽车制造业对美国企业和贸易平衡造成的长期风险。中国商务部负责人多次重申，这种贸易逆差的原因之一是美国拒绝出售中国感兴趣但在美国看来是敏感的精密技术。

早在竞选的时候，唐纳德·特朗普对世界贸易组织提出了严厉批评，指责他们纵容一些国家（如中国）采取不正当的贸易行为来损害美国的利益。对多边组织自然抱怀疑态度的美国总统致力于破坏世界贸易组织的稳定，包括阻拦世贸组织上诉机构任命新的法官，其中包括 8 名负责解决争议的上诉法官。2018 年 1 月公布的美国贸易代表年度报告在序言中指出："非常明显，美国支持中国加入世贸组织是错误的，基于的条件是中国确保采取开放和以市场为导向的贸易制度，但这些条件后来被证明是无效的。此外，很明显的是，世界贸易组织的规则不足以遏制正在扭曲市场的中国的行为。"②华盛顿要求世界贸易组织内部进行一场以美国利益为导向、针对中国的实质性改革，进一步让华盛顿孤立于他的合作伙伴们。世界贸易组织的这种做

① Technology at Work V2.0, The Future is Not What It Used to Be, *Citi GPS: Global Perspectives & Solutions*, January 2016.

② *2017 USTR Report to Congress on China's WTO Compliance*, United states Trade Representative, January 2018, p.2.

法，加上美国宣布对某些从中国进口的产品采取报复性措施以及根据知识产权盗窃指控展开调查，似乎表明美国开启了一场真正的贸易战，然而这种贸易战只会严重损害美国在华企业和美国消费者们的利益。一方面，美国消费者可能会看到价格合理且要么无法被取代，要么会被价格高得多的产品取代的中国产品从市场上消失。另一方面，对华贸易带来的一部分新的就业机会和经济增长将会消失，唐纳德·特朗普的“美国优先”原则在与中国的对抗中可能会导致已经陷入困境的美国人口更加贫困。①

对抗似乎并非不可避免，无论是加拿大、墨西哥、欧盟还是中国。华盛顿在这种和美国所有贸易伙伴的对抗战略中被日益孤立，这种孤立的处境让人以为美国转向温和的政策、重新采取对多边谈判框架和更尊重合作伙伴的措施，就算不是在现任总统任期内，至少在这一任期结束时，国际上没有人希望看到这种对抗战略依然持续。此外，无论是中国还是美国都没有人忘记，美国当初正是通过调整关税保护新兴的工业基地而成为具有统治地位的贸易强国，美国强调的也并非自由贸易，而是公平和平等贸易。② 正如文章作者所说，从 1945 年开始，美国的工业繁荣才导致两党都支持自由贸易。这位著名的经济史学家在他关于世界经济史的著作中把美国描述成了“母国和现代保护主义的堡垒”③。韩国经济学家张夏准的描述十分贴切，他认为美国以及更大范围的欧洲工业化国家的战略是“从梯子上把他人踹下去”，以遏制甚至中断新兴国家的发展，他们的做法是在新兴国家身上施加美国和欧洲国家在他们自己的发展历史上曾经规避的贸易规则。这种战略现在违背了新兴国家尤其是中国的意愿，他们拒绝屈服于各种不公平的、旨

---

① 2017 年绝对贫困的美国人数将达到 530 万，占总人口的 1.7%（The U.S. Can No Longer Hide From Its Deep Poverty Problem, *The New York Times*, January, 2018）。据官方消息，2015 年美国的贫困人口达到 4310 万人，占总人口的 13.5%（U.S. Census Bureau, 2016）。

② “The Clash of Exceptionalisms: A New Fight Over an Old Idea”, *Foreign Affairs*, March/April 2018, p.14.

③ Paul Bairoch, *Economics and World History: Myths and Paradoxes* [Chicago: University of Chicago Press, 1995].

在剥夺他们赶上工业化国家的权利的条件。①

中国对美国的主要威胁，在于新兴人民币有可能结束美元的绝对统治，这一威胁如今常被低估甚至被嘲笑。美国联邦债务在2017年达到约20万亿美元，占国内生产总值的105%，企业债务占国内生产总值的50%左右。如果公共债务继续增长，预算赤字在2019年将会达到1万亿美元。这种财政失衡是由于唐纳德·特朗普大幅增加军事预算而加剧，而美国的军费预算在2019年可能高达7163亿美元，比2017年增加13%，超过中国、沙特阿拉伯、俄罗斯、英国、印度、法国和日本的军事预算总和。然而，美国之所以能够出现大规模赤字，正是依赖美元的可信度。有可能首次冲击美元独一无二地位的，是中国在上海期货交易所原油期货交易的计价和结算放弃美元，改用人民币，并可兑换成黄金。作为世界上最大的石油进口国，中国由此可以对美国在石油市场的支配地位予以沉重一击。受美国制裁的石油出口国，如俄罗斯、伊朗或委内瑞拉等国因此可以避开美国的压力，譬如，委内瑞拉于2017年9月开始以欧元结算石油交易。除去能源部门，美元结算是美国的一种有力的政治和经济支配手段，所有在全球发展的企业在和受到美国施压的国家和地区打交道时都会面临这样的压力。几十年来，美国的合作伙伴不断地向一连串指令低头，其中包括不得不遵守“海外账户税收合规法案”(FATCA)的欧洲人，该法案要求与美国财政部签署协议的国家同意向美国财政部提供所有美国国民的账户信息。因此，美国税法享受治外法权，这是一种不互惠的措施。哪怕是对欧洲公民和欧洲公司，美国特拉华州和怀俄明州是众所周知的避税天堂，却从未上过避税天堂的名单。

美元的绝对统治地位以及美国税收政策可能会和中国领导人的愿望有所抵牾，这个愿望就是希望打破这种垄断，但并不一定就是让人民币取代美

① Ha-Joon Chang, *Kicking Away the Ladder: Development Strategy in Historical Perspective* [London: Anthem Press, 2002].

元——要根据实际情况再次平衡，减少美国一个重要地缘政治手段带来的威胁，而这一手段使得美国能够永久将其他国家、外国企业和民众置于经济制裁的威胁之下。即便英国和卢森堡等一些国家对人民币国际化表现出较大的兴趣，但它仍然处在规模较小的阶段，因为它面临不少问题，过快作决定可能对中国经济造成严重后果。① 此外，中国持有上万亿美元的美国国债，尤其是 2017 年 12 月中国外汇储备已增长到 3.14 万亿美元，至少在目前能够促进美元汇率的相对稳定。美元突然贬值会对中国经济和中国政府继续实施经济政策和改革——尤其是习近平主席 2013 年秋季提出的"一带一路"倡议框架下的预期中的大规模投资——带来灾难性的后果。

总的来说，从唐纳德·特朗普执政的第一年开始，美国就选择了针对中国的意识形态性和对抗性的战略，尽管美国政府为此作出辩解，但仍被误认为是一场新的冷战。② 正如美国分析家史文(Michael D. Swaine)所强调的，自唐纳德·特朗普当选以来，华盛顿倡导的"自由和开放的印度洋-太平洋"(FOIP)政策只会引发中国和区域内其他各国安全的紧张局势，区域内国家感到中美对抗的可能性与日俱增，趋向于提高军事力量，从而引发焦虑情绪和扩充军备相互刺激的循环，这在经济方面将有助于美国军火销售迅速增长。当美国的影响力相对于三个主要的亚欧大国——中国、俄罗斯和印度不断减弱时，中国形象的妖魔化和长期精明地利用"中国威胁论"来宣扬中国是亚太地区秩序与繁荣的真正威胁，为美国作为集体安全的保障者在亚洲的存在不可缺少的论点提供了依据。面对自身影响力的削弱，美国的战略在于加强华盛顿-新德里的战略轴心，这个轴心的基础正是双方共同希望抵抗中国攀升的影响力。但是，"分而治之"的传统方法不但没有令亚洲各大国的情绪放松，反倒使得各方更加忧虑担心，只会加重区域内的不稳定。中国

① 丁一凡、纽文新，《美元霸权》，成都：四川人民出版社，2014 年版，第 219 页。
② "A Counterproductive Cold War With China", *Foreign Affairs*, March 2, 2018.

希望消除这种不稳定以继续自身的经济和社会发展，并在国际秩序中崛起，然而这种不稳定或许恰恰是美国“鹰派”为了维持美国在亚洲存在所寻求的局面。

三、“一带一路”倡议：战略与期待

习近平主席给中国政治指出的新方针中，最具代表性的无疑是“一带一路”倡议。“一带一路”倡议实际上伴随着中国在国际秩序中崛起的新阶段而出现，蕴含着看待国际秩序的新视野。它的全球雄心、合作特征，在尊重不同文化的前提下创建“和谐国际社会”的目标以及预期的投资规模，使得“一带一路”倡议成为冷战结束以来最具创新性的倡议。但对于占主导地位的西方国家来说，它也是一个具有冲击性的因素，因为它从根本上对 1945 年之后基于西方经济、社会和政治模式的国际秩序提出了质疑，1991 年苏联解体前，这种秩序曾受到社会主义阵营的抗议但收效甚微。西方建立的秩序希望通过掌控尚未崛起的发展中国家发展所需要的条件，从而巩固自身在全球范围内的主导地位，时刻注意发展中国家中没有任何一个国家能够在军事、工业和贸易领域过快发展。在此背景下，西方国家仍然是世界的组织者，400 年来，也就是自西方文明以惊人的速度发展并在 17 世纪主宰全球以来一直都扮演着组织者的角色。2013 年，众多研究报告和专著详细地分析了“一带一路”倡议，在此背景下，我认为不必描述这一倡议具体内容以及其运行的细节。更重要的是，从这一倡议对于国际社会的深刻意义的角度，展示我所观察到的“一带一路”的优势和劣势，并根据我的个人经验谈一谈中国企业在国际范围内的发展战略。

随着在理论层面与一些分析人士所称的“北京共识”相交融的“一带一

路”倡议的提出，世界中心正在向亚洲转移，其组织可能再也无法被欧洲和美国控制。因此，这份倡议很快成为分析家们和战略家们最为热议的地缘政治课题之一。这个项目的成功可能将让中国成为21世纪地缘政治的中心，使得中国在美国一个多世纪的统治后成为新的重心。在制定这一倡议时，中国引入了一种新的国际发展愿景，这种愿景不是基于优胜劣汰的法则，而是基于协调、合作、开放和相互理解。2013年9月7日，习近平主席在哈萨克斯坦纳扎尔巴耶夫大学演讲中正式提出了这项倡议，为了确保“一带一路”倡议顺利实施，习近平主席提出了几条原则：

第一，加强中亚各国之间的沟通，协调其发展政策。

第二，加强道路联通。

第三，加强贸易畅通。

第四，加强货币流通。

第五，加强人民之间的相互了解。

这是“新丝绸之路”第一次被正式提出，这个倡议面对的是习近平主席所说的“远亲不如近邻”的中亚各国。这份倡议迅速吸引了更远的国家，越来越多的国家希望加入该项目。一个月后，中国国家主席在印度尼西亚国会发表演讲，在陆地丝绸之路的基础上增加了一条海上丝绸之路，然而，这个倡议的背景更加复杂，原因在于中国和南海各沿海国家就主权领土问题仍然存在分歧。习近平主席在讲话中坚持双赢合作的必要性，强调在主权问题上“双方要始终坚持以和平方式，通过平等对话和友好协商妥善处理，维护双方关系和地区稳定大局”。1997年亚洲金融危机期间，中国不让人民币贬值表现出其和东盟邻国的强烈的团结一致精神，人民币没有贬值正是将东南亚经济从全面崩溃中拯救出来的主要原因之一。近年来，中国与亚洲邻国在各个领域开展的众多合作项目已创造了一种有利于推行这种合作倡议的环境，这种倡议也响应了所有亚洲国家在经济和战略方面的关切。

然而，成功的道路上所面临的挑战是无止境的，各个方面上受到的抵触也十分强烈，尤其是亚洲大陆之外的强国的干预，它们此前用于殖民的口号——“分而治之”仍然是保住它们日渐衰退的主导地位的行动指南。

“一带一路”倡议来源于中国的坚定信念，即发展与和平从根本上取决于两个主要因素：基础设施和共享。各个领域的基础设施建设，无论是公路、铁路、能源运输还是通信，都是中国能够实现非同寻常的发展的基础。国家、地区、人民之间应该互相联通开展交流、发展贸易、相互了解、进行合作。改革开放 40 年来，中国建设的基础设施使得最初主要限于沿海地区的经济发展逐步惠及整个国家，为减贫作出了重大贡献。中国希望鼓励发展中国家将这一倡议应用于自身发展，中国希望为其他国家提供必要的资金和技术手段来实施这一倡议。在非洲大陆，中国多年来一直资助建设道路、港口、机场、发电站和其他对经济和社会发展至关重要的基础设施。中国经常受到西方媒体指责，他们认为中国致力于基础设施建设是把矿产和其他非洲资源运到非洲港口出口，从而服务中国企业。这个方法曾经是殖民国家的策略，但更仔细地研究中国为非洲提供的方案就能发现，虽然部分项目符合这一定义，但大多数项目并非如此。此外，向中国和更广阔的亚洲市场出口资源为相关非洲国家提供了宝贵的财政资源，促进了许多国家的经济发展。第二个因素，是相信共享的必要性，这个理念也符合中国人对世界的看法。在经历长时间与国际社会的广泛隔离之后，1978 年以来的改革开放使中国逐渐融入区域环境，同时更大程度地融入国际社会。习近平主席宣布以建立一个富强中国为最终目标的“中国梦”，体现出现存国际秩序的一个现实：只有国力强大才能获得国际上的承认和尊重。自 19 世纪以来，中国经历了半殖民地半封建时期，因为没有适应变化、长时间对现实视而不见，而最终被列强分割得支离破碎，饱受屈辱，固守过时的国际关系原则让中国得到了惨痛的教训。21 世纪追求合作共赢的发展倡议主要受到这一历史经验的启发，同时也考虑到各国实力的现实因素。然而1949年以来，中国提出所有主张时都会坚持否认任何对霸权和统治的诉求。“一带一路”倡议想要证明一个新兴强国的发展可以伴随着对世界的开放，并希望利用过去几十年的经济成就推动世界其他各方发展，它所面对的不仅有发展中国家，还有由于经济和社会模式疲软、经济多年停滞不前的欧洲工业国家。

“一带一路”倡议自提出以来，经常被拿来与美国1947年7月发起的马歇尔计划比较。华盛顿希望通过马歇尔计划，帮助受到多年战争破坏的欧洲重建，以便为美国产品和企业修复市场，同时抵制苏联因战胜纳粹在欧洲产生的影响力。当然，欧洲社会主义国家被排除在这一计划之外。另一方面，该计划的实施是美国单方面的决定，是强加于受援国的，后者在谈判中的回旋余地十分有限。相关国家必须完全遵守美国的条件，尤其是在消除贸易壁垒方面的要求。“一带一路”从一开始就选择了完全不同的道路。首先，它不包括任何意识形态因素，与马歇尔计划不同，“一带一路”倡议面对所有对此有兴趣的国家，无论是发展中国家还是工业化国家。此外，该倡议的基础是基础设施发展而不是经济援助，这意味着各国之间合作层次的升级。当然，在中国领导人的心目中，这些基础设施工程的一大部分应该由中国企业——主要是国有企业承担，这样可以为企业开辟新的市场，有利于加强它们的国际地位。为了解决融资需求而创设的亚洲基础设施投资银行(AIIB)汇集了多个国家的资金，中国义不容辞地通过国际招标，接受外国公司参与重大项目，以向合作伙伴保证实现该倡议的最终目标，改善中国在海外的形象。

2016年4月29日，习近平主席在中共十八届中央政治局第三十一次集体学习时强调：“我国企业走出去既要重视投资利益，更要赢得好名声、好口碑，遵守驻在国法律，承担更多社会责任。”①

---

① 习近平，《推进“一带一路”建设，努力拓展改革发展新空间》，《习近平谈治国理政》(第二卷)，北京：外文出版社，2017年版，第501页。

与在国外的中国国有企业有往来的人能够发现，公司运转的障碍已严重地影响企业的形象和财务业绩。事实上，即使承包了大型工程，这些公司似乎也很少享受实惠。这种令人担忧的现象有以下几个原因：一方面，肆虐的腐败因其运作的不透明性而得以助长。同一公司不同部门的活动都没有任何透明度，更不用说同一控股公司的子公司之间。透明度的缺乏使得同一项目的不同参与者之间更容易操作。此外，对企业的忠诚度几乎不存在，进而导致大量的人员流动，使得一些员工带项目投靠竞争对手。在法律方面，公司法律部门往往在处理国际合同时十分不专业，削弱了企业与外国机构的合作关系。公司在国外任命不同级别的管理人员，这些人几乎不了解他们所在的国家或地区的文化、社会、宗教和政治，更常见的情况是，他们只会说很少的当地语言甚至完全不会。公司员工缺乏国际问题方面的培训，缺少对业务覆盖地区习俗的了解，导致他们在推进项目时产生了失误并为之付出了高昂的代价。然而，在我看来，他们的主要弱点在于普遍缺乏战略视野和中长期发展计划。

这些问题对国企的运营与效益产生的阻碍也严重影响了他们参与“一带一路”建设。一个仅仅依靠中国政府资金来确保国有企业在海外发展的倡议是可以持续的吗？企业非常注意和相关国家的政府保持良好关系，但企业与非政府组织（环境、人权等）或当地的研究机构保持密切关系的建议却很少得到遵守。借助外国咨询公司这一跨国企业采用的十分普遍的做法对中国企业来说非常罕见，他们理解“咨询”时遵循的是一种立刻得到回报的市场逻辑——只有在公司获得合同时才会支付咨询服务费用，没有从一种使公司能够更好地了解他们的环境并有效地在当地开展游说的战略角度来理解“咨询”的意义。

尽管“一带一路”倡议吸引了许多国家，但它可能会遇到越来越多的阻力和复杂的现实问题。该倡议面临两种最主要的挑战：政治和安全。在政治和战略层面，一些国家尤其是印度，立即提出反对，鉴于其地理位置及其经济和战略重要性，印度成了一个不可忽视的障碍。在东南亚，有关南海主权问题的分歧让某些国家，尤其是越南和菲律宾，对“一带一路”倡议的目的产生了强烈怀疑。尽管美国的大多数欧洲合作伙伴都已经加入，美国至今仍没有加入该项目，也未加入亚洲基础设施投资银行。另一个弱点是，大多数企业领导人尚未理解公司外交的概念。在国际竞争激烈的背景下，企业的公共外交实际上是国际谈判的一个关键环节。基础设施发展还需要缓解冲突地区局势，和平才能确保项目的安全。中亚、中东和非洲部分地区肆虐的恐怖主义对中国和外国的建设项目和人员构成重大安全威胁。维护已完成的工程的安全费用确实很高，超出了大多数国家的承受能力。解决地方冲突和打击恐怖主义直至其灭亡，意味着中国要在重大国际问题上发挥越来越积极的作用，譬如叙利亚、巴基斯坦、也门和尼日利亚等地区的局势，否则“一带一路”倡议就会停滞不前，无法实现预期的结果。但解决冲突和打击并非由国家带来的安全威胁是国际关系中两个需要极大耐心、长期的观察和谈判的课题，对于许多国家及地区而言，这些工作应该在倡议开展之前进行。

对于“一带一路”倡议，观察家们经常提出另一个问题，这一倡议框架下的投资可能会给发展中国家带来债务。事实上，自一些发展中国家独立以来，国际组织和西方国家为它们在双边层面提供的发展援助已经使这些国家的债务水平可观，使得国际货币基金组织和世界银行等国际金融机构施加了非常强的压力，强迫有关政府采取“结构调整”计划，然而这个机会只会令经济、政治和社会问题更加严重。中国向发展中国家提供的大部分援助采取商业贷款或优惠贷款的形式，当然可以合理地提出这一问题。然而，答案在我看来是微妙的。正如我们已经看到的，在该倡议下实施的融资主要涉及基础设施的建设，其中包括工业基础设施，目标是创造财富并促进经济和社会可持续发展。如此一来，这些项目一方面促进这些国家在国内和国际层面的互联互通，并提高它们的贸易能力，为本地产品拓展了市场，另一方面通过知识和技术转让带动工业和农业发展。这种发展模式实际上是中国改革所遵循的模式。但就中国而言，策略带来的收益被大规模地用于再次投资发展项目，由于集体意识到国家发展的必要性，这些收益在社会层面被再次分配，尽管包括高层领导在内仍存在腐败现象。审视目前外国在中国多年来的直接投资情况，我们发现前十五个直接外资投资来源地中有英属维京群岛、开曼群岛以及中国香港和澳门，最大的一部分资金在数十年间已经离开中国，这整体上是腐败的结果，而且这些资金又重返中国用于投资新项目。众所周知，大多数发展中国家的腐败资金，离开国家是为了进入避税天堂的私人银行账户，或是为了购买在国外的奢侈品，它们不会重新回来进行投资。因此，中国投资的受援国所创造的财富，正如西方国家以前提供的发展援助，事实上只能勉强盈利，还会产生偿还债务的问题。2015 年和 2016 年，一些发展中国家难以偿还的中国进出口银行的贷款已经高达 50 亿美元，这个数字自 2008 年以来持续增长。

所以，重要的是不要高估和创造财富有关的受援国的还贷能力，不能按照中国案例的情况来分析它们的情况。中国在 20 年时间里成为世界范围内基础设施建设开发的头号融资国，并在较大程度上取代了国际金融机构和西方国家的双边资助。但为了投资的效率，为了不让中国未来数十年的财政受到威胁，这些政府投资应当对使用这些基础设施所创造的财富设立严格的条件，以避免西方国家在发展中国家独立浪潮之后遭遇的命运，即投资常常亏本，出于种种原因——最经常的是战略原因——对当地领导人的腐败视而不见，当地居民对于西方国家的敌意日渐加深。近些年来，在斯里兰卡、老挝、赞比亚还有其他很多中国资助了开发项目的受益国爆发民众抗议，应该促使这些项目的实施更加谨慎，中国企业和它们的资金提供方在环境和社会层面应当认真考虑当地条件。企业行为的调整十分紧迫，因为它不仅关系到项目的成功、关系到中国形象，还同样关系到中国企业人员的安全。

自正式宣布实施“一带一路”倡议以来，该倡议受到80多个国家及地区的广泛欢迎，其中包括南美洲大陆的国家。得益于改革开放40年积累的资源，中国拥有了可观的融资能力，这使得中国既对许多发展中国家的领导人极具吸引力，也吸引了受2008年金融危机影响，经济模式难以适应21世纪现实的工业化国家。

伟大的变革

第七章

中国如何应对新威胁完成新使命？

国际媒体经常报道美国对中国军事现代化的担忧，据华盛顿相关人员说，中国的军事现代化似乎表明了中国长期的霸权野心，威胁到美国的利益和安全。这种20世纪90年代末以来反复使用的伎俩有些滑稽，但它导致中国的一些邻国产生了不安全感。当然，这种美式论调对于美国销售精密武器以及开展军事和高精尖技术合作更有成效。在这种真正地伪造事实的宣传包围下，中国在国境线外哪怕有一点举动都会立即引发指责性的反应。有趣的是，即使中国在自己的领土上部署部队和建立一个新的基地，也会引起外国媒体高呼警报。① 中国宣布建造新的航母——目前拥有的1998年从乌克兰购买的"瓦良格"号航空母舰——仿佛说明了中国称霸的意愿。美国拥有24艘航空母舰，日本拥有4艘，对于拥有13亿多人口、与19个主权国家在陆地或海上接壤、大部分的石油供应通过海上运输的国家来说，这种建设海军的政策属于滥用吗？美国和中国的军事实力不成比例，2016年中国的军事预算最多只占到美国的三分之一，唐纳德·特朗普总统任期内应该会继续扩大两国在军事预算方面的差距。面对这个局势以及冷战结束以来的各种新型威胁因素，中国的军事现代化和人民解放军更好地应对威胁并完成新的使命显然十分必要。

一、新时代下新的安全概念

随着1991年12月苏联解体，美苏两极秩序消失后出现了一个许多人当

① "China's new n-submarine base sets off alarm bells", *Indian Express*, March 3, 2008.

时认为不可动摇的单极秩序。美国击败了自己历史上的宿敌,美国人认为已经完成了全球民主化和自由主义获得胜利的神圣使命。当然,还存在一些如古巴、越南或中国的抵抗"据点",但中国自1978年以来进行的经济改革以及1986年以来越南实施的经济改革("革新")让人们看到了希望。美国两党坚信一个新的世界秩序在美国的带领下刚刚诞生,世界各国对此没有争议,甚至是无可争议的。这个信念让美国越发狂妄。同年美国对萨达姆·侯赛因发起的海湾战争更是强化了这种态度,海湾战争期间,美国的军事实力特别是技术实力缔造的美国奇迹给盟国和敌人留下了深刻的印象。在华盛顿,许多政治家和分析人士真的相信将会出现一个维持很长时间的单极秩序,美国能够在这个秩序中宣扬其基于国家不干涉主义的经济自由主义,宣扬基于他们自己理解的个人与社会之间、公民与政治权力之间的民主模式的价值观。但美国历史上的敌人——苏联的共产主义模式的消失给美国的某些权力部门带来了问题,尤其是军事工业和强大的新保守主义群体,他们担心美国的外交政策在这种情况下会有所影响,还担心丢掉自己从中获得的好处。正如希腊诗人康斯坦丁·卡瓦菲在1904年发表的诗歌《等待野蛮人》中所写:

> 因为夜幕降临,而野蛮人还没有来。
> 刚刚从边境回来的男人说,
> 现在没有野蛮人了。
> 现在没有了野蛮人我们该怎么办?
> 那些人似乎是一种权宜之计。

反对萨达姆·侯赛因政权的几乎全面胜利宣告了伊拉克战争的结束,美国故意通过打断他们向巴格达的军事推进而将其留在原地。史无前例的国际惩罚制度消除了甚至可以说是根除了当时所谓的“伊拉克风险”，而恐怖主义在当时尚未成为美国战略家们主要关注的问题。认为霸权不可分割的战略家和美国工业的游说团迅速找到替代苏联的靶子，为自己的军备、军事预算和美军在全球范围内大规模部署军力提供合理由头。中国经济的持续增长为逐渐回潮的“共产主义威胁”论调提供了新的目标，这个论调触动了每一个固守美国自由主义模式优越性成见的人的神经。于是中国迅速成了死灰复燃的“中国威胁论”的主角，这个可以追溯到20世纪50年代的威胁论在美苏冷战期间从未被提起。直到“9·11”事件之前，这个被重新提出来的话题占据着美国战略话语的中心。在反恐战争带来的一段相对平静期之后，这个论调强力抬头，影响了美国智库特别是五角大楼的分析师和决策者。

中国领导人迅速衡量了新的战略形势及该形势给中国安全带来的中长期影响。因此清楚地知道自己已变成美国军事、政治和经济战略靶子的中国需要转变策略。在美国的战略调整中，特别是1991年海湾战争中美国军事行动对科技的出色使用，让他们意识到战争的本质迅速地发生了改变。在中国战争观等因素推动下，中国对国家安全问题和新的安全观进行了新的思考。

1996年，中国外交部部长钱其琛首先提出了新的安全观，他在第三届东盟地区论坛期间向与会者分发了一份立场文件，这份文件的“根本”是通过互利合作，超越单边安全，寻求共同安全。这是一个基于共同利益、引领社会进步的概念。文件宣布新的安全观已成为“中国外交政策的重要组成部分”。1997年，新加坡会议重申了这个构想，1999年3月26日，江泽民在日内瓦裁军谈判会议上正式提出了这一构想。江泽民在讲话中呼吁打破“旧安全观”，为新的集体安全观提供空间：

历史告诉我们，以军事联盟为基础、以加强军备为手段的旧安全观,无助于保障国际安全,更不能营造世界的持久和平。这就要求必须建立适应时代需要的新安全观,并积极探索维护和平与安全的新途径。

我们认为,新安全观的核心,应该是互信、互利、平等、合作。各国相互尊重主权和领土完整、互不侵犯、互不干涉内政、平等互利、和平共处五项原则以及其他公认的国际关系准则,是维护和平的政治基础。互利合作、共同繁荣,是维护和平的经济保障。建立在平等基础上的对话、协商和谈判,是解决争端、维护和平的正确途径。只有建立新的安全观和公正合理的国际新秩序,才能从根本上促进裁军进程的健康发展,使世界和平与国际安全得到保障。①

因此,对中国来说,一个国家的国家安全不再是建立在你输我赢的博弈的基础上——在这种博弈中,部分国家的安全以牺牲其他国家的安全为前提,国际社会必须走向新型的、"可以普遍适用"的安全观。每个国际社会参与者的安全只能建立在相互信任和共同利益的基础上。安全实际上是每个国家的核心价值,全球化给各国安全带来了新的挑战,因为国家安全不再仅仅依靠军事力量,积累军事力量不再等同于安全。中国领导人坚信未来的国际秩序只能是多极的,但在目前,正在形成新秩序的各个参与者之间将会发生激烈竞争,以获得可以依赖的军事力量。这就是所谓的中国分析人士所说的"全球国家实力"。中国专家在"全球国家实力"的新概念中提出了五种安全:

—— 军事安全

—— 政治安全

—— 经济安全

① Jiang Zemin's speech at the Conference on Disarmament, March 26, 1999;李小华,《中国安全观分析(1982—2007)》,上海:上海人民出版社,2008 年版,第 143 页。

——社会和环境安全

——科学和技术安全

然而，军事安全仍是这五个优先事项中的重中之重，因为军事安全确保主权和领土完整、抵抗外来侵略、确保国家统一。2017年8月，习近平主席明确地重申了他的安全战略：

> 中国人民珍爱和平，我们决不搞侵略扩张，但我们有战胜一切侵略的信心。我们绝不允许任何人、任何组织、任何政党、在任何时候、以任何形式、把任何一块中国领土从中国分裂出去，谁都不要指望我们会吞下损害我国主权、安全、发展利益的苦果。人民军队要坚决维护中国共产党领导和我国社会主义制度，坚决维护国家主权、安全、发展利益，坚决维护地区和世界和平。①

在中华人民共和国成立后的前几十年，中国向来认为与国家安全和政治稳定息息相关的国内稳定以及中国向往在国际上得到的尊重都离不开强有力的经济。中国20世纪60年代的经历证明，国内政治不稳定、权力斗争、派系倾轧，以阶级斗争为纲，没有以经济建设为中心是中国实力下降的主要因素。因此，改革开放后，当安全领域的部分权力下放到地方时，习近平主席意识到中国的崛起正进入一个特别危险的阶段，因为中国需要面对不断变强的对立面，需要更好地控制、应对出现的新挑战，特别是恐怖主义带来的挑战。我们在第一章已经谈到，经济安全、政治安全、社会安全和环境安全是新政策攻坚的重点。自20世纪90年代以来，在区域和集体安全方面，

① 习近平，《把强军事业不断推向前进》，《习近平谈治国理政》（第二卷），北京：外文出版社，2017年版，第417页。

人们考虑更多的是军事安全和战略安全。

虽然在很长一段时间内,中国反对大多由美国在冷战期间控制的多边组织,但认同有赖于相关机构和多边合作的亚太地区集体安全的原则。因此,中国不但更接近现有的多边组织,如东盟(ASEAN,东南亚国家联盟)和南亚区域合作联盟(SAARC)①,还发起了建立新的组织的倡议,比如中国1996年与俄罗斯等四国联合发起的"上海五国会晤机制",2001年6月更名为"上海合作组织"。再比如创建于2005年的"东亚峰会",俄罗斯和美国最终成为该组织的正式成员国,尽管中国对这两个国家加入最初被视为"亚洲"的组织持保留意见。这种新型多边主义使得中国与邻国保持着密切关系,逐步缓解紧张局势。然而有些问题,特别是和美国的亚洲政策直接相关的问题,使中国与周边国家的关系持续恶化,使得该地区保持着潜在的高度不稳定的风险。

二、中国的区域战略环境变化

20世纪70年代中美关系升温以来,中国的安全局势相对平稳。在威斯特伐利亚和约构建的传统大国的游戏框架下,中美当时达成了一个旨在遏制苏联对亚洲构成的威胁和莫斯科的扩张意愿的联盟。然而,中美两国之间的联盟只是应时之举,两者的政权体制仍然存在难以调和的矛盾,但正如法国谚语所说,"敌人的敌人就是朋友"。苏联在那个时代的解体无人能预料到,这样的局势本应该能够维持很长时间,能让中国长时间保持当时与美

① 该组织成立于1985年,由当时的孟加拉国总统齐亚·拉赫曼倡议,汇集了来自南亚的8个国家——孟加拉国、巴基斯坦、印度、尼泊尔、不丹、马尔代夫、斯里兰卡,从2005年11月开始,阿富汗加入。中国和日本一样于2005年11月获得观察员地位,中国于2014年11月在该组织第18次峰会上表达获得正式成员身份的意愿。

国的关系。但自从戈尔巴乔夫1985年提出“改革重组”(Perestroïka)和“开放政策”(Glasnost),东欧社会主义国家的内部运动加剧,苏联局势迅速恶化。最终,1991年12月,随着苏联解体和社会主义阵营的最大一部分的消失,中国面临着全新的、令人担忧的安全局势。美国官员似乎因为胜利而偏离了对世界现实的认识,开始宣称“历史终结”。随着罗纳德·里根口中“邪恶帝国”的消失,自由主义在全球扩张的道路上只剩下中国这个唯一的障碍。

在中国改革开放的第一阶段,美国人很欢迎1978年邓小平提出的改革开放政策,特别是美国工业界,因为这种政策允许美国公司开始离岸外包,通过降低生产成本实现利润的指数级增长。

七年之后,美国政府才决定每年向国会提交关于“中华人民共和国军事力量”的报告。第一次是1998年,报告题为“未来军事能力和中华人民共和国战略报告”;随后,从2000年6月起改为“中华人民共和国军事力量年度报告”;10年后的2010年,又改为“中国军事力量和安全态势发展年度报告”。美国政府早期报告主要关注中国总体的军事实力。中国人民解放军不断推行组织架构方面的改革,参与维和行动和打击海盗活动的次数不断上升,在自然灾害期间施以人道主义和救援行动,这些都证明了中国为了完成未来的新任务有意愿锻炼人民解放军并使得军队更加专业化。然而,即便美国对这些发展表示欢迎,他们同样也表达了担心自己由于中国在军事和安全事务方面缺少透明而产生“不理解和错误的估计”。

三、美国的“中国威胁论”

一个迅速清晰起来的情况是,美国从1945年以来在对苏联的长期遏制中脱身，将矛头转向了其他潜在的对手，特别是中国。然而，前南斯拉夫和车臣的战争、海湾战争、伊朗的核计划等问题给处于改革开放第一阶段的中国留下了一些喘息的机会。1992 年，中国改革开放进入一个新阶段，当时中国的经济和军事实力不会对美国的利益构成直接威胁。“9 · 11”恐怖袭击让恐怖主义的威胁成为美国关注的焦点，在乔治 · W. 布什连任两届总统期间，美国与基地组织的战争给中国延长了几年的喘息时间。2011 年 11 月，时任美国国务卿的希拉里 · 克林顿提出“转向亚洲”，谈到“政治的未来将在亚洲，而不是阿富汗或伊拉克，美国将是这个行动的正中心”。她还说到亚太地区将成为“全球政治的关键驱动力”①。美国没有掩饰对中国的警告，时任美国国防部长的莱昂 · 帕内塔从 2012 年开始在亚太地区访问，访问的路线完全围绕中国，从萨摩亚群岛一直到印度。巴拉克 · 奥巴马 2012 年访华时宣称“美中关系并非没有分歧和困难。但必须成为对手的观念并不是预先存在的”②。同年 6 月 1 日，帕内塔在新加坡宣布减少美国海军在大西洋活动范围以增加在亚太地区的活动，并且重点发展军事技术。6 月 3 日帕内塔在金兰湾军事基地，即越南战争时期的美国军事基地，提到希望这一越南基地能够开放给美国海军。帕内塔随后前往马尼拉，6 月 4 日与当时的菲律宾总统共同宣布美国将自 1992 年以来返回菲律宾再次使用苏比克湾基地。这位国防部长一路访问，6 月 6 日到访新德里并宣布美国将与印度加强军事合作，加速向印度出售武器和先进技术。最重要的是，他还声称“美国正在开始失去对巴基斯坦的耐心”③，而巴基斯坦在该地区的主要盟友正是中国。

中国外交部发言人表示美国加强在亚太地区的力量是“不恰当的”。不论奥巴马的言论如何让人放心，美国宣布重返该地区并作几个月的巡回访

---

① “America's Pacific Century”, *Foreign Policy*, October 2011.

② “Annual Report to the Congress on Military and Security Developments Involving the P. R. C. ”, 2012.

③ “U. S. losing patience with Pakistan, says Panetta”, Reuters, June 7, 2012.

问，其重要性显而易见。一场新的冷战前景呼之欲出。美国不难利用中国的经济崛起和南海争端为“中国威胁论”摇旗呐喊，并让其亚洲伙伴相信，在该地区对中国的敌意日渐上升的背景下，美国的军事保护将受到各国欢迎。即便美国经常在官方声明中为自己辩护，也很难说这种方法中确实没有冷战回归的影子。美国用这种方法来遏制中国的崛起，在中国南部和东部形成局势不稳定的半包围圈，从而转移中国的注意力，消耗中国的国力和预算。正如里根政府所希望的那样，这条道路导致苏联与美国一起开始军备竞赛而忽视经济发展。尽管中国领导人没有让自身落入陷阱，坚持推进经济改革，但为了面对后冷战时代的新威胁，军事现代化已经提速。

2011 年，美国宣布“转向亚洲”的政策让中国领导人更加忧虑，更何况美国的领导人多次表达他们对中国政治制度的敌意以及在亚洲维系霸权的意愿。这与中国在亚太地区的崛起难以共存，中国认为亚洲大陆的事务应当在亚洲国家之间处理，争端在亚洲国家之间解决，无须外界干涉。自从与苏联的冷战以来，美国绝对主导的意愿就显露无遗。肯尼迪政府时的美国国务卿迪安·腊斯克当时宣布：“美国的强大力量将致力于人民的和平追求和人类的合理观念。但任何政权或政权团体都不应该通过非法的或者侵略性的行为招致美国人民的无情反对。”

1999 年 11 月 19 日，乔治·W. 布什在罗纳德·里根书店发表的题为《一个独特的美国国际主义》的演讲中重新提到这个说法。布什在这一介绍他可能采取的外交政策的讲话中说：“中国政府是宗教信仰自由的敌人，还是强迫堕胎的资助者——这些政策不合理也没有怜悯可言”。他在后面的讲话中还说道：“中国是个竞争者，而不是战略合作伙伴，我们与中国打交道没有不良的企图，也不抱幻想。”①对于后继的美国领导人来说，无论是民主

① George W. Bush, “A Distinctly American Internationalism,” *Ronald Reagan Presidential Library, California*, November 19, 1999.

党还是共和党,中国成为对手有以下两个原因:一方面,美国在政治上不能接受共产主义政治制度的存在,特别是这个制度发挥作用,并证明了一个国家的经济和社会发展不一定需要华盛顿控制的金融机构强加给发展中国家甚至工业化国家的自由主义制度;另一方面,在战略层面,中国是唯一一个在中长期可能与美国在经济和军事方面平起平坐的国家,因此,中国危及了自苏联解体以来美国在世界上独一无二的统治地位。

四、因美国施压而加剧的地区冲突危险

中国所处的环境也充满了威胁,令人担忧。很多问题是由于美国的干预。美国认为,东北亚是世界上最危险的地区之一,因为东北亚地区覆盖真正具有经济实力的国家,这些国家之间的历史争端根植在每个国家的民族记忆之中。最棘手的问题当然是 2017 年占据了国际新闻头条的朝核问题。从长远来看,找到满足各方诉求的解决方案似乎始终是一件难事。多年来朝核问题波折不断,2017 年美国威胁"彻底摧毁"朝鲜让特朗普和朝鲜领导人关系急速恶化,这种局势在中国也引发了越来越多的焦虑情绪。朝鲜最近一次进行的地下核试验离中国边境只有几十公里。不确定朝鲜是否掌握核技术让核试验变得尤为令人担忧。但是,朝核危机涉及的各国最终必须面对现实,因为不存在任何迫使平壤放弃核武器的可行性方案。美国的干预可能意味着美国方面会首先对朝鲜发起核打击,但这一定会受到整个国际社会谴责,并形成与中国的冲突。就算如此,这也只可能是暂时解决这个问题,除非按照唐纳德·特朗普所设想的——或许并不严谨——彻底从地图上抹去这个国家。这在当前的国际背景下非常难以实现。无论使用的核武器威力如何,对中国来说后果都将是毁灭性的,中国势必会作出合乎逻辑

的回击。无论如何，这个选项不太可能被认真考虑。剩下的方法就是通过外交谈判，外交谈判可能会达成一个暂时冻结核计划的协议。外交必须优先于制裁，特别是华盛顿在联合国框架之外采取的单方面制裁，制裁不仅影响了谈判的前景，还破坏了朝核问题涉及国家之间的合作。2018 年 2 月韩国平昌冬奥会之后，美国的立场在韩国总统施压之下似乎发生了改变。2018 年初，美朝关系显著改善，唐纳德·特朗普认为他始终“做好了谈判的准备”。然而，核心问题在于讨论的内容。正如伊朗核谈判，对德黑兰团队提出的要求，美国只有很少对应的实际让步。因此，平壤的反对者在面对美国对朝鲜的真实意图时，需要发挥想象聪明应对，从而消除朝鲜的疑虑并作出可靠的承诺。

东南亚是和南海领土争端紧密相关的紧张区域。西方媒体经常将南海领土争端掩饰为中国和其邻国之间的争端，但其实并不如此，这种争端也发生在其他沿海国家之间。20 世纪 90 年代末，中国开始与沿海各国进行谈判，以促成确保其安全和经济利益的和平解决方案。1949 年以来，中国卷入了 23 个边界冲突。其中一些纠纷导致了武装冲突，如 1962 年因边界问题与印度发生武装冲突，1969 年与苏联发生冲突。从 1978 年起，中国战略是通过谈判解决现有争端以最终确立边界，保证周边环境变得安全。然而海洋领土的争端更为复杂，有争议的区域都位于有战略意义的地区，譬如南海或东海。中国在苏联解体后与中亚国家——哈萨克斯坦、吉尔吉斯斯坦和塔吉克斯坦以及后来与老挝和越南①都已签署了边界协议。因此，东南亚现在只存在海洋主权纠纷。20 世纪 90 年代，东盟的菲律宾和中国意识到了地区争端可能会不断增加，2000 年 3 月，两国交换意见，共同制定了行为准则。由于在以下四个方面不可能迅速达成一致——边界的界定、在无人居住小

① Lionel Vairon, *China Threat?: The Challenges, Myths and Realities of China's Rise* [New York: CN Times Books, 2014, p. 43].

岛和珊瑚礁上的建设、在毗邻南沙地区开展军事活动以及在争议海域就被扣留渔民采用的政策，谈判各方于 2002 年 11 月首先达成了《南海各方行为宣言》。在这项宣言中，北京以及其他签署国承诺遵守《联合国宪章》、1982 年《联合国海洋法公约》、《东南亚友好合作条约》、和平共处五项原则以及"其他公认的国际法原则作为处理国家间关系的基本准则"①。宣言签署国也"在平等和相互尊重"的基础上尊重并承诺南海的航行及飞越自由。新加坡国防与战略研究所在 2005 年 9 月发表的一篇文章中强调，中国在该地区不具备投射能力以推行其"海军霸权"，并且对这一战略领域的控制将危及美国、日本和其他使用这一印度洋和太平洋之间通道的海洋国家的利益。②奇怪的是，美国第七舰队也存在于同一地区，目前规模仍然很大，却没被看作是对中国利益的威胁……西方分析人士和东盟分析者的分析仍然存在偏见，令人愤怒却是站不住脚的。东盟成员国之间、东盟国家和中国之间就执行该宣言的相关规定进行多年谈判后，于 2011 年 7 月终于就"《宣言》的后续执行指南"达成协议。同年 11 月，希拉里·克林顿在《外交》杂志上发表了一篇对其外交政策具有奠基意义的文章，文章中六次提到美国将中国南海作为其主要关注的问题之一，并希望保证这一穿行着全球一半商船（按吨位计算）的区域的"航行自由"。在 2010 年 7 月的一次亚洲安全问题区域会议上，这位美国国务卿却表示美国在该地区哪些国家关于岛屿的领土要求是有理有据的问题上保持中立，但美国"在航行自由方面有国家利益，并在尊重与南海相关的国际法的基础上自由进入亚洲公海海域"③。然而美国官员们却从未精确地指出，中国在该地区活动越发频繁，或是该地区的一部分主权归

① "The Declaration on the Conduct of Parties in the South China Sea", Phnom-Penh, November 4, 2002.

② "Maritime Disputes in the South China Sea: Strategic and Diplomatic Status Quo", *Institute of Defence and Strategic Studies*, *Singapore*, September 9, 2005.

③ "Offering to Aid Talks, U. S. Challenges China on Disputed Islands", *The New York Times*, July 23, 2010.

属北京究竟会对该地区航行造成怎样的风险。如果说阻断海上运输可以向其某些伙伴特别是日本施加压力，那么美国同样可以在发生冲突时向中国施加压力。美国第七舰队对马六甲海峡的封锁将使中国的经济成本大幅提高，将会在该地区引发重大危机（见图 7.1）。利用其在南海的主权引发国际经济危机显然不符合中国的利益，因为中国本身将首先受到影响。反而，对该地区的战略控制意味着劝阻美国不要长期派驻大规模部队，驻扎该地区的美军对中国的利益构成永久性威胁，尤其会让正在进行的领土谈判进程进一步放缓。多年来，华盛顿一直呼吁建立一个多边谈判论坛，美国、日本和俄罗斯自然会加入其中，但这三个国家中没有任何一个国家直接毗邻存在争议的地区。美国该战略的目标在于减少中国对邻国的影响，怂恿沿海的东盟各成员国继续坚持对中国提出的要求（见图 7.2）。

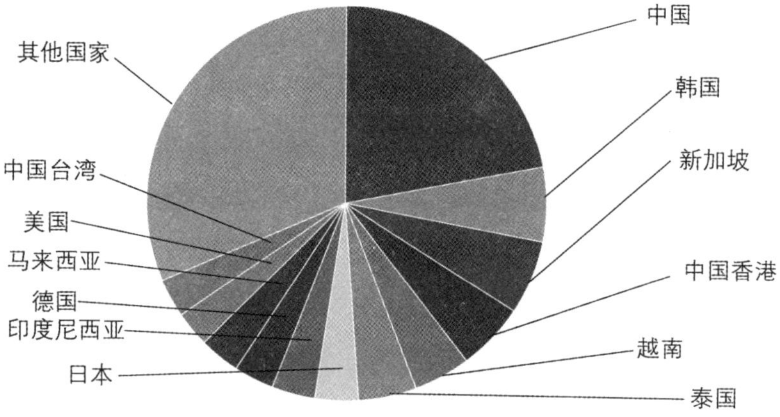

图 7.1　中国南海交易比重

来源：China Power
https:// chinapower. csis. org/ much-trade-transits-south-china-sea

希拉里的演讲奠定了奥巴马的“转向亚洲”政策，毫无疑问针对中国。北京的分析人士得出结论，希拉里是奥巴马政府的主要鹰派成员之一。莱

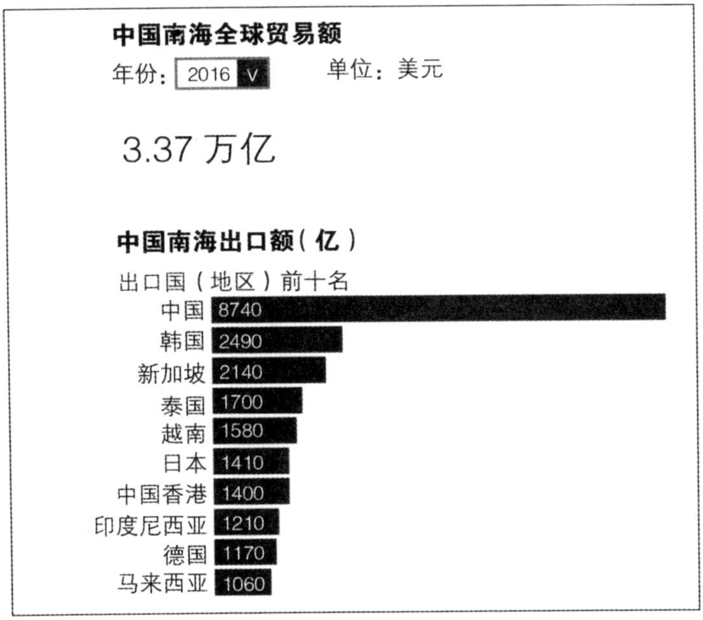

图 7.2 中国南海的国际贸易

昂·帕内塔在 2012 年的亚洲之行证实了这种反华倾向，以及——不论美国专家持怎样的说辞——亚洲新冷战的诞生。

自习近平主席执政以来，中国推行的政策有两大基石，一是鼓励与沿海国家进行谈判，二是确认在争议海域的活动以回应美国的压力。2017 年 10 月 18 日，习近平总书记在十九大报告中总结第一个任期的工作时对南海问题只提到一句:“南海岛礁建设积极推进。”①自 2013 年当选国家主席以来，习近平就该问题反复强调中国与东盟国家的合作，使南海成为“和平之海、友谊之海、合作之海”的愿望，同时也提到“中国坚定维护在南海的主权和相关权利”，承诺“中方尊重和维护各国依据国际法享有的航行和飞越自由”②。

① 《习近平：决胜全面建成小康社会 夺取新时代中国特色社会主义伟大胜利——在中国共产党第十九次全国代表大会上的报告》，2017 年 10 月 18 日。
② 《习近平关于南海问题有何重要论述?》，新华网，2016 年 7 月 9 日。

在这种紧张局势的背景下，当务之急是该区域国家与地区之间建立有力的互信关系，从而克服各方恐惧，朝着逐渐解决问题的方向共同迈进。对解决边界问题，中国已提出只接受双边谈判的原则。

在南亚，印度和巴基斯坦这两个拥有核武器的敌对国家使得地缘政治形势十分不稳定。

印度和巴基斯坦两国在违背《不扩散核武器条约》的规定下掌握了核技术，这两个国家的核能力让该地区几乎长期处于紧张状态，鉴于两个国家的核能力，两者发生的武装冲突的可能性最令人担忧。20 年来，解决印度和中国在藏南地区的边界争端一直是中国外交政策的重中之重。2003 年 6 月，印度总理瓦杰帕伊访问北京，经过 40 余年——从 1962 年起的潜在或公开争议，印度正式承认中国对西藏的主权，中国承认印度对锡金的主权，尽管中国的说法在当时引起了一些争议。但是，2003、2004 年版《世界事务年鉴》自 1975 年以来第一次在锡金成为印度的一个邦之后，没有将这个小国作为主权国家，似乎确认了 2003 年 6 月谈判的内容。2017 年 7 月 3 日，在中印边境的锡金段冲突期间，中国外交部发言人明确表示：中印边界锡金段已由 1890 年《中英会议藏印条约》划定，印度历届政府多次以书面形式对此予以确认，承认双方对锡金段边界走向没有异议。① 在中印的边境——中国的“藏南地区”——由印度管理，尽管北京方面根据谈判精神对印度当局采取安抚政策，印度当局却意外地保持沉默，争端仍然没有得到解决。中国方面，政府一直保持着和解的立场，呼吁通过磋商积极寻求满足中印双方利益的解决方案，并要求印度方面在这一过渡时期不要让“印度领导人”在这一争议地区开展活动。对此，莫迪麾下的印度教民族主义政府组织首先邀请印度总统拉姆·纳特·科温德于 2017 年 11 月到该地区进行访问，此举引发了中国的首次抗议，随后在 2018 年 2 月 15 日印度总理本人到访伊塔

① 2017 年 7 月 3 日外交部发言人耿爽主持例行记者会，2017 年 7 月 3 日。

那噶①(Itanagar),再次引发中国的强烈愤怒,中国认为这样的态度无助于领土争端的和平解决。美国驻印度大使(印度裔)于2016年10月访问了同一地区,这个行为遭到了中国的严正抗议。美国驻印官员访问非常敏感的地区无异于故意挑衅,其目的在于保持中印两国之间相互不信任的气氛和中国的抗议声音,这就清晰体现了美国在这个地区的主权问题上站在印度一边。

2018年2月,印度外交部发言人发表了一份言辞坚决的讲话,说到"'阿鲁纳恰尔邦'是印度不可分割的一部分,我们的领导人和公民有权访问'阿鲁纳恰尔邦'"②。在1962年的战争期间,中国部队占领了该地区,然后称其为"东北边境特区"(North East Frontier Agency),中国随后自愿撤军,尽管取得了胜利但不接受麦克马洪线作为边界线。面对这类印度官方声明,中国仍然对和平谈判原则持开放态度,然而和解仍然很难达成,因为印度政府被一位民族主义、思想上靠近国民志愿服务团(Rashtriya Swayamsevak Sangh)的总理掌控,而这个志愿服务团正是对于针对基督徒和穆斯林的犯罪行为表示负责的组织。在金砖国家中,印度总理是唯一一位站出来反对"一带一路"倡议并决定正式抵制的国家领导人,他拒绝派代表前往中国参加就此议题组织的会议。印度也反对中巴经济走廊(CPEC),哪怕这种反对可能会给自身造成负面的经济影响。印度与俄罗斯、伊朗一起倡议国际南北运输走廊(INSTC),这项计划的基础是2000年9月签署的三国协议,随后又有11个欧洲与亚洲国家加入其中(白俄罗斯、亚美尼亚、阿塞拜疆、土耳其、哈萨克斯坦、吉尔吉斯斯坦、阿曼、叙利亚、塔吉克斯坦、乌克兰,保加利亚以观察员身份加入)。该项目与"一带一路"倡议一样遵循大陆互连的逻辑,但印度鼓励其合作伙伴的财政手段相对较少,不过有些项目取得了进

① "China protests Prime Minister Modi's visit to Arunachal Pradesh", *The Week*, 15 February, 2018.

② "Did India's Prime Minister Want to Ruin Chinese New Year?", *The Diplomat*, February 20, 2018.

展，从长期来看这个项目使中亚各国可以与印度进行经济合作，此前的中亚正是因为巴基斯坦的地理阻隔以及俄罗斯和东欧的封锁，一直未能与印度进行经济合作。

然而，2017 年夏天的中印危机及通过谈判达成解决方案，说明不论北京还是新德里都对这些有限的冲突秉持着克制的态度，并在宣布各自主权的基础上表达出有意愿通过外交途径解决这些冲突。中印关系已达到一定的成熟阶段，应该没有发生大规模军事冲突的可能性。自习近平主席上任以来，中国没有改变战略的方向，习近平主席重申了中国在由政治和经济方面的分歧引发的问题上寻求和解的愿望。中国在亚洲的经济战略非常依赖与新德里和平相处的关系，特别是印度不断增长的人口所蕴藏的巨大市场。

如果说印巴核问题没有直接关系到中国，却引发了北京的长期焦虑。从 2001 年 12 月到 2002 年 7 月，两国之间的危机持续了 8 个月，把印巴两国推到战争边缘。两个国家都掌握核技术，任何一方的误解将会给该地区带来风险。由于法国、美国和加拿大①向印度销售相关技术，1974 年印度核试验成功，印度对巴基斯坦的军事力量一直保持绝对优势地位，但近十年来，伊斯兰堡加快了核计划，正式提出“第一次打击”的原则。由于巴基斯坦地缘政治的不稳定性，许多官员可能与伊斯兰“圣战”组织有关联并对印度的暴力表现出极大敌意，印度教民族主义分子中的敌对情绪也十分高涨，尤其是莫迪总理，这些因素都对两个核大国之间的关系构成永久的威胁。北京与巴基斯坦的特殊关系近年来随着中巴经济走廊的建立而得到巩固，巴基斯坦是“一带一路”倡议在亚洲的重要支点，中巴之间的关系也使三国之间的关系特别不稳定，存在很高的风险。

在东亚，影响中国安全的还有另外两个重大战略问题，一是中日之间的

---

① Adrian Levy & Catherine Scott-Clark, *Deception: Pakistan, the United States, and the Secret Trade in Nuclear Weapons* [New York: Walker & Company, 2007, p. 25].

历史问题，二是台湾问题。在这两个问题上，美国在该区域的活动在政治和战略层面给该地区各方制造了更大的难题。日本于 1951 年与美国签署《日美共同合作和安全条约》，该条约于 1960 年修订，这份条约确保了美国对东京的军事保护，从驻扎在群岛上的数万名士兵便可见一斑。除了军事保护，日本在政治方面从讨好华盛顿到百依百顺，他们跟欧洲人的交往也是如此。安倍晋三自 2012 年 12 月当选首相以来，开始采取一种挑衅的政策，拒绝承认日本自 1945 年来在侵略亚洲中所犯下的罪行。他的外祖父岸信介，因为在第二次世界大战期间在日本首相东条英机的政府中担任商工大臣，因此对于日本占领者对中国和朝鲜开展的强迫工作负有直接责任，日本投降后被定为甲级战犯入狱，1948 年获释。2006 年至 2007 年，安倍晋三在第一次担任首相的短暂任期中登上了日本媒体的头条，他声称政府没有找到可信的证据证明在战争期间服务日本军队的慰安妇是受到了强迫。[①] 2013 年 1 月，安倍晋三宣布决定修正 1995 年日本首相村山富市“通过殖民统治和入侵”对“许多国家的人民，特别是亚洲国家造成了巨大的破坏和痛苦”[②]的声明。在许多敏感问题上，安倍在党内遇到了越来越多的困难，于是在 2015 年放弃该计划。回归政坛不久，安倍晋三开始更改历史，支持成立于 1996 年的“日本新历史教科书编纂会”，该编纂会出版的第一本教科书引起了巨大争议，甚至在日本国内也是如此。这版教科书在介绍日本军队犯下的罪行（包括南京大屠杀）时，对名为“南京事件”的描述如下：

> 1937 年 8 月，包括一名军官在内的两名日本士兵在上海（外国利益中心）被枪杀。事件发生后，日本与中国之间的敌对行动升级。日本军方负责人认为，如果日本军方掌握了南京，也就是中国首都，蒋介石就

---

① “Another Attempt to Deny Japan’s History”, *The New York Times*, January 2, 2013.

② Statement by Prime Minister Tomiichi Murayama, “On the occasion of the 50th anniversary of the war’s end” (15 August 1995), Ministry of Foreign Affairs of Japan.

会投降；他们在12月占领了这个城市（注：此时，许多中国平民和士兵被日军杀害或受伤[南京事变]。目前留下的证据引起了对该事件受害者实际人数的怀疑。这个辩论至今仍在持续。）。蒋介石将国民党的首都搬到了偏远的城市重庆。而冲突仍在继续。

安倍的特点是挑衅和有罪不罚的态度，他于2013年5月拍摄了一张广为人知的照片，他坐在战斗机驾驶舱内，机身上写着731。毋庸置疑，安倍影射的是731部队，这个部队曾以中国、韩国、美国和其他国家的战俘做细菌实验，并且在当时的伪满洲国通过大规模空中喷洒病菌造成了数十万人遇难。欧洲从1945年起就开始追捕臭名昭著的纳粹医生约瑟夫·门格勒，然而，731部队的士兵通过与美国麦克阿瑟将军谈判逃脱了东京国际军事法庭的战争罪审判，他们的谈判条件是交出所有试验的完整数据。731部队石井四郎中将享有完全的豁免权，从他对731部队活动知道的秘密情报中获益，1959年死于癌症。731部队的成员好像也从美国陆军处拿到了终身津贴。① 另一方面，其联盟在2017年10月的早期议会选举中获得的广泛胜利使安倍能够实施长期艰难的行动来修改"宪法"第9条，该条款明确规定日本永久放弃战争。日本加强自卫队力量让它有可能变成一支真正的军队，这也违反了日本1945年以后的承诺，为日本把直升机航母变为真正的航空母舰提供了条件。2013年7月，时任日本副首相的麻生太郎在讲话中谈到这个转变，他宣称："德国《魏玛宪法》都悄悄地被纳粹宪法替代了，为什么不能从中借鉴一下他们的战略呢？"②

对于一个在十多年间对亚洲平民犯下累累暴行的国家，一个在亚洲许

① "Les crimes indicibles de l'Unité 731", *Le Monde*, 2 février 1997; "The United States and the Japanese Mengele: Payoffs and Amnesty for Unit 731", *The Asia-Pacific Journal*, Vol. 4, Issue 8, August 14, 2006.

② "Au Japon, le vice-premier ministre cite l'Allemagne nazie en exemple", *Le Monde*, 1 Août, 2013.

多国家大规模破坏的国家，一个把别国人民变为奴隶、大规模采用虐待手段的国家，一个其民族主义是建立在侵略世界其他地区、发动细菌战基础之上的国家，如果不从美国方面提出的各种战略出发，似乎很难理解这种纵容其否认主义、民族主义和军国主义抬头的做法。执着于反对共产主义和继续遏制中国的华盛顿选择对日本政府近年来的这些行为视而不见，包括前首相小泉纯一郎在内的修正主义，这种修正主义甚至蔓延到了从未被涉及的漫画领域。① 利用朝鲜危机，安倍晋三奉行坚持不懈的政策，以危险的新法西斯主义方式恢复日本的犯罪过去，强化日本的民族意识。中国和韩国对日本这个在地区内构成中长期威胁的国家有理由表示自己的忧虑。

台湾是中国的另一个重大安全问题。台湾地区的历届领导人对独立或统一政策采取了不同的政策。2005 年—2007 年、2009 年—2014 年两次担任国民党主席的马英九，长期采用绥靖和介入的政策，而 2016 年 5 月民进党主席蔡英文的上台导致两岸关系迅速恶化。六个月后，特朗普在美国总统选举过程中的言论更是扩大了这场危机。特朗普在上任前于 2016 年 12 月与蔡英文通电话，随后宣布"一个中国"原则并不是不可动摇的，对中国来说，"一个中国"原则是 1978 年 12 月中美签署建立两国外交关系文件的根基。1978 年 12 月 15 日的《中华人民共和国和美利坚合众国关于建立外交关系的联合公报》明确地表明了华盛顿的立场：

> 美利坚合众国承认中华人民共和国政府是中国的唯一合法政府。在此范围内，美国人民将同台湾人民保持文化、商务和其他非官方关系。
>
> 中华人民共和国和美利坚合众国重申《上海公报》中双方一致同意的各项原则，并再次强调：……美利坚合众国政府承认中国的立场，即只有一个中国，台湾是中国的一部分。

① "Le négationnisme dans les mangas", *Le Monde Diplomatique*, Octobre 2001.

随着唐纳德·特朗普提出在2018年可能签署总统令，允许美国官员访问台湾与他们的“同行”会面并且美国军舰可以停靠在台湾的港口，这场危机愈演愈烈。如果这项总统令很快签署，将会把美国和中国40年以来的正常化关系带向一个特殊局面。尽管中美两国经常就台湾问题的一方或另一方行动发生分歧：譬如销售武器，最后一次对台销售武器是在2017年6月，唐纳德·特朗普签署了14亿美元的订单；或者是中国航空公司的飞机在1978年1月飞过台湾海峡，但这份1978年12月签署的协议的核心原则从未受到过质疑。美国官员在履行公职期间访问台湾，或者更糟糕的情况是美国军舰停靠台湾的港口，这两种情况都是对中美联合协议的公然挑衅，将造成难以预计的后果。然而，华盛顿发出的信号实际上非常难以辨认。2017年2月，美国总统在和中国国家主席通电话时说到自己承认“一个中国”的原则，但是美国签署该项总统令让两国关系一直处于唐纳德·特朗普自相矛盾和草率言论的阴影之下。台湾的主权问题不仅仅是历史合法性问题，更是中华人民共和国的国家安全问题。如果台湾独立，其领海和毗邻区域一直延伸到日本的海域，钓鱼岛群岛中最大的岛距离台湾仅170公里，中国直接进入太平洋的方式会减少，这个边界将成为中国海军向东进发的阻碍，并且在边境线上可能会引发一系列争端。此外，1978年中美发表联合公报之前美军可以在该区域派兵，无论是韩国和日本，在台湾岛上皆无驻兵，美国驻兵加固了对中国大陆的军事威胁。除了在台湾和钓鱼岛群岛主权的合法地位和历史问题上有分歧之外，中国方面的战略诉求是维护领土完整，督促台湾地区领导人和美国领导人打消“台湾独立”的念头。

随着美国舰队在太平洋和印度洋①的大量活动，菲律宾苏比克湾基地重新启动，在韩国有2.4万名美国士兵、在日本有4万名美国士兵，一旦发生冲

① 第7舰队包括50～70艘舰艇和12艘核动力潜艇，140架飞机，14艘驱逐舰和巡洋舰，其中一些装备有拦截弹道导弹、战斧导弹和永久动力的日本横须贺核动力航空母舰。

突，中国的南部和东部会陷入敌军迅速反应部队的包围。在这种背景下，中国努力追求与邻国的经济、政治和战略合作，而这些合作因美国不断施加的经济和政治压力而变得复杂和不确定。

五、中国如何应对严峻的恐怖主义威胁局面

目前，恐怖主义已成为全世界许多国家安全问题的日常组成部分。然而，我们坚持认为，对“恐怖主义”一词需要有清晰的定义，对其内容要有一致的认识。1985 年，也就是“9・11”事件之前，美国专家在研究中搜集到了 107 个对“恐怖主义”不同的定义。[①] 这项研究的政治意图非常明确，每个专家或小组根据不同的因素提出了“恐怖主义”的定义，这些因素很难与意识形态或者是基于值得商榷的价值观的政治立场脱离干系。尽管定义不同，我们还是能梳理出恐怖主义的核心部分：“使用或非法使用武力的非国家行为者，旨在进行政治、经济、宗教或社会威胁，其手段是恐惧、胁迫或恐吓。”[②] 我们立即注意到，这个定义有一个故意留下来的巨大空白，即国家恐怖主义。假如伊朗科学家和平民研究人员在他们的国家被一个或多个外国势力杀害，此时外国势力的目标是平民并且手段是通过恐吓和暴力实现政治目的，这算是“恐怖主义”吗？针对这个问题的辩论国际社会分为两个不同的立场，我们无须进入具体细节，但必须强调联合国发出了许多声明、制定了国际反恐公约，但成员国至今仍未就恐怖主义的定义达成共识，哪怕是达成一致。多年来，实际上是几百年来，恐怖主义的形式发生了许多改变。“基地”组织于 1987 年出现，由阿卜杜拉・优素福・阿扎姆和其弟子乌萨马・

① Gary LaFree et al., *Putting Terrorism in Context, Lessons from the global terrorism database* [Routledge: 2016, p. 13].

② 同上。

本·拉登共同成立，随后美国的“9·11”袭击事件引起了人们对受到“圣战”萨拉菲主义影响的伊斯兰恐怖主义的关注。中国学术界研究恐怖主义的人员较少、研究开展较晚，对恐怖主义也提出了不同的定义，正如刘玉雁在其重要学术著作中所说：“林林总总的表述，利益和观念的冲突为恐怖主义概念界定的统一增加了难度。但这并不意味着我们不得不停滞不前。”①

尽管定义恐怖主义时面临许多问题，我们应当关注恐怖主义的起源、原因和发展，才能够最终消除它，或者至少限制其蔓延和对社会生活的影响。美国、欧洲和伊斯兰国家对恐怖主义进行了多项研究，以便尽可能确定影响恐怖主义的因素，从而研究触发恐怖主义的因素并从源头打击恐怖主义。埃胡德·斯普林扎克给出的解释较为合理：“理解群体的过程似乎比理解个别恐怖分子的心理更为重要。”②恐怖主义的主要目标通常是在国际上吸引关注，主要诱因是历史、社会、宗教或政治因素。恐怖主义组织充分意识到，其战略的成功与否取决于它们能否实现暴力升级，因此它们要求武装分子在面对它们想挑衅的国家时能够做出最大的牺牲。国家暴力在应对恐怖主义袭击时往往采用不加区分的方式，反过来又把对恐怖主义活动态度温和或不感兴趣的社会成员凝聚在一起，后者经历暴力之后在群体中找到了栖身之所，把自己从所谓的国家枷锁中解放出来。众所周知，这种现象经常促使西方政府在进行反恐斗争时希望找到更多针对性解决方案，努力弄清集团中的极端分子并把它们从社会或宗教环境中分离出来，这个方案并不容易实现，却具有十分重要的意义。几十年来，阿拉伯国家政权一直采用镇压、驱逐和颁布各种禁令等措施，反倒帮助了被禁止的地下伊斯兰组织，让它们近距离地接触在经济和社会层面被国家领导人忽视的人口。这种压制

① 刘玉雁，《中国政府恐怖主义危机管理问题研究》，北京：北京师范大学出版集团，北京师范大学出版社，2011 年版，第 9 页。

② Neil J. Smelser and Faith Mitchell Ed., *Terrorism*, *Perspectives from the Behavioral and Social Sciences* [Washington D.C.: The National Academies Press, 2002, p. 32].

政策在 2011 年迅速导致了大面积反抗，反抗者推翻了一些最具强制性的制度，允许这些伊斯兰教组织登上政治舞台，它们或多或少获得了成功。但是激发恐怖主义分子的因素有很多，不能总是归结为经济和社会的原因，这种过于简单和不够深刻的总结使得预防极端主义变得更加困难。大多数阿拉伯国家以治安为基础的政策都失败了，因为这些没有解决难题，只是缓解了症状。

在穆斯林人口不占多数的国家，如一些欧洲国家，对法律的尊重让反恐斗争更加复杂。面对社会出现的新现象，这些法律通常很难有效解释。另外的问题在于伊斯兰组织和“圣战”组织很好地掌握了渗透策略，他们在推进其恐怖主义时避免使用暴力对抗，它们对阻碍自己道路的人采用言语和心理战术。在开放和民主的社会中，这种情况尤其令人担忧，因为法律被民主的敌人掌控。今天有些人提到在法国出现了所谓的“司法圣战”，“司法圣战”经常把批评伊斯兰教的人告上法庭，或是反对一切质疑宗教激进主义运动和其真实目标的做法，从事这些活动的人通常奔走于给伊斯兰教去妖魔化，他们口口声声地说伊斯兰教文本已经沦为工具，出现了许多谎言和错误阐释。在以色列，“恐怖主义”一词是当局反对巴勒斯坦工具的一部分，有证据表明，基于大规模的监视并在其领土上推行镇压人口的政策、所有居民必须登记和警察的日常恐吓对内部稳定并没有助益，相反却把最被动或是政治参与最少的公民推向了武装运动的怀抱。

面对恐怖主义，中国已签署迄今为止所有生效的国际反恐公约，选择了国际合作。中国也是区域反恐公约的缔约国。恐怖主义在中国出现较晚，大约在 20 世纪 80 年代末。邓小平提出改革开放十年之后，宗教自由快速发展。少数民族拥有了更大的宗教、文化和经济自由，特别是信仰伊斯兰教的民族。新疆持续加快清真寺的建设和宗教教育，因此出现了更大的文化和宗教自治的需求，但都是法律框架内的和平要求。不巧的是，中国的改革开放时期与1979年12月苏联入侵阿富汗恰好发生在同一时间，苏联入侵立即引发全球“圣战”运动，目的在于把共产主义的、不信神的苏联逐出阿富汗穆斯林的土地。这场反苏的“圣战”持续了10年，直到1989年2月苏联最后撤军才告一段落。这场“圣战”聚集了来自世界各地数千名武装分子，当时的阿富汗正在全世界穆斯林中取代巴勒斯坦的地位。正如2011年的叙利亚局势，这些“圣战”者接触到了从沙特阿拉伯和阿联酋来的、宣传瓦哈比派的神学家向他们传播的一种与新疆地区信奉的伊斯兰教完全不同的宗教，新疆伊斯兰教属于哈乃斐派，又受苏菲派教义影响深远，是宗教寂静主义的忠实拥趸。

阿富汗“圣战”结束后，这些人返回各自国家，他们的使命变成了传播在阿富汗接受的宗教教育，在他们认为的必要情况下还将使用武力。回到中国，这些来自维吾尔族的恐怖分子利用当地伊斯兰复兴的优势，在新疆开展宣传，对穆斯林少数民族回族成员也有一定的影响。他们的做法遭到了当地传统神职人员的反对，反对的人大多遵从寂静主义，并拒绝“圣战”，但那些恐怖分子开始采取暴力行动，不仅杀害中国的地方官员，也包括那些拒绝他们传教的人。除了这些暴力行动之外，对于更大自治的需求也变得越来越紧迫。中国政府意识到区域环境面临的安全风险以及全球范围内的伊斯兰激进组织抬头，后者尤其影响了刚刚从苏联解体中独立的中亚国家。中国领导层于1990年3月开展反对伊斯兰激进组织的活动。一个月后一个所谓的“东突厥斯坦伊斯兰党”(Islamic Party of Eastern Turkestan)呼吁“圣战”，正如其他所有会被政府打击的恐怖主义活动一样，伊斯兰运动很快地吸引了国际舆论的关注，他们所说的无外乎中国针对伊斯兰教的迫害以及独立的诉求。近年来，中国发现这个威胁已经发展到始料未及的程度，希望采取有效措施，一方面通过保护人民不受暴行危害减少内部安全风险，另一方面也从少数分子公开挑衅国家权威的行为中思考民族团结问题。可以说整个 90 年代恐怖主义一直在各国内部发展，而 2001 年 9 月 11 日的袭击打乱了中亚的地区地缘政治趋势，让美国直接插手中亚的战略博弈。随着 2001 年 11 月摧毁阿富汗的塔利班组织以及华盛顿提出“反恐战争”，纽约的袭击事件从负面加强了美国的霸权和干涉主义。华盛顿迅速在中亚的中心地带设立军事基地，包括乌兹别克斯坦的汗阿巴德空军基地、吉尔吉斯斯坦的马纳斯空军基地，这些军事基地都在离中国边境非常近的地方。有一位美国专家承认：“美国通过防止欧亚大陆上帝国复兴的地缘政治目标，想阻止俄罗斯或任何其他外国势力操纵中亚能源市场。”①

美国以反恐为借口逐步靠近中国的领土，成为对俄罗斯和中国的直接威胁。不管俄罗斯还是中国，无论车臣还是新疆的分裂势力，这两个国家都面临着一个真正的恐怖威胁。然而，西方专家指责新疆境内的恐怖主义只是中国打压穆斯林的托词，又说被打压的穆斯林的诉求仅仅是文化和宗教的自治。事实证明，这一分析毫无根据，例如 2002 年 5 月在吉尔吉斯斯坦比什凯克，一个由东突厥斯坦伊斯兰运动组织(ETIM)成员组成的维吾尔族小组企图暗杀美国大使馆的人员，然而还有许多西方专家甚至质疑该组织是否存在。中国长期以来一直要求将“东伊运”列入联合国公布的恐怖组织名单，这个组织终于在 2002 年 9 月 11 日列入联合国安全理事会开出的名单，依照安理会 1390(2002)号决议的第 1 条与第 2 条，名单上包括“基地”组织、乌萨马・本・拉登以及塔利班②……此外，1996 年至 2001 年期间，新疆境内的激进独立分子在奥马尔执政期间与塔利班保持密切关系，以至于 ETIM 成员当时是“阿富汗伊斯兰酋长国”③国防部的一个组成部分。尽管如此，西方记者继续否认新疆恐怖主义与“圣战”之间的联系：“伊斯兰教激进主义可

① “The Strategic Importance of Central Asia: An American View”, *Strategic Studies Institute*, Spring 2008.

② “China's Post 9/11 Terrorism Strategy”, *China Brief*, Vol. 4, Issue 8, 2004.

③ 作者采访了当时居住在喀布尔的非洲圣战组织的前领导人，伦敦，2012 年 6 月。

能是中亚某些地区的问题，但它从未成为维吾尔族民族主义的核心，这种现象早在中华人民共和国成立之前就已经存在，它以语言、国家和历史为基础，宗教只是其中的一部分。”①这个记者似乎忘记了1944年11月12日在库尔加(Kuldja)宣布成立的短命的“东土耳其斯坦共和国”是一个伊斯兰共和国……

自20世纪90年代末，中国的恐怖主义活动常常处于不稳定的状态，更专业、更完备的国内安全政策已经侦查到了部分恐怖活动。在国外的研究人员经常用“自由战士”取代“恐怖分子”这个词。大多数时候，报道中的“恐怖分子”在引号中出现。2008年夏天发生的袭击事件，即举办奥运会当年7月发生的昆明汽车爆炸案，未能说服西方观察员和记者把这些行为称作“恐怖主义”，8月4日在喀什有16人在爆炸案中丧生②，恐怖分子几天后进入新疆南部的库车(Kulga)县，制造多起爆炸事件，造成1人丧生，多人受伤；2010年8月，在新疆阿克苏，袭击者在联防巡逻队人群中用三轮车引爆炸弹；2014年3月，在昆明火车站发生了持刀袭击，造成29人死亡，以及许多其他定期攻击，多数都是随机以平民为目标。法国媒体《新观察家》周刊于2008年6月17日发表了《所谓的恐怖主义威胁》③一文，这篇新闻报道列出详尽清单否认维吾尔族的恐怖主义将会长期存在，但是它恰好说明了面对这一现象时欧洲和美国实行的双重标准。正如乔治·W.布什所说：“恐怖分子？他们是杀害美国公民的人……”

但是“伊斯兰国”在中东的出现、以“叙利亚努斯拉阵线”的名义扩张的“基地”组织及其周边的微型恐怖主义团体，加上叙利亚战争都突然放大了

① “China's Xinjiang Problem Has Nothing Much to Do With Islam”, *The New York Times*, November 30, 2001.

② *International Herald Tribune*，2008年8月5日：两天后，两名男子袭击了该国西北部的一个军事警察部队，造成16人死亡，16人受伤，中国官员要求将伏击描述为恐怖主义行为，并称这些人是他们认为跟基地组织有联系的非法组织的成员。

③ “La flamme accueillie froidement dans la région du Xinjiang”, *Nouvel Observateur*, 20 juin 2008.

恐怖主义的威胁,这些威胁对中国的利益和国家安全形成了中长期的威胁。中国曾多次成为“伊斯兰国”的攻击目标。2015 年 11 月在伊拉克杀害樊京辉,2017 年 6 月在巴基斯坦暗杀两名中国教师,“伊斯兰国”于 2017 年 2 月号召“袭击中国”和“伊斯兰马格里布基地组织”于 2016 年 8 月对中国驻吉尔吉斯斯坦大使馆进行自杀式袭击,这些前后多次发生的袭击与“圣战”运动一样认为中国是伊斯兰教的敌人。2011 年以来,数千名伊斯兰武装分子进入叙利亚,聚集在“突厥伊斯兰党”(TIP)周围,随后分散到“伊斯兰国”和基地组织的卫星组织中,对中国及其国民安全构成了比过去更加严重的威胁。很大一部分“圣战”分子来自阿富汗或巴基斯坦,自 2002 年以来他们继续与塔利班并肩作战。反对中国的“圣战”运动将国际伊斯兰“事业”地方化,后者在此之前主要针对的是巴勒斯坦和阿富汗问题,反对中国的“圣战”运动将“新疆独立”作为跨国招募的重要筹码,甚至要超越地域界限成为阿拉伯的事业,更重要的是成为穆斯林的事业。在这种背景下,中东的冲突第一次影响到了中国的国家安全。新疆境内的“圣战”分子具备准军事的训练水平,他们甚至让年纪很小的孩子都参加军事训练,几年来,他们在叙利亚地区的军事训练以及他们从该地区获得的意识形态和经济上的支持使这些“圣战”分子转变为一支真正的反对中国的恐怖主义组织,他们准备随时在中国和海外为打击中国利益作出一切牺牲。

中国迅速采取措施,使武装和安全部队能够应对这一新威胁。2015 年 12 月 27 日,全国人民代表大会常务委员会通过了《中华人民共和国反恐怖主义法》,其目的是促进与周边国家互通信息,在得到有关国家当局和军队的许可下向国外派遣安全部队。习近平主席本人在反恐斗争中发挥了领导作用,明确提出安全部门要努力消除内部安全的威胁。到 2014 年,恐怖主义问题已成为习近平主席的工作重心之一。2014 年 4 月 28 日,人民网文章指出，从 3 月 1 日至 4 月 25 日习近平总书记曾 15 次提到恐怖主义的主题，其中在外事活动中提及 11 次。[①] 在这种情况下，当局面临的最大挑战无异于去芜存菁，需要展开精确的侦查工作，以便在不脱离群众的情况下清除恐怖主义团体，人民群众有身份、文化和宗教方面的合理主张不能被视为恐怖分子。在打击恐怖主义方面，中国所面临的局面与许多其他国家特别是欧洲国家一样十分严峻，反恐战争的成功以及对文化或宗教主张的去妖魔化将是未来该地区的一个主要因素。事实上，反恐军事和情报行动让各国花费了相当大的成本，鉴于恐怖分子的流动性与恐怖主义网络的国际化扩展，我们无法保证能够根除这种现象。

不论是阿拉伯国家或土耳其，还是西方情报机构都对北京的反恐运动缺乏支持，这使得北京提出的任务变得寸步难行。美国等国家在 2004 年雅典奥运会期间与希腊合作以应对恐怖主义威胁，却拒绝在 2008 年北京奥运会期间与北京合作。在叙利亚，美国空军正在拉卡轰炸两栋藏了“伊斯兰国”官员的房屋，这两栋住房之间窝藏“突厥斯坦”恐怖分子的楼房却安然无恙……反恐战争中采用双重标准的做法导致了中国与其合作伙伴之间的紧张局势，在中国官员和公众舆论中都产生了巨大的误解。

随着“伊斯兰国”的衰落以及数千名维吾尔战斗人员及其家属前往中亚，正在逐步形成对中国越来越大的安全威胁，在未来几年可能会带来公开的恐怖行动，后者可能会使中国打压他们的恐怖活动。中国已经开始与一些国家合作，这些国家有部分组织为招募反华分子提供了便利，例如土耳其的泛土耳其主义（pantürk）的反华宣传、沙特阿拉伯的泛伊斯兰主义，甚至与巴基斯坦的恐怖组织展开合作，巴基斯坦境内的恐怖组织在许多年内为许多新疆境内恐怖分子提供了中亚的后方基地。这些合作并没得到这些国家

① 曾伟，《习近平两月 15 次提反恐：突出“底线思维”“群防群治”》，人民网，2014 年 4 月 28 日。

的军队或情报部门的一致同意，中国的一些对话者在反恐合作中可能会两边倒的局面仍会带来难以预料的风险。另一方面的困难在于，他们得到一些土耳其政治运动和部分土耳其或沙特阿拉伯舆论的支持，支持者认为他们是土耳其（türk）民族的人民面对中国压迫时的反抗力量。2014 年 12 月 1 日，安纳托利亚通讯社发布署名玛丽亚姆·卡西姆的快讯，报道援引"东突"头目分子阿卜杜拉·曼苏尔的说法，报道总结时说："维吾尔族穆斯林更喜欢战争之火甚于中国武力威慑。"土耳其邪教头目阿德南·奥克塔尔，2003 年用笔名哈伦·叶海亚出版了题为《中国共产党迫害东突厥斯坦政策》，书中提到了所谓的"种族灭绝"行为：

> 东突厥斯坦的穆斯林成为在受到达尔文主义影响的毛泽东眼中是"不应当作人类对待"的群体。原因是因为，东突厥斯坦人民的信仰让他们激烈反对共产主义。然而，他们的合法抗议因为共产主义政权被粉碎了。东突厥斯坦仍然生活于这种镇压之下。①

这本书的作者是土耳其著名的"创造论者"，否认达尔文主义和唯物主义，宣称自己是反犹太复国主义者和反共济会主义者，认为达尔文主义是恐怖主义、纳粹主义、斯大林主义的根源……从科学的角度说，他的立场是完全荒谬的，但他关于新疆所写的内容加剧了一部分土耳其人以及伊斯兰主义和民族主义舆论对中国的敌意。2009 年 7 月，土耳其时任总理雷杰普·塔伊普·埃尔多安说新疆的局势是一种"种族灭绝的做法"。② 由此，新疆境内的恐怖主义向大多数伊斯兰国家成功地灌输了对中国当局针对新疆长期不稳定局势所采取的做法的怀疑。

---

① Harun Yahya, *Communist China's Policy of Oppression in East Turkestan* [Global Publishing, 2004].
② "Turkey attacks China 'genocide'", *BBC News*, July 10, 2009.

国内的挑战之一是将打击恐怖主义与打击新疆境内的“分裂主义”分开，两者不一定重合，却是中国政府为维持团结必须面对的两种威胁。事实上，新疆的分裂组织，例如总部在慕尼黑的“世界维吾尔代表大会”，并不一定与在当地的激进分子有直接关联，但他们通过分裂主义的宣传将中国对此采取的治安措施变为自己的宣传工具并从中受益。中国目前更具针对性的政策，更加注重弄清楚恐怖分子以及为何有人会误解他们是当局的受害者并最终支持他们，这个政策要求北京在历史、宗教和社会学方面具备真正的专业知识，目前为止缺口仍然很大。如刘玉雁所说：

> 首先，国内学者较多研究的是国际恐怖主义问题，对恐怖主义的根源、特点等问题的阐释大多立足于国际恐怖主义的背景，而较少系统探讨我国恐怖主义的根源及特点、发展趋势、打防对策等问题；其次，研究的问题较为宏观，多属于描述性的，缺少必要的理论反省和实证探索，特别是实证性的著述较少；最后，国内对恐怖主义问题的研究存在着研究机构少，人员力量分散、薄弱等问题 。[①]

中国必须像许多同样面临这一现象的国家一样，在宗教、社会学、心理学研究等方面培养新一代认真的、本领过硬的研究人员以解决与恐怖主义有关的问题。中国目前在重要的安全问题方面的研究仍然存在薄弱的地方，而当前的国际局势正是“圣战”的恐怖主义，要说它有所收敛，可能只是暂时在中东的地盘上收缩而已，似乎要把他们的恐怖主义活动拓展到更广的区域。学术研究的空白将会给在中亚内部寻求稳定，尤其作为统一国家，致力于民族团结、长期捍卫自身利益等方面造成巨大阻碍。

---

① 刘玉雁，《中国政府恐怖主义危机管理问题研究》，北京：北京师范大学出版集团，北京师范大学出版社，2011 年版，第 5 页。

六、中国崛起新阶段的核问题思考

几十年来一直是弃核谈判重心的核问题至今仍未解决,加之唐纳德·特朗普曾威胁用核武器"彻底摧毁朝鲜",使得在很长一段时间内解决核问题的整体方案的前景越来越渺茫。不同国家在拥有核武器的问题上,由于与美国乃至欧洲的关系亲疏有别受到了不同的待遇,这个现象让华盛顿和欧洲等国官方反对核扩散的态度受到许多质疑。印度和巴基斯坦违反《不扩散核武器条约》①(NPT)的规定,拒绝加入《不扩散核武器条约》从而成为有核国家,两国并没有受到类似对伊朗或朝鲜的国际制裁,再次印证了西方国家的双重标准政策。以色列的情况也是如此,以色列由于法国等国的技术援助成为拥有核武器的国家,不仅多次拒绝签署"违反国家利益"的《不扩散核武器条约》,还拒绝国际原子能机构(IAEA)对其核计划的必要督察。以色列的拒绝态度在很大程度上得到了西方国家的支持,正如在许多其他问题上一样,西方国家都在捍卫以色列在国际社会的利益。②

国家间不受控制的扩散问题,即一些国家因其在国际社会中的政治或战略重要性受到大国纵容,在亚洲和中东引发了许多问题。对一些国家违反国际规则的行为缺少制裁,以及适用于伊朗伊斯兰共和国等其他国家的系统和完整的制裁都是一种永久的威胁,因为这个现象怂恿各国领导人拒绝接受国际秩序、谋求或秘密实施核计划。2003 年 12 月,卡扎菲同意放弃核计划,这项任务是在美国和英国的协助以及国际原子能机构的监督下完成的。而在 2011 年,北约的军事行动推翻了卡扎菲政权……萨达姆·侯赛

① "Israel rejects offer to join UN atomic agency", *Ynet News. com*, September 21, 2010.
② "IAEA rejects Arab-backed resolution pressuring Israel to join NPT", *The Times of Israel*, September 25, 2014.

因统治下的伊拉克放弃核计划数年之久，但 2003 年美国和英国违反国际法对其发动侵略，理由是认为伊拉克存在大规模杀伤性武器，15 年过去了，这些大规模杀伤性武器仍杳无踪迹。像朝鲜和伊朗等实际拥有或拟开展核计划的国家，受到了国际制裁，但美国不敢针对他们采取军事行动。这个情况说明，实施隐蔽的、真正意义上的核计划可以遏制美国“改变政体”（regime change）的政策。

威胁诉诸核武器是华盛顿在弃核谈判和谋求有效的不扩散政策时经常采用的办法。自 1946 年杜鲁门就伊朗北部形势威胁苏联一直到 2017 年唐纳德·特朗普对朝鲜的多次威胁，美国开出了一张长长的恐吓名单。华盛顿甚至多次提到可能使用核武器来对付中国。朝鲜战争期间，中国志愿军刚刚进入朝鲜参加对抗美国和联合国军队的战斗，杜鲁门就在 1950 年 11 月的新闻发布会上宣布将采取任何必要措施来赢得战争，包括使用核武器。① 1951 年 4 月，杜鲁门下令，如果发现中国有增援部队加入战斗或发现中国的轰炸机飞往美国目标，将对中国东北的军事基地使用核武器。② 1958 年，美国空军高级官员向艾森豪威尔建议，如果中国军队夺取金门岛，可使用 10 千吨至 15 千吨的炸弹轰炸厦门周围的军用机场。尽管当时的美国国务卿约翰·福斯特·杜勒斯支持使用核武器保护被“国民党军队”③占领的沿海岛屿，美国总统还是坚决反对这一提议。中国启动核计划是对美国核讹诈的回应，也是意识到核威慑能力对国家安全至关重要的结果，在此之前，苏联于 1949 年 8 月成了有核武器的国家。

虽然冷战中几乎没有使用核武器，但持续存在的风险让大国不得不拥

① “295. The President's News Conference”, November 30, 1950, https://www.trumanlibrary.org/index.php? pid=985&st=&stl=.

② “Nuclear Threats Against North Korea: Consequences of the ‘forgotten’ war”, *The Asia-Pacific Journal*, January 13, 2005.

③ “Eisenhower's Nuclear Policy toward China during the first Quemoy and Matsu crisis, September 1954 - April 1955”, Thomas D. Friedenbach, Honors Theses, Whitman College, 2011, p. 77; “Nukes in the Taiwan Crisis”, FAS, May 13, 2008.

有自己的核武器，比如1960年法国和1964年中国先后成为有核国家。中美之间的核问题尤其敏感，双方小心翼翼地互相提防，以防对方实现了会影响东亚战略稳定的技术突破。这种稳定局势并不是因为两国武器库中核武器数量相当，而是在发生核战争时中国一直保持着能够进行第二次打击的实力。中国的威慑并不来源于赢得核战争的可能性，而是来源于第二次打击的能力，这个能力足以阻止华盛顿在核武器方面作出冒进举动。美国战略家不能接受中国拥有相同数量的核武器——两者差距目前是1到大约25——中国从未考虑或给出任何开始核军备竞赛的信号。2017年12月，特朗普政府发布的《美国国家安全战略报告》明确地表达了这种担忧，并指出“随着竞争对手国家的现代化以及常规军事力量和核力量的增强，美国的优势正在逐渐减弱”①。该文件还关注核武器的增长及其多样化。② 对于华盛顿来说，核武器是“美国维护和平与稳定战略的基础”，能够阻止对美国及其盟国和伙伴的侵略。将美国的威慑力量扩展到30多个盟国和伙伴国家，“确保了他们的安全并减少了他们拥有自己核武器的需要”。美国在核领域的霸权地位——美国是迄今为止唯一使用原子武器并经常威胁对手的国家——对那些拒绝服从美国提出的国际秩序的人来说并不安心，原因在于美国可能使用核武力来维持全球霸权。中国领导人还认为，霸权是核战争的根本原因，而不是核武器本身。2017年美国的这份战略文件在谈到美国与其他国家拥有的核武器数量时十分滑稽，一边指出“美国不需要与其他大国的核武器数量相匹配”，一边又要维持一定的数量以便威慑对手，让盟友和伙伴安心，在威慑失败的情况下实现美国的目标。③

面对美国的核政策，尤其是自里根1983年启动的战略防御倡议（SDI），中国关心的是赶上公认的有核国家的技术水平或紧跟这些国家的技术水

① “National Security Strategy of the United States of America”, Washington D.C., 2017, p.3.
② 同上书，第25页。
③ 同上书，第30页。

平。在此之前，中国对核武器的立场仍然是毛泽东提出的“人民战争”优先于军事技术力量。1946 年，毛泽东告诉美国记者安娜·路易斯·斯特朗：“原子弹是美国反动派用来吓人的一只纸老虎。”但美国和苏联的技术发展让中国领导人必须考虑改变核战略并进行技术升级。

虽然中国正式承诺“不首先使用核武器”，但持续存在的核风险让中国一直关注该领域的科技发展并坚持可靠的研发计划。其目标是保持其核力量能够在一次打击中得以保存，能反击侵略者并造成足够的伤害以确保威慑。习近平主席在全军讲话中多次强调这种战略威慑能力的重要性。2016 年 9 月 26 日，习近平主席视察火箭军机关，强调“火箭军是我国战略威慑的核心力量，是我国大国地位的战略支撑，是维护国家安全的重要基石”①。面对美国方面技术的不断推进，中国认为其核能力应当在战时保持威慑力，坚持“不首先使用核武器”的承诺，拒绝对不具备核能力的国家或非核化区使用核威胁。中国为了巩固国家安全、提高威慑力，已经研发出第一代 09－Ⅳ型战略核潜艇，被华盛顿视为“第一次具备可信的海上威慑力”②。目前，中国拥有的核武器数量少于法国——美国为 6800 枚，俄罗斯为 7000 枚。美国 2017—2026 年间核武器改进预算最低为 4000 亿美元③，明显高于核军事领域的各国，这项举措让美国对中国提高核武器能力所持的言论变得值得怀疑……中国历届领导人表示限制中国的核潜力，许多国际专家④都对这一政治和军事发展表示重视。实际上，中国的军事和安全政策从总体上来说是对外部的实际威胁或是在衡量外部实际威胁以后采取的回应策略（见图 7.3）。

---

① 《习近平：努力建设一支强大的现代化火箭军》，新华社，2016 年 9 月 26 日。

② “Annual Report to Congress, Military and Security Developments Involving the P. R. C.”, p. 24.

③ “Projected Costs of U. S. Nuclear Forces, 2017 to 2026”, Congressional Budget Office, February 14, 2017.

④ George Perkovich & James M. Acton Ed., *Abolishing Nuclear Weapons: A Debate* [Washington D. C.: Carnegie Endowment for International Peace, 2009, p. 24].

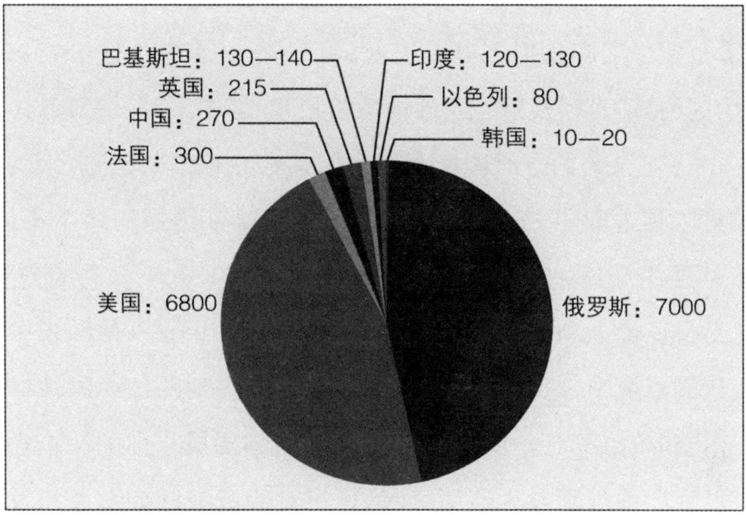

2017 年世界各国核武器份额
备注：所有数字均为约数

图 7.3　2017 年全球核力量发展趋势

然而，中国在近几年已经进入崛起为全球大国最关键的阶段。中国在经济和外交方面的迅速发展引起了当下霸权力量的挫败感与强烈反对，印度及其他与中国相邻的一些竞争对手国家担心中国尽管声称和平崛起，其军事力量终将会建立起区域经济和战略霸权。面对中国不断增强的实力，有些对手可能会效仿美国采取不对称的作战方式，或是挑起事端从而有可能引发中低级冲突，但这总是会导致错判，引发公开的军事冲突。在中国崛起的新阶段，这个风险已经足够让中国领导人收紧内部安全措施，将国家安全置于其政策的核心。然而这一政策自然会遭到国际社会其他国家的怀疑甚至恐慌，大部分国家首先会从自己的视角衡量自己的“国家利益”，很少考虑到国际社会的其他成员。国家对自身“国家利益”的考量让这个概念越来越难以有明确的定义，“国家利益”之前仅限于军事和安全问题，现在却包含各种领域，总的来说，定义“国家利益”不仅需要给出更加复杂的答案，还应当包括对面临的实际威胁的越来越具有针对性的评估。我们在之前的章节中已经谈到，中国出台了相关政策以应对这些经济、环境或社会层面的风险，这些政策在中期和长期无疑是有效的。对于大多数中国分析家和决策者来说，中国的“切身利益”在于“国内政治稳定、经济发展、民族统一和领土完整”①。这个定义与西方对国家利益的定义存在根本的区别，因为它绝对优先考虑集体利益而不是个人利益，而个人利益自然是从属于集体利益。这一想法对西方人来说是冒犯性的，因为个人不再是先天权利的拥有者，这些权利正是保证个人利益优先于集体利益的因素。于是，他们把中国的方法放在人权的语境中，忽视或拒绝考虑我们已经提到的像中国这样的国家的历史、文化和政治特点。1949 年中华人民共和国成立前的一个世纪与十年“文革”已经向中国领导人证明，政治稳定对经济和社会发展而言具备关键的重要性，这个意识很大程度上影响了中国在这个国际社会上权力转移时期所作的决定。在改革的过程中，中国共产党对经济的领导能从历史经验中找到原因，不能与历史、文化、政治、人口和中国不同的国家进行相同的考量。

① 李小华，《中国安全观分析(1982—2007)》，上海：上海人民出版社，2008 年版，第 123 页。

第八章 1945 年之后的世界秩序是可持续的吗？

“中国始终是世界和平的建设者、全球发展的贡献者、国际秩序的维护者，中国军队始终是维护世界和平的坚定力量。”2017 年 8 月 1 日，习近平主席在庆祝中国人民解放军建军 90 周年大会上的讲话中如是说。

一、霸权仍相关？

国际关系领域的专家多年来一直对“霸权”和“帝国主义”的定义争论不休，他们还讨论这两个术语对 1991 年后的美国是否适用。随着 1991 年苏联解体，共产党及共产主义运动在西方民主国家逐渐削弱，马克思主义思想在苏联政治和经济失败以及东欧社会主义国家式微之后遭到质疑，“帝国主义”和“殖民主义”等之前用于描述统治现象的术语越来越不受重视，因为它们带有明显的马克思列宁主义的痕迹，许多人认为这种提法已经过时，然而这些术语所描述的现象并没有消失。“9・11”事件后的美国政治难道不是明显的“帝国主义”吗？以色列在被占领的土地上采取的政策得到了他们口中的“殖民地”与“殖民者”的拥护，这与 19 世纪欧洲列强的“殖民主义”不是一样的吗？跟法国在阿尔及利亚殖民采取的“定居殖民”不是一样的吗？欧洲和美国的主流媒体经常提到甚至批评这些政策，奇怪的是，这个旧名词从话语中消失了。他们援引“殖民地”的问题却从来不提“殖民化”，说美国的“帝国”愿望而避而不谈“美帝国主义”。运转良好的宣传手段加上以媒体甚至是司法报复作为保障的、不可动摇的政治正确像一台压路机，它碾过所有宣传主流意识形态之外的“不正常”思想。例如在法国，著名犹太裔社会学家埃德加·莫兰因为揭露以色列当局对巴勒斯坦人采取的政策，被冠以“反犹”罪名告上法庭。前后长达四年的官司一直使用的“反犹”名头，对这位本身是犹太人、之前参加过法国抵抗运动的学者来说非常值得玩味。同样在法国，巴黎军事学校(École de Guerre)老师、地缘政治专家埃梅里克·肖布拉德(Aymeric Chauprade)在没有辩护权的情况下被国防部长解除教职，他甚至没有被部长或内阁传唤为自己解释，这些都是因为他在最新出版的地缘政治论著作中提到——而不是“支持”——一个关于“9·11”事件的阴谋论。① 对他的指责集中于著作前言的一句话，这句话写在对阴谋论的介绍之后：“这个假设不一定有说服力，但是也不缺乏论据。”法国许多著作和文章含沙射影地揭露“反美主义”，但没有文章或著作反对一直主导话语的反华言论……

拒绝使用适当的术语来描述美国的外交政策是一种有趣的话语策略，它通过把“帝国”与“帝国主义”概念分离从而抬高“帝国”一词。2000年11月，乔治·W.布什当选美国总统后，担任布什政府的美国国务院政策规划委员会主任的理查德·哈斯明确地宣布了这一任期的目标：

> 帝国的外交政策不应与帝国主义混淆。后者意味着一种剥削的概念，通常带有商业目的，经常寻求对领土的控制。帝国主义赖以维系的世界环境不复存在，在那个世界里，占少数的欧洲国家统治着大多数民族，大多数人生活在缺乏自治的殖民地。在当今世界，这种关系既不可取也不可持续。倡导帝国外交政策就是要求外交政策试图按照国家之间的关系和条件来组织世界。美国的角色将类似于19世纪的英国。美国的影响力将反映美国文化的吸引力、美国经济实力、美国外交政策有

① “Un géopoliticien congédié par Hervé Morin”, *Le Monde*, 5 février 2009.

意识推动的规范所具备的吸引力。通常情况下，强迫和武力将是最后采取的手段。①

哈斯对“帝国”与“帝国主义”所作的区别来源于19世纪欧洲帝国主义的殖民主义特征，当时的帝国主义剥夺了人民的自由意志。在美国帝国的理想环境下，美国的软实力足以引导人民及其领导人的愿望和决定，他们提出的各种规范所具备的吸引力足以使他们相信规范的合理性。然而理查德·哈斯最后一句话暗示了可能使用武力——言下之意是针对那些拒绝被这种模式和规范吸引的人。所以在他们眼中，这种霸权将是一种仁慈的、无私的、最终会带来幸福的霸权，这个使命显然交给了一个高于美国人民的存在，即“天选的民族”(peuple élu)。哈斯引用英国霸权很有启示意义。19世纪的英国霸权确实经常被当作案例引用，用来论证保证海洋自由、鼓励贸易和提供单一货币，但忽视了英国由于其霸权发展出了一个不可分割的殖民帝国的事实。为了本国工业，这个殖民帝国剥削作为帝国掌上明珠的印度，摧毁了印度的纺织工业；强迫中国开放贸易——特别是迄今仍被禁止的鸦片走私贸易，让印度的鸦片生产获得利益；同时扭转英国对中国的贸易逆差，这个逆差主要原因是中国大量出口茶叶，英国人为了购买茶叶付出了相当多的白银。② 唐纳德·特朗普自当选以来提出的政策延续了乔治·W. 布什两个任期内所采取的政策，布什的帝国主义政策目的在于面对各类国际趋势时仍能维持美国不可动摇的霸主地位。通过“美国优先”的口号以及看起来的撤退政策，美国希望继续保持其全球主导地位，像它威胁朝鲜那样在

① “Imperial America”, Richard Haass, Paper at the Atlanta Conference, November 11, 2000.

② Peer Vries, *State, Economy and the Great Divergence: Great Britain and China, 1680s—1850s* [London: Bloomsbury Academic, 2015, p. 368]; Ulrike Hillemann, *Asian Empire and British Knowledge: China and the Networks of British Imperial Expansion* [Basingstoke, England: Palgrave Macmillan, 2009, p. 91]; Frances V. Moulder, *Japan, China, and the modern world economy: Toward a Reinterpretation of East Asian Development ca. 1600 to ca. 1918* [Cambridge: Cambridge Univ. Press, 1977].

解决冲突时保留采取军事行动的可能性，同时有意增加自身军事力量。这与唐纳德·特朗普呼吁欧洲盟国或韩国要求“更公平”地分摊军费开支以保护欧洲免受俄罗斯、伊朗或恐怖主义威胁，保护韩国免受朝鲜威胁的做法自相矛盾。在没有联合国授权的情况下入侵阿富汗和伊拉克已经表明了美国霸权政策的帝国主义特征，证实了哈斯所说的“不得已”才使用武力。正如美国经济学家哈里·马格多夫所说，这种解域化的、没有殖民地的帝国主义实际上是人们试图隐藏在“霸权”背后的新面孔。①因为传统的帝国主义意味着通过胁迫剥夺了被征服者的主权，意味着所有领土都有一个单一的行政中心，1945 年后美国的帝国主义集中在美国联邦储备委员会、华盛顿主导的国际金融机构和美元霸权上。

第二次世界大战后，这种霸权最初是两极的，美国和苏联通过各自直接控制的区域或影响区将世界一分为二。美国针对古巴的军事行动，1965 年针对多米尼加共和国、为防止当选总统获得权力的军事行动，1983 年入侵格林纳达，1989 年入侵巴拿马，1963 年支持南越政变、推翻总统吴庭艳的政权，1973 年在智利推翻当选总统萨尔瓦多·阿连德，1969 年轰炸柬埔寨，但柬埔寨并没有与美国交战，这些行动彰显了美国的帝国主义政策。苏联以“有限主权”的名义实行同样的政策，与美国的门罗主义十分相似。1968 年 8 月 3 日，列昂尼德·勃列日涅夫在布拉迪斯拉发华约会议上宣布：

> 社会主义国家和共产党的人民确实拥有并应该拥有决定国家进步道路的自由。但他们的决定不应该损害他们国家的社会主义或其他社会主义国家的根本利益，不能损害为社会主义努力的整个工人阶级运动。……每个共产党都可以自由地在其国家应用马克思列宁主义和社会主

① Harry Magdoff, *Imperialism without colonies* [New York: Monthly Review Press, 2003].

义的基本原则,但它不能背离这些原则(当然,假设它仍然是共产党)。①

1956 年入侵匈牙利和 1968 年入侵捷克斯洛伐克清楚地表明了政治中心位于克里姆林宫的苏维埃的霸权性质。美国和苏联这两个霸权,他们为帝国主义打掩护的说辞为武装行动和自身的主导地位辩护,华盛顿方面为从捍卫"自由世界"的利益、捍卫民主、捍卫人权中获得的主导地位而辩护,莫斯科方面则认为捍卫社会主义、反对美国帝国主义的战斗具备合理性。1979 年,苏联军队入侵阿富汗竟然把喀布尔政府的呼吁作为自身行动的合理依据。在过去的几百年中,包括第二次世界大战,殖民国家通过自己赋予自己的"文明使命",打击他们眼中"野蛮"的宗教、信仰和社会习俗。1895 年 7 月 30 日,后来出任法国总理的乔治·克莱蒙梭(Georges Clemenceau)在众议院发表了一篇反对殖民主义的演说,他在演讲中说道:

优等民族对劣等民族有权利并行使这种权利,而这种权利通过特定的转变成为文明的责任。换句话说,这就是费里先生的观点,我们看到法国政府通过攻打他们、用暴力把他们扭向文明从而行使其对劣等民族的权利。优等民族!优等民族!说得轻巧!就我而言,我个人不赞同这个说法,因为我看到了有德国学者用科学证明法国一定会在普法战争中战败,原因是法国相对于普鲁士是劣等民族。从那时起,我承认自己在对待任何一个人或是一个文明时,说"下等人、下等文明"前都会三思。劣等民族,是印度民族吗?是有伟大的佛教并把佛教传播到中国的印度民族吗?是今天我们仍然能看到其灿烂艺术留下的遗迹的印度民族吗?劣等民族,是中华民族吗?这个我们仍然不知道起源在哪里、其源头可以一直追溯到最遥远的古代的中国人?低劣,是说孔子

① "Speech by First Secretary of the Soviet Union Leonid Brezhnev", Bratislava, 13 November 1968.

吗?事实上,让我说,今天的中国外交官与一些欧洲外交官打交道的时候……落落大方,如果大家去看一些民族的外交年鉴,你们只能看到黄种人精通贸易、行为端正、细心仔细的例证,相比忙不迭证明自己优越性的人丝毫没有低劣可言。[1]

关于促进民主和人权的论证实质上与这种殖民话语没有什么不同,时代已经改变,西方国家领导人意识到,工业化国家和前殖民地国家对舆论能够普遍接受的观念也发生了转变,从而不得不制定新的宣传战略。双极霸权——或是暂时地终结于苏联解体,在民主不再受到"共产主义威胁"的情况下,新霸权不得不寻找其他论据为新的单极霸权提供合理性。2003年,威廉·克里斯托尔在谈论伊拉克战争时强烈表示:"服务于合理的原则、为了崇高的理想的统治有什么坏处?"[2]当然,为了证明其合理性,最核心问题是如何定义这些原则和理想。威廉·克里斯托尔是2000年底在华盛顿掌权的新保守主义者中非常有影响力的成员,在回答"除了美国之外谁能在这个世界上让大家遵守秩序"时,他的答案既不是欧洲,不是中国,也不是联合国。[3]在一次声情并茂的演说中,克里斯托尔又说道:

今天让大家遵守世界秩序的,正是美国的有益影响,其原因不仅是美国的实力,而且是全世界对美国的模仿和认可,美国的理想才是真正普世的。[4]

---

① Cette intervention était une réponse au discours à la Chambre de Jules Ferry, alors Président du Conseil, à propos de l'affaire du Tonkin prononcé le 28 juillet 1885 et qui affirmait: "Messieurs, il faut parler plus haut et plus vrai ! il faut dire ouvertement qu'en effet, les races supérieures ont un droit vis-à-vis des races inférieures..." et "Je répète qu'il y a pour les races supérieures un droit, parce qu'il y a un devoir pour elles. Elles ont le devoir de civiliser les races inférieures...".

② William Kristol and Lawrence Kaplan, *The war over Iraq: Saddam's Tyranny and America's Mission* [San Francisco: Encounter Books, 2003, p. 217].

③ 同上书,第233—234页。

④ 同上书,第232页。

弗朗西斯·福山1992年出版的《历史的终结及最后之人》一书中提出，美国自由主义体系将会取得最终的胜利，其吸引力将会把任何反对这个体系的人化为乌有。但是对这种独特模式的抵制将会持续存在甚至会不断发展。出于种种原因，中国、古巴、越南以及许多非社会主义发展中国家似乎没打算盲目接受美国依靠国际货币基金组织或世界银行等国际金融机构强加的政治、经济和社会体系。少数仍抱有幻想的国家很快就破产了，不得不倒退。叶利钦曾张开双臂欢迎来自华盛顿的"金童"(golden boys，指一些金融专家)，他们前往俄罗斯宣扬自由主义，宣扬国家退出经济活动，加速和大规模私有化，俄罗斯在叶利钦上任十年后濒临破产。国际货币基金组织在芝加哥学派的启发下，"帮助"俄罗斯迅速地实施旨在引导国家走向市场经济的改革，俄罗斯国内生产总值在1989年至1998年期间下降了50%，其中50%的人口在1995年处于贫困线以下，不平等现象急剧增加。在拉丁美洲，像阿根廷这样经受世界银行改革的国家，眼睁睁地看着自己国家的经济因为采取了不符合国家实际、不得民心的政策而崩溃。1992年，梅内姆的新自由主义政策决定让阿根廷比索与美元挂钩，从而引发了一场重大金融危机，这场危机因国际货币基金组织强制改革不断恶化。2002年，刚刚上任的阿根廷总统无力偿还国际债权人的巨额债务。作为"华盛顿共识"代理人的各种金融机构对发展中国家采取的强压政策导致其破产的案例比比皆是。

华盛顿及其代表在国际机构中倡导的经济政策接连失败，加上美国自单极时代以来在索马里、伊拉克和阿富汗战争的失败，美国霸权在很大程度上被削弱了。当前的局势下，正如伊曼纽尔·沃勒斯坦(Immanuel Wallerstein)所说，军事力量不再能够衡量一个国家的实力。过去20年美国的冒进做法跟苏联在阿富汗的做法一样，证明了以亨利·基辛格为代表的现实主义国际关系学派对国家实力概念的认识已经过时。现在衡量一个国家的实力应当通过其控制和调节市场的能力。美元保持霸权,但这种霸权因美国政策的不稳定性日益受到威胁,尤其是唐纳德·特朗普实行的保护主义政策,而处于竞争地位的经济大国,特别是中国的崛起将对美国经济和美元造成越来越大的压力。中国已经谨慎地开启人民币的国际化进程,但目前仍面临着难以克服的障碍。

21世纪的头几年,美国的帝国主义无疑有所削弱,美国不仅对伊拉克、阿富汗以及恐怖主义宣战,对伊朗、中国和俄罗斯所采取的非军事化的侵略政策也不在少数。与经常能够看见的分析相反,这些暴力和侵略并不代表着国家的实力,反倒是暴露了其自身弱点。在一些人所谓"人道帝国主义"的掩护下,美国及其一些盟国正在试图维持他们的霸权地位,这个霸权地位正在非常缓慢地逃离他们的掌控。他们在利比亚推翻卡扎菲政权的理由是出于"保护责任",需要解除班加西迫在眉睫的人道主义危机,部分专家指出班加西并不存在人道主义危机,并指责法国和英国联手加害,紧随两个国家之后的美国为其军事干预辩护,但真正原因仍有待查清。在乌克兰危机中,欧盟不顾俄罗斯立场直接干涉乌克兰内政,尽管在普京上台前俄罗斯一直警告欧盟,乌克兰一直是而且必须一直是俄罗斯与欧盟之间的中立领土。正如维多利亚·努兰德大使承认,有资料显示,华盛顿在支持"民主"运动的名义下,已经花费50亿美元用于乌克兰的"民主化"①,这种做法意味着美国支持对该国内政的直接干预,欧洲官员借支持"民主"运动的名义将这个国家拖入长期内战,导致克里米亚被俄罗斯的战略吞并,让一些亲美的势力在基辅掌握实权,尤其是副总理伊万娜·克利姆普什-钦察泽。伊万娜·克利姆普什-钦察泽之前是英国广播公司的通讯员、乌克兰阿斯彭研究所(Aspen-Ukraine)的校友,这个研究所是一个美国研究所,理事会成员包括马德琳·奥尔布赖特和康多莉扎·赖

① Victoria Nuland's Admits Washington Has Spent $5 Billion to "Subvert Ukraine".

斯[①]……近年来西方媒体中的反俄情绪以及一些欧洲国家和美国面对莫斯科维护“国家利益”表现出的过度反应变得让人担忧，这个现象反映出俄罗斯在一段时间的蛰伏之后重返世界战略舞台给他们带去的巨大忧虑。

这种道德化的、强制性的霸权本质上是否认国际社会中非西方国家的历史和文化特征。我们的观点不是无条件捍卫暴政政权，也不是否认政治、经济或社会民主的重要性，而是强调每个国家都会受到一些限制。在大多数情况下，这些制约证明了只有直接相关的领导人和人民才能判断在特定历史和特定背景、特定时刻下如何作出最符合本国中长期利益的选择。西方帝国主义对伊拉克、利比亚和阿富汗的军事干预证明了外部强加给他国的模式具有局限性。在这种背景下，中国作为世界上为数不多的、历史延续几千年的国家之一，其情况有特殊性。中国对霸权的理解是这个国家悠久历史、国家观念以及扎根于儒家思想的人际关系共同作用的结果。

汉语中的“霸权”由两个字组成，“霸”本指诸侯通过武力扩张或行使对封建臣子的权威，“权”即权力、权威。直到19世纪上半叶西方人到来之前，中国对其周边三个藩属国（日本、朝鲜及越南）一直实行“仁慈霸权”，在长达几个世纪的时间维护了东亚的稳定。这种霸权在该地区建立了等级关系，500年的时间都未曾引起争议。它让中国——而不是藩属国——承担了更大的责任，也付出了更高的成本。接受这种藩属关系的前提是帝国承诺不利用自身优势剥削藩属国，在必要时需要提供援助和救济。值得注意的是，中国及其三个藩属国都明确地记载了政府之间的日常往来，对这段历史的记录实际上承认了国家之间的“边界”，并保证了对中国地位的制约。因此，国家之间的不平等局势不是通过武力维持的，而是由文化与历史维持的，这

① ASPEN研究所的董事会成员有马德琳·奥尔布赖特（Madeleine Albright）和康多莉扎·赖斯（Condoleezza Rice）（两位前国务卿），亨利·基辛格（Henry Kissinger），保罗·沃尔克（Paul Volcker）（美联储前主席），哈维尔·索拉纳（Javier Solana）（北约前任秘书长）和詹姆斯·S. 克朗（James S. Crown）（研究所所长兼摩根大通公司董事）。

些历史文献的根基正是儒家提出的、让霸主与其藩属国联系更加紧密的诸多构想。[①] 迈克尔·马斯坦多诺对小布什政府的帝国主义提出了自己的看法，“如果霸权是强制性的、掠夺的，或它仅仅有利于主导国家，那么这种霸权几乎不可能持续下去”[②]。而贸易成为这种藩属关系的重要因素。这个藩属体系中唯一的“朝贡贸易”仅占贸易总额的3%，这意味着中国并没有损害其藩属国的利益。[③]

明清两朝几百年的统治历史清楚地显示了中国实行藩属关系的合理性。自1949年中华人民共和国成立以来，经受了一个多世纪的新殖民主义统治让中国共产党从马克思列宁主义理论出发，形成了对于霸权和帝国主义的观点。1960年之前，毛泽东都很少使用“霸权”一词，他倾向于用“帝国主义”称呼当时的主要敌人，即美国。中苏分裂之后，“霸权”一词被用于称呼苏维埃政权，美国仍然被叫作帝国主义。毛泽东在“三个世界”理论中提到，中国在国际关系中反对大国沙文主义的行为，中国也不会称霸。1974年4月10日，邓小平在联合国大会第六届特别会议上发言，他借用了毛泽东的观点，批评了美国和苏联的霸权主义战略。邓小平在演讲中说道：

> 我们主张，国家之间的政治和经济关系都应当建立在互相尊重主权和领土完整、互不侵犯、互不干涉内政、平等互利、和平共处五项原则的基础上。我们反对任何国家违背这些原则，在任何地区建立霸权和势力范围。[④]

---

① David C. Kang, *East Asia Before the West: Five Centuries of Trade and Tribute* [New York: Columbia University Press, 2010, p.35].

② 同上书，第5页。

③ 同上书，第119页。

④ 《中华人民共和国代表团团长邓小平在联大特别会议上的发言》，《人民日报》1974年4月11日。

中国历届领导人依然坚持反对霸权主义的外交政策，这项政策也是中国战略思想的主线。自当选以来，习近平主席一再重申中国不会寻求地区和全球霸权的承诺，以及坚持维护主权和领土完整的决心。2014 年 8 月 20 日，习近平主席在纪念邓小平同志诞辰 110 周年座谈会上说道：

> 邓小平同志高度关注世界和平与发展问题，提出"应当把发展问题提到全人类的高度来认识，要从这个高度去观察问题和解决问题"。他关注广大发展中国家的命运，强调我们搞的是主张和平的社会主义，"中国和所有第三世界国家的命运是共同的。中国永远不会称霸，永远不会欺负别人，永远站在第三世界一边。"他强调，要反对任何形式的霸权主义，维护世界和平。①

习近平主席提到中国的持续发展有赖于稳定和平的国际局势，并强调中国不认同"国强必霸"的陈旧逻辑。中国多次公开宣示中国反对各种形式的霸权主义和强权政治。② 2015 年 12 月，习近平主席强调"霸权主义、恐怖主义、金融动荡、环境危机等问题愈加突出，给我们带来前所未有的挑战"③。

中国领导人反复强调、主张并坚持的这一外交和战略行动指南仍然很难说服中国的反对者和一部分国外舆论。造成这种情况的原因有很多，它反映出中国经济实力飞速增长及其政治和外交影响逐渐增强对其带来的忧虑情绪。我们在第二章中曾讨论过，无论中国外交的方针如何，中国对其在国际秩序中的崛起有怎样的构想，中国的经济体量使得处于弱势的贸易伙

① 习近平，《在纪念邓小平同志诞辰 110 周年座谈会上的讲话》，新华网，2014 年 8 月 20 日。

② 习近平，《走和平发展道路是中国人民对实现自身发展目标的自信和自觉》，《习近平谈治国理政》，北京：外文出版社，2014 年版，第 266—267 页。

③ 习近平，《共同开启中非合作共赢、共同发展的新时代》，《习近平谈治国理政》（第二卷），北京：外文出版社，2017 年版，第 456 页。

伴担心中国史无前例的飞速增长放缓,从而或多或少地公开与中国的外交立场保持一致,或是在许多敏感问题上选择中立的立场。这种情况,如果说它并非来自中国对其合作伙伴施加的约束条件,就是一种让某些国家,尤其是把持当今霸权的部分国家感到不满的“非自愿霸权”。

中国经常被反对国家指责有称霸的野心。很明显,当前美国霸权下的国际秩序是建立在一种各国之间的、非正式等级之上的秩序,联合国和其他国际机构提出的平等之说经不起深究。实际上,诉诸武力并不是造成这种地位不平等的唯一因素。美国入侵伊拉克后的几个月里,关注这项行动的主要有两个国家:一方面,美国试图说服安理会投票通过特别决议从而寻求军事干预的合法性;另一方面,法国决定制止这种军事干预,游说了十个安理会非常任理事国的外长,两个国家通过承诺为各国发展提供财政支持和更多的援助让其他国家按照他们的意愿投票。美国外交努力的失败迫使美国发动对伊拉克的非法军事行动,这与北约对利比亚的干预不同,北约在行动之前得到了 2011 年 3 月的 1973 号决议的支持。强权话语透露出霸权的野心,譬如美国在超过 150 个国家长期派驻超过 30 万士兵,在 15 年的时间里两次发动长期的侵略战争和军事行动,2011 年推翻了利比亚政权,如今又造成了叙利亚局势的动荡。1979 年 2 月以来,中国没有在其领土之外从事任何军事行动,只在吉布提有一个基地,这个基地建设时间很晚,目的是共同维护非洲沿岸和索马里半岛(又称“非洲之角”)的航行安全。21 世纪初,美国和中国作为两个经济大国处于软实力和硬实力持续不平衡的状态,这两个不平衡正是美国维系主导地位的两大支柱。

二、21 世纪的国家实力:软实力、硬实力还是巧实力?

约瑟夫·奈在 1990 年出版的《注定领导世界:美国权力性质的变迁》一

书中提出了“软实力”的概念，他后来在2004年出版的代表作《软力量：世界政坛成功之道》中将这个概念进一步发展为国际关系理论。约瑟夫·奈认为，“软实力”的原则可以让一个国家在国际秩序中按照自己希望的方向引导其他国家的决定。随着苏联解体导致国际社会两极化走向终结，他认为美国成为唯一拥有“硬实力和软实力资源”的国家。此外，约瑟夫·奈还质疑了一些美国作家的分析，譬如在畅销书《大国的兴衰》中预言美国衰落的保罗·肯尼迪。肯尼迪认为，美国长期维持软实力的先决条件是能够解决预算赤字、储蓄率和教育制度等问题。文化在所有软实力手段中占据了重要位置，文化“相对来说成本不高并且有用”，但美国文化的某些方面对其他国家似乎并不具吸引力。① 约瑟夫·奈在1990年提出，决定美国软实力发展的关键在于分配给这一政策的预算。然而，当时美国国务院的预算相比美国的军事预算微不足道，并没有反映出美国迫切想要提高国家的吸引力。

二十多年来，体现国家实力的各种工具发生了转变，更有利于拥有条件投资通信和信息技术的研究与开发能力的工业化国家。战争更加灵活、数字化，不再只侧重于军事力量。美国在阿富汗和伊拉克的军事干预失败表明，面对越发复杂的局势，面对本身具有吸引力并通常以非国家形态出现的组织，无论是“圣战”恐怖主义运动还是像绿色和平(Greenpeace)这样的环境组织，军事力量不断地显现出过时和效率低下的特点。约瑟夫·奈提出的软实力有三个来源：文化、政治价值观和外交政策，其原则是吸引、说服、增补、竞赛。但是，正如他自己承认，推广价值观的影响程度非常依赖环境以及软实力和硬实力之间的相互作用。就美国而言，对阿富汗、伊拉克和利比亚等伊斯兰国家发起的战争已显著削弱了其软实力，但阿拉伯或伊斯兰国

① Joseph S. Nye Jr., *Bound to Lead: The Changing Nature of American Power* [New York: Basic Books, 1991, p. 208].

家的公民继续喝着可口可乐，穿着耐克鞋。近年来美国黑人社区频繁爆发具有种族主义特征的事件，当局对警方的种族主义行为置之不理，甚至唐纳德·特朗普总统对这些暴行言辞暧昧，这些都削弱了美国在非洲的软实力，最新的民调能够证实这种现象。美国特别是小布什政府在外交政策中使用的硬实力也正面冲击了美国的软实力政策。为了修复这种负面影响，华盛顿开始面向伊斯兰国家开展大规模的公共外交活动，2004 年，美国国会资助创立自由电视台（Alhurra）并承认设立这一电视台就是为了抗衡卡塔尔半岛电视台（Al Jazeera）和总部设在迪拜但由一家沙特媒体集团拥有的阿拉伯卫星电视台（Al Arabiya）对阿拉伯和穆斯林舆论的影响。美国的电视台旨在传播"客观、准确、与观众息息相关"的信息，寻求"支持民主的价值观"并在该地区（近东与中东）"扩大想法、观点和期待的范围"。根据美国的"史密斯-蒙特法案"（《美国信息与教育交流法案》），自由电视台和中东广播网络中心不得在美国领土播放。该法案于 1948 年通过，后来几次修正，1972 年的修正案规定，禁止在美国播放针对外国观众的宣传内容。① 2002 年，萨瓦广播电台（Radio Sawa）的创立充实了这一"公共外交"举措。尽管这一"公共外交"行动的预算十分充足，效果却非常有限，并没有显著改善美国在这一地区的形象。②

在数字时代，公共外交已经成为各国外交政策中一个无法回避并且日益重要的工具。人气并不是外交政策本身的目的，但一个国家的国际形象始终影响着这个国家在国际秩序中的地位，影响着本国得到的尊重（不仅仅来自其他国家，也来自公民社会）、国家政治和经济安全以及政策的合法性。因此，软实力变得越来越重要，硬实力的手段尽管没有完全过时，但相比最

① "U. S. Repeals Propaganda Ban, Spreads Government-Made News to Americans", *Foreign Policy*, July 14, 2013.

② "Inspectors Keep Up Pressure on Alhurra, Say Effectiveness Still in Question", *Propublica*, April 15, 2010; "Al-Hurra, ou les raisons d'une atonie américaine", inaglobal, September 9, 2010.

初国家力量主要依赖军事实力的时代，硬实力的作用越发边缘化。美国的实力远远超过越南，却输掉了战争。美国在2003年粉碎了伊拉克军队、推翻了萨达姆政权，但他们输掉了对非国家组织的战争。同时，在软实力的较量中，面对伊斯兰国家的公众舆论，哪怕是伊斯兰世界中和美国关系最亲近的约旦等阿拉伯国家的舆论，美国也败下阵来。以色列在军事安全方面对巴勒斯坦具有压倒性的优势，但一些媒体，其中包括以色列的媒体，对于镇压巴勒斯坦导致的人道主义灾难的报道，为经常诉诸硬实力的以色列政治设置了巨大障碍。以色列在巴勒斯坦地区经常使用身体和心理层面的暴力手段，在国际范围内经常以反犹主义为名对其他国家大加威慑，其暴力程度使以色列的战略更接近使用硬实力的范畴。很明显，如今的政治、经济和社会的规范已经由美国和欧洲——不论是有意还是无意——在过去的几十年中相继确立，许多分析称其为“文化霸权”或“媒介帝国主义”，我们有必要意识到软实力的多重性质。软实力不一定是国家核心层面决策的结果，它也可以是我们通常所说的“流行文化”带来的效应。然而，流行文化对国家软实力的影响还是少见的，因为软实力根据其定义是一种让另一系统的行动者按照拥有软实力的国家希望的方向前进，认同该国的价值观与原则，并自愿而非被强制地作出符合拥有软实力的国家期望的决定的手段。显而易见，对于美国某种产品的大众消费或某种音乐譬如爵士乐的喜爱并不会影响政策方针的制定。对中国菜的喜好或对针灸的兴趣更不是软实力的载体。相反，好莱坞制作的电影位于美国在第二次世界大战后的软实力战略的核心要素中，尽管电影制作本身是私人行为，但政府对电影发行的政策则是十分重要的。因此，中国在公共外交中应该特别关注电影领域，因为到目前为止，除了武侠电影，中国电影制作很难走进国外的电影院和电视荧屏。1950年冷战初期，时任美国助理国务卿的参议员威廉·本顿说道：“通常来说，思想交流的自由是我们外交政策的组成部分。……没有什么比生动的图像更能够抓住大众的注意力,更能用一种生动的、让人印象深刻的方式传播信息与态度。……他们的影响的确能够改变历史的面貌。”①在马歇尔计划中,美国在电影发行方面对受援国提出了严格的条件。1946年,在法国和美国谈判期间,华盛顿要求美国电影可以完全自由地在法国领土发行,这个要求遭到了巴黎的强烈反对。② 但法国不得不退让,并接受了数目超出预期的美国电影,这个做法让法国人认为《布鲁-拜尼斯协定》(Blum - Byrnes Agreement)让法国电影业在战后面对美帝国主义时难以复苏。这份协议规定,法国电影院每13周中至少有4周播放美国电影,这为战后美国制作的大量电影留出了很大的传播空间。对战后的美国来说,美国电影通过宣扬一种人人向往的生活方式即“美国生活”,以及传播自由主义的思维方式,成为反对共产主义宣传的绝佳载体。电影问题成为美法两国之间就美国给予法国重建贷款达成协议的主要障碍。法国坚持美国电影在法国市场最多占50%的配额,而一些压力集团则要求美国外交争取美国电影的自由传播。美国对法国进行了名副其实的敲诈,他们警告法国,如果法国拒绝在4周而不是5周的原则上让步,将会危及美国对法国的贷款,法国最终选择屈服。③随后的1949—1953年间,美国制作了多部用于在欧洲发行以加强在各条战线上宣传的电影。④ 1953年,一位意大利的观察家估计95%的欧洲人通过他们在电影院看到的影片来评判美国社会。⑤ 美国电影对美国社会和政治的接受度所带来的影响无须证明,但必须强调它在塑造软实力的过程中发挥了至关重要的作用。

① Nathalie Dupont, *Le cinéma américain: un impérialisme culturel?*, Revue LISA/LISA e-journal, Vol. V - n°3 | 2007, pp. 111 - 132.

② Irwin M. Wall, *The United States and the Making of Postwar France, 1945—1954* [Cambridge: Cambridge Univ. Press, 1991, p. 49].

③ 同上书,第115页。

④ Evan S. Noble, *Marshall Plan Films and Americanization* [Thesis, Virginia Polytechnic Institute and State University, April 2006].

⑤ 同上书,第2页。

有效的外交政策必须以对一个国家的区域和国际背景及其目标群体的深入分析为基础。这样的政策之所以行之有效，首先是因为良好地把握了目标群体的心态、文化、期待和反感，以及这种政策面对其他公共外交策略时所产生的影响。明确目标对于国家形象和影响至关重要。对于中国和俄罗斯来说，旨在引导政府决策的公共外交的目标应该集中于美国。为此，应当深入了解美国政治的运转机制和影响团体。最常见的例子是亲以色列游说集团对美国的外交政策始终发挥着决定性影响。但美国的沙特游说集团也是强大的，且更深藏不露，他们获得成功的主要原因是沙特人利用他们的财力有能力对不同层次的决策者和在美国能够产生影响的环节采取不同的活动。在一本出色的、部分内容遭到美国中央情报局审查的著作中，中央情报局驻中东的前负责人罗伯特·贝尔披露了沙特的影响网络和他们影响美国政策的手段，这些手段取得了累累硕果：在“9·11”事件刚刚发生、任何飞机都无权飞越美国领空时，他们却获得了从美国撤离沙特国民的飞机起飞的许可。撤离人员包括统治阶级家族成员和乌萨马·本·拉登家族成员①……罗伯特·贝尔详细描述了美国前外交官们、政府高级官员们、学者们和记者们的腐败细节，而美国方面对这个现象三缄其口，因为美国想继续获得优先和优惠开采沙特石油的许可并从中获益。②

胡锦涛在任期间，中国正式实施了在“和平崛起”与“和平发展”旗帜下的软实力政策。日本学者青山瑠妙如此描述中国公共外交的目标：

> 更加坚定地向外界传播中国的诉求，塑造合乎期望的国家形象，发表反驳对中国有偏见的报道，改善中国的国际环境，对外国的政治决策

---

① “The Saudi Flights Revisited”, *Harvard International Review*, July 27, 2008.

② Robert Baer, *Sleeping with the Devil: How Washington Sold our Soul for Saudi Crude* [New York: Three Rivers Press, 2004].

施加影响。①

这些目标与其他国家的公共外交战略十分一致。如今，“公共外交”部分已经成为所有官方讲话和文件的内容，并且成为中国许多研究中心和研究所广泛研究的课题。关于这个主题出版了许多专著，中国最著名的智库之一——察哈尔学会推出了《公共外交季刊》。这个情况好比 1978 年提出改革开放的时候，学术界和政策制定者们认真研究其他国家的经验，以便借鉴其中适用于中国国情的经验。

中国开展公共外交活动的时期是经过认真选择的，因为同期推进的还有小布什政府的帝国主义政策，这项政策突然揭示了自越南战争结束以来一直处于蛰伏状态的美国的真正面目。中国在国际舆论中立刻发出一种相对美国（阿富汗，伊拉克）的帝国主义战略而言，令人放心、承诺和平崛起、支持合作与多边主义的声音。中国在一个武装冲突频发、恐怖主义上升、大多数发展中国家停滞不前的国际背景下选择巩固其软实力。

当然，中国文化可以成为中国软实力的一个重要组成部分，但我们有必要明确国际秩序中其他真正具备软实力的国家在何种程度上使用软实力。必须清楚了解“文化”一词包含哪些范畴。就美国而言，电影通常被归类为文化软实力的范畴，但电影实际上是一种政治武器，肯定会满足娱乐的需求，但也希望借助自身传播美国社会的愿景，然而这种愿景往往脱离现实。例如那些提到美国外交政策和间谍行动的电影都要得到中央情报局的批准才能最终上映。从更广的角度来看，几十年来，大量电影作品得到美国政府机构（中央情报局、联邦调查局、国防部等）②的财政和物资支持。好莱坞对

① “Chinese Diplomacy in the Multimedia Age: Public Diplomacy and Civil Diplomacy”, Tokyo, Waseda University, 2004, pp. 10 - 11.

② “Washington DC's role behind the scenes in Hollywood goes deeper than you think”, *The Conversation*, *July 26*, 2017; Tricia Jenkins, *The CIA in Hollywood: How the Agency Shapes Film and Television* [Austin: Univ. of Texas Press, 2013].

软实力的贡献不在于“文化”内容，而在于其政治性的和具有宣传色彩的内容。挪威的案例也同样值得注意。这个国家地处偏离欧洲中心的位置，全球挪威语使用者也很少，加之这个国家不是像欧盟那样的较大的地缘政治实体，但挪威仅仅通过推广它在世界不同地区和平谈判中扮演的角色，成功地建立起诉诸谈判以解决冲突的和平调停者的国际形象。

因此，中国的公共外交建立在两个核心词的基础上：“和平/和平的”与“和谐”。中国在提出“和平崛起”的概念之后，迅速提出了“和谐社会”的概念，这个理念在官方讲话中不仅既适用于国内情况，也适用于国际关系。上文我们已经分析了中国对和平的认识。“和谐”当然是中国人熟悉的概念，让人们联想到儒家“太和”（“Harmonie suprême”）的说法，但中国到2030年建成“和谐社会”的呼吁在国际社会中并没有受到作为新型国际关系理应受到的欢迎，这个现象恰恰暴露了在跨文化语境下开展公共外交的难处。对于中国人来说，儒家“和谐社会”的概念代表了完美社会的理想，这个社会中的人们在公有制的框架下享受社会福利。整个社会关心弱者和贫困者，每个人都尽最大的努力为社会服务。在这个方面，儒家思想倡导的社会方案显然与19世纪思想家提出的社会主义一致，但这个方案的难点在于，在这样一个社会中人们如何选出最有能力和最高尚的人作为领导。基于中国目前的情况，考虑到需要迎接的挑战，正是代表人民的中国共产党确保了这一职能，确保选出最有可能领导国家走上发展道路的领导人。胡锦涛在十六届四中全会上强调，要加强党的“执政能力建设”从而解决面临的许多问题（包括腐败猖獗、经济发展不平衡、官僚惰性或思想路线不一致），并把社会公正放在了首要位置，新的中共中央总书记、国家主席习近平继任时再次强调了这些问题。然而，犹太-基督教思想与伊斯兰哲学中完全没有“和谐”的概念，“和谐”与任何神圣的形象或特定的社会现实都没有联系。根据《新约》，耶稣基督借别人之口：

> 你们不要以为我来了，是要给地上带来和平；我并没有带来和平，却带来刀剑，因为我来了是要叫人分裂：儿子与父亲作对，女儿与母亲作对，媳妇与婆婆作对。①

在公共外交辞令中使用“和谐”的概念很可能不会产生真正的附加价值，除非通过长期的宣传、在儒家文化之外的文化语境中详细阐释其深刻意义，在国际上勾勒出和谐社会的样貌，使用每一个在其他社会没有对应概念的术语时都要加以明晰的定义。再以美国社会为例，相比建立在通过暴力进行领土征服、对原住民实施种族灭绝以及不断征服或统治的基础之上的美国社会，和谐社会的理念要准备好以微笑应对天使主义、社会乌托邦之类的任意阐释。

因此，虽然外界很难理解和接受作为中国方案核心的“和谐社会”理念，但它似乎应当作为中国领导人在国内和国际上的行动指南得到坚持与深化。努力向合作伙伴传达这个理念的实质与好处也同等重要，但应采取其他文化可理解的交流方式，这就需要付出巨大努力，去找到适当的沟通渠道与信息种类。中国与合作伙伴之间的重要文化差异有时让中国不得不放弃用过于中国化的方式表达其思想，尤其是那些在国外产生重大影响的思想，这些文化差异让中国不得不侧重信息的内容而舍弃部分形式。这就是为何将中国“崛起”转变为“发展”的原因，之前一直提到的“中国的伟大复兴”的“复兴”一词翻译到其他语言（英语中的 revival，德语中的 Wiederaufleben，法语中的 renaissance）总有一层让国际社会感到不安的内涵。

中国对于打击腐败、消除社会和地区间发展不平衡、采取更彻底的措施以改善和保护环境以及经济发展等方面的重视，对发展中国家，以及越来越

---

① 《新约》，马太福音 10 章 34 节。

多陷入困境的工业化国家具有越来越强的吸引力，成了中国吸引力的关键要素。发展援助和在海外大规模投资的政策，特别是在基础设施建设方面支持最不发达国家的经济发展，也成为中国软实力的主要载体，40 年来非常有助于改善自身形象。但在考量提高软实力的办法时，人为因素往往太容易被忽略。对于塑造一个关心发展和团结的中国形象来说，中国公司在海外的行为无疑十分重要，但中国员工在当地的行为实际上更为重要得多。当然，很多发生于非洲和其他大陆的案例能够展现中国团结其他国家、尊重对话者并有能力适应当地条件的形象。

然而，今天中国软实力的增长与外国媒体就中国区域政策，特别是关于南海问题应对政策的报道，以及就个人自由状况的报道所展示的形象发生了碰撞。所有国际民意调查研究清晰地表明，邻国对于中国崛起对安全和主权产生的影响表现出某种忧虑情绪。富兰克林·罗斯福对拉丁美洲地区提出的"睦邻友好"政策原则取得了巨大成功，中国明确表示其在亚洲区域环境中愿意采取同样的政策。但美国与相关国家既不直接接壤也没有领土争端，国家之间也没有极其沉痛的历史记忆。我们已经看到，中国的区域环境非常复杂。即便所有邻国领导人在与北京的双边交往中总体上保持着良好姿态，中国和邻国双边交往中存在的边界争端、强力对抗（和日本或印度）以及外界的干预依然不少，这些问题仿佛寄生在这个区域的关系之中。我们在民意调查中看到，大多数陆地或海洋与中国接壤的国家，除了俄罗斯和巴基斯坦以外，对于中国大国形象的认知存在鲜明差别，忧虑日益增加。整体上来说，这些国家的行动比他们的表态更加意味深长，因此，随着地区紧张局势加剧，中国的软实力确实有被蚕食的危险，我们应该在中国发展的新阶段尤其注意这个情况。中国有必要在借鉴美国提出的巧实力概念的同时，谨慎地平衡国家实力中硬实力与软实力这两个方面。

硬实力和软实力的说法得到普及之后,美国战略与国际问题研究中心正式提出了“巧实力”的概念,该概念最初在 2004 年《外交》杂志的文章①中被提出来,文章提到巧实力是“在拥有坚实的军事实力的必要性之外,通过大量投入各层级的联盟、伙伴关系和机构,从而扩大其影响力、确立其行动的合法性的一种方法”。目前,美国在斯塔尔基金会的资助下已经成立了巧实力委员会,其成员来自各个领域,包括非政府组织、军方、政界、媒体、学术界和私营企业,领导委员会的是前副国务卿理查德·阿米蒂奇和约瑟夫·奈。该委员会想要找寻“重振美国领导地位”的方法,并希望通过提出一个综合性的政策以加强美国在全球的影响力,提升美国形象和效率。② 鉴于布什政府外交政策带来的灾难性影响,这一新概念希望通过提升美国形象、缓和自 2001 年以来对硬实力的使用,给美国形象镀金并让国际社会重新听命于美国。时任奥巴马政府的美国国务卿希拉里·克林顿在参议院的委员会上提出这个方案,她把巧实力定义为在不同的情况下通过“智力的力量”选择最适合美国外交政策的手段。为了美国的利益,其主要内容是要扭转布什政府的军国主义政策,恢复更加多边主义的、合作的外交政策。目前为止,这些努力未能削弱美国之前侵略性的政策产生的影响,与此同时,最新的民意调查显示,唐纳德·特朗普任期第一年采取的国内外各项政策加速了美国软实力的下滑。为了阻碍俄罗斯和中国在国际秩序中崛起并显著改善自身形象,美国研究人员在 2017 年提出“锐实力”概念来形容俄罗斯和中国在国际层面的政策。③ 这个概念没有任何实质性的内容,提出这个概念的目的只是为了消除中国和俄罗斯在公共外交领域为了抗衡美国软实力所作出的努力,尤其是针对两国为全球舆论提供不同于美国媒体论调的另一种

① “Smart Power”, *Foreign Affairs*, March/April 2004 Issue.
② https://www.csis.org/programs/former-programs/smart-power-initiative
③ “The Meaning of Sharp Power: How Authoritarian States Project Influence”, *Foreign Affairs*, November 16, 2017.

政治、经济、社会问题的观点。对在《外交》杂志上发表文章的作者而言，中国和俄罗斯的战略不是吸引或说服而是“分散注意力和操纵”，这种分析几近于把美国有线新闻电视网和福克斯新闻当作是放动画片的电视台……如果对作者的思想进行阐发，那么“操纵信息”只是“专制政权”的做法，今日俄罗斯电视台“操纵网站内容”，“培养了一个旨在根据自己利益……改变国际舆论的影响力网络”。中国方面，孔子学院“由汉办①直接领导，并服从政府协调”，并且孔子学院特意“单方面地回避西藏、台湾和新疆等中国当局的敏感问题”②。

作者本人有在海外长期从事法国外交的经历，曾担任法国在中东的一个文化中心的主任，我不曾听说有会议和展览专门讨论科西嘉独立或布列塔尼独立，或是介绍“基地”组织位于法国周边的团伙。此外，协会性质的法国文化中心在组织人员和活动内容上服从外交部的安排，接受由法国外交部资助的人员领导，协会性质的法国文化协会仍然由法国外交部资助的工作人员管理。那么孔子学院受中国国家汉办的管理有什么问题呢？这些机构面临的问题是活动内容往往不能符合每个国家的实际需要，以及没有足够数量的高素质教师到国外面对各类人群教授语言，而不是政治问题。

---

① 汉办，即孔子学院总部。

② “Nor is it an effort to ‘share alternative ideas’ or ‘broaden the debate,’ as the editorial leadership at the Russian and Chinese state information outlets suggest about themselves. It is not principally about attraction or even persuasion; instead, it centers on distraction and manipulation. (...) In the mid-2000s, the Kremlin launched the global television network Russia Today (since rebranded as the more unassuming RT), built up its capacity to manipulate content online, increased its support for state-affiliated policy institutes, and more generally cultivated a web of influence activities — both on and offline — designed to alter international views to its advantage. (...) The Confucius Institutes, for example, purport to be akin to Goethe Institutes, the German cultural associations, and Alliance Francaise, the French version, but are closely coordinated by Hanban, the Chinese government's Confucius Institute Headquarters. Their embeddedness on university campuses around the world — including in many democracies — has been found to put those institutions' academic freedom at risk through financial entanglement, pressure to self-censor, and a deliberate avoidance or one-sided framing of topics sensitive to the Chinese authorities, such as Tibet, Taiwan, and Xinjiang.”, “The meaning of Sharp Power”, Foreign Affairs, November 16, 2017.

这篇文章的作者明显带有他们自己所谴责的“宣传”印记,他们声称俄罗斯和中国的努力是徒劳的,因为俄罗斯和中国的形象“在民主国家中没有得到改善”①。美国皮尤研究中心 2014 年的一项研究表明,在 2008 年至 2014 年间,中国的形象有了显著改善。② 同一所研究所在 2018 年 1 月宣布,中国在全球支持率方面与美国处于同等地位(美国和中国同为 31%,俄罗斯为 27%)。③

这个“锐实力”的概念因此可能会在美国倡导的国际关系理论中独创一派,其目的在于诋毁俄罗斯和中国的外交政策,从而制造或强化反对中国崛起的阵营,这些阵营尤其针对中国崛起对国际秩序和规则的影响。正式提出“中国威胁”的主题、把普京上任后重新崛起的俄罗斯与中东联系在一起——俄罗斯在中东的干预行之有效,让具有共同战略的美国和欧洲十分失望。这个概念以恐惧为载体,加强对民意的操纵,实施一些非极端条件下难以让民众接受的政策,与小布什在反恐战争时推行的美国《爱国者法案》一样。

这些试图阻止美国实力下滑的尝试一定会成功吗? 硬实力相对来说不再流行并不意味着它已寿终正寝,而是越来越多地使用软实力,软实力并不表现为直观的、可以感知的结果,也不是媒体在战场上拍摄到的数以十万计的难民,而是之前提到的与此同时发生的技术战、经济战甚至是文化战。世界上最强大的几个国家之间军事冲突的时代尚未结束,但它可能更多地以地区军事冲突的形式出现,譬如在南海或印度洋,不太可能看到美国和中国

---

① “According to analysis by our institution and think tank partners, Beijing's techniques include both co-optation and manipulation, and they are targeted at the media, academia, and the policy community. (...) Authoritarian influence efforts are ‘sharp’ in the sense that they pierce, penetrate, or perforate the political and information environments in the targeted countries. (...) After all, if the aim of the authoritarians' efforts is to improve their international image, then it stands to reason that their elaborate initiatives must not be working because Russia and China do not in fact enjoy an improved image in the democracies”, Ibid.

② “China's Image”, *Pew Research Center*, July 14, 2014.

③ “World's Approval of U. S. Leadership Drops to New Low”, *Gallup*, January 18, 2018.

或美国和俄罗斯的军队发生直接对抗。正如冷战期间，最弱小的国家中爆发了大规模的民族、种族或宗教冲突，爆发冲突的地方看不见大国的踪影，大国们在背后操纵并向相关国家出售武器以维持这些所谓的“低强度”冲突。国际关系理论家们提出的“低强度”说法颇具讽刺意味，这些人不过是舒适地坐在电脑或电视屏幕前……很长一段时间以来，我们看到工业国家抵触看到本国人员伤亡的消息。值得注意的是，如果遇难者是西方人就从来不会被西方媒体拍到，荧屏上充斥的都是叙利亚、伊拉克、利比亚和其他国家的遇难者。美国的软实力将其军事行动塑造成“有针对性的轰炸”或“清洁的战争”。1998 年 12 月美国轰炸伊拉克时，我住在巴格达，美国连续三天三夜轰炸伊拉克首都，我每天去医院进行损害评估，可以证明华盛顿所谓的“外科手术式打击”是毫无根据的宣传手段，不存在“清洁的战争”。战争的性质发生转变并不意味着受害者不再是平民，而是它的影响会作用于经济、社会和安全等各个方面。

三、西方中心走向终结？

新兴国家在国际秩序中的迅速崛起使许多观察员和分析家，尤其是新兴国家的观察员和分析家预言西方将迅速衰落以及西方中心的终结——“西方”一词不够准确，仅仅是出于表述方便。从非常长远的时间段来看这个观点或许并非不准确，但我认为不应当迁就这种简便的说法，并在此基础上描绘展望性的思考图景和影响国际关系的实践。中华文明是人类史上最悠久的文明之一且唯一从未中断的文明，它在几百年的时间内一直辐射影响亚洲部分地区，通过悄然渗透的方式令其他民族浸淫其中，而其他民族逐渐融入整个图景之中，并成为中华文明的组成部分。但中国从未经历以欧洲国家为代表的西方的影响，主要是因为中国没有由军刀和圣水、硬软力量协调结合的殖民政策。要了解世界的现状、全球化的基础和不同国家纵横捭阖的心理，历史知识是不可或缺的。我们在如今世界正在经历的身份碎片化是全球化直接导致的矛盾后果。

这种身份碎片化一方面表现为国家数量的增多，另一方面表现为文化、宗教，有时仅仅是语言之间的冲突增多，譬如今天的喀麦隆就处于法语区和英语区之间，这个情况恰好说明了全球化本身具备的双重性质。一方面，一个真正的世界文明开始随着经济全球化、国际组织发挥作用、全球性问题如环境和气候问题等逐渐得到承认和普及，很大程度上也借由美国化的标准文化的传播而逐渐显现。全球越来越多的人拥有相同的消费习惯和文化坐标。但另一方面，这种距离的拉近也导致了强烈的符号差异化过程，这个过程在弗洛伊德所称的“微小差异的自恋”①中不断延伸。人们更加重视彼此之间的差异，哪怕非常细微。然而身份紧张的心理无法解释所有现象，因为这相当于把身份危机约简为非自然的结果，通过意志的努力就可以克服。我们应该摆脱一个天真的想法，那就是随着经济和商业交流的不断增加，沟通和旅行可以消除政治、宗教和身份的阻隔。发展中国家和工业化国家中不断增多的身份运动，通常是对殖民时期、后殖民时期和两次世界大战之后强加给各国的秩序和框架提出的抗议，这些秩序和框架是出于战略的角度、按照西方列强的利益对世界的再划分，往往忽略了当地的文化和历史现实。

为了理解国际文明秩序可能发生的变化和各国的反应，以及未来全球可能会出现的去西方化进程中面临的阻碍，我们必须首先明确现存影响的源头和当今世界的形成过程。在这个方面，我们首先要记住，西方人最先制造出了种族化的进程；用一位法国政治学家的话说，他们为了建立对原住民的官僚控制，借用并保留了他们在非洲、中东或亚洲试图创立的“虚假的土

① Sigmund Freud, *Malaise dans la civilisation* [Paris: PUF, 1973, p. 39].

著民族”概念。殖民者随意划分地理界限，这种划分产生了种种负面身份，产生了一种在“他们”和“我们”之间画出一条永恒的分隔线的观念。正如美籍巴勒斯坦裔杰出学者爱德华·萨义德在经典之作《东方主义》中所描述的那样，西方人在统治中东的政治和文化过程中创造出了不同社会群体和种族，目的就是维持这种统治。① 冷战结束后，美国接过殖民列强的接力棒，在必要时通过武力推行政治上的社区主义，譬如在伊拉克，这种社区主义可以在殖民色彩浓重的战略中实现“分而治之”。随着“9·11”事件发生，同时中国迅速崛起，从大西洋另一侧来看，通过强弱对抗区隔世界的做法将逐步演变为一种本质上是对抗的三维局面。在这种非黑即白的世界观的影响下，谁想要主导西方政治，特别是美国主导的世界，就会遭到相对立的文化群体的反对——这些文化群体本身所传播的信息在政治和宗教层面都互不相容，很有可能会引发终极对抗。在当今世界的文化格局中，一边是犹太-基督文明的西方，它被塑造成普世价值的承载者，因此有义务推行其价值观，所采用的方法要么通过软实力的影响，要么对顽抗者采取硬实力的手段，从过去的伊拉克到未来的伊朗都是如此。站在这个西方对面的，一个是冲突主要集中在宗教层面的伊斯兰世界，还有一个通常被认作完全的他者——中国，与中国的对抗主要集中在政治层面。

我们所说的“西方”可以追溯到 1492 年，这一年恰逢对美洲的“大发现”以及西班牙驱逐犹太人和穆斯林。正是在当时出现了一个“清除欧洲文明中的东方或非基督教根源的强大机器”。16 世纪初，西班牙人捏造出“血统纯洁”(limpieza de sangre)的神话。正是这种基督教和“种族”的双重归属为征服美洲提供了合理依据。随后出现的反对黑人言论旨在将奴隶制合法化，一直到 18 世纪科学接过宗教的接力棒，不断地为黑人劣等性提供论据。文艺复兴标志着欧洲“在把视野扩大到全球范围，并逐渐意识到人类存在令

① Edward Said, *Orientalism* [New York: Random House publ., 1979].

人惊讶的多样性而同质性并不如想象的那样多时,试图把人类活动的疆域圈定在自己的边境内,它的身份建立在对一切有别于它对自己构想的拒斥之上”。这样的欧洲成为人类特性的唯一栖所。因此,西方身份就变得与一种具有优越性的、占统治地位的文化密不可分:面对被他们视为愚昧的文化和民族,任何一个西方列强都不可能把自己想象成强国之外的任何身份,基于此,殖民主义的论调为那些想要证明其他民族习俗野蛮性的粗略观察和谎言推波助澜。当时,在谈到被法国征服了几十年的阿尔及利亚时,一位法国历史学教授认为:“罗马人和土耳其人都没有成功地改变他们,所以他们难以进步。……他们保持着最初的样子,并将在未来的几百年继续保持下去。”

一个多世纪以来,这种殖民主义的观点一直写在殖民大国的历史和地理教科书中。随着殖民地的扩展,殖民者和原住民之间某种程度的混杂,殖民者的行为有时会发生变化。自征服美洲以来,列强在几百年内逐渐开拓出的霸权地位,他们对自己的身份消失的恐惧,反而加强了他们统治并根除土著文化的野心。然而,与我们的想法恰恰相反,这种文化的优越性在历史的各个阶段都以不同的形式被保留了下来。随着全球化、政治正确、不得不承认他者的存在与世界不同地区之间距离拉近使得否定或妖魔化其他文化的做法将采取越发繁复的形式。西方人正是在这种心态下思考中国或印度等非欧洲大国不可避免的崛起,认识并分析伊斯兰的复苏。塞缪尔·亨廷顿在《文明的冲突》中预测,冲突是“文化”之间与“文明”之间差异深化带来的结果。他对这个现象的理解是错误的:如果说暴力带来威胁,那么其原因恰恰相反,是因为“相似性”不断加深。人类文明的分化遮蔽了一个完全相反的过程:人类文明在相互接近、碰撞、混合、混杂的过程中,在西方化之后出现了一个混杂的现代性(民族身份研究的当前课题)。我们在世界各个地区——远非中国的“天下”——都能感受到的身份收缩是全球化进程的直接后果。传统社会犹豫不决，在模仿和拒斥间摇摆不定，而西方世界让其他国家紧跟其步伐，但如果在军事、工业或商业领域跟得太紧，他们还会提出警告。正如亨廷顿所说——这次他说对了一次——人类需要知道他们之外的世界，甚至需要讨厌他们之外的存在，从而能够弄清楚自己是谁、为何彼此相爱。在法国，伊斯兰政治和恐怖主义的上升引发的惧怕反应让学界一部分人重新质疑西方文化中的阿拉伯根源，他们甚至否认古希腊哲学家们是通过由哈里发哈伦·拉希德①在832年的巴格达建立的“智慧之家”于阿拔斯王朝期间开展的翻译工作而被介绍到西欧的。这种做法是为了再次从欧洲的犹太-基督教文化中清除非欧洲的根源，该现象自然与反阿拉伯种族主义的抬头以及一种真正的对伊斯兰的妄想症有直接关系。正因如此，随着经济、人口、科技、文化的现代化的兴起，我们进入了一个高危“时刻”，或者说是“人类的旅程正驶过合恩角(Cape Horn)”。传播的加速和传播手段的不断完善带来了身份问题的强烈反应，部分原因是传播的便捷导致了断章取义的过度媒体化现象，媒体上的报道充斥着各种稍纵即逝的暴力图像，常常附有肤浅的或文化主义的评论，导致对其他文化的排斥与日俱增和一种真正的令人担忧的身份禁锢。国际社会不停地划分为越来越小的群体，越来越局限于他们所谓的共同的文化、语言或宗教特征(科索沃、伊拉克、苏丹)。在全球化的21世纪初，我们在一个萎缩相当严重的新时空中，经历着碎片化的加速过程。

然而在持续了近五百年的西方文化、政治和经济主导的大背景下，对于理解世界未来最重要的现象就是，被殖民的民族或是长期处于被托管地位的民族开始认同殖民者或宗主国的文明。很明显，五大洲长达一个多世纪的殖民已经深深地影响了整个世界，留下了不可磨灭的痕迹。就法兰西帝

① Sylvain Gouguenheim, *Aristote au Mont Saint-Michel: Les racines grecques de l'Europe chrétienne* [Paris: Seuil, 2008].

国而言，原住民的儿童学习法语、法国历史及法国地理，当地精英继续在法国学习并融入主流文化。同样这些国家独立以后，这些当地精英执掌权力，他们继续让他们的孩子前往法国，接受前殖民大国的教育。除了极少数例外，法国或英国等宗主国与其前殖民地之间的联系仍然非常紧密。殖民地大屠杀、滥用权力、殖民者的暴行，所有这些负面的或悲惨的记忆除了在相对边缘的政党或运动之外已经逐渐淡化，在殖民思想仍然浓厚的政治和经济格局中出现了一种新型的关系。这种前殖民地人民的态度类似于法国16世纪的作家、诗人艾蒂安·德·拉波哀西笔下的"自愿奴役"：

> 这么说吧，对一个人来说所有的事情都是自然的，他便一直沉浸于这个想法，并习惯了这样的想法。然而正是这样的人才是幼稚的、简单的，未被改变的天性才让他习惯了这个想法：所以说自愿奴役的第一个原因，便是习惯。①

对那些在独立浪潮中掌握权位的前殖民地精英来说，与宗主国保持模糊不清的关系符合他们的个人利益，大多数情况下宗主国也秉持着纵容的态度。但对曾经被殖民的民族而言，我们必须认识到这种以诋毁为基础，有时甚至灭绝当地文化的殖民对当地人的自尊、价值观、自卑情结产生了怎样的影响，甚至那些仇视殖民者的人，他们的政治参照仍然是西方。程亚文和王义桅在2015年出版的《天命》一书中提到了1978年改革开放以来中国人在面对一个隐含的观念——有时甚至非常明显——那就是为了"连接上"现代化进程有必要采用西方人推行的体制、文化和价值体系时所表现出来的弱势情结。②很容易想象，在长达几十年甚至几百年的时间内一直受制于统

① Étienne de La Boétie, *Discours de la servitude volontaire* [Paris: Ed. Bossard, 1922, p.74].
② 程亚文、王义桅，《天命——一个新领导型国家的诞生》，北京：群言出版社，2015年版，第70页。

治者话语体系的民族会有怎样的自卑心理，他们在这期间一直面对着贬低自己的文化、自己的习俗的统治者的论调，在非洲甚至体型与肤色也要被贬低。

为了深入研究当前的国际秩序并作出严肃的预测，尤其在引导决策者制定外交政策和战略以及中国企业在海外的发展时，我们不可或缺地需要理解这种前殖民地国家与它们的宗主国继续联系在一起的关系。中国希望为之作出重大贡献的南南关系，其发展不能不考虑到这些人类和文化因素。在2017年12月于北京举行的“南南人权论坛”上，法语区的非洲部长们对于他们人数虽多却没有法语翻译的服务感到愤慨，而来自中亚的两位讲俄语的发言人都有俄语翻译。翻译人手不够导致翻译出现了混乱，两名非洲部长用法语发言，但发现英文和中文的翻译与他们的演讲内容不符。他们认为法语是他们身份不可分割的一部分，中国不能强制他们使用英语，这个现象引起了他们的不满……以上只是一个小逸事，但对于思考决定的因素以及了解决定对话者心态的文化和历史因素的必要性而言无疑具有启示意义。

全球化是一种西方现象，迄今为止，全球化使得西方能在政治、经济和社会等层面输出其价值观。全球化中最为人所知的，实际上也是被普遍接受的领域便是贸易往来。事实上，贸易往来的历史非常悠久，只不过是在过去的一个世纪加速了而已。经济全球化是西方人希望看到的情况，特别是在美国自由主义意识形态的驱使和压力下（包括门户开放政策①），经济全球化实际上也很少受到意识形态层面的抵抗。归根结底，亚洲、阿拉伯-伊斯兰世界或非洲很少质疑更大贸易自由的哲学需求。反对之声，例如中国、印度或其他新兴大国等自身从全球化中受益的国家的反对，更多是针对发

① 1899年9月6日，美国国务卿海约翰（John Hay，直译名约翰·海伊）向德国、俄罗斯和英国外交部部长提出了“门户开放政策”，几天后他向日本、意大利和法国的同行提到了同样的说法。

展水平的不同和过早的开放所表达的反对声音，而非反对自由贸易的原则。然而有一个现象自相矛盾又具有代表性，如今，尤其是 2008 年金融危机之后，西方人开始质疑为了商品和资本流动从而开放边界的教条。与这种趋势并行的是非西方大国的崛起。唐纳德·特朗普自当选以来实施的保护主义政策为中国在美投资和并购美国企业设置了各种障碍。早在 2005 年，美国出于政治原因就曾反对一家中国石油公司收购优尼科石油公司，这是美国自由主义意识形态第一次遭受严重失败。自由主义只有当其单方向发挥作用时才能被接受，它第一次让非西方国家意识到西方强调自由主义必要性的言论的虚伪之处。第二个警钟和印度有关，是欧洲反对米塔尔集团收购安赛乐集团。然而，西方国家希望渡过危机时，突然忘记了这些自由主义规则。2008 年金融危机之后，之前几十年对发展中国家和计划经济国家强加了严苛的、没有商量余地的规则的西方自由主义民主国家，突然转而采取不那么符合自由主义理论的做法，例如美国政府接管一些私人企业，譬如房地美公司和房利美公司，掌握了通用汽车公司高达 60％的股份，这让美国工业的明星企业一下成为国有企业。爱尔兰、冰岛等其他国家为了挽救一个明显破产的经济制度采取了同样的政策。这个情况让市场经济的资本主义失去了可信度，同样失败的还有一种教条的意识形态。

这种全球化关系到贸易全球化以及使其成为可能的各种技术革命，它是一个客观的进程、实际的情况。但它与作为话语的、受约束的全球化有所不同。这种全球化是一个模糊但不可抗拒的力量，它要求各国开放更多边界，减少公共支出，为了吸引资本相互竞争，解除社会保护体系，实行健全的财政和货币政策，将公共企业私有化，抛弃国家的绝对权力。它所要求的各种纪律似乎从天而降、有超人的本质。它代表着与恶对立的善，仿佛当我们谈论全球化时，我们实际上是活在神圣的领土上。谈全球化时，类似传教的劝告全都是道德化的言论。今天全球化所倡导的资本主义模式根本上是西方的模式，它忽视了社会、政治和历史的特殊性，它把人类的命运简单地等同于对利润不断的疯狂追求，这种追求有损于所有其他的影响人类生活的要素。人们认为这种自由主义应当解决社会所面临的所有问题，但它悄悄地让这些更为严重的、通常是由贪婪导致的问题脱离了大众视野。贫困人口与越来越少的富人之间的收入差距继续扩大。这些短期的西方政策造成了一种不平等的、分化的、不稳定的繁荣。第二次世界大战后建立的布雷顿森林体系下的自由主义金融机构让华盛顿共识取得暂时胜利，这个现象清楚地表明，给予市场规则近乎完全的自由、任由自由放任的政策占据经济主体只会对社会产生负面影响。以美国和英国的情况为例，罗纳德·里根和玛格丽特·撒切尔实行的破坏性的极端自由主义让两个国家蒙受巨大损失，两人政策的结果非常明显：贫困加剧（撒切尔执政期间贫困率从 13.4% 上升到 22.2%）、不平等和收入差距迅速增加、国家基础设施和公共部门恶化、教育系统质量下降、教育机构之间的不平等现象日益加剧等。有证据表明，这些显著的变化是国家退出经济和社会领域的后果。在美国，收入最顶层的 1%的富人年均收入 130 万美元，是 1980 年年均收入的三倍。

与此同时，1980 年位于收入金字塔下层的 50%的家庭每年平均收入为 16000 美元，这一水平在 30 年来都没有变化。由“机会平等计划”开展的一项研究表明，“美国梦”已经无法实现，只有 50%出生在 20 世纪 80 年代的美国人才有可能——可能性非常渺茫——超过父母的收入。① 欧盟的情况也并不令人心安。根据经合组织 2017 年 1 月公布的一项研究报告，1980 年最富有的 10%的人口的可支配收入是最贫困人口可支配收入的 7 倍，目前这个差异高达 9.5 倍。该报告强调，贫富差距持续增长带来的忧虑情绪不仅可能会威胁社会稳定，而且可能威胁到政治稳定。②

---

① “U. S. inequality keeps getting uglier”, CNN Business, December 22, 2016.
② “Understanding the socio-economic divide in Europe”, *OECD*, January 26, 2017.

近几十年来美国和欧洲的经济增长是以极高的成本为代价换来的,尽管这些经济增长很微弱。目前没有任何可靠的分析可以表明市场在社会方面能够带来有效或公平的结果。

面对全球化和自由主义的这些后果,有必要求助于一种近乎偶像崇拜式的信仰,借助一种真正形式上的超越,如果不能将公共舆论联合起来,至少也能让公共舆论顺服。但这种完全神学的信仰并不是内在性的存在,而是人、政府、政治和法律共同决策(开放边界、贸易自由化、资本自由流动等)的结果。它是人类的制造,是一个真正的偶像。

中国乃至亚洲大部分地区和巴西的崛起带来的根本性转变使得许多严重分歧纷纷出现,这些分歧在全球化的进程中成为紧张局势和公开冲突的载体。西方文化其实希望继续仅按照自身价值的体系界定这种新的国际秩序,他们执着于自身价值观的普世性。最坏的情况下,他们认为其他文化是一种倒退并加以拒绝,即便是最好的情况,他们也只是认为这些文化“令人钦佩却已经僵化,无法孕育新的东西”。正如一位学者坦言,西方文化正忙于“衡量他人的人性”。这种深层的优越感持续地影响着西方国家的外交政策以及公众舆论对所有“他者”的判断。比如使用诸如“邪恶轴心”“流氓国家”等字眼体现出他们对各种如此不同并且深刻对立的思想存在着根本上的不解,这些思想无法找到一个基于平等也就是本质上尊重各方利益的对话渠道。

正是在这个方面,全球化遭遇越来越多的顽强抵抗。实际上,越来越多的人把全球化看作是一种西方化的进程,因为它一直传递着一种占主导地位的文化:商业和金融自由主义、议会民主制度、基于犹太-基督教思想对世界进行善恶的划分。正是这个因素导致由美国发起、欧洲随后加入的“大中东和北非”①倡议惨遭失败。如果说有关地区的一些领导人明显出于权力的

---

① 美国入侵伊拉克后,认为其军事行动不可战胜而且其价值观具备优越性,在 2004 年提出“大中东和北非倡议”(BMENA),该计划基于结合软实力与硬实力并获得了相应拨款,其目的在于对从毛里塔尼亚到阿富汗这一区域的伊斯兰国家实行民主化。

原因反对这个项目，那么包括西方盟友和相对西方化的精英在内的众多反对者一下子就提出了反对意见，这是因为它不仅涉及对大多数国家的专制政治体制的非民主的改革，最重要的是它还将对相关国家的价值体系进行深层次的改革。这个战略在某些方面可能具备积极意义，它声称传播一些真正意义上的普世价值观，譬如尊重人和公民的人身安全，但实际上并不能获得成功，因为它事先忽略了一个无法避开的必要步骤，那就是需要讨论这些在尊重不同文化的前提下、可能在全球范围内传播的价值观的明确内涵并达成普遍共识。但我们必须承认——仍要说到双重标准的问题——这一政策也与一些国家的虚伪行为形成了强烈对比，譬如美国要求合作伙伴或是对手尊重美国却把他们天天踩在脚下的原则。

西方把普世性作为霸权的工具，但在言论和行动层面长期存在着巨大差距。颇具启示意义的是，布什政府——该政府因为给美国入侵主权国家赋予合法性、通过彻头彻尾的谎言加剧中东的不稳定局势，早已威信扫地，甚至应当交给国际法庭处理的这一倡议在八国集团与该倡议的目标国家的年度对话中被重提并被扩大。

这些举措包含的政治和社会行为（婚姻、生育率）的西方化通常伴随着价值观的西方化（强调个人与事业成功），西方本身如今在价值观层面非常一致。这些在言论上霸权性的所谓普世价值被认为是社会共识和共同基础，但今天极少有政治运动或基督教秩序——在近代甚至在今天某些情况下认同这些普世价值。为了在面对西方的同时确立自己的身份，应该采取明确的、相称的说法，需要采纳对方，哪怕在他们看来只是一个负面的信号。必须认识到确实存在的差异，同时避免过分赞扬多样性和差异化的作用，摆脱对差异采取弗洛伊德所说的崇拜态度，我们需要选择一种既不是恐怖主义也不是种族中心主义的普世主义。

因此，当务之急在于以某种方式厘清不同文化之间的差异，并试图组织一种初级阶段的不同文化之间的文化共处。有人会反对我说联合国正是这种文化共处的晴雨表,每个声音无论大小都与其他声音相同,公民无论其国籍都可以获得同一组织内的职位。但这个形式上的平等共处在联合国组织具体运作中遭遇了失败:强国对这个组织的工具化、一旦联合国的决定没有服务于强国的利益时便进行规避的能力,让作为全球范围内和谐共处的管理机构的联合国失去了大部分可信度。所谓"普世"的价值观所面临的障碍之一在于对"现代性"概念的定义。自殖民主义的 19 世纪以来,社会"现代化"一直是所有社会的目标。这个在启蒙时代变成了进步的哲学,它认为全球范围内社会解放的方案有赖于一种"隐含地被假定为唯一合理的,因此也是优越的社会模式",所谓的"现代化"也成为并一直具备霸权主义的内涵。把"现代化"与"文明"联系在一起为各类现代化理论或多或少地提供了立足之地,譬如 20 世纪 60 年代美国非常流行的观念,即通过工业化、城市化、合理分配特别是市场活力从而实现的全球均质化,能够消除国家的文化、政治、体制、结构和社会政策方面的差异,在这样的观点下,非西方世界立马半推半就地和现代西方达成了一致。在谈到中国的时候,哲学教授杜维明正确地指出:"现代中国知识分子的困难在于,他们无条件地依附于现代西方启蒙运动的特别观点。他们认为,法国大革命所示范的世俗人文主义以及伴随着大革命的实证主义、功利主义、科学主义、唯物主义和进步主义,对中国来说是生存和繁荣的唯一机会。"

欧洲在历史上从批判哲学中受益,在迈向"现代化"的过程中,批判哲学是确定决定性优势的因素之一。批判哲学让欧洲能够不停地从自己的传统中解放出来、质疑自身的根基并允许进行各种实验。19 世纪西方和日本帝国主义突然发现清朝及其技术落后时,西方对中国提出的批评正是如此。矛盾的是,1978 年以来中国 40 年改革开放的经历已经证明,中国既有能力质疑奠基性的神话,历史的讽刺在于,中国在各个领域采取了经验主义的方法，更有能力质疑西方人传播的自由主义的神话。但当西方与其他文明密切接触时，譬如中华文明或伊斯兰文明，西方宣称自己代表着与停滞不前的断裂，代表着与传统信仰和传统习俗保持距离。与科学和技术现代性并行的是一种新的政治合法性，它不再以神圣、祭拜祖先、崇拜传统为核心，而是基于个体被承认、能够平等自由地参与社会。正是这种自治使他们构想出现代“人权”概念。随着西方对其他文明譬如中国或阿拉伯的文明获得军事上的胜利，西方一致坚信其与生俱来的优越性，坚信其价值观是“普世的”并能够普遍适用的……这种价值观的普世主义是文化共存的根本问题，无论是不同文化的民众之间的共存，还是同一个国家内部的不同传统或是国家本身之间的共存。几百年以来，西方旨在传播这些价值观、铲除被征服民族价值观的政策起初带着“文明使命”的面具，针对的是他们所视为的“历史之外的”、野蛮的、原始的民族。殖民地人民的觉醒、去殖民化进程以及之后的反对共产主义的斗争将需要一种新的话语，这时候就出现了之前提到的“人权”概念。但是，用德国哲学家尤尔根·哈贝马斯的话说：

> 作为民主和人权核心的普遍主义恰恰禁止我们单方面把它强加于人。西方“基本政治价值观”的有效性提出了普遍主义的要求，在任何情况下，这种要求绝不应该与帝国主义想要打造——对所有社会皆有榜样作用的某种既定的文化、既定的政治生活形式的野心混为一谈，哪怕这种文化和政治生活的形式来自世界上最古老的民主国家……①

问题在于，即便遵循共同的价值观，美国和欧洲国家却时常站在不同的立场，一些人宣称两者有“共同价值观”，而另一些声音则说，或许在一些共同价值观，比如代议制和市场之外，在同样重要的议题上也出现了日益扩大

① Jürgen Habermas，“La statue et les révolutionnaires”，*Le Monde*，2 Mai 2003.

的鸿沟,比如战争与和平、社会团结、公正、移民或宗教等问题。正如法国社会学家埃德加·莫兰所说,关键问题在于让全球化变得“文明”,他还提醒人们自由与平等不可分割,这种平等在美国以及美国人眼中的国际社会都是一个被遮蔽已久的概念。然而,完成这个使命不能仅仅依靠西方人,其他文化必须积极参与这种全球化文明的动态过程,在摈弃复仇观念的同时发现文化多样性蕴藏的宝藏,认识到决定整个人类社会的基本原则:尊重他者。

我们发现,这种全球化也为非西方文化提供了一个绝佳的机会,让别人了解自己的特点甚至突出自己的话语和对世界的看法。当然,不少伊斯兰电视台都能证实这个观点,尤其是像半岛电视台这样的卫星频道,无论是阿拉伯语新闻还是英语新闻,都在西方世界越来越重要,因为它所蕴含的理念是:希望传播与西方人不同的话语,但借用西方化的形式扩大这些信息的影响。中国或俄罗斯卫星频道也是对国际秩序新观点的传播者。而美国和欧洲却清楚地感受到了威胁,以至于华盛顿要求把俄罗斯的记者等登记为“外国代理人”,还有近期的孔子学院风波。但正如一些学者所说,实现“圆满的全球化”(mondialisation heureuse)的前提是北方国家的态度和战略发生真正转变并重新定位与南方国家的关系往来。

南南关系的加速发展将会促进全球化的动态转变从而让更多国家受益。极具吸引力的中国发展模式占据了南方国家的一极。在2008年9月的联合国大会上,一些和西方走得很近的国家元首第一次激烈地反抗西方的双重主张和无耻言论,他们开始质疑西方国家通过他们设立的机构,譬如世界银行和国际货币基金组织,想要强迫全世界遵循他们提出的世界秩序——与其说秩序不如说无序。带来这种变化的因素之一——金融危机实际上只是一个导火索——自然是中国在国际舞台上的崛起,中国不再只是单纯的经济大国,在外交和政治层面更是国际社会不可分割的一部分。对于许多发展中国家的领导人来说,苏联曾有一段时间承担这个角色,他们非常清楚与莫斯科结盟肯定可以阻碍美国的战略，但这种结盟不会带来经济发展。中国的改革开放政策在过去40年所取得的经济成就让中国成为更有价值的盟友，它似乎能够为自由主义全球化的历史模式提出新的替代方案。这个方面尤为重要，因为中国在没有附加条件的情况下邀请其合作伙伴研究其发展，以明确适应当地社会经济和政治条件的要素。

在这种崛起的新型南南关系中，中国由于其经济实力注定会发挥核心作用。日本的经验表明，成功的现代化是一个传统与现代相互促进的过程。中国应首先在传统与现代之间明确自身，甚至可能要重提某些不符合西方要求的价值观，如无私、团结、同情、怜悯、共情、忠诚、与自然和谐相处和对他人负责的精神，这些价值观正是"现代人"作为追求自私利益的经济主体所缺乏的。当然，中国对这些所谓的前现代价值观不存在垄断，一些现代性的观念摧毁了旧的社区从属关系，加剧了对自我的崇拜和个人主义化，儒家思想则是一种优秀的、和他人相处的思想，能够有助于在寻求共同利益时重新意识到对他人的责任。中国应当用自己几千年的文明作为现代化和全球化摇篮的灵感之源。这就是中国今天倡导的"和谐社会"的哲学意义。换句话说，就是在经济发展之外，在人类的层面——这也是所有非洲文化、阿拉伯或亚洲文化的共通之处——寻求能够在保留传统价值观的前提下促进经济和社会发展的方法。

正是在这种背景下，马来西亚总理马哈蒂尔提出了"亚洲价值观"，这是以亚洲价值观为名发出对西方价值观的抗议。这个构想经常遭受方法层面的质疑，因为它主要基于个人与群体的关系，其中包括家庭、宗族、地区、民族和国家。这一呼吁因此可能会产生这样的结果：比起西方极度分化的自由主义社会的个人，个人将拥有更明确的集体意识。亚洲人会为社会利益而工作，不那么自私，他们认可社会的凝聚力和稳定比个人权利更重要也更具优先地位。因此，亚洲人的行为基本上不是基于个人利益而是基于责任和义务。只有在一个有序的、调控个人主义过度发展的社会中，所有的集体成员才能安全地生活并得到满足，因此政府应该确保这样的环境。为了集体的取向经常与弱化自我、约束自我、为了共同利益自我牺牲等价值观相关联，从而与公共道德、社会活力与社会和谐等观念取得一致。在适当的领导下，这个做法能够成为保证经济繁荣、进步、公民和谐相处、法律和秩序的条件。

在这个意义上，我们站在从各个方面瓦解社会生活的美国自由主义思想的对立极端上。当然，这些包含儒家思想的价值观对抗着人权和民主等全球主义的抽象概念，特别是当这些概念被看作西方掩饰傲慢、家长式，甚至具有干涉主义倾向的手段时。两个世界之间对抗的主要分歧在于自由和民主。亚洲人普遍认为经济发展先于民主和公民权利，而西方之前也经历过同样的阶段。李光耀表示："我不认为民主必然会带来发展。我认为一个国家需要发展的是纪律而不是民主。"

对东亚来说最重要的是和谐与共识。基肖尔·马布巴尼认为正是这种西方和东亚文化的历史融合是亚洲爆炸性增长的原因，它为该地区的持续和平与繁荣而非恢复大国过往荣耀铺平了道路。在中国主导的南南对话中，这条道路仍然遍布荆棘，可能面临着与南北合作同样多的困难。但两种情况的主要区别在于中国拒绝将自己的模式、自己的价值观，甚至是自己的做法强加于人。中国为其他发展中国家提供经济甚至政治支持，没有任何道德说教和单方面强加的条件，这将是扩大中国影响力和建设新型国际社会的重要优势。南南对话必须始终尊重各国价值观，不能任由提出的各类价值观被罪恶的政策无端利用。因此有必要设立一条红线，一些国家在国际社会中有越过这条红线的行为时就必须遭到谴责，以保护人民免受大规模犯罪侵犯和种族灭绝的危险。

第九章

全球化过程中中国发展模式的吸引力

一、中国在世界的崛起

一个非西方的新兴大国在后冷战时期的国际秩序中崛起，在世界各地引起了不同的反响，这些反响逐步体现在国家战略、媒体话语以及民众信仰等方面。这一崛起所形成的历史条件不仅为美国在苏联解体之后继续保持超级霸权提供了理由，还为美国民众和华盛顿的盟友眼中过高的军事预算和帝国主义策略提供了“合理依据”。1989 年，时任戈尔巴乔夫外交顾问的阿尔巴托夫(Alexander Arbatov)提出名言“我们将给你最糟糕的待遇，我们将让你失去敌人”，他的话道出了一个再明显不过的事实：美国丧失了让别人相信的、清晰的敌对目标，通过盟军和军费打造的军事实力在疲惫不堪的民众眼中不再具备正当性，美国人民期待的是当选的领导人能够致力于内部的经济和社会问题而不是遥远的地区争端。在美国的国家机器特别是在美国国防部内，出现了一批持“中国威胁论”论调的分析人士和决策者，他们用意识形态的手段，浅薄地反对共产主义，还拿宗教说事——中国共产党自然是无神论者。这种论调在新保守主义团伙中大行其道，2000 年，乔治·W. 布什当选总统让新保守主义者粉墨登场。在小布什身边影响他决策的知识分子们明确地提出了他们的战略。时任美国国防部副部长保罗·沃尔福威茨宣布，美军的新使命是“防止一个伟大的竞争对手重新抬头”。老布什政府的国防部长迪克·切尼 1992 年批准了美国国防部的《防御计划指南》，认为美国的使命是“说服潜在的竞争对手不应该寻求发挥更大的作用，或者采取一种侵略性的姿态以保护自己的合法利益”，这份文件捍卫的是唯一霸权统治下的世界规则，而这个唯一霸权拥有足够的军事实力，可以威慑任何想挑衅美国霸主地位的国家或集团。然而 1992 年的世界局势，除了维护美国的绝对主导地位和“世界警察”角色的正当性之外没有太多可靠的选项，于是国际社会的部分国家把调节国际局势的重任交给了这位“世界警察”。苏联解体导致许多新的小国出现，之前的欧洲卫星国们希望通过加入欧盟从而享受在此之前的几十年都没能享受到的金融方面的好处。中国在邓小平的领导下重新启动经济改革，但仍专注国内稳定和发展的需求。伊斯兰世界正在经历零星的冲突，暂时还没有什么冲突能够威胁到国际安全。因此，美国有必要迅速树立一个敌人。

历史上有许多制造敌人的先例。关于中国，最让西方产生兴趣的当数德国威廉二世发明的“黄祸”(德语：gelbe Gefahr)，“黄祸”指“黄色人种对白人的威胁”(德语：Bedrohung der weissen durch die gelbe Rasse)。“黄祸”一说在国际范围受到追捧，最初被威廉二世借用，为瓜分中国提供正当性，如今这个说法仍然经常出现，尽管在西方媒体中只是顺带提到而已。法国前部长阿兰·佩雷菲特(Alain Peyrefitte)的论著非常有名，这本名为《当中国觉醒时，世界将为之颤抖》的书出版之后，大获成功，书名引用的是真实性仍待考证的拿破仑名言，潜意识中暗含了“中国将构成威胁”的信息。因此，自从 20 世纪 90 年代以来，在中国刚开始显现一个未来的经济大国的雏形时，“中国会带来威胁”的感觉就已经在人们心中萌生，这种担忧早早出现在中国可能成为一个震撼西方的全球性大国之前。但当时中国还不能成为美国在全球范围内的真正敌人，美国必须重建一个意义系统从而维持其霸主地位不可动摇。弗朗西斯·福山错误地分析道，世界随着苏联解体已经到达“历史的终结”，这个“历史的终结”与需要一个敌人是相悖的。在一个被美国经济、社会和价值观绝对主导的世界中，如何证明美国执着于军事工业、华盛顿长期对国际社会的命令是正当的呢？如法国政治学家所言：

> 建立一个完全基于敌人存在的意义系统并非是必然的选择。建立一个基于价值观的外部性是更可取的，因为同外部与敌人之间存在自我不可或缺的定义相比，这样更有成果。①

因此，直到21世纪的第一个十年，华盛顿才不得不把中国确定为一号敌人。不可否认的是，“9・11”袭击事件首次给美国新保守主义派提供了加强美国军事力量、部署并增派驻外美军的机会。在战略家们的眼中，美国2001年底占领阿富汗、2003年占领伊拉克为美国提供了一个可以染指中东以及中国和俄罗斯边界的契机。新保守派最初的野心是在伊拉克建立永久军事基地，这样可以把伊朗以及波斯湾和中亚置于美国军队可以迅速抵达的行动范围内，从而对抵抗美国压力或公开表示敌意的国家进行军事干预。但是，伊拉克和阿富汗安全局势的迅速恶化很快终结了这些野心，这件事提醒美国的战略家和政治家们，历史是由人民自己创造的，没有任何军事征服会获得最终的胜利，西方的殖民历史为此提供了无可辩驳的证明。然而，恐怖主义显然只能是一种稍纵即逝的现象，因为它没有国家的支持，也没有得到人民大众的支持。尽管连续几届美国政府都有“参军打仗”的提法，对美国霸主地位的真正威胁不可能来自这些扰乱地方局势的恐怖主义团体。随着后苏联时代的俄罗斯在经济、政治和社会等方面逐渐式微，只有中国能够承担“稻草人”这一角色。1978年以来，西方怀着一种优越感关注中国经济振兴。在西方人眼中，振兴中国经济的目标只能是开放巨大市场、提供非常廉价的劳动力，从而为美国和欧洲企业的利益服务，没人能够想到中国在未来

① Zaki Laïdi, *Un monde privé de sens* [Paris: Hachette Littératures, 2001, p. 141].

的某一天能够拥有成为世界大国的雄心。直到当时,还没有任何非西方国家加入世界大国的俱乐部,这一事实也让中国成为大国的假设看上去遥不可及。即使是日本,在20世纪30年代和40年代军事力量到达顶峰时,或者20世纪80年代经济腾飞时,基本上只是地区大国。在排除造成这一情况的历史因素(殖民地、帝国主义战争、让从殖民中走出来的发展中国家沿着西方列强的轨迹发展的政策)后,西方分析家们和大部分公众舆论毫不收敛自身的种族主义思想,得出如下结论:只有西方人才能不断创新,才能推动经济和科学理论的进步从而为可持续发展开启道路。这种文化主义的观点认为中国人仍然停留在19世纪,而19世纪的殖民战争正是以"文化使命"作为借口。

因此,在西方媒体大规模批评中国的基础上,妖魔化中国的战略甚嚣尘上,这个战略在美国和欧洲的公共舆论中迅速传播。欧洲人和美国人在20世纪发动了历史上两场最具破坏性的战争,多次犯下殖民罪行,使用——历史上第一次也是唯一一次——核武器,在越南发动化学战,在2000年前后忙于占领阿富汗和伊拉克的战争的当口,向世界解释新世纪的主要威胁是中国……为了制衡中国,诞生了圣雄甘地史诗传奇的印度被说成是非暴力的家园、世界上最大的民主国家。非暴力概念的确值得玩味……美国和欧洲出版了的大量专著,这些专著的书名往往具有诱导性和挑衅性,譬如,《中国将是我们的噩梦吗?》《中国即将崩溃》《中国的傲慢》《对中国的恐惧》《中国对欧洲的冒犯》,诸如此类。至此,美国找到了新的敌人,可以再次为美国军事预算以及美军在太平洋和中国周边地区重新部署军力提供"合理依据"。

"中国威胁论"基于一种西方分析界主导的、一成不变的陈旧视角。分析家们经常简单地用20世纪30年代德国和日本崛起类比中国崛起,他们无法跳出传统的框架思考问题。对他们来说,一些原则和既定事实制约了他们的思考：国际体系本质上是无政府主义的(对于现实主义国际关系理论而言，国际体系只是民族自私行为的总和，只有通过武力才能让规则得到接受)；两个大国之间——一个国力上升(中国)，另一个国力下降(美国)——发生冲突是不可避免的；不同的政治制度不能永久共存；中国的共产主义特性本质上是侵略性的、极权主义的，因此违背了西方列强的利益。为德国《日报》《时代周报》工作的著名德国记者花久志(Georg Blume，音译葛奥格·布鲁默)自1997年以来一直跟进东亚局势变迁，他在2008年出版了一本小书，书名值得玩味：《中国不是邪恶帝国》。

针对许多认为中国和美国之间战争不可避免的著作，花久志的著作给出了回应，他在结论中提醒德国舆论，广义上来说是提醒西方舆论：

> 关于战争的种种猜测缺乏经济和政治的依据。但如果我们继续任凭对中国的恐惧增长，有一天我们将会——有悖于我们自己的利益——在强大的他者身上看到强大的敌人。①

然而在我看来，自唐纳德·特朗普当选美国总统和实施“美国优先”政策以来，“中国威胁论”已经到达极点。美国总统在经济和战略上的混乱行动、完全无视国际社会中的其他参与方的做法让人们清楚地看到了美国国际政治的现实，揭示了在近一个多世纪的时间里隐藏在美国麻醉性言论背后的、追求独一无二的统治地位的战略目标。

唐纳德·特朗普的演说、推文和行为在外国舆论中引起了一场真正的震动，外国舆论突然意识到自己国家面对美国实力和美国对和平与安全构成的危险时的无能为力。如今，美国的部分媒体，包括十分保守的《华盛顿

① Georg Blume, *China ist kein Reich des Bösen: Trotz Tibet muss Berlin auf peking setzen* [Edition körber, 2008].

邮报》,经常透露出美国分析家和政治学家对美国总统行为的担忧。在最近于加拿大举行的七国集团首脑会议上,美国总统不负责任的态度让人们深感经济和国际安全方面非正式的共同管理遭遇破产。这次会议引发了关于未来国际秩序配置的新问题,这或许是暂时的,因为国际社会很难持续忽视2014年因克里米亚问题被长期排除在八国集团之外的俄罗斯,还有世界第二大经济体的中国。尽管欧洲的主流媒体一直保持着反对中国的态度,但他们令读者感到越来越不可信,从互联网上关于它们的文章的评论便可见一斑。近年来,欧洲媒体的公信力坍塌,这和它们在处理本国的信息或者国际信息时越来越具有宣传性质有关。这种公开偏袒和对于各种危机(叙利亚、伊拉克、伊朗、委内瑞拉……)、普京领导的俄罗斯以及欧盟的各种问题的片面报道近年来大大降低了它们的可信度。随着2018年3月针对前俄罗斯特工、双重间谍谢尔盖·斯克里帕尔的谋杀未遂引发危机,欧洲和美国对俄罗斯的外交政策在西方舆论中出现新的变化。随后的几个星期里,人们意识到神经毒剂诺维乔克(Novitchok)虽然最初由苏联研发,但一家英国实验室存有大量样品,德国情报人员自20世纪90年代以来也开始使用这种毒剂,许多人不能理解,俄罗斯为何要在足球世界杯开幕前的几周内,在海外抹除一个对俄罗斯没有用处的特工的合理性。

发展中国家的人们对中国崛起的感知明显不同,但不同群体对中国的看法也很不一样。总的来说,非洲、拉丁美洲和亚洲的政治和经济精英对中国的看法相当正面。中国的财政能力以及中国不附带政治条件的发展援助政策,无论是官方的发展援助还是以商业利率或援助优惠利率提供的贷款,特别是“一带一路”倡议的实施,使中国成为发展中国家的主要对话国家。无疑,已经实施的重大基础设施建设项目对当地民众心中的中国崛起形象产生了重大影响,虽然有些抗议活动,但不是反对中国的政策,而是由于个别中国企业在当地不尊重当地对环境和社会的要求而造成的。在国外，中国崛起带给人们最实际的感受和中国的形象不是建立在领导人讲话的基础上，而是基于中国国企和私企的工作人员、外交人员和中国商人——其中很多人在非洲——和当地人民的现实交往。在法国或英国的前殖民地，使用法语和英语的西方媒体对当地精英关于国际事务，尤其是中国的看法产生了不可忽视的影响。西方媒体对中国的系统性批评经常出现在非洲或阿拉伯官员的讨论中，左右着他们的观点；他们在中国官员面前所作的演讲，与他们和欧洲人或美国人会面时所发表的演讲有十分明显的区别。因此，有必要通过中国官员加强对中国驻外企业行为的监管，引导已形成可观规模的在海外的华人，因为他们的行为会对中国形象产生显著的影响。

在与亚洲邻国之外的发展中国家的关系中，中国的外交政策以及对双边或多边关系的构想仍受阻于对狭义的经济方面之外的因素考虑不足。譬如，中国官员与非洲领导人之间的交流几乎完全基于经济交流和贸易往来。曾为一些非洲领导人和阿拉伯领导人提供咨询的个人经历使我能够看到这些国家对于中国作为一个未来的大国所抱有的期望，以及他们无法与中国对话深入讨论直接关系他们的问题——例如在贸易问题之外的战略和军事层面时表现出的沮丧。许多非洲领导人来自革命运动或政党，仍属于国际社会主义的党派，他们经常表达自己对于无法与中国同行讨论意识形态和政治的失望，即使党内的对话也是如此。中国共产党在非洲、拉丁美洲以及近东和中东的地方左派中仍然具有良好的形象，原因是中国对马克思列宁主义的坚持以及中国在这一旗帜下改革开放40年来所取得的成就。这些国家左派的、社会主义的党派也期望从中国方面得到更多的支持。显然，中国仍然需要在不干涉他国内政的政策与团结合法的社会主义政党之间找到平衡，以改善中国崛起在“兄弟”党派中的形象，增强中国在发展中国家的政党和公众舆论中的吸引力。

二、中国软实力

公共外交是各国软实力的一个组成部分，自20世纪中叶已成为大国交往的重要手段。随着中国完全融入国际社会并在新的国际秩序中发挥重要作用，之前集中精力进行国内经济和社会发展的中国领导人逐步意识到国家形象在国家发展过程中的重要性，直到这时中国的软实力才被逐步提出来。通信技术的飞速发展以及通信迅速摆脱国家控制的事实，使得中国不得不迅速实施公共外交的政策，这种公共外交通常包含在宣传中，能在海外塑造国家形象并应对媒体的反华宣传以及对中国现实情况的歪曲。公共外交和宣传概念之间的差异仍然很难界定。如果说约瑟夫·奈把软实力定义为"一个国家不诉诸武力或胁迫从而说服其他国家做本国想做的事情的能力"，那么宣传的定义也非常接近。大卫·韦尔奇(David Welch)把宣传定义为"出于某个直接或间接服从于宣传者或政客的目的，通过传播观念和价值观从而影响受众观点的有意识尝试"①。前美国大使、负责欧洲和加拿大事务的助理国务卿理查德·霍尔布鲁克，谈到这个概念的时候更加直接，"说它是公共外交也好，是公共事务、心理战也好，说得直接点，就是宣传"②。实际上，公共外交通常比宣传更复杂，因为它要考虑接收者的政治和文化特性。要想行之有效，公共外交尤其需要弄清楚可信度、自我批评和公民社会在塑造软实力中的作用。③ 交流中的文化层面对开展文化外交是必不可少的，文化交流的基础是对目标国家文化和政治背景的仔细分析，因此需要坚

① David Welch, "Powers of Persuasion", *History Today*, vol. 49, Issue 8, August 1999, pp. 24–26.
② Richard Holbrooke, "Get The Message Out", *The Washington Post*, October 28, 2001.
③ Joseph S. Nye Jr., *Soft Power: The Means To Success In World Politics* [New York: Public Affairs, 2004, p. 94].

实的专业知识。向美国公众、法国公众或波斯湾的阿拉伯公众发表讲话需要不同的引导、不同的参考、不同的术语。无可争辩的是，用对中国公众一样的讲话方式向外国公众发表讲话的方法注定会失败。一位美国人类学家在他得到国际承认的研究中定义了两种文化，它们影响着个体在接受隐含或明显信息时所采取的沟通方式：低情境文化，譬如美国和北欧国家，强调逻辑、理性和采用口头风格、明确和直接的沟通；高情境文化，譬如非洲和亚洲——包括中国——这些文化通常是集体性的，相比个人的成功，他们更侧重集体的和谐、更希望达成共识。因此，中国的公共外交必须优先确定中国在国外面临对抗宣传的主题，然后确定有效的策略和内容，以抵制和阻止舆论受到这种系统性敌对话语的影响。

仔细研究西方关于中国的主流媒体话语，不难发现以下几种主要观点：

——中国的政治制度至少是专制的，最常见的是“暴政”，严格意义上个人不享有任何形式的自由。

——中国的经济发展只惠及了一小部分人，绝大多数人的命运并没有得到关注，绝大多数人只能在无情的枷锁中哀求，没有任何未来。

——任何中国的进步——技术的、科学的、奥运会的成功，只是一种“力量的展示”，中国打算通过这种方式让反对者相信自己具备优势并最终会取代美国。这种看法认为，为了统治地位会展开你死我活的斗争，这显然是西方的权力关系概念，并认为最终的结果只能是一胜一败。

——中国公民只能集体思考，个人根本不存在，因此，任何行动或反应都只是核心——党——的决定，个人自发性与中国社会和政治的组织方式水火不容。

——出于文化原因，中国只能模仿而不能创新，所以它一直致力于复制西方制造。

这些是从根本上来说，公共外交必须谨慎地、恰当地对待偏见。西方的这种宣传涉及中国发展的政治和经济方面。在政治层面，主流的论调基于以下原则：

——根深蒂固的偏见：中国是共产党领导下的“人民共和国”。邓小平和40年来的改革开放让中国发生了翻天覆地的转变，而中国在西方的政治形象并没有改变。他们仅靠“共产主义”一词便否定中国的政治制度和经济、社会或战略政策。作为一种曾经是与政治和经济自由主义相对立的政治制度，它只会对西方的自由主义民主社会构成致命威胁。中国寻求的是西方社会瓦解，就像苏联之前进行的、旨在摧毁资本主义的反对资本主义运动。然而在西方谈论中国时，用马克思分析的话说就是，一切都是“政治的”。奥运会就是明证。

——“木语”①，宣传和“政治正确”：西方人是滥用固有观念的囚徒，这种滥用使得他们的分析带有十分强烈的印记。被纳入“共产主义”类别的中国声音，只能被视为“木语”和从负面、从贬义去理解的“宣传”。在欧洲或美国，“宣传”或木语通过不同渠道（新闻、政治、教育）以巧妙的方式传达给民众，每个信息载体都给人不受话语和分析制约的感觉，但这些媒体的观点与主流意识形态完完全全地一致。因此在很多领域隐蔽地存在“政治正确”——可以看成一种“无声的宣传”，这自然是最强大的“压力团体”施压的结果。例如，今天涉及以色列和犹太人民的知识恐怖主义来自一个明确的战略，这个战略在于抹黑一切针对以色列国的政策的批评。之所以在欧洲或美国涉及阿拉伯人/穆斯林或中国人时不存在这种现象，第一个原因是这些群体太过分散，无法形成一个整体的游说团队；第二个原因是这些群体试图避免涉足政治，避免与地方当局对抗。在这两种情况下，游说团体的空缺就转化为媒体上无休止的猛烈攻击，这对犹太人是不可想象的。

在国际上，面向公共舆论的阴险无形的宣传、“政治正确”的至上和对中

---

① 木语：枯燥无味的话、官腔。

国现实的忽视，这些因素结合在一起使得中国几乎永远处于自我辩护、自我防卫的境地。譬如西藏问题沉寂了50年之后成为媒体追捧的新闻就充分说明了这种情况。首先，西方媒体在游说团体特别是美国游说团体的影响下，构建了一个幻想中的西藏（“讲故事”和“高级幕僚”）：

——达赖喇嘛，一个寻求独立的精神领袖；

——本质上非暴力的西藏人民，主要由僧侣组成，他们的文化受到消除异己的中国政府的“压迫”，政府应该对其“文化种族灭绝”负责；

——西藏地区几乎等同于天堂、伊甸园。

面对这种大肆宣传，中国不得不用发展西藏的政策和西藏在历史上就是中国的一部分进行反驳。因此，这是一种自卫的立场和辩解的立场，实际上收效甚微，因为从西方的角度看，中国政府的任何声明或中国政府的任何行为都被看作是隐藏肮脏目的的“宣传”。但就中国而言，从来没有向诋毁中国的主要西方国家就这些国家过去和现在的少数民族问题提出滋扰性的问题。在欧洲，以法国或西班牙为例，布列塔尼或巴斯克等少数群体的文化已经被暴力消解在国家之中。今天在西藏还有教授藏文的学校，却没有法国学校正式教授布列塔尼语或科西嘉语，也没有西班牙学校提供巴斯克语的正规教育……在今天的美国，美洲印第安人——这个大陆的第一批居民——仍然生活在被称为“印第安保留地”的地方，他们在过去的很长一段时间曾经遭受了真正意义上的“种族灭绝”，美国从未像他们要求其他国家那样寻求被“宽恕”。

欧洲有一句谚语，“最好的防御就是攻击”。这是一种强烈的文化主义的观点，但在与西方人交流时却很有效。它所说的不是侵略或敌意，而是冷静地用外交方式让对手断送在自己的弱点和过去或现在的恶习之上。为了有效地抵抗敌对的宣传，使用对手的武器可能是有用的。

在经济层面，我们经常遇到，甚至总是遇到交流方式带来的障碍，这是经常导致冲突和伙伴关系失败的一个常见原因。一个尤其突出的例子，就是一个已签订的合同的效力，对于中国企业和对西方、非洲或阿拉伯企业来说是不同的。在经贸领域，法律在西方占据主要位置，而中国企业往往表现出很大的灵活性。这一问题在外交领域也存在——也就是在没有明确定义对象的情况下，隐含信息和明确信息之间有所区分。西方文化是一种直接的话语，经常会提到事情的负面因素，特别是能传达出可能会发生冲突的信息，但这种话语是主导性的。经济和商业领域的沟通问题总是与文化息息相关。

——对媒介语言的了解不足，这是中国公司在海外的普遍情况；

——对彼此文化规范的不了解，这在所有社会都尤其重要，特别是在更传统的社会；

——法律文化成为这些关系中的主要障碍：中国传统社会和经济组织形式中的法律地位与法律在欧洲的地位非常不同。在欧洲，法律优先于正义，一个法律的决定可以是不公平的；中国的传统是公平优先于法律，中国律师看到他们的欧洲同事接受完全不公平的法律决定时表示十分惊讶；

——有必要采取游说行动，这还需要借助中国或国外的专业知识对其他国家有更深入的了解，特别是涉及数千万甚至数亿美元的海外项目的时候。

为了实施有效的沟通政策和公共外交，意识形态不能主导对外言论，实用主义的考量让我们必须深入了解受众的沟通方式和载体。这完全不意味着放弃中国文化和符号，但要优先考虑信息的质量并确保信息能够被理解。这种方法对于中国在国际层面的崛起以及中国形象的持久改观具有战略性和决定性的作用。近年来，随着中国媒体（电视频道、新闻机构、报纸和杂志等）日益国际化，中国在这方面已经作出了重大努力。这些努力开始取得成效，但要使内容更加符合受众的期待仍有许多工作要做。

三、走向人类命运共同体？

与塞缪尔·亨廷顿的《文明的冲突》和许多其他西方学者的观点不同，2015年9月28日，习近平主席在第七十届联合国大会一般性辩论时发表讲话并提出了一个构想，如果国际社会实力最强的国家能够在世界未来的合理方案上达成一致，这个构想将能够打造新型的国际关系，这个构想就是"人类命运共同体"。习近平主席表达了他对中国和世界未来的看法，他认为，世界人民有许多共同的价值观：和平、发展、公平、正义、民主、自由①，这也是联合国的崇高目标。但是，与常见的探讨文明高下的观点不同，习近平主席明确指出：

> 文明之间要对话，不要排斥；要交流，不要取代。人类历史就是一幅不同文明相互交流、互鉴、融合的宏伟画卷。我们要尊重各种文明，平等相待，互学互鉴，兼收并蓄，推动人类文明实现创造性发展。②

习近平主席在同一篇讲话中还说道："不同文明凝聚着不同民族的智慧和贡献，没有高低之别，更无优劣之分。"这种观点具备奠基性的意义，因为它开启了一种超越政治、经济、社会差异和战略对抗，加速并深化国际合作的道路。的确，在国际层面而不是国家层面解决环境或贫困问题是全球的共同利益所在，不认同这种看法的观点是盲目的、不负责任的、危险的。一个国家在面对集体挑战时，退缩在国家边界和纯粹的短期国家利益之后，只

① 习近平，《携手构建合作共赢新伙伴，同心打造人类命运共同体》，《习近平谈治国理政》（第二卷），北京：外文出版社，2017年版，第522页。
② 同上书，第524—525页。

会导致更加不稳定的局势和公开冲突，而世界上所有国家的相互依存从20世纪已成为一个无可争辩的现实。鉴于科学研究在全球变暖、冰川融化、臭氧层空洞、内陆和海洋水域污染、大气污染等诸多长期威胁人类的环境问题方面已经取得的成果，还能够否认这些科学结果并执行与专家和国际机构的推荐相悖的经济和工业政策吗？难道这不是犯罪吗？中国自改革开放初期以来，被指责以损害环境为代价而集中精力进行经济发展，但西方的报道——显然有意或无意地隐藏了他们自己的经济和工业历史——认为中国人天生就对环境和保护自然漠不关心，这种判断具有非常强烈的文化主义色彩，它忽视了这么多人口对经济和社会发展的需求以及各类事务的优先等级。习近平主席在联合国的讲话中提到构筑一个“尊崇自然、绿色发展的生态体系”。中国的国画经常体现人在面对大自然时的渺小，这不正是中国思想中强调自然重要性的写照吗？发展问题和贫困问题也是应该引导国际社会共同面对的课题。几十年来，西方国家和国际金融机构强加的自由主义制度让发展中国家出现了一些富人阶级，但它反倒加剧了城市化现象、农村荒漠化现象、贫困现象，引发了日益激烈的社会抗议。

建设生态文明直接影响全人类，让各国领导者越来越意识到有必要采取一致的合作行动来共谋生态文明建设之路。有些人提到需要进行全球治理，甚至需要世界政府。习近平主席对这个问题的视角揭示了一个重要的关键：全球治理将不再基于一种将不同民族聚集到一起的“普世文明”，而是一个“和而不同、兼收并蓄的文明交流”。它能够让每个文明在尊重其他文明的前提下，在交流的进程中得以保留自身历史、文化、社会和政治的特点，不同文明之间的交流能够为应对挑战时采取何种策略寻求普遍的共识。因此，这个方案并不是把条件强加于别的国家，而是寻求可能存在的共同方案并使得各国能够针对各自的情况从中获得不同的借鉴。这个方案所维系的多样性不再对国家和民族之间的对话设置障碍，因为每个国家都对这种多样性有自己的贡献和义务并在共同的构筑中找到自己的位置，这个共同的构筑就是新的人类。大国们会同意停止以“文明”的名义进行的十字军东征，到目前为止，“文明”一词通常仅仅指西方的、犹太-基督教的“文明”，它为19世纪、20世纪的殖民战争还有1945年以来美国及其盟友对质疑美国倡导的国际秩序的国家所发动的帝国主义战争提供了正当性。

正如德国社会学家诺贝特·埃利亚斯(Norbert Elias)所言：

> 当我们在思考文明的概念真正具备何种普遍功能，以及什么让他们把人类这些不同的态度与活动称之为文明时，我们会立刻发现：这个概念表达了一种西方的情结。甚至可以说：一种民族主义的情结。它汇集了过去两到三个世纪以来，西方社会认为自己相对于早期社会或“更原始的”同时代人所具备的所有优势。通过这个术语，西方社会试图描述构成其特征和他们为之自豪的东西：技术水平、使用科学技术的天性、科学知识的发展或者他们的世界观，诸如此类。①

西方宣扬的文明概念隐含着一个明确的信息，那就是其他文明，如果其价值和成功没有被否定，他们相对于犹太-基督教文明来说永远处在某一个无法弥补的衰退阶段。这种对其他文明的看法在历史上成了为殖民征服背书的主要理由，正如它为19世纪制服并瓜分中国的行为提供辩护一样。这个逻辑被弗朗西斯·福山宣称为“历史的终结”。

习近平主席的思想融合了英国哲学家托马斯·霍布斯的思想，霍布斯认为如果没有初期的社会合作，将不会出现科学或技术知识，不会有哲学或美术，也没有个人财产、财富或福祉，在这些领域也不会有任何进展。人类

① Norbert Elias, *The Civilizing Process*, *Sociogenetic and Psychogenetic Investigations* [Malden: Blackwell Publishing, 2000, p.5].

经历了长期的知识、科学和技术的发展过程,中国用自己的发明在几百年的时间内为此作出了巨大贡献。人类也已进入一个新的阶段,在这个阶段,科学和技术进步倾向于为一些远不如医学或环境研究高尚的事业服务,譬如战争越来越精细化、为了长远转变人类未来而开展的转基因试验,科学与技术所作的不一定是积极的贡献。因此,当务之急是将人类几个世纪以来积累的成果用于实现人类共同的目标以构建人类命运共同体。在西方关于文明和历史上的力量关系的分析中,无论是阿尔图尔·德·戈宾诺(Arthur de Gobineau)、赫伯特·斯宾塞(Herbert Spencer)还是奥斯瓦尔德·斯宾格勒(Oswald Spengler),西方长期占主导地位的思想认为文明的演变是一种不可避免的、消灭被西方主流文化认为的更为原始的文化的过程,其手段是通过主导的西方文化,其使命——"神圣的使命"——在于征服和开化其他民族。习近平主席肯定了人类与人类命运具有独特性,他的看法更接近法国政治家安-罗伯特-雅克·杜尔哥(Anne-Robert-Jacques Turgot),杜尔哥在1750年提出:

> 人类,自它出现以来,在哲学家的眼中作为一个庞大的整体出现。……反过来,艺术和科学又被发现、完善,在各自的发展中或加快或迟缓;它们又从一个国家传播到另一个国家。①

2014年3月27日,习近平主席在联合国教科文组织总部演讲时说道:

> 世界上不存在十全十美的文明,也不存在一无是处的文明,文明没

---

① Darid Gordon, *The Turgot Collection: Writings, Speeches and Letters of Anne Robert Jacques Turgot, Baron de Laune* [Auburn: Ludwig von Mises Institute, 2011, p.322].

有高低、优劣之分。①

诺贝尔奖得主、英国作家维·苏·奈保尔(V. S. Naipaul)1990年11月在《纽约时报》发表的文章中提到正在出现的“普世文明”是基于美国社会模式和制度。他认为：

> 普世文明长期以来仍在形成之中。它在此之前并不总是普世的，也没有像在今天这样具有吸引力。在最少三百年的时间里，欧洲的扩张为它赋予了在今天看来仍然充满痛苦回忆的种族色彩。②

奈保尔在非阿拉伯的伊斯兰国家——伊朗、巴基斯坦、印度尼西亚和马来西亚旅行期间观察、进行实地采访，但他犯了一个非常普遍的错误，那就是认为许多民族对美国生活方式感兴趣——实际上是着迷——就等同于当地人民有意愿采纳美国社会和政治模式。社会学家吉尔特·霍夫斯泰德(Geert Hofstede)指出，奈保尔忽视了不同层面——民族或国家之间的思维方式差异导致了许多旨在解决民族、群体和国家之间冲突的方案以失败收场。对这些差异的理解与严格意义上的技术问题都是谈判和关系的关键因素。③ 鉴于人们普遍认为通信的发展、旅行的便捷、技术工具使得每个人都可以和地球的另一端通信，这些进步倾向于同化不同的民族，逐步建立一种消除民族和国家之间差异的“普世文明”。而这种世界的缩小反而会凸显差异，这些以前存在于想象中的差异变成了明确的、可感知的、让大多数人感到恐慌的现实。然而，习惯、行为和未来愿景等方面的同化孕育了一种混杂

---

① 习近平，《文明因交流而多彩，文明因互鉴而丰富》，《习近平谈治国理政》，北京：外文出版社，2014年版，第259页。

② “Our universal civilization”, *The New York Times*, November 5, 1990.

③ Geert Hofstede, *Cultures and Organizations*, “*Software of the Mind*”, *Intercultural Cooperation and Its Importance for the Survival* [London: Profile Book, 2003, p.3].

的现代性，这个现象在青年群体中尤其明显，这种现代性给国家的民族主义和身份问题设置了障碍，特别是在欧洲导致了民粹主义的抬头。

塞缪尔·亨廷顿的观点是，"文明"或宗教的身份和意识形态或国籍相反，是不可让渡的。亨廷顿过于迅速地得出结论：认识差异将不可避免地导致暴力。实际上，各国政治精英应当拒绝利用这些差异引导公民，坚持创造一个有利于对话、有利于解释差异的环境，并寻求在共同价值观上达成共识，这正是中国国家主席提出的愿景。通过 2001 年 9 月 11 日在美国、2004 年 3 月 11 日在西班牙马德里发生的袭击事件能够发现不同的方法会产生不同的效果。小布什政府希望制定一项复仇性战略征服阿富汗，并将整个伊斯兰教和穆斯林妖魔化。2004 年 9 月 21 日，在西班牙政府的倡议下，"文明联盟"在马德里正式启动，这项计划的目标是汇集阿拉伯世界和西方国家，通过政治、经济和社会手段打击恐怖主义，与布什强调军事手段的"反恐战争"恰恰相反。西班牙首相何塞·路易斯·罗德里格斯·萨帕特罗在联合国大会上提出的这一倡议，特别包含了反恐合作、打击经济和社会不平等以及开展文化对话。与华盛顿的政策不同，该倡议没有涉及军事行动。这个计划与六年前伊朗总统穆罕默德·哈塔米在联合国发起的、旨在发展"不同文明之间的对话"的提议保持一致。1999 年 10 月，时任伊朗总统的穆罕默德·哈塔米在联合国教科文组织的讲话中强调，有必要从根本上转变政治思维从而克服 20 世纪的暴行和压迫，他还呼吁以一种文化和文明间对话的新范式"改变当前的国际关系状态"。实际上，世界已经进入了一个过渡阶段，在这个新的历史时期中，西方作为直接组织者的漫长时期即将结束，这个过渡阶段类似于罗马帝国的衰落、15 世纪的文艺复兴——中世纪基督教世界的终结，或 18 世纪的启蒙时代——旧制度的终结。它不一定是衰落，而是世界新的重组。占主导地位的西方所强调的科学、技术或哲学成就在长达 400 年的时间里为西方统治树立了威信，但正如贾雷德·戴蒙德（Jared

Diamond)所说：

> 当我们想到人类社会在农业出现之后有能力维持一些专业人才时，应该想到不止有米开朗琪罗和莎士比亚，还有专门杀人的常备军队。①

著名人类学家克劳德·列维-斯特劳斯(Claude Levi-Strauss)在1958年出版的《结构人类学》中掷地有声地宣布“野蛮人首先是相信野蛮的人”，并且“所有社会都同样好(或坏)，价值观的判断必然是相对的，跨文化的判断是不可能的”②。关于文明的定义中一个简单而核心，同时在价值判断中时隐时现、持续影响着西方媒体的问题是：炸死一个敌人比用割喉的方式杀死一个敌人更文明吗？这个问题可能看起来无关紧要，但具有基础的意义。因为它提醒人们，与美国的大肆宣传相反，并不存在“清洁的战争”。对这个问题我们只能诚实作答：两种做法都是不可原谅的罪行，大国才能真正集中精力消除战争和暴力、大规模杀伤性武器，并支持所有旨在建立和平与和谐、尊重每个人的差异和利益的倡议 。这就是习近平主席提出“人类命运共同体”的战略意义。

随着这个新的历史时期的到来，中国似乎应该找回其中心地位，并代表一种新的现代性，推动人们共同努力以重组民族与国家间关系。回顾过去，中国12世纪的城市化率——现代性的标志之一——欧洲直到18世纪初才实现。早在欧洲工业化之前，第一个大规模工业就是中国的陶瓷工业。16世纪，中国和伊斯兰世界的领先地位在各种因素导致的压力下逐步瓦解，这种压力在19世纪对华战争中进一步加大，加剧了中国经济和社会发展的滞

① Jared Diamond, *The Rise and Fall of the Third Chimpanzee* [London: Radius, 2000, p.170].
② Claude Lévi-Strauss, *Anthropologie Structurale deux* [Paris: Plon, 1973, pp.383-384].

后。“西方文明”在其野心的驱使下无法圈定自己的边界，对环境造成了大规模的破坏，破坏了社会联系，通过鼓励残酷竞争和对工人的过度剥削强化对利益的竞逐。正如中国哲学家梁漱溟所说，孔子思想对中国发展不是障碍，甚至可以纠正西方发展带来的偏差。中国国家主席正是代表了这种“混合的现代性”，他强调要从各种思想中汲取最有用的部分，其中包括孔子和中国古代思想家、马克思主义，甚至包括自由主义思想，后者可能作为其他思想的补充而不是对立。但他在这个新的历史阶段的主要贡献在于重新定义国家、民族和文明之间关系的性质。通过尊重不同文明之间的差异、坚持相互尊重与和谐共处，这为西方人推行的国际秩序之外的新型国际秩序奠定了基础。西方人推行的国际秩序的基础是整个国际社会尊崇的单一社会模式，即自由主义的民主模式。如果说主导殖民征服和 1945 年后西方推行的世界秩序能够获得较为广泛的认同，那么殖民入侵伊拉克的一系列罪行（奴役别人的“人道主义者”、压迫他人的“解放者”、屠杀别人的“文明人”）则让西方政治在世界各地信誉扫地，并证明了它的两面性。

中国和习近平主席面临的挑战将是如何在国际社会内实施纠正这些不良后果的原则和举措。习近平主席经常强调，“中国梦”的实现主要取决于中国人民的集体意志以及中国共产党的执政能力。尽管人们能够集体热情地支持体育竞赛，但不管是在哪个国家，在不涉及个人利益的时候——譬如工人要求更多的权利——并且需要为了共同利益而牺牲时，通常是更难实现广泛的动员，国家内尚且如此，在涉及与外国人民的关系时更是如此。2017 年 1 月 18 日，习近平主席在位于日内瓦的联合国总部演讲时提到“大道至简，实干为要”，强调了联合国所有成员国的领导人对于实现“人类命运共同体”都肩负责任。习近平主席表达了他对中国进一步发展的坚定信念，认为只有世界在发展，中国才能继续发展，“中国梦”才会实现。“和谐的国际社会”的构想在大多数外国观察者特别是西方观察者的眼中仍然只是一个空想，一个绝对的乌托邦。“和谐”的概念确实对于犹太-基督教文化和伊斯兰文化是陌生的，它从未出现在基督教、犹太教和伊斯兰教的宗教文献里，基本可以认定“和谐的国际社会”是中国人特有的构想。因此，孔子思想中的社会和谐在西方人看来是不能理解的，也难以相信。如不改变这种情况，则只会让中国与国际社会其他国家之间的对话变得更加困难，中国的指导思想是通过对话和国家与民族间的和平共处来解决冲突，从而在较长的时间内实现世界和谐的目标。

结　语

西方处于迷茫之中……1945年以来西方先是稳固地处于一种由力量和价值观针锋相对的两个阵营所维持的两极秩序中——一边是自由主义阵营,一边是共产主义阵营,西方国家曾拥有推广一种政治、经济、社会模式的坚定信念,这种模式最终将战胜共产主义的乌托邦和对民众的期望漠不关心的、注定要消失的苏维埃阵营。世界其他国家,也就是所谓的发展中国家,只有一个任务,就是被两个阵营中的一方或另一方利用,成为支撑削弱对手策略的一个工具。被殖民主义列强们统治了数个世纪的亚洲、非洲和南美洲在这种由华盛顿、巴黎或莫斯科定义的国际秩序中,只能选择列强们为其画出的路线。然而这种殖民主义的、专制的视角在21世纪却受到了中国崛起和俄罗斯回归国际舞台的冲击。拥有明显的硬实力和不容忽视的软实力的超级强国美国或许仍将长期是唯一的超级强国。2018年8月,美国国会投票通过2019年美国国防预算,这一预算达到创纪录的7160亿美元;同时美国推出新的"太空部队"计划,重拾了"星球大战"的形式。这些事情的发生证实了对美国,以及无疑对于美国总统本人来说,军事实力依然是力量的代名词。然而,"二战"结束以来的历史证明,在面对大众战争、抵抗的意愿,以及在面对新的非国家行为者参与其中的国际秩序时军事力量的效力相对有限。这些新现象破坏国家权力,如果不打败它,至少也要以或多或少的持久成功来反对它。如果说美国事实上仍有保留其影响力的能力，那么更多的是借助于美元的威力，而非借助其军事力量。唐纳德·特朗普2018年发起的贸易战突出了国际秩序中影响大国平衡和使得华盛顿能够具有重大行动自主能力的核心要素：金融。在美国跨境实施经济和政治制裁的强迫下，国际社会的其他角色，无论其经济和政治分量如何，都不得不屈服于美元化的金融交易暴政。

国际社会如今面临一些新类型的威胁，这些威胁无视国家边境和其他旧的区分界线，需要人们采取新的应对方式。很多西方分析家和政治人物认为人们面临着非此即彼的选择：要么维持美国的超级强国地位，要么陷入混乱。他们强调一种“可持续的国际秩序”的必要性，实现这种秩序只有一个独一无二的选择：维持1945年后很大程度上由美国主导的国际秩序，维持自由主义的国际金融机构和一个西方社会的模式——更确切地说，是美国的模式。在这些西方决策者的心中，中国、印度等新的非西方大国的崛起，俄罗斯重返国际社会，一些发展中国家面对美国或欧洲的压力时自主性增强对国际秩序来说只能是一种致命的威胁，昭示了一场中长期内不可避免的混乱。但潜在意识问题——整体上是在无声之中酝酿着，除了被唐纳德·特朗普自当选以来喊破之外——是权力和对世界统治的竞争。这一思路的框架依然是威斯特伐利亚秩序的框架，人们把威斯特伐利亚体系当成保证世界良好运行的一种不可或缺的体系，然而实际上，如法国最伟大的国际关系问题专家贝特朗·巴迪(Bertrand Badie)所说，这一体系不过是历史的一场事故。这种霍布斯主义的、从大国无休止的竞争出发的视角如今和世界的另一视角——中国和中国领导人的视角——相碰撞。观察中国崛起的观察家们提出的核心问题从根本上来说是关于中国对这种力量的使用。中国获得经济、军事和战略力量的进程会不会变成一场新的全面冲突，就像20世纪纳粹德国和帝国主义日本那样？中国领导人的讲话之外，中国的真正目标是什么？出于本书已经解释的多个原因，外界倾向于只从负面角度去假设中国发展战略的结果，把中国当成一种怀有复仇心态的新的全球霸权的威胁，认为中国的真正目标只是让旧的主宰者们臣服膝下，同时支撑其他发展中国家以满足自己的发展需求。但人们太少去阅读或倾听西方的其他观点，这些观点认为一个可靠的、有利的假设应该是，中国领导人的言语和行为反映了一种真正的合作政策，一个真正的助力全球发展的承诺，只有这种承诺才能应对今天的挑战，这些挑战在相当程度上是由于持续的贫困和绝望引起的。

中国从经济到社会层面开展的国内改革以及中国自改革开放初期在国际层面提出的多个倡议——尤其是2012年以来提出的倡议——凸显了一种坚定的意愿，那就是要让中国最终摆脱落后并帮助和支持发展中国家选择自己的发展模式，选择一种适应当地现实情况的模式，而非被国际金融机构强加的建立在意识形态基础上的模式。但这种角度需要以1945年后的国际秩序改革为前提，这种改革不是要削减联合国或者现有的国际机构的分量，而是要重新思考这些机构当初创建时所采用的参照标准，以真正地重新定义奠定这些机构基础的价值观，既找到各方价值观中的共同之处，又为每种文化的特殊价值观——尤其是在人权领域——提供立足之地。对人权的西方自由主义版本的神圣化，以及将典型的美国社会或是部分欧洲社会的价值观强加于人——包括以武力强迫的意图，已经导致无休止的冲突。迫切需要摆脱这种致命的虚伪框架，这种框架近年来首先被用于解释不可辩解的政策，比如侵略伊拉克、摧毁利比亚、制裁一些国家，与此同时，同样这些西方大国却对战略盟友们以及沙特阿拉伯或也门等军火工业的客户们的残暴视而不见。

在2012年以来中国崛起的新时代，中国再次面临一种曾经由苏联主导的“对华国际”①，如今这种“对华国际”由华盛顿领导，一些欧洲国家参与其

① “对华国际”是以前由苏联于1967年12月设立的一个组织，这一组织会集了所有亲莫斯科的人民民主国家，旨在分析中国领导人的所有决策和中国在面对苏联式社会主义时如何应用毛泽东思想，并为应对当时被视为社会主义阵营和发展中国家内部的分裂行为提供共同的参考建议。

中，是一种对抗中国倡议的阵线。意味深长的是，欧盟在2018年向世贸组织起诉唐纳德·特朗普的关税政策的同一天，也提交了对中国的起诉……提出建立一种新的基于相互尊重的、符合国家间平衡精神的、合作的国际秩序的要求只会引起占主导地位的大国的不快。但这种要求如果充满民族主义精神——这里指消极层面的民族主义，那么它将是无法实现的，因为这种民族主义会加剧其他民族的担忧之感，尤其是会让人认为中国重拾地位对于发展中国家来说不过是一个主人取代另一个主人。

中国仍处于妊娠期的最后阶段，一定要避免自负的陷阱。西方500年的主宰不会在顷刻之间被消除。曾经，大国只会在国家的框架下被重视，然而如今，“大国”的定义本身已经过时了，正如贝特朗·巴迪所强调，各国、各民族和社会关系的弱点层出不穷，面对这种现象，大国们的力量被严重地削弱了。

习近平主席自当选以来不断重申他的对外政策的根本——独立自主、团结互助、互相尊重、合作发展以及追求世界稳定与和平。对内政策方面，围绕计划于2049年实现的最终目标，已经采取很多措施以重新推动中国走上发展道路，消除改革产生的一些负面结果（腐败、环境恶化，等等）；对外政策方面，也多措并举以维护中国的国家利益，并推动不公正的国际秩序的改善。这些措施在很多方面已经开花结果，但成效的持续性将在较大程度上取决于坚持面向国际社会的沟通导向和努力，让中国促进世界发展的承诺的诚意和可信度更令人信服。

图书在版编目（CIP）数据

伟大的变革：中国追梦新时代 / (法) 魏柳南著；
韩冰，鹜龙译. —上海：东方出版中心，2021.1（2021.2重印）
ISBN 978-7-5473-1678-8

Ⅰ. ①伟… Ⅱ. ①魏… ②韩… ③鹜… Ⅲ. ①中国特
色社会主义－社会主义建设模式－研究 Ⅳ. ①D616

中国版本图书馆CIP数据核字（2020）第165032号

伟大的变革：中国追梦新时代

著　　者　〔法〕魏柳南
译　　者　韩　冰　鹜　龙
策划统筹　朱大平
策划组稿　刘佩英
责任编辑　戴欣倍
封面设计　Yuutarou

出版发行　东方出版中心
地　　址　上海市仙霞路345号
邮政编码　200336
电　　话　021-62417400
印 刷 者　北京盛通印刷股份有限公司

开　　本　690mm × 980mm　1/16
印　　张　19.25
字　　数　222千字
版　　次　2021年1月第1版
印　　次　2021年2月第2次印刷
定　　价　58.00元

版权所有　侵权必究
如图书有印装质量问题，请寄回本社出版部调换或电话021-62597596联系。

大禹与中国传统文化研究

（第一辑）

刘家思◎主编

时代出版传媒股份有限公司
安 徽 文 艺 出 版 社

图书在版编目（CIP）数据

大禹与中国传统文化研究. 第一辑/刘家思主编. —合肥：安徽文艺出版社，2017.7（2023.4 重印）
ISBN 978-7-5396-6103-2

Ⅰ. ①大… Ⅱ. ①刘… Ⅲ. ①禹—文化—中国—文集 Ⅳ. ①K827=1

中国版本图书馆 CIP 数据核字(2017)第 122729 号

出 版 人：姚　巍
责任编辑：秦　雯　　　　装帧设计：张诚鑫

出版发行：安徽文艺出版社　www.awpub.com
地　　址：合肥市翡翠路 1118 号　邮政编码：230071
营 销 部：(0551)63533889
印　　制：阳谷毕升印务有限公司　(0635)6173567

开本：710×1010　1/16　印张：18　字数：350 千字
版次：2017 年 7 月第 1 版
印次：2023 年 4 月第 2 次印刷
定价：45.00 元

(如发现印装质量问题，影响阅读，请与出版社联系调换)
版权所有，侵权必究

《大禹与中国传统文化研究》(第一辑)编委会

学术顾问(按姓氏汉语拼音字母为序):

范子烨　刘　勇　赵敏俐　钟振振　杨剑龙　王建华

主　编:刘家思

副主编:贾　娟　丁晓洋　丁　新

编　委(按姓氏汉语拼音字母为序):

储晓军　丁太勰　丁晓洋　丁　新　贾　娟　姜兴鲁　江远胜

李贵连　刘家思　刘丽萍　毛文鳌　孟国中　涂序南　王传飞

余　群　余晓栋　张慧玲　曾　恺　赵宏艳

前言:大力推进大禹研究

中华文明源远流长,璀璨辉煌,是人类文明史的重要组成部分。如果说盘古开天辟地、女娲抟土造人时代的中国文明还处于神话传说阶段,那么随着中国现代考古学的发展,大禹治水和夏文化已经逐步走入实证阶段。

中华文明在龙山文化时期呈现出邦国林立、城邑众多、丰富多彩的特征,其传播范围覆盖了后来华夏民族生活区域的大部分地区,但彼此又保持各自的特色与相对的独立性,这与上古史研究视野中的部落联盟十分吻合。但是到了被广泛认定为夏文化时期的二里头文化中期,呈现出了繁荣且风格趋向统一的特征,昭示着一个强大而统一的古代王朝曾经在这里繁衍生息。这与史书明确记载的夏代是十分吻合的。而大禹作为中华民族后来成为一个统一的多民族国家的奠基人,其功绩、品德和历史地位一直受到后世的景仰、颂扬和学习,由此形成了关于大禹事迹的历史文献记载、评价和传说,这就是大禹研究的历史依据和现实可能性。

一、大禹研究的历史必然性

纵观大禹研究的历史进程,在很长一段历史时期,对大禹的事迹与功德都是口耳相传的。

春秋时期,因为《尚书》《诗经》《左传》和《国语》等经典对大禹事迹的追述,改变了以往关于大禹的事迹只有口述的形态,形成了中国大禹研究最早的文献材料,为后世对大禹的研究与评述建立了文献基础。从口述到历史记述,显然是一个里程碑式的质变。从此,有关大禹的事功与历史就有史可查,显然这是中国大禹研究萌芽的标志。从此,大禹就成为中国文明研究的重要对象和特定视域。

在春秋战国时期,百家争鸣是一种学术与思想的常态。诸子百家为了树立和宣扬自己的学说,各自对上古时期的三皇五帝做了系统的阐释,而大禹为上古"三圣"之一和夏代的开国之君则是论述的重点。"儒、墨、道、法等诸子著作则在绘制大禹历史面貌的同时,更按自己学说的基本立场和观点,对大禹的事功进行价值层面的判断和评估。"①儒家赞美其天下为公的王道精神,孔子云:"禹,吾无间然矣。菲饮食而致孝乎鬼神,恶衣服而致美乎黻冕,卑宫室而尽力乎沟恤。禹,吾无间然矣。"(《论语·泰伯》)法家赞扬其勤政:"禹之王天下也,身执耒臿以为民先,股无胈,胫不生毛。"(《韩非子·五蠹》)墨家则赞扬其俭朴:"禹东教乎九夷,道死,葬会稽之山。衣衾三领,桐棺三寸,葛以缄之。绞之不合,通之不埳,土地之深,下毋及泉。既葬,收余壤其上,垄若参耕之亩。"(《墨子·节葬下》)而道家则对大禹的不能无为而治提出了一些非议。他们对大禹的史迹和功德展开的论述,显示了诸子百家各自不同的学术视角,是中国大禹研究学术化的真正开始。

到了汉代,通过正史的撰写实现了对大禹历史记述的总结和完善。汉代立国以后,为构建大一统的民族国家做了多方面的努力。在史学上,站在华夏民族整体对五帝和夏商周三代历史进行了系统的梳理和重构,尽力展现了不同族群共同的血脉渊源和联系。大禹作为上承五帝,下开夏纪年的关键人物,历史学家此时以大量的篇幅给予了描述。司马迁在《夏本纪》中依旧首先追溯了大禹与黄帝、帝颛顼等先王之间的关系,然后根据《大禹谟》和《禹贡》的主要内容,记述了大禹的主要史迹。尤其是通过对《禹贡》的重新整理,记述了大禹治水以后,将上古时期洪水横流,不辨区域的全国划分为九州的治理情形,从而在正史上形成了汉民族作为一个整体必须拥有的有关国家治理的集体记忆。在其后的诸世家的叙述中,多次追溯他们与大禹之间的渊源关系。例如《陈杞世家》云:"杞东楼公者,夏后禹之苗裔也。"《越王勾践世家》云:"越王勾践,其先禹之苗裔,后夏后帝少康之庶子也。封于会稽,以奉守禹之祀。"《匈奴列传》曰:"匈奴其先祖,夏后氏之苗裔也。曰淳维。"其他诸如《六国年表》《封禅书》《河渠书》《平准书》等也多有提及。汉书在《武帝纪》《地理志》《古今人表》《律历制》《郊祀志》等许多篇目中都有对大禹的追述。《后汉书》在叙述周边少数民族与中原关系的时候,也追溯了其先祖与大禹之间的血缘关系,诸如《南蛮西南夷列传》《郡国志》等等。此外,西汉刘向校准的《世本》、东汉皇甫谧辑录的《帝王世纪》载录了很多正史所不备的史事,也是大禹研究

① 黄朴民:《先秦诸子之大禹观试说》,《浙江学刊》1995年第4期,第16页。

的重要史料。可以说汉代作为中华民族大一统国家第一阶段的重要代表,在构建完整的民族记忆时,系统而周全地论述大禹的史迹、功德与影响,无疑奠定了中国大禹研究的基础。后世正史偶有提及,余皆散入方志、野史之中,或辑录古籍,或杂以传说。

值得注意的是,秦始皇之后的历代统治者,多有重视祭祀大禹者,或为游牧民族入主中原后对其夏后氏苗裔身份追溯,或为汉民族重掌政权后强化华夏民族大禹记忆等等。到明代,明太祖朱元璋定下规制:凡皇帝登基,皆要祭禹。洪武四年,"太祖遣臣告祭,补《登极祭文》"①。清圣祖康熙皇帝曾作《谒大禹庙》诗一首。可见,大禹在历史上所具有的重要地位,也使大禹研究具有了历史的必然性。

二、大禹研究的三次高潮

宋明以来,由《禹贡》研究发展而来的禹学逐渐成为一门独立的学科。尤其是清代乾嘉学派兴起以后,考据盛行,逐渐兴起了大禹研究的高潮。另一方面由于西学东渐,西方的科学观念与方法的输入,加上西方科学的考古学在中国的兴起,中国大禹研究焕发生机,产生了几次高潮和有代表性的论著。

大禹研究的第一次高潮,是以宋代兴起的《禹贡》研究为核心的大禹研究。因为北宋水患严重,所以统治者大力推动对《禹贡》的研究,将其作为治水的经典,希望从中汲取治水之道,涌现出诸多研究大禹治水之作,诸如《大禹治水玄奥录》《禹贡山川图》等,篇目众多。苏轼、洪迈等文人学士都纷纷研究治水。我们可以从苏轼的《石钟山记》看出他在治水研究上颇下了一番功夫。到了南宋,《禹贡》研究由治水之学转变为山川地理考证之学,逐渐从《尚书》经学中脱颖而出。到了明代,《禹贡》研究遂成为一门专门的学问。

清代由于考据学的蓬勃发展,为《禹贡》研究注入了巨大的推动力,出现了诸多集大成之作。具有代表性的有胡渭《禹贡锥指》、朱鹤龄《禹贡长笺》、孙承泽《九州山水考》、钱肃润《尚书体要》、杨陆荣《禹贡臆参》、王澍《禹贡谱》、晏斯盛《禹贡解》、汤奕瑞《禹贡方域考》、华玉淳《禹贡约义》、程瑶田《禹贡三江考》、杨守敬《禹贡本义》、曹尔成《禹贡正义》和丁晏《禹贡集释》等等。

大禹研究的第二次高潮是古史辨运动,这也是与《禹贡》研究紧密相连的。民国时期,由于西学东渐和日本学术对中国的影响,也由于国家民族面临外敌欺凌的

① 徐进:《明代大禹记忆及其文化意蕴》,《殷都学刊》2016年第4期,第33页。

巨大危机,《禹贡》的研究在继续其原有考证研究的同时,伴随着中国边疆史的研究全方面展开。这一时期的《禹贡》考证研究集中在《禹贡》成书年代的考证和《禹贡》中主要内容的考证,比如九州、五服、贡赋等概念。关于《禹贡》成书年代的讨论是此项研究的重中之重,主要观点有西周说、春秋说、战国说、战国末至汉初说和夏代至战国说等等[①],诸如王国维、梁启超、郭沫若、钱玄同、顾颉刚等大家纷纷领衔。而日本人白鸟库吉、藤虎次郎和中国学者王成祖的观点亦十分具有代表性。在这一规模空前的学术论战中,中国现代地理学和历史地理学亦破壳而出。

古史辨运动发端于"五四",蓬勃发展于20世纪二三十年代,对今天中国史学依旧存在着深远的影响,其代表人物为顾颉刚、钱玄同和胡适。比中国的古史辨运动更早的相似学术观点来自日本。近代以来,日本学界为配合日本在东亚乃至世界扩张,在学术上构建了一整套与之相适应的学术理论和观点。其中白鸟库吉的"尧舜禹抹杀论"和内藤湖南的"加上原则"就是与日本军国主义侵略中国配套的史学观点,旨在从源头上解构中国的民族认同。以顾颉刚为首的疑古学派既在政治上与日本的侵华史观进行了斗争,又在学术观点和研究方法上与前者有诸多相似之处。1923年5月,顾颉刚在《与钱玄同先生论古史书》一文中提出:"我以为禹是九鼎上铸的一种动物。"[②]古史辨运动的主要观点就是认为《尚书》等古书都是刘歆乃至以后学者伪造的,中国的上古史是"层累造史"形成的。古史辨运动对于人们重新审视中国上古史和全面审查上古文献具有积极意义。但是,其所谓的科学论证方法,其实并不严谨,过分夸大了民俗学的演绎过程对中国古史形成的影响,其论证也还是建立在"以古书论古书"基础之上,因而过分轻率地否定了很多有价值的历史观点和材料。古史辨运动在开始之初,曾经受到广泛的赞扬。但是,也有学者随即开始重建中国古史的努力,比如王国维先生的"二重证据法"。

中国禹学研究的第三次高潮是以夏文化为核心的大禹研究。随着考古学的不断发展,中国现代考古学的萌生,为大禹研究和夏文化研究提供了一个崭新的视角。越来越多的考古学发现证明,《尚书》《史记》等古籍中关于中国上古史的记载是可信的和有根据的。从20世纪二三十年代起,随着仰韶文化、龙山文化等考古发现,中国现代考古学的序幕逐渐被揭开了,从而引发了以夏文化为核心的大禹研

---

① 容天伟、汪前进:《民国以来〈禹贡〉研究综述》,《广西民族大学学报》(自然科学版)2010年第1期。

② 顾颉刚:《与钱玄同先生论古史书》,《古史辨》(第1册中编),上海:上海古籍出版社,1982年版,第63页、第106-130页。

究，构成了中国禹学研究的第三次高潮。殷墟甲骨文证实了《史记·殷本纪》所述帝系的真实性。王国维在《殷卜辞所见先公先王考》一文中说："马迁论殷事可信，何以论夏事不可信？马迁记殷事有据，何以记夏事独无据？"①夏鼐先生说，如果把高度发达的小屯殷墟文化，"认为这是中国文明的诞生，那就未免有点像传说中的老子，生下来便有了白胡子"②。这就为夏文化的存在提供了理论上的空间。随着二里头文化的发掘、新砦文化的发掘和陶寺文化的发掘，夏王朝的存在已经不再是一个问题。人们更多的争论是：到底哪一段文化是夏文化？夏文化的起源在哪里？夏纪年从哪一段开始？等等。夏商周断代工程提出，夏纪年从公元前2070年开始，自然有一定的依据，也为许多学者所采纳或者借鉴。既然夏朝的存在逐渐被证实，那么夏王朝的创立者大禹以及大禹治水的事迹，就从考古学上再次获得了根据。这也为人们依据考古学发掘成果重新审视古文献、重构上古史提供了充分的空间。

三、深入开展大禹研究的历史机遇

大禹研究不仅是一项追寻中华文明起源与发展演变的工作，也是一项向世界展示中华文明源远流长、博大精深的创造性工作，是我们对中华文明展示自信的重要表现。习近平同志指出："我们要坚持道路自信、理论自信、制度自信，最根本的还有一个文化自信。"大禹研究就是要研究积淀深厚的大禹文化，对历史悠久的中华民族文化价值与精神底蕴予以充分的发掘、传播和践行。党和国家对中国传统文化的高度重视，无疑使当今的大禹文化研究，迎来了千载难逢的历史机遇。

相关学科研究的推进，也为大禹研究提供了有利条件。近几十年来，中国的考古学发掘和研究取得了长足的进展，一大批重大考古学发现，大规模城址和宫殿的发掘，不断为夏文化的论证提供了必要的证据。二里头文化二三期被认为是最接近夏文化的考古学发现，但其绝对纪年上限在公元前1900年前后，无疑早已进入了夏纪年。而新砦期文化在一定程度上填补了二里头文化与河南龙山文化之间的缺环。但是，新砦期与河南龙山文化依然存在缺环，并且在纪年上也依旧偏晚。又有学者提出，陶寺文化为夏文化的起源，其中陶寺文化中期无论纪年还是文化特征都与夏文化的开端比较吻合，而新砦期则可能是太康失国以后仲康的居住址，而二

① 顾颉刚：《崔东壁遗书》，上海：上海古籍出版社，1983年版。
② 夏鼐：《夏鼐文集》（上），北京：社会科学文献出版社，2000年版，第402页。

里头文化则是夏中晚期所在地。① 显然,尽管存在着诸多争议,夏文化的存在已经是不争的事实,而与夏文化有关的考古发现和研究则为大禹研究提供了客观依据。

良渚文化的考古发现,尤其是良渚古城的发现,为禹会诸侯、会稽计功、禹葬会稽等文献记载获得考古学佐证提供了有利的空间。良渚文化不仅覆盖面广,文化内涵丰富,文明程度高,而且良渚文化向北方和中原地区传播和影响的历史痕迹也是十分明显的。明确的良渚文化分布最北的界限可以达到山东日照地区,而良渚文化所特有的"琮"的器形可以在陶寺文化乃至更北的石峁文化中发现。并且良渚文化的下限,距今四千三百年,与夏纪年的开始仅相差一百多年。显然,良渚文化的考古发现,再次为大禹文化研究提供了有力依据。

新世纪以来的考古发现,对中国禹学研究又提供了新的证据和视角。2000 年开始发掘的青海喇家遗址,不仅纪年上与夏纪年相近,且有充分的地震和大洪水遗迹,在方位上被认为与《史记》记载的"禹兴于西羌"更为接近。2005 年起,在安徽蚌埠禹会村进行的考古学发掘也取得了惊人的成就。禹会村的村名流传至今当有一定根据。而禹会村遗址发掘大型祭祀遗址,与禹会诸侯存在可能的印证关系,其发掘出土的遗存呈现出多元文化特征,让人联想到"禹合诸侯于涂山,持玉帛者万国"的记载。此外,还有登封王城岗遗址和洛阳大师姑遗址,都被认为是与大禹或者夏文化关系密切的考古学遗址。

总之,近几十年来的考古学发现,为我们重新研究大禹文化,建构大禹研究体系,审视考古发掘与历史文献之间的实证关系,提供了良好的历史机遇。

第二,环境考古学、人类学和大数据等科学发展和技术进步为我们研究大禹创造了重要条件。环境考古学的发展使考古学不仅可以通过碳十四来测定文化层的绝对纪年,还可以通过孢粉和藻类来研究当年的洪水,还有对"卷转虫海侵"的古环境研究,也有利于我们深入开展大禹文化研究。此外,人类学可以通过考古发掘的人类骨骼特征进行数据分析,发现不同地区古代人的亲缘关系和迁徙路线。

第三,近年来国家对中国文明起源和中华传统文化的高度重视,也为大禹研究提供了重要机遇。通过对历史的梳理便可发现,大禹研究的重要历史阶段往往出现于国家复兴和民族文化重建的历史关头。近年来,国家先后两次启动关于中国文明起源研究的重大工程,1996 年 5 月启动了"夏商周断代工程",2001 年又启动了"中华文明探源工程"。2017 年新年伊始,中共中央办公厅、国务院办公厅又联

---

① 丁新:《中国文明的起源与诸夏认同的产生》,南京:南京大学出版社,2016 年版,第 98 页。

合发布了《关于实施中华优秀传统文化传承发展工程的意见》。这些国家文化工程的推出和大政方针的制定,不仅充分显示了我们的文化自信,显示了中国的伟大,也赋予了大禹研究的良好机遇与历史责任。今天,在全党和各族人民为实现“两个一百年”奋斗目标、实现中华民族伟大复兴而不懈奋斗的历史征程中,大禹,作为尧舜禹三代圣贤统治者之一、中华民族的治水英雄、华夏民族认同的重要起源——夏王朝的开创者,必将在中华传统文化的振兴过程中起到引领作用。如何以更高的标准和更科学的方法来推动大禹研究,是我们不可推卸的历史责任。

四、如何推进新时代的大禹研究

第一,要有全球视野。大禹既是中国的大禹,也是世界的大禹。中华文明是世界文明的重要组成部分,大禹也是全人类文明进程中的重要人物。关于大洪水与创世纪的传说在世界主要文明发祥地都有类似的记载。人类社会的发展本质上是人类不断认识自然和改造自然的过程。因此,推进大禹研究要积极同世界不同文明进行对话,推进文明起源的比较研究。

第二,要避免狭隘的视角和“私心”。大禹是中国的大禹,是中华民族共同的祖先和民族英雄。大禹不是某个特定地区的地方人物。我们在研究大禹的时候,要注意避免把大禹限定在自己所处的地区,把任何与大禹相关的生平和史迹都限定在本地区内,出现多地同时争大禹的尴尬窘境。① 我们要站在民族团结、国家统一和民族振兴的历史视角来审视大禹研究。因为大禹精神的本质就是天下为公、民族平等。在大禹治水的过程中,九州的地位是平等的。大禹没有限于只治家门口的水。而事实上,我们看国内大禹史迹集中的地区,彼此之间其实并不矛盾冲突,只是没有研究深入而已。北川地区没有夏文化遗存的发现,但有众多的大禹史迹,而羌人在集体记忆上也一直流传着与大禹的渊源关系。这是因为北川地区是羌人的聚居区,而羌人是夏人甚至是夏王朝核心族群在商取代夏之后的迁徙之地。山东主要流传的是大禹治水的故事和史迹,这或许是因为大禹治水主要在疏导,而山东地处黄河下游。河南是夏文化的核心区域,自然会有关于禹的传说和史迹。浙江良渚文化是夏文化之前非常繁荣的文化,水利设施在当时非常先进。大禹要治水,必须要联合东西方尤其是长江黄河下游的部落。因此,禹娶涂山氏和葬会稽山,也都是合理的。

---

① 武越:《川青豫三省多地大禹故里之争一浪高过一浪》,《中国地名》2012年第5期。

第三,要相互协作。大禹研究是一个重大的工程,不是一个人或几个人所能完成的,相互之间必须团结协作。目前,大禹研究者人员不少,但形成团队的,只有浙江越秀外国语学院、四川北羌、河南登封以及安徽蚌埠,这四驾马车应该共同努力,建成目标比较一致的大禹研究军团。自然,各个地区的大禹研究都要突出地方特色,各有分工,但一定要彼此合作,加强交流,共同推进。这样,我们才能真正弘扬大禹精神,传播大禹文化。

学术研究的重要目标是传承文化精神,推进社会发展和进步。大禹研究的核心就是要传承大禹精神与中国传统文化,为展示中华文化的自信和推动中国梦的实现做出贡献。因此,大禹研究者责任重大,中国传统文化研究者还需要不断努力。

目　录

大禹文化流变

大禹与社会发展

大禹与水文化

大禹精神

略述大禹的历史地位

常松木

大禹上承炎黄尧舜，下启文武周孔，其治水、立国，功绩盖世，彪炳千秋，在中华民族形成史及文明发展史上有着极其崇高的地位。大禹统一九州，建立夏王朝，并且统一度量衡，进一步建章立制，开启文明社会，使华夏民族由邦国时代进入王国时代，由原始社会进入奴隶社会，笔者在另篇拙作中曾言："其功绩，后世只有秦始皇、毛泽东能望其项背。"应不属溢美之词。本文拟就大禹的历史定位作一简单阐述，祈求方家指正。

一、大禹是中华民族的立国始祖

大禹建立了我国历史上第一个奴隶制王朝——夏朝，他不仅是夏朝的创立者，还是中华民族的立国始祖、中华民族的国父。不少史书认为夏启建立了夏朝，但更多史书认为大禹建立了夏朝。《史记·夏本纪》载："帝舜荐禹于天，为嗣。十七年而帝舜崩。三年丧毕，禹辞辟舜之子商均于阳城。天下诸侯皆去商均而朝禹。禹于是遂即天子位，南面朝天下，国号曰夏后，姓姒氏。""即天子位""国号曰夏后"已明确指出夏朝是大禹建立。之所以出现夏启建立夏朝的说法，是因为大禹曾禅让于伯益，而"诸侯皆去益而朝启，曰：'吾君帝禹之子也。'于是启遂即天子之位，是为夏后帝启"①。启继承父位，成为夏朝第二代国王，从此世袭制代替了禅让制，公天下变成了家天下。《汲冢纪年》云："自禹至桀十七世，有王与无王，用岁四百七

① （汉）司马迁：《史记》，北京：中华书局，2006年版，第10页。

十一年。”清代吴乘权等所辑《纲鉴易知录》亦载:“禹避舜之子,居于阳城。天下不归舜之子而归禹,禹于是践天子位。”其卷一《夏纪》中亦以大禹为首:“丙子,夏后禹元岁,春正月,禹践天子位于韩,以金德王,仍以寅月为岁首,改载曰岁……甲申,夏后启元岁,诸侯奉嗣子践天子位。”[①]“夏代的世系,一般都根据《史记》,而《史记》则是依据《世本》的。现在将夏代世系列表如下:禹—启—太康……帝皋—帝发—帝履癸。我们有理由相信这个世系是可靠的。”[②]“涂山之会,一般被认为是中国夏王朝建立的标志性事件。禹确立王权后,分天下为九州……防风氏被杀一事,说明禹已经具有了比部落联盟首领更大的权力,即已经在事实上建立了夏朝。”[③]

除了这些记载外,自隋代以来的历代帝王庙也表明大禹是夏王朝的创立者。据《隋书·礼仪二》载:“祀先代王公帝尧于平阳,以契配;帝舜于河东,咎繇配;夏禹于安邑,伯益配;殷汤于汾阴,伊尹配;文王、武王于澧渭之郊,周公、召公配;汉高帝于长陵,萧何配。各一以太牢而无乐。”[④]明朝最初在南京设历代帝王庙,正殿五室,中一室祀三皇:太昊伏羲氏、炎帝神农氏、黄帝轩辕氏;东一室祀五帝:少昊金天氏、颛顼高阳氏、帝喾高辛氏、帝尧陶唐氏、帝舜有虞氏;西一室祀夏禹、商汤、周文王姬昌。又东一室祀周武王姬发、汉世祖光武帝刘秀、唐太宗文帝李世民;又西一室祀汉高祖高帝刘邦、唐高祖大武帝李渊、宋太祖赵匡胤、元世祖忽必烈。由此可见,明太祖朱元璋是把大禹作为夏王朝创立者的。历代帝王庙建成后,规定每年春秋仲月上旬甲日致祭,朱元璋曾亲自到庙中祭祀先代帝王。嘉靖十年(1531年)九月,北京历代帝王庙建成,正殿名景德崇圣殿,面阔九间,进深五间,内设五龛,设主不设像,中龛三皇,伏羲、神农、黄帝神位,左一龛五帝,少昊、颛顼、帝喾、尧、舜神位,右一龛三王,夏禹王、商汤王、周武王神位,左二龛汉高祖、汉光武帝神位,右二龛唐太宗、宋太祖、元世祖神位。康熙六十年(1721年)四月初六,康熙皇帝对当朝大学士们说:“朕披览史册,于前代帝王每加留意……朕意以为,凡曾在位,除无道被弑、亡国之主外,应尽入庙崇祀。”[⑤]后来乾隆又几经调整,最后将祭祀的帝王确定为188位,夏代帝王祭祀禹、启、仲康、少康、杼、槐、芒、泄、不降、扃、廑、孔甲、皋、

---

① (清)吴乘权等:《纲鉴易知录》,北京:中华书局,2009年版,第12-13页。

② 徐中舒:《先秦史十讲》,北京:中华书局,2015年版,第9页。

③ 刘起釪、安金槐、胡厚宣、李学勤、吴荣曾:《先秦史》,北京:中国大百科全书出版社,2012年版,第26页。

④ (唐)魏征等:《隋书》(《二十五史》全本),乌鲁木齐:新疆青少年出版社,1999年版,第21页。

⑤ 《清圣祖仁实录》,卷二九二。

发等14位。乾隆并为大禹陵题联："绩奠九州垂万世，统承二帝首三王。"可见，历代祭祀帝王，皆把大禹列在夏代帝王之首，列在夏商周三代帝王之首，明确大禹夏代创立者的地位。

2013年，大禹后裔、全国人大代表夏春亭在河南登封考察期间曾说，华盛顿在美国费城宣布美国建国，大禹在登封阳城宣布中国建国。华盛顿是美国国父，大禹就是中国的华盛顿，应为中国之国父。笔者认为，这种观点虽然正确，但仅说对了一半，大禹比华盛顿早得多，中国立国比美国早得多，因此，华盛顿应为"美国的大禹"。同时，我们常说的"国父"孙中山仅为中华民国之国父，而大禹则应为中华民族的国父、中国的国父。

二、大禹是中华民族的人文先祖之一

一直以来有人文始祖、人文初祖的说法。人文始祖是指开拓人文文化，对中华文明进步做出巨大贡献的人，人文初祖则是指中华民族物质文明、制度文明和精神文明的开创者。一般而言，最有资格被称为人文始祖的，应指伏羲、女娲、有巢氏、燧人氏、炎帝、黄帝等。伏羲继天而王、作八卦、造书契、作瑟三十六弦、制嫁娶之礼等，被认为是百王之先，东汉班固《汉书》将伏羲载入官定正史。女娲抟土造人，创立婚姻制度，是创世之神。《风俗通》云："女娲祷祠神，祈而为女媒。因置婚姻。"《说文解字》："娲，古之神圣女，化万物者也。"燧巢氏是人类原始巢居的发明者、巢居文明的开拓者。《韩非子·五蠹》载："上古之世，人民少而禽兽众，人民不胜禽兽虫蛇。有圣人作，构木为巢以避群害，而民悦之，使王天下，号曰有巢氏。燧人氏钻木取火，是华夏人工取火的发明者，结束了远古人类茹毛饮血的历史。《韩非子·五蠹》载："上古之世，民食果蓏蚌蛤，腥臊恶臭，而伤肠胃，民多疾病，有圣人作，钻燧取火，以化腥臊，而民悦之，使王天下，号之燧人氏。"炎帝发明耒耜，尝遍百草，发明医药，因此号神农氏。黄帝以统一华夏部落与征服东夷、九黎族而统一中华的伟绩载入史册，因有土德之瑞，故号黄帝。因炎帝与黄帝结盟，并逐渐形成了华夏族，后来又不断融合而为汉族，因此我们被称为炎黄子孙。

但也有称伏羲为人文始祖，称黄帝为人文初祖的。伏羲在中华民族追求文明和进步的历程中，具有奠基和启蒙之功，是中华民族早期文明的创始人。甘肃天水有纪念人文始祖伏羲的伏羲庙，河南淮阳有人文始祖伏羲的太昊陵。而黄帝又被称为人文初祖,在铸造中华文明的历史上起了奠基作用。黄帝教民“治五气,艺五种”[①],发展农业生产;制衣冠、造舟楫、用牛车、做弓箭、创医药,创造器物文明;创官制、明财产、定婚嫁、立丧制,创立制度文明;造书契、绘图画、作甲子(历法)、定算数、制音律,创建精神文明。今陕西黄陵轩辕庙大殿上即悬挂有程潜所书的“人文初祖”匾额。

人文先祖则应涵盖人文始祖和人文初祖,但其范围则更广,不仅包括上述人文始祖,还应包括三皇五帝中的五帝和大禹、蚩尤等。五帝指上古时代汉族传说中的五位部落首领,主要有三种说法:一说指黄帝、颛顼、帝喾、尧、舜,一说指大皞(伏羲)、炎帝、黄帝、少皞(少昊)、颛顼,一说指少昊(皞)、颛顼、高辛(帝喾)、尧、舜。五帝虽然不包括大禹和蚩尤,但人文先祖却不能遗漏他们。蚩尤部族的文明也是中华文明的源头之一。黄帝时期就有祭祀蚩尤之举,一说黄帝战胜蚩尤后,一面让他“主金”制造兵器,一面让他“主兵”掌管军事。管仲认为蚩尤是黄帝的六相之首,秦始皇、汉高祖都曾奉蚩尤为战神而祭祀他。根据《史记·封禅书》的记载,“八神”为天主、地主、兵主、阴主、阳主、月主、日主、四时主,而蚩尤即为兵主。刘邦起兵时曾“祠典帝,祭蚩尤于沛庭,而衅旗鼓,帜皆赤”[②],建立汉朝后,又“令祝官立蚩尤之祠于长安”[③],有专家将蚩尤与炎黄二帝并称中华三帝,是言之有理的。

大禹虽未入列“五帝”,但他不仅是我国传说时代与尧、舜齐名的贤圣帝王,而且还是邦国时代最后一位部落联盟首领。大禹的主要功绩是治水和立国,大禹是中国神话时代的最后一人,更是国家历史上的第一人,他所创立的家天下制度,可被视为原始社会与奴隶社会的分水岭。笔者曾在其他文章中提及,“一千年文明看北京,三千年文明看西安,五千年文明看中原,八千年文明看嵩山”。如果说五千年中华文明,孔子是承前启后各二千五百年的圣人,那么八千年中华文明,大禹则是承前启后各四千年的圣人。大禹是中华民族伟大的人文先祖,应名副其实。

另外,中华民族的主体民族是汉族,汉族是华夏族和东夷、北狄、南蛮、西戎等诸多民族融合而来的。《说文》曰:“夏,中国之人也。”徐杰舜指出:“在汉民族形成的三部曲中,与汉民族起源有关的就是夏民族、商民族、周民族、楚民族、越民族等的相继崛起。在上古时代这些民族的崛起中,具有开天辟地作用的是夏民族在中华大地的形成和崛起……在汉民族起源史上,是夏民族第一个在中华大地上崛起,

---

① (汉)司马迁:《史记》,北京:中华书局,2006年版,第1页。
② (汉)司马迁:《史记》,北京:中华书局,2006年版,第72页。
③ (汉)司马迁:《史记》,北京:中华书局,2006年版,第169页。

而夏民族崛起的开山鼻祖是大禹,因此,大禹也是汉民族的开山鼻祖,这就是大禹在汉民族起源史上的赫赫地位。”[①]因此,大禹作为夏部族杰出的部落首领,中华民族大融合、大团结的奠基者,被称为人文先祖恰如其分。

再者,大禹是先秦文献中出现最早的,屈原的《天问》中,夏之前是天地开辟及洪水故事,天地开辟后出现最早的“神”是鲧和禹。“西周所知最早的神是禹,以后层累地递增尧、舜、黄帝、神农、伏羲、天皇、地皇、泰皇于前,至三国徐整而有最早的盘古。”[②]顾颉刚在《与钱玄同先生论古史》中阐述了他的古史观,其基本观点就是认为中国传说的古史系统,不是自古就有的,而是由不同的时代“层累式造成的”,且“时代愈后,传说的古史时期愈长”。例如,周代人心目中最古的圣贤是禹,到了孔子时代出现了尧舜,及至战国时代又出现了黄帝、神农,到了秦代又出现了“三皇”,到了汉代以后则出现了“盘古”。顾颉刚在说明他的这个古史观时论证说:“自西周以至春秋初年,那时人对于古代原没有悠久的推测。《商颂》说‘天命玄鸟,降而生商’。《大雅》说‘民之初生,自土沮漆’;又说‘厥初生民,时维姜嫄’。可见,他们只是把本族形成时的人作为始祖,并没有很远的始祖存在他们的意想之中。他们只是认定一个民族有一个民族的始祖,并没有许多民族公认的始祖。但他们在始祖之外,还有一个‘禹’,《商颂·长发》说:‘洪水芒芒,禹敷下土方;……帝立子生商。’禹的见于载籍以此为最古。”因此,从“古史层累式造成”这个角度来说,大禹不仅是人文先祖之一,即使称人文始祖也毫不过分。

三、大禹是中华民族的治水英雄

大禹治水被评为影响中国历史进程的一百件大事之首。通过考古发掘早已证明,大禹治水不再仅仅是神话传说,而是真实的历史。2016年8月5日,南京师范大学吴庆龙带领的团队在国际顶级学术刊物《科学》上发表文章,以在黄河上游青海一带新发现的堰塞湖和洪水沉积物入手,证明约在公元前1920年黄河流域发生过一次超级大洪水,进而证明大禹治水和以大禹治水成功为基础建立政权的夏朝,确实存在。随后,国内媒体纷纷以《大禹治水首次找到科学证据》《夏朝存在有了新依据》为题报道。且不说这次洪水毁灭的有“东方庞贝”之称的喇家遗址是否在唐尧虞舜夏禹时的疆域之内,至少可作为大禹治水的地质学旁证。

---

① 徐杰舜:《大禹与汉民族的起源》,《江浙学刊》1995年第4期。

② 徐中舒:《先秦史十讲》,北京:中华书局,2015年版,第16-17页。

大禹治水,《尚书》《史记》等文献多有记载,兹不详述。但大禹治水后,人们不再受“洪水猛兽”的侵害,而得以安居乐业,大禹也因治水成功而得以接受舜的禅让。后世则更是将大禹视为治水英雄而崇敬、崇拜,并不断加以赞颂。据《国语·周语下》载,周灵王二十二年(前550年),谷水和洛水争流,水位同时暴涨将要淹毁周王宫。周灵王欲壅堵二水以保宫,太子晋即引大禹治水疏导之法而极力劝阻:“其后伯禹念前之非度,厘改制量,象物天地,比类百则,仪之于民,而度之于群生。共之从孙四岳佐之,高高下下,疏川导滞,钟水丰物,封崇九山,决汨九川,陂鄣九泽,丰殖九薮,汨越九原,宅居九隩,合通四海。”[①]周景王四年(前541年),景王派刘定公慰劳晋国正卿赵孟于颍,二人曾于洛汭赞美大禹的功绩。《左传·昭公元年》:“天王使刘定公劳赵孟于颍,馆于洛汭。刘子曰:美哉禹功!明德远矣。微禹,吾其鱼乎!吾与子弁冕端委以治民临诸侯,禹之力也。子盍亦远绩禹功,而大庇民乎?”唐代周昙曾作诗两首赞美大禹功绩,一是《夏禹》:“尧违天孽赖询谟,顿免洪波浸碧虚。海内生灵微伯禹,尽应随浪化为鱼。”一是《再吟》:“万古龙门一旦开,无成甘死作黄能。司空定有匡尧术,九载之前何处来。”而宋代王十朋亦曾写诗《夏禹》赞道:“洪流浩浩浸寰区,民杂蛇龙鸟兽居。长叹当时微帝力,苍生今日尽为鱼。”明代唐胄《送范佥宪西巡洱海》亦赞道:“溺饥天不生禹稷,苍生百万皆虫鱼。”南宋著名词人辛弃疾的《生查子》亦是典范:“悠悠万世功,矻矻当年苦。鱼自入深渊,人自居平土。红日又西沉,白浪长东去。不是望金山,我自思量禹。”

一部中国史,半部治水史。《管子·度地》载:“故善为国者,必先除其五害,人乃终身无患害而孝慈焉。桓公曰:‘愿闻五害之说。’管仲对曰:‘水,一害也;旱,一害也;风雾雹霜,一害也;厉,一害也;虫,一害也。此谓五害。五害之属,水最为大。五害已除,人乃可治。’”嘉应观供奉那么多以大禹为首的治河功臣,也从一个侧面说明历史上我国曾饱受水患。1950年6月底7月初,淮河流域连续降雨,遭遇百年不遇的特大水患,毛泽东主席在翻阅当日的《人民日报》时,发现关于灾民在求生中与被淹的蛇同争一棵树而被蛇咬中毒而亡的报道后,心情十分沉痛,遂提笔写下“一定要把淮河修好!”。1952年10月,毛泽东主席在郑州市邙山视察黄河,并发出“要把黄河的事情办好”的伟大号召。而每次治水,人们都渴望出现大禹一样的人物,宋代伍彬《题全义分水岭》曾写道:“前贤功及物,禹后杳难俦”“万世言治水

---

① 黄永堂译注:《国语全译》,贵阳:贵州人民出版社,1995年版,第109页。

者必曰禹治水，而不法禹可乎”“时大禹不能，而况他人乎？”①人们还将治水功臣誉为“禹后”，万历年间的水利专家袁应泰，济源百姓即称颂他为“禹后一人”。清代康基田任河南豫北嘉道时曾修复水利工程，2013 年 4 月，牛寨中、牛苑曾出版《禹后治河又一人：康基田》来考证康氏生平及治河事迹等。

治水的大禹鼓舞和激励了无数后人。河南武陟嘉应观是雍正皇帝为祭祀河神、封赏历代治河功臣，而修建的一座集宫、庙、衙三位一体的黄淮诸河龙王庙，观内禹王阁、中大殿和东西大殿分别供奉有大禹、西汉贾让、东汉王景、南宋谢绪、元朝贾鲁和明朝的黄守才、白英、潘季驯、宋礼、刘天和，清朝的朱之锡、栗毓美、齐苏勒、嵇曾筠、林则徐等，均为彪炳史志的历代治河功臣。嘉应观蕴含了中华五千年治水经验，是中华民族治理黄河的博物馆。著名文物专家谢辰生 1999 年 12 月在考察时给予很高的评价，并题词“治河先贤，功在千秋”。

作为中国古代最有名的治水英雄，大禹尊重自然规律，并且以民为本，敬业奉献，为中华民族做出了不可磨灭的贡献。“从中华体系的神话传说中可以看出，华夏民族的神化英雄，既不像古希腊超人赫拉克勒斯那样，自天神那里派生出来，最后又回归到天神那里去，也不像由上帝派遣，像耶稣那样，始终遵循和体现上帝的意志；而是凭借自身的聪明才智、道德表率力量和悲天悯人的情怀，以牺牲与奉献精神造福世人。他们主观能动地应合于天命，竭尽一己之力，而不做一切听命于天神的消极被动角色。大禹属于这一类英雄人物的典型。”②

大禹治水是中华民族发展史上里程碑式的事件，拯救了华夏民族，因此可以说大禹不仅是治水英雄，也是民族英雄。后世的霍去病、岳飞、文天祥、戚继光、史可法、郑成功、林则徐、邓世昌、张自忠、杨靖宇等都是抗击外侮的民族英雄，而大禹则是与大自然相抗争的民族英雄。正如 1939 年 3 月周恩来瞻仰大禹陵时所说：“大禹在人类向大自然作斗争中，打响了第一炮，在科学萌芽的时代，能同大自然作战是不容易的。中国历代统治阶级都没有学好大禹治水这一课，他们只晓得遏制，不晓得利导，所以成了专制魔王，到处受到人民的反抗。他们是注定要失败的。”其目的是号召人民以大禹为榜样，坚定抗日必胜的信念，英勇顽强，坚决消灭侵略者。

---

① 黄训：《名臣经济录》卷五一，邵宝撰：《治河论上》，《文渊阁四库全书》第 444 册，第 470 页。

② 《大禹原来是苦工》，《海燕》2012 年第 2 期。

四、大禹是卓越的政治家

中国最早的史书《尚书》是关于尧、舜和夏、商、周至秦穆公的历史文献汇编,是研究中国远古社会和奴隶社会的政治制度、神权思想及哲学思想的重要资料。而其中的《洪范》篇相传源于大禹治水时上天所赐的《洛书》,提出了帝王治理国家必须遵守的九种根本大法,即"洪范九畴"。其自诞生以来,就被视为统治百姓、施行王道建立皇权专制法统的规范法则。史载《洪范》是箕子为向周武王陈述"天地之大法"而依托大禹而作,《汉书·五行志》曰:"禹治洪水,赐《洛书》,法而陈之,《洪范》是也。"可见,中国古代政治的最高治理法则和大禹是有很深渊源的。

以天下为己任,是中国传统文化重要的价值观念和人生追求。作为一名政治家,必须具有"以天下为己任"的担当精神。大禹正是如此,他移孝作忠,三过家门而不入,"禹伤先人父鲧功之不成受诛,乃劳身焦思,居外十三年,过家门不敢入。"①"予娶涂山,辛壬癸甲,生启予不子,以故能成水土功。"②"禹、稷当平世,三过其门而不入,孔子贤之……孟子曰:'禹、稷、颜回同道。禹思天下有溺者,由己溺之也;稷思天下由饥者,由己饥之也,是以如是其急也。'"③正是凭着这种以天下为己任的精神,大禹治水才取得了成功,也赢得了帝舜的肯定和百姓的爱戴。

大禹的政治才能在治水时主要表现为尊重规律,统筹兼顾。大禹治水根据水往低处流的特性,因势利导,将洪水疏导入海,孟子认为大禹治水就是行其所无事,顺应自然:"如智者若禹之行水也,则无恶于智者矣。禹之行水也,行其所无事也。如智者亦行其所无事,则智亦大矣。"④《淮南子》卷二十《泰族训》云:"禹凿龙门,辟伊阙,决江濬河,东注之海,因水之流也。"也是说大禹治水是顺应水势而取得成功的,故而有"是故禹之决渎也,因水以为师"⑤的说法。大禹治水的同时,一方面兼顾其他地区的利益,而非以邻为壑,一方面注意发展农业生产。与孟子同时代有个叫白圭(名丹,字圭)的水利专家,时任魏惠王的大臣,一次,他自负地对孟子说:"丹之治水也,愈于禹。"孟子毫不客气地反驳他:"子过矣。禹之治水,水之道也,

---

① (汉)司马迁:《史记》,北京:中华书局,2006年版,第7页。

② (汉)司马迁:《史记》,北京:中华书局,2006年版,第10页。

③ 钱伯诚主编:《白话十三经·孟子》,北京:国际文化出版公司,1996年版,第3063页。

④ 钱伯诚主编:《白话十三经·孟子》,北京:国际文化出版公司,1996年版,第3063页。

⑤ 刘安著、陈广忠注译:《淮南子译注》卷一《原道训》,上海:上海三联书店,2014年版,第15页。

是故禹以四海为壑。今吾子以邻国为壑。水逆行,谓之洚水。洚水者,洪水也,仁人之所恶也。吾子过矣。”[①]孟子在赞扬大禹按水的本性加以疏导入海的同时,鞭挞了白圭治水以邻为壑的不义之举。《史记·夏本纪》载:“鸿水滔天,浩浩怀山襄陵,下民皆服于水。予陆行乘车……与益予众庶稻鲜食;以决九川致四海,浚畎浍致之川,与稷予众庶难得之食;食少,调有余补不足,徙居。众民乃定,万国为治。”可见大禹治水时,能够边治水边发展农业生产,并且能够统筹兼顾,“调有余补不足”。

大禹的政治理念主要表现为以民为本,“德惟善政,政在养民。水、火、金、木、土、谷惟修;正德,利用、厚生惟和,九功惟叙,九叙惟歌”[②]。意即执政的根本在于养活和教育百姓,端正人们的德行,为百姓的物用提供便利,使人们生活富足。“皇祖有训,民可近,不可下。民惟邦本,本固邦宁。予视天下,愚夫愚妇一能胜予。一人三失,怨岂在明,不见是图。予临兆民,懔乎若朽索之驭六马;为人上者,奈何不敬!”[③]意即对于百姓只能亲近,不能轻贱;百姓是立国根基,根基稳固了国家才会安宁;天下的百姓比我们聪明,面对亿万百姓要存戒惧之心,不可随意欺凌。“知人则哲,能官人;安民则惠,黎民怀之。”[④]意即执政不仅要知人善任,还要安抚民众,给人恩惠。这些“养民”“厚生”“敬民”“安民”等理念,充分体现了大禹的民本思想。同时,大禹还身体力行地践行以民为本,“大禹曰:‘民无食也,则我弗能使也,功成而不利于民,我弗能劝也。’故鬟河而道之九牧,凿江而道之九路,澄五湖而定东海。民劳矣而弗苦者,功成而利于民也。禹尝昼不暇食,夜不暇寝矣,方是时也,忧务故也。故禹与士民同务,故不自言其信,而信谕矣。故治天下,以信为之也”[⑤]。大禹的民本思想对后世影响很大,王子晋曾非常钦佩其“养物丰民”的思想:“帅象禹之功,度之于轨仪,莫非嘉绩,克厌帝心。皇天嘉之,祚以天下,赐姓曰‘姒’、氏曰‘有夏’,谓其能以嘉祉殷富生物也。祚四岳国,命以侯伯,赐姓曰‘姜’、氏曰‘有吕’,谓其能为禹股肱心膂,以养物丰民人也。”[⑥]

作为一名政治家,还要有仁爱之心和自律精神。大禹“下车泣罪”的故事就彰显了其仁爱之心和自律精神。刘向《说苑·君道》曰:“禹出,见罪人,下车问而泣

---

① 钱伯诚主编:《白话十三经·孟子》,北京:国际文化出版公司,1996年版,第3083页。

② 李民、王健撰:《尚书译注》,上海:上海古籍出版社,2004年版,第26页。

③ 李民、王健撰:《尚书译注》,上海:上海古籍出版社,2004年版,第93页。

④ 李民、王健撰:《尚书译注》,上海:上海古籍出版社,2004年版,第37页。

⑤ 《贾谊·修政语·上》。

⑥ 黄永堂译注:《国语全译》,贵阳:贵州人民出版社,1995年版,第109–110页。

之。左右曰:‘夫罪人不顺道,故使然焉,君王何为痛之至于此也?’禹曰:‘尧舜之人皆以尧舜之心为心,今寡人为君也,百姓各自以其心为心,是以痛之也。’”这个成语常用来比喻为政宽仁。据《御批通鉴辑览》载,夏禹“见耕,五耦而试”。意即夏禹出行时,如看到耕田的人手不够,他就会下车给农夫当帮手,并询问他们收成好坏、赋税的轻重。据载大禹出外巡视时,即便走过一个只有十户人家的小村落,也要下车访问,嘘寒问暖,对群众表示慰问和敬意。大禹的这种仁爱之心,得到了后世的肯定和赞扬,清代施士洁就有诗云:“祝公筦枢衡,公望侔旦奭;祝公拯饥溺,公仁洽禹稷。”以大禹的“仁”来赞扬祝公之仁。

中国治水、治国,向有堵、疏之争。实际上,大禹与父亲鲧的“堵疏之争”,不仅是治水方略之争,也是治国大政之争。治国更比治水难,大禹先治水,后治国,皆取得了极大的功绩,因此说大禹是卓越的政治家应无可厚非。

五、大禹是中华道统圣王之一

道统是指儒家的传道系统。“道统”一词是由朱熹首先提出的:“《中庸》何为而作也?子思子忧道学失其传而作也。盖自上古圣神继天立极,而道统之传有自来矣。”①但道统说的创造人却是韩愈,他提出儒家有一个一以贯之的,有别于释老的“道”,即作为儒家思想核心的“仁义道德”,其传承次序是:“尧以是传之舜,舜以是传之禹,禹以是传之汤,汤以是传之文武周公,文武周公传之孔子,孔子传之孟轲。轲之死,不得其传焉。”②朱熹认为,儒家的道统是以周敦颐、二程(颢、颐)上承孟子的,而自己又继周、程为儒家正统。

康熙《禹陵颂》曰:“缅惟大禹接二帝之心传,开三代之治运,昏垫既平,教稼明伦,由是而起。”③其《日讲四书解义序》又曰:“天生圣贤,作君作师。万世道统之传,即万世治统之所系也。自尧舜禹汤方形之后,而有孔子、曾子、子思、孟子。”④康熙年间河南巡抚阎兴邦《新立道统祠记》云:“古今有治统,有道统,皆君相师儒共为任之者也。以治行道,天于是生尧舜禹汤、文武周公,以立乎上而治益隆。以道佐治,天于是生孔子,以修乎下而道不坠……故从孔子而上溯于尧舜禹汤、文武

---

① 《四书集注·中庸章句序》。

② 韩愈《原道》。

③ 《清圣祖实录》卷一三九,康熙二十八年二月甲寅,第521页。

④ 《清圣祖实录》卷七〇,康熙十六年十二月庚戌,第89页。

周公，犹之祭川者先河而后海，祭山者先配林而后泰山，夫固有所本也。”①由上可知，在儒家道统谱系中，大禹是不可或缺的一环。

道统相传的内容就是以“允执厥中”为核心的道学思想，朱熹在《中庸章句序》中明确指出，尧舜禹三代是以“允执其中”的传承而形成道统的：“盖自上古圣神继天立极，而道统之传有自来矣。其见于经，则‘允执厥中’者，尧之所以授舜也；‘人心惟危，道心惟微，惟精惟一，允执厥中’者，舜之所以授禹也……其曰‘天命率性’，则道心之谓也；其曰‘择善固执’，则精一之谓也；其曰‘君子时中’，则执中之谓也。”而“人心惟危，道心惟微，惟精惟一，允执厥中”则出自《尚书·大禹谟》，被称为“虞廷十六字”，现又被称为“中华心法”。虞廷十六字的核心是“允执厥中”，意即言行符合不偏不倚的中正之道。朱金城《中华心法》一书全面解析了其起源、含义、历史传承与价值，阐述了其哲学观和重要教育意义。他认为，中华心法起源于黄帝的守一思想，形成于尧舜禹，经商汤、周文王、周武王、周公而传至春秋。管子精修《三坟五典》而得到了心传，自管子则三传天下，一传孔子，二传老子，三传释迦牟尼，从而形成了中华文化的儒学、道学、佛学。他还认为，得中华心法心传的唯尧、舜、禹、汤、文王、周公、老子、孔孟。中华心法，尧曰中，舜曰惟精惟一，老子曰执一，孔子曰精一。

《论语·尧曰》：“尧曰：‘咨，尔舜！天之历数在尔躬，允执其中。四海困穷，天禄永终。’舜亦以命禹。”《礼记·中庸》曰：“子曰：舜其大知也与！舜好问而好察迩言，隐恶而扬善，执其两端，用其中于民，其斯以为舜乎！”清华简《保训》曰：“昔舜久作小人，亲耕于鬲（历）茅。恐，救（求）中。自诣（稽）厥志，不讳（违）于庶万眚（姓）之多欲，厥有施于上下远埶（迩），乃易立（位）埶（迩）诣（稽），测（则）阴阳之物，咸川（顺）不逆。舜既得中，言不易实变名，身兹备，惟允，翼翼不懈，用作三降之德。帝尧嘉之，用受厥绪。於呼！祗之哉！昔微矵（假）中于河，以复有易，有易怀（伏）厥罪。微亡害，乃追（归）中于河。微寺弗忘，传贻子孙，至于成康（汤），祗备不懈，用受大命。於呼！发，敬哉！”这里记载了周文王的临终遗言，其中主要讲了有关舜和上甲微的两个故事，其“求中”“得中”“假中”“归中”等语，主要是告诫周武王要“执中”。后来，允执厥中成为历代统治者奉行的圭臬，康熙认为：“道原于天，弘之者圣。自庖牺氏观图画象，阐乾坤之秘，尧舜理析危微，厥中允执，禹亲受其传，汤与文武周公，递承其统，靡不奉若天道，建极绥猷。”②乾隆亦秉承此道，

① 常松木编著：《嵩阳书院》，北京：大众文艺出版社，2012年版，第61页。
② 《清圣祖实录》卷一三〇，康熙二十六年五月己酉，第321页。

亲书匾额“允执厥中”,悬挂于故宫的中和殿。

六、大禹是工程师、会计师等行业的鼻祖

中国自古就崇拜行业之神,民国时期工程界出现了将大禹视为祖师的现象。1931年,中华工程师学会和中国工程师学会合并而成中国工程师学会。1933年在一次工程年会上,国民党元老张群就指出,大禹为“水利工程师之祖,并为最大之工程师”①。吴承洛随后也指出:“禹贡计划,导山导水导泽,入江入河入海入沙,陆行水行山行,……皆工程事业与工业建设,由夏禹总其大成,居高领导,尤为工程师之万世师表。”②

1940年,中国工程师学会在四川成都召开第九届年会,会上有人提议应规定一中国工程师纪念节,并说最好以夏禹诞生日作为工程师纪念节日。大家认为,中国历史上,有伟大贡献的工程师很多,但年代最远,最受崇拜,足为工程师标准与模范的,最推夏禹王为第一,因此经大会通过,以历史学家顾颉刚的考证夏禹诞辰六月六日为工程师节。1941年,在首届工程师庆祝活动中,陈立夫指出:“在中国的历史上,有伟大贡献的工程师,不胜枚举,但是年代最远,最值得崇拜,可以作为今日工程师的标准和模范的,莫过于夏禹王,所以我们才决定以夏禹王的诞辰,为工程师节。”③吴稚晖也认为:“以大禹的生日,作为工程师节,到底妥当不妥当?我的看法,认为千妥万妥,再妥当也没有了……大禹的生日,是六月六日,大禹是中国历史上最伟大的工程师,孔子对之犹佩服得五体投地,今天我们以大禹的生日,作为中国工程师节,当然是最妥当不过的。”④当天的重庆《中央日报》发表评论:“大禹随山刊木,敷土濬川,是一个既劳心,又劳力的工程师鼻祖,他是硬干、实干、快干主义的实行者!我们今天纪念大禹,必须以坚强耐劳的精神,设计研究的苦心,去担当建国的重任。”⑤自此,大禹遂成为工程师界的鼻祖。1943年,“工程师节”获得了

---

① 张群:《湖北省政府欢迎中国工程师学会词》,《工程周刊》1933年9月第2卷第12期。

② 吴承洛:《三十年来中国之工程师学会》,收入中国工程师学会编《三十年来之中国工程》,1946年版,第2、3页。

③ 陈立夫:《工程师节之意义》,吴承洛编《工程师节纪念特刊》,中国工程师学会1941年版,第5页。

④ 吴稚晖:《大禹和工程师》,吴承洛编《工程师节纪念特刊》,中国工程师学会1941年版,第7页。

⑤ 重庆《中央日报》:《祝工程师节短评》,吴承洛编《工程师节纪念特刊》,中国工程师学会1941年版,第55页。

社会、内政、教育三部的认可，1 月 11 日，经行政院核定，成为国定纪念日。

大禹不仅被工程师尊为鼻祖，会计、审计师也尊其为鼻祖，“会计界学者比较认可的观点是，‘会计’这一概念最早出现于周代的《周礼》一书中。但据《史记》所载，远在夏禹时，会计就已产生了，而且和现今浙江省绍兴市的一座山——会稽山有直接联系”①。“会稽山，在今浙江中部绍兴、嵊县、诸暨、东阳等市县间……相传夏禹至茅山（或作防山），大会诸侯，计功封爵，改名会稽，即会计之意。后禹死葬此”②。据《史记·夏本纪》载：“自虞夏时，贡赋备矣。或言禹会诸侯江南，计功而崩，因葬焉，命曰会稽. 会稽者，会计也。”大禹制订了五服而贡、十税其一的税赋制度，有了税赋制度自然就有了会计审计工作。2014 年 11 月 7 日，来自全国参加第七届会计文化节的 200 多名会计从业者共聚浙江绍兴会稽山，祭祀会计始祖大禹，缅怀圣贤，这也是全国首次会计代表集体公祭大禹活动。会计专家、全国政协委员张连起恭读祭文：“煌煌中华，郁郁文明。会计始祖，天下景从。嗟我大禹，计功而崩。命曰会稽，理彻物清。……余绪泽被，会审传承。言则诚信，专则笃敬。合法公允，尚贤使能……中华逐梦，民族复兴。万代功业，待我后生！”祭文回顾了大禹为中华民族所做的贡献，梳理了先贤大禹对中国会计传承的影响。拜谒仪式结束后，召开了会计文化溯源及创新研讨会，探讨新型会计文化建设，并呼吁将民间的会计文化节升级为法定会计文化节。

因大禹崇高的历史地位和巨大的历史影响，1932 年 10 月，由原民国政府总理熊希龄以及龙泽厚、朱庆澜、许世英、王震、郑洪年、戴传贤等 27 位社会名流发起组织了尊禹学会，并订出戒醉（禹恶旨酒）、黜侈（卑宫菲食）、守时（爱惜寸阴）、警惰（尽力沟洫）、虚中（禹拜昌言）、尚慈（下车泣囚）、去私（过门不入）和敬天（致孝鬼神）等八条会规，注重公益、研究水利、保存国粹、遵守法律、不批评任何时政，不诋毁任何宗教，不参加任何运动，不涉及任何迷信等八条附则，并提出了卑宫室、菲饮食、恶旨酒、惜寸阴、通沟洫、谋水利、拜昌言、守心法、读禹贡、讲洪范、思饥溺、泣罪囚等十二条口号。同年 10 月 19 日，舒炳文又发表《尊禹之意义及其方针》一文，认为尊禹之意义在于尚俭、习勤、立己、爱人，尊禹之方针则为守心法、读禹贡、讲洪范。尊禹学会和中国工程师学会虽无多大关联，但从其宗旨可以看出，民国时期人们对于大禹的敬仰，反映了大禹因其巨大功绩和高尚人格所产生的深远影响。

综上所述，大禹是中华民族的立国始祖，堪称国父，同时也是中华民族的人文

---

① 劳秦汉：《“会稽者，会计也”之考证》，《中国会计报》2010 年 5 月 18 日。

② 辞海编纂委员会：《辞海》，上海：上海辞书出版社，2010 年版，第 2199 页。

先祖之一、中华道统圣王之一,既是伟大的治水英雄,又是卓越的政治家,并被民国时期的工程师学会和现代的会计师们奉为鼻祖,其历史地位之高,可以说罕见其俦。

(作者单位:河南省登封市政协)

大禹故里的历史记忆与华夏精神家园教育

谭继和

大禹兴于西羌，西羌是大禹故里，这是司马迁《史记》记录的先秦古羌一系流传下来的口述史，是有关夏后氏与大禹发祥地的真实历史记忆。这一代代相传了几千年的历史记忆，在今天有着重大的民族精神家园教育的意义。北川羌族自治县的5·12汶川特大地震纪念馆建于大禹故里文化圈内，这是纪念馆的文化底蕴与历史优势，是纪念馆发挥社会教育功能，以历史文脉的传承，进行华夏精神家园教育的最佳课堂。为此，纪念馆需要传承和增加大禹故里的历史记忆的内容，传承和宣传西羌地区特有的禹羌文化，以大禹石纽诞生地作为华夏精神地标，作为华夏文明的地理保护标志，讲清楚大禹治水，战胜民族大灾大难，创造华夏国家文明的民族精神；讲清楚大禹文化是灾后重建家园的精神财富，是助推民族命运与共、心灵契合进程的精神纽带；讲清楚古羌石纽的历史记忆传承四千年，羌人守护大禹故里文化，坚守大禹建设的华夏民族精神家园的历史意义和现实意义。在陈列和展现新时代抗震救灾与灾后重建文物与成就的同时，也要适当展现能体现民族文化复兴与民族精神凝聚的禹羌文化的文物、遗迹与标志。这“三个讲清楚、一个展现”，应该是发挥北川地震纪念馆的社会功能，提升社会教育文化内涵的一个重要举措。

这三个“讲清楚”，对于大禹文化西兴东渐的三大标志地：西羌出生地、嵩山河洛建都地、会稽大禹会聚邦国实现华夏大一统的会集地及其葬地有重要的意义，也是纪念大禹面临的现实问题。当然这三个“讲清楚”，会因为地域不同、大禹历史活动与遗迹的不同，而有不同的宣讲内容。这里只以大禹出生纪念地为例。

一、讲清楚大禹创造华夏国家文明的民族精神

为了深化和提升5·12汶川特大地震抗震救灾精神的宣传教育工作,需要认清大禹作为华夏国家文明始祖的历史地位以及他对华夏文明的三大创造性贡献,并把它有机地贯穿和融会到陈列展示与宣传讲解中去。

(一)大禹是中华治水兴农的先师,是创造华夏国家文明的始祖,是中华民族命运共同体的奠基者,是大九州山水综合治理的第一人,这就是大禹的历史地位。可从下列四方面分别说明:

1. 以黄帝为首的五帝是中华农业文明起源时代的代表,为中华农业文明做出了开源性的贡献。大禹是继五帝之后,治水救灾、以水兴农的第一人,为中华农耕水利文明做出了奠基性的贡献。

2. 五帝时代已有多种人文发明。大禹是在五帝人文发明基础上,祖述黄帝,肇继五帝,创造夏商周国家文明广域共同体的始祖,是创造华夏国家文明的始祖。

3. 大禹是中华民族从局部发展到全面发展以至多民族大融合、大一统,形成中华民族命运共同体的奠基者。

中华民族大一统,植根于炎黄之树,盛开于华夏之花。炎黄二帝开民族大一统文化之源,集中在一个中国人的"中"字上,体现了"天下共主"的中心信仰;大禹奠民族大一统文化之基,凝结为礼仪之大、服装之美的"华"字,体现文明华夏的信仰,合起来构成以"中华"二字为标志的民族命运共同体。

4. 水润中华。水是文明之母,文明因水而兴。中华文明是上善若水,崇尚自然的文明,是"田蚕织作"的高级农耕文明,其首要条件是道法自然,顺水之性,综合治理山山水水。大禹是中华大九州山水综合治理的第一人。

(二)大禹对中华民族的形成、统一的多民族国家的建立、民族精神家园的最高认同,做出了奠基性的三个伟大贡献:

1. 大禹为扩展中国人生存的空间和版图,做出了继炎黄之后的最大贡献。

据《山海经》记载,五帝版图从北极到南极,从东极到西极各二亿步,大禹时则将其扩展为二亿多里,增加了千倍。通过大禹治水,使得中华民族生存发展的空间基本上扩展到整个中国区域。在观念形态上,"华"字由百花繁荣的本义(在考古文化上,华则指仰韶彩陶文化的玫瑰花纹饰),引申为指鲜花遍野的"华山之阳(南)";"夏"的原始含义指大和雅的人,合起来组成为"华夏",代表"中国之人"(《说文解字》)的概念。"中国有礼仪之尚,故称夏。有服装之美,谓之华。华夏连

称谓中国也。”(《尚书》,孔颖达疏),“中国”这个称呼也从仅指“京师”,扩大为包含“九州四夷”在内的“大中国”统一体的观念。这些观念是在夏商周三代时期形成和巩固起来的。

2. 大禹为把华夏文明的终极核心价值提升到“中华大一统”的“国家意识”层面,做出了最早的贡献。

大禹治水的过程,是对九州有序治理的过程。由岷山导江走向九水治理,由治理九水扩展为整顿九州地域,整顿九州向京师缴纳贡赋的水陆交通路线,形成了中国最早的贯穿全国的大小“贡赋”道路——“禹贡”。由《禹贡》产生了多元一体的“大九州”意识,从而形成了“四渎朝宗于海”“茫茫九州流中国”的大中华国家意识。再以“中华”共识作为国家认同、文化认同和民族认同的基础,发展成为“九州生气恃风雷”的民族精神,形成“见龙在田,天下文明”,奔腾汹涌,自强不息的龙形象信仰,在中华大家庭各子民族内种植下“龙的传人”的文化基因,使“龙”这个共同认可的文化符号,成为中华民族凝聚力、向心力和团结力的最大象征。传承至今,受惠其赐,中华龙文化仍是我们民族终极价值、核心价值的最大的精神养料。

3. 大禹治水还为推进炎黄开启的以中原文化为中心地标的民族凝聚与文化向心的发展走向,做出了奠基性的贡献。

夏后氏大禹从出生西羌,娶于涂山,到走向中原,在河洛中原立国,会万邦,葬会稽,这个颇具象征意义的大禹个人的走向,实质上是夏文化西兴东渐的过程,也是中原文化逐步成为整个中华文化向心凝聚的中心地标的文化认同过程。由于有了这个中心地标,中华大地上满天星斗似的起源于各地域的各具特色的多源而又多元的区域文化与民族文化,才能凝心聚力在一起,融会成为有“一体一脉、一个中心”认同的中国文明,从而形成海内外炎黄子孙、华夏儿女都认同的共有祖国。从北川、汶川的大禹石纽,到登封大禹遗迹、绍兴大禹陵,再到台湾的大禹岭等等禹迹,遍布全国,数量之大,说明大禹是中华民族文化共同体的精神一统的象征。

(三)“大禹理百川,儿啼不归家”(李白),劳身焦思的美德和公而忘私的冰雪操守,成为中华民族美德的一位箭垛似人物,各种民族美德通过历代传承集中到大禹身上,使大禹成为民族精神的万世楷模。

由于上述大禹所具有的历史地位和历史文化贡献,因此,需要把大禹作为民族精神家园象征的有关历史记忆、文化信息以及历史遗产,包括大禹遗迹、大禹文化符号、六月初六大禹生日庙祭习俗与朝祭典礼、大禹文化基因在羌族释比文化、禹步歌舞和工艺文化中的传承和再现,等等资源,深入挖掘出来,化为抗震救灾精神的内在信息与正能源,化为老县城地震遗址的精神地标和北川旅游业、文化创意产业的形态载体。

二、讲清楚大禹文化是灾后重建家园的精神财富，是促进民族命运与共、心灵契合的精神纽带

5·12汶川特大地震纪念馆在以生动的图片和实物展现天地不仁、惊天巨灾的那一瞬原生状态的同时，更着重展示了举国倾力，大难同纾，逝者永铭，生者坚强，临旷代巨灾而英勇不屈，绘重建宏图悲壮豪迈的鲜活场景。这些场景让我们在重温抗震救灾、灾后重建这一页历史时，感受到祖国的强大、民族的大爱和同胞的道义；感受到全民族传承中华文化传统，建设共有精神家园的伟力，体现了中华文化作为连接家园命运、沟通心灵契合的精神纽带的灵魂作用。

由此可见，抗震救灾体现出来的民族精神、民族文化和强大的国家软实力，是一笔宝贵的精神财富和教育养料，其中就包含着中华民族始祖从黄帝到大禹留存下来的伟大思想和精神。对于富有四千年大禹文化历史记忆传承优势的大禹故里来说，传承和利用好这个历史记忆，并以此作为国人同胞增强家国情怀，实现心灵沟通、心灵契合、血脉相连、命运与共的精神纽带新建设，这是纪念馆增强社会教育力量，接好地气，将家国情怀落实到参观者、受教育者头脑和心灵里的好机遇，值得加倍珍视。

大禹出生的西羌地区，即今天的岷山、龙门山区域，属地震断裂带，历史上曾多发“地崩山摧壮士死”的震灾和水灾。在这个多灾多难的区域，本地区的羌族和各个族群学习大禹治理灾害的精神，一次又一次地再生和重建，把大禹故里建设成为青片钟灵、生态复兴的锦绣家园。这是大禹治水留下的顺天道之自然，应民心之待望，尊重天地自然，和谐处理天地人关系的哲理原则与“岷山导江、东别为沱”的历史经验；这也是大禹以水利建设大工程为纽带，统一规划指挥，协和万邦力量，实现民族大团结，应对大灾难的历史经验；这还是大禹应对灾难时体现出来的“与子同袍”的血肉亲情和家园情怀；同时也还是大禹劳身焦思、民生第一、清白为官、严以修身、自强不息、实事求是、朴实无华的民族道德精神与创造精神的展示。所有这些宝贵的精神和经验，在5·12特大地震灾难中都得到了有力的传承和体现。在党中央国务院强有力的统一指挥下，全国一统，举国一体，灾后终度劫波，重建傲立新宇，灾区天地再生氤氲，废墟万物重又化醇，圆梦中国在望，民族复兴在即，震后七年，灾区出现崭新面貌，展示出惊人奇迹。这是中国力量的见证，是社会主义制度自信自强的见证，是五千年中华文化向心凝聚力的见证，是中华民族终极价值观

和核心价值观的优秀实践。因此，把历史上的大禹精神和今天的救灾重建实践联系起来，讲清楚今天民族救灾和创造精神的实践，讲清楚历史上大禹文化承袭下来的精神家园财富，这是拓展和增强爱国主义核心价值观的社会教育的一条必由之道。

三、讲清楚古羌石纽的历史记忆，守护大禹故里文化，坚守大禹建设的华夏民族精神家园

“禹兴西羌”的历史记忆，见于《史记》和《新语》。大禹生于石纽的历史记忆，则见于汉扬雄《蜀王本纪》、晋任豫和李膺的《益州记》。这两个历史记忆加起来，就成为有关大禹出生地的历史传说。这些历史传说和历史故事，体现了大禹降生文化的丰富内涵。换句话说，是体现了大禹作为首领的“夏后氏发迹之地”的传说。这些传说包裹着历史真实的内核，指的是大禹部族最早形成和活动的区域的文化现象。在这个区域内的“石纽”形象，即怪石纽结的现象，被作为羌人祭祀大禹出生的文化地标，这是夏部族崇石习俗的信仰结晶，也是古羌游牧部族划出百里禁牧区域以祭祀大禹的习俗结晶。游牧部族是逐水草迁居的。凡迁居的区域，古羌牧羊人即划出一个百里禁牧禁居止区域，作为大禹出生的祭祀圣地。这个圣地以“石纽”为标志。凡有罪的人逃入其中躲避三年，即可免罪，因为得到了大禹的神佑。用今天的观点来看，这是指古羌牧羊人很早就具有禁牧还林、保护生态的好习惯，是生态崇拜和祖先崇拜结合在一起的信仰习俗，“石纽”则是华夏人心目中祭祀大禹的神圣地标。这个形象地标，既是文化地标，也是精神地标。这个精神地标是随畜牧迁建的，故汶川有大石纽山，唐宋人称为“古石纽”，大概应是早期游牧区域祭祀用的石纽。北川有两巨石相纽结的小石纽，被唐宋人称为“今石纽”，这大概是晚期游牧区域用于祭祀的石纽。在茂县、理县，以及沿古羌游牧从西北向东南迁徙的弧形带区域，都会有先后不同时期祭祀大禹的石纽。以上就是大禹降生石纽文化的真实历史内核。

“禹生石纽”衍生出的各种故事，是先秦时期蜀人所传，是高阳颛顼集团自成一系的传说，是羌人、夏人与蜀人三支文化交会于岷山，宛然石纽一样紧密纽结，长期联盟的信仰标志。大禹文化的西兴东渐，从岷山开始，故祖先用“石纽”作为西兴东渐源头的精神标志，以便保存和传承历史记忆和历史信息。“禹生石纽”，体现了夏、蜀、羌部族历代后人对于生于斯、长于斯、活动于斯的夏后氏祖先故里的神圣追忆，是华夏民族文化精神传承的活态基因。华夏民族历史文脉几千年，其中包

含着大禹故里的古羌人与今羌族对大禹为代表的民族精神家园的几千年坚守。近年来在云阳县旧县坪发掘出土的景云碑,记载了东汉巴郡朐忍县令景云的祖先,夏代柏杼遵循“术禹石纽汶川之会”的遗训,由中原返蜀祭祀大禹的故事,证明石纽祭祀习俗的坚守和历史脉络的流传。祭祀石纽的习俗,体现了历代羌人对祖先筚路蓝缕创业发迹的敬畏之心,体现了几千年坚守大禹故里、坚守华夏民族精神故园的血脉亲情传统。今天羌族分布的岷山弧形带区域内的几个石纽标志,是大禹出生地标的完整降生文化的精神链条,是一笔无与伦比的宝贵的活态记忆基因的非物质遗产资源,是今天构建大禹故里文化圈和大小九环旅游圈的历史依据。

今天羌人的游牧生活早已逝者如斯,但有关禹出生地的传说,不管在哪个地方发生,都应该值得保护和珍视,不必扬此抑彼,不必互争互夺,因为它们都是古羌游牧生活时代的精神信仰的留存。再不保护这些传说和圣地,它就会造成历史的失忆和信仰记忆的残缺。我们总不能只承认一处大禹降生的地方,而放弃多处对大禹出生祭祀地标的敬畏之心,使多元一体的大禹降生文化被人为的争论湮没吧?那是对后代子孙的罪过。

所以,讲清楚古羌有关大禹石纽的神圣记忆,并在抗震救灾的社会教育中得到传承,对于坚守华夏民族精神家园有着重要的意义。

(作者单位:四川省社科院)

大禹与绍兴历代治水人物

茹静文

摘要:大禹治水的传说在宁绍地区广为流传,绍兴拥有全国最大的禹陵、庙、墓。而大禹治水精神在绍兴地区更是源远流长,为世代所学习,并赋予新的内涵,即“献身、求实、创新”。一代一代的绍兴治水人秉持这一精神而治水,缵禹之绪,弘扬光大。

关键词:大禹治水　人物精神

传说中的大禹,一位距今四千一百多年的人物。就是因为其率领百姓治理洪水,而成为中华民族世代传颂的圣人。随着大禹治水传说的广为流传,“禹迹”的范围逐渐扩大。《左传·襄公四年》引《虞人之箴》说:“芒芒禹迹,画为九州。”《孟子·滕文公上》说:“禹疏九河。”《尚书·禹贡》篇则详细叙述“禹迹”遍布九州的故事,因此在今河南登封、山东禹城、浙江绍兴等地都有“禹迹”传说。

20世纪20年代,著名历史地理学家顾颉刚在《古史辨》一书中提出了“禹是南方民族神话中的人物”,“这个神话的中心点在越(会稽)”的观点。在此基础上,冀朝鼎先生对顾颉刚的观点做了进一步补充:“关于禹的问题,顾颉刚的见解是,禹是大约公元前11世纪的殷、周期间,流传于长江流域民间神话的一个神。而这个传说,看来先是集中在现在的浙江省被称为绍兴会稽一带发生的。越人崇拜禹,把禹作为他们的祖先,并认为他的墓地就在会稽。这个传说由会稽传到安徽省的涂山,并认为禹曾在涂山召集过诸部落的首领开会。后来,又由涂山传到楚(今湖北省),由楚传到中国的北部。”①

我们姑且不讨论是否真实存在大禹这个人物,也不追究大禹最终葬在何地,但目前《越绝书》中有明确记载大禹曾两次来越,并葬于会稽山。即:“禹始也,忧民救水,到大越,见耆老,纳诗书,审铨衡,平斗斛。因病亡死,葬会稽,苇椁桐棺,穿圹七尺;上无漏泄,下无即水;坛高三尺,土阶三等,延袤一亩。”②《史记·越王句践世家》中记载:“越王句践,其先禹之苗裔,而夏后帝少康之庶子也。封于会稽,以奉守禹之祀。”③又《秦始皇本纪》记载:“(始皇)上会稽,祭大禹,望于南海,而立石刻颂秦德。”④陈桥驿先生更明确指出:“禹的传说就是因为卷转虫海侵,进而在越族起源,然后传到中原。但是这种传说在宁绍平原一带是根深蒂固的。”⑤除此之外,在这一地区也存有与禹相关的诸多地名,例如:禹会村、禹陵乡、禹峰乡、禹溪村。通过以上文献记载、学者研究、地名等,足见大禹传说在会稽之地的影响力。

大禹,从抵御外侮到保家卫国,从治水平洪到重建家园,炎黄子孙从大禹精神中得到启迪,凝聚起磅礴向上的力量。尤其是治水传说在绍兴产生了广泛深远的影响,其“公而忘私、艰苦奋斗、尊重自然、以身为度、严明法度、民族融合”的精神影响着绍兴历代治水功臣。

第一,东汉永和五年(140年)马臻筑鉴湖。太守为改变咸潮直薄、洪涝灾害频发的山会平原,经过深入查勘,发动会稽郡人民,在原有堤塘、湖泊的基础上,纳稽北丘陵三十六源之水,兴建鉴湖。至宋乾道元年(1165年)湮废,鉴湖兴废历时一千余年,较彻底地改造了绍兴的水环境,为绍兴的社会和经济文化发展奠定了基础,恩泽后世。《宋书》的作者沈约(441—513)曾描述了这一地区经济发达的景象,指出:“会土带海傍湖,良畴亦数十万顷,膏腴上地,亩值一金,鄠杜之间,不能比也。”⑥认为绍兴地区的经济繁盛超过了当时富庶的关中地区。诸如此类对鉴湖效益的论述可谓不绝史书,在此不一一列举。

但是,当时在此筑堤蓄水建湖,无可避免地严重影响了短期内向朝廷上交赋税收入,增加劳役,也会侵犯相当一部分人的利益,会造成农田受淹,房屋动迁,祖坟

---

① 冀朝鼎著,朱诗鳌译:《中国历史上的基本经济区》,北京:商务印书馆,2014年版,第50页。

② 《越绝书》卷八《越绝外传记地传第十》。

③ 《史记》卷四十一《越王句践世家》。

④ 《史记》卷六《秦始皇本纪》。

⑤ 陈桥驿:《吴越文化和中日两国的史前交流》,《浙江学刊》1990年第4期。

⑥ 《宋书》卷五十四《沈昙庆传》。

易地。绍兴又有世家豪族居住，在朝廷有较深厚之基础，得罪于人轻则名誉受损，重则丢官丧命，风险甚大。① 太守马臻最后蒙冤被杀。大禹是绍兴人民心目中的治水英雄，其献身精神为后人不断传颂，而马臻正是大禹精神的实践者，为百姓谋取利益而牺牲自我。也正因为如此，绍兴人民才会如此敬重和感恩太守马臻，每年农历三月十四日，民间都会祭祀马臻。

第二，嘉靖十六年(1537 年)汤绍恩建三江闸。"汤绍恩，字汝承，四川安岳人。嘉靖丙戌进士，乙未以部郎迁知绍兴"②，上任之后，他遍察山会平原地理水道，"公登望海亭，见波涛浩淼。水光接天，目击心悲。慨然有排决志"③。三江闸初筑时，汤绍恩力排众议，矢志不移，积极动员百姓；同时深入实地，亲临施工现场，遍行水道；为解决工程经费不足之困难，汤绍恩亲赴省衙要求拨款，不足，则发动三县人士解囊相助，可谓呕心沥血。④

三江闸作为当时山阴、会稽、萧山三县河网水系挡潮、排涝、蓄淡的控制枢纽工程，开创了绍兴水利史上通过海塘和沿海大闸全控水利形势的新格局，其建成标志着山会平原又一次新的全局性的水系调整完成，发挥效益四百余年。大禹是绍兴人民心目中的治水英雄，其求实精神为后人所学习，而汤绍恩也正是大禹精神的实践者，为改善水环境而深入实地考察，研究治水之理，以求解决办法。

第三，明清绍兴官员严治城河。绍兴城河建设有两千五百余年历史，名闻海内外，城河之所以能历经久远而得到不断发展，其中一个重要的原因就是历代绍兴贤牧良守的擘画经营和有效治理。

先是南大吉任职绍兴知府，见城河为权势侵占，淤积严重，百姓敢怒不敢言，官府无人问津，以至河道蓄泄功能丧失，频发洪涝灾害。经过南大吉深入调查后，其认为"善治越者以浚河为急"⑤，于嘉靖三年(1524 年)开始组织对绍兴重要河道进行疏浚和整修，即"去豪商之壅，削势家之侵"⑥。

其次是俞卿于康熙五十一年(1712 年)冬组织民众对城河疏浚，能够不断总结失利原因，积极实施新的疏浚之法，最终完成疏浚工程。与此同时，为使保护城河形成制度，俞卿又于康熙五十四年(1715 年)立《禁造城河水阁碑》，并立于城中府

① 邱志荣:《上善之水——绍兴水文化》，上海:学林出版社，2012 年版，第 170 页。
② 万历《绍兴府志》卷三十八《人物志四》。
③ 《郡守汤公新建塘闸实迹》，载程鹤翥纂辑《三江闸务全书》上卷。
④ 邱志荣:《上善之水——绍兴水文化》，上海:学林出版社，2012 年版，第 189 页。
⑤ 康熙:《会稽县志》卷四《河·官河》。
⑥ 王守仁:《浚河记》，载《王阳明全集·外集五》卷二十二。

仪门和江桥张神祠。

再者是李亨特于乾隆五十五年(1790 年)出任绍兴知府,“尝微行城乡,体察疾苦,凡有关于民瘼者,罔不为除剔整顿之”[1]。为整治府河,李亨特对绍兴城内河道进行全面查考,发现从郡城张神祠至南门止,共设有水阁七十四座,石条四座,木桥八座,于是李亨特立《禁造城河水阁示》牌。之后着力整治城内街面路口,使城中街道畅通无阻。

当时百姓云:“太守清、河水清。”这是对明清绍兴三位知府整治城河政绩的极高赞誉。[2] 而绍兴府历代重视治水的地方官,基本都是名垂青史,而他们也正是大禹精神的实践者,他们不墨守成规,在深入实践、虚心学习后,能够不断汲取前人经验,践行“献身、求实、创新”的大禹治水精神。

(作者单位:绍兴市水利局)

---

① 《越中杂识·名宦》上卷。

② 邱志荣:《上善之水——绍兴水文化》,上海:学林出版社,2012 年版,第 195 页。

从古代中国水智慧看大禹治水精神·儒家篇

孟国中

摘要：大禹治水精神是古代中国水智慧底盘中凝成的结晶。从先秦两汉儒家文化对水智慧的阐释，可以透析大禹治水故事千载传承的精神实质所在。大禹治水作为经典文化的语言符号，是儒家圣明仁治思想的隐喻，是由内圣开出外王的政治伦理叙事。

关键词：水智慧　大禹治水　儒家符号　叙事

大禹"绩奠九州垂万世，统承二帝首三王"（山东历城禹庙联），其凿山浚河勘定九州的治水神绩，在古代中国有着特殊的政治人文底蕴。大禹治水精神的历史传承与弘扬，汩汩流淌于古代中国水智慧的底盘，并闪耀为其中鲜澈清冽的明珠。蠡测这颗闪亮的东方之珠与博大的水智慧底盘之间的内在关联与可能的辉映，是笔者拟题的愚衷。然梼昧学浅，能力有限，文题"古代"，限于先秦；沿寻禹迹，迄至两汉。时值新一届禹学与水文化研讨在即，学贤师友殷勤敦勉鼓励，期以螳臂襄大义，乃仓促草理，急就《儒家篇》，汇报思路，用践前诺，应景塞责，贻笑方家，批评启予。

盖学界研讨大禹治水精神与当代水文化、当代水资源及当代"治水之智慧"者有之，而专门系统梳理国故、探究古代中国"水智慧"之全体大用者犹可期待。记载古代中国水智慧的文献，发见于先秦诸子思想著作者甚多。兹谨比儒宗，散稽诸家，于性（本体性状）、德（德相）、能（功用）三维（后二合称"功德"），见证古代中国水智慧的博大，其上溯《尚书》，下证《史》《汉》，推究禹迹（大禹治水精神）与之可能的关联及文化意蕴。

孔子对大禹推崇备至,曰:“禹,吾无间然矣。菲饮食,而致孝乎鬼神;恶衣服,而致美乎黻冕;卑宫室,而尽力乎沟洫。禹,吾无间然矣。”(《论语·泰伯》)《论语》中涉及大禹的功德日用,非仅治水一事。孔子对水有着智慧的观照,水在圣人眼中不仅仅是一个客观外在的物质对象,而是直接映射于观察者、与事者的主体德行功用的象征。“水至清则无鱼,人至察则无徒。”(《孔子家语》)这里,从水到人就是一个联想暗喻的功能。这种由联想暗喻功能架构完成的、更清晰的例子是:“民之于仁也,甚于水火。水火,吾见蹈而死者矣,未见蹈仁而死者也。”(《论语·卫灵公》)《论语》中这样的语例屡见不鲜,尤为熟知的如《先进》篇“子路曾皙冉有公西华侍坐”章,夫子让诸生各言其“志”,曾点回答的是“浴乎沂,风乎舞雩”,圣人对此大加赞赏。因此,当孔子赞叹“大禹治水”精神的时候,已然可以由“尽力乎沟洫”这个符号而通达“菲饮食”至“卑宫室”一段话语所有的功德。我们后人颂扬大禹治水精神,也不仅仅是将大禹等同于一个曾经成功平息水患的物理工程建筑师。同样,在后一例中,至清的水也是一个符号,“所指”如汤汤秋水漫过“能指”的堤岸,这就是散文化的诗性语言。索绪尔认为,所指与能指作为语言符号内部的两个要素,“后者不是物质的声音,纯粹物理的东西,而是这声音的心理印迹,我们的感觉给我们证明的声音表象。它是属于感觉的,我们有时把它叫作‘物质的’,那只是在这个意义上说的,而且是跟联想的另一个要素,一般更抽象的概念相对立而言的”(《普通语言学教程》)。如此,“智者乐水,仁者乐山;智者动,仁者静;智者乐,仁者寿”(《论语·雍也》)这样的诗性话语得以成立;而“子在川上曰:逝者如斯夫,不舍昼夜”,则是“观山观水皆得妙”(黄庭坚《题胡逸老致虚庵》)。另如青原行思关于“看山看水”的三重境喻,则是将话语的诗性带入禅境,借此也可以帮助理解作为传统语录对话体所习用的语言符号的特殊性。

在《论语》中有两则很具比对意义的语录。一则是夫子对弟子颜渊的赞扬:“贤哉,回也!一箪食,一瓢饮,在陋巷。人不堪其忧,回也不改其乐。贤哉,回也!”(《论语·雍也》)另一则是夫子自道自夸:“饭疏食饮水,曲肱而枕之,乐亦在其中矣。不义而富且贵,于我如浮云。”两则语录共同的核心符号是饮水而乐,颜渊的贤与夫子的圣都乐在水中,二者都是关于水的活动(饮水而乐)的直接与事者;对照前述“智者乐水,仁者乐山”,则此处的乐水可以直接通达“仁义礼智信”诸种功德,这也是为什么夫子自道时,可以直接由乐水而跃至“不义而富且贵,于我如浮云”。由此可以推断,圣人孔子对大禹“治水”(“尽力乎沟洫”)的褒赞,实则是对作为“承二帝首三王”的大禹“仁义礼智信”的肯定。“故无水旱昆虫之灾,民无凶饥妖孽之疾,天不爱其道,民不爱其宝,人不爱其情,是以天降甘露,地出澧泉,……河出马图，凤凰麒麟皆在郊薮，龟龙在宫沼，……则是无故，先王能循礼以达义，体言能达顺，此顺之实也。”（《孔子家语》）这就是儒家的水智慧，也是孔子话语的智慧，更是古代中国普遍共识的（因而也是民众的）智慧。

孔子讲“诗可以观”，同样，水也可以观，水的智慧正是在仁义礼智信的观照中被觉察而流出。孔子既观“逝者如斯夫”，也观“美哉水”之“洋洋乎”：“以其不息，且遍，与诸生而不为也。夫水似乎德：其流也，则卑下倨邑，必修其理，此似义；浩浩乎无屈尽之期，此似道；流行赴百仞之嵠而不惧，此似勇；至量必平之，此似法；盛而不求概，此似正；绰约微达，此似察；发源必东，此似志；以出以入，万物就以化絜，此似善化也。水之德有若此，是故君子见必观焉。”（《孔子家语》。又见《荀子·宥坐》，文辞稍异。又，孙星衍撰辑《孔子集语》，引《大戴礼记·劝学》，大同小异）“徐子曰：‘仲尼亟称于水，曰：“水哉，水哉！”何取于水也？’孟子曰：‘原泉混混，不舍昼夜。盈科而后进，放乎四海，有本者如是，是之取八月之间雨集，沟浍皆盈；其涸也，可立而待也。故声闻过情，君子耻之。’”（《孟子·离娄下》）“观水有术，必观其澜。……流水之为物也，不盈科不行；君子之志于道也，不成章不达。”（《孟子·尽心上》）观水如观德，则治水如治德；水之德既能通达于观者之德，亦能浸润于治者之德。此孔子之所以褒赞大禹，肯定大禹治水，即肯定大禹之德，即肯定大禹必能且曾善治天下。这就是儒者眼中的大禹治水精神。

水何以能观，且能观如许智慧功德？这就是前文提到的古代中国语言符号之能指与所指之间的诗性关系，是跳跃联动的隐喻，这本身就是一种古老的智慧。“水者，喻君子之德行修养。其遍布天下，如君子之道德；所到之处，如君子之仁爱；水性向下，随物赋形，如君子之高仪；浅处流动不息，深处渊然不测，如君子之智慧；奔赴万丈深渊，绝不迟疑，如君子之临事果决；渗入曲细，无微不达，如君子之明察秋毫；蒙首恶名，默不申辩，如君子之博大胸襟；泥沙俱下，出则一泓清水，如君子之善化；载之量器，必水平如衡，如君子之正直；遇满则止，不贪多务得，如君子之风度；百折不回，定东流入海，如君子之意志。是以君子见大水必观焉尔也。”观水即观德，临水知水即具是德，能治水即能具治德，能平水患即能平治天下，正所谓“水且犹可以忠信成身亲之，而况于人乎”（《孔子家语》），大禹治水克成，微斯人，天下谁与？是二帝之所以委任也，尧舜之所以愿让天下也。于是，这样的话语也就顺理成章了：“禹敏给克齐，其德不爽，其仁可亲，其言可信。声为律，身为度，亹亹穆穆，为纪为纲。其功为百神之主，其惠为民父母。左准绳，右规矩，履四时，据四海。”（《孔子家语》）对此，荀子也说：“凡所贵尧、禹、君子者，能化性，能起伪，伪起而生礼义。”故曰：“凡禹之所以为禹者，以其为仁义法正也。”（《荀子·性恶》）这就是儒者眼中的大禹治水精神。

能治水者必能治人,因为人心就是水。荀子曰:“人心譬如槃水,正错而勿动,则湛浊在下而清明在上,则足以见须眉而察理矣。微风过之,湛浊动乎下,清明乱于上,不可以得大形之正也。心亦如是矣。故导之以理,养之以清,物莫之倾,则足以定是非,决嫌疑矣。”(《荀子·解蔽》)“导之以理,养之以清”以下,正可视为大禹治水精神的隐喻。其余如《孔子家语》曰:“夫君者舟也,庶人者水也。水所以载舟,亦所以覆舟。”“舟非水不行,水入舟则没;君非民不治,民犯上则倾。是故君子不可不严也,小人不可不整一也。”则由治水而治人,由治人而联动于治天下矣。“不观高崖,何以之颠坠之患?不临深泉,何以知没溺之患?不观巨海,何以知风波之患?失之者其不在此乎!士慎此三者,则无累于身矣。”则让人联想到大禹治水的反面教案,其父鲧功败身死,在中国古代儒家伦理中,也是一个文化隐喻的政治符号。这就引出了儒家水智慧中关于为君不仁(无德无能)社稷败亡(作为治平的反面)的政治伦理预设。“禹之治水,水之道也。是故禹以四海为壑,今吾子以邻国为壑。水逆行,谓之洚水。洚水者,洪水也,仁人之所恶也。”(《孟子·告子下》)而“仁之胜不仁也,犹水胜火。今之为仁者,犹以一杯水,救一车薪之火也;不熄,则谓之水不胜火。此又与于不仁之甚者也。亦终必亡而已矣。”(《孟子·告子上》)总之要向大禹学习,学习大禹治水精神:“禹思天下有溺者,犹己溺之。”(《孟子·离娄下》)此禹之仁德如水也,“天下溺,援之以道”(《孟子·离娄上》)。在孟子看来,大禹治水的精神,就在于以仁理民,而民斯归仁,否则败亡:“民之归仁也,犹水之就下、兽之走圹也。故为渊驱鱼者,獭也;为丛驱雀者,鹯也;为汤、武驱民者,桀与纣也。”(《孟子·离娄上》)这里作为大禹仁治之反面的桀纣,与作为禹成功治水的反面之鲧,可谓能所(能指与所指)同归。据上例,“民”即“水”,“水”即“民”(又,《孟子·告子上》:“人性之善也,犹水之就下也。”),则“大禹治水”即“大禹治民”,仁(可含摄仁义礼智信,总名曰智)斯在焉:“如智者若禹之行水也,则无恶于智者矣。禹之行水也,行其所无事也。如智者亦行其所无事,则智亦大矣。”(《孟子·离娄下》)这种“行其所无事”的智慧,似乎又向我们暗示了“防民之口,甚于防川。川壅而溃,伤人必多,民亦如之。是故为川者决之使导,为民者宣之使言”(《国语·周语上》),而这正是大禹治水之根本不同于其父的地方。于是,“当尧之时,天下犹未平,洪水横流,泛滥于天下。草水畅茂,禽兽繁殖,五谷不登,禽兽逼人。兽蹄鸟迹之道,交于中国。尧独忧之,举舜而敷治焉。舜使益掌火,益烈山泽而焚之,禽兽逃匿。禹疏九河,瀹济漯,而注诸海;决汝汉,排淮泗,而注之江,然后中国可得而食也。当是时也,禹八年于外,三过其门而不入”(《孟子·滕文公上》)，这段喻示儒家仁政的经典也就豁然而解。这就是儒者眼中的大禹治水精神。

作为儒家政治伦理之治平的反面，暴政就是洪水猛兽，故孟子曰："民为贵，社稷次之，君为轻。"(《孟子·尽心下》)在儒者眼中，古之善为天下也，唯贵民而善治水者能之，"旱干水溢，则变置社稷"(《孟子·尽心下》)。又，"尧之有天下也，堂高三尺，采椽不斫，茅茨不翦，虽逆旅之宿不勤于此矣。冬日鹿裘，夏日葛衣，粢粝之食，藜瓯之羹，饭土匭，啜土铏，虽监门之养不觳于此矣。禹凿龙门，通大夏，疏九河，曲九防，决渟水致之海，而股无胈，胫无毛，手足胼胝，面目黎黑，遂以死于外，葬于会稽，臣虏之劳不烈于此矣"(《史记·李斯列传》)，实则正是明君圣主"民贵君轻"之仁政思想的践行与写照，正所谓："君者，民之原也，原清则流清，原浊则流浊。故有社稷者而不能爱民，不能利民，而求民之亲爱己，不可得也。"(《荀子·君道》)于是从治水的经验中汲取败覆的教训，也是儒家水智慧与大禹治水精神的一个契合点。《荀子·宥坐》记载的孔子观攲器也是一个很好的例子："孔子观于鲁桓公之庙，有攲器焉。孔子问于守庙者曰：'此为何器?'守庙者曰：'此盖为宥坐之器。'孔子曰：'吾闻宥坐之器者，虚则攲，中则正，满则覆。'孔子顾谓弟子曰：'注水焉!'弟子挹水而注之。中而正，满而覆，虚而攲。孔子喟然而叹曰：'吁！恶有满而不覆者哉!'"当学生子路进而询问何谓"持满之道"的时候，孔子回答说："聪明圣知，守之以愚；功被天下，守之以让；勇力抚世，守之以怯；富有四海，守之以谦。此所谓挹而损之之道也。"(《荀子·宥坐》，又见《孔子家语》卷二，文辞稍异)这里也有可能吸纳了老子的道家思想，从水的性体进而通达功能与德行，是儒道共通的一贯之道。从观坐宥之水器引申出君人者聪明圣知富有四海的"持满之道"，是儒家的水智慧，也是仁君治国平天下的智慧，"当帝尧之时，鸿水滔天，浩浩怀山襄陵，下民其忧"，正是"水满为患"，而唯禹能治之，"禹伤先人父鲧功之不成受诛"，也正是对父鲧因"持满"不慎而倾覆的借鉴(《史记·夏本纪》)，由此而生成的新的智慧与功德就是大禹治水的精神。

于是，我们看到儒家经典的叙事是这样的，《尚书·大禹谟》："曰若稽古，大禹曰文命，敷于四海，祗承于帝。曰：'后克艰厥后，臣克艰厥臣，政乃乂，黎民敏德。'帝曰：'俞！允若兹，嘉言罔攸伏，野无遗贤，万邦咸宁。稽于众，舍己从人，不虐无告，不废困穷，惟帝时克。'益曰：'都！帝德广运，乃圣乃神，乃武乃文。皇天眷命，奄有四海，为天下君。'禹曰：'惠迪吉，从逆凶，惟影响。'益曰：'吁！戒哉！儆戒无虞，罔失法度。罔游于逸，罔淫于乐。任贤勿贰，去邪勿疑。疑谋勿成，百志惟熙。罔违道以干百姓之誉，罔咈百姓以从己之欲。无怠无荒，四夷来王。'禹曰：'於！帝念哉！德惟善政，政在养民。水、火、金、木、土、谷，惟修，正德、利用、厚生，惟和，九功惟叙,九叙惟歌。戒之用休,董之用威,劝之以《九歌》,俾勿坏。'帝曰:'俞!地平天成,六府三事允治,万世永赖,时乃功。'帝曰:'格,汝禹。朕宅帝位三十有三载,耄期倦于勤。汝惟不怠,总朕师。'禹曰:'朕德罔克,民不依。皋陶迈种德,德乃降,黎民怀之。帝念哉!念兹在兹,释兹在兹。名言兹在兹,允出兹在兹,惟帝念功。'"(下略,部分见后引)读者从中看到的只有"情节"而没有"故事"。在俄国形式主义的叙事学理论中,"故事"指的是作品叙述的按实际时间顺序的所有事件,"情节"侧重指事件在作品中出现的实际情况。在上引《大禹谟》中,大禹治水的"故事"是隐去的,也就是意义的非重点;意义的重点倚重在"情节",即作品中即时展开的人物对话,而在三个对话人(帝、禹、益)的话语中,出现频率最多的就是"德"字,一切话语的意义都是围绕着"贤德"。因此可以这么说,对大禹治水的肯定,并不在于治水本身(故事),而在于儒家经典话语通过"情节"所预生成的意义,用文本中舜帝的话说,就是:"来,禹!降水儆予,成允成功,惟汝贤。克勤于邦,克俭于家,不自满假,惟汝贤。汝惟不矜,天下莫与汝争能;汝惟不伐,天下莫与汝争功。予懋乃德,嘉乃丕绩,天之历数在汝躬,汝终陟元后。人心惟危,道心惟微,惟精惟一,允执厥中。"罗兰·巴特在《叙事作品结构分析导论》中建议将叙事作品分为功能层、行为层与叙述层三个层次。我们在《大禹谟》中看到"叙述"的层次是被隐去的,对话没有提供时间纵向的逻辑,而是在三个对话者之间横向铺展的,一切言语功能的指向都聚焦于大禹的贤德,且只有大禹是继承舜帝的最佳人选。这就是儒家心目中的水智慧,也是大禹治水的精神实质。

同时,在汉代历史学家的叙事中,这种从水智慧中结晶出来的治水精神,被集中提炼出来并置于叙述结构的醒目层次。《史记·夏本纪》在展开大禹治水的"故事"之前,先冠以大禹之"德":"禹为人敏给克勤;其德不违,其仁可亲,其言可信;声为律,身为度,称以出;亹亹穆穆,为纲为纪。"事实上这也是在为接下来的"大禹治水"故事"为纲为纪"。这样,"功"与"德"之间就完成了二而一的循环论证:一方面,因其德而毕其功;另一方面,又因其功而成其德。如此二面而一体,咸归于水(治水)。这就是古代中国儒家"水"的智慧与"治水"的精神。于是,在《史记·夏本纪》接下来的叙述中,德行与事功同时展开,洪水的治平、九州的勘定与大禹的"劳身焦思""过家门而不入"种种密不可分。而第三者(皋陶)的出现,其对话的功能无非是坐实大禹的贤德:"信其道德,谋明辅和","在知人,在安民"。这种"德"不是对治水英雄物理工程的技术评价,而是对治水故事中成就的政治之伦理评价,"皋陶于是敬禹之德,令民皆则禹"。而"不如言,刑从之",则意味着"德"确立为权威。于是,"帝舜荐于于天,为嗣。""天下诸侯皆去商均而朝禹。禹遂即天子位,南面朝天下，国号曰夏后，姓姒氏。”（以上引文俱见《史记·夏本纪》）这才是大禹治水精神的真实意义，仰仗古代中国儒家的水智慧在经典话语中养成。

从此以后，封建君王如若想要与贤能仁德天命承嗣搭上关系，就再也离不开大禹，离不开大禹治水的“精神”。《史记·河渠书》：“自河决瓠子后二十余岁，岁因以数不登，而梁楚之地尤甚。天子既封禅巡祭山川，其明年，旱，干封少雨。天子乃使汲仁、郭昌发卒数万人塞瓠子决。于是天子已用事万里沙，则还有临决河，沈白马玉璧于河，令群臣从官自将军已下皆负薪填决河。……天子既临河决，悼功之不成，乃作歌……复禹旧迹，而梁、楚之地复宁，无水灾。自是之后，用事者争言水利。”班固在《汉书·沟洫志》中更是明确提出了平治黄河水患的上中下三策供人君鉴戒（按：文长不录）；更有意思的是，在班固的叙事中有一个极为明显的“曲终奏雅，劝百讽一”：这种可以“上继禹功，下除民疾”的英明仁治之方，“王莽时，但崇空语，无施行者”（《汉书·沟洫志》），于是贤愚之辨亦在其中矣。由此可见，善治水者善理民，不失为仁主圣明；不能治水者不能善其政，不免为智慧功德双亏之柄。以是反观司马迁“自是之后，用事者争言水利”一语，可见古代中国水智慧及大禹治水精神之所以绵续传承不歇，良有以焉。匪惟在水，实亦在民；匪惟在政，实繇其德，故千载以下，犹赞铭曰：“微禹之功，吾其鱼乎！”（语见《汉书·沟洫志》）

一言以蔽之，曰：大禹治水精神是古代中国水智慧底盘中凝成的结晶，从先秦两汉儒家文化对水智慧的阐释，可以透析大禹治水故事千载传承的精神实质所在，大禹治水作为经典文化的语言符号，是儒家圣明仁治思想的隐喻，是由内圣开出外王的政治伦理叙事。

参考文献：

1.（清）王先谦.尚书孔传参正（清人十三经注疏）[M].北京：中华书局点校本，2011.

2.（汉）司马迁.史记[M].北京：中华书局点校本，1982.

3.（汉）班固.汉书[M].北京：中华书局点校本，1962.

4.（明）朱熹.四书章句集注（新编诸子集成）[M].北京：中华书局排印本，1983.

5. 孔子家语（四部丛刊）[M].涵芬楼景印明翻宋本.

6. 二十二子[M].上海：上海古籍出版社影印本，1986.

7.（清）王先谦.荀子集解（新编诸子集成）[M].北京：中华书局排印本，1988.

8.上海师范大学古籍整理研究所校点.国语[M].上海：上海古籍出版社排印

本,1988.

9. 费尔迪南·德·索绪尔. 普通语言学教程(汉译世界学术名著丛书)[M]. 北京:商务印书馆,1980.

(作者单位:浙江越秀外国语学院)

新时代的大禹精神

刘杨

摘要:夏禹是华夏大地上第一个奴隶制国家的创立者,是炎黄之后又一位华夏文明的创始人。他的两大功绩:建立夏朝,开启人类文明;治理九州滔天洪水,终达“地平天成”。大禹拓土兴邦、治水济民的光辉业绩,为华夏文明史的创建和发展,奠定了雄厚的基础;大禹精神是中华文明宝库中的重要组成部分,将与日月同辉,光耀千秋……今天大禹治水毕功之地——绍兴自觉担负起传承大禹精神、弘扬大禹文化的使命,让勇于担当、公而忘私、艰苦朴素、科学务实的精神发扬光大。

关键词:大禹治水　治水精神

一、历史背景

大禹姓姒,名文命,字高密,是我国古代的治水英雄,也是中华民族的立国始祖,距今已有四千年的历史。

当尧还在世的时候,中原地带洪水泛滥,无边无际,淹没了庄稼,淹没了山陵,淹没了人民的房屋,人民流离失所,很多人只得背井离乡,水患给人民带来了无边的灾难。在这种情况之下,尧决心要消灭水患,于是就开始访求能治理洪水的人。

鲧治水治了九年,大水还是没有消退,鲧不但毫无办法,而且消极怠工,拿国家这一艰巨的任务当儿戏。后来舜开始操理朝政,他所碰到的首要问题也是治水,他首先革去了鲧的职务,将他流放到羽山,后来鲧就死在那里。

舜也来征求大臣们的意见,看谁能治退这水,大臣们都推荐禹,他们说:“禹虽然是鲧的儿子,但是比他的父亲德行能力都强多了,这个人为人谦逊,待人有礼,做事认认真真,生活也非常简朴。”舜并不因他是鲧的儿子而轻视他,而是很快把治水的大任交给了他。

禹治水三过家门而不入,有一次他治水路过自己的家,听到小孩的哭声,那是他的妻子涂山氏刚给他生了一个儿子,他多么想回去亲眼看一看自己的妻子和孩子,但是他一想到治水任务艰巨,只得向家中那茅屋行了一个大礼,眼里噙着泪水,骑马飞奔而走了。

大禹根据山川地理情况,将中国分为九个州:冀州、青州、徐州、兖州、扬州、梁州、豫州、雍州、荆州。他的治水方法是把整个中国的山山水水当作一个整体来治理,他先治理九州的土地,该疏通的疏通,该平整的平整,使得大量的地方变成肥沃的土地。

然后他治理山,经他治理的山有岐山、荆山、雷首山、太岳山、太行山、王挝山、常山、砥柱山、碣石山、太华山、大别山等。他治理的方法就是要疏通水道,使得水能够顺利往下流去,不至于堵塞水路。山路治理好了以后,他就开始理通水脉,长江以北的大多数河流都留下了他治理的痕迹。

他治水讲究的是智慧,如治理黄河上游的龙门山就是如此。龙门山在梁山的北面,大禹将黄河水从甘肃的积石山引出,水被疏导到梁山时,不料被龙门山挡住了,过不去。大禹察看了地形,觉得这地方非得凿开不可,但是偌大一个龙门山又如何是好?大禹选择了一个最省工省力的地方,只开了一个80步宽的口子,就将水引了过去。因为龙门太高了,许多逆水而上的鱼到了这里,就游不过去了。许多鱼拼命地往上跳,但是只有极少数的鱼能够跳过去,这就是我们后人所说的“鲤鱼跳龙门”,据说只要能跳龙门,马上鱼就变成了一条龙在空中飞舞。

当时的绍兴地区也受到洪水的祸害,被称为荒服之地。大禹治水到了这块荒蛮之地,凿山疏流,将水引入东海,使这片浅海沼泽之地重新成为平原,人民得以从事垦殖为生。大禹曾在绍兴娶涂山氏为妻。新婚才四天,禹便离家治水去了。他婚后离家十三年,曾经三次路过家门而不进去。“三过家门而不入”和吃苦耐劳、克己奉公的忘我精神被传为千古佳话,成为中华民族精神的重要组成部分。

大禹治水一共花了十三年的时间,正是在他的手下,咆哮的河水失去了往日的凶恶,驯驯服服地平缓地向东流去,昔日被水淹没的山陵露出了峥嵘,农田变成了米粮仓,人民又能筑室而居,过上幸福富足的生活。

大禹治水成功,除采取了正确的方法,另一重要原因是他一心为公、吃苦耐劳、身先士卒、不畏艰险,有锲而不舍的精神。《韩非子·五蠹》记述大禹“手执耒锺,以民为先”,就是说他手拿治水工具,亲自参加劳动,给参加治水的人做出了好榜样。由于他常年奔波在外，人消瘦了，皮肤晒黑了，手上长满了老茧，脚底布满了血泡，腿上的毛磨光了，连束发的簪子和帽子掉了也顾不上收拾。老百姓见了无不心痛流泪。至今嵩山一带还流传着许多大禹治水的动人故事。传说，大禹治水时，要在介于太室山和少室山之间的轩辕山打出一条疏洪泄流的通道。他顾不得回家，便与妻子涂山氏约定，以击鼓为号，把饭送到山上。为了加快挖山的速度，他化为一头神力无比的大黑熊，连推带扒，很快就把山挖掉了大半。正干得起劲时，一块劈山崩裂的石头误触皮鼓，禹妻闻听鼓声，连忙烧火做饭。

后代人们感念他的功绩，为他修庙筑殿，尊他为“禹神”，我们整个中国也被称为“禹域”，也就是说，这里是大禹曾经治理过的地方。

二、史籍中的大禹

（一）《山海经·海内经》：洪水滔天，鲧窃帝之息壤以堙洪水，不待帝命。帝令祝融杀鲧于羽郊。鲧复生禹，帝乃命禹卒布土以定九州岛。禹娶涂山氏女，不以私害公，自辛至甲四日，复往治水。禹治洪水，通轘辕山，化为熊。谓涂山氏曰：“欲饷，闻鼓声乃来。”禹跳石，误中鼓，涂山氏往，见禹方坐熊，惭而去。至嵩高山下，化为石，方生启。禹曰：“归我子！”石破北方而启生。

（二）《史记·夏本纪》：“予娶涂山”，“禹伤先人父鲧功之不成受诛，乃劳身焦思，居外十三年，过家门不敢入”，司马贞索隐：“《系本》曰‘涂山氏女名女娲’，是禹娶涂山氏号女娲也。”亦称“女娇”。

《夏本纪》出自《史记卷二·夏本纪第二》，作者是司马迁。主要记述了夏朝的历史。夏代年代久远，《夏本纪》中记载的内容是现代人研究夏代历史的重要参考资料。夏本是一个古老的部落，相传是由包括夏在内的十多个部落联合发展而来的，与古代其他部落交错分布于中国境内。到唐尧、虞舜时期，夏族的首领禹因治水有功，取得了帝位，并传给其子启，从而建立了我国历史上第一个奴隶制王朝。夏王朝约存在于公元前 21 世纪至公元前 16 世纪。

（三）《尚书·虞书·益稷》篇云：“予创若时，娶于涂山，辛壬癸甲，启呱呱而泣。予弗子，惟荒度土功。”

（四）《孟子·滕文公上》：“禹八年于外，三过其门而不入。”

（五）《吕氏春秋》曰：“禹娶涂山氏女，不以私害公，自辛至甲四日，复往治水。”

（六）《华阳国志·巴志》：“禹娶于涂，辛、壬、癸、甲而去，生子启呱呱啼不及视，三过其门而不入室，务在救时，今江州涂山是也，帝禹之庙铭存焉。”

（七）《庄子·天下篇》："昔者，禹之湮洪水、决江河而通四夷九州也，名山三百。"《尚书》所述的，是禹娶涂山氏之女为妻，新婚仅三四天，便出发治水，儿子夏启呱呱坠地，他没有见过一面。孟子说，"禹八年于外，三过其门而不入"，《史记》中所载，是"居外十三年，过家门不敢入"，都表示出大禹在治水中表现的艰苦卓绝的作风，在外治水，无暇顾及家庭，顾及儿女私情。

三、大禹与会稽山的渊源

会稽山，位于绍兴市区东南部，距市中心约6公里，占地5平方公里，以禹陵、百鸟乐园、香炉峰三大景点为主要景观。会稽山文化积淀深厚，是中国历代帝王加封祭祀的著名镇山之一、古代九大名山之一、中国山水诗的重要发源地之一，历代文人雅士留下了众多诗文佳作，景区内有大禹陵、炉峰禅寺等名胜古迹，最高峰为香炉峰。

会稽山与我国古代开国圣君、治水英雄大禹有着不解的渊源，三过家门而不入的上古治水英雄大禹，一生行迹中的四件大事：封禅、娶亲、计功、归葬都发生在会稽山，并留下了世代祭禹的圣地——大禹陵。春秋战国时期，会稽山一直是越国军事上的腹地堡垒。

大禹陵是大禹的纪念陵墓，墓在会稽山下，坐东朝西。前为禹池，面对亭山。墓建有碑亭，内立"大禹陵"三字石碑。附近有禹庙，分午门、祭厅、正殿三进。大禹陵碑南侧为禹祠，祠外北侧有"禹穴"碑。祠内有"禹穴辩"碑，碑文为考证大禹葬地的文章。祠内有前殿、后殿、放生池、曲廊和禹井亭等建筑，为大禹后裔宗族祭祀的场所。从大禹陵碑亭北侧，顺碑廊而下即为禹庙，为历代帝王、官府和百姓祭祀大禹的地方。禹庙始建于南朝梁大同十一年（545年），为我国江南少有的大型古建筑群。从大禹陵下，进东辕门，自南而北的建筑依次为照壁、岣嵝碑亭、棂星门、午门、祭厅、大殿。出禹王殿东门向上，可探"窆石亭"。亭内置有一石，名为"窆石"，"窆"为下葬之意，相传此石是大禹下葬所用的工具，形若秤砣，顶有穿孔，是禹庙的镇庙之宝，已被妥善保护。

自1994年起，每年一次在大禹陵举行公祭大禹陵活动。2007年3月1日，国家文化部首次批准将祭禹典礼由文化部和浙江省政府共同主办，绍兴市人民政府承办。2006年，祭祀大禹陵典礼被国务院列入国家级非物质文化遗产名录。

四、大禹精神解读

(一)公而忘私的奉献精神。

为了公事而不考虑私事,为了集体利益而不考虑个人得失,不去讲究个人恩怨。史传禹的父亲鲧因治水九年不成而被处死,帝尧命禹接替其父治理洪水。禹虽极度感伤,但为了救民于水火,就义不容辞地承担了治水重任。禹母担心丧夫后再失子的悲剧发生,就竭力劝阻;禹与母亲促膝长谈三天三夜,说服了母亲,毅然奉命出山治水。为完成治水任务,禹远离家乡和亲人;因忙于治水,年三十而未娶;而在与涂山氏之女女娇成亲后的第四天,禹就又上了治水第一线。在历时十三年的治水过程中,禹曾"三过家门而不入";就连他的儿子启降生时,他也未能挤出时间回去看看。在找不到祭品的情况下,禹以身献祭,以享天地众神;在自己老之将至时,禹对左右说:"吾闻食其实者,不伤其枝;饮其水者,不浊其流。""我百年之后,把我葬在会稽山上,苇椁桐棺,穿圹七尺,下无及泉,坟高三尺,土阶三等。葬之后日,无改亩以为居之者乐,为之者苦。"

(二)艰苦奋斗的精神。

不怕艰难困苦,坚持英勇斗争。大禹治水,终年在野外作业。《夏本纪》载其"陆行乘车,水行乘船,泥行乘橇,山行乘檋;左准绳,右规矩,载四时,以开九州,通九道,陂九泽,度九山"。由于终日奔波,风餐露宿,他皮肤变得黝黑粗糙,年龄不过三十,却面貌憔悴苍老;腰弯了,腿曲了,因治水劳顿得风痹而跛足,以致臣民见了都禁不住要伤感落泪。

(三)谦虚谨慎、以身作则、身先士卒的优秀品格。

大禹治水,不仅亲临第一线指挥,而且还带头参加劳动:"身执耒锸,以民为先","随山刊木","疏川导滞","冠挂不顾,履遗不蹑",直弄得"股无完肤,胫不生毛"!韩非子感叹说:"虽臣虏之劳,不苦于此矣。"——即使最艰苦的劳动也不过如此。大禹治水成功,征教三苗胜利,重新统一中原,宾服四夷各部,可谓是功勋盖世。然而,最难能可贵的,是大禹功成而不居(多次让贤于皋陶),身居高位而不骄,反而更加礼贤下士,求贤若渴。他常曰:"吾不恐四海之士留于道路,而恐其留于吾门也。""故尝一沐三握发,日中不暇食,以礼有道之士焉。过十室之邑必下,为有秉德之士存焉。"孔子感叹:"禹,吾无间然矣。"意思是说大禹功德近乎完美,没有任何值得挑剔的地方。

(四)以身为度、以声为律的律己精神。

以自身的行为作为度量,以自己的声音作为音律,严格要求自己做好每一件事情。大禹治水,谋利于天下却不求回报,反而对自己和家人要求十分严格。因此,大禹成为历代法度的楷模,行为的典范。大禹曾告诫子孙:"一人三失,怨岂在明?不见是图。"意思是说,每个人都会有很多过失,难道要等民众都怨声载道了才知道改吗?不对,应该是在尚未显现时就要加以防范并改正。

(五)德维善政,政在养民。

在规模浩大的治水工程中,禹最广泛地了解了民情,最真切地感受到人民群众的伟大力量,从而形成了以"敬民、养民、教民、护民"为主要内容的"民本"思想。他说,"民可近,不可下;民惟邦本,本固邦宁"。意思是民可以亲近,不可以轻慢卑视;民是邦国之根本,根本稳固国家才能安宁。为应对外来战争,保障国家和平安宁、人民安居乐业,大禹建立了军队,制造了武器,并奉命讨伐三苗("禹征三苗"是禹治水成功之后的又一重大活动);他以富民为本,时时出访巡察,查访贤能之士;把钟、鼓、磬、铎、鞀分别挂于厅前,发出告示:教我以道者击鼓,谕我以义者敲钟,告我事者振铎,对我述说困难者击磬,有告状者摇鞀——以五声听治,天下贤士闻风而至。

为管理好国家事务,大禹划分了行政区划("茫茫禹迹,画为九州"),建立了军政机构,设立了官职(内设"六卿"或曰"六府",掌管行政、军事、四时、车辆等,外设"九牧"管理九州事务),并在国家的政治统治中心及有功之臣住地逐步建立了城堡;为了保证政令畅通,制定了刑法(谓之"禹刑",是中国历史上最早的刑法),同时建筑了监狱(又称"圜土")。然而面对犯罪之人,大禹又经常反躬自省,"见罪责己"(就是大禹所谓的"天下有道,罪不罹辜;天下无道,罪及善人")。为此,禹提出了"宁妄负大罪而不妄杀无辜""罪疑惟轻,功疑为重"的"护民"主张,以保护人民的人身权益。

(六)民族融合、九州一家的团结精神。

我国五十六个民族融为一体,像一家人一样,团结友爱,互相帮助。大禹十分注重民族团结。大禹入主中原时,东有夷、南有苗、西有羌、北有狄等民族。他从各民族的特点出发,采取施文教、不征赋、传技艺、促发展,重礼仪、尊风俗等一系列符合实际的民族政策,促进了华夏民族的形成,实现了华夏民族的团结进步。大禹即位时,"会诸侯于涂山,承虞唐之盛,执玉帛者万国"。可以说,大禹是我国民族政策的开创者和实践者。对于大禹的人品和文治武功,舜十分推崇。他曾当着大禹的面这样评价他:"能成治水之功,行声教之言,成就最大。勤劳于国,尽力沟洫;节俭于家,卑宫菲食;谦恭而不自满,可谓贤才之最;备受赞美而不骄,天下无人敢与之争能；不尚征伐而战绩斐然，天下无人能与之争功。”

纵观中华文明史，大禹“大公无私舍己为民、开明智慧务实创新、艰苦奋斗克勤克俭、谦虚谨慎以身作则”的崇高精神品格和优良作风千古传颂，万民仰止；大禹“德维善政政在养民”的民本思想和“团结统一协和万邦”的崇高情怀得到历代先贤的继承发展，被广大人民继承发扬并不断丰富深化——大禹是我国传统文化和民族精神的典型代表，大禹精神已成为中华民族精神的象征。

因此有了《大禹纪念歌》，它是为了追思古人功绩，学习大禹精神，唱出时代强音。《大禹纪念歌》以铿锵有力的词曲讲述了大禹三过家门而不入、在外不辞苦地治理水患的感人经历，表达了历代人民对大禹治水之功的崇敬之情，全面生动地诠释了大禹治水精神及其蕴含的崇高品质，在人们心中树立起大禹的伟岸形象。再让我们带着崇敬的心情来唱这首歌曲，这样的情感更加丰富、表达得更加有力。

2015年是大禹陵首祭二十周年，典礼采用古代最高礼祭——“禘礼”形式进行，仪式共分肃立雅静、鸣铳、献贡品、敬香、击鼓、撞钟、奏乐、献酒、敬酒、恭读祭文、行礼、唱颂歌献祭舞、礼成等13项议程。祭禹典礼主题是大力弘扬公而忘私、为百姓谋福祉的大禹治水精神，展示中华民族优秀文化魅力，同时展现绍兴鲜明的文化特色和城市特点。

水是生命之源，水孕育文明，滋润万物，使人类尽享水之利；水又常常威胁着人类，连绵不断的水患会造成巨大的灾难。地球上几乎每个民族都有祖先远古时期被特大洪水侵袭的神话传说。伴随着洪灾水患，古老的文明有的消逝在滔滔洪水之中，有的迁徙到异域他乡。中国是一个洪涝灾害多发的国家，一部中华文明的发展历史，在一定意义上就是中华民族与洪涝、干旱作斗争而不断前进的历史。有关古籍记述表明，我国尧、舜、禹时期，“汤汤洪水方割，荡荡怀山襄陵，浩浩滔天，下民其咨……”洪水肆虐，滔天巨浪包围了山岭，淹没了高岗，造成“五谷不登，禽兽逼人”，百姓无处安身，“下者为巢，上者为营窟”，生活困苦不堪。大禹受命于危难之中，不因父亲鲧治水不力被诛而推卸责任，怀着拯救天下苍生的抱负，毅然担负起治水安民的重任。在长达十三年的治水过程中，他克服千难万险，最终成功制伏洪水。我国著名历史学家范文澜先生说：“许多古老民族都说远古曾有一次洪水，是不可抵抗的大天灾。独在黄炎族神话里说是洪水被禹治得‘地平天成’了。”大禹治水体现的敢于担当的精神，成为中华民族伟大精神的一个宝贵源泉。

大禹是中华民族的立国之祖和治水英雄，相关资料显示，自公元前2059年左右夏启开端，中华民族便有祭禹祀典。1995年4月20日，是新中国成立后首次公祭大禹陵。作为国家级非物质文化遗产，绍兴的公祭大禹陵典礼已产生了全国性影响,形成了“北有黄陵、南有禹陵”的中华民族祭祀先祖的格局。2007 年公祭大禹陵典礼成为国家级的祭祀典礼。

“中华锦绣多骄子,谁似禹王真作牛”。大禹“导河入海”、治水成功,奏响了人定胜天的壮丽凯歌,开创了“地平天成”的新局面,为华夏民族的生存、发展奠定了基础;大禹拓土兴邦、创建夏朝,化荒蛮愚昧为文明进步,具有划时代的伟大意义,是对华夏民族的重大贡献。治理洪水,他顺应“四时”、遵循“五常”,章节有序,行必法度;他栉风沐雨、披荆斩棘、不畏艰险、艰苦奋斗。因此说,大禹是一位平水患、谋福祉的治水英雄。立国安邦,他划定九州、协和万邦,平定苗乱、加强联盟;他善政厚生、政在养民。因此说,大禹也是一位创世纪、开新宇的远古圣君。管理国家,他廉洁自律、克勤于邦,教民于农、发展生产;他知人善任、尚贤使能,制订法典、赏罚分明。因此说,大禹又是一位会运筹、善谋略的先贤智者。

“禹名万古扬,不为丘存亡。兹丘存禹迹,土壤生辉光”。我们缅怀大禹功绩,就是为了不忘先人美德,传承优秀文化;我们颂扬大禹明德,就是为了坚持“以史为鉴”,发扬优良传统;我们弘扬大禹精神,就是为了担当历史重任,致力于民族振兴。大禹精神是绍兴乃至中华民族的精神支柱、精神源泉和精神家园,有大禹精神一路相随,绍兴现代化进程定能铿锵前行、走在前列。

(作者单位:绍兴市审计局)

弘扬大禹精神　助力“五水共治”

傅桢

摘要:四千多年前,洪水泛滥,“汤汤洪水滔天,浩浩怀山襄陵”。大禹治水的地域主要是在黄河中下游流域,即河、济之间,兼及南方的几个部族。大禹治水是以黄河中下游的洪潦为主要对象,通过实地勘察、测量,整体规划治水方案。几代人持续不断地努力、科学的治水方法、领袖人物的率先垂范和治水大军的众志成城,是治水获得成功的根本原因,而在此前后气候条件的整体好转则是治水成功的外部原因。大禹治水的成功,也标志着华夏先民具有了一定的抗御自然灾害的能力。

大禹治水在中华文明发展史上起重要作用。在治水过程中,大禹依靠艰苦奋斗、因势利导、科学治水、以人为本的理念,克服重重困难,终于取得了治水的成功,由此形成以公而忘私、民族至上、民为邦本、科学创新等为内涵的大禹治水精神。大禹治水精神是中华民族精神的源头和象征,大力弘扬大禹治水精神在全面建设小康社会中有重要的现实意义。

大禹是继黄帝之后中华民族伟大的人文初祖之一,是我国上古伟大的治水英雄和推进民族融合的英雄。他具有公而忘私、为民造福的无私奉献精神,勇于探索、求真务实的科学精神,艰苦奋斗、坚韧不拔的吃苦精神,九州一家、共谋发展的民族团结精神。这些精神既是中华民族生生不息的精神源泉,更是绍兴发展进入高水平,全面建成小康社会决胜期、发展路径转型期、大城市建设关键期、转型升级攻坚期之后,我们凝心聚力抓开局、攻坚克难补短板的宝贵财富,需要我们去传承、去弘扬。

大禹治水成功的重要因素之一是得到各部落通力合作,是炎黄两大族系团结奋斗的胜利。当时的社会进入了部落之间大联盟的历史时期,部族之间的这种相互融汇、相互取长补短,一方面是历史发展的必然,另一方面是大禹“敦序九族、团结宽厚”美德的体现。我们应效法大禹团结宽厚的美德,培养大禹那样的胸怀。为官者更应强化大局观念,着眼全市域大市区谋思路、定举措,加快推进全市域协同发展和三区融合发展。

大禹是载之史册的实有的历史人物,是一位创立华夏的先圣,是华夏民族凝聚“万邦”,走向中华民族的人文始祖。他成功治水的事迹影响着一代又一代的华夏子孙。

随着经济和社会的发展,浙江省主要河流湖泊的污染现象引起社会关注,针对这个问题,浙江省提出“五水共治”的战略举措。典型案例表明:“五水共治”策略是解决水环境问题、化解水污染与经济社会发展矛盾等的成功策略。建议浙江省继续坚持可持续的长远战略规划,进一步多渠道多角度提升浙江水环境质量,促进浙江省生态文明建设,探索构建“协定水污染排放标准”,并且通过水资源有偿使用对水资源使用者进行约束和规范。此外,建议推动政府与环保及金融机构战略合作,设立系列“环保基金”与绿色金融推进机制,使之走向环保产业化道路。绍兴是一座以水闻名的城市,在经济快速发展的过程中,不可避免地出现了水污染的问题,为此我们更加应该响应浙江省“五水共治”的号召。

人与水之间的良性关系就是水文化。当前,浙江的经济社会发展使我们面临一系列水问题,而化解水危机、维护良好水环境、保障充足水资源供给、构建人类和水之间的良好关系,是建设生态文明的重要基础。我们要保持良好的水环境和可持续利用的水资源,建立人与水之间的良性关系,而这种良性关系就是水文化。水文化反映了人与水之间的关系,是生态文明的重要构成和支撑。如果没有浓厚的水文化,人类就缺少与水之间的良性关系,最终将导致人类对水环境的无序开采、对水资源的无序索取,使人类丧失生存基础,更谈不上生态文明。因此,人类要拥有良好的水环境和可持续利用的水资源,就必须拥有水文化。

“五水共治”树立起人与水的和谐关系。水文化直接触及人们的灵魂,浸润着人们的心田,影响着人们的思想意识、道德情操、精神意志和智慧能力。水文化的价值在于它让人们懂得热爱水、珍惜水、节约水。人水和谐是治水实践的更高境界,是满足人与自然和谐发展条件的新的人水关系,即人对水、对河流既要利用和改造,又要主动适应和保护。在人水和谐理念的指导下,既要重视对水的治理,又要重视对人的行为的规范。人水和谐是科学发展观在治水领域的具体要求;人水和谐是“五水共治”成效的综合体现；人水和谐从不同角度反映了“美丽浙江”建设中的生产集约高效、生活宜居适度、生态山清水秀的目标。

“五水共治”为弘扬水文化创造了新的机遇。水，乃生命之源，人类之先物。而行水之道、蓄水之洼、识水之学、用水之义、管水之理，则不可不谋，谋辄福，不谋辄祸，天之理也。古人天人合一的治水思想，形成了博大精深的“治水文化”。现在浙江省政府要用重整山河的决心和壮士断腕的斗志打一场治水之仗，今天我们不缺处理水、建设重大水利工程的技术，也不缺管理水的法规，我们缺少的是正确使用水的观念，利用水资源的价值观，善待水的行为，正在丧失亲近水、享受水的生活。

“五水共治”，实质上是对我们古代治水文化——“天人合一”思想的演进和升华，是当代治水文化——“知行合一”的实践与创新，是大禹精神的延续和升华，是促进社会和谐、建设生态文明社会的基础和保障，是爱护水环境，节约水资源——社会美德的回归和折射，是全社会弘扬热爱水、珍惜水、节约水的文化大繁荣。

“五水共治”展开了传承和创新水文化的系统工程。浙江文明的开创和发展在很大程度上是治水斗争的产物。“五水共治”本身具有重要的文化意义和价值，在经济、文化的发展和社会政治的稳定中具有重要作用，并在更广范围内、更高层次上推动着浙江文明的创造。“五水共治”是生态文明的重要组成部分，推进和实施“五水共治”建设，实质是我省治水战略决策的重大调整，同样是一种先进水文化现象的表现形式。

“五水共治”建立起节水文化长效机制。节水文化是人们在使用、节约、保护水资源的实践中，形成关于水的价值观念和行为方式的综合，节水文化作为一种观念形态的文化，是人们对水事活动的理性思考，是反映水事活动的社会意识。水文化对人的思想意识、价值观念、道德情操等诸方面发生潜移默化的影响，促使人们改变自己的意识和价值观，随之调整自己的行为，形成共同的行为规范。从一定意义上说，节水文化体现了文明的人水关系。

“五水共治”推进水文化与生态文明宣传教育。面向全社会有计划、有重点、分层次开展浙江水文化水生态文明的宣传教育工作，实现水文化进课堂、进社区、进街道、进工厂。在全社会普及水文化知识，提升水文化认知，推广水文化，营造爱护水、珍惜水、保护水的社会意识，实现教育当代人，培育下代人的水危机意识，培养人水和谐理念，形成一种与水环境友好共处的文化氛围，实现人与水、人与自然、人与环境的和谐发展。

弘扬大禹治水精神，要坚持标本兼治、治污先行、统筹兼顾。全力以赴“清三河”,千方百计“减污水”,提速保质“上设施”,持续推进城乡污水综合治理的同时,坚持因地制宜,加快建设“防洪水”工程;突出重点,完善城镇“排涝水”设施;引扩并举,提高水质达标率“保供水”;全民动员,完善长效机制“抓节水”。

弘扬大禹治水精神,要坚持长效保洁、价格杠杆、多元投入。全力以赴推进“五水共治”体制机制创新,完善工程长效管理、价格杠杆推进节水以及政府主导的多元投入机制,特别是正确处理政府与市场的关系,充分发挥市场在资源配置中的决定性作用和政府的有效作用。

弘扬大禹治水精神,要坚持严格执法、科学考核、强化督查。全力以赴探索建立环保警察和环保法庭,探索建立综合执法机制,深化落实“河长制”和水质考核“断面长制”,把“五水共治”工作纳入各级政府和各部门年度目标责任制考核,实行“一票否决”。

弘扬大禹精神,打造江南生态宜居水城对我们绍兴的生态建设及经济发展也有着极其重要的借鉴学习意义。

绍兴市治水文化积淀深厚、世代相传。古有大禹治水,后有勾践筑城立郭、马臻围筑鉴湖、汤绍恩修三江闸,再到现代实施小舜江水库、环城河治理、曹娥江大闸等重大工程,绍兴城市发展史就是一部“兴水利、除水害”的治水史。大力弘扬大禹勇于担当、公而忘私、勤政爱民的精神品格,以只争朝夕的责任感和紧迫感抓治水,推进重构产业、重建水城,着力打造江南生态宜居水城是我们的历史使命。

坚持规划统领,明确治水目标。举办绍兴水城规划理念国际研讨会,以国际先进理念和成功经验来指导编制水城规划,着力优化水城格局、重塑水城形象。制定产业转型升级和污染治理的三年行动计划,编制实施河湖体系、水城旅游等专项规划,推进产业、投资、用能、空间、企业结构调整,力争全市今年一年内消灭黑河、臭河、垃圾河,两年内消灭五类、劣五类水质断面,三年内实现农村生活污水处理行政村全覆盖,确保“十二五”期间功能区水质“消灭五类水、确保四类水、力争三类水”,早日实现全域三类水目标。

坚持项目带动,增强治水实效。围绕“两江十湖一城”重点区域,实施“双百双千”工程,力争2014—2017年,100个重大产业项目和100个重大基础设施项目各完成1000亿元投资,着力增强治水实效。加强曹娥江治理,利用江湖一体天然优势,挖掘丰富文化内涵,展现“一江两岸”百里生态长廊、千年唐诗之路的独特魅力,加快建设美丽母亲河。推进辖区内浦阳江综合治理,努力打造为全流域最清最美最繁华的河段。提升全市10个代表性湖泊的生态、旅游功能,精心打造水城明珠。保护古城历史风貌,高标准建设以镜湖新区为重点的现代水城,呈现新老水城交相辉映、相得益彰的新景象。

坚持产城融合，提高综合效益。把产业转型升级作为水城建设的根本举措，着力构建与现代水城相适应的现代产业体系。优化产业布局，明确城市北部以工业经济为主导、新兴产业为特色，中部以服务经济为主导、都市经济为特色，南部以生态经济为主导、休闲养生为特色，努力打造全国转型升级试点示范区、长三角新兴产业培育先导区、长三角现代服务业综合功能区。作为全国国土资源节约集约模范城市，要深化“亩产论英雄”理念，完善按企业综合经济效益排序来优化配置资源的做法，实施低效用地二次开发试点，提升资源节约集约利用水平。大力推进海洋经济、生命健康、通用航空、文化动漫等产业集群发展，加快形成现代亲水产业体系。提升水城旅游发展水平，力争到2020年成为全国重要的“水城旅游”目的地城市。

“五水共治”是一项复杂的系统性工程，必须突出工作重点、有的放矢、标本兼治，全面落实治污水、防洪水、排涝水、保供水、抓节水各项举措。当前，尤其要抓住“治污水”这个首要任务，下大力气解决好水环境污染问题，还清流碧水于市民。

强势推进“三河”整治。发动各级各部门和广大群众，对黑河、臭河、垃圾河，逐条逐段明确河长，落实责任单位、责任人和治理措施，并在主要媒体公示，接受群众监督，确保今年6月底前消灭垃圾河，12月底前消灭黑河、臭河。全市55个水功能区明年底要实现水质达标，严防边治理边污染，巩固治理成果。

狠抓环境污染治理。坚持水岸共治、清截并举，从源头上根治污染。大力治理工业污染，今年完成300家印染、造纸、制革、化工等重污染、高能耗行业整治工作，推进印染企业集聚搬迁和“煤改气”工程，分步整合热电厂，实施印染废水“分质提标集中预处理”和工业污泥“五统一”处置。加强农业面源污染治理，划定禁养区和限养区，清理禁养区内畜禽、水产等养殖场。推进农村生活污水处理，加快中心镇污水处理设施建设，稳步推进雨污分流改造，结合美丽乡村建设打造一批样板村。把治气与治水有机结合起来，实施“五气合治”——控烟气、降废气、减尾气、消浊气、除臭气，推进热电、水泥等行业脱硫脱硝改造，全面禁止秸秆焚烧，逐步淘汰黄标车，加强平原绿化工作，全面改善城乡生态环境。

推进现代水利建设。深入实施全国水利现代化试点，规划建设一批重大水利基础设施，加强病险水库、江堤海塘建设，完善城镇排涝设施和平原河网排涝河道，全面提升城市防洪排涝能力。深入实施清水工程，推进中小河流综合治理，开展“清面清养”等专项整治行动，充分发挥曹娥江引水工程、浙东引水工程的综合效益，加强古城内河、环河的沟通联结，促进水体流动，提升水体自净能力，努力实现

"源丰塘固、河连路通、流畅水净、景美人亲"的目标。

以深入开展党的群众路线教育实践活动为契机,发扬改革创新精神,积极推进各项改革试点,进一步完善抓落实的体制机制,切实把"五水共治"各项任务落到实处,全力推动绍兴治水继续走在前列。

全面落实河长制。河长制不仅是包河治水的责任制,更是践行担当精神的试金石。去年开始,绍兴市四套班子35位领导带头担任35条主要河道河长,采取针对性措施,推进"一河一策"治理。目前,已基本落实市、县、乡、村四级河长制,力争全市每一条村级河道、毛细河道都有一名河长。发挥考核指挥棒作用,把"五水共治"、水城建设纳入对各地各部门的岗位目标责任制考核,加大随访、暗访和督查力度,对推诿扯皮、渎职失职的实行问责。目前,全市已有20多名干部因此被通报或问责,其中,科级干部4名。

完善体制机制。整合各方资源,形成治水合力,统筹推进"五水共治"各项任务。成立"五水共治"、重构重建作战指挥部和污染治理、河湖整治、重点项目、产业发展四大专项工作推进组,明确牵头单位、目标任务、工作责任,并设立单独的督查考核组进行绩效评价。建立高效有力的协调机制,实行联席会议制度、重大项目领导联系制度,强化市县联动,推进上游下游、区域内外合力治水。实行最严格的水资源管理制度,完善联合执法机制,综合运用经济处罚、挂牌督办、区域限批、行政约谈等手段加强执法与管理。

推动全民治水。把治水作为创建工作重要内容,全面发动群众力量共同治水。结合全国文明城市创建活动,加大正面宣传和违法曝光力度,提升市民环保意识,引导城乡居民养成文明生活方式。运用市场化机制,充分调动广大企业和社会组织参与治水的主动性、积极性,营造共建共享现代水城的浓厚氛围。目前,全市各级机关和事业单位干部、广大企业和群众累计捐款治水达到3.3亿元。认真听取群众意见建议,敢于直面问题困难,自觉接受社会监督,让群众来评价治水成效。

推进"五水共治",重构绍兴产业,重建绍兴水城,是绍兴的历史使命,我们责无旁贷,义无反顾,必定竭尽全力,坚持奋斗。禹忧民之忧、公而忘私的奉献精神,知难而进、一往无前的拼搏精神,艰苦奋斗、科学创新的实干精神,是中华民族的优良传统和宝贵财富,也是浙江人文精神的重要组成部分。

(作者单位:越城区塔山街道罗门社区)

大禹精神对“五水共治”的现实意义

蒋雪强　胡钰峰

摘要：大禹治水的事迹家喻户晓。改革开放以来，绍兴人民在大禹精神的指引下，艰苦奋斗，创造了“四千精神”和“胆剑精神”。当前的绍兴，又一次面临治水的关键期。本文以此为脉，从大禹精神在绍兴的传承出发，论述大禹精神在“五水共治”中的现实意义。

关键词：大禹精神　文化传承　五水共治

《越绝书》中记载大禹“忧民救水到大越，上茅山，大会稽”和“巡狩大越……因病亡死藏会稽”。千百年来，大禹的事迹在绍兴代代相传。在洪水泛滥、民不聊生之际，大禹接受重托，治理洪水，拯救万民。《尚书·益稷》有载：“禹曰：‘洪水滔天，浩浩怀山襄陵，下民昏垫。予乘四载，随山刊木，暨益奏庶鲜食，予决九川，距四海，浚畎浍，距川；暨稷播奏庶艰食鲜食。懋迁有无化居。烝民乃粒，万邦作乂。’”从这段文字可以看出，大禹治水，靠的不是神通和法力，而是含辛茹苦地经营。其十数年如一日奔走于治水一线、三过家门而不入的坚韧毅力和崇高品质，凝聚为一种精神力量，深深烙印在了绍兴人民的心中。

一、改革开放以来大禹精神在绍兴的传承

改革开放以来，绍兴人民在大禹精神的指引下，以坚定的决心和坚韧的毅力，艰苦奋斗，谋求发展。

（一）四千精神

改革开放初期,乡镇企业在绍兴迅速地生根发芽。在社会物质财富匮乏、科学技术总体水平低下、计划经济烙印影响深刻的大环境下,绍兴的乡镇企业迎难而上,以创造性的思维克服创业过程中的种种困难。如聘请"星期日工程师",使有限的资源发挥其最大的效益,既降低了人才成本,又克服了技术瓶颈。在拼搏中,绍兴人民凝练出了"走遍千山万水、说尽千言万语、想尽千方百计、尝遍千辛万苦"的"四千精神"。"四千精神"的形成,有着其特殊的历史必然性。从外部条件上看,它是社会主义市场经济大环境的产物,而从内在动因上探求,与绍兴人民世代相传的"大禹精神"有着紧密的联系。一是对生活的进取。这种进取,是基于现实的憧憬。它克服了长期计划经济下形成的"等、靠、要"的消极依赖思想,使人以一种更为积极的态度主动寻找出路。二是对信念的坚定。发展的过程,困难如影随形。绍兴人以"尝尽千辛万苦"的坚定信念,在风雨飘摇的创业环境中不断摸索,勇敢前行。三是对事业的坚守。随着经济体制改革的不断迈进,绍兴的乡镇企业逐渐褪去了繁华,迈向了转制之路。当前,绍兴的许多民营企业就是之前乡镇企业的涅槃重生,多年来,他们秉承着对事业的坚守,支撑了绍兴经济的稳定繁荣。可以说,"四千精神"引领绍兴这座千年古城实现了华丽的蜕变,也为区域经济的发展做出了重要的贡献。

(二)胆剑精神

"卧薪尝胆、奋发图强、敢作敢为、创新创业"的新时期"胆剑精神",是对大禹精神的新诠释和再传承。面对粗放型经济增长模式弊端的逐渐显现,产业结构性的矛盾日益突出,资金、能源、土地等生产要素日益趋紧,绍兴各级政府及时组织突破经济发展瓶颈的工作小组,积极应对资金、土地、能源等七大难题,鼓励企业调整发展战略,加大技改投入,抢夺转型先机。这种在逆境中敢于作为、敢于创新的决心,就是"胆剑精神"的现实体现。在滔天的洪水面前,大禹以疏代堵,在强悍的对手面前,勾践以屈求伸。不难看出,"胆剑精神"是"大禹精神"的一脉传承。"胆剑"展现了绍兴人的双重性格特征,一方面是刚毅果敢、百折不挠的气魄,另一方面则是韬光养晦、等待时机的智慧。一座城市要在瞬息万变的复杂形势下谋求长久发展,不能一味地故步自封、抱残守缺。新时期的绍兴人通过执着地努力和不懈地探索,在传承历史精神的基础上,以自己的实践充实和丰富了"胆剑精神"的内涵,在转型的机遇和困难面前激流勇进,对跟不上发展步伐的朽木枯枝,勇于割舍,体现了绍兴政府和人民对实践经验的重视以及对未来创造的自信。

(三)善水情怀

中共浙江省委十三届四次全会提出,要以治污水、防洪水、排涝水、保供水、抓节水为突破口倒逼转型升级。绍兴在“五水共治”工作中,表现了极大的决心和魄力。一方面,“五水共治”是对绍兴治水精神的传承。自大禹治水始,识水、懂水、爱水、护水的精神就已融入了绍兴儿女的文化之魂。后有越王勾践修凿山阴故水道、东汉马臻治理鉴湖、西晋贺循开凿浙东运河、明代汤绍恩筑立三江闸,到了近代,汤浦水库的修建、环城河的综合整治等等,无不展现了绍兴人对水的重视和对治水的执着。水资源的保护、利用,贯穿了绍兴城市发展的全过程。绍兴人在治水中体现的献身、求实和创新精神,凝结成了不可磨灭的精神财富,推动绍兴在“五水共治”的战役中赢得更加辉煌的胜利。另一方面,“五水共治”是对绍兴水文化的传承。绍兴是著名的江南水乡,东西两翼有曹娥江与浦阳江,北靠钱塘江,城中水巷交叉,湖泊棋布,街临水而建,城因水而兴。古城人民以水的明净清澈作为审美标准,以亲水护水形成风俗传统,水的文化渗入了一代又一代人的思想意识、价值观念、行业精神以及文学艺术之中。绍兴酒缸、酱缸、染缸等产业的兴起,也无不在于水的成因。“重构绍兴产业,重建绍兴水城”的“两重战略”,展现了新时期绍兴人“人水和谐”的发展理念。

二、大禹精神对“五水共治”的现实意义

大禹精神穿越了数千年,不仅承载着绍兴的文化,也引领着绍兴的发展。今天的绍兴人民,当以非凡的勇气和智慧,在城市发展与建设中,将大禹精神进一步深化,烙上新时代的注解。笔者认为,大禹精神对绍兴“五水共治”的现实意义,主要表现在“天人调谐、人人协同、敏给克勤、节律守度”这四个方面。

(一)天人调谐

大禹治水,堵不如疏。尊重自然、把握自然规律,是认识自然、利用自然、改造自然的必然前提。从原始部落到现代文明,人类改造自然的能力突飞猛进,然而人们的生活安全感、幸福感并没有得到同步上升。过度张扬自身利益的生产、消费方式,导致了环境资源被不合理地开发、利用,人类的生存面临前所未有的巨大挑战。党的十八大报告以大量篇幅论述生态文明建设,提出“把生态文明建设放在突出地位,融入经济建设、政治建设、文化建设、社会建设各方面和全过程”;十八届五中全会从“五位一体”的整体布局出发,把绿色发展理念摆到了突出位置;绍兴市委在“十三五”时期发展的指导思想中明确指出,要“以生态文明建设为统领,着眼全市域、大市区协同发展,加快发展动力转换,加快产业结构战略性调整”。这些论述和要求凸显了生态文明在当前社会建设中的重要地位。绍兴四周山地环绕,城内水

网沟通,有着良好的自然条件和丰富的生态资源。新时期的绍兴,要在把握好生态规律的基础上,寻求经济与环境的协调发展。首先是厘清环境和经济的关系。环境是人类一切活动的现实基础,生态环境是人类生存和经济发展的生命线,保护生态环境便是保护生产力,改善生态环境就是发展生产力。同时,经济的发展可以反哺环境保护的投入。因而,经济与环境这两者看似对立,实则相辅相成。其次是准确把握当前环境和经济的主要矛盾。笔者认为,环境和经济矛盾的产生,不能简单归结于产业对环境的破坏。究其原因,在于不合理的管理体制。片面追求经济效益容易导致决策的盲目性,对产业的运行机制缺乏科学的规划和论证。这不仅浪费了资源,也激发并加剧了环境保护和经济发展之间的矛盾。因此,需要改革不合理的管理体制,培育可持续发展的运行机制,使社会与自然双双收益。最后,追求天人调谐的共同发展。古代先哲提出的“天人合一”是中国传统思想中的自然观。从早期生产力落后的“畏天”,到后来物质文明迅速发展的“制天”,展现了人与自然的长期斗争。随着近年来人们对生态的重新关注,这种斗争关系,必将被“天人合一”的生态理念所取代。从人定胜天到天人调谐,其核心是建立一种健康、文明的价值导向和行为方式,通过思想转换、体制改革和技术创新,建立起科学合理的生态文化,实现城市经济、生态环境的共同发展。

(二)人人协同

大禹疏凿了溪(曹娥江),印证了古越治水的艰难和成就。今天的绍兴,当学习大禹的智慧和魄力,书写治水新篇章。笔者认为:一要横向协作。水污染问题错综复杂,治水非一朝一夕之功,更非一两个部门之力可以成事。以职能来看,治水的直接责任部门大体上有水利局、发改委、经信委、国资委、环保局和农业局等,这些部门分工明确,在治水工作中各自扮演着十分重要的角色。此外,公安、法检、财政、教育、人社、规划、文广等各部门对治水工作的开展也都起到举足轻重的作用。如检察院,不仅要加大对涉水违法案件的起诉力度,更要加强对涉水审批、资金项目分配、执法、工程建设、贿赂渎职等案件的打击力度,提高打击效能,为治水提供强力保障;再如教育局,可以通过宣传教育、创建节水型学校等途径,把治水的文化内核植入学生心里。二要纵向协作。本文所指的纵向关系,主要指政府和群众的关系。简单地把治水看作政府工程,是对治水的最大误读。政府是治水的主导者,首要职责是做好整体谋划和协调有限资源;群众是治水的最终受益者,更是治水的主体。政府当向群众借力,以组织民间协会、开设治水论坛、邀请群众监督等途径,鼓励大众参与,汇集民智民力。只有厘清了本末,才能最大限度地发挥出各自的功能。同时,群众在参与的过程中,能加深对古城水文化的理解与认同,使城市的精神得到进一步凝聚。三要内外协作。水流的地域范围常常跨越了行政边界，形成区域公共问题。绍兴与周边城市山水相连，河流互为上下游，环境共轭性较强，相互间影响较大。政府间需要缓解合作困境，从共同提供区域公共物品或服务中获得共同效益。可以在共享完全信息的基础上，基于辖区居民的利益加强区域合作，实现利益共享、成本共担，以求提高区域环境整体质量和可持续发展能力，促进区域内环境与资源的有效利用和合理共享。

（三）敏给克勤

由于长期形成的高投入、高消耗、高污染、低产出、低效益的发展方式未得到根本改变，加之不环保的生活方式、滞后的基础配套设施以及粗放的管理经营模式等诸多因素的共同影响，水城治水步履维艰，唯有敏给克勤，艰苦奋斗，才能打赢攻坚战。一方面，从难处着手。大禹在治水活动中，以民为本、艰苦奋斗、公而忘私的精神已经成为中华民族精神的象征。这一传统在历代与自然灾害的抗争中得到了继承与发扬，从“自强不息、顽强拼搏，万众一心、同舟共济，自力更生、艰苦奋斗”的抗震救灾精神到“以人为本、科学决策，万众一心、众志成城，顽强拼搏、敢于胜利”的浙江抗台风精神，充分展现了中华儿女在灾难与逆境面前不屈不挠、自强不息的可贵品质，这是优秀的中华民族精神在当代的丰富、充实与发展。当前我们同样需要以优秀的民族精神为支撑，从难处入手，勇于从困境中找出路，逆水行舟，步步为营。以坚定的信心和科学的方法，攻克诸如转型减排、集聚治污等繁杂的难题，真正地根治水患。另一方面，从小处着眼。治水具有反复性和长期性，群众的参与至关重要，前文已有叙述，此处不再赘言。古城的水患，“问题在水中，根源在岸上”。对于水城的百姓来说，依水而生、傍水而作是传统的生活方式。河流是生活的一部分，从河道取水，向河道排水，成本低，又便捷。虽然河水的自净能力较强，却也存在着上限，这个限度一旦超越，甚至超负荷，整体的生态平衡系统被打破，河道就会像一个虚弱不堪的病人，无法再正常运转。当前，水城的河道多半处于这种病态，不能再以传统的方式来对待，而要像照顾病人一般去呵护。生活方式的转变刻不容缓。在治理重点难点问题的同时，要注重引导群众形成护水、节水的价值理念，养成良好的生活习惯，让河道得以休养，使河流生态得以修复，营造人与水的和谐共生。

（四）节律守度

心中有律，方可行之有矩；手中有度，才能行之有素。心中有律，即严于律己，勤俭廉洁。大禹公而忘私，忧国忧民，受到群众的普遍拥护和爱戴。在那个原始的时代，大禹以自身的人格魅力作为领导各民族的主要力量。其“三过家门而不入，八年于外不辞苦",身先士卒、劳而忘身,以声为律、躬力亲为的精神,是推行治水的力量源泉。在物质条件相当贫乏的情况下,他能够团结各部族群众,齐心协力,完成治水的千秋大业。这种律己奉公的精神,直至今日仍有非常重大的现实意义。"正人"先"正己",只有以身作则,才能令行禁止;只有自身清正,才能执法严明。大禹为解除洪水对民众的危害而治水,从而达到固本强基,国富民强。当前,依然要坚持把人民利益作为治水的出发点,以群众的获得感为落脚点,以民为先、严于律己、勤俭廉洁,为全面小康打造一片碧波清澜。手中有度,即完善机制,推进法治。前文中提到,治水具有反复性和长期性,因此,需要一个科学完善的长效机制作为保障。2015 年新实施的《环境保护法》,对水环境的保护和治理做出了专门的规定,如第 28 条第二款"未达到国家环境质量标准的重点区域、流域的有关地方人民政府,应当制定限期达标规划,并采取措施按期达标";第 32 条"国家加强对大气、水、土壤等的保护,建立和完善相应的调查、监测、评估和修复制度"等等。这是治水的新起点,当以此为基础,建立符合绍兴城市特点的治水、护水机制和制度,如执法监督机制、全流域的生态管理机制、水体保护的综合协调机制等等。同时,绍兴作为一个拥有立法权的城市,可以配合古城建设,将水环境的保护上升到城市法律的层面,以强化对水资源的保护力度。

(作者单位:绍兴市政协)

陆游诗赋颂大禹功德

那秋生

公元前2023年，禹因病亡葬于会稽，七世孙姒无余受命守陵。至今这个家族在全世界也只有不过千余人，他们创造了一个英雄家族悲壮的史诗。每年农历六月初六，姒氏家族要举行古老而神秘的祭禹仪式，会稽山上弥漫着浩浩上古遗风。他们一声声地呼唤祖先禹王的名字，吟诵着流传了四千多年的经文："明明我祖，万邦之君。有典有则，贻厥子孙。关石和钧，王府则有。"此歌名叫《五子之歌》，为禹的五个孙子所作。在绍兴文学史上，陆游是歌颂大禹的最重要的诗人，在他的诗词赋序中各有代表作。

一、《禹庙赋》

史籍记载，夏启和少康都曾建立禹庙，但已难考。今庙始建于梁大同十一年，历代屡建屡毁。现存大殿建筑系1934年重建，其他部分大都为清代重建，保留明代建筑规模和清代建筑风格。中轴线上有午门、祭厅、正殿3进，顺山势逐步升高，殿前铺设石阶。正殿5间，高24米，1953年重建，钢筋混凝土结构，仿清代木构建筑形式，重檐歇山顶，气势雄伟。内有大禹立像，高2.85米，雍容大度，光彩照人。像前楹柱上书"江淮河汉思明德，精一危微见道心"一联。午门前有岣嵝亭，内设明代翻刻的湖南衡山岣嵝碑。碑高3.9米，刻77字，内容为歌颂大禹治水之功，字体奇古，碑文传为夏禹治水时所刻，应是谬传。碑文下附有释文。庙东侧有石亭，中设略呈圆锥状的石一块。石高2米，顶端有圆孔，传为禹下葬时所用。石上刻有古隶，又有宋元题刻。庙周群山逶迤，苍翠绕合，庙宇高瓦飞檐，红墙四围，气象庄严。陆游《禹庙赋》如下：

世传禹治水，得玄女之符。予从乡人以暮春祭禹庙，徘徊于庭，思禹之功，而叹世之妄，稽首作赋。其辞曰：呜呼！在昔鸿水之危害也，浮乾端，浸坤轴。裂水石，卷草木。方洋徐行，弥漫平陆。浩浩荡荡，奔放洄伏。生者寄丘阜，死者葬鱼腹。蛇龙骄横，鬼神哭器。其来也组练百万、铁壁千仞。日月无色，山岳俱震。大堤坚防，攻龁立尽。方舟利揖，辟易莫进。势极而折，千里一瞬。莽乎苍苍，继以饥馑。于是舜谋于庭，尧咨于朝。窘羲和，忧皋陶。伯夷莫施于典礼，后夔何假乎箫韶。禹于是时，惶然孤臣。耳目手足，亦均乎人。张天维于已绝，极救命于将湮。九土以奠，百谷以陈。阡陌鳞鳞，原隰畇畇。仰事俯育，熙熙终身。凡人之类至于今不泯者，禹之勤也。孟子曰：禹之行水也，行其所无事也。天以水之横流，浩莫之止，而听其自行，则冒汝之害，不可治已。于传有之，禹手胼而足胝，宫卑而食菲，娶涂山而遂去肾，不暇视其呱泣之子，则其勤劳亦至矣。然则孟子谓之行其所无事，何也？曰：世以己治水，而禹以水治水也。以己治水者，己与水交战，决东而西溢，堤南而北圮。治于此而彼败，纷万绪之俱起。则沟浍可以杀人，涛澜作于平地。此鲧所以殛死也。以水治水者，内不见己，外不见水，惟理之视。避期怒，导其驶，引之为江为河为济为淮，汇之为潭为渊为沼为沚。盖于性之所安，而行乎势之不得已。方其怀山襄陵，驾空滔天，而吾以见其有安行地中之理矣。虽然，岂惟水哉。禹之服三苗，盖有得乎此矣。使禹有胜苗之心，则苗亦悖然有不服之意。流血漂杵，方自此始，其能格之干羽之间，谈笑之际耶？夫人之喜怒忧乐，始生而具。治水而不忧，伐苗而不怒，此禹之所以为禹也。禹不可得而见之矣，惟淡然忘我，超然为物者，其殆庶乎。

陆游在赋中追溯：远古时期，天地茫茫，宇宙洪荒，人民饱受海浸水淹之苦。尧帝开始起用禹的父亲鲧治理洪水。鲧治水逢洪筑坝，遇水建堤，采用“堙”的办法，九年而水不息。尧的助手舜行视鲧治水无功，将他诛杀在羽山。舜命鲧的儿子禹继续治水。他从冀州开始，踏遍九州进行实地考察，决定采用因势疏导洪水的办法。当时的绍兴地区也受到洪水的祸害，被称为荒服之地。大禹治水到了这块荒蛮之地，凿山疏流，将水引入东海，使这片浅海沼泽之地重新成为平原，人民得以从事垦殖为生。大禹曾在绍兴娶涂山氏为妻。新婚才四天，禹便离家治水去了。他婚后离家十三年，曾经三次路过家门而不进去。“三过家门而不入”和吃苦耐劳、克己奉公的忘我精神被传为千古佳话，成为中华民族精神的重要组成部分。陆游的中心意图是阐述："世以己治水，而禹以水治水也。"大禹治洪水采用的方法，接受其父失败的教训，以疏导为主。如孟子所说："禹之行水也，行其所无事也。"不是用人力去与大自然对抗，而是顺其自然，因势利导，给洪水找出路，所以他是"疏九河，瀹济，漯而注诸海，决汝、汉，排淮、泗而注之江"，洪水导入长江，排入大海，终于有所归依。

二、《会稽志序》

《会稽志》二十卷，宋施宿等撰。《续志》八卷，宋张淏撰。宿字武子，湖州人。司谏元之子，尝知余姚县，迁绍兴府通判。淏字清源，本开封人，侨居婺州。官至奉议郎，其履贯略见《金华志》。而所作《续志》序，乃自称侨寓是邦，则又尝卜居会稽矣。宋自南渡以后，升越州为绍兴府，其牧守每以宰执重臣领之。称为大藩，而图志未备。直龙图阁沈作宾为守，始谋纂辑。华文阁待制赵不迹、宝文阁学士袁说友等，相继编订，而宿一人实始终其事。书成于嘉泰元年，陆游为之序。其不称《绍兴府志》而称《会稽志》者，用长安、河南、成都、柏台诸志例也。其后二十五年，淏以事物沿革今昔不同，因汇次嘉泰、辛酉后事，作为续编，复于前志内补其遗逸，广其疏略，正其讹误，釐为八卷。书成于宝庆元年，淏自为之序。所分门类，不用以纲统目之例，但各以细目标题。前志为目一百十七，续志为目五十。不漏不支，叙次有法。如姓氏、送迎、古第宅、古器物、求遗书、藏书诸条，皆他志所弗详，宿独能蒐采辑比，使条理秩然。淏所续亦简核不苟，皆地志中之有体要者。陆游《会稽志序》如下：

昔在夏禹，会诸侯于会稽。历三千岁，而我高宗皇帝御龙舟，横涛江，应天顺动复禹之迹。驻跸弥年，定中兴之业，群盗削平，强敌退豚。于是用唐幸梁州故事，升州为府，冠以纪元。大驾既西幸，二府遂为股肱近藩，称东诸侯之首。地望盖视长安之陕、洛，汴都之陈、许，所命牧守，皆领浙东安抚使，其自丞相执政来，与去而拜丞相者，不可遽书。而又昭慈圣烈皇后及永佑以来，四陵攒殿，相望于郁葱佳气中。朝谒之使，舻衔毂击。中原未清，今天下巨镇，惟金陵与会稽耳。荆、扬、梁、益、潭，广皆莫敢望也。则山川图谍，宜其广载备书，顾未暇及者，绵数十年。大卿沈公作宾、伺制赵公不迹继为守，皆慨然以为己任，乃与通判军事施君宿、安抚使干办公事李君兼、韩君茂卿及郡士冯景中、邵持正、陆子虚、王度、朱鼐等,上参《禹贡》,下考太史公及历代史金匮石室之藏,旁及《尔雅》、《本草》、道释之书,稗官野史所传,神林鬼区幽怪恍惚之说,秦汉晋唐以降金石刻,歌诗赋咏,残章断简,靡有遗者。若父老以口相传、不见于文字者,亦间见层出,积劳累月乃成。是虽本之图经,图经出于先朝,非藩郡所可附益,乃用长安、河南、成都、相台之比,名《会稽志》。会稽为郡,虽迁徙靡常,而郡本以山得名,又禹所巡也,故卒以名之,而属某为之序。嘉泰元年二月庚子,中大夫、直华文阁致仕陆某谨序。

陆游在开头就点明:“昔在夏禹,会诸侯于会稽。”会稽山文化的底层,是大禹文化。会稽之名源于“会计诸侯”,传说中,大禹在此所行的会盟、祭祀、婚姻、丧葬以及诛防风这五件大事,均与中国第一王朝夏朝的建立有关。四千多年以来,大禹不仅以中华民族立国之祖的身份而受到历代统治者的供奉祭祀,而且尤其以一个“三过家门而不入”的治水英雄形象而受到广大民众的敬仰和爱戴。陆游又在最后强调:“郡本以山得名,又禹所巡也,故卒以名之。”关于“于越”,读如“禹越”,即“越人为禹后族”的意思。远古以来,大禹与越人有着极深的渊源,“越人为禹后族”的观点一直非常流行。大禹,姓姒,名文命,字高密。初为部落首领。因尧美其绩,乃封夏伯,故称伯禹。《史记·夏本纪》集解引《谥法》曰:“受禅成功曰禹”。史载,夏后帝少康之庶子无余,被封于会稽,自号于越。所以有人以为,“于越”即是“无余”也。古代典籍多有记载,姒姓为越地之禹后。

示子聿

六艺江河万古流,吾徒钻仰死方休。
沛然要似禹行水,卓尔孰如丁解牛?
老惫简编犹自力,夜凉膏火渐当谋。
大门旧业微如绵,赖有吾儿共此忧。

“示子”诗教,是陆游独创的一种家教方式,体现了陆氏的纯朴家风,延续着良好的文化传统。陆游生有七子(子虡、子龙、子恢、子坦、子约、子布、子聿),教育的责任无人可比,他以诗歌为对话,竭力进行智慧的启示与心灵的引导。在《剑南诗稿》中,此类“示子”诗有二百多首,谆谆教诲,字字亲切,每一首都记录着父亲的期待与叮嘱,涉及从做人的大德到吃饭的小节。这种方式还使孩子从小受到诗歌的熏陶。其中的“沛然要似禹行水”一句,出自《孟子》:“禹之行水也,行其所无事也。

如智者亦行其所无事，则智亦大矣。”意思是说聪明人要像大禹治水一般地行事，对自身智慧没有坏的影响。因为大禹治水是顺水的流向自然疏导的，如果聪明人也按照他的想法、方式因地制宜、顺应形势地处理问题，这就是聪明、大智慧。

蝶恋花

禹庙兰亭今古路，一夜清霜，染尽湖边树。
鹦鹉杯深君莫诉，他时相遇知何处。
冉冉年华留不住，镜里朱颜，毕竟消磨去。
一句叮咛君记取，神仙须是闲人作。

陆游与友人一起，去浏览名胜古迹禹庙和兰亭，看到秋霜染红树叶，因秋叶而引起感慨。词的大意是，不要推说鹦鹉酒杯太深，痛痛快快地喝吧，以后我们不知在什么地方再能相会，流逝的岁月是留不住的，镜里的“朱颜”“毕竟消磨”光了，我只有一句话吩咐你，请你好好地记住：“神仙须是闲人做。”诗人不做官了，倒可以自由自在地做“神仙”呢。实际上，这是陆游退居家乡无法再为国效力的一种自我安慰，但是念念不忘的“大禹情结”，正是自己与绍兴故乡所无法割舍的纽带。所谓“神仙须是闲人作”——晚年卓有成效的养生经历，就是一种“独创人生”。陆游有两个别号，一是“稽山老农”，二是“鉴湖钓徒”，由此体验着他的绿色生态与自然风采。

考据与释疑

大禹名号考释

常泽儒

摘要:大禹名号众多,“禹”为尊号或谥号,“文命”“高密”多被释为名、字,崇禹、戎禹略带有地域色彩,伯禹、夏后氏则与其封爵、天子之位有关,夏禹因其建立了夏朝而称,而大禹、神禹、帝禹则是对大禹的尊称。实际上,大禹所处时代,并无文字记载,更无姓、字、谥号之说,因而这一系列名号皆应为后世推崇、赞颂大禹的美称。

关键词:大禹名号　文命　高密　夏后氏

大禹不仅是我国古代著名的治水英雄,而且亦是中华民族的人文先祖、立国始祖。大禹作为中华民族精神的化身和民族精神的集中体现,历代对他都称颂有加,大禹治水的功绩被称为禹功,中国的疆域被称为禹域、禹甸,象征国家命运、代表九州、代表国家的九鼎被称为禹鼎,可见其对后世影响之深远。大禹名号繁多,所来有自,笔者不揣鄙陋,试加浅释,以求教于方家。

1. 禹:先秦典籍中多称为“禹”。第一,禹字的本义是虫名,《说文》:“禹,虫也。”1923 年,顾颉刚先生根据《说文》的解释,猜测“禹或是九鼎上铸的一种动物”①,而在学术界引起轩然大波。第二,禹是赐号。《绎史》卷十一引《遁甲开山图》:“古有大禹,女娲十九代孙,寿三百六十岁,入九嶷山飞去。后三千六百岁,尧理天下,洪水既甚,人民蛰溺。女狄暮汲水,得石子如珠,爱而吞之,有娠,十四月生子。尧知其功如古大禹知水源,乃赐号禹。”第三,禹是谥号。谥号制度的形成,传

① 见顾颉刚:《与钱玄同先生论古史书》。

统说法是在西周早期,即《逸周书·谥法解》中提到的周公制谥。所谓谥号,就是用一两个字对一个人的一生做一个概括性的评价。《谥法解》中对帝王的谥号中有“禹”字,“禹:渊源通流曰禹;受禅成功曰禹。”同时,也有“尧、舜”:“尧:翼善传圣曰尧;大而难名曰尧。”“ 舜:仁圣盛明曰舜。”可见,“尧、舜、禹”皆是对上古圣王的专谥。而与“禹”同音、相关的字里面,有许多美好的词汇,如“蝺”,虽是虫部,却是“高大”的意思,“颙”,也是大的意思,“瑀”则是一种仅次于美玉的似玉的白石。综上所述,愚以为,“禹”非赐号,而应为谥号。

2. 文命:自春秋以来,以“文命”为大禹之名,见于多种古籍,如《史记》《帝王世纪》《大戴礼记》《竹书纪年》等。《史记·夏本纪》载:“夏禹,名曰文命。”《尚书·大禹谟》:“曰若稽古大禹,曰文命敷于四海,祗承于帝。”孔安国释曰:“言其外布文德教命,内则敬承尧舜。”《大戴礼记·帝系》云:“鲧娶于有莘氏之子,谓之女志氏,产文命(禹)。”唐刘知几《史通·疑古》:“斯则陟方之死,其殆文命之志乎?”《旧唐书·哀帝纪》:“著重华纳麓之功,彰文命导川之绩。”但有人认为文命不是大禹的名字,司马贞《史记索隐》:“太史公皆以放勋、重华、文命为尧、舜、禹之名,未必为得。” 有人认为“文命”是“文德教命”的简称,是赞颂大禹的词句,并不是大禹的名。

3. 高密:大禹又名高密,见之于多种典籍。《世本·帝系篇》说:“颛顼生鲧,鲧生高密,是为禹。”《史记·夏本纪》索隐引《世本》:“鲧娶有辛氏女,谓之女志,是生高密。”《吴越春秋·无余外传》:“鲧娶有莘氏之女,名曰女嬉,年壮未孳,嬉于砥山,得薏苡而吞之,意若为人所感,因而妊孕,剖胁而产高密。”还有一种说法,“高密”是大禹的字,西晋皇甫谧《帝王世纪》载:“伯禹夏后氏,姒姓也。生于石坳,虎鼻大口,两耳参漏,首戴钩钤,胸有玉斗,足文履巳,故名文命,字高密。”萧绎《金楼子·兴王篇》载:“帝禹夏后氏,名曰文命,字高密。”大禹与“高密”的关系:其一,高密是大禹的封国,东汉学者宋衷云:“高密,禹所封国。”罗泌《路史》载:“封之高密,以处于栎。”《路史》卷二十三《夏后氏》注:“密,今密之高密,禹之初封。”其二,大禹是高禖神。高禖是华夏民族的婚姻和生育女神,多指女娲。夏人的高禖是涂山氏,后来高禖有了很大的变化,大禹曾充当过父权制下的高禖神。闻一多指出:“我常怀疑禹从哪里得来这样一个怪名字。如今才恍然大悟,高密即高禖(禖通作密,犹之乎禖宫通作閟宫)”①。所以南京理工大学教授唐善纯认为:“将文命作为禹名,

① 见闻一多:《高唐神女传说之分析》。

的确是古人的误解，文命应是‘禖’的缓读。”①

4. 大禹：禹因治水有功，后人称他为大禹，也就是伟大的禹的意思。《帝王世纪》载：“伯禹，夏后氏，姒姓也……天下宗之，谓之大禹。”《东汉书·戴良传》云：“仲尼生于东鲁，大禹生于西羌。”李白《公无渡河》诗中有“大禹理百川，儿啼不窥家”句。《卢氏县志》记载：“大禹导洛驻此，手迹、石盆、石灶犹存。”《尚书》中有《大禹谟》篇，后亦有将《山海经》称为《大禹纪》者，《水经注原序》云：“昔《大禹纪》著山海，周而不备。”其中《大禹纪》即为《山海经》之别称。《太平广记》卷第五十六《女仙一·云华夫人》载：“时大禹理水，驻山下。大风卒至，岩振谷陨，不可制。”《禹本纪》是中国古代著名的古地理书，王宁著《大禹本纪》，“因古有《禹本纪》之书，久佚，今因其名，为示区别，乃名《大禹本纪》云”②。

5. 伯禹：夏禹曾被封为夏伯，故称伯禹。《尚书·舜典》：“伯禹作司空。”孔颖达疏引贾逵曰：“伯，爵也。禹代鲧为崇伯，入为天子司空，以其伯爵，故称伯禹。”《帝王世纪》载：“尧美其绩，乃赐姓姒氏，封为夏伯，故谓之伯禹。”《史记·五帝本纪》：“伯禹为司空，可美帝功。”《史记·夏本纪》：“伯禹为司空，可成美尧之功。”《史记正义》引《帝王世纪》说：“禹受封于夏伯，在豫州外方（嵩山）之南，今河南阳翟是也。”《全上古三代文》卷一载：“禹，姓姒，名文命，蜀之石纽人，颛顼六世孙。尧以为司空，封夏伯，因称伯禹。”《禹县志》载：“罗泌《路史》：‘禹封高密，以处于栎，是为有夏，日夏伯。’”屈原《天问》：“伯禹愎鲧，夫何以变化？”郭璞《江赋》：“骇黄龙之负舟，识伯禹之仰嗟。”唐张鷟《游仙窟》：“张骞古迹，十万里之波涛；伯禹遗踪，二千年之坂隥。”岑参《石犀》：“江水初荡潏，蜀人几为鱼。向无尔石犀，安得有邑居。始知李太守，伯禹亦不如。”周昙《三代门·夏禹》：“尧违天孽赖询谟，顿免洪波浸碧虚。海内生灵微伯禹，尽应随浪化为鱼。”

6. 崇禹：大禹生于崇地，其父亲鲧被封于崇地，禹后继承崇伯一职，故又称崇禹。《国语·周语下》：“其在有虞，有崇伯鲧，播淫其心。”韦昭注：“鲧，禹父；崇，鲧国。”崇禹亦为夏时舞曲名，《逸周书·世俘》：“乙卯，籥人奏《崇禹》《生开》三终，王定。”孔晁注：“《崇禹》《生开》皆篇名。”《周礼·春官·籥师》：“掌教国子舞羽歈籥。”清孙诒让正义：“《崇禹》《生开》，盖大夏之舞曲，以籥奏之者也。”

7. 戎禹：《史记·六国年表》云：“禹兴于西羌。”战国以后，西戎成为古代中原王朝对西方各少数民族的泛称。羌为西戎，《新论·术事》《后汉书·戴叔鸾传》等

---

① 见唐善纯：《东方爱神：高禖＝郊禖＝皋禖＝高密＝文命》。

② 见王宁：《大禹本纪》（上）。

均载“大禹出于西羌”,《吴越春秋·越王无余外传》载:禹“家于西羌,曰石纽”。《太平御览》八十二引《尚书纬·帝命验》云:“姒,禹氏。禹生戎地,一名文命。”《史记集解》引皇甫谧语:“孟子称禹生石纽,西夷人也。《传》曰:禹生自西羌。”《帝王世纪》载:伯禹“西羌夷人也”。《路史·后纪·夏后氏》亦言:禹为“西夷之人”,是以禹古有“戎禹”之称。《潜夫论·五德志》载:“后嗣修己,见流星,意感生白帝文命戎禹。”近现代疑古派学者顾颉刚、童书业亦著有《九州之戎与戎禹》一文。

8. 夏禹:大禹因是夏后氏部落首领,后又建立了中国第一个奴隶制王朝夏朝,史书中把禹作为夏代的第一位君主,故常称为“夏禹”。《史记·夏本纪》说:“夏禹,名曰文命。”《史记·封禅书》正义引《世本》云:“夏禹都阳城,避商均也。”《国语·郑语》载:“夏禹能单平水土,以品处庶类者也。”《吴越春秋·越王无余外传》载:“越之前君无余者,夏禹之末封也。”《述异记》载:“夏禹时,天雨金三日。”张华《博物志》载:“昔夏禹观河,见长人鱼身出。曰:吾河精,盖河伯也。”曹植《禹治水赞》:“嗟呼夏禹,实劳水功……天赐玄圭,奄有万邦。”杨慎《历代史略十段锦词话》云:“话说起三代君尊称夏禹,姓姒氏乃轩辕黄帝子孙。”

9. 神禹:大禹治水,功盖古今,许多事迹被古人神化,称之治水之功为“神功”,并尊称其为“神禹”。据《楚辞·天问》,天地开辟之后最早的神是鲧和禹。禹不仅是夏族的宗神,后世还多奉其为治水之神、水官、平水大王。《庄子·齐物论》:“无有为有,虽有神禹且不能知,吾独且奈何哉。”成玄英疏:“迷执日久,惑心已成,虽有大禹神人,亦不令其解悟。”梅尧臣《涂山》诗:“古传神禹迹,今向旧山阿。”金王渥《三门津》诗:“大河三门险,神禹万世功。”明高启《石射堋》诗:“疑是神禹治水时,来教鬼射降妖精。”胡小石《犊儿矶水府寺宿》诗:“神禹昔驱水,鸿濛万灵奔。”钟惺《于赫神禹》:“于赫神禹,绍乎中天。盛衰之间,难为继焉。”周洪模《雪山天下高》:“此去石纽无几许,昔钟灵秀生神禹。”清代时,四川北川县即建有“神禹故里坊”①。

10. 帝禹:大禹治水有功,受舜禅让而继帝位,故又称帝禹。“帝禹立而举皋陶荐之……十年,帝禹东巡狩……及禹崩,虽授益,益之佐禹日浅,天下未洽。故诸侯皆去益而朝启,曰‘吾君帝禹之子也’。”②南岳禹王碑原在祝融峰,宋嘉定年间摹刻,碑末有寸楷书“右帝禹制”字样,1935年建石亭护之。今人王红旗、孙晓琴夫妇

---

① 四川省大禹研究会、四川省社科院禹羌文化研究所编:《全国第二届禹羌文化学术研讨会》资料,第13页。

② 夏松凉、李敏主编:《史记今注》,南京:南京大学出版社,1994年版,第21-22页。

根据《山海经》的记载，创作了《帝禹山河图》，并题诗："功成洪水退，帝禹定九州，踏勘海内外，千古一图收。"

11. 夏后氏：夏后氏本为远古部落名称，为我国第一个世袭王朝——夏朝的氏称，《礼记·祭法》《国语·鲁语》皆载："夏后氏禘黄帝而郊鲧，祖颛顼而宗禹。"大禹为夏后氏部落首领，后继舜为帝，天子号元后，故称夏后，所以后世亦多称禹为夏后氏。《孟子·滕文公上》载："夏后氏五十而贡。"《史记·陈杞世家》载："杞东楼公者，夏后禹之苗裔也。殷时或封或绝，周武王克殷纣，求禹之后，得东楼公，封之于杞，以奉夏后氏祀。"《史记·匈奴列传》说："匈奴，其先祖夏后氏之苗裔也。"《帝王世纪》载："伯禹夏后氏，姒姓也。"《晋书·地理志》载："夏后氏东渐于海，西被于流沙，南浮于江……会群臣于涂山，执玉帛者万国。"《墨薮·五十六种书》载："夏后氏象钟鼎形为篆，作钟鼎书。"《稽古录》《纲鉴易知录》《宋书·符瑞志》《御批通鉴辑览》《竹书纪年》亦皆将禹称为夏后氏。另外，夏王朝也称夏后氏，《韩非子·五蠹》载："钻燧于夏后氏之世。"夏后氏后世亦成为姓氏，《史记·夏本纪》载："禹为姒姓，其后分封，用国为姓，故有夏后氏，有扈氏，有男氏……"

总之，大禹名号众多，"禹"为尊号或谥号，"文命""高密"多被释为名、字，崇禹、戎禹略带有地域色彩，伯禹、夏后氏则与其封爵、天子之位有关，夏禹因其建立了夏朝而称，而大禹、神禹、帝禹则是对大禹的尊称。实际上，大禹所处时代，并无文字记载，更无姓、字、谥号之说，因而这一系列名号皆应为后世推崇、赞颂大禹的美称。

（作者单位：河南登封市政协文史委）

大禹族属世系与降生故乡探源

祁和晖

一、大禹氏族世系"正史"说

按现代民族观念,大禹族属自然是中华民族祖先。按五帝、夏商周三代观念,大禹是华夏族群的治水功臣,又是"万国"领袖。不过,即使当时的华夏族群也并不是一个单一族体,而是以"文化认同"为标志融混而成的族群。

大禹的出生族属,不属于当时的中原人,而属于羌、夷族体。今存文献,记载大禹族属最早者,当为汉初陆贾《新语·术事》。《新语》中写道:"文王生于东夷、大禹出于西羌。世殊而地绝,法合而度同。故圣贤与道合,愚者与祸同。怀德者应以福,挟恶者报以凶。德薄者位危,去道者身亡。万世不易法,古今同纪纲。"①陆贾,秦末佐刘邦定天下。汉室立,因出使南越功官太中大夫,他曾向汉高祖提出,汉室天下"居马上得之,宁可以马上治之乎"?后应刘邦诏,撰《新语》十二篇,总结历史上治乱存亡之理,刘邦读而称善。《术事》为《新语》第二篇。陆贾生平晚孟子九十余年,早司马迁近七十年。《史记·六国年表》中"禹兴于西羌"说,有可能取用过陆贾《新语》资料。《史记》有《郦生陆贾列传》。《史记·六国年表》记述:"禹兴于西羌。"此乃大禹出生族属的正史定谳。

南朝刘宋裴骃撰《史记集解》,在《史记·六国年表》"禹兴西羌"句下,引西晋

① 见《诸子集成·新语·术事》第7册,北京:中华书局,1986年版。

皇甫谧语，说："孟子称，禹生石纽，西夷人也。"然而，今本《孟子》七篇不见此语。先秦两汉诸子亦未见引称孟子此语。由于出自皇甫谧之口，后人怀疑孟子此语，是否系皇甫氏杜撰。所幸，稍晚于孟子的陆贾《新语》中有"大禹出于西羌"之文。继而《史记》正式记载"禹兴西羌"。

兴起西羌之大禹与逐鹿中原的黄帝族系有何关系？这就须疏理大禹血脉与文脉世系。《史记》从"五帝本纪"起记，其五帝世系为：

黄帝→帝颛顼高阳氏→帝喾高辛氏→帝尧陶唐氏→帝舜有虞氏。

按《史记》所述，黄帝之后四帝世系分属黄帝与正妃嫘祖所生二子玄嚣、昌意子孙，都属黄帝血裔。但后四帝在文化与地域上又有明显区别。大体，颛顼、虞舜兴起于长江流域，主要功德亦由江淮区域往北之黄河流域，南之珠江流域浸润延伸。帝喾、唐尧兴起于黄河流域，主要功德在黄河流域，而后由河济向南方江淮区域流播。大禹作为黄帝玄孙（或称耳孙）直接承继的是帝颛顼与帝虞舜二帝的世系。大禹亦如颛顼、虞舜，兴起于长江流流域，再向河、济发展。

从《史记》看，在"五帝"时代，中国江淮地区与河、济地区曾交替成为华夏文明重点发展区。不存在江淮与河济二区，谁较谁更文明先进之类问题。

司马迁禀家学渊源与家族世袭史官地位，从小文献工夫即不同凡俗。青年时期又亲赴江、淮、河、济各大区实地考察，足迹深入巴蜀、齐鲁、吴越。在史料甄别与选择上，他具有前无古人、后罕来者的优势。《史记》所撰《五帝本纪》《夏本纪》应是研究大禹之资料中最可靠的历史信息。《史记》在《五帝本纪》《夏本纪》《殷本纪》《三代世表》《六国年表》《秦本纪》《秦始皇本纪》等篇中数次三番记写大禹世系，反复强调大禹乃黄帝正宗玄孙、颛顼嫡孙。禹与虞舜同源于昌意与蜀山氏所生儿子颛顼高阳氏之后。即"自黄帝至舜禹，皆同姓而异其国号，以章明德。故黄帝为有熊；帝颛顼为高阳；帝喾为高辛；帝尧曰陶唐；帝舜为有虞。帝禹为夏后而别氏。"（《史记·五帝本纪》）《史记·夏本纪》所拟大禹世系为："禹之父曰鲧，鲧之父曰帝颛顼，颛顼之父曰昌意，昌意之父曰黄帝。禹者，黄帝之玄孙而帝颛顼之孙也。"

昌意乃系黄帝与嫘祖所生二子中的次子。"黄帝居轩辕之丘，而娶于西陵之女，是为嫘祖。嫘祖为黄帝正妃，生二子。其后皆有天下：其一曰玄嚣，是为青阳，青阳降居江水。其二曰昌意，降居若水。昌意娶蜀山氏女曰昌仆，生高阳，高阳有圣德。黄帝崩，葬桥山。其孙昌意之子高阳立，是为帝颛顼也。"①历代地志考，江

① 见《史记·五帝本纪·黄帝纪》。

水,若水皆在蜀。古代文献中,“江水”通常皆指长江及其上源岷江。许慎《说文》释:“江”曰“水出蜀湔氏道外岷山,入海,从水声”。“若水”指今日四川境内流经藏彝地区的雅砻江下游及雅砻江汇入金沙江后的初始段江流。古人文献中,有称颛顼生于若水者。颛顼既出生于若水,为何鲧禹父子又未生于若水?这须从玄嚣、昌意二部族后裔之迁徙痕迹中寻找原委。

从玄嚣后裔帝喾、帝尧皆兴起于黄河流域推测,这一支系虽分封于江水地区,而子孙曾由江水北迁。玄嚣婚族,《史记》无载,或许属于黄河上游部族。昌意所娶蜀山氏,其族必居于蜀山区域。当时,“天下为公”,传贤不传子。子贤有众望则传,子不肖无众望即不传。黄帝越过长子玄嚣、次子昌意,传位于昌意之子颛顼。颛顼子穷蝉不贤,颛顼选玄嚣系之高辛传位。帝喾高辛氏崩,曾传位于长子挚。“帝挚立,不善,而弟放勋立,是为帝尧”。帝尧子丹朱“顽凶”,不得传位,众臣共推昌意系裔孙,长于民间的贤子虞舜。“舜子商均不肖,舜乃荐禹于天。”在这种“传贤”继承制下,不肖支系盛衰不常,迁徙无定。禹父“鲧为人负命毁族”。故禹母有莘氏女修已背坼生禹于西羌。故《史记·六国年表》云:“禹兴于西羌”。当时,雅砻江以东,迄于岷江江源皆可视为“西羌之乡”。

诚如晋常璩《华阳国志·蜀志》所载:“至黄帝,为其子昌意娶蜀山氏之女,生子高阳,是为帝颛顼。封其支庶于蜀,世为侯伯,历夏商周。”鲧禹父子正是帝颛顼高阳氏留守故乡的嫡脉支庶。

二、大禹与华夏

“华夏”一语,历来有多种解读。华、夏二字释义亦多。《说文》释“华”为“荣也,从草,从花。凡花之属皆从华”。《说文》释“夏”为:“中国之人也。”从字面看,“华”字代表花繁叶茂,欣欣向荣,美丽多彩。此字之创应与黄帝时代,百业创新,垂裳而治,物质文明、精神文明大发展有关。“夏”字,大禹之前仅指时令,为一年四季第二季的名称,春夏秋冬,夏为其二。大禹之后,夏字增加了“大”“雅”二义。屋宇高爽宽大称大厦、广厦,高雅音乐称雅音或夏声。“华夏”二字连称,始见何典,已难考定。就今存文献看,一般公认《左传·襄公十六年》之“楚失华夏”为先秦春秋时已有“华夏”连称出现的证据。

“华夏”连称,指人,多指“中国之人”,亦即文明程度相对较高的“中原之人”;指品格则意味繁荣美好,盛大文雅;指国,一般指以江淮河济四渎为基础及其延伸区组成的有共主的联盟邦国;指族,则指炎黄子孙形成的各民族共同体。前人典籍有云："冕服采章曰华，大国曰夏。"初唐孔颖达《尚书·尧典》疏道："中国有礼仪之大，故称夏；有服装之美谓之华。"孔疏对华夏的解释，代表了大唐胸襟。他着重从文化软实力的角度——而不仅是从疆土广大、人民众多等硬实力条件诠释华夏，这是很有启发性的。地大物博，人口众多，固然好，但易使周边邻邦敬而远之，惴惴不安。华夏文化软实力一经提醒，则能使人向慕钦敬，产生"来宾"之愿。大禹至少在三个方面为华夏做出了新贡献：大禹扩展了华夏人生存地域版图；大禹极大地推进了华夏文明的进步与升级；大禹率领"万国"治洪水，极大地促进了中华大地东南西北中各个族群体的融混认同。大禹成功推进了炎黄以来，以认同"中国（亦即中原）文明"为标志形成的融合共生新族群的历史趋势，使"华夏"进一步成为认同"中国文明"的诸夏多族体的共同祖国。大禹治水立国之后，华夏就从来不只是中华大地上某一民族（比如今人所称之汉族）的代称，而是中华民族各民族简洁光荣的代称。故敢称，大禹是中华多族群共享之华夏民族的始祖。

（一）大禹扩展华夏人生存地域版图之功，见于古人文献者极多。仅举几例如下。

孔子云："美哉禹功，明德远矣。微禹，吾其鱼乎？"[①]尧舜时，先天旱，然后是天下洪水，"舜之时，共工振滔洪水……四海溟涬，民皆上丘陵，赴树木。舜乃命禹疏三江五湖，辟伊阙，导廛涧；平通沟陆，流注东海。洪水漏，九州乾，万民皆宁其性"（《淮南子·本经训》）。"当斯之时，四渎未通，洪水为害。禹乃决江疏河，通之四渎，致之于海。大小相引，高下相受。百川顺流，各归其所。然后人民得去高险，处平土"（《新语·道基》）。"昔上古龙门未开，吕梁未发。河出孟门，大溢逆流，无有丘陵、沃衍、平源、高阜。尽皆灭之，名曰鸿水。禹于是疏河决江，为彭蠡之障。乾东土，所活者千八百国。此禹之功也。勤劳为民，无苦乎禹者矣"（《吕氏春秋·开春论·审为》）。《淮南子·修务训》中更说："禹沐浴霪雨……乘四载，随山判木，平治水土，定千八百国。"昔日，黄帝曾令竖亥其人丈量疆土，其人"步自东极，至于西极，五亿十万九千八百八步"；而大禹率"万国"治水，"穷竖亥所步，莫不率俾"[②]。据《淮南子·坠形篇》说，大禹治水以后，重新丈量了疆域。"禹乃使太章步自东极至于西极，二亿三万三千五百里七十五步。使竖亥步自北极至于南极，二亿三万三千五百里七十五步。凡鸿水渊薮，自三百仞以上，二亿三万三千五百五十里"。黄帝时，无"里"长度，以"步"计短长，人民生存疆土仅"五亿"多步大小，大禹治水后，

① 见《春秋左传·昭公元年》。

② 见《晋书·地理志》。

人民生存疆土扩展为东西“二亿三万”多里、南北“二亿三万”多里。储水渊薮水面“二亿三千”多里,大禹不仅是华夏民众得以安土生存之功臣,也是地球人类之大功臣。试想,没有大禹治水,何来亚洲大陆东亚这一大片陆地?中国地理学“北极、南极”等术语即源自大禹丈量民众生存疆域而来。

(二)大禹极大地推进了华夏文明的进步与升级。

华夏文明进步升级在大禹时代至少有三方面的体现,一是促进统一国家的正式出现,为夏朝“家天下”的国家形成,奠定了基础。这一“文明进步”成果,须专文阐论。本文不予深说。二是大禹治水后,贡道畅通,纳贡有制,为炎黄、尧舜世所未有。物产、交通等硬性物质条件促进了中原共主向周边各盟邦征贡,而周边诸侯向中央共主纳贡成为制度。《尚书·禹贡》系统详细记录了当时贡道(进贡时交通线路)、贡品(纳贡邦国土特产)及各地土质田壤等级。三是中国许多政治文明软实力诞生于大禹之世。且举几端为证。1. 人君须纳谏兼听。不能只听好话。臣下不能报喜不报忧,此种政治道德原自大禹立谏鼓于朝。《管子·桓公问》称:“舜有告善之旌而主不蔽也;禹立鼓于朝而备讯矣。”2. 治国须利民立信。孔子云:“无信,不立”。贾谊《新书·修正语上》道:“民无食也,则我弗能使也。功成而不利于民,我弗能劝也。故鬟河而导之九牧,凿江而导之九路,洒五湖而定东海,民劳矣而弗苦者,功成而利于民也。禹尝昼不暇食,夜不暇寝矣。方是时也,忧务故也。故禹与士民同务。故不自言其信。而信谕矣。故治天下以信为之也”[①]。3. 孔子高度肯定“推己及人”为仁爱核心精神,“己所不欲,勿施于人”。孔子此教源自大禹。东汉桓宽《盐铁论·刺权》云:“禹、稷自布衣思天下有不得其所者,若己推而纳之沟中。故起而佐尧,平治水土,教民稼穑。其自天下,如此之重也。岂云食禄以养妻子而已乎!”[②]大禹是为了解民倒悬,才不计私怨(其父鲧治水不力被尧所殛)而出山治水,促使他不顾一切个人利害而治水的动力正是“推己及人”,对民处水患感同身受。4. 大禹重视礼乐人才,不仅发明“五音听政”,尤其礼贤能士。“禹之时,以五音听治。悬钟鼓磬铎,置鞀,以待四方之士。为号曰:教寡人以道者击鼓;谕寡人以义者击钟;告寡人以士者振铎;语寡人以忧者击磬;有狱讼者摇鞀。当此之时,一馈而十起,一沐而三捉发。”(《淮南子·汜论训》)[③]后世称颂“周公吐哺,天下归心”,实则周公也是学习大禹“文明求士”之礼乐。孔子深叹“吾与禹无间然

① 《诸子集成·补编一》(中华诸子宝藏本),成都:四川人民出版社,1997 年版,第 614 页。
② 《诸子集成·盐铁论》,北京:中华书局,第 11 页。
③ 《诸子集成·淮南子》,北京:中华书局,第 218 页。

矣”。因为孔子的政治文明与仁爱道德理念都是以大禹为师而形成的。

至于大禹极大地促进“华夏”成为认同“中华文明”的多民族共同体，促进华夏成为中华民族共同的祖国这一伟绩，下文将专节探讨。

三、大禹治水前后华夏民族构成分析

前人叙述大禹与中华民族中许多兄弟民族关系的文献很多。本文只能略摘一二，以飨读者。

大禹之前，“中国之人”（或“中原之人”）即不是单一族体。炎帝长于姜水。姜者，羌也，《说文》释“姜”为：“神农居姜水，以为姓。从女，羊声。”牧羊之人为羌。神农所生，乃牧羊之人所居。黄帝是中原各族共同祖先，战胜东方九黎族首领蚩尤后成为中原各族部落联盟领袖。帝颛顼高阳氏原本生于若水，其母乃蜀山氏之女。帝喾高辛氏四妃四子。元妃有邰氏女，名姜源生后稷；次妃，有女戎氏女名简狄，吞卵而生契，契是殷人祖先。次妃陈锋氏（即陈风氏）女，名庆都，生放勋，即后来的唐尧。陈锋氏应即东夷族太皓陈风氏的后代，因居于陈，风姓，故称陈风氏。传说太皓以龙名官，世居济水流域。中国人自称“龙”的传人，即是太皓以龙名官留下的历史痕迹。史上有指太皓即伏羲氏者。陈锋氏庆都之子唐尧“能明驯德，以亲九族。九族既睦，便章百姓，百姓昭明，合和万国”（《史记·尧本纪》）。帝喾第四妃娵訾氏女，生挚。帝挚为少皓氏，相传他亦是东夷族人，其族崇鸟。故帝挚以鸟名官。中国人崇凤即始于此。“訾”为十二次中两种星宫名，若是“娵隅”则是蛮族语指称鱼类。

帝舜父称瞽叟。“瞽”者盲目。“叟”应为族称。即居于江水之西夷中少数种族体“渠搜”。尤堪注意者唐尧时代，曾令舜处理江淮、荆州三苗之乱。舜一方面教化三苗，同时将三苗带头作乱头领逐出中原，分徙四方。舜“请流共工于幽陵，以变北狄；放驩兜于崇山，以变南蛮；迁三苗于三危，以变西戎；殛鲧于羽山，以变东夷。四自而天下咸服”（《史记·五帝本纪·尧本纪》）。《史记正义》解释说：“言四凶流四裔，各于四夷，放共工等为中国之风俗也。”即中原四周都通过流放华夏罪人而向四夷带去“中国风俗”，又即是说，在大禹之前华夏不仅由多民族（如九族）融汇而成，并且还有意化消极为积极，通过流迁中原犯错误的族群领袖到四夷去传播“中国风俗”。故华夏文脉在民族上、文化上都同时进行着两种历程：一是多源合流组成华夏——即多源合流；二是华夏分徙，化同四夷——同源异流。

大禹极力地扩大和推进了华夏民族的认同趋势。大禹率领“万国”治水的过程,就是促进华夏民族从广度和深度上融合的过程。在处理民族问题上,大禹曾耳濡目染过帝舜的教化路线。“当舜之时,有苗不服。其不服者,衡山在南,岐山在北;左洞庭之波,右彭泽之水。由此,险也。以其不服,禹请伐之。而舜不许,曰:‘吾喻教犹未竭也。’久,喻教而有苗服。天下闻之,皆薄禹之义而美舜之德。《诗》曰:‘载色载笑,匪怒伊教’,舜之谓也。问曰:‘然则禹之德不及舜乎?’曰:非然也。禹之所以请伐者,欲彰舜之德也。故善则称君,过则称己,臣下之义也。”(《韩诗外传》)墨子对禹主张征有苗,有更合理的解释。“禹之征有苗,非求以重富贵、干福禄、乐耳目也。以求兴天下之利,除天下之害”(《墨子·兼爱》)。

《墨子》中说,大禹曾“东教手九夷。道死,葬会稽之山”(《节葬》);“昔者,禹之湮洪水,决江河而通四夷九州也”(《墨子后语》)。

华夏西部,“渠搜之人,服夏禹德,献其珍裘,毛出五彩,光辉五色”(《墨子闲话》)。“昔者夏鲧作三仞之城,诸侯背之,海外有狡心。禹知天下之叛也,乃坏城平池,散财物,焚甲兵,施之以德。海外宾服,四夷纳职”[①],禹治水成功,“合诸侯于涂山,执玉帛者万国”[②]。北方胡貉,荆楚千越与南夷之民亦曾蒙禹救援教化。“古者禹治天下,西为西河渔窦,以汇渠孙皇之水;北为防原派,注后之邸,嘑池之窦。洒为底柱,凿为龙门,以利燕代胡貉与西河之民……南为江、汉、淮、汝、东流之,注五湖之处,以利荆楚千越与南夷之民”(《墨子·兼爱中》)。

《吕氏春秋·慎行论·壹行》写大禹合调万国千族“功绩”说:“禹东至榑木之地,日出九津青羌之野……鸟谷青丘之乡,黑齿之国;南至交趾,孙朴续樠之国,丹粟、漆树、沸水漂漂,九阳之山,羽人裸民之处,不死之乡;西至三危之国,巫山之下饮露吸气之民,积金之山,其肱一臂、三面之乡;北至正人之国……犬戎之国,夸父之野,禺疆之所。”正是到南方水边“羽人裸民之处”,大禹入乡随俗,有生平特殊经历。对大禹裸入裸民之国事,《吕氏春秋·慎大览》《淮南子·原道训》《论衡·问孔》《风俗通义·佚文》等皆作了记述和点评。“禹入裸国,裸入衣出。衣服之制,不通于夷狄也”[③];“故禹之裸国,解衣而入,衣带而出,因之也”[④];“禹入裸国,裸入衣出,固也”[⑤];“禹入裸国,欣起而解裳。俗说禹治洪水,乃播入裸国。君子入俗不改其恒,于是欣然而解裳也……裸国,今吴郡是也,被发文身,裸以为饰……悦禹文

---

① 见《淮南子·原道训》。
② 见《淮南子·原道训》。
③ 见《论衡·问孔》。
④ 见《淮南子·原道训》。
⑤ 见《吕氏春秋·慎大览》。

德，欣然皆着衣裳矣。”[①]可见裸国不止一处，交趾羽人裸民处有裸国，吴郡先民也有裸国。

大禹成功治水的伟大工程也就是化成东南西北中各族共建华夏的伟大历史过程。故后世史书道：“夏后氏东渐于海，西被于流沙，南浮于江，而朔南暨声教，竖亥所步，莫不率俾。会群臣于涂山，执玉帛者万国”（《晋书·地理志》）。故敢说，华夏绝非仅仅汉族之华夏，实乃中华各民族之华夏。

举凡中华民族各族体，都是炎黄子孙。大禹者，中华民族之大禹也，决非羌族、汉族之大禹。

四、大禹故乡何处是？

大禹故乡何处是？至少可取三种视点。

“大”而论之，泱泱华夏即大禹故乡。大禹治水，足迹遍华夏。对世界各地而言，中国——华夏就是大禹的故乡。

“中”而论之，巍巍巴蜀是大禹故乡。流经巴蜀大地之江水、若水乃大禹祖先颛顼、鲧降生之地，禹又生于西蜀羌乡。巴蜀大地固为大禹故乡。秦汉所置蜀郡，辖县中有绵虒、湔氐道（今松潘县）、汶江（今茂县）、广柔（今汶川县）、蚕陵（今叠溪区）。两晋后迄隋唐先后多次撤并绵虒、广柔、汶江诸古县，重新置县，从中划分出石泉县（今北川县）。旧、新诸县都在汉蜀郡之西蜀羌乡中。视秦汉蜀郡（包括今成都市）为大禹故里不亦可乎。

“小”而言之，大禹降生之区，历代文献认同在西汉后期冉駹人居地所设之汶山郡广柔县石纽山刳儿坪。汉汶山郡属县有五，为绵虒、湔氐、汶江、广柔、蚕陵。五县先后撤并，其地分拆划入各新设县域。汶山郡建制，至晋虽保持郡名，其地域实境与汉汶山郡已大不相同。

时至今日，今之汶川县一县不可能拥有汉绵虒、广柔、汶江数县地盘。应该说，今之汶川县（包括绵虒镇）县域在汉代上述数县区域之中。尤其广柔县基本地盘成为后设汶川县的基本县域。但更后分拆设置之茂县、北川县、理县，甚至都江堰龙池乡也都有幸划分到大禹故里一抔乡土。汶川、茂县、北川、理县、都江堰龙池乡本是连成一片的西蜀羌乡和羌汉之乡。在县市行政区划上，此数县乡固有分隔，各有划界，然而在大禹降生文化上，这一片区却是一个整体，难以分割。在重兴大禹

① 见应劭《风俗通义·佚文》。

故里文化上,以汶川、北川为轴心的这一羌乡与羌汉之乡片区,合则多赢,隔则俱伤。“小”而言之,大禹降生故里就是这一片西蜀羌乡。在这一片羌乡中凡有石纽山、刳儿坪、洗血石之处都是大禹降生胜地。

史称,禹兴于西羌,西夷之人,石夷。“西羌”者,西蜀羌乡之谓也。扬雄《蜀王本纪》残篇载:“禹本汶山郡广柔县人也,生于石纽,其地名痢儿坪”;陈寿《三国志·秦密传》说:“禹生石纽,今之汶山郡是也。”大禹降生故里,到汉武帝时仍然是“西夷”人居住。此时之“西夷”称为冉駹。常璩《华阳国志》、范晔《后汉书》对冉駹夷与汶山郡有明晰记载。

《后汉书·南蛮西南夷列传·冉駹》写道:“冉駹,夷者,武帝所开。元鼎六年(前111年)以为汶山郡……其山有六夷、七羌、九氐,各有部落。其王侯颇知文书,而法严重。贵妇人、党母族。死则烧其尸。土气多寒,在盛夏冰犹不解。故夷人,冬则避寒入蜀为佣,夏则违暑,返其聚邑。皆依山居止,累石为室。高者至十余丈,为‘邛笼’。”这段文字中尤值注意者,是说冉駹王侯“颇知文书”。这“文书”显系汉字文书。可见西蜀羌人不属于尚无文字的民族。恰恰是此乡上层人士早已如同中原华夏人一样,使用汉字文书。冉駹人的祖先为西羌,西羌祖先来自黄帝昌意一支,与大禹之西羌同源。其实,即使扰汉朝不已的匈奴,溯其族源,也与夏后氏有关。《史记·匈奴列传》说:“匈奴其先祖,夏后氏之苗裔也”。匈奴是今蒙古族先民。南匈奴已于汉代正式加入华夏祖国。华夏先祖大禹降生胜地受到中华历代各族民众极大关注,固属必然。

一般在唐贞观八年(634年)分割茂州数县地新置石泉县之前,古人文献,基本认同大禹降生于汶川县治西北七十余里之石纽山。从北宋始,地志文献渐将石纽遗迹,移记于石泉县(即今北川县)石鼓山。唐末成书之《旧唐书·地理志》说:“汶川,汉绵虒县地,属蜀郡……玉垒山在县东北四里。石纽山亦在县界。”此书同时又记:“通化(县),汉广柔县地。”广柔是扬雄考定的大禹降生故乡,通化县治即今汶川县治威州镇。可见《旧唐书·地理志》认定大禹降生胜地石纽山在汶川县。然而到了北宋人修《新唐书·地理志》情况变了。此书在“汶川县”下,无石纽山记载,而在石泉县(今北川县)下明确记载:“石泉……贞观八年置,永徽三年省北川县入焉。有石纽山。”两宋迄于明清,史书、方志基本倾向于认为大禹降生胜地石纽山在石泉县。明代蜀籍大学者杨升庵(今成都新都区人)干脆说:“广柔,隋改汶川,今石泉县也。石纽村,今之石鼓山也。”[①]汶川、北川(石泉)本是两县二地,怎么

---

① 转引自乾隆《石泉县志·古迹》

可能视为一县？杨氏之意，似乎是说在大禹降生传说上两县实为同一传说片区。

自唐宋以来，先民在北川县留下了丰富的大禹降生遗迹。如李白所书“禹穴”大字摩崖石刻更是华夏唯一李白书法至宝。诸凡石纽山、望崇山、禹庙、神禹故里坊、禹穴沟、刳儿坪、禹床、大禹采药山等等，这些实际是历代人们怀思大禹而赋形产生的可视性遗踪古迹，已具有丰富的大禹降生文化内涵，值得珍惜。

汶川，作为大禹降生文献最早记述的胜地，明清以后，其遗踪已渐淡薄湮失。石纽山、刳儿坪、大邑坪（据传即广柔县治所）都不彰显。最近查读清汶川县令李锡书留下的几幅古汶川地图，令人惊喜地发现在绵虒石纽山西北有草坡，草坡北，又有天赦山。草坡、天赦山，这是寻找多年，不见踪影的禹乡崇禹痕迹。《华阳国志》说：“石纽，今夷人共营其地。方百里，不敢居牧，至今不敢放六畜。”《水经注·沫水》说：“（广柔）县有石纽乡，禹所生也。今夷人共营之。地方百里，不敢居牧。有罪逃野，捕之者不逼，能藏三年，不为人得，则共原之。言大禹之神所佑也。”今绵虒古镇附近，石纽山、刳儿坪、草坡、天赦山组成了一套大禹降生与乡人崇禹的历史地名链，耐人寻味。但在新的铁证发现之前，大禹降生故里，汶川、北川仍然只能并美共建。

愚意，汶川、北川作为大禹降生故里，景观正好相补。北川所多者，是古人留下之大禹降生遗迹。汶川所长者，为今珠海市援建于石纽山上之大禹祭坛，坛周数十方有关大禹文典碑刻，分别立于石纽山上与绵虒镇内两尊名匠创作之大禹铜像。北川禹迹之“古”，汶川崇禹之“今”，一古一今，相映生辉。大禹有幸，禹迹重兴于蜀中“二川”两县。更有趣者，援建大禹降生故里之兄弟省份为“双东”（广东、山东）。此巧合乎？天意乎？石纽禹迹其必兴旺于21世纪之西蜀羌乡。此，中华复兴之吉兆也，亦乃“5·12汶川大地震”灾后重建、多难兴邦之大趋势也。华夏儿女，何其快哉！

（作者单位：西南民族大学）

“禹娶涂山”与“禹会涂山”考

李德书

大禹治水“娶于涂山”后,“三过家门而不入”,是全世界华人中流传数千年的一段佳话。“禹会诸侯于涂山,执玉帛者万国”,是大禹治水过程中最重要、最神圣的一件大事,也可以说是华夏立国的一次空前盛会。关于“涂山”位于何地,又是一个千古争论不休的问题。

一、历代有关“禹娶涂山”的记载

《尚书·益稷》:“禹曰:娶涂山,辛壬癸甲,启呱呱而泣。予弗子,惟荒度土功。”

《吕氏春秋·音初》:“禹行功(水)见涂山之女,禹未之遇,而巡省南土。涂山氏之女乃命其妾候禹于涂山之阳。女乃作歌曰:‘候人兮猗。’实始作为南音。”

屈原《天问》:“禹之力献功,降省下土四方,焉得彼涂山女而通之于台桑?”洪兴祖补注:“禹娶涂山氏女,不以私害公,自辛至甲四日,复往治水。”

《睡地虎秦简〈日书〉甲种·吏》:“禹以娶涂山之女日也,不弃,必以子死。”

《世本·帝系》:“禹纳涂山氏女,曰女娇,视为攸女。”

《大戴礼记·帝系》:“禹娶涂山氏,涂山氏之子谓之女憍氏。”

《连山易》:“禹娶涂山氏之子名曰攸女,生余是也。”

《史记·夏本纪》:“禹曰:予辛壬娶涂山,癸甲生启,予不子,以故能成水土功。”

《史记·外戚世家》:“夏之兴以涂山。”

《吴越春秋·越王无余列传》:"禹因娶涂山,谓之女娇。取辛壬癸甲。禹行十月,女娇生子启。"

《水经注·淮水》:"淮水自莫耶山东北,迳马头城北,魏马头郡治也,故当涂县之故城也。"

《吕氏春秋》:"禹娶涂山氏女,不以私害公,自辛至甲四日,复往治水。故江淮之俗,以辛壬癸甲为嫁娶日也。禹娶在山西南,县即其地也。"

《烈女传·母仪》:"启母者,涂山氏长女也,夏禹娶以为妃,既生启。"

《太平御览》:"禹年三十未娶,行涂山,恐时暮失制,乃娶涂山女。"

《姒氏世谱》:"封禹于夏,赐姓姒氏。娶涂山氏女娇,历辛壬癸甲四日,即往治水。"

上述史籍记载,皆言禹"娶于涂山",乃是事实。其中只有《水经注》指出了涂山在淮水流域魏马头郡治、当涂县故城之地。其他史料都未言及涂山在中国的哪个具体地理位置。

二、历代关于"禹会涂山"的史料选录

《春秋左传·哀公七年》:"禹合诸侯于涂山,执玉帛者万国。"

《竹书纪年》:"帝禹夏后氏……五年,巡狩,会诸侯于涂山……八年春,会诸侯于会稽,杀防风氏。"

《淮南子·原道训》:"(禹)合诸侯于涂山,执玉帛者万国。"

《后汉书·郡国志》:"涂山,禹会万国之所。"

《帝王世纪》:"(禹)至于涂山之会,诸侯承唐虞之盛,执玉帛亦有万国。"

《太平御览》引《礼纬含文嘉》:"传曰:禹会诸侯于涂山,执玉帛者万国。"

《御批通鉴辑览》:"(禹)会诸侯于涂山,承唐虞之盛,执玉帛者万国。……癸未八岁,会诸侯于会稽,……计功而崩,因葬焉。"

《钢鉴易知录》:"《纲》:(禹)巡狩,会诸侯于涂山。《纪》:禹南巡狩,会诸侯于涂山,执玉帛者万国。"

《稽古录》:"舜崩,禹三年丧毕,即天子位。会诸侯于涂山,执玉帛者万国。又会诸侯于会稽,长狄防风氏后至,禹戳之。"

上述史料中,皆言"禹会诸侯于涂山",但都未指明涂山的具体位置。

三、长达两千年的涂山之争

最早提出禹娶涂山地理位置的是西汉末成都郫县人扬雄。他在《蜀本本纪》中说:“禹本汶山郡广柔县人,生于石纽,其地名痢儿坪。禹母吞珠孕禹,拆幅而生,于县涂山娶妻,生子启。”今四川汶川有涂禹山地名。但此说中的禹娶涂山显然不足信,因为那一带历史上只有蜀山氏,而没有涂山氏。

东汉赵晔《吴越春秋·越王无余外传》:“三十未娶,恐时之暮,失其制度。乃辞云:‘吾娶也,必有应也。’乃有白狐九尾,造于禹。禹曰:‘白者吾之服也。其九尾者,王者之证也。’(乃作)《涂山之歌》曰:‘绥绥白狐,九尾庞庞。我家嘉夷,来宾为王。成家立室,我造彼昌。天人之际,于兹则行。’明矣哉!禹因娶涂山:谓之女娇。”此处,赵晔未采信扬雄的说法,但也未指明涂山的地理位置。

晋太康年间的杜预在《左传·哀公七年》:“禹会诸侯于涂山”下注云:“涂山在寿春东北。”寿春,今安徽寿县,东北何处,未确指。

晋永和年间,(蜀郡江源人)常璩在《华阳国志·巴志》中云:“禹娶于涂山,辛壬癸甲而去,生子启,呱呱啼不及视,三过其门而不入室,务在救时,今江州涂山是也。帝禹之庙铭存焉。会诸侯于会稽,执玉帛者万国也,巴蜀往焉。”《华阳国志》明确地认定“禹娶于涂山”之地是在江州,即今重庆南岸的涂山。同时确定禹“三过其门而不入”的家也是在重庆的涂山。特别是他否定了杜预的说法,提出禹会诸侯的地点,是在会稽,并非寿春。

到了北魏,郦道元在《水经注·淮水注》中才对常璩之说提出否定,指出禹娶在平阿当涂山。“当涂县之故城也,……禹娶在山西南,县即其地也。”“平阿县有当涂山。淮出于荆山之左,当涂之右,奔流二山之间,西扬涛北注之。《春秋左传》哀公十年,大夫对孟孙曰:禹会诸侯于涂山,执玉帛者万国。杜预曰:涂山,在寿春东北。非也。……仲尼曰:丘闻之,昔禹致群神于会稽之山,防风氏后至,禹杀之。”

至唐代,苏鹗在《苏氏演义》中更把涂山的范围扩大了。他说:《史记》云:“禹娶于涂山氏。今涂山有四:一者会稽。二者渝州,即巴南,旧江州是也,亦置禹庙于其间。三者濠州,亦置禹庙,郦道元《水经注》云:周穆古庙,误为涂山禹庙;《左传》注云:涂山在寿春东北,即此是也;其山有鲧禹启三庙,又有五诸侯城。四者《文字音义》云:涂山,古之国名,夏禹娶之,今宣州当涂县也。此涂山既为古侯国,禹娶之则宜也。”苏鹗否定了杜预说并前三说,另提出第四种说法:涂山为古国,在当涂。他对前两说未举例否定,特别对寿春说作了否定,指出了魏郦道元误将“周穆古庙”为“涂山禹庙”，并指出其中有许多庙宇，并非禹之独有。

宋代，楚辞注释诸家并起，对屈原《天问》说“禹娶于涂山”发表自己的看法。著名学者如洪兴祖、吴仁杰等均提出自己的意见，特别是吴仁杰在《两汉刊误补遗》中说：“《滕抚传》：徐凤筑城于涂山中。注曰：今宣州当涂县山。苏鹗《演义》云，涂山有四：一者会稽，二者渝州，三者濠州，四者涂山国。禹娶之，今宣州当涂县也。仁杰按：《尚书·正义》：娶于涂山。引《左传解》云，涂山在寿春县。则禹娶涂山，非宣之当涂县，隶太平州。”吴仁杰在此又否定了苏鹗的涂山为当涂县之涂山说。他引证说明当涂县之山为当涂山，非禹娶之涂山。

上述学者对苏鹗提出的“涂山有四”中的“当涂”说进行了否定，连同前人（包括苏鹗在内）所提出的会稽说、濠州说等三种说法均遭到了否定，只保留了渝州说。

元代，学者们认为“禹娶于涂山”之地，实为渝州。贾元撰写的《涂山禹庙碑》，更驳斥诸说。该文引《后汉书·郡国志》及《华阳国志》辩禹之娶于涂山“实为兹山”（重庆涂山），并云：“其会诸侯，乃在会稽涂山，考核明确，足破近世肤闻之误”。

到了明代，赞成“禹娶于涂山”渝州说的人越来越多。首先是著名地理学家曹学佺。他在《蜀中名胜记》中引用《华阳国志》记载，肯定重庆南岸涂山为禹娶之地。同时还引陶弘景《水仙赋》云：“涂山石账，天后翠幕，夏禹所以集群臣也。陶按《倦游录》：‘三门禹庙，神仪侍卫极肃。后殿一毡裘像，侍卫皆胡人，云是禹妇翁’，今不存。”曹学佺引《倦游录》描绘的“禹妇翁”的形象，可能是涂山寺中的涂后祠内塑像。

明人张澍《蜀典·涂山氏江州》以大量篇幅考证涂山在江州：“晋太康三年《地记》，古当涂国，夏禹所娶也，西南有禹村。今九江当涂县有禹娶之地。皇甫谧曰：今九江当涂有禹庙，则涂山在江南。《地纪》云：涂山氏合昏于台桑之野。钟离西七十里，即当涂县。杜预云：涂山在寿春东北。《舆地记》谓：即禹所娶涂山氏国。《吕氏春秋》云：禹娶涂山氏，不以私害公，自辛至甲四日，复往治水。故《说文》云：九江当涂以辛、壬、癸、甲之日嫁娶。《水经注》亦云：江淮之俗以辛、壬、癸、甲为嫁娶日。而《吴越春秋》《越绝》等书又云：禹娶会稽涂山。应劭云：在永兴北，永兴，萧山也。按：禹娶涂山乃蜀巴县之涂山，非寿春、会稽之涂山也。《水经注》云：江州县水北岸有涂山，南有夏禹庙，涂君祠庙铭存焉。《华阳国志》云：禹娶涂山，今江州涂山是也，帝禹之庙铭存焉。杜预亦云：巴县有涂山，禹所娶，山有禹王及涂后祠。陶弘景《水仙赋》云：‘涂山石帐，天后翠幙’指此。东汉《郡国志》云：涂山在巴郡江州，为重庆巴县，至今洞曰涂洞，村曰涂村，滩曰遮夫石，曰启母也。《寰宇记》：涂山在渝州巴县东南八里，岷江南岸。古《巴郡志》：山高七里，周围二十里。

尾接石洞峡,峡东西约长二里许。刘先生置关于此山石上。郦善长、庚仲雍辈并以为禹娶于江州之涂山。夫禹之娶于蜀,岂独以生于蜀哉。盖其祖昌意为黄帝次子,娶蜀山氏昌仆,生帝颛顼。乾荒亦娶蜀山氏淖子。禹之不得远缔姻也,亦人情矣。当涂山氏远适鸣条,思恋本国,乃筑清台还望蜀土。犹陕虢峙有戎之虚,章丘留姜原之迹矣。是会稽为禹计功之地,寿春为大会诸侯之所,均非赋雄孤九尾之处也。又禹本生于石纽,而《蜀王本纪》乃云:禹母含珠孕禹,拆幅而生于涂山,舛矣。颜师古《汉书·注》引《淮南子》云:禹治洪水,过轩辕山谓涂山氏曰:欲饷,闻鼓声乃来。禹化为熊,跳石误中鼓。涂山氏来见禹,惭而去嵩高山下,化为石。禹曰:归我子!石破北方而生启。夫禹治水,讵无官师役徒,何至使后持饷如田妇上畦,其谬不待辩。而嵩阳启母庙前有高二丈中裂之石,益为无稽。且既为石矣,登封之墓又何为者?考卢元明《嵩高山记》:昔阳翟有妇人,孕身三十月乃生子,从母背上出。五岁便入此山学道,神明为母立祠,因号曰启母祠。是嵩高之祠,非高密之配,徒以同为启母,固疑相混也。又《倦游录》云:三门禹庙,神仪待卫极肃,后殿一毡裘像,待卫皆胡人,云是禹妇翁。《吕氏春秋》:涂山氏作歌以候其伯姬。是涂山氏有姊也。又云:禹省南土,涂山氏之女令妾候禹于涂山之阳,是禹有妾也。杨炯《少姨庙记》云:《汉书·地理志》:嵩高少室之庙,其神为妇人像。故老相传,启母涂山之妹,是涂山氏又有妹也。《礼纬含文嘉》云:禹尽力沟洫,百谷用成;天降玉女,一作天赐神姑、圣姑。未知即指涂山氏否?若《世本》言:涂山氏名女娲。《连山易》:涂山之名攸女。《古今人表》:名女趫。《大戴礼》《广雅》作女趫。《吴越春秋》作女娇云。"

清代浙江绍兴大禹陵藏光绪元年刻本《姒氏世谱》记载:"于是尧锡元圭与禹,告成功于天下。甲子八十一载,封禹于夏,赐姓姒氏。娶涂山氏女娇,历辛壬癸甲四时,即往治水。生子启,呱呱而泣勿顾,惟荒度土功。……癸未八载,东巡狩致群臣于会稽。作乐曰大夏,注山海。在位二十七载,寿一百岁,崩于会稽,葬苗(茅)山。"该谱初修于北宋,范仲淹曾为之作序,南宋王十朋曾为之作过修正。该谱中说禹娶涂山却未指明涂山的地理位置,而关于禹"致群臣于会稽""崩于会稽,葬苗(茅)山"的说法,历代学者皆无异议。

民国《巴县志》卷三在记录禹王祠、涂后祠中叙述:"禹乃汶山郡广柔人,其母有莘氏感星之异生禹于石纽,隋改广柔为汶川。石纽在茂州,域隶石泉军(今北川),所生之地方百里,夷人共营之,……禹为蜀人,生于蜀,娶于蜀,古今人情,不大相远,导江之役,往来必经,过门不顾,为可凭信。先是帝曾大父曰昌意,为黄帝次子,娶蜀山氏生帝颛顼,颛顼生鲧,鲧生帝,帝之娶于蜀,又有自来。"《巴县志》云:

"蜀涂山肇自人皇，为蜀君掌涂山之国。"又说："至今洞曰涂洞，村曰涂村，滩曰遮夫，石曰启母。"同时，还引《通鉴外纪》云："禹娶涂山之女，生子启，南巡将会诸侯于(九江当涂)涂山。如是则娶而生子，生子而后南巡，南巡而会诸侯。娶则在此，会则在彼，次序昭然。"因此《巴县志》断九江当涂或会稽的涂山"乃致群臣之地，或崩葬之所，故有禹穴。所谓涂山，一曰栋山，一曰防山，纷纷不一者。晋成帝时，当涂之民，徒居于此，故亦名其县曰当涂"。因此，该县志确认形成多处涂山之说的原因是："好事者援此以为说，而实非涂山。世次绵远，地名改易，烦乱傅会不足征。况会稽当涂，在禹时未入中国，禹安得娶于彼哉？今特辩而正之。"

综上所说，从扬雄首提禹生广柔"于县涂山娶妻生子启"到常璩的《华阳国志》记载"禹娶于涂山"在江州，至唐、宋、元、明、清、民国的众多史籍的考辨，涂山地望，始终难以确定。大禹娶于涂山，会诸侯于涂山，是从诞生地、娶妻生子地至南巡之地的发展历程，因而也形成两千多年的涂山之争。然而，千古之谜终有云开日出之时。

四、考古发掘，禹会遗址现真身

穿越时空，走近大禹。21 世纪初，继国家"夏商周断代工程"阶段性成果及"夏商周年表"公布后，中国社科院考古研究所牵头启动了"中华文明探源工程"，并取得了两个阶段的重大成果。考古杂志社出版的《考古》2013 年第 1 期，发表了由中国社科院考古研究所安徽工作队和蚌埠市博物馆整理提供的《安徽蚌埠市禹会龙山文化遗址祭祀台基发掘简报》(钱仁发、王吉怀执笔)。

该《简报》指出，"中华文明探源工程"第二阶段的实施，把公元前 3500—前 1500 年中华文明形成与早期发展阶段的社会与精神文化研究，作为一项宏观课题。禹会遗址作为淮河流域一处单纯的龙山文化遗址被列入了"中华文明探源工程"，并以"江淮之间地区区域聚落形态研究"为题，开展系统发掘和研究。

该《简报》证实，禹会遗址现存部分呈南北向长条形分布于淮河东岸，南北长约 2500 米，东西宽约 200 米，总面积约 50 万平方米。……通过 2006 年的初步钻探和 2007—2011 年的五次较大规模发掘，获得了大量与古代祭祀活动相关的遗址和遗物。遗址中发现的大型祭祀台基、大型祭祀沟、不同类型的祭祀坑、由黄土和白土堆筑的圆圈遗址、大型简易工棚建筑以及风格独特的器物组合等等，为了解禹会遗址的性质提供了珍贵资料。

该《简报》确认，通过禹会遗址的发掘和研究，……据此判断，淮河流域早在四千多年前,很可能就是南北方文明交流碰撞的关键区域,淮河流域可能是中华文明的源头之一。该遗址的地理位置与传说和文献记载的“大禹治水”或“禹会诸侯”相关。……传说和文献记载的大禹史迹和禹会遗址的时代也相吻合。因此,禹会遗址的发掘……对解读大禹传说,推论涂山地望、研究夏代前期历史等,也可能提供有力的佐证。

五、结语

通过上述考证,笔者认为:(一)淮河流域应是中华文明的源头之一。淮河文明应与北方文明、南方文明相提并论,合称中华三大文明。(二)安徽蚌埠涂山就是位于“寿春东北”的“禹娶涂山”和“禹会诸侯于涂山,执玉帛者万国”的涂山。(三)浙江绍兴会稽山是大禹治水成功并践天子位之后南巡会诸侯并“大会计,封有功”的涂山。(四)其余各地之涂山,为历史上各个时期学者文人的误记或附会,应视为“禹娶涂山”“禹会涂山”的纪念地和大禹传说的流传地,仍可作为大禹文化旅游景点开发利用。

参考文献:

1. 钟利戡,王清贵.大禹史料汇集[M].成都:巴蜀书社,1991.

2. 陈勤帜,李德书,钟利戡.大禹及夏文化研究[M].成都:巴蜀书社,1993.

3. 李德书,陈开平.海峡两岸大禹文化研讨会论文集[C].四川省大禹研究会,2000.

4. 李德书.禹生石纽史料专辑[C].四川省社科院禹羌文化研究所,2010.

5. 中国社科院考古研究所,《考古》杂志社考古[J].2013(1).

(作者单位:西南科技大学文学与艺术学院)

古文献中描述大禹事迹的“崇九文化”

高群　王绍义

提要：本文罗列了大量的古文献中有关大禹事迹描述中存在的“崇九思想”。探索了“九”字释义的演变，以及“崇九文化”产生及发展的过程；阐述了“崇九文化”在历史上和各个领域里发生的影响。分析了“崇九文化”唯心主义的消极面和宣扬“积极进取”和“谦受益，满招损”的优秀传统思想的积极面，说明应当正确对待描述大禹事迹里的“崇九思想”，应当“去其糟粕，取其精华”；扬其积极面，弃其消极面；挖掘其现代价值，做到古为今用。

关键词：大禹事迹　崇九思想　崇九文化

在浏览古代经典著作描述大禹事迹的篇章中，发现一个十分奇怪的现象，就是“九”字是使用频率很高的字，有大量以“九”当头的词出现在篇章中。特别是《史记》和《尚书》“九”字密布，令人瞩目。这是偶然的巧合吗？显然不是，它是古代文人的“九”字情结使然。这种文化现象久而久之就成了“崇九文化”，流传至今，仍有痕迹。这种现象值得我们探究。我俩不揣浅陋，试图探索一下，以求诸位行家里手批评纠正。

在古代文献描述大禹事迹的词句中，有哪些“九”字当头的词呢？现罗列于下：

地理方面的最多：九州、九山、九川、九河、九浍、九原、九泽、九防、九岐、九路、九道、九薮、九隩、九土，共有 14 个之多；其他方面如：九招、九成（音乐）、九功（职能设置）、九夷（部落）、九鼎（重器）、九象（形容）、九杂（形容）、九牧、九叙、九官（官员）、九命（赐品）、九首（神话）、九尾（神话），共 13 个，两者总计 27 个。这肯定是不完全的统计。仅就这些罗列的词已经足够说明“崇九情结”的浓厚了。这些词,分别出现在以下古代经典著作中。

一、《史记》

(一)在《史记·五帝本纪》里说:“唯禹之功为大,披九山,通九泽,决九河,定九州,……四海之内咸戴帝舜之功。于时禹乃兴《九招》之乐……”这句话一连出现了四个“九”,后面又出现了一个“九招”。译成现代汉语意思是说:“唯独禹的功劳最大,打通了九座山和九个沼泽,疏通了九条河流,划分了九州,……四海之内都拥戴舜帝的功德。于是禹乃兴《九招》之乐……”后面的“《九招》”(招:音 shào),也写作“九韶”,古乐曲名。《吕氏春秋·古乐》有帝喾命咸黑作《九招》、舜命质修《九招》以及后来殷汤命伊尹修《九招》之说。此处说为禹所作。《索隐》:招音韶,即舜乐《箫韶》。九成(乐曲终止一次叫一成),故曰《九招》。《五帝本纪》里还有大段舜任命九官的记述。现将其译文摘录于下:“那时洪水泛滥,舜帝命禹治理,禹治水有功,就拜禹为司空总理百官。他又请懂得稼穑的后稷管理农业,契管理教育,皋陶管理司法,垂管理手工业,益管理山泽,伯夷负责天下的典礼,夔制谱作乐,龙传达君主命令:谓之‘九官’。”

(二)在《史记·夏本纪》里则有“(禹)左准绳,右规矩,载四时,以开九州,通九道,陂九泽,度九山……”的记载,意思是说:用以测量平、直、高、低、远、近的准绳、规矩,一年四季都载着随行,以划分九州,并且开通九州的道路,于九州陂泽储水(陂:《辞海》其中一义为“圩岸”,在这里当动词用,把泽地用堤围起来),以备旱灾。度计九州山川所生产的货物,以作贡赋的标准。后面又说:“于是九州攸同,四奥既居,九山栞旅,九川涤原,九泽既陂……”意思是说:这时九州内部都已和同安定(攸:用在这里为语助词,无意义),四方土地已可住人,九州的名山都已茬木标志(栞:刊的异体字。砍、削、刻。与“行山刊木”“行山表木”句对照看。意为在树木上刻上各种标志)可以通行了,九州的大川、水源都已疏浚畅通了,九州的大泽也都已筑了堤防……

(三)在《史记·李斯列传》里说:“禹凿龙门,通大夏,疏九河,曲九防……”根据该书的翻译,这句话的意思是:夏禹开凿龙门山使得河水畅通,大夏地方不再泛滥成灾。又疏通了九条河流,曲折地筑起九河的堤防……但另有一些学者,将这句话翻译成:夏禹凿开龙门,开通大夏水道,又疏通多条河流,曲折地筑起多道堤防……把“九”字当作“多”来理解,不是八加一的九。还不能忘了,在《史记·太史公自序》里就有“九州攸同”之句。说明“九州”的提法,已经是《史记》作者的一种思维定式了。

(四)《史记·封禅书》:"禹收九牧之金,铸九鼎。皆尝亨鬺上帝鬼神。遭圣则兴,鼎迁于夏商。周德衰,宋之社亡,鼎乃沦没,伏而不见。"这就是"九鼎"的来历。[①]

二、《尚书》

(一)《尚书》有云:"……九州攸同:四墺既宅,九山刊旅,九川涤源,九泽既陂,四海会同……"[②]也就是说:……九州同享太平了:四处都有了可以居住的地方,安排了居民;九座大山(九山:即九州的名山,包括汧、壶口、砥柱、太行、西倾、熊耳、嶓冢、内方、汶)做上了行走的标志,九条水系(即弱水、黑水、黄河、漾水、长江、沇水、淮河、渭水、洛水)疏通了水源;九个大泽(雷夏、大野、彭蠡、震泽、云梦、荥波、荷泽、孟猪、猪野)筑起了堤岸。这样一来,天下诸侯都来朝见天子了……这个译文,还明白无误地说出了九山、九川和九泽的具体名称。

(二)《尚书》又云:"禹曰……水、火、金、木、土、谷惟修,正德、利用、厚生惟和。九功,惟叙。九叙,惟歌。"[③]翻成现代汉语:"禹说……要办好金、木、水、火、土、谷(粮食)六件事,这六件事称为六府;还要搞好正德(端正自己的德行,做民众的表率)、利用(创造财富)、厚生(给百姓以实惠),这三个方面称为三事;它们之间重在和谐。六府三事就是九功,九功是有次序的,九个次序都可以用歌曲来歌唱。"参见"六府三事"条。

三、《左传》

(一)《左传》里说:"芒芒禹迹,画为九州,经启九道。"[④]禹的足迹广阔而遥远,经过他的调查勘察,把他所到之处划分为九州,开通了联系九州的道路。

(二)《左传》里又说:"昔夏之方有德也,远方图物,贡金九牧,铸鼎象物。"[⑤]这

---

① 本文所有古汉语的译文,均摘自2012年蚌埠涂山大禹文化研究会与蚌埠市博物馆合编的《大禹文化资料荟萃》一书。

② 《尚书·禹贡》。

③ 《尚书·大禹谟》。

④ 《左传·襄公四年》。

⑤ 《左传·宣公三年》。

段话的意思是:夏朝正有德兴盛的时候,把远方的东西画成图像,让九州的长官进贡青铜铸成鼎,并把图像铸在鼎上。(鼎:相传是夏禹所铸的九鼎。图物:描绘各地的奇异事物。九牧:九牧就是九州的首领,贡金九牧,即"九牧贡金"。金:指铜。)。

四、《墨子》

(一)《墨子》有云:"防孟诸之泽,洒为九浍。"[①]就是说:疏通孟诸的泽薮,分为九条河。

(二)《墨子》又云:"禹东教乎九夷。"[②]古时谓东夷有九种。《辞海》里有三种解释,编者取接近大禹时代的《后汉书·东夷传》云:"夷有九种:曰畎夷、于夷、方夷、黄夷、白夷、赤夷、玄夷、风夷、阳夷。"

五、《淮南子》

《淮南子》说:"剔河而道九岐,凿江而通九路,辟五湖而定东海。"[③]译文是:疏通黄河而分成九个支流,凿通江而沟通众多的河流,开通五湖而注入东海。这里也是把"九"当作"多"来理解的。

六、《国语》

《国语》里说:(禹)"疏川导滞,钟水丰物,封崇九山,决汨九川,陂鄣九泽,丰殖九薮,汨越九原,宅居九隩也,合通四海。"[④]译文是:疏通河道,去除淤塞,蓄积流水繁殖生物,保全了九州的高山,畅通了九州的河流,围住了九州的湖泊,丰满了九州的沼泽,平整了九州的原野,安居了九州的民众,沟通了四海之内的交往。这段话里的"九"是实实在在当作"八加一"的实数来理解的。

---

① 《墨子·兼爱中》。
② 《墨子·节葬下》。
③ 《淮南子·要略》。
④ 《周语下》。

七、《孟子》

《孟子》有云:"禹疏九河,瀹济漯而注诸海……"①也说了禹疏浚了九条大河,挖通济河、漯河,并且将它们导向海洋。

八、《庄子》

《庄子》里说:"昔者禹之湮洪水,决江河而通四夷九州也,……禹亲自操橐耜而九杂天下之川。"②意思是说:从前禹堵塞(湮:通堙,堵塞、填塞)洪水,疏通江河,通达到四夷(四边非华夏民族聚居的地方)和九州(即古代的冀、衮、青、徐、扬、荆、豫、梁、雍九州)……禹亲自拿着装土的器具(橐:音 tuó)和铲土的工具(耜:音 sì)参加劳动,聚合(九:通鸠,聚合、聚集。杂:合也。)了各处的河流。这段话的后一个"九"字,与"崇九思想"无关。

九、《古岳渎经》

该书中说:"……乃获淮涡水神,名无支祁,善应对言语,辨江淮之浅深,原隰之远近。形若猿猴,缩鼻高额,青躯白首,金目雪牙。颈伸百尺,力逾九象,搏击腾踔疾奔,轻利倏忽,闻视不可久……"这段话里,"力逾九象"形容无支祁"力气超过九头大象",完全是形容词,把"九"当"多"解。

十、《山海经》

《山海经》云:"共工臣名曰相繇(即相柳氏),九首蛇身,自环,食于九土。……"③这段神话,形容相柳氏长了九个头和蛇一般的身子,盘旋自绕成一团,贪婪地霸占九座神山而索取食物……完全是夸大形容之词,不是确数。

① 《孟子·滕文公》。
② 《庄子·天下篇》。
③ 《山海经·大荒北经》

十一、《吕氏春秋》

在上古大禹娶涂山族女子的神话中,牵涉一个神秘物象,便是九尾白狐。据东汉赵晔《吴越春秋·越王无余外传》和《艺文类聚》卷九九所引《吕氏春秋》佚文记载,大禹来到涂山遇见一只九尾白狐,并听见涂山人唱歌,说"绥绥白狐,庞庞九尾",意为如果你在这里"成家成室",就会子孙昌盛。于是大禹便娶了涂山氏的女孩子,叫作女娇。

十二、古诗《谒禹庙》①

这首古诗里,"既膺九命锡,乃建洪范畴"之句,译文是:既然受到舜帝的"九锡"(锡通赐)之赐赏,当然要精心建天地之大法。何谓"九命锡"?《辞海》有"九锡"词条,其释义曰:"古代帝王赐给有大功或有权势的诸侯大臣的九种物品。"《公羊传·庄公元年》:"加我服也。"何休注:"礼有九锡:一曰车马,二曰衣服,三曰乐则,四曰朱户,五曰纳陛,六曰虎贲,七曰弓矢,八曰铁钺,九曰秬鬯。"后世权臣图谋篡位,辄先邀九锡。九命:命、官爵。九命为最高一级。

在涉禹的古籍中,很多九字当头的词语是重复出现的,不能一一赘述,还有历代名人颂禹的诗词里,类似的词语俯拾即是,但大都内容重复,只摘录了《谒禹庙》一篇。

以上 12 种(共 18 篇)古代经典著作中,所包含的九字当头的词语 27 个,可以肯定地说,还有不少遗漏的。但从仅有的这些词语中,已经透露出了不少信息,值得我们玩味。

大家都知道,大禹时代还没有正式的文字出现,只有一些刻画符号。最早的甲骨文出现在商朝(公元前 14 世纪)。从甲骨文词典中查到最早的"九"字只有一个含义,就是与探究的究字有关,没有后来的那些引申义。因此大禹本人有没有"崇九"思想,不得而知。但可以断言,典籍中大量使用"九"字,是著作者本身的"崇九"思想的反映。

现在我们来查一查"九"字的历史演变。古今有关字和词的工具书很多,对"九"字的演变,只能简要说明一下。

---

① (唐)徐浩:《谒禹庙》(绍兴)。

甲骨文中“九”是“厷”（肱、臂）与“又”（抓、掏）的组合，表示伸出手掏摸、探究，力求确定内部情况。造字本义：伸手往洞里掏摸、试探，以求确定情况。金文承续甲骨文字形。篆文淡化了手形。当“九”的“掏摸、力求确定情况”的本义消失后，篆文再加“穴”（未知空间）另造“究”代替。

其后，“九”字的释义受《易经》的影响很大。关于《易经》的产生年代，目前说法不一，据学者们考证，应该是五千年前，也有人说是七千年前，而成书的年代则是在商末周初。《易经》里“九”被称为“老阳”，是阳数（单为阳，偶为阴）之最。古人崇尚阳抑阴，所以人们就认为“九”就是最大、无限、至极的意思。

《说文解字》成书于汉和帝永元十二年（100 年）到安帝建光元年（121 年）。文言版《说文解字》：九，阳之变也。象其屈曲究尽之形。凡九之属皆从九。白话版《说文解字》：九，阳的最大变数。字节像事物曲折变化直至穷尽的样子。所有与九相关的字，都采用“九”做偏旁。这是继承了甲骨文的说法。到了现代，《辞海》继承以往释义共有五个，另有一个读平声的通“鸠”。这五个释义是：1. 数目，就是八加一所得；2. 泛指多；3.《易经》中称阳爻为九；4. 时令名，譬如九九重阳节；5. 姓。此外读平声时，通“鸠”，意为聚合。所举的例句都是《庄子 · 天下篇》中的“禹亲自操橐耜而九杂天下之川”，把后半句解释为“聚合了各处的河流”。

我们认为，在众多的古代涉禹的经典著作中，频繁出现的“九”字，有一部分释义属于“八加一所得”的数目字，譬如“九招”“九成”原本就是曲子的九个段落，这是实指。但也有很大一部分是受了《易经》的影响，产生的“崇九”心理，因为“九”被称为“老阳”，是阳数之最，所以人们就认为九就是最大、无限、至极的意思。其实很多是用来泛指多的。譬如《史记》和《尚书》的一段话里，一连串出现了四五个或五六个“九”字，崇尚“九”这就如同现在的人们喜欢用“十”字一样，什么“十大模范人物”“十大新闻人物”“十大明星”等等，不到十个也要硬凑成十，超过十个也要压缩到十，这是崇尚“十全十美”心理在作怪。所以在众多的古代涉禹的经典著作中，为了“崇九”，也有硬凑“九”字的现象。譬如使用频率最高的“九州”，是不是《禹贡》中所说的那九个州呢？其实九州有多个版本，比较常见的九州指冀、兖、青、徐、扬、荆、豫、益、雍，《尚书 · 禹贡》作：冀、兖、青、徐、扬、荆、豫、梁、雍；《尔雅 · 释地》有幽、营州而无青、梁州，《周礼 · 夏官 · 职方》有幽、并州而无徐、梁州。可见有拼凑为“九”的痕迹。“九山”“九河”等也有同样的情况。再拿“九官”来说，在舜时是大禹的同僚，在禹时是他的部下的又何止上述的那九位，还有车正奚仲，还有帮助大禹丈量土地的太章和竖亥，多是有据可查的大禹的大臣。如果再加上“七大夫”就有将近二十人。可见《史记 · 五帝本纪》和《尚书 · 禹贡》里的“九官”记述,明显存在“崇九思想”。

古代人的“崇九思想”,当然会影响那些大禹事迹的撰写人,而大禹又是他们心目中的崇拜偶像。更由于受了《易经》“崇九”的影响,所以人们就用“九”来形容大禹的行为,在描述大禹史迹时,带有“崇九思想”就毫不奇怪了。

古代的人受到儒家思想和周易影响,在“九”这个数字上寄托了极其浓厚的感情,“九”这个数字自然而然地就备受推崇。据资料称:在中国的古诗歌乐章中有《九辩》《九韶》《九歌》《九章》,屈原在《离骚》中也写道“指九天以为正兮”,在民间更是有三十六天罡、七十二地煞之说。人们称天为九天,地为九州,地深为九泉,家族为九族,佛教要理九喻,皇帝要铸九鼎。引申下去,就把皇帝称为“九五之尊”,用“九霄”“九天”“九重”“九重天”“九垓”等来形容天,成为天的尊号。由于“九”的极限和尊贵,人们在各种礼节上更是十分讲究,行礼要有三跪九叩礼;贡品要以九计算;宫廷大宴,菜肴、点心、果品要九十九品;皇帝过生日,要表演九九八十一个节目,最后还要举行“九九大庆会”。“九”作为阳数中最大的,所以级别也最高。而在古代这个等级制度森严的封建社会里,这个最高级别的阳数应用在建筑上就成了皇家的专用,以此来体现皇权。譬如紫禁城的房屋九千九百九十九间半;天安门城楼面阔九间,深九间;紫禁城及皇家园林、行宫的大门,装饰甲“九路钉”,每扇门的门钉纵横各九个,共八十一个钉;等等,形成了皇家“崇九文化”。

在客家人中,“崇九思想”尤为浓厚,客家人建新房子,通常要挑选与九相关的日子,如初九、十八等。所建楼房的层数和房间数也是九的倍数,认为这样可以长久同居共处。“九”在客家人的婚姻嫁娶中显得尤为重要,男女双方相亲、换帖,一般都选与九有关的日子,聘金尾数要带“九”,如一千九百九十九元,迎亲的队伍也要凑足九人,凡礼品都要九方为吉利。客家人做寿,寿粄要做八十一或三百六十个,所用菜都暗合“三、六、九”,如三鲜汤、炖狗肉(狗偕九),韭菜豆腐、重阳(九九)寿糕等等。总之,在各种重大事件中都体现“崇九思想”,久而久之,就形成了客家的“崇九文化”。

中国的“崇九文化”,源远流长,在唯物主义思潮占领主流以后,才逐渐式微。在提倡恢复传统节日以后,九九重阳节因为弘扬敬老爱老这个优良传统被保留了下来,但不再带有“崇九”思维。

那么我们应当怎样正确对待古人在描述大禹事迹时出现的“崇九文化”呢?破解这个问题,正是笔者为什么要花费这么多笔墨来撰写这篇文章的根本目的。

毋庸讳言,“崇九文化”是唯心主义的产物,被披上了神秘主义的面纱,违背了马克思主义实事求是的原则,当然不值得我们去效法。但从当时的历史背景来看,撰写大禹事迹的文人，所体现的“崇九思想”是有一定积极意义的。因为受《易经》的影响，用“九”这个最大的单数里的“最大、无限、至极的意思”来描述大禹的行为，体现了他们对大禹克服种种困难而完成“美尧之事”，敢于担当、敢于牺牲、敢于行动、不断进取的伟大精神的敬畏和颂扬，当然是有积极意义的。那么为什么不用“十”而用“九”来形容大禹的这种精神呢？有专家认为，这是因为古人崇尚进取，但不盲目，因为能够自知，所以永远对天地自然保有一种敬畏心理，他们认为，人只能在人的范围内做事，不能做到“满”，只能“其用四十有九”，永远给天地自然留有一个位置。这种哲学心理延伸到日常生活中，就是国人凡事留有一定余地的心理。不能满，差那么一点儿才是恰到好处。这种不满的哲学在中国被当作优良传统保留了下来，有一句脍炙人口的成语，就是“满招损，谦受益”，而这条成语正是出自大禹时代的故事。《尚书·大禹谟》：“益赞（赞：在这里是告诉的意思。）于禹曰：‘惟德动天，无远勿届。满招损，谦受益，时乃天道。”意思是说：“伯益告诉禹道：‘用（你的）德感动上天（亦即人民），（你的）德政再远的地方也能达到（届：到）。盈满招损，谦虚受益，这是天道。”天道拿现在的话来说就是客观自然规律。大禹听了以后，赶紧“拜而受之”，所以《尚书·大禹谟》里舜表扬大禹说：“（汝）不自满假，惟汝贤。”这条成语是国人奉行的信条。水满则溢，所以，古人不崇拜过于十全十美的“十”，还是崇拜“九”心里比较踏实。大禹的谦虚谨慎是出了名的，在《史记·夏本纪第二》里，关于大禹让功给益稷、夔和龙的事迹有生动的描述，所以在唐朝名臣魏征的《砥柱山铭》里就有（禹）“让德夔龙，推功益稷”的句子，留存至今。

积极进取而又不自满，正是“崇九文化”的积极面。这与当前一些人的“十全十美”的“崇十思想”，所体现出来的浮躁心理，是一种鲜明的对照。“崇十”者忘记了“金无赤金，人无完人”的古训；“崇九”者体现了永不自满而积极进取的精神面貌。有一句话说得好：“没有最好的，只有更好的”，我们对待传统文化的正确态度，就是党中央一再告诫的要“既继承传统，又体现现代”，取其精华，去其糟粕。因此对待“崇九文化”，就是要“有扬有弃”，扬其“积极进取又谦虚谨慎”的精华，弃其“唯心主义”的糟粕。

党中央历届领导，都不止一次地告诫我们，“不要被胜利冲昏头脑”，“只是完成了万里长征的第一步”，“要始终保持忧患意识”，“兢兢业业，如履薄冰”，等等。由此看来，曾经有过的“顶峰论”是何等的荒唐！马克思主义哲学基本原理告诉我们，马克思主义永远在路上，没有“最后一公里”，这就是马克思主义的发展观！

现在，我们可以得出最后的结论了：“崇九思想”有积极的一面；大禹的“不自满假”“勇于纳谏”的思想作风具有很大的现实意义。

写到这里，本可结束了，但我们趁此机会，还想多说几句：我们曾说过，大禹文化是祖国传统文化里的瑰宝，也是取之不尽用之不竭的宝贵矿藏，是等待我们去挖掘的文化软资源。本文只是在这个极其丰富的矿藏里，取出了一小块矿料，加以雕琢，还有很多很多宝贝，等待我们全国禹学界的朋友们去挖掘，去利用。让我们携起手来，为禹学学科的构建添砖加瓦，为使禹学成为一门显学而共同奋斗！

（作者单位：蚌埠市涂山大禹文化研究会）

《太平御览·皇王部》校释

贾娟

摘要:《太平御览·皇王部》辑录了大量有关大禹的资料,对夏史的研究,特别是大禹的研究具有重要参考价值。为了更好地理解和梳理大禹史料,本文对《太平御览·皇王部》中的一些语句字词进行校释。

关键词:大禹 《太平御览·皇王部》校释

关于大禹的研究从20世纪80年代以来成果颇丰,学者们努力从神话学、民俗学、宗教学、历史学、语言学等多角度来研究大禹文化。在这些研究中,从文献学的角度对大禹史料进行整理是做好其他研究工作的粮草。有关大禹的历史文献分散在浩若烟海的古文献中,我们需要对其收集梳理。先秦文献更接近大禹传说时代,不过后世文献也更有利于与早期文献的对比研究。《太平御览·皇王部》辑录了大量有关大禹的史料,对夏史的研究,特别是大禹的研究有着重要意义,本文以商务印书馆1935年《四部丛刊三编》影宋本为底本,对一些语句词语进行探讨。

1.《礼》曰:昔先王未有宫室,冬则居营窟,夏则居橧巢。(郑玄注曰:冬则居土,暑则聚薪居其上也。)

营窟,上古时掘地或累土而成的住所,一说是相连的洞穴。橧巢,聚柴薪造的巢形住处。《礼记·礼运》:"昔者先王未有宫室,冬则居营窟,夏则居橧巢。"孔颖达疏:"冬则居营窟者,营累其土而为窟,地高则穴于地,地下则窟于地上。谓于地上累土而为窟。"《孟子·滕文公下》:"当尧之时,水逆行,泛滥于中国,蛇龙居之。民无所定,下者为巢,上者为营窟。"焦循正义:"按《说文·宫部》云:营,帀居也。凡市阛、军垒,周帀相连皆曰营。此'营窟'当是相连为窟穴。"元吴莱《三彭传》:

"橧巢营窟,风雨漂摇。"

2.《尚书大传》曰:燧人为燧皇,燧人以火纪。火,阳也。阳尊,故托燧皇于天。

纪,事物的端绪。

阳,我国古代哲学认为宇宙中通贯物质和人事的两大对立面之一,与"阴"相对。如天、火、暑是阳,地、水、寒是阴。《易·系辞上》:"一阴一阳之谓道。"高亨注:"一阴一阳,矛盾对立,互相转化,是谓规律。"《素问·阴阳离合论》:"黄帝问曰:'余闻天为阳,地为阴,日为阳,月为阴。大小月,三百六十日成一岁,人亦应之。'"汉董仲舒《春秋繁露·基义》:"君臣父子夫妇之义,皆与诸阴阳之道。君为阳,臣为阴;父为阳,子为阴;夫为阳,妻为阴。"

3.《古史考》曰:古之初,人吮露精,食草木实,穴居野处。山居则食鸟兽,衣其羽皮,饮血茹毛;近水则食鱼鳖、螺蛤。未有火化腥臊,多害肠胃。于是有圣人以火德王,造作钻燧出火,教人熟食,铸金作刃,民人大悦,号曰燧人。

精,精华。

饮血茹毛,谓原始人类不知用火,连毛带血生食禽兽。《礼记·礼运》:"未有火化,食草木之实、鸟兽之肉,饮其血,茹其毛。"汉班固《白虎通·号》:"(古者民)饥即求食,饱即弃余,茹毛饮血而衣皮苇。"南朝梁萧统《〈文选〉序》:"冬穴夏巢之时,茹毛饮血之世。"

螺蛤,螺与蛤,泛指有贝壳的软体动物。

钻燧,古代取火用具,钻木以取火。《论语·阳货》:"旧谷既没,新谷既升,钻燧改火,期可已矣。"刘宝楠正义:"周氏柄中《典故辨正》:'钻燧之法,书传不载。'揭子宣《璇玑遗述》云:'如榆刚取心一段为钻,柳刚取心方尺为盘,中凿眼,钻头大,旁开寸许,用绳力牵如车,钻则火星飞爆出窦,薄煤成火矣。此即《庄子》所谓木与木相摩则燃者。古人钻燧之法,意亦如此。'今案揭说颇近理。若然,则春取榆柳者,正用两木,一为钻,一为燧也。其枣杏桑柘,意亦然矣。"

4.《礼》曰:后圣人有作(作,起),然后修火之利,范金(钵作器用)合土,(瓦瓴瓮及大)以炮以燔,以烹以炙,以为醴酪。

范金,用模子浇铸金属品。合土,和泥土。《礼记·礼运》:"后圣有作,然后修火之利,范金合土,以为台榭宫室牖户。"孔颖达疏:"范金者,谓为形范以铸金器","合土者,谓和合其土,烧之以作器物"。清龚自珍《纵难送曹生》:"天下范金、抟埴、削楮、揉革、造木几,必有伍。"

瓦瓴瓮,古代陶制器物的总称。瓴,陶瓦制的容器,似瓶。《汉书·高帝纪下》:"其以下兵于诸侯,譬犹居高屋之上建瓴水也。"颜师古注引如淳曰:"瓴,盛水瓶也。居高屋之上而幡瓴水，言其向下之势易也。”瓮，小口大腹的陶制汲水罐。《易·井》：“井谷射鲋，瓮敝漏。”陆德明《经典释文》引郑玄曰：“瓮，停水器也。”

醴酪，甜粥。《太平御览》卷三十引晋孙楚《祭子推文》：“黍饭一盘，醴酪二盂。”唐韩鄂《岁华纪丽·寒食》：“醴酪，大粳米或大麦为之，即今之麦粥，醴即今之饧是也。”

5.《易坤灵图》曰：宓牺时，立元部，民易理。

“元”，“九”之误。《古微书·易坤灵图》作“伏羲立九部而民易理，盖九州之始也”，可证。

6.《帝系谱》曰：伏牺，人头蛇身，以十月四日人定时生。

人定，夜深人静时。《后汉书·来歙传》：“臣夜人定后，为何人所贼伤，中臣要害。”王先谦集解：“《通鉴》胡注：‘日入而群动息，故中夜谓之人定。’惠栋曰：‘杜预云，人定者，亥也。’”

7. 崔实《政论》曰：太昊之世，设九庖之官。

庖，当为“扈”，九扈相传为少皞时主管农事的官名。《尔雅·释鸟》“扈”作“鳸”，《说文》引作“九雇”，本是农桑候鸟，借以作农事官名。《通典卷第十九》职官一：“九扈为九农正。扈，止也，止人使不淫放也。扈有九种，春扈鳻鶞（又叫鳻盾），夏扈窃玄，秋扈窃蓝，冬扈窃黄，棘扈窃丹，行扈唶唶，宵扈啧啧，桑扈窃脂，老扈鴳鴳。以九扈为九农之号，各随其宜，以教民事者也。”又《金楼子卷一·兴王篇一》：“少昊帝金天氏，……以鸟纪官。凤鸟氏为司历正，元鸟氏为司分伯，赵氏为司至，青鸟氏为司开，丹鸟氏为司闭，祝鸠氏为司徒，雎鸠氏为司空，爽鸠氏为司寇，鹘鸠氏为司事，五雉为五工正，九扈为九农正，天下大治焉。”

8. 魏陈王曹植《女娲赞》曰：古之国君，制造笙簧。礼物未就，轩辕纂成。或云二君，人首蛇形。神化七十，何德之灵。

簧，笙上之竹管，作乐器之用。《山海经》郭璞注：“女娲，古神女而帝者。”《诠评》：“《御览》七十八作制造笙簧。”《礼记·明堂位》郑注：“笙簧，笙中之簧也。女娲作笙簧。”晋崔豹《古今注》：“女娲……欲人之生而制其乐，以为发生之象；其大者十九簧，小者十二簧也。”

礼物，谓制度与器物。

纂成，《尔雅·释诂》：“纂，继也。”纂成，继续完成。

二君，《诠评》作“二君，即伏羲、女娲”。皇甫谧《帝王世纪》：“庖羲氏蛇身人首。女娲氏承庖羲制度，亦蛇身人首。”王延寿《鲁灵光殿赋》：“伏羲鳞身，女娲蛇躯。”

七十,古代传说女娲氏一日之中,出现七十种变化。

9.《易下·系》曰:神农氏作,斫木为耜,揉木为耒。耒耜之利以教天下,盖取诸益。

作,发明。

揉,使木弯曲或伸直。

耒耜,古代耕地翻土的农具。耒是耒耜的曲柄,耜是耒耜下端的起土部分。《礼记·月令》:"(孟春之月)天子亲载耒耜,措之于参保介之御间。"郑玄注:"耒,耜之上曲也。"

益,《易》卦名。六十四卦之一。《易·益》:"益,利有攸往。"孔颖达疏:"益者,增足之名,损上益下,故谓之益。"《十三经注疏·周易正义》:魏王弼注曰:"制器致事以益万物。庖羲氏死后,神农氏成为共主,削木做犁头,弯木做犁柄,将除草耕种的便利教导与天下民众。"犁这一工具取之于益卦,说明社会已经步入农业时代。

10.《易坤灵图》曰:其母萌之,玄云入户,蛟龙守门。(母为庆都也,天皇之女,天帝以玄云覆卫之。)故曰:"时乘六龙以御天也"。

"萌","崩"之误。《古微书·易坤灵图》:"尧母崩去"下有"摄天之业,使之理也",郑(郑康成)注云:庆都为天皇之女,天帝以玄云覆卫之,"故言乃统天也"。

11.《风土记》曰:舜,东夷之人,生于桃丘妫水之汭,损石之东。旧说言舜上虞人也。虞即会稽县,距余姚七十里,始宁上虞,南乡也,后为县。

东夷之人,《孟子集注卷八》:孟子曰"舜生于诸冯,迁于负夏,卒于鸣条,东夷之人也。诸冯、负夏、鸣条,皆地名,在东方夷服之地"。唐张守节《史记正义》引《会稽旧记》云:"舜上虞人,去虞三十里有姚丘,即舜所生也。"

12.《礼含文嘉》曰:禹卑宫室,垂意于沟洫,百谷用成,神龙至,灵龟服,玉女敬养,天赐妾。

卑,与"垂意"相对,轻视。

垂意,专注。

垂意于沟洫,《守山阁丛书·古微书·礼含文嘉》卷十七作"尽力乎沟洫","天赐妾",作"天赐一神龙女降"。又曰:"按《宋书祥瑞志》:玉女者,天赐妾也,禹时有之。"

沟洫,田间水道。《周礼·考工记·匠人》:"匠人为沟洫……九夫为井,井间广四尺,深四尺,谓之沟。方十里为成,成间广八尺,深八尺,谓之洫。"郑玄注:"主通利田间之水道。"

百谷,谷类的总称。百,举成数而言,谓众多。

13.《归藏》曰：昔夏后启筮，享神于大陵，而上钧台枚占，皋陶曰："不吉。"

筮，用蓍草占卜休咎或卜问疑难的事即占卦。

享，供祭品奉祀祖先。《书·盘庚上》："兹予大享于先王。"孔颖达疏："《周礼·大宗伯》祭祀之名：天神曰祀，地祇曰祭，人鬼曰享。此大享于先王，谓天子祭宗庙也。"

钧台，古台名，亦名夏台，在今河南禹县南。《左传·昭公四年》："夏启有钧台之享，商汤有景亳之命。"杜预注："河南阳翟县南有钧台陂，盖启享诸侯于此。"

14.《纪年》曰：后发，一名后敬，或曰发惠。（其子立为桀。）

后发，或作后敬、发惠，夏代国王，帝皋之子，继皋为帝。亦称帝发、帝敬。生子履癸，即桀。王国维校补《路史·后纪》十三："帝敬发，一曰惠。"

15.《归藏》曰：昔桀伐唐，而枚占于营。营或曰不吉，不利出征，惟利安处，彼狸为鼠。

彼狸为鼠，《太平御览》卷九百一十二引云："昔者桀筮伐唐，而枚占荧惑曰：'不吉。彼为狸，我为鼠，勿用作事，恐伤其父。'"又《博物志》引云："桀筮伐唐，而枚占荧惑曰：'不吉'。"盖"彼狸为鼠"脱"我""为"二字，又"营或"即"荧惑"。

16.《史记》曰：契长而佐禹治水有功。舜乃命契曰："百姓不亲，五品不逊，汝为司徒而敬敷五教，五教在宽。"

契，商代祖先，娀氏之女简狄（亦作"简逿"）所生。《史记》曰："简狄，有娀氏之女，为帝喾次妃"，故契为喾子。司马贞《史记索隐》曰："谯周云：'契生尧代，舜始举之，必非喾子。以其父微，故不著名。其母娀氏女，与宗妇三人浴于川，玄鸟遗卵，简狄吞之，则简狄非帝喾次妃明也。'"

不亲，不亲近、不亲睦。

五品，五常，指旧时的五种伦常道德。《书·舜典》："帝曰：'契，百姓不亲，五品不逊。'"孔传："五品谓五常。"孔颖达疏："品谓品秩，一家之内尊卑之差，即父母兄弟子是也。教之义、慈、友、恭、孝，此事可常行，乃为五常耳。"

不逊，没有次序。

敬敷，教化使其顺从。

五教，五常之教。指父义、母慈、兄友、弟恭、子孝五种伦理道德的教育。《书·舜典》："汝作司徒，敬敷五教。"孔传："布五常之教。"你去担任司徒，认真地施行五伦教育。施行五伦教育，要本着宽厚的原则。

17.《帝王世纪》曰：（汤）遂斋戒剪发断爪以己为牲，祷于桑林之社。

桑林，古地名。相传为殷汤祈雨的地方。《墨子·明鬼下》："燕之有祖，当齐之社稷,宋之有桑林,楚之有云梦也。”《淮南子·主术训》:“汤之时,七年旱,以身祷于桑林之际,而四海之云凑,千里之雨至。”《后汉书·钟离意传》注引“以己为牺牲,祷于桑林之社,以六事自责。”

社,古代谓土地神。《国语·鲁语上》:“共工氏之伯九有也,其子曰后土,能平九土,故祀以为社。”韦昭注:“社,后土之神也。”

18.《礼纬》曰:汤之时,其民大乐其救之于患害,故乐名大护。护者,救也。

大护,乐。《吕氏春秋·古乐》:“殷汤即位,夏为无道,暴虐万民,侵削诸侯,不用轨度,天下患之。汤于是率六州以讨桀罪,功名大成,黔首安宁。汤乃命伊尹作为《大护》,歌《晨露》,修《九招》《六列》,以见其善。”高诱注:“《大护》《晨露》《九招》《六列》皆乐名。”汉班固《白虎通·礼乐》:“汤乐曰《大护》。”《广雅·释乐》作“大頀”。王念孙疏证:“頀,各本讹作护,惟影宋本不讹。頀、护古字本通。”

19.《尚书璇玑钤》曰:汤受金符,(金符,禹录)白狼衔钩入殷朝。(钩缚束之要,明汤得天下之要也。)

汤受金符,《艺文类聚》十二:“汤受金符”作“汤受金符帝箓”。田俅子曰:“商汤为天子都于亳,有神手牵白狼,口衔金钩而入汤庭。”《帝王世纪》曰:“汤时有神牵白狼衔钩入殷朝者,乃东观沉璧于洛,获黄鱼黑玉之瑞,于是始受命称王。”《抱朴子·内篇·对俗》:“白狼知殷家之兴。”

20.《书》曰:伊尹相汤伐桀,升自陑,遂与桀战于鸣条之野。

陑,古山名。在今山西永济境,相传为汤伐桀之处。《书·汤誓序》:“伊尹相汤伐桀,升自陑。”孔传:“桀都安邑,汤升道从陑出其不意。陑在河曲之南。”孔颖达疏:“陑,当是山阜之地……陑在河曲之南,盖今潼关左右。”

鸣条,古地名。在今山西运城安邑镇北,相传商汤伐夏桀战于此地,又名高侯原。《书·汤誓序》:“伊尹相汤伐桀,升自陑,遂与桀战于鸣条之野,作《汤誓》。”孔传:“地在安邑之西。”

21.《韩诗内传》曰:汤为天子十三年,年百岁而崩。

十三年,王国维《今本竹书纪年疏证》指出《汉书·律历志》:“成汤方即世崩没之时,为天子用事十三年矣。商十二月乙丑朔冬至,故《书序》曰:‘成汤既没,太甲元年,使伊尹作《伊训》。’《伊训》曰:‘惟太甲元年十有二月乙丑朔。’”据此,则自汤元年至太甲元年为十三年,汤在天子位凡十三年。

22.《逸书》曰:成汤自契至汤八迁,汤始居亳。

八迁,《史记》卷三殷本纪第三:成汤,自契至汤八迁。孔安国曰:“十四世凡八徙国都。”

汤始居亳,皇甫谧曰:“梁国谷熟为南亳,即汤都也。”唐张守节《史记正义》曰:“《括地志》云‘宋州谷熟县西南三十五里南亳故城,即南亳,汤都也。宋州北五十里大蒙城为景亳,汤所盟地,因景山为名。河南偃师为西亳,帝喾及汤所都,盘庚亦从都之。’”

23.《说苑》曰:汤欲伐桀,伊尹请且乏贡职,以观夏动。桀怒,起九夷之师,伊尹曰:“未可。彼尚能起九夷之师,是罪在我也。”汤乃谢服,入贡职。明年,又乏贡职,桀起九夷之师,九夷之师不起,伊尹曰:“可矣!”汤乃兴师。

贡职,贡赋、贡品。“请且乏贡职”,刘向《说苑》卷十三作“请阻乏贡职以观其动”。“起九夷之师”,《说苑》卷十三作“起九夷之师以伐之”。“汤乃谢服”,《说苑卷》十三作“汤乃谢罪请服”。“入贡职”,《说苑》卷十三作“复入贡职”。“又乏贡职”,《说苑》卷十三作“又不供贡职”。

参考文献:

1. 四部丛刊三编[M].上海:商务印书馆.1935年影宋本.
2.(清)阮元校刻.十三经注疏[M].北京:中华书局,2009.
3.(汉)董仲舒.春秋繁露[M].北京:中华书局,2011.
4.(梁)萧统.文选[M].上海:上海古籍出版社,1986.
5.(宋)范晔.后汉书[M].北京:中华书局,2007.
6.(清)王念孙.广雅疏证[M].北京:中华书局,1983.
7.(战国)韩非子.韩非子[M].长沙:岳麓书社,2005.
8.(北魏)郦道元.水经注[M].北京:中华书局,2006.
9.(唐)欧阳询.艺文类聚[M].上海:上海古籍出版社,2009.
10.(明)孙瑴.古微书[M].北京:商务印书馆,2013.
11.(东晋)王嘉.拾遗记[M].北京:中华书局,1981.
12.(西汉)刘安.淮南子[M].北京:中华书局,2009.
13.(清)黄奭.黄氏逸书考[M].北京:中华书局,1999.
14.(清)宋翔凤.帝王世纪集校序[M].沈阳:辽宁教育出版社,1997.
15.(西汉)司马迁.史记[M].北京:中华书局,1982.
16. 王国维.今本竹书纪年疏证[M].沈阳:辽宁教育出版社,1997.
17.(汉)刘向.说苑[M].上海:商务印书馆,1937.

(作者单位:浙江越秀外国语学院)

“禹”是如何大起来的

许武智

摘要:关于“禹”的文字记载最早出现于西周中期,而“大禹”这个称谓却迟至西汉初年才出现,中间相隔近八百年。先秦时期,禹的形象认识经历了一个“治水英雄——圣王贤君”的转变过程。其中,春秋战国诸子百家,尤其是儒家的推崇是其中的决定性因素。最终逐渐将“禹”塑造为“大禹”,流传至今。

关键词:禹　大禹　形象　称谓

大禹是家喻户晓的治水英雄,也是夏朝的奠基者和家天下的创始者。他是人是神?其事迹是史事还是神话?到现在都是众说纷纭,莫衷一是。传说他是黄帝轩辕氏玄孙,尧时被封为夏伯,史称伯禹、夏禹、大禹。其中,“大禹”这个名字我们最为熟悉,甚至会习惯地认为其名本就如此。

何以为“大”

“禹”字在《说文》作:虫也,从厹,象形。顾颉刚《古史辨》便依《说文》认为禹是虫类,“禹或是九鼎上铸的一种动物”,进而修正为“禹是南方民族神话中的人物”。也有学者先从“禹”“鱼”二字的字形读音研析,主张“大禹即大鱼”。考虑到禹的父亲鲧,“鲧”字《说文》作:鱼也,从鱼系声。子承父体,也不无道理。换句话说,“禹”的命名本身,即与水有密不可分的关系。

“大”在古汉语中有“重要的、伟大的、年长的”等多重褒义。加之人名前,一般为尊称,如“大王”。纵览华夏文明史,观及古今人神,称谓前冠之以“大”者,几乎只有大禹,唯有禹享受着“大”的尊号,这又是为什么呢?

普遍而传统的观点认为:“大禹”是后人感念禹治水之功的尊称,这种尊称越到后世越普及,逐渐使得人们言及禹必称“大禹”。治水之功,泽被万世,“大禹”,即“伟大的禹”。还有一种观点认为:大禹实为夏禹的转称或引申,以大代夏也。禹为夏禹,是夏代的创始者。见《左传》:“夫能夏则大,大之至也。”夏有大之意。又如孔颖达《春秋左传正义》疏曰:“夏,大也。中国有礼仪之大,故称夏。”

上述两种看法或许都有道理,但值得注意的是,“大禹”这个称谓很晚才见于文献记载,换句话说,禹的形象和事迹在千百年来的传诵中有一个不断建构和再生的过程,最终形成了我们今天熟知的“大禹”。那“禹”又是如何一点点大起来的?

二、夏商无“禹”

上古史研究从来都是一件困难的事,材料少,问题多;结论少,争议多。到目前为止,夏朝的存在与否都是一个悬而未决的问题。因为我们尚未发现“夏代”本身的文字材料,考古学中的“二里头文化”与历史文献中“夏朝”时至今日都未能找到令人信服的对应依据。殷商甲骨文中也无所谓“夏朝”的记载。我们现在所了解的“夏”事实上都是千年之后周人的追忆。“夏”的问题都无法解决,更遑论夏的奠基者“禹”了。

中国的信史始自殷商。甲骨文里有名有姓的神有一百多个,但没有发现禹。比商早了上千年的禹为什么没能被商尊奉为神呢?关于这个疑问,如果排除单纯文字材料缺失的原因,可以做出两种推测:

其一,禹是夏王朝的奠基者,将夏灭亡了的商王朝是不可能将前朝奉尊的伟人(或者神)当作自己的神灵供奉的;其二,商代的时候,禹还没有“问世”,也就是说,由商上溯至夏,神话传说中还没有禹,禹此时尚未被发明创造出来。这种论点也是古史辨学派的核心观点,经顾颉刚先生发扬光大,至今仍有论者支持。

三、“禹”的出现

关于大禹治水,多数先秦文献都有明确记载。禹的事迹,今天能够见到的最早的文献记载是《尚书》和《诗经》二书。例如,《尚书·舜典》云:

舜曰:“咨!四岳!有能奋庸熙帝之载,使宅百揆,亮采惠畴?”佥曰:“伯禹作司空。”帝曰:“俞!咨禹。汝平水土,惟时懋哉!”禹拜稽首,让于稷、契暨皋陶。帝曰:“俞!汝往哉。”

《诗经》提到与禹有关的内容也有多处,如:

信彼南山,维禹甸之。(《信南山》)
丰水东注,维禹之绩。(《文王有声》)
奄有下土,缵禹之绪。(《宫》)

这些文献一般认为属于西周文献。春秋以后,禹不仅大量见于文献,也见于青铜器铭文,如秦公簋、叔弓镈。但西周青铜器铭文中从未见到禹。2002年,属于西周中期后段的遂公盨被偶然发现,盟铭“天命禹敷土,随山浚川,迺差地设征”,可以对照《尚书》中的《禹贡》:“禹敷土,随山刊木,奠高山大川。”还有《尚书序》:“禹别九州,随山浚川,任土作贡。”这个铭文内容是与大禹治水有关的,遂公盨成为大禹治水传说最早的文物例证。

值得注意的是,无论是古文献还是青铜铭文,从记载来看,至少在西周以前,大禹的事迹还较简单实在,他只不过是人们心目中一位功绩卓著、泽被后世的英雄。在歌颂禹的时候,都没有用上“大”。从东周开始,禹的形象被进一步提升,具有神的威力,这就是对大禹的神化。而加了“大”的禹,需要到更晚一些时候才逐渐“成熟”。

四、“禹”的成型

西周以来大禹传说的最基本的素材即为奉天命平治水土,春秋时期随着各地大禹传说的丰富,作为“夏宗”和“人王”的大禹在平治水土的基础上添加了划九州、接受天赐洪范大法、制定《禹刑》、戮防风氏、涂山会盟诸侯、接受“万国”诸侯贡献玉帛等新的“事迹”,大禹的形象也随之不断发生着新的变化。

西周、春秋以来大禹治水的传说,经过一步步的演变至战国时期,已完全成为信史。禹划九州、制定贡赋和五服的传说自春秋以来,已在民间普遍流传。禹的世系、年代和禹都、禹陵等流传于战国时期,古代文献中有关大禹的“家世”资料开始逐渐丰富。禹征三苗、有扈氏、逐共工等故事逐渐兴起。禹逐渐成了人们心中信仰的神,包括其出生与娶妻都充满了传奇色彩;治水过程中威力无穷;禹的形象也变化不一，有虫、鸟、熊、龙等多种形态。这一切最终形成了对禹神的信仰，表现为禹步、禹符和对大禹的祭祀。

大禹的神化，诸子百家功不可没。春秋战国之际，百家争鸣，每个学派代表不同阶层发表自己的看法，为扩大和提高本派影响，包括大禹传说在内的古史经过诸子的不断加工、改造，多元并起，为宣传自己的政治主张寻找“依据”，他们极力抬高、神化自己学派所尊崇的包括大禹在内的英雄。这一时期，大禹被不断拔高放大，成了无所不能的神的形象。

先秦诸子著作中，大多对大禹的事功都有不同程度的记载，它们包括《墨子》《论语》《孟子》《荀子》《庄子》《韩非子》《管子》《吕氏春秋》等等，几乎涉及儒、墨、道、法等先秦主要思想流派。这充分显示了“禹”在当时主要思想家心目中所占的位置，反映出大禹的事端和德操作为一种文化积淀已融入当时的社会生活，成为思想家著书立说、构建理想政治的重要依据。

儒家的孔子和孟子可以说为大禹的神化奠定了基础。例如孔子推禹之功德，说其“菲饮食，而致孝乎鬼神；恶衣服，而致美乎黼冕；卑宫室，而尽力乎沟洫”。由于孔子的赞美，大禹成为儒家理想中的典范君主。到了二三百年以后的孟子，他一方面继续对历史记载进行新的解释，如“禹之治水，水之道也，是故禹以四海为壑”等，而关于禹的传说也因为进一步得到“发酵”而加入了新内容，如“禹闻善言则拜”“禹八年于外，三过其门而不入”云云。儒家竭力将禹的德行提升，使其成为一个勤于民事、公而忘家、爱民、向善、尚德、行义，几乎集中了人间一切美德的良臣、明君形象。禹在这里不仅以个人的理想人格成为社会道德的象征，而且已经成为政治理想的权威和理想社会政治人物的标杆。墨家较之儒家，进一步认为大禹具有神的威力，能够秉承上天的意志，征三苗，协调神民关系，与本派学术思想的“天志”理想追求趋于一致，因此他们大力宣扬、神化大禹，可以说大禹的神化完成于墨家。这些内容，又通过人们层层传抄，在后人的心目中又成了信史。

儒、墨、道、法等诸子著作在绘制大禹历史面貌的同时，更按自己学说的基本立场和观点，对大禹的事功进行价值层面的判断和评估。在他们所复现的大禹形象中，历史和现实是沟通的，即在反映大禹本来面貌的同时，注重在大禹的身上投入时代的影子，寄托自己的理想，使大禹的文化精神超越时空的界限，在新的历史背景下获得再生和升华。换言之，大禹作为古代君主理想人格的塑造，是通过先秦诸子的具体诠释而基本得以确立的。这样，从远古传说下来的“禹”，成了一种文化符号。这一文化符号所蕴含的精神，已超越了时空的界限，在新的历史背景下获得了重构与演绎，最终为其成为“大禹”奠定了基础。

五、放大的“禹”

“大禹”这个称谓最早见于西汉,例如:

“大禹之治天下也,诸侯万人,而禹一皆知其体。”“大禹曰:民无食也,则我弗能使也,功成而不利于民,我弗能劝也。”(《贾子新书·修政语上》)

“文王生于东夷,大禹出于西羌。”(陆贾《新语》)

著名的古文尚书《大禹谟》已被证伪,不足为信;《列子》中也出现过一次“大禹”,但此书的真伪及成书年代同样十分可疑。总之,笔者认为,“大禹”开始频繁现于西汉的典籍中是没有问题的。但需要指出的是,这一时期的“禹”仍然在大量使用,“大禹”并未将之取代。另一个值得玩味的现象是,“大禹”的肖像也首次出现在这一时期,比如著名的《大禹手持耒耜治水图》,笔者认为这一切并非偶然,这与统一专制帝国的出现以及此后的儒学成为主流思想都有莫大的关联。其中,司马迁的《史记》在其中也起到不可忽视的作用。

西周以来见于传世文献和新出土文献中的大禹传说,随着时间的推移和时代的变迁,不断完善和丰富。西汉司马迁充分搜集了自西周以来有关大禹的种种传说资料,并通过大量的实地调查,在对各种不同的传说进行了比较取舍之后,通过他绘声绘色地描写,形成了《史记·夏本纪》中的内容,初步完成了大禹事迹的“定型”与“统一”。“大禹”也首次出现在中国正史之中。《史记》中的大禹形象,也较之春秋战国前古籍中的有限记载,有很大的提升,为千百年来关于大禹的史学叙述奠定了基调。

很显然,司马迁在著述《史记》时,对大禹的相关资料进行过详细地考订、访问,但是,他很大程度上采用的是春秋战国时期抬高、神化后的大禹资料。这虽然在一定程度上是不可避免的,但这也与司马迁所处的时代密切相关。司马迁所生活的时代,正是是汉武帝“罢黜百家,独尊儒术”的时代。孔子创立的儒家学说本就是“百家争鸣”中影响最大的学派,而到了汉武帝时代,赤裸裸强调专制的法家和主张“无为”的黄老等思想都不能适应集权统治的需要。为了加强和巩固专制政权,统治者急需建立能够适应社会各方面需要的正统思想,于是,经过董仲舒改造的,用神学观点论证了皇权和封建秩序是神圣不可侵犯的“儒家理论”应运而生。董仲舒建议以“儒家思想”作为封建国家的统治思想,此建议被汉武帝采纳,从此,儒学成为中国官方思想的正统与主流,儒家所推崇百年的大禹随之水涨船高也就理所应当了。

儒家学者对大禹等“圣王”的推崇和拔高，其目的则有两个。首先，崇拜大禹，是儒家学者为自己的学说找到理论依据的需要，儒家学者就是通过这种移花接木和潜移默化的手段，将自己的理论假托成舜、禹的教导。因此，崇拜大禹，就可以为儒学找到理论上的依据，并树立起儒学的权威性。其次，崇拜大禹，也是以儒家学者为主的官员含蓄地劝谏当代帝王，以推行所谓仁政的需要。而历代的帝王们则通过对大禹的每次祭祀来为自己的统治披上一层合法的外衣。因此大禹崇拜，延续千年，香火不断。

六、大禹的危机与复兴

民国时期，西学东渐，新文化运动兴起。传统意义上的“大禹”形象遭到了顾颉刚为代表的“古史辨”派学者们的质疑，从而引发了一场“大禹”形象的文化论战。在论战过程中，知识分子群体对“大禹”形象的不同塑造，呈现出知识分子内部对于“大禹”认知的不同选择及其复杂的思想面貌。

其实，若非是大禹研究者，大禹本身究竟是否存在其实并不重要，这个问题也很难证实和证伪。对于利用者而言，重要的是有了这块“金字招牌”，它会不停地被后人擦拭，永葆光亮。不管是诸子百家的推崇、帝国王朝的祭祀，还是现在各地一哄而上的研究热、公祭热，本质上都是在“消费”和“利用”大禹。天下攘攘，皆为利往。古代多是出于政治考量，宣传门派学说，维护社会秩序及帝王统治的合法性。当下在政治上虽然仍有宣传文化民族主义凝聚人心、统战海外的目的，但主要还是诱于经济动因，各地政府为发展旅游经济、打造文化产业的需要。因此，只要大禹还有其名人效应和品牌价值，大禹的伟大光辉形象依旧会不停地建构下去。

参考文献：

1. 白剑. 大禹亦大鱼——华夏民族古代的神灵图腾[J]. 四川文物，2001(1).
2. 李学勤. 论遂公盨及其重要意义[J]. 中国历史文物，2002(6).
3. 李岩. 历史上对大禹形象的认识[J]. 安徽师范大学学报，2010(4).
4. 黄朴民. 先秦诸子之大禹观试说[J]. 浙江学刊，1995(4).
5. 何忠礼. 略论历史上的禹和大禹崇拜[J]. 绍兴文理学院学报，2008(3).

（作者单位：绍兴市图书馆）

大禹文化流变

尧舜禹时代的国家结构与管理制度略论

乔凤岐

摘要:关于尧舜禹时期的社会组织,学术界存在多种看法。笔者认为,尧舜禹时期的中国社会已经形成了以君主为中心、由百官组成的统治集团,集团内部职责明确、分工协作,在全国推行政策法令,地方上形成了具有行政区划意义的分级管理系统;君主与各级官员之间存在严格的等级,并受到礼仪制度的约束;用以维护社会秩序的法律制度已经建立,成为君主与各级官员享有特权的政治保障。尧舜禹时期已经具有较为完备国家特征,管理制度也基本上趋于完备。

关键词:尧舜禹时期　国家结构　管理制度

继大禹之后,大禹的儿子启直接继承了权位,改变了远古时代的禅让制,作为中国历史上第一个"家天下"的夏代诞生了,中国从此步入新的历史时期。尧舜禹时代处于"公天下"与"家天下"的重要过渡时期,也是中国远古社会的转型阶段。从现有的古代文献资料分析,有关夏代及夏代以前的历史记载,多为夏代以后的追述,因此夏代及其以前的历史曾在较长时期里被视为半信半疑的传说时代,甚至受到学术界的怀疑。随着近代考古学的兴起,越来越多的地下发掘的考古资料为夏代及其以前的历史提供了有力的证据,尤其是山西襄汾陶寺遗址发现的带有"尧"字的陶片证实了尧的都城的位置所在,为尧舜时代的存在提供了实物佐证。同时期的良渚文化所显示出来的先进农业生产水平、发达的玉器制作技术、突出的社会分层现象,更是为认识这一远古时期的社会形态下的国家结构提供了难得的资料。因此,先秦文献中经常谈到的和司马迁《史记》中记载的备受人们推崇的"五帝时代",逐渐被越来越多的中外学者所相信。但是,尧舜禹时代的国家结构仍然是较难说清楚的历史问题,所以学术界对于这一历史问题的看法呈现出多种观点并存的局面。笔者试图从文献和考古两个方面入手,依据有关史料对尧舜禹时期的国家结构及管理制度进行探讨。

一、尧舜禹时期已经具有较为完整的国家结构

由于文献资料的匮乏,造成了学术界对尧舜禹时期的社会政治性质看法的不一致。有人认为这一时期的社会是原始社会末期的部落联盟;近来也有人说是西方的酋邦制;也有人认为是部族联合体①;也有人说是准国家形态②。塞尔维斯把人类社会的发展的过程划分为"群队(或称游团)、部落、酋邦、国家"四个阶段,和摩尔根、恩格斯划分为"氏族、部落、部落联盟、国家"四个阶段一样,是以西方的某些国家的历史为依据的,而他们研究的结果也不一致。事实上,中国的发展历程与西方社会从一开始就有着较大差别,以西方的概念套用中国的历史,本身就不科学、不实事求是。

恩格斯的"部落联盟制"理论有几个基本点:"血缘亲属关系是联盟的真实基础";"氏族制度的前提,是一个氏族或部落成员共同生活在纯粹由他们居住的同一地区中";"没有军队、宪兵和警察,没有贵族、国王、总督、地方官和法官";"一切争端和纠纷,都由当事人的全体即氏族或部落来解决,或者由各个氏族相互解决"③。在联盟制度下,联盟内部一般设有议事会和人民大会,用来决定重要事情。各部落首领大致具有相同的身份和地位,任何一个部落或氏族首领的权力并不能明显地凌驾于其他部落首领之上,不存在实际意义上的君臣关系,联盟内部的事务由彼此之间协商解决,任何一个部落不赞成,就不会形成决议;议事会在召开人民大会时,到会的每个男子都有发言权,通过直接表决方式决定事务,人民大会的权

---

① 金景方、吕文郁先生认为尧舜禹时期是部族联合体:"尧舜禹时代的部族联合体是中国在部落联盟之后产生的一种新的社会组织,是中国从原始社会向国家过渡的一个中间环节。……实质上就是中国的早期国家。"(见金景方、吕文郁:《论尧舜禹时代是由原始社会向国家过渡的中间环节》,《学习与探索》1999 年第 3 期。又见吕文郁:《论尧舜禹时代的部族联合体》,《社会科学战线》1999 年第 5 期。)

② 吕美泉先生认为:"尧舜禹社会政治组织的性质,不是部落联盟,不是酋邦,它是天下大国家的准国家形态。"(见吕美泉:《从〈尚书·虞夏书〉看尧舜禹社会政治组织的性质》,《社会科学战线》1999 年第 5 期。)

③ 恩格斯:《家庭、私有制和国家的起源》,《马克思恩格斯选集》第 4 卷,北京:人民出版社,1972 版,第 90、164、92 – 93 页。

力是至高无上的。

塞尔维斯的“酋邦制”理论认为：群队（或称游团）是狩猎、采集时期的流动性社会组织；部落是父系或母系社会时期，部落成员之间的关系相互平等的氏族社会组织；酋邦是以氏族社会为基础，已发展为金字塔式的社会结构，酋长具有至高无上的权力，由整个组织中与共同祖先血缘关系最近的人充当，酋长的职位为世袭继承制，其他社会阶层人员的地位依其与酋长的血缘关系的远近而决定。在整个酋邦社会中，由于各社会成员的社会政治地位存在等级，在社会政治和经济生活中充当的角色必然出现一定的差异，处于社会最上层的酋长集团无论在政治上和经济上无疑享有较大的特权，虽然这个社会组织仍然以血缘关系联结在一起，也已经是一个不平等的社会组织。

与部落联盟制和酋邦制相比，尧、舜、禹所管理的并不仅仅是一个有着血缘关系的部落，而是一个范围相当广大的疆域。在这片广袤的国土上，生活着成千上万的、大小不等的氏族和部落，《尚书注疏・虞书》说：尧“协和万邦”；舜“光天之下，至于海隅苍生，万邦黎献，共惟帝臣”；《春秋左传注疏》卷五十八记载，哀公七年记载禹“合诸侯于涂山，执玉帛者万国”。这一时期的中国被冠以万邦之国，其中的邦、国虽然无法摆脱氏族、部落的烙印，但也说明社会组成已经非常复杂，除了尧、舜、禹所直接管辖的诸族以外，还有生活在其周围不同区域内、有着不同血缘关系的氏族部落。《孟子》云，在尧老之时，舜代为执政，多次巡狩四方。《尚书・尧典》载：“岁二月，东巡守，至于岱宗，柴。望秩于山川，肆觐东后。协时月正日，同律度量衡。修五礼、五玉、三帛、二生、一死贽。如五器，卒乃复。五月南巡守，至于南岳，如岱礼。八月西巡守，至于西岳，如初。十有一月朔巡守，至于北岳，如西礼。”巡守就是古代天子巡查他所统治的区域，舜巡守四方的目的，自然是为了加强与远方不同血缘部落的人民的联系，通过祭祀活动向四周传播中原文化，教化生活在边远之地的人民。禹在治水过程中，足迹踏遍了大小山川，与生活在不同地区的各个部落共同协作，最终根治了水患，并根据山川形胜划定了九州，为行政区划的确立奠定了基础。大禹在极为广阔的范围内从事治水活动，不仅体现着当时人们联合抵御自然灾害的能力，也是人们的活动已经打破了氏族和部落界限的重要证据。尧舜禹时代，以州为区域单位任命“牧”一级官员进行管理，打破了以血缘关系为纽带的狭小的氏族范围。尧舜禹时期的中国社会及其所从事各项重大活动和所推行的政治制度，完全超出了氏族部落阶段所能达到的文明程度。将尧舜禹时期的中国社会，用西方的社会理论冠以“联盟”或“酋邦”之名，是不大合乎历史事实的。

2000—2001 年，考古工作者在山西襄汾陶寺文化遗址内发掘的陶寺城址，“其平面为圆角长方形,城址内发现北、东、南三个方向的城墙。城址南北最大距离为2150米,最小距离1725米;东西最大距离为1650米。总面积在200万平方米以上”[①]。城址内部大致分为居住区、手工业作坊区、祭祀活动区、墓葬区,功能区划相当明显。城址内部居住区有大型宫殿类夯土建筑,也有半地穴式的简陋房屋,不同规格建筑群落说明“居民区又细分为上层贵族居住区、下层贵族居住区和一般平民居住区”;墓葬区等级高的墓葬数量少而随葬品极多,等级低的墓葬数目虽多但随葬品极少甚至没有,“墓葬形成了金字塔式的等级结构,且存在着多个层次等级”[②]。城内居民居住房屋等级的不同、死后墓葬规格的差别,说明这一时期的阶级分化已经十分明显。“从出土的物品、碳十四测年和古代尧都城址的地界的文献记载进行综合分析来看,将陶寺遗址定位为尧都是大致合适的。”[③]陶寺文化的晚期,“陶寺城址不再作为都邑聚落,扰大墓、毁宫殿、废城垣,砍头惨杀等一系列野蛮残酷的行为遗迹突显出来,手工业者侵占了原来的宫殿区,但是陶寺文化中期与晚期之间并未出现文化上的质变,因而无法确定由外族入侵所引发的大动荡,……假如陶寺文化晚期席卷陶寺遗址的疾风骤雨确系尖锐的阶级对立所导致,那么陶寺文化的国家社会便显露出冰山一角,它将是中国早于二里头文化夏王朝的最早国家”[④]。

无独有偶,与尧舜禹时代大致相同的良渚文化遗址显示,该地区的社会分化也同样十分明显。不仅贵族与平民之间的财富和社会地位存在很大差距,即使贵族之间的社会地位和拥有财富的数量也存在极为明显的等级差别。良渚文化时期工程浩大的建筑遗址说明,“已经出现了强制性的公共权力机构以及金字塔式的社会等级结构”[⑤]。这在一定程度上显示出了良渚文化时期的国家特征,也为认识尧舜禹时代的国家结构提供了佐证。同一时代、不同地区多种文化遗存所显示出的大致相当的文明程度,说明这些文化遗存具有相对的独立性,并且在较长的时期内独立发展,共同构成了中国古代文明。

根据文献记载,尧舜禹时期的百官制度已经形成。天文观测遗址已经在陶寺

---

① 何驽:《陶寺文化遗址走出尧舜禹“传说时代”的探索》,《中国文化遗产》2004年创刊号。

② 高江涛:《陶寺遗址聚落形态的初步考察》,《中原文物》2007年第3期。

③ 陈久金:《试论陶寺祭祀遗址揭示的五行历》,《自然科学史研究》2007年第3期。

④ 何驽:《陶寺文化遗址走出尧舜禹“传说时代”的探索》,《中国文化遗产》2004年创刊号。

⑤ 陈声波:《论良渚文化中心聚落的特殊性》,《东南文化》2005第2期。

文化遗址中发掘出来①，使尧舜禹时期的百官制度，尤其是主管天文历法的官员存在得到考古资料的证实。关于尧舜禹时期的官制问题，古代文献有着较为详细的记载。《尚书·周书》云："唐虞稽古，建官惟百，内有百揆、四岳，外有州牧、侯伯。"孔安国传："尧、舜考古，以建百官。内置百揆、四岳，象天之有五行；外置州牧十二及五国之长。上下相维，外内咸治。"设置官员治理国家，并不是尧舜禹时期的首创，而是沿用了先前的治国之道并有所发展。孔颖达疏云："唐尧、虞舜考行古道，立官惟数止一百也。内有百揆、四岳者，百揆，揆度百事，为群官之首，立一人也；四岳，内典四时之政，外主方岳之事，立四人也。外有州牧、侯伯，牧，一州之长；侯伯五国之长，各监其所部之国。外内置官，各有所掌，众政惟以协和，万邦所以皆安也。"这些文献资料说明，尧舜禹时代的百官各有所司，职责已经相当明确。

尧舜禹时代，君主与地方各级首领之间有着规范的礼仪制度，彼此之间存在等级差别，也受到"礼"的约束。《尚书·尧典》记载，舜代尧管理天下以后："觐四岳群牧，班瑞于群后。"接受朝觐的场面是"宾于四门，四门穆穆"。说明舜曾经在明堂四门之外迎接部落首领的朝拜，肃穆的气氛也反映出迎接会见之时场面的庄严。更能反映君主与群牧之间森严的等级关系是"（舜）五载一巡守，群后四朝。敷奏以言，明试以功，车服以庸"。《史记集解》引郑玄语云："巡守之年，诸侯见于方岳之下。其间四年，四方诸侯来朝于京师。"这则材料为我们提供了巡守、朝觐的具体规定。舜在巡守之年，四方的首领同时到"方岳"拜见舜帝；四方首领必须定时轮流去拜见舜帝，朝拜舜帝因季节的不同而名称各异，《周礼·春官·大宗伯》："春见曰朝，夏见曰宗，秋见曰觐，冬见曰遇。"

尧舜禹时代所显示出的政治特点，已经超越了部落联盟阶段的社会性质，具有了国家的基本特征。《尚书·尧典》载：尧老，舜代为执政，制定了多种律法："象以典刑，流宥五刑，鞭作官刑，扑作教刑，金作赎刑。眚灾肆，赦；怙贼终，刑。钦哉，钦哉，维刑之恤哉！流共工于幽洲，放驩兜于崇山，窜三苗于三危，殛鲧于羽山。四罪而天下咸服。"孔安国云："殛、窜、放、流，皆诛也。"作为天下共主的虞舜，已经拥有了诛杀其他部落和氏族首领的特权。到了大禹时代，杀戮其他部落首领的事件更是屡见不鲜："昔，禹致群神于会稽之山，防风氏后至，禹杀而戮之。"防风氏是禹所召集的部落首领之一，因为迟到被杀，足见禹的权势远远超越了其他部落首领。《山海经·大荒北经》："共工臣名曰相繇，……禹湮洪水，杀相繇。"尧舜禹时代，杀戮同一政治集团内部的成员部落首领似乎是司空见惯之事，这与部落联盟阶段的

① 陈久金：《试论陶寺祭祀遗址揭示的五行历》，《自然科学史研究》2007 年第 3 期。

社会特征是相悖的。按照《尚书》的记载,尧舜时代已经制定了法律制度并开始实施,对整个社会的不同成员具有生杀及控制权力,已经破坏了联盟制度下部落之间地位平等、互不统属的政治原则。法律制度的制定与实施正是国家的基本职能之一,也是君主及其官员拥有特权和维护特权的政治保障。

综上所述,尧、舜、禹以“君主”的身份,明确百官的职责,并使百官分工协作、分级管理各项事务,在全国范围内推行政令,国家的职能和国家结构已基本上趋于完备。

二、尧舜禹时期的国家权力中枢系统及其运作

尧舜禹时代已有相当规范的官员选拔程序,被选拔之人首先要经过具有一定社会地位之人的举荐,由君主任命和委派之后才能行使职责。大禹负责治水,是在“四岳”的举荐并受到舜的委派后进行的,《史记·五帝本纪》对这一重大历史事件的追述则较为详尽:

> 尧老,使舜摄行天子政,巡狩。舜得举用事二十年,而尧使摄政。摄政八年而尧崩。三年丧毕,让丹朱,天下归舜。而禹、皋陶、契、后稷、伯夷、夔、龙、倕、益、彭祖自尧时而皆举用,未有分职。于是舜乃至于文祖,谋于四岳,辟四门,明通四方耳目,命十二牧论帝德,行厚德,远佞人,则蛮夷率服。舜谓四岳曰:“有能奋庸美尧之事者,使居官相事?”皆曰:“伯禹为司空,可美帝功。”舜曰:“嗟,然!禹,汝平水土,维是勉哉。”禹拜稽首,让于稷、契与皋陶。舜曰:“然,往矣。”

从《史记》的追述来看,舜在当时拥有驾驭全国的最高权力。大禹出任司空一职和担负起治水的重任,虽然是受到四岳的举荐,但最后的决定权却掌握在舜的手中,在得到舜的正式任命之后,大禹才开始进行平治水土的伟大工程。

“四岳”之职,在尧时已经存在,《诗·大雅·崧高》:“崧高维岳,骏极于天,维岳降神,生甫及申。”毛亨传曰:“尧之时,姜氏为四伯,掌四岳之祀,述诸侯之职。”郑玄笺云:“四岳,卿士之官,掌四时者也,因主方岳巡守之事。在尧时姜姓为之,德当岳神之意,而福兴其子孙,历虞夏商,世有国土。”《尚书·尧典》:“帝曰:咨四岳。”孔安国传云:“四岳,即上羲和之四子,分掌四岳之诸侯,故称焉。”

尧在位时期,四岳已经具有较强的政治影响力。《史记·五帝本纪》载:“尧

曰：'嗟，四岳，汤汤洪水滔天，浩浩怀山襄陵，下民其忧，有能使治者？'皆曰鲧可。尧曰：'鲧负命毁族，不可。'岳曰：'异哉，试不可用而已。'尧于是听岳用鲧。"又载："四岳举鲧治鸿水，尧以为不可，岳强请试之，试之而无功，故百姓不便。"尧作为首领，虽然认为鲧无法担当起治理洪水的重任，但在确定人选时还是接受了"四岳"的建议委派了鲧，这也说明"四岳"对唐尧决策事务有着重要的影响力。

尧在年老之时，舜被确定为接班人，依然是得到了"四岳"的举荐，《史记·五帝本纪》载：

> 尧曰："嗟！四岳：朕在位七十载，汝能庸命，践朕位？"……众皆言于尧曰："有矜在民间，曰虞舜。"尧曰："然，朕闻之。其如何？"岳曰："盲者子。父顽，母嚚，弟傲，能和以孝，烝烝治，不至奸。"尧曰："吾其试哉。"

"四岳"举荐舜为接班人以后，尧采取了多种方法对舜进行考察和培养，最终将权力传让给他。说明在当时的政治活动中，尧和四岳大致组成了最高权力中枢。

虞舜时期，"四岳"的政治地位可能有所提高。《尚书·虞书·舜典》："月正元日，舜格于文祖，告询于四岳，辟四门，明四目，达四聪。"孔安国传："舜服尧丧三年毕，将即政，故复至文祖庙。……谋政治于四岳，辟四方之门未开者，广致众贤。……"孔颖达疏："《正义》曰：自此以下，言舜真为天子，命百官受职之事。舜既除尧丧，以明年之月正元日，至于文祖之庙，告已将即正位为天子也。告庙既讫，乃谋政治于四岳之官，所谋开四方之门，大为仕路致众贤也。明四方之目，使为已远视四方也；达四方之聪，使为已远听闻四方也，恐远方有所壅塞，令为已悉闻见之。……天子之闻见，在下必由近臣。四岳，亲近之官，故与谋此事也。"

对于尧舜时代的"四岳"，孔颖达的看法是："四岳，职掌天地，当是朝臣之首。"四岳在当时具有较高的社会政治地位，可以被看作是舜的重要决策成员。

尧舜时期，政治地位很高的还有"百揆"之职。《尚书·舜典》载："舜曰：'咨，四岳，有能奋庸熙帝之载，使宅百揆，亮采惠畴。"孔安国传："揆，度也。度百事，总百官。"孔颖达疏："《正义》曰：舜本以百揆摄位，今既即政，故求置其官。……'禹，汝本平水土，实有成功，惟当居是百揆，而勉力行哉。'"担任"百揆"之职的舜和禹，后来均继承了统治全国的君主职位，说明"百揆"一职的人选需要有非常大的政治影响力。

除了"百揆""四岳"帮助虞舜决策各项事务之外，当时的社会还存在着治理国家的相应的职能部门，并取得了较好的效果。《史记·五帝本纪》记载："皋陶为大理,平,民各伏得其实;伯夷主礼,上下咸让;垂主工师,百工致功;益主虞,山泽辟;弃主稷,百谷时茂;契主司徒,百姓和亲;龙主宾客,远人至。”司马迁所列举的这些人,在《尚书》中均有记载,他们是专门负责具体事务的主管人员。

大禹治水实际上是在禹的主持下,由众多部落联合完成的。《史记·秦本纪》载:“秦之先,帝颛顼之苗裔,……与禹平水土。”从当时的生产力水平来分析,与禹共同治理洪水的应该还有许多部族,他们之间虽然不乏部落之间相互联合的性质,但整个治水工程关乎全天下人的利益,治水工程的完成也应该受到了虞舜控制下的整个国家权力机构的约束和支持。

尧舜禹时代的官员人数呈上升趋势。《尚书·尧典》记载,尧时期官员较少,主要由羲和、羲仲等人制定天文历法。大概是出于为农业服务的需要,舜执政时期,官员的设置日益增多,舜推举“八恺”、“八元”、禹、弃、契、皋陶、益等二十二人为官。王晖先生对这一历史问题的看法是:“舜时代,由于禹治水引起氏族部落的大融合,公共事务的管理日趋重要,各种官吏便出现在政治舞台上。”①马兴先生认为:“尧时所设官职之所以比舜要少,是因为每种制度的创立总有个不断完善的过程,尧时设官仍处初始阶段,而舜是随着当时社会生产力水平的不断提高、分工日益精细的实情而设置官职,所以所需官职日益增多。”②

在官员的选拔和考核方面,尧舜禹时代已经制定出相当规范的标准。被选拔之人必须具备优良的品行,同时具有一定的才能,然后根据其特长授予相应的官职。譬如,鲧、禹父子先后担当治水的重任,羲和家族世世代代制定历法。被选拔出来的官员,要定期进行考核,并根据考核的结果进行奖惩。《尚书·大传》云:“《书》曰:‘三载考绩,三考黜陟幽明。’其训曰,三岁而小考者,正职而行事也。九岁而大考者,黜无职而赏有功也。”说明当时的官员任期可能为九年,每三年考核一次称为“小考”,九年任职期满进行“大考”。大考成绩优秀者得以升迁,否则就要降职,甚至受到严厉的处罚。譬如,鲧因九年治水无功而被杀,而禹却以治水之功而成为继舜之后统治天下的君主。

三、分管不同范围和区域的“伯”“牧”“师”等地方官员

远古时期,黄帝先后打败了炎帝、蚩尤、太皞、少皞等,“失败的部族被迫迁徙,

① 王晖:《尧舜大洪水与中国早期国家的起源——兼论从“满天星斗黄河中游文明中心的转变”》,《陕西师范大学学报》(哲学社会科学版)2005年第3期。

② 马兴:《尧舜时代制度文明略论》,《学习与探索》2006年第4期。

但仍有部分留在原地。这些留下的居民则只能服从于胜利者的管辖。毫无疑问，黄帝、颛顼、尧、舜时期，其国民已按地区划分，地域关系已经形成”①。尧舜禹时代，在以君主为中心的权力中枢之下，已经形成了等级不同的行政区域，由“伯”“牧”“师”等地位不同的官员分级管理。

（一）“伯”的社会政治地位

《尚书·尧典》云：“伯禹作司空。”称大禹为“伯禹”，应该是一种具有特殊意义的称号，而在禹和禹的父亲鲧的名字之前加一个“伯”字，还见于其他文献之中。《国语·周语下》云：“其在有虞，有崇伯鲧，播其淫心，称遂共工之过，尧用殛之于羽山。其后伯禹念前之非度。厘改制量，象物天地，比类百则，仪之于民，而度之于群生……皇天嘉之，祚以天下，赐姓曰姒，氏曰有夏。”《楚辞·天问》云：“伯鲧愎鲧，夫何以变化？”《墨子·尚贤中》云：“若昔者伯鲧，帝之元子，废帝之德庸，既乃刑之于羽之郊。”

对于文献中禹和鲧前的“伯”字，从古至今的理解是不一致的。韦昭在《国语·周语下》中对“伯鲧”之“伯”的注解是：“伯，爵也。”贾逵亦云：“崇，国名，伯，爵也。禹代鲧为崇伯，入为天子司空，以其伯爵，故称伯禹。”当今的一些学者认为“伯禹”之“伯”为爵位的一种②，应该是这种看法的延续。

唐嘉弘先生认为：公、伯、子、男早在原始社会父系氏族社会时已经出现，最初只是作为氏族部落内部亲属之间的称谓，“公”（翁）为上代祖先的通称，“伯”为同辈兄长，“子”为晚辈的通称，而“男”是相对于女而言，在这样社会背景下出现的公、伯、子、男，并不带有政治社会意义。之后，“伯”往往被引申为部落首领或诸侯之长。“‘伯’作为严格意义上的五等爵称中的一种，其发生的时代似当晚在东周时期，故知以上所云伯为鲧、禹之爵称，颇不足信。事实上，伯鲧、伯禹之‘伯’当为古代部落首长的称号。”③

关于“伯”字的本义，《说文解字·人部》：“伯，长也。”对于先秦文献中出现的某些“伯”字，在后世的注疏中也多有解释为“诸侯之长”的。例如：《周礼·春官》云：“九命作伯。”郑司农注：“长诸侯为方伯。”贾公彦疏：“伯，长也，是一方之长也。”《荀子·王霸》：“虽在僻陋之国，威动天下，五伯是也。”杨倞注云：“伯，读为

① 李玉洁：《先秦史稿》，北京：新华出版社，2006 年版，第 46 页。

② 聂石樵先生云：“禹称帝前曾为夏伯，所以称伯禹。”（聂石樵：《楚辞新注》，上海：上海古籍出版社，1980 年版，第 59 页。）

③ 周书灿：《中国早期国家结构研究》，北京：人民出版社，2002 年版，第 12 页。

霸,又如字,诸侯之长为伯,《春秋左传》策命晋侯为伯也。”

显然,带有“伯”字称谓的部落或氏族首领,具有高于其他部落一般首领的政治地位。

(二)“牧”“师”的社会政治地位

牧作为地方官吏的称号,史书中不乏其例。《周礼·天官》:“乃施典于邦国,而建其牧。”郑玄注:“以侯伯有功德者加命作州长谓之牧,所谓八命作牧者。”《礼记·曲礼》:“九州之长,入天子之国曰牧。”郑玄注:“每一州之中,天子选诸侯贤者以为之牧也。”《尚书·尧典》载:“咨十有二牧曰:‘食哉惟时。’”陆德明音意:“牧,牧养之。”孔颖达疏:“州牧,各监一州诸侯。”又云:“(舜)居摄之时,始置十有二州。”黄度云:“舜始置十二州,州置牧。……牧统理诸侯。”在解释“咨十有二牧”时,孔颖达云:“言咨十有二牧,故为谋也。立君所以牧民,民生在于粒食,是君所重。”黄度云:“《禹贡》九州,冀、清、徐、扬、梁、雍,皆有戎夷,统于牧伯,以为外臣。”《尚书·虞书·益稷》:“弼成五服,至于五千,州十有二师。”孔颖达疏引郑玄语:“九州,州立十二人为诸侯师,以佐牧。……其制,特置牧,以诸侯贤者为之。师,盖百国一师,州十有二师,则州千二百国也。”

从上述文献的记载和注解来看,尧舜禹时期的“牧”是统掌一州的地方官员,由于一州之中有大小诸侯之国千数,所以又在“牧”之下设置了“师”,“师”负责管理教化百个诸侯国,以辅佐“牧”完成地方上的管理职责。

(三)伯、牧、师的社会政治地位存在一定的差距

对于君主、牧伯和诸侯之间的关系与社会政治地位,《春秋左传注疏》卷五十九哀公十三年云:“王合诸侯,则伯帅侯牧以见于王;伯合诸侯,则侯帅子男以见于伯。”杜预注曰:“伯,王官;伯,诸侯长。”孔颖达疏云:

> 五官之长曰伯,是职方也。九州之长入天子之国曰牧,于外曰侯。职方者二,伯各主一方州长者,州牧各主一州。《周礼》所谓八命作牧,九命作伯是也。王合诸侯,则伯帅侯牧,当如《康王之诰》大保帅西方诸侯,毕公帅东方诸侯以见于王也,计当尽帅诸侯,独言帅侯牧者,举尊而言其实尽帅之也。伯合诸侯,则侯帅子男,侯谓牧也,牧帅诸国之君见于伯也,亦当尽帅在会诸侯,独云子男,举小为言其实亦见在会者尽帅以见伯也。

在五等爵制中,“伯”是低于“公”“侯”,高于“子”“男”的一种爵位,但从上述文献中的注疏来看,“伯”并非指五等爵制的“伯爵”。尧舜禹时期的“伯”具有比

"牧"更高的政治地位和更大的权力。从"王合诸侯,则伯帅侯牧以见于王"可知,"伯"应该是雄霸一方,权力在诸多诸侯之上、介于"君主"和"诸侯"之间的一种职位称号。"伯禹"的称号表明,大禹以有崇部落的首领身份在接受舜的领导的同时,又具有统领有崇部落周边众多部落的权力。"牧"为州长,其政治地位则低于"伯"、高于一般诸侯,在"师"的协助下管理着一州的各项事务。尧舜禹时期的"州牧",即为当时各州的行政长官,是国家政权的重要组成部分。

尧舜禹时期的国家结构是较为清晰的,形成了以君主为中心、由百官组成的统治集团,统治集团内部已经有了职责明确的分工,地方上形成了具有行政区划意义的分级管理系统。尽管整个社会的基层组织没有摆脱氏族部落的烙印,但对于整个社会来说,职能部门的出现、法律制度的制定和实施、行政体系的完备,足以说明当时已形成国家的基本框架。

(作者单位:许昌学院)

论大禹对中国古代诏令体式的建构

丁太勰

摘要:诏令,指中国古代社会以帝王命令形式颁布的下行公文。最早的诏令产生于夏朝,《尚书·大禹谟》记载的《禹誓》,以及《周书》所载的《禹禁》,是中国古代诏令的源头,对后世之“征讨诏”“劝农诏”等在体制、结构、风格方面都产生了深远的影响;而大禹诏令所承载的特殊政治功能,不仅是中国政治文明的一个组成部分,也深刻影响了后代诏令的制度、法律、文化的人文内涵。所以说,大禹对中国古代诏令体式的建构具有重要意义。

关键词:大禹　诏令　体式　建构

诏令,指中国古代社会以帝王命令形式颁布的下行公文。先秦时并无固定名称,至秦代始定名为“诏”,汉代以后又别称之为制、诰、策、敕。关于诏令起源,史学界一直存在争议。从现存文献考察,谓诏令起源于《尚书》殆无异议。北齐颜之推《颜氏家训·文章》曰:“诏、命、策、檄,生于《书》者也。”[①]南朝梁刘勰《文心雕龙·宗经》亦曰:“诏策章奏,则《书》发其源。”[②]清姚鼐《古文辞类纂》更明确指出:“诏令类者,原于《尚书》之《誓》《诰》。”[③]关于诏令产生的时间,《文心雕龙·诏策》

---

① (北齐)颜之推著,王利器注:《颜氏家训集解》,北京:中华书局,1993 年版,第 237 页。

② (南朝梁)刘勰著,范文澜注:《文心雕龙注》,北京:人民文学出版社,1958 年版,第 22 页。

③ (清)姚鼐著,高步瀛笺:《古文辞类纂笺》,长春:吉林大学出版社,1997 年版,第 901 页。

曰："昔在三代，事兼《诰》《誓》。"[1]可知，最早的诏令应产生于夏朝。三代以夏为先，大禹是夏王朝开国之君，因此《尚书·大禹谟》记载的大禹伐有苗而誓于师旅的《禹誓》，以及《周书》所载的《禹禁》则成为中国古代诏令的源头，对于诏令体式的建构具有重要意义。其体制、结构、风格等方面都对后世诏令也产生了深远的影响。而诏令所承载的特殊政治功能也一直成为中国政治文明的一个组成部分。这一问题一直未引起学界注意，故不揣简陋论述如下。

一、大禹对中国古代诏令体制的建构

文章体制是对某一类具有共同特征的文章在名称、体裁、要素、格局等方面的规定与要求。大禹之《禹誓》《禹禁》是王权专制的衍生物，具有特殊的政治功能与文体特征，对中国古代诏令体制的建构有重要的意义。

《文心雕龙·诏策》曰："誓以训戎，诰以敷政。"所谓誓者，誓众之词，训诫军旅。"誓"起源于大禹，《尚书·大禹谟》记载了禹征有苗而誓于师旅之《禹誓》："济济有众，咸听朕言。非惟小子，敢行称乱。蠢兹有苗，昏迷不恭，侮慢自贤，反道败德，君子在野，小人在位，民弃不保，天降之咎，肆予以尔众士，奉辞伐罪。尔尚一乃心力，其克有勋。"[2]尧、舜统治时期，黄河流域华夏统治联盟与长江流域苗蛮部落联盟之间，为争夺中原地区屡起冲突，战争持续数十年。关于战争之起因，《尚书·吕刑》有详细记载。至禹时，华夏部落联盟力量进一步强大，适逢三苗遭遇自然灾害，禹乘机出兵，在战场上射杀三苗首领，苗蛮部族势力自此衰微，黄河流域华夏部落联盟取得最终胜利。这场胜利不仅推动了夏王朝的产生，更奠定了中国历史上以中原为核心的政治格局。分析大禹赢得这场战争的各种因素，其中不容忽视的一点就是战前的誓师之辞。这次誓师之辞，既有权威性，又有感召力，对于鼓舞士气、一举破敌起到了重要的作用。

《尚书》记载此次誓师之辞，首次以"誓"为名，后代多沿用此名，如夏启之《甘誓》、商汤之《汤誓》、周武王之《大誓》、周公之《费誓》、秦穆公之《秦誓》等，皆属此类。而且后世之"誓"在叙事要素、文章格局等方面都类似《禹誓》。以周武王之

---

① （南朝梁）刘勰著，范文澜注：《文心雕龙注》，北京：人民文学出版社，1958年版，第283页。

② （汉）孔安国传，（唐）孔颖达疏：《尚书正义》，北京：北京大学出版社，1999年版，第45页。

《大誓》为例:"今殷王纣,乃用其妇人之言,自绝于天。毁坏其三正,离逷其王父母弟。四方之多罪,逋逃是宗,是长、是信、是使,乃断弃其先祖之乐,乃为淫声,用变乱正音,以说妇人。故今予发,唯其行天罚。勖哉夫子,不可再,不可三。"①公元前1048年武王伐纣,至于盟津,作《大誓》告于诸侯。与《禹誓》类似,皆是攻伐之前的训诫军旅之辞,亦以"誓"为名:先揭敌方之罪,再言我方之义,最后勉励士众,其叙事要素、文章格局与《禹誓》相近。其他如《甘誓》《汤誓》《费誓》《秦誓》等,在体制上也都与《禹誓》近似。

及至秦汉,此类誓师之辞不再以"誓"为名。一则因王权一统之后,天子较少御驾亲征,因此很少战争前线的誓师之辞;二则因为"誓"的含义在历史发展中逐渐发生了变化,已不适用于新的文化语境;三则随着秦汉中央专制建立,诏令类文体发展渐趋完善,对《尚书》所谓的"王言"的名称也有了统一的规范,带有更加强烈的君主绝对权威的性质。据《史记·秦始皇本纪》记载,秦统一天下后,"改命为制,令为诏"。"制""诏"成为君主颁布命令的专属用语。汉承秦制,诏令体式进一步定型。此后,举凡誓师之辞皆以"诏"或"令"为名,如魏文帝《伐吴诏》、晋明帝《北讨诏》、南齐明帝《遣陈显达北讨诏》、北魏孝武帝《南征诏》、北周武帝《命晋公护东征诏》等。虽然名称发生了变化,然主体内容、叙事要素、文章格局仍与《禹誓》一脉相承。以南齐明帝《遣陈显达北讨诏》为例:"晋氏中微,宋德将谢,蕃臣外叛,要荒内侮,天未悔祸,左衽乱华,巢穴神州,逆移年载。朕嗣膺景业,踵武前王,静言隆替,思乂区夏。但多难甫夷,恩化肇洽,兴师扰众,非政所先,用戢远图,权缓北略,冀戎夷知义,怀我好音。而凶丑剽狡,专事侵掠,驱扇异类,蚁聚西偏,乘彼自来之资,抚其天亡之会,军无再驾,民不重劳,传檄以定三秦,一麾而臣禹迹,在此举矣。且中原士庶,久望皇威,乞师请援,结轨驰道。信不可失,时岂终朝。宜分命方岳,因兹大号。侍中太尉显达,可暂辍槐阴,指授群帅,中外纂严。"②南齐建武五年(498年)正月,明帝萧鸾诏令陈显达北讨后魏,以收复被北魏攻占的雍州。此诏先言"左衽乱华"的时世,再言举兵北伐的理由,后言军事首领的任命。将敌方罪行、民心向背、齐军声威的揭示,交织在阐释北伐理由之中。与《禹誓》相比,此诏篇幅较长,语言繁富,内容丰满,结构转接自如,但在基本体制上却并未逸出《禹誓》。此外,上文所述之晋明帝《北讨诏》、北魏孝武帝《南征诏》、北周武帝《命晋公护东征诏》等体制亦同《禹誓》。

---

① (清)严可均:《全上古三代文》,北京:商务印书馆,1999年版,第19页。

② (清)严可均:《全晋文》,北京:商务印书馆,1999年版,第42页。

《周书》所载之《禹禁》，类似后来的诰、戒。诰即颁布政令，昭告天下；戒即以道敕民，使行善道。"戒之用休，董之以威"（《尚书·大禹谟》）是其基本特点。《禹禁》正体现了这一特点："春三月，山林不登斧，以成草木之长。夏三月，川泽不入网罟，以成鱼鳖之长。且以并农力，执成男女之功。"①春天禁伐以养林，夏天休渔以养鱼，且集中农力，男耕女织，繁衍后代，持续发展，生生不息。这种生态智慧，对后世影响极其深远。如《周礼》记载的《山林之政令》、汉代大量的《禁毁令》《禁伐令》、后唐明宗《每年二月初禁止弋猎敕》等，不胜枚举。尽管在名称上略有差异，但后世大部分环保禁令仍以"禁"为名，且在体制上近似《禹禁》。以后唐明宗《每年二月初禁止弋猎敕》为例："春夏之交，长育是务，眷彼含灵之类，方资亭育之功。先有条流解放弹鹰隼。自此凡罗网射生，并诸弋猎之具，比至春初，并宜止绝。如有违犯，仰随处官吏，便科违诏之罪。起今后，每年至于二月初，便依此敕，晓示中外，盖循旧制，重布新规，宣谕万邦，永为常式。"②此敕解释禁伐禁猎之原因，说明禁伐禁猎之时限，申明违反禁令之后果。与《禹禁》相比，名称中都嵌有"禁"字，体裁一致，叙事要素、文章格局也相近，在体制上模仿《禹禁》，主体内容更为丰满。

综上，后代诏令虽在名称上或有变化，但是诏令的文章体制基本沿袭大禹诏令发展而来，因此大禹对中国古代诏令体制之建构，具有不可否认的创始意义，而且也成为古代律令的源头。

二、大禹对中国古代诏令结构的影响

《禹誓》虽然结构短小，却具有无可辩驳的逻辑力量，对后代诏令文体的结构产生深远影响。

《禹誓》内容可分四层：第一层"济济有众，咸听朕言"，为全文之提起。第二层乃诏令主体，以"蠢"为核心，揭露有苗的罪恶，凸显战争的正义性。以"昏迷"说明有苗氏未能清楚认识自身之实力与双方之格局，蠢之一也；以"侮慢"说明有苗氏在实力悬殊的背景下仍态度傲慢，自以为是，蠢之二也；以"自贤"与"反道败德"的对比，说明有苗氏表里不一、矫情自饰，蠢之三也；以"君子在野，小人在位"说明有苗氏小人在位，必乱其政，君子在野，民心尽失，蠢之四也。然后以"民弃不保，天降

① （汉）孔安国传，（唐）孔颖达疏：《尚书正义》，北京：北京大学出版社，1999年版，第9页。

② （清）董诰等：《全唐文》，上海：上海古籍出版社，1990年版，第498页。

之咎”说明有苗氏之“蠢”而造成的天怒人怨的严重后果。史载大禹征讨有苗氏之年,三苗地区遭遇极为异常的自然灾害,地震、洪水、雷鸣等不期而至,此即所谓“天降之咎”。第三层以“肆予以尔众士,奉辞伐罪”说明自己替天行道,申明征有苗氏之正义性与合理性。第四层以“尔尚一乃心力”严明纪律,敕令将士同心协力;以“其克有勋”勉励将士,建立功勋。整篇誓文围绕讨伐有苗氏的叙事主线,脉络清晰,逻辑严密,层层递进,一气呵成。

《禹誓》谋篇布局的手法直接影响了后世。如夏启之《甘誓》:“嗟!六事之人,予誓告汝:有扈氏威侮五行,怠弃三正,天用勦绝其命,今予惟恭行天之罚。左不攻于左,汝不恭命;右不攻于右,汝不恭命;御非其马之正,汝不恭命。用命,赏于祖;弗用命,戮于社,予则孥戮汝。”①启继承父亲禹的帝位,建立第一个奴隶制国家——夏朝,有扈氏因为反对废除禅让制,而不愿归顺夏启。于是夏启于甘地誓师,攻伐有扈氏。这篇誓文也比较简短,亦分四层。先叙有扈氏“威侮五行,怠弃三正”之罪,轻视象征天意、关乎民生的五行之说,怠慢天子任命的三卿;再叙其违背天意“天用勦绝其命”的严重后果;接着强调自己替天行道、师出有名的战争正义性;最后严明军纪、赏罚,激励士气。结构严谨,层次井然,与《禹誓》如出一辙。

后世之“讨诏”“征诏”“伐诏”等在结构上与《禹誓》也相当接近,以晋成帝咸和八年(333年)之《北讨诏》为例:“戎夷猾夏,神州倾覆。二帝辞宫,幽没虏庭。永言厥艰,夙夜慨愤。自闻江表,屡有事故。克平内难,始渐夷泰。征伐事大,役不再举。是以庙算待期,畜力观衅。今羯寇衰弊,王略弥振。时至理尽,天人玄应。大将军凉州刺史西平公骏,忠勋三代,义诚壮烈。总帅秦凉,为国宣力。今遣健步,克同征举。宜令影响相应,万里齐契。其先普告远近征镇、牧守诸军,并令诫严,须使还进讨,荡涤区宇,以雪国耻。其忠臣义士,徇功效命,必加殊赏,以旌勋节。”②永嘉之乱后,怀、愍二帝先后被掳,晋室南迁,偏安江左。北方士族也纷纷南渡,羯、羌、氐、鲜卑、匈奴等游牧民族趁机进入中原,建立与南方汉族政权相对峙的少数民族政权。自南渡以来,东晋多次谋求北伐,均以失败告终。咸和八年,晋成帝下《北讨诏》,以图克服神州。此诏也有四层意思:一是叙述“戎夷猾夏,神州倾覆”以及二帝“幽没虏庭”的覆国亡家之痛,突出北伐的意义;二是解释建都江表之后未能北伐及至今日举兵的原因:前因屡有内难,今已克平,又征伐乃国家大事,必须一战

① (汉)孔安国传,(唐)孔颖达疏:《尚书正义》,北京:北京大学出版社,1999年版,第172页。

② (清)严可均:《全晋文》,北京:商务印书馆,1999年版,第87页。

制胜，故“畜力观衅”，等待时机；三是阐明当前“羯寇衰弊、王略弥振”的双方政治态势的变化，说明北伐时机已经成熟：“时至理尽，天人玄应”，是为“天时”，前凉张骏占据陇西地区，向东晋称臣，“为国宣力”，是为“人和”，陇西与江左联合出兵，“影响相应，万里齐契”，可形成南北夹击之势，是亦为“地利”。天时、地利、人和兼备，从而说明北伐之必要性以及必胜的把握；四是明确军事部署，训诫军旅，以“以雪国耻”“加殊赏”“旌勋节”激励将士，鼓舞士气。四层意思环环相扣，逻辑严密，说理透彻，是在《禹誓》基础上的发展。其他如魏文帝《伐吴诏》、北魏孝武帝《南征诏》、北周武帝《命晋公护东征诏》等，亦同此诏。

相较于《禹誓》，《禹禁》结构较为简单，分为两层：先叙述保护生物资源的具体政策措施及意义，再阐明“执成男女之功”、实现可持续发展的最终目的。后世有关生态、农耕内容的诏令，显然与《禹禁》血脉相连。然随时代与环境之变化，后世之环保禁令内容的侧重点有所不同，可分为两类：

一是注重保护生物资源。如《汉书·宣帝纪》元康三年（前63年）六月诏：“前年夏，神爵集雍。今春，五色鸟以万数飞过属县，翱翔而舞，欲集未下。其令三辅，毋得以春夏擿巢探卵，弹射飞鸟。具为令。”[①]诏令春夏两季，三辅地区不得毁坏鸟巢，探取鸟卵，弹射飞鸟。所强调保护生态环境的禁令，在结构上沿袭《禹禁》前半部分。唐明宗《每年二月初禁止弋猎敕》等与此也非常相近。而且这种禁令后来还引入战争伦理之中，如周文王《伐崇令》曰：“毋杀人，毋坏屋，毋填井，毋伐树木，毋动六畜。有不如令者，死无赦。”[②]《说苑·指武篇》载：“文王将欲伐崇，先宣言曰：‘余闻崇侯虎蔑侮父兄，不敬长老，听狱不中，分财不均。百姓力尽，不得衣食，余将来征之，唯为民。’”[③]此令结构与《禹禁》前半部分类似，先列出保护崇国百姓生命、财产与生态安全的五点措施，条理清楚，后直接说明违反禁令之严重后果。

二是注重强调农耕经济。如汉文帝《劝农诏》《耕桑诏》、汉景帝《劝农桑诏》等，在结构上较《禹禁》后半部分复杂。如汉景帝《劝农桑诏》：“农，天下之本也。黄金珠玉，饥不可食，寒不可衣，以为币用，不识其终始。间岁或不登，意为末者众，农民寡也。其令郡国务劝农桑，益种树，可得衣食物。吏发民，若取庸采黄金珠玉者，坐臧为盗。二千石听者，与同罪。”[④]汉朝初立，与民休息，因此文景之时多“劝

---

① （清）严可均：《全汉文》，北京：商务印书馆，1999年版，第53页。
② （清）严可均：《全上古三代文》，北京：商务印书馆，1999年版，第9页。
③ （汉）刘向著，向宗鲁校证：《说苑校证》，北京：中华书局，1987年版，第377页。
④ （清）严可均：《全汉文》，北京：商务印书馆，1999年版，第22页。

农诏”。此诏先言农耕乃国家之本,对于民生具有重要意义;然后敕令郡国劝农桑之措施;最后说明对于违令官吏之惩罚。层次分明,脉络清晰,较《禹禁》之劝农,结构更为复杂。

值得注意的是,自汉之后,“禁伐令”几近湮灭,“劝农诏”逐渐增多。这应当与中国以农耕经济为主体的生产方式有关。重农必重耕地,随着人口增长与社会发展,耕地数量不能满足人口需求,因此有毁林开荒之举,“禁伐”与“劝农”之间出现争夺土地资源的矛盾局面。在此背景下,《禹禁》前半部分之生态智慧与结构模式,对后世之影响也就逐渐减弱了,而后半部分之“劝农”,则在新的环境下得到进一步发展完善。

三、大禹对中国古代诏令风格之影响

现存的两篇大禹诏令,纯用口语,语言简练,叙事简洁,说理简明,形成简要的风格,与《尚书》佶屈聱牙的整体风格大相径庭。而这两篇诏令又随所指对象不同而形成不同的风格。

《禹誓》为训诫军旅的誓师之辞,全篇句式以整饬的四言为主,斩截铿锵,风格简要而峻刻。首先以“济济有众,咸听朕命”提振全篇,“咸”字既是提示,也隐含王者的绝对权威。然后揭露有苗氏之罪,说明师出有名,“蠢兹有苗”,以一“蠢”字直指有苗氏未能认清大势所趋。三苗与华夏之利益争夺由来已久,尧舜苦心经营,意欲以德服苗,避免战争。彼时华夏政治联盟实力较强,且三苗遭遇天灾损失惨重,禹取三苗如囊中取物,然三苗“不恭”“侮慢”,一场大战在所难免。禹以“蠢”字表达对其“昏迷”之痛心疾首,暗含对三苗不主动归顺而终将覆亡的惋惜之意。“君子在野,小人在位”,通过对比说明三苗“反道败德”的现状,三苗首领的昏聩,贤愚颠倒的现实,以至于“民弃不保,天降之咎”的天怒人怨的混乱局面。连用十个简短有力的四言句,在语言节奏上迸发突进,气势如虹,情感激越,深刻淋漓。然后壮其军威,“肆予以尔众士,奉辞伐罪”。《尚书·大禹谟》记载:“帝曰:‘格,汝禹!朕宅帝位三十有三载,耄期倦于勤。汝惟不怠,总朕师。’”大禹经再三推辞之后,于“正月朔旦,受命于神宗,率百官若帝之初”[①]。可见禹征有苗氏之前,已摄政帝位,然此时仍强调自己是奉舜帝之命征伐三苗,态度庄重恭谨,更反衬出有苗氏的“侮

---

① (汉)孔安国传,(唐)孔颖达疏:《尚书正义》,北京:北京大学出版社,1999年版,第85页。

慢”“不恭”，凸显此次征讨的正义性与合理性。“尔尚一乃心力，其克有勋”，则是号召将士团结一心，克敌制胜，建立不朽功勋，极具感召力。刘勰《文心雕龙·诏策》提出了对征讨类诏令的风格要求：“治戎燮伐，则声有洊雷之威。”[①]作为帝王之令，《禹誓》虽然简短，却极具声威，语言简练，措辞斩截，达意淋漓，情感激越，从而形成峻刻的风格。

《禹誓》对后代的《甘誓》《大誓》《费誓》等产生了深远影响，如夏启之《甘誓》论有扈氏“威侮五行，怠弃三正”，说此次攻伐乃“恭行天之罚”；周武王之《大誓》说纣王“自绝于天”，论自己“唯天之伐”；汉武帝《击匈奴诏》论匈奴“书绝悖逆”，以“齐襄公复九世之仇”喻己之攻伐乃君子报仇；魏文帝之《伐吴诏》论“孙权小丑，凭江悖暴，因有外心，凶顽有性”，说自己伐吴乃“顺天行诛”等，与《禹誓》之“蠢兹有苗”“奉辞伐罪”一样，皆情感激越，风格峻刻。再如南朝宋文帝刘义隆的《北伐诏》：“河南，中国多故，湮没非所，遗黎荼炭，每用矜怀。今民和年丰，方隅无事，宜时经理，以固疆场。可简甲卒五万，给右将军到彦之，统安北将军王仲德、兖州刺史竺灵秀舟师入河，骁骑将军段宏精骑八千，直指虎牢，豫州刺史刘德武劲勇一万，以相犄角，后将军长沙王义欣可权假节，率见力三万，监征讨诸军事。便速备办，月内悉发。”[②]自晋室南渡以来，北方空虚而游牧民族涌入，拓跋鲜卑建立北魏政权，成为西北主宰，与南方汉族政权摩擦不断。至太武帝拓跋焘时，北魏“西定陇右，东灭黄龙，海东诸国，并遣朝贡”[③]，对南方刘宋政权造成极大威胁，因此宋文帝下《北伐诏》，以图收复河南故土。此诏的产生背景与《禹誓》相同，风格也比较接近。首先是语言简约质朴，如“河南，中国多故，湮没非所”，寥寥数字交代了河南乃中原故土而今沦陷的惨痛现实，言简意赅。其次是情感沉痛激越，“遗黎荼炭”，言在游牧民族铁骑之下，沦陷区的汉族士民生活的悲惨境遇。“荼炭”二字，表达作者对北魏暴行的激烈愤慨，然爱莫能助的“矜怀”怜悯之情，又使这种激越的愤慨之情愈显沉痛。第三是章法谨严有序，先言河南沦陷的惨痛现状，再言挥兵北伐的合情合理，最后明确北伐的战略部署。逻辑严密，层次井然，指事切要，谨严有序。如战略部署一层，依次说明兵力之分配、将帅之任命、战略之部署：“甲卒五万”“精骑八千”“劲勇一万”“见力三万”各有所属。右将军到彦之，统安北将军王仲德、兖州刺

① （南朝梁）刘勰著，范文澜注：《文心雕龙注》，北京：人民文学出版社，1958 年版，第 360 页。

② （清）严可均：《全宋文》，北京：商务印书馆，1999 年版，第 22 页。

③ （唐）房玄龄等：《晋书》，北京：中华书局，1974 年版，第 2331 页。

史竺灵秀、骁骑将军段宏、豫州刺史刘德武、后将军长沙王义欣,各司其职。或"舟师入河",正面作战;或"直指虎牢",精锐突袭;或"以相犄角",形成夹攻;或监征讨诸军事,总领征伐。战略部署清晰切要,井然有序。第四是气势劲健有力,如诏文末尾之"便速备办,月内悉发",其"速""悉"二字,以无可置喙之语气,彰显帝王不可挑战之权威,句式短而急促,措辞简约有力,形成诏文劲健之气势。

如果说《禹誓》风格偏重于"声有洊雷之威",那么《禹禁》风格则偏重于"文有春露之滋"。《禹禁》为劝农休养生息之诏,全篇以散句为主,间以前后对偶,句式错落有致,风格简而温婉。其诏语言简明扼要,如"春三月""夏三月",仅是点明时段,无任何修饰,不可删减一字,敕令百姓封林修渔也言简意赅。这一特点与《禹誓》近似。然其说理娓娓有致,如"以成草木之长""以成鱼鳖之长",是大禹对禁令原因之恳切解释,不居高临下,不以势凌人,足见其待民以诚,并非擅权专制,说理恳切而有情致。特别是文末"且以并农力,执成男女之功",再一次申述了颁布禁令之终极意义,以生态平衡、持续发展为手段,最终实现人口繁衍、生生不息。"执成男女之功"是对百姓的美好祝愿,在良苦用心中体现了大禹对百姓的眷眷深情。这种温婉的风格却又与《禹誓》颇不相类。但是作为帝王禁令,在温婉风格中仍然是"声有洊雷之威",如"山林不登斧""川泽不入网罟",两个"不"字,表现出作为具有法律强制作用之禁令,仍有令行即止的气势,不可侵犯的凛然威严。这又带有诏令语体风格的共同特征。

《禹禁》之风格对后世"禁伐""劝农"类诏令有深远的影响。第一,突出令行即止的帝王声威,如周文王之《伐崇令》,强调征战过程中最大限度地保护崇国百姓生命、财产与生态的安全,连用五个"毋"字严明纪律,以"死无赦"惩罚违禁者。以霹雳手段治军,为崇地百姓造福,措辞严厉,尽显声威。正如《文心雕龙·诏策》所论:"明罚敕法,则辞有秋霜之烈。"①周文王《伐崇令》将《禹禁》严厉的一面,发挥到极致。其他如北齐文宣帝于天保九年"诏限仲冬一月燎原,不得他时行火,损昆虫草木"②等,皆具法律强制作用,理正辞严,是对《禹禁》严厉风格的继承。第二,突出温厚和婉的亲民特征,如汉文帝《劝农诏》:"农,天下之大本也,民所恃以生也。而民或不务本而事末,故生不遂。朕忧其然,故今兹亲率群臣,农以劝之。其

---

① (南朝梁)刘勰著,范文澜注:《文心雕龙注》,北京:人民文学出版社,1958年版,第360页。

② (唐)李百药:《北齐书》,北京:中华书局,1972年版,第64页。

赐天下民今年田租之半。”[①]此诏语言质朴，平和自然，谦和诚恳，以情动人。这类诏令存世最多，风格也最为相近，其他如汉景帝、北魏孝文帝《劝农桑诏》，汉武帝、汉成帝、宋文帝、梁元帝《劝农诏》，北魏宣帝《躬劝农桑诏》等等，在风格上无不如此。

四、大禹诏令的政治功能意义

因诏令是以帝王命令形式颁布的下行公文，是中国古代政治文明的一个基本的风向标，而政治文明是人类文明发展到一定阶段在政治体制、政治效应、政治文化上的文明呈现，所以诏令这一文体具有特殊的政治功能。大禹诏令的这种政治功能包含着三个层面的意义：

第一，诏令承载的政治体制功能。蔡邕《独断》曰：“制诏者，王之言，必为法制也。”[②]由此可见，诏令颁布的主体是帝王，诏令产生于王权形成之后，而王权又形成于国家制度诞生之后，因此诏令是君主制度的衍生物。大禹究竟是夏王朝的奠基者还是开创者，学界尚有争论。笔者认为，大禹通过逐共工氏、征有苗氏等战争，逐步成为部落联盟的首领，也正是在一系列吞并其他部落的战争中，将势力范围从中原地区拓展至长江下游地区，建立了以中原为核心的政治格局。舜去世之后，大禹正式建立夏王朝。即位八年春，会诸侯于会稽，防风氏后至，禹杀之而陈尸，表现出浓郁的帝王集权的政治色彩。在中国历史上，大禹虽也多次禅让，但最终传位于其子启，开世袭制先河，正式形成中国早期奴隶制国家。刘勰将诏令追溯到三代的训戎之《誓》，实际上也就揭示了诏令颁布主体所具有的“王者言”的特殊政治内涵。也就是说，《禹誓》《禹禁》是中国最早的集权式君主专制的政治体制载体，因而成为中国帝王颁布政令的源头。

第二，诏令具有的法律效应功能。中国上古没有健全的国家法律制度，帝王的诏令往往就具有国家法律的政治功能，故蔡邕曰“必为法制也”。《禹誓》突出“奉辞伐罪”的君主权威，“其克有勋”的赏赐制度，成为后代战争诏令的法理依据。而《禹禁》也成为中国古代律令的起源，如云梦睡虎秦简《田律》、张家山汉简《田律》等，内容虽有不同，也都与《禹禁》密切关联。随着后世王权更为集中，所颁布的禁令更具有法律强制效果，在禁令之末尾，一般都用毋庸置疑的语气强调违反禁令的

① （清）严可均：《全上古三代文》，北京：商务印书馆，1999年版，第13页。

② （梁）萧统编，（唐）李善注：《文选》，北京：中华书局，1977年版，第500页。

严重后果,如上文所举的《伐崇令》"有不如令者,死无赦",《每年二月初禁止弋猎敕》"如有违犯,仰随处官吏,便科违诏之罪"等,这是对《禹禁》结构的新发展,也显示了后代这类诏令所承载的政治功能发生了相应变化。虽然诏令的内容、风格各有不同,但是都表现出"合法的强制力量"。而"合法的强制力量是贯穿政治体系活动的主线,使之具有作为一个体系特有的重要性和凝聚性"①。大禹的诏令体现的带有权力意志的法律效应,诏令突出地带有普遍公理的法律特征,具有凝聚政治集团内部向心力的政治功用,为后代君主所普遍效法。

第三,诏令蕴含的政治文化功能。就其表现而言,诏令是君主集权的载体;就其本质而言,诏令是上古法律的载体,因此是一个时代政治文化的核心。按照阿尔蒙德的观点:"政治文化是一个民族在特定时期流行的一套政治态度、信仰和感情。"②大禹的两篇诏令蕴含着两层政治文化意义:第一,《禹誓》所谓"非惟小子,敢行称乱"云云,揭露敌方罪恶,突出战争的正义性,成为后代战争政治伦理的依据,后代有关战争的诏令几乎无一例外地遵循这一战争伦理原则;第二,虽然上古人类即注意人与自然环境和谐发展,《史记·五帝本纪》即记载了黄帝、炎帝等对于生态平衡的朴素认识,然只有史迹可寻,不见确切的文献记载,且当时王权尚未形成,因此关于保护生物资源的片言只语,只有劝勉之作用,并不具备诏令的政治职能。历史上第一篇保护林业、渔业资源的禁令即是《禹禁》。《禹禁》所蕴含的可持续发展的生态智慧、使民以时的治政方针,在后代的这类诏令中已经积淀为一种政治态度,从而产生深远影响。

总的说来,大禹之《禹誓》《禹禁》对后世之"征讨诏""劝农诏"等在体制、结构、风格上产生了深远的影响;大禹诏令所承载的政治功能,也深刻影响了后代诏令的制度、法律、文化的人文内涵。所以说,大禹对中国古代诏令体式的建构具有重要意义。

绍兴市哲学社会科学研究"十二五"规划2015年度重点课题"论大禹对中国古代诏令体式的建构"(编号:125J146)。

(作者单位:浙江越秀外国语学院)

① A.阿尔蒙德著,曹沛霖等译:《比较政治学》,上海:上海译文出版社,1987年版,第24页。

② A.阿尔蒙德著,曹沛霖等译:《比较政治学》,上海:上海译文出版社,1987年版,第29页。

大禹妻说的文化演变

刘丽萍

摘要：禹娶妻涂山是史载历史，然而历代大禹妻的神话传说演变良多，以至于模糊了大禹妻的确定性。大禹妻说的文化演变多是围绕婚恋情节展开的，其中涉及的主角主要有八位：涂山女、令妾、九尾狐（女娇）、少姨、圣姑、仪狄、玉女、瑶姬。由于宗教的渗透、政治的需要、世俗的偏好丰富了大禹妻的故事，在混淆其确定性的同时，更要对其文化演变过程进行梳理。

关键词：大禹妻　婚恋神话　传说文化演变

史前社会的文明记录载体不是文字，而是通过人们口口相传实现的，这期间产生了其文明的范本——神话。随着时间的推移，后世逐渐对神话进行符合每个“当下”的演绎，以至于改变了神话幼稚却真实的面庞，大禹妻就是被改编的一位。从古籍记录来看，《尚书·皋陶谟》《楚辞·天问》《战国策》《史记》《吕氏春秋》《吴越春秋》《汉书》《旧唐书》《宋史》《太平御览》等书中都有涉及禹妻的内容。经过搜集梳理出大禹神话传说中的八位婚恋对象，她们分别是：涂山女、令妾、九尾狐（女娇）、少姨、圣姑、仪狄、玉女、瑶姬。与之相关的神话传说出现的时间先后是怎样的？有什么变化？为什么会有这样的变化呢？

一、大禹妻说的最早记载

大禹娶妻涂山女最早追溯到《尚书·皋陶谟》，“予（禹）创若时，娶于涂山。辛壬癸甲,启呱呱而泣,予弗子,惟荒度土功"①。这段也是大禹"三过家门而不入"神话故事的最早记录。其中"娶于涂山"一词,明确提到了大禹在涂山这个地方有婚嫁,但是没有说明是在涂山娶亲,还是娶的是涂山女,总的来说是在涂山地区结婚,这个应该是准确的史前信息。

《尚书》有古今文之别,人们往往对《尚书》创作的时代持疑。参考战国时屈原的《楚辞·天问》,其中记载道:"禹之力献功,降省下土四方,焉得彼嵞山女,而通之于台桑?"②禹尽力于治水的功业,而下去视察各地的情况,从何获得和涂山氏女在台桑国通婚机会呢?屈原用了一个"通"字,是因为屈原是代表战国时期的南方神话体系,大禹在神话中被定位为效力于舜帝的神,究竟为了什么急匆匆地与涂山氏结婚,这里屈原表示了对大禹婚事的质疑。

司马迁《史记·夏本纪》:"禹曰:'予(辛壬)娶涂山,癸甲,(辛壬)生启予不子,以故能成水土功。'"刘宋的裴骃《史记集解》中认为"孔安国曰:'涂山,国名'"。唐代司马贞的《史记索引》:"杜预云'涂山在寿春东北',皇甫谧云'今九江当涂有禹庙',则涂山在江南也。"《系本》曰:"'涂山氏女名女娲'是禹娶涂山氏号女娲也。"司马贞《史记正义》中认为"禹辛日娶,至甲四日,往理水,及生启,不入门,我不得名子,以故能成水土之功。"③以上解释再一次表明最早的记载是:大禹娶了一位涂山地区或者涂山国的女性为妻。

二、涂山女"令妾"说的辨析

吕不韦的《吕氏春秋》将大禹妻的故事进行了变异和生动演绎。《音初》篇中提到了一个到涂山南山坡候禹的"令妾":

> 禹行功,见涂山之女,禹未之遇,而巡省南土。涂山氏之女乃令其妾候禹涂山之阳,女乃作歌,歌曰:"候人兮猗!"实始作为南音。周公及召公取风焉,以为《周南》《召南》。

那么这个"妾"是什么意思呢?"妾"字是会意字,表示有罪的女子,本义是女

① 孙星衍:《尚书今古文注疏》,北京:中华书局,1936年版,第113页。
② 聂石樵:《楚辞新注》,上海:上海古籍出版社,1980年版,第126页。
③ (汉)司马迁:《史记》,北京:中华书局,1982年版,第81页。

奴。在战国之前主要用“媵”作为丈夫的姬妾。战国之前“媵”与“妾”虽并存,但当时的“妾”与后来所说的“妾”有所不同。“妾”在先秦以前是指女奴。《古代汉语词典》解释“妾”的本意是女奴。《察微》篇记录:“鲁国之法,鲁人为人臣(臣:男奴隶)妾于诸侯,有能赎之者,取其金于府。”①奴隶制后期中国历史上对应的是战国以后,男主人往往和女奴发生性关系,甚至使女奴成为专属于男主人的性行为对象,于是妾的词义才开始改变。“妾”的含义从女奴开始向庶妻过渡。

由此可以说明《吕氏春秋》中的涂山氏女令妾候禹传说之“妾”,的确是涂山女的一个女奴,吕不韦所在时代看到了我们看不到的一些史料,能记录到周公和召公时期,推定他所参照的史料是夏商周以前的,那么此一时期的“妾”字应该是女奴隶的意思,并无后代的庶妻之意。

三、女娇—九尾狐说

汉代神化政治——谶纬盛行,从赵晔的《吴越春秋》开始,禹妻的身份变得越来越扑朔迷离,逐渐从神圣的神话走向世俗的传说。

“女娇”一名出现于汉代赵晔的《吴越春秋·越王无余外传》,其文曰:“禹三十未娶,恐时之暮,失其制度,乃辞云:‘吾娶也,必有应矣。’乃有九尾白狐,造于禹。禹曰:‘白者吾之服也,其九尾者,王者之证也。涂山之歌曰:绥绥白狐,九尾庞庞。我家嘉夷,来宾为王。成家成室,我造彼昌。天人之际,于兹成行。明矣哉!’禹因娶涂山,谓之女娇。”

著名神话学研究专家袁珂对这段进行注解:“此即郭注所谓‘为瑞’之意。郭指的是东晋道学术数大师和游仙诗的祖师郭璞。考汉代石刻画像及砖画中,常有九尾狐与白兔、蟾蜍、三足乌之属并列于西王母座旁,以示祯祥。九尾狐象征子孙繁衍。”②之所以将涂山女和九尾狐结合起来,是汉代赵晔受到道家思想(仙化、吉瑞思想)、时代观念(婚嫁、繁衍子孙)的影响所致。《吴越春秋》中大禹妻形象的变化是汉代谶纬思想影响的结果,为了美化政治皇权,大禹妻涂山氏的形象演变成了有仙道色彩的狐形象。

---

① 《古代汉语词典》,北京:商务印书馆,2005年版,第1242页。

② 袁珂:《中国神话传说词典》,上海:上海辞书出版社,1985年版,第14页。

四、少姨说

在今天登封市区西北有太室山和少室山山庙。除此之外,河南禹州市城南四公里的柏塔山上,也有少姨庙,又称二姨庙或禹妃庙。据当地人传说:二山都是由大禹的妻妾而得名。太室象征着大禹之妻女娇,少室象征着大禹之妾,后者是女娇的妹妹,古代妹妹随姐姐一同出嫁,作陪房,称为娣。女娇"化石"之后,儿子启就由少姨抚养成人。少室山下有少姨庙,也称二姨庙,供奉的就是"少姨"。少姨庙的盛传,见《旧唐书》卷二十三《礼仪志三》记录:"则天(武则天)证圣元年,将有事于嵩山,……封启母神为玉京太后,少室阿姨神为金阙夫人;王子晋为升仙太子,别为立庙。登封坛南有槲树,大赦日于其杪置金鸡树。则天自制《升中述志碑》,树于坛之丙地。"

南宋罗泌的《路史·第九卷·余论·九启母石》情况就不同了:"元封元年,武帝幸缑氏,制曰:'朕用事华山,至中岳,见夏后启母石。'伏云:'启母化为石,启生其中。地在嵩北,有少室姨娘庙。登封北十二里,云启母之姨,而偃师西二十五里复有启母小姨行庙。'"

少姨传说同样是道教神化思想创造的结果。《汉书·地理志》说少姨和女娇同为一姓——涂山;并且均被汉人视为神被供奉,在嵩山还有少姨庙用以佐证此传说;五代《旧唐书》、南宋《路史》都记录了唐女皇对于启母、少姨的政治加封和崇奉。少姨说的变化反映了汉唐以来成家立业,姊妹共嫁一夫的世俗观念。

五、圣姑说

汉人赵晔的《吴越春秋》有最早出现这个词的记录,"山覆盎釜之中,有金简玉字之书,黄帝之遗谶也。山下有禹庙,庙有圣姑像"①。北魏纬书盛行。北魏《水经注》记录的《礼乐纬》中:"禹治水毕,天赐神女,圣姑即其像也。"②虽然纬书在过去的史家看来事不足证,但是作为传说,无疑是再一次丰富了其生动性。为了犒赏大禹治水的功绩,上天赐予神女以示奖励,圣姑是其塑像。

南朝"圣姑"变成了"神姑",一字之变,强调了圣姑的"神性"。梁孝元帝萧绎

---

① (东汉)赵晔:《吴越春秋》,上海:商务印书馆,1936年版,第135页。

② (北魏)郦道元撰,陈桥驿主编:《水经注》,杭州:浙江古籍出版社,2001年版,第617页。

在《金楼子·兴王篇》中详细描述了神姑像："禹殂，葬会稽。庙中有铁屎铁荚石船，庙里有涂山神姑之象，珠玑为帐，宝玉周华，诸庙莫及。"这些记录表明梁代会稽禹庙香火很旺，"诸庙莫及"。涂山氏被奉为神姑，在寺庙中其塑像被众人崇奉，这是南朝的宗教和世俗祭祀将大禹妻神圣化、宗教化异变的结果。

六、仪狄说

大禹妻传说中还有一个叫仪狄的人，见于三处典籍。一是《战国策》，其《魏策二之十八·梁王魏婴觞诸侯于范台章》有一段记载："昔者帝女令仪狄作酒而美，进之禹，禹饮而甘之，遂疏仪狄，绝旨酒。曰：'后世必有以酒亡其国者。'"二是《吕氏春秋·勿躬》列举了20位发明家，其中就有"仪狄作酒"，并评论说："此二十官者，圣人之所以治天下也。"这里所说的"官"，是指执掌各种制作的官员。三是佚书《世本》同载"仪狄始作酒醪，变五味，少康作秫酒"①。

以上三处都说明仪狄与酒有关，或者是酒的发明人，或者是敬酒的侍女。在这段文字中，"禹饮而甘之，遂疏仪狄"常常给人以误解，仪狄曾一度被禹所亲近，有禹妾之嫌。《战国策》意指鲁君以大禹绝酒，疏远制酒之人仪狄为例，向梁王劝谏"君王切勿贪图享乐"。

唐代《北堂书钞》卷第一百四十八中，引此文则作："昔者黄帝女仪狄作酒而美，进之于禹。"指明了"帝女"是"黄帝女"。但宋代鲍彪《战国策校注》说："帝女，盖尧舜女。"不论仪狄是黄帝还是尧舜的女儿，抑或只是一位掌管酒制作的女官或者女仆，至多只是有机会接近禹而已，并无大禹妻妾之说。

七、玉女说

"玉女"一说出自清代人马国翰的《玉函山房辑佚书》辑《礼纬含文嘉》："禹卑宫室，垂意于沟洫，百穀用成，神龙至，灵龟服，玉女敬养，天赐妾。"同样，谶纬和道家思想的标志性词汇：神龙、灵龟、玉女。崇神尊灵服玉是道教修习信奉的内容，另外赐大禹以妾，这是战国后期才出现、唐宋以来盛行的社会现象，所以禹妾之说纯粹是道教取悦人民、刻意神化自己的结果，是子虚乌有之说。

① (清)茆泮林辑：《世本》，北京：中华书局，1964年版，第117页。

八、瑶姬说

瑶姬出现于五代蜀道士杜光庭的《墉城集仙录》。该书是一本道教神仙传记。《太平广记》引此书说:

云华夫人,王母第二十三女,太真王夫人之妹也,名瑶姬,受徊风,混合、万景、炼神、飞化之道。尝东海游还,过江上,……时大禹理水驻山下,大风卒至,崖振谷陨,不可制。因与夫人相值,拜而求助。即敕侍女,授禹策召鬼神之书。因命大神狂章、虞余、黄魔、大翳、庚辰、童律等,助禹斫石疏波,决塞导厄,以循其流,禹拜而谢焉。禹尝诣之崇巘之颠,顾盼之际,化而为石。或倏然飞腾,散为轻云;油然而止,聚为夕雨。或化游龙,或为翔鹤,千态万状,不可亲也。禹疑其狡狯怪诞,非真仙也。问诸童律。律曰:"云华夫人,金母之女也,非寓胎禀化之形,是西华少阴之气也。在人为人,在物为物,岂止于云雨龙鹤,飞鸿腾凤哉!"禹然之。①

这是唐末五代的晚期神话,属于道教的神话系统。学者们称之为"仙话"。仙话是发展了的神话。引文中的"瑶姬"具有以下特点:第一,瑶姬的形象,已由战国时传说中的爱神——巫山神女,变为唐末五代时期的神仙了。在瑶姬助禹治水过程中,她不再是充满世俗男欢女爱的神女,而有点类似救苦救难的观音菩萨了。其角色在故事中的定位是助禹而不是欢爱。第二,瑶姬的形象与其说是一位人形神仙,毋宁说她是一团气,即所谓"西华少阴之气"的化身。其形或聚或散,或人或物,飘忽渺茫,变幻不定,处处都体现了气的特点,是道教理念的体现。第三,大禹由神化而人化,原来的神力和权威消失殆尽,成为在神灵面前顶礼膜拜的人。瑶姬在这个传说中俨然是助禹者,而没有涉及男女之间关系的问题,更无妻妾之说。

八、结语

大禹妻说最早的史料明确指向涂山氏。后来传说中出于种种需要演绎的妻妾版本,虽然让大禹妻的确定性显得模糊,但是却大大丰富了传说故事。也许从历史

① 李昉编,王汝涛选注:《太平广记选》,济南:齐鲁书社,1980年版,第1144页。

事实的确定性方面来说是模糊了禹妻的唯一，但是从文化的丰富性方面来说，正是由于宗教、政治、世俗偏好的机缘，才促成了大禹神话传说的丰富。

首先从宗教角度看，道教对大禹妻说的文化演变影响最大。从神话历史时期开始提取大禹的天神角色，到以男女世俗爱恋为主题，无不是受道教浸染。尤其是秦汉以来，方术神仙之说盛行。淮南王雅好神仙，汉武帝以方士为郎，《虞初周说》几近千篇。这些流风所及，模糊了《尚书》《天问》中的大禹妻的确定性和原始性，但是却让大禹妻从神坛上走下，以涂山女、令妾、九尾狐（女娇）、少姨、圣姑、仪狄、玉女、瑶姬八种面目出现，故事生动，形象符合当时当地人们对道教仙姑的想象。

其次从政治角度来看，文人如屈原、司马迁、戴德等善于从儒家正统思想、政治大局来定位大禹，故而多突出其"治水功绩""奠定九州""公而忘私"的特点，大禹妻的形象只是陪衬，以衬托大禹乃有德圣君。所以大禹妻的"小家"之事，不是政治关心的重点，自由发挥的余地大些。

再次从世俗角度来说，人们改造大禹妻形象代表朴素的女性，是人民意愿的表达；又"大禹妻"形象能历千年犹存，恰在于人们对其生动化、时代化的改造。从百姓的偏好出发，大禹妻文化演变的焦点常常落在大禹和其妻"娶妻成生子家""妻妾侍一夫""贪图酒色名利""祭拜参神可得助力"等处，如众采杂说的《吕氏春秋》，其变化趣味停留在世俗层：大禹好酒，大禹有妾。而汉代的谶纬说则将大禹塑造成与仙家之玉女、瑶姬出处交游的仙家，男女交游正是世俗再正常不过的事情了。越是大众的，才越是民族的文化①，这正是大禹传说历久弥新的真正动力。

总之，大禹妻说随同大禹在传说和历史的游走中保持其高调的文化传播特点，是历代封建统治者对大禹精神及其文化的高度认同，是宗教思想政治教义本土化的需要，是民众与时俱进生活化"神话"的结果。

（作者单位：浙江越秀外国语学院）

① 张云德：《民族文化与文化的民主化思考》，《人民论坛》2012 年第 17 期，第 148 页。

会稽神话系统:大禹文化的文学史意义

王嘉良

大禹文化作为一种历史遗存,作为由神话传说衍生的文化形态,与其说存在于实存状态中,不如说更多地显现于想象性建构中,由是遂有禹生多地的说法,至今仍是众说纷纭、莫衷一是。但"禹会会稽"说,无疑是极为重要的一种。这不但有演绎神话传说的大量历史文献可据,而且还有作为体现"历史遗存"的大禹陵、禹风的承传与流布、姒姓后裔集聚等可证。顾颉刚先生认为禹是"南方民族神话"中的人物,并将"会稽神话系统"推定为上古南方神话的一个代表,应该是有相当合理性的。大禹的真实存在,该"落户"何处,当然也是至关重要的话题,这且留待历史学家、考古学家去发掘、去论定;我们这里只说文学,只说产生在南方的以禹为中心的会稽神话系统,因为这是确确实实、无可否认的存在,以此去阐释大禹文化的文学史意义,当不无意义与价值。

一、会稽神话系统的丰富文学蕴含

大禹文化生成于史前期,不可能有文学形态的文字记载,即使是为学界所公认的与禹有关联的原始歌谣《弹歌》《候人歌》等,亦只能见之于《吕氏春秋》之类后人的著述中。但这并不妨碍我们对大禹文化的丰富文学蕴含的认识。因为在漫长的文化历史流转中,有关禹的活动及其精神现象的描述,曾有不绝如缕的神话传说,且遍布于华夏民族的多个地域,而产生于越地的会稽神话系统的建构,恰是其中最具特色的一种。诚如柯灵先生所说:"浙江的文明曙光,深入鸿蒙,直追远古。史称'古有三圣,越占其二',舜培佳谷,使人免于茹毛血;禹治洪水,使人免于为鱼鳖。"

(《浙江文学志·序言》)上古时期在会稽地域流传的以禹为中心的神话传说,内容丰富,指涉面广,不乏“禹会会稽”“禹娶涂山”“禹葬会稽”“会稽鸟耘”等多样形象描绘,构成一个完整的瑰奇多姿的神话系统;这个神话系统又成为后世诸多历史文学叙事的创作母题,产生出体大量多的大禹文学文本,其昭示的丰富深邃的文学意义不可小觑。就文学性元素审视,“会稽神话”当是极具文学价值的神话历史叙事。概括言之,会稽神话系统在下述三种文学元素中显出显著特色。

(一)驰骋丰富文学想象的神话历史叙事

神话作为文学样式之一种,不可或缺的是创作者的丰富想象力。我国上古时期的许多著名神话,如盘古开天地、女娲补天、黄帝擒蚩尤、大禹治水、精卫填海等等,对应着创世神话、始祖神话、战争神话、洪水神话等等,是先民们对充满无穷奥秘的大千世界的一种阐释,其中大量的是想象性、创造性发挥,由是遂有上古神话的无穷魅力。在会稽神话系统关于大禹的元叙事中,文学的想象性元素的运用,亦与上述神话有异曲同工之妙。如“禹会会稽”中大禹“忧民救水”的描述,“会稽鸟耘”中一种“百鸟佃于泽”的“神鸟”的刻绘,许多都是超越于现实世界的想象性创造,于此恰恰展现出神话历史叙事独具的艺术功力。

(二)创造崇高精神质素的大禹文学形象

文学创作是以人为中心的,形象创造是其不可或缺的元素,神话历史叙事亦然。会稽神话叙事的核心情节是“大禹治水”,其神话系统便是以禹为中心展开的,大禹形象的创造就成为这个系统中最核心的成分。就文学价值视之,“会稽神话”中的大禹形象,不独色彩鲜明、精神可嘉,而且还有远较其他神话形象更值得称道之处。最突出的特点,是其塑造的大禹,是“神”亦是“人”,而且“人”的因素显然要重于“神”,若是将其与其他神话中创造的形象如女娲、颛顼、共工、夸父、后羿等等相比较,他显然更具“人”性,也更惹人喜爱。由是,就有后世对“平民化”大禹的认知,后世承传、延伸的大禹文学,对这个系统的再发挥、再创造,便有突出的文学成就。鲁迅在《故事新编·理水》中塑造的质朴、勤勉、为民请命的大禹形象,当是最典型的例证。

(三)蕴含多重审美元素的美学形态呈现

会稽神话系统之特具文学价值,且能长时期产生脍炙人口的艺术效应,还在于其编织的故事、描写的人物,经人们的丰富想象和不断的艺术加工,产生出风姿多彩的审美感受,显现出崇高、奇崛、瑰丽、浪漫等多样美学形态,给人以独特的艺术享受。这既体现在大禹治水的核心故事、核心人物中,也延展到大禹的其他生活画面。《越绝书》描述大禹治水场景尤详,其写会稽的水患险境:“西则迫江,东则薄海,水属苍天,下不知所止”;写洪水泛滥情景,是“动作若惊骇,声音若雷霆”。面对如此茫茫沼泽、浩浩洪水,便能创造出一位能疏河泽而注之海、驱蛇龙而放之菹的颇具崇高感的理想英雄。“禹娶涂山”的传说,演化出一个颇具浪漫色彩的爱情故事,而“白狐九尾造于禹”的想象,则添加了神话的元素,更使这个故事美丽动听。得益于多种美学因素的渗透,大禹文学的流传长盛不衰,这个神话系统也不断为后人所述说。

二、会稽神话系统的文学史价值

从文学史视角视之,大禹文化的文学史价值,作为文学形态呈现的会稽神话系统包含两个层面:一是系统本身的文学元素,二是依据这个系统产生的大禹文学。这两个层面互相勾连、互为作用:因系统的生成,为后起的大量大禹文学的产生创造了条件;而后起大量大禹文学的存在,则又印证了会稽神话系统的固有价值,尤其是文学史价值。在中国文学史上,以禹为中心创造的文学,体现在诗歌、小说、散文、戏剧等各种文学样式中,贯穿在古代、现代、当代的各个历史阶段。在当下振兴国学的文化氛围中,用文学表现大禹、阐释大禹,依然成为一个文化热点,几部颇有分量的长篇小说的推出,有力地证明了这一点。大禹文学无疑是中国文化史、文学史的重要构成之一,这一份宝贵的文化遗产目前尚未系统整理,有待于我们去认真地发掘、梳理与总结。

关于会稽神话系统与其产生的大禹文学的文学史意义,据笔者初步思考,主要可以概括如下几点。

(一)探源溯流,加深对中国文学史起源的认知

中国文学的起点,若按有文字记载者而论,当然只能推定于先秦文学,但如果就文学“源头”说,史前期的“口头文学”不应排除在外。我国远古的“口头文学”流传下来的不多,但其中神话部分却是相当丰富,它多表现为远古人民对自然及文化现象的理解与想象,是人类早期不自觉的艺术创作,理应进入文学史视野之内。会稽神话系统便是具有丰富文学蕴含的一种,其充满神奇瑰丽的神话传说,与我国其他流传甚广的神话系统,如昆仑神话系统、蓬莱神话系统等相比较,亦毫不逊色;而其用文学形态表现我国先民的生存方式、生活习惯、思维特征等,实是开了中国文学的先河。尽管它目前只散见于公元前的先秦古籍中,但随着考古的发现和研究的深入,必然会有对我国先民创造的早期文学的更多发现,从而加深我们对中国文学起源的认知。已有学者指出:随着近年来考古研究的不断发现,史学界已经在认

真思考重建中国上古史的问题，这意味着如何重新认识中国文学的起源问题，重新建构中国文学史，也是一个理应受到重视的话题（《殷商文学史的生成及其意义》，《中国社会科学》2015 年第 10 期）。此说甚是。笔者以为，会稽神话系统的存在，并在相当程度上体现出我国文学起源的诸多表征，其重要的文学史意义亦在于此。

（二）汲取精华，深化对中国文学传统、文学精神的认识

会稽神话系统以神话的形式展示一个民族英雄形象（鲁迅将其誉为“中国的脊梁”），这是中国文学史上最早的民族英雄形象创造，且对后世产生不竭的影响，由此凸显出其在文学史上独具的无可比拟的意义。神话传说是人类以想象的方式，按照人们的心理期待、愿望要求对自然现象、社会现象和人类自身所作的想象和描摹，由此便有人类对各种现象的创造性阐释。会稽神话系统创造的大禹形象，同样是基于人们的心理期待与愿望，于是就有了符合此种心理期许的艺术创造，并由此产生生生不息的艺术效应。通常人们对大禹历史功绩的评说，最主要的是两点：一曰治水，二曰立国。前者是指禹带领各诸侯部落和百姓与当时危害最烈的水患搏斗，原始时期人类受到自然条件的制约，生存需求是最重要的需求，禹克服各种艰难险阻取得治水胜利，自然功莫大焉；后者是其因治水的胜利，获得了诸侯和百姓的拥戴，统一了各部落，建立了夏王朝，实现华夏民族大一统，初步建构起“治世”格局：“天美禹德而劳其功，使百鸟还为民田，大小有差，进退有行，一盛一衰，往来有常”（《水经注 · 浙江行》），这当然也是人们的理想诉求。在此基础上，就有大禹文学形象的成功描绘。会稽神话的文学书写，提炼了大禹的种种美德，使之成为优秀中华民族文化的象征，其神话文学书写以爱国主义为核心的民族团结和国家统一精神，也为民族发展增强了亲和力和向心力，就历来为人们所关注。这种集聚中国文学传统与文学精神精粹的神话文学创作，必然奠定了其在中国文学史上的厚重地位。

（三）审视形式，拓展神话叙事的艺术考察

神话是中国文学史上最早出现的文学样式之一，它对后来的各种文学创作都产生或大或小的影响，其题材内容和各种神话人物与后世的文学创作往往有直接的渊源关系。但就整体而言，中国古代的神话传说毕竟数量偏少，倘若与古希腊文学中庞大的神话体系相比较，更是不成比例，从这个意义上说，我国古代为数不多的神话，终究还是弥足珍贵。这当中，会稽神话系统便显出特殊的意义与价值。在我国早期神话中，称以禹为中心的会稽神话叙事独占鳌头，并不过分。这取决于多重艺术因素，概括言之，表现在下述几个方面：一是人物形象更具“人性”的描写，乐于为人们接受，或直接为作家、艺术家提供了创作题材，或成为人们经常援引的

典故,而后世据大禹神话传说演绎的作品数量之多,这是其他神话传说难以比拟的;二是它丰富的想象和对自然物形象化的方法,对后世作家的艺术虚构及浪漫创作方法的形成,产生显在的或潜在的影响。最显著的例证是"禹娶涂山"说,在后来的历史文本中各有表述,取得不同的艺术效果;三是会稽神话透出写实与浪漫相结合的创作方法,融美学价值、历史价值与认识价值于一炉,显出多方面的艺术价值与意义。它除了集中展现大禹精神,对研究古代社会婚姻、家庭制度、原始宗教、风俗习惯等也具有多重参考价值。会稽神话系统无疑在中国神话史上有极重要的地位与意义。

三、会稽神话系统的地域文学史意义

会稽神话系统作为生成于特定文化地域的神话叙事,除了具有观照整体文学史的意义之外,它对于地域文化与文学的生成、发展、流布的作用亦不能低估,因而有必要对这个系统所具有的地域文学史意义作简略的探索。依据笔者的粗浅思考,下述两点应予特别注意。

首先是"会稽"地域的文学"源头"意义。据史书记载,"禹行功,见涂山之女",涂山氏女作《候人歌》。《吕氏春秋》认为《候人歌》是"南音之始"。"南音"即南方艺术的发生,其源头即在会稽神话系统。考察会稽地域的地理、气候、物象以及文献资料记载,《候人歌》当是上古时期浙江涂山一带的歌谣,神话研究家袁珂先生也持此说(参见袁珂《中国古代神话》),如此,则"南音"始自会稽说应该是有相当合理性的。而证之以会稽地域河流纵横、山林密布、薄近海岸等种种自然特征,恰是造成上古时期水患为害甚烈的征象,会稽先民对此有深切感受,这在《越绝书》《吕氏春秋》等古籍中有详细记述,这也为以"治水"为核心的会稽神话的产生提供了可能,从而印证了这个神话系统存在的合理性。"南音"的"源头"之说,为会稽(浙江)地域文学源起时间的前延,提供了有力证据。柯灵先生所说的"古有三圣,越占其二"(《浙江文学志·序言》),与史书所记载的神话传说大体吻合,也有其合理性。由此可以得出结论:浙江先民口头文学的产生,应视为浙江文学的源起,它远在汉字文明之前;上古时期浙江的原始文学虽邈不可寻,但传承至今的舜禹神话传说以及有史料记载的民歌、民谣,足以证明浙江文学有着厚重的历史积淀。

其次是具有鲜明的地域标记的文学个性意义。会稽神话系统在中国神话体系范畴内,它同其他神话系统比较,诸如昆仑神话系统、蓬莱神话系统、苍梧神话系统等,是一个独特的存在,体现出"地志书写"的特点。"地志书写"乃是一种地方书写，亦即透过特定地方或景观的描绘，牵引读者去认识或建构一个地方的历史人文特色，从而显出带有鲜明地域标记的文学个性意义。其突出的表征是：一是与地理生态环境相对应的文学生态呈现。一种文学艺术的生成与兴起，离不开原生环境的影响，地理季候作为独特的文化资源，往往给当地文学艺术烙上地方个性，并对其发生和传播起着无法替代的作用。会稽的多水环境，始终是会稽神话的主要表现对象，不独写“治水”离不开它，即使是表现“水”的两重性：水患与水利，即“水”在治水前的为害作乱与治水后的“百鸟还为民田”，同样是神话的重要表现内容。由会稽神话叙事发端，“水文化”一直是会稽（浙江）地域文学的表现重点，由此使文学焕发出不竭的表现力。二是由地域文化生态生成的标志性人物的重点书写。会稽神话叙事的最大特色是产生了大禹的神话。大禹先是出现于恶劣的“水”环境中，最终率领民众几经努力战而胜之，其不畏艰险、不屈不挠的斗士形象，便成为这个地域的标志性人物，成为人们的精神偶像。此种个性化的文学精神呈现，必然会在地域文化流布中产生重要作用。随着大禹神话在会稽的产生、流传，浙江先民曾奉他为“先祖”；关于大禹的种种神奇传说，至今仍绵延不绝，尤其在绍兴一带，这也有种种史实可证。这说明，大禹已成为浙江人民的骄傲，其中就包含着对大禹精神的承传与弘扬，地域文化与文学的力量，于此可见一斑。

（作者单位：浙江师范大学）

于越族源问题及“越为禹后”说新论

余晓栋

摘要: 关于于越的族源问题,学界大致有五种说法:一是“越为土著”说,二是“越为禹后”说,三是“楚越同祖”说,四是“三苗后裔”说,五是“非洲古猿”说。从现有文献及考古发现看,“越为土著”说应是代表观点,“楚越同祖”说与“三苗后裔”说是后人对史书记载的误读和讹传,特别是“三苗后裔”说纯属无稽,“三苗”是人名且为夏裔而非族类,“非洲古猿”说则存在明显悖论。“越为禹后”应理解为越国建立初期越王无余为夏禹后裔,但自无壬之后,越王之族属已转为越地土著,时间约在夏商易代之际或稍后,故越王句践为夏禹后裔的论断是错误的。

关键词: 于越族　越为禹后　同源三苗

于越为越的全称,也写作“於越”“于粤”“於粤”等,20 世纪以来,随着良渚文化、河姆渡文化、跨湖桥文化、上山文化等文化遗址的陆续发现和挖掘,开启了吴越文化研究的热潮。越地先民“筚路蓝缕,以启山林”的伟大创造,引起了学术界的广泛关注,也引发了于越族源问题的讨论。关于于越的族源问题,学界大致有五种说法:一是“越为土著”说,二是“越为禹后”说,三是“楚越同祖”说,四是“三苗后裔”说,五是“非洲古猿”说,其中又以“越为禹后”和“越为土著”两种说法最具代表性。本文认为,从现有考古资料和文献记载推断,于越先民为土著是较为明确的。从文献记载看,越王无余为少康之后,也是完全可能的。但自无壬之后,越王族属或已改易,故句践是否为夏禹之后是颇存争议的,而“楚越同祖”说、“三苗后裔”说、“非洲古猿”说却是不能成立的。本文在探讨于越族源问题的同时拟就几种典型说法予以正本清源,追溯错误之症结,并就“越为禹后”说提出不同于学界结论的自己的看法。

一、“越为土著”说释证

于越是我国远古时期东南沿海地区的一个古老民族，肇端于新石器时代早期，居住在今宁绍平原、杭嘉湖平原、金衢丘陵一带的原始先民。宁绍地区陆续发现的古文化遗存，证明于越历史之悠久。浦江上山文化遗存，据碳14测定，距今为一万一千四百年至八千四百年①；嵊州小黄山遗址，是目前长江中下游地区距今九千年前后规模最大的聚落遗址；而河姆渡遗址则以其出土文物之多、精、全而享誉世界。越族是土著居民，得到了学术界的广泛认可，从文化遗存及相关文献记载均可证之，兹简述如下：

从出土文物看，于越有自己的地域文化特征，其中最具代表性的是几何形印纹陶与有段石锛、有肩石器。几何形印纹陶是古越族的重要文化遗存之一，在学术界已基本达成共识。从几何形印纹陶于20世纪初在广东省南海县南越文王墓中首次发现以来，这一文化遗物不断被发掘，其地理范围涵盖今浙江、江西、福建、台湾、广东全省以及江苏、安徽、广西、湖南、湖北等省的部分地区，并向东传播至菲律宾、印度支那、南洋群岛及太平洋诸岛。范围大致为我们习称的百越地区。李伯谦根据自然条件差异及不同的文化面貌特点，将几何形印纹陶大致分为七个不同的区域，即位于长江下游中段的宁镇区，包括杭州湾地区的太湖区，以赣江、鄱阳湖为中心的赣鄱区，洞庭湖周围及其以南的湖南区，包括广东与广西东部的岭南区，包括福建、台湾、浙江南部的闽台区、福建九龙江流域以南和广东东江流域以东的粤东闽南区②。从印纹陶的类型和分布，也可看出百越的迁徙和分布特征。几何形印纹陶分布广泛，延续时间有数千年之久，并跨越了几个历史阶段，而浙江地区的新石器时代遗址中，出土的印纹陶最普遍、密集，且时间跨度最长，距今约九千年前的嵊州小黄山遗址中即出土了夹砂红衣陶器，或为几何形印纹陶之前身。尤其是代表宁绍平原的河姆渡文化遗址，有各个发展阶段的远古文化遗存。种种迹象表明，宁绍平原地区与印纹陶渊源最深，说明印纹陶源于于越，并随着越族的迁徙而传至百越及其他地区。

---

① 蒋乐平：《浙江浦江县上山遗址发掘简报》，《考古》2007年第9期，第9－18页。

② 李伯谦：《我国南方几何形印纹陶遗存的分区、分期及其有关问题》，《北京大学学报》1981年第1期，第38－56页。

有段石锛和有肩石器的存在、分布以及传播与几何形印纹陶极其相似,“有段石锛和有肩石器,普遍发现在中国南方地区,是中国南方地区新石器时代其有浓厚地方性特征的遗物”,“其延续时间之长、流传范围之广,却为其他文化因素所罕见。它不但构成我国南方地区原始文化的两个主要特征,而且也是研究西太平洋地区原始文化的交流和影响的两种指示物”①。故有学者根据印纹陶、有段石锛等遗存推断,“于越的形成和出现不是一朝一夕的,它有自己长期发展的过程,无论从什么角度来看,这一进程都是在杭嘉湖和宁绍平原地区土生土长的,直到印纹陶遗存的稍晚期,于越的区域才扩展到史籍上所记载的越国的四至,而这已是历史时代以后的事了”②。

从文献记载看,于越民族有自己的风俗习惯与图腾文化。首先,最大的特点是断发文身。越人断发文身的习俗,在《墨子》《战国策》《淮南子》《史记》《汉书》等古籍中多有记载,如《墨子·公孟篇》:“越王句践,剪发文身。”汉人传统观念认为,身体发肤受之父母,不敢毁伤,所以无论男女都留长发终生不剪。故古越人之“断发”,往往被视为异类而加以记载批判。越人“断发”或与南方地区湿热有关。“文身”即身刺花纹,此风沿袭至今,然今人之文身是求美观,而当时却是为“象麟虫”而避蛟龙之害。《淮南子·原道训》:“九疑之南,陆事寡而水事众,于是人民断发文身,以象麟虫。”又《汉书·地理志》曰:“断发文身,以避蛟龙之害。”

其次是契臂誓盟。所谓契臂,是指刻臂沥血盟誓,是古代南方少数民族表示结盟的仪式,类似中原的歃血为盟。《淮南子·齐俗训》:“故胡人弹骨,越人契臂,中国歃血也。所由各异,其于信一也。”断发文身、契臂为盟都充满血腥和暴力,往往因此而被视为蛮夷。

第三是食蛤使舟。食物、器用、居室、言语之不同,往往因所处的地理环境所导致,但也可作为越人与夏人不同之佐证。如饮食方面,滨海之东越以食海鲜为美,瓯越则以食山珍为美。《周书·王会解》载曰:“东越海蛤,瓯人蝉蛇,蝉蛇顺,食之美。”在交通器用方面,越为滨海之民族,善于使舟及水战,航海技术相当发达。《淮南子·齐俗训》:“胡人便于马,越人便于舟。”在居室方面,古人往往因地取材,故《博物志》曰:“南越巢居,北溯穴居,避寒暑也。”

第四是虫鸟图腾。一般认为,闽越的图腾为蛇,句吴的图腾为鱼,于越的图腾

---

① 傅先国:《论有段石锛和有肩石器》,《考古学报》1988 年第 1 期,第 1 – 36 页。

② 辛土成、严晓辉:《于越族源探索》,《厦门大学学报》1984 年第 3 期,第 124 – 130 页。

为鸟。[①] 也有学者认为“断发文身”与越族图腾有关，并认为鳄鱼是古代越族的图腾。[②] 虽然图腾与人类所处的地理环境密切相关，但也能在一定程度上说明文化的差异和族源的不同。

二、“楚越同源”说清源

关于“楚越同源”说，本来也没有什么辨析之必要，毕竟非常明显，无须辩驳，且多数均是持反对意见的。但作为一个命题被提出，有必要检视其错误的源头。

引起后人误读的源头要从《国语·郑语》中的一段话讲起：“融之兴者，其在芈姓乎？芈姓夔越，不足命也。闽芈蛮矣，唯荆实有昭德，若周衰，其必兴矣。姜、嬴、荆、芈，实与诸姬代相干也。”这段记载是说，荆芈、闽芈、夔越芈姓皆为祝融之后，但是夔越、闽芈不是正统，只有荆楚芈姓“实有昭德”，只要周衰，则荆楚必兴。

这段话本没有歧义，夔越之君姓芈，与楚国之君同祖，这当是事实。据传在春秋时代，今之湖北省秭归县东，有夔国，又称隗国、归国，为楚国国君熊绎的六世孙熊挚的后代所建立，熊绎的嫡子为熊挚，本来应该被立为楚国的君主，但是由于他身有残疾，不能立为王，“熊绎玄孙曰熊挚，有疾，楚人废之，立其弟熊延”[③]，于是就封他别居于夔，作为楚国的附庸国，称为夔子。《史记》卷四十《楚世家》：“周文王之时，季连之苗裔曰鬻熊，鬻熊事文王，早卒。其子曰熊丽。熊丽生熊狂，熊狂生熊绎。熊绎当周成王之时，举文、武勤劳之后嗣，而封熊绎于楚蛮，封以子男之田，姓芈氏，居丹阳。”《汉书》卷二十八《地理志》也有记载：“周成王时，封文、武先师鬻熊之曾孙熊绎于荆蛮，为楚子，居丹阳。”又据《春秋谷梁传》卷五载：“（鲁僖公）二十六年（前634年）秋，楚人灭夔，以夔子归。”故上引《郑语》有“芈姓夔越，不足命也”之说。

歧义的产生当从韦昭注起，《国语·吴语》韦昭注曰：“句践，祝融之后，允常之子，芈姓也。《郑语》曰：‘芈姓夔越。’《世本》亦云：‘越，芈姓也。’”又臣瓒注《汉书·地理志》曰：“按《世本》，越为芈姓，与楚同祖，故《国语》曰：‘芈姓夔越。’然则越非禹后明矣。又芈姓之越，亦句践之后，不谓南越也。”两人所凭之依据均为《国

① 参看潘承玉：《中华文化格局中的越文化》，北京：人民出版社，2010年，第30－36页；林华东：《再论越族的鸟图腾》，《浙江学刊》1984年第1期，第94－97页。

② 王卫平：《试论古代越族的“文身断发”与图腾崇拜》，《东南文化》1986年第2期，第130－133页。

③ 孔晃注：《国语·郑语》。

语》和《世本》,前文已述,《国语》中之"芈姓夔越",乃是指夔越之君姓芈,而《世本》所记"越为芈姓,与楚同祖"实际上也是与"芈姓夔越"同一个意思,"越为芈姓"省略了一个"夔"字。而韦召与臣瓒却不辨缘由,断章取义,任意发挥,误以"夔越"为"于越"不说,还将"夔越"之君为芈姓理解为"越为芈姓",又断然推导出句践也姓芈,牵强附会,误人子弟,以致当代学者也有以他们两人之解读为依据而推断出"楚越在远古时是来自同一祖先,是同一氏族中血缘关系比较亲近的亲族"①之结论的。

"楚越同源"说所涉尚有一个关键问题颇为关注,即夔越与越族,或于越之关系。一般认为,夔越系百越中的一支,这是广大学界所认可的,如罗香林先生认为"蛮蜒"属百越系统之夔越②。据此推论,夔越与于越同祖是基本可以成立的。正如《扬越、夔越考略》一文所指出的,"越人是先楚人而居于江汉流域的古代居民之一。他们之见于史载者,有扬越、夔越。自西周末季楚人南下,他们变成了被统治者。随着历史的发展,大部分人融合于楚民族之中,部分人可能仍保持其民族固有的特质,发展成为魏晋南北朝以后活动于四川的僚人之一"。但是"越人古无姓氏,所谓越为姒姓、芈姓、毕姓、居姓等等,皆为外人附会或越人本身攀附之词,不足为凭,更不能据此唱言'楚越同祖论'"③。

事实上,楚越关系密切,文化上互相渗透与融合是比较早的,尤其是春秋战国吴越争霸之际,有史可稽的越国重臣范蠡、文种皆为楚人。我们有理由相信,早在范蠡、文种以前,楚越之间的人才交流、文化交融早已存在。故"由夏人和楚人同当地人民融合而建立的越国,对我国东南地区的文化发展做出了重要贡献"④,或许这也是引起后人误解的主要原因。

三、"三苗后裔"说正本

相对而言,"三苗后裔"说的认可度不高,主要原因是"三苗"本身就是史前传说之存在,作为一种族类尚且存异,更何况附议于越族,本就无稽。然支持者中却仍不乏其人,如徐松石认为:"古代三苗领域的土著,在最东的称为'于''阳''凤'

① 吕荣芳:《楚越同姓析》,《江汉论坛》1980年版第3期。
② 罗香林:《越族源出夏族考》,南京:独立出版社,1943年版。
③ 白耀天:《扬越、夔越考略》,《中央民族学院学报》1988年版第1期,第25-30页。
④ 郭沫若主编:《中国史稿》(第一册),北京:人民出版社,1976年版,第231页。

‘畎’等夷，后来形成吴越民族，其余则称为荆蛮、扬蛮。”[①]蒋炳钊先生则从“三苗”有文身的习俗、以蛇为图腾、活动于南方及会稽有苗山等方面而认为“三苗被禹灭后，有的被夏人同化，有的被迫向外迁徙，有的即发展成后来的越族”[②]。然而其所举之例却颇为牵强，如认为“三苗”有文身之习俗，乃是援引《尚书·吕刑》中苗民之黥刑，认为“黥面就是后来所谓的文身”。黥本是一种刑法，怎可与断发文身以避蛟龙之害的文身相提并论？蒋先生以蛇为图腾的依据主要是《淮南子·本经》中的一段话：“尧乃使羿诛凿齿于畴华之野，杀九婴于凶水之上，缴大风于青丘之泽，上射十日而下杀猰貐，断修蛇于洞庭，禽封豨于桑林，万民皆喜，置尧以为天下。”认为洞庭是三苗居住的地方，修蛇是用来称呼三苗的，并推断出“三苗也是用长蛇作为图腾的”。姑且不论“修蛇”是否就是称呼三苗的，即使以修蛇称三苗，只怕也无法推论长蛇便是三苗的图腾。关于会稽“苗山的由来可能同这一地区最早居住三苗人而得名有关”的推论则更显牵强。关于“三苗居住地同后来越人居住地有的是相同的”这一说法，也是没有得到学界认可的。根据《战国策·魏策》“昔者三苗之居，左彭蠡之波，右有洞庭之水，文山在其南，而衡山在其北”之记载，一般认为，三苗的活动区域在洞庭、彭蠡一带，即今湖南、江西北部。

莫说于越非“三苗后裔”知之甚明，“三苗”作为一个族类也是颇存争议的。从《史记》之记载看，“三苗”明确作为族名的，一个都没有。根据文献推论，“三苗”似乎更可能是一个部族首领之人名：“三苗在江淮、荆州数为乱。于是舜归而言于帝，请流共工于幽陵，以变北狄；放驩兜于崇山，以变南蛮；迁三苗于三危，以变西戎；殛鲧於羽山，以变东夷：四罪而天下咸服。”[③]所引两个“三苗”，第一个若说是族名倒也解释得通，但是作为部落首长的人名一样贴切。第二个“三苗”乃是与共工、驩兜、鲧并列的“四罪”之一。“四罪”之说不仅《史记》有载，《尚书》《孟子》等亦有记载，且内容大同小异。《尚书·尧典》曰：“流共工于幽州，放驩兜于崇山，窜三苗于三危，殛鲧于羽山。四罪而天下咸服。”《孟子·万章》曰：“舜流共工于幽州，放驩兜于崇山，杀三苗于三危，殛鲧于羽山，四罪而天下咸服，诛不仁也。”

“四罪”之中，共工是部落首领、帝尧时的大臣。据《列子·汤问》之记载，共工与颛顼争夺帝位没有成功而怒触天柱不周山，“昔者，共工与颛顼争为帝。怒而触

---

① 徐松石：《东南亚民族的中国血缘》，出版不详，1974 年版，第 72 页。

② 蒋炳钊：《越为禹后说质疑——兼论越族来源》，《民族研究》1981 年第 3 期，第 63 – 72 页。

③ 《史记》卷一《五帝本纪》。

不周之山,天柱折。地维绝”。

驩兜作为人名也是不存争议的。又据丁山、朱芳圃诸先生之考证,驩兜即唐尧之子丹朱。丁山先生经过对诸典籍的梳理后认为,“凡故书雅记所谓驩兜者,宜即尧子丹朱的别名了”,“晚周诸子传说‘舜放驩兜于崇山’,实与《纪年》所谓‘舜偃丹朱’为一事之异辞”①。朱芳圃先生也力证驩兜即丹朱。他说:“按丹朱即驩兜、讙头。其证有四:朱即驩兜、讙头之简名,《山海经·海外南经》言:‘讙头国或曰讙朱国’。头、兜与朱音近,通用。其证一也。丹朱被放居丹水,驩兜亦放于崇山,其证二也。讙头即鸘鴸,朱亦即鴸,其证三也。《国语·周语上》:‘有神降于莘。’惠王问内史过,内史过以为丹朱之神,请使太宰帅狸姓,奉牺牲粢盛往焉。韦昭注:‘狸姓,丹朱之后也。’又《大荒北经》言:‘讙头生苗民,釐姓。’狸与‘釐同音通假,其证四也。’”②丹朱是帝尧的长子,相传因为丹朱不肖,尧把帝位禅让给了舜,《史记》卷一《五帝本纪》曰:“尧辟位凡二十八年而崩。……尧知子丹朱之不肖,不足以授天下,于是乃权授舜。授舜,则天下得其利而丹朱病;授丹朱,则天下病而丹朱得其利。尧曰:‘终不以天下之病而利一人。’而卒授舜以天下。”可见驩兜(丹朱)也是皇位争夺的失败者,甚至其被放于崇山就是因为对此事的反叛。

对鲧大家自然是再熟悉不过了,他姓姒,字熙,夏后氏,帝颛顼之曾孙、大禹之父、夏启的祖父。被尧封于崇地,故称崇伯鲧或崇伯,后因治水失败,被杀于羽山,也有认为他是因为与舜争夺帝位而被杀的。

综上所述,“四罪”之中,共工、驩兜、鲧颇有共同之处:一是皆为人名;二是都为夏裔;三是都为部族首领,且均是帝王贵胄;四是均有继承王位之资格与机会,最后多因此而见杀。按情理推测,与之并列之“三苗”亦当为部族首领,且其族属亦应为夏族,被杀之原因或亦与争夺帝位有关。

“三苗”为人名之说,其实前人也有论及,郑樵即持此说,其《通志略·氏族》即认为“三苗”是“以名为氏”,并将之列于轩辕、高阳、尧、舜、禹、启、汤等之列,同时指出,“三苗”为“姜姓,炎帝以后为候国,因氏焉”③。可见“三苗”为人名,属夏裔,诚不谬也。“三苗”被杀之因,也非纯粹臆测之言。据《外国图》载:“昔唐以天下授虞,有苗之君非之。苗之民浮黑水,入南海,是为三苗民。”④故《淮南子·修务训》

① 丁山:《中国古代宗教与神话考》,北京:龙门联合书局,1961年版,第257页。

② 朱芳圃:《中国古代神话与史实》,郑州:中州书画社,1982年版,第32-33页。

③ (宋)郑樵:《通志二十略》,北京:中华书局,1995年版,第17、124页。

④ 《太平御览》卷七百九十《四夷部十一·南蛮六》“三苗国”条。

又有“舜南征三苗，道死苍梧”之记载。

事实上，“三苗”作为族名，在正史中是没有记录的，最后逐渐演化为族名乃至国名，实是肇端于后人对史书之注解和任意发挥。裴骃之《史记集解》即引马融之言曰：“（三苗）国名也。”《史记正义》又引吴起之言曰：“三苗之国，左洞庭而右彭蠡。”①《汉书·地理志》颜师古注曰：“三苗本有苗氏之族。”除了史书之注解，“三苗国”之记载仅见载于《山海经》《神异经》等书，这些多是经神化演绎的不经之谈，如《神异经》曰：“西北荒中有人焉，皆人形，而腋下有翼，不能飞，名曰苗民。为人饕餮，淫逸无礼。”②显然是因“三苗”为四罪之一，被有意丑化和异化。

由于“三苗国”本身是一个虚拟的存在，因此对于其疆域问题的讨论，往往会自相矛盾，漏洞百出，如钱穆先生便不赞成“左洞庭而右彭蠡”之说，他指出，“若谓三苗初居江南洞庭彭蠡间，舜禹远迹南征，又窜之西北数千里外之三危，则其事颇涉荒诞”，“古者三苗疆域，盖在今河南鲁山嵩县卢氏一带山脉之北，今山西南部诸山，自蒲阪安邑以至析城王屋一带山脉之南，夹黄河为居，西起蒲、潼，东达荥、郑，不出今河南北部山西南部广运数百里间也”③。钱先生考订详备，推论精当，若依史书言之，其结论自合情理，且其所考订之古三苗疆域范围大致在黄河中下游一带，正是夏王朝氏族的聚居之地。这一方面说明三苗之族以国言之未必合乎史实，另一方面也印证了本文三苗系夏裔之部落首领之推测。

三苗族源之说不仅于正史无征，从考古学上分析，传说中三苗之活动区域，至今也没有发现区别于他族的特有的文化遗存。三苗的活动区域除以钱穆为代表的“黄河中下游一带”说以外，便是认为在鄱阳湖、洞庭湖之间的长江中下游一带④。黄河中下游一带为夏文化圈，属龙山文化圈，自不需说明。长江中下游一带的考古学文化遗存的代表是屈家岭文化，据俞伟超先生《先楚与三苗文化的考古学推测》一文考证，屈家岭文化遗存包括了多个地区的文化类型，既有仰韶文化、龙山文化的夏文化遗存特点，又有南方越族几何形印纹陶的发现。事实上，长江中下游地区是夏、楚、越交汇地区，并非传说中三苗聚居之地，各种文化遗存并存不足为奇。总

---

① （汉）司马迁：《史记》，北京：中华书局，1959 年版，第 29 页。

② 参看《太平御览》“三苗国”条，据《太平御览》所引，三苗国之名，仅见于《山海经》：“三苗国，在赤水东。”

③ 钱穆：《古三苗疆域考》，《古史地理论丛》，上海：生活·读书·新知三联书店，2004 年版，第 77 – 107 页。

④ 徐旭生：《中国古史的传说时代》，北京：文物出版社，1985 年版，第 58、59 页；俞伟超：《先楚与三苗文化的考古学推测》，《文物》1980 年第 10 期，第 1 – 12 页。

之,所谓的“三苗文化”未必存在,因为它本身是一个夏族部落首领之人名,其活动区域也在黄河中下游一带。因此,正如唐嘉弘先生所说:“把‘三苗文化’和‘先楚文化’定在长江中游的新石器时代的文化遗存中,根据薄弱,矛盾层出,缺乏说服力。”[①]对于一个未必存在的事物,仅凭神话、传说之文献记载考证,自然是根据薄弱、矛盾层出的。

四、“非洲古猿”说论悖

“非洲古猿说”是关于人类起源问题的讨论,叶岗、陈民镇《越文化发展论》一书将之作为越族起源的一种代表性观点作了总结和归纳[②]。“非洲古猿说”认为,人类共同的祖先来自于10多万年前的非洲晚期智人。支持这种观点的理论依据,据说还得到了分子人类学的支持。1987年,据美国遗传学家卡恩·斯通金和社会生物学家威尔逊等提出,将所有婴儿的线粒体DNA向前追踪,最后都会追到大约20万年(14万－29万年)前生活在非洲的一个妇女,即现今全世界人的祖先。大约在13万年(9万－18万年)前,她的一群后裔离开了其生活的非洲家乡,分散到了世界各地,代替了当地的土著居民,最后在全球定居下来,演化成了现代的不同人种,这就是所谓的“夏娃理论”。也有通过对Y－DNA染色体进行追踪研究的,并同样将现代人共同的“祖父”追溯到非洲,是为“亚当理论”。

对于“非洲古猿”说,属于人类起源问题的探索,需上推到数万年前,涉及对人类分子学的知识,事涉高深,不敢置喙,然以臆推之,其结论是不靠谱的。姑且不论遗传学是否可靠,就世界上不同的人种而言,说白种人、黄种人都是非洲黑人的后代,目前来看便难以获得认同。人类有共同的DNA成分也是事所必然,不管是线粒体DNA,还是Y染色体DNA中的单核苷酸突变(SNP),以这些组成人体核心的元素来推导,未必符合事实。因为如果要“非洲古猿”说能够成立,首先要证明其为世界上最早之人类,否则就是一个悖论。据称非洲猿人生活在13万—20万年以前,10万年以前走向世界,成为人类的共祖。然而中国云南的元谋人的出现却要比它早百余万年,故其错误是显而易见的。若中国之学者定向性研究推测,或许也能得出云南元谋人是人类共祖的结论。

---

① 唐嘉弘:《楚与三苗并不同源》,《江汉论坛》1982年第11期,第74－78页。

② 叶岗、陈民镇、王海雷:《越文化发展论》,北京:中华书局,2015年版,第23－24页。

五、“越为禹后”说新论

目前学界关于“越为禹后”说有两种观点：一种认为越王句践为夏禹的后代，即越（王）为禹后；一种认为于越为夏裔，即越（族）为禹后。两种说法的内涵与外延均有不同，但论者往往杂糅并说，以致产生了诸多谬误。

越王句践为夏禹苗裔的说法，多见于史传。《史记》卷四十一《越王句践世家》载：“越王句践，其先禹之苗裔，而夏后帝少康之庶子也。封于会稽，以奉守禹之祀。”《史记正义》引贺循《会稽记》云：“少康，其少子号曰于越，越国之称始此。”本篇最后《太史公曰》又载：“禹之功大矣，渐九川，定九州，至于今诸夏艾安。及苗裔句践，苦身焦思，终灭强吴，北观兵中国，以尊周室，号称霸王。句践可不谓贤哉！盖有禹之遗烈焉。”

《越绝书》卷八《越绝外传记地传》：“昔者，越之先君无余，乃禹之世，别封于越，以守禹冢。”

《吴越春秋》卷六《越王无余外传》：“越之前君无余者，夏禹之末封也。……禹以下六世而得帝少康，少康恐禹祭之绝祀，乃封其庶子于越，号曰无余。”同书卷十《句践伐吴外传》亦曰：“二十七年冬，句践寝疾，将卒，谓太子兴夷日：‘吾自禹之后，承元常之德，蒙天灵之佑，神祇之福，从穷越之地，籍楚之前锋，以摧吴王之干戈。跨江涉淮，从晋齐之地，功德巍巍，自致于斯。”

以上诸史籍之记载，皆言句践为先禹之苗裔，封于会稽以奉禹祀。然而诸多学者往往将越王为禹后与越族为禹后混为一谈。较早的如晋代臣瓒：“自交阯至会稽七八千里，至会稽七八千里，百越杂处，各有种姓，不得尽云少康之后也。”[①]其结论虽否定了越族为禹后，但其立论的前提却是越（族）为禹后。故颜师古随后即指出：“越之为号，其来尚矣，少康封庶子以主禹祠，君于越地耳。故此志云其君禹后，岂谓百越之人皆禹苗裔？瓒说非也。”越（族）为禹后与句践为禹之苗裔，是两个不同性质的问题，颜师古把越族与越王句践的族属区别开来，为我们理解越为禹后提供了一个全新的视角。

本文认为，在看待“越为禹后”的问题上，需要坚持“二分论”的族源观，要承认越国贵族与子民族属差异的可能性。“一国之统治者与被统治者民族不同，中外历

① 《汉书》卷二十八（下），《地理志下》，颜师古注引。

史不乏其例。当蒙古、满族建立元、清王朝之际,岂谓全国尽蒙、清之族乎!”①先秦时期,在东南沿海及边陲之地建立的包括越国在内的吴、楚等国,其王族之源头都能追溯到北方民族,如吴太伯为姬姓,姬姓源出黄帝,黄帝因长居姬水,以姬为姓;楚国则源出颛顼,屈原《离骚》开篇即以“帝高阳之苗裔”自矜,亦系黄帝之后。无余别封于越以守禹冢之记载,也不能断然否认。若大禹治水真实存在,则无余封越完全可能。从现有的出土考古遗存看,约四千年前夏朝存在之际,社会经济已发展到一定高度,即使大禹足迹未到会稽,夏王朝之际少康中兴,其庶子无余封越也是完全可能的。据《史记》卷二《夏本纪》记载:“令天子之国以外五百里甸服:百里赋纳緫,二百里纳铚,三百里纳秸服,四百里粟,五百里米。甸服外五百里侯服:百里采,二百里任国,三百里诸侯。侯服外五百里绥服:三百里揆文教,二百里奋武卫。绥服外五百里要服:三百里夷,二百里蔡。要服外五百里荒服:三百里蛮,二百里流。东渐于海,西被于流沙,朔、南暨:声教讫于四海。于是帝锡禹玄圭,以告成功于天下。天下于是太平治。”于越于夏都而言,在千里之外,东渐于海,当是荒服之地,故曰“蛮”。因此,少康中兴之际,封其庶子于越也在情理之中。

然而也不能因为无余为夏裔,便推论出越王句践也是夏裔。事实上,自无壬之后,越国君主很可能就已经是越地土著了。综合《史记》《越绝书》《吴越春秋》等史书之记载,越国建立于少康中兴之际。少康系夏王朝自大禹之后第六帝,夏王朝缔造以来,持续经历了多次动乱,帝启“淫溢康乐”②,后羿篡夏,太康失国,寒浞杀羿,又攻杀后相,后相即少康之父。少康在有仍氏、有虞氏的帮助下,得以战胜寒浞父子,中兴夏朝,“少康恐禹祭之绝祀,乃封其庶子于越,号曰无余”③。这是史书记载越国初建时的情形,时间在公元前1869—公元前1848年之间。这与《越绝书》卷八《越绝外传记地传》所载“无余初封大越,都秦余望南,千有余岁而至句践”之记载时间基本吻合。此后,越国世系不明,《史记》卷四十一《越王句践世家》中记载最为简略:“后二十余世,至于允常。”《吴越春秋》卷六《越王无余外传》记叙则相对详尽,并暗含了越国政权遭颠覆之信息。

> 无余传世十余,末君微劣,不能自立,转从众庶为编户之民,禹祀断绝。十有余岁,有人生而言语,其语曰鸟禽呼:咽喋咽喋。指天向禹墓曰:“我是无余

---

① 蒙文通:《越史丛考》,北京:人民出版社,1983年版,第11页。

② 《墨子·非乐》。

③ 《吴越春秋》卷六《越王无余外传》。

君之苗末，我方修前君祭祀，复我禹墓之祀，为民请福于天，以通鬼神之道。”众民悦喜，皆助奉禹祭，四时致贡，因共封立，以承越君之后，复夏王之祭，安集鸟田之瑞，以为百姓请命。自后稍有君臣之义，号曰无壬。壬生无曎，曎专心守国，不失上天之命。无曎卒，或为夫谭。夫谭生元常，常立，当吴王寿梦、诸樊、阖闾之时。越之兴霸自元常矣。

所谓“覆巢之下，安有完卵”，自少康中兴以来，夏王朝又经历了帝予、槐、芒、泄、不降、扃、廑、孔甲、皋、发、桀等十一世，帝孔甲“好方鬼神，事淫乱”，夏王朝内乱不止，最后商汤代桀。越国也是“无余传世十余”，而“末君微劣，不能自立”。可见越国之续存时间基本上与少康之后夏王朝之续存时间相仿，可以推知，越国政权颠覆也是受了夏王朝灭亡之影响，故越国颠覆之时间约在夏、商易代之际或稍后。夏商易代之际，荒服之地，皇权不能覆盖，故越国王位被无壬取代。然而从现有文献资料看，商朝时期，找不到任何关于越国情况的记载，估计于越与殷商王朝和其他诸侯国的往来不多，也可推知其地位并不被殷商正统所认可。武丁用兵南土，亦仅止于荆楚。而郭沫若关于殷商甲骨文中“上虞”①地名的考证和“帝乙征上虞”②的结论，完全是牵强附会之臆测，不足为凭。

再从“转从众庶为编户之民”推断，无余之后裔应是被贬为庶民或奴隶了。据《史记》卷一百二十九《货殖列传》：“凡编户之民，富相什则卑下之，伯则畏惮之，千则役，万则仆，物之理也。”又《通典》卷一《食货》曰：“周文王在岐，用平土之法，以为治人之道，地著为本，故建司马法：六尺为步，步百为亩，亩百为夫，夫三为屋，屋三为井，井十为通，通十为成，成十为终，终十为同，同方百里，同十为封，封十为畿，畿方千里。……天子之畿内，方千里，提封百万井，定出赋六十四万井，戎马四万匹，兵车万乘，戎卒七十二万人，故曰万乘之主。”又“九夫为井，四井为邑，四邑为丘，四丘为甸，四甸为县，四县为都，以任地事而令贡赋，凡税敛之事”。可见古代户籍编制井然，而编民即纳入户籍编制、缴纳贡赋之民，是社会之底层。

越国之复立，已是十余年后，无任自称为“无余之苗末”而受民拥戴为越王，此后一直传到句践。陈桥驿先生认为“越为禹后”系句践散布之谣言，是他称霸中原的策略之一③。笔者却坚信散布“越为禹后”者更可能是无壬：首先，真正的夏王后

① 《郭沫若全集·考古编》（第2卷），北京：科学出版社，2002年版，第475-478页。
② 李永鑫主编：《绍兴通史》（第一卷），杭州：浙江人民出版社，2012年版，第307-308页。
③ 陈桥驿：《“越为禹后说”溯源》，《浙江学刊》1985年第3期，第96-100页。

裔，是不会自称“我是无余君之苗末，我方修前君祭祀，复我禹墓之祀”的，因为裔属无须宣扬，前君祭祀、禹墓之祀则是分内本职；其次，“无壬”之名抑或因越国初主为“无余”而特含“无”字，本是为证明苗裔身份，实则画蛇添足，恰恰暴露了其真实身份。若《吴越春秋》所记属实，则可证明无壬必非夏族后裔，而应为越地土著，且是“越为禹后”说之设计者、传播者。那么，越王之中无余以下十余世或为夏禹后代，无壬以下则应为越地土著。支持这一论证的依据还有很多：

一是人名不避讳。据《吴越春秋》之记载，无余之后禹祀断绝到君臣之义再定，越王无壬之外，又有无曎、无彊等，这一条命名方式与中原夏族不同的证据，往往被作为越非禹后的重要依据，然而恰恰可以用来说明无余政权被颠覆之力证。同时也可以解释为什么无余之后越王世系中人名多含“无”字，因为王族（特别是华夏王族）往往是被模仿和膜拜的对象，而且越族本身也不讳人名。

二是文献记载缺失。越王非正朔，故其事迹长期不见载于史籍，到《竹书纪年》中“于越来宾”之记载，已是在周成王二十四年（约公元前11世纪末）。此前只怕越王作为诸侯是不被殷周王朝认可的，此后才逐渐确立了其诸侯之地位，然而也不是王，而是越侯，直到允常之时，拓土始大，并再次称王。

三是长相不同夏族。据史书记载，越王句践“长颈鸟啄”，并因此而被范蠡认定为句践是鸟尽弓藏、兔死狗烹之辈，“可与共患难，不可与共乐”。这一长相不同于夏人，实为古代越人之典型特征。越人以鸟为图腾①，以及铭文中之鸟虫书，未必不与其“长颈鸟啄”之长相有关。

四是世系不明朗。自无余以下至夫谭，史言二十余世，实际上其时间跨度近千年。在这期间，难免会出现王位和权力之争。试想，无余受封，时在夏代，至于夫谭，已是殷周之际，夏亡之下，又历商周，覆巢危卵，在奴隶制时代，地方封建政权不可能脱离母国还能长期存在。更何况越族本就是好勇轻死，颇疑无余后代之政权系被句践之祖上所颠覆。

因此，无余封越未必非真，而句践为夏后却十九是假，再联系陈桥驿等诸先生关于句践托名夏族及“越为禹后”形成原因之论证，庶可得“越为禹后”说之种种奥妙。

基金项目：浙江省哲学社会科学重点研究基地（越文化研究中心）课题成果（编号：15JDYW03YB）。

（作者单位：浙江越秀外国语学院）

① 王士伦：《越国鸟图腾与鸟崇拜的若干问题》，《浙江学刊》1990年第6期，第25－29页。

移民入川(渝)的部分夏姓之初探

夏明显

四川是一个移民大省。明末清初数十年的战乱,加之瘟疫、天灾使四川十室九空,刚建立的清王朝为安邦定国计,不得不采取“移民垦荒”之举措。从十余个省移民入川,其中以湖南、湖北移民最多,民间称之为“湖广填四川”。

四川、重庆的夏姓,几乎全部是明末清初的移民,居住较为分散。这里将川渝部分县市的部分夏姓迁徙始末、字派辈分等情况作一简介。仅供宗亲联谊寻亲和有关专家、学者和姓氏文化的热心者参考。不妥之处,敬请指教,但愿能达到抛砖引玉之目的。

四川达县亭子镇洞子潭夏姓一支:先祖夏长庆,明洪武十三年(1380 年)自江西泰和之高塘迁居湖南永州府东安流洪司之火麻山。传十一世至夏日昭,清康熙三十九年(1700 年),扶孕妻陈氏,携两子又途中船生一子,入川落业达县亭子洞子潭(今亭子镇天安村一组)。三弟兄各生五子,十五房分家散居各地。排行字辈五十五字:长富癸甲思、广友显尚忠、时日景德月、大禹绍文明、礼义先正国、贤才佐朝栋、方泰协民辑、传子崇治道、建都奠安邑、来裔克神祖、兆载庆咸集。

四川达县安仁乡夏家庙夏姓一支:先祖夏良灏于康熙四十三年(1704 年)自湖南邵阳隆回四都窎(diào)树下,徙居四川达州明月乡四保十二甲(今达县安仁乡三村一组)大落漕曹家山。排行字辈四十字:才远思维景、时兴廷再良、永成千万世、朝代守荣华、秉忠存厚道、章礼悦书馨、明德开基后、庆衍裔嗣光(前九代未入川)。

四川邻水夏氏一支:先祖夏显一任黄州府尹,因战乱徙蜀居巴县,明成化十年(1474 年)移居壁山县来风驿。有七个儿子:福一、福二官于贵州,福三住江津,福四住大足,福五住合川、大足,福六居鹤游坪界枫乡大屋坝,福七居沈家镇破堰湾。

已传二十多代,其子孙遍布重庆涪陵、江津等地和四川邻水县十余个乡镇。老字辈二十五字:普文觉子仲、丹大月一明、可学良启世、才能显宗邦、远继崇先训。2000年新议六十字:会稽兆勖勉、进川拓业坚、祖恩申廷耿、仁信福寿全、富强社稷稳、紫微保族安、麒雕鲲鹏利、拼搏创新篇、群雄定乾坤、骅晖饮凯谦、丁旺勇跻殿、勤廉圣宇览。

四川射洪县太平乡安家沟夏姓一支:先祖夏希赳于康熙三十五年(1696 年)由湖南安化县十五都探溪带长子崇铨、三子崇镒入川。三子居南充县樊材沟。长子随父居遂宁古井沟,崇铨子本灏自遂宁迁居射洪县太平乡(今瞿河乡)安家沟。1782 年本灏五子夏重信购置荒丘,垦荒造田,用血汗筑成了面积 120 多亩、年产稻谷 50000 多斤的"夏家大田"。其班派字辈六十字:子才魁应必、用思源宗廷、大万时希崇、本重良伦纪。奕代宏先绪、修明肃典常、尊亲昭令范、绳继绍嘉详、材美珍楠杞、名儒贵瓒璋、幸逢隆孝治、敦饬(chì)沐恩光(前十三代未入川)。

重庆市潼南县大佛乡夏姓一支:先祖夏时授兄弟各扶妻携子,康熙三十五年(1696 年),自湖南邵阳县入川,定居遂宁县西眉镇五桂桥,其五世孙夏良桂迁居大佛乡,已传十多代。班派字辈六十字:子才魁应必、用思源宗廷、大万时希崇、本重良伦纪、奕代宏先绪、修明肃典常、尊亲昭令范、经济肇家祥、德美真楠杞、勤俭贵瓒璋、幸福隆孝智、敦饬沐恩光(前十二代未入川)。

四川射洪县万林乡云凌村夏家湾夏姓一支:翰林院大学士夏嘉亨,清道光年间由湖北麻成县孝感乡经陕西、甘肃到四川都江堰,转成都狗头巷居住,后避战乱,迁居射洪县金华镇杨家坎和太和镇,定居射洪县丰乐乡二甲(今万林乡云凌村五组)夏家湾,已传近十代。班派字辈四十字:庭公恢令绪、嘉明永昌清、敬祖成先德、英宗祭祀荣、祥开华国彦、佑启大家馨、资派联修定、人文庆利亨(前五代未入川)。

四川武胜县乐善镇双石坝夏姓一支:先祖夏季勉选任湖广永州府祁阳县教谕,家于祁阳。其三子礼海徙居邵陵(今邵阳)其八世孙正和、正香、正梁三弟兄于康熙三十六年(1697 年)入蜀,落业于合州明月里。雍正六年(1728 年)迁居武胜县河东惠新里六甲(乐善镇)七郎庙双石坝,已传十多代。班派字辈六十字:礼义志祖宗(德)、再时同正国、世大永安昌、万代生俊杰、栋梁朝廷选、家学洪儒业、文武培景福、守忠真盛烈、锡光荣建树、登科显明哲、积远余瑞庆、清宴应元捷。

四川武胜县街子镇甘霖寺夏姓一支:先祖夏永彦,嘉靖年间徙居武胜县甘霖寺(今街子镇甘霖村),已传约二十代。班派字辈四十字:国春玉日虞、水文昌吉祥、瑞庆崇仕佐、朝纲永远扬、乾选开宏绪、凤光步熙声、川钟恒一德、静勤显尊荣。

四川岳池县罗渡夏家岩夏姓一支:入川始祖夏国武,康熙年间由湖北麻城县孝感乡填川，落业岳池资马乡富贵里（今罗渡金箱石）夏家岩。有子孙迁居合州西里六甲马投溪以纸杂业为生，有分居于李炳沟者，有分居于滴水岩者，至今已传十多代。班派字辈四十字：国正天心顺、官清民自安、世泽长久远、臣仁德尚宽、忠孝有礼义、后必立江山、万代乐洪福、廉政贵为先。

四川蓬溪县鸣凤镇铧匠沟夏姓一支：先祖夏孝章裔孙天晓、天陛、天彩三弟兄于康熙年间自长沙府安化县十二都团田入川，落业蓬溪县南路（今鸣凤镇）铧匠沟红花湾，已传十多世。班派字辈八十字：孝土文人启、兴有仁为贤、祖德稽山、世代洪泽绵、国太元子本、朝廷时大天、茂芳升显应、富贵其爵禄、谦豫恒丰泰、亨贞益壮观、尊亲伦纪著、守范典常宣、运正荣华永、科甲开第联、经犹成盛治、奠定乐平安。

四川泸州叙永县赤水河镇夏姓一支：夏富田出生在四川蓬溪县鸣凤镇铧匠沟，后被拉去当兵而流落川南，和叙永县赤水河镇天官村王家沟的王姓女子结婚而家于此，已生息繁衍十余代。其班派字辈仍沿用蓬溪铧匠沟的字辈。

四川遂宁白马镇大堰沟夏姓一支：先祖夏义贤同弟义芳，清雍正元年（1723年）自湖广源州府芷江县（今怀化市）竹山口入川，落业遂宁县五甲白马镇（今遂宁市安居区）龙王塘。子孙散居白马镇各地和重庆北碚、成都皇城坝、新都县、新疆托里县铁厂沟等地，已传十多代。班派字辈四十字：文子始启兴、信友仁义宗、国太民安乐、世继永长从、今逢新盛时、昌期纪万春、明德宏远扬、祖佑家荣欣。

四川遂宁磉溪镇深溪桥夏姓一支：先祖夏继公裔孙夏应感兄弟三人于康熙年间由湖南邵阳西乡入川，落业遂宁县南路城里新九甲深溪桥；其兄应有落业金堂县，其弟应科落业于遂宁县下安里曾家沟，已传十多代。班派字辈六十字（老字派二十字，新字派四十字）：继添义文必思志、元廷永远应祖宗、世贤定启登高、益裕延先绪、修齐振典常、功勋恢汉晋、勤俭绍虞唐、美士钟河岳、铭儒冠楚湘、欣蓬求孝诏、辅弼灿朝堂。

四川金堂县夏氏一支：金堂云合镇、竹篙镇和土桥镇夏家祠三处的夏姓均是夏继公之裔孙，所用字派也基本上相同。金堂县班派字辈一〇八字（老班派二十八字，两次新议各增四十字）：继添义文必思志、元廷永远应祖宗、世贤定启登高位、正逢万久芳建忠、益裕延先绪、修齐振典常、德勋福汉晋、勤俭绍兴长、美士钟河岳、名儒冠楚湘、欣勃旭孝诏、辅佐灿朝纲、尚贵承景运、治国宪荣光、安利财维伟、超伦澈祚昌、献传存道富、发代自铭扬、绩用育隆俊、钦平神大邦。

云合镇石河村通海井干湾夏姓：夏继公曾孙文聪自马鞍岭迁居湾田满屋场。生六子：必太、必清、必瓒、必瑄、必鉴、必兴。必兴次子思澄七世孙祖姜于清康熙年间徙居金堂通海井繁衍生息，已传十多代。土桥镇凤形湾和竹篙镇金龙、磨子山、磨子桥、红观音、回龙、古井、常乐、高兴、金筒、河坝街、周家、双流王家沟等村组夏姓:文聪公四子必瑄五世孙永午、永法兄弟二人于康熙三十五年(1696 年)三月,徙居四川武胜县沿口镇等。同时入川的还有永午堂弟永用之次子远富居成都府绵州东村七甲金山铺夏家湾,三子远守居金堂县崇德乡三十堰址(今竹篙镇古井沟九组),四子远宁居金堂县长乐乡十甲四单陈家沟(今土桥镇)凤形湾芹元沟正冲。其后子孙有迁居简阳、灌县、崇庆等地的,至今已传十多代。

四川安岳县林凤镇玉带青山沟夏姓一支:先祖夏文朗自贵州瓮安县瓮水里大坪二郎庙老屋基,于康熙年间徙居四川安岳县折桂乡(今林凤镇)玉带青山沟老屋基,其子孙有迁居陕西、云南的,已传十多代。班派字辈六十字:文天礼朝希、仕正崇重良、伦纪辉光绪、声誉达家乡、功丰绵泽远、德厚应流长、后彦端方直、贤豪敬慎庄、美名先梓里、万代护国强、麟趾尊公族、稽山姓自香。

四川中江县下村十一乡夏家坝夏姓一支:入川始祖夏金台乃无余公裔孙。明万历初年,偕弟银台自麻城县孝感乡入川,流寓新都、新繁等地。后落业中江县下村十一乡夏家坝。金台之子文志公置业于夏家沟厅房湾花亭墙半边山,后佃田于四方石。子孙有迁居清浦乡会青里铁佛寺的,迁蓬溪县安通乡小杨溪的,有迁射洪县庙子营的,有迁叙府的,还有迁居新都县紧水河铁椿堰菱角塘等地的,已传二十余代。班派字辈九十字:台文朝之臣、福禄仁有德、忠正佐明廷、礼义定家国、心传学定修、怀清逢大吉、世代永兴昌、祥瑞从天锡、诗书启后贤、孝道光先泽、乾坤开泰运、应诏全基业、祖功长继盛、富贵如松柏、荣华真久远、宏才立俊业、九鼎重扬辉、万年依典则。

重庆市合川县狮滩镇双钟村夏姓一支:先祖夏应登与弟应和、应锡三人,于康熙三十六年(1697 年)由贵州遵义县南乡坪水里十甲桐子林入川,住合阳钓鱼城。后打烂铜锅各执一块,各立庄业,子孙以破锅联宗。应登落业明月里二甲路丝岩,应和落业马头溪,应锡落业理名夏家沟。应登子孙散居学堂堡、湾柏树老屋基、横栏子坎上黄桷屋基、鸡冠坪大屋基、天堡寨坎下倪家嘴卷子湾、三汇坝鱼泉河牌坊学堂屋基、彭家沟高屋基、拐枣屋基、白峡口染房屋基等处,已传十多代。班派字辈二十二字:应问阳君天心顺、实清邦志、安惟光绍先学体、道记宏元。

重庆市合川黄土净光村双井坝夏姓一支:先祖夏应弼,康熙三十六年(1697年)自湖南新宁县东檀山村野鸭塘入蜀,落业合州黄土净光双井坝。子孙散居于合州东里三甲(今蛟龙乡黄桷村)卷洞门、蛟龙高塔村大屋基、黄桷村袁家巷子、净光村箱石坝、凤凰沟酢房院子、庆华斜滩黄家院子、三汇龙头屋基、同仁乡文家嘴、江北秦家乡夏家院子和中和乡陆池村、邻水县高滩乡等地,已传十多代。班派字辈四十字：君之必忠茂、伏恩廷凤显，应时世道永、正大光明远、惠吉联鼎元、宗文昭万选、成章建国谟、有泽扬家典。

重庆市合川古城乡叶子溪夏姓一支：先祖夏日早，康熙五十年（1711 年）湖南桂阳县西门景湖坊关圣祠红桥头入川，落业岳池县北门外分水垭乾佛寺背后檀木沟。其子时鳌乾隆二十五年（1760 年）徙居合川西里六甲（今合川古城乡）叶子溪，已传十多代。班派字辈五十字：同日时吉祥、立震升廷国、富贵崇高大、才能选用章、佑贤辅德治、显忠遂良昌、福禄承天受、鸿业永世芳、科弟荣登远、文华代有光。

重庆市合川张桥乡滥井沟夏姓一支：先祖夏明升，元末自黄州府麻城入蜀，居合川永里九甲夏家湾。洪武四年（1371 年）七月敕封归义侯，镇守高丽。其九世孙夏国恺和陈氏夫妇避逃贵州遵义县乐安里崇庆寺坎下三台土，数载身亡。陈氏祖婆带禹懋、玉懋、正懋三子返回合州居永清里六甲（今合川张桥乡）滥井沟尖山坡坎下老房子，至今已传十多代。班派字辈二十字：添国懋应尚、永正德荣昌、朝廷光明献、文定治安邦。

重庆市潼南县梓潼镇石马沟夏姓一支：先祖夏王春，康熙四十七年（1708 年）六十一岁的他陪同二十三岁的五子正弘自湖北荆州府江陵二十六都于家庄，徙四川遂宁县上安里三甲石马沟（今潼南梓潼镇）定居。王春公次子正松携次子师谟入川探望父亲和弟弟，未返湖广。子孙有迁居双江镇踏水桥的，有迁居上安里四甲干溪沟的，有迁居崔家沟的，有迁居千渠沟王家井的，还有迁居重庆市的，等等，已传十多代。班派字辈三十二字：昭宣明德、荣扬治功、圣朝有道、万国时雍、会逢盛世、荷天之龙、永应多福、列爵上公。

重庆市潼南县夏家油房夏姓一支：先祖夏廷湖，康熙年间携二子自湖南辰溪县麻柳湾沙田坎徙川落业定远县（今武胜县），后迁合川长流坝，再迁遂宁县南路下安里高垭口坎下老虎沟尹家宅（今夏家油房，属潼南东升乡）定居。六世孙夏德源迁居遂宁梓潼盐关垭口，夏德有、夏德富二人迁居金刚寨，子孙有迁居潼南德胜街老铺子的，有迁茶店乡丁家坪的，有迁双江镇河街子的，有迁梓潼大桥村的，已传十多代。班派字辈六十字（前二十字是老班派）：胜兴世天启、廷正国义长、明德光先绪、万士发家祥、源吉隆安铺、钦往山西晋、绍新竖珍宝、太和大江岳、辰洲续清秋、定远有翔应、河杨傅智育、玉代栋梁材。

重庆市潼南县小渡镇夏家坝、塘坝小林山夏姓一支：先祖夏学智兄弟三人，康熙年间自麻城孝感乡林家湾徙贵州遵义府九甲桐梓沟居住三年，继迁四川重庆巴县走马岗。老大夏学智居此，老二落业铜梁县大庙西泉汤夹口夏家坝，老三落业于潼南县柏梓镇。夏学智之子夏胜宗迁遂宁县中安里四甲夏家坝狮子坡（今潼南县青云乡)、三世孙夏泓春之子孙迁居塘坝胜利乡陈家湾小林山。子孙有迁安岳县长林乡高峰岩的,有迁遂宁下安里安宁桥后坝的,已传十多代。班派字辈二十八字:学胜泓玉世正儒、绍兴珍宝德明谟、永安传智光先代、克守成家立显图。

重庆市铜梁县夏姓一支:先祖夏荣现,明末兵乱,自麻城县孝感乡红石堰避居贵州修文县穆家寨四平村。其长子启鸾避乱亡于紫阳寨;次子凤鸾生于遵义松树坝,迁居贵州瓮安县瓮水里;三子成鸾居遵义桐梓县岩孔,成为旺族。凤鸾长子可荣率子孙徙居陕西;次子可华于顺治十八年(1661年)徙蜀落业于铜邑六寅山侣俸场柏香嘴芹菜湾(今铜梁县侣俸镇)。子孙有迁大足县东关滥田沟和土桥镇、龙岗镇、雍溪乡的,有迁铜梁县新复乡的、有迁安岳县西城月池山的,有迁巴县土溪河的,有迁陕西的,也有迁回贵州的,已传十多代。班派字辈三十四字(老班派六字):荣鸾可登密虞、在天宗德文明远、永吉长泰万代春、崇高传世昭家祚、光显朝庭作国宾。

(注:以上资料均从各地族谱中整理出来的,不敢保证百分之百的准确。有的谱记,从麻城孝感徙居贵州境内,再从贵州迁四川、重庆。当时从湖北到贵州必须经过湖南或重庆,在交通不便的当时,从湖北直接到贵州再从贵州迁四川、重庆,这样的迁徙路线真叫人不可思议。敬请方家教诲为谢!)

成都金堂夏祥林:夏氏自始祖应祥公自公元1691年入川至今,已整整三百二十余年。

老谱“字派”:尚万元应崇德温,学象云志尹文中川源派《德阳广汉——成都金堂》。夏氏“字派”应从德重良,伦纪更宜祥。铸鼎开基厚,鸿功衍泽长。乾坤垂景象,运会启文昌。卜世超周盛,芳声愈远扬!

祖籍寓居地

湖南长沙安化县东平乡探溪口地名:腊冲庙山,移居叙浦县龙潭一都上里学天地名:木已冲。

迁徙情况:离湘入蜀(三十八周岁迁徙),发家致富,手足离分,痛失胞弟。

(先)于康熙三十年(1691年)间,夫妇携弟应科(时年三十四岁)、长子从圣(四周岁)上川。始寓潼川府中江县会棚子一碗水,与陈姓表兄同住。入川第二年,喜得次子从贤。(现德阳市中江县会棚乡)(估计应该是在这三十二年里的辛苦打拼,挣得了安居乐业的第一桶金,于是,得买萧谌二姓之业立宅居之。)

(后)于雍正初年(1723年),目睹山川,得寓斯土——乃四川省成都府汉州水村九甲,地名皮家沟。入川第十五年,再得三子从德。(现德阳市广汉市松林乡果园村五组)(估计始祖胞弟应科公,眼见胞兄成家立业,故而见贤思齐,意欲像胞兄一样,决心打拼出自己的一片天地与事业,外出务工,不承想,就这样骨肉分离,一去了无音讯。)

入川前系:龙三公生殁配未详,墓在燕形。横溪公生殁配未详,墓在杉木园仙鹅抱。尚贞公生殁未详,墓在探溪虎形,妣王氏生殁未详,墓在芭蕉溪蛇形,生万国。

万国公尚贞公之子生殁未详,墓在栗江界凤形,妣黄氏生殁未详,墓在毗汪滩横坡,生元亨。元亨公万国公之子生殁未详,墓在叙浦县龙潭一都上里学天,地名木巳冲,尹家屋场人形地、妣刘氏生殁葬未详,生二子:应祥、应科。

西南之夏氏

夏姓来源:1. 以地为氏:五帝时有大夏国(甘肃狄道县西北),同时有活动于夏水(汉江)一带的夏部落,其子孙以地(水)为氏。2. 出自姒姓以国为氏,夏禹王本姓姒,继父治水,地平天成,功垂万世,而有夏朝。其子孙以国为姓。3. 出自妫姓,舜帝裔孙子夏之孙名夏征舒。4. 改姓:汉初崔广号黄公,隐居夏里故名夏黄公。满、蒙、回、土家和台湾土著人等少数民族均有夏姓。还有外姓过继抱养者。5. 另外五帝时将军夏畊和夏禹王大臣夏革之后。

你是谁之裔,我是谁之后?查看先祖传下来的族谱就知道了。

夏姓迁徙:夏姓立姓后主要活动在河南、山西、安徽、山东、陕西一带。秦汉时向河北、江苏、浙江播迁。晋朝,夏氏已是浙江望族。唐宋时,夏氏已遍布长江流域,尤其苏浙赣一带。因战乱、任职等原因迁往湘鄂川闽粤桂等省区。据姓氏专家袁义达、张诚2002年出版的《中国姓氏》载:当代夏氏468万,为全国第55位,约占全国人口的0.39%。苏浙赣三省夏氏占夏姓总人口的39%,川皖黔鄂沪五省市又占28%,江苏夏姓占全省总人口的1%。

川渝是移民省市,川渝夏氏历史就是川渝移民史的缩影。夏氏血缘始祖之一的夏禹王虽然相传出生于四川省北川县石纽禹穴沟,但他本姓姒,到中原治水立国后才有夏朝。三国时有夏氏、夏侯氏军人随蜀汉大军进入四川,五代之前蜀中已有夏侯氏,宋代后有多位夏姓在川做官。他们有无子孙在川,不得而知。四川大竹、邻水和贵州的部分夏氏(福一、福二之后)及重庆较大一部分夏氏都是元末自皖至黄州再入川的显一公之后。川渝大部分夏氏乃明末清初"湖广填四川"而来。川渝数百支夏氏各视其谱便知来龙去脉矣。

贵州安顺夏氏始祖称五老官人,洪武初率七郎随征巴蜀,择居泸州。滇黔叛乱,公转战于斯,其子分居贵阳、麻哈、安顺、仔马场、兴义、平夷县(贵州毕节市东)。遵义枫香干溪夏氏始祖国祥,化名启礼,明末清初兵败隐居于此。“湖广填四川”后有部分夏氏迁徙于滇黔。滇黔少数民族中也有夏姓。其余各支夏氏须视其谱才知来龙去脉。

云南宣威夏氏

据其谱载,明初原吉公之子单荩、单芝奉命随平西侯沐英征讨平定滇黔之乱。其后定居宣威、昭通、曲靖等和贵州威宁、赫章等市县。其余各支夏氏需视其谱才知来龙去脉。

西藏夏氏

藏族中也有夏姓。民国时期和新中国成立后有多名夏氏在西藏工作,可能其后在藏。

愿西南夏氏贤达志士敬祖隆宗,弘扬祖绩,慰先祖于九泉,泽子孙之万世。以上乃个人拙见,若能达到抛砖引玉之目的,不胜幸哉,深望足矣!

寻根问祖之我见

四川是个移民大省,寻根问祖是四川移民后裔的共同愿望。

我的根在哪里?我先祖来自何方?这是人人关心的问题。在网络上和在电话中往往有人问:“你知道我们是从哪里来的吗?”“我们跟哪些人是亲房?”……依我个人之见,要搞清这些相关问题,只有自己动手,千里之行始于足下,如拜访本地高寿老人,尤其本姓老者,了解你所需要知道的情况;询访查找老族谱和本姓族人家中以前办善事留下的文字记录;寻找祖墓碑记;从自己起,往上父亲、祖父、曾祖父、高祖父……将自己所知道的系传全部排出来,并找到老字派,与人交流或公布上网,也许会找到同宗共祖的族人。公布上网时一定要实名并写清联系方法。

希望各级夏氏宗亲组织一定要以族谊为基础,以族谱为纽带,以经济为动力。

附:四川达县夏明显支系传及字派

血缘始祖夏禹王(治水功垂,约公元前2070年建立华夏历史上第一个朝代——夏朝。传十四世十七帝至夏桀亡国,共471年)。商朝时期夏姓资料太少,悬而未决,难作定论。周武王封禹王裔孙东楼公为杞侯,传十六世二十侯至简公春,被楚灭,其弟佗公奔鲁封夏阳侯,复姓夏侯始于此。东楼公七十一世孙夏侯显(得罪唐武宗,去侯更名夏显)。东楼公九十世孙、自赣徙湘始祖夏长庆(1337.8.

15—1398.10.19)(贡生。明初自江西泰和侨居荆州三湘。洪武十三年迁居永州东安流洪司北应乡火麻山[今东安芦洪市镇石板凼村]);赣徙湘二世夏富九(1376.5.5—1440.2.12),有两兄富二、富六;赣徙湘三世夏癸五(1399.3.13—1456.7.6),有两弟癸八、癸十二;赣徙湘四世夏甲十六(1424.2.11—1486.5.3),有兄甲十二,弟甲二十、甲二十四;赣徙湘五世夏思达(1450.6.18—1524.9.12),有弟思选;赣徙湘六世夏广敬(1471.6.16—1536.5.6),有两弟广恭、广生;赣徙湘七世夏友智(1507.7.13—1599.9.6)(太学生,盛朝人瑞),有兄友庶、弟友金;赣徙湘八世夏显松(1546—1614.4.10),有弟显柏;赣徙湘九世夏尚寅(1592.1.3—1653.9.10),有兄尚节;赣徙湘十世夏忠钰(1614.3.10—1696.10.15),有两弟忠钺、忠镗;赣徙湘十一世夏时朕(1634.1.8—1715.12.8),有兄时周;赣徙湘十二世、湘填川始祖夏日昭(1662.6.18—1720.5.10,清康熙三十九年[1700年]扶孕妻陈氏携两子,途中船生一子,入川落业于达县亭子镇天安村一组洞子潭。三个儿子各生五子,十五房分居各地),有两弟日昑、日晌;入川二世祖夏景秀(1691.4.15—1758.3.14),有两弟景曝、景昌;入川三世祖夏德炎(1729.3.14—1809.12.24),有两兄德彰、德盛,两弟德懋、德润;入川四世祖夏月现(1766.11.6—1848.2.11),有两兄月清、月玉;入川五世、高祖父夏大任(1802.8.29—1865.3.4),有兄大让、弟大观;入川六世、曾祖父夏禹贡(1835.5.14—1906.9.1),有兄禹康;入川七世、祖父夏绍儒(1869.10.29—1936.10.1),有三兄绍益、绍笏、绍泰,四弟绍轩、绍鼎、绍义、绍铭;入川八世、父亲夏文选(1908.7.6-1960.1.14);入川九世、本人夏明显(1942.1—　)。

字派:

湖南永州东安县火麻山老字派:长富万(癸)辛(甲)思,广友福(显)廷(尚)忠,时日(一)景德月,大禹绍鸿基,尊荣本自立,贤才佐朝用,方政协民辑,传子崇治道,建都奠安邑,来裔克纯祖,万载庆咸集。共五十五字。

楚传四十字派:时日景德月,大禹绍文明,礼义先正国,永世道良兴,用茂光辉祖,积善福顺成,立朝名位盛,申锡定昌荣。

我们支入川后所用字派:时日景德月,大禹绍文明,礼义先正国,仁智自(后改为"承")天生,远代贞元会,永世道良兴,用茂光辉祖,积善福顺成,贤才立朝盛,申锡定昌荣。(第一代未入川)

(作者单位:四川省大禹文化研究会)

北川祭禹习俗的发展和变迁

朱静　杨柳

摘要:史载"禹生西羌",羌族人民历来视大禹为"先祖圣王"。在北川,不论是民族关系紧张的封建时代,还是大力弘扬优秀传统文化的今天,"大禹牌"通常都是最好用的缓和矛盾和消除不良情绪的良药,同时也是现代发展经济的有效载体。历代地方官员重视祭禹,客观上更好地保存了北川的大禹文化。在改革开放的今天,大禹文化的良好保存,也更是我们传承民族文化、弘扬大禹精神的有利保证。

关键词:北川祭禹　祭禹习俗　民间祭禹

大禹是我国传说时代与尧、舜齐名的贤圣帝王。他最卓著的功绩,就是治理滔天洪水,又划定九州,并创建了我国第一个国家政权——夏。大禹及其治水功绩之所以被千古传颂,就在于大禹精神体现了中华民族自强不息、艰苦奋斗的求生存、求发展的坚强意志和崇高品格,是中华民族奋发前进的大旗、精神力量的源泉。

据古代文献记载,北川是大禹故里。这里有着丰富的大禹降生的遗迹和历史典籍,传说故事家喻户晓,千年传承的大禹祭祀习俗更是长盛不衰,特色鲜明。千百年来,北川大禹祭祀习俗又是怎样传承下来的?本文尝试对北川历史上的几个节点中大禹祭祀习俗的传承和发展进行分析,为大家稍稍解惑。

一、唐宋之前,民间自发祭祀大禹

(一)古籍记载的大禹出生地

早在战国时期,《孟子》和《竹书纪年》都认为,大禹生于石纽,是"西夷之人"。

汉代文献一致称“禹兴于西羌”“禹生于西羌”，也认为大禹是西部的少数民族。而蜀地的学者扬雄在《蜀王本纪》中进一步指明：“禹本汶山郡广柔县人也，生于石纽，其地名痢儿畔。”“禹，六月六日生于石纽。”汉代北川境域属广柔县管辖，唐代始置石泉县，自此以后，史家们皆指石泉为禹生之地。

（二）羌人最朴实的大禹崇拜

大禹生于西羌，是羌人的首领。羌族人民历来视大禹为先祖圣王，对大禹敬若神明。羌人崇拜大禹，在冉駹[①]部落的民歌《送嫁歌》[②]中也能体会到：“现在就来唱我们的根，耶格西[③]是我们第一个最能干的人。他疏通了八条河，他疏导了八年。第一次，他听见孩子哭，就想到了还要跟野兽作战；第二次，他看见孩子笑，就增加了毅力；第三次[④]，他看见孩子跑，更鼓起了勇气。疏通了八条河，还有一条疏不通，他睡不着，不高兴，坐在石头上发闷。比格者吉[⑤]问明白，叫他安心，好好睡觉。一夜就把河拱开，九条河都疏通了，千流万河归大海。”可见，大禹在羌民心中是始祖，是羌民生活和学习的榜样，不论在婚丧嫁娶还是在祭祀欢庆中，只要有机会，羌民都会将大禹的丰功伟绩进行传扬。

石纽山在今北川县禹里以南一里许。据《华阳国志》记载，早在汉代，羌人就把大禹诞生地石纽山看得十分神圣，方圆百里不敢居住放牧。到了南北朝时期，这种崇禹的传统又有了新的发展：《水经注》提过，广柔县之石纽，是大禹诞生地。这一带百姓一直不敢在石纽山百里内居住、放牧，犯了罪的人逃匿到此，便不再受到追捕，能躲藏三年不被抓，会得到原谅，说是受到大禹神灵的保佑。

（三）羌民早期进行大禹祭祀的形式

据相关史料记载：唐太宗贞观八年（634 年）在禹里设置石泉县时，石纽山下已有当地羌民自行建立的大禹庙，这一带的羌人每年春、秋及农历六月初六日大禹诞辰，都要举行祭禹活动。后来禹庙虽遭兵燹祸乱，却随圮随修，庙祭从未间断。可见，虽然石纽山禹庙初建时间不可考，但是在唐宋之前，历代羌人在石纽山一直对大禹进行着民间自发的庙祭仪式，且连年不绝。

---

① 冉駹是岷江上游地区的古羌族，其内部包含着若干文化传统不尽相同的群体。《后汉书·南蛮西夷传》云：“冉駹者，武帝所开，元鼎六年以为汶山郡。其山有六夷、七羌、九氐，各有部落。”

② 这是一首在羌族传统婚礼中，人们围着咂酒跳“沙朗”，由老人们唱的酒歌。

③ 大禹的羌族名字。

④ 这里的一次、二次、三次是指大禹治水三过家门而不入的事情。

⑤ 大禹妻子的羌族名字。

南宋计有功的《大禹庙记》中记载,直到南宋时期,茂、汶等地羌民尊大禹为“汶王”,常自发举行祭禹活动。

可见,唐宋以前的大禹祭祀,是以百姓民间祭祀为主体的,也不只庙祭一种形式,但石纽山已成为庙祭的最佳地点。

二、宋朝时期,主政官员官祭形成

(一)宋代民族矛盾激化后的北川形势

北川关内地区作为冉駹属地,自西汉元鼎六年(前 111 年)进入西汉版图后,所属地域不论是汶山郡,还是北周时期的汶州北部郡、唐朝的茂州;不论是北周保定四年(564 年)设置的北川县还是唐太宗贞观八年(634 年)析北川县地置石泉县,治地都在今茂县县城。可见,历代封建统治者大都因北川关内地区与茂州居民同属羌人且山水相连,而将其视为一体进行管理。

宋代,羌人与封建统治者冲突频繁。北宋后期,为了截断茂州到石泉的道路,孤立石泉的羌人,达到分而治之的目的,将其改隶于绵州[①]。北宋政和七年(1117 年)又设置石泉军,进一步提高其防御地位。至此,石泉(北川)成为封建统治者防御羌人的前哨阵地。

这一调整虽然取得了加强石泉防御、分化北川羌人的目的,但是却不能实现对石泉羌人的直接管理。为政者思想上仍然将石泉羌人与松茂的羌民一样加以防范,这使得大部分番寨仍处于与外界隔绝的状态,没有彻底解决民族矛盾根源。

(二)番汉文化的交流为官祭提供了助力

石泉县改由绵州管辖后,创造了番汉民宗接触交流的有利条件。除了民间交流、影响扩大之外,地方官员也开始重视文教,大力传播汉文化。

《石泉县志 · 重建均治记》记载:“(石泉)县始于唐至贞观,宋政和七年升而军之,控扼西夷故也。绍兴间,平凉侯魏禧守此一十三载,官廨、学校、城郭规置周备,颉颃内郡。”认为平凉侯魏禧在十三年(1144 年以后)的知军任上做了两件大事:仪式完备武备,筑土城防羌人骚扰;二是大兴文教,建学宫传经讲学。此后,石泉的地方官员一直十分重视文教,汉文化对北川产生了重大影响。

(三)南宋重建禹王庙与官祭大禹的延续

1. 禹王庙重建始末。为了缓解民族关系,抚化羌人,保持民族地区的稳定和安

---

① 《宋史》对其有翔实记载,于公元 1076 年改石泉由绵州管辖。

宁，南宋绍兴二十八年（1158 年），石泉知军赵公（佚名）欲重建因兵燹祸乱毁掉的大禹庙。因其上任时，石泉一带受汉文化影响巨大，被视为汉区，赵知军不敢肯定石泉的“石纽”是不是大禹故里，曾请教南宋文学家计有功。

计有功所作的《大禹庙记》中详细记叙了此事，并给予答复：“石泉始隶于茂，国朝熙宁割隶于绵，政和抚夷，又升而军之。礼乐文物，日浸月长，且为石纽夷地，置而弗论。”他认为石泉一带受汉文化影响，时间久了，人们的认识和观念也有了变化，以致产生了疑问。同时，计有功还指出：“自石泉之名立，其后唐《地理志》、国朝《职方书》《先儒舆地记》皆以石纽归石泉。虽莫辩其故，然汶山之山曰铁豹，江水出焉。汶川之山曰玉垒，湔水出焉。石泉之山曰石纽，大禹生焉，合之则一，离之则散，处于三邑之近，无可疑者。”这不仅肯定了石泉是大禹故里，又暗示了从汶川到石泉，百姓都是羌人的事实。

计有功的这些思想打消了赵知军及一帮石泉官吏的疑虑。在人力财力都极其匮乏的情况下，赵知军在石纽山下重建了一座富丽堂皇的禹王庙，其规模“以门计一十有八”，“形丽势胜，神明拥会”①。

2. 官祭的形成。禹庙落成，赵知军邀请各界人士齐聚庙前，举行了隆重的祭禹仪式，并表示要像大禹一样关心人民疾苦，推行德政。这是北川历史上第一次由官方出面对大禹进行的祭祀，至此，官方祭禹形式形成。官方对大禹的认可，也渐渐消除了羌人与朝廷的对立情绪，缓解了部分矛盾。此后数十年北川一带没有羌人与官府为敌的记载，这和此前的北宋末年不得不调集施、黔一带的土军平定“石泉蛮叛”以及南宋末年矛盾再次激化以至连石泉军治衙门也难以保全的情形不可同日而语，足可见赵知军“打大禹牌”处理民族问题的高明之处。

自此，石纽山下大禹庙就成了官方祭禹的场所。历朝历代的到任官员一直将祭禹作为解决民族矛盾的一个重要突破口，把维护和重建禹庙作为重要的政绩。在北川羌人与官军冲突最为频繁的明朝，嘉靖四十年（1561 年），戍守石泉的文职兵备周宗也采用了当年赵知军同样的方法来“抚化番夷”，消除羌人的对立情绪：他不仅在石纽山下重建了大禹庙，还刻制了岣嵝碑立于庙中。此碑现存于禹里镇西山禹碑亭。据碑上的跋文称，周宗刻碑的目的，一是为了“壮石纽之灵”，使石纽山更加神圣，二是为了表明自己要像大禹一样“修文德以化戎”的政治主张。

① 出自南宋计有功《大禹庙记》，四川省大禹研究会所编的《禹生石纽在北川》，第 7 – 10 页。

三、清代以来,重视文治的官民同祭

清代以后,随着“改土归流”的进程,很大部分的北川羌人开始穿汉服、说汉话、习汉俗,被视为汉人;北川地区的民族局势也趋于平静。这一时期,地方官员对北川羌人的看法也发生了变化,对羌人多了一些宽容,认为“氐羌皆吾赤子”。在民族关系缓和的情况下,北川的地方官员仍然十分重视纪念大禹,积极修缮禹王庙,其主要目的则是表达对大禹的崇敬,彰扬大禹精神和提高地方知名度。

(一)清高宗乾隆对大禹故里的认证

1.《御批通鉴辑览》中的认定。在清代诸帝王中,清高宗乾隆最重文治,以文教施政治民,将推行文治与官方修史事业联系在一起,把设馆修史当作推行文治的重要工具,充分发挥史馆修史的政治功能。成书于乾隆三十三年(1768 年)六月的《御批通鉴辑览》就是最重要的证明。

清高宗特设《通鉴辑览》馆,在书法、论断等方面具体指示,引导馆臣按自己的意志对历史进行裁决。在编辑先秦历史时,为了制止对禹生之地的纷争,乾隆皇帝在《御批通鉴辑览》中特地对“禹生之地”作了认定。在“夏后氏大禹,姒姓,颛顼之孙,鲧之子,生于石纽”这条史料特别作了批注:“谯周蜀本纪:禹本汶山郡广柔县人,生于石纽。元和志:禹所生处,考唐书地理志,茂州石泉县治有石纽山。石泉今属龙安府,山下有大禹庙,相传禹以六月六日生此。今以蜀纪、元和志为据。”

2.祭禹规格和相关政策优惠。民国《北川县志》记载:“禹庙,每年春秋与关岳庙同时致祭,其仪注与文武庙同,唯无乐歌。当前清初年以北川为大禹降生之地,特颁祀典,祭以太牢,至今仍之。”①从上述记载来看,清初朝廷的确“特颁祀典”,规定以“太牢”祭祀大禹,羊、牛、猪三牲齐备称为“太牢”,是古代诸侯、天子祭祀社稷之礼仪。这反映了统治者对祭禹的重视,表明了清代最高统治者对禹生北川的认同。据姜炳璋《石泉县志》记载:石泉作为大禹故里,朝廷对其有许多优惠政策和特殊规定:县令必须是科举出身;录取科举秀才,按朝廷分配名额加倍;贡赋减半或全免。另外,对于祭禹,朝廷也有明确的指示:六月六日大禹生辰,除了用“太牢”之礼致祭大禹之外,县令还可以穿上皇袍(黄马褂)代表皇帝祭祀大禹;在县衙两旁设置只有州、府以上才能有的鼓楼、乐楼供致祭大禹及重大礼仪时使用等等。

(二)姜炳璋重建禹庙,形成了堪称国祭的官民同祭大禹形式

---

① 四川省大禹研究会所编的《禹生石纽在北川》,第 18 页。

清乾隆三十三年(1768 年,《御批通鉴辑览》成书之时),县令姜炳璋再次重建禹王庙,不仅将正殿修葺一新,还另建大门一座,两边各建房三间,正殿供大禹,后堂供圣父崇伯、圣母有莘氏。同时,他还在石纽山前要道修建“神禹故里”坊,用石为基、木为柱,以小青瓦覆盖,上悬木制“神禹故里”匾额,左右木柱上挂木制楹联曰:“石纽之村笃生圣人皇皇史册古迹常新,刳儿之坪产石如血青莲好古大书禹穴”。匾额和楹联为姜炳璋亲笔书写。落成之日,举行盛大祭禹活动。县令姜炳璋着黄马褂率领文武官员,以盛大仪仗为先导,百余人抬着牛、羊、猪、帛、爵、登、簋、笾、豆等祭品,从县衙出发至禹庙,县内外百姓数千人随往,以太牢之礼仪祭祀大禹。县令二叩六拜,群臣、百姓三叩九拜,甚是虔诚。

此后,官民同祭的祭禹形式在北川形成,县内祭禹活动规模也进一步扩大。

(三)形式多样的民间祭祀蓬勃发展

汉羌文化的不断融合和清政府的重文政策,使得民间祭祀在这一时期蓬勃地发展起来。

1. 最神秘的祭祀——祈雨和防洪灾祭祀

北川人民不只把大禹当作自己的祖先,更是当成神灵而崇拜。逢大旱之年,禹里百姓会自发地聚集到大禹穴沟口的禹王宫祈求降雨。据禹里老人介绍,这种祭祀之前的准备比较麻烦,百姓们在会首的带领下,每家捐献一些布匹出来,缝制出一条五彩的布龙,祭祀之日由会首带上一路百姓进入禹穴沟深处,在洗儿池烧香取出曾经洗涤大禹王的圣水至庙前。在燃香供奉香果后,由精壮汉子舞起布龙,其他百姓围绕四周,并向布龙不断泼洒由洗儿池取出的圣水,以祈求大禹王降雨,保佑丰收、祈求平安。

防洪灾的祭祀就相对简单多了。百姓在大禹像前祭祀,燃香蜡纸钱后,将纸钱灰烬收集,抛洒于洪水之中,以此祈祷大禹王显灵,将洪水消退。

2. 最具政治性的祭祀——官员上任祭祀

为缓和民族矛盾、更好地治理百姓,外地官员来北川任职的,通常都会通过宣扬自己认同大禹之“德”,利用百姓对禹的崇敬来教化百姓接受现行的政治秩序。在北川为官者一面不断地维护和修缮禹庙,一面采用各种形式的祭禹活动。官员上任祭祀就是这些政治性祭祀中效果最明显的祭祀活动。

官员上任祭祀主要有在“一线天”小禹穴处祭祀和拓碑文祭祀两种。据禹里的老人介绍:明清时期,外地官员一到石泉(今北川)赴任,就会组织百姓带上三牲祭品,直奔禹穴沟“一线天”小禹穴处祭祀大禹。因禹穴沟山路陡峭,每次进行这种祭祀时,沿途百姓会“逢山开路、遇水架桥”,协助祭祀队伍通行(现在禹穴沟还有祭祀架桥等痕迹)。上任祭祀结束后,官员才会到县衙上任,开始履行职责。

拓碑文祭祀一般在官员上任或者卸任时。官员带着祭祖用的祭品到禹穴沟口颜真卿所书"禹穴"碑刻处,向禹穴碑烧香祷告后,用宣纸将整个碑文全部拓下,仪式即完成。此拓文会被官员珍藏,成为官员与百姓一样认同大禹精神的一个象征。

北川县境除禹里建有禹庙外,禹穴、片口、坝底、曲山、陈家坝、通口等地均建有禹庙或禹王宫,凡建有禹庙或禹王宫的地方,每年春秋及六月六日大禹生日,均由当地地方长官主持不同形式的祭祀活动。

四、改革开放后,弘扬民族文化、发展旅游经济中的民办官辅

"文化大革命"时期,北川大禹祭祀活动基本中断,但是大禹在老百姓的心目中还是神一样的存在,每逢初一、十五以及大禹诞辰,百姓还是悄悄地进行一些祭祀活动。

改革开放以来,为了将弘扬大禹精神与经济发展相结合,推动地方经济发展和繁荣,北川县委政府积极恢复大禹遗迹、开发大禹故里风景名胜,引导民间群体进行大禹祭祀活动。

(一)20 世纪 80 年代—2008 年地震前的大禹祭祀活动和禹迹恢复

1. 禹迹的恢复、建设和北川大禹文化研究发展

这一时期,为了弘扬大禹文化、发展经济,政府对北川禹迹的保护和恢复力度是空前的:1991 年临摹原型对"大禹故里"坊进行重修,同时在禹里场北修建了气势宏伟的仿古仿石建筑——大禹纪念馆;1994 年在禹穴沟口重修禹王宫。这些建筑很快成为人们凭吊大禹功绩、缅怀大禹精神的重要场所,由全国各地大禹及夏文化研究院的专家、学者组成的四川省大禹研究会就设于大禹纪念馆,以知名历史学家李学勤为代表的学术界从 20 世纪 80 年代起,从不同学科、不同角度探讨研究了北川大禹文化,在他们的协助下,四川省大禹研究会专家学者先后编辑出版了《大禹史汇编》《大禹及夏文化研究》《海峡两岸大禹文化研究会论文集》等众多大禹及夏文化研究著作,为弘扬大禹精神、推动大禹文化发展做出了积极的贡献。1992 年,时任国家主席的杨尚昆,亲笔题写了"大禹故里"四字。

在政府工作的推动下,民间发起的恢复和建设禹王庙工作也积极地推进着:曲山镇米市沟左岸,由民间发起修建的禹王宫已初具规模,香火日益旺盛;青片、片口、坝底、曲山、陈家坝、通口等地也相继恢复或者新建了禹庙或禹王宫,用于民间祭祀大禹。2002 年,禹里乡的百姓,带着对大禹无比崇敬之情,民间自发集资投入

资金达200多万元,在禹里乡政府对岸、石纽山左侧修建禹王庙,并在殿前建造高10余米的大禹塑像。每年农历六月六日大禹诞辰纪念日,这里都要举行隆重的庙会活动,成为县内外民间祭祀大禹的重要场所。

2. 大禹故里风景区的建设

大禹故里风景名胜区,1989年3月23日被绵阳市人民政府批准为市级风景名胜区,位于北川禹里镇境内。这里是古代治水英雄、夏朝创始人大禹的出生地。大禹故里风景名胜区主要景点有禹穴沟、采药山、石纽山、摩岩甘泉、三叉河、誓水柱、禹庙、金锣岩、刳儿坪、禹州池、一线天、血石流光等,均是史籍或者传说中记载的大禹及其母亲在北川的生活遗迹,其中还有扬雄、颜真卿、李白等的碑刻。

清朝石泉知县余炳虎曾以《石纽停云》《双江分色》《索桥晓度》《西山叠翠》《奎角连云》《禹穴听泉》《悬崖滴水》《血石流光》等八首诗抒发了自己对大禹故里人文古迹和奇异风光的热爱之情。

3. 大禹祭祀活动的恢复

随着政府对禹迹的恢复和建设,民间祭祀大禹的活动渐渐复苏。政府一直秉承着"民办官辅"的祭祀方针,积极引导群众文明、健康地祭祀大禹。

这一时期的大禹祭祀活动延续了唐代以来的庙祭,即从农历六月初五开始,百姓汇集禹里乡(现禹里镇),载歌载舞,昼夜狂欢,以具有羌族特色的祭祀活动,歌颂先祖的功德,表达对先祖的崇敬和怀念,逐渐形成了独具特色的北川祭禹活动。

(二)2008年"5·12"特大地震后大禹禹迹及祭祀活动的恢复和发展

震惊世界的"5·12"特大地震中,北川遭受了巨大灾难,一大批大禹遗迹损毁,一部分从事和热衷于大禹文化研究的人员不幸罹难,近三十年来的大禹研究成果毁于一旦,大禹祭祀活动被迫中断。

1. 震后恢复情况

在党中央、国务院以及各级政府和领导的关怀下,北川迅速启动了文化重建工作,2009年7月,北川大禹祭祀习俗成功申报为四川省省级非物质文化遗产项目,从2010年起,全县各处因"5·12"特大地震损毁的禹迹渐渐恢复:禹穴沟口的禹王庙、石纽山下在禹王宫基础上重建的广莲寺、禹里镇西山上的禹碑亭等相继建成,民间也恢复了因地震一度中断的大禹祭祀习俗。

2. 十八大以来,北川祭禹活动的发展

十八大以来,习总书记对文化的发展、弘扬优秀传统文化提出了重要意见。北川县委、县政府积极响应,保护大禹遗迹、开展大禹研究、突出大禹祭祀、打造大禹品牌、弘扬大禹精神。2014年7月,中国水利史学会认定北川为大禹降生祭祀地;

禹穴沟自然、人文景观的重新开发也将于2016年结束并投入运营;全县各处的禹庙以及大禹的相关文化实体恢复和建设上了一个新台阶,大禹的故事等相关读物普及到学校、村社。

与此同时,大禹祭祀活动在政府的引导下,内容更加充实,除了有传统的祭祀大典,还有相关的大禹文化交流、大禹出生和治水的演出等等活动,使得大禹祭祀活动更加饱满,让参与者全方位地体验和感受大禹不畏艰辛、科学创新、公而忘私、勤政为民等优秀精神,不自觉地将其传承和弘扬下去。这其中的祭祀大典和北川传统大禹祭祀一样,从农历六月初五开始,百姓汇集禹里镇,载歌载舞,昼夜狂欢;初六早上,各祭品队伍、载歌载舞的表演队伍等多个队伍向石纽山进发,在大禹像前献上三牲①、贡品,念祭文,并以具有羌族特色的歌舞,歌颂先祖的功德,表达对先祖的崇敬和怀念;演出主要以“古羌部落”“禹生北川”“大禹治水”“民间崇拜”为线索,展示大禹和羌族、和北川不可分割的关系;交流会议更是以研究大禹文化和大禹精神为主题,推动了大禹文化的传承和发展。

千百年来,民祭和官祭相辅相成,形成了北川浓厚的大禹纪念氛围和独特的大禹祭祀习俗。如今,新生的北川秉承科学求实、开拓进取的大禹精神,将习总书记倡导的弘扬中华传统文化与旅游经济融合发展,在保护优良传统文化、传承和弘扬大禹精神的同时,打造华夏民族寻根问祖的圣地,使北川祭禹习俗成为大禹文化中一颗璀璨的明珠。

参考文献:

1. 川羌族自治县档案局编. 白草番,由羌到汉路线图[C].

2. 川羌族自治县档案局编. 宋代石泉行政隶属关系的调整及其影响[C].

3. 川羌族自治县档案局编. 北川羌族[C].

4. 谢兴鹏. 感悟禹里羌乡[J]. 北京:光明日报出版社,2008.

5. 冯骥才. 羌族口头遗产集成·民间歌谣卷[M]. 北京:中国文联出版社,2009.

(作者单位:四川省社科院禹羌文化研究所、北川羌族自治县禹羌文化研究中心、中共北川羌族自治县委党校)

---

① 这里的三牲是活的,祭祀结束后要放生。

会稽山志与大禹文化

周幼涛

编者按：此文为大禹文化研究所已故所长周幼涛先生遗作，周先生仓促离世，此文未及修改完善，为尊重作者原创思想，编者将原文纳入本书，未作修改。未尽之处，请读者谅解。

会稽山作为山名，自有史以来，已经出现很多不同争论。但从影响和实际效果来看，绍兴会稽山最大也最深远。本文所说会稽山无特指时，都是指绍兴会稽山。会稽山，本名苗山，一作茅山。为什么后来改称会稽山，这还是要和大禹在苗山"大计天下"说起。

大禹，姓姒，名文命，字高密。初为部落首领。因尧美其绩，乃封夏伯，故称伯禹。《史记·夏本纪》集解引《谥法》曰："受禅成功曰禹"。

禹是在父亲鲧治水失败被杀后，担负起为天下苍生去除洪灾的重任的。在开头的六年中，无有所成，转折发生在第七年。大禹治水很辛苦，"七年闻乐不听，过门不入，冠挂不顾，履遗不蹑，功未及成，愁然沉思"。大禹治水未果的情况，史书多有记载。使后人非议的是，由于种种缘由，将大禹治水成功的理由归结为有神灵的帮助，是一部黄帝时代所遗留下来的天书。乃案《黄帝中经历》，尽圣人所记，曰：（在于九山东南天柱，号曰宛委，赤帝左阙，承以丈玉，覆以磐石，其书金简，青玉为字，编以白银，皆瑑其文。）禹乃东巡，登衡岳，血白马以祭，不幸所求。禹乃登山，仰天而笑。因梦见赤绣衣男子，自称玄夷仓水使者。闻帝使文命于斯，故来候之。非厥岁月，将告以期，无为戏吟，故倚歌覆釜之山，东顾谓禹曰："欲得我山神书者，齐于黄帝岩岳之下，三月庚子，登山发石，金简之书存矣。"禹退，又齐，三月庚子，登宛委山,发金简之书,案金简玉字,得通水之理。又有版本说:“山中又有一穴,深不见底,谓之禹穴。《史记》云:‘上会稽,探禹穴’,即此穴也。”

《史记》中关于大禹娶涂山女娇的内容:“夏后帝启,禹之子,其母涂山氏之女也”,这段内容在《吴越春秋》中关于大禹娶妻也有记述但更为详细:“禹三十未娶,行到涂山,恐时之暮,失其度制,乃辞云:(吾娶也,必有应也。)乃有白狐九尾造于禹,禹曰:(白者,吾之服也。其九尾者,王之证也)……禹因娶涂山,谓之女娇,取辛壬癸甲。禹行十月,女娇生子启。”这个涂山女娇,就是绍兴当地传说中的酋长的女儿。

《史记·夏本纪》《吴越春秋·越王无余外传》记述大禹在外治水十三年,到第七年在苗山登宛委山并娶涂山娇,又六年治水成功。帝舜经慎重考虑在治水成功后第二年立为嗣,禹为嗣从三十七岁起,代行摄政,治平苗乱。十七年而帝舜崩,后禹在“三年丧毕”后即位。

在位十年后归越,《吴越春秋》详尽描写了大禹登会稽会诸侯以及最后留葬会稽的情形。“(禹)登茅山,以朝四方群臣,观示中州诸侯。防风后至,斩以示众,示天下悉属禹也。乃大会计治国之道,内美釜山州慎之功,外演圣德以应天心。遂更名茅山曰会稽之山。”从这段文字中可以看出,大禹在苗山招阅天下诸侯,为立威显示王者气象与尊严而杀戮防风氏。之后与诸侯共商治国之道。并将苗山改作会稽山,以示纪念。“因传国政,修养万民,国号曰夏后。封有功,爵有德,恶无细而不诛,功吾微而不赏。”国号曰“夏后”,后世简称“夏”。这段内容,司马迁在《史记》中有记载:“十年,帝禹东巡狩,至于会稽而崩。”

在解释大禹留越的原因时候,《吴越春秋》所给出的理由即使现在看来也还是较为充分的。“天下喁喁,若儿思母,子归父,而留越。恐群臣不从,言曰:‘吾闻食其实者,不伤其枝。饮其水者,不浊其流。吾获覆釜之书,得以除天下之灾,令民归于里闾,其德彰彰若斯,岂可忘乎?’乃纳言听谏,安民治室,居靡山,伐木为邑,画作印,横木为门。调权衡,平斗斛,造井示民,以为法度。”

但是所记述下来的东西,让后人所不信的一个理由,就是神灵怪异的东西很多。比如在说大禹临死时候的会稽山祥瑞景象,就近乎佛教中西天极乐世界的仙境般神奇美妙。“凤凰栖于树,鸾鸟巢于侧,麒麟步于庭,百鸟佃于泽。遂已耆艾将老,叹曰:‘吾晏岁年暮,寿将尽矣,止绝斯矣。’命群臣曰:‘吾百世之后,葬我会稽之山,苇椁桐棺。(《墨子》曰:禹葬会稽,衣衾三领,桐棺三寸。)穿圹七尺,下无及泉,坟高三尺,土阶三等,葬之后,曰无改亩,以为居之者乐,为之者苦。’禹崩之后,众瑞并去。”

“禹以下六世而得帝少康。少康恐禹祭之绝祀，乃封其庶子于越，号曰无余。余始受封，人民山居，虽有鸟田之利，(《地理志》：山上有禹井、禹祠，相传下有群鸟耘田也。《水经注》：鸟为之耘，春拔草根，秋啄其秽)租贡才给宗庙祭祀之费。”(《吴越春秋》)历来各位学者，大都以《史记》等有关记述作为禹与会稽关系的最贴切原因的由来。

司马迁的《史记》，较为详细地解释了禹的后裔。“越王勾践，其先禹之苗裔，而夏后帝少康之庶子也。封于会稽，以奉守禹之祀。文身断发，披草莱而邑焉。后二十余世，至于允常。允常之时，与吴王阖庐战而相怨伐。允常卒，子勾践立，是为越王”。以后历来写会稽山方面的内容，都离不开司马迁《史记》所叙述的固有模式。所以说，《史记》中关于会稽山内容的科学性以及与事实的严密度，将直接对今后的会稽山探源研究，起到极为重要的影响。

大禹死后两千年，由于对于大禹的崇拜和敬仰，抑或是为了寻求得到某种与天感应的内容，秦始皇嬴政作为历史上的第一个帝王，来祭祀大禹这个华夏祖先。“始皇南至湘山，遂登会稽，并海上，冀遇海中三神仙之奇药，不得。还至沙丘，崩”。“上会稽，祭大禹，望于南海，而立石刻颂秦德”。在秦始皇死后，胡亥也上会稽，效仿他父亲的模样，来祭祀大禹。“二世元年，东巡碣石，并海南，历太山，至会稽，皆礼祠之，而刻勒始皇所立石书旁，以章始皇之功德”。

现在的学者，有怀疑司马迁《史记》所记录的有关大禹与会稽山的正确性，批评司马迁所作《史记》的严密程度；认为大禹所记事实过于离谱，和人间情形差异较大。甚至一部分学者，否定大禹等历史人物的存在，因为过去人所记述人物的神异化，将大禹这些人都归结为远古时期中国神话中的人物。在《史记·太史公自序第七十》云：“迁生龙门，耕牧河山之阳。年十岁则诵古文。二十而南游江、淮，上会稽，探禹穴，窥九疑，浮于沅、湘。”平心而论，我们视司马迁，正如司马迁视大禹，两者均相差两千多年。司马迁以史官的良知，应该是尽他的最大能力来证明大禹与会稽山的存在性。况且在他写有关会稽山与大禹的时候，还是正值年轻气壮，不存在某些人借口说司马迁受刑后而对于《史记》的某些偏激与片面的观点、主张。不能因为事隔四千年的证据不足，就不认为他的存在。

司马迁的汉朝，比我们现今更加有资料和实物来证明大禹的存在以及大禹与会稽山的关系。大禹时代到汉朝时候的地球表面的改造要比汉之后到今天两千余年的改造小得多、浅得多，所以当时留下来的东西我们现在大部分不存在了。史官的职责在于忠实于历史，为什么司马迁去探禹穴？就是为了获得写史的第一手资料。反向角度来说，如果当时没有确切的资料，司马迁是不可能写这些章节如此深刻,而且如此肯定地来写大禹在会稽的种种情形。从他的职责来看,也杜绝了其造假的可能性。关于《史记》里的神灵方面内容,也较好解释。因为大禹在他之前有两千余年,很多东西不是文字而是口口相传。在司马迁所处的那个年代里,君权神授的思想事实上存在,统治者在给自己的统治找合法性的解释时,神灵的东西无疑是最能说服大众,同时也最能使百姓感觉惶恐和心悦诚服的。在过去科技与生产力不发达的社会里,事情的传叙掺插一些神灵内容是正常的,我们现在的学者所要理解和所要做的是,不能被这些神灵的东西迷惑,应该从这些神灵鬼怪的现象背后,力求捕获事物的本来面目,而不是因为它们的存在,全盘否定事物本身的东西。

(作者生前系浙江越秀外国语学院大禹文化研究所所长)

大禹与社会发展

以大禹精神引领绍兴地方行政文化建设

王益华　章琼

大禹在治水平洪、治国理政的卓越功绩中所体现出来的伟大精神，对后世有着十分深远的影响。当下绍兴提出广大干部要学习大禹精神，从中汲取力量，续写绍兴发展辉煌。本文从地方行政文化建设视角出发，提出以大禹精神引领绍兴地方行政文化建设命题，并对引领建设的可行性、意义及路径等问题进行分析探讨。

一、大禹精神的源与流

（一）大禹精神的渊源与阐发

1. 大禹精神的源起。大禹是华夏的开国始祖、中国的治水英雄。其伟大功绩最早可推见于《尚书》《诗经》，而以《史记》载述最为详备，加之《国语》《山海经》《淮南子》等典籍所载，是阐发大禹精神、肇始大禹文化的文本渊源。

2. 大禹精神的体现及阐发。大禹"伤先人父鲧功之不成受诛"之时，不仇不辞，承继遗志，以先民大众利益为己任，"劳身焦思"，治水安民，体现了大禹天下为重、族群至上；治水过程，从其父鲧堵法不成中汲取经验教训，尊重客观规律，"陆行乘车，水行乘船，泥行乘橇，山行乘檋"，创造性地提出并实践"疏川导滞""会通四海"之法，体现了大禹尊重自然、科学务实；为了治水，大禹舍小家为大家，"居外十三年，过家门不敢入"，历尽千辛万苦，终至"天平地成"，体现了大禹公而忘私、艰苦奋斗；治理天下时，大禹立法明律，计功会稽，"封有功，爵有德，恶无细而不诛，功无微而不赏"，体现了大禹铁面无私、公正严明；大禹为人生活简朴，"薄衣食""卑宫室"，身体力行，"身执耒锸，以为民先"，体现了大禹严于律己、以身为度。

(二)大禹精神的发扬与再解读

1. 大禹精神的历史传承和发扬。大禹治水开国的卓越功绩,对中国历史的演进和发展有着深远的影响,其伟大精神,成为华夏民族精神的重要源头和典范象征,并代代传承,发扬光大。中华文明孕育期的先秦,是大禹精神的发轫期,诸子百家可谓事事争辩,然而对大禹功绩及精神,都是赞誉传扬,如孔子称“禹,吾无间然矣”;墨子称“为天下厚禹,为禹也。为天下厚爱禹,乃为禹之人爱”;庄子称“禹大圣也,而形劳天下也如此”。秦以后,对大禹精神的尊仰传承,从庙堂到江湖,一直绵延不息。公元前210年,秦始皇亲自到会稽祭祀大禹,此后无论朝代更替,祭禹都是一项十分重要的国家仪式。历代文人志士皆有诗词文献,颂扬大禹,如白居易就作诗称“不尔民为鱼,大哉禹之绩”,怀思大禹。近代以来,面临内忧外患,大禹精神也成为民族自立图强的一面伟大旗帜,凝聚人心,团结奋进。1916年孙中山瞻仰大禹陵;1936年浙江省各界公祭大禹陵,并由绍兴市政府拟定祭禹一年一祭;同年周恩来拜谒大禹陵。新中国成立以来,大禹精神成为中国特色社会主义精神文化的重要组成,1995年4月20日浙江省各界公祭大禹陵,同年5月15日时任国家主席的江泽民视察大禹陵并题字,2007年祭禹升格为国家级祭祀活动。

2. 新时期大禹精神的地方诠释。大禹精神作为传继千年、泽被华夏的民族核心精神,在历代各地的弘扬传承过程中,结合时代特征和地域特色,不断被诠释和再解读而日臻宏厚博大。新时期以来,许多城市擎起大禹精神的旗帜,如河南登封、安徽蚌埠、陕西韩城等多地,将大禹精神作为城市精神的核心组成。在浙江,早在2006年习近平总书记时任浙江省委书记时就强调指出“大禹以其疏导洪患的卓越功勋而赢得后世景仰,其人其事其精神,展示了浙江的文化魅力,是浙江精神的重要渊源”。当前浙江将大禹精神作为轰轰烈烈的“五水共治”等多项工作的精神指引,《大禹纪念歌》在浙江大地广泛传唱。

3. 大禹精神的绍兴传承与再解读。身为大禹后代的绍兴人民,更是将大禹精神代代相传,并不断赋予时代意义,创造了绍兴一代又一代的辉煌。2015年年底,大禹治水毕功之地的绍兴发出号召,要传承大禹精神、弘扬大禹文化,在“十三五”征途上,续写绍兴辉煌篇章。绍兴市委书记彭佳学在市委七届十次全会上的讲话中将其内涵实质阐述为:要弘扬大禹天下为公、担当负责的精神,广大干部要增强道德责任感、使命担当感,在其位谋其政,行其权担其责;要弘扬大禹攻坚克难、因势利导的精神,广大干部在开展各项工作中,既要有踏石留印、抓铁有痕的工作劲头,又要有尊重规律、改革创新的工作精神;要弘扬大禹无私奉献、公正严明的精神,广大干部既要坚持吃苦在前,享受在后,甘于奉献,又要注重严守规矩,严肃纪律，严明法纪；要弘扬大禹以身作则、严于律己的精神，广大干部要严守党风廉政建设的阵地，带头用纪律和法律约束自己，真正把“三严三实”的各项要求落到实处。

二、行政文化的内涵、架构及功能

（一）行政文化的内涵

行政文化是指行政组织及其行政成员在管理国家政务与社会事务的过程中所遵守的行为模式、道德原则、人群关系与价值观念等，主要包括行政思想、行政作风、行政理念、行政心理、行政习惯、行政道德、行政精神等内容。

（二）当代行政文化建构的主要价值指向

1. 服务型行政文化。服务是现代政府最基本的道德要求，是现代行政管理的根本性质，也是党全心全意为人民服务根本宗旨在行政活动中的具体体现。

2. 责任型行政文化。责任之于行政组织，要求努力避免缺位、越位、错位等现象发生；之于行政成员，要求避免不作为、慢作为、乱作为等现象发生。

3. 效能型行政文化。现代行政学认为，行政的目的或者至少目的之一是对效率的追求。行政组织和成员要形成与经济社会快速发展相适应的行政管理思维及方式。

4. 创新型行政文化。创新是引领发展的第一动力，也是公共管理的主旋律和灵魂。

5. 德治型行政文化。德治强调行政成员高尚的人格魅力、道德修养、理想情操等对行政行为的促进作用。

6. 法治型行政文化。现代公共管理根本要义是“法律至上”“善法良行”，这也是全面推进依法治国的内在要求。

7. 廉洁型行政文化。廉洁是行政成员最基本的道德准则，是正确行使权力、履行职责的基础。

8. 自律型行政文化。在强化法律约束的同时，重视思想、理念的规范激励作用，达到行政伦理运行机制与行政成员伦理的自觉统一。

（三）行政文化的功能作用

1. 导向功能。是指行政文化使成员在潜移默化中接受共同的价值取向，形成向心力和凝聚力，朝着一定的行政目标前进。

2. 规范功能。是指行政文化通过共同价值准则规范约束成员的思想、行为，统一标准评价行政行为与行政角色，使得行政行为趋于规范化、稳定化。

3. 改造更新功能。是通过行政文化,将新的治理理念灌输到成员的思想中,促进成员思想观念的更新,从而推进行政组织更新变革。

4. 衍射功能。是指行政文化经行政组织及成员与社会的广泛联系而渗入社会,从而对社会文化及社会风气产生作用。

三、绍兴地方行政文化生态分析

(一)绍兴地方行政文化的先进典范及其影响

作为越文化发源地的绍兴,地方行政文化源远流长,形成了独特的、具有较为鲜明特征和明显优势的地域行政文化生态现象。特别是明清时期的"绍兴师爷文化",具有很强的地域特色,其涵括的研核策略的能力、主持正义的精神、善用法典的智谋等,是中国传统行政文化先进内涵的重要代表;改革开放以来形成的"四千精神"激励着行政组织及成员带领群众"走遍千山万水,历尽千辛万苦,说尽千言万语,想尽千方百计",推动了绍兴从一个资源小市向经济强市的发展;世纪交替间,以"图强、求实、创新"为核心的"胆剑精神",更是成为推动绍兴走在前列的重要文化支撑。毫无疑问,这些先进的行政文化也将是未来深入推进"四个全面"战略布局在绍兴生动实践的强劲动力。

(二)当下绍兴地方行政文化中存在的不足及成因表现

总体而言,绍兴地方行政文化积极健康、昂扬向上,但作为公共行政的灵魂,由于受自然、社会、心理等固有生态及其变迁的影响,其距离地方治理能力和治理体系现代化的要求还有较大的差距,其原因和表现主要为:

1. 传统行政文化糟粕影响。建立在小农经济基础上的传统行政文化中的思想保守、思维封闭、崇尚专制等特性,和"官本位"思想、人治主义、形式主义、官僚主义等一些消极因素还长期存在。

2. 计划经济时代管理模式影响。新中国成立初期推行"苏联模式",其确立的全能型政府管理模式和计划经济体制,给行政文化带来的权力高度集中、排斥竞争、权责脱节、效率低下等缺陷不可能在短期消失。

3. 改革开放以来社会急剧转型期多元思潮影响。受西方拜金主义、个人主义、功利主义,以及所谓的"自由化""普世民主"等错误思潮侵蚀,一些行政成员产生了道德困惑、价值迷失和行为错乱等现象,乃至贪污腐化等问题发生。

4. 经济社会发展新常态影响。新常态需要新状态,但在部分行政组织及成员中滋生了担当精神不足、拼搏意识衰退、创业激情下降和精神困乏、动力匮乏、能力贫乏的现象，不作为、慢作为、乱作为的行为时有发生，相当程度上抑制了公共行政活力的有效迸发。

四、以大禹精神引领绍兴地方行政文化建设的可行性及意义

（一）以大禹精神引领绍兴地方行政文化建设的可行性

1. 具有深厚的本土性和认同感。大禹之迹遍九州，但其一生中的四件大事：封禅、娶亲、计功、归葬皆系于绍兴；绍兴祭禹大典绵延千年，并于 2007 年列为国祭。大禹精神、大禹文化与古越大地紧密相连，业已成为代表绍兴地方文化的重要精髓。

2. 具有强烈的标杆性和引领力。大禹是中华民族的圣祖，其卓绝的治水功勋、伟大的开国基业、崇高的道德精神一直以来备受崇敬。以大禹精神引领绍兴地方行政文化建设，对于养成、规范和维系行政组织及成员正确的行政价值、行政精神以及行政道德等大有裨益。

3. 具有广泛的针对性和契合度。正如前文分析所述，对大禹精神的绍兴再解读过程中提炼出的内涵实质，对照当代行政文化的要素构成，以及绍兴地方行政文化中的缺陷特别是经济社会发展新常态影响下的“洼地”，针对性和契合度很强：弘扬大禹天下为公、担当负责的精神，有助于服务型行政文化、责任型行政文化等的养成建设；弘扬大禹攻坚克难、因势利导的精神，有助于效能型行政文化、创新型行政文化等的养成建设；弘扬大禹无私奉献、公正严明的精神，有助于德治型行政文化、法治型行政文化等的养成建设；弘扬大禹以身作则、严于律己的精神，有助于廉洁型行政文化、自律型行政文化等的养成建设。

（二）以大禹精神引领绍兴地方行政文化建设的意义

1. 从行政文化的导向功能来说，以大禹精神引领绍兴地方行政文化建设，广大行政成员可以从大禹治水平洪、治国理政的事迹中得到启示、汲取力量、形成共识，以大禹精神为价值标杆，以大禹文化为思想动力，从而产生巨大的向心力和凝聚力，有利于形成一支在思想上充盈着强烈责任感、归属感和使命感，在工作上勇于担当、敢闯敢冒的干部队伍，是加强队伍建设和人才建设的有效途径。

2. 从行政文化的规范功能来说，以大禹精神引领绍兴地方行政文化建设，可以从思想范畴消弭部分行政组织及成员身上存在的“四风”“不严不实”等问题，从而推动深化行政体制改革、促进政风转变、提升公共行政管理质量与效率，树立政府新形象，是践行群众路线、深化“三严三实”教育、开展“两学一做”活动的重要

载体。

3. 从行政文化的改造更新功能来说,以大禹精神引领绍兴地方行政文化建设,可以将大禹精神中蕴含的科学的治理理念、先进的治理价值、务实的治理思维和合理的治理规则等内化于广大行政成员内心,并在潜移默化中得以同化提升,从而不断提高决策水平和工作能力,是推动地方治理能力和治理水平现代化的有力武器。

4. 从行政文化的衍射功能来说,以大禹精神引领绍兴地方行政文化建设,可以反哺本就植根于绍兴地方传统文化中的大禹文化、名士文化等,实现先进行政文化与城市文化建设的良性互动,推动大禹精神中的坚忍不拔、责任担当、创新创业等理念深入整个社会,是助力社会道德建设、提升城市品牌的重要渠道。

五、以大禹精神引领绍兴地方行政文化建设的路径选择

(一)强化理论研究

1. 加强地方行政文化研究。行政文化是行政实践的深层因素,是提高政府管理水平的"软实力",是政府公共行政的灵魂。但总体来讲,目前学界对行政文化研究重视并不多,着眼地方特色的地方行政文化研究更是不足。当前要从绍兴实际出发,加强绍兴地方行政文化研究,立优破弊,做好扬弃,这是以大禹精神引领建设绍兴地方行政文化的基本准备。

2. 对大禹精神进行再梳理解析、精定位提升。正如"毛泽东的思想"不等同于"毛泽东思想"一样,作为引领地方行政文化建设核心主题提出的"大禹精神",在概念提出之时,需要学界做好研究,更深层次地挖掘其符合现代行政文化基本要素的理念精髓,有机衔接,形成体系,这是以大禹精神引领建设绍兴地方行政文化的关键前提。

(二)重视主体建设

1. 加强学习教育。以各级行政学院为主,开设大禹精神相关培训班次,在广大行政成员中开展一系列学习大禹精神、弘扬大禹文化的主题活动。

2. 参与思想政治工作。思想政治工作是党工作的生命线,要以大禹精神作为思想政治工作的重要主题,引导和推动正确行政价值观体系形成。

3. 领导者倡导示范。行政领导及领导班子以身作则,身体力行,以大禹精神为自身行政行为的指引,并带动将之变为整个行政组织的灵魂。

4. 树立典型榜样。以身边的人、身边的事将相对遥远的大禹行政文化形象化、具体化,以感染、影响和引导广大行政成员。

5. 完善自我修养。倡导推动广大行政成员主动将大禹精神内化为道德素养的自我要求和自我观念,自我控制、自我约束、自我激励。

(三)落实建设保障

1. 建立评价体系。以大禹精神行政价值取向为核心,建立行政文化评价指标体系,从行政理念层面、行政制度层面、行政行为层面等,明确评价标准,为引领建设提供方向指引和技术指导。

2. 完善奖惩机制。将是否践行大禹精神作为甄别干部、考核干部、提拔干部的重要标准,激励干部干事创业、推进干部能上能下。对于存在或滋生不良行政文化或亚文化的地方及部门,及时协调整治、推动重构。

3. 优化环境氛围。加大对大禹精神、大禹文化的舆论宣传,组织开展多元的学习大禹精神、弘扬大禹文化的主题群众活动,倡导引领企业、学校、社会团体、公众等,将大禹精神及文化融入企业精神及文化、校园精神及文化、行业精神及文化中并具体化,推动先进行政文化与社会文化、社会风气的良性互动。

(作者单位:绍兴市人大常委会研究室)

大禹治水精神在文化重构中的意义及价值

汪明进

摘要:文章介绍了大禹治水精神在大禹文化传承中的内核作用。从文化旅游业不断发展、城市精神的培育需要出发,谈到了大禹治水精神在文化重构中所展现出的现实意义,并从经济价值和文化价值两个角度阐释了大禹治水精神在文化重构中的价值所在。

关键词:大禹治水　大禹精神　文化重构　意义价值

大禹治水不仅仅是一种历史现象和历史功绩,它还留给后人宝贵的精神财富。在长期的治水过程中所形成的大禹治水精神,尤其是大禹"三过家门而不入""舍小家为大家"的公而忘私精神,已内化为中华民族精神的重要组成部分。因此,研究大禹治水神话传说的文化重构,能够丰富中国传统文化研究的内涵,大禹是中国的古代神话传说的治水英雄,为中华民族的发展做出了杰出贡献,对大禹治水神话传说进行重构,有助于继承中国优秀文化传统,对后人进行传统文化教育将具有十分重要的意义。

一、大禹治水精神与大禹文化

大禹传说自产生以来,呈现出时间和空间上的广为流布态势,大禹本人成为上古时代"最为家喻户晓"的文化英雄,"大禹文化学"研究异彩纷呈,大禹文化旅游资源更掀起了全国各地竞相开发的浪潮。几千年来中国长期处于农耕文明阶段,"以农为本"一直是中国传统社会的价值取向,大禹传说尤其是治水传说代表着中国的主流文化，正因如此，大禹传说能够如此广为流布，大禹能够取得如此高的文化地位。也正因为如此，大禹传说在时间上被历代不断改造，在空间上被当时的非华夏人群不断“攀附”，最终定型、统一。这种改造和攀附的过程，就是大禹传说和文化地位逐渐确立的过程，也就是中华民族大禹文化认同的确立过程。

（一）大禹治水精神

神话学家袁珂先生把大禹治水归入征服自然一类的神话，把历代称颂的禹视为神话里的“劳动英雄”。众所周知，神话不等于历史，但正如黑格尔所说：“在神话所揭示的东西后面，还隐藏着一种较深的意义。”著名历史学家范文澜先生曾说过：“禹是古帝中最被崇拜的一人。……神话里说是洪水被禹治得‘地平天成’了。这种克服自然、人定胜天的伟大精神，是禹治洪水神话的真实意义。考洪水的有无或禹是否治洪水，都是不必要的。”值得一提的是，在西周中期铜器“遂公盨”中关于大禹治水事迹的记述在内容乃至用语上均与传世的《尚书》等文献惊人地一致，被认为是大禹治水的证据。所以，大禹治水的神话故事是可信的，至少反映出四千多年前，我们先民在面对洪涝灾害时所表现的敢于同自然灾害作斗争的大无畏精神。

水利精神是一个国家、一个民族、一个地区的优良传统、优秀品德和时代精神在水事活动中的体现，也是人们在驯服水、治理水、认识水、观赏水的实践中所形成的世界观、人生观、价值观、道德观、审美情趣等崇高意识的反映。大禹治水精神就是水利精神的代表之一。从大禹治水的神话故事和文献记载中可以看出，不论是大禹的治水方法，还是大禹在治水过程中所表现出的不畏艰险、艰苦奋斗、吃苦耐劳、公而忘私、不屈不挠的精神，都已经积淀为大禹治水精神。大禹治水精神是我国传统文化精神的象征，这种精神是中华文明创造的前提条件，也反映了中华文明的特色。

水利史专家姚汉源先生认为，历史上有贡献的水利人物见之于文献记载的大致有三类：投身水利事业的工程技术人员，热衷于兴办或亲自指挥水利工程有成就的官吏以及实际工作参加不多但主持著名水利工程的高级官员，实践经验虽多少不同然而在水利方面有著作留世或有创见可采纳的学者。就实际操作、组织领导和创造发明而言，大禹兼备这三类人物的共同特征。大禹“对后人的精神鼓舞及治水方略的影响是不可忽视的”，“是千百年治水的象征”。由此可见，大禹治水精神对后世影响极其深远。

大禹治水的成功以及形成的以民为本、平治万邦、德化天下的大禹伦理精神，对中国古代社会与中华文明的发展产生了极其深远的影响，为古代国家的产生与华夏民族精神的形成提供了相对稳定的地域、较好的环境条件和必要的物质基础与思想基础。在治水活动中,大禹以人为本、吃苦耐劳、无私奉献的治水精神成为中华民族精神的象征。这一传统在历代与自然灾害的抗争中得到了继承与发扬。

大禹治水中表现出来的大禹精神引导着绍兴人向成功迈进。现代社会科学技术迅猛发展,知识更新速度快,民众的思想更是比较活跃,在这样的时代背景下,我们应该对传统文化提出新的要求,适时地对文化进行重构、解读,以更好地继承和发扬传统文化。对大禹文化的重构,更能深入探讨大禹治水精神与今天的经济社会转型的互动关系。

(二)大禹文化

文化是人类在历史的长河中积淀的和人类精神文明相一致的思想内容的总称。著名人类学家泰勒是这样解释的:"文化或是文明就是由作为社会成员的人所获得的,包括知识、信念、艺术、道德法规、法律、风俗以及其他能力和习惯的复杂整体。就对其可以作一般原理的研究意义上说,在不同社会中的文化条件是一个适于对人类思想和活动法则进行研究的主题。"而精神文化是指经过人们思想加工、想象制造出来的结果。具体的精神文化内涵十分丰富,包括语言文字、思想内容、风俗习惯、法律等。

大禹文化是指大禹创造出来的文化传承,包括物质文化和精神文化两个方面。具体来说,大禹创造的物质文化指大禹在治理水患时所运用的各种方法,后来被人们运用到农业生产中。随着时代的发展,物质文化的运用已被其他先进的方法替代。精神文化指大禹在治水过程中表现出的崇高精神。现在所讲的大禹文化属于精神文化的范畴,是和人类的精神活动有关的一种文化形式。现代意义上讲,大禹精神是大禹文化的集中体现。大禹精神是大禹文化的内核,大禹精神具体体现在其拥有勇于开拓的创新精神、坚忍不拔的奋斗精神和吃苦耐劳的献身精神,大禹的这种精神文化常常渗透在大禹治水过程中。

大禹精神中的至高无上、舍人为己的精神体现的是中华民族的传统美德。美国著名人类学家露丝·本尼迪克特的文化模式理论认为,每一种文化内部具有多样性的同时,也都具有使得每种文化具有一定模式或具有区别于其他文化特点的主旋律,也就是所谓的民族精神。大禹身上体现了中华民族勇敢、创新的民族精神,大禹精神是中国传统文化和民族精神的化身,是民族精神的象征。大禹精神在历史的发展长河中伴随着民众的生活源远流长,影响着生长在这片土地上的人们。而今大禹精神已经成为一种文化符号,象征着它的历史文化价值。大禹精神的具体内容是大禹在改变其父的治水方法时的创新精神、在治理水患时的献身精神和严于律己的法治精神。

大禹精神中的创新精神主要体现在，大禹在治水过程中不断调整治水方案的创造性智慧。大禹的父亲接受尧的命令治理水患，在洪水频发地段建立堤坝，用阻隔的方法把洪水阻挡在人们生活的范围之外，等待洪水自然消退。其父用了九年的时间，还是没能根治水患，洪水仍旧肆意蔓延。这时，禹接任父亲的工作，他凭借敏锐的观察力，从整体着手，在经常出现洪水灾害的地方进行了大量的实地考察，从而分析出洪水的最终流向和地势的高低后，最终确定治水方案。在治水方案上，大禹突破了前人暂时性的整治洪水灾害的方案，从地势高低、最终流向等各个方面考虑发生洪水灾害的原因，对治理洪水灾害提出了创新型的有效方案。

大禹精神中的敬业献身精神主要体现在，大禹在治理水患时，亲自走遍有水患的地方，调查水患发生的根本原因。大禹有这种毅力的根本原因是，在调查水患的沿途中亲眼看到民众深受水患的侵害。他团结其他民众一起治理水患，以身作则，在疏通河道过程中，他由于双腿长时间浸泡在水中，而导致脱毛，脚上手上也起了很多老茧。正是在这样的艰苦环境下，大禹坚持与大自然作斗争，为更多黎民百姓造福。由于走路过多，最后双腿残疾，他甘于奉献、执着追求的敬业精神，是中华民族精神文化的瑰宝。大禹的献身精神还表现在，大禹在治理水患未果的前提下，主动挑起重担。大禹在婚后的第四天，还没来得及享受美好生活，就到治水的地方继续工作。在治理现在的三峡时，大禹即将祭祀天地，但由于当时生活简陋，没有任何祭祀用品，大禹脑子一转，马上想到让人拿来菜板放到祭祀的地方，脱下自己的衣服当作祭品。大禹的这种献身精神，感动着当地民众，成为流传在当地的佳话。也正是因为这种无私奉献的牺牲精神，大禹在民众当中树立了很高的威信，创造出当时独有的繁华盛世。

大禹精神中的自律和法治精神体现在，大禹治理水患成功以后，仍以自己治理水患时的作风严格要求自己。相传大禹喜欢喝酒，一次官员给大禹进献美酒，刚开始大禹欣然答应，但在享用时他突然停下来。自此以后，大禹怕误了国事不再喝酒，他也以这样的态度要求官员，他知道只有严于律己，才能要求别人。大禹的法治精神体现在，大禹时期有一位部落首领叫防风氏，他曾与大禹的父亲一起治水，在大禹父亲治理水患失败后，他跟着大禹一起治理水患，在大禹治理水患过程中他起到了很大作用。大禹治理水患成功后，他命令所有的人都过来封赏。其他的诸侯都到了，却不见防风氏的到来，大禹恼怒至极，为了明确法纪，大禹命人把防风氏杀掉。大禹的严于律己和法治精神渐渐深入民心，影响着民众的日常生活。

大禹精神之所以能传承数千年，是因为在大禹身上既表现出时代的特征，也有现代人的思想追求。在新的历史条件下,现代人的目标是要实现中华民族的中国梦,要实现伟大的中国梦,必须坚持传承、发扬大禹精神。

二、大禹治水精神文化重构的现实意义

随着社会经济的快速发展,人民群众对各种物质和文化的需求不断提升,大禹文化在绍兴的重构,正是为了满足人们在实践中产生的文化旅游、城市发展以及保护非物质文化遗产方面的精神需求。

(一)文化旅游业不断发展的需要

大禹治水神话的文化重构,是以绍兴市文化旅游业的不断发展为前提的。当今社会科学技术快速发展,人们已经不能满足于物质生活的改变,精神生活的提高是人们生活的更高目标,文化是历史前进的标志,国家不断地号召要建立相应的文化产业,文化旅游业就是在这样的氛围中产生的。文化旅游业的兴起是以市场经济高速发展为前提,以文化和旅游相互融合而发展起来的新兴产业,为文化和旅游业的发展带来了新的生机。文化旅游业的兴起,则使文化的发展被提到了一个新的高度。在市场经济条件下,产品必须产生利润和价值,才能有源源不断的市场需求,而对于文化来说,文化也可以以经济效益作为生产目标,这是其自身性质决定的。但是,文化产品不能仅仅被商品的自然属性所主导,单纯的发展文化、宣传精神,也不能单纯的以盈利为目标,忽视文化自身的精神价值。这样难免会造成本末倒置,文化产品开发不当,会向大众传播错误的历史观、人文观。单纯的文化和旅游业不能形成双赢,到最后的结果只能是文化的没落和旅游业的萧条。当旅游资源和文化产业高度融合时,既获得了一定的经济效益,又体现出文化产品的精神价值,实现了文化和旅游的快速转型。文化是旅游的精神内涵,而旅游则是文化的承载物,只有把传统的历史文化融入旅游中,才能推动人文旅游业的快速发展,人文旅游业有了坚实的文化基础,就不会成为没有支撑的空架子,才能富有生命力。

历史文化资源,作为城市历史的物质载体,是发展文化旅游业的根本。随着文化旅游业在全国各地蓬勃发展,"文化旅游"风刮遍全国各地,全国各地都在争相建立自己的旅游文化品牌。现当代文化已经成为旅游业发展的核心内容,而现在的旅游者旅游的目的也是为了了解旅游地的文化和当地民众的生活方式。旅游者在旅游地的衣、食、住、行和当地的文化有着密切的关系。例如人们去大理、丽江旅游,他们会购买当地的民族服饰,吃当地的特色美食,参观当地的历史景点,似乎是为了模仿当地民众的生活方式。民众的这种行为体现的不仅是民众日常生活的多

元化，还体现了文化的多样性，人们对民族文化的崇拜。文化旅游业的不断发展，旅游不仅受到年轻群体的追捧，同时也引起了政府工作部门的高度重视，政府为旅游业的发展提供导向作用，文化旅游业已经成为一项全民参与的活动。绍兴大禹治水神话传说具有得天独厚的优势，针对大禹文化的研究、宣传、推广和培训工作，以对大禹陵的研究和相关景区的开发为工作重点，把文化旅游业的发展纳入政府工作报告中，促进大禹文化旅游业的不断发展。大禹文化深厚博大，可开发利用的资源有很多，深入挖掘的空间也很大，具有恒久的生命力，但如何能开发出适应本时代要求，代表新世纪群众审美需求的文化，值得深思。

（二）绍兴城市精神的需要

大禹治水精神的文化重构，为城市的精神文明建设提供了新的文化内涵。城市精神是城市的内涵所在。当提到上海时，我们会想到它的开放创新、引领未来；当提到乌鲁木齐时，我们会想到它的浩荡、博大；当提到温州的时候，我们会想到它的自强不息、勇于创业。这就是城市精神之所在，正因为有了这样各具特色的城市精神，每个城市才能发挥自己的特色，打造独特的城市文化，树立城市的新形象。城市精神是城市最鲜明的特色，是和其他城市区别的明显标记，而城市的精神应该是独一无二的，一个城市的精神独特性越明显，它所产生的社会效应就会越强烈，在城市竞争中就会越有明显的优势。要促进城市的快速发展，我们应该注重城市经济和文化的共同发展。文化作为民族的核心力量，是人们行动的导向，是城市发展的导向，没有文化，经济的发展也不能造就一个和谐的城市，因此不少政府已经意识到城市形象是推动当地经济社会发展的不可或缺的力量，开始从各方面整合自己的形象，紧急启动城市再造工程，不仅对城市外表加以装饰，城市的文化再造工程也应相继启动，城市的文化形象需要在文化的不断积累中完成。

绍兴文化底蕴十分丰厚，风景名胜优美秀丽，名人辈出。经过历史的积淀和绍兴人在生活实践中的经验总结，大禹治水过程中留给后人的勇于开拓的创新精神、坚忍不拔的奋斗精神和吃苦耐劳的献身精神正是绍兴形象的最好体现。大禹精神就是这座城市的精神风貌，被绍兴人继承和发扬，并发展成为大禹文化的核心内容。

绍兴是一座充满活力、积极进取的城市，绍兴人在与大自然抗争，充分利用现有资源走上富裕道路的过程中，表现出来的吃苦耐劳、勇于创新的优良品质，与大禹治水过程中表现出来的创新精神、奋斗精神和献身精神相一致。弘扬大禹精神，对城市的发展和民众自身素质的提高具有重要意义。大禹的为民思想与现在政府工作人员公私分明、一心为民相一致，这就要求领导者以民众利益为前提，要本着一心一意为人民服务的宗旨。绍兴人在历史的发展长河中,不断推进经济体制的改革,由开始的村办企业,发展成现在的个体企业、联营企业、股份制企业,多种企业并存的经济形式。大禹的艰苦奋斗精神,要求绍兴人即使在经济条件优越的生活中,也要牢记绍兴人艰苦奋斗的历史传统,发扬优良道德作风,实施"五水共治"。

三、大禹治水精神在文化重构中的价值

大禹文化在绍兴的重构主要是因为文化旅游业不断发展的需要和城市精神的需要。在经济全球化发展的今天,经济基础决定上层建筑,上层建筑同样会反作用于经济基础,推动生产力的发展。文化的重构既具有积极的社会效益,也会有消极的影响,既具有对城市发展的外在经济价值,也具有对社会影响的内在文化价值。经济价值的产生是发展和开拓文化价值的基础,只有在文化价值的引导下,才能创造持久、稳定的经济价值。因此,对大禹治水神话的文化重构,既能加强大禹文化的研究和对大禹文化的保护,也能为当地民众创造丰厚的经济收入。

(一)大禹治水精神在文化重构中的经济价值

大禹文化丰富了当地的旅游文化。赫伯特·西蒙曾说,随着信息时代的来临,有价值的不再是信息,而是你的注意力。旅游是一种注意力经济。随着社会发展,人们精神生活和物质生活水平的提高,观光旅游业日益走向衰退,随之兴起的是人文休闲旅游业,人文休闲旅游业被人们列入旅游的重要范围,而人文休闲旅游业之所以具有经济价值,是因为它具有长期的历史积累,不论历史如何评价它,它都已经成为吸引游客的重要资源。

大禹治水神话演绎出的大禹精神,作为城市精神的核心内容,绍兴因为它的名声会获得巨大的经济效益。旅游资源名声大小直接决定旅游资源产生的经济效益,所以说衡量旅游资源的经济价值,取决于它的知名度。而知名度的大小是由旅游资源产生的时间和空间决定的,空间可以表现出旅游资源影响力的范围,时间表现的是旅游资源的关注度,只有从时间和空间两方面共同衡量旅游资源,才能判断出它产生经济效益的大小。正如张蕾所说:永久的名人就是历史名人,他们的思想和事迹都成为人类文化的一个重要遗产。与大禹相关的一系列文化推广措施和旅游景点,从时间和空间两方面考虑,都可作为旅游资源进行开发和保护。而大禹治水精神在绍兴的重构,正是从它的时间和空间两方面分析决定的。

(二)大禹治水神话重构的文化价值

文化价值是由人创造出来的,能够满足人的需求的文化才具有文化价值,大禹

文化主要指的是大禹创造出来的精神文化，具体包括创造性精神、勇于奋斗精神、敬业精神文化。大禹文化的重构内容，是在满足人们精神需求的前提下进行的，这种开拓创新、敬业奉献的精神是人类社会的优秀品质，是任何时代都不会过时的精神模范，具有很强的教育意义。

大禹治水精神的文化重构，可以增添民族文化的多样性，中华民族历经数千年，多重文化互相发展和融合，文化的多样性丰富了文化的精神内涵。大禹文化的承载物在绍兴主要体现在大禹陵、大禹开元等旅游景点中，具有文化传承的价值。同时，大禹文化的不断发展要在多种文化的交流中互相促进。

大禹治水精神的文化重构，有助于提高绍兴大禹治水精神在全国大禹文化神话研究中的地位。广泛的文化宣传和扎实的文化场馆建设，能够提高大禹治水文化的知名度，真正体现它在大禹文化体系中的重要地位。人们发现大禹治水精神对社会的发展有着重要意义，并直接促进了大禹文化研究的发展。在有关大禹文化的研究相继问世时，无论是着眼于利益想，还是纯粹对大禹文化感兴趣，专门做学术研究，人们都从不同的视角解读大禹文化，直接丰富了这一文化研究的内涵。绍兴大禹治水精神的研究，是全国大禹文化研究的一部分，能够为大禹文化研究体系提供直接或间接的文字和实物资源，具有极高的文化价值。

在大禹精神的指导下，勤奋、拼搏、开拓的精神力量使人类的思想内涵有所提高，能够直接激励人们在面对失败和挫折时，要有永不放弃、坚忍不拔的精神。在原始社会末期，人们的奋斗目标主要是解决部落间的矛盾和本族人民的温饱问题，对世界的认识处于唯心主义阶段，片面地认识万事万物，把对命运的存亡寄托在唯心论的鬼神身上，对本氏族趋于人治。大禹时代处于中华民族历史发展的落后时期，他们对世界观的认识处于唯心发展论阶段，与我们现代人的指导思想更不可同日而语，因此在继承和发展大禹文化的时候，我们应该选取其积极的文化精神来继承和发扬，这样才能更好地发挥传统文化的重要作用，更大程度地体现精神文化的崇高与美好。绍兴在经历了以改革开放为核心的社会大变革后，在接受了大禹文化的长期洗礼后，思想认识水平和思想境界，都比前人有了飞跃和升华。他们为了自己生活条件的改善能做到艰苦创业、无私奉献，这种远大理想和道德自觉，为他们的崇高思想境界作了最好的诠释，这正是大禹治水文化对当代社会的积极意义所在。

大禹治水精神的文化重构，使大禹文化的指导理论比前人有了飞跃与升华。大禹文化的民本思想，是传统文化的宝贵财富，但由于它植根于农耕经济，处于认识的朦胧时期，还没有形成一套系统的理论，更谈不上先进的理论。在经济新常态下,我们要秉承五大发展理念,扎实推进供给侧改革,大力实施创新驱动战略,把创新摆在全局的核心位置,着力打造一批多层次、多类型的创新平台,夯实创新载体;要树立前沿意识、开放意识和机遇意识,牢牢把握"一带一路"战略下的重大机遇和具备的优势条件,由都市经济向海外经济发展,实现绍兴经济的再次腾飞。

参考文献:

1. 徐学书. 大禹、冉駹与羌族巫文化渊源[J]. 中华文化论坛,2012(1).

2. 杨栋. 禹平水土传说新解——从"敷土"到"治水"传说的演变[J]. 古籍整理研究学刊,2012(1).

3. 李岩. 历史上对大禹形象的认识[J]. 安徽师范大学学报(人文社会科学版),2010(4).

4. 贾兵强. 大禹治水精神及其现实意义[J]. 华北水利水电学院学报(社科版),2011(4).

5. 周书灿. 大禹与防风氏传说的发生与分化[J]. 绍兴文理学院学报(哲学社会科学版),2008(3).

6. 徐少锦. 大禹的治水道德及其重要影响[J]. 道德与文明,2008(5).

7. 杨栋. 神话与历史:大禹传说研究[D]. 东北师范大学,2010.

8. 李亚光. 大禹治水是中华文明史的曙光[J]. 史学集刊,2003(3).

9. 刘训华. 大禹文化学概论[M]. 武汉:武汉大学出版社,2012.

(作者单位:中共绍兴市委党校)

将大禹文化融入学校教育的途径与意义

江远胜

摘要:大禹是治水英雄,也是华夏始祖。在大禹言行事迹基础上形成的大禹文化是中华传统文化的重要组成部分。为了传承大禹文化,弘扬大禹精神,我们应该发挥学校教育的主渠道作用,将大禹文化融入课堂教学和校园文化建设。将大禹文化融入学校教育,不仅有利于开展学校教育,也有利于传承包括大禹文化在内的中华传统文化。

关键词:大禹　大禹文化　学校教育　途径　意义

一、引言

禹是上古时期的一位圣贤,他在治理洪水、划定九州、创立国家、发展农业生产等方面建立了卓越功勋,因此被后人尊称为大禹。《论语·泰伯》:"子曰:'禹,吾无间然矣。'"这表明孔子也非常崇敬大禹。在中华文明史上,大禹可谓是华夏始祖。

所谓大禹文化,是指在大禹言行事迹基础上形成的一种专门的文化。大禹文化历史悠久,内容丰富,主要包括:大禹生平、大禹治水、大禹立国、大禹精神、大禹古迹、大禹祭祀、大禹崇拜、大禹后裔、大禹文化传播等。大禹文化"处于中华文化的源头地位,成为中国传统文化的有机组成部分"①。因此,传承大禹文化具有重

① 江远胜:《论〈尚书〉中的大禹文化》,《天水师范学院学报》2015年第4期,第90页。

要意义。学校是教授知识、传承文化的重要阵地,“在大禹文化的传播渠道上,首先还是要把握学校教育这一最主要途径”①。

二、将大禹文化融入学校教育的主要途径

将大禹文化融入学校教育,主要是通过课堂教学和校园文化建设两种途径来实现的。

(一)将大禹文化融入课堂教学

课堂教学是学校教育最主要的组织形式,是传播知识与文化最重要的途径。将大禹文化融入学校教育,首先就要将大禹文化融入课堂教学,也就是在中小学课堂和大学课堂讲授大禹文化知识。

1.将大禹文化融入中小学课堂教学

在中小学课堂讲授大禹文化,主要是在语文课堂讲授大禹文化。在语文课堂上,可以讲解与大禹文化有关的课文。苏教版和北师大版小学语文教材,都编有《大禹治水》课文,使用这两种教材的学校肯定要讲解大禹治水的故事。我们应该让学生在中小学阶段就了解大禹,因此,建议影响力更大的人教版语文教材今后也编写与大禹有关的课文。

如果说讲解与大禹文化有关的课文还要受到教材限制的话,那么在作文教学中讲解大禹文化就没有任何限制了。写好作文的关键是正确运用写作素材,而大禹的言行事迹就是典型的素材。大禹之所以被后人永远铭记,关键是大禹治水的精神感动、激励了后人。乐黛云说:“大禹治水的神话传说世世代代铸造着中华民族的‘民族魂’。”②在作文中引用大禹治水和大禹精神等素材,可以使得作文举例典型,内容深刻。大禹文化与多个写作主题密切相关,重要的有如下几个:

一是关于奉献。人生的意义在于奉献。大禹长期在外治水,三过家门而不入,舍小家而顾大家,表现出崇高的无私奉献精神,值得后人学习。

二是关于敬业。大禹在治水的过程中尽职尽责,忠于职守。《尚书·益稷》载有大禹的自述:“娶于涂山,辛壬癸甲。启呱呱而泣,予弗子,惟荒度土功。”大禹结婚三四天后就离开了妻子,儿子启出生了也没有照顾,唯恐“荒度土功”,这表现出高度的敬业精神。

---

① 刘训华:《大禹文化学概论》,武汉:武汉大学出版社,2012年版,第193页。

② 乐黛云:《中国洪水神话大禹治水》,《神州学人》1999年第1期,第29页。

三是关于创新。鲧用堵塞的方法治水而以失败告终，大禹改用疏导的方法，成功制伏了洪水。大禹凿山导水的做法，是前人未曾采用的因势利导的治水方法。在治水过程中，大禹表现出不因循守旧、敢于创新的精神。

四是关于吃苦耐劳。《史记·夏本纪》记载大禹“行山表木，定高山大川”，“陆行乘车，水行乘船，泥行乘橇，山行乘檋。左准绳，右规矩”，“劳身焦思”。相传大禹治水积劳成疾，走路跛行，人称“禹步”。这些都反映了大禹吃苦耐劳的精神。

五是关于勤俭节约。《论语·泰伯》中孔子评价大禹：“菲饮食而致孝乎鬼神，恶衣服而致美乎黻冕，卑宫室而尽力乎沟洫。”意思是说，大禹吃得很差，却把祭品办得很丰盛；穿得很差，却把祭服做得很漂亮；住得很差，却把精力都用在沟渠水利上。这反映了大禹具有节俭的品质。

六是关于团结协作。治理洪水是一项伟大而复杂的工程，需要众人团结合作、齐心协力才能完成。团结就是力量，大禹治水成功是大禹团结各部落民众共同努力的结果。

凡是涉及以上主题的作文，都可以引用大禹的事迹与精神。有的高考作文也可以引用大禹文化，例如，2015 年北京高考作文：请以“假如我与心中的英雄生活一天”为题，写一篇记叙文。大禹是当之无愧的中华英雄，因此题目可定为“假如我与大禹生活一天”，展开想象与联想，叙述我与大禹一起治水的经历和感受。

除了语文课，在德育课和班会上，也可以讲解大禹文化。在大禹身上，体现出甘于奉献、忠于职守、敢于创新、躬于实干、富于仁义、善于团结、勇于担当的崇高精神和可贵品质。老师完全可以用大禹的事迹与精神来教育学生，培养学生的人格。大禹敬业、友善的品质正体现了“社会主义核心价值观”。

2. 将大禹文化融入高校课堂教学

高校有四大功能：人才培养、科学研究、社会服务、文化传承创新。在国学与传统文化受到高度重视的今天，大学更应该自觉地承担起文化传承的重任。大禹文化作为中华传统文化的重要组成部分，也应该走进大学课堂。在大学课堂讲授大禹文化，主要通过以下几个途径来实现。

一是开设“大禹文化概论”之类的选修课。全国很多地方都留有大禹文化古迹，如四川北川、浙江绍兴、河南登封和禹州、山东禹城、安徽蚌埠、陕西石泉和韩城、山西夏县、江苏苏州、湖北武汉、湖南长沙等。在这些大禹文化底蕴深厚的地方，当地高校可以开设与大禹文化有关的选修课。课程内容可以是大禹文化通论，也可以是大禹文化典籍选讲，抑或将二者结合在一起。课程考核方式可以是撰写与大禹文化有关的小论文。浙江越秀外国语学院编有《大禹文化学概论》，可以作为教学参考书。

二是在讲授“中国文化概论”“国学经典导读”“中国古代文学史”“大学语文”之类课程的时候,开辟专章或专节,专门讲授大禹文化。

三是邀请研究大禹文化的专家、学者到学校作学术报告,与老师、学生共同探讨大禹文化。

高校课堂所讲授的大禹文化,在内容的深度和广度上肯定超过了中小学课堂,因而更有利于大禹文化的传承与研究。

(二)将大禹文化融入校园文化建设

校园文化是一所学校人文环境、文化氛围的综合体现,也具有独特的育人功能。在校园文化建设过程中,可以适当地将大禹文化融入其中。

1. 将大禹文化融入校园人文环境

学校可以建造大禹治水的雕塑或喷泉,置于校园显眼的位置;在学校的文化广场、文化长廊、文化橱窗等地方增加大禹文化的内容;在教学楼的走道或教室的墙壁上张贴有关大禹文化的图像、图片,悬挂有关大禹文化的字画;安装 LED 显示屏,在适当的时候播放与大禹文化有关的内容;某些建筑物可以大禹命名;等等。

2. 将大禹文化融入校园文化活动

将大禹文化融入校园文化建设最重要的举措是让校园的主体——学生、老师和管理者参加与大禹文化有关的活动。例如,学校或社团、班级可以举办与大禹文化有关的辩论赛、演讲比赛、朗诵比赛、书画比赛、征文比赛等;开展以大禹文化为主题的戏剧创作与演出;学唱《大禹纪念歌》;组织学生阅读与大禹文化有关的文献典籍,搜集与大禹文化有关的诗词;办大禹文化黑板报;在美化教室和寝室的过程中加入大禹文化的内容;在师生中进行有关大禹文化的问卷调查。条件允许的话,还可以组织学生参观大禹古迹和景点,如浙江绍兴的学校,可以组织学生参观大禹陵。

三、将大禹文化融入学校教育的意义

将大禹文化融入课堂教学和校园文化建设,对于开展学校教育和传承大禹文化都具有重要意义。

(一)有利于开展学校教育

1. 能够丰富课堂教学内容。在中小学语文课尤其是作文课上讲解大禹文化,能够丰富课堂教学内容,拓宽学生的知识面,帮助学生积累写作素材,提高写作水平。在高校开设大禹文化选修课,能够增加学生选修的机会。

2. 有利于营造良好的育人环境。将大禹文化融入校园文化建设,能够丰富校园文化内容,丰富学生的文化活动,增强学校的文化氛围,从而营造良好的人文环境。

3. 能够启发老师的教育思想。大禹采用疏导的方法成功制伏了洪水,老师和行政人员可以从中受到启发。疏导作为一种工作方法具有普遍的应用价值。老师在教育学生的过程中,应该改变传统的管制、打击的措施,改用疏导的方法,因材施教,发现学生的特长,尊重学生的个性,培养学生的兴趣,引导学生走上健康发展的道路。

4. 有利于培养学生的世界观、人生观、价值观。在课堂上讲解大禹精神,可以让学生正确理解人生的意义和生命的价值,帮助学生树立高尚的道德情操。将大禹文化融入校园文化建设,可以让学生近距离地、经常性地接触大禹文化,让大禹精神潜移默化地影响学生的品行。

(二)有利于传承包括大禹文化在内的中华传统文化

中华传统文化源远流长,内容博大精深,而大禹文化是其重要组成部分。传承大禹文化的途径有很多,如政府宣传、民间传播等,而学校教育是传承大禹文化的主渠道,学生是传承大禹文化的生力军。将大禹文化融入学校教育,能够让老师和学生更全面、深刻地了解大禹及相关文化内容,从而有利于传承包括大禹文化在内的中华传统文化。近几年,党中央、国务院相继制定了一系列保护、传承中华优秀传统文化的方针政策。将大禹文化融入学校教育,也是在践行国家的方针政策。

四、结语

传承大禹文化与开展学校教育是互利互惠的。将大禹文化融入学校教育,可以丰富学校教育的内容,给学生以文化的熏陶,给老师以思想的启迪,而学校则能更好、更快、更广泛地传播大禹文化。不过,“在当前弘扬和践行中华优秀传统文化的可贵实践中,依然面临着文化传承‘得其形而遗其神’,文化教育‘重知识而轻精神’,文化传播‘形态多而精神微’等困境,迫切需要我们在践行中反思,在反思中创新,从而真正彰显优秀传统文化的当代价值”[①]。我们应该努力寻找合适的方

① 王迎迎:《中华文化精神与传统文化的当代传承研究》,《教育文化论坛》2016 年第 3 期,第 23 页。

式，大力弘扬、传播包括大禹文化在内的中华传统文化，从而提高国家文化软实力，建设社会主义文化强国。

（作者单位：浙江越秀外国语学院）

缵禹之绪励精图治
——绍兴水文化浅析

钟小安

摘要：绍兴是一个享誉中外的历史文化城市，水乡的独特风格对城市的发展起着巨大的作用，境内水道纵横，有水乡、水城之誉，被称之为“没有围墙的博物馆”。绍兴水文化源远流长，大禹“鞠躬尽瘁，死而后已”的献身、求实、创新的治水精神，熔铸为中华民族的传统美德。鉴湖是绍兴水文化的象征，三江闸是绍兴水文化的创举。“重构绍兴产业、重建绍兴水城”，绍兴的明天，水文化建设任重道远。

关键词：绍兴水文化　大禹精神　鉴湖　三江闸

水是绍兴文化的载体，绍兴的水文化是绍兴传统文化最核心、最主要和最具特色的组成部分。绍兴的酒文化、桥文化、名士文化、戏曲文化、饮食文化、建筑文化、风俗文化、地名文化等从内涵到外延都离不开水之根本，是从水文化这一母文化派生出来的支文化。

一、绍兴水文化源远流长

绍兴水文化源远流长，最早可以溯源到舜禹时期。禹在位十年，死后葬于会稽，经夏商周断代工程研究确定为公元前2062年。以其治水为核心的大禹文化，是华夏民族的根祖文化，对中华民族几千年的文明史及中华治水思路产生了重大影响。众多文献在“禹”字前冠以“大”字，译成现代文字，便是“伟大的禹”。先秦文献中，最早记叙大禹行迹的是《尚书》，继而有《诗经》《左传》《国语》《论语》《墨子》《庄子》《孟子》《荀子》《韩非子》《吕氏春秋》等,不仅述其言行,而且对大禹的盖世功勋尽皆交口称赞。大禹的身世与功业,距今已四千余年,他自始就是作为一位真实的有血有肉的人物生活在现实之中,大禹的崇高地位可以与中华民族的"人文初祖"、他的高祖父黄帝媲美。《淮南子》说:"禹之决渎也,因水以为师。"①以水为师,就是遵照水往低处流的客观规律,因势利导,疏河导川。古籍中记述的大禹,是一个智者的形象。他不仅身体力行,勤于劳作,而且充满了人生智慧。南宋著名爱国词人辛弃疾一首《生查子》,表达了世人的共同心声:

悠悠万世功,矻矻当年苦。鱼自入深渊,人自居平土。

红日又西沉,白浪长东去。不是望金山,我自思量禹。②

"悠悠万世功,矻矻当年苦。"前两句歌颂大禹劈山浚河,治平水土,教民稼穑,划分九州,使百姓安居乐业的丰功伟绩;后两句状写他的奉献精神。二者合在一起,完整地概括了大禹一生的德业。"我自思量禹",旨哉斯言!

大禹凭借自身的聪明才智、道德表率力量和悲天悯人的情怀,竭尽一己之力,以牺牲与奉献精神造福世人。他并非光凭一腔热情,只知挽起裤腿带头苦干,而是首先通过调查研究,制订符合实际的治水方案。他接受其父鲧阻挡洪水导致失败的教训,根据水流就下的特性,确定了"以疏为主、疏堵结合"的治水方略。他把很大精力用于实地查勘,为的是准确掌握河道流经地域的地形、地貌情况。《禹贡》中记载,禹在查勘水情时,"行山表木,定高山大川","左准绳,右规矩"③,使用类似今天的垂线、角尺、圆规之类的测量工具,随地以堆石或刻记树木的方式作为测量的记号,科学决策治理。

在大禹身上,足资后世缅怀、景仰的献身精神、人格魅力与事业修为,难以细述。遗憾的是,作为历史话题,当今关于大禹的宣传,较之古代却很少。作为全民族的文化传统与精神财富,这位民族英雄的典范性和意义重在人文价值。也许今人认为,茫茫禹迹在当时就已如轻烟淡霭,缥缈玄虚;而随着世代暌隔,更是前尘淹忽,难寻鳞爪。可是,大禹以解倒悬、抒民困为己任,身先士卒,栉风沐雨,十三年如

① (战国)鬼谷子,(战国)列御寇,(西汉)刘安:《鬼谷子·列子·淮南子》,长春:吉林出版集团有限责任公司,2010年版,第172页。

② 叶嘉莹:《辛弃疾词新释辑评》,北京:中国书店,2006年版,第1447页。

③ (汉)司马迁:《史记》,哈尔滨:黑龙江人民出版社,2004年版,第5页。

一日，奔波于山川、田野之间，“三过家门而不入”的献身精神，足资彪炳千秋，垂范万世，在当今绍兴具有直接的现实意义。

大禹“鞠躬尽瘁，死而后已”的献身、求实、创新的治水精神，熔铸为中华民族的传统美德；越王句践兴修山阴故水道、吴塘等水利设施，卧薪尝胆二十年后，“投醪出征”，成就了灭吴称霸的典故；东汉马臻修筑鉴湖，把绍兴改造成风光秀美的鱼米之乡；晋时浙东运河的畅行，引来晋宋两朝中原大族及主流文化萃聚越地，兰亭成为我国“书法圣地”；“唐诗之路”使得文人竞相入游越地；汤绍恩“三江建闸”奠定了萧绍平原的河网水利。

二、鉴湖——大禹治水精神的传承

鉴湖又称镜湖、镜湖大江，为我国东南地区最古老的著名水利工程，于东汉永和五年（140 年）修筑。当时水涝为患，民无所依，为兴利除害，太守马臻历经艰辛考察，制定总纳会稽山北部 36 源之水为湖之宏伟规划，发动民众，以工代赈，主持修建东至曹娥江，西至钱清江，全长 127 里，周长 358 里之鉴湖水利工程，面积曾达 189.95 平方公里（包括湖中州岛），具有蓄洪、灌溉、排涝等多种功能，为绍兴黄酒的特质水源。自唐代以来，鉴湖曾吸引了无数的诗人墨客，并留下了“越女天下白，鉴湖五月凉”[①]“千金不须买画图，听我长歌歌镜湖”[②]等千古名句。尽管斗转星移，岁月流逝，但鉴湖风光依旧。如今，这里仍是青山叠翠，碧波似镜。如能泛舟湖上，轻桨慢橹，细细观赏，定会领略到“人在镜中，舟行画里”的佳趣。鉴湖，浙江绍兴的母亲湖，湖紧抱着城，城紧靠着湖，宋人王十朋称赞“杭之有西湖，犹人之有眉目；越之有鉴湖，犹人之有肠胃”[③]。

马臻的《至节即事》：“天街晓色瑞烟浓，名纸相传尽贺冬。绣幕家家浑不卷，呼卢笑语自从容。”[④]从诗中可见会稽郡街上晨色很好，气氛祥瑞，彩雾袅袅，人们互相传送贺卡庆贺节日，家家户户的门帘都不卷起，市民们在家博彩欢笑从容自若。当初，马臻筑湖，淹没了一些豪门冢宅，侵犯了他们的利益，豪门遂以溺死百姓罪，列千余死人姓名，联名具状控告。马臻蒙冤入狱，竟被朝廷处以极刑。越人悲

---

① 赵传仁：《诗词曲名句辞典》，济南：山东教育出版社，1988 年版，第 941 页。
② （宋）陆游著，钱仲联点校：《剑南诗稿（上）》，长沙：岳麓书社，1998 年版，第 258 页。
③ 李永鑫：《绍兴通史（第 2 卷）》，杭州：浙江人民出版社，2012 年版，第 250 页。
④ 王国平：《西湖文献集成（第 26 册）》，杭州：杭州出版社，2004 年版，第 381 页。

愤不平,将其遗骸由洛阳迁回山阴,于鉴湖边建墓立祠以祀。唐元和九年(814年)重修,并置墓碑、牌坊,上刻"敕封利济王东汉会稽郡太守马公之墓",又建马太守庙。后几经重修,保存至今。王十朋有诗云:"会稽疏凿自东都,太守功从禹后无。能使越人怀旧德,至今庙食贺家湖。"[①]马臻筑湖的精神境界,影响深远,感悟后学,令人敬仰。鉴湖的文化意蕴主要体现在以下几个方面:

(一)鉴湖是治水智慧的典范。马臻提出营建鉴湖的构想,并带领人民筑起了127里长堤和修建一批排灌设施,马臻以过人的胆识和犀利的目光,科学营建鉴湖的创举,这是继都江堰之后,我国汉代一个最大的水利工程,使绍兴由此走上了平原水乡的历史进程,绍兴的经济发展、生产事业出现了新的面貌。绍兴黄酒,有了鉴湖优质水,成了地方千年名牌产业。

(二)鉴湖体现了人与自然的和谐相处。鉴湖是一片水欢人兴、五谷丰登的鱼米之乡,桃花流水,碧波涟漪,大河小溪,深港浅湾,斗折逶迤,明晰可见。越女采莲,是世上最美的图画。绍兴儿女,因水而生,越中大地,因湖而美。杜甫说:"越女天下白,鉴湖五月凉。"[②]特别是夏日的荷花美景,更使人醉倒倾倒。贺知章云:"稽山云雾郁嵯峨,鉴水无风也自波。莫道春度芳菲尽,别有中流采芰荷。"[③]徐渭诗云:"杏子红衫一女郎,郁金衣带一苇航。堤长水阔家何处?十里荷花分外香。"[④]荷花是神,也是人,是鉴湖的柳眉和灵魂。孝女曹娥是一个代表,配享的朱娥和诸娥也是纯孝的典型。历代多少孝子顺孙出现在鉴湖之畔,是以人和家兴,兄友弟恭,成礼让而循循。鉴湖女侠秋瑾,一掷头颅为革命,而其挽母联让人潸然泪下:"树欲宁而风不静,子俗养而亲不待,奉母百年岂足?哀哉数朝卧病,何意撒手竟长逝,只享春秋六二;爱我国兮志未酬,育我身兮恩未报,愧儿七尺微躯!幸也他日流芳,应是慈容无再见,难寻瑶岛三千。"[⑤]爱国爱家爱父母亲人之情溢于纸上,感人肺腑。鉴湖的柔美使鉴湖的人多情而知恩。鉴湖是多情的,知恩图报,侠骨柔情,是鉴湖人的本性。如今桑梓之望,爱心之助,更唱响了鉴湖之歌。

(三)鉴湖良风美俗如诗如画。会稽山有源之水,从不同方向汇聚湖中,水面宽阔,明净而澄澈。稽山植被丰茂,山清水秀,湖水澄清明畅。"海纳百川,有容乃

---

① 倪士毅:《浙江古代史》,杭州:浙江人民出版社,1985年版,第34页。

② 山东大学中文系:《杜甫诗选》,北京:人民文学出版社,1980年版,第275页。

③ 中华书局编辑部点校:《全唐诗》(第二册卷五五—卷一四六),北京:中华书局,2013年版,第1148页。

④ 雷梦水、潘超:《中华竹枝词》,北京:古籍出版社,1997年版,第2087页。

⑤ 任喜民编:《对联艺术》,银川:宁夏人民出版社,1983年版,第48页。

大。”鉴湖底有两个泥炭层，吸污力特强，具有很强的自净能力。再加鉴湖水流程较短，泄水通畅，吐故纳新，常聚常清。水的明净照彻了人的明净，化育了人心的明净。多少清官廉吏，如明净的湖水，一尘不染，两袖清风。一钱太守刘宠、清白堂主范仲淹、刘守范公嘉言懿行如清风明月，照亮在越地史册上。明万历会稽人傅宾，考取进士授丰县令，行前其父告诫曰：为官不可忘“清白”两字，这样才可谓忠臣孝子。傅宾到任后费用自理，所得俸禄大多用于修义仓、建社学。丰县河水患频发，民怨其苦，因上游有牛湾挡道，不能畅泄。但牛湾不属丰县，傅宾踏勘地形，说服当地官民，捐出俸禄，躬自督率，发动民众，历时年余，终于改通河道，筑好堤坝，种上桑柏，于是水畅其流，水患根除，百姓欢呼，人称“傅公堤”，立祠纪念。张元忭是明代隆庆状元，他以气节自重，治家清严：其妻自织网巾去集市出售，以补生计，市民因“此为状元夫人所织”争相购买。他的《遗子说》劝导世人不要以广田高宅遗留子孙，应以严格教育，“以贤以智待吾子”，让子孙懂得如何做人，他督促后辈勤学苦练，晨昏不息，故其二子学有所成，其孙张岱为我国古代著名史学家、文学家。

（四）会稽山铸就胆剑魂。鉴湖水的发源地会稽山是有多种矿藏的名山，绵亘不断，蜿蜒逶迤，给人以风雨不败、寒暑不凋的质感和威力，因此鉴湖水质也与众不同。水是柔性的，但水滴石穿，水又是坚忍的。慷慨以复仇，隐忍以成事，这是先秦时越人的性格，由此铸炼成了胆剑魂。胆是胆识、胆略，剑求剑气、剑术，胆与剑的结合，成就了越人的事业，自汉代以后，特别是鉴湖营造以后，越人以智慧成事，以书卷称著，形成了刚柔相济、阴阳互补的精气神，这是鉴湖赋予人们永远的精神财富。海岳清液善生俊异。喝着鉴湖水成长的人，也自然别有禀赋。“天下兴亡，匹夫有责”，越人是有许多范例的。王思任说：“吾越乃报仇雪耻之国，非藏污纳垢之地。”鲁迅又增一句：“身为越人，未忘斯义！”[①]在清末，徐秋陶辛亥三杰，捐躯赴国难，视死忽如归。这种革命的硬骨头精神，乃是民族的脊梁。鲁迅“横眉冷对”“俯首甘为”的爱憎分明态度，使之成为著名的“民族魂”。

鉴湖的人文精神，是大禹治水精神在越地的传承。习近平总书记在中央政治局集体学习时强调“核心价值观是文化软实力的灵魂”。我们要把这种超越时空，富有魅力，具有当代价值的历史文化精神弘扬光大，成为社会主义核心价值观的具体表现。在重建绍兴水城，振兴越地经济的今天，尤其要这样做，这是镜湖儿女责无旁贷的责任和使命。

① 乐齐主编：《精读鲁迅》，北京：中国国际广播出版社，1998 年版，第 368 页。

三、三江闸——大禹治水精神的创举

古代绍兴城本身就是一座巨大的水利工程，城墙具有挡潮防洪作用，内河四通八达，内外贯通，护城河泄洪排涝，水上交通便利，而从总体看又颇如一只神龟。绍兴水城形如神龟，俯卧在稽山镜水之间，头对北部沿海，尾指会稽山脉，龙山和稽山是其眼珠，坐南朝北，腿向四周伸展，环绕古城的护城河是其裙边，密布的河网犹如其血脉，象征着一种坚忍不拔地治理水患、振兴越国的精神。萧山、绍兴平原地势平坦，沿海经常受潮汐侵扰。东汉永和五年（140 年）修筑鉴湖。唐代开元十年（722 年）增修海塘，此后又在今绍兴北部三江一些支流上陆续修建越王山堰（后改称玉山斗门）、朱储斗门和新迳斗门等。宋代（960—1279）时期，鉴湖逐渐失去作用，萧绍平原旱、涝、潮灾加重。明代《郡守汤公新建塘闸记实》云："其初潮汐为患，坏宫室，毁田原，且直入郡城，虽城内亦潮汐出没，故卧龙山上有望海亭。"[①]城里尚且不保，萧绍平原的受灾惨状可想而知。三江闸建成后，并和各支流原有斗门和新建斗门联合运行，提高了对内河水量的调蓄功能。

嘉靖十四年（1535 年）汤绍恩出任知绍兴府时，最让他寝食不安的是当地频繁出现的水旱灾害。当时，会稽、山阴、萧山三县之水，均从钱塘江、曹娥江、钱清江汇流的三江口入海。由于潮汐日至，河口处"拥沙堆积如丘"，洪涝水不能外泄，"每受潮患，逢淫雨汜溢，决塘泄水，苗稿泉竭，……民甚苦之。"汤绍恩遍查山会平原地理水道，"见波涛浩淼，水光接天，目击心悲，慨然有排决志"[②]。三江口淤沙十分严重，内水不能外泄，积涝成灾，旧塘损毁，不能蓄水。次年又遭大旱，田无颗粒之收，民有易子而食。汤绍恩到任以后，决心建闸治水。

为了早日建成三江闸，汤绍恩发动山阴、会稽、萧山三县民众出钱出力。为了筹钱筹款，他费尽了心机，绞尽了脑汁。他先是亲赴省衙，鞠躬作揖说好话，请求国库拨款。拨款不够，他又发动有钱人解囊捐助。他带头捐献官俸，店铺作坊积极出资者，他亲书匾额赠之，以示褒奖和感谢。汤绍恩动员组织了三县民夫数万人进行会战。大闸始建时，为堵塞水道，辟出工作面，民工们要在水中构筑围堰，既艰辛又危险，特别是遇大雨大潮时，堰堤常常筑好即溃。时间一长，吏民怨声载道，有些人甚至要撂挑子不干了。面对吏民的怨谤，汤绍恩不为所动，他口气坚定地说："此时

---

① 浙江文物考古所：《越城古迹》，杭州：浙江省文物考古所，1981 年版，第 51 页。

② 靳怀堾：《追寻大禹的足迹》，武汉：长江文艺出版社，2008 年版，第 164 页。

民虽怨我，然闸成之后，比户盈宁，当感我不暇矣。”①一方面以大闸告竣后“比户盈宁”的功效鼓舞大家的斗志；一面力排众议，矢志不移。在建闸过程中，汤绍恩身先士卒，殚心竭虑，几至呕血。同僚与民工们无不为之感动，人人奋发，终于成此不朽之伟业。闸外筑石堤400余丈以扼潮水冲击；刻“水则石”于闸旁，用以根据水势潮情启闭闸门。

三江闸工程始于嘉靖十五年（1536年）七月，翌年竣工。设闸门二十八个，象征二十八宿，故又称“应宿闸”。三江闸是我国现存规模最大的砌石结构多孔水闸，在水利工程史上具有重要地位。三江闸是世界上最早利用水则碑，并实现定量调度水资源的古代水闸。三江闸代表了我国传统水利工程建筑科技和管理的最高水平。建成之后，山会平原地区旱涝之灾大减，在我国水利建设史上留下了光辉的一页。

四、水乡文化建设任重道远

绍兴与水有着不解之缘，水塑造了绍兴的历史人文，也承载着绍兴的经济发展。然而，经济发展给绍兴的水出了难题，全市水体普遍污染的严峻形势，让“清水”成为绍兴治水的新坐标。绍兴当代治水的多个大事件，从20世纪90年代末的小舜江饮用水工程，到后来的清淤工程、对海涂的围垦和治理、山区溪库的治理，还有清水工程等，绍兴的当代发展史就是一部治水史。

1981年，在三江闸北建成的曹娥江大闸，是国家批准实施的重大水利项目，是我国第一个在河口建设的规模最大的挡潮闸工程。在曹娥江大闸的建造中，充分挖掘了明代古三江闸的历史文化，大闸采用先进的液压启闭设备，规模宏大，造型优美，当年的三江闸当然不可与之同日而语。现代水利建设的先进性和科学性，是建立在前人治水工程的知识和经验积累之上才得以实现的。“缵禹之绪”便是当今水利人对始自大禹的历代水利功臣的一种品德的继承，这从同为二十八孔泄流的曹娥江大闸的设计上得到了充分体现。

曹娥江大闸主体通道栏板两侧，分别刻有一组星宿神祇形象的浮雕、《丹元子步天歌》及星宿对应动物和流域文化浮雕。现代化的主体建筑与历史传统文脉的巧妙对接，使曹娥江大闸的地方文化特色得到了充分展现。含义多重的文化布置，令人兴趣盎然，驻足流连。在几万平方米的闸区内，构想“名人说水”之景，将古今

---

① 靳怀堾：《追寻大禹的足迹》，武汉：长江文艺出版社，2008年版，第164页。

中外著名思想家、政治家、文学家有关水的精辟之言,因句择石,大家书丹,高手勒刻,“名人说水”景观与巍峨大闸珠联璧合、浑然一体而相互辉映。4平方公里左右的大闸景区内,女娲遗石、治水风采、八仙过海、安澜镇流、雄闸应宿、娥江流韵、四灵守望、飞鱼化龙、娥江飞虹、高台听涛、岁月记忆、名人说水等十二个文化景点,构成了工业新城中美丽的滨海园林,使人赏心悦目,尽享美的熏陶。大闸“鲁班奖”验收专家组这样写道:“宏伟的拦河大闸与绿色的自然生态环境,独具匠心的建筑风格与深厚文化底蕴的人文景观融为一体。”①

2006年,国土资源部部署了《浙江地区地下水污染调查评价》,历时四年多在杭州、湖州、嘉兴、绍兴、宁波、台州、舟山等7个城市采集500余组地下水样品,获取了50000余个分析数据,目前正用于编制地下水防污规划。7个城市中,杭州、绍兴、宁波、台州的浅层地下水中,还检出了微量卤代烃、多环芳烃,有轻度污染。记者查阅了相关资料,这两类物质都有致毒致癌性。检出这些物质的浅层地下水多在制革、印染、废旧金属拆解企业集中的地区。

绍兴传统工业被称为“三缸经济”,即酒缸、酱缸和染缸,每一“缸”都以水资源作为最基本的生产资料。目前,这些产业仍然兴旺,加之人口高度聚集,要让水质在短时间内明显好转,谈何容易!要让绍兴所有的河道里流淌清水,最大的难点是改变人的观念。千百年来,在老百姓生活里已形成了很多伤害河流水域的习惯,如排污、倒垃圾、洗涮等,一些官员也是见之不怪,管束不严,甚至发生了如媒体曝光所示的一些恶性破坏水质之举。闻名天下的绍兴黄酒也遇到了一点麻烦,有记者在报上载文称因镜湖水源污染严重,“绍兴酒”改用自来水酿造,部分媒体也议论纷纷,对绍兴黄酒的质量提出质疑。“江南水乡”的水质恶化,非一朝一夕能彻底改变。尤其是绍兴这片依赖水乡条件兴起并发展的热土。

绍兴市委、市政府明确实现向“两综”改变,是推进清水工程的总策略:在工作思路上,逐步实现由污染源控制为主向综合防治改变;在工作手段上,逐步实现由行政手段为主向综合运用法律、经济、技术和必要的行政手段转变。绍兴水文化建设的思路是:建设与弘扬绍兴水文化的传承和保护,体现正本清源,理清脉络;集聚资源,形成合力;画龙点睛,精心布展;提升品位,重在审美;不求大、不求多而求地域特色、个性特点、文脉相连。绍兴水文化建设的理念是:水文化以“天人合一”的哲学观为核心内容,以“人水和谐”的理念为追求目标,以文学艺术传统工艺为重

① 徐智麟:《绍兴保护利用水文化遗产的实践与探索》,《“中国大运河水利遗产保护与利用战略论坛”论文集》,2013年。

要表现手法。

思路的转变，机制的完善，使各级领导以及相关产业的负责人乃至更多的民众认清了一个道理：靠牺牲环境为代价来换取利润的时代将一去不复返了，攻坚克难，意识先行，清水工程不是要投入多少钱建多少工程，而是要强调“意识先行”。清水工程开展以来，各有关部门开展了一系列专项整治活动，集中精力和时间解决突出问题。如市环保局与市纪委、公安局、监察局联合开展全市环境违法专项整治活动，市城管执法局牵头市区餐饮污水专项整治活动，市水利局牵头组织绍虞平原河网清草保洁专项整治和河道清污（淤）专项整治及建筑工地非法取水专项整治等活动，既铲除了长期以来影响河流健康的一些痼疾顽症，更是加大了宣传的力度，增强了社会公众保护河流的意识。

站在新治理的镜湖边，看着已修成或者正在施工的河边文化景观，望着清澈而整洁的水面，以“清水工程”为开篇，绍兴治水的新画卷正在徐徐展开。清水工程，是实施最严格水资源管理制度的一个重要载体，更是绍兴市实现经济富裕山水宜居城市的一个先决条件。虽征程艰难，工程浩大，牵涉面宽，但一个好的开局已经形成，这让人们信心倍增，相信前景会更加美好。现在，绍兴老百姓明显感觉到，河道里的水质变好了，市区沿河钓鱼的人多了，下环城河游泳的人多了，大家一起在环城河中品味治水的成果。

在“绿水青山就是金山银山”的今天，治水是绍兴的立城之本、兴业之本、惠民之本。2013 年 10 月，市委市政府提出了“重构绍兴产业、重建绍兴水城”的决策部署，这比全省治污水、防洪水、排涝水、保供水、抓节水“五水共治”的提出还要早几个月。令人遗憾的是，2014 年，在全省范围内，绍兴市治水的成果不如兄弟市。有据为证，在全省 11 个市“五水共治”业绩的评比中，绍兴市位列第八，作为治水先进标志的奖杯“大禹鼎”，结果只授给了排名前四位的市。2015 年，全市高度重视“五水共治”“三改一拆”“四边三化”等工作，注重专项整治中的问题导向，统筹治理好相关问题，措施扎实有力，取得了明显成效，达到“标本兼治、水岸同治、城乡并治”的要求，绍兴市、柯桥区、诸暨市获得“五水共治”先进标志的“大禹鼎”。“行百里者半九十”，万里长征迈出了第一步，“五水共治”需要攻坚战、巩固战、持久战，今后的任务更艰巨、使命更伟大，可以说绍兴水文化的建设任重道远。

参考文献：

[1]（战国）鬼谷子，（战国）列御寇，（西汉）刘安. 鬼谷子 · 列子 · 淮南子[M]. 长春：吉林出版集团有限责任公司，2010.

[2]叶嘉莹.辛弃疾词新释辑评[M].北京:中国书店,2006.

[3]赵传仁.诗词曲名句辞典[M].济南:山东教育出版社,1988.

[4]司马迁.史记[M].哈尔滨:黑龙江人民出版社,2004.

[5]陆游.剑南诗稿(上)[M].钱仲联点校.长沙:岳麓书社,1998.

[6]王国平.西湖文献集成(第26册)[M].杭州:杭州出版社,2004.

[7]山东大学中文系.杜甫诗选[M].北京:人民文学出版社,1980.

[8]中华书局编辑部点校.全唐诗[M].北京:中华书局,2013.

[9]乐齐.精读鲁迅[M].北京:中国国际广播出版社,1998.

[10]雷梦水、潘超.中华竹枝词[M].北京古籍出版社,1997.

[11]任喜民.对联艺术[M].银川:宁夏人民出版社,1983.

[12]浙江文物考古所.越城古迹[M].杭州:浙江省文物考古所,1981.

[13]靳怀堎.追寻大禹的足迹[M].武汉:长江文艺出版社,2008.

[14]倪士毅.浙江古代史[M].杭州:浙江人民出版社,1985.

[15]徐智麟.绍兴保护利用水文化遗产的实践与探索[C].“中国大运河水利遗产保护与利用战略论坛”论文集,2013.

(作者单位:绍兴文理学院上虞分院)

当代日本大禹研究对助推绍兴地方文旅产业的借鉴

吴鉴萍

摘要：大禹文化早在千年之前就传入日本，对日本的政治经济、社会文化产生了巨大的影响。当代日本重新掀起大禹研究热潮，以全国性的传承载体、创新性的传播手段、研究型的传扬人群，在深化乡土文化研究、振兴水利农业的同时，大力发展大禹文化旅游产业以激活地方区域经济，颇具借鉴意义。

关键词：日本大禹　禹越精神　文旅产业

一、当代日本大禹研究的现状

2003年，日本神奈川县开成町的大胁良夫先生在乡土史研究中，对当地多次洪水泛滥的酒匂川的治水神"文命"（即中国古代夏朝帝王始祖大禹）产生浓厚兴趣。深入开展调研后，发现该地域不仅有名为"文命西堤碑"的禹碑，还有被称为"文命宫"的禹庙，更有以"文命"命名的主要供水系统，甚至还有"文命桥"和"文命中学"。可见，大禹文化潜移默化的影响已渗入该地域居民的日常生活中。为了让地域居民更了解大禹和大禹文化，2006年，大胁良夫先生成立了"历史再发现俱乐部"（2013年更名为"治水神·禹王研究会"），组织了乡土历史研究市民团体，在当地掀起了学习大禹文化的热潮，同时也发现了全日本各地都有大禹碑，还有不少大禹研究人员，由此揭开了当代日本各地联合研究大禹文化的序幕。

2007年，日本法政大学王敏教授通过媒体呼吁各地挖掘有关大禹的文物。此后，相关消息纷纷传来，根据日本全国民间研究机构共同调查的结果显示，目前日本共有90多处大禹文化遗迹，遍布北海道至冲绳的全日本各地，下图为日本全域大禹遗迹地图[①]。

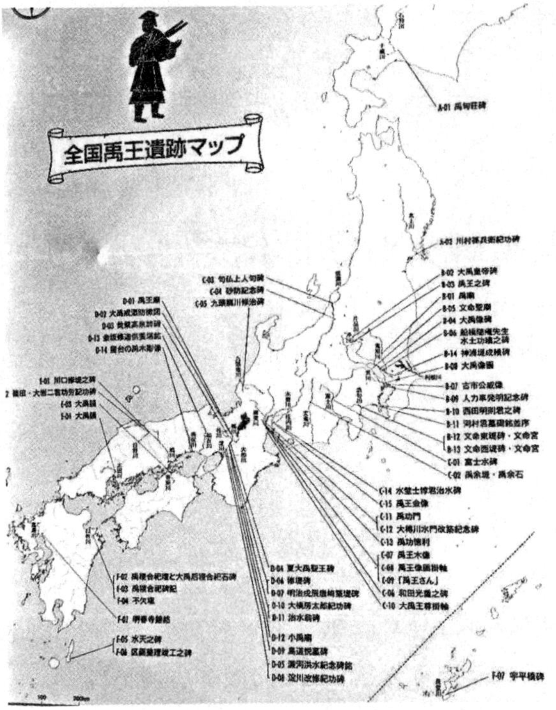

2010年11月,在日本神奈川县开成町隆重召开“第一届全国禹王峰会”,共有来自日本各地的800余名大禹研究者参与并发表了大禹研究成果。中国社会科学院汤重南教授应邀参加,该会也得到了中国驻日使馆、日中友好协会和旅日学者法政大学王敏教授的大力支持,积极推动了全日本大禹研究的相互联系和共同发展。至2015年,日本“全国禹王峰会”已先后召开五届,参加人数逐年递增,活动盛况由日本知名报纸《朝日新闻》等大篇幅报道,不断受到日本政府总务省、日本各县市公民局、日中友好协会和日本教育委员会的鼎力支持。

“全国禹王峰会”成为大禹研究者和信仰者宣传大禹史迹和发扬大禹精神的全日本专题研讨盛会。其他拥有和大禹相关的历史遗迹的城市,每年也举办诸如“禹碑祭”“禹王塔祭”等活动。2015年5月,第七届“东亚文化交涉学会国际研讨会”在当代日本大禹研究发源地神奈川县开成町以治水神禹王研究和地域间文化交流为主题隆重召开,邀请中国大陆和中国香港、中国台湾、中国澳门地区以及韩国、印度尼西亚、马来西亚、美国和法国的大禹文化研究者共同参加研讨,使大禹文

① 大胁良夫、植村善博:《治水神· 禹王をたずねる旅》,日本:人文书院,2013年版。

化跨越国界、超越时空受到世界认可,使大禹精神成为世界文明的财富,有效促进了国际汉学的传播。

二、当代日本大禹研究的特色

当今日本正在引爆一股大禹文化热,这不免引人深思:当代日本对振兴大禹文化的巨大热情传递出怎样的信息?对日本的经济和产业发展具有何种意义与价值?

经过梳理,我们可以发现当代日本大禹研究有五大特点①:1. 从个体兴趣到学术争鸣;2. 从地域性研究到全国性研究;3. 从地域文化传承到地域经济振兴;4. 从民间研究到政府支持;5. 从日本国内研究到国际交流传播。

当代日本大禹研究的再兴始于地域乡土文化的历史研究,旨在挖掘地域文化的传承价值,体现地域文化内涵,展示地域文化优势,大力弘扬地域文化传统与精髓,增强地域文化自信,实现地域文化振兴。文化的振兴必定带来经济的繁荣,以"全国禹王峰会"的召开为契机,各举办地在宣传家乡历史、呼吁当地居民更爱家乡的同时,挖掘家乡新资源,结合作为大禹纪念地的新意义,开发创新大禹文化关联产品以推动当地经济发展、摆脱日本经济长期持续低迷的窘境。如第二届举办地的群马县尾濑地区片品村为纪念峰会研制了特产酒,起名为"尾濑之禹王酒"(尾濑为日本有名的山岳湿地)。第三届举办地的香川县高松市为纪念峰会创制了名为"大禹谟"的日式点心,并获得了香川县特产品比赛县知事奖和最优秀奖。

创新发展文化旅游产业,出发点和落脚点是要将历史和文化优势转化为产业优势,形成产业链接、文化融合、互维度高的文化旅游发展业态。而日本大禹研究的成果和大禹文化在日本产业发展中的路径,作为先例可以带给我们许多启发,例如:

遍访全国禹碑禹迹→激活各地祭禹活动
全面深化大禹研究→召开全国禹王峰会
获得政府大力支持→开发大禹文化产品
振兴地方文旅产业→繁荣地方经济文化

① 吴鉴萍、竹内晶子:《大禹文化东传——当代日本大禹研究现状和意义初探》,《东方学术论坛》2016 年第 4 期。

联合各国研究机构→产生国际积极影响

三、借鉴日本经验助推绍兴地方文旅产业的初步构想

借鉴日本大禹研究的有益经验,笔者认为绍兴大禹文化欲要产业化开发,尚有以下文章可做:

(一)1995年恢复中断了六十年的"公祭大禹陵"后,绍兴学界总结出大禹一生中"封禅会稽""娶妻涂山""会计诸侯""归葬会稽"四件大事均发生在会稽山[①]。以此为中心,进一步凝练绍兴与大禹的渊源,确立绍兴文旅产业的大禹文化定位。

(二)整合大禹文化,创新绍兴大禹文化旅游载体,用文化产业化的手段开发旅游(项目),明确旅游主题,以达到"大禹文化一日游"的目的。

(三)建设禹城和禹市,可以喊响"北有尧都,南有禹城"的口号以助促销,并借此达到旧村改造之目的。

(四)开发大禹文化产品和周边,活跃文旅产品市场。

(五)弘扬绍兴的禹越精神,参加国内外大禹研究活动,积极发声宣传禹越精神,并邀请国内外大禹研究学者来绍旅游讲学,丰富我市研究活动的同时助推文旅产业。

当代日本的大禹研究正在发展着质的变化,包括由民间结社到学术团体(大学、研究机构)的加入;由遗迹调查到学术研究(考据、理论)的深化;由实物到传承(口头传承、民间祭祀)的发掘;由日本国内研究到融入东亚文化交流的转型,其中包含着以此改善中日关系的民间期许;更有把大禹文化研究作为发展地方产业经济的有效路径实践。因此,以创新发展我市大禹文化旅游产业为平台,推进中日共同调查研究大禹文化的必要性及可能性也日益凸现出来。

希望借鉴日本做法,通过大禹文化在我市文旅产业发展中的路径研究,充分整合大学研究所和旅游集团资源,寻求政府支持,深挖我市文旅产业内涵,创新载体项目,不断加大研究力度,变资源优势为产业优势,让文化与旅游深度融合,让文化与产业深度融合,使文化产业成为弘扬中华民族传统美德、传播社会主义核心价值观、传播地方特色文化的一个重要途径,使社会效益与经济效益相得益彰,让禹越精神在国内外产生深远影响。

(作者单位:浙江越秀外国语学院)

① 张钧德:《论对绍兴大禹文化的产业化开发》,《绍兴学刊》2002年第5期。

关于打造禹羌文化旅游圈的设想

王培芳

北川是文化部命名的羌族文化之乡，也是中国民协命名的大禹文化之乡。境内现存禹穴石刻、石纽石刻、岣嵝碑、禹母床、洗儿池和禹王庙等大禹遗迹；“禹的传说”为国家级非遗项目，并已搜集、整理50余篇文章付梓成书。1992年，时任国家主席的杨尚昆为北川题写“大禹故里”四字。北川是羌人聚居地，羌族文化是宝贵的民族“活化石”。全县列入各级保护名录的非遗项目多达70项，其中列入世界“急需保护的非物质文化遗产名录”1项，国家级3项，省级16项；拥有市级以上文物保护单位14处，其中国家级1处，省级以上7处。

绍兴是中国历史文化名城，中华儿女世代景仰的圣地——巍巍大禹陵，坐落在绍兴市会稽山旅游度假区。全国舜陵、尧陵，甚至黄帝陵都不止一处，唯独大禹陵没有争议。四千多年以来，大禹陵公祭活动弥久不衰，1994年再度兴起，从此一年一度，届时海内外华人尤其是大禹后裔纷纷来此朝圣。北川、绍兴两地交往也更为频繁，已故学者谢兴鹏将这种交往概括为“生死之交”（禹生北川，归葬会稽），这既反映了大禹生平中的两件大事，也形象地概括了北川、绍兴两地间的亲密关系。北川石纽村与绍兴市禹陵村，已经缔结为友好村。

因此，北川和绍兴有条件进一步加强合作，以敬祖敬宗、爱家爱国为主题，以建设旅游目的地和互为旅游目的地为目标，联手推进，打造一个可以辐射到海内外的禹羌文化旅游圈。具体设想如下：

第一，开辟两个文宣窗口

北川游客相对较少，绍兴景点包括大禹陵在内，游人如织是常态。北川可与绍兴衔接，借用绍兴当地媒体、景区（景点）大力宣传北川大禹文化、羌族文化和山地生态文化,绍兴也可以在北川开展宣传、促销活动。两地互用现有设备,共享精品电视节目、文艺节目,让作品交流展演常态化,或是最有效、最省钱的办法。这样,通过影响、引导北川人、绍兴人,继而向外扩散,不但便于促进两地人员往来、加深友谊,也便于两地文化旅游业双赢。

第二,建设两个经贸平台

北川文创产品、绿色产品,销售渠道不太畅通,可在绍兴一些地方如大禹陵景区开设销售网点,或是委托对方代销。北川境内也要开设绍兴产品销售网点,例如绍兴黄酒就有望在禹里羌乡畅销起来。近年,东南亚市场不稳定,沿海对外加工业受到一定冲击,部分老板有钱无处投资。通过大禹后裔等友好人士,北川可将好的项目推荐给绍兴乃至浙江企业家,以争取他们把富余的资金投入到北川来。总之,两地经贸活跃起来,两地人民均可受益。

第三,办好两个祭祀大典

绍兴大禹陵公祭属国家级非遗项目,公祭场所气势恢宏;北川大禹祭祀习俗是省级非遗项目,祭祀场地相对狭小。北川须让大禹祭祀习俗升级——升为国家级非遗项目;须让大禹祭祀场地升级——民间人士热切呼吁修建大禹公祭馆,就是一个很好的想法。做好了升级工作,让北川、绍兴两个隆重祭典遥相呼应,不但可助推两地文化旅游业发展,对于弘扬中华文化也是一大盛事。

第四,理顺一部世系图表

改革开放以来,寻根问祖逐渐兴起。根据学界估计,全国大禹后裔逾两千万人,但他们手头的族谱多已无存。北川可利用禹羌文化研究中心的人才优势,绍兴可利用禹陵村大禹后裔族谱完好的优势,双方形成合力,再经查阅《世本》和二十四史,争取把大禹后裔(古代部分)的世系理顺,同时结合人口普查资料,争取把大禹后裔现在全国的分布情况摸清楚。这样,就有望把近年来的族谱热引向北川,引向绍兴;这样,也就有望把海内外大禹裔孙吸引到以北川和绍兴为核心的禹羌文化旅游圈上来。

第五,大力倡导寻根之旅

西方文明是基督教文明,信仰比较单一。中国虽将儒家定为一尊,但仍强调"海纳百川,有容乃大",民间信仰具有多元化的特点,其中敬祖敬宗、爱家爱国就是重要信仰之一。有人说中国不民主,这是片面的,古时候立法权都是下放的——下放到了家族,因此家有家规,国有国法。中华儿女对于中华文化不能叶公好龙,而应堂堂正正地保护、切切实实地传承。羌族是中国民族的母族,大禹是华夏立国的始祖,文化界和学术界有义务、有责任坚守文化自信,以大禹出生地北川禹穴沟和归葬地绍兴大禹陵为依托，大力倡导敬祖敬宗的寻根之旅，努力恢复爱家爱国的固有美德。

打造禹羌文化旅游圈，需要北川、绍兴两地政界高度重视，常抓不懈；需要文化界、学术界和企业界广泛参与，多做实事；需要已经有了文化自觉的大禹裔孙率先示范，引领众生。只要方方面面温暖的大手紧紧地握在一起，奇迹就会创造出来——不但北川、绍兴两地可以双赢，还有助于复兴中华文化、振奋民族精神、造福后世子孙。

（作者单位：四川·北川·沙汀文学馆）

试析当代流行歌词中的大禹文化

李卓然

摘要：当代有关大禹的流行歌词中展现出大禹文化的丰富形态和内涵，但也存在着结构僵化、因韵害意、内容空洞、情感失真、文化表现力不足等一系列问题，只有以意驭形、以情为本、以细节打动人、以创意吸引人，流行音乐作品才能更好地传播和弘扬大禹文化。对于在歌词创作中将大禹形象娱乐化和口水化的倾向，我们要自觉抵制和矫正。只有写出真正具有竞争力的流行音乐精品，在音乐市场上获得听众的喜爱与认可，大禹文化才能与时俱进、历久弥新。

关键词：当代　流行歌词　大禹文化　创新发展

大禹文化是中华传统文化中最为古老的有机组成之一，它象征着中华民族自信勇毅、团结合作、改造自然的精神，是薪火不息、世代相传的民族之魂，是中国历史上文艺作品反复书写的一个基本母题，也是当代文艺创作中被集中表现的对象。中国当代流行歌曲作为引人注目的一类文艺作品始创于改革开放之后，虽其历史并不能算得上“悠久”，但活力强、传播快、影响大、受众广，业已成为普通大众，尤其是青少年群体最为喜闻乐见的音乐形式。举个例子，年轻人不听传统戏曲或歌剧美声的不乏其人，但几乎人人都会唱流行歌曲却是一个不争的事实。“流行音乐不仅以其动听悦耳的魅力广泛地传播于广大民众中，而且，它往往构成整个流行文化传播和扩散的重要媒介和推动力量。”①大禹作为一种艺术创作的“引子”，也成为流行歌词创作者发挥想象、构造故事的灵感和资源。而流行歌词在当今时代也

---

① 高扬宣：《流行文化社会学》，北京：中国人民大学出版社，2006年版，第174页。

衍生出了新的功能："流行歌曲的文本（即歌词）甚至开始大肆蚕食原本属于诗歌的领域，掠夺了大批原本属于诗歌的接受者，承担起原本由诗歌担负的文化功能。几十年前，文学青年读的是新诗，当下，青年们读的却是歌词。"[①]"歌词"已然成为"歌诗"。歌词中关涉大禹的当代流行歌曲主要包括有以下四类：1. 直接咏唱大禹的歌曲，这一类作品包括郑集思作词、韦唯演唱的《大禹治水》，三丫作词、金山演唱的《大禹治水》（以上两首为同名歌曲）等；2. 含有或运用了大禹元素的歌曲，这一类作品包括刘昌法和张文健作词、张丰毅等演唱的《中华好儿孙》，董克义作词、赵青岳演唱的《积石山》，宇文钰作词、苏醒演唱的《回》，刘正淳作词并演唱的《重庆醉花荫》，Stay Cool 乐队创作并演唱的《大雨、大禹》，柳为作词并演唱的《兜球村里有兜球》，浙江杭州绿城足球俱乐部队歌《浙江绿城》，山西芮城县形象歌曲《和谐芮城》等；3. 描写大禹的儿歌，这一类作品包括有李众作词、徐寅哲演唱的《大禹治水》等；4. 以大禹为主题的手机彩铃，这类作品包括有易宁作词并演唱的《烧饼夹里脊》等。[②]

流行歌词中的大禹文化是一个兼具新意和意义的论题，通过对民族传统在当代流行艺术语境中显现状态的阐释，我们能着力发掘大禹文化的丰富性内涵，显明其在不同歌词创作者笔下的形态特征与成因功效，为今后大禹主题文艺作品的创作提供参鉴；同时寻找大禹文化彰显于当下时代的切实途径，探讨以大禹为代表的传统思想在现代社会的创造性转化可能。

一

闻一多称"均齐"是"中国艺术中最大的特质"[③]，通过观察我们发现在不少有关大禹的流行歌曲中，其歌词的形式往往不约而同地采用了一种"整齐划一"的模式，即在句与句之间形成结构的对仗、字数的一致、意思的对应，应该说是较为符合闻先生所言之特质的。这类歌词虽然陡然一看外观颇有古风词韵，但细细查究却又未严格地遵循古体诗词的平仄格律，姑且将其称之为"仿格律白话体"，试举三例：

---

① 王丽慧：《歌声中的文学——文学视野中的流行歌词》，上海：上海社会科学出版社，2013 年版，第 4 页。

② 歌曲《浙江绿城》和《和谐芮城》为集体创作作品，故无特定词作者和演唱者的姓名。

③ 闻一多著，闻黎明编：《闻一多萃语》，长沙：岳麓书社，1996 年版，第 95 页。

大禹治水　　百姓都跟上
大禹治水　　谁都难阻挡
大禹的豪气　冲天高万丈
大禹的雄心　吓退黄河浪
大禹的力量　就是这么强

——儿歌《大禹治水》

大禹的后代越王的种
绿城圆我们英雄的梦
东海的惊涛钱塘的风
我们绿城一定会成功

——《浙江绿城》

大禹渡畔歌声起
圣天湖上水涟漪
天鹅引来宾朋多
蒲韵乡情醉天地
现代农业唱大戏
农民兄弟立天地
和谐芮城展新姿
再创辉煌新世纪

——《和谐芮城》

尤其是上述所引第三首歌曲《和谐芮城》,整篇歌词显现出一种突出的"整齐"特征:全词分为4节,除去第1节是4句外,后3节均为5句;总共19行歌词中除去前两行是8个字外,后面连续17行都是7个字。类似特征表现在相当数量的有关大禹的当代歌曲中,尤其是在带有宣传意味或官方色彩的歌曲中更为明显。这类歌曲包括赞美民族的颂歌、职业球队的队歌和城市的形象歌曲,只要看名称就能一眼认出:《中华好儿孙》《浙江绿城》《重庆醉花荫》《和谐芮城》《积石山》……歌名中的族名、队名、地名均醒目而突出。

虽然如此"步法划一"的外观看上去貌似很整齐,但歌词的文学性和美感却相对匮乏,先不论笔法的稚拙与粗浅,很多地方基本是为了凑齐字数而进行一些缺乏实质含义的排比和反复。例如“你可知道 寸草之心天地情/你可知道 沧海一粟都是爱”（金山版《大禹治水》）中的第一句“寸草之心”源自唐代孟郊的著名诗作《游子吟》中的“谁言寸草心，报得三春晖”，意指对母爱的报答；歌词中为了维持与“沧海一粟”的前后句对仗，将“寸草之心”用来形容大禹，着实有些表意错位，且“寸草之心天地情”表意不甚明确。第二句“沧海一粟”出自宋朝苏轼《前赤壁赋》中“寄蜉蝣于天地，渺苍海之一粟”，其含义是大海里的一粒谷子，比喻非常渺小、微不足道，而后搭配上“都是爱”同样令人费解。“自强不自大/立志效鸿鹄”（《中华好儿孙》）的第一句中“自强”和“自大”两个词的含义既不相似也不相反，并无对应之关系，连在一起除了能够凑成和后句相等的五个字之外，在逻辑上并不通顺。同是在这篇歌词中的“仓颉播文明/大禹展抱负”，虽然“播文明”和“展抱负”形成了工整的对应关系，但史载大禹是在其父鲧治水失败被刑罚致死后临危受命，他是否原本就有治水之“抱负”也值得商榷。

一些写大禹的歌词有的时候为了押韵，也会生出因韵害意的毛病。例如“问谁有胆量，带头向前闯/问谁有办法，制伏洪水的嚣张”（儿歌《大禹治水》）中第二句句末的“嚣张”一般用来形容人的飞扬跋扈、盛气凌人，而这里将“嚣张”用来形容自然灾害也实在是为了押整篇歌词中的 ang 韵而勉为其文。“治水的英雄叫大禹/他率领着民众治水忙/开山斧，凿开那龙门山/劈山剑，披断黄河水的狂”（金山版的《大禹治水》）同样为了押 ang 韵而生造出“披断黄河水的狂”的表达，殊不知洪水可以很“狂暴”，但“狂”一般是指人之精神错乱或目空一切。这篇歌词采用了“一韵到底”的严格的押韵方式，但这种方式对于词作者的语汇要求是极高的，如果词汇量不够充分就很容易导致因词穷而“生拼硬写”的情况出现——为了押韵而塞进一个词不达意的表达。“现代农业唱大戏/农民兄弟立天地”（《和谐芮城》）中的第二句也相当别扭，我们一般说“顶天立地”而不说“立天地”，很明显这又是为了去凑 i 的韵而生造出的搭配。词作家塞克就说过：“写歌词最忌生硬，最忌用人民群众不熟悉的语言和倒韵。”①（“倒韵”指为了押韵而强行颠倒字词的习惯使用顺序——引者注）同样，“是谁 爱惜自然如爱已/是谁 把那天人合一悟明白/闲时多栽树 功德减天灾/洪水化作甘露 家园好气派”（金山版《大禹治水》）为了押 ai 韵也使句子显生硬之感，先不论大禹所在的蛮荒时代是否有可能出现探讨“天”与

① 引自吴颂今：《歌词写作十八讲》，北京：人民音乐出版社，2016 年版，第 82 页。

“人”之关系的思想[①],大禹治水时又如何能“悟明白”“天人合一”?形容洪水被制伏服后的家园“好气派”,表意也有些奇怪。歌词中的押韵本是为了增加歌曲的音乐性,使其唱起来更为顺口悦耳,如果为了凑韵而导致文理不通、佶屈聱牙,甚至“为赋新词强说愁”(语出辛弃疾《丑奴儿·书博山道中壁》),那就是舍本逐末了。在歌词创作中“韵”和“意”的斟酌取舍上,如果实在无法两全,应优先顾及“意”。

这些歌词还存在另外一个不容忽视的问题,那就是大而化之的形容词使用过多,细节刻画和具体描摹几乎没有。这就导致了阅读体验的空洞与贫乏:表面上来看好像很大气,但里面的精神内核空空如也。剥去修辞游戏的外壳,除了“慷慨激昂”口号的无节制流露和“大跃进”语录体的循环播放,剩下的只是苍白的精神自慰。例如在金山版《大禹治水》中出现了如下“大词”:滔滔奔流、痴心不改、对饮开怀、千年热泪、寸草之心、沧海一粟、天人合一、无限感慨……这些词语本身并无问题,关键在于如果一个词的含义并没有被歌词创作者所真切体悟,进而化入字里行间的情愫,而仅是作为一种制造“伪豪迈”的空架子,这样空泛概念的罗列就极易使人淡漠。如果为了某种宣传的需要而将形容大禹的华丽辞藻硬塞进歌词里,这样的作品和人们日常生活的感受将是必然的疏离。著名音乐人尤静波曾有言:“写歌词一定要避免‘假、大、空’,与之相对应的应该是‘真、小、熟’。”[②](“熟”是指要写熟悉的内容——引者注)在儿歌《大禹治水》中也充斥着各式各样的排比句,例如“大禹的豪气 冲天高万丈/大禹的雄心 吓退黄河浪/大禹的力量 就是这么强”,“大禹的身影 铸在黄河旁/大禹的名字 刻在我心上/大禹的精神 千秋永不忘”等,可以看到所有形容大禹豪气、雄心、力量的表达都是在“玩虚的”,而大禹的身影、大禹的名字、大禹的精神如何与日月同光,怎么在人民心上,怎样流芳千百年,在字里行间仍然找不到具体的答案。

以上所举这些反例也说明了在大禹歌词的写作中,其实没有必要拘泥于字数和韵脚,固定四个字、五个字或七个字地排下去,或为了凑一个韵而挤出生硬突兀的表达。虽然赵元任在民国时期认为句法之整齐为“好歌词的条件”之一,[③]但如果为了追求某种形式的“整齐”而限制或歪曲了想要表达的意思,那就是本末倒置、得不偿失。歌词的“形”始终都应是为“意”来服务的,而非相反;我们完全可以

---

① 目前所知的最早论及“天人合一”思想的书籍是《郭店楚简·语丛一》中“易,所以会天道、人道也”的表述,成书日期约为公元前300年。

② 静波:《歌词文化鉴赏教程》,上海:上海音乐出版社,2015年版,第2页。

③ 转引自刘智强等编:《世界音乐家名言录》,北京:中国华侨出版公司,1989年版,第147页。

采用更加灵活自由的形式,根据所要表达的意思该长则长、该短则短,只要言之有物,也可以形成长短相间、参差错落的美感。片面地注重外观所造出的是没有灵魂的躯壳,这样的歌词缺乏直指人心的力量。

那么,多媒体技术的运用能够补足这种词魂的缺失吗?笔者以为,当今流行歌曲中"大禹魂"表现力不足的关键并不在于技术的落后,而是真情的匮乏。不久的将来也许有人还会将大禹歌曲的音乐电视拍成3D电影的模式(可能现在已经有人正在做了),但倘若词作者被真切感动这一关键环节仍未到位,运用再多的附加技术也只是披在僵尸上的华美长袍。流行歌曲之所以流行正是在于作品中的情感与听众情感的和谐共振。精彩歌词的动人之处并不出自形式上的刻意构造,而是作者在表达真实感受的过程中,用自己沉吟和低唱触及听者的内心世界。这样的歌词会引起听众的喜悦或悲伤、激动或沉思等种种情绪上的共鸣,让他们一见倾心、过目不忘。真正的大禹之魂是生动活泼、灵动生辉的,它不拘泥于一式一韵,不局限于一山一水;它靠引人入胜的意境和令人神往的创意点通凡夫的灵犀,润物无声地化进他们的心田。只有静下心来,细致地体察大禹文化的内涵、感受大禹文化的魅力,摈弃任务式思维,才能水到渠成地创作出广为流传的歌词。

那么,什么样的大禹歌词才能恰到好处地将格律、音韵、情感、思想融为一体呢?我们不妨回到六十九年前诞生的一首《大禹纪念歌》:

我思古人,伊彼大禹,洪水滔天,神州无净土!

左准绳,右规矩,声为律,身为度,三过其门而不入,八年于外不辞苦,岂不怀归,念此象庶,嗷嗷待哺,大哉圣哉禹!

薄衣食,卑宫宇,排淮泗,决汉汝,生民相庆免为鱼,禾黍既登修贡赋,亿万斯年,诸夏子孙,弦歌拜舞,大哉圣哉禹!

这首大禹颂歌创作于1947年。当年中国工程师学会决定,以农历六月六日大禹诞辰为工程师节,为崇敬先哲、策励后人,遂公开向全国征集纪念大禹的歌曲。学会共收到应征作品96件,其中这首由阮璞作词、俞鹏作曲的《大禹纪念歌》名列第一。整篇歌词风格古雅而顺口易读,内容充实而节奏适宜,表意抒情深沉壮阔而又内敛庄重,营造出一种"清水出芙蓉,天然去雕饰"(语出李白《经乱离后天恩流夜郎忆旧游书怀赠江夏韦太守良宰》)的文字美感,正如清代学人沈祥龙在《论词随笔》中所言:"词以自然为尚,自然者,不雕琢,不假借,不着色相,不落言诠也。"真正优秀的艺术作品是具有永恒生命力的,2015年中国大禹祭祀典礼组委会决定,将颂唱这首《大禹纪念歌》列入祭禹典礼议程。

二

认真研读有关大禹的歌词,我们还发现众多流行歌曲塑造大禹形象的角度有一个共通的特点,那就是侧重于从"阳刚"的一面来展现大禹的伟大,用坚强的意志、克难的勇猛、丰功伟绩的不朽、千秋万代的圣德来歌颂大禹。试举两例:

是谁 领着百川归大海
是谁 把那山水巧安排
一心护生灵　两脚断山脉
三过家门不入 四千年痴心不改
——金山版《大禹治水》

是谁把黄河 改变了模样
是谁的功绩 时代的传唱
治水的豪杰叫大禹
他就是那个大禹王
……
大禹治水 山河换新装
大禹治水 万民得安康
——儿歌《大禹治水》

这些"阳刚"的话语试图通过对宏伟事业的勾勒和丰功伟绩的赞颂将大禹塑造成一位圣人和英雄,但如果所有写大禹的歌曲都在年复一年、日复一日高昂勇武地颂唱,极有可能的结果就是听众长期神经紧绷后的审美疲劳和不停引吭高歌后的精神疲乏。我们知道,绝大多数人终其一生都是和圣人名号绝缘的肉眼凡胎。事实上对于普通人而言,一个神化大禹的示范意义远逊于一个有七情六欲和悲欢离合的人化大禹。前者是可望而不可即的圣人伦理、英雄道德和神韵完美,后者首先是有痛苦、怀希望、会悲伤、感恐惧的"人",他在对事业的追求中、对欲望的节制中、对使命的笃定中不断提升着自我的修为,最终达到"从心所欲不逾矩"(语出孔子《论语·为政》)的境界。就感染力的效果而言,后一种形象更有可能让听众产生代入感和亲近感，与他们建立思想联系并引发其思考：我能够从中学些什么？做些什么？有的时候，英雄“阴柔”的一面更能打动人心，“动情”比“说理”更能触发人的共鸣。好莱坞电影就深谙这种人物塑造技巧，大片里所有的美式英雄都绝对不是具有全方位完美能力的超人；它一定会预留相当的笔墨去刻画主人公生活化的一面，这样的细节可以是痛苦和脆弱，可以是人性弱点的挣扎，甚至可以是特殊的兴趣爱好或顽皮可爱。

既然已经有这么多颂扬大禹治水功绩的歌曲，我们的词作者完全可以创作一篇集中表现大禹“三过家门而不入”的作品，以细腻的笔触描摹大禹的内心世界，刻画他对大地的悲悯、对族人的深情、对治水大业的用心，以内心的独白、凄美的配乐、柔缓的旋律来展现大禹的执着情深；并通过放大一些细微而又具体的小事情和小动作来增强作品的感染力，尽可能地赋予所写事物以画面感。小的细节往往能反映事物背后蕴藏的情感，从而展现大的生命历程。上述所引的第一篇歌词的最后一句点到了“三过家门而不入”的事迹，但未进行任何发挥旋即又回到了“四千年痴心不改”宏大叙事之中，足可见大禹歌曲创作沿袭下来的思维定式和话语模式的稳固和强大。

除去宏大叙事，一些有关大禹的歌词还出现了“文艺化”的倾向，例如下面这篇：

河姆渡沧海一粟 尘封了巫人
巴山雨几世轮回 今夜又几分
大禹过门 未见转身
夫归一生 留一世的泪痕

——《重庆醉花荫》

整个语篇的意思相当朦胧，散发着当下流行的“文艺”气息，但仔细一推敲却有种让人不知所云的感觉，这种卖弄“文艺”、制造朦幻的倾向在下面这段歌词中得到了更为出格的体现：

不理不睬这个陌生年代只剩无奈感慨
灵魂出走搭造一座方舟从此独自异域漂泊
大雨大雨哗啦啦伊耶伊耶
Who can survive this lonely kind of life

How can I tell a lie to leave you alone tonight
When the sky can't help crying then who babysit the earth
How can I save this world as you did
地球已经不旋转像你的脑袋
三过你的家门却不进来 Tell me why
——《大雨、大禹》(着重号为引者所加)

这段夹杂着许多英文的歌词不仅制造出朦胧的错乱感,其本身也完全符合当下流行歌曲的语言特征:对传统进行解构和重组,对典故("三过家门而不入")进行大胆改写,将其置换于都市里情感纠葛的背景中;用语中西交杂、土洋结合,句末带着夸张拖沓的语气词("哗啦啦伊耶伊耶"),先是英文问、中文答,再是中文说、英文问,而且歌词中的英语所用的都是欧美流行歌曲中时髦的词汇和句式("how can I tell you","leave you alone tonight","can't help crying","tell me why")。这样的语言不仅仅只是一种流行的形式而已,它事实上决定了我们对于描摹对象的认识,甚至于构造出某种文化认知的语境。尼尔·波兹曼(Neil Postman)认为:"我们认识到的自然、智力、人类动机或思想,并不是它们的本来面目,而是它们在语言中的表现形式。我们的语言即媒介,我们的媒介即隐喻,我们的隐喻创造了我们的文化内容。"①相比于上面这篇中西结合的作品,下面两首歌曲对大禹元素的运用就近似于恶搞了:

安检处大叔活似神荼郁垒
人们如等候快递的包裹 一堆一堆
做梦的人耸耸鼻子 缩进棉被
叶子落下 像老天弹掉的烟灰
车厢外飘着年夜饭的香味
大禹啊快点回来也顺便 治治口水
——《回》(着重号为引者所加)

年年有余岁岁有鱼
治水靠大禹

① 尼尔·波兹曼著,章艳译,《娱乐至死》,北京:中信出版社,2015年版,第17页。

无奈族人填河造路

小鱼哪里去

他说 他说

全民公投是玩物

不如回家洗个泡泡浴

——《兜球村里有兜球》(着重号为引者所加)

在上述第一篇歌词中大禹依然在治“水”,不过治的是饥肠辘辘的旅客闻到饭香后流下的“口水”。第二篇歌词中“治水靠大禹”和后面的“全民公投”“泡泡浴”等没有任何逻辑上的联系,整个歌词的设计可谓是指东打西、前言不搭后语。这样的叙述打碎了精英文化的花瓶,一切严肃的意义都被娱乐所拆解,所有的价值和理念都以引人发笑的形式出现,全部的历史和典故都沦为无厘头的金句。“在这里,一切公众话语都日渐以娱乐的方式出现,并成为一种文化精神……其结果是我们成了一个娱乐至死的物种。”①

无论是文艺化、西洋化还是娱乐化、口水化的大禹歌曲,都折射出传统文化形象在当今时代的传承困境。这些流行于年轻人之中的歌曲相比于宣传意味浓厚的官方作品显示出更大活力和传播速度,却也反映出文化市场上自发创作的一种倾向:拆解和藐视传统,娱乐和消费经典。而官方作品虽然能够体现出一种值得尊重的精神风貌,却仅以激昂的口号、华丽的排比和恢宏的叙事作为语言定式,固守于高音喇叭对着空气的铿锵呐喊。而且这样的一种宣传是要靠政府“输血”来维持的,一旦将其放到市场中自由竞争,就会面临十分严峻的形势——精英作品虽然高级,但阳春白雪有价无市;无厘头的恶搞固然低俗,但传播迅速流行度高。王丽慧就犀利地指出:“如果精英文学失去对市场的适应能力,它将无力撼动现实世界和人的精神世界,它所标榜的拯救文学、拯救社会、拯救人类精神的伟大责任将无从落实。”②如果对传统的维系始终停留在这样的状态,将是相当危险的:一旦政府“断供”,前一类作品无人组织生产,传统文化就极有可能被“市场之手”所扭曲,无厘头的搞怪和对传统毫无敬意的拼贴为乐就将全面掌握诠释经典的话语权。

这样的预言绝不是危言耸听。我们可以做一个实验,在网页“百度音乐”的搜

① 尼尔·波兹曼著,章艳译,《娱乐至死》,北京:中信出版社,2015 年版,第 4 页。

② 王丽慧:《歌声中的文学——文学视野中的流行歌词》,上海:上海社会科学出版社,2013 年版,第 4 页。

索栏中输入名词“大禹”,歌词相关的歌曲共有12首(本文开头第二段已列出),歌曲被翻唱的频次仅有1次①,其中至少有4首能确定是官方组织创作的作品;同样输入“法老”一词,却有多达18首相关歌曲,翻唱的频次也达3次,而且这18首歌曲没有任何一首带有丝毫官方背景,均为民间自发创作的作品,这样的结果对比反映出传统文化形象的魅力弱势和创造力不足。

传统不仅面临着被娱乐化的险境,也遭遇了异质语言的蚕食。前文所引的《大雨、大禹》歌词中的中英文语码转换现象在当下的流行歌词中并不少见,但仔细观察这类歌曲,我们就能发现其中的某种尴尬:这类转换多是将英文作为嵌入语嵌入中文歌词,而反观欧美流行乐坛,则鲜有将中文作为嵌入语嵌入英文歌曲的范例。在流行音乐的舞台上,英文事实上构成了对中文的隐性“语言霸权”。这种语言文字上的弱势是更加不易察觉的传统危机,其已然先入为主地做出了某种价值的评判。

近几年市面上的流行文化产品中不仅出现某种戏谑传统的现象,甚至还冒出了丑化经典的苗头,足以引起我们的警惕。2008年3月初,因上央视《百家讲坛》而走红的“名嘴”纪连海在上海电视台纪实频道《文化中国》栏目讲述《历史上的非凡女人》,在其中第五集《三过家门而不入》中纪氏语出惊人,称:“大禹‘三过家门而不入’,除了一心治水外,还因有了‘二奶’。大禹生命中的另外一个女人就是瑶姬”,进而“考证”出大禹和情人的定情信物,甚至还原了大禹为在外面偷欢而哄骗妻子的谎言。从学术角度来看,纪氏的观点可谓毫无根据②,甚至可以说无聊得不值得一驳。但笔者关心的是纪氏身为北京师范大学第二附中历史高级教师、学科带头人,究竟是出于何种目的作如此文化小丑的拙劣表演?俗谚有云:“揣着明白装糊涂”,他这么做、这么说究竟是为了讨哪部分人的欢心?从媒体对此话题的后续报道和热炒来看,纪氏应该已经达到了其预期目的。大禹是否是因婚外情而“三过家门而不入”在21世纪的中国竟然成了一个热点话题,说明我们社会的媒体导向、舆论环境和文化氛围本身就出了很大的问题。

中华文明之所以在世界四大文明中是唯一血脉未断、延续至今的文明,很重要的原因就是因为我们在很大程度上是一个以历史为信仰的民族,历朝历代留下的

---

① 王宏伟在专辑《西部放歌》中翻唱了金山演唱的歌曲《大禹治水》。

② 四川省社会科学院禹羌文化研究所所长谢兴鹏于2008年3月22日写了一封质疑信投给上海电视台《文化中国》栏目组并在之后将全文发布到互联网上,对于纪连海的观点进行了逐一批驳并提供了充分的资料证明。

丰富史料、记载的人和事以及其中体现的文化力量和品格气度成了维系民族存续的精神纽带。大禹治水的故事在中华民族精神世界中的地位和作用可以比之于《圣经》中“诺亚方舟”的故事在西方国家精神世界中的地位和作用。纪连海作为一名历史教师,不仅不去引导观众尊重和热爱华夏的先祖,反而如此丑化、俗化、贱化大禹的形象;其所起的负面效应并不仅仅是在互联网上增加几个低俗笑话而已,更是在公然毁弃和辱蔑一个民族的精神图腾。

三

苏联著名诗人伊萨科夫斯基(Isakovsky)曾有言:“好的歌,它的词都具有不依赖音乐的独立艺术价值”①;而一篇好的歌词一定是谱曲能唱、离谱能赏的精品。当代有关大禹的流行歌词对将大禹文化有机融入当代生活做了许多有益的尝试,给受众带来了一定的审美享受和思想感染,不仅丰富了当代文艺创作的成果,也为大禹精神的弘扬积累了经验、提供了参考,但其不足之处也是显而易见的:1. 在篇章格式、语言表达、思想展现等方面因循痕迹较重,在诠释大禹精神上创意欠缺;2. 对人物的诠释未能紧密贴近听众生活,大禹形象的塑造手法创新不足;3. 未能全面周到地设置创作“防火墙”,某些藐视传统的苗头没有得到有效遏制;4. 作品多由官方主导,民间对于大禹文化的创作热情还未完全激发出来。

“在大众文化蓬勃发展的今天,流行歌曲已经牢牢地占据了歌坛的主体地位”②,未来要使大禹文化更好地传播,我们也要积极运用流行歌曲这一有效载体。大禹文化不是干枯的文字和给后人凭吊的遗迹,更不是僵死的文本和庙府里被供奉的牌位。它代表着一种创造性的行动精神和人性化的意志提升,这种精神价值可以有效地凝聚人心,为小到社会团体、大到民族国家的和谐发展提供信仰支撑。弘扬大禹文化的流行歌词既要对传统心存敬畏,又要尽可能地做到使受众喜闻乐见;既要适应网络时代的话语环境和审美维度,又不可流于恶搞和媚俗;既要法古而不泥古,注重创意和实效,又要对解构传统、娱乐至上的行径予以自觉抵制。为使歌曲能众口传唱,就要唤起真情实感,加强文本创新;为使大禹形象立体而丰满,就要在细腻之处下功夫;为使大禹精神不被娱乐化所扭曲,一方面要强化引导和监

① 转引自晨枫:《词苑履痕录》,南宁:广西民族出版社,1993 年版,第 10 页。

② 王丽慧:《歌声中的文学——文学视野中的流行歌词》,上海:上海社会科学出版社,2013 年版,第 3 页。

管,宏观把控流行歌曲作为一种商业性的文化产物的质与量之平衡,另一方面要调整思维、与时俱进,创作出真正具有竞争力的文化产品;想要激发出民间对于大禹题材文艺作品的创作热情,就必须将大禹文化和当下生活进行精神沟通,使传统"活"在身边,使信仰触手可及;尤其要鼓励年轻艺术工作者发挥灵感和创意,让他们在良好的创作环境中写出既通俗又深刻、既浅显又富内涵、雅俗共赏的大禹歌曲,这样的精品能将有关大禹的古诗词赋转化融合为当代的表达方式,将大禹的精神寓于易读、易懂、易唱的文字表达之中,将大禹的传统品质与当代人的意识气质对接转换。我们有理由相信,在不久的将来,那一篇篇描写大禹的精彩歌词、那一首首赞颂大禹的优美歌曲定会如"大禹神工著,天书五卷来"(语出东方鹰《大禹》)般妙笔生花、尽情挥洒。让我们在创造中迎接那一天的到来。

基金项目:绍兴市哲学社会科学研究"十三五"规划2016年度重点课题"当代艺术创新视域下的大禹文化研究"(编号:135J016)。

(作者单位:浙江越秀外国语学院)

大禹与水文化

论孔子“智者乐水”的审美内涵

余群

摘要:孔子所说的“智者乐水”,是乐“水”之动,乐“水”之生。观“水”,即是映照自身,从而“志于道,据于德”“观其生,观我生”。正是由于这种情怀,孔子在面对“水”的奔腾、旋转时,就能体悟到一种宇宙生成变化的“水流”结构,时间也变成了生物式的圆形时间,周而复始,万象更新。因此,“不舍昼夜”的水流不是“意义的流失”,而是“意义的生成”。这可以通过孔子对于“礼”与“孝”的思想得到充分的解释。正因为体验着圆形时间,孔子才会油然而生一种“不知老之将至云尔”(《论语·述而》)的欣喜与快乐。

关键词:“智者乐水” 体道 观生 圆形时间 万象更新

孔子乐山乐水,而对“水”尤其情有独钟,并有过大量的评论,表达了深刻的智慧和哲理,令人百读不厌,回味无穷。例如:

> 子曰:“智者乐水,仁者乐山;智者动,仁者静;智者乐,仁者寿。”(《论语·雍也》)
>
> 子在川上曰:“逝者如斯夫!不舍昼夜。”(《论语·子罕》)

对于第一句话,读者的理解不会产生任何歧义。其意为:智者乐水,乐乎水之奔流,乐乎水之灵动。水是流动的,人应当如水一样,是活泼泼的,敢于进取,充满了生机。而对于第二句话,读者难免会有不同的理解,古往今来,大致产生了“比德”“伤逝”“见道”等几种解释,可谓见仁见智,众说纷纭。持“伤逝”观点者认为,

"逝者如斯",是以水比喻时光的流失,昼夜不停,其代表人物有包咸、邢昺。包咸注曰:"'逝,往也。言凡往者如川之流也。'"①邢昺疏曰:"此章记孔子感叹时事既往,不可追复也。逝,往也。夫子因在川水之上,见川水之流迅速,且不可追复,故感之而兴叹,言凡时事往者,如此川之流夫,不以昼夜而有舍止也。"②其实,这种解释,表面上不无道理,但仔细深究,就感觉很难成立。试想,孔子见水而想到时光一去不复返,还会快乐吗?所以,"逝者如斯"并不意味着有去无回,而是一个周流不止的"动",它蕴含着天道、生机。正因为如此,孔子才会有"智者乐水"的赞赏。下面对此进行具体分析。

一、体道与观生:"智者乐水"的表现

"水"是生命之源。古人傍水而居,我国许多地名、城市之命名都与水有关,如浙江、江西、河南、上海、武汉、洛阳等等,就充分说明了这个道理。正因为如此,"水",就一直受到人们广泛的关注。老子"上善若水"的智慧、孔子"智者乐水"的感叹,诸如此类,无不说明了国人对于"水"的重视和喜爱。这种对"水"的钟情,投射到人生之中,自然而然就产生了体道、观生的哲学思想。

(一)"志于道,据于德"

我国古人在农耕之中,仰观天文,俯察地理,体悟到世间万事万物都是息息相关、相互依存、相互感应的。他们认为,有一种共同原则支配着自然世界与人类社会。依此类推,自然世界中极其重要的水,与人的生命也有着某种默契和对应的关系。正因为如此,孔子把水视为人类的行为准则或人类的生命象征,因而兴味盎然,津津乐道。例如:

孔子观于东流之水。子贡问于孔子曰:"君子之所以见大水必观焉者,是何?"孔子曰:"夫水大,遍与诸生而无为也,似德。其流也埤下,裾拘必循其理,似义,其洸洸乎不淈尽,似道。若有决行之,其应佚若声响,其赴百仞之谷不惧,似勇。主量必平,似法。盈不求概,似正。淖约微达,似察。以出以入,以就鲜絜,似善化。其万折也必东,似志。是故见大水必观焉。"(《荀子·宥

① 邢昺:《论语注疏》,北京:北京大学出版社,1999年版,第119页。
② 邢昺:《论语注疏》,北京:北京大学出版社,1999年版,第119页。

坐篇》)①

孔子见到大水,必然要仔细观赏,其原因有许多,而"其洸洸乎不淈尽,似道",可以说是其中的根本因素。孔子对"道"的执着,可谓矢志不移。子曰:"志于道,据于德,依于仁,游于艺。"(《论语·述而》)专心致志于"道",是因为人能够传道、弘道。子曰:"人能弘道,非道弘人。"(《论语·卫灵公》)孔子爱水,"弘道",是一个很重要的目的。具体表现为,他经常运用"比德"的方式发现水之"德"。孔子曰:"夫玉,君子比德焉。"(《荀子·法行》)在孔子看来,玉拥有人的美德,水也如此。那就是,水遍生万物却无意而为,似有德之高尚;水顺流而下,必循理而行,似有义之节操;水浩浩荡荡不会干涸竭尽,似道之无穷;水行为果敢,若响之应声,其奔赴百仞之山谷,毫无畏惧,似勇之坚决;水经坎而来,必平之而后过,似法之公平;水盈虚而进,无须平斗斛之概木,似正之不迂。水柔弱而无不通达,似察之明细。万物出入于水,鲜洁而出,似善于教化。水历经曲折,而最终奔向东方,似志之坚定。

可见,孔子"志于道,据于德"的智慧在观水之时运用得十分妥帖而自然。当然,这种审美思想在后世得到了进一步的阐发和传承。例如,程颢解释孔子在川之叹说:"此道体也,天运而不已,日往则月来,寒往则暑来。水流而不息,物生而不穷,皆与道为体,运乎昼夜,未尝已也。是以君子法之,自强不息,及其至也,纯亦不已焉。"②又曰:"自汉以来儒者皆不识此义,此见圣人之心纯亦不已也,纯亦不已,乃天德也,有天德,便可与王道,其要只在谨独。"③

程颢认为,川流不息之水,乃为道体,亦是天德,它如昼夜之交替,寒暑之往来,运转无穷,永无止境。君子应当效法水流,自强不息,至纯不已。

范祖禹对程颢的理解进行了补充,即在天之道的基础上,又增添了地之德的内涵,他说:"程颐曰:'此道体也。'臣以为天运而不已,日往则月来,寒往则暑来,水流而不息,物生而不穷,皆与道为体,运乎昼夜,未尝止也。是以君子自强不息以天,厚德载物以地,见大水必观焉以其似道故也。"④水流不息,是天之道,地之德,君子要效而法之,不仅要自强不息,而且要厚德载物。

---

① (清)王先谦著,沈啸寰、王星贤点校:《荀子集解》,北京:中华书局,1988 年版,第 524－526 页。

② (明)朱熹:《四书集注》,北京:中华书局,1983 年版,第 113 页。

③ (明)朱熹:《四书集注》,北京:中华书局,1983 年版,第 113 页。

④ (明)朱熹:《朱子全书·论孟精义》,上海:上海古籍出版社,2002 年版,第 333 页。

当然,对于孔子在川之叹,除了从水流不息中体悟天地之道以外,还有学者对“逝者如斯夫”之“逝”进行了新的解释。明代哲学家刘宗周就是如此。他在《论语学案》中说:“道不可见,乘气机而流行,合辟于其间,此逝者机也。……川上之机,其撰更真,令人目击而会心,故夫子叹之。”[①]刘宗周认为,“逝”者之气机,就是天道之运行。天道虽不可见,但融汇于水流之中,显得更具体更真实,令人目击而会心,所以禁不住要叹赏不已了。

可见,历代儒生都能够深刻体悟孔子观水的深意,也身体力行,孜孜以求,以期获得一种有如圣贤一样的快乐与满足。所谓“乐是乐此学,学是学此乐”(王艮《学乐歌》),正是此意。他们一致认为,常人只要能够悟道、厚德,就会像圣人那样,心中就会有一种归依,而不会产生一种漂泊不定之感。因为,道与德,是人生的根蒂。熊十力先生对此解释得十分深入到位,他说:“道者万物之本体,……古诗曰:人生无根蒂,飘如陌上尘。人生根蒂,即道也。固有之而不自觉,故曰无根蒂耳。此为不见道者,致其永慨。人能见道,即观我生固有根蒂,《易·观卦》曰‘观我生’,意深远矣。”[②]

(二)“观其生,观我生”

圣人以人道对应天道。观天道,以观我生。这正如《周易·观卦》所说的“观其生”[③],“观我生”[④]。体道,其目的是为了观生,因为天道本身便是活泼。这正如明儒王艮所言:“天性之体本自活泼,鸢飞鱼跃便是此体。”[⑤]而通过观万物之生,又可以观我自身之生。孔子观水,满眼盈怀都流溢着“活泼泼”的生机。对此,明代哲学家王阳明解释得非常准确而生动。

人问:“‘逝者如斯’,是说自家心性活泼泼地否?”王阳明曰:“然。须要时时用致良知的功夫,方才活泼泼地,方才与他川水一般,若须臾间断,便与天地不相似。此是学问极至处,圣人也只如此。”[⑥]“逝者如斯”,恰似“活泼泼”的天地运转,这就是“道体”。面对这种“道体”,君子要时时用致良知的工夫,从不间断地、“活泼泼

① (明)刘宗周著,吴光点校:《刘宗周全集》(第一册),杭州:浙江古籍出版社,2007年版,第404页。

② (清)熊十力:《原儒》,上海:上海书店,2009年版,第181-182页。

③ (明)朱熹著,苏勇校注:《周易本义》,北京:北京大学出版社,1992年版,第31页。

④ (明)朱熹著,苏勇校注:《周易本义》,北京:北京大学出版社,1992年版,第30页。

⑤ (明)王艮著,陈祝生等校点:《王心斋全集》,南京:江苏教育出版社,2001年版,第19页。

⑥ (明)王阳明:《王阳明全集》,上海:上海古籍出版社,1992年版,第103页。

地”“体道”，这就是“学问极至处”。圣人要如此，常人也应如此。当然，这种观生的思想，早在《周易》之中就已成为一种普遍的思维模式。

《周易·系辞下》曰：“天地之大德曰生，圣人之大宝曰位。”①

《周易·咸卦》“彖辞”曰：“天地感而万物化生，圣人感人心而天下和平。观其所感，而天地万物之情可见矣。”②

天地之大德，在于使万物生生不息，圣人最宝贵的美德是履行自己的使命，开创天下之太平。开创太平，其实就是一种“生”。这就好像“水”一样，能够孕育无穷的生命。此说在韩婴《韩诗外传》卷三中有详细的记载：

> 问者曰：“夫智者何以乐于水也？”曰：“夫水者，缘理而行，不遗小间，似有智者；动而下之，似有礼者；……天地以成，群物以生，国家以宁，万事以平，品物以正。此智者所以乐于水也。”③

这是说，智者之所以乐于水，乃是因为水的德行广大无边，而且还具有生成天地、安宁国家等多方面的品质。刘宗周对于孔子为之动情的水之生命特征的解答可谓非常深刻，他在《论语学案》中说：“智者证道于动，故乐水。……于动则得其乐者征，动畅天地之化也。”④又说：“‘逝者如斯’，天命流行也。天地之化，运而不息，则生生不穷。如人元气运，则肢体血脉日日充长。于此，见人心中直有故有新之机。”⑤也正因为如此，孔子从水的灵动之中，发现了生生之道、日新之德，找到了生命的契机、人生的价值。这种思想源于《周易》“观其生，观我生”的智慧，在后世逐渐成为国人的一种集体无意识。

宋人罗大经《鹤林玉露》“活处观理”条曰：古人观理，每于活处看。故《诗》曰：“鸢飞戾天，鱼跃于渊。”夫子曰：“逝者如斯夫，不舍昼夜。”又曰：“山梁雌雉，时哉时哉！”孟子曰：“观水有术，必观其澜。”又曰：“源泉混混，不舍昼夜。”明道不除窗

---

① （明）朱熹著，苏勇校注：《周易本义》，北京：北京大学出版社，1992 年版，第 153 页。

② （明）朱熹著，苏勇校注：《周易本义》，北京：北京大学出版社，1992 年版，第 99 页。

③ 赖炎元：《韩诗外传今注今译》，台北：台湾“商务印书馆”股份有限公司，1979 年版，第 128 页。

④ （明）刘宗周著，吴光点校：《刘宗周全集》（第一册），杭州：浙江古籍出版社，2007 年版，第 352 页。

⑤ （明）刘宗周著，吴光点校：《刘宗周全集》（第一册），杭州：浙江古籍出版社，2007 年版，第 404 页。

前草,欲观其意思与自家一般。又养小鱼,欲观其自得意。皆是于活处看,故曰:“观我生,观其生。”又曰:“复其见天地之心。”学者能如是观理,胸襟不患不开阔,气象不患不和平。①

从上文可知,古人总是从活处观理。孔子观水是如此,孟子、程颢、罗大经等人也都是如此。类似的还有许多。例如,陶渊明《时运·其一》曰:“有风自南,翼彼新苗。”白居易《赋得古原草送别》曰:“离离原上草,一岁一枯荣。野火烧不尽,春风吹又生。”黄庭坚云:“李侯画骨亦画肉,笔下马生如破竹。”②王阳明《咏良知四首示诸生》曰:“个个人心有仲尼。”③王艮曰:“见满街人都是圣人。”④诸如此类,不胜枚举。可见,正是他们心中跳动着灵动的音符,所以观物观人,都能看出其中的生机和活力。

二、“不知老之将至云尔”:“智者乐水”的原因

水默默无闻而又毫无意识地滋养万物,赋予它们以生命。因此,水构成了社会与伦理价值体系的基石。美国学者艾兰在谈到我国文化时说:“哲学家们假定,同样的宇宙原则也构成了人类行为的基础,他们通过体察水与其他自然现象以求提取自然界的原则,这将使之了解人类及其在自然秩序中的位置。”⑤可见,我国古人善于通过自然现象来提取人生的行为准则。艾兰还说:“当孔子惊叹‘水哉!水哉’的时候,他没有敦促他的弟子去冥想上帝(the Almighty)的无边伟力,而是去沉思独特地展现在他眼前的生命的源泉。”⑥

孔子引导弟子们“沉思独特地展现在他眼前的生命的源泉”,也就是体道与观生。这是基于一种中国古人固有的意向性思维的结果,它有别于西方的认知性思维。意向性思维注重收视返听,执着于自我反思,不是把自然对象化,而是把自然人格化、自我化。从《周易·系辞上》“天生神物,圣人则之;天地变化,圣人效之”,

---

① (宋)罗大经:《鹤林玉露》,北京:中华书局,1983年版,第163页。

② (宋)罗大经:《鹤林玉露》,北京:中华书局,1983年版,第343页。

③ (明)王阳明:《王阳明全集》,上海:上海古籍出版社,1992年版,第790页。

④ (明)王阳明:《王阳明全集》,上海:上海古籍出版社,1992年版,第116页。

⑤ 艾兰著,张海晏译:《水之道与德之端:中国早期哲学思想的本喻》,上海:上海人民出版社,2002年版,第26页。

⑥ 艾兰著,张海晏译:《水之道与德之端:中国早期哲学思想的本喻》,上海:上海人民出版社,2002年版,第31页。

到孟子“万物皆备于我,反身而诚,乐莫大焉”(《孟子·尽心上》),再到庄子“天地与我并生,万物与我为一”(《庄子·齐物论》),都是这种从主体出发,周游万物,又返回自身的意向性思维。这种思维是一种圆形思维,它产生于“日出而作,日落而息”的农业社会。日出而又日落,是圆形地运转。这种思维投射在水流之上,就自然以一种圆形的时间与之同化。“水”因而具有了生命周期的象征意义。“水”奔腾不息,就好像人类社会一样,生生不息。有源之水也就变成了这样一种事物,它能够不断更新自我。

孔子屡屡称道“水”,是因为水源混混,昼夜不停地奔流,并通达于四海,这就是“有本者如是”的体现。孔子的这种思想,得到了孟子的进一步发挥。

徐子曰:“仲尼亟称于水,曰‘水哉,水哉!’何取于水也?”孟子说:“源泉混混,不舍昼夜,盈科而后进,放乎四海。有本者如是,是之取尔。苟为无本,七八月之间雨集,沟浍皆盈,其涸也,可立而待也。故声闻过情,君子耻之。”(《孟子·离娄下》)①

“放乎四海”,虽然是从空间上来说的,但从时间上来看,也应当是“不舍昼夜”的。换言之,孔子、孟子都没有把水当成一种僵硬、机械的时间,而是一种回旋、圆形的时间。

(一)孔子体验着圆形时间

水流汤汤,“逝者如斯夫,不舍昼夜”,就是圆形时间的形象表达。而这种思想是源于天道为“圆”的观念。《周易·说卦》曰:“乾为天,为圆。”②“圆”,乃是阴阳互补、阴阳更替的规律与模式。而“昼”与“夜”,即“阳”与“阴”。所以,“昼夜”,就是阴阳,构成一个“圆”,通乎天地之德。《周易·系辞上》曰:“易与天地准,……乐天知命,故不忧;……曲成万物而不遗,通乎昼夜之道而知,故神无方而易无体。”③《易》道与天地相通,懂得《易》道,就能够“乐天知命”,也能够“通乎昼夜之道”。孔子热爱《周易》,曾经读《易》而“韦编三绝”(《史记·孔子世家》)。他对《周易》的道理可谓了如指掌、深有体悟。正因为如此,孔子才能乐山乐水、乐水之动。刘宗周曰:“乐山乐水是穷理事,……此圣人上达微言,当是学《易》后方得此机轴。”④正是此意。

---

① (明)朱熹:《四书集注》,北京:中华书局,1983 年版,第 293 页。

② (明)朱熹著,苏勇校注:《周易本义》,北京:北京大学出版社,1992 年版,第 172 页。

③ (明)朱熹著,苏勇校注:《周易本义》,北京:北京大学出版社,1992 年版,第 140 页。

④ (明)刘宗周著,吴光点校:《刘宗周全集》(第一册),杭州:浙江古籍出版社,2007 年版,第 352 页。

孔子探究《易》理,懂得“昼夜”之理,因此毕生积极有为。王艮曰:“‘天行健’,则‘通乎昼夜之道而知’。”[①]懂得“昼夜”之理,便可明“道”、传“道”。对此,曾经有人问王阳明“通乎昼夜之道而知”的内涵。王阳明解释曰:“良知原是知昼知夜的。”又曰:“知昼即知夜矣。日间良知是顺应无滞的,夜间良知即是收敛凝一的,有梦即先兆。”[②]“通乎昼夜”,则良知时时可见,顺应无滞。而一个“昼夜”就是一天。一天是如此,推而广之,一月也是如此,一年四季,甚至长年累月,也同样是如此。这就意味着这么一个事实:人类的生、老、病、死,可以同化于水流的循环周期。而比这种同化更为重要的是,它透露了宇宙生成变化的“水流”结构,即传达了乐观奔放的信息。水流永远不会停止,天道也生生不息,而人类社会的日新月异也永远不会停止。法国学者克洛德·拉尔《中国人思维中的时间经验知觉和历史观》一文认为,在中国古人的观念中,人们“只要把自己同那生命的本原,即永不停息地在使其受精的天和使其孕育的地之间旋转的东西融为一体,时间就可能被取消。”[③]孔子见水思道,不正是这种智慧的体现吗?

可见,在孔子生命中,时间是生物式的、周期性的,而不像现代社会中那种连续性的、有去无回的时间。在周期性的时间里,人们可以不断地涤除旧习、改正错误,所谓“一元复始,万象更新”。因此,人生就像新的太阳一样,也像不舍昼夜的水流一样,永远令人欢欣鼓舞、自得其乐。而现代社会中,在连续性时间结构下,人们进入一种一去而不复返的历史旋涡之中,如白驹过隙,人生苦短。相比之下,传统的经验式的社会,重视经验,重视历史记载、历史教训,而现代的经历式的社会,讲究当下,讲究唯我独尊、及时行乐。

(二)从孔子生活时代与其表述来看他的圆形时间观念

我们之所以认为,孔子体验着圆形的时间,这可以通过他生活的时代,以及他大量的表述来得到印证。从生活的时代来看,孔子正是生活在传统的经验式的社会中。他没有,也不可能有现代社会那么清醒的单向式的时间观念。孔子感受的时间是春夏秋冬四时的更替。他往往依据万物的变迁来理解时间。时间只是万物的循环往复而已。在这样的时间观念之中,他们可以尽情地享受“草草杯盘供笑语,昏昏灯火话平生”(王安石《示长安君》)的平淡,也可以愉快地挥洒“一壶浊酒

---

① (明)王艮著,陈祝生等校点:《王心斋全集》,南京:江苏教育出版社,2001年版,第6页。

② (明)王阳明:《王阳明全集》,上海:上海古籍出版社,1992年版,第105-106页。

③ 路易·加迪等著,郑乐平、胡建平译:《文化与时间》,杭州:浙江人民出版社,1988年版,第38页。

喜相逢，古今多少事，都付笑谈中”（杨慎《临江仙》）的豪情。在他们的心目中，水流、时间即始即终。另外，从孔子的表述来看，孔子的时间观念也仍然是周期性的。孔子经常谈论“礼”和“孝”，最能体现这一点。

先说“礼”。孔子曰：“克己复礼为仁。”（《论语·颜渊》）所谓“复”礼，就是强调以往周公之“礼”的回复性、重复性。对此，孔子真是朝思暮想了。子曰：“甚矣吾衰也！久矣吾不复梦见周公。”（《论语·述而》）一个“复梦”之“复”字，道出了多少执着和信念！再者，孔子所说的“殷因于夏礼，所损益，可知也；周因于殷礼，所损益，可知也；其或继周者，虽百世，可知也”（《论语·为政》）。从殷礼到夏礼，再到周礼，继而传至千秋万代，都可以依此类推，并得到准确的认识和把握。这不也正说明了“礼”的回溯性、重复性吗？

再说“孝”。子曰：“父母之年，不可不知也。一则以喜，一则以惧。”（《论语·里仁》）一喜一惧，来回交织，人生的“孝”义就在此中生成。当然，“孝”是双向的。我们为父母的年寿而欣喜，而父母也为我们的身体而牵挂。这不仅是某个父母与子女之间如此，整个人类社会都应当如此。子曰：“武王、周公，其达孝矣乎！夫孝者：善继人之志，善述人之事者也。春秋修其祖庙，陈其宗器，设其裳衣，荐其时食。……敬其所尊，爱其所亲，事死如事生，事亡如事存，孝之至也。”（《中庸》）可见，“孝”既是慎终追远，又是继往开来的。在这种慈爱与孝顺之中，自然而然就构成一个实实在在而无比温暖的“家”，而“人的意义生成的原结构”①也就在这里。显然，有了这样的“家”，才有更大的“国家”。所谓“修齐治平”的根基也因此有了落脚点。人生的意义就此产生，快乐也因此油然而生。

总而言之，孔子在川之叹，不是水流的一去一复返，而是赞叹水流的昼夜更替，圆形循环。可见，所谓“孔颜之乐”，是乐彼安贫乐道、乐此生生不息。自然界万事万物是如此，芸芸众生也是如此。人生有这样的胸襟和信念，才能得到幸福与快乐，这正是中国“乐感文化”②的精髓和真谛。

（作者单位：浙江越秀外国语学院）

① 张祥龙：《孔子的现象学阐释九讲——礼乐人生与哲理》，上海：华东师范大学出版社，2009 年版，第 234 页。

② 李泽厚：《中国古代思想史论》，北京：人民出版社，1985 年版，第 306 页。

老子的水思维与生态气化思想

金白铉

提要:在《老子》一书中本具有两种思想倾向:一是尚水的思想倾向,一是尚天的思想倾向。吾人先在《老子》一书中考察尚水的思想,由此了解水近于道的意义,也考察《老子》以后水思维的演变。然后在《老子》一书中考察尚天的思想,就是考察尚气的思想。20世纪学习西方时,现代新儒学做出了很大贡献,但如今已到了21世纪生态信息化文明社会。在老子哲学当中,由尚水与尚天思想引发出来的"自然"是不争与和谐的原理。吾人由此探讨建立21世纪新道学的生态气化世界的民间生活文化哲学的可能性。

关键词:老子水思维　生态气化　自然　21世纪新道学

一、序言

许抗生教授说:"如今,现代工业文明社会,它一方面给人们带来了物质的福利,而另一方面又给我们人类生存带来了严重的危机,出现了诸多的严重社会问题,如生态危机、道德危机、社会心理危机、社会失调的危机等等。总之,由于科学技术的高度发达和社会竞争的加剧,破坏了人与自然的和谐、人与人(人与社会)的和谐和人自身精神的和谐,破坏了人类自己生存和发展的条件。这种现代工业文明所造成的严重的异化现象直接威胁着人类的生存和发展,又说"那么对治之法就应当发扬古代道家与之相关的思想与精神"①。

① 许抗生:《再谈道家思想与现代文明》,《道家文化研究》(第23辑),北京:三联书店,版次不详,第3页。

最近越来越严重的空气污染对生态界的破坏,就是现代工业文明所造成的破坏人与自然之间的和谐问题。《老子》六章河上公注云:“玄天也,于人为鼻。牝地也,于人为口。天食人以五气,从鼻入藏于心,五气清微,为精神聪明音声五性,其鬼曰魂。魂者雄也,主出入于鼻,与天通,故鼻为玄也。地食人以五味,从口入藏于胃,五性浊辱,为形骸骨肉血脉。其鬼曰魄,魄者雌也,主出入于人口,与天地通,故口为牝也。”又云:“鼻口之门是乃天地之元气所从往来。”如此可知,“主出入于鼻,与天通”,就是天食主要的是空气,空气的质量问题就在于风。“主出入于口,与天地通”,就是地食主要的是水。人与自然的和谐问题就是“风水”的问题。这就是生态气化问题。

在《老子》一书中本具有两种思想倾向:一是尚水的思想倾向(“水几于道”),一是尚天的思想倾向。如“天道无亲,常与善人”;“天之道,其犹张弓者也,高者抑之,下者举之,有余者损之,不足者补之。故天之道,损有余而益不足……夫孰能有余而有以奉于天下者,唯有道者乎!”等。如从尚水的思想出发,则可以发挥出《管子水地》和郭店竹简的《太一生水》,乃至魏晋时代杨泉的水一元论思想。如从尚天的思想出发,道家发展出天道即气的气一元论思想,如《管子》中的《内业》《心术》等篇的思想,以及道生气的思想,如《淮南子·天文训》《列子》等。[①] 由此先考察尚水的思想倾向。

我们应当建立适应于生态信息化文明社会的新哲学,吾人认为这就是21世纪新道学。21世纪的新道学高举“道法自然”“生态气化”的旗帜,须探究气化世界中的民间生活文化。“道法自然”思想是为了治愈现代工业文明具有的无所不为的人本主义的后遗症,止扬人为造作,开展自然而然、自然和谐的生活态度。“生态气化”思想是为了治愈现代工业文明具有的物神崇拜思想,外在的气化世界为生命流变的有机性世界。尤其在道家哲学当中,“自然”是不争与和谐的原理。由此吾人探究可以建立21世纪新道学的生态气化世界的民间生活文化哲学。

二、老子的水思维与其演变

老子用了描述水的词汇说明道:“道冲,而用之或?盈。渊兮,似万物之宗;湛兮,似或存。吾不知谁之子,象帝之先。”(4章)

① 许抗生:《初读〈太一生水〉》,《道家文化研究》(第17辑),北京:三联书店,版次不详,第309页。

就是用“冲”“渊”“湛”来说明道。老子认为“水”的性质与“道”的德行差不多,几乎与道一致。

“上善若水。水善利万物而不争,居众人之所恶,故几于道。”(8 章)

道生养万物而与物无争,道接纳万物的回归,处于最谦卑最低下的地方。水则与道一样滋润养育万物而不与万物相争,水又总是处于低下的地方,能容纳一切犹如大海一样。

“譬道之在天下,犹川谷之于江海。”(32 章)

“江海所以能为百谷王者,以其善下之,故能为百谷王。”(29 章)

“淡兮,其若海,望兮,若无止。”(20 章)

老子以川谷喻万物,江海喻道。万物皆归于道,如同川谷同归大海。道的性质也必须以水的性质作为线索进行理解。道是一种柔弱,有顺应和适应性的东西,不是坚强的、僵硬的东西。只有柔弱才有生命力。[①] 老子又用水来说明道的柔弱性质。

“天下莫柔弱于水,而攻坚强者莫之能胜,以其无以易之。”(78 章)

“人之生也柔弱,其死也坚强。草木之生也柔脆,其死也枯槁。故坚强者死之徒,柔弱者生之徒。是以兵强则灭,木强则折。强大处下,柔弱处上。”(76 章)

道的性质就是柔弱,水的性质也是柔弱。柔弱才有生命力,柔弱的水才有生命力。就是说,水几于道,水代表生命。由此,甘露水成为生命水。

“天地相合,以降甘露,民莫之令而自均。”(32 章)

继承老子的“水思维”的文子解释说:

“天下莫柔若于水,水为道也,广不可极,深不可测,长极无穷,远沦无涯,息耗减益,过于不訾,上天为雨露,下地为润泽,万物不得不生,百事不得不成,大苞群生而不费,行不可得而穷极,微不可得而把握,击之不创,刺之不伤,斩之不断,灼之不熏,绰约流循而靡散,利贯金石,强沦天下,有余不足,任天下取与,禀受万物而无所先后,无私无公,与天地洪同,是谓至德。夫水所以能成其至德者,以其绰约润滑也。”[②]

如此,文子明确地提出了“水为道也”。并从各个角度说明了道的柔弱的性质及其意义。

《管子·水地》是一篇较早的战国中前期的著作。《管子·水地》发挥了老子尚水的思想,强调了水的作用,认为“水者地之血气,如筋脉之通流者也。故曰:

---

① 乔清举:《河流的文化生命》,郑州:黄河水利出版社,2007 年版,第 221 页。

② 《老子疏义》,第 37 页。

水,具材也”。又说:“(水)集于天地,而藏于万物,产于金石,集于诸生,故曰水神。”如此,《管子·水地》把水说成是组成一切万物的活生生的根本材料,又下结论说:“水者何也?万物之本原也,诸生之宗室也,美恶、贤不肖、愚俊之所产也。”如此,《管子·水地》认为,水为万物之本原。

1993年,考古工作者在湖北荆门郭店发现了一批战国中后期的竹简。这郭店竹简在《老子》丙组后,接着抄有一篇文字,其开首的一句为“大(太)一生水”,故竹简整理小组把这一段文称之为《太一生水》。其文说:

“太一生水。水反补太一,是以成天。天反补太一,是以成地。”

“天地者太一之所生也。是故,太一藏于水,行于时。”

太一以后,首先生出者是水。必须注意的是,这个所谓的“生”,不是派生,而是化生。就是说,它不像母鸡生蛋、老狗下仔那样,生出一个独立于母体之外的什么第二代来;而是太一化形为水,绝对物化为相对,抽象固化为具象。所以太一生出水以后,水既非外在于太一,太一亦不外在于水,太一就藏在水中,水就是活生生的太一。但是我们有一个大的疑问:为什么太一要先生出水来,然后再生天、生地,而不直接生天地?水何以有如此重要的先于天地的位置?这里面大概有一个历史演化的痕迹。就是说,这个宇宙论,可能是脱胎于此前的水生论;而“太一”这个绝对物,则是后来加上去的。①

如上,吾人在探讨老子的尚水的思想倾向中,可以理解它们从水中悟道,水成为道的有形模本,使吾人进一步理解了道法自然的哲学思想。那么下面考察,21世纪生态信息化文明社会中的“道法自然”“生态气化”思想的重要性。

三、21世纪生态信息化文明社会

1840年的鸦片战争不只是中国与英国之间的冲突,而且是西方基督教世界与东方儒教世界的冲突。战争的结果,西方基督教世界成为世界中心,而东方儒教世界变成了世界的边缘。所以东方人学了西方的现代工业文明文化,就是学西方的现代主义。② 这就是西化、现代化。与普遍化的理性为中心的西方现代主义思想最接近的就是儒学思想,因此,20世纪出现了现代新儒学,并且学西方时,现代新

---

① 庞朴:《一种有机的宇宙生成图式》,《道家文化研究》(第17辑),北京:三联书店,版次不详,第303页。

② 金白铉:《神明文化序说》,《神明文化研究》2009年第1辑,第10页。

儒学有很大的贡献。由此可知,20 世纪就是发扬光大现代新儒学的时期了。

20 世纪研究东方哲学的人也大体说用西方哲学,尤其是用现代主义哲学的方法与范畴来研究东方哲学,因而大部分的人遗漏掉或歪曲了东方哲学的精髓。换言之,20 世纪中国哲学家通过现代主义哲学来解释中国传统哲学。如冯友兰先生借新实在论哲学,牟宗三先生借康德哲学。但他们的哲学与现代主义哲学一样都有其界限。有的学者用后现代主义哲学来解释东亚儒学并打算找出 21 世纪新儒学的出路,就是所谓身体哲学。

后现代主义反对文化优越主义而主张互为文化主体性。但是儒学很难脱离与基督教思想一样的文化优越主义,就是说儒教思想可算是与基督教思想一样具有典范性的现代主义性思想。吾人认为找到 21 世纪新儒学的出路是比较困难的。并且方勇教授也说:“整个经学的学术思维根本上深受权威主义影响,不免具有封闭和固化的特征,这就使经学在一定程度上具有了形式僵化、思想创新不足、理念转展相对乏力的病症。”①因此,当今东方人要继承充满原创性、多元性的“子学精神”。尤其 21 世纪不是现代工业文明社会,而是生态信息化文明社会。

现代工业文明与 21 世纪生态信息化文明比较如下。

现代工业文明	21 世纪生态信息化文明
现代主义	后现代主义
近代意义的科学,古典物理学	新科学,现代物理学
绝对性、客观性、普遍性、必然性等	相对性、主体性、特殊性、盖然性等
重视技术理性的普遍化	重视超理性的直觉
无所不为的人本主义	自然和谐
金字塔形态—无限竞争,弱肉强食	Net,因特网—相生相补
中心主义—下向式一方通行	世方化—平等性的双方通行
殖民帝国主义,文化优越主义	互为文化主体性
唯一性,单一性文化	多样性,浑然一体性文化

我们应当建立适应于生态信息化文明社会的新哲学,吾人认为这就是 21 世纪

① 方勇:《“新子学”构想》,《光明日报》2012 年 10 月 22 日。

新道学。21 世纪哲学主体不在于贵族或士大夫,而是在于老百姓。就是说,21 世纪哲学应当是民间哲学,就是民间生活文化哲学,这就是 21 世纪新道学应当开拓的哲学。并且 21 世纪东方人的口号应当是妙合起东西哲学、文化。就是说东西方的哲学、文化精髓的妙合可以开展迈向 21 世纪的新道学。因此,发掘新道学精髓,就是最重要的事。

吾人通过在中国现代哲学家当中具有代表性的两位教授而分为两个系统,就是把老子的"道"诠释为客观实有的冯友兰教授系统与把老子的"道"诠释为主观境界的牟宗三教授系统。冯友兰教授将"道"理解为"万物所以生之总原理",就是以道为客观实有。所谓客观实有的诠释形态,也就是将道的形上意义理解作独立在人类心灵之外、客观自存的超越实有。牟宗三教授将"道"理解为主体修养所证的"主观心境",就是以道为主观境界。[①] 吾人认为,如果神明为妙道的内在表现,那气化就是妙道的外在表现。这就是说,神明与气化在玄妙的妙道中开展妙合作用。

吾人用可称之为"主客合一""物我双亡"的老庄哲学的机制来理解时,神明境界开展的妙合作用正是气化世界开展的妙合作用。如此的观点之下,21 世纪的新道学举起"道法自然""生态气化"的旗帜,须探究气化世界中的民间生活文化。"道法自然"思想是为了治愈现代工业文明具有的无所不为的人本主义的后遗症,止扬人为造作,开展自然而然、自然和谐的生活态度。"生态气化"思想是为了治愈现代工业文明具有的物神崇拜思想,外在的气化世界为生命流变的有机性世界。生命交流的生活文化重视如慈爱、俭朴、节约等等的生活态度。

四、生态气化世界

如今,在西方对于生态环境危机的诊断与解法有很多观点,但大体可分为人类中心主义与生态中心主义。人类中心主义秉持人类与自然分为精神与物质的二元论的世界观,人类为中心,自然为道具化。自然世界成为为了人类发展与繁荣提供资源与机会的对象。由此,把环境危机转化为管理问题的心态,自然世界不过是人类生存与繁荣的手段而已。生态中心主义认为人类中心主义就是造成生态环境危机的祸首。由此主张从自然界是为了人类存在而人类可以支配自然的观念,转化为承认自然本身的价值而追求人类与自然和谐的观点,这就是解决生态环境问题

① 参照袁保新:《老子哲学之诠释与重建》,台湾:文津出版社,第 134 – 135 页。

的核心。道家承认所有事物的个体性而把世界看成有机的统一体,如此看,道家的世界观好像是接近于生态中心全体论。

老子认为“道”就是天地万物的始源。“道法自然”的意义就是“自然”成为“道”的准则。“自然”不是实体,就是“道”所以成为天地万物的准则。“道法自然”意味着,“道”的本性就是“自然”。“自然”不是名词,而是形容词。如此,老子所说的“自然”不是科学所说的自然或自然现象。我们不可能把“自然”对象化。“自然”不在事物外面,而是在事物内部。

老子哲学中,不但天地万物,而且“道”也是联系于“自然”的。天地万物是通过“自然”而成为内在联系的有机性的统一体。因此,任何东西都是以“自然”为统一的世界组成员。并且,庄子没有否定事物与事物之间的区分,但是他说“道通为一”。在庄子哲学体系中,道就是自然,因此,万物在自然通而为一。

道家哲学体系当中,自然世界是自然而然、自己如此的有机体世界。自然世界是有机体的统一体,万物是有机体的组成员,事物之间的沟通,不是互相区别的事物之间的沟通,而是以“自然”为道通、为一的沟通。这就意味着,依据两边都成立的原理,人类与自然世界是可能和谐或沟通的。

从道家的“自然”观念看,唯有人类具有内在价值,而自然世界不具有内在价值,这就是过分的人类中心主义。如果不承认自然世界的内在价值,那么人类与自然世界的断绝关系是没法恢复的,两者之间的和谐也是永远不可能的。以个体的本性为“自然”,这就是说,没有任何东西引发事物的运动变化,自然世界所有的东西都是自生自化的。道家通过如此的自生自化观念确保事物的自在、自律、自己运动的可能性,由此说,“人的自然”“万物的自然”“统治行为的自然”等等。对于事物、事件也可以说“自然”。“道法自然”,因此,万物可以自生自化,如此,由“自然”观念中可以确认道家的伦理基础。

有的后现代主义学者认为,为了解决生态问题,必须要否定任何“中心”,然后转化为所有的存在都在“关系”里面存在的世界观。他们认为,道家的“道”不是实体,也不是本体,只在自然界显现的对立项(有无、高下、长短、难易,前后等等)的关系形式来理解道家的道而已。如此的解释是否定中心的,所以好像类似于老子的世界观,因此,他们主张在道家哲学里面没有对于世界的根源观念。吾人认为在道家哲学里面,不少地方明白地谈及世界的根源,并且很难理解以事物的关系形式来认识道家的道。

从道家的观点看,环境伦理学的人类中心主义是违背人类行为原理的。道家的世界观是由于道的无为作用而万物可以顺其自然生长的。生态中心主义认为从道德性的视野观照生命体时，才成为对于自然的尊重。但是从道家的进一步观点看，生态中心主义的立场只不过是冲淡了人类对自然的支配。

道家的“自然”观念的意义是自然而然、自己如此的，所以是多义的。道家通过道通为一的“自然”观念，反而确保事物的多样性。依照“自然”观念，自然世界的所有存在各各都具有内在的价值。在道家提出的“自然”里面，内含着世界所有的东西都自然而然运动变化的自生自化观念。老子由“自然”概念来确保了事物的自律性，由此可以确认道家性的伦理的可能性以及其基础。

依据道家的“自然”观念，以联系于所有存在者的原理必须成为行为准则。因为如果先区分人类与人类以外的存在，然后基于人类价值的话，如此的行为妨碍人类与世界的沟通与和谐。因此，在自然世界的全体秩序当中，努力找到道德性根据的方法可以避免人类的权利与自然世界的权利对立的难题。因为人类与自然世界的生存都是根据于“自然”而成立的。在道家哲学当中，“自然”是不争与和谐的原理。吾人认为，由此可以建立21世纪新道学的生态气化世界的民间生活文化哲学。

五、结语

21世纪是生态信息化文明社会的时代，因此，现在到了发扬光大21世纪新道学的时候了。21世纪新道学重视内在神明境界与外在气化世界的妙合。由此，21世纪的新道学在“道法自然”与“生态气化”的旗帜下，须探究生态气化世界中的民间生活文化。

在西方，对于生态环境危机的诊断与解法大体可分为人类中心主义与生态中心主义。道家的生态气化世界观好像是接近于生态中心全体论。从道家的观点看，环境伦理学的人类中心主义是违背于人类行为原理的。生态中心主义的立场只不过是冲淡了人类对自然的支配。

在道家提出的“自然”里面，内含着世界所有的东西都自然而然运动变化的自生自化观念。老子由“自然”概念来确保了事物的自律性，由此可以确认道家性的伦理的可能性以及其基础。在道家哲学当中，“自然”是不争与和谐的原理。吾人认为，由此可以建立21世纪新道学的生态气化世界的民间生活文化哲学。

（作者单位：韩国国立江陵原州大学校）

李白诗歌中的水意象探析

岳成龙

摘要:李白诗歌中大量运用了水意象,他不仅对水进行了形态万端的精彩描绘,也在对水的审美中注入了自我生命的深切体验,使水意象具有了极富个性和包容性的丰厚的审美底蕴。水意象作为李白恣意率真情感的载体、奔涌不止情思的媒介,拥有多种情感趋向,是悲情、豪情、幽情与知性的复合体,展现出了诗人独特的人格魅力和生命精神。

关键词:李白诗歌　水意象　思想感情

"古诗之妙,专求意象。"①它是诗歌中的基本单位,是诗歌艺术中的精灵。水在中华民族的观念中代表着一种文明、一种文化,在中华民族传统心理中占有重要的地位。因此,水意象也成为中国古代诗歌中最频繁、最具活力和表现力的物象。诗人李白心中的万千情思,在诉诸笔端之际,常常要借助若干具体或抽象的意象来加以抒发。水意象无疑是李白众多意象中别具特色的意象之一,具有丰富多样的瑰丽色彩,李白对其可谓是情有独钟。对于水这一前人经常吟咏感叹的对象,李白别出心裁,不落窠臼,不仅将自身的若干情感投射于此,且加以大胆地创造与革新,使之成为风格独具、情韵深厚的意象。在诗人的笔下,通过水意象抒写着时不我待的悲情,喟叹着为世所遗的愤懑,同时也宣泄着人生快意的情怀,倾泻着冲决一切的气势。水已然化身为李白恣意率真的载体,奔涌不止的情思的媒介,拥有多种情感趋向,是悲情、豪情、幽情与知性的复合体。

① 编者注:文中李白各诗均引自王琦:《李太白全集》,北京:中华书局,1977年版。

一、悲情之水

水的一个很重要的物质形态特征便是：活物、活体，亦即永恒的流动。“子在川上曰：‘逝者如斯夫，不舍昼夜。’”（《论语・子罕》）这是人们面对流水感悟时光飞逝与生命存在意义的源头。李白诗歌中不少流水意象也正体现了这样一种伤逝情结：“荣华东流水，万事皆波澜。”[①]（《古风三十九》）荣华如东流之水昼夜不停，转瞬即逝，万物如波澜忽生忽灭，而时光的飞逝更生发了诗人强烈的生命意识：“青春流惊湍，朱明骤回薄。”（《古风五十二》）李白还把无形的岁月赋予有形的流水，感叹人世沧桑的变幻：“四时余帝三百秋，功名事业随东流。”（《金陵歌送别范宣》）诗人俯视古今，以金陵空间景物的变化来展示帝王的功业随时间而去，“随东流”十分形象又冷峻深刻。“功名富贵若常在，汉水亦应西北流。”（《江上吟》）李白善发奇思，以水不往东流为喻，形容不可能存在的事物，此处以西北为喻，表示绝不可能。“世间行乐亦如此，古来万事东流水。”（《梦游天姥吟留别》）生动地展现了李白的心路历程和对人生的多重思考。“黄河走东溟，白日落西海。逝川与流光，飘忽不相待。”（《古风十一》）在从容淡定中更加显示出诗人对人生短暂的深刻认识，对时光逝去的无可奈何，实则无奈中亦包含着对个体生命的执着，超然的背后亦隐藏着理想破灭、人生价值失落后的自我宽解，这种通过流水意象而生发出的深沉思考在《将进酒》中得到了淋漓尽致地表现：“君不见黄河之水天上来，奔流到海不复回，君不见高堂明镜悲白发，朝如青丝暮成雪。”既是对天地永恒的伟大礼赞，又作为比兴引出全篇人生苦短的主题，以一种磅礴的气势伴随及时行乐的醉饮狂歌贯穿全篇。世间一切的功利欲求在他的面前均黯然失色，个体人格与社会秩序的冲突，有限生命与永恒造化的两极矛盾在一种极具超越感的审美境界中荡然无存。当然，在醉饮狂歌的后面仍是对污浊现实的否弃，是对自我生命价值意义的肯定。[②]

流水意象的伤逝情结还常出现在李白送别一类诗中。“桃花潭水深千尺，不及汪伦送我情。”（《赠汪伦》）诗中李白将自己和友人的深情厚谊与有形的深千尺之潭水相比，新颖空灵。情意无形，本难以比拟，然而诗人却正是通过有形之水与无形之情的幻化比拟，生动地将两人的真情凸显笔端，显得自然贴切。“苍梧山崩湘水绝，竹上之泪乃可灭。”（《远别离》）想象奇妙大胆，感人肺腑。“孤帆远影碧空

① 胡应麟：《诗薮》，上海：上海古籍出版社，1979 年版，第 91 页。

② 杨伯峻：《论语译注》，北京：中华书局，1982 年版，第 92 页。

尽,唯见长江天际流。”(《黄鹤楼送孟浩然之广陵》)游人之舟已消失于眼前,长江流向天际,正是孤帆远去的方向,茫茫江水恰如牵连不断的依依怅别之情,情深而不滞,意永而不悲。“去年下扬州,相送黄鹤楼。眼看帆去远,心逐江水流。”(《江夏行》)万里长江成为传情达意的媒介,尽显绵无尽头的思念情怀。“仍怜故乡水,万里送行舟。”(《渡荆门送别》)踌躇满志的进取之心甚至可以化作流水,流到诗人向往的地方。

水是无情之水,又是多情之水,于诗人而言,既是痛苦的根源又是精神的慰藉。水之悠长,如同情感之天长地久:“请君试问东流水,别意与之谁短长。”(《金陵酒肆留别》)兼用拟人比喻设问等手法,构思新颖独特,感染力极强。水之曲折,犹如情感表达之隐晦迂回:“相思苦循环,枕席生流泉。”(《去妇词》)水之深广,仿似情感内蕴之深沉广远:“海水直下万里深,谁人不言此离苦。”(《远别离》)水之汹涌,似若情感强度之起伏波澜:“思君若汶水,浩荡寄南征。”(《沙丘城下寄杜甫》)水纤柔深渺,暗示着缠绵悠长的情感:“思君若汾水,无日不悠悠。”(《太原早秋》)化抽象为具体。如果说上述意象所蕴含的情感尚属单纯的话,那么像《宣州谢朓楼饯别校书叔云》中的流水意象,则又显得复杂得多也沉痛得多:“抽刀断水水更流,举杯消愁愁更愁。”全诗所抒发的悲愤与愁绪,完全倾注于这源源不绝的流水中。盛世与华年、亲情与友爱,以致历代风流,千秋雅调皆同逝水,甚至乱我心、多烦忧的今日也如水之东逝,不可截留。故而,欲弃不称意之今世,散发扁舟,浪迹江湖。其中所赋予的斩不断消不去的愁绪,又显然是李白独特而深切的现实人生境遇的映现。

在另外一些诗作中,流水意象又常作为一种对抗的力量而出现。由于水可行舟,所以李白常用水之阻隔比喻人生之困境。“欲渡黄河冰塞川,将登太行雪满山。”(《行路难[其一]》)表现仕途的失意和人生的不幸,有一种震撼人心的艺术感染力。“洪河凌兢不可以径渡,冰龙鳞兮难容舠。”(《鸣皋歌送岑征君》)委婉曲折地表达了对友人壮志未酬的无限同情。由于水为地之最低处,李白常将之与天对照,在更广阔的空间中展示人生的不幸。“上有青冥之高天,下有绿水之波澜。”(《长相思》)形容思念者与所思之人有难以逾越的距离,有一种海天茫茫、关山阻隔的意蕴,同时又十分形象。这种对照的组合浓缩形式,便是山海的复合意象。“他人方寸间,山海几万重。”(《箜篌谣》)他人心仅方寸而如隔山海,难以沟通,非常深刻地抒发了李白晚年对人生的世态炎凉感。“横江欲度风波恶,一水牵愁万里长。”(《横江词[其二]》)“我浮黄河去京阙,挂席欲进波连山。”(《梁园吟》)通过描写自然山川的险恶,宣泄愁绪,寻找慰藉。另有不少论家在结合全篇探寻意象的寓意时,或解为世路险阻,理想难达,或释为世积离乱,豺狼当道。无论作何种解说，其狂暴肆虐、严酷凶险显然不只是一种客观描绘，而是已经注入了诗人对社会现状的体察和自我生存状况的感受，它是以一种与社会和个体相对抗的力量而呈现的。

二、豪情之水

李白性格豪迈，富有英雄意识，在融入了诗人强烈的主观意识后，他笔下的水意象便特别神奇。“黄河落天走东海，万里写入胸怀间。”（《赠裴十四》）赞其胸怀开阔，能藏万里之黄河。李白善于对常见的水意象进行大胆的想象：“白浪如山那可渡，狂风愁杀峭帆人。”（《横江词六首［其一］》）“浙江八月何如此，涛似连山喷雪来。”（《横江词六首［其四］》）以山为喻，形容浪之凶猛的气势。李白也善于运用缥缈迷离的神话传说，重新熔铸水意象，使其具有独特的个性光华。“西岳峥嵘何壮哉，黄河如丝天上来。黄河万里触山动，盘涡毂转秦地雷。荣光休气纷五彩，千年一清圣人在。”（《西岳云台歌送丹丘子》）极力形容华山的高峻雄壮和黄河的澎湃气势，站在华山峰顶遥望黄河细小如丝，黄河水冲击华山，水流回旋声如雷鸣；又运用民间传说，描绘黄河千年一清，圣人出现，使全诗富有浪漫的色彩。李白还善于对水意象生发绚丽的幻想：“飞流直下三千尺，疑是银河落九天。”（《望庐山瀑布》）飞泻的瀑布犹银河欲落之势，瀑布的壮美，磅礴的气势，淋漓尽致地表现出来，超群绝俗，诗意盎然。“登高壮观天地间，大江茫茫去不还。黄云万里动风色，白波九道流雪山。”（《庐山谣寄卢侍御虚舟》）雄奇壮美的意象组合，给人一种崇高感。

李白性格浪漫，喜饮酒，美酒成为灵感的催化剂：“巴陵无限酒，醉杀洞庭秋。”（《游洞庭醉后三首》）洞庭湖与诗人一样大醉于秋日中，奇幻无比。李白喜欢饮酒，又特别青睐水意象，以水波喻酒在情理之中：“春风东来忽相过，金盅绿酒生微波。”（《前有盅酒行二首［其一］》）春风东来吹拂金盅，绿酒生波，风和酒香，悦人心目。最为奇妙的是《襄阳歌》：“遥看汉水鸭头绿，恰似葡萄初酦醅。此江若变作春酒，垒曲变作糟丘台。”诗人借酒发狂，在醉态思维里，碧绿的汉水仿佛变成了刚酿好的美酒，想落天外，狂放不羁的个性自在其中。

李白把大鹏作为自己精神气质的物化，又常用大海的意象与大鹏的意象相呼应，表现大鹏非凡的神力。“大鹏一日同风起，扶摇直上九万里。假令风歇时下来，犹能簸却沧溟水。”（《上李邕》）大鹏乘风飞翔，直上九万里高空，下落时神力无比，犹能荡去大海的水，在无限的力量中表达了诗人对自由人格的追求。透过这些充满夸张奇想的意象,我们看到的是诗人博大的胸襟与奔放自由的心灵。因此,它不是作为一种异己的力量而呈现,而是体现着诗人那种非凡的人格力量和积极向上的精神品格。

毫无疑问,上述这些意象,无论是作为一种异己力量的肆虐狂暴的黄河波涛,还是作为诗人的精神气质异质同构的雄壮变幻的飞瀑江河,所体现的沉重的人生悲壮感和昂扬壮大的气度与力度,在李白诗歌有关流水的意象中最有代表性,最能反映其典型的个性以及审美倾向中最重要的一面,也最引人注目。这不是人与自然的冲突、对自然的占有,而是将内心感受与作为外物的水融汇一体,借水之肆虐狂暴的意象表现其内心的冲突。李白诗歌中的悲情与豪情往往是彼此共存、形影相随的,从而形成了作品豪中见悲、悲中见豪①的壮美风格,反映了诗人悲壮豪迈的生命精神,这在诗人有关水意象的诗中也得到了充分认证。如古代的怀才不遇者力求同大海仙境融为一体,并以此倾诉渴望或宣泄烦恼,李白《梦游天姥吟留别》等游仙驰想式诗歌正是如此。

三、幽情之水

李白不仅对水景中汪洋恣肆、插天入地的一面有一种天然的认同,对其深静、柔滑的一面也有一种植入生命般的敏感与挚爱。水之清空虚静是历代山水诗最为常见的表现对象,它带给人们的不仅是一种赏心悦目的景致,也是不断诱发情思与想象之美的源泉。水之明净如镜,在李白诗歌水的意象中随处可见:"绀殿横江山,青山落镜中。"(《流夜郎至江夏》)"人行明镜中,鸟度屏风里。"(《清溪行》)以镜比水之清澈并非李白首创,但他在相当多的诗作中不露痕迹地加以利用,充分表现了他的颖悟及对水之清澈的偏爱。这些意象不仅表现了水之明净的性状,其洞照人心,映涵万物的清美,不也是诗人精神之向往吗?李白写水之明净极为传神的,还是那些虚实相间、似实而虚的意象表现。其中又有近观与遥望,以及泛舟水上妙趣横生的奇想。如:"水色南天远,舟行若在虚。人游月边去,舟在空中行。"(《送魏万还王屋》)"月落沙明天倒开,波摇石动水萦回。"(《东鲁门泛舟[其一]》)泛舟水上,水天涵映,于是舟也似行于空中。似实而虚,全以想象落笔,蕴含难以穷尽的审美情趣。李白写水之清又喜欢以空来形容:"楚水清若空,遥将碧海通。"(《江夏别宋之悌》)"天清远峰出,水落寒沙空。"(《岘山怀古》)以上所言之空,即无形无色、

① 裴斐:《李白个性论》,《中国李白研究》,南京:江苏古籍出版社,1989年版,第31页。

若空若无，实际上是真实的存在，乃状其透明感，给人以心旷神怡的美感。

李白诗中出现最多也是最富审美意蕴的，则是水月的组合意象。水与月，一天上一地下，二者都具有透明光洁的特质。李白常以镜比月之清明，也常以镜比月之清亮。其诗中所说飞镜、瑶台镜等，均是月的代称。月下之水是李白诗中最为清纯明净的图景："四郊阴霭散，开户半蟾生。万里舒霜合，一条江练横。"（《雨后望月》）"水影弄明色，青光耐愁何？"（《江上遇蓬池隐者》）天地一片空明静穆，四周是目不可穷尽的广袤空间，在这样的境界里，没有世间的尘染与喧嚣，没有功利的计较，诗人心灵通亮亦如这清水朗月。然而，如果没有诗人皎洁的心灵，又何以将此天地通明之境化作这引人产生无边遐思的审美之境呢？这个通体透明的世界是诗人全身心投入大自然，与大自然融会交流的产物。古人常以水之清浊比喻道德之高低，清水意象正是诗人融通自然、超越现实功利精神品格的显现。"清水出芙蓉，天然去雕饰。"正体现了卓然而立、至真至纯的人格美。

总之，李白笔下清空明丽的水境是未受污染、远离尘嚣的世界，虽然其形态各异，情趣万端，但总是那样透明洁净，同时又充满活力，它显示出诗人独特的审美追求。无论是思乡、惜别、怀古、赏景，还是关于宇宙人生的思考，诗人在这个世界里的情感活动及所表现出的性格不是忧郁愤懑、豪横悲壮，而是天真质朴、旷达活泼。他不仅深刻把握了水之魂魄所在，表现了其特有的永恒的美，更重要的是它已成为诗人困顿漂泊人生得以安歇之所在，已完全融入了心灵的深处，与诗人骨子里既超尘脱俗又热烈执着的精神品格相契合。他数量众多的诗篇构筑的这个纯净的境界，也许只有这首诗才能洞明："问余何事栖碧山？笑而不答心自闲。桃花流水杳然去，别有天地非人间。"（《山中问答》）这个世界既是现实的存在，更是李白心灵世界的映现。

水意象在李白诗歌中具有丰厚内蕴，深邃地折射出诗人的思想情感、个性特征及审美倾向，隐藏着诗人的生命精神和人生观照，此文主要探讨了李白水意象中的悲情、豪情、幽情。而李白的这三种情感往往是水乳交融的，我们应作综合观。

（作者单位：绍兴市府办调研二处）

大灾后的政治宣言
——国民政府时期浙江省祭大禹活动

沈航

摘要: 20 世纪 30 年代初,浙江民众鉴于大禹陵年久失修,发起了大禹陵修缮工程,历时 16 个月,至 1933 年 7 月终于完成修缮工作。时值特大洪水在全国范围内肆虐,浙江遭受重创。为提振全省民众在特大自然灾害前的士气,弘扬大禹不屈不挠的治水精神,鼓励民众积极参与治水工作,浙江省政府举行了隆重的祭禹活动,将祭禹活动作为其治水的政治宣言。在大禹精神的影响下,浙江民众同心同德,最终战胜了自然灾害,进而推动了浙江经济社会的发展。

关键字: 浙江祭禹　大禹陵　水灾

《左传》有云:“国之大事,在祀与戎”。祀在前,戎在后,因此祭祀是中国古代社会生活中最为重要的组成部分。就祭祀而言,从中华大地出现人类社会始,便有了原始祭祀活动,之后经历了夏商周三代观念与形式的固定,秦汉之后两千多年专制社会的发展与演变,再到民国时期的精简与变革,直到今日,祭祀仍是中国社会生活中不可或缺的一部分。需要指出的是,从祭祀活动出现之始,祭祀就与政治有着紧密的联系。无论是统治阶级还是个人均可通过祭祀的方式表达自身的政治主张。

近代以来,随着西方列强的入侵,资本主义文化观念逐步影响中国社会。以孙中山为首的革命党人通过辛亥革命一举摧毁清王朝的统治,建立起西方式的资产阶级共和国。但西方文化的广泛传播并不能消亡中国的祭祀传统。与之相反,民国时期的祭祀活动显得异常活跃,尤以官方祭祀为多。民国时期最著名的祭祀活动如南京临时政府祭祀黄帝与明太祖,南京国民政府祭祀炎黄二帝,陕甘宁边区政府祭祀炎黄二帝与成吉思汗,国民政府官方与个人祭祀国父孙中山等等①。在这些祭祀活动中,主祭方或多或少地通过祭祀表明自己的政治主张。在民国时期官方的祭祀活动中,浙江占有重要的地位。中国历史上第一个王朝夏朝的开国君主禹"东巡狩,至于会稽而崩"②,被安葬在浙江绍兴,其墓被称为大禹陵。禹之子启每年春秋派人祭祀大禹,并在南山上建立宗庙。到大禹的五世孙少康时期,其派庶子无余为大禹守陵。由此祭祀大禹正式成为定制。此后的历代君主都会以不同形式祭祀大禹。民国时期规模最大、社会反响最深远的祭禹活动应属 1935 年浙江省政府的官祭活动。从目前大禹研究的现状而言,笔者尚未发现有系统研究 1935 年浙江官祭大禹的研究成果面世,这不能不说是一个遗憾。本文以 1935 年浙江官方祭禹活动为研究对象,将官祭的机缘与前奏层层梳理,深究祭禹的直接动因,继而分析本次官祭的目的,最终将 1935 年浙江官方祭禹活动的真实情况进行还原,期望能对大禹相关研究领域的开拓有所裨益。

一、禹陵修缮:省祭大禹的机缘与前奏

民国建立后,各派政治势力角逐中央政权,地方军阀割据战乱不断,国内经济状况持续恶化,民众生活在水生火热之中。在这种社会状况下,名胜古迹自然得不到维修与保护,有的甚至沦为军阀混战的牺牲品。名胜古迹破败倒塌已成为当时社会的普遍现象。相对于那些被战火破坏的名胜古迹,绍兴大禹陵的状况稍好一些。大禹陵的最后一次维修是在 1899 年,但由于自然与人为破坏,加之大禹陵得不到相应的保护,到了民国时期,大禹陵呈现出一片破败凄凉的景象。据民国时期旅人游览时留下的文字与图像记录可知,从 1912 年至 1933 年,大禹陵主体建筑因

① 目前学界对民国时期官方祭祀的研究主要集中在祭明太祖、祭炎黄二帝、祭孔孟、祭辛亥先烈与祭孙中山等方面,又以研究祭炎黄为主。李俊领的《1912 年南京临时政府的国家祭祀典礼》(《团结报》2011 年 12 月 29 日),介绍了南京临时政府祭祀黄帝、明太祖及先烈的过程;李俊领、殷定泉的《抗战时期的黄陵祭祀典礼》(《扬州大学学报[人文社会科学版]》2009 年第 5 期),介绍了国民党政府在抗战时期对黄帝的祭祀细节;卢国英的《国共代表共祭黄帝陵——并对一张照片说明的订正》(《社会科学战线》1981 年第 3 期),介绍了国共两党共同祭祀黄帝陵的细节;李俊领的《仪式政治:陕甘宁边区政府对黄帝与成吉思汗的祭祀典礼》(《中共历史与理论研究》2016 年第 2 辑),介绍了陕甘宁边区政府祭黄帝与成吉思汗的细节以及其政治含义。陈蕴茜:《谒陵式与民国政治文化》(《开放时代》2008 年第 6 期),介绍了民国时期拜谒中山陵的政治意义。

② (汉)司马迁:《史记·夏本纪第二》,北京:中华书局,1982 年版,第 83 页。

年久失修,随时面临整体坍塌的危险。

蔚南于1924年游览了大禹陵,对大禹陵的破败深表惋惜。在其文《龙山梦痕》中,他记录了大禹陵的破败之状。“真令人惋惜,禹庙已渐渐坍毁了!大门对面的墙壁已坍去了一角……走进庙门便是一个很大的石板铺的院子,但是石缝里的草长得很高了。院子里有三四头白色小山羊在走来走去吃草。再进去便到第二个院子了,这个院子里杂草长得更野了……禹像高丈余,泥身后半被屋顶上漏下来的雨水濯去了……殿上颇污积,栋梁间的蝙蝠,啾啾作声,时刻不息。地上尽是蝙蝠遗矢,蒸腾出一种异样的臭味来。”①1928年,珍重阁来到了大禹陵,显然大禹陵的状况比四年前更为糟糕,大禹像的头都快要折断了。在其文《越溪记游》中,他简要记述了大禹陵正殿破败的情景。“殿级甚高,而荒芜触眼。石阶上均为农家晒菜。及入殿蠨蛸四壁,蝙蝠蜷伏,地多夜明沙(蝙蝠遗矢甚多。选入药龙,谓之夜明沙,可已眼疾)。”“中塑大禹像奇巨,惟年久失修,行将折脰。”②

从民国时期旅人留下的大禹陵照片资料中我们也可以看到大禹陵的破败。笔者搜集了从1912年至1933年大禹陵未修缮前旅人拍摄的照片,并将其按照大禹陵碑亭、大禹陵庑、大禹陵石阶、全景进行分类,将大禹陵的破败景象予以直观展现。

(一)大禹陵碑亭

图片来源:《东方杂志》
1912年第5期

图片来源:《滑稽杂志》
1913年第1期

① 蔚南:《龙山梦痕》,《觉悟》1924年第25期,第5页。

② 珍重阁:《越溪记游》,《旅行杂志》1928年第2期,第8-9页。

由以上2张照片可见，大禹陵碑亭虽整体较为完好，但亭顶砖结构已有部分破裂坍塌，瓦片上覆盖了一层杂草，亭子四周杂草丛生，几乎掩盖了亭前由条石砌成的道路。

（二）大禹陵前庑

图片来源：珍重阁：《越溪记游》，《旅行杂志》1928年第2期

由以上照片可见，大禹陵前庑的保存状况比大禹陵亭要好，砖木结构整体未受到破坏，只是由于未受到保护，屋上瓦片有脱落迹象，瓦片上也长着不少野草。

（三）大禹陵石阶与全景

图片来源：《大夏丛刊》1915年第1期

图片来源:《图画晨报》1934 年第 108 期

图片来源:《中华图书杂志》1930 年第 3 期

由以上 3 张照片可见,大禹陵整体建筑已经破败不堪,石阶前空地上杂草丛生,阶前古柏也有数棵呈现倒伏枯死状。石阶两侧的平台之上也密集地覆盖了一层杂草。屋顶之上的瓦片有大规模脱落的迹象，随时都有倒塌的可能。

面对大禹陵破败的景象，浙江各界纷纷表达了修缮大禹陵的意愿。1929 年 1 月，浙江省政府应浙江民众的要求，向国民政府行政院提出“大禹陵庙年久失修，请派员勘估，拨款修葺”的请求。1930 年春，国民党中央宣传部长、国民政府立法院长绍兴人邵元冲回乡时拜谒了大禹陵，其“目睹殿宇倾圮，檐桷崩坏，为之怃然”①。回到南京后，他立刻向国民政府建议修缮大禹陵。经国民政府内政部核复“以应由浙江省政府查照《名胜古迹古物保存条例》，督同地方团体筹资修理”②。查《名胜古迹古物保存条例》第四条第二款可知，国民政府对于古代陵墓的保护较为重视，规定“应于附近种植树株围绕周廊，或建立标志禁止樵牧”，同时规定“应商同地方团体筹资随时修葺”③。在得到内政部批复后，浙江各界纷纷行动起来，1931 年，绍兴绅商王晓籁、张载扬、黄膺白等人，为进一步推动大禹陵的修缮，也为弘扬大禹治水精神，提出了具体修缮大禹陵的方案。为统筹修缮事宜，还成立了重建禹庙委员会。委员会由当时的前省长绍兴新昌人张载阳任主任，“拟仿照重修曲阜孔陵办法，由各省省主席列名发起，向全国募捐”。根据估算，“因原有之巨木宏桥近代罕见，拟依照原型用铁筋水泥以代木料。砖瓦等则仍照原型。余如河埠之设备、墓道之铺填、碑亭之重建、华表之竖立皆已计及。所需费用约洋二十六万八千九百余元”④。浙江省政府为表达对修缮大禹陵的支持之意，拟从本省箔类营业税中拨付一部分作为修缮资金。1932 年 9 月，内政部批示“以此案经地方人士组设重建禹庙委员会，并呈准将箔类营业税收项下七万六千六百八十元八角九分四厘，充作修理禹庙之用”，并在第一时间将此经费下拨重建禹庙委员会，同时也同意了浙江省政府由重建禹庙委员会自行在全国募捐的提议。⑤ 重建禹庙委员会随即开始修缮工作。1932 年 10 月 4 日，重建禹庙委员会在大禹陵举行奠基礼，浙江省委员王澂莹、杨锦仲、周骏彦等均到绍参加。⑥ 在修缮大禹陵提案获批的同时，社会各界自发成立了“尊禹学会”。1932 年 10 月，由民国前总理熊希龄提议，朱庆澜、戴传贤、

---

① 沈建中编：《大禹陵志》，北京：研究出版社，2005 年版，第 50 页。

② 《古迹古物之保存——浙江大禹庙之兴修》，《中国国民党指导下之政治成绩统计》1933 年第 8 期，第 45 页。

③ 《名胜古迹古物保存条例》，《北平市政府公报》1928 年第 4 期，第 34 页。

④ 《浙绅因水灾重修大禹陵》，《兴华》1931 年第 30 期，第 39－40 页。

⑤ 《古迹古物之保存——浙江大禹庙之兴修》，《中国国民党指导下之政治成绩统计》1933 年第 8 期，第 45 页。

⑥ 陆沉：《长江水涨与重建大禹庙》，《礼拜六汇订》第 5 集，1932 年第 461 期，第 173 页。

许世英、王樽成等人发起,联合各地江浙人士在南京成立了尊禹学会。尊禹学会提倡以大禹精神挽救中国。尊禹学会的宗旨如下:一、严操修;二、勤服务;三、尚俭约;四、求正学。其目的在建设慈善之中心思想,奠定宗教意义于科学之上,以便集中慈善力量从事于积极之慈善事业,并努力关于水利之建设,以赓续大禹治水之伟业。[①] 尊禹学会成立后,为弘扬大禹精神做出了积极的贡献,同时他们也在社会上积极开展修缮大禹陵募捐活动。大禹陵修缮由楼之万负责设计建设,至 1935 年 7 月完工,费时 16 个月,总共花费洋九万三千六百十七元。

大禹陵修缮后之情景

图片来源:《图画晨报》1933 年第 980 期

图片来源:《水利》1934 年第 4 期

① 《尊禹学会成立》,《论语》1932 年第 4 期,第 133 页。

图片来源:《水利》1934 年第 4 期

图片来源:《仁社通讯录》1937 年京字第 11 号

以上 4 张照片拍摄于大禹陵修缮之后,从整体来看,大禹陵之面貌焕然一新。重建后之大殿雄伟异常,大禹像庄严肃穆,大禹陵碑亭被修葺如新,碑前道路也被重新铺设。难怪章太炎先生要以“殿堂旷敞,环材究奇,壮于始造”①来称赞重新修缮后之大禹陵。大禹陵的修缮完工实际上为此后浙江省祭大禹做好了充分的准备。

二、全国大灾:省祭大禹的直接动因

20 世纪 30 年代前期是中国经济社会高速发展的时期,人民生活得到了一定程度的改善。但是水、旱等一系列天灾的降临给了刚得到恢复与发展的中国当头一棒。1935 年长江、黄河均发大水,湖北、湖南、山西、陕西、河南、安徽、山东等省均遭重创,受灾难民不计其数。在中国经济政治中心的沪宁杭一带,先大旱,继而大水,导致民众流离失所,农作物绝收。中国陷入了异常惨烈的自然灾害之中。

长江是我国第一大河流,1935 年爆发了一次区域性的特大洪水。1935 年 7 月 3 日至 7 月 7 日,湖北五峰地区遭到了持续 5 天的特大暴雨。此次暴雨有南北两个中心。南部中心在清江与澧水分水岭南侧山坡地带,中心暴雨最大达 1281.8 毫米,北部中心位于香溪河、黄柏河等河源山坡地带,中心降雨量达 1084 毫米。其一

---

① 章太炎:《重建大禹陵庙碑》,《国本》1936 年第 2 期,第 51 页。

天和三天降雨量至今仍为长江流域的最高纪录。① 据统计,此次洪水造成湖北段长江堤坝20处决口,江西段1处决口,安徽段1处决口,由此引发了汉江湖北段8处决口。受灾田地2264万亩,受灾人口1003万,死亡人口14.2万人,损毁房屋40.6万间。② 湖北受灾最为惨烈,全省有49个县受灾,省会武汉遭受重创。"汉口灾户共约一九五二七五户,灾民男性五四九五六,女性四一五四五,合计约九六五〇一人。汉阳灾情以鹦鹉洲最为惨重,共有灾户三〇八三户,约一三八三二人。汉阳镇共五九三一户,计二八〇一〇人。武昌灾民较少,亦有二万余人之谱。"③

黄河是我国第二大河流,由于流经黄土高原,河水夹带着大量泥沙。黄河流经平缓之处时,泥沙堆积,河床抬高,对两岸民众的正常生产生活造成了严重的威胁。历史上黄河决堤造成的黄泛就多达1500余次。就1935年而言,黄河发生了严重的决堤事件。1935年7月10日下午,黄河水位猛涨,山东鄄城县李升屯、南赵庄一带之黄河河堤率先决口。下午8时,鄄城董口至临濮集之间的河堤决口,此后董口以西决口两处,被定位第一、二、三口门,宽度分别为23丈、27.8丈、30丈。之后第三口门以西临濮集东北又决堤二处,为第四、五口门,宽度为30丈、40余丈。11日,临濮集河堤又决一口,为第六口门,宽50余丈。至8月9日,第五、六口门间之河堤被冲垮殆尽,二口合为一口,宽约六七里。黄河之水通过各口在山东境内肆虐,黄河水随着洙水、赵王河注入南阳、昭阳、微山等湖,再通过运河进入江苏境内。山东、江苏两省受灾最为严重,共计有27县遭灾。受灾面积12215平方公里,受灾人口341万,伤亡3750人,财产损失估计1.95亿元。④ 当时计算山东重灾区为四百里,河岸附近之"村庄多冲没,嘉祥、巨野城内水深数尺"⑤。除江苏外,安徽、河南等邻近各省也受到了不同程度的灾害损失。

1935年7月21日,北京永定河由于上游连日暴雨,水位猛涨一尺半,水流狂奔,北五段堤坝被冲毁,导致水灾,幸经全力抢修才不至于造成重大灾害。⑥ 在河北,连日暴雨后,7月25日晨,滦河河水暴涨一丈五尺,直接冲入滦县县城,"街市

① 柏世友等主编:《中国长江三峡大辞典》,武汉:湖北少年儿童出版社,1995年版,第28页。

② 长江水利委员会水文局,长江水利委员会综合勘测局编:《长江志》卷1,北京:中国大百科全书出版社,2005年版,第170-171页。

③ 《武汉灾民统计》,《东南日报》1935年7月22日。

④ 郝子善:《1935年黄河决口济宁灾情的回顾》,《天祸》,北京:中国文史出版社,2004年版,第31-33页。

⑤ 《鲁灾区四百里》,《东南日报》1935年7月22日。

⑥ 《永定河水势甚急》,《东南日报》1935年7月22日。

成河，酵鱼台、马官营等二十余村被淹。哭声震天，农田牲畜损失极大。浮尸逐波，惨不忍睹。”唐山灾情稍轻，“市内各街均一水尺许”，“开滦矿门大墙悉为水浸倒陡”，“华兴纱厂被灌，桥梁全被淹没”，“市内外交通以及商店受潦水侵灌者数百家”①。在东北，各地河水暴涨，洪水肆虐。大连、沈阳、长春间交通断绝，安东陆上皆能行舟，沈阳市民房多半浸泡水中。南满地区灾情更为严重，“交通通信均告杜绝”，“满铁本线、张台子辽汤间堤防溃决，上下线均不通。奉吉线铁路破坏三处，一时难望复旧。奉山线绥中附近桥梁流失，京图线被害二十余处，暂难复旧”②。在山西，暴雨倾盆，汾河水大涨。文水、平遥两县因汾河水暴涨，溃堤百余丈。太原城内“地面水流激湍，深达二三尺”③。至8月6日，太原“市面水深三尺，城内西南半成泽国”④。

继1933年浙江18县遭受水灾后，1934年浙江又遭受了旱灾。旱灾刚一结束，1935年浙江又遭遇水灾。以诸暨为例，诸暨旱灾刚得到缓解，1935年6月至7月间，普降大雨，山田、湖田淹没殆尽，再加上当时气候异常，较正常时寒冷，未被淹没之禾苗较难发育，导致大面积绝收，诸如王家井等市镇，均因大水成为泽国。⑤ 6月27日，门前湖溃堤3处，决口长达20余丈，“湖内禾苗尽遭淹没，全村住户，沉在水中者居多，计行将可以收成之二百余亩早禾，并将铭心小学前厅冲倒。湖内乡民嗷嗷待哺，啼哭不绝者，不知凡几。”⑥此外里亭等湖也因大水决堤多处，附近村庄尽成泽国。据浙江省赈务会得到水灾报告的有浦江、义乌、龙游、江山、富阳、兰溪、常山、桐庐、开化、诸暨、淳安、东阳、遂昌、衢县、遂安等16县。其中以龙游、义乌及常山沿常山港一带受灾较重。⑦ 7月底，浙江庆元等五县再次遭受水灾风灾，庆元的桥梁、道路、堤坝、田舍大多被毁。淳安、丽水、松阳三县山洪暴发，建筑物与农作物多被损害。永嘉更为惨烈，7月22日至23日，受台风大雨侵害，受灾颇巨。⑧ 据事后浙江省政府统计全省受灾状况可知，除杭州外，全省受灾之县有61个。以农田为例，其中于潜等4个县因被水冲、沙压、石积等原因农田受灾不能开垦的有五百

① 《滦河猛涨》，《东南日报》1935年7月27日。
② 《东北告水灾》，《东南日报》1935年7月31日。
③ 《汾河水大涨》，《东南日报》1935年8月4日。
④ 《太原半成泽国》，《东南日报》1935年8月7日。
⑤ 《山湖田禾均受灾》，《诸暨民国新闻》1935年7月3日。
⑥ 《各处地埂多》，《诸暨民国新闻》1935年7月4日。
⑦ 《浙省六月水灾与水利前途之展望》，《东南日报》1935年7月23日。
⑧ 《庆元等五县遭水风灾》，《东南日报》1935年8月4日。

二十二亩五分一厘五毫。杭县等51个县被灾九分以上,田地山荡四百六十一万八千五百六十三亩九分九毫。杭县等49个县被旱、水、虫等被灾七分以上,田地山荡三百五十五万三百四十五亩九分五厘四毫。杭县等46个县被旱、水、虫等被灾五分以上,田地山荡二百七十八万六千八百零七亩三分七毫。杭县等十七县因灾害歉收的田地山荡一百十六万八千八百三十八亩六分零四毫。[①]

考察1935年全国大水灾,虽与恶劣的气候有紧密关系,但从深层次来看,也与人祸有着重大的关联。北洋军阀执政期间,中国内忧外患,大军阀为争夺中央统治权,连续发动了诸如直皖战争、直奉战争等大规模的战争,各地小军阀为扩充地盘,也不断发动战争。战争的后果是国库空虚,财政危机,政府忽视了对水利设施的维护与建设,由此造成水旱灾来临时民众遭灾。1927年南京国民政府建立后,鉴于北洋军阀时期水利设施破败,于1934年设水利委员会,隶属于全国经济委员会,主持全国水利工作。中央从财政总预算中每年下拨水利事业费600万元,供水利事业之用。但国民政府兴修水利起步较晚,根本无法承受20世纪30年代的大洪灾,于是才出现了1935年全国遭受特大水灾的惨象。1935年9月初,国民政府鉴于全国大灾的惨状,决定动员全国军民进行冬季水利治理。9月4日,军事委员会委员长蒋介石电令全国人民总动员整治水利,并规定冬季征工服务办法,明确要求公务员及官兵一并参与。在电文中,蒋介石认为"本年南北各省,水灾奇重,即未被水区域,又多告旱灾,每念灾患之成,无论潦旱,尤为人事不修,人力未尽之表征",表示全国人民应当"未雨绸缪于事先,兹为集中力量……自应以各省人民总动员,并力举办水利及其有关之工事"[②]。浙江是蒋介石的家乡,为积极响应蒋介石提出的冬治水利的主张,也为提振全省人民在特大自然灾害前的士气,弘扬大禹不屈不挠的治水精神,鼓励民众参与到冬治水利活动之中,浙江省政府决定于1935年10月16日在绍兴大禹陵举行祭禹大典。

三、治水宣言:省祭大禹典礼

1935年10月15日下午,浙江省政府主席黄绍竑及夫人、教育厅长许绍棣、省党部常务委员胡健中、财政厅长徐青甫等省人分乘浙一号、五十二号、九十八号汽车赴绍参加16日绍兴之祭禹大典。下午4时,车队到绍。绍兴区专员兼绍兴县县

① 《浙省去年灾情惨重》,《东南日报》1935年7月23日。
② 《人民总动员办水利》,《剡声日报》1935年9月6日。

长贺扬灵与绍兴县党政机关人员及各团体代表、团队童军、民众等至汽车站迎接。[①] 16日上午9时,祭禹大典隆重举行。主献官由黄绍竑担任,分献官为许绍棣、徐青甫。贺扬灵、绍属各县长、县党部常务委员以及绍兴地方士绅法团代表数十人陪祭。莅临现场观礼的有省党部常务委员胡健中等人。为表示肃穆,“各县县长一律着蓝袍黑褂陪祀”[②]。

1935年的祭禹活动是民国建立以来第一次官方祭祀活动,绍兴县政府为此精心筹划,周密安排。10月初,绍兴县成立了以贺扬灵为主席的典礼筹备处,筹备委员共18人。10月2日,筹备处召开第一次会议,就祭禹的准备工作进行了协商。10月8日,筹备会召开第二次会议,确定了祭禹的人员安排与祭器、祭品的采办。浙江省政府对此也大力支持,省长黄绍竑表示“此次特祭费用准由省款开支”[③]。

根据历史上的祭禹惯例,绍兴县政府安排了席位。席位陈设如下图:

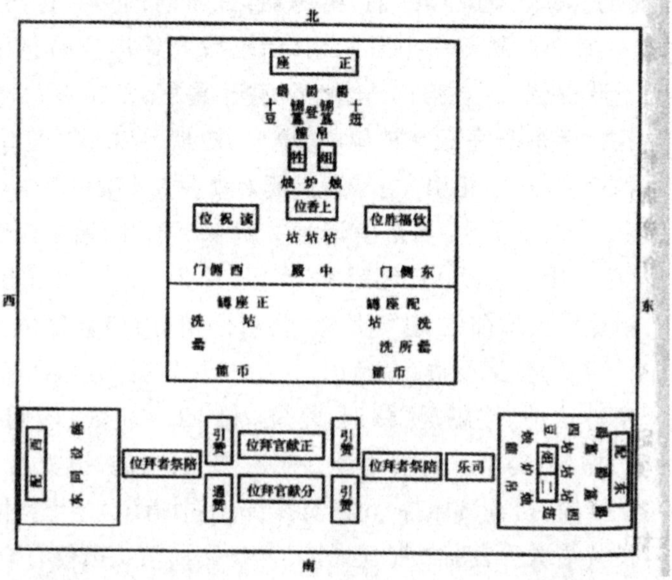

图片来源:沈建中编:《大禹陵志》,北京:研究出版社,2005年版,第110页。

绍兴县政府还安排了丰富的祭品,分为正献祭品与分献祭品。正献祭品中行设爵三,在上行。次登一,居中,实太羹。登左右铏各一,实和羹。次东簠、西簋各

① 《党政各委员赴绍参加祀禹大典》,《东南日报》1935年10月16日。

② 《黄主席今赴绍兴祀禹》,《诸暨国民新闻》1935年10月16日。

③ 《浙江省府指令秘字第八七八七号》,《祀禹录》(1935年10月版),转引自《大禹研究通讯》第8期,2005年1月,第55页。

二,簠实稻、粱,簋实黍、稷。东笾十,实芡、行盐、鹿脯、白饼、黑枣、栗、榛、菱、鳙鱼。西豆十,实韭菹、笋菹、鹿醢、鱼醢、脾析、豚胉、兔醢、醓醢。次篚一,实帛。次俎三,实牛、羊、豕。次炉一、烛台二。分献祭品在东西两庑中行,各设爵三、次簠黍,簋一,实稷。次铏一,实和羹。次俎二,实羊、豕。次炉一、烛台二。前设篚,实帛。东笾四,实鹿脯、行盐、枣、栗;西豆四,实芹菹、醓醢、蒿菹、鹿醢。①

绍兴所采用的礼节礼仪大体参照了唐代开元、明代洪武以及清代的祭禹方式,仅在形式上稍有改动,共分为15个步骤。一、(通赞)鸣炮(九响),鼓初严,鼓再严、鼓三严。执事者各司其事,奏乐,乐止。主献官就位,分献官陪祀者皆就位,鸣钟(九响),司户者启户,迎神,奏乐,乐止,上香,奠帛爵。二、(正引)主献官诣盥洗所盥洗,诣夏后大禹神位前,初上香,亚上香,三上香,灌爵,鞠躬,复位。三、(分引)分献官诣盥洗所盥洗,诣东西庑配享神位前,初上香,亚上香,三上香,灌爵,鞠躬,再鞠躬,三鞠躬。四、(通赞)鞠躬,再鞠躬,三鞠躬,通赞,行初献礼,奏乐,乐止。五、(正引)主献官诣酒尊所举幂勺酒,诣夏后大禹神位前,奠帛,初献爵,鞠躬,通赞,读祝,诣读祝位,恭立俯首,司祝员读祝,鞠躬,复位。六、(分引)分献官诣酒尊所举幂勺酒,诣东西庑配享神位前,奠帛,初献爵,鞠躬,复位。七、(通赞)行亚献礼,奏乐,乐止。八、(正引)主献官诣酒尊所举幂勺酒,诣夏后大禹神位前,亚献爵,鞠躬,复位。九、(分引)分献官诣酒尊所举幂勺酒,诣东西庑配享神位前,亚献爵,鞠躬、复位。十、(通赞)行终献礼,奏乐,乐止。十一、(正引)主献官诣酒尊所举幂勺酒,诣夏后大禹神位前,终献爵,鞠躬,(稍待)诣福胙位,饮福,受胙,鞠躬,复位。十二、(通赞)饮酒受胙(稍待时)。十三、(分引)分献官诣酒尊所举幂勺酒,诣东西庑配享神位前,终献爵,鞠躬,复位。十四、(通赞)鞠躬,再鞠躬,三鞠躬。十五、(通赞)撤馔,奏乐,乐止,送神,鸣钟,鸣鼓,鸣炮,捧祝帛香馔送燎,(司祝员捧祝,司帛员捧篚,司香员捧香,司馔员捧馔,由中道出)望燎,礼成。②

祭祀中,省长黄绍竑代表浙江民众诵读了《祭文》,祭文虽仅有76字,但充满了对大禹的敬仰之情。黄绍竑赞颂了大禹优秀品质,称"惟王克勤克俭,成允成功。善政在乎养民,声教讫乎四海",其回顾了大禹治水的伟大壮举,称"随山刊木,九泽既陂",并诚恳地希望大禹给予中国人民以庇佑,并赐福于中国。③ 在其书写的《祭禹陵碑记》中,黄绍竑再次表达了对大禹精神的崇敬,并表示将以祭祀大禹为

---

① 沈建中编:《大禹陵志》,北京:研究出版社,2005年版,第111页。

② 《绍兴昨祀禹》,《东南日报》1935年10月17日。

③ 沈建中编:《大禹陵志》,北京:研究出版社,2005年版,第131页。

起点,"复振生善之教欤"[①]。就笔者看来,黄绍竑碑记中的"复振生善之教欤"意味深远,这句话并不仅仅是当时浙江省政府对大禹的承诺,更是政府治水的政治宣言。结合当时全国大灾的背景,可以推断,黄绍竑的政治宣言与兴修水利、治理浙省水灾有极大关联。早在祭禹之前,浙江省政府就已经注意到水利设施年久失修,无法抵御自然灾害,准备进行整治。根据浙江省建设厅朱延平科长的报告可知,从1932年春季开始,浙江省政府为整治水利做了充分的准备,在派遣工程师测绘全省水利状况的同时还储备了大量水利工程材料,总共有三部分。"一为测候所储备之材料。二为水文测量队所储备之材料。三为河道测量队所储备之材料"。测候所在全省共建有25个测候站,所储备之材料为气压、温度、绝对温度、相对温度、云量、蒸发量、下雨时间风速风向、地温等等。水文测量队所储备之材料为各河流中之水位记载、流速记载、流量记载及横断面图。记载水位之水标站全省共有78处,记载流量及含沙量之流量站全省共有24处。河道测量队所储备之材料有控制平面之三角测图,有控制断面之水准测图,有表示形势之地形测图。[②] 可惜的是,未等浙江省政府做好准备,6月浙江就发生了水灾。浙江省政府就防洪治水制定了相关办法,令各地遵照抢险办法执行,并分派水利局工程师勘测至受灾各县进行调查,其中一个重要目的就为灾后之堤坝、堰坝如何修防,如何建设进行规划做好准备。[③] 浙江水灾后,浙江省政府积极响应蒋介石的电令,省政府主席黄绍竑亲赴四川谒见蒋介石,汇报浙省冬季治理安排。回省后,他召集各有关机构进行会商,决定征工事务由民政厅主持,技术方面由建设厅负责,水利部分由水利局计划,交通部分由公路局与建设厅第一科会同办理,所需款项约十万元。[④] 经议决,省政府决定在浙东、浙西同时进行治理,由省内已完成保甲的县份率先实施,如遇壮丁人数不够,可在邻县征调。1935年浙江省冬季治理水利活动就这样如火如荼地开展起来了。1935年浙江省政府的祭禹活动正契合全国治水的大背景,具有治水誓师的政治意味。

此外,省祭大禹的目的还在于弘扬大禹精神,提振人民在特大自然灾害前的民心与士气,从这个层面来看,祭禹也具有浓厚的政治色彩。大灾之时,国内重要的报纸杂志均对大禹的事迹或其精神进行介绍,希望借用大禹治水的精神提振全国

① 黄绍竑:《祭禹陵碑记》,《国本》1936年第2期,第52页。
② 《浙省六月水灾与水利前途之展望》,《东南日报》1935年7月24日。
③ 《各县市水灾修防应受水利局指导》,《东南日报》1935年7月21日。
④ 《冬令征工兴办水利浙东西将同时进行》,《诸暨国民新闻》1935年9月21日。

民众抵御自然灾害的民心与士气。浙江省政府恰恰是抓住了这一点,通过舆论在社会上进行宣传。在浙江,著名的报纸《东南日报》就结合当时的社会状况与祭禹活动向民众宣传了大禹精神。在社论《祀禹》中,《东南日报》将大禹精神归纳为三点:其一,谓禹之刻苦耐劳,有合于"苦干硬干快干实干"之精神;其二,谓禹以"胞舆"之怀,存"大我"之见,其胸怀之宽大,舆见解之公正,有足为我人之圭臬;其三,谓禹富于责任心,处处以国事为前提,而绝无私人客气之见存。① 绍兴当地报纸《诸暨国民新闻》将大禹精神概括为"人定胜天之信念与毅力",认为"时至今日,江河失修,水患频兴,国民经济因水灾而所受之损失,何可胜数",浙江民众应"发扬人与天争之精神,藉以感奋官民,以修当前之水利,减人类生存之威胁"②。《剡声日报》在社论《从祀禹感及今日水灾》中,表达了民众对大禹治水的敬仰,以及对浙江省今后治水的期望,"所望乃此后之悉力改进,一以数千年前大禹治水之精神行之也"③。

在祭禹活动与大禹精神的影响下,浙江民众同心同德,齐心协力,最终战胜了自然灾害,浙江的经济发展也逐渐步入正轨。至全面抗战爆发前,浙江不仅修缮了1935年因水灾冲毁的道路、桥梁等交通设施,还维修了钱塘江大堤,加固了全省各处河堤与海塘。值得称道的是,1937年9月,由我国著名桥梁专家茅以升设计的钱塘江大桥正式通车。大桥的通车表明:勤劳勇敢的浙江人在大禹精神的引领下不仅能战胜超强的自然灾害,还能用智慧与汗水创造出属于中国人自己的辉煌。日军全面侵华后,浙江受到日寇蹂躏,大片国土沦入敌手。在危难时刻,大禹精神对于支持抗战,鼓舞民众抗战必胜的信念发挥了积极的作用。大禹精神是民族精神的重要组成部分,为中国人民最终打败日本帝国主义,获得国家独立与民族解放,为实现中华民族伟大复兴的"中国梦"做出了积极的贡献。

(作者单位:浙江工业职业技术学院)

---

① 《祀禹》,《东南日报》1935年10月16日。
② 《绍区行政会议之观感》,《诸暨国民新闻》1935年10月16日。
③ 《从祀禹感及今日水灾》,《剡声日报》1935年10月16日。

编 后 记

本丛书是由浙江越秀外国语学院中国语言文化学院的绍兴市重点创新团队“大禹与传统文化研究创新团队”、绍兴市哲学社会科学研究重点基地“大禹与中国传统文化研究中心”、绍兴市非物质文化遗产传承基地“大禹文化研究所”共同编辑的。这既可以说是以往的《中国禹学》的复刊,也可以说是《中国禹学》的发展,是由一支新的队伍编辑的新的丛书,旨在推进大禹与传统文化的研究,弘扬大禹精神,传承中华文明,展示文化自信,增强正能量,推进社会进步,为实现中国梦而前行。

本辑刊发的论文,除了征集的来稿外,还精选了一部分“大禹与中国传统文化国际学术研讨会”上的论文。2016 年 4 月 18 日,浙江省绍兴市委宣传部、绍兴市社会科学界联合会和浙江越秀外国语学院共同主办了“大禹与中国传统文化国际学术研讨会”,大会由浙江越秀外国语学院承办,海内外 200 余名专家学者出席了会议,收到了论文 100 余篇,由于种种原因,大会论文集尚未公开出版,我们选择部分论文在这里发表,以飨读者。本辑论文,既有严谨的考据与释疑,也有紧贴现代社会治理和现实生活的应用型研究,不仅有对大禹文化的发展流变过程的溯源追根探讨,而且也有对大禹精神进行了重新概括与阐发的研究,深化了对大禹文化的研究。当然,具体到每篇论文,或许既有优点也有不足,尤其是文章的注释和引证,许多都不统一,本着文责自负的原则,我们尊重作者原文的处理方式,姑且将批评的权力留给读者和研究者。

本辑论文的编辑出版,是编委会大家努力的结果。刘家思总体负责策划和组织工作,并且设计了具体栏目,选择与排定了具体篇目,又修改定稿了前言与编后记;丁晓洋具体联系了国内兄弟研究单位的作者;贾娟参与了栏目的设计与论文的编排,并承担了约稿和编辑工作;丁新既参与了编辑,又撰写了前言与编后记的初稿,并负责了第一次样稿的校对。其他诸位编委,或参与会议组织,或参与审稿、撰稿,都给予了大力支持。大禹与中国传统文化研究中心的几位业已离开或调任的前辈,亦给予了热情的支持,尤其是杨福泉教授在前期做了大量的工作。在此,对他们一并致以诚挚的谢意!

本书是全国各地主要大禹文化研究团队和大禹研究者成果的汇集,是我们彼此交流、合作的成果。值得说明的是,限于篇幅以及编辑中栏目的限制,还有一些优秀的论文(含投稿与会议论文),本辑中没有编入,还请谅解。好在本丛书每年将不定期地连续出版,今后将会陆续精选更多优秀的研究成果出版发行,敬请读者继续关注。

借此机会,感谢中共绍兴市委、绍兴市人民政府以及中共绍兴市委人才工作领导小组、绍兴市委宣传部、绍兴市社会科学联合会、绍兴市社会科学研究院、绍兴市文化广播新闻出版局一直以来的厚爱与支持,也感谢中国各地的大禹研究团体和学者对我们工作的支持。

由于我们时间紧促,水平有限,编辑中存在的粗疏和不足,恳请各位中国禹学和中国传统文化学者、专家和广大读者提出宝贵意见和建议,也欢迎大家继续赐稿。

《大禹与中国传统文化研究》(第一辑)编委会

2017 年 3 月 17 日